★ 红色记忆三部曲 ★

山菊花 _上

冯德英 著

山东文艺出版社

图书在版编目（CIP）数据

山菊花 / 冯德英著. —济南：山东文艺出版社，2019.7

ISBN 978-7-5329-5859-7

Ⅰ.①山… Ⅱ.①冯… Ⅲ.①长篇小说—中国—当代 Ⅳ.①I247.5

中国版本图书馆CIP数据核字（2019）第092595号

山菊花
冯德英　著

主管单位	山东出版传媒股份有限公司
出版发行	山东文艺出版社
社　　址	山东省济南市英雄山路189号
邮　　编	250002
网　　址	www.sdwypress.com
读者服务	0531-82098776（总编室）
	0531-82098775（市场营销部）
电子邮箱	sdwy@sdpress.com.cn
印　　刷	山东新华印务有限公司
开　　本	880毫米×1230毫米　1/32
印　　张	30.75
字　　数	765千
版　　次	2019年7月第1版
	2020年1月第2版
印　　次	2023年2月第4次印刷
书　　号	ISBN 978-7-5329-5859-7
定　　价	79.00元（上、下集）

版权专有，侵权必究。如有图书质量问题，请与出版社联系调换。

主要人物表

张老三——贫农。
三　嫂——老三的妻子。
金　贵——老三的大儿子。
好　儿——老三的大女儿。
桃　子——老三的二女儿。
小　菊——老三的小女儿。
狗　剩——老三的小儿子。
于世章——雇农。
于震兴——世章的大儿子，小白菜的情人。
于震海——世章的二儿子，桃子的丈夫。
伍拾子——贫苦少年。
凤　子——丝坊女工。
金牙三子——雇农。
刘　福——铁匠。
宝　田——刘福的大儿子。
宝　川——刘福的小儿子。
江鸣雁——武术老师。
二　妞——鸣雁的女儿。
萃　女——戏号小白菜，寡妇。
高玉山——三嫂的外甥，好儿的恋人。
孔居任——好儿的丈夫。
孔霜子——孔居任的姑妈。
冯子久——中药先生。
冯痴子　真名开仁，子久的弟弟。
珠　子——中共胶东特委书记。
程先生——中共胶东特委负责人。
李绍先——中共胶东特委负责人。
丁赤杰——中共胶东特委负责人。
崔素香——赤杰的妻子，朝鲜人，中共党员。

丁立冬——伪警察，共产党员。
毕松林——牛倌，共产党员。
孔庆儒——秀才，伪区长，大地主。
孔　显——孔庆儒的二儿子，伪区队长。
于之善——地主，孔庆儒的小舅子。
于守业——于之善的儿子。
于令灰——于之善的弟弟，伪村长。
于守堂——于令灰的儿子。
万戈子——孔庆儒的管家。
刘排副——伪区队的排副。
鄢子正——国民党县党部主任。

第一章

家家有本难念的经。

哭声,又是谁家的哭声,随着秋风,伴着败叶,悲悲戚戚地传来。

风,深秋的风,卷展着碎云,掠过昆嵛山的主峰泰礴顶,飘到山前的向阳坡,把哭声吹动得越发凄楚。这个地方是五十七户人家的小山村——桃花沟。

村子四周山上的梯田里,正忙着收拾晚秋作物的庄稼人,听到哭声,有的头也不抬地继续劳作,心里在想自己的愁事;有的直起腰向村里望一眼,叹口气,揩把汗水,又忙活起来;有的手持工具,直望着哭声响处,默默地站着发怔。

在一直站着发怔的人中,有位女人,三十八岁,身材瘦小,腰杆板直,浑身上下结实利落。她那长脸盘,红扑扑的,一双圆眼睛,黑亮铮明,脑后绾一不大的发髻。这女人是桃花沟北头放柞蚕的张老三的妻子,村里同辈人多称她三嫂。

小小的山村,谁人逢灾遭难,谁家添子娶媳,街坊邻居不到一个时辰全都知道。这哭声的出现,和其他听到的人一样,三嫂是全知底细的。这是伍拾子他爹死了。那位四十二岁的佃户,今年伏天借了别人家的毛驴,去赶南黄集卖六月仙桃子,走到黄垒河岸上,碰到孔家庄孔秀才的二儿子孔显,领着两个区丁把一个

1

走亲戚的闺女拦在芦苇丛里,要动强欺侮。伍拾子他爹替那闺女开脱,姑娘趁机投进了洪水奔腾的黄垒河。孔显他们将伍拾子他爹打得半死,把桃子连毛驴一块抢走。伍拾子他爹爬进孔家庄找孔秀才求情,家人道秀才区长进了县城,孔显反说他是诬赖,又和管家打了他一顿。伍拾子他爹重伤含冤,躺在炕上,望着几个骨瘦如柴、面带菜色的孩子,哪里有钱还债、养家、治伤啊!挨了几个月,今上午他从炕上一头撞到地下……三嫂一家和许多人闻讯都跑了过去,那血惨惨的情景,那痛切切的场面,谁个不哭一场啊!

　　三嫂直直地望着村子。那号啕声,女人的,孩子的,嘶哑的,尖厉的,惨注人心。三嫂的泪珠成串地落下来。吃过午饭,她吩咐她的二女儿桃子去帮着伍拾子他妈料理,她得赶快从霜冻嘴里抢刨出这二亩半糊口的地瓜啊!

　　三嫂用衣袖抹着眼睛,心里说:"唉,伍拾子他妈哭得多酸心!五个孩子,最大的伍拾子才十五岁……唉,这年月,多灾多难,不幸的事,不幸的人,一串接着一串,一个挨着一个,这家轮那家。熬一天,煎一年。哭呀,泪啊,相伴着日头月亮,何时能有个了结?"

　　这位生活在二十世纪三十年代初期,有四个儿女的中年妇女的痛楚悲叹,是由来深刻的,不需要客观的刺激,那生活的困苦天天压在心头上。贫寒的日子,那是她懂事时就饱尝煎熬的。她不记得父亲的模样,她母亲半辈子乞讨,最终死于财主的恶狗嘴里。十七岁,她嫁给桃花沟的张老三。这张老三生下来就叫小三子,其实他身前的两位兄长在出生之后不几天就夭折了,但为了表示门族不是孤零零的,他父亲坚持他是第三个儿子。张老三的父母在世时,家里有三亩山峦,加上租佃的,总共放着十多亩柞蚕。那老头子拼命劳动,使劲节俭,开垦山地两亩半。但这拼力支撑的小日子,有年遇上茧价大跌,租子交不上,折了本,老两口又积劳成疾，相继亡故。原本就单薄的日子更垮了下来。山峦卖了，好歹留住两亩半山地，儿子金贵为还债白给孔家庄孔秀才家做活。山区地少，租佃不着，为糊口，张老三仍东借西凑地放柞蚕，但他常是赔得多，赚得少。家里的日子，全仗三嫂领着三个闺女纺线织布、绣花纺丝、拾草卖柴，勉强地支撑着。这在桃花沟，亦属平常人家。

作为母亲的三嫂，任劳任怨受苦遭罪，一切为了儿女。养他们长大成人，尽了她一辈子的义务，这就是她的生活。现在，她身上又有孕六个多月，但仍然在精神抖擞地劳动，刨着一家今冬明春的主要口粮——二亩半地瓜……

"妈！妈……"

三嫂一转头，见是她的三女儿小菊，沿着上山的小路，慌慌张张向这里边跑边呼唤。她急忙把眼泪擦干。

小菊来到母亲跟前，气喘吁吁地说："妈，妈！俺爹在家发大火！俺姐在哭……"

"哪个姐？"三嫂一惊。

"大姐！"

三嫂急问："为么事？"

"为大姐和玉山哥的事……"

"啊，这是哪来的风？"事情太突兀，三嫂更急了，"快说！"

"俺爹正在家数新茧，花脸大脚她……"

"知道点礼数。"

"都是这霜子婶使的坏。她来告诉爹，看到大姐和玉山哥在后沟桃树林里怎么的……"

分明是一瓢冷水浇身，三嫂惊呆了。她大女儿好儿十九岁了，还没说婆家，这在当时当地是稀奇的事了。别人提，好儿推诿，三嫂倒是因为好儿自幼身子弱，性子怯，没有给她定亲，想等她再大一大。前些日子，刚才小菊叫出那一串名号的孔霜子，

3

找上门说媒,要把好儿说给她娘家侄子孔居任。三嫂打听得孔居任为人不老实,没有应允。真是晴天霹雳,再想不到,好儿和她后姨①表哥高玉山,竟生起这场风波来!

十二岁的小菊,翻着黑灵灵的眼睛,看她母亲满脸怒容愁色,怯怯地说:"妈,要真有这事,俺大姐该受罪了吗?"

三嫂盯着小女儿的脸,声音不高,沉重地问:"你知道他俩的底细?"

小菊立刻躲开母亲的目光,手忙脚乱地说:"俺哪知道,俺……"

"丫头,撒谎!"三嫂伸手托起小闺女的下巴。

"妈妈,不撒谎,不敢撒谎!俺都对妈说。"小菊眼里滚动着泪水。

三嫂扯着小女儿的手,挨身坐到地堰边上。

"今晌午,爹妈姐姐都出了门,俺玉山哥来啦!他骑着自行车,车后座上带一捆书。我说上山找妈,他说去绣房找大姐,我就去了。"小菊说着说着活泼起来,细眉梢挂上喜色,"妈呀,好儿姐来家啦,俺们在一块玩,玉山哥教俺俩识字,他懂得真多啊!他夸我灵通,说我要能上学,准考第一名……"

"你舌头这么长!"

小姑娘却还沉醉在自己的感情里,喜悦地说:"玉山哥还说,他明年要去文登城念书,往后当先生,办学校,教和我一样的穷孩子识字……"

"快说和你大姐的!"

小菊又望着母亲布满愁云的脸,喜气消失了,咬着食指,说:"待了一会儿,玉山哥要走,叫好儿姐送送他。大姐怕撞见人,我就个儿跑到外面望望,没有人,叫他俩走啦。妈,再怎

---

① 后姨:亲姨去世后,姨父的续弦。

着,他俩进没进桃树林,俺一点不晓得。真的,有半句假,连舌根都烂!"

三嫂不由得望着村外的桃树林,它的黄叶正在秋风中飘零。她像是害牙痛似的,难过地吸冷气。

小菊大闺女似的安慰道:"妈,你别信孔霜子的胡诌八扯!那桃树林,一没花,二没果,叶叶也快落净了,大姐他们去那干么呀?妈,快回家吧,俺爹在发火,大姐在哭哩!"

三嫂站起身,看着刨出来的一摊摊的地瓜,吩咐小女儿:"把它们归拢一块,等你二姐来搬。我先回家……"

院墙是这一带山上很多的粗质的淡紫色花岗石砌起来的,有一丈多高,墙头爬满已经枯萎了的眉豆藤。茅草院门楼下,薄旧的门扇紧闭着。三嫂扛着镢头来到门前,推门没推开,就拍着门上的铁环,大声唤道:"好儿,好儿!妈回来啦!"

一刹,门无声地分开来。开门的人即刻闪身走去。

"好儿!"三嫂叫着迈进门槛,迅速扫视面前的大闺女。

好儿,比她生母高,细细的身材,像根柳枝似的稍稍有点弯曲。长圆形的脸,白皙中透着粉红,稀松的长辫子弯弯地搭在肩上。在她母亲跟前,她低着头,顺着睫毛,一动不动。

三嫂轻轻舒口气,把镢头放到墙根处,说:"去吧。"等好儿进了西厢,她理了一把鬓发,向正房走来。

正房东间炕上,四仰八叉躺着一个人,闭着眼,张着嘴,有气无力地喘息着。

三嫂白他一眼,随手把炕边上的小笤帚抹到地上。

躺着的那人粗声喝道:"你干么!"

"哼,睡得倒警醒。"三嫂说着拾起扫炕笤帚,"这么早就收工量炕,咱小家小户的,可养不起睡神爷。"

"家是我张老三的,我愿多会儿躺下,就多会儿躺下,谁还敢叫我站着不成?"张老三又闭上眼睛。

"好嘛,这家姓张,俺走。"

张老三急睁开眼睛翻起身,隔着半壁土墙,见妻子在灶间扫身上的浮土,并没有出走的动向,就又愤怒地吼道:"像这么个闹法,这家早晚也得散!"

三嫂那细细的却是黑黑的眉毛耸了耸,回到炕前,软和地说:"出了事,你明白说呀!"

张老三装上一袋烟,从口袋里摸出打火的火镰火石,三嫂看着他,耐心地等待着。但老三突然把小烟袋从生满胡子的嘴里拔出来,指着炕前乌黑的立柜,说:"你把那东西给我。"

三嫂生气地骂道:"和闺女闹气,还要酒壮胆子,埋汰人……"

"行,行,我埋汰!"老三拍着炕席咆哮起来,"我张老三怕老婆,名声在外。你机灵,你当家,你把闺女纵得横走竖飞,我不敢放个屁!弄到这遭时候啦,你还不醒目!你……"

三嫂见丈夫满脸涨紫,脖露青筋,话都说不下去了,忙坐到炕沿上,和气地说:"有话好好说呀,好儿那孩子心眼窄巴,我怕你碰了她,万一有个好歹……"

"我动她一指头没有?你问问那东西去!"

"这自然是好,俺母女领你的情,也算你还有做老子的心肠。"

"心肠?出这大的丑,揍死她也该!"张老三手指屋顶,气呼呼地说,"我得留着这把茅草,给你们挡风遮雨。"

三嫂疑惑地望着他,问:"难道你打了闺女,有谁要毁这个家?"

"谁?哼,你那个好外甥——这混蛋小子!"

三嫂深叹一口气,愁苦地说:"你还是积点德吧。孩子们有差池,该管教。可还都年少,不懂事,好好教训教训,过去就算啦!"

老三手持烟袋锅子指着妻子,一声比一声高地说:"你与他高玉山认亲,他可不和你讲情。告诉你吧,这事不轻松,完不了!你去问问你闺女,她认错不认?好他妈的高玉山,我要去告官!"

三嫂脸色白了,震惊得眼睛都直了,惴惴地问道:"快说,这事怎么个大法,啊?"

张老三见自己的话引起了妻子的焦急,倒很得意。他把小烟袋向炕上一撂,说:"给我四两。"

"唉,你这埋汰人……"三嫂又气又急,去打开柜门,从小泥坛子里,倒出一茶盅多半是用不能吃的地瓜根根自烧的白干酒来。

老三忙接过酒,脸露喜色,喝着嘟囔道:"尽多二两……"

"别得寸进尺。"三嫂将酒坛封好口,重新放回柜子里。她又拿着小碟到院子放在石条上的咸菜坛子里,夹出一些咸柞蚕蛹。但当她回来时,老三却等不及下酒的菜,酒已经喝下一大半了。

张老三这下不用追问,抖起精神,嘴角淌着口水,滔滔地讲道:"听我从头和你说明白。我刚从山上挑草回来,在桂元家数茧,孔霜子来找我。我问她有么事,她说跟她走,一切会清楚。我迷离懵懂地跟着她,来到后沟桃树林子边上,顺着她手指的去向,看见树枝稠处,有两个人影。我问她是什么意思。她说:'小声点,别惊动了人家的好事……'

"我一听,转身就走。可孔霜子把我扯住,说:'老三哥,你好糊涂!快去抓拐子,晚了你闺女没救啦!'她把我朝前猛推了个跟斗。

"这真是晴天响炸雷。我穿过几棵树,啊啊!就见咱那好儿丫头,趴在个男人肩膀头上,抽抽搭搭地哭,男的直说温存话……我学不上来的话。我这火气啊——我轻轻拾了一根粗木棒子,破口大喊:'清平世界,有这么大胆欺负人的!'

"你那好儿闺女,推那男的:'快跑你的,俺爹!'

"'往哪跑,拐种子!'我喊着,抡着棒子打过去……妈妈的,树根子绊了脚,我一跤摔到地上。心想,这下可完啦,那野贼不收拾我,也跑没了影。我正害痛爬不起来……咦,有人来搀我,一边说:'姨父,磕伤没有?'

"我睁眼一看,是你那外甥,他直给我揉关节。我说:'玉山,你来得正好,快抓拐子!'他问什么拐子。'欺负你妹的,跑啦!'这小子笑笑说:'姨父,你别着急,刚才是我和好儿妹说个话的。'老天爷,拐子就是他呀!这野种,胆大包天,倒没逃,还和我贴近乎!我这气……我躲开他,抡起棒子就打……

"'爹!别打他,他没错!'我从来没见好儿这么大胆子,她扑上来,用身子护住高玉山。我愣呆了,眼都气昏啦!我要砸死这冤家……'住手!'你那外甥叫着上来夺下我的棒子,摔到地下,冲着我说:'姨父,明明白白告诉你,这事没好儿的错,也没我的不是。你闹嚷大了,是咱自己家出丑,外人笑话。你要打我妹一下,就是先翻脸,我也只得和你仇人待。'

"我说:'好小子,你大话吹破了天!我的闺女,我……'我刚要朝好儿动巴掌,那小子只一推,把我推出好几步远。我见他年轻力壮,知道对不过他,就骂:'你小子等着,有日子教训你!妈妈的,臭丫头,滚家去!'

"好儿跟我走,那高玉山毛贼在后头喊:'好儿妹,咬着牙,别害怕。谁敢动你一指头,他的房子就得等着一把火!'"

"唉,唉!你那宝贝闺女!你那好外甥!"张老三指着妻子,疲惫不堪地倒在炕上。

张老三借着酒力述说他的遭遇,三嫂却只听了其中的关键几句话,这也是她长期听丈夫说话养成的习惯,把大部分时间用在对事物进行分析、判断上。她愁悒悒地说:"唉,没料到,好儿丫头从小丝坊里入、绣房里出,软嫩嫩的,竟生出这段子事来!要是玉山没'下柬'①，他二人好了，亲上加亲……"

"把闺女嫁鸡嫁狗，也不给高玉山！"张老三怒气不息地说，"再说，他妈那富眼珠，看得上咱草门楼？"

三嫂不理会丈夫，按照她自己的思路，继续说："这两个人是过分啦，该管。可好儿生性娇嫩，身子又弱，这一惊吓……孔霜子这人，也算得有心！"

"哼，不叫人家，你闺女能做下叫你出不得门的事来！"

"混说！"三嫂的脸色一下变得发青，陡地站起身，"俺的闺女，和不正经没缘分！"

张老三也滚起来，脸红脖子粗地说："你还犟嘴！我亲眼瞅见……"

"你瞅见么啦，啊？"三嫂细黑的眉毛扬起来，怒目盯着丈夫，声音锐利地说，"你瞅见玉山和好儿在一块，还有什么啊？你怎么没瞅见，大脚霜子四十开外还涂脂搽粉，披红挂绿？谁不知道，半夜三更，野汉在她家打架动刀子……啊？"

张老三反驳妻子，可是口气不那么粗了，说："她是她，咱是咱，别人不要脸，我要留着皮。"

三嫂理一把鬓发，放平了声音，说："你呀，糊涂的人，好生想一想。好儿的不是要说她，可那孔霜子安的什么心？她自个儿的脸都不要了，还能为咱留面皮？她还是为她娘家侄子孔居任，在打好儿的主意。咱可不能河边娶媳妇，给王八找喜欢。那些污脏货，专想得便宜！"

一席话，说得老三目瞪口呆。妻子的道理，张老三是不同意的，明明是自己占着理，怎么能听她的。但他一时又找不出话争辩，就又羞又恼，倏地跳下炕来，摆起家长的势派，扬着胳膊吼道："你要怎么着？这家谁当？你、你气死我呀，妈妈的……"

---

① 下柬：儿女小时由父母做主订婚。

三嫂的脸在丈夫的巴掌底下，却没有躲避的意思，神态镇静地说："要打你打吧，理总得讲……"

猛然间，一个健壮的闺女冲进屋，两手有力地抱住张老三抢起的胳膊，带着哭音叫道："爹！妈！你们又打仗，叫人听见多不好！"

小菊也一头闯进来，把她母亲紧紧地护住，哭着叫："妈！快躲开呀……"

老三使劲才挣脱开二女儿桃子抱他胳膊的手。他感到悲哀而又不幸，绝望地说道："反啦，反啦！我明明占理，你们不听管！你们娘儿们家结成伙，欺负我啊！我的金贵，爹指靠你回来撑腰啊……我的鞋，鞋……"他弯腰在炕前地下乱摸着。

小菊以为爹找鞋打妈，赶忙捡起那双打了几个补丁的猪皮底鞋，就要拿走，但三嫂叫住了她："小菊，你叫他光着脚出门，更说咱娘儿们家怎么他啦！"

老三也不答话，蹬上鞋，头不抬地出门去了。小菊乐了。桃子要去追父亲，母亲叫住了她，吩咐她去西厢陪好儿。等两个闺女离开，三嫂揩了几把泪水，强打精神，动手做晚饭。

夜至二更，张老三倒倒晃晃走回家里。三嫂在西间炕上，正指导小菊做针线，闻着酒气，她没抬眼，眉头皱紧了。小菊忙道："爹，拾掇饭你吃。"

老三摇摇头，说："这家没我的饭食啦！哼，此处不养爹，自有养爹处。等我大儿金贵富起来，开个小商号，我当个小掌柜的，咱赶不上孔秀才弟兄气派，也用不着起早爬晚滚山林子……"他见这番话没有引起妻子的任何反应，就凑到她身边，带着讨好的口吻说："我说金贵他妈，女大留不住，把好儿嫁出去吧！还是你精明，想到这一层。她霜子婶又提起孔居任，人家倒是一片好心，说得也实在。孔居任眼下是穷点，也有点毛手毛脚的，可他独身一人，孔秀才的本家，有帮他的。只要他成了家，就安分守己，立起业来……"

三嫂咬一下牙，扯断线头，冲小菊说："还不快睡去，没出息的埋汰货！"

小菊遭到无来由的斥责，眼泪汪汪地望着母亲道："妈，叫我到哪睡去？这是俺的炕啊！"

"愿到哪儿去到哪儿去。认物不认人的东西！"三嫂下了炕，进了东屋。

张老三眯眯着红眼睛，苦笑笑，跟在妻子身后，嘟嘟囔囔地说："你别指鸡骂狗。我人醉心不醉，我人穷志不穷。好啦，还是你清醒，就依你，闺女不给孔居任，不给啦……"

小菊抱床被子来到西厢。大姐好儿背着油灯亮，歪在被叠上；二姐桃子在做针线，见小妹来，便问："你怎么也来啦？这么大了，也不知守着妈点。"

小菊哭丧着瘦长的脸孔，那美丽的端庄的小鼻子一抽一搐地说："谁稀罕来的？正屋妈撵出来，厢房姐又不要……俺走！"

桃子伸手把她拉住，笑道："好妹子，姐的不是，快上来。"

小菊扭着身子向外挣脱，说："俺上街睡去，北山上下来野猫子，吃了我才好哩！"

桃子把手一松，说："也好，尼姑顶上的独眼狼，正乐得嗷嗷叫呢！"

小菊傻眼了，站了一会儿，露出笑脸，将被子扔到炕上，央求道："二姐呀，别动真，俺小呀！"

"十二岁的闺女啦。"桃子不理睬。

小菊摆着一边一根齐耳小辫，娇细的身子燕子似的扑上炕，偎在桃子怀里，说："比你就是小嘛。二姐，你放心，爹从外面喝酒回来，向妈求情了哩，没事啦……二姐呀，你来陪大姐，撂下我自己一铺炕,忍心吗?"

桃子边给小菊铺被窝边说:"没脸皮的丫头片子,老实在这边躺着。要不,就掀出门去。"

小菊听话地躺好,看着好儿的背影,说:"大姐,你别犯愁。有妈,爹不敢怎么着你,谁也欺负不了咱们。"

好儿无表示,小菊欲起身拉她,被桃子按住,催促道:"快睡你的,明早一块上山干活。"

小菊只好躺着,把眼睛转向窗户。

月上西厢,窗纸的半边透着银光,那上面的纸剪的红金鱼活了,在绿水仙中游荡;彩蝴蝶动了,在花丛中飘摇……十二岁的小姑娘,已经进入梦境。

昆嵛山上的秋风,入夜之后,逐渐减弱,但却一阵凉似一阵,要用洁白的霜花,装扮它怀抱中的山村的早晨。

院中那株大桃树,墙头上的眉豆枯藤和茅草,在微风中飒飒地响,伴随着屋内小菊的细细的鼾声。

桃子将好儿扳起身。好儿柔发散乱,搽一层薄粉的白脸腮上,沾满泪珠,宛如花瓣上滚动的露水。桃子打点好铺盖,姐妹俩睡下。

好儿悲叹道:"能和小菊一样,没愁没怨,没牵没挂,有多好呀!唉,世上的事,难着哪,妹!"

桃子说:"为人做事,自个儿总得有个主心骨。错的,不干;对的,哪怕死,也豁上去。你说说你俩的事,我评断评断。"

好儿道:"凡事不像你说的那么简明,一是一,二是二的。不说吧。"

桃子说:"是对是错,总有个分断。你说说,啊!"

好儿脸上充血,羞怩地摇摇头道:"俺出不了口……"

"这是对谁?拣你能出了口的说吧。"

"其实也没有出不了口的事……"

"那你就说吧,我谁也不告诉。姐,你和玉山哥,挺久远的了吗?"

"唉,这心里的事,哪里记得住日子!从远说,我十五岁在孔家庄丝坊里做活,住在姨父家,和他朝见暮逢的。他上学堂,知道的事真多,教我和玉水兄弟认字,讲古人写的诗词……俺们在一起挺顺心的。我十七岁那年,丝坊的活累我一身病,后姨待我又不好,妈要我回家去。姨父让玉水兄弟送我,路上他说,昨儿玉山哥和他妈吵嘴,叫姨姨打了两嘴巴,为的是他不要八岁'下柬'的媳妇……俺俩走到龙泉口,想不到他等在那里……"

"谁?"

"玉山哥呗!他叫玉水兄弟到那面龙泉眼看水景。我提起他和他妈拌嘴的事,劝他不要惹老人生气。他道,老人生一回气,他生一辈子气;别的依附点行,独这不可。我说,你没见过那闺女,怎么就知人家不好?他道,没见过的好坏不知道,见过的好,为什么不和好的好?我一时没理会他的话,可从他望着我的神情上,觉到了点,脸一下烧起来,再不敢抬头。他的声音一下离得我近了……"

"说呀!"

"他说,咱们是人,不是牲口,认识不认识,凑合在一起就行了;两人没情没意,在一起待着,还不如一辈子单身强!"

"那你呢?"

"我……我只觉心慌,一句话说不出,泪珠像下雨似的,不断地往下滚……"

"完啦?"

"能完也就省心啦。从那以后啊,他一来咱家,我从心里愿见他,可又怕见他。时间长了,他不来,就想他……我盼他早说通姨姨,断了那头亲事……这次是他去文登城,托人说合上乡村师范学校念书,绕道来看我。在桃树园里,他说他妈硬是不断亲,宽慰我咬着牙,等他。我又急又悲,扶着他肩头哭起来……"

桃子听完,在好儿的啜泣声中,她用心寻思了一番,结果是又同情又为难地说:"这事,真是个麻疙瘩!你和玉山哥好,我挑不出毛病。就是他能退了那门亲事,后姨那人,也不准能看上咱们家。"

好儿的哭声更大了,说:"大妹别担心,我这病恹恹的身子,反正也活不了几年……"

"快不要瞎说……"桃子也流出了泪水,但她见窗上人影一闪,忙捅一下好儿,"妈来啦,别出声!她有身子,最受苦……"

门扇轻轻推开,三嫂随着一道月光,无声地迈进来。她停在房门口,望着炕上挨身躺着的三个女儿。小菊蜷缩着娇小的躯体,一只手搭在二姐脖子上。桃子中上等个,身材丰满,自己占了炕的小半部。好儿高矮与桃子相仿,看起来她高些,因为她细瘦,脸形稍显长点。

三嫂摸摸好儿的脸,有点子烧,枕边一块素绢,湿漉漉的。她痛楚地叹了口气,千头万绪的情感,涌上心头:三个闺女,三个模样,一天天大啦,都要走自个儿的路啦!她爹骂我骨头贱,只给他生下一个儿子——唉,金贵这孩子,一去四年多!在孔家庄顶租还债期满,我高低要他回家,穷死也在家租地种。可他爹听信别人的话,放他到孔家天津的买卖行里当学徒,想挣点钱……如今怎么样啊,信越来越少……闺女啊,不是妈䁖嘴,妈觉着你们比那哥哥强,金贵叫他爷爷奶奶爹爹从小惯得任性,没有你们省心。唉,好儿你是妈惯着的,长得嫩,如今又生出这桩子事来,怎不使人揪心!桃子你自小不称你爹的意——第二个闺女是冤家呀,妈也没娇你,倒好,自幼上山干活,身子壮,心眼实,我最省心。过年就嫁出去了,你那婆家穷是穷,倒是实在人家。妈的三闺女,小菊子,你会长成什么样呢?模样像我,愿你比妈有能耐。哦,肚子里这个,盼他是男的——女的也好,没女人世上没妈啦!孩子啊,你们的前程是个什么样子呢?像你们爹妈一样?比你们爹妈好些?会比你们爹妈更苦……

屋外传来一阵风声。窗外的大桃树,叶儿纷纷飘落,枝丫乱摇乱搅,把投进满屋的月色,划得七零八碎的。

三嫂见情,心里隐隐作痛。

第二章

"……妈妈的,这集赶那集,鞋赔上几双,茧价一直不看涨,闹不好,一年又算白忙乎啦!你慢腾腾地养神啊,快走,驾!"张老三说着,照毛驴屁股上拍了一巴掌。

小毛驴惊乱地向前紧冲了几步。牵驴的桃子姑娘,也跟着加快了脚步。她穿着粗布红棉袄,胳膊上挎个细柳条编的小篮子。这篮子俗称小篓,平时多用它采野菜,而山区的野菜多在山上,所以就叫山菜篮,赶集走亲戚也用它盛东西。

桃子跟她爹赶集是常差事。山区里,田地少,一半是靠放柞蚕卖柴草过日子。张老三租下孔家庄财主孔秀才的十亩山峦放蚕,每年夏秋两季的茧摘下来,桃子就得帮父亲赶集卖茧、卖柴。她虽然起早带晚走山路,比别的闺女吃苦受累多,但家里缺劳力,桃子是从来没有怨言的。

腊月天气,寒风飕飕,阴云密布,看样子要下雪。那一眼望不到边际的连绵起伏的昆嵛山,除了苍翠乌青的赤松,一片枯黄。山冈上打柴割草的人,比比皆是,斧头、柴刀,发出脆冷的咔嚓声,这山响那山应,回荡谷夼。

桃子的脸腮冻得紫红,身上却有汗湿的感觉。鸡叫头遍父女俩就上了路,为怕累坏岁口已老的小毛驴,人挑百斤柴担,让驴驮着茧,这时已在崎岖的山路上走了二十多里,还能不累?桃子听父亲发火骂驴,拐回头见他被柴担压得汗流满面,气喘吁吁,就赶过来,接父亲的担子。老三粗气地说:"你才挑过,等过了这道梁……"

"俺年轻,不累。"闺女把山菜篮递给父亲,强把担子接在肩上。

老三长舒一口气,又满意又不满意地想:"这闺女,倒结实;唉,不是个儿子……"他减去重负,肩上搭着好多补丁的帆布钱褡裢,提着闺女的山菜篮,牵着小毛驴,走着叹道:"唉,秋时的茧,快过年啦,还脱不了手。妈妈的,价钱一跌再跌!"

桃子从后面插言道:"爹,听俺妈的,贵贱这集卖了吧,真不够费鞋的。"

"嗯,不卖也留不住啦,该人家的利钱、租子,今儿是最后的期限啦!"张老三愤愤地说,"我乐意这集那集跑?妈妈的,起早,爬晚,深山里睡草窝铺,狼虫做伴,风吹雨打,日头晒,脚指头叫石头碰烂,头发让兔子啃光,好容易把蚕养得绣了茧,交了山峦租子,打了茧种利钱,又拉新饥荒……这年头,喝西北风能活最好……"

桃子挑着柴担,挺着胸脯,迈着碎步,默默赶路。冷风吹动着她额前鬓边的乱发,大辫子弯在怀中摆动。她顺着长睫毛,墨黑的大眼睛紧盯着路面,不使乱石绊了脚。姑娘没听她不知听了多少遍的父亲的牢骚,而在寻思自己的心事。

过了这阴历年,五月初,桃子就要出嫁了。亲事是她七岁那年,赤松坡的石匠于世章来她家錾磨,和她母亲定下的,把桃子嫁给石匠的第二个儿子于震海。后来于世章家遭了事,张老三要退亲,三嫂没答应。那女婿什么样,桃子一次没照面,只见过几次他哥哥于震兴,但听母亲说,那是实在人家,姑娘也就放心了。出嫁之后,能和丈夫安安稳稳过日子,生活多么苦,那是不怕的。这是山村贫苦闺女的普遍理想,桃子也不例外。为了打点女儿出嫁，三嫂早就俭省积攒，快过年了，全家也没添件新衣裳。今天临走时，母亲给桃子自织的十八尺棉粗布，要她卖了换块细花布，做出阁的褂子……

父亲发牢骚，女儿想心事，在吃早饭的时候，已赶完三十里山路，来到孔家庄。

这孔家庄，七百余户，位于昆嵛山中部南面、母猪河西岸的平原上，是出牟平县进文登县的第一大镇，有名的交通要衢。从西北烟台市至东南石岛鱼盐港口，从正西的莱阳地方到正东文登城，东北威海卫，公路、车道交叉于此。北面的山货，南海的水产，平原的粮米，都来孔家庄聚疏买卖。区公所、乡政府都设在这里。每逢阴历数四、九的日子孔家庄市集，常常能上几万人。即使平素，饭店、客栈、药房、钱庄、百货铺子等处，也门张候客。

今天是腊月十四，年关集日。张老三父女来到东西大街时，赶集的人已熙熙攘攘。那卖柴的担子，卖菜的挑子，卖腥海的手推小车子，走得甚急。店铺的门面都大开了；饭馆的小伙计在忙着劈柴、挑水；摊贩们，有的在支棚子，有的在摆货，有的已摇起皮鼓和铜铛锒，高声招徕雇主，还有两家为争地盘动了手。这位摔了那个的香、黄纸，那个踢了这位的炮仗、蜡烛，一卷灶王爷的画像摔散了，像风筝似的飘向空中，几个孩子赶着骂着追，有的抢起散乱的鞭炮，点上火，向天上抛，喊着轰灶王爷上天……

老三吩咐女儿牵驴把茧送到丝坊等着，他挑柴去草市。

丝坊在村南头。"德源号"的黑地金字大匾，悬在高高的青瓦门楼上。桃子拉着驴进了大门，将驮上盛着茧的麻袋搬下来，就站在一边看光景。

这用栅栏围起的一亩地大的院落里，散发着柞蚕蛹的强烈的霉味。蒸茧的锅灶隆隆地响，烟囱里吐着黑烟，污浊的浑水冒着热气,从院子的明沟里向院外流,沟边的土全沤黑了。虽是冬天,也臭气熏人。好些人,有端熟茧的,有抬抽好了的白黄黄的柞丝的,挑水送柴的,办各种勤杂事的,忙忙碌碌,紧紧张张,这房出,那屋入。一幢幢低矮的工房,从窗户口,露出一排排女人的上身。天是腊月严冬,窗纸也没糊,她们却都穿着不同颜色的内衫,脸面绯红,汗水不干。桃子这时看到的只是女工们不停地动作着的双臂、两手,但从前她来探望她好儿姐时就知道,抽丝的女子每人蹬着一架笨重的脚踏木头机子,许多人,劳动一天都下不来机了,腿和臂,时常是肿着的。

这时间,一位年轻媳妇出了工房门,紧向茅厕处走。桃子认出她是从她们桃花沟嫁到这村的,朝她唤道:"凤子姑,俺来啦!"

凤子打过照面,笑道:"等一会儿,我难受……"从厕所出来后,她跑到桃子跟前,"忙乎得连上茅厕的空也没有……你又跟俺三哥来卖茧?"

桃子点下头。凤子气愤地说:"茧价又跌啦!"

桃子吃惊。凤子道:"孔二先生说,日本人占了东三省,绸子跌价,茧也跌啦!这是他胡诌。天津卫他们家的绸缎行,昨儿还来人拉了大笔货去。反正孔家庄上吃的用的,都是孔秀才弟兄三个包办,谁能有法子治他们?"

桃子着急地说:"别的不要紧,俺家的饥荒打不上,又急死人啦!"

凤子道:"打不上先拖拖,想法子对付吧。"

说话间,桃子发现凤子的带补丁的单褂,胸前都稀松了,就指着说:"看你,快遮不住丑啦。我这有布,你先用……"

"怕么,谁没有两个奶子!"凤子爽朗地说,把桃子要从篮子里抽布的手挡住,"是三嫂给你换细布出门子的吧?使不得……"

桃子却硬把土布扯开,从中间一撕两半,一半放进篮子,一

19

半塞进凤子怀里,说:"穿粗布一样成亲过日子。正好,够咱一人一件褂子。"

凤子只得收下布,刚要走,又凑近桃子道:"听说没有?今集上要杀人。"

桃子睁大了眼瞪着她。

"杀的一不是贼,二不是匪。认得不,这村仙子闺女,和你姐一起纺过丝的?"

"杀她?"

"杀她哥。"凤子靠近桃子耳边,"她哥是教书先生,叫官家拿下了,说他是作乱的共产党。"

"共产党?"桃子一直没眨眼睛,"共产党是做么的?"

凤子的声音更低了,说:"我和你还不一样,谁知道?不过我寻思,仙子她哥我见过,挺和善的小伙子,不会胡来乱闯。他们官家说他作乱,就是反他的。一会儿你去看看,兴许能见点眉目。"

桃子骇然道:"俺吃老虎胆啦,敢看杀人的……"

这时,张老三走了过来。凤子迎着打招呼:"三哥,柴火脱手啦?"

老三悻悻地说:"脱手?草市有孔家庄这么大,过年了,多干的柴棒子,两毛五分钱一担还没人要。妈妈的,这年头!问了没有,茧价涨点啦?"

"又跌啦!"桃子说。

张老三像打愣的鸡一样,好一会儿,才一面向经理室走,一面吩咐桃子道:"你上草市,找你立秋哥,多少钱也把柴卖了……"

集市上拥挤不堪,人声嘈杂,乱哄哄的。赶集的人多是男子,零星的妇女,打扮得花花哨哨,随着阔气的男人逛荡,进出酒店饭馆。桃子赶集都是跟着她父亲，现在挽着山菜篮子，一人向草市上去。走在人海里，人多眼杂，她褪了色的旧红棉袄，山村闺女那窘怯规矩的体态行止，格外惹人注目。她贴着街边，溜着房根，闷着头，谨慎地走着。

"哟，这不是桃子闺女吗！"

桃子闻声抬起头，她面前堵着一个四十出头的女人。这女人的油发上卡着银质发卡子，黄皮脸上盖着一层厚粉，丝绸子棉袄，脚上蹬一双红绣花鞋。她正是桃花沟的著名人物粉脸大脚孔霜子。这时候，她咧着两颗大黄金牙嘴，冲着桃子笑嘻嘻地问："你爹呢？"

"在德源号卖茧。"

"脱手啦？"

"还没有……"桃子心里有事想走开，孔霜子拉住她，说："还没吃饭吧？走，找你爹，到冬春楼坐坐去，我做东。"

"不用，俺有干粮。"桃子拂开她的手，躲开挤来的人，向前走去。

桃子没留神，孔霜子身后还跟着一个青年人，留着洋头，戴着灰色礼帽。他对孔霜子说："这是谁？穿的粗布土衣，扛着要饭篓子，你理她做么。"

"谁？好儿的大妹子。"

"哦！"戴礼帽的青年回头去寻找红棉袄的影子。

孔霜子看着在人群里闪现的桃子后影说："人是衣裳马是鞍——她要是有了细穿戴，小白菜也得给人家提鞋哩！别看张老三这糊涂虫，倒养出一窝凤凰来。就看你孔居任有福没福啦！"

孔居任忙递上一支香烟，说："全仗姑姑你的本事。"

孔霜子推他一把，说："烟有时候抽，快走，求情去。"

孔居任跟在孔霜子屁股后面，边走边说："我怕二大爷信不着我，不肯方便。"

"再不好，咱们也是一家人。"孔霜子胸有成竹，摇头晃脑，银耳环乱摆动，"他不认人，也认钱哪！你大大爷把茧价一压，又发老鼻子财啦！张老三的租子这集是最后的期限，加上年利，他交不清是现成啦！只要你二大爷不容他缓气，把账先转到你名下，也没不了他的钱，又给叔伯侄子成了亲，这顺水人情，那钱庄主子再刻薄，也会做的呀！"

"姑姑真有算计！"孔居任点着一支烟，递了过去。

孔霜子接过烟卷，乐滋滋地说："我这撮合山的两片嘴，白长着？"

"可别像上回……"

"上回？"孔霜子深吸一口烟，"上回张老三叫我弄住了，就是他老婆难对付，为人精明，硬是不松口……"

"那这次……"

"放心吧！"孔霜子加快了脚步，"这次和上回不一样，要掐死张家的脖子了，老三媳妇再不心甘，也没能耐不依从了。这是世道，她变得了？"

桃子怎么也料不到人家在叙说着谋占她姐姐的事，只顾向草市上去。这时，她走到冬春楼的所在。

这冬春楼居于孔家庄大街中心，灰砖青瓦，朱廊画壁，上下两层。下层是柜台，应侍酒饭的大厅，上层是雅座包间。黑大门上，斗大的"冬春楼"三字的匾额，高高悬挂。成群的菜担、腥海挑子，候在门前，等待冬春楼来收购。

桃子正要从这里挤过去，猛然间，冬春楼里响起震耳的叱骂声："好个兔崽子，敢到太岁头上动土！去你妈的！"

随着啪的一声巴掌响，一个破衣烂絮的枯瘦少年，提着小篓，从门里跌撞出来，一仰身，摔在石头台阶上。

人们都"啊啊"地吃惊，围拢上前。守鱼担子中的一位高个庄稼汉，比谁都快，冲到少年身边，弯下腰，大手向前一抄，将少年搀扶起来。

桃子惊叫一声："伍拾子！"她挤上去，抽出胳膊肘上小篮子里的手巾，揩伍拾子嘴角直流的鲜血，着急地呼唤："伍拾子兄弟！你醒醒，醒醒……"

伍拾子脸成泥色，左腮上五个血红的手指印，眼睛乌肿起来。他脚上全孝的白毛边鞋，很是刺眼。他睁开眼，抱住桃子的胳膊，呜呜痛哭。

桃子流着泪，心好焦，没个认识的人，怎么办啊？这时，那位卖鱼的庄稼汉还一直搀着伍拾子，像认识他似的，脸对脸地说："小兄弟，你受委屈了，别哭……"

桃子这才看清，这人高腿壮臂，补丁叠补丁的小棉袄，还露着旧花絮，腰里束着线腰带；硕大脑瓜，没戴帽子；大眼铮亮，一脸血气，二十出头的年纪。即使在这时，闺女也没忘记谨慎地把身子离青年男子远一点。

这高壮的青年庄稼汉，仍一个劲地说："小兄弟！有话有冤你说，你说！"

"怎么，有哪位打抱不平来啦？"大门里踱出一个油胖脑袋、手夹烟卷的人，他冷笑着说。

许多人不由得后退，惶惶地看着他。那高个庄稼汉仍搀扶着伍拾子，没有改变姿势。伍拾子仇视地盯着那胖脑袋人，一张嘴，血和话一块往外喷："孔三掌柜的！你……你不还钱，倒打人……俺爹死在你们孔家手里！你……"

"你放屁！"孔三掌柜摔掉香烟，奔出门槛，扬手就打伍拾子。

"慢着！"高个庄稼汉左手一伸，叉开来势汹汹的巴掌，"有话说话，有理讲理，不清不白打人，过不去！"

孔三掌柜的胖身子向后闪个趔趄，吼道："哪来了这么个东西，竟敢……"他望一眼周围的众人，使劲吞了口唾沫，"这小子偷我店的东西，该打嘛！"

"谁偷你东西来！"伍拾子突然挺直了身子，哭诉道，"俺爹在世的时候，卖给冬春楼一百六十二斤桃子，你如今不给钱；你哥孔二先生钱庄上，俺还了债，他倒赖账。你们孔家欺负人，又行凶……"

"住嘴！小兔崽子，有你的理吗？"孔三掌柜又扑上来。

高个庄稼汉早用身体护住伍拾子，声音洪亮地理论道："都是人，怎么有理不能讲？拿奸拿双，捉贼凭赃。孔三掌柜，你的凭证呢？"

伍拾子指着地上的小篓，说："俺带的东西，都在这。"

桃子扶住伍拾子。高个庄稼汉捡起小篓，浓眉耸动，高举着对众人说："大伙看看，四块地瓜，一块糠粑粑。偷的吗？"

"这是俺妈给我的晌午饭。"伍拾子抽泣道。

这庄稼汉大眼睛雪亮，把篓子伸到孔三掌柜的面前，质问道："看清楚，你店里卖这个？怕你冬春楼的猪也不吃吧？"

孔三掌柜面红耳赤，咬着牙骂道："你个穷庄稼巴子，逞能啊！他是你祖宗吗？"

这光头破衣的高壮青年庄稼汉，伸手将小篓塞给桃子。桃子紧张得心怦怦地跳，只见他黑眉一扬，一步上了两层台阶，怒喝道："孔庆俦！你怎么伤人！"

"伤你怎么样？"孔庆俦一手叉腰，一手指点，"哼，这是好的，穷巴子！我孔家跺跺脚，方圆几十里的地皮都得颤活颤活。你敢怎么着？"

"怎么着？"庄稼汉双目闪烁着火一样的光焰，满怀深仇大恨地说，"知道你孔庆俦，仗恃你哥区长孔庆儒的权势，弟兄三人，把着孔家庄的丝坊、钱庄、饭店、百货，霸占了周围的好田好山。俺们穷，穷得清白干净；你们富，富得黑心污脏！你这富蛮子,这样混蛋,就是不行!"

"哈哈,没王法啦!穷巴子,我揍你,敢还手吗?"孔庆俦挽着袖子,挥舞拳头。

庄稼汉却原地不动,抬手接住对方打来的手脖子,向后一扭,脚向中里一踹。胖大的掌柜孔庆俦,实实在在地倒在台阶上。他大喊大叫:"反了,反了!来人哪……"

庄稼汉一脚踏着那胖圆的背,挥舞拳头向下砸着说:"反就反吧,打死你这毒心狼,偿命情愿!"

在一片混乱声中,冬春楼里冲出五六个汉子,长棍短刀,杀气腾腾。桃子疾呼:"那大哥,快跑,来多的啦!"

看热闹的人轰一声散开,停在远处,惊怖地看这罕见的场面。

那庄稼汉不慌不忙地直起身,朝桃子说:"大妹子,快把小兄弟拉走,不走要吃亏!快!"

桃子把想冲上去拼命的伍拾子拉到人稠处,回身看时,只见那青年庄稼汉等那执刀的打手来到身前,一脚将刀踢飞。刀在半空中翻转闪光,等刀落下来时,他伸手恰接住刀柄,大吼道:"老少爷们!是朋友的闪开,是冤家的上来!"嗖的一声,刀出手。嚓!刀直插在冬春楼的匾额上。

看的人齐声喝彩。冬春楼的打手们,吓得像木桩一样呆在那里。孔庆俦不顾伤痛,挣扎着向门槛里爬。忽然,有人高声叫道:"好小子!欺我叔家没人吗?我来啦!"

桃子闻声,见一个戴礼帽的青年,挽起长袍子,喊着奔上来。他就是孔居任,桃子不认识。

孔居任来势很猛,使出飞拳,想一下把对方打倒。但庄稼汉侧身躲过敌手的袭击,横扫一腿,孔居任扑哧倒地啃泥,礼帽甩出好远。他护着洋头呻吟道:"哎哟,我腰骨折啦!好汉,拜你为师……"

庄稼汉啐了一口，伏身拉他。忽地，孔居任从怀中拔出匕首，照对方一刺，翻身跳起，蹿进冬春楼大门。庄稼汉不料败者有暗器，猝不及防，臂上受伤……

骤然，人群大乱。五六个端枪的兵冲来。桃子正不知如何是好，突见一白胡子老头，领着四五个青年庄稼汉，不知从何处来，一拥而上，嘴里喊着："平民打架，官家莫问！"

他们抢在兵的前面，劫走受了伤的庄稼汉。很快，一伙人都湮没在人海中了。

天时快中午了，但没有太阳，云彩却随着一阵紧似一阵的朔风，愈来愈浓重了。

桃子拉着伍拾子来到柴草市，找到桃花沟的张立秋。一问，柴已贱卖了。桃子把伍拾子交给这个老实的中年人，早带回家去，她就急着回丝坊找她父亲。当她进了北大街，感到一片恐怖气象：人们张皇不安，交头接耳，有的向街两边躲闪，更多的朝前涌。桃子心里焦灼，刚才在冬春楼前的一幕余悸未消，她怕再碰上风波，想赶紧走开。但她走到十字街口的戏台子附近，再也举步不得。集镇哄乱起来，赶集的人们无心买卖生意，当地的住家开门启窗，目光都注向戏台。桃子被人流挤到戏台左侧，望着两边站着的兵，她陡然想起凤子说今集上要杀人的事，那心突突地跳到嗓口处……

矮胖的区保安队长孔显，穿着呢料军装，抡着手枪，来到戏台子上，冲人群喊道："静一点！静一点！都听着，咱地方拿下一个大恶人，共产党——共匪！今天就杀他。他干的坏事，等会大家就会知道，现在请县党部鄢主任训话。听着！"

国民党县党部主任鄢子正，三十几岁，白煞煞的瘦脸，那身水獭翻领皮袄，就像套在骨头架子上一样。他走到台子口，鞠了一躬，斯文地说道："众位父老兄弟姐妹们！兄弟是外地人，不远千山万水,来到胶东半岛,与众乡邻亲密合作,实现国父中山先生的建国安民之道,复兴中华民国之三民主义也!"

他讲的什么,山村姑娘不懂;桃子见周围的人也都傻愣着。不过她见演讲的这个人,瘦得像个草人,白脸上裂着笑纹,声音文静平和,心想,也许他是给挨杀的人求情的吧!

"这共产党,并非一般土匪,是祸国殃民之大逆不道!"鄢子正的声音突然提高,脸色也随之激变;两只胳膊向上举着,活像两根干骨头。

桃子吓了一跳:原来这人挺恶煞的哩!

"共产党在江南,杀人放火,涂炭百姓!"鄢子正可能是顶不住寒风,几句话嗓子就沙哑了。为了强调他的话,他不时举起双臂摇晃着,以致他那骨架子似的身子也跟着晃动,随时有被吹倒的危险。"我蒋总司令正在督军围剿,共军指日可灭。共产党的做法,是仿效苏俄,实行共产共妻,不分你我,东西一律平分,所有的妻子姑娘,胡乱通奸,这就是他们的共产主义主张。"

这后面的几句,百姓们听懂了,互相交换着惊奇的眼色。鄢子正又喊道:"众位国民!如此之大恶,不该除吗?"

无人答话。

鄢子正面有怒色,声音更高了:"如此恶党,不该人人得而诛之吗?"

仍是没有反应。

党部主任脸色像猪肝了。孔显扫视台下人群,用手枪指着站在饭铺门口一个围白裙子的人,说:"喂!办饭的老郑头,你回主任的话,共产党该杀吧?"

大师傅一听,眼都直了,面色煞白,扭身向后跑——太慌,一跤撂在门槛上,引起一阵哗哗的喧笑声。

"不要火,孔队长,乡下人,少文化,嘿嘿。"鄢子正自己圆场,又冲人群狂喊道,"本党部正告众乡民:凡发现共党分子即刻报告，报告人得重赏；凡知情不报或通匪者，一律格杀勿论！现在，请看共匪下场！"

孔显喝声："拉出来！"

十多个荷枪持刀的兵和警察，把一个人押上了台子。这人站稳了身子，昂起头，目光炯炯地向台下的群众望着。他细条条的身骨，灰长袍，双臂背剪，胸前盘满了绳索。西北风中，染血的衣片、凌乱的长发，不停地掀动，有一道殷红的血痕，从左颊划起，把他那消瘦俊秀的脸分成两部分。

桃子见状，心窝热辣辣的，鼻子一酸，泪就往外淌。她不忍心看，走也走不动，把头扭向一边。她身旁有个老汉泣声道："顶多二十岁！"

有个小伙子接上话："俺村的，教书先生。孔志红。二十整……"

刚才那个鄢主任的一番说恶的话，在桃子这个穷山村闺女心中，一扫而光。

"孔志红，二十整！"桃子心里针刺般地重复着。

孔显吼道："孔志红！你还有话说吗？"

鄢子正白脸上皱起奸诈的笑纹，说："后悔还来得及，有话好说。"

那孔志红向鄢子正和孔显轻蔑地啐了一口："呸！对你们这些衣冠禽兽，要以牙还牙，以血还血！"声音发沙，但铿锵响亮。

人群一阵活动。桃子跟大伙一样，都抬头望着他——这位她有生以来见到的第一个共产党人。

孔志红迈步到戏台口，带着深切的感情，激动地向群众说："乡亲们，同胞们！刚才国民党的走狗，说的全是胡说八道！孙中山先生搞国民革命，和共产党合作，救国救民。可是蒋介石代表大地主大官僚，背叛革命的三民主义，屠杀共产党人，建立法西斯政权，把人民当牛当马！国民党卖国求荣，把东北三省丢给日本侵略者……"

鄢子正暴怒地喊叫:"你胡说！不准说……"

"这些理，与天地同在，不用说，有眼看得清。乡亲们！共产党要打倒旧社会，让穷人翻身当主人，过好日子。苏联就是由列宁、斯大林领导的共产党，组织穷人起来打倒了地主资本家的。咱们共产党领导的工农红军，在江南，在井冈山区，为受苦人打天下，得了不少胜利……"

孔显指挥着兵警，扭着孔志红向后拖。从戏台右面的人堆中，一位白发老太婆，尖厉地哭喊着向台子跟前扑:"儿啊！志红我的儿啊……"

孔志红挣扎着扭回头，朝她喊道:"妈！你不要哭，你儿子为受苦人死，为你死……"

许多人抽泣，流泪，悲哽着离去。桃子一把把揩着眼泪，从人缝中向外挤。

孔志红的老母又凄厉地呼唤道:"儿啊，志红儿啊！你不能死，你媳妇上吊了啊……"

这声音像锥子一样，深深刺进桃子姑娘的心……

桃花沟和孔家庄相距三十多里路，但就在张老三父女在集上的时间，平川上的孔家庄虽然阴云密布，却还没有落雪；而地处深山的桃花沟，从早上起，大雪就纷纷扬扬，赶到午后，已是漫山银装，而那鹅毛雪还是不断头地下。

雪花飘飘，
飞满了天，
面前一片白，
满眼银光闪，
哪是天，哪是山？

哪是头,哪是边?
雪花到人间,
想过喜欢年!

小菊闺女双膝跪在炕上,两手扒着窗台,眼睛大大地睁着,从窗棂的小孔隙向院外瞧着,柔声地唱着小调。她一脸喜气洋洋,嘴角左右的酒窝,一动一颤的,甜蜜喜人。

不是她年幼不知愁,庄户人家,孩子的脸是大人心情的镜子。入冬以来,张老三家一直太平无事。二亩半山地收的地瓜,备下的各种大量秋干菜,以三嫂过日子的做法,可维持到春;堰边地头种的花生,换了六斤油,年节时吃顿饺子、来客炒菜用,也就够了。张老三的茧一直没卖成,卖得好,称几斤棉花,纺成纱,织成布,家里添点衣裳;卖不好,交上山峦租子、打上茧种利息,也就过去了。

使一家最喜庆的是,前个月三嫂生了个儿子。尤其是张老三,如获至宝。婴儿是四更时辰落地的,老三马上要抱出去"撞姓"。三嫂道:"黑灯瞎火的,出去也难遇上人。算啦……"

老三不听,说:"不打紧,多等会子。桃子,包严实点。"

刚跑进来要看小弟弟的小菊,忙说:"爹,外面大风,别吹病了……"

"啪",小菊头上挨一巴掌。她欲哭,父亲又亮起手,斥道:"你个死丫头,念咒来啦!哭出声我撕烂你嘴……"

这一地区,有此风俗:为使孩子好养,刚生下来就抱出去,遇上第一个过往的陌生人,求人给个名,并从其姓,认作干爹;如果遇上狗,便叫孩子"狗剩"——狗吃剩下的人,死不了啊。此所谓"撞姓"。

张老三抱着婴儿顶着寒风跑到村口。山村野路,隆冬黑天,谁人走动?直等到傍亮,两条狗咬着冲来。老三即忙唤着"狗剩,狗剩"回到家里。第二天,婴儿发高烧,三嫂埋怨丈夫;老三却不认为是受凉,硬说是小菊丫头冲犯的……

望着簌簌下着的大雪,小菊无心唱了,着急地说:"妈,俺爹俺二姐赶集,还不回来呀?雪要把山路封死啦!"

正在炕前机上织布的三嫂,换着梭里的线穗,叹道:"卖了茧,卖了柴,还得去交租打利息,去信局子打听你哥来信没有,三十多里,哪能这么快!"

"就是哩,二姐还答应俺,买彩线和红头绳哪!"

屋门吱呀一声开了。

"来啦!"小菊跑下炕,趿拉着鞋跑出房门,"啊,是大姐呀!"

好儿头顶着花包袱皮进了屋。小菊赶着给她扑打身上的雪,笑道:"大姐,顶着盖头,要上花轿呀!"

好儿扯下包袱甩她,笑道:"丫头,贫嘴。"

自从秋天闹了那场风波,好儿的婚事再没有新的发展。孔霜子一二再三地进攻张老三,但是三嫂绝口不松,老三也不再坚持把女儿给孔居任。好儿安心地在绣房里绣花,精神好些,身子也有起色。

三嫂吩咐大女儿说:"锅里有饭,快吃点。"

好儿道:"不饥困。小菊吃吧。"

"俺玩雪去啦。"小菊没听见似的,开门走了。

张家冬天的饭,是吃两顿,一省粮,二省柴,三省工。大闺女绣房里做活,身子弱,饭量小,三嫂总是备点吃食,给她中午垫一垫。

三嫂见好儿嘴唇发紫,便问:"绣房里还没生火?"

"没有。冻得手拿不住针。"

三嫂气愤地说:"这霜子女人,只顾赚钱啦!叫小菊生盆火端去。"

好儿道:"罢啦,一二十个人,都一样。妈,昨儿孔霜子临去孔家庄，背下和我说，可以把活拿家做。哼，俺才不领她这份情，嫌别人拿回家偷了她针线，偏信得过我？谁知她安的什么心！"

三嫂见好儿的细眉在微微颤动，一时说不出话。

突然，院里响起脆朗的欢笑声。小菊在喊："妈，大姐呀！快来瞧，哈哈哈……"

三嫂下机，与好儿开门一看，小菊领着三四个男女孩子，垒起一个白胖胖的雪人。雪人的眼睛是驴屎蛋蛋，有嘴有牙有鼻子有耳朵，连肚脐眼也不少。母女俩高兴地笑起来。

好儿道："你个菊丫头，手倒乖巧，它只差一身衣裳啦！"

小菊脸蛋透红，一张口，气像白烟向外喷，说："这是光身佛爷，不穿衣裳。姐，和圣水宫庙里的一样吧？外表不算；还有心哩。庙里神的心是金子，俺们这神的心哪，比金子还贵重。猜吧？"

好儿笑道："是珍珠的？"

伍拾子的八岁弟弟小七，得意地说："心，还会动哩！"

三嫂瞅见小七露出破鞋的脚丫冻得红枣似的，回屋找出小菊的鞋，走过来不容分说地给他套在脚上。

那和小菊同年的伍拾子的妹妹小蓉，背着两岁的弟弟，一旁插言道："好儿姐，你是猜不着的。小菊把小七抓的老鼠仔，放在雪人里面……"

小蓉话犹未了，引起一片欢笑。正要在屋檐底下落脚的一群麻雀，被震惊得扑扑飞向雪空。

天时夜半，张老三父女像雪人，牵着小毛驴进了家门。三嫂一见桃子的眼睛哭得通红，诧异地问："怎么啦？"

"你问俺爹吧！"桃子抽噎着说，把小篮子递给母亲，便跑进厢房。

茧价跌得实在惊人，几乎连茧种的钱都不够，更交不上租息了。张老三火烧火燎，去求洪源号钱庄老板孔庆傧——孔二先生高抬贵手，延缓付租息的期限。然而孔庆傧一口回绝，非在今天结账不可，否则要扣下张老三的毛驴，抽回佃给他的山峦。

黄昏了，集上人散了，店铺上板关门了。北风呼啸，雪，天上飘的，地上积的，被狂风卷织在一起，弥天漫地。张老三父女二人，身孤衣单，彷徨在暴风雪中，望着空荡荡的街道，举目四顾，走投无路；哪里去贷，何处去讨？原指望在天津孔家商号当差的大儿子金贵过年能多少捎点钱回家，今集上才得到一个口信，一个铜板也没有。老三知道孔家庄连襟高德宽家较富裕，但更知道家是高德宽的后妻当的，她为人吝啬，不大会赏脸。可在此时此际，他还是逼着桃子去试试……

张老三子身蹲在冬春楼门侧，缩着脖子，抖瑟全身，老泪流到胡子上结成了冰。就在这时，来了孔霜子，亲热地打听老三为何在此作难。孔霜子得悉后，领老三找到孔居任。孔居任二话没说，挺身而出，去向他叔伯二大爷孔庆傧求情，把张老三的租息延了期。这真是掉进大海遇到救生船，张老三可以保住他要命的脚力小毛驴，放柞蚕的饭碗了。他感激得鼻泪涕零，千谢万谢，只差给孔霜子姑侄叩头了。老三从身上摸搜出所有零碎钱，请两个恩人喝杯水酒。岂知孔居任反宾为主，把张老三拉进冬春楼的二层雅座间，好酒好菜吃了一顿。大脚霜子一旁酒肉吃着，嘴也一直夸她侄子的为人，说着说着，就扯到好儿的婚事上。

这事张老三曾有过意思，只是妻子不同意，他和孔居任也未曾接触过，所以没下决心。今番一场交往，老三才知孔居任的好处，实在了不起，就脱口应承下来；不过想到他妻子的性情，他不敢冒昧成事，答应回去商量，一定使他妻子同意。

孔霜子咧着油嘴，有意刺他道："老三哥，人都说你老婆当家，我原以为是虚说，今儿个才知道是实话。可惜了你个能耐人啦！"

张老三脸红脖子粗，借着酒劲说："去她的！么事都是我一张口……"

"那就说定了好日子，立张婚约，好啊？"孔霜子紧逼不放。

"这……"老三卡住了，他面前出现了妻子那双黑亮精明的眼睛，炯炯地盯着他。他支吾道："你就放心好啦。我是，我是怕家里闹得不和顺，懒怠干仗，才要回去商议商议的……"

孔霜子给孔居任丢了个眼色。孔居任像是随便说起，高玉山是个共产党，官府里正要拿他。上午集上问斩共产党孔志红，张老三也见过。一听这话，他眼都直了，马上要求立婚契，好日子愈早愈好。于是，柜台上的笔墨现成，饭桌酒壶旁立下好儿许配孔居任的婚书，择配的日子是腊月二十五。

这对三嫂，真是一声焦雷。她那上火牙就痛的毛病立时犯了。她气恨地盯着丈夫，一见他那孱弱的身子，枯槁的面容，她又心酸了！厢房传来哭声。三嫂揩揩眼睛，忙着走过来。

西厢里，桃子边抹泪，边劝好儿道："姐姐，你想开点，这事爹实在没法啦！你不知道，为交租子，爹都哭啦……再说，爹是为咱好……"

"玉山哥不是坏人！"好儿哭着说。

"唉，你不知道，当共产党的要杀头，孔志红挨杀，真疼人！他媳妇上了吊……"

"玉山真是共产党挨杀，我也情愿为他上吊！"

桃子从来没见这位细腰弱态的姐姐，为了爱情竟变得如此强硬，牙都咬进下唇里。妹妹一时找不出开导姐的话。

好儿一下了炕，说："我找妈去，妈不会答应……"

没等好儿出门，三嫂进来了。好儿扑进母怀，号啕着，叫道："妈呀，妈啊！闺女是你的，你得做主！我不嫁他，不跟他！妈呀！妈啊……"

三嫂搂着大女儿，也呜咽开了。桃子拉着姐的手，噎噎地抽搭。三嫂努力控制自己，把好儿拉到炕沿上坐下，理着她的乱发,说:"好儿,你身子经不住,别哭啦!是你妈没能耐,事情到了这般地步,只好由命啦!"

好儿哭着道:"不是有高玉山,我嫁谁都随便!"

三嫂连连摇摇头,说:"你快别再想他啦,这是没法子成就的事啊!"

"妈,闺女宁愿死!"

三嫂的双目睁圆了,呆滞地看着大女儿,手在不停地哆嗦。两个闺女,一齐扑上来,一人握住母亲一只手,哭着唤:"妈!妈妈……"

好儿双膝跪在母亲脚前,又哭又说:"妈!是我气了妈!妈,我不瞎说啦,好妈妈!我负你一片心……"

好一会儿,三嫂才缓过气来。她奋力忍住悲怆,双手捧着好儿的泪脸,苦心地说:"孩子,妈从小教你们在苦中过日子。咱人穷,身上的骨头一块也不少啊!千万不能想到死!好儿,你听话,过门去,老老实实和男人过日子,丧良心的事一点干不得。你常来家,你爹你妹也常去看你……好孩子,你听妈的话啊!"不等女儿回答,三嫂疾步出门,将两眶热泪,洒在雪层里。

子夜过后,风声消失,雪还在沙沙地落。北山的峭壁上,传来一阵山鸡的惊叫声。

好儿见身旁的桃子睡熟了,她轻轻起身,从针线盒里摸出剪刀,心里说:"我生不能成心上人的人,就死为心上人的鬼吧!"

剪刀刚要向咽喉上刺,她又住了手。她怕惊动了妹妹,吓着她。好儿把被边给桃子掖了掖,悄悄来到院子。她面朝北屋,双膝跪在积雪里,悄声道:"妈,爹!闺女对不起双亲,你们白生养我一场。闺女死是死了,身子像雪一样洁净……"

"吱吱咯咯,吱吱咯咯……"屋里传出机杼声。

好儿握剪刀的手停在胸前,心想:"妈二十多年,黑白不闲,像织布机,变老了,这会儿准是为我织嫁衣!我死,她会痛断肠……不，不能在妈跟前死。家里院子是干净的，雪是白的，我把血留在这，全家人会心疼一辈子……这白雪，留着小菊妹妹堆雪人吧！"

　　好儿双脚冻麻，身子彻骨地寒凉。她艰难地回到厢房。她那纤细的手里的冰冷的剪刀，竟不知该放到何处……

第三章

　　热闹的婚礼正在进行。

　　三间茅草屋,洋溢着喜气和欢笑。正间地下一张大八仙方桌,东间炕上一矮腿长桌,都摆满了大盘大碗的鱼、虾、肉、鸡蛋、海蜇皮、豆腐等菜肴,大壶的地瓜烧酒。满满当当围坐两桌的男人们,喝酒吃菜,谈笑风生。炕上那桌的首席,坐着位五十来岁的人,正是石匠于世章。他满是皱纹的脸上浮着笑容,直向客人们让道:"喝呀!吃呀!"

　　于世章一面向身边那位白须老人盅里倒酒,一面说:"老伙计,今儿管你个够!"

　　那老人毫不推辞,举杯饮尽,一摸白胡子嘴,说:"咳,痛快!世章兄弟,真是鱼交鱼,虾结虾,蛤蟆找的蛙亲家。咱人穷,穷人窝里生凤凰,震海有了张老三这门闺女,好哇!世章兄弟,你算熬到头啦!"

　　"是啊,是啊!"于世章笑着,感叹道,"多好的闺女,给了咱……唉!老哥,瞧瞧,满席的人,没有一个和我有血缘的,可你们都来啦,比亲戚还亲哪!"

　　白须老人接上道:"这世道,亲戚值几个钱?真个是,富在深山有远亲,穷在闹市无人问。一点不假。"

　　"说得是,说得是!"于世章眼里泪花闪亮,"穷把咱连在一块啦，穷叫咱有房好媳妇……哈哈哈！"

一位高个青年抢着鼓肚泥酒坛子来到炕前，说："我说你们两位老头子净说废话磨牙干么？俺们不来，难道还等坏地瓜、孔秀才那帮坏蛆来贺喜不成？快吃酒吧！"

白须老人连连点头道："对，对，还是金牙三子快人快语，喝酒！"

金牙三子把酒坛子放到炕上，说："今儿我也是客啦，要新郎官敬酒。震海哥，来伺候伺候俺们吧！"

于世章忙唤道："震海，快来敬酒！"

那在两桌之间应酬的于震海，穿着紧绷在身上的单灰布长袍，头戴红顶瓜皮帽，闻声赶到炕前，忙着给老人斟酒。金牙三子递上个大泥沙碗，说："师父，用它，过瘾！"

"你呢？"

"我呀，对付这个。"金牙三子拿起个大饽饽，就着菜大口吃起来。

老人又把于世章的酒盅递过来，说："给你爹满上，俺们老哥俩干啦！"

"不行啦，我这瘫腿架不住。"于世章指着面前的一个精悍的小伙子，"宝川，替大叔和师父干一杯。"

宝川拿过酒盅，道："我敬师父，把武艺教得俺们天下无敌手！"

老人一气喝完大碗酒。宝川一仰脖子，让酒呛得泪水直流。金牙三子赶快往他嘴里塞了一只对虾。众人一片哄笑声。

这时，七八个姑娘媳妇上了门。负责招呼来宾的于震兴，迎着道："快进来吧。喝口，吃点……"

有个名春的闺女，说："谁稀罕你的酒菜？瞧新媳妇来啦！"

宝川发话道："别看得眼馋，找好婆家，尽管告诉我一声；旁的没有，抬花轿的力气咱足。桃花沟到咱赤松坡，三十多里山道,一阵风刮,没歇一会儿!"

"小宝川子,俺老死在妈家里,也不坐你的轿!"春姑娘回敬一句,跟同伴掀开红门帘,进了新房。

新媳妇桃子由于震海的邻居喜彬婶、德生婶陪伴,在西间炕上。桃子闺女时代的独根长辫子完成了历史使命,她脑后挽着大大的长方形发髻,使本来就丰腴的方圆脸盘,显得更大方,看上去,在清秀中加上几分端庄。她没让人搽粉涂脂,脸上充沛的血色,就够鲜润粉嫩的了。从今早上起,妈妈给她穿戴,梳头,打点携带的物件。不到中午,赤松坡的花轿到了,吃了饭,坐三十多里山路的轿,傍晚来到赤松坡。进了这家院门,拜天拜地,然后就坐到这铺炕上,一直到现在。桃子怕人家耻笑她那双没裹小的壮实脚板,就使劲把它向大腿底下压——坐久了,真是腰酸腿木,很是受罪。季节正是初夏,这几天又阴雨不断,天气凉爽,可桃子身上老出汗,鬓边都湿漉漉的。她真希望早点结束这番苦刑,好舒展一下身子骨。但人仍是川流不息,一帮离去,二批又至……

桃子见又来了这些闺女媳妇,一面略略欠身,一面亲切招呼道:"俺不知道怎么称呼,快上炕坐吧……"

看喜事的年轻人自然是不落座的。喜彬婶和德生嫂就一一给新媳妇介绍:这位是谁家的人,称婶;那位是谁的媳妇,叫嫂;另一位是哪家的闺女,唤妹……桃子一一答应,却哪里记得住?

桃子一句话也没有,按照母亲的指教和她去瞧别人新媳妇见到的情景,老是盘腿正坐,稍垂着头,顺着睫毛,像泥塑的菩萨。

在洒席上男人们的敞怀笑声、高嗓谈话声中,挤在炕前的这堆女人也不沉默。在她们心目中,新媳妇真是泥塑的似的,虽然细声细气,却发表着不忌讳对方听见的议论——

"瞧,长得挺结实。桃花色的脸面,真俊人!"

"人家桃花沟那地方,山泉甜,桃树遮住日头,闺女都在桃花影里长大,细皮嫩脸的。"

"在咱一百多人家的赤松坡，也算上一品人貌。不光模样俊，那手挺大，像是干过粗活的。针线也不差，衣裳多合身！"

"那红裲，绿格裤子，你不仔细看，认不出是自家织的，和洋布一样。"

"兴许是她妈的手艺？"

"龙生龙，凤养凤，有妈就有女。震海哥有福气！"

"瞧瞧，剜菜篮子也带来啦，这也是嫁妆？真稀罕！"

"穷家闺女，进门就打算过苦日子呗！"

"唉，也够媳妇受的，这一家人的担子重啊！"

"震兴能老不成亲？"

"三十出头的人啦，你跟他？"

"去你的，你跟他……"

年轻女人们接着就扯远了。她们尽情地互相取闹嬉戏，然后带着满足的喜悦，欢笑着追逐着跑出门去……

酒席散了。客人们陆续地过来向新媳妇道晚安。宝川、金牙三子几个青年，借酒撒疯，跑到新房取闹，乱说脏耳朵的粗话。桃子又害臊又紧张，不知如何是好。忽听洪钟般的吼声："后生们！都回家挺尸去，去！"

桃子闻声看见一位白胡须有四寸多长的老人出现在房门口，心里一动："这人好像在哪里见过……"

几个嬉闹的青年还赖着不离开。宝川笑道："师父，闹房闹房，揭瓦爬墙……"

老人脸红得像关公，健步抢进房间里，陡转身，双臂一张，向外一拨，五六个壮实青年，前仰后合地撞出门去。

桃子暗吃一惊："这老人有偌大力气！"

老人又慈祥地向桃子说："嫚子①，别笑话你大爷粗野，为你

---

① 嫚子：长辈对后辈媳妇的亲昵称呼。

和震海,心里痛快,多吃了几盅。尔后有人欺负你,连震海算上,找我,我揍他!"说完,他大步出门走了。

客宾走干净了。于震兴背着父亲来到房门口。桃子快速下炕。于世章就在大儿子背上说:"别忙乎,嫚子,我说句话就走。你来了家,我心里热得比火还厉害!这家和你爹妈那里没两样,都是自个儿的亲骨肉,千万不要见生,啊!"

桃子望着公公,情不自禁地叫了声:"爹!"

于世章又道:"你先歇两天,有你喜彬婶来帮忙收拾。"

桃子忙说:"不用。明儿我就下地……"

"那也好,就依你。这穷家就交给你啦!我和你哥到你婶家睡,你俩也早歇着,啊。"

桃子把公爹送到屋门口,看着他趴在大儿子背上,那瘫痪的双腿,她眼泪汪汪,好不心酸。本来,闺女想到离开家,离开爹妈弟妹,离开熟悉的深山、桃林、泉水,离开亲热的邻舍姐妹,远嫁到隔着重重高山、条条大河的陌生村落,该是多么生疏不习惯啊!在花轿里,她还抹眼泪来……这时候,她这些担心难受全没有了。她觉得这赤松坡的人和桃花沟的人一样实在亲近,都比孔家庄上的人强。这个家也太需要她了!桃子感到喜悦、激奋,充满着生活的热情和强烈的劳动欲望。

到现在为止,媳妇还未见女婿的面。于震海散席时就去送喝醉酒的朋友去了。院子里墨黑,天阴得结结实实,阵阵凉风,习习吹来。桃子进了房门,将门帘放下,打点好铺盖,侧身坐在炕沿上,等待着脚步声。

姑娘隐隐有点心跳,很快就跳得厉害,脸颊泛着桃花晕,黑灵灵的眼睛,神色恍惚,身子坐不住……十九个年头成人,等待的是这生活转折的第一步啊!她怎能不激动、不惶悚!况且,她知道自己有女婿整整十二年了,可是相互一次还没照面呀!陈规旧俗,没有结婚的男女是不来往的。结婚这一天,男方去女家迎亲，两乘轿子，一蓝一花，男前女后，轿子严实得和黑屋子一般；新娘下轿进院门之前，蒙上红布盖头，由伴娘挽着下来进了门，有大胆性急的闺女，趁与新郎并肩拜天地叩祖宗的机会，偷掀盖头角，从缝里瞅一眼。桃子的为人，自然没想到这一层。进了新房，新娘才能使唤眼睛——可女婿早伺候在外间男宾席上了。男和女，心里都在问："对方是个长脸圆脸？黑脸白脸？麻脸光脸？"他们也都知道：不论是何种长相，男的是女的一辈子的丈夫，女的是男的一辈子的妻子。

风从正间那开着的后窗鼓进来，扬起了红门帘。桃子走上前去关上窗扇，心里有些焦急地想："他送多远的客，也该回来啦！天要下雨⋯⋯"

院门响动。桃子立时要迎出去——但一想，把迈出的脚缩回来，转身进了新房间，依坐炕沿，侧耳细听。

脚步声一步重一步地进了屋门。桃子的心也一下重一下地扑通。随时准备门帘一动，她就起身⋯⋯然而，脚步声消失了。桃子正迷惘，轰隆隆，轰隆隆⋯⋯北面响起雷声。接着，风声紧了，雨声来了。

桃子再沉不住气，将门帘扒开一条缝，向外窥视。昏暗的正间里，站着位高壮的人，背对着新房，脸朝北窗。桃子纳闷，他在等待什么？还有什么事？桃子欲叫他，却又害羞，也不知称呼什么怎么叫法——她母亲没教给姑娘应付这种场面的办法呀！三嫂从自己的阅历中，怎么也没想到，闺女结婚的头一个夜晚，会遇到这样的困境啊！

桃子憋得额头出了汗，实在耐不下去了，就缩回脸，轻轻地咳嗽一声。

女婿身子一震，转过头，冲着红门帘，抱歉地说："哦，你还等着⋯⋯你先睡吧。"

"你有事？"桃子低声地问。

"没……没事,你先睡好啦……"

这明明是支吾其词。桃子的心有些凉,眼圈发热:"难道女婿不中意她?"

蓦地,有人敲后窗。桃子正吃惊,呀一声——窗扇开了。她扒开门帘的边,一个男人湿淋淋的头伸在窗开处。桃子吓了一跳。

"快进来,老丁!我在房后等你一会儿了……怎么才来?"于震海向外伸出手,要把对方拉进屋。

那人用衣襟揩一下水脸,急切地说:"不进去啦。路不好走,来晚啦……快点,李绍先在北亓庵里等咱们,天亮前他要进牟平县。"

"好!我向家里的说一声……"

"你成亲啦?几时的?"

"今天。我原以为你能赶上喝两盅……"

"那今夜你算啦,我先去会会他……"

"盼了多时啦!等不得……"

桃子听到这里,忙扭身趴到炕上。觉到他进来了,也没反应。

"喂,你睡着啦?"

桃子把身子略动动——表示她醒着,心想,看他能这么走开不成!

"哎,我有点急事,天亮前就赶回来。你闩上门,把后窗留着就行啦!"

桃子气得浑身发抖,使力闭着嘴唇没使哭声爆发。她再也无法容忍,陡地爬起来,转身——哪里还有人!桃子急冲出房门,但见他闪身一跃,出了窗户。她扑到窗跟前,咔嚓一道闪电蓝光,照见两个人影,在白淋淋的骤雨中,泥水的庄稼地里,匆匆而去。一串焦脆的响雷,震得桃子头皮发紧。她像打愣了的小鸡,大睁着两眼,木呆呆、傻愣愣地站了半天。猛然,她冲进房间,扑到被子上,呜呜地哭起来。

她一面哭,一面想,这可恨的人,媳妇头一天过门,彼此连相貌都未看清楚,就匆忙走开,把她这个才离开爹妈身边的闺女扔在黑天雨夜的空屋子里。这于震海!如此无情,这样冰凉,那么狠心!他是石匠,那心也是石头的呀!

桃子最后哭叫出来了:"俺桃子这辈子算完啦!妈呀,你闺女好命苦,还没俺姐好啊……"

当巨大的悲哀郁结在心头,与其拼力压抑,毋宁让它迸发出来,使理智捉住感情的缰绳,走上正常的思路。

痛快地哭过一阵后,桃子就冷静些了,心里说:"唉,光哭顶么用?学妈,事到临头,硬性点。"

桃子起身,对着镜子拢了几把散乱的头发,揩净脸上的泪迹。灯光忽悠,风雨通过敞开的后窗灌进来。她去关好窗扇,站在正间地下,听着哗哗啦啦的暴风雨,又是思绪万端。

这样的雨夜,路途艰难,山水无情,于震海和那个人甘愿奔波,为了什么呢?诚然,桃子未曾见过于震海的面,可是哪个姑娘不留心自己配偶的言行品德呢?桃子从母亲嘴里,知道于震海勤劳、正经,人缘挺好,怀疑他对亲事不满也是没有根据的。他家一直催着完婚,唯恐张老三变卦退亲。但是,姑娘不能不正视面前的现实。于震海他们是去干什么呢?那个叫"李绍先"的人是谁,竟有这么大的吸引力,使她女婿不顾新婚之夜去会他?这人是不是个女的?不像,女的仨字的名极少。来找于震海的人又是谁?干什么事去这样急迫?为什么不对她说明白?这事像是背人的,背人的能有好事吗?于震海能干不好的事吗?他们会不会合伙去抢人劫道?于震海是这路人?

疑云重重,迷雾蒙蒙。桃子找不出答案,百思不得其解。不过有一点是肯定的,她预感到这是可怕的、危险的。她要向他问明白，阻止这事的再发生。

雨，愈下愈急。风，愈刮愈紧。雷电，那入夏以来第一次雷电，好似憋足了一冬一春的力量，一个比一个响，一阵比一阵急，像是把天云烧成了石头，又拼命地炸烂，发出了山崩地裂的轰鸣。豆油灯火被炸雷震灭了，那一道道蓝色的闪电，弯弯曲曲，乱摆乱窜，犹如怪形的蛇蟒，在屋里闪现。十九岁的闺女胆子再大，也会感到恐怖。

"狠心的人，一走了事，连做什么都不和我说一声，哪里把我放心上？俺受不了这个怕，我找他爹去……"桃子悲恨涌心，委屈满腹，跑到屋门后，伸手拉门闩——然而，她的手又停住了，慢慢地缩回来，心里又翻腾开了，"这样闹嚷出去，外人见笑。他真做下背人事，我这一张嚷，不就遭殃啦？他遭了殃，我……唉，女人家，就是根子苦！命里轮上啦，有么法子啊！他是我男人，我的依靠……不，不，不能出门。等他回来，劝他再不能干这个，我得叫他把心放到家里……不，不，我不能离开家，雷要打死我，我就死吧。我得等着，等着给他开后窗……"

于是，桃子重新点亮油灯，从不离身的山菜篮子里翻出针线活，慢慢地做起来。

洞房孤灯，守着垂泪的新媳妇，愁坐待旦……

雄鸡唱出嘹亮的报晓声。

桃子惊醒，窗纸雪白，屋里明亮。她一时还在懵懂中，自己怎么拿着针线活，和衣歪在炕上？小菊妹妹呢……接着，发现炕前旧柜门上的红喜字，她才恍悟，她已经做了人家的媳妇。夜里的遭遇，简直是一场噩梦。

东邻的鸡唱鸭叫不断地传来。桃子忙下炕走出房门，一见正间后窗依然关着，痛苦地提醒她：于震海还没回来！

桃子正悲叹着，东房间传出男子汉的酣睡声。她吓了一跳：

门窗都插得严严实实,谁能进来?她犹豫着,轻步上前,探头向里一看:炕上躺着个高大年轻人,光着上身,头朝里,脸向外,呼呼酣睡。桃子见他的光大脑瓜,粗眉大眼窝,有点面熟,好像在哪里见过……她蹙眉凝眸的当儿,青年人左肩膀上一条刀疤,闪闪发亮。刹那间,桃子面前出现了去冬腊月十四日孔家庄集上,那位高壮的青年庄稼汉,为伍拾子打抱不平,痛殴冬春楼胖掌柜、他又被一个戴礼帽的青年暗算匕首的场面……

"原来是他!是啦,他有武艺,偷门进来的……呀,他会不会就是震海?不对,这人模样不像公公不像震兴哥,再说,要是他,怎能不叫门敲窗?怎能不进媳妇房间?"桃子紧张得断定不下,要出门去找公爹回家。

屋门后挂着一件灰布单长袍,一顶红疙瘩瓜皮帽,都湿漉漉泥巴巴的;地上,一双糊泥的新布鞋。这些东西,把惊慌的要开门出去的新媳妇叫住了:这是新女婿才有的装扮,那布鞋,是她一针一线精工细做的。到这时,桃子的心才松了下来。她回到东房间,端详着他,原来他俩早见过的啊!差一点把女婿当贼捉,闹出大笑话……她苦笑笑,叹了口气,拉过被单轻轻盖住他的肚子。她急忙草草地洗把脸,打开屋门,走出去又拉开了院门。

雨后的晨风,清鲜爽怀。桃子望出去,这村东西两条街,这家位于村西头,村后一片庄稼地。村西面三里之外有条大河,南面望不到边,北面很远才见山。一簇青森森的赤松树,戳天样高,直直地挺在村中间。"怪不得叫赤松坡呢!"桃子思忖道,没暇细瞧,就回到院里。

这院里有株老赤松,红紫的树身,针叶葱茏,枝杈蓬展伸出墙头。桃子又想:"这树,老是老,倒这么旺盛,比俺家院里的桃树还精神!……只是鸡没鸡,猪没猪,院子空落落的,真不惯……"

她走进屋,把于震海的湿衣泥鞋拿到院子,洗刷干净;又将干粮打点进锅里,一边烧火,一边将家什用具擦净、摆整齐……

太阳刚冒红,于世章被大儿子背着走进门,坐在院里的石条上。老人对迎出来的儿媳妇,笑着说:"见烟筒里冒烟,知道你俩起来啦……累了一天,该多歇息会子。"

"不累。爹……"桃子见老人瞧她的脸,即刻举手理了理头发,把脸遮挡了一下。

世章关切地问:"嫚子,你眼睛有点肿……"

"是昨儿强咽了一口酒,呛的。"

世章的目光注意到铁丝上晾的湿衣服。桃子抢先开口道:"他昨儿洒上菜汤啦,我顺手洗了……爹,你屋里吃饭吧。"

"嗯……好。"世章应着。

于震兴递上两根短拐,世章接过来,往腋下一夹,腰向前一扑,忽地下了石凳。桃子急上前去扶。他摇头道:"不用,不用。八九年啦,惯啦,走三里五里都没有事。我还能捡捡粪,收拾菜园子哩!"

桃子望着公爹两腋夹着短拐,左膝绑着旧鞋底,右腿拉在地上,一顿一拖地向前挪动,心里很难受,说:"你老再不要出去睡,家里行呀!"

"好,嫚子,听你的。其实,不是下雨路滑,我用不着人背。"世章说着,挪过了门槛。

于震海在父亲和媳妇说话中就醒了。这时他把父亲抱到东炕上。

桃子将饭拾掇到炕桌上,摆下三双筷子。世章立时道:"嫚子,咱穷家小户,没那些规矩。你见生,我不依!"

儿媳只得遵命,全家四口一桌吃饭。桃子偷瞧丈夫,见他面有悦色,她略略放下心。

饭后,于震兴要出去打短工。桃子问:"哥,你上哪村?"

"孔家庄。"震兴道,"妹你有事?"

桃子说:"我是想,你要能顺路,去俺妈家一趟,抓两只鸡来……"

"快别再去刮你妈啦,她家也不是富庶的。"世章道,"有你来家了,抓鸡的钱咱还对付得上。震兴,过两天,从集上抓几只回来。"

震兴扛着锄头走了。震海也提起石匠工具箱,世章吩咐:"你这两天不做工,在家帮着收拾收拾。"

"还有么事?"于震海扫视屋子一眼。

桃子在灶间刷着锅,说:"织布机得两个人安。"

这话又引起世章一番感叹,道:"真算拉上好亲戚啦!你爹妈把自己的柜让出来,又陪送织布机……我呀,孩子,对不住你,连身衣裳也没能给你扯……"

"说这些有么用?"震海粗声说,"穷,也不是自个儿找的!"

世章道:"话是这么说,可我心里头……唉!"

桃子去院里倒脏水,回来走到屋门口,听到公爹小声说:"……夜里你得罪人家啦?"

"没有。"

"她眼怎么肿的——哭的是不是?"

"这……"

桃子想起她夜里的苦楚,于震海的狠心,解气地想:让他受点教训……

"说!你这……"

听到世章严厉的喝声,桃子那出气的心一下子软了,赶进来插言道:"爹,咱家养个猪才好,能攒粪,也费不了多少吃食。"她边说,边瞟丈夫,见他脸上急得血红。

"好,买个猪崽……"世章应着儿媳,眼睛愠怒地瞪着儿子。

桃子看在眼里,就吩咐丈夫道:"你去提筐土回来,安织布机得把地垫平。"

于震海得了脱身之机,忙着出门。世章又关照儿媳几句,去了房后的菜园子。

不多一会儿,震海提土回来。桃子笑道:"倒进空猪圈里吧。"

震海问:"不用啦?"

桃子白他一眼,说:"自家的地是平的,你不比我清楚?"

震海看着她,有些茫然。

"白累一趟,生我的气?"桃子道。见他摇摇头,径直去把土倒了,桃子悄声自语:"这个粗心的人……"

新婚夫妻,在正间后窗前腾地方,安装织布机。桃子一面接着震海递过来的小物件,摆到别处去,一面找话和他闲聊,想在不知不觉中,打探出他夜里的行踪。她问道:"你家是石匠,怎么连盘磨没有?"

"这世道,就是这样:种地的没粮吃,砍柴的少草烧;打鱼人尝不到腥味,晒盐工老吃淡菜;木匠死了没棺材,瓦匠家房子漏雨!"于震海愤愤地说,"俺家两个壮汉子,养不了一个爹!全部家业,二分菜园子,三间茅草房。我做工,哥扛活,常年不在家吃饭,爹吃几颗粮,找别家帮着磨磨,自己安磨有何用?"

桃子没想到,一句话引出他这一串怨愤,便道:"唉,谁家还不一样?俺家也强不了多少。"

震海半真半假地说:"凭你这样的闺女,找个富点婆家,不会费事;做穷石匠的媳妇,你不委屈?"

桃子的脸唰一下红了。震海笑道:"叫你石匠媳妇,寒酸是不是?"

桃子倒认真地说:"正经人,都凭力气吃饭。你刚才还说,人穷不是自己找的,丢得哪号子人?"

震海深深点头,伸手搬桌子。桃子瞅着他臂上的刀疤,说:"去年你替人打架,真把我吓慌啦!"

"在哪儿打架?"

"孔家庄集上。"

"哪次？打的谁？"

"咦，他倒忘啦！"桃子惊讶不已，"你问哪次，你常跟人打架？冬春楼门前，你肩膀上那疤……"

"哦！"震海想起来了，打量着桃子，"那位大妹子——嘿嘿，是你呀！妈的，孔庆俦！那狗杂种……"

"脏耳朵的话，少出口吧。"桃子瞥他一眼，"你救的是俺村伍拾子，我担心你要遭殃……准又是孔秀才没让害你。"

"那些混蛋，没个好的！狗……"震海见她扬眉毛，就吞回骂的粗话，"孔秀才更歹毒！乡人多被他的假皮善面蒙住眼睛。别的不说，俺爹那身子，是谁作践的？"

"是秀才他？"

"这些你问爹自个儿去，我不愿提它！"震海咽了口唾沫，说，"那次幸亏江老师领着哥们赶来，官兵当时没拿住我。俺哥怕事去求情，孔家自知理亏，多少人都知道，闹大了不光彩，要我哥白给冬春楼干了两月活，才算没来碰我。"

"原来是这样。你说的江老师，是不是昨晚上那脸色像关公的白胡子老人？他识字？"

"就是他，他是俺们武术房的老师，不是书先生，叫江鸣雁，为人顶正直！"震海说着，一人将织布机搬过来，"这点活，一个人行啦，你气色不强，歇着吧。"

桃子也感到头重脚轻，就倚着门框，看着他问："你夜里多咱回来的？"

"天傍亮。"

"你怎么进家的？"

"我见后窗闩了，就没惊动你，翻墙进了院子，用草棍拨开的屋门闩。"

"有这本事！"桃子有意诈他一句，"做贼倒好！"

于震海毫不在意，美滋滋地说："小时我瘦得像干巴猴，老害病。你瞧，多棒！七八年练的。"

桃子见他壮实的宽肩膀，满胸脯的肌肉，心里喜欢，嘴上却说："身子再壮实，也架不住深更半夜挨雨浇……"

"我受得了。"震海插断她的话，"你睡会儿去吧。"

"他想支开我。"桃子心里说，嘴上道："有人受不了！"

震海没听到似的，只顾干活。

桃子见他不理会，心又被夜里的感情所攫取，就单刀直入地问："你夜里做么去啦？"

震海漫不经心地回答："告诉你，你也不清楚。"

这话像块冰扪在心窝上，桃子咬着下唇，垂下了头。

震海不见她说话，抬头望着她的神情，两只大手挓挲着，愣了一会儿，说："丢下你一人在家，黑天雨夜，害怕啦？"

桃子没抬头，低声道："怕点事小。你偷着出去干的是哪一道？"

震海憨厚地笑了，说："咱一不盗，二不抢，清清白白，干干净净。你瞧，我这五尺多的汉子，像是歹徒？"

桃子不由得抬起头，注视着丈夫。他健壮的全身，粗糙的大手，明亮无邪的眼睛，豪爽坦荡的脸孔。这样的人，怎么会行止不轨、伤天害理？但是，他夜里出去干背人的事，一定是怕官府的……猛然，桃子忆起那惊心动魄的一幕：孔家庄集上杀孔志红！孔志红也是个好人，难道于震海和他一样，是——不，不会，不可能！她不敢往下想，马上否定：共产党是识字先生，孔志红、她表哥高玉山才是。他，于震海，庄稼汉，目不识丁，穷石匠，怎么能与共产党有缘？千不能，万不会！但是，他又是跟人做什么去了呢？

桃子眼里游动着泪水，那丰厚的嘴唇微微颤抖着，说："你信不着我，行，俺不问。只是，人哪，夫妻是一棵蔓上的瓜，你作

51

好作歹，也有我一份啊！你这么硬心肠对我，可俺为你……"她哽咽得说不下去了。

震海走近她身边，急切地解释道："这是何苦？我最不愿见鼻涕眼泪的。你听我说，我要是去做坏事，你该拿刀杀我，不管夫妻不夫妻。你放心，我做的是好事，如今还不能对你说，总有一天你会明白的。你老不放心，我……"

桃子见他说得恳切，神情真挚，急得额凸青筋脚跺地，心怀敞亮了许多。她拭拭眼睛，说："你别急成这样子。俺信不过你，还不替你瞒着哪！"

震海感激地说："我是粗人，可也料到你会这么做——穷人家的闺女嘛！"

桃子叹道："也别这么说，俺差点把女婿当贼喊了！"

"我真是贼，你该喊人拿。"

"说得轻巧，你遭了灾，我怎么办？"桃子实情实意地说，"往后，别把我一个人撂在家里……"

"我不出去做工，吃么呀？"

"这个，你常年在外我也不管。"说着，桃子进房门开柜找出件白粗布单褂，伸展开，递给他，"穿上吧，新郎的袍子还给人家的。"

"你怎么知道那是借来的？"

"我洗那袍子，又窄又短，就知道不是你的。给你做褂子，妈叫尽着大的裁。"桃子边说边帮他把白单褂往身上套，她又看见他臂上那条显眼的伤疤，说，"那个洋分头戴礼帽的东西真够坏的，你去拉他，他倒暗里行凶。"

震海没有恶意地讥讽道："你骂哩，那不是你姐夫？"

"啊！"桃子震惊不止，这是她万万没想到的。当时她一心在救伍拾子的人身上，没有留心那个行凶的人的长相。真是事有凑巧，刀伤她丈夫的凶手，竟是她好儿姐的丈夫！

"孔居任常去你家？"震海问。

"结了亲去过三两回。"

"他对好儿姐怎么样？"

"还不错……唉，将就着过吧！"桃子说，"过去就过去啦，如今是亲戚，你犯不着再记仇啦！"

"这种人……"震海看媳妇一眼，把骂的话变成唾沫，怒悻悻地啐了一口，"呸！"

桃子倒吸一口冷气，不安地看着丈夫……

这架用新旧木材打起的织布机，很快安顿好了。桃子开开她父亲娶她母亲时用的、现在陪嫁给她的黑旧楸木柜子，把从妈家带来的现成经线卷子，拿出来打点上机。她坐上织布机，束上机带，脚踏蹬板，手推横挡，试了试，一切顺当。接着，她打开空梭，装上线穗，由慢至快地织起来了。于震海站在媳妇身旁，眼睛一直跟着她的动作，从手到脚，渴望不够。这时，他听着节奏均匀的机杼声，咧着大嘴笑了。

很快，五六个赤足小孩窜进院子，堵在屋门口看热闹。突然，院子里响起欢呼声："哈哈哈哈！好哇，我这死气沉沉十多年的家，有生气啦！有热闹啦！哈哈哈哈哈……"

震海赶出来，见他父亲于世章，一面拖着瘫腿疾走，一面狂笑呼喊，两行热泪，把胡子都浸湿了！

在桃子的机杼声中，于世章大声对儿子说："震海！去借钱，买个猪回来！这家要像个家，要有猪叫，要有鸡打鸣……哈哈哈！孔庆儒秀才老狗，于之善坏地瓜，看我于世章胜，还是杂种你们败！我家要旺盛，你们算输定啦！震海，买猪！要好的，好的！"

第四章

　　于震海肩搭一条麻袋，甩开大步，顺着大路，向西奔走。
　　雨后的初夏，昊空瓦蓝，气象清新。北望昆嵛山，奇峰破嶂，重峦叠嶂，此起彼伏，绿得透明。
　　这昆嵛山脉，西起牟平城河东，峰巅迤逦向东南近百里是主峰泰礴顶，雄踞万山丛中，海拔近千米，横贯文登县，东至荣成境内，东西绵亘二百多里。它正西和艾山山脉相望，西南和海阳群山呼应，一起形成了胶东半岛丘陵地带的脊骨。昆嵛山背靠黄海，南怀是丘陵河谷平原，无数条山水河从它巨大的躯体里发源出来，浇灌着它怀中肥沃的土地。
　　那路两旁的田野里，玉米、高粱、谷子的青苗，抖动闪烁，一片翠光；豆苗刚离开地皮，绽出三四瓣嫩叶，正待第一遍锄耘。大地上，除了条条弯曲的白带子似的沙河和道路，全被绿色盖住，一派生机勃勃。
　　有些在大路旁田间劳作的人，抬起头和于震海打招呼。其中有个锄玉米地的老汉道："震海，赶集呀！"
　　"哦，喜彬叔！"震海停下来，"俺爹要抓个猪瓜子，拉的饥荒，利钱太重！"
　　喜彬老汉说："你爹是喜欢有了儿媳妇，起了过日子的兴啦！重就重点吧，对付得过去……"

于震海走出二三里路,打招呼的人仍是不断,但称呼却变了:"石匠玉,做工呀赶孔家庄?"

"石匠玉,俺疃有盘磨要錾,有工夫走一趟吧……"

"石匠玉,恭喜你呀……"

因为职业关系,外村人多称他石匠于震海,又为简化顺口就变成了石匠于。于和玉近音,人们为他技艺高、工活认真、待人赤诚,便改叫成"石匠玉"。这"玉"字在乡间是美的象征。久而久之,许多人都忘了于震海这个名字。外村如此,逐渐地,对赤松坡本村也有了影响。

人们提起石匠玉的名字的含义,往往和于震海的浑身武艺一块称赞不已;提起于震海的武艺,也就同他的家世遭遇联系起来了。

于震海十四岁开始拜师学武功。在这之前,他父亲于世章,正当四十多岁的壮年汉子,率领大小两个儿子震兴、震海,租种本村同姓地主于之善十七亩地,农闲时世章还耍石匠手艺。世章的父亲于平广,已年过花甲,仍去姚山头海口挑卖鱼虾。世章的妻子,带着八岁的小女操劳家务。六口家,老少勤劳,还过着不得温饱的日子。

这于世章,穷得衣衫露体,却不短志气,常常爱管闲事,见险挺身,救危济贫。所以村坊邻舍都愿和他亲近,遇有危难苦情,常找他相助,拿个主张。

有年春天,本村铁匠刘福身染伤寒,求医无钱,奄奄垂危。铁匠媳妇领着两个儿子宝田、宝川,哭着求到于之善家告贷。地主于之善说需要找好保人才借给。娘儿三个托人作保,无人敢担这个风险。宝田拉他母亲来找于世章。

于平广老人连连摇头道:"这个保人,谁敢做呀!我家也没有……"

"天无绝人之路!"于世章发话道,"我保啦!"

老父忙说:"谁不知于之善是坏地瓜,反复无常,驴打滚的债,咱家有几间房子几亩地?"

世章道:"救命要紧!走,嫂子!"

铁匠媳妇忙说:"宝田、宝川,还不快给你叔磕头!"

宝田、宝川双膝落地。于世章伸手把他俩拉起来,带着他们来到地主家。

于之善那蒜头鼻子朝天仰着,对他的佃户道:"到时他们还不上,可要保人担当的呀!"

"我知道。"

"你用么还?"地主坏地瓜开心地冷笑道。

世章说:"没有钱,有力气,我的不够,还有两个儿子!"

铁匠媳妇一旁紧忙说:"俺卖了家当,也还你的。"

坏地瓜这才低下地瓜脸,打量着于世章,说:"行,我做个善人吧。"

他走进屋去,待了一会儿,拿着三张条子出来:一张是去孔家庄洪源钱庄提取他的存款二十块大洋的,其余的是借据凭证。坏地瓜说:"来吧,借主、债户、保人,三方画押。你们可看清楚利息、归还期限。"

当然,于世章、铁匠媳妇、两个孩子,谁也不识字,遵照于之善的吩咐,蘸着印泥在借单上按了指印。

铁匠媳妇忙命儿子给恩人叩头。十三岁的宝田听话地跪下,比哥哥小五岁的宝川,却只瞪着坏地瓜的蒜头鼻子出奇。他妈扬手要打,世章拉着孩子出门,说:"借的少还的多,财主无恩典。咱穷人的腿,不比旁人软!"

铁匠刘福的病总算好了。一下炕,他就领着老婆孩子抡开了铁匠锤。赶到来春,刘铁匠拿着血汗钱去还债。于之善扒拉一阵算盘,说还短大洋二十块。刘福分辩不过,去找来于世章。

"保人来得好!"坏地瓜说,"白纸黑字,债户要赖账。"

世章质问道:"二十块钱,本加利,年还四十,怎么还短二十?"

"什么,本加利四十?笑话!"坏地瓜指着借契说,"看清楚:到期还清,原本不算,纯利四十块。不信,找人来认认。"

刘福道:"俺找学堂张先生去。"

于世章拉住他,气恨得把借契摔到地上,指着坏地瓜说:"你这样欺负人!当时说的明白……"

"空口无凭,借约为证。刘铁匠,别好了病忘了恩,快回家取钱来,我要清账!"坏地瓜仰起朝天鼻。

刘福痛苦地说:"拼着命凑够的钱啊!"

于之善沉下地瓜脸,说:"于世章!过期五天,本利翻过,你是保人!"

于世章忍了再忍,没动拳头。他咬牙出门之后,对刘福说:"福哥!不理他,看他这坏透了的坏地瓜,还能怎样!"

于之善父子一天几次去刘家逼债,但刘家哪里还有钱?最后,坏地瓜要封门。于世章闻讯赶去,说保人是他,责任由他负,刘铁匠才免遭封门之祸。

世章去孔家庄学堂求张先生写了一张告状呈子。老父于平广吓得浑身哆嗦,说:"这是找苦啊!人家于之善是孔秀才的小舅子,秀才是乡长,区长和秀才是儿女亲家,你这不是送死啊!孩子,吃点亏,给坏地瓜顶年工……"

"我宁河里抓鱼玩,也不能吞下这口冤气!区长、乡长是他的狗亲,我告到县里去!"于世章憋足了仇恨,连夜上了文登县城。

那时候,张宗昌督鲁,孙中山的民国早在南方建立多年,而在这胶东半岛的县门口,还挂着张宗昌的红黄蓝白黑五色旗。当时的县政府叫县公署,人员杂乱不堪,各派各系,尔虞我诈,互相倾轧,争权夺利。

于世章去告状，接呈子的县知事为显示替民理政，沽名钓誉，加上张先生写的状子有凭有据，论理充足，就发下传票，索来于之善，当堂把坏地瓜责骂一顿，打了几棍子，判他再不准讹诈勒索。

坏地瓜于之善原以为有他姐夫乡长做靠山，谁敢碰他？不想吃了败棍。他从县上捂着腚片直奔孔家庄秀才家里。孔秀才说，如今时局动荡，县知事刚到任，与他、与区长都不亲密，要小舅子出钱反告。

于之善直摇头叹气道："出钱打官司，还不如不要那二十块哪，罢啦！"

孔秀才教训他说："你只知钱利，不知法益。你这次输了，再还镇得住乡人吗？于世章的威风不杀，行吗？古语云：'要谋大益，先弃小利而后已。'"

过了三天，于世章和刘铁匠被县公署传了去。判了个诬陷良民、图谋不轨，罚洋一百元，如无力偿还，给于之善当三年长工。于世章仇恨填膺，再求张先生写呈子去济南府上诉。张先生起初劝他告状无用，可世章执意要去。他又细细写了申辩，并资助世章他教学所得做盘费。

于世章告到济南省政府。第一堂就被轰了出来。有同难的人劝他，离家投关东躲难几年。但世章悲愤交加地说："走到哪里，穷人也是最苦！死，也要埋在出生的黄土地里。我要亲眼见到坏地瓜、孔秀才、区长、县官咽气，我比他们壮实，有力气！"

回赤松坡后，于世章一不还罚金，二不去给于之善做长工，并且把租他的田地也退了回去。他领着儿子打短工，挑鱼卖虾，耍石匠手艺，咬牙度日。于之善成天来世章家百般纠缠，砸锅摔碗。于世章忍无可忍，把坏地瓜痛打一顿，破口大骂道："我人比你穷，心比你正。一次可忍，两次能恕，你再三再四祸害人，我打烂你这个坏地瓜，甘愿偿命！"

于之善瘸着伤腿，捂着流血的鼻子，告到乡里。乡长孔秀才派丁抓去于世章，严施毒刑，世章还是不改口。孔秀才将他押到文登城，判了五年徒刑。世章宁死不服判决，被关进县大牢里整整三年，受尽折磨，两腿残废，直到最后只剩一口气，这才让家人抬回家。

家，已不成其家了。大儿子震兴白给于之善干活三年。老父于平广，为救儿、养孙，不顾病身弱体，拼着一口气，领着小震海，给德源号丝坊当脚夫。这年年关，爷孙重担去烟台，老人活活冻饿累死在白沙滩。世章媳妇携小女远攀深山觅野菜、霉菌充饥，遇到山洪暴发，母女双双殒身山涧。而那铁匠刘福一家，糊口的打铁家伙被于之善抢走，全家五口，逃命关东，院里的鸡毛草，已有一尺多深了！

啊，地主的二十块洋钱！

人都说于世章难活出一个月。然而，这位赤贫的雇农对守着哭他的两个儿子说："放心，孩子，我的气没出，不能闭眼！我要看着孔秀才、坏地瓜那群王八蛋，比我先入土！"

用遍一切土方土药，吞尽酸汤苦水，加上那位好心的、医术高超的中药先生冯子久的精心治疗，半年之后，于世章居然好了。好旺盛的生命力！好坚韧的骨头！好抖擞的精神！

"没地种，咱就吃石头！"世章对儿子说。他见震海枯瘦体弱，想了想，道："孩子，咱没钱念书，不认字吃了坏地瓜的苦头。咱学不成文，学武。身子练壮实，干什么也行！"

于震海白天跟父亲学石匠，晚上去拳房学武功。他学得苦，长进快，老师喜欢，教得经心。三四年的时间，他就大变了样，长成高壮结实的青年。如今他二十一岁，十八般武艺件件出了师。这对他的石匠职业，自然有极大好处，錾一盘磨，一气顶下来，手不软、气不粗。

于震海来到母猪河边。后面响起木头手推车嘎吱嘎吱的叫声。他往后瞧时,刘铁匠的大儿刘宝田、小儿刘宝川,推着铁匠炉,走得甚急。

"海哥,你来得这么早啊!"宝川老远就吆喝开了。

震海等他弟兄来到跟前,说:"你们今集倒晚啦!"

宝田停下车,扯着肩上的土布手巾揩着汗水,道:"俺爹先上集揽活去了,我弟兄赶了一气村里的活……你上集买么个?"

"抓个猪瓜子。"

宝川笑道:"哈,新嫂一过门,日子好过啦!"

震海说:"俺爹喜欢得不得了,要养猪养鸡的……"

"借的钱吧?"宝田心有余悸地说,"老二,驴打滚的债,可苦人哪!"

"怕么?"宝川说,"破了家再闯关东,挖了人参,回来再置办。"

"你越大越不懂事。"宝田望着车上的工具,"为这糊口的饭碗,咱爹进长白山老林挖参,差点喂了'黑瞎子'!为救咱家,世章权家遭了多少难……"

正说着,一辆自行车,叮当当地飞驶过来。三人让开路。那车上的人,斜睨他们一眼,径直过去。他一身柞丝绸子穿戴抖着风,呼呼作响。宝川朝他后影啐了一口,说:"这灰瘌狼!一腿长,一腿短,车子倒骑得稳。海哥,当初圣水宫山会上,你和金牙三子,就该揍死他……"

"小心他听见,抓你送区。"宝田说着,驾起车把手,"震海,一块走吧。"

震海道:"你们先走,我还等个熟人。"

刘家兄弟去后,于震海过了母猪河的木桥,扫视一眼大路上的行人,就离开车道,顺堤南下。堤上芦苇葱绿,半人多高,柳垂柔枝,叶子繁茂,白杨挺杆直上,出类拔萃。这里系母猪河中游,河床半里来宽,因雨水涨,水色灰黄,瓜儿大小的浪头,前拉后搡,滚滚南流。震海来到一片青森森的柳树林子处,望见牛群,他正欲穿过去,忽然一声响鞭,有人唤道:"石匠玉,上哪儿去啊?"

柳林深处走出一个人。他连鬓胡子,短衫短裤,腿上黑毛茸茸,肩上搭着粗长的皮鞭。震海认出是孔家庄的看牛倌毕松林,便道:"老毕,是你在这放青。我赶集去,顺着河道看看有没有鱼……"

毕松林嘿嘿笑道:"坐下吃袋烟再走。"

"不啦,我还急着上集哪。"

"急么呀!"毕松林不由分说,扯下震海肩上的麻袋,向草地上一撂,拉他坐下,递给他烟袋。

"我不会吃烟。"于震海说着,不时地向四周巡视着。

毕松林抽着烟道:"小伙子,混得不善吧,媳妇称心吗?"

"你也知道我成了亲?"

毕松林拍着他的肩膀说:"张老三把他最勤快的闺女给了你,对吧?桃子是个实在闺女,像她妈,不错吧?"

震海望着牛倌眯眯着微笑的眼睛,问:"你桃花沟也有亲戚?"

"只许你有?"

"你丈人也是桃花沟的?"

"哈哈哈!"毕松林放声大笑,抹把胡子道,"五十几的人,你给我说媒去?"

"原来你是光棍。"

"一身牛屎味,有谁喜跟我做伴!我这辈子,当定牛魔王的女婿啦,哈哈哈!"

"亲爹,亲爹!"有个孩子叫着从树林里跑出来,对毕松林说,"那大花脸朝河里跑啦!"

"容它跑去吧。七儿,你来。"毕松林向孩子叫着,又对震海道,"我说桃花沟的亲戚就是他,伍拾子的兄弟,知道吧?去年你为他打过冬春楼孔三掌柜的……"

震海看着七儿,默默点头。

毕松林接下去说:"一月前,七儿跟他妈讨饭,我在路上遇见,怪疼人的,就收下做个小帮手,跟我一块吃口粗饭。他妈叫七儿就地给我磕了个头,认作干老子。这孩子才九岁,倒挺灵通……"

七儿跑到近前,见了生人,躲在毕松林背后,拿眼觑他。毕松林把他拉过来,指着震海道:"孩子,这便是为救你哥哥狠揍孔三掌柜的人,你桃子姐的女婿,叫大哥。"

"大哥!"七儿蹿到震海面前,扑通一声,膝盖顶在湿地上,两手一扑,脑瓜叩下去。

震海忙将七儿接住,抱过放在腿上。他觉得这九岁的男孩子太轻,脸上的骨头硌他的腿,心里一阵酸楚。

七儿闪动着深陷下去的大眼珠子,紧盯着于震海,道:"大哥呀,你打得孔胖猪嘴啃泥,你真好!把武艺教给我,好呀?"

"好,等你大些。"

七儿又说:"俺桃花沟都夸俺桃子姐,她去你们大疃里,不受欺负?"

"不受,没人敢欺负……"震海回答着孩子的话,神情不安地前后观望着。

本来已到树林外面的毕松林,这时叫道:"七儿,咱看牛去啦,走啊!"

"唉!"七儿应声跑了去。

震海刚要起身走开,忽听人声:"好家伙,你早到啦!"

震海立即跳起来,对着一前一后两个人道:"刚碰上熟人,盘桓一阵。"

前面那位脸有浅白麻子的人,个头比震海还高点,叫丁赤杰。他放下肩上的扁担,说:"坐下吧,绍先。"

李绍先清瘦矮小,细眉细眼,摘下草帽,观看着周围环境,说:"这地方好风景,赤杰你挺会找的。震海,你说熟人,是谁?"

"孔家庄放牛的毕松林。"震海道,"他就在那边,咱换个地方吧。"

丁赤杰笑道:"不用啦,这地方就好……"

这个所在,草稠林密,人坐下去,从草木空隙间,可望见大路上赶集、田里劳作的人们,而那外面走着站着的人,却望不见里面坐着的人。

于震海大瞪两眼,紧盯着对面的绍先。李绍先的动作稳重利索,从腰里掏出个小红皮本子,手指蘸着嘴唇,一页一页地翻着。丁赤杰吧嗒吧嗒地抽完两袋烟,震海的眼睛还没眨一下。赤杰朝他亲切地笑道:"好家伙,眼睛都红啦!别急,绍先会说的。"

震海抹了把脸,不好意思地说:"这些天,一直没睡好……"

"那天是我搅了你的洞房!"丁赤杰打趣道,"这些天,是新媳妇向你算账了吧?"

震海老实地说:"咳!这些天我吃不下睡不着,巴望今天的日子……今儿天一亮,我就往这奔……"

绍先将小红本子一合,对震海说:"你参加中国共产党的请求,我向组织报告后,我们做了商量。你家穷,当石匠,是雇农,这挺好。你爹对地主有大仇,受害深,你又敢和坏人斗,骨头硬,也不错。赤杰这几月和你相处,叫你知道共产党代表劳苦大众的利益,打倒地主,打倒官僚,打倒帝国,消灭压迫和剥削,建立共产主义社会。为这个目标,你愿拼命流血。就为这些,由我和赤杰做介绍人,组织同意你参加共产党啦!"

于震海浑身的筋骨绷得像钢条一般紧绷,满脸红光,洪声说:

"好啦！好啦！这下，我可有了指靠啦！啊呀，赤杰哥！你原来早就是啦，还说和我一块去找……哈！"

绍先、赤杰，每人握住震海的一只出汗的大手。赤杰道："好兄弟！咱们一条心啦！"

震海激动地说："头也长在一起啦！俺粗里粗气，不懂事，哥们千万相帮着点。"

绍先道："党里的人，相互叫同志，意思是——一个心眼，一个志气，一个目标。"

赤杰说："震海，共产党和你在家门里、武术会件件不一样，和农民协会也不同，你要处处留心！"

"震海同志！"李绍先严肃地说，"你有一些毛病，为眼前报仇出气，讲义气，投情分，不顾死活去拼，这不行，要改掉。往后遇到这种事，动动脑筋，找组织报告，不能乱撞。眼下，最要紧的是向穷人讲受苦的道理，使受苦人明白，要想活命、翻身，就得连成一条心，把财主、官府打倒。这叫革命！"

"革命！"于震海攥紧了拳头。

绍先又说："联合穷人，这是第一条。再就是发展党员……"

震海急迫地说："这好办。俺们武术会的弟兄，十个就有九个半是穷人，一说反官府打财主，谁不参加党？"

赤杰道："这可不行。是穷人的不一定都能行。"

"要像赤杰发展你这样做。"绍先说，"你熟人多，是开展工作的方便处；可闹不好，会把不可靠的人拉进来。"

震海点点头，着急地问："咱们什么时候能真刀真枪起来干呢？"

"这要看咱们的劲头啦！"赤杰说。

接着，李绍先讲了全国形势，不少地方的党组织领导工农武装闹革命，特别是井冈山一带的红军，把蒋介石的军队打败了好多次，建立起根据地，福建、江西成立了中华苏维埃工农政府，穷人掌握了政权。咱山东目前党的力量还小，正在发展，到了时候，也要学井冈山的样子，把昆嵛山变成工农的天下，再和全国各地的红军一起，最后打倒蒋介石国民党，解放全中国，建立共产主义社会……"

于震海听着，全身充满了力量，恨不得抡起几十磅的铁锤，像他砸大石头一样，一锤把那些压在穷人身上透不过气来的"顽石"粉碎，再用最好的石头盖起新社会的新房子。

接着，讲到党的纪律，保密制度。听着，震海突然说："我该不要媳妇啦！"

"怎么？"赤杰吃一惊。

震海苦恼地说："有了她，我夜里出去活动，就哭哭啼啼……"

"这——"绍先沉吟着，说，"你的行动要当心，那天你成亲，就不该去会我。听说你媳妇是从小吃苦的，要多开导她。咱们也要发展女党员。"

"女的？"震海诧异地说，"她们能打倒谁？软骨嫩肉的，又怕事……"

"不能这么看。"赤杰道。

"这方面老丁有经历，他跟你说。没有妇女参加，革命成功不了。革命不光凭力气，事情多的是，这些理慢慢你就会清楚的。"绍先说，"咱们这个小组四个人，我是负责的。震海和赤杰直接联系，也可和组内别人接头，这叫纵的关系，横的不认识。防止敌人破坏，有人动摇，连累整个组织。"

"这一条挺要紧，千万记牢靠！孔志红同志，就是叫动摇分子泄露的！"

震海痛切地咬一下牙。绍先又打开小红本子，对他说："党内要有个代号，赤杰叫赤子，我叫先子，你自己取一个吧。"

"你们给好啦。"

"石匠玉，取最末那个字吧。"赤杰道。

震海看着李绍先，用寸把长的红铅笔，一笔一画在本子上写。

石匠虽不认识，但他生平第一次，眼见着那红笔在红本子上，写下他的名字——玉子。

震海问："咱们组不是四个人吗？那位是谁？"

"飞毛腿。"赤杰说着，手一指，"他来啦。"

毕松林快步迎上来。震海上去搋了他一拳，咧着大嘴，憨憨地笑。毕松林抱住他说："不怕我使坏了吧，震海同志！"

绍先把一封信交给毕松林，说："给牟平老冯的。"

震海接上说："老毕够累的，又是山路，我去吧！"

毕松林说："我这飞毛腿，铁打的，一夜百十里，不当事。"

赤杰一旁说："玉子去也好，没有错！"

绍先点头，将收信人的具体地址、暗号交代给震海。石匠玉将麻袋向肩上一搭，犹似一阵清风地去了。

这次党小组会，也就这样结束了。

天越黑越深。于世章借口听不惯织布机声，跪拖着瘫腿，又执意去喜彬家借宿。桃子坚留不住，知道老人是为她新婚夫妻言语方便，只好送出院门。她上机织了半尺多布，震海背着麻袋，兴冲冲地走回家，进门就嚷道："你快看，我抓的猪仔，骨膀有多大！"

桃子忙下机，边端油灯边说："早等着你哪！先别往圈里放，拿屋来瞅瞅。"

震海进来把麻袋放在灶前。桃子一面等他拿猪一面道："怎么一点声响不见？"

"小家伙睡了吧？"震海将猪仔从麻袋里捧出来，"不错吧？"

"呀，是挺大的！"桃子喜欢地用手去抚摸它。可是，突然，她眉头一皱，急伸手捂向猪嘴……长叹一声："唉！从早起就掇弄猪食，白费啦！"

震海先是一怔，接着慌忙翻弄猪仔，它身上都凉了。他望着背过身去揩眼睛的媳妇，伸了下舌头。

桃子把锅里的热饭收拾到炕上，就又去织布。震海狼吞虎咽地吃饭，暗自思忖。他怕送信回来猪市散了，就抓了猪仔背着去执行任务。不想来回七十多里，走得急，心情切，忘掉背上的二十多斤的活物，以致把猪仔窝闷死了。他吃过饭，瞅着小死猪道："真没出息，我倒没觉怎么样，你倒没气啦！人家留给你的吃食白费啦，给我的，倒收拾得光光的……"

桃子听着，禁不住扑在织布机上，咯咯地笑起来。震海也乐呵呵地说："别织啦，气那么大，布都给吹松啦！"

桃子边下机边道："头一天，见你这么兴致……"

震海把灯端进西房间，笑着说："你往后哇，也该这么样！"

桃子跟进房间，扫着炕席，放下枕头，道："做人，谁不乐意笑，专去找哭？花那么多钱，猪死啦，你不心疼？"

"怕什么，人能健健旺旺地活着就好！"

"你今儿得了聚宝盆啦，这么喜欢？"

"比宝贝还强……我碰到熟人，谈得真痛快！"震海脱鞋上了炕，头枕着两只手，眼睛亮闪闪地望着窗户。

"说了些么好事，能给俺说说吗？"桃子边躺下边说。

"反正是好事，顶好的……"震海不知怎么回答好。

桃子不看他了，说："你别为难，我不是刻薄女人。你不乐意说，俺还不稀罕听呢。"

震海感情深厚地恳切地说："有好多话给你说，只是没想好！"

"那我等着……"桃子吹熄了灯，轻声道，"累了一天，睡吧。俺妈托人捎信来，叫咱和好儿姐明儿七月七都回去。爹也吩咐咱俩去俺家住几天，你乐意不？"

"那个家伙也去吗？"震海的气粗了。

"谁?"桃子一怔,立时就明白了,"哦,他是好儿姐的男人,能不去?"

沉默。

好长时间得不到应声。虽然黑暗中看不清他的表情,但从丈夫粗气的喘息声中,桃子感到事情的棘手。她柔声地、担心地说:"你实在不乐意,俺也不强拧。只是,人哪,你把我放到一边没关系,冲着俺妈那份苦心,还是跟我去吧,啊!你说话呀,到底去不去啊?"

第五章

张老三坐在炕上，向对面的大女婿说："这年头，庄稼地里能出几个钱？打一把粮食，交租纳税，剩下的糠皮子还不够自个儿填肚子的；放蚕吧，茧价又跌，债逼息催，落下几担柴草，卖又不值钱……幸亏你呀，孩子，替我清了饥荒，又借给我本，今年才能放出两千蛾子。你的烧酒，这几集又进项不少吧，居任？"

这是在西厢房。好儿、桃子出嫁了，厢房成了老三睡觉、掇弄蚕的地方，兼作招待来客。

孔居任那长条脸上泛着油光，身上的细绸白上青下，同他岳父张老三的粗糙穿戴形成对照。他摇着纸褶扇子，呷口温茶，笑道："开烧锅有利图，喝酒的人不少。我霜子姑的绣花房，也来得财，我去烟台替她卖一趟，哪次也是百儿八十的赚。这样吧，叔，我再给你五十块，你再抓一两千蛾子，大干一场，到秋茧下来，我去西面昌邑那边卖，从青岛办洋货回来，利可大啦！你到孔家庄帮我做生意，再也用不着受罪啦！"

张老三那饱经风霜的脸裂着笑纹，手颤抖着，接过孔居任的票子，感动地说："孩子，这叫我说么好！原先我指靠你金贵哥发家，如今有了你这个好女婿……"

"女婿半个儿嘛。"

"对，对……不，不，你呀，顶得上一个半儿啦！"老三又压低声音,"这事可要瞒住你婶,她不让我使你的钱……"老三的气又来了,"这个糊涂人,净办没出息的事。她硬把你大妹给了于世章家,那三个光杆男人,要什么没什么,闺女去遭罪,老子更巴望不着有点光沾,出嫁还倒陪柜子、织布机……妈妈的!"

孔居任嘲弄地笑道:"人各有贵处:于震海有力气,石匠手艺高,你錾磨不愁没人。"

"去他的!有力气还不是给人家出力流汗,没粮没米,我要他錾磨推西北风!"老三气得涨红脸,摸起了烟袋锅。

孔居任递给他一支香烟,自己也点燃一支。

张老三连忙说:"贵重东西,你留着抽吧,我抽它烧嘴唇子……"

听到三嫂的脚步声,老三忙将孔居任给的票子塞进炕席底下。待三嫂进门后,老三问道:"饭还没好?"

"好啦。"三嫂说,"等那两个来了,一块……"

"天晌啦,不等啦!"老三不耐烦地说,"孔家庄和赤松坡,两家差不多的远近。好儿骑骡子来家,谁知那两个多会能磨蹭到。先上酒菜吧,俺爷俩喝着。"

三嫂的细眉弯了弯,冲丈夫说:"女婿没高低,哪有不等一块坐席的理。"

老三嘟嘟囔囔地说:"哼,没高没低,你就等着享二女婿的福吧!"

"生儿育女,俺压根没指靠享哪个的福。"三嫂的话听起来平淡,味道却不软和,她转向大女婿,"我不喜欢夸这个低那个,不错吧,居任?"

"婶子说得是。"孔居任弹着手中的香烟,得意地笑道,"皇帝还有三门子穷亲戚哪……"

三嫂不等他说完,就走出厢房。小菊抱着兄弟狗剩,在院里迎着她,小声说:"妈!你快去看看,俺大姐在正房里抹眼泪哩……"

好儿出嫁半年了。她比先前又瘦了,柳枝似的身躯显得更细,脸更少血色,更加苍白。这柔弱的闺女,本来下狠心,一下花轿,闷头撞死,落个干净身子,对得起她心上的人。但是,那孔霜子姑侄早就做了防范,孔居任寸步不离,死死守住她。孔居任对好儿说,自他来桃花沟姑家绣房里第一次见到她,魂就到了她身上,立誓要娶她。他孔居任为了好儿,央求洪源钱庄宽容张老三的租债,由他还上。如果好儿进门就死,他孔居任的本族孔秀才满门官宦权贵,岂能与张家干休?好儿全家要倾家荡产,张老三少不得吃官司、坐大牢。唉,好儿想到成天劳累不堪的糊涂爹,苦难最多最疼她的妈,为干活不顾羞丑留着大脚的桃子妹,天真又倔强的小菊,刚见世面的狗剩小弟,出外多年的哥哥金贵,再不能连累他们遭殃,还是她一身来承受屈辱和不幸吧……

时光就是这样混混沌沌地度过的。然而,感情像是团无头的乱麻。爱情的种子一旦出土发芽,虽然遇到种种挫折摧残使它夭折,但它的根须却不是一下能剔除干净的呀!每每在孤灯下,在月夜里,好儿独身的时候,就忆起和高玉山相处的那些日日月月。高玉山,他那爽朗的谈笑,正直的胸襟,质朴的表情;龙泉口的惜别,桃树林里的相会……想到这些,好儿身如火炙,恨不得立刻离开孔家门,扑向高玉山……但是,很快就出现共产党三个赫然大字,随之是孔志红的血淋淋的人头!高玉山,被官府捉进牢里,说不定和孔志红一样啊!啊,心上人受刑惨死,好儿岂能安居世上?可是,谁让他去当共产党找死呢?他就不想想,没有了他,她的苦痛吗?狠心的高玉山,真爱她假爱她?而她可是有生以来,把心给了这第一个男子的啊!好儿常常是哭湿衣襟,伴泪送日月。

前不久,孔家庄街上有人议论,高玉山从县大牢里回来了。好儿正在胡同口买菜,疑是谣传……但就在这时,她见一位细高个的男子，破衣烂衫，蓬头垢面，从街上迟缓地走过去。好儿竟没认出此人是谁，只看清和这叫花子似的人一块走的，是她姨父高德宽。一瞬息，好儿身子都木了，强力挪进家门，胸口剧痛，腥辣辣的东西冲上来，一口血染红了衣襟……

又过了几天，孔居任对好儿说："高家办喜事，张灯结彩，你不去瞧瞧？"

"哪个高家？"

"你姨家呀。"

"谁？"

"高玉山。"

好儿用力咬着下唇，心里不知是什么滋味，憋闷得喘不上气来。

昨天，好儿在临街院子里见表弟玉水背着书包下学，就把他招呼进来。好儿嫁到孔家庄，虽然和姨家村西村南，因为不言而喻的原因，只在来后第五天作为礼节不得不去过一次，再就没走动。

玉水进门说："好儿姐，多长时间没见着你啦，俺哥成亲你也没去。"

好儿拿糖蛋给他吃，搪塞道："我不知道这事……"

玉水恍悟："是啦，我要来找你，妈不让。"

好儿问："你嫂好吗？"

玉水道："做不好活，俺妈嫌她笨。"

"长得俊吗？"

"长得挺矮、挺胖、挺白、挺嫩的，没姐你好看。"

好儿红了脸，不在意似的问："你玉山哥中意她？"

玉水说："俺哥从牢里回家就害病。俺妈说冲冲喜病就好啦，央求女家提早过了门。好儿姐，还是我替俺哥坐轿迎亲的哩！俺哥不和嫂住一屋，俺妈不依，硬逼他进新房去，门外面上了锁，俺哥就在地上睡，急得俺嫂直哭……直闹到前天，俺哥和妈大吵一场，爹也劝不住，俺哥又走啦！"

好儿觉得她的心在一块一块地撕开去，手揪着胸襟，一个劲地哆嗦，问："他上哪儿去啦？"

"他说去牟平县教书去。"

"官府怎么放玉山哥出来的？"好儿稍松一口气。

"俺家花了不少钱，卖了五亩好地，孔秀才作保，才放出来的。好儿姐，俺哥在县大牢里，被打死过好几回，身上到处是伤……好儿姐，你别掉泪，俺哥好好的啦！好儿姐，你知道吗？俺哥不是共产党，是有人诬告他的。"

"他不是？"好儿叫起来，"是谁诬告的？这个人这么坏！为么诬告他？"

"这些没听说，我不知道。"

好儿深叹一声，说："出来就好！不是共产党就好……"

"好儿姐，你不知道，共产党不是坏人，俺孔志红老师，顶好一个人！顶好一个人……"

三嫂进了正屋西间，见好儿忙着拭泪，便道："你怎么啦，孩子？身子不自在？有委屈？对妈说说。"

"回到家，见到妈，心就……"好儿把玉山的出狱、成亲、离家，细细地说给母亲。最后她啜泣着说："妈妈，这么活着，我实在受不了……"

三嫂原也知道些大概，叹道："玉山是好孩子，妈早明白。可是闺女，你别老死心眼，玉山和你，都成了家，不好再有二心啦！妈是不满意你女婿，居任不是老实过日子的人。如今成了亲，你们过得还算和顺，就不要想从前啦。好儿，看你腮上红殷殷的，像是有痨病，要吃药治治，再作践不得，人再苦再累不怕，活的是个精神头啊！听话，闺女！"

好儿听母亲说得真挚、深切，忙抑制悲戚，拭干泪水，说：

"妈，你放心吧！冲着你，有一口气，我喘一口气……"

"妈，俺二姐和震海哥来家啦！"小菊在院里的喊声。

三嫂慌着理把鬓发，迎到院子。她一手拉女婿，一手扯闺女，端详着，微笑着，说："我的儿，三十多里山路，可累着啦！你爹、你哥都好啊？"

震海回道："都好。婶和叔好！"

"好，都好！"三嫂应着。

好儿、小菊向震海道了"好"，接过震海盛石匠工具的小箱子、桃子的山菜篮子。

好儿看着工具箱，笑对震海道："兄弟走亲戚，也不忘耍手艺。"

震海说："干我这营生，走哪儿干哪儿，闲着也是闲着。"他说的是实话。但作为共产党员的石匠玉，现在有更深一层意思，随时要以石匠职业开展革命工作。

"真是勤快人。"好儿道。

桃子接过小狗剩，边亲吻边说："姐你别夸他，人家本事大着哪，买个猪……不稀说他啦。"

小菊抢着篮子说："二姐，你回娘家也带山菜做礼品呀？"

桃子笑道："赤松坡是平川地，野菜比咱山上的好。你打开看看……"

小菊掀开盖篮子的粉红包袱皮，叫道："嘿！鸡蛋、鸭蛋、白饽饽，这下小狗剩可得啦！"

"也有你的。"桃子随手掰了块饽饽塞给小菊。

三嫂冲震海说："你家的境况我知道，留给你爹……"

没等震海发话，桃子搭腔道："都是爹叫拿的哩！他自个儿倒好，么好的也舍不得碰……"

小菊说："那大爷真好，我有好吃的也给他攒着，他比咱爹可强多啦！咱爹光……"

"好儿，小菊！快收拾饭去。"三嫂吩咐着，转对震海道，"你叔你哥，在厢房里等着呢。"

于震海浓眉打了结，站着没有动。桃子瞥他一眼，意思是："路上的话你忘啦？别叫妈妈为难呀！"

震海喘口粗气，随在三嫂身后，进了厢房。桃子又跟在丈夫后面。

农家小院，院里的响动，屋里都听得真切。为何刚才三嫂几个一阵谈笑，厢屋里的张老三和孔居任却无反应？原来桃子夫妻一进院他们就知道了，但张老三是岳父身份，对石匠女婿又不屑一顾，坐着纹丝不动。那孔居任听到于震海来了，心里忐忑不安，如坐针毡，然而他如今是大女婿，岳父的恩人上客，就装没听见。不过两人谁再也无心谈发财做生意，木头似的坐着。

震海进屋就朝张老三问候："大叔好！"

张老三没动身子，麻搭着眼皮，说："来啦，坐吧。"

三嫂指着孔居任，介绍道："这是你居任哥。"

孔居任从炕上站起来，因为屋棚矮，他不得不躬着身，望着于震海，不自然地招呼道："坐吧，兄弟……路上好走？"

震海没正眼看他，也不回话。桃子在背后捅他脊梁一指头，向孔居任笑笑，说："好走。哥，你们先来啦……"

震海闷头坐在张老三下首，孔居任仍尴尬地立在炕上。老三拉他一下裤角，道："坐呀，居任。收拾吃吧，居任饥困啦！"

三嫂和女儿把酒菜端上炕桌。待闺女离去，她坐在炕前凳子上，说："你们爷仨先吃，俺们北屋还有一摊子。"

张老三居坐桌炕正端首位，左面大女婿孔居任，右面二女婿于震海。他品着孔居任带来的高粱酒，眉飞色舞，只管向大女婿让酒让菜，看也不看二女婿一眼。三嫂一面纳着袜底，一面招呼震海吃菜。老三不屑一顾地斜视一眼震海，说："这年头，为人不灵通点，想些法子，就得苦死一辈子。喝着，居任。"

"是啊！"孔居任呷了一口酒，"富庶人家，有几个靠力气发财的。"

三嫂道："庄稼人，不吃山吃地，出力流汗，做么去？"

"婶子说得是！"震海火冲冲地说，"有钱人家，依仗权势，叫穷人受苦，肥了自己。这不正经，本分人不干歪门邪道。"

老三冷笑一声，对居任道："尝尝野鸡汤，我费了三天药的……"

孔居任喝着鲜汤，说："兄弟的话也是好话。只是你正经出力，遭一辈子罪。"

震海道："这就是天下不公平，为富的不仁，欺压穷人。我看早晚得改改。"

"改改？净胡诌八扯！穷就是穷，富就是富，自古命定的。"老三严肃地教训二女婿，"你能翻翻过？"

"这是孔秀才他们的理。"震海想说服岳父，"叔，咱穷人不能上这个当，甘心为财主当牛马使唤。要是穷人猛醒过来，力量比财主大得多，就能翻翻过。"

"你呀，怪不得不安分，到处惹祸，就是少教训。"老三摆出尊长的庄严，自命不凡地说，"比你想逗能的人多啦！咱昆嵛山自古就有反官家的。远的不说，前几年俺牟平段家村的段敬斋，领头抗租反税，跟随的有几万人，平推牟平城，到了怎么样？叫胶东王刘珍年派兵抓去百十人，头全搬了家，段家村被烧得精光……"

孔居任笑着打诨道："这也叫翻了过啦——用不着吃饭了！"

震海说："段敬斋是硬汉子！失败了，那还是人心不齐，穷人没都起来……"

"你还犟嘴啊！"老三气红了脸，"官家那些枪枪炮炮，大兵警察苍蝇似的，一群群的，你家的吗？"

震海说："兵是多，可当兵的有几个是财主？再说，兵多穷人多？"

老三瞠目结舌。

震海说："那些枪枪炮炮是死东西，到谁手里，听谁使唤。叔，你墙上的柴刀你不用，它自个儿能把柴火砍下来吗？"

老三目瞪口呆。

三嫂也听得忘记纳袜底，手里的针停在胸前，直瞅着震海。

震海继续说："能不能改这不公平的世道，就看咱穷人起来不起来跟财主官府干啦！"

好长时间没说话的孔居任，突然道："震海兄弟，你这些话像是共产党说的！"

像听到屋塌的声响，张老三的头轰的一声，手里酒盅落炕，大张着胡子嘴；三嫂惊愕地瞪圆了细眼。夫妻二人，直瞅着二女婿。震海的目光雪亮地射向孔居任，拳头紧紧地握着……但，转瞬间，他就垂下眼皮，去把岳父落炕的酒盅拾到桌上，谁也不看，平静地说："共产党不共产党的我不知道。这些都是实在理，人都长着脑子，还能不想想是非好歹？"

孔居任为岳父斟上酒，对震海冷漠一笑，道："这话中听。只是我劝你往后少说这些，省得让官府知道，像那孔志红……"

张老三猛喝一口酒，压下适才的惊吓，拍着炕席，厉声吼道："震海！我张家可是本分人，你自己去闯祸惹是生非不打紧，我的闺女可不是雪堆的——白给你的！我张老三一家老小，还想有口气喘！咱明话说前头，你听到没有，啊？"

三嫂的目光一直没离开震海，她的心也没平静下来，但她见二女婿难以回答岳父的责问的样子，就冲丈夫说："你说废话做么个！好像震海就是了似的，叫孩子难受。"

老三见震海不搭腔，又迫于妻子的严厉眼神，就软下口吻，对震海说："往后老老实实，跟你居任哥学着点，倒腾个小买卖，也有点指望。"

"只要兄弟看得起我……"

"我当石匠的命,巴结不上人家!"

老三又火了:"哼,没出息……"

"不做买卖也算不得没出息。"三嫂说着站起来,"只是居任、震海,婶子今儿把话挑明,你们连襟两个有过冲撞,如今咱是亲戚,看在我的脸上,往后谁也别放在心上,啊?"

大女婿满口应承道:"我没事,早忘啦。"

二女婿蹙紧眉头,喝下一口重酒,没有言声。

云块浮动,月亮从云隙间时出时没。夜色灰茫,山风送凉,阴历七月初,这里的夜晚却少见暑气,后半夜还得盖被子哪。

于震海站在院子当间,仰起脸,越过石砌的高院墙,望着墨绿的山野。那山峰,一座比一座高,层层丛丛,环抱着五十七户的小山村。村后的北山,直峭峭地耸立着,山上的巨岩,嶙峋峥嵘,里面形成百十个石洞,大大小小,奇形怪状,明暗互通。这是一次次的地震和山洪,使北面当地人称为尼姑顶的更高山峰上张裂下的巨岩堆积起来的,成了桃花沟的天然屏障,人们谓之"北石屋"。石屋的最顶端,有个人、兽都无法上去的石洞,被千姿万态的怪石和赤松护蔽着,成百上千的鸽子在里面安居,号称"鸽子堂"。每年端阳节这天,村人多来游逛石屋,成为习俗。村南有条泉水石头河,淙淙细流,常年不涸。夏季山洪暴发,又掀起红色巨浪,震动山谷,轰鸣四方。河岸都是黑土山丘,满沟满丘皆是桃树、李树、杏树、梨树、樱桃树,尤以桃树最多,桃子肥硕鲜美,果实季节长,桃花沟村名也由此而得。

昆嵛山区里这种肥美地方不少,但多被庙宇、道观所占据。离桃花沟三里多路尼姑顶下的东夼里,就是赫赫有名的昆嵛山二十四景①之一的圣水岩。《元史·五行志》上记载："元贞三年正月，宁海州②牟平县获白鹿于圣水山以献。"《玉虚观碑记》载："……水不见发源，但嵌嵚之下，裂石而出，激激如线，味甘冷且清，春秋不变……"是王玉阳修炼之处，金元时道院最盛；明万历三十九年四月曾敕颁藏经玺诏：敕谕昆嵛山道众《大藏经》，其中就有圣水岩的份。所谓圣水岩，道名玉虚观，当地人叫它圣水宫，圣亦称胜，的确是山水幽深，林木茂美，有紫气谷、石燕坡、鸣钟岩、佛顶峰、二姑顶等名胜。周围的山林、果木、田地都是庙产，被地主、官府掌握，出佃牟利；而每年阴历四月初八的山会日子里，常常上数万人，几台大戏，更是财主、官府盘剥的大好时机，也是流氓、地痞横行霸道、欺人取乐的场所。有年于震海、金牙三子、宝田、宝川等人，就是为来赶山会碰上本村村长于令灰欺侮小尼姑，被他们设计——没让于令灰认出人，先捂上了他的眼睛，拉到密林里，狠揍一顿……迄今灰瘸狼也不知道谁使他的一条腿短了一块的……

　　于震海看着面前的桃花沟，想到隔山的圣水宫，又联想到他进进出出昆嵛山区的好多地方。真的，昆嵛山，多好的山水，多好的人民，出过多少英雄好汉啊！可是，这好山好水，好田好地，从古代的皇帝老子，到如今蒋介石国民党，他们的狐朋狗党，徒子徒孙，从省长、专员、县长，直到区长孔秀才、村长灰瘸狼、地主坏地瓜，样样霸占，件件独吞，而苦了他的亲戚朋友、哥们弟兄，认识不认识的佃户、长工、石匠、铁匠、牛倌、放蚕的、种地的……这世道，少数财主、官府肥

---

　　①昆嵛山二十四景：烟霞洞天、望海台、九龙池、无染寺、荆山寺、显异观、五峰庵、玉虚观（即圣水岩）、神清观、松风亭、飞泉居、长松岭、连云峰、仙游岭、升仙台、卧龙坪、狮子石、翠云屏等。

　　②宁海州：金元时设宁海州，辖牟平、文登二县。

头胖脑，横走竖飞；无数穷人累断筋骨，受尽欺凌！多么不公平，多么不能容忍！

中午吃过那不平和的酒饭，张老三去了蚕场；孔居任去看他姑母孔霜子；两个大闺女见了妈，多会儿也说不完那贴心话。小菊拉着震海去逛北石屋。这也是三嫂的主意，她知道二女婿是憋着一肚子气的，让他去散散心。的确，望着这些石洞，村庄周围的群峰险势，震海好生喜欢。原来，他参加家门里，入武术会学武艺，要联合穷哥们，学从前那些好汉的样子，到昆嵛山里圣水宫那样的地盘，安营扎寨，与官府、财主争斗，报仇雪恨……但这已经不是郝仪和于七①弟兄的朝代了，而是二十世纪三十年代了。于震海参加了共产党，找到了救星，要想翻身解放，必须跟着共产党闹革命。要革命，敌人有兵有枪，不动武是成功不了的，等时机一到，要学井冈山的样子，拉起队伍和敌人干，这桃花沟、圣水宫是用得着的地方。诚然，光有地利不行，更得有人和。桃花沟几乎全是受苦人，在这里开展工作，建立党组织，很保险。他要向党组织报告这件事。他又想，先发展谁好？他岳父一家是穷苦人，但张老三是那种为人，不成；岳母是明白人，可是女人家，用处不大……不过他又想起李绍先、丁赤杰的话，女人也需要，帮些忙也是好的。震海想还是先说通桃子，年轻人毕竟胆子壮些，让她再去说通她妈。他又想到这村的伍拾子，十五六岁，遭苦深，仇恨大，是个对象，明天去找他……

夜色中，于震海正望着群山思绪联翩，听到牲口刨栏，就走进尖顶的茅草搭的牲口棚，给同槽的张家的小毛驴和孔居任的大骡子添草。

---

① 郝仪，贞祐二年攻入昆嵛山的农民起义领袖。于七是栖霞县人，顺治七年率众造反，据锯齿牙山，其部禅教寺僧常和尚及农民张振纲等人占昆嵛山，抗拒官兵，进攻县城。

"你还没睡呀，海子？"

震海见是岳母来到跟前，便道："屋里闷……婶，你歇着，牲口有我照应。"

三嫂看一眼厢房，压低声音说："是不是不乐意和他们一起？那你到北屋，东炕倒给你。"

震海说："不用。"三嫂把他拉到南墙根处，轻声道："海子，你别生你叔的气。他那人，过够苦日子，光想好点，人也变糊涂啦，酒一上口，更没东没西的。"

"我清楚，不生气。"

"你是不是生婶的气——我叫你和居任和好？"

"这我也该明白，婶，两个女婿是仇人，你怎么能安下心？"震海道，"只是这半年来，孔居任发得这么快，有些不明不白。"

"是啊，咱娘儿俩想到一块去啦。"三嫂忧心忡忡地说，"居任家早先也是富的，他爹和孔秀才为事闹翻脸，家业转到秀才手下。孔居任从小郎当，不务正业。听你好儿姐说，居任借洪源钱庄的钱，开起烧锅；又说替他姑孔霜子卖绣花成品，赚的利分他三分。"

震海不以为然地说："孔居任穷光光的，孔秀才家会放心借钱给他？大脚霜子也不是好的，会这么疼侄子？"

"我也寻思，穷富不认亲。我从来不让你叔使他的钱，无奈这老东西不听话！明儿我仔细盘问盘问居任……"三嫂又气又急，心情沉重。接着，她上下打量一霎二女婿，声调柔和却是担着心事地说："海子，你也成了家，为人处世，谨慎些才好！什么共什么党的，千万别沾哪，孩子！"

震海吃惊，难道她察觉他什么了？他正要安慰她几句，正屋响起女子们的欢笑声。三嫂像不需要听他的回话，要他去睡，她就回正屋去了。

小菊和桃子滚在炕上，扭扯着打闹。好儿一旁做针线，瞅着笑。三嫂进来说:"你们只顾翻江倒海地闹吧,看把你爹吵醒来骂。"

小菊笑道:"俺爹早到睡神爷那骂'妈妈的'去啦。"

桃子坐起身,拢着散发,说:"妈,小菊的手心热得烫人,非要往俺身上放不可。"

"你身上凉嘛!"小菊嚷道。

三嫂道:"怪丫头,样样和人家不相合,等大了找个女婿,伏天给你凉手,冬天替你暖和大脚——十二三岁的人啦,脚也不要裹。"

小菊噘着稍厚的尖嘴唇说:"妈,你有了狗剩,就嫌弃俺来啦!"

好儿笑道:"也该拉你撞姓去。"

桃子说:"撞上牛才对劲——一样的牛脾气。"

小菊又要扭打桃子,被母亲拦住。她扑到母亲身上,撒娇地说:"饶了她,妈你得来这炕睡,热闹一宿。"

三嫂爱抚地摸着小女儿的嫩脸蛋,说:"盛不下。"

小菊道:"叠起来躺着,我压二姐身上,她有力气。"

好儿笑道:"她呀,十个八个也抵不上她那口子的一只胳膊。"

小菊偎在母亲怀里,说:"可真的,二姐呀,你千万别惹震海哥上火,动起手来,可比不得我打你。刚见面,俺瞅他大头大脑,眼里亮铮铮的,高腿长胳膊,还吓得慌哪!"

"人的长相能看出福气。"好儿凑趣道,"'三国'上说刘皇叔,双耳垂肩,自目能及耳——自个儿能看到自个儿的耳朵。"

小菊摆着小辫子,转着眼珠,说:"哪里看得到?看得到,那不成了猪啦!"

娘儿四个嘻嘻地笑个不停。提到猪,桃子又说出震海买猪的故事……逗得大家又一阵笑。小菊更乐了,说:"背个小猪对他算个么事。今晌午俺领震海哥逛北石屋,走到刀刃石,他怕我摔着，一手抄起我的腰，像抱小鸡似的，走了好远。"

"你长得也和小鸡差不哪儿去。"好儿道。

"再大也抱得动。不信问她——二姐，他抱得动你不……"

"你个死丫头片子，我不撕烂你的嘴……"桃子脸绯红了，扑向小菊。

传来狗吠声。开始她们没在意，为防止野兽，山村里十家有八户养狗。但是，狗叫从村口响起，迅速地传遍全村，一片紧叫声。张家的白毛狗，冲到院门后，狂吠不止。

三嫂惊愕，三个女儿骇然地瞪着母亲。东炕上婴儿狗剩啼哭……

厢房里，和衣倒在炕边的于震海，立时跳下地，几步来到院中。月亮被乌云裹住，夜色漆黑。

院墙外一阵急速的脚步声。接着有人打门。

张老三惊醒，摸着洋火点上灯。

孔居任光着上身跃下地，一手打翻灯。张老三惶恐地说："怎么啦？谁打门……"

震海赶到院门后，却不开门，侧耳辨别动响。门外并不发话，一个劲地踹门。震海疾速搬起百多斤的四方敲衣石，顶到门后。他又摸起靠墙的铁锨，准备迎敌。他疑惑是有人暴露了他共产党员的身份……突然，身后响起孔居任恐怖的声音："别开门！抓我的……"

震海一把抓住他的胳膊，急问："怎么回事？快说！"

孔居任头冒汗珠，慌乱地说："我……我联络人，绑过钱庄孔庆傧的票……一定是事发啦！快救救我，抓去没命啦！兄弟，上次是我混蛋，伤过你，对不起你！看在亲戚面上，救救我……"

门外叫骂道："孔居任！你这小子，跑不了啦！我孔显领着十多个警察，包住房子啦……"

张老三又吓又恼地揪住大女婿的洋头，说："你不能走，强盗！你走害我全家……"

倏地，从正屋冲出一个娇小精悍的女人，把张老三一把拉开，又奋力将他搡向院门后，急道："糊涂人，快顶住门！"她转向震海，"孩子！你婶在求你，看在你好儿姐面上，快救他出去！你也要躲开！快！"

于震海顾不及答岳母的话，拉着孔居任奔进厢房，一步跨上后窗台，两脚蹋断一片窗棂，二人相跟着跳出窗外，过了菜园地，冲进桃树林，顺着山沟，攀上了北石屋。停下来之后，听着狂乱的狗叫，夹杂着孩子的哭喊，震海痛心地朝岳母家凝望着。

孔居任揩着汗道："快走吧，兄弟，别让孔显赶上来！"

震海说："你走吧，我得回去看看！"

孔居任跪在震海脚前，哭声说："好兄弟，我这辈子不死，永生报答你救命大恩！"

震海拉起他来，说："这没什么。你这人，真埋汰，不该干这种事。"

孔居任悔恨道："从前是我不好。可我家的田产还不都叫孔秀才那伙王八蛋抢去的！等着吧，孔秀才老狗们，这个仇，我一定要报！"

"你要上哪儿去？"

"到西面，投奔朋友去。"孔居任猛然想起来，"我霜子姑和我们一起干过这事，这下……算啦，顾不得她啦！"

"已经来不及啦！"震海见他光着脊梁，就脱下身上的白小褂，递给他，"穿上吧，里面有几个零钱。"

孔居任接过衣裳，感激得鼻泪涕零："危难之中，才见佛心！多谢老弟。还求你多关照一下我媳妇。"

"早想到她，你就不该干这种事啦！从今往后你走正道，还有脸见她。你自个儿管自个儿地走吧！"

这时候，于震海不但忘记了孔居任的前愆，而且是怀着沉重的感情望着他消失在丛山的黑暗中的。在生活的道路上，心地善良的人往往最易被感动，即使对祸害过自己的人，也同情多于记恨。而有些胸怀不正的人，又常常利用这一点来欺骗帮助过他的人，使善良者一次次受苦。这究竟是好人的过错，还是坏人的罪孽？生活，多么曲折啊！

送走孔居任，于震海返身往村里走。来到河边，他停住了，心想："婵子让我也躲开，是有见识的。孔居任一跑，孔显抓替身，婵家里女的多，叔叔年老，吃官司也好想办法。我是孔家的仇人，要被他们拿住，非连上匪名不可。再一层，婵还不知道，我是共产党的人，被敌人抓去，死我一个不打紧，万一孔秀才查出底细，敌人拿这个作践党，事关重大！"

震海在乱石野草中，走一会儿，坐一阵，焦灼万分。

天，迟迟地亮起来。沉重的雾气笼罩着山峦、树林、村庄。在晓鸡的合唱声中，传来女孩子的带哭音的呼唤："哥呀——海哥呀——震海哥呀——"

于震海迎着叫声，急速跑去。在村外的路上，碰上一个扛锄下地的少年，他没理会，走了过去。但少年赶着叫道："你是震海哥，震海哥！"

震海站住问："你是……"

"我是伍拾子！"少年急切地说。

震海忙道："伍拾子兄弟！我正想看你去，过一会子就去。"

伍拾子惊喜不已，连声说："好，好！俺在家等你。昨儿我出去打短工，俺妈也上山薅菜，不知你来啦……听，小菊妹叫你，坏蛋都走啦……"

"震海哥——海哥——哥呀——"

于震海在村口迎上小菊。小姑娘两眼红红的，猛扑进震海怀里，哭着叫道："哥哥呀！快救救俺好儿姐俺爹吧，都叫兵抓走啦！都叫兵抓走啦！"

第六章

"好！好！"
"妙啊！妙啊！"
"好……"
大院子里，一片喝彩声。
墙头盖薄雪，冷月洒满地。
两个人，一老一少，老者仗剑，青年挥戟，正在对打。一来一往，一打一招，观看的人见不到交锋者的脚步，满眼的剑飞戟舞，刀光剑影。看样子，老的有些力怯，节节招架，无还手之暇；而少的越发力盛，戟芒飞花，步步紧逼。猛然间，老者突如其来，躲开掏心的戟锋，一扬左手握住戟杆，右手的剑箭一般刺出——青年即忙避剑，脚步稍乱，挨了绊脚，踉跄着跳出圈子，那戟已到老者手中了。

七八个青年涌上老者，接过他的剑戟，簇拥着他，一起向屋里走，一面叫道："师父！三尺短剑夺得方天画戟，绝招啊！"
"快把这手交给俺们吧，江老师！"
"江老师……"
江鸣雁落座屋中央那把破旧的太师椅上。他穿着单背心，老筋凸起的赤臂，汗津津的。他将着齐胸的白胡须，一面喝水，一面道："这一招是智勇双全的功夫，差一个节眼就要送命。震海的戟使得浑熟,硬和他拼我抵挡不住。瞧,我这一身的汗。震海!"

于震海披上棉袄,站在一旁,面向师父。江鸣雁对他说:"你太猛了点。不是你这阵子不常来,生了些,我败在你手下啦!"

震海道:"活计多些,常出去做工……"

"得了吧!"宝川笑着说,"有了媳妇说话做伴,还有心思来咱光棍拳房!"

金牙三子接上道:"这么说冤枉了海哥,他不会忘了咱弟兄。依我说,是海嫂子把他管住啦!"

笑声中,宝田正经地说:"都胡诌。那老二媳妇最勤快,过门不到一年,家里又是鸡又是猪,里里外外干干净净。世章叔爷三个,都像变了个人,再不破衣烂衫的啦!"

江鸣雁抽着烟,说:"那嫚子是百里挑一的!震海,听说你媳妇有了喜,几个月啦?"

震海红了脸,道:"她说有半年的景啦。"

正说着,一个十六七岁的闺女跑进来,冲江鸣雁道:"爹,永升嫂家住不得啦!"

"怎么住不得啦?"江鸣雁问。

闺女说:"坏地瓜去封她家的门。"

震海道:"二妞妹,从头说。"

二妞的声音很洪亮,年纪虽少,说起话来却不急不慢的。她说:"永升嫂不是借坏地瓜的粮了吗,原说是去年秋天还的,永升嫂还不起,加了利,缓到今年。永升哥不是在大连港做工的吗,原指望他挣了钱还的,不想有人跑回来说,日本兵占了全关东以后,封了海,工钱捎不回来。坏地瓜听说,怕瞎了他的粮,立逼着要还,要不就押房子。"

"王八蛋,于之善!"宝川抢到墙根,从墙上摘下一把大片刀,"世章叔早年打塌他的朝天鼻,今儿俺要削了这坏地瓜!"

87

二妞挡住宝川,说:"村长灰癞狼也在那,说不搬家,要去孔家庄叫兵来……"

"孔秀才来更好!"金牙三子抡着棒子,"有胆的,走!"

几个青年齐声喊:"打这兔崽子!"

"走啊……"

"打……"

震海张开臂堵住门,说:"弟兄们!这样去不顶事,救不了人家,还要遭难。"

金牙三子冲到震海面前,眼迸火星,怒气冲冲地说:"我说海哥!往常遇上不平之事,你走在前面,打在头里。张家埠盐场,你领俺们打过无赖的盐局子;在东村,咱们教训过两亩狼;圣水宫山会救出小尼姑,打瘸村长于令灰;孔家庄痛打冬春楼胖掌柜……正因为你是条硬汉,俺们才尊你为师兄。可这阵子以来,你遇事后退,不让俺们出气。难道说,你真为有了称心的媳妇,过自个儿的日子,胆子变小啦,骨头变软啦?"

震海生气地说:"你这是什么话!我是孬种,只为自个儿?"

宝川吼道:"冤枉你啦?三子哥的话句句实在,没骨气的,不配当师兄!不管他,咱们走!"

震海见众人又欲冲动,他拼力压下自己的火性,恳切地说:"弟兄们!听我几句话,再由你们……"

"不听他的,有种的跟我走!"宝川拨开震海挡门的胳膊,跨出门槛。

宝田一把将他拽回来,呵斥道:"多大个人,你知道个么!听老二说话。"

宝川顶撞哥哥说:"你也是想成家啦!"

金牙三子转向江鸣雁道:"师父!胆小鬼不是你的徒弟,你领俺们去!"

几个青年齐声说:"师父说话!"

"师父一句话!"

震海和宝田担心地望着白胡子老人。江鸣雁瞅他俩一眼,说:"于之善、于令灰!早该做刀下鬼啦……"

"对啊!"

"走啊……"

宝川、金牙三子等人呼应着要走。

"慢着!"江鸣雁拿烟袋的手一挥,"震海的见识是对的,咱们这么干,也吃够苦头啦……"

火气盛烈的青年们都愣住了。宝川将大刀朝地上一撂,说:"不想你也怕事啦!"

"我怕事?"江鸣雁霍地站起来,声音洪亮高亢,"我江鸣雁带着闺女闯江湖,收徒弟,传武艺,就为挣口饭吃?浑小子,你说这话,不牙疼吗?"

除去金牙三子,众人都来抚慰师父,责怪宝川,要他赔礼。宝川双手抱着头,蹲在一边鼓气。那二妞闺女流星似的眼珠闪了闪,嗔怪地瞪宝川一眼,拉住父亲,推到椅子上坐下,娇憨地说:"爹呀,干么生他的气呢?他是个愣头青,你不知道怎的?"

江鸣雁看看闺女,瞅瞅宝川,突然哈哈大笑了。大家莫名其妙。有人问:"师父笑么?"

老人抖着白胡须,乐哈哈地说:"我笑,我还没推到辕门问斩,穆桂英就讲情来啦!"

大伙望着宝川和二妞,跟着乐开了。二妞受不住,红着脸跑了。唯独金牙三子还丈二和尚摸不着头脑,气闷地说:"乐什么!有么好乐的!"

震海对宝田说:"你去给永升嫂做个保,让于之善暂缓几天,大伙凑凑,帮她把债还上。"

宝田走后,宝川仍气愤愤地说:"白学一身本事,有么用?打人无爪,咬人无牙,没个出头之日啦!"

江鸣雁对震海说:"你不是有几句话要说吗?震海,说说吧!"

震海说:"好。三子、宝川,你们气恨我,这怨不得你们。咱们光着腚一块长大,谁不知道谁?我不是见穷人有难不救,只是寻思,往常咱那么做,救不了多少难,顶多出出气。三子,咱打过不讲理的盐局子,可是盐价照样涨,富的还是他们,穷的还是咱们;两亩狼也没为挨顿揍不再赶地边子强占地,咱们家里倒给他赔东西、白干活;于令灰瘸了腿,照样骑着自行车,胡作非为;孔庆俦揍了我几拳,账还是赖不过去,我哥给他家帮工,冬春楼依样兴旺……一句话,咱这么做,顶不了多大的事。"

"这样说来,咱们家门里、武术会,还有屁用!"金牙三子说着,抬脚就走。

宝川起身跟上,说:"就等着受苦入土吧!"

"别着急,兄弟!"震海将他二人拉住,"要想真正报仇翻身,还有法子。"

他两个一齐站住。宝川惊喜地叫道:"还有法子?"

金牙三子着急地说:"海哥!是不是你说过的,南方有多少万人马,与官府作对,为穷人打天下的,他们要来咱这里啦?"

江鸣雁渴望地说:"有话,多说说吧,震海!"

震海吩咐宝川道:"你去……"

"海哥,刚才还说不怨我,怎么又要我走开……你揍我好啦!"宝川急了。

震海笑道:"你去把院门闩上。"

"等我回来再说啊!"宝川飞速地去闩上门,跑回来蹲在震海身边。

震海道:"咱这伙都是自家兄弟,穷骨穷肉,胳膊上走得马,脊梁上点得灯的硬汉子。今儿实对师父和弟兄们说,我说的那南方造反的兵马,都是共产党领着干的。"

"共产党!"

"孔志红！"

"啊……"

见到江鸣雁严肃的目光，大家立时静下来。震海继续说："共产党是咱受苦人的带路人，要打倒一切害人虫，建立起工农做主的国家。这叫作革命！咱中国东北面有个叫苏联的国家，共产党领着穷苦人，拿起枪杆子，在十多年前就打垮了地主资本家，实现了社会主义社会：种地的有地种，做工的有工做，再不受地主老财、官府的欺压，光景越过越好！"

"这可真是梦里的事！"

"我做梦也没做到，仙境一般！"

"怪不得官府这么怕共产党，它有这大的能耐！"

"这可比咱们武术会强老鼻子啦！"

"咱这地方穷人这么多，怎么没有共产党？"

"孔志红不是？"

"就一个，还被杀了！"

震海道："有穷人的地方就会有共产党，它是杀不完的！"

金牙三子眉开眼笑，拉着震海起身，说："海哥，你不早说。快走吧！"

"上哪儿去？"

"找咱的带路人——共产党去！"

震海拽住金牙三子，说："别急，三子。共产党和别的会道门不一样，加入它，不那么容易。"

三子拍着胸膛道："它要什么，我都给它，连脑瓜子算上。只是钱没有……"

宝川捣金牙三子一拳："穷人的靠山，要钱做么？傻蛋！海哥，快说，咱的共产党在哪儿？"

震海说："我也不知道它在哪儿……"

金牙三子亮着大嗓门道："这好办，咱大伙一块用劲打听，谁打听着也不准存私心……"

"三子,小声点。"震海压低声音,"这事千万不能露风声,不能乱说。共产党对受苦人最贴心,只要咱们向着它,它会自己找到咱头上。"

江鸣雁一直抽烟,观察震海的神态。这时他庄重而严厉地扫了众人一眼,说:"震海的话都记到心上,在这屋里说,在这屋里了,有谁走漏风声——"他把白胡须使劲捋了一把,"别怨我江鸣雁手下无情!"

这时,传来叩门的声音。

进来的人三十出头,高个子。震海忙迎上前,亲热地说:"是你……这是俺师父。"

"我叫江鸣雁。请坐。"鸣雁让位。

来人向大家笑道:"路走晚啦,找石匠玉借个宿的。"

宝川问:"你怎么知道他在这?"

来人答:"他家里说的。"

宝川又问:"咦,海哥的熟人,世章叔不留下你,俺嫂不来找他,叫你自个儿来这?"

来人不好回答。震海刚要说话,江鸣雁先开腔了:"你问这些废话干么,给灰瘸狼作眼哪?震海,快领朋友去吧。"

出了门,震海道:"老丁,真在我家宿?"

丁赤杰低声说:"不宿。先子在我庵上等你。你回家安顿一下,要三四天工夫。"

"回家得费唇舌……你稍站一会儿。"震海急去找到宝田,嘱咐道:"组织找我。你去告诉我家一声,就说你爹托我到烟台买煤买铁去……你寻摸着编排吧。"他又问永升嫂的事,宝田说缓和下来,他就随着丁赤杰,上了北去的夜路。

半岛上海洋气候,刚才还明月当空,现在又布云扬雪。

北风迎面扫刮，雪花凌乱，直往脸上打。两个人，弯着腰，顺着进山的路，急急地走。

"适才那个老追问我的小伙子，是谁？"赤杰问。

"宝田的兄弟宝川，挺机灵的人，直肠子，不错。参加党，要向后放一放。"震海道。

"江鸣雁这人，倒靠得住。"

"我正要找你们说，发展他。还有俺村的喜彬叔、金牙三子，过一阵子能参加。桃花沟的伍拾子，我和他说过，定要加入！"

"好，和先子商量商量。你老在武术会宣传，小心于令灰、于之善他们闻了风去。你自己家里呢？"

"俺哥人太老实，胆小怕事。俺爹那身子，能干什么？家里的，我说过几回，她一心想的是怎么过苦日子……我真不耐烦。"

"这就不对，人天生有觉悟，要共产党何用？我不是和你说过嘛，我家里的当初也是……哦，上山啦，小心点，路滑。"

山路坡陡，坎坷积雪。风吹得松林呼呼地喧腾。赤杰在前，震海随后，无法交谈了。震海想起丁赤杰的身世遭遇……

丁赤杰家住丁家庵。丁家庵在烟霞洞西面的一道大山夼里。这昆嵛山区的山庵，和通常的"庵"的概念不一样，不是尼姑住地所在。在这深山大夼里，有不少的山庵，住的是穷苦人，一般都是独户，少数两家以上的。当然像圣水宫附近的王家庵是个八九户人家的村名的也有，但很个别。因此，庵的名称通常是前面加个姓氏，丁家庵就是这样的。山庵里的人们生活最苦，住在荒山野岭，给财主放柞蚕、打柴、看山峦，在山坡、乱石中开垦一点土地，种点庄稼蔬菜，打些山鸡野兔，有大些人、特别是女人们一辈子都没出过山夼，不知山外天地。但山外的主人却忘不了他们，账本上的租息利钱、苛捐杂税，那是清清楚楚，一家不漏，一丁不少的。

丁赤杰家有父亲和弟妹。八年前，他被抽壮丁，在文登城当兵。一年后,患了天花,被赶回了家,差点死了;病好后,他去东北谋生,在抚顺当矿工。矿井塌陷,同赤杰一起做工的朝鲜人崔玉基,为保护难友身受重伤。老崔临终时拉着丁赤杰的手,说:"咱们是两国人,却是一条穷根!我妻子儿子惨死在日本人手里。我带姑娘奔中国,不想我又做了资本家的鬼!赤杰,我信得着你,你要不嫌,就把素香收下吧!"

等赤杰和素香床前给他磕完头,老人已瞑目辞世了!丁赤杰和崔素香掩埋了老人,回到山东丁家庵。赤杰参加了共产党,素香在丈夫的引导下,也成了中国的共产党员……

赤杰和震海进了丁家庵。细身材圆脸盘的崔素香,亲热地给于震海扫身上的雪,又将热水、热地瓜端到炕上,她就消失了。

油灯下,李绍先拿出那个红皮小本子,听着于震海的汇报,一一记下。他说:"江鸣雁、金牙三子、伍拾子可以发展;要宝田再多教育宝川。桃花沟一带山村,是文、牟两县交界的地方,离敌人远,穷人多,工作方便,要加紧开展。如今组织扩大,文、荣、牟、海四县,都有了党组织。毕松林他们几个交通员跑不过来了。特委①决定,玉子同志以后也做这方面的工作。你的职业,也好掩护。你说呢?"

震海兴奋地说:"好!这比动嘴闹宣传,痛快多啦!"

"这不是痛快不痛快的事,走到哪儿也不能忘记宣传,发动群众。"绍先严肃地看着他说。

震海脸上热辣辣的。赤杰道:"玉子做得不错,比开始好多啦!"

绍先没有理会赤杰的话,继续说:"珠子指示,派玉子同志去威海接一位负责同志。那同志在隆盛客栈里住,你去就说找程先生。见了面,你问他要到哪里去,他说回乡省亲去姑家;再问姑家贵姓,他说是姓赵,就对了。你领他到这里来。这是三块钱,

---

① 特委:中国共产党胶东特区委员会。

盘缠。"

赤杰递上钱褡裢，说："给你干粮。"

震海道："钱和干粮不要，走哪儿帮人打个零工，还不管顿饭？"

绍先道："时间尽量要短，咱们接信晚了，他已等了不少日子，防备有意外。人家是上面来咱胶东的，不能出错！"

"放心，全包在我身上啦！"震海说，"有没有攮子①？"

"什么家伙也不要带，防备敌人查你。"绍先道，"你还有么事？"

震海摇摇头。赤杰说："他没安顿家里的……"

震海抬步迈门槛，漫不经心地说："女人鼻涕眼泪的，理她做么……"

"回来！你不要去啦！"

听到这严厉的喊声，震海猛一惊，回身看时，只见李绍先那清瘦的脸气得煞白，嘴唇发青，拿红本子的手直哆嗦。震海愕然地看着他，不知出了什么事。

绍先满脸怒气，痛切地质问道："你说的什么话！咱共产党员不要家啊？革命为什么？"他咳嗽了两声，"看不起女人的，不够资格革命！这次任务，另找人去吧！"

赤杰忙把震海托刘宝田转告他家里的话说给绍先。李绍先向门外挥挥手，埋头看他的小红本子。于震海怒视着绍先，才想发作，被赤杰拉出门外。

震海气愤愤地说："万万没想到，李绍先对家和女人这么上紧。我看这人才是软骨头，不能革命！"

"你错啦，兄弟！"赤杰挽着震海的胳膊，边走边激动地说，"你全不知先子的底细。"

"明摆着，他自己说……"

---

① 攮子：匕首。

"他说什么来？他什么也没说！绍先的媳妇孩子，在春天——就是介绍你入党前两个月，全叫敌人杀害啦！"

震海像钉子插地一样站住了。赤杰道："他媳妇真是好样的！在牟平城临刑前，她和孩子只穿单衣裳，赤着脚，把脱下的衣裳鞋子袜子打成包，托人捎给绍先。包里还有封信，信上说，要他为天下的穷人、老婆孩子、父母姐妹，保重身子！这些穿的，她和孩子带走可惜了，送给别的穷苦人家……"赤杰的声音发哑了，"先子没有家啦，一个人，东躲西藏，为革命忙活啊！"

震海的两行热泪流到腮上。他拳捣着自己的肩窝，转回身去，痛悔地说："我太伤人！对不起先子……"

赤杰扯住他，说："你用不着解说，先子挺喜欢你，也对你很严格。看看，这么重的任务交给你，怎么不叫旁人去？"

震海揩把泪，心像火包着似的热。他们刚下了山坡，路边岩石后，闪出一个雪团，那正是放哨的崔素香。她扯下自己身上的麻袋皮，抖干净雪，披到于震海的高大的脊背上。

震海辞别了赤杰夫妻，辨着羊肠山道，急向东走。那山路，越走越艰险，山峰越来越高了。

雁群呼唤着，摆队南飞。远处盖雪的峰峦，在残阳下闪着冷落的寒光。雪野上的路途，行人断迹。只有大道旁土丘的背风处，坐着一个人，一副倦态，眼睛无神地发呆。他，于震海，整整一天没吃饭了。昨天，他为早赶完这一百多里雪路，乘晚行走，在九龙池下的岭口子上，被绊脚绳索勒翻，扑上一伙人，搜去他腰中的三块钱和身上披的崔素香的麻袋，骂了声："穷家伙，饶你命吧！"七八个黑影提着刀枪，向山里隐去。

震海跳起来，追出几步，但想到自身的任务，呸了一声，继续赶路。无钱宿店，他在一个村头的打谷场的草铺子里卧了一夜，一宿不曾合眼，翻来覆去地想，组织交代，任务紧急，不能耽搁，没法帮工挣吃的，怎么办？拿什么接负责同志呢？想来想去，只有一个办法，把他去路的干粮省下来，留着回来路上吃。就这么着，他走了一天，饿了一天。

这时候，震海浑身无力，肚子空叫，冷得发抖。他摸着邦邦硬的冻地，望着光荡荡的雪野，毫无办法。他摸冻地的手，挪到了盛干粮的褡裢上，嘴禁不住蠕动起来……然而，他使力吞回一口唾液，摸干粮的手又挪到雪层上，抓了两把雪掩进嘴里，跳起来，上路了！

掌灯时分，他进了紧靠海边月牙形的港城威海卫。没费事，和程先生接上关系，二人商定，明早启程。那程先生没问，震海自然也不好讨饭吃，两人睡在一个房间。第二天上路了，震海才看清这位程先生，白净脸皮，戴着眼镜，穿着长棉袍子，头上一顶旧礼帽，脖子上围着灰色绒线巾。震海背着他一个偌大的皮箱，心里思忖道："一直担心，怕回来路上没干粮，总算好，箱子挺沉的，他还有盘缠……"心里一宽，饥肠子就作乱了。震海实在捺不住，就掏出个玉米粑粑，边走边吃。

程先生在后面问："玉子同志，有吃的吗？"

震海之所以没问对方吃不吃，是因为早上走的时候，见他出去了一会儿，以为是吃饭去了。石匠玉是实在人，客套少。这时他忙转身道："你饥困啦？没有好的，俺乡下东西……"

"什么都行！"

震海送上一个玉米粑粑，一块咸萝卜头。程先生接过冰硬的粑粑，狠咬一口，飞快地嚼着说："很好！很香……"

震海见他吃得挺甜，满意地说："多会儿穷人都能吃上这个，就不错啦！"

"嗯，不不，太低啦，太低啦！等我们革命成功，在这……"程先生握咸萝卜头的手指向雪野，"在这大片的肥沃土地上，实行社会主义机械化的大生产，生活就大大改善啦！"

震海道:"那敢情好啦!咱这里,穷人家十户有九户没牲口的,能有牲口使唤,也就挺好啦!"

"不能光看目前,要有远大理想。"程先生啃硬粑粑的嘴迅速地嚅动,"玉子同志,你是什么成分?"

"你说么?"

"你干什么职业?"

"石匠。"

"哦,手工业工人,农村无产阶级,很好!再给我点吃的……你哪一年入党?"

"头年伏天,赶孔家庄集那天,是初九。"

"应当记住,去年是公元一九三二年,这不能马虎。"

"哎。你给说说,咱红军打胜仗的事吧。"

"好。现在革命形势大好!自从'四·一二'蒋介石叛变大革命以来,我们党克服了陈独秀的投降主义,自己掌握工农武装,领导革命……"于是,程先生从八一南昌起义、秋收暴动,讲到闽浙赣、鄂豫皖、陕北红军的胜利,特别是江西、福建的中央红军,打垮了国民党数万兵马的三次围剿……最后,他激情满怀地说:"全国都动起来了,就看我们胶东的啦!"

震海更是兴奋不已,说:"俺们的劲早憋足啦!只想早一天动手干,盼着早胜利!"

"这没有问题。我们有了马列主义指引,革命一定会成功,这是毫无疑义的。"

"程先生,你知道的真多,往后多说说。"

"我没读几本马列著作,我们互相学习。"程先生谦逊地说,"哎,玉子同志,自己人面前,不要再叫我先生,同志相称,叫我程子。程是代数上方程式的程。明白吧?"

"俺不认字。"

"哦……再给点吃的吧。"

震海又给他一个粑粑,暗想:"看他人挺文弱,饭量倒不小,早上没吃饭?"

程先生一面狼吞虎咽,一面说:"非常感谢你呀,玉子同志!他们再不来人,我得栽跟斗了。皮鞋卖了,怀表卖了,早上才算付清房租。昨天一天,到晚上才吃了一碗汤面。两袖清风喽!"

震海马上把正向口里塞的半块粑粑放进钱褡裢里,说:"不瞒你说,来时组织上给的三块钱盘缠,叫断道的抢了去。幸好还有干粮,够你两天路上吃的。"

"那你呢?"程先生也停止了吃食。

震海挺挺身子,说:"我身子壮,吃惯苦啦。"

程先生把手中的粑粑掖进腰里,道:"共产党员,能克服一切困难。我们同甘共苦,一齐奋斗!"

下午,他们来到山边一个小村庄,讨了点开水喝,歇息了一会儿。出村走了三里多路,望见远处走来四五个人。震海观察片刻,辨出是警察。他问:"有怕他们的东西没有?"

程先生道:"箱子里全是书,马克思主义的经典著作。"

"怕敌人?"

"党的书,怕。"

震海左右扫视几眼,说:"你顺路直走,我从这向山里去,躲过他们再赶上你。"

程先生道:"如果敌人发现,你就丢了箱子跑掉!"

于震海离开大路,斜刺地向山边树林处插去。

桯先生被警察拦住,搜过身,盘问一番。他道是在外埠教书,回乡省亲,顺利过去了。

震海远远望见程先生无事,就放下心,只顾走自己的。岂知白雪一片,人身显眼,警察发现震海,喊叫他站下。震海不理,加快了步子。警察端枪追来。震海撒腿猛跑。后面开了枪。幸喜来到树林,但他刚冲进去,膀子上中了一弹,一头扑在松树上,皮箱摔出老远……

桃子拿手使劲抵住嘴,不让悲泣出声;那泪水,不断头地流过面颊,浇湿了手里正缝着的婴孩的红小褂。她再想不到,从小被人称为硬朗闺女的她,出嫁后竟流出如此之多的眼泪,比她那多愁善感的姐姐流的泪还多啊!

她身旁的丈夫,侧身对着墙,酣畅的鼾声,使桃子伤心,哀怨,心里说:"我揪心绞肠煎熬了四天四夜,他倒是一点事没有,睡得自在……"

还有什么事使于震海睡不着呢?他膀子负了伤,咬牙抱着皮箱,爬上雪山,跟箱子一块滚下陡坡,摆脱了那四个怕苦的警察的追击,将程先生和他那重重的一箱书,安安全全地送到丁家庵……诚然,回家之前,他有点担心父亲、媳妇追问他的行踪。还好,父亲当着媳妇的面问他去烟台的路途情况,铁质煤价如何。而媳妇呢?她瘦了些,眼窝有青影,也当着父亲的面,带笑跟他说话。震海暗喜,宝田人老实,这谎可撒圆了。

实际情况,却与这位粗心的石匠领会的恰恰相反。他离村那天晚上,宝田来对桃子说,农闲时节,铁匠活多,震海要帮他家去烟台买煤买铁,因为要带夜修车子,第二天赶早上路,震海就不来家了。聪颖的桃子马上识出破绽,说:"我去找他捎点东西。"

宝田忙拦住道:"他已推车子去了孔家庄,要找木匠修,跟别家结伴在那里动身。大妹子放宽心,没差池,这几天有么活,我来照应。"

石匠玉时常出外做工,三五天,半个月,都是有的,帮人干活这类事,也不新鲜。可是这次为什么一定晚上走?莫不是又去干背人的事,怕家里阻拦才不辞而别的?桃子心慌。于世章一旁宽慰儿媳说,去就去吧,不会有事的。桃子一夜没合眼,第二天一早，她寻到宝川，问起这事。宝川惊讶道："买什么铁？哎，昨下晚不是有朋友来拳房找他，在你家借宿的吗？"

桃子虽然惊异不止，但还是连忙掩饰道："哦，有来……他俩睡过一会儿，就起身走啦，我隐约听说买铁，当是给你家买呢。"

"嘿，海嫂子，打铁的多着呢！"

"宝川兄弟，我黑里没看真，找他的那人，怎么个长相呀？"

"高个头，浅麻子……放心，嫂子，反正不是女的……"

桃子明白了，他是北山丁家庵的丁赤杰。他不闲着来找震海，时常同她和公爹说些穷人如何受苦的话，给人留下老实厚道的印象。这时，桃子忽然把这丁赤杰，同她做新娘的第一天夜里，在窗外唤走她女婿的那个人联系在一起。

"准是他，又是他，唤走他。"桃子心里想。他们不会为坏，是好人，老实人。那孔志红也是好人啊，可他是共产党！震海和赤杰常说共产党，难道他俩真和共产党有来往？共产党不光是教书先生，种田的做工的也能有？

四天四夜，桃子坐立不安，一天多少次走出门外，张望各条路口；夜里机织，针黹，时时停下来聆听动响。在公爹面前，她还要装作无事，慰藉老人……

悲恸着的年轻媳妇，再也听不下去丈夫的鼾声，她要叫醒他，问个明白……忽然，她肚子里的东西向上顶了一下，又向下一蹬。桃子依墙靠着，闭上眼，手轻轻抚摸隆起的腹部。渐渐地，胎儿老实起来。她深深地却是无声地叹口气，擦干眼泪，忙着继续缝红小裤……

风住了，雪停了，云开了，星斗满天。院子里那株歪脖子老赤松，压满了雪朵，静穆地立着。暖和的茅草屋，鸡在灶旁的热窝里，发出尖细的睡声。东房间的于世章，不时响起压抑的咳嗽。

"爹的身子越来越不好啦，精神头可从来不减。这寒天，震兴哥还在外做工。日子苦是苦，倒省心啊！可就是他，偏要铤而险……唉，等有了孩子，他当了爹，就该老实啦！"桃子边想边飞针走线，见他的被头张开了，就趴下身给他掖好——此时，她的脸正俯在震海的脸上面："唉，那脸皮，风里雪里吹打的，粗多了，两个腮不见了，眼窝那么深，只显眉毛了！他瘦得这么快，几天没吃饭似的。你嘴闭得那么紧，做么呀？老实人，不老实过日子，家给你料理成这个样子，你还不称心？人家能过，就你不能过？老是那么多的气不平，做么呀！唉，爱不是，恨不是的人，你叫俺怎么好啊！"

桃子叹口气，理把掉下来的头发，轻轻拖过他的棉袄，翻弄着寻觅要补的地方。突然，她眼睛一亮，两手掰住右面的袄肩，仔细瞅着："不是眼细，差点过去了！这是谁给他补的？一样颜色的旧布，好手巧心细的女人活计！……哦，他人缘好，朋友的好心家里的，也是有的。"她定下神，翻过袄袖，看看里面有碎的没有。就在外表补过的地方的里面，有鸡蛋大的窟窿，周围的棉絮破布上，是些黑红的斑点和道道。她凑上灯前，端量着：这是怎么破的，从外碎到里？树枝划的？不像。摔倒磕的？不是。这黑红的东西——啊，血！

桃子全身一震，去掀开他的被头。她弯在他身上，才看见他侧身压住的右肩，裹着白布，鲜红的血洇出布面，红得刺眼。桃子的黑细眉毛挑成月牙形，一脸苍白，身子一软，扑倒在他身上。那泪水，那哭声，一块儿迸发出来。

于震海惊醒，霍地坐起来，问："你怎么啦，啊？"

桃子滑到他腿上，呜呜地哭。

震海有些着慌，软和地说："有事说嘛，哭的什么劲？别哭。"

桃子搐动着青春的躯体，哭。

震海有些焦躁地说："你说话呀！这么大个人，泪水淹死……"

桃子越发哭得伤心,声也大了。

震海扶着她的肩,轻轻推搡着道:"你要怎么的,爹听见……"

"还想到有爹,你这狠心人!"桃子哭喊起来。

震海怒道:"我还没死,你就发丧!再哭,我动手啦!"

"你打,你打吧!打死我倒省心啦……"桃子把头撞进他怀里。

震海扬起手,茫然无措,望着媳妇的泪脸、孕身,又气又急地说:"你成心啊!"将手掌狠狠地打在自己腿上,"啪"。

"住手!浑小子!"房门外,响起严厉的训斥声。

夫妻二人都被震住。桃子急忙离开他怀,拢乱发,揩眼睛。震海跳下炕,掀开门帘,躬下腰,伸出两手去抱跪瘫在地上的人,叫道:"爹……"

"啪",震海挨一嘴巴,他没有闪避,仍是抱起父亲,放到炕前的方凳上。

于世章眼睛冒火,哆嗦着大手,指着儿子,斥道:"你个混账小子!在外面有功啦,回家欺负人!你媳妇,来到咱家,累死累活,吃苦受罪,这还不够啊!你走不照面,离家四五天,她吃不下、睡不着,提心吊胆,泪往肚子里咽,强作笑脸宽我的心!她怀着身子,瘦成那个样,你眼瞎啦!打着灯笼照,天底下上哪儿去找这样贤惠的媳妇!你这个没心肝的小子,过来!"他举起右手。

又高又壮的儿子,驯服地走到父亲跟前,规矩地躬下身。

桃子跟着丈夫过去,哽咽着说:"爹,你消消火,他没打我……"

"我有耳朵!你别护他……"

"爹!"桃子抱住公公打下来的胳膊,抽抽搭搭地,再说不上话。

世章的泪水在眼圈里闪光,忍了忍,没有流出来,说:"好,嫚子!看你面上,记下这顿打。你快上炕歇着,孩子!"

桃子拉过棉袄，摔给光着上身的丈夫；她倚坐炕沿，低下头，那泪水，顺着搭在脸上的凌乱的发缕，悄悄往下淌。世章吩咐儿子去东间找他的烟袋；然后压低声音对儿媳说："嫚子，你受了委屈，我心里刀割似的！你要是还解不开，我替他给你赔礼……"

"爹，你老快别这么说……俺好啦！"桃子拼力抑制感情。

"好孩子！今夜里，咱爷俩非叫他说了实话不可！"

"爹，别太难为他，他也够苦的……"

震海取烟袋回来。世章抽着烟，沉思一会儿，突然问："震海！你们那个组织，叫么个名字？"

"组织？"震海怔了一霎，"武术会、家门里呀！"

"我问的是别的！"

"别的，没别的……"

"震海？"

震海一抬头，碰上父亲那雪亮的炯炯目光，立时避开。于世章紧逼一句："我指的是共产党！"

桃子猛掉头看丈夫。震海把头扭向一边。桃子呼吸紧迫地说："回爹的话！你是不是？"

震海垂下头，手攥住炕沿。桃子用手推他，催促道："说呀！说呀！是不是？要不是，就说明白呀！"

这时，于世章倒平下气来，向桃子摆摆手，对震海说："爹不使你为难。震海，你这大半年，有些个变样，比往常灵通了不少。你说的一些话，有见识、有理数。我以为你大啦，有家口啦，心眼多啦。天长日久，我寻思不对，有别的缘故。加上，你新交的朋友丁赤杰，时常来找你，他给我说的一些穷人为么受苦受难的道理，句句通达。这些事七凑八凑的，我就有了心事啦！"

桃子暗暗吃惊："公公平时残残疾疾的，像不留什么心，原来比我还仔细！"

世章深吸一口烟,道:"这次你离家,我打听过你江鸣雁老师,他把对你的看法说给了我……难为你媳妇,还想方设法替你瞒着我,我这心早和镜子一样明亮。唉!你个浑小子,我寒心,养你这么大,你倒不清楚你爹的为人!"

桃子狠盯丈夫一眼:"磨破嘴唇你不听,今儿我才不给你开脱。你爹狠狠教训你一顿,往后老实了,合家省心。"这是她心里的话,那嘴上说的是:"爹,你用不着伤心,他往后老实啦,就好啦。"

"我不老实?我做么坏事啦?你说!"震海顶撞媳妇。

"住嘴!"世章喝道,立刻又平下语气,"你觉着挺委屈,是不是?那是你自个儿找的。我问你,共产党是穷苦人的领路人,是不是?"

震海道:"是,怎么不是?"

世章问:"它要穷人都动起手脚,打倒黑暗的世道,是不是?"

"是,是。"

"是,你为么不这么做?我和你媳妇,都是财主、官府?"

"爹,我是担心你身子残疾,她又胆小,想等……"

"想等日头从西山出啊?"于世章气宇轩昂、声调悲壮,"我残疾,身子是半个人;可你爹于世章,从来向财主、官府低过头吗?你知道不,你爹活着半截身子,挣扎这口气,使劲地喘着,为的是看那些害人的王八蛋进土的啊!震海!是谁叫你学武功的?"

"是爹!"

"谁要你入三番了①?"

"爹!"

"谁让你参加农民协会?"

"爹!爹……"

---

① 三番子:即家门里。

"你打抱不平，救人伤己，跟谁学的？"

"爹……"

"爹叫你学得比你爹精明，少吃对手的亏，多报些穷人的仇！我说得对不对？"

"句句实在！"

"那你参加共产党，为么要瞒我？"

"爹，只因这共产党和别的组织不一样，最秘密，纪律严，不告父母，不透老婆孩子……"

"那不成了光杆组织？"

"那些仇恨旧社会，乐意起来革命的人，才能联络。"

"你们要信得过，给我挂上个名字！"

"好，我报告上级。"

此时此地，这刚烈不屈了一辈子的于世章，竟在儿子、儿媳面前，老泪纵横，颤动着嘴唇说："我，身子糟蹋啦，动弹不得啦……我……我是说，你告诉共产党，有能用着于世章这个残疾人的地方，千万别忘啦！"

矛盾会如此发展，完全出乎桃子的意料。事情来得太突兀、太重大，她一时接受不了它，只觉得自身孤单无依，成了局外人。她伏着墙，呜咽起来。

世章抹去顺着皱纹流到胡子上的泪水，疼惜地望着桃子，悲喜交集地说："你听我说，嫚子！你可别多心，俺爷俩欺负你。孩子，你家也是苦人，受尽这世道的害处。我今年五十二啦，从老辈我记事，就给财主当牲口使唤。只为我讲理，要活得像个人，把我打得半死，土牢里躺了三年，壮壮实实一条庄稼汉子，落得成了废人！震海他爷、他妈、他妹，都不是该死的时候死的啊！这世道太害人！闺女，咱不反抗，你的孩子，孩子的孩子，孙孙重孙孙，千千万万后代，还是要当牛做马，早死早亡！嫚子，现如今有了这共产党，领着多少万穷人的兵马，咱们再齐心动起手来，穷人的江山，是注定要兴旺起来啦！这真是黑夜里见明灯啊！孩子，咱不能不心向，不能不投奔哪！"

桃子被老人的话深深打动，这都是对的。然而，山村闺女第一次见到的共产党人就是鲜血满身惨遭屠杀。为她丈夫命运揪心的重压，是不能轻易消失的。不过，饱受挫折磨难的女子，有着惊人的坚韧的克制力量，为消除她们所挚爱的人的痛苦和不安，自身哪怕是在火里焚，也努力去宽慰他人。桃子饮泣咽悲，止住哭声，转回头说："爹，你放心，我不傻。你老快歇着，啊！"

震海把父亲送到东房间。世章小声叮咛道："千万别难为她，啊！"

"她就是怕事……"

"不。桃子不是软的，有骨气，她妈的为人我清楚。多说说，她会明白得风快。你先赔不是，消消她的委屈。"

"我这五尺多的汉子……"

"有对不起人的地方，一百尺也得弯下来……"

那父子虽然细声低语，东西房只隔着灶间，桃子都收进耳朵里。她想："他那火性硬壮汉子，他爹又说他做得对，还会向媳妇赔不是？"

桃子托腮倚在炕上，好久不见动静。她侧回脸，见丈夫站在炕前，诚笃地望着她，恳求道："再不理我，真给你跪下啦！"

桃子起身挨着他，关切地说："快点吧，老天爷，俺看看那伤！唉，不是你自个儿的肉似的……"

夫妻熄灯睡下。震海讲了许多革命道理。桃子一直用心听着，末了，她慨叹道："这是好事，俺的心能不向着？就怕有闪失……唉，还有个没出世的孩子！"

震海道："为天下的孩子能做人，咱才干革命。你也别光想着孔志红，以为当共产党就是送死的。咱要学孔志红，学绍先的媳妇，死为解放死，活为革命活。你好好干，为革命尽力气！"

"俺没能耐,不行。"

"行。赤杰的女人是朝鲜人,都参加革命啦!"

"要不人家是外国人啦!"

"中国的女的也行。凤子你认识不?"

"俺桃花沟的闺女,孔家庄婆家,纺丝的,我怎么不认得?她怎么啦?"

"她就为革命出力……"

"哦,啊!凤子姑是个干练人,能行。我……"

震海等了一会儿,不见她说下去,催促道:"你怎样,说呀!"

"让俺想好了再说……"桃子又过了一会儿,语气是沉静的,话却是有力的。她感情浓重地说:"我,你放心,为着你们的事,吃得了苦,遭得了罪!你信不?"

"我信。你们桃花沟是个好所在,你回去给妈说说,参加革命。"

"俺妈还能经得起事?她一辈子好强,苦累最多。上次孔居任做强盗你救他脱了身,为救俺爹和好儿姐出来,把驴也卖了,日子更艰难啦!"

"多艰难也挺得住,石头再硬,锤也打得开!等咱们有了武装,暴起动来,革命成功了,日子就好过啦!"

"有那一天敢情好!只是我寻思,这苦哇,还在后头哪!"桃子心事重重地说,"你的伤口那么深,明儿去孔家庄抓服药吧。"

"怕人嫌疑是枪伤,我去不好……"

桃子早想好了似的,说:"我去。还有,震兴哥半个多月没来家啦,得去望望他……"

第七章

她，婀娜多姿的青年少妇，白头巾、紫外套上散着雪花，双颊冻得鲜红，手提竹制的食盒，进了屋门就嚷道："我回来晚了吧？冬春楼真他娘的怠慢，急死人！"

于震兴忙站起来，让她过去，又蹲下身守着灶洞抽烟。

少嫩的妇人把食盒放到锅台上，侧着腰，扯下头巾，拂去肩上的雪片，朝震兴嫣然一笑，向西房间唤道："姑妈，你快把饭菜打点好，把酒烫上。"

四十多岁的姑妈出来揭开食盒，叹息道："哦，买了四五样菜，还有包子！还喝酒……"

"大冷天，喝几口，暖和暖和。"少妇的脆甜的声音，从细白的牙齿间发出来。她动手抹炕桌。

震兴立时起身，说："俺去南屋……"

少妇瞅着他道："老主雇啦，见外不成？实话和你说，今儿这酒菜，专为答谢你才置办的。快进来上炕坐吧。"她端着炕桌进了里间。

震兴冲着花门帘说："这哪里使得！使不得……"

"看你这人，这么死心眼。这不是平平常常的事吗？"少妇从里间出来，连推带搡，将他弄进里间。

震兴面前一片朱光玉色，目眩缭乱，看不清他居身的环境。

这房间，对开的花格大窗，用雪白的油光纸裱糊的。炕上铺着白苇子织的花纹席，放着叠起的红绿缎子被。两面白灰墙上，是山水字画，除去青竹翠柏、绿柳红梅一类之外，还有少妇着戏装的"木兰从军"中的花木兰、"杜十娘怒沉百宝箱"中的杜十娘两幅大剧照，还间杂着几张烟草公司的半裸体的美人广告画。炕前平门立柜上的穿衣镜，光亮闪耀，三抽屉桌上，摆着茶具、粉盒、胭脂缸、香皂、漱口杯，一把彩色鸡毛掸子，插在花瓷筒内，它旁边是座钟，摆点滴答。

满屋粉香，呛得震兴鼻子发痒，连打两次喷嚏。他实在待不住，身上沁汗，回头要走。但门帘启处，柔和的声音热切动听："哟，你怎么不坐下？坐呀，我这里，你不惯，是不是？"

少妇已经脱去外套，紧身的粉红绸棉袄，显出她的丰姿曲线，洁白的手脖上，戴着银亮的镯子，一手托鱼盘，一手端肉碗。

震兴见状，受宠若惊，忙道："这是怎么啦？东家，你们吃，俺走……"

"上哪儿去？不是和你说，今儿专为请你的吗？好，不叫请也罢，你是俺雇的工，给么饭吃么饭，你也不好挑拣哪！恭敬不如从命，你就听话吧。"她眉笑眼笑，说着，用胳肘推他。

震兴又是一身汗。为不使她挨身，只好退到炕边坐下来。姑妈端上酒，三人坐定。少妇先给震兴斟酒，慌杀雇工，双手扑上按住盅子，连说："不行，不行，东家！俺从不沾酒……"

"不喝也得做个样呀！"她去掰他的手。

震兴忙闪让，酒进了杯。震兴闷着，不动筷子。她冲着他。一脸诚挚的表情，说："你这人，该是实实在在的。你这一秋一冬，给俺活儿干得又多又好，省了俺寡妇娘儿俩多少心！我常和姑妈说，不知如何答谢你才好。眼下是正月间，你也不歇，冰天雪地，打柴搬草，再找不到你这贴心的雇工！为这，俺家也有，请你吃杯水酒，尝筷淡菜，有什么见外的呢？你也像在自己家里一样才好。"

震兴道:"东家的情,俺领啦。俺做工,你出工钱,这就行了,哪里还能当客待的?有,是你家的,还是给俺吃别的饭菜才好。"

她脸色顿时转怒,生气说:"难道俺家的酒菜脏吗?你就这么不赏脸,要让人羞死不成?"

姑妈道:"震兴你就忍着点吧,她性子烈,火上来不是样子!"

震兴无奈,只得呷一口酒,热辣辣的,真不是个滋味。

"这才对了!"她又笑了,一边自饮,一边向他碗里夹菜肴。

震兴不吃喝,她就动手强迫。两三口酒,就使老实的雇工的脑袋变大,有些昏昏然了。少妇一昂头,干了残杯,说:"姑妈,你到冬春楼,再打半斤酒,要上好的。"

姑妈叹口气,下炕出门去了。

震兴腚底下像坐着刺猬,放下筷子说:"我饱啦,上山挑柴去啦……"

"还没吃饭,怎么就饱啦!"她伸手挡住他,"柴不要你挑,酒需你吃……"

震兴只得坐下,掏出烟袋抽烟。她笑道:"抽那臭烟做什么,吃呀,喝呀!你那穷苦家,连过年也吃不上这样的菜饭,是不?"

"吃不起,俺不吃,没啥稀罕的!"

"嗬,别生气呀!这不是你自己要的讨的,是人家诚心诚意敬你的哟!没歹没坏,一片好心好意。我看你是不知情,错会人家的一片心!"她说着,眼睛活泼地看他。

震兴觉得她的目光里有刺,受不了,就把头扭向一边——正对着柜门上的穿衣镜。那镜子里,一张粉红的嫩脸,一双水灵的眼睛,直对着他。震兴又是一身大汗,慌张下炕,说:"谢谢东家的酒饭,俺走啦……"

"别走啊……"她敏捷地跃起身，扑进他怀里。

分明是一盆炭火倒进怀中，震兴感到火烧火燎，双手在半空中抓挠，眼睛恐惧地呆瞪着。

"你这老实人，你这木头人！装的呀，真的呀？三十岁了，没女人疼你，我这些天对你的意，你一点没留心？真的呀，装的呀，你这木头人，你这老实人！你……你这么傻呆着，你是神仙呀，石头呀！"

于震兴听不清这女人的滚热的语言，但是，他感到了那女人嘴里的热气在向他脸上扑……然而，雇工的手还是有力量的，他抓住她的肩，向前推出——但是，力量还是不够的，她又靠到他身上。

"你推我做么呀，傻瓜！你看看我，看看我呀！多少人为我眼热……别害怕，我名是孔秀才族上的人，可我……"

登时，于震兴打个寒战！那有力的手像钳子似的卡住她的肩，致使少妇痛得抬起头，骇然地瞪着他。震兴向后一推，她仰身倒在立柜上——哗啦啦，穿衣镜碎了。

震兴举着拳头喊道："你……你害人……"

少妇望着他铁青的脸，咬咬牙，怨恨道："害人？我害你哪儿啦，你个无情种子，大傻瓜！不是爹妈生养的……"

"你……你伤人！"震兴抢上一步，扬手打去。

少妇未及躲闪，巴掌挨在脸上。她捂着发红的左腮，惊愕地望着他匆匆地逃出房门；又听到开屋门，推风门……她呆呆地愣着，听着……

"这是怎么啦？"姑妈进门，吃了一惊。

少妇的泪珠滚了下来，问："酒呢？"

姑妈把酒瓶放到桌上，无可奈何地说："你呀，由着性子闹。穿上点衣裳吧，雪又下大啦！"

"雪把天地间填平了才好！"她抓过酒瓶，向杯里倒酒。

"别喝了吧，看你脸烧红的……"

"烧死才顺心！"少妇杯到唇边，攀起眉头，狠狠地掷杯于地，"去它的，酒顶屁用！啊，我真命苦啊……"她哭。

姑妈叹道："你怎么叫他迷住心窍啦？光看长相好，可穷光光的……"

"你别说啦！"少妇激怒地喊道，"不找穷的，富的好吗？孔秀才一家，哪个是好东西！我十九岁嫁给他那远房病侄子，不出正月就守了寡。他们不让我改嫁，名为守节，他娘娘的，从老子到儿郎，都来欺负我……"

"唉，这门亲事，原本他们就没安好心。才在冬春楼，孔显还打听你……"

"去他娘的！孔家的人，再别想登我的门！"

"咱娘儿俩惹得起人家？"

"看他们敢怎么样！孔秀才自吹是圣人之后、正人君子，不弄小纳妾，这老不要脸的，送我一大堆胡诌的脏词、诗的，到时我给他撒出去，看他再怎么装正经。他秀才有势力，俺哥在威海卫也不是吃闲饭的！"

"你真有心跟于震兴？"

"真的。"

"可有文书在秀才手里攥着，你改不了嫁啊？"

"这个，我先不管它。我不能这样一辈子老死，不能成富鬼们的玩物。我才二十五岁，我要个知疼知热的人做伴。姑妈，你守了半辈子寡，还不知道苦楚啊！难道也让我和你一样？"

"命轮上啦，得忍着，忍到我这大年纪就好啦……"姑妈扯起前襟，拭把泪水，"唉，都怪你爹，当初把你领出去学唱戏……他也为你丧了命……"

"什么命啊运哪，我再不信这一套啦，世上的穷家富家闺女都有日子过，命唯独叫我遭殃？"

"唉，任性的闺女，这么胡拉扯，怕震兴不会肯俯就。他对咱这路人，有生心哪！"

"多生的心，我也能给他煮熟喽！"

"他自个儿乐意，他家里的人也不肯。"

"没有使他忘家的本事，我还算得有能耐的女人？那只能说我对他心不实、情不真。"少妇那泪迹的脸上出现笑容，"姑妈，我不单图震兴长得好，更一层，他穷，说不上媳妇，才会死心塌地伴着我。真的，我会叫他比真夫妻还热火。信吧，姑妈？"

"看你喜的，不知羞啦！"

"这世道，羞臊早被老鹰抓去吃啦！我少女时，也是知道廉耻，规规矩矩，要正正经经一辈子的呀！岂知做了戏子，挨尽欺凌，爹爹丧生，我又上当守寡，受人玩弄……我算看透这个世界啦，财主老爷衣冠楚楚，盖着狼心狗肺；像震兴那样人的破衣烂衫底下，倒有一副热心肠……"少妇忽然卡住，问，"他去南屋啦？"

"震兴吗？我见他拿着扁担出门去了。怕是回赤松坡了吧？"

少妇思忖片刻，道："不会的。他胆子小，适才打了我，会后怕，再说，他的工还没做完……"

整个一下午，雇工于震兴，心乱如麻，思绪万端。那山里的风雪，也没使他的头脑清凉一些。

震兴和震海是同胞兄弟。这弟兄俩，不仅性格相反，长相也大不一样。震兴中等身材，窄肩细腰，眉清目秀，虽然终年风吹雨打，但面皮老是白里透红。他很少讲话，嗓子却又甜又亮；平时少动好静，但却是这一带几乎村村都有的农闲京戏班子的主要角色。他不但擅长老生，而且反串的玉堂春，在圣水宫山会上打过对台[①]，把外地来的班子都比垮了。他在村子里的人缘好，老幼皆知。谁家有忙不开的活，比如盖房垒墙，红白喜事，不用招

[①] 对台：即唱对台戏，互相比试，争取观众。

呼，震兴总在忙里帮外，可是临到吃饭上桌的时候，再也找不着他的影子。路上遇到谁家的小孩摔倒哭了，他随手抓把湿土，捏个小泥鸟，孩子破涕为笑，趴到他背上，他一直送孩子家去。哪个婶子、大妈托他买个针头线脑，即使是大雨倾盆也从不耽误。为此，村里人送他个美称"百事找"。然而，就是这样一位里外秀气的"百事找"，今年三十整了，自己却找不到个媳妇。为什么？曾有人提过亲，他都回绝了，只有一句话："爹都养不起，还能养别人？"

对中午那场惊心动魄的遭遇，震兴一直疑惑是梦境——确切说，他做梦也想不到会有这种事。他来孔家庄打短工，是常来常往的，因为这里富人多，雇人帮工自家经商做买卖的也不少。他没给人家当长工，因为家有瘫爹，石匠弟弟经常离家，他得时时回去照料；打从弟弟娶了妻，他才能常住雇主的闲房。今年秋天，在孔家庄集上，他被这老少寡妇家雇用。这家寡妇对做工的人和顺，饭食也好些，冬天没了农活，仍留下打柴搬草、喂牲口，工钱照付不减。这样的东家实在难找，震兴自然乐意干下去。

挖空心思绞尽脑汁，老实的震兴怎么也找不出她中午的作为是为了什么。她不正经，想勾引男人，孔家庄上纨绔浪荡子弟有的是，怎么单单看上他这个庄稼人？想来想去，震兴有些明白了，他听说过有的地主为了不付工钱，故意把长工灌醉，拉去赌钱；还有的指使小老婆脱裤子，诬赖雇工强奸她，工钱不给还罚款……震兴惊恐地想道："好歹毒的妖精！她虽不是财主，可也是设计弄鬼，让俺上当，白给她干活……真狠心哪，想害俺一家饿死！我得赶快离开这个险地方！"

中午逃出女东家的门之后，震兴本来就想马上回赤松坡家里去的，可是这个欲念很快就打消了，又上山来给人家搬柴。不为别的，他记起打了那少妇一巴掌，她一定记恨在心，向她门族里的孔秀才编排一套震兴如何欺侮她，那穿黑棉制服的警察会跟着他的脚后走进茅草屋。那样，一家的横祸不堪设想。震兴又害怕又恼恨地往扁担上甩打自己的右手："唉，真昏头啦，学得和震海一样啦！这……"于是，他就拼力干活，不要工钱也甘认了，只要能摆脱自己惹下的大祸就天幸了。

孔家庄离山有五六里路。震兴的扁担压得弯弯的，一连挑了三担柴到打谷场上。天黑全了，他听着自己怦怦的心跳声，悄悄地走进东家的街门，站在院子里。

屋门开了，少妇的姑妈走出来说："是伙计回来啦，进家吃饭吧。"

震兴稍稍松口气，道："俺不饥困。东家还有活没有？俺想散工回家。"

"这我得给你问问。"

震兴回到南厅房住处，收拾自己的铺盖。姑妈用木盘端着两碗面条进来，边向炕上放边道："俺侄女吩咐的，你实在不愿干下去，就散工；只是工钱今晚算不清，明天才能给。你权且留一宿好啦。"

"莫不是她真不记仇？唉，还是早走的好，富人家脸是三伏天，说变就变。"震兴想着，赔着小心说："钱不凑手，等有了再说吧。俺这就走……"

姑妈笑了，说："你是不是还生她的气？你是不知道，俺这侄女，二十五岁的人，体性还是孩子，又喝了点酒，冲犯了你，你千万别往心里记。她说啦，务必留你委屈一宿，她明儿得给你赔礼。"

"俺哪里来的气生！"震兴嘴上说，心里寻思："难道她真没有坏心？唉，真有也罢，没有更好；惹不起躲得起。今晚硬走怕惹她翻脸，明天一早上路。"

少妇的姑妈去后，震兴胡乱扒拉下一碗面条。屋里挺冷，他向炕洞里烧一会儿火，抽了袋烟，去院里牲口棚给大黑叫驴添上草。他望见北屋橙黄的窗纸上，有两个人影在晃动，就赶快回到南房，插上门，和衣躺下。

风呼呼地吹，雪片冲击着窗纸，嚓嚓作响。震兴劳累一天，心窝躁得吃不下饭，本该睡熟，可是对他来说，罕有的思绪纷纭，身子辗转不能成眠，一个接着一个问题，老是逗弄着这个老实的庄稼人。

炕洞的火越烧越旺，土炕热了。震兴身上像有许多虱子在爬动。可是他很快知道这是错觉。如今不比往常，现在有弟媳给他换洗衣裳，多年来他第一次穿上表里两新的厚棉袄。震兴油然产生一个新鲜想法："女人需个男的上山下地，男人需个女的料理家务，男女真是天生的凑合……唉，我这辈子算过去啦，震海有了家，我帮他两口子养活爹，拉扯孩子，俺于家的香火接下去啦！"

想着，震兴心胸宽松了许多，起身脱下棉袄棉裤，重新躺下："衣裳来得艰难，怎么舍得穿着它睡！深更半夜，桃子妹还在机上忙乎，一时也不舍得歇……可这家两个娘儿们，穿好的，吃强的，省心省血，养得白白嫩嫩的，为么？她们有钱。有钱，女人也用不着找男的，雇人做活就行啦。可她，为省几个工钱，就弄神耍鬼，不要脸皮？唉，管她的，明儿一早走啦……"

夜深沉。风雪中，两个女人在门外探听雇工的动静。年嫩的怀抱床被子，对年老的耳语道："说呀，说呀……"

姑妈为难，拍拍门，说："震兴，睡了吗？天冷，给你加床被子。"

"多谢东家。俺不用，挺暖和。"震兴答道，他起身点上灯。

门外，她们听着，再不见反应。姑妈悄声说："这老实疙瘩，叫不开，算了吧……"

少妇咬着下唇，颦着眉头，黑白鲜明的眼睛，灵活地左右转动一霎，推着姑妈，说："把牲口的草拿干净，别让它吃……快去，我冻死啦！"

屋里。震兴听着走去的脚步声，准备吹灯躺下，又听见驴刨蹄子。他披上棉袄，开门去给牲口添上草，见北屋黑乎乎的，才放下心。回到屋里，闩上门，转过身——他一下愣住了！

她，坐在炕沿上，花布棉袄，头发梳得利利落落，绾个髻，一副农家媳妇模样，和中午判若两人。她那笑眯眯的水汪汪的眼睛望着他，说："你愣鸡似的站着干么，不认得我？"

震兴突然眼迸火星，狠狠地盯着她说："你！你……"

"呀，干么上火！"她站起身，笑容不敛，"我是雪里送炭，怕你冻着……"

震兴走到炕前，推开花绸子被，拉过自己的粗布被子，忙着卷起来。

少妇目不转睛，一直朝他微笑，站着不动。

震兴匆匆收拾好，夹着铺盖卷冲到门后，抽开门闩，拉门——门不开，他狠命地拉。

少妇咯咯地得意地笑起来："不要白费力气啦，外面锁上的……"

震兴又冲回她跟前，气急败坏地指着她斥道："你！你个贱胚子，我揍你……"

她仰着脸笑道："打呀！中午我没挨够，又找你赏打来啦！打呀，打呀！"

震兴手软了，瞪着眼，呼哧呼哧地喘息着。少妇向他逼近，一面笑着说："咱这里不是'三堂会审'①，跟前没有王延令，用不着演戏，真的假的，你打呀，打呀！"

震兴后退。

少妇前进，连声叫："打呀，打呀……"

震兴的背顶到屋正间的磨盘上。她的高胸脯快促到他身上：

---

① 三堂会审：京戏《玉堂春》中的一场。

"打呀……"

震兴高擎着双臂，腋下的铺盖卷落地，以免碰着她，含着泪乞求道："你干么老欺负俺哪，东家！我没对不起你的地方，何苦害我呀……"

少妇收缩一下身子，一脸认真表示地说："你口口声声我害你，我害你什么来着？你穷得干筋干骨的，是图你的财呀，还是图你的宝呀？傻瓜，我要你这个人……"

"要我白给你干活？"

少妇爽朗地笑了几声，又正色道："唉，你真叫财主整治怕啦！可我不是财主，是个年轻寡妇，我要你，咱俩过一辈子！"

震兴大惊失色道："你要嫁我？我不信，俺也不敢要！"

少妇呆了一会儿，把震兴落地的行李拾起来，拍掉土，放回炕上。她忧愁地说："这我知道。我有心嫁你，办不到，可是我要找个贴心人……你答应我吧，好人！"

"胡来，你找错人啦！"于震兴坚决地回答。

她像挨了一棒子，瞪着他，嗫嚅道："都这么看我，把我当成下贱人……不，是他们败坏了我，我不是……"

"你还有份人心，放俺走。"

她低下头，叹口气，失望地说："好，捆绑不成夫妻，何况这种事，强作不得。你、你走吧！"

震兴如获大赦，急忙夹起行李奔向门。

"等一等，我叫姑妈开锁，拿工钱给你。"少妇悄悄走过他的身边，来到门后。

震兴不自觉地正视她一眼。

突然，少妇又奔回来，扑通一声跪在震兴脚前，抱住他的腿，仰脸望着他，声泪俱下，悲切切地说："老实人，你心这么硬，你心这么好！你不知道，我有多么苦，我不是天生不是人，是这世道害了我、败坏了我！你听我说，俺萃女……"

萃女的父亲是个颇有名声的京戏艺人，他不堪受戏班老板的凌辱盘剥，回乡卖尽了祖传的不大的一份山峦、田地，和几个同行联伙，自组班子，周游城市乡间。萃女幼年丧母，跟姑妈生活，十五岁随父上台唱戏。虽不是名角，因她刻苦认真，长得艳丽，也小有名气，被票友捧为"小白菜"。萃女十七岁那年，在大连演戏。大连有个麻司令看上了她的姿色，出重金纳她做小老婆，被萃女父亲严词拒绝，并马上收拾行头，带戏班回烟台。麻司令着人故意刁难，先放戏班上了船，把萃女扣下糟蹋了。萃女父亲找他论理，当场被打得吐血，一病气绝，临死留下一句话，要女儿回老家，这辈子再不登台。萃女的哥哥杨更新当时在北平上大学，为报杀父之仇，他一心想当官，但走门路托人送礼需要大笔费用。这时，孔秀才做好人，把萃女许配给他本族一个侄子，条件是孔家的族规：夫死，女的不得改嫁，守节终身。他侄子有几十亩山峦，烟台有个烟酒铺面，可帮杨更新的忙。萃女嫁过去后才知道，这根独苗子已是被大烟枪掏尽了血肉，与其说是人，毋宁说是鬼。烟鬼丈夫几个月后就死了。烟台的铺面卖掉给了杨更新，山峦卖出大部分发丧了大烟鬼……

"……开始那几年，我真苦，爹死了，哥在千里之外，日子没法过，压根没安好心的孔秀才父子，孔家庄那几个浪荡子弟，暗里明里来欺负我。我敷衍过他们，陪他们打过牌、喝过酒，花过他们的钱……我可不是给自己脸上搽粉，他们谁也没得半点便宜。他们想拿我当玩物，我还捉弄这帮兔子王八开心玩哪！后来，我怕对付不了他们，把俺寡姑妈接来一起过，直到俺哥去威海卫靠上大头目，当了个官，他们才不敢轻易放肆啦。可是，我不正经的坏名声，传出去啦！提起小白菜，连你，都吐唾沫，是不？"萃女说着，抹一把泪水，站了起来，"除去我姑妈，没有人知道我这一肚子苦水的。好人，老实人，我不是财主，不是坏人，没有歹心，不会害人。我是让人害苦的啊！如今，是我自己厚脸皮，一心扑到你身上，要是没有文契在孔秀才手里，只要你乐意，我就嫁给你，你就是我这辈子的依靠……只是，不行，天是孔秀才他们撑着的……我想和你……我说这些有半字假，对不起我死去的爹！想不到，那些人对我像苍蝇见血一样，赶都赶不走。而你，我使出多大能耐都动不了你的心……老实人，你……你真是个好心人啊！我对你更……不，不，我不难为你，是我不好，没骨气，世道害得我，没自由。我一点也不怨恨你，再也不找你的麻烦。你若不信，你再在俺家干下去，看看我是不是说到做到的人，是不是个没脸皮的人。我萃女千不好万不好，可心口一致，谎是半句不撒的。唉，好心人，老实人！你走，你留，全由你！"

萃女没有看震兴一眼，走到门后，一拉门，门开了。暴风雪旋即卷进屋里，霎时，摇曳的油灯光，灭了。

这天，迟迟降临的混混沌沌的阴霾的早晨，桃子为给震海买治伤的药，包着块旧格布头巾，挽着山菜篮，挺着很沉的孕身子，一早来到孔家庄。街上的积雪，印着冻硬的车辙、零碎的脚印。几家赶早的饭铺，锅瓢响动，悬挂在门相上带红布条的箩圈——酒望子，在寒风中飘动。桃子刚转过冬春楼，忽听旁边有人唤道："那不是桃子！"

桃子侧转脸，见从南面胡同口，出来个戴着破棉帽子的人，向她招手。等对方来到跟前，桃子才应道："是你呀，凤子姑！你上丝坊？"

"哎！"凤子拉着她的手走齐，"这么早，做么来的？要饭？"

桃子见她扳着自己肘上的篮子，也笑了："要饭也不丢人。"

"你呀，和在妈家时一样，山菜篮子不离身，俺三哥常说你——穷命。"凤子打趣地笑着说，"找你震兴哥来的吧？"

"是。还有——"桃子前后左右转了一眼，低下声音："他伤着啦。"

"怎么回事？"

"去威海领人，遇上了兵……"

凤子听完，笑道："你不怕我坏事，见面就说了？"

桃子揉她一把，说："还说哪，你们都拿俺当猴耍。"

凤子亲热地使力握着她的手，说："早想和你说个透心话，可一直照不上面，往后咱俩多相好吧！"

"你多拉把着俺点吧。"

"伤得重不重？"

"伤口挺深的！"桃子吸了口冷气，像伤在她自己身上。

凤子想了想，说："你到济仁堂抓药。那冯先生号称'鬼见愁'……"

"怎么叫这个名？"

"他真名叫冯子久，因为医术高，快死的人他能治活，鬼拿他没法子。为人也实在。"

"哦，俺爹也叫去找他。"

"我领你去？"

"不用。我还得先去找震兴哥，要点钱。"

凤子的脸一下有层霜，严重地告诫："可不要向他露了伤情！"

"哎，俺哥胆小、怕事……"

"不光这一层。桃子，对你说，你可别生气。这几天我听人传出风，说震兴和孔家小寡妇来往。"

"啊！哪个孔家小寡妇？"

"孔秀才门族上的，排辈是他侄子留下的。说起你兴许听到点，叫萃女的。"

"萃女？莫不是挺有名的小白菜，当过戏子的？"

凤子点头。桃子直摇头道："这不对，不会，不能有的事。俺哥人老实……"

"老实的却架不住不老实的。"凤子说,"起始我也不信,仔细打听,才知是真。不知小白菜用么手段把震兴给缠住了。"

听着,桃子认起真来,边想边说:"怪不得,他这一阵子回去得少,回去也不住下,连正月十五也不在家过;话也更少啦,拉他唱戏也不干,像有心事……啊,我的个天,这脏事,怎么得了!我回家告诉爹去。"桃子脸绯红了,转回身欲走。

凤子拉住她道:"告诉你爹怎么办?"

"他孝顺,最听老人的。"

"桃子,你真直心眼啊!事情能那般好解开?你想,小白菜把震兴糊弄住,准是下了大功夫;震兴从了她,说明也有了心,怎能一下扯断呢?急不成的。"

桃子又急又揪心地说:"唉,这世上的事怎么像堆麻团团,这么乱哪?这不害羞的小白菜……唉,想不到震兴哥他——凤子姑,俺担心俺哥要遭殃!"

凤子思忖道:"他们到底怎么着,深哪浅哪的,还不知底细,只是风风雨雨地传啦。不过,叫震兴早离开为好。你去找钱,叫他回家,托人好生劝导劝导,能有效力。"

桃子气愤愤地说:"俺才不进那恶心人的门哩!"

"别动气,为咱自己人去的。"

桃子叹了口气。走出几步,凤子又问:"好儿身子好点?"

"我也好长时间没回妈家啦。听震海去咱村回来说,好儿姐在家俺妈悉心伺候着,惊吓病好些了;只是孔居任不知去向,心老悬着。"

"孔居任这人,正反难定。为讨好冬春楼,帮孔三掌柜打震海;借的钱,帮你爹还债;娶了好儿,他又串通土匪,绑了钱庄孔二先生的票……他能吃点教训,走上正路才好。"

桃子道:"谁不是这么巴望的?倒是大脚霜子腚被打得稀烂,绣花房也叫孔家抄了,在家吃苦,也算得有报应。可俺妈还怜惜她……"

"三嫂就是心肠软，也是看在亲戚面上……"

说话间，二人来到西街上。凤子向街北指着说："从这胡同向北走，尽头右面那瓦门楼，就是小白菜家。我上工去啦。"

二人分了手。桃子抱着羞愧恼恨的心情来到萃女的住宅。她停在有棵光秃秃的檀香树的院落里，叫道："震兴哥！震兴哥在这吗？"

萃女的姑妈推开风门出来，端量着桃子，问："你找他做么个？"

桃子垂下眼皮，说："俺是他兄弟媳妇。俺震兴哥呢？"

屋门口出现一个二十多岁的少妇，笑容可掬地向桃子走来。桃子瞥着她，暗道："这就是小白菜啦，细眉大眼的，白皮嫩肉的……身上穿的倒素净，不那么花哨……"见她来得近了，桃子把含有敌意的目光望向一边。

"快进屋暖和暖和，大妹子！"萃女亲切地说着，伸手要接桃子的篮子。

桃子像防瘟疫似的侧身躲开她的手，生硬地说："俺不进去！俺哥呢？"

"上山去啦。"萃女敏感到对方不友好的表示，手尴尬地擦了下衣襟，笑容逝去，口吻也冷淡了，"你找他有事？"

桃子蹙起眉尖，略怔一霎，说："他不在，就罢了。你和他说，俺爹有病，叫他家去。"

萃女望着桃子那清丽的脸庞，点点头："你等等。"就进屋去了。

很快，萃女又奔回来，拿着五块钱，递给桃子道："这是你哥的工钱。"

桃子真不想接钱，但想到丈夫的伤口，再想这又不是白拿她的，是亲人的工钱，就收下两块。萃女硬要她全收下，桃子说：

"工钱不会这么多,俺有数,借你的,俺还不上,也用不着!"

萃女听出话中的刺芒,脸色红了又白,白了又红,只得把余下的钱攥在手里,冷笑道:"俺家的饭不干净,你自然是不吃的,那就不留你啦!"

桃子是厚道人,但对方话里的嘲讽,她明显地领会到了。她回敬了一句:"你知道就好!"说完,一扭身,快步出了门。

桃子来到济仁堂中药铺。鬼见愁冯子久听说于世章的二儿子石匠玉打石头伤了肩,要亲自上门行医。桃子再三道谢,回绝了人家的好意。冯先生想了想,给她抓了五剂敷、服、洗治伤好药。桃子一直紧张地盯着留着三缕黑胡子的中药先生,拿完药出了门,心还咚咚地跳……

桃子疾步回走。她刚要出孔家庄东街口,迎面来了一个人。这人身穿灰旧的棉布袍子,带补丁的羊皮马褂,戴着三开小毡帽头的地瓜形脑袋向上仰着,偌大的蒜头鼻子冻得发紫,鼻孔朝天。他挂着枣木拐,一步一颠地走进庄里来。

"于之善——坏地瓜!"桃子心里叫着,躲已来不及,拉下头巾盖住篮子,深闷着头,想几步走过去。

"嗯,石匠媳妇!"于之善停下来,"你这大早来做么个?"

桃子只得停步,做出刚见到他似的样子,说:"啊,啊,是你……俺来找俺哥,拿工钱哪。"

"哼哼!"于之善嗤一下朝天鼻,用拐指着桃子的山菜篮,"拿工钱,扠它做么个?是不是……"

桃子的心突突猛跳,篮子里的药包似乎要跳出来,忙说:"顺便买点什么……"

"嘿嘿嘿!"于之善开心地笑了,"别不好意思,要饭就是要饭嘛。"

"原来他说这个……"桃子心里放宽,想快走开,嘴上应道:"就是哩,要又不是偷……"

"等等！"坏地瓜严厉地喊道。桃子却不知情，于之善平生最忌讳人说这"偷"字。他马上一表庄重地说："我说石匠家的，你嫁过来日子短，不要听村里人的闲话，叫我什么——嗯，坏地瓜、好地瓜的。其实，坏地瓜还能喂喂猪，谁不要我要……我这人，好心肠，得罪些人，可我从来不偷不摸，长了你就知道啦！"

"俺什么也不知道。"桃子又要迈步。

"等等！"于之善打量她一眼，又留心地问，"石匠玉昨儿上哪儿去来？"

桃子的心又一紧，说："他在家，哪儿也没去。"

于之善又问："你姐夫孔居任回来过没有？"

"没有。"

"哼！"于之善摇着地瓜脑袋，戳着枣木拐，说，"你传话给你男人，叫他放老实点！别跟他作案在逃的连襟学，要是动到我于之善头上——哼，啊嚏！"他忙着去抹冲出来的鼻涕，然后，仰着有于世章的拳头留下的疤痕的朝天鼻，掂着拐棍，摇摆着走去。

桃子手扪盖着头巾的篮子里的药包，好一会儿，心跳才正常起来，感到贴身的内衫湿冷冷的。她疾步走出村口，心中又有一股骄矜的滋味涌上来，禁不住回头轻蔑地啐了一口。她见于之善朝两旁蹲着石狮子的黑大门拐去，暗恨道："这个坏地瓜！滚进孔秀才门里，不知又使什么坏去啦！"

第八章

赤松坡村的地主于之善,来到蹲石狮子的黑大门前。那门左边开着一小扇,他却不进,重重地咳嗽了一声。等里面出来一个看门的,躬腰向内礼让,于之善才撩起棉袍前襟,迈过高门槛,通过宽敞的甬道,来到前院。背着手枪的管家万戈子,迎上来,拱手招呼道:"舅老子,大清早,踏雪来啦!"

于之善没有停步,向后院走着,问:"你大老爷没出门?"

万戈子随在他屁股后,说:"昨天从城里回来的。大老爷挺乐的,冬春楼上打一整宿牌……还在卧房里歇着。"

"哦!有么喜事啦?"于之善留心地竖起耳朵。

"我不大清楚,兴许是要……已经吩咐下来,今晚冬春楼待客,八大桌!"

"啊!都请的谁?"

"县里、地方的要人都送了帖子……"

"怎么我不知道?"于之善沮丧地顿一下拐棍。

万戈子带刺地笑道:"你还用请呀?"

于之善嗤嗤鼻子,说:"我不是要人?赤松坡谁还比我地多……"

"我是说,舅老子是自家人,不请也会自己来的。"

"哼,这个还用说。"于之善的气消了,"到底么好事,你大老爷这么破费？"

"俺们做下人的，不好多嘴，舅老子来了，一会儿自然知道。"

说着话，二人通过五间砖瓦正房的边廊，来到后院。这里又是五大间正房，东面还有个月亮门通到另外的院落。管家抢先一步，引于之善进了正间客厅，吩咐用人看茶。

于之善有些焦急地说："我有事！我哥什么时候起来？"

"急吗？要我叫醒大老爷？"

"急是急，不过！"于之善挺作难，"我哥累了一宿，也不好惊动他。"

万戈子咧嘴一笑，道："那就劳你多等一会儿，我也有事要忙，小的失陪。"

于之善以主人的口吻吩咐说："告诉家人，小声动响。"

"这是俺们的老规矩了。"万戈子走去。

"他姥姥的，一个看家的，还老大不小的……"于之善小声骂着，坐到太师椅上，摸起茶几上的水烟袋，贪婪地咕噜咕噜地抽起来，那对小鸡豆眼，搜索着满屋的物件。

宽敞的三间大客厅，摆布着黑漆的家具，墙上挂满顶天触地的名家写的条山、中堂。北墙正位，挂着家谱，它的两旁，有副对子，写着："德仁传家千秋不朽""诗礼满屋文魁丛生"。下面的落款比一条对子还长："圣人世家秀才孔讳正达"。

于之善每每见到这副对联，心里就笑道："老滑头，孔老二死了两三千年，他硬说他老家是曲阜，秦始皇东游的那阵子，把他们给带到昆嵛山这地方来的，真能胡编排，和孔圣人扯上个挂拉，吓唬乡下人。嘿嘿，秀才，花钱买来个秀才帽子……"他又看着靠墙的一排排长条几上，摆着一摆摆线装的各种木刻本古书："摆布得齐齐整整的，蛮像回事。老家伙，大滑头！自小有算计，比我强，有能耐……"

对于孔秀才的发家史，细心的小舅子于之善，是最知情不过的了。乡间出了个秀才，那是远闻百里的，百姓男女老少，再不叫、有许多人根本不知道这了不起的人物的本名，一律呼之秀才。至于这个称号是尊是骂，是褒是贬，那就看当秀才这人的德行给人们的印象了。这孔秀才，乳名小果子，学号孔庆儒，字正达——意孔子之正统也。孔庆儒的父亲孔宪贵，乡人给其绰号孔险鬼。这孔宪贵年轻时在县衙门里当代书——讼师兼征粮员，发了一笔财，就在文登城开了个官司店。这官司店，是打官司的人进城住的地方，实际上是在这里先过第一堂。掌柜的都是两面人：一面人脸，一面鬼相，不办人事，专干鬼差。谁要不住其店、不听诈索，官司不仅打不赢，还会判上"诬告反坐"的重罪。因为官司店都和衙门有密切联系。一般的官司店如此，孔宪贵更厉害一层，他熟通官场，有一伙翼膀，包揽诉讼、串联合污、肆意讹诈，在他手里完全破产的打官司者不下二十家之多。这个代书——讼师、征粮员、官司店老板，腰包塞满了民脂民膏，七年之内，在家乡孔家庄置起大片房产，真个是平步青云、扶摇直上。

　　人越富越贪。孔宪贵从自己的活动中得出经验，没有官势发不了大财。他供大儿子孔庆儒读书，以便求取功名，做大官，把家产发得更大。"有钱能使鬼推磨"，乡试中考官得了巨额银子，便夸孔庆儒是孔圣人之宗脉，赏了个前名秀才。孔宪贵父子正盘算着如法炮制，举人、进士的上榜，不想朝廷动乱，科举再不会试。然而，这张秀才的画皮，帮了孔庆儒大忙，加上他老子的官场经验，他更会生财，更会做两面人。他从清末当村长，又做乡长，后升区长，中间经历过辛亥革命、南北对峙、袁世凯上台下台、军阀混战、北伐革命，国家的动乱如此之大，唯独孔庆儒的地方势力，稳稳当当，毫不动摇。他利用宣统二年（一九一零年）春当地鼠疫流行的时机，制造假药，高价出售，穷人尸横遍野，他却搜刮大量钱财，白骨堆中筑起显赫四方的冬春楼。

一九二八年秋，牟平段家村的段敬斋，率数万饥民暴动，平推牟平城，地方贫民趁机响应，烧了冬春楼，把八旬还健在的孔险鬼扔进愤怒的火焰中。从此，孔庆儒又得了教训，非有兵权不行。他管辖的几个乡，乡丁比别的地方多，枪比别的地方足。其他区里，一般规定公安分局的武装是三十人，配有十匹马，十辆自行车。而孔庆儒当区长之后，他区里的武装增至五十多人，由他二儿子孔显掌管，充当区队长，连管家也枪不离身。

孔庆儒弟兄三人。大弟孔庆傧，人称孔二先生，洪源号钱庄老板，兼管德源号丝坊。二弟孔庆俦，执掌冬春楼——这冬春楼比烧前更加气派，不仅是高级饭店、客栈，还操纵着粮米、副食方面的价格，招待过往官吏显贵。孔庆儒还有个大儿子孔赫，在天津卫负责三间门面的绸缎行，张老三的大儿金贵就是在那里当差。秀才本人是这个区最大的中心小学的校董和校长。

就这样，孔庆儒垄断了这一地区的政治、军事、经济、文化权力，比他老子孔宪贵——孔险鬼，真所谓青出于蓝而胜于蓝。

于之善贪婪的小眼睛满屋搜索着，忽然，被两个躺椅式的新奇东西吸住了。他走了过去，在那新奇的东西上坐下——立刻弹跳起来，拍着屁股惊讶道："好家伙，有发条！他姥姥的，倒是想得周到，感情比坐板凳舒服。"于是，他重新坐到沙发上，同时发现茶几上新摆设的白净净的茶壶、茶杯。他的朝天鼻快凑到上面，念着瓷器上的字："江西景德镇……"他向门口扫了一眼，随手抄过茶壶揣进羊皮马褂里。

正在此际，万戈子闯进来，牛蛋眼巡视着。于之善刚要发话，万戈子惊叫起来："啊，那把茶壶少啦！这可是个大贵人才送给大老爷的名贵礼品，丢了要报官追赃的呀！"

于之善骇然，不得已地从怀里掏出瓷壶，搭讪着说："嘿嘿，有我在这，怎么会丢东西？我听人说，名贵水器，人的血温能暖热水，想拿它试试。"

万戈子恭敬地接过壶放回原处，道："舅老子的心眼倒挺花花的。不瞒舅老子说，我这管家难当，那些贼也乖巧，每逢趁舅老子来，家里总少点什么。"

于之善装作听不懂对方的含沙射影，不在意地说："大家大户的，丢三少四些小东西，不稀罕。"

"舅老子放宽心，俺们往后用上精神，哪怕少根针，也是有数的！"

于之善嗤嗤两声鼻子，话题一转："我哥起来没有？"

"还得一会子。"

"那快把我的饭端上来！"于之善仰起地瓜脸，拿出身份，摆出架子。

万戈子故作吃惊地问："啊，舅老子在家没吃早饭？"

于之善光火了："废话！我到这家每次都赶饭，你没记性啊？"

"是，怨我不会办事。"万戈子躬着身退去。

"他姥姥的！奴才相，看人下菜碟。不抖一抖，抓我的大头欺负，哼！"于之善怒悻悻地骂着，那茶具白亮亮的老刺他的眼。他很敏捷地抓起两个杯子，深深地塞在肚皮上面。

黑皮长脸的孔显，进了门，猛坐到椅子上，说："舅，你有事？"

"唉，急事！遭啦，显子……"于之善刚出口，孔显就吆喝："万管家，上饭！"

万戈子应声跑进来，向孔显使眼色："二爷，你也在这吃？"

孔显没好气地喝道："啰唆么！就在这吃，多烫酒——好的！"

"唉！"万戈子颠着屁股跑出门。

"显子，我遭啦！我……"于之善说着，又卡住了，他走上前，见孔显一脸恶气，耳前划破一长沟，红肿着，就顾不上说自己的急事，关心地问，"显子，和谁打架啦？"

孔显狠狠地抽几口烟卷，骂道："他妈的，变得越来越硬！"

"谁？谁敢这么大胆！"于之善抓起枣木拐，"欺负到咱家头上，说，有舅给你做主！"

"一个女人，妈的！"

"那她一准是个疯子、傻子……"

"你十个绑在一起，也抵不上她一个机灵！"

"啊，到底是谁？我去掐死她！"

"小白菜。"

"哦，那戏子，寡妇……"于之善见用人端上酒菜，慌忙坐到饭桌前，不等碗盘摆齐，他就斟满杯，吃喝起来。他一面忙乎着向嘴里打点，一面满足地说："生气做么个，有酒有肉，喝，吃……"一块鸡胸脯噎住了食道。

孔显狂饮几口酒，恼丧地说："这女人，真他妈的不识抬举！早先还能一块打打牌、吃吃酒、唱个戏听听……如今越来越不像话。夜晚我派人去请她冬春楼打麻将，怎么也不来，答应给什么也不来。我亲自上门找她，竟动起手来……他妈的！"

于之善好容易咽下卡嗓子的那块鸡肉，望着外甥脸上的伤，说："显子，这怨你自己，为女人，值不得……"

"你是什么都不懂，只知道发财，刮地皮。"

"谁不为这个呀，傻小子！"于之善异常自负，"年轻人，喜点色，也犯不哪儿去。孔家庄街上娘儿们有的是，何必单去找她呢？要么，赤松坡有两个，一个快五十了，老点；一个二十几，跟她妈在烟台窑门住过，你想要，跟我去，花不了一块钱。"

"你只知刮钱，什么也不懂。唉，小白菜……"

"算啦，算啦！白菜再好没肉香……"于之善胡乱吃着，打个饱嗝，肚子被那两个瓷杯硌了一下，"还有菜吗？"

孔显喊道："来人！再加菜上来，快……"

"天哪！你个刀杀火烧的呀！你个狼心狗肺的哟！拿刀杀了我啊！用枪崩了我吧……"女人扯破嗓子的哭叫吵骂声，犹似倒了一面墙。

于之善吃惊。孔显摔掉筷子奔到屋门口,大声叱骂:"你妈那个混蛋,还有完没有啊!"

哭骂的女人,饰金穿缎,披头散发,站在院当间,冲着孔显,嗓门更高:"要完你枪崩了我,刀杀了我!我死了的鬼也要索你这黑心肝的命!你成天县里跑城里住,回到村来家门不进,去寻那小白菜大白菜黑白菜白白菜……"

孔显冲上去动打。万戈子和几个家人拦住。于之善上前对那女人说:"显子家的,这成何体统,让人家笑话。显子事情多,来家少些,你别七猜八疑的。"

孔显媳妇冲着于之善道:"你是他舅舅,一鼻孔眼出气,欺负俺呀!这不是一天半天的事,俺忍着,给他留脸;岂知是狼纵不得,他宿娼睡妓我权当没长眼,跟前这个小白菜,把他的魂都勾去啦,恨不得拉她来家炕上和我做伴……"

"我毙了你个母狼!"孔显拔出了手枪。

那媳妇见好多人拦住孔显,就毫不示弱地扑上来:"歹心毒肠的你,做得出来呀!你打死我吧,我留个清名。你为非作歹,看阎王爷饶得了你!"

于之善凶狠地喝道:"显子家的!咱是什么人家,你乱嚷乱喊,让穷鬼们听见,给不给你公公留脸啦!"

孔家男的女的老的少的,十多口子,围在这里,插不上嘴,不敢惹这个有名的小母狼二少奶奶。孔显媳妇在众目睽睽中,更拿出威风,恼怒中也顾不得言语轻重,拍着手嚷道:"留不留脸由他们自己,不由我。哼,俺家也不是穷的,欺负得别人,我可不听这一套。秀才公爹本事大,也不能一手遮住天。何况你们老的少的,上行下效,要不要脸,自个儿清楚!"

于之善简直要扑上去,威吓道:"你公公出来啦!"

"出来怎么样?我脚正不怕鞋歪,有什么怕的……"突然,这母狼似的女人的声音小下来，小得听不见，闭嘴了。她怔在那里，目光惊惶地望着东侧的月亮门。

她听到的是一声咳嗽。与此同时，所有在场的人，都哑言敛声。万戈子疾步赶到月亮门旁，身成弓形。

又是一声不高的带有颤音的咳嗽，从月亮门里响起来。万戈子打拱道："大老爷，你起来啦。"

孔庆儒，头戴筒子式水獭皮帽，长方脸，胖乎乎的，略见皱纹，上唇有八字黑胡，下巴刮得光滑。他穿着褐色缎子面皮袄，又肥又厚的毡靴子，背剪手，腆着肚子，慢慢地踱出月亮门。他那浮肿的眼皮稍向上一翻，轻声慢气地问："在这吵闹什么？"

众人屏息无声。于之善迎上前，仰着笑脸说："哥，你起啦，上客厅歇吧。年轻人，吃饱撑的，嘿嘿。"

孔庆儒转过脸："之善，你在这。"

于之善紧应道："一大早来的，有事找哥说……"

"嗯——"孔庆儒沉吟道，"都各干各的去吧。"他踱向客厅。

家人们散开。孔显媳妇忽然呜咽出声。孔庆儒回过头，问："哭什么？"

孔显冲到媳妇跟前，揪住她的头发，骂："还不住嘴，母狼……"

"住手！"孔秀才严厉呵斥儿子，"滚，孽障！"

孔显啐了一口，进了客厅。秀才缓下口气，蔼祥地对儿媳妇道："有委屈对我讲，爹给你做主。唉，儿子不轨，老子训导不力，责由我负。你回去歇着，一会儿我教训他。"

媳妇被家人扶着，抽噎着上前房去了。孔庆儒重咳一声，迈步走进客厅。

桌上的残盘剩盏都撤了，摆上精细的茶点。秀才对儿子说："显二，再不许和媳妇胡吵。"

"都是她，小母狼……"

"吵的什么我都听到了。"秀才板着面孔,"你这么个大人,还老叫我替你操心?创业百年,败家一天。我年过花甲的人,精神有限。这个家业,往后全靠你兄弟二人维持。为女人的事,伤风败俗,失去咱书香门第的体统。"

于之善一旁帮腔道:"是哩。显子,你爹像你这么大,可比你强老鼻子啦!你妈——我那命如纸薄的姐下世后,我劝他多次,他不续弦……"

"丧夫不嫁,逝妻不续。这是孔家门族的礼法。不然还成什么圣人之后!"孔秀才俨然地说,正襟危坐在椅子上。

于之善忙道:"就是啊!哥保住这清名,发大了家业。"

"一派胡言,唬外人去吧。不娶老婆,更自在。哪次他进城,一个人过夜的?冬春楼的密房,给我备下的?我哥在天津三个小老婆,大嫂在家为么不闹腾,说啥是啥,只差让我明着叫她妈了……对小白菜眼红了几年上不了手,至今也不死心……"孔显心里愤愤不平地说,嘴上没有出声。

孔庆儒也没有要儿子回话的意思,吩咐道:"去,到冬春楼看看鄂子正起来没有,请他来。"

孔显走后,于之善讨好地说:"哥,别生孩子的气啦。"

秀才摘下水獭筒帽,他那盘着的辫子,像摊牛粪似的,结结实实堆在头顶上。孔庆儒捻着胡梢,笑道:"生气做什么?嗯,之善,看你鼻涕流哪儿去啦。"

于之善急忙双手齐动,又抓又抹流到前襟上的两股清鼻涕,嘿嘿笑道:"是才在院里冻的。"

"看你穿戴的,和个叫花子差不多。咱这等人家,犯得上这么寒酸?你这人,名副其实的守财奴。"

"我家业小,经不住折腾。我还是来哥家才穿上这身衣裳,平常日更将就。这也有好处,昨儿还亏得……"于之善说不下去了,眼像铜铃,吞了口唾沫。

孔庆儒拿起块焦黄的蛋糕，慢慢地吃着。于之善又咽一口涎水，吸着大鼻孔，吞吞吐吐地说："哥，你早上不吃荤腥，我也学着试来，不行……嘻，槽子糕这玩意儿，抗饥吧？"

"你吃吧。"秀才端起燕窝汤，喝着。

于之善一手抓起两块蛋糕，大口大口地咬着，一边说："我刚吃过酒饭，尝几口……嘿，到嘴就化啦，蛮香……哥，显子为萃女的事气恼。这个唱戏女人，敢欺负到咱头上，要教训教训她，再不听话，栽个罪名，送她县大牢里。"

孔秀才连连摇头说："萃女见过世面，不是好惹的，闹嚷出去……家丑不可外扬。再说，如今她哥在威海给专员当差……"

"那杨更新当初还不是你扶起来的？怕他怎么！"

"你少见识，好花不好折呀！之善，往后说着点显二，再不准去找萃女。他媳妇不是个熊人，嘴上厉害——听听，她刚才把我都骂上了！"

于之善连忙应诺。他感到肚子发胀，就松外面的腰带，那两个茶杯跟着滑到肚脐眼处——幸好，里面的裤带给挡住了，掉不出去。他不由得盯着新茶壶道："哥，你这新添的壶多少钱？我家常来客，想……"

"这是鄢子正送我的，还有那套沙发。"

"他是大财主？"

"一个光棍汉。"

"那你交往他干么？没便宜……"

"老弟，如今天下是他的啦！"

"他比胶东王刘大人还大？"

"刘珍年的胶东王当不成啦。"孔庆儒用茶水漱了口，接过于之善递上来的水烟袋，深吸几口，说，"中国乱了多年，末了国民党的蒋介石算把江山坐定啦。"

"那五色旗不用留着啦？"

"撕了做尿布吧。冯玉祥都倒了台，下野上泰山风凉去了。韩复榘成了姓蒋的人，前年当上山东省政府主席，替蒋家卖力，刘珍年拗不过，不得不服帖韩老粗。"

于之善钦佩地说："哥，你真有远见，前几年你叫显子参加国民党，我惜几块手续费，没跟着……唉，如今晚啦！"

"不晚。国民党也正在扩充势力，用人之际，鄢子正和我交往挺厚，一切好说。一会儿他来与我共商谋策，搞好地方治安。"

"是啊，地方不太平，我正为这事来找你……"

万戈子跑进来："大老爷，鄢主任到啦！"

"请！"孔庆儒忙迎出院子。

麻秆似的鄢子正，在孔显陪同下走进来。

孔庆儒一拱手，寒暄道："鄢兄亲躬寒舍，兄弟有失远迎，罪过。"

鄢子正躬身还礼，道："哪里话。世翁在上，晚生怎敢起动。"

于之善正欲上前相见，人家已携手并肩进了月亮门，一片热情让座的声音。

于之善好生气恼，又着急，如同被关在门外的狗，在院里乱步颠晃了一会儿，就整理一下破羊皮马褂，扶正毡帽头，闯进月亮门。

万戈子守在院门里，挡住道："大老爷有话，不让外人进去。"

于之善火了："舅老子是外人？"

"这自然不是。可你要进去，大老爷怪罪下来，小的担待不起。要么，我给你通报一声？"

"那，那不用啦。"于之善反过来拉住他，见孔显从屋里出来，忙道，"显子，我想听听他们说的事。"

孔显寻思一霎，说："你轻点，在外间听听，我一会儿就回来……"

于之善蹑手蹑脚来到卧室外间，闻着大烟味，竖起耳扇，听见孔庆儒在说:"……顶住这多年的乱世风险,费去我不少心血,瞧瞧,两鬓见霜啦!辛亥革命,孙中山号立民国,我盘起辫子,跟着革命党鼓捣一阵。可是南方在动,北方还是老样子。后来,那北伐军打得很凶,我都要加入农民协会了……不想,北洋政府的头头脑脑,一个一个地倒了,孙文和共产党也没胜,倒叫蒋中正得了手……好,子正弟,局面总算定啦,我对蒋先生真是五体投地啊!"

鄢子正一面抽大烟一面笑道:"世翁算得上识时务的俊杰!蒋先生确是当世英雄!曾几何时,他取得孙文信任,掌紧军权,等他一死,就枪口一转,杀共产党和同伙分子一个回马枪,使之措手不及。"

"雄才大略,了不得!"孔秀才赞道,"共产党如何,我还没打过多少交道,单就胶东这地方,一直是司令如毛,各据一方,互相混战,不是蒋先生的国民党,谁能制服?连韩老粗都听命麾下了。"秀才深深吸了口烟,又给鄢子正递上烟泡。

"韩复榘是为了当官,才靠上我们。"县党部主任得意地说,"他是个杂牌子出身,开始蒋先生派人监视他,不想被韩老粗拉了过去,蒋先生气极,又派人剪除了那叛逆,把韩的两个主力旅拉了过来,换上黄军装①,调江西剿共去了。韩老粗没了兵力,如陷囹圄,不得不服帖。胶东二十一县王刘珍年,还有点刺头,不久也将南调参战。如此一来……"

"噢,高招!高招!"

"这是蒋先生收拾局势的一个例子。"

"一斑可见全豹!小小共产党,哪里是蒋先生的对手……"

"灭共当然不成问题。不过共产党不同杂牌势力。"鄢子正脸色严肃起来,"共产党现在不像陈独秀那时听摆布了。他们拉起军

---

① 韩复榘的地方部队穿灰军装,蒋介石的中央军穿黄军装。

队，建立根据地，搞什么土地革命。不瞒老兄说，江南几省的红军越闹越厉害，特别是江西井冈山一带，我们数次围剿，次次失利……"

"啊……"

"老兄，对共产党切不可掉以轻心，就像救火，有一点点火星，也要无情扑灭，不然等火烧大起来，我们就……这次省里党部训令，要赶快扩展地方武装，加强联庄会①、公安局，修通青（岛）威（海）公路，便利地方治安。这当务之急……"

里间的声音时小时大，一会儿高几句，一会儿小几声。外间的于之善，有的听得见，有的听不清，有的听见了也不懂，有的听得懂又听不清了，直急得他在心中悲叹："马无夜草不肥，人无外财不富。人家孔庆儒仗着官势，几十年这般兴旺。可我，光啃百十亩地皮，和穷光蛋竞争，鼻子都差点叫于世章砸没了影，家业总起不了大色。眼下这国民党最吃香，庆儒又靠得紧，我再不能错过良机，过这个村可没那个店啦，说什么也要钻里头，钻里头……"

于之善精神振奋，迅速地整理装束——砰砰两声，裤带上的两个瓷茶杯落了地。

"谁？"孔庆儒严厉地喝道。

"我……我！"于之善慌乱地闯进里屋，大声叫嚷，"哥，主任大人！我钻里头，我钻里头……豁上啦，十块……"

孔庆儒生气地喝道："上言不搭下语，你混说些什么？钻哪里头？"

于之善嘴一咧，拍着脑瓜说："唉，我急昏头啦！我是要……要钻到国民党里头。"

鄢子正轻蔑地打量他："这位是——"

"贱内的胞弟。之善，见过党部鄢主任。"

---

① 联庄会：反动地主武装。

于之善摘下帽头，深深一鞠躬："主任大人看在俺姐夫面上，千万千万抬举兄弟，拉俺一把。"

白骨架子似的鄢子正抽足了上等烟土，精神很佳，皱起笑脸说："既是正达兄的股肱，当然义不容辞。我党欢迎之善兄相助。"

前面的一句没听懂，后面的于之善却明白了，痛心地说："十块，不少了吧？再多了，我家……"

"之善！"孔秀才打断他的话，"到别屋坐去。"

鄢子正拿起呢帽告辞道："我要到区上办理党务，世翁歇着吧。"

"我一会儿也去忙公事，晚上冬春楼专候主任赏光。"

孔庆儒把鄢子正送出门，回来后，斥责小舅子："你这个人，土里土气，人都让你丢尽啦！张口钱，闭口十块，你眼里只认识个钱字！"

于之善理直气壮地说："光我认个钱字，别人认个什么字？公人见票，牲口见料，谁不知道？"

"你还说下去！"秀才光火了，"不看场合的蠢货。"

于之善傻了眼，悄声地咕噜道："我是心里着急，想听到你们说的事，别撂下我……"

孔庆儒抽完一袋水烟，缓下气来说："你这人，就是只认小利，不见大益。我们谈论的事也没背你之处。鄢子正要咱们注意共产党的活动。"

"咱这地方，共产党不是杀了吗？"

"第二个第三个……孔志红，还大有人在！"

"啊，这么厉害。哥，我想问你声，俺村永升从关东跑回来，说日本人占了全东北，不管穷富人家都抢都杀。东北隔咱一条窄海，那国民党蒋先生有那大本事，他不来管管？"

"共产党是咱们的最大对头，先对付完了它，再说日本人的。"

于之善突然惊呼:"啊!不好,还有土匪哪!哥,我一大早来,就是告诉你,我遭绑票的啦!"

"什么时候?"

"昨儿……"

"怎么没抓走你?"

"你听我说!"于之善余惊未消地说,"昨儿我和伙计进北山去看看柴火垛,走在岭口子上,一伙土匪抢上来,不由分说把伙计抓起来,嘴塞上手巾,押山里去啦。他们吩咐我回村送信,明早送一千块到三瓣石赎人。你说吓不吓人啊?"

秀才笑道:"你成天破衣烂衫,这次倒救了你。"

"就是的。起初我也摸不着头脑,后来才醒悟,准是土匪有内线,探得我要上山,拣穿好点的抓没错。再想不到,我比伙计穿的还破烂……哥,你说咋办?"

"这有什么?他们知道抓的是长工以后,自然就放他回来。"

"哥,准又是孔居任串通人干的,他对咱有仇。"

孔秀才捻着胡子梢,沉思片刻,说:"这小子跑了半年多不知去向。这个干大事惜身、见小利而忘命之徒,倒有身好武艺。"

"好不好的,是土匪。"

"土匪也总比共产党好。"孔庆儒强调说,"今后多留心,注意穷鬼们的活动。你回去和令灰说,你们赤松坡,穷人多,容易出乱子,多加提防。"

于之善连连称好,说:"先把于世章父子杀了吧,准是共产党!"

"怎见得?"

"反正不老实,咱们的对头!"

"没有一点根由,乱安共产党的名,反而会闹大它的风声。不过,于世章父子这号人,是要特别提防。"

于之善忽然想起来,问:"哥,听说你有大喜事,今晚请八大桌，么喜事？"

孔庆儒得意地笑笑，说："你的耳朵不短哪——什么喜事，身上的担子重啦！原先区上的联庄会长我推给别人当的，我虽是区长，可是个文人，不愿抛头露面的。不料昨天在城里，县长、主任非要我干不行，壮丁要扩大，原先每百亩地抽一丁，现在五十亩一个。看看，全区多大的队伍！"

"哎呀，又是区长又是会长，又管文的又带武的，真是大喜事呀！该请客……"

"请客？要各乡的乡长来同谋灭共大计！"孔秀才脸上横肉搐动。

这时万戈子提着个小皮箱进来，对孔庆儒小声说："这是大少奶奶给你要的贵重药物、她的首饰，刚从烟台捎来……"

"先放到我卧室里，夜里再说。"

万戈子刚要出门，孔秀才叫住："显二媳妇没看见？"

"没有……"

"留心些，那是个……"

于之善观察着他二人的动静，体贴地说："哥，你没个家里的，由粗手大脚的管家照料，真不成个样子。我看你，还是续弦吧，俺姐在地下也安心……"

"住嘴！我是秀才，圣人之后，再说这浑话，往后就别登我孔家的门！"孔庆儒咆哮过之后，走到门口，站在青石台阶上，望着前后左右一片盖雪的青灰房宅，野心勃勃地说："人生在世，不干一番事业，枉为人啦！之善，我的家业太小了，再过几年，不叫它翻上一个过，我对不起祖宗！哼，我秀才带上兵，如虎添翼，共产党想来碰碰，好，我孔正达就是只好斗的公鸡，咱们就较量个你死我活吧！"

第九章

孩子刚满百天，躺在炕上，恬静地睡。

桃子坐在院里石条上，择拣一篮野菜。当了母亲，她比早先清瘦些，血色倒不减，藏在长睫毛里的黑眼睛更显大了。她抬手理鬓发，望一眼云彩里的西斜的太阳时，额上出现了细腻的抬头纹。闺女生头胎，三嫂自然赶来，桃子第三天就下了炕，催促母亲回家。做妈的放心不下，要多伺候些天。母女俩争执好几回，三嫂也惦记着两岁的小儿子和好儿的病身体，又见桃子体质结实，拗不过闺女，揪着颗心，第五天，回桃花沟去了。

从正月震海负伤到入夏，日子总算是平稳地过来的。但是生活的波澜，却是不断地汹涌。头一件，是桃子去萃女家找于震兴回来后，就把他和小白菜的事告诉了公爹，目的是让老人教育一下儿子。震兴听说父亲病了，当天晚上就提着中药、点心赶了回来。于世章问他这事是真是假。震兴闷着头不回话。最后逼问急了，他道："要说真，是假的；要说假，是真的。我说不清楚。"

于世章气愤地骂儿子没出息，震兴抽烟听着，说："反正我没做缺德的事。"

世章激怒地打了从未动过一指头的三十岁的儿子一笤帚疙瘩，不许他再去孔家庄卖工。桃子以为孝顺老实的震兴定会遵从父亲的严命。岂知震兴却回答道："好人不多，到哪儿也是流汗水吃饭。"

世章说，如他不听话，再和小白菜来往，就不认他这个儿子，他愿走哪儿去到哪儿去。震兴磕磕烟锅，站起身就走，说："走就走。反正我挣钱养活你。"

世章问他哪里去，震兴不回答。

桃子一旁焦急地劝他，别惹爹生气，咱是正经人家，不能和小白菜那种脏人来往。

震兴满面血红，欲言又止，蹲到灶口，擦开了泪水。桃子心想，他是听话改过了。却不料，震兴在家住了一宿，第二天一早，又走上去孔家庄的路。桃子要去追他，世章悲叹道："别费事啦，嫚子！人不成材，没效药治。唉，由他去吧！"

桃子安慰公公道："爹，你别难过，俺哥他心地厚道，会醒悟过来。这都是那小白菜的祸！也不知那厚脸皮的人，用么药方，把俺哥给药糊涂啦……"

这件事，一直瞒着于震海，怕他知道后，闹出大乱子。

实际上，震海在家的时间愈来愈少。一春，至入夏，他身背盛石匠工具的小木箱，今东明西地在外做工。桃子当然明白，他是以石匠为掩护，在做共产党的工作。这不仅使他几乎没有工钱拿回家，而且不像过去瞒着媳妇了。他回到家来，就给桃子说某村某家某人受了多少苦难，要求革财主、官府的命；又说孔家庄上的凤子在丝坊里同姐妹们谈起所受的罪，人人啼哭；又说丁赤杰的媳妇崔素香，对家里去了共产党的人如何照应周到……

桃子知道，丈夫是在开导她，要她帮他做工作。果然，陆续地，家里来的人多了。本村的铁匠刘家兄弟宝田、宝川，拳房老师父女江鸣雁和二妞，佃户的儿子金牙三子，东邻的喜彬叔……这些人同于世章一起，谈论打倒财主、官府的事。有时叫二妞和桃子门外望风，他们背下开党的会。

夜里，丁赤杰常带三五个人来找震海。其中次数最多的两个人：一是瘦小的李绍先，另一个白脸戴眼镜的，就是程先生。他们一来，和本村人不同，有时走前门，有时进后窗，窗户上蒙上被子，挡住灯光。于世章瘫着身子，爬到院门口门槛后的阴影里坐着，不管是雪天、风天、雨天，成宿到亮，不动地方。桃子尽量伺候这些见过的、未见过的客人，烧水、炒瓜子、花生，做家里能有的最好的饭食。这些来客并不客气，犹如到了自己家里，说吃就吃，叫喝就喝，亲近地和桃子说话，然后就聚到炕上开会。开头几次，桃子来到世章身边，望着老人坐在门槛后任凭风雪扫打的瘫痪身子，又摸着自己身上的单薄衣裳，心里不大好受，嘴上却任何怨言也没出。每到这时，那于世章，与其说是发现了什么，倒不如说他体贴到儿媳的心情，就开言道："嫚子，这些人，成年累月在外，为受苦人奔波，头都悬在裤带上！他们是咱的肉骨，不在咱家，在哪儿待啊！"

很快，桃子就习惯了这种生活，甚至有时日久他们不来，她倒感到不正常，不安起来了。她自己也不知道这是为什么，其实她也没去想，老实说，日夜操劳的穷苦生活使她无暇去想。前几天夜里，丁赤杰又领着那两个人来了。他们的会一直开到鸡叫头一遍，赤杰和绍先走了，留下戴眼镜的程先生。于世章黑白蹲在院门口，支开所有来串门的人；震海在房后菜园里干活，观望着村里的动态。吃过早饭，程先生看着桃子怀里的孩子，笑眯眯地说："嗬，大妹子！还没恭喜你，有了后代啦！"

桃子笑道："多张吃饭的嘴，有么好喜的。"

"不能这么看，大妹子！"程先生认真地说，"我们被压迫者，人越多越好！革命就是为的后代啊！等你孩子大了，要上工农子弟小学，上中学，上大学，成为无产阶级的知识分子，红色科学家。这多好啊！"

桃子不全懂他的话，却理解到人家说的是好事情，随口道："是个男的还好，一个丫头，能有多大造化？"

"哦，这可是封建思想，你们妇女自己看不起自己的力量，这是你们走向革命的最大障碍。德国有位女革命家叫蔡特金，列宁同志的战友，你听说过吗？"

桃子迷惘地羞红了脸。程先生却全然不曾注意对方的表情，伸手去抱婴儿："我看看，未来的红色科学家！"

桃子忙说："怪脏的……"

程先生已抱过尿布里的婴孩，喜悦地看着她，说："嗬，很重啊！多大？"

"生下时七斤半，满一百天啦。"

"叫什么名字？"

"打算给个'平'字。"

"怎么讲法？"

"盼她能平平顺顺一辈子。"

程先生连连摇头道："太懦弱啦，太没力量啦！要刚强，不屈不挠。咱们无产阶级整个的生活，就是斗争，向社会斗争，向自然斗争……哦，怎么名就一个字呢？"

"俺乡下，女的都这么的。"

"要改变这种重男轻女的恶习。我给宝宝个名字，好呀？"

"那敢情好！"

程先生锁眉会神，沉吟半响，道："叫个'竹青'，好吗？出处是文天祥——宋朝时期一位民族英雄的一句名诗：'留取丹心照汗青。'我解释一下，这句诗的含义是，在敌人面前，视死如归，英名红心，永垂史册。从前没有纸，古人把竹子火烤后当纸用；竹，青色，火烤出汗，为此'汗青'就成为历史记载的代名了。这是一方面的意义。此外，竹，翠绿挺拔、节直不曲，是坚贞高洁的象征。这个名字，你同意吗？"

桃子静静地听，只明白竹青是个意思好的名字，其他的话全然不懂。但她深深被程先生的庄重认真所感动，连忙应道："好，好！多谢你费心，就叫她竹青。"

事后，桃子得知程先生不是本地人，家是财主。她问震海："那他革谁的命呀？"

震海道："官府、财主的。"

"那不革他自己家头上了吗？"

"共产党员，为天下的受苦人干革命，自个儿家里有该革掉的，也不能留情。你家，我家，都一样！"

"咱们两家，哪来的官府、财主？"桃子说，"那程先生出来，他家里知道吗？"

"他早和家里断了挂连。"

"那他吃穿怎么办？"

"你不做饭他吃了？缝衣裳他穿了？他到哪儿吃哪儿，革命为业，天下为家。"

桃子觉得程先生的日子过得新奇，人也挺神秘……

桃子择完了篮子里的野菜，离开石条，把杂芜的菜叶菜根扔进猪圈里——那里已经没有了猪，空洞洞的。这一阵子常来人吃饭，加上青黄不接，全家靠家菜野菜糊口。她费心喂大的一口小猪，上集赶去卖了，籴回百十斤玉米，口袋没解，世章就吩咐震海连夜背上北山丁家庵了。桃子知道，住在那里的程先生，因为缺吃粮米，眼睛一到夜晚，就什么也看不见了。这时，桃子洗把手，正要进屋，院门吱呀一声开了。她回头一看，抢步迎上去，同时叫道："妹！"

那小菊姑娘，甩着两条小辫，离桃子还有几步远，就掼掉肩上背的两个大包裹，一头栽进姐的怀里："姐姐啊，可到啦！"

桃子激动地搂着她。小菊踮着高，抱着桃子的脖颈，细苗的身躯在姐的怀里扭着，越贴越紧，别的话没有，一个劲地喊："二姐啊，可到啦！二姐啊，可到啦……"

"看看你，和豆虫似的，把我骨架都要拆零散啦！"桃子又喜又爱，拉着抱着的，把妹弄进屋，要将她放到炕上坐。

小菊抱着桃子不放手，还是叫："桃姐啊，可到啦！"

桃子只好抱她一起坐到炕沿上，由妹折腾。她见小菊的长脸蛋红扑扑的，白地红格粗布褂，胸前背后两片汗湿。她替小菊擦着汗，问："妹，就你自个儿来的？"

"还有一个。"

"谁？"

"俺的影儿。"

"淘气丫头，三十多里山路，也没累老实你……"桃子忽见小菊眼里含着晶莹的泪花，忙问，"怎么啦？"

"还不懂哩！人家一路上，爬高山，过险岭，走错好几回，差点滚到深山沟里……两条腿，木头似的硬；两个脚，针扎似的疼。吃过早饭离家，直到这会儿才到！"小菊说着，泪珠滚得更欢了。

桃子心疼地抚摸揉捏妹的身子，把她的鞋脱掉，用手握着她的光脚，说："有泡啦，我给你烧水烫烫。"

"哎哟，痛死人啦！"小菊淌着泪珠笑了，"没关系，姐！瞧，俺这脚，赶上你的啦，又厚又大，熊掌一般。"

桃子被逗笑了。她舀盆水来，给妹妹洗脸擦身。小菊说："妈给我拿了干粮，我光着急看到你，一点没吃……"

"我给你弄饭……"

"别，别离我身边，姐！爹不让我来，说女孩子家的，不懂事，出不了远门。妈起始也打梗，可好儿姐病着，爹忙放蚕，妈更难脱身，全家都老想你，就答应我来啦！姐，俺十四岁啦，该帮妈干些重活啦，对吧？你看，我没叫狼吃了，没叫狐狸领走了，这不来了，见到姐了！二姐啊，我最想你！"小菊说着又要扑上来，不是桃子早有防备动作敏捷，洗脸水要洒姊妹俩一身。

桃子问家里近况。小菊说："打入春，家里多半吃糠菜当饭。顶苦的是妈，她的脸发黄发亮，肿啦！"

"唉,妈多会也是苦的!"桃子叹息道。

小菊忽然拍自己的头,懊恼地说:"糟啦!"

"怎么?"

"走时妈叮嘱好几遍,来了不要说这个,看我这嘴!"

"你不说,我也想得到,唉!"

小菊突然压低了声音:"哎,二姐,那孬种回来啦。"

"你骂谁?"

"孔居任。"

"他有错,也是姐夫呀。多咱回来的?"

"前天夜里。他偷偷来咱家,爹要赶他出去,妈留下做饭他吃了,送走的。"

"他在哪儿——这一年?"

"听他对妈说,他在西面地方同人合伙做生意。他给妈钱,妈不收,说等他赦了罪,再接好儿姐回去过日子,如今好儿姐在娘家,不用他管。他说,他要当共产党,杀孔秀才报仇。"

"他当共产党?"桃子禁不住叫出声来。

小菊问:"姐,共产党究竟好呀坏呀?"

"自然是好啦!"桃子脱口而出,马上又嘱咐小妹,"你小,别打听,对谁也别提起它!"

小菊瞪着那妩媚的黑细眉毛下的黑眼睛,瞅着姐姐的严肃神色,懂事地点点头。接着她问:"二姐,你猜爹还糊涂不糊涂?"

桃子没明白她的意思。小菊笑道:"爹不糊涂啦!他这会儿老夸奖俺震海哥人老实,不像早先爱惹是生非,比居任哥强百倍,你跟了他,爹放心啦,沾不上光,也连累不着。"

小菊沉浸在见到姐姐的喜悦里,只顾说自己的,她没注意到桃子那兴奋的脸色,罩上一层忧虑的阴影,那手里的已经拧干了的湿毛巾,还在使劲拧……

婴儿在炕上啼哭起来。小菊惊叫道:"哎呀,我还忘她啦!"

她抢上去，抱起来。

孩子直哭。小菊不耐烦了："别人受累，你舒舒服服睡大觉，还哭个么呀？再不住声，看抽你嘴巴。"

桃子接过孩子，边解怀喂奶，边笑道："你都是姨姨啦，还和外甥淘气，她听懂话吗？"

"姐，给名没有？"

"给啦。"

"叫么？"

"你猜。"

"听说你是咱家院里的桃树头一年接小桃子时生的，妈叫你桃子的。她——"小菊跑到屋门口一看，又跑回来，"院里是棵大松树，叫松子吗？"

"不对。叫竹青。"

"呀，好听，好听，两个字！我一个菊字，小菊小菊的，成老太婆了，还是小菊！姐，你给俺改改，也要两个字的。"

"我不会。竹青是别人给的。"

"谁？我找他去。"

"你找不到，外人……妹，我奶饱竹青，你抱她，我弄饭……"

"呀，我带的东西！"小菊叫着跑到院里来。

桃子也被小菊搅闹得忘了她揽下的两个大包裹。包里是十几斤地瓜干，四五斤小豆，二十几个熟鸡蛋，还有一些只有在桃花沟北面的高山峰尼姑顶才能采到的大地枣和蘑菇。望着这些东西，桃子面前浮现出母亲水肿的脸、病弱的姐、老父、小妹、幼弟。她的眼圈潮湿了，为躲避妹妹的视线，把头侧向半空——对着那把院子遮住半个的大赤松树的繁茂的枝叶。

小菊指着鸡蛋说："姐，那几个最大的是俺给世章大爷的，你可别忘啦！"

桃子道:"放心,忘不了……"

"海嫂子!"一个血气方刚的少女,抱着一怀黄熟的麦子走进院来。

桃子迎着道:"二妞妹,这麦子……"

"是这家俺大叔,才在菜园里叫我拔的。"二妞凑到桃子耳下,神秘地说,"世章叔说,让我帮你把麦子搓了,拿喜彬婶家磨了,今夜有贵客来,好吃。"

桃子应着。二妞突然发现有双躲在松树身后的亮眼睛,闪闪地瞪着她,惊奇地问:"哎,这是谁呀?"

"是俺妹,才从家来。"桃子回道。

"啊,我说呀,好俊的模样!嘿,比嫂子你还媚气!"二妞欢笑着,燕子似的轻盈地奔上去,拉住小菊的手。

小菊将手使力抽也没抽出来,直翻黑眼睛瞅她。桃子笑着说:"小菊,别忌生,她是你二妞姐,你震海哥的武术老师的闺女。"

二妞笑嘻嘻地说:"你躲在树后做么呀,还害羞?看你的脸多美!就是嘴唇尖点厚点——倒显得更甜蜜啦!"她拉着小菊,脚没沾地一样地跑出来。

小菊生气地痛叫道:"哎哟!手像钳子似的,痛死俺啦!"

二妞松开手,从腰里掏出一把小黄杏,硬往小菊手里塞:"拿着,拿着!吃呀,吃呀!"

小菊见人家一脸亲热,气就消了:"你吃,俺桃花沟有的是它。"

"有也舍不得吃,好卖点钱,对吧?"二妞笑道,"我可吃得多,酸掉八十八颗牙。"

桃子禁不住笑了:"谎也不会撒,哪来的那多牙呀?"

二妞也有话回答:"掉了又长,长了又掉呗!"

小菊皱着端庄好看的鼻子嘻嘻地笑了,忽地上去搂住二妞的一只胳膊,大声说:"二妞姐,俺跟你相好!"

151

桃子道:"二妞,麦子由我整治,你领她去看你大叔。"

二妞说:"好。夜里,俺俩做伴啦!"

桃子笑道:"睡觉留神,小心她跟你'打拳'。"

二妞拉着小菊向外走,欢笑着说:"最好,我正愁没对手哪!小菊妹,我收你做徒弟,学舞剑,好吗?"

飘飘洒洒的细雨,同夏夜结伴,一起来到赤松坡。茅草屋顶和松树针,发出舒耳爽心的沙沙声。

桃子把半锅开水舀进大沙盆凉着,将新鲜麦面烙饼和她狠着心宰了的那只唯一的下蛋鸡煨的蘑菇,放进锅里盖好,又把地上呛蚊子的艾蒿火绳吹旺些。她拭把额头上的汗水,看那壁窝上的灯暗下来,就隔着锅灶台,拔下发髻上的簪子挑灯芯——油快熬干了。于是,她去桌上拿过油瓶,走进她住的西间屋。

屋里,程先生、丁赤杰和另外两个人横在炕上打鼾。那精瘦的李绍先,两手捧着本厚书,跪卧着腿,就着壁窝射来的暗淡灯光,全神贯注地看。那脸上的汗水,流得他脖子发亮。

桃子轻声唤道:"先子哥,我要往灯里添点油。"

绍先抬起头,端过灯来,一边说:"妹子,不点灯吧,油很贵。"

桃子倒着油说:"你不是在认字吗?"

绍先挥了把汗道:"等白天再认吧,黑影里,我想想书里的话。"

桃子将麦秸编的扇子递给他,说:"我瞅你一有空就捧着它——那里面,挺有意思吧?"

"挺有意思!"绍先激奋地说,"这是程子同志带来的,在咱乡下不易见着。这本书是列宁——苏俄人,穷人的领路人写的,净是教咱们怎么闹革命求解放的道理。我才上过两年学,看它真吃力。妹子,你要能看,才好哪!"

桃子自馁地笑笑道:"我,还能懂那个?"

绍先说:"这书就是写给咱穷苦人的。妹子,你就是按列宁同志说的在做呀!"

不光是从诚挚的言语里,更从对方那清瘦脸面的热切炽烈的表情上,桃子感受到莫大的鼓舞和体贴。她感动得脸有些红,说:"俺能给你们这些黑白煎熬的人,操点心就是啦!"

绍先深深地呼了口气,说:"妹子,咱们的日子真苦!你带孩子,千万保重身子,别把好点的都省给我们吃。你把灯端过去用吧,等他们来了,再端来不迟。"

桃子端灯出了房门。这时,一前一后进来两个人。前面的宝田问:"妹,震海他们还没到?"

"没有。"桃子答着,听后面那人叫道:"桃子妹,你不认得我了啊?"

桃子一怔,灯影中,见那人细高个子,一身蓝制服,湿淋淋的。她把灯向上照去,光亮照清他的脸,长脸上黑眉大眼睛、端正的高鼻梁,他正朝她微笑。桃子惊喜地叫:"玉山哥!"

高玉山欣喜地说:"一年多,没见面啦!"

桃子急忙向里让他:"哥,快进来,我找件衣裳你换换。"

高玉山跟桃子走进东房间,说:"妹,别忙乎,淋点雨,倒凉爽。饭,你也别拾掇,路上吃了干粮。"

桃子舀碗凉开水递给他,说:"听说你在牟平当先生,怎么不来家看看?"

高玉山喝了几口水,说:"挺忙的,没时间。如今先生不当啦,我考上文登乡村师范,不要钱,白念书。看看,变得多快,你都有孩子啦!桃子妹,你有出息,帮了我们不少忙。对,这也是咱自己的事,往后,咱们一块,加劲革命!"

"你怎么知道这家的事?"桃子惊奇地问。

"我和震海兄弟他们,不闲着见面。"

"呀，这个人，他一次也不回来学学。"

高玉山笑道："你可不能怨他，这是党里的纪律哪。"

桃子不由得又端量着他，说："原来，你还真是干这个的。"

高玉山说："前年冬天抓我的时候还不是，那是有人诬告我的。"

"这个人是谁？"

"不知道。"

"真恨死人！"

"不，我还得感激这个人。"

"啊？"

"他使我在监狱里遇上了共产党员，这——你看是不是得感激他？"

桃子不好回答，又怕再说下去，勾起他与好儿的事，使他伤心。欲问他家里的情景，又知他有不称心的媳妇，促使他气愤。一时，她找不出话说。但是，高玉山却主动问道："好儿怎么样？"

桃子强笑道："在俺妈身边，比早先好些。"

高玉山说："好儿脆弱，没有你硬朗，她的境遇又偏偏糟些。在这种社会里做人，要有出息，就非有志气不可。桃子妹，见着她，多开导开导，要她向你学。"他又迟疑了一下，轻轻地、无声地叹口气："你不要对好儿说遇上我了，我和她永生忘了最好！哦，我去西间啦……"

高玉山走过去。桃子随着送去灯。她有一股凄楚感情掠过心头："他和好儿能一块过日子，该有多好啊！可是，唉，过河的，专遇上拆桥的；卖金的，偏碰上买银的……"

雨声大了。村中响起一阵狗吠。桃子忙着向外走，刚出门，一脚踩进泥水里，差点滑倒。

没有楼子的院门关着。门后跪坐着一个人，手握一根粗木棒子,头戴八角苇子草帽,身披着蓑衣一动不动,任凭那雨柱浇淋。

桃子蹲到他身边,轻声说:"爹,你经不住湿气,我守在这……"

"你放心,我挺自在的。"于世章说,"嫚子,他们吃好饭啦?"

"五个大人,争着吃咱的野菜团子,面饼怎么也不动,说留给珠子——爹,这人是谁?"

"我也没见他。嫚子,他担子重啊!咱胶东——小半个省的穷人的头领,大伙能不疼他?"

"哦!"桃子猛感到自己身上的责任,一下加重了。她默默地把四个熟鸡蛋塞进老人手里:"爹,待会你垫垫肚子。"

"我不用,给竹青留着。"

"她还有。这是你小菊要我一准给你的。说是答你的情哪!"

"她答我的情?"

"你忘了,头年七月七,我和你震海回俺妈家,你让带的好吃的……"

世章从心里乐了:"这孩子,人不大,倒是个有心的。好,我收下,领闺女的情!"

雨声,哗哗啦啦的雨声。雨声,还是这不辍止的雨声。

但是,于世章却伸长了脖子,耳朵贴紧门缝。过了一会儿,桃子才辨出有轻轻的走近的脚步声。她要拉门闩,世章抬手阻住。

"爹!"门外轻叫道。

世章这才让开手,桃子将门打开。先出现一个人,摘下草帽,对桃子低声道:"你好!让同志们久等啦!"

桃子没回话,赶忙向门外闪身,让那人进门。世章问道:"你是珠子吗?"

那人听声音从地上发出,急迈进门槛,伏下身,热切地问:"你是世章老哥?"

世章紧盯着那人,看不清面孔:"你认得我?"

那人两手伸进蓑衣，紧紧抓住世章的胳膊，激动地说："老哥！记不起来啦？替你写呈子，县里告坏地瓜于之善，省里告秀才孔庆儒的……"

"啊呀！"于世章猛将对方的手握住，身子向上掀了两掀，想站起来已经不可能了，"张先生——珠子——你！是你、你……"

这时，闪到门外的桃子，拉一把挺在雨中湿漉漉的人，心疼地说："还不快进家，这有爹和我……"

震海随手把头上的大草帽摘下递给了媳妇，进了门里。

"老哥！"珠子蹲在世章跟前，努力巡视着对方的身体，"你这身子……听赤杰他们说，你革命的劲头足着哪，我真喜欢啊！"

世章道："咱穷人的骨头架子硬实，财主、官府毁不了它！我这口气，算等上啦，等上啦！"

"对呀，对呀！老哥，住不上几年，官府是咱们的啦，财主得受穷人管啦！"珠子要把他扶起来，"老哥，家去吧！"

世章推脱着说："你快忙去，我给你们把门哪！"

珠子对站在一旁的震海说："派别的同志放哨。"

世章忙道："年轻人冒失，我不放心。老伙计，别低看我这瘫子，有我守在门后，蚂蚁也爬不进门里。有坏人来呀，除非从于世章尸身上踩过去！你快忙你的，等天亮啦，我要看看你变了样没有哩！"

珠子含着热泪缩回抱他的双臂，怀着澎湃的激情，进屋开会去了……

会议正在进行中，在村口放暗哨的江鸣雁跑来报告于世章，他发现村长于令灰骑车带着于之善的大儿于守业，冒雨去了孔家庄。世章怕有意外，吩咐儿媳去屋里叫出儿子来。震海出来听明情况，说："咱们进进出出都挺严密，灰瘸狼他们不会察觉。那些坏蛋黑夜进孔家庄是常事，准是去冬春楼打牌胡闹。先不管他们。"

世章提醒道："开会的人不一般，不能疏忽！"

鸣雁接上说："明枪易躲、暗箭难防，宁百备不可一失。"

震海略一想，道："会开得紧，集合一次可不容易，这个时候了，也不好挪地方。这样吧，江老师你约上宝川、金牙三子，等在半路上，有动静，再说。"

江鸣雁领命，找到赤松坡的骨干党员刘宝川、金牙三子，要他二人身藏暗器，埋伏在村口，卡住通往孔家庄的路。他自己直来到母猪河桥头，影在树身后面，手中的三尺宝剑，凛然闪光。

时到下半夜，中国共产党胶东特区委员会的重要会议，在石匠的茅草屋开完了。珠子、程子，还有几个桃子头一次接待的负责人和高玉山，向于世章一家辞别，由丁赤杰、刘宝田护送离去。最后，绍先临出门时，对震海说："你家这个联络站，要准备撤了。"

震海道："这里道路方便，集散都容易；吃的方面，好想法子。"

"不是为这个。"绍先道，"光为方便、容易不行。刚才会上也说到这方面的情况，咱们的组织一发展，敌人的镇压就跟着加紧。最近各地联庄会都增人加枪，孔秀才又是狐狸又是狼，这里离孔家庄近，村子坏人多，时间长了，容易出乱子。"

这时，震海才对他讲到村长于令灰和地主儿子于守业去孔家庄的事。绍先道："你家这个点，以后不用了。我看，咱们一起走吧。"

震海道："你先走吧。我等一会儿，看看江老师他们有什么动静。"

绍先又叮咛他谨慎，有情况马上转移，就赶丁赤杰他们去了。

过了一阵，雨停了。江鸣雁、刘宝川、金牙三子走回来，没见有什么动静。大家听说会散人疏，都放了心，各自归家睡下。世章也吩咐儿子、媳妇进屋休息，他自己坚持留在门后，呼吸雨后散发出的泥土气息。

震海劳累不堪，衣服也未脱，身一挨炕席，呼噜就打上了。

自从领了区长孔庆儒的监视共产党活动的命令，于之善回村和他兄弟村长于令灰一商量，按五十亩一丁，抽了二十多人，成立起联庄会的村分会，分期到区上受军训；有钱人家怕吃苦，没有去的，花钱雇人顶，穷人家不热心，不去又不行，去也是应付差事，只有七八个二流子、地痞，乐得背杆洋枪，吓唬人，混个吃吃喝喝，逍遥自在。大白天他们招摇过市，满街吃喝抓共产党，算是站岗放哨；一擦黑，都打牌、溜门子、睡大觉去了。这于之善可不同，他听了孔秀才的一番共产党的说教以后，心就上紧了，那斗鸡眼睛，暗里一直对向他的世仇于世章家。可是半年过去了，不曾找到破绽。

这晚下雨，听着雨声愈来愈大，于之善躺不住了，他怕水大涝坏了自己的庄稼，就摸黑去村后的地里，挖开个豁口，让自己玉米地里的积水流进别人田里去……就在这时，他听见脚步声——坏地瓜吓了一跳，怕被别人发现自己的丑行，忙趴到泥水里……接着，听到有人小声说："慢点，别滑倒了，我领着你……"

"石匠玉！"于之善心里叫苦，"偏碰上他！再给我一拳，鼻子没了好说，脑瓜开了瓢，可缝不起来……"坏地瓜真像地瓜似的滚在地垄的积水里，大气也不敢出。逐渐地，他抬起头，见于震海没注意到他，而是拉着个陌生人，顺着田埂，向村里走去。于之善心里一动，爬起身，尾随其后，见他们不走进村正路，而是绕到村西口，进了于世章的家。

于之善大喜，回家叫起儿子于守业，找到兄弟于令灰，连夜进孔家庄区里报告。于之善心中打好了算盘："石匠玉即便不是真姓共的，黑夜往家领生人，也能给他栽上罪名，送上大牢。哈，这下子，为入姓蒋的国民党给那光棍鄢子正的十块大洋，总算捞回来啦！闹得好，我还能发笔横财！他奶奶的，这身泥水算没白沾……"

于令灰和于守业叔侄二人，因为雨路泥泞夜又黑，车子不好骑，瘸腿又慢，来到孔家庄已经半夜了。他们先敲区长孔秀才的门，秀才不在家睡，家人说他忙公事晚了，睡在区公所里。而区队长孔显烂醉如泥，不等于令灰说明来意，孔显媳妇小母狼就一顿臭骂，将灰瘸狼二人顶出门去。于令灰叔侄又奔到区公所，孔庆儒也不在。警察和乡丁大多被公安分局局长带着出去监修公路，家里还有十来个人，没有头目，天下雨，七八里夜路，都懒得动弹。更有一个叫丁立冬的警察一旁说："要是共产党在他家里，那还了得！咱这几个人，不够石匠玉一个人揍的。"

这一说，警察们都伸舌头，起来的又躺下了。

于令灰着急了半晌，忽然想起孔秀才可能在冬春楼，就要去找。丁立冬又道："于村长，不是我多嘴，这可不是闹哈哈的事。区长真在那儿，连家里人都瞒着，你敢惊动？"

另一个警察讥笑道："去吧，有刷锅水喝……"

于令灰一想，感到厉害，就要求挂个电话报告县上。丁立冬连连摇头，说："有匪情，区长不知道，让县上抓了，上面怪罪下来，区长的面子你顶替吗？"

那个警察又插一句："叫他自个儿打去，秀才爷给他请功哪！"

于令灰傻眼了，央求丁立冬："老弟，你说怎么办？"

丁立冬不慌不忙地说："照我说，还是等天亮，回了区长再说。你想，那共产党也是人骨人肉，这雨天黑夜，也是找石匠玉家下宿的，还会走了？"

灰瘸狼一想，连说有道理，就和于守业坐下等着。丁立冬忙着拿烟倒茶，热情招待，还说抓住了共产党，领了赏，让他们请客……这丁立冬是丁赤杰在敌人内部发展的共产党员。他心里焦急，正要偷出身去通知负责和他联系的凤子，再由她通知交通员毕松林，赶快通知同志们转移……然而，孔庆儒的心腹管家万戈子突然赶到区公所。这个孔秀才的忠实随从，和主子是形影不离的。他刚在冬春楼候到孔秀才的密室灯灭，回住宅找他的女人，听说赤松坡的村长连夜来找区长，就折身赶来。问明情况，万戈子跑回冬春楼报告。那秀才区长孔庆儒闻听此情，弃了相好，一溜小跑，直奔区公所……

丁立冬望着东方天逐渐灰亮起来，预料到开会的同志已经疏散，但对震海一家，他深为担心！

于世章那残废的身子，无法顶住破门而入的敌兵。

"震海！快走……"老人只来得及呼喊一声，嘴就被闷死了。

天已破晓。

屋里炕上，十分倦困的夫妻还没睡醒。蓦然，桃子被响动惊醒，她一抖擞，迅疾坐起身，发现一只胳膊伸进门帘里来。桃子猛拍丈夫的胸脯，喊："快起来！快起来……"

进来的两个黄制服[①]的警察，已扑到炕前，按住于震海的腿，叫道："老实点，共匪！有人告你啦……"

震海头朝里躺的。他盯着抱他腿的警察，将腿向里一抽，又狠狠地蹬出去，大吼道："干什么！"猛地跃起来，站在炕上。

那两个捺他的警察，扑哧扑通地倒在炕前地下。于守业和三个警察端着枪闯进房间。于守业吆喝道："石匠玉！服法吧……"

这当儿，于震海手从壁窝里伸出去，抽下挂在锅灶台上的菜刀，拍着墙喊道："是朋友的闪开，是冤家的上来！"他扑向炕前。

"反啦！反啦！"于守业和三个警察，争先恐后向外逃。

地上的两个警察连爬带滚往外窜，不迭声地叫："救命啊！来人哪……"

于震海操刀赶出房门，一面伴叫："我的枪！枪……"

[①] 当时伪警察的棉衣是黑的，单衣是黄的。

六个敌人逃得更欢,没命地冲出屋门。震海一看,满院子都是穿黄制服、灰军装的敌兵,还有马、自行车,为首的是区队长孔显。他随即把屋门关死插紧。

桃子顾不上急哭的婴孩,脸色煞白,呼吸紧促,奔到丈夫跟前,拉他来到后窗处:"快跑啊!"

震海站着没动。桃子拉开窗扇,连忙又关紧,惊叫一声:"啊!全是兵……"

"坏蛋们围紧啦!"震海说着,从织布机旁边抽出杆长矛。

院子里,房前房后,房左房右,加上房顶,一片高声呐喊:"于震海!快老实出来!"

"投降吧,插翅难飞啦!"

"出来!出来区上走一趟,放你回来!"

"共匪石匠,再不出来,一把火烧死你满门!"

桃子焦灼万分,含着泪,扯着他:"怎么好啊!怎么好……"

震海的眼睛雪亮地盯着她:"你怕死?你……"

"我怕你死!"桃子哭了,"难道你走不脱,你的武艺哪?"

震海哽了一下,扫视屋顶一眼,道:"我有出去的办法,只怕我脱身,敌人抓你遭殃,万一你受不住苦……"

"你还伤人哪!"桃子又悲又气地说,"俺不是穷人的骨头?你是党里人,俺不是你媳妇?"

"你……"震海握长矛的手抖动着,眼里闪着泪花。

桃子倒显得镇静下来,在这样紧张的生死攸关的时候,她还想到了他没穿鞋子。她飞快到炕前把鞋拿出来放到他脚前。

屋门被敌兵撞得哐当直响。桃子奔到门后,全力顶住门板,厉声道:

"走!快走!放心走!什么样的灾祸,桃子都顶得住!"

震海的眼睛火辣辣地看媳妇一霎,掼下长矛,怀揣菜刀,穿上布鞋,踏着灶台,双手抓住横梁,身子一缩,机敏地上了梁头。他从半空俯下身，对桃子说："我说话粗，别往心里去。保重身子，待好爹，看好孩子！坏蛋们终有完的时候。我去了！"

震海那柴硬的大手，像铁爪子一样，几下就撕烂一块芦苇编的屋笆，宽肩膀向上一扛，掀起一片屋盖，光亮透进来。他两手伸出去，往左右一扒，身子猛地一蹿，上了房顶。

两个穿灰军装的兵，趴在屋脊上，头朝下，端枪向院里瞄准。他们忽然听到身后有动响，回头一看，一条彪烈大汉，钻出屋顶，手抡菜刀，直杀过来。吓得两个兵慌着喊叫："出来啦！出来啦……"

敌兵的枪不及掉口，于震海已赶将上去，一踢一蹬，两个兵惨叫着，滚瓜一般跌下房去了。其中一个，把正闻声乱跑的于守业，狠狠地砸倒在地上……

敌人光听喊叫，房子上又滚下人来，不知怎么回事，乱糟糟的。孔显好容易弄清情况，大喊道："房顶上！于震海上房啦！快打……"

房子四周，院里墙外，有三十多个敌兵，呼喊着，向屋顶开枪。

震海飞也似的跃过一丈多宽的胡同，跳到邻居的房顶上。他院中的高出屋顶的老赤松树的枝杈帮了他的忙，使敌人的枪打不准目标。震海一口气跑过二三十幢屋顶，来到村子中心。敌兵乱喊乱叫，鸣枪追过来。但房子稠密，高低不一，早见不着他的身影。

震海正站在一草屋顶上，寻找出路，忽听一声唤："震海，师父在此！"

震海看时，这正是武术房，江鸣雁在院中向他招手。他欲跳下去，又缩回来："不好。刚下过雨，有脚印，敌人会找来。"

江鸣雁略一皱眉，张开臂膀："来吧，快！"

震海的身子被江鸣雁老人稳稳接住，抱到屋里炕上才放下。他闺女二妞掀开炕席，两脚踹活泥坯，熟练地拆开一个洞。鸣雁道:"震海,闭上眼,下去。有谁来搜,你不要管,由我对付。"

"谁来啦,二妞姐?"小菊问道。她是昨晚来和二妞做伴的,刚才被枪声喊声惊醒,偎在西炕上的旮旯里。

二妞赶过来,笑道:"没有谁。哦,妹妹,我给你梳头吧……"

敌人在于之善、于令灰弟兄的带领下,挨家逐户地搜查。江鸣雁这里自然也没有放过。狗吠声、打门声、打骂声、打枪声,一直乱了一早晨。接着,又响起哭叫声、杀猪声、宰羊声、抓鸡声……

江鸣雁出去探听回来,揭开炕席,拉出震海,说:"狗崽子都在村公所喝酒吃饭,村头上留着岗。我看你藏到天黑再走吧。"

震海道:"我得瞅空子钻出去,赶去参加破坏敌人修公路的事。敌人修路时为着躲开财主的地,绕着弯也从穷人的田里过,受害的有几十个村子,大伙早零星和敌人闹啦,不管用。这次咱们党组织在暗里联合起几千修路的民工和受害的人家,和敌人闹,不改直路就是不修……怎么个做法,夜里的会上都商量好了,今下午就开始干……会上的事,宝田负责给你们说,敌人越凶,咱们越要赶快发展组织,准备条件,起来打倒他们。"

"劲早憋足了,组织怎么说,俺们怎么干。"鸣雁道,"你如今暴露了,更加得小心!"

"明打明的也好。"震海道,"今儿要是有支枪,才解气!"

二妞端来盆水,递给震海手巾。震海说不用洗。二妞拿来个破镜子,对着他照。震海见镜子里的脸,除了白牙,全是烟灰,黑脸周仓一般。

"装扮好,我送你出村。"鸣雁道,"家里俺们尽力照应……"

刚才敌人来搜查,小菊听说是捉拿她姐夫,眼睛都哭红了。这时听见震海在东间说话,她忙跑过来,扯着他的袖子,含着泪叫:"哥,哥啊!你没叫抓着,可好啦!抓你做么呀,你也没去

'绑票'？你是好人哪！"

二妞道："只为是好人，官府才抓他。"

震海道："别担心，他们抓不到我。"

"俺二姐哪？我要去找她，二妞姐不让……"小菊拉着震海向外走，"走啊，哥呀！快去看俺桃姐，她一准为你揪心！有谁敢欺负她，你护着——你力气大呀，哥哥！走啊！走啊……"

震海明明觉得，小闺女的手不是扯的他的衣袖，而是牵动着他的心！随着她"走啊！走啊"的话声，他的心在撕裂。

二妞禁不住呜咽起来。

多年江湖生涯、饱经沧桑的江鸣雁，挥泪洒上白须。

"妹妹，你姐，她、她是好样的……"震海拼力也忍不住热泪了，顺着鼻沟往下淌。他忍了再忍，大手用力握住小菊的小手，激动地说："好妹妹，我一个人再有力气也护不住你姐！咱得有大些人，大些刀枪……江老师，我得走！"

江鸣雁掀开木箱，给了震海一把带皮套的匕首。震海掖进腰里。

震海又对小菊道："妹妹，在这吃完饭，别再去看你姐，由二妞姐送你回桃花沟，找妈。对爹妈，不提有人抓我的事，过几天，我去看你们。记住啦？"

小菊像是明白，又像不明白，那黑黑的眼睛，噙着晶莹的大泪珠，呆呆地看着他。

二妞抹干泪水，紧紧搂住小菊的细腰，强笑着说："小菊妹最懂事，俺海嫂子净夸奖你。好妹妹，咱俩一个人一样。我送你回家，一边走，一边采山花，对，你还要教我唱小调，啊！"

小菊搐动着恬静端正的小鼻子，那同桃子一样的长睫毛，一直没让泪珠滚下来。她稍尖的厚嘴唇抖动着，两边的小酒窝跟着发颤，努力要做出宽慰人的笑容，说出让人放心的话："大爷，哥哥！你们放心，一百个放心！俺和二妞姐一块回家，回家俺对妈什么也不说,不说……我、我真想见俺桃姐一面再走,她最心疼我啦,有个么好点的东西她都给我留着。知道我爱吃酸,她爬最陡的山,采回鲜嫩鲜嫩的'醋溜溜'[①]给我……哦,哦,俺不想见她啦,俺桃姐对俺也挺厉害的。有一回我爬上高树摘小杏,摔下来磕破腿,她把我背回家,好把俺骂,再不准我上树。骂着骂着,她又塞给我一把我顶爱吃的小酸杏……大爷、震海哥、二妞姐,放心吧,俺不想她啦,不想她——啊!桃姐……"

[①] 醋溜溜:一种山菜,味酸,可以生吃。

第十章

迎着彩虹,踩着雨后的泥泞大道,桃子抱着刚满百天的竹青,走向孔家庄。她身前,走着两个穿黄制服的警察;身后,是三十多个敌兵,一个个吃得油嘴、喝得红脸,郎郎当当地走着、怪叫着,哼着下流的小调。最后是骑在马上的孔显。

拂晓之时,当震海冒破屋顶冲出去以后,桃子听着那喊声、枪声渐远,满村乱成一片,她忘记了一切,心全随着丈夫走了。孩子在炕上哭哑了声,她也没想着去管……直到敌兵返回来抓她,她的心才收了回来:这说明,震海逃出去了。她这才扑到炕上,把竹青紧紧抱在怀里。当她被敌兵押出村子时,她仔细地巡视,没有见着公爹的影子,心又松下来……这时候,桃子怀着紧张的心情,预测着她要遭到什么样的境遇,想着她怎样应付敌人的审问。

过了浑浊的母猪河,又走了四里多路,敌人押着桃子进了孔家庄镇。

街上好些人,见景停步侧目,惊怖地向罕见的女犯人张望,交头接耳,窃窃私语。这种场面,对桃子来说,打击是异常巨大的。过去,闺女赶集也是紧跟她爹的啊!而现在的处境,她先是像掉进冰窟,冷得全身麻木;接着又像身上着了火,血液都涌到头上。她不由得将怀里的孩子捧得高些,使力闷着头,掩住自己的脸面。

长到二十一岁,桃子第一次进区公所——连村公所、乡公所她也没进过啊!敌人把她押进大院,命令桃子站在房檐底下。四五个警察和兵,围着她,这个一枪托,那个一巴掌;这个一脚,那个一拳,往桃子身上没轻没重地打。他们一边打一边骂:"共匪婆,你他妈的害得老子受苦,挨了你男人一狠脚!夫债妻还,你妈的!"

"小娘儿们!模样挺俏,倒嫁个造反的石匠!"

"我叫你硬,臭娘儿们!你图什么,跟共产党当老婆……"

脏话、骂话,和着烟、酒、蒜、葱混合一起的令人作呕的臭气往外喷。

桃子,从小受苦的闺女!桃子,羞怯好强的闺女!桃子,骨硬心软的桃子!她使力站着,她使力咬牙,她使力忍泪,她使力抱着孩子!她一声不出,一泪不滴,一动不动,站着,坚强地站着。

过了好长时间,这些打骂的家伙陆续走了,来了个警察,把桃子带进一间房子,指指角落的一条板凳,背枪守在门口。

对于敌人的作践,桃子是有准备的,所以身上这里那里的疼痛她都不觉得,而最使她焦心的是怀里的孩子。为使孩子不受惊吓,敌人打她时,她使劲抱紧竹青,盖住孩子的眼睛,使孩子睡着。这时,竹青那喑哑的声音,哭一阵,睡一阵,又哭……桃子背着亮坐到凳子上,把衣襟掀起,将奶头塞进孩子嘴里……可是,桃子大半天没进食水,又受惊挨打上火,乳房没有汁,竹青嚼了几口,就又号开了。一百天的闺女,哪里能体贴她妈妈的处境啊!桃子无奈,抱着孩子,悄悄地走动,偷偷地抹了把眼泪。

来了个黑瘦的警察。他对站岗的同伴说:"你吃饭去吧,我站。"

那警察瞥桃子一眼,悄声说:"他们真狠心,打个女人家,多可怜，带着孩子！"

　　黑瘦的警察道："咱们是抽来当差的，那几个兵痞子……伙计，别对旁人说，各人凭良心吧！"

　　那警察又看看桃子说："当共产党的人也不想想，丢下老婆孩子受罪……"

　　黑瘦的警察说："各有各的打算，谁知道哪！你吃饭去吧。"

　　黑瘦的警察走进屋来，从怀里掏出两个白面馒头，递给桃子。

　　桃子惊异地看着他，没有接。他说："你别怕，我是丁家洼人，叫丁立冬，在这当差。你娘家是桃花沟吧？你村有个这村婆家叫凤子的媳妇，街上见着你遭了事，托我关照你点。你吃了吧，大人好说，孩子受不住啊！"

　　桃子感到一阵温暖，感激地接过馒头。丁立冬又道："你尽管吃，他们都'挺尸'去了，得一会子才来。你不吃，叫他们见着，我也得受连累。这年头，遭上祸啦，像你刚才那样硬性点，挺住劲，他们把你个妇道家，也怎么不了！"

　　丁立冬又去对面屋倒了一大碗温茶水，送给桃子。他脸朝外坐在门槛上。

　　没想到，好人到处都有。桃子的心实落了一些，像吞土一样硬吃下馒头，把水喝完——她是为了孩子吃的喝的啊！

　　丁立冬把碗送过去，回来又小声说："听去包围你们家的人回来说，你男人跑得一点影不见，还伤了这边四个人！于之善的儿子都吓病啦！孔秀才大发一阵脾气……你宽心好啦！"

　　"谢你啦，好心人！"像两扇门打开，桃子的心敞亮多了。不知是饭水的作用，还是丁立冬的话的作用，抑或两者兼而有之，桃子感到奶盘有些流动、饱胀，她急忙给饥饿的竹青灌开了乳汁。

　　到了下午，敌人又来对付桃子。

　　先进屋的是脸如丧门神的孔显，跟着的是赤松坡村长于令灰。这灰瘸狼四十多岁了，留着这一带乡下稀有的洋头。于令灰进门就装着惊讶而又关切地对桃子说:"侄媳妇,你在这呀!吃饭了吗?没吃我给你买去。我一听说,就跑来看你,想央求区长,把你领回家去。"

桃子抱着睡去的孩子坐在那里,没有抬头。

灰癞狼转了一下眼珠子,道:"到底是怎么回事,你说说,就放你回去。区长和孔队长,都是乡里乡亲的,不会难为咱的。你说呀!"

桃子抬起头,道:"大叔,你是村长,俺正纳闷要问你,为么抓俺哪?"

孔显喝道:"你装什么傻!你男人犯了案,你不知道?"

桃子说:"他一个穷石匠,没抢没劫的,犯的哪桩案?"

孔显道:"快说!常上你家里的,都是谁?"

桃子说:"去俺家串门的人挺多,有德生嫂、永升媳妇、喜彬婶、东街运生他妈、西头荣子家的,还有……"

"不问这些个。"于令灰说,"是外地的男人,夜里来的。说,我见过好几回啦!"

桃子道:"他当石匠,交往的人多,来借宿的,倒是有过。俺记不清是谁。"

"家来的客,能不认识?"孔显追问。

桃子说:"一年半载来一回的生人,没亲没故的,俺怎能记得?大叔,你不是也见过好几回,你认得,就替俺说说嘛。"

"我……"灰癞狼嗓子像卡了块骨头,憋得答不上话。

孔显一拍桌子站起来,吼道:"臭娘儿们,耍滑头!快招,是谁?不说,我揍你!"

桃子低下头,坚定地回答:"俺不知道。"

"你个铁嘴娘儿们!"孔显的黑手,劈头盖脸地打下来。

这打击比刚才挨那些兵痞警察的打重得多。桃子左半个头一阵昏晕,眼冒金花。她的发髻被打得松开,怀里的竹青尖厉地哭。桃子两眼直盯着脚前，把孩子抱得更紧。

灰瘸狼向黑皮脸涨得发紫的孔显递个眼色，笑笑，说："孔队长，消消气，穷门妇道，傻笨笨的少见识。你歇歇，我开导开导她。"

"你他妈的再不老实，叫人把你挂梁头上！"孔显恶狠狠地走过一边，坐到椅子上抽香烟。

于令灰跛着腿，在婴孩的啼哭声中，对桃子说："你怎么这样傻呀，好话不听，这苦吃起来没头啦！你实说出来，秀才爷不会难为于震海。俺们都知道，你男人年轻，火暴脾气，入了邪门，都是外人使的坏。你说出那些拉他入共产党的人，就放你家去，震海也照旧做石匠活。今年入冬我就破土盖南倒厅，有他一个工，你一家半年的吃食就有啦。不然，就是脱过这一遭，他当共匪，官府怎能容得下？早晚抓住，和孔志红一个下场。丢下你娘儿俩，还有个瘫子公公，怎么过活？我这都是体己话，一个村的，一个祖宗姓氏，为了你家好。一家太平，大家太平。你掂量掂量，哪头轻，哪头重。"

自从知道她丈夫是共产党了，桃子一直在不安中打发日月，也预料到有灾难降临头上。这些日子，她从丈夫身上，公爹身上，来她家开会的那些人身上，汲取了许多新鲜的精神，感受了不少力量，把对危难不幸的沉重负担减了下去。她一心帮他们做事，希望他们的力量快快壮大，革命能顺利的早日成功。直到今天，她被那一群大兵押着走在孔家庄街上，有那样多目光注视着她这个女犯人。进了森严的区公所，受到这样的凌侮打骂，她才明白，这革命的真正意义，它不是那样轻松顺利。而且，她开始觉得，她不是那些革命的人旁边的帮手，她也置身在革命的行列之中了。于是，更深一层的问题涌上了这个山村女子的心头：革命的难处重重，何时能成功？能不能成功？为什么要革命？不革命行不行？

孔显这个作恶多端的禽兽，伍拾子他爹就为不让他糟蹋人家的闺女，惨遭他的毒打，血淋淋地丧命，撂下一家老小。况且，作恶的岂止孔显一人。桃花沟、孔家庄、赤松坡，这三个桃子熟知的大小不一、山上平川的村庄，好过的只是大脚霜子——她也遭了灾，除孔秀才兄弟三个、于之善、于令灰这类少数人家，其他的那样多的人，正像桃子她母亲常说的，泪水、哭声摆满了日子，家家有本难念的经。这世道怎么是公平？穷人再怎么老实过苦日子也免不了遭欺受辱、横祸飞身、家破人亡，怎么不该改改——革命？只是她丈夫这一伙人——共产党，人少，没兵没枪，才被人赶着跑，杀死杀伤，使她桃子落到这个地步。这毫无人性的孔显和那几个黑心肝的兵，她孩子刚满一百天，就这么打骂作践她的妈妈，这哪里是些人，分明是群恶狗！而那些夜里来她家的共产党里的人，对她桃子是那样敬重、亲热，大妹长、妹子短地叫；对她的孩子，这个抱、那个亲！程先生热心地为女孩子找名。瞧，他吃多了野菜少血色的苍白的脸上，一副庄重表情，眼白特大的眼睛在镜片里眯眯了半晌，才想出"竹青"两字来！多好的人啊，程先生！好人，李绍先！好人，丁赤杰！好人，高玉山！好人，那位雨夜中和公爹热切相会的珠子！好人，本村的熟人和外地黑夜来的认不清脸面、记不住姓氏的人们！好人，她第一次见到的共产党员孔志红！好人，她所接触到的一切共产党人！为了他们，为了他们做的好事——革命，不管能不能成功，她，桃子，妈妈一再夸她是多志气少泪水的闺女，能向祸害穷人、抓她丈夫、辱打她的仇人屈从吗？不！她怕只管怕，羞只管羞，悲只管悲，痛只管痛，但，害好人的事，桃子不但做不出来，她连想也不会向这上面想。

于令灰瘸着腿，左右观察桃子的表情。见她一直低着头，顺着眼皮，暗喜他们这软硬妙计，对付这个老实巴交的乡下女人，算是对上症了。他躬身凑到桃子身旁，探头问："我的话，你都听下去了吗?"

"你说完啦?"桃子根本就没有听他的。

"说完啦。侄媳妇,你寻思好啦?"

桃子低声道:"寻思好啦。"

灰瘸狼得意地向孔显点点头,又朝桃子道:"我最清楚,你是个灵通人。说出那些共产党,保你全家无事。"

桃子仍是低头低声:"俺和怀里的孩子一样,什么也不知道。"

于令灰打个愣怔,咬咬牙,阴狠地说:"这么说,你不想回家啦?"

桃子依然没抬头,声音提高一些:"有家怎么不想回?你们不放,想回成吗?"

"他妈的!"孔显向门外喊道,"丁立冬!叫人来,上大刑!"

丁立冬在门口回答道:"弟兄们累了一宿,还睡哪,怕叫不醒……"

孔显骂道:"混蛋!谁不起来揍谁,快去叫!"

"是!"丁立冬应着,慢慢地走去。

孔显解下腰间的牛皮带,抡着对桃子喝问:"说不说实话?"

桃子紧紧护住怀里的孩子,咬着牙说:"俺说的没假话。"

孔显一脸杀气,皮带正要抽下去,管家万戈子疾步进了门:"二爷,大老爷来啦!"

孔庆儒走到门口,站住,大声地呵责道:"你在做什么,显二!"

"臭娘儿们!一句实话不说……"

"放肆!"孔秀才严厉地喝道,迈进门里,"小畜生,还不给我滚!走,都给我出去!"

孔显和于令灰顺从地出去了。屋里一时静悄悄的。

万戈子把椅子搬到桃子对面,孔庆儒坐下来,端量着乱发遮脸的青年媳妇。桃子没动姿势地抱孩子坐着,眼睛瞅着脚前的人影。

屋里静悄悄的。桃子的心在咚咚地跳。

孔庆儒和气地说："闺女，我不在场，他们胡为，你受惊了。哦，还有个孩子，多大啦？"

桃子不自觉地答道："三个多月。"

"哦……"孔秀才悲天悯人地沉吟着，口气更加和蔼，"唉，三个多月的孩子，也跟着受惊吓，这是何等世界！不用害怕，闺女，有我给你承担！哦，你多会来的？还没用饭吧。万管家，快去办份饭来，要面条，带孩子的人，需汤水。"

本来等着对付一只狼，一交手倒是一头羊。如此突兀的变化，完全出乎桃子的意外。对孔秀才这位名闻四乡的大人物，桃子从未见过面。在桃花沟做闺女时，她听人传说过孔秀才德高望重，是好心财主，坏事都是他家里人瞒着他干的。嫁到赤松坡，于世章讲过血泪的身世，恨孔秀才入骨三分。震海他们，也说财主、官府专门害人，杀不了穷汉肥不了富贵，为富不仁，孔秀才是口蜜腹剑，画皮蒙得严，吃人不吐骨头。桃子相信这都是真情实话。然而，她毕竟没有直接看到孔秀才的恶为。而这第一次的相遇，孔秀才竟是如此亲切，不是他来，孔显他们不知如何作践她……但，桃子马上告诫自己，不要上他的当，要提防他耍狐狸手段，使她泄出共产党的密……听到孔秀才吩咐人办饭，桃子立时说："不用，俺不吃。"

孔秀才嘿嘿笑过几声，道："你不要多心我是耍手段。闺女，你放宽心，吃了饭，你就回家。万管家，办饭去。"

"是。"万戈子退出门外。

直到这时，桃子才慢慢抬起头，望见孔秀才。他头顶上盘着小辫，满脸红光，满脸笑纹。

"你不相信是不是？"孔庆儒摸着修剪整齐的八字胡，无限感慨地说，"他们背着我，把你抓了来。抓你干么呢？一个女人家，带着孩子，就够苦的啦。嗯，我的为人，你也许听说一二。

说我坏的有，说我好的也有。其实，我没成心害过人，唉，家大业大，业大人杂，我一时照看不到，不听话的家人，做下得罪乡亲的事，我知道会有。有人把账记在我身上，也是正理——家有百口，主事一人嘛，谁叫我理家无方呢！好事我做的也有限，也是心有余而力不足，没帮乡邻们大忙。只是我工夫多些，挂个公人名，想使大家都息事宁人，太平相处。咱这地方，虽说不是穷山恶水，可东走南去是海，北往西上是山，地少人多，日子不好过，每家都有为难之处。只不过有出路的，多出点力气，搞得宽绰点罢了。你清楚我的话吗？"

如果退回两年，这些话还可能使桃子半信半疑，被糊弄一阵子。可是现在，她面前这个六十多岁的人，绸缎滚身，肥头胖脑，红面油光，不禁使她想起她那四十多岁的驼背瘦骨的父亲张老三，五十几岁两腿瘫痪的公公于世章："哼，你说的穷富道理，句句胡诌！我听震海他们说过，也亲眼见过，你骗不了人！"桃子心里暗道。她垂下睫毛，说："俺什么也不懂。"

孔秀才蔑视地笑笑，道："大家要过太平日子，就不要伤和睦。你看，你男人不老实做工，养家糊口，惹得和官府作对，这不是自讨苦吃吗？你家去，能打听他跑到什么地方，就告诉他一声，是我区长孔庆儒亲口许下的，他回家过日子，不再和那些邪党来往，保他不再吃官司。"

桃子应道："我能见着他，把你的话学给他听。"

"再说！"孔庆儒加重了语气，站起来，"和官府作对，那是惹火烧身！这天下，已合定为一，各地有兵有势的大大小小人物，都统一在国民党蒋先生麾下。共产党想倒行逆施，岂不是灯蛾扑火，自取灭亡！"

一股冷气吹进桃子心间，她手一紧，怀里的孩子啼哭起来。桃子说："你真有心放俺？"

"吃了饭你就走。"

"俺不吃。"桃子站了起来。

"那也好。有空赶集过来串门。有为难之事尽管找我。"孔秀才一副诚恳的面孔,"哦,你是桃花沟的?你爹租我家山峦放蚕,叫张老三的不是?"

桃子心一跳,迟疑地应着:"是……"

"嗯。"孔秀才笑道,"张老三这人不坏。对呀,说起来咱们还是亲戚,是你姐,还是你妹,是我门里侄子居任的媳妇?"

"俺姐……"桃子恨不得飞出门去。

"噢。居任这东西不成器,用着什么不明讲,倒合通他姑串联土匪绑这家你二老爷的票……上次显二去桃花沟抓他,也是瞒着我做的……唉,家里家外,这成何体统!"孔秀才慨然说着,像突然发现桃子还在身旁似的,向门外挥挥手,"你走吧,早家去,也使你公公于世章放心。"

桃子转过身,紧抱着孩子,垂着头,迈出门槛。她的眼睛盯着脚尖,穿过区公所的大院,来到大街,走出村口……当她突然觉察到面前是条大河,这才站住,审慎地转回头,孔家庄已在烟波闪闪的视线之外了。登时,她全身被打的疼痛一齐袭来,无力地踉跄着挣扎到桥头,不是为了怀里的孩子,她会一头栽倒——不能,做妈妈的本能的坚韧,使她用最大力量,瘫软地坐到岸边的青草上。也不知是什么滋味,桃子再也控制不住自己,对着母猪河的黄色的波浪,呜呜抽泣起来。

"桃子,桃子。"

桃子听到有人唤她。可向四外看一眼,除了青青的芦苇,没有人影。她认为是自己的错觉,又要哭——可一看,那竹青瞪着对挺精神的黑眼睛,咧着嘴,冲她笑哩!桃子边掉泪边对孩子说:"人家哭,你倒好,笑哩!敢情,他们打妈妈、骂妈妈,你有妈妈护着,在怀里吃、吃饱睡,是不是?妈身上疼,心里难受,掉眼泪,你不心疼啊?傻闺女,你多会能知道疼妈妈、护妈妈就好啦!这会儿,你么事也不懂。"

竹青笑着笑着,又不知哪里难受,哇一声哭了。桃子忙哄着她,擦着泪,说:"好闺女,妈不说你啦,俺竹青懂,么事都懂。噢,你不喜欢妈哭。好,妈笑,妈笑给你看……哎,懂事的丫头,又笑啦!"

"桃子,桃子!"又有人唤。

这下桃子听真了,叫声是从她身下方的芦苇丛中发出来的。她吃一惊,顺声音望过去,一张关注亲切的脸正对着她。桃子失声叫道:"凤子姑!你……"

"别下来,防备有人盯你!"凤子隐在芦苇丛中,身边有个剜菜篮子。"叫你好几遍,你不应。一听,不知你又和谁说话,吓我一跳……原来和你闺女,她听得懂吗?"

桃子小姑娘似的,稚气地笑了:"她真像懂事了似的,我哭,她笑给我看;我一笑,她倒哭了……"

"那叫懂事?"

桃子笑着说:"人家要尿尿,我没把她,看尿我这一怀……不叫这么折腾,俺竹青从来不往身上尿……"

"尿一身,把你喜的,该拉你身上,你不更欢气啦!"

桃子喜出望外地说:"这么巧,在这碰上你!"

凤子道:"先子吩咐我,在这等你大半天啦。"

"他怎么知道得这么快?"

"他们有他们的看门狗,咱们有咱们的看狗人。"凤子说着,从篮子里拿出一包东西,"给你,干粮。"

"我吃过啦,是个姓丁的兵给的,他说认得你。"

"我知道,好人有的是。"

桃子是机敏人,经过这一年多的风雨,又长了不少见识,她明白了丁立冬是什么人了,就不再打听。凤子也只能说到这,丁立冬这条线,除了她,丁赤杰、李绍先,只有特委几个主要负责人知道，有的还不知道具体的人名。

凤子同情地说："桃子，大伙都疼你，你受苦啦！"

桃子说："我以为他们对待我比这还要歹毒，可孔秀才放了我……"

凤子听完桃子的被捕受审经过后，嘱咐道："桃子，心眼得放灵活点。孔秀才的花招挺多，你不怕他们硬的，又没上他软的当，他才放你，想引逗震海和咱们的人上钩。你回家，和村里党内的人，谁也别走动。先子早料到孔庆儒的这一手啦。"

桃子恍然道："你不说，我只想到他假作善人，笼络人心，再没想到这一层，好歹毒的黑心！"

凤子又说："你家的门封了，世章哥被打伤，在你喜彬婶家。世章哥传话说，要你回桃花沟妈家住些天。你身上挨打重不重？痛得凶不？"

桃子说："没怎么的，你放心，全好啦……"

"不重不痛是假的。是不是让你闺女一泡尿，给冲好啦……"

二人中间隔着几步远的青青的芦苇丛，看不真面孔，可是却相对地咯咯笑起来。笑过之后，凤子又说："就这样吧，革命是咱自个儿的事，遭罪遭难，受惊受吓，挨打挨骂，被抓被杀，像有河就有水一样平常。我走啦，桃子！"

桃子注视着凤子猫着腰，提着野菜篮子，顺着长满芦苇的堤坝迅速地消失。她想，凤子也是个比自己才大几岁的青年女子，可人家不管遇到什么事，硬硬实实、爽爽朗朗，相比之下，自己感到脸烧。

桃子将孩子放到草地上，她下到水边，捧着水洗几把脸，绾好了发髻，打掉褂子裤子上挨枪打、脚踹留下的污泥印痕，理平衣裤，上来重新抱起竹青，心里说："人家不怕，我也不怕。爹受着伤，我不能撂下他回娘家。我得回赤松坡，守着他，有凶有险，一块顶吧！"

"爹，怎么把她给放啦？"孔显又惊又气地叫道。

孔庆儒阴沉着脸面，没好气地说："不放留在这做什么？你管她饭？"

于令灰道："大哥，这媳妇性子硬是硬，也经不住刑罚。你瞧她，一直不敢抬头。"

孔秀才坐到椅子上，万管家递上水烟袋，点上火。抽了几口，秀才冷笑一声，胸有成竹地说："你们只知蒙头硬撞。一个乡下妇道，把她折腾了大半天，没说出个所以然，料她也许真的不知道什么。共产党的作为，鄢子正讲过，秘事上不告父母，下不透老婆儿女，这是其一。把她放回去，使她明白有当共产党的男人日子不好过，她会拉男人的后腿；如果把她折磨狠了，她死上心记下仇，就更不好办，知道了也不说，这是二。其三，她回家去，于震海不会不恋媳妇、孩子、老爹，共产党也会派人去关照他们，你们监视得好，不仅能捉住石匠玉这个混世魔王，还有别的外快好捞。"

"啊呀，大哥真不愧是圣人之后，满肚子的计谋啊！"于令灰连忙奉承道。

孔秀才吐一口浓烟，踌躇满志，扬扬自得地说："不管是当家还是理政，都要德威并施，不这样还能有所作为？"

于令灰忽然想起什么，说："哎，我之善哥今早上叫我把于世章的门封了，能用的东西，他都往家拿……"

"之善只知图财，不识大局，结下仇人，他又收拾不了。"孔庆儒生气地说，"昨夜他发现于震海家去了可疑人，他只叫你和守业来报告，自己却不去监视，只顾放他地里的水……真真的蠢人！"

万戈子插言道："舅老子上次来，把茶壶揣在怀里……"

"放肆，不用你多口！"孔秀才瞪一眼管家，命令于令灰，"你快回村，把于世章的门封揭了，抄走的他家的东西，原数退回。"

"是。只怕之善哥不肯。"

"我的话!"孔秀才光火了,嘭一声,把水烟袋顿到桌上,"事情都叫你们这些猪脑子的人办糟的!三十多个枪炮兵警,抓不住一个赤手空拳的于震海!"

于令灰小心地申诉道:"我和守业来的时候就发兵去,准能抓一窝。可大哥你不在家,显子又醉了……"

"我是公事累了,歇在冬春楼……嗯!"孔秀才截住于令灰的话,转对儿子,"显二,往后少贪杯,是你误我大事!"

孔显道:"县局①的马队直怪罪咱区的警察不管事,抱住腿还叫犯人跑了。我看他们的兵才是饭桶,从房顶上叫石匠玉踢下来。"

孔秀才皱皱眉头,道:"这是他们局长和我不顺当,由我对付……可遇上共产党的急务,不能意气用事,要亲密合作。送他们的礼物都备好啦?"

万戈子忙答道:"按大老爷的吩咐,那排长二两烟土、五棒子酒,两个班长一人两棒酒、五块钱,每个兵五包香烟。"

"嗯。"孔秀才点点头,"再把前些日子从天津捎来的进口花绸子,拿一匹托排长捎给他们局长。向你大奶奶要去。"

"是。"管家答应着。

"一会儿他们回县,我亲自去送。"秀才又道。

"是。"万戈子去了。

孔显不满地说:"他们白来一趟,还这么厚待。"

"一个电话,他们就赶来了,要不然,再遇上事,十个电话也搬不动兵啦!"孔庆儒心绪烦躁地说,"要紧的是抓住共党!"

于令灰道:"说也怪,那石匠玉跳房跑到村里,就不见了。他再有武艺,变雀飞了,还有影;变老鼠钻了,也有个踪。可是无影无踪的,人却不见啦!"

---

① 县局:县公安局。

"赤松坡一定还有他的同党！"孔庆儒捻着胡子梢，狠狠地瞪着发红的眼睛，"你回去和之善说，沉住气，暗中盯住石匠媳妇和瘫子于世章，不愁没鱼来上钩。在我孔家的天地里，存不下发红的苗。有一个姓共的，叫他当一个孔志红；有两个姓共的，就是孔志红一双！"

隔壁电话铃响。片刻，值班员跑来报告："区长，电话，鄢主任的，要你亲自接。"

孔庆儒去了十多分钟，就听呼喊："显二！令灰！"

二人跑过去，只见孔秀才满脸恼怒，在地上急速地转圈，狠狠地说："修公路的穷鬼们，为公路多占了他们的地，和监工的警察、乡丁打了起来。不改道，他们就不干，县上只好权且答应。"

"那不要占咱们的地啦？"于令灰惊叫。

孔显道："反了！把闹事的抓起来。"

孔庆儒说："找不到闹事的头子，你能抓几千人？据鄢子正分析，有共党操纵，不然，几十个村子的老百姓，心不会这样齐。我猜想，这是大行动，和夜里于震海家去的生人有关。有人认出，里面有于震海，他一人夺走警察两支枪。"

"啊，他跑到那去啦，好快！妈的！"孔显向门外跑，"集合队伍……"

"回来！人家老老实实等你去抓？"孔秀才双手叉在胸前，眼睛眯眯了好一阵，问于令灰道，"于世章伤得重不重？"

"不轻。"

孔秀才阴冷地笑道："哼，于震海，共产党不会叫他不要老子！"

"抓他？"灰瘸狼随时准备迈动瘸腿。

"不，把于世章砸成酱，他也改不了骂我们的口。你回村去……"秀才的声音逐渐小下去，小得只有村长灰瘸狼一人听得见。

三嫂端小油灯的手颤抖起来。她那双精明的眼睛，失神地看着面前的人：他，高大的身躯，草帽压得低，看不清脸面；及至他摘下草帽，露出光光的大脑瓜，三嫂才叫出声："海子！"

震海抢上一步扶住岳母，热切地说："婶子！你过得好哇？"

三嫂把灯放到桌上，拉二女婿坐到炕沿。她的手抖动着，不停地在他肩臂上抚摸、捏扯，又仔细看一遍他的全身，轻声问："孩子，你身上没有碰着？"

"没有，婶，挺结实。"

三嫂点点头，又怀着巨大的关注和深切的不安，忍了又忍，终于，颤声问道："我闺女她，她在哪儿？"

"她在家……"

三嫂突然松开手，揩了揩湿眼睛，又急又气地说："震海！这你就不对。事到如今，还瞒着我啊！小菊叫二妞闺女送回家那天，再怎么装着，她毕竟是孩子，经不住做妈的盘问……往常你背我瞒我是好心；再瞒下去，难道死了人，也不报丧？"

震海急忙道："婶子，你听我说！她如今真的没啥，和我爹、孩子待在家里。"

三嫂疑惑地问："多少钱保出来的？"

"没用保，敌人放了她。"

三嫂更加怀疑，说："居任抢了他们，还抓走你叔你姐，卖了驴才赎回人的。你当共产党，倒这么轻快？"

"我知道婶的为人，不骗你……"

"你骗我！"三嫂不等震海说完，焦灼、委屈、揪心，使她变得异常激动，那浮肿的脸、泪水浸红的眼睛，都发出愤怒的光亮，"我从根认定你是本分人，依靠得牢，才把桃花似的闺女，陪着嫁妆送给你。实指望你们成家立户，苦熬苦煎，平平顺顺过一辈子。哪想到，世上这么多人，都受得住穷、吃得了苦，就你穷迷了心、苦瞎了眼，拿着鸡蛋碰石头，和官府兵马作对。到如今，你成了'黑人',被人撵得东奔西颠,大黑天的还草帽遮住脸,头在手里提着走。你,身强力壮,一走了事,可家有瘫爹、媳妇、孩子,你叫他们怎么活?那些恶狼似的人,怎么饶得了他们老的女的小的啊!你……"

宛如一座冰山倒下来,压在于震海身上。他面对娇小细瘦的岳母,后退一步,打个寒战。他抓起草帽,向外就走。

三嫂抢上拉住:"你哪儿去?"

震海愤然道:"别累赘你家……"

三嫂浑身一震:"我的话都是错的?"

震海悲愤地咬咬牙,说:"不错!怨我有眼无珠,今天才见人心!真没想到,你是……"

"啊!我……我是私心的……"三嫂痛叫一声,松开拉女婿的手,眼睛直瞪了一零,渐渐闭上,泪水清泉般地往下流。她全身战栗,向后颠踬,倾身欲倒。

震海大惊,慌忙上前扶住她,搀到炕沿坐下,焦急地叫道:"婶子!婶子……"

小菊背着兄弟狗剩进屋,见母亲昏厥,哭叫着扑上去:"妈妈!妈妈……妈手都凉啦!哥呀,你快救救俺妈啊……"

震海给岳母挑捏了几个穴位,小菊给妈喝下几口水,三嫂才缓过气来。她挣扎着说:"我没什么……小菊,狗剩留给我,你领你哥到厢房,歇息歇息去。我自个儿清静一会儿,就好啦……"

来到厢房,震海闷头坐着,心里非常难受。这革命的道路啊,难关一重重,比昆嵛山的峰顶还要多!敌人的抓、杀他不怕,可亲人的牵扯实在多,好容易妻子理解了他,跟他站到一起了,又遇上岳母这一关。她本是个心地好、性子硬朗的人呀,怎么也会变得软弱胆小,私心重了呢?更不用说那个岳父张老三了。组织决定他在桃花沟建立联络站,掩护特委负责同志的工作,看来这家是不行了,只能依靠伍拾子家了。

"哥,你喝水。"小菊捧来一碗热水,坐在他身旁,"俺桃姐没有事啦?俺大爷伤好啦?"

对着单纯的小姑娘,震海默默点点头。

小菊道:"这就好啦!哥,你别埋怨俺把事和妈说了。那天我跟二妞姐回家,一路走一路哭——不叫哭,泪自个儿往下掉,真恨死人啦!末了眼都肿得看不见东西啦……在俺家,俺爹厉害,我不怕他,俺妈不厉害,从不打我,可在妈跟前,我从来撒不了谎,真怪!哥,俺妈可担你的心啦!她问了又问,一遍又一遍让我学,你身上有血印没有?衣裳有破地方没有?你怎么出村的……怕俺爹嚷嚷,妈一直不告诉他。俺妈几天吃不下,夜里狗一叫,她就到院里听动响,天天叫我到村头望着,等你来家。她正盘算着,明儿去赤松坡打听信息。俺妈为保俺大爷和桃姐出来,要卖那二亩半地——都暗里托人啦……"

小闺女只管说自己的,她哪里知道,她的每一句话,都像一把火,烧着震海的身,烧着他的心!震海霍地站起来,一拳打在自己腿上:"我……我对得起谁呀!"

当三嫂一手抱着小儿子,一手端着个大砂碗走进屋里时,她脸上非常平和,跟没有发生任何事情一样。她把孩子递给小菊,吩咐道:"抱他门口玩去。"

小菊说:"我闩的门,外面黑咕隆咚的,没人来……"

三嫂瞅女儿一眼,小菊明白了,忙接过小弟。小狗剩却赖着不想走,扭着身子伸着手,渴馋地指着冒热气的大碗,喃喃道:"妈妈,俺要一点,一点点……"

"听话,跟三姐去等你爹,抓个蚂蚱回来烧烧吃。"三嫂又扯一下小女儿,"小菊,快抱走他。"

小菊急抱狗剩出了门。

震海望着岳母手中碗里的鸡蛋面条,眼泪扑扑掉下来。他上前一步,咚一声跪在她身前,泣声说:"婶哪!你打我两巴掌吧!"

三嫂忙放下碗筷，扶女婿起来。她心疼地说："海子，快别叫婶子心疼！你……"

"我屈了婶的一片心！"

"不，是我遇事糊涂，伤了孩子你的心！"三嫂理把鬓边，深切地说，"海子，你的话，我寻思过啦！你说得对，我的心偏啦，光瞅着自个儿的骨肉啦……"

"不是，婶不是……"

"你听我说。我没经过事，只知桃花沟的天多么大。共产党我不认得，可你们干这个，最苦不过，倒不是为自个儿！"

震海道："我知道，像婶子这样受苦的精明人，懂得道理会风快！共产党的主张，就是要改变这吃人的世道、害人的天下……"

三嫂用心地听着二女婿讲的革命道理。最后，她说："能把这世道翻翻过，谁不称心！孩子，只是当老人的心，想得多，一下转不过弯来……如今你就住在这家，咱这地方山高皇帝远，村里也没财主、官府的人，除去每年收两次捐税，平常到不了。"

"我不能老在一个地方藏着……我叔呢？"

"眼下蚕场忙，他宿在山上，夜里不来家。"三嫂从怀里掏出一小卷票子，递给他，"这是我织布赚的几个钱，你带身上。"

震海忙挡住说："我一个人好说，这家挺艰难……"

"还过得去。你好儿姐身子好点了，昨儿回孔家庄纺丝去啦，自个儿挣得出口吃的。"三嫂硬把钱塞进他衣袋里，"过两天，我到你家看看去，你爹残身子，又遭了打……"

门外小菊的声音："俺妈在家。你是谁？"

有人答道："我是七儿的亲爹，放牛的……"

"找我的。"震海赶忙迎到院子，叫道，"老毕，快进来！"

毕松林进了院子，他身后还有个黑影。震海问："那是谁？"

那人走上一步，叫道："兄弟，不相识啦？"震海仔细一看，诧异道:"你?"

三嫂也吃惊地说:"居任,你来啦!"

"进屋说话。"毕松林说,又转对三嫂,"大妹,你在门口站站。"

三人进了厢房。毕松林向震海道:"居任是同志,组织决定,要他和你一块活动。他的代号叫中子。"

于震海更加愕然,见那孔居任头发、胡子好长时间没剃,一身破旧肮脏的粗布衣裳,一副倒了运的样子。因问:"你这一阵子在哪里?怎么入上党的?"

孔居任道:"兄弟,不瞒你说,自从你救我出去,结伙一帮子朋友,还是打家劫舍,抢了栖霞姓莫的大财主,被兵拿住,下了牢。在牢里,认识了你们党里的'花生皮子',我们一块越的狱,还打死两个站岗的!我听他的话,觉得共产党的章程不坏,这年头非走这条道不可啦,就入上啦!现在和兄弟你一起干,我打心眼里高兴。何时咱拉起武装,攻进孔家庄,宰了孔秀才这条老狗,我才算解气!"

震海说:"成了党内的人,是得好好干。咱不是为个人解气,是为穷人解放。"

"说得是……"孔居任见三嫂端进饭来,就问,"她不在家?"

"好儿昨儿回的孔家庄,在丝坊做活。"三嫂答道。

孔居任说:"不凑巧!吃过饭我回去看看……"

"先不回去吧!"震海道,"敌人这些天盯得紧。"

"怕它怎的?"孔居任一掀衣襟,拍着腰带卜的手枪,"这也不是吃素的!"

毕松林道:"还是先稳一稳。你遇上敌人打了脱身,敌人就拿咱家里的人杀气!"

孔居任仍然气冲冲地说:"哼,革命就得豁出去!孔秀才放了桃子妹算便宜了他,要不然,我今夜就去把他的狗头搬搬家!"

吃过饭后,孔居任睡下。毕松林扯于震海走出院门。天色很黑,月牙尚未出山,二人面对面站着,嘴里的热气互相往脸上扑,但却看不清相互的面目。

"先子指示!"毕松林悄声说,"除我以外,中子暂且只和暴露了的同志接头,不能告诉他没暴露的关系。"

于震海道:"我也正寻思,这人穷是穷,可根子不正,怕有意外。"

毕松林说:"先子要你带着他,就为你熟悉他。他对孔庆儒家有仇,被逼得走投无路,参加革命,也合情理。花生皮子同志带他来时介绍说,中子胆量大、有武艺,挺猛的,多说着他些,时间长了,老毛病能改好。你多上些心吧!"

"他要真能这么的,那敢情好⋯⋯"

"唉!"毕松林口气沉重起来,"震海啊,对你说了,你可别着急!"

"天塌下来地顶着!"于震海预感到有不幸的事,"你说吧!"

老牛倌难过地说:"孔秀才为抓你,亲自带兵去你家作害;并传出话,你回去没事,不回去要害死你爹!你震兴哥到处打听你,找你回家!"

于震海一句话没说,牙咬得咯吱咯吱响。倏地,从怀里抽出他在反修路斗争中夺来的匣子枪,疾步冲出去。他走的是那样快,使号称飞毛腿的毕松林,直追到桃花沟村边的石头河,才赶上了他。毕松林拉住震海,边走边说:"这消息是我来的路上知道的,我得去报告组织。你⋯⋯"

于震海没有回答。实际上,身边有人没有他也不清楚。他只顾向东南方向的山岭奔跑。因为,东南方向的崇山峻岭那边,就是赤松坡!

其实,一场激烈悲壮的搏斗,在白天就展开了!

第十一章

于世章坐在院里的石条上,脸色慈祥地看着儿媳给他胳膊上的伤口换膏药。那遮住半个院落的大赤松树,被近日的雨水沐浴一新,更显得叶针翠绿苍葱,枝干铜劲钢坚,宛如一顶巨伞,罩得满院阴影凉爽;而艳阳又透过旺盛的枝叶空隙,娇黄斑斓的光点,犹似赤金白银,在公媳二人身上闪光放彩。

"爹,看这伤,快好啦!真喜人,这么快!"桃子消瘦下去的脸庞,充满着喜色,柔声说道。

世章微笑道:"有你这么细心侍弄着,还能不好得快!"

"俺没费多少事,是爹你自个儿旺盛。爹,我去济仁堂抓药,称说他的药灵,那冯先生一面摇头一面叹气,说'不是我的药灵,是你爹气盛,放心,他会好得快当',这老先生的话真灵验!"

世章感动地点点头,说:"那是个难得的好心人,十年前我的伤比这重多啦,多亏他救活的……"老人又激动起来,"我早说过,不见孔秀才、坏地瓜这帮子恶人入土,我是闭不了眼的!"

桃子轻轻地往公爹伤口上贴着膏药,怀着自负的情感说:"那秀才,真不知臊,还等着我找你震海回家哪!还和俺家攀亲戚哪……真是一肚子狗肠子!"

"狗眼才看人低嘛!"世章自豪地称赞道,"不是我老王卖瓜——自卖自夸,嫚子,孔秀才窝里那些'屎壳郎'怎么能认出你这只金凤凰！打心里说吧，嫚子，你比我这一家哪个都强……"

"爹，你又见外……"桃子脸红了。

"好，不说啦。好人怕夸，坏人怕扒。哈哈哈！"世章少血的憔悴脸上，放出异彩。

桃子给公爹换好了药，站起身来，说："要是不出事，再换两次药，你就好利索啦！可我心里老七上八下的，就怕他们再来寻衅……"

世章处之坦然地说："不管它，来了再说，不来咱就过。封了门，咱另想法子。反正野菜有的是，饿不死。"

"爹说得是，有你老在身边，俺心里踏实多啦！爹，竹青在炕上睡，你听着点，我去后园弄点菜。"桃子说着，进屋去拿山菜篮子和小铁铲。出来一看，公爹正跪拖着伤身子，吃力地扫院子。她忙说："爹，等我来吧！你……"

"你又忙孩子又忙我，够你累的啦！"世章继续艰难地扫着，"我活动活动还好些，不能让坏种们见咱们寒酸，咱们要干干净净、快快活活过日子，笑给他们听！哈哈哈……"

世章老人痛快地敞怀大笑起来。

桃子看着，禁不住泪水溢出眼眶……

笑音犹在，于震兴慌慌张张地跨门跑进院来，恐怖地说："爹，爹！秀才来啦，孔秀才领兵来啦！"

世章愠怒地瞅大儿子一眼："慌什么，他来怎么的！"继续有力地扫院子。

桃子赶到震兴跟前，急问："怎么啦，哥？"

今天早上，孔庆儒派人把于震兴从萃女家找来，无可奈何地对震兴说，他原想开释他兄弟打伤兵警、拒捕在逃的罪过，可谁知于震海又犯下夺枪的新罪。县里严命他孔区长，如果交不出于震海，就要拿他父亲于世章是问。孔秀才又痛心地说，他在县里一再求情，才答应要是把于震海找回来，再不胡为、从此改过，他担保旧恶不咎；不然的话，他孔正达也只得例行公事了……

"……我一听说，吓得要命！"震兴战战兢兢地说，"满山满村打听，也没寻见震海。我还托放牛的毕松林帮着找他……我才想回孔家庄求秀才再容缓几天，我好再找……不想他……他带兵马来啦！来啦！"

"孬种，你气死我啦！"世章激怒得双手哆嗦，抡起笤帚要打儿子。

桃子忙按住公爹的笤帚："爹，俺哥也是好心。你的伤经不住……"

墙外一片马啸声、自行车铃声、急踏踏的脚步声。

"于世章在家吗？"村长灰瘸狼吆喝着，一抡瘸腿，进了院子。

紧接着，一班敌兵，个个荷枪，涌进小院落，一字排开，虎视眈眈，如临大敌。

桃子骇然，手提着山菜篮，紧站在公爹身边。世章像没有见到这个阵势似的，仍旧扫院子。

于令灰又吼道："区长来看你啦，快快迎接！"

世章轻蔑地哼了一声，把头背向院门口。

霎时，秀才区长孔庆儒，身着灰丝料子军装，斜挂武装带，腰佩手枪，头顶大盖帽，马裤皮靴，在孔显、于之善、万戈子还有两个护兵的簇拥下，进了院子。马弁把黑色大马也拉了进来。

于之善抢先一步，对于世章喝道："眼睛啦，瘫子！没看谁来啦，还不起身！"

世章手还握着笤帚柄，没有正眼看孔秀才，回敬坏地瓜一句："我这瘫身子是狗咬的，你不清楚吗？"

坏地瓜和灰瘸狼叫骂着，要上前厮打于世章，孔庆儒一抬手："不得胡闹！"

坏地瓜脸上的朝天鼻嗤得像风箱；灰瘸狼的长短腿像站在热

铁板上，来回顿着地皮。

震兴搬出条长凳子，惶恐地请孔区长坐下。万戈子接过凳子，拂了几下，递到秀才屁股后头。孔秀才落了坐，向兵马挥挥手："我和世章弟谈话，显二，让他们进来干什么？快带出去。"

于是，完成了耀武扬威任务的兵马，随孔显撤出门外。于之善、于令灰、万戈子，侍立在孔庆儒身后左右。

世章被震兴搀到石条坐下，他手仍抓着笤帚把子。桃子不知是忘了还是怎的，手里也一直提着山菜篮，守在公爹身边。震兴看看一边的父亲、弟媳；看看另一边的孔秀才、坏地瓜、灰瘸狼、万管家，诚惶诚恐，心跳如鼓，不知站在哪里好。

孔庆儒那藏着凶光的阴沉的眼睛，打量对面的于世章。

于世章仰着脸，注视着蓬勃的赤松树。

两下对峙了好一会儿，孔秀才露出笑容，嘿嘿几声，亲切地说："世章贤弟，我来看看你。没想到吧？"

世章转过头，冷冷一笑："想到了，这不，我正扫院子迎接你嘛！"

坏地瓜乐了："倒是，院子干干净净的……"

"啪"，世章把笤帚重重甩到地上。

"好！"孔秀才佯装听不出对手话中的刺芒，仍然强作善面，"怎么样，日子过得挺艰辛吧？"

"野菜填得饱肚子！"世章爽朗地回答，转对桃子说，"你不去挖菜吗？快去吧。"

桃子欲放下山菜篮，说："不，爹，我……"

世章严厉地说："不去吃什么？快去！"

桃子知道公爹怕她受难，要支开她，但她怎么能放心得下啊！她忍住泪，说："那，我先回屋奶奶孩子……"

对世章、桃子的话，孔秀才装作没听到，他在紧张地想如何对付使他头疼的于世章。桃子去后，孔庆儒又和颜悦色地说："世章贤弟，没用的话我就不想说了。你我虽然从来没有会面，我想彼此的为人，倒也知道一二。"

世章冷语相讥："岂止知道一二？承你器重，十年前，咱们就较量过……"

"哎，往事就不提了吧。"孔秀才忙截断敌手的话，"有话道，人非圣贤，孰能无过，君子不念旧恶嘛。今天我……"

"今天怎么样？"世章紧堵仇敌的嘴，"往日狼吃人，今天狼敬佛？"

坏地瓜哈哈笑道："瘫子你傻啦，狼怎么会敬佛？谁见来着……"

"之善！"孔秀才顶回愚蠢的小舅子的话，痛恨地盯着于世章，站起来，来回踱步。

世章泰然地坐着，抹了一把胡楂楂的嘴唇。

孔庆儒又回到凳前坐下，做出胸襟宽阔的样子，平静地说："世章弟，我劝你不要宿怨耿怀，今天你我平心静气，赤诚相见……"

"庄稼汉，从来不假言假意。"世章冷冷地说。

"好！今天我亲登贵门，找你谈事，实在是为你着想。"

"野猫子进宅，自有打算！"

"我笑脸相对，你句句伤人！"

"脸上笑呵呵，心里毒蛇窝！"

"你……你唇舌好锋利！"

"多蒙夸奖！"

"你……你……"

"我，于世章！怎么样？"

孔秀才面红耳赤、羞恼交加，狠狠地盯了对手好一会儿，才悻然道："于世章！既然你如此狂妄，我们就明来明往……"

"早该这样啦！"

"于世章！"孔庆儒猛地站起来，扯扯武装带，"今天，我是奉上司之命，以区联庄会会长身份，戎装带兵，执行公事！"

于之善大声助威道："听到没有？秀才带上兵，如虎添……添……"他添不上来了。

万戈子从后面捅一下他的屁股，小声道："添翼。"

"对！"坏地瓜领会了，"像老虎又添了条尾巴！瘫子，你放明白点……"

"哈哈哈哈！"世章爆发了狂笑。

孔秀才恼羞地说："你笑我内弟无知？"

世章又痛痛快快地笑过一阵，才说："我笑你一张秀才皮披了几十年，破烂得再也遮不住原形了！给你道喜啦，带兵的秀才老爷！"

"你混蛋！"孔庆儒的八字胡左右掀动，两手哆嗦着抓住手枪柄，眼睛射出像打伤的狼盯着猎人那种凶光，咆哮起来，"于世章！你小小一穷汉，纵子结党，危害治安，违犯国法，罪恶重大！本该马上捕拿归案，但我孔正达遵从圣贤遗训，向以庇护乡邻安危为己任，亲自来上门和你谈话。本想叫你回心转意，改恶从善，不料你如此无礼，冥顽不化。我最后警告你，于世章！你如果悬崖勒马，咱们还有商量处，化干戈为玉帛，往事一笔勾销。不然的话，哼！何去何从，你自己选路走吧！"

孔秀才拼力地抖着威风，咧嗓子号叫的时候，世章脸上异常平静，大手抚弄着残腿的膝盖。听完之后，他冷漠地问道："好。你说完啦？"

"你……"孔秀才被对方的冷静搞得失措。

"你说完啦，那就听我的！"陡然，世章双拳紧攥，那深恶痛绝的炯炯目光，扫过灰瘸狼、坏地瓜，又射向孔秀才，发大声痛骂道，"听着！老奸贼，孔险鬼的儿！你这人面兽心的狗秀才，瞎话骗人，坏事做尽！在我于世章面前，你站着都心虚！你们这些无人性的、狼心狗肺的家伙，一家一家都是怎么发的、富的？我们一家一家是怎么穷的、亡的？你们仗恃着有官有势，有枪有炮，把穷人当牲口使唤。孔庆儒！有句话算你说着了，我纵子当共产党，犯你们的法、破你们的律。告诉你，俺们这才是开头，厉害的还在后头，你小心着！光叫你们这些坏蛋灭种还不算，还要把你们的大大小小头子、同伙，统统打到十八层地狱，把天下拿到穷人手里才甘休！秀才大人，有什么解数你都使出来吧，我于世章有一口气，就要和你们斗一口气！我生不能剥你们的皮，死了的白骨头，也要跟你们拼个高低！"

　　孔秀才、坏地瓜、灰瘸狼、万管家，都被痛骂得浑身透凉。孔庆儒抖动着发青的嘴唇，气急败坏地吼道："本性难改的穷鬼！万管家，兵，叫兵来！"

　　七八个敌兵鱼贯而入，扑向于世章。

　　一直在屋里抱着竹青、看着屋外的桃子，忙把孩子放到炕上，赶在敌兵之前，用身子护住公爹。

　　孔显抢上几步，粗暴地推倒桃子，抬手要打……

　　"住手！"于世章怒喊一声，"仇家是我，不许欺我闺女！"

　　桃子又爬过来，护卫公爹。世章疼惜地说："嫚子！你别找苦吃，快进屋守孩子去……"

　　于震兴跪在孔庆儒脚前，哭着哀求道："秀才老爷！你恩德，饶了俺爹，饶了俺爹……我去找兄弟，找他……"

　　世章向大儿子狠骂道："你个孬种，气死我啦！你给我滚，滚！"

　　"秀才老爷！俺爹身子残，求你可怜他！再容几时，我一定找震海回来！"震兴一连叩了几个头，哭着跑出了门。

　　孔庆儒又坐到凳子上，威胁地指着兵，对于世章道："于世章！我可是先礼后兵，这是你自找的！"

　　世章冷笑道："孔秀才！先狐狸后狼，一条狗屎肠子！"

193

"把瘫子吊上去!"孔秀才下了命令。

一个敌兵爬到赤松树上,几个敌兵将世章拖向赤松树跟前。

桃子不顾屋里孩子扯碎嗓子的哭声,喊着"爹"向前救公爹。敌兵用枪托狠狠地撞她。她腿被打转了筋,倒在地上。她挣扎不起来,就一步一跪地向前扑,扑着喊:"爹!爹啊……"

松树上的敌兵从粗枝上搭下绳子来,敌人把于世章勒着胸腰吊起来,一直拉在半空中。这样,世章整个身子就悬在全村屋顶之上。世章不顾那瘦骨的身子被绳索勒得巨大的疼痛,一到空中,刚换上口气,他就朝村庄大喊起来:"穷哥们哪,你们别出来啊!孔秀才把兵围住村子,要找共产党!穷哥们哪,共产党好比是咱受苦人的活命水,孔秀才想不让咱活,要断它,它永辈断不了!有天就有雨,有河就有水,有穷人就有共产党啊!"

孔庆儒再也坐不住,命令放下来。树下面扯绳头的敌兵的手突然松开,世章重重地跌到地上。桃子忙上去拉扯他。老人左面那只残腿摔折了,血,哗哗地流!桃子的泪水,簌簌地流!世章昏死过去了。桃子扯下衣襟,忙着为老人包扎断腿。孔显上前阻拦,孔秀才摆手制止他。待桃子把老人的伤包好了,世章也苏醒过来。

孔庆儒俯身对着他,冷笑道:"滋味如何?还硬吗……"

"呸!"世章嘴里的碎牙和着血,吐在联庄会会长崭新的军装上。

"拉上去!"孔庆儒一面擦脸一面吼叫。

然而,半空中的于世章,嗓音虽沙,喊声却更加有力:"穷哥们哪!不要可怜我,孔秀才这抖的不是威风,他是狗熊!他作恶多端,死到临头,怕共产党吓掉了魂,连我个瘫子,只是个共产党员的爹,他就这么卖力作践!这伙吃人野狼进土的日子有数啦……"

突然,世章发现几个方向的墙头上,出现了江鸣雁、刘宝田、刘宝川、金牙三子等本村共产党员的头脸。他立时又喊道:"全村老少乡亲,千万别出门啊!孔秀才有兵围住村子,正引逗抓上钩的啊!不能中他们的奸计啊⋯⋯"

孔庆儒发疯地冲到树下,打脱握绳子头的兵的手。世章猛烈地摔到地上。这一次,完好的右臂跌伤了,但他没有昏厥,柴硬的大手抠起一把湿土,朝仇敌狠狠砸过去。

孔秀才只顾躲闪,笨拙肥胖的身子,很少走路的脚,又加新穿上沉重的皮靴,动作极其不便,被护兵的乱脚绊着,两手扑地,一跤趴倒。于世章竟撑地而起,猛地扑在秀才的背上,牙咬脖子手剜肋骨。孔秀才像挨杀的猪一般地痛叫。

于之善、于令灰、孔显、万戈子和两个护兵,一齐冲上去撕扭于世章。人多手杂,心慌脚乱,于世章又死抓着咬住秀才不放,扯着他,就带动秀才,拖出好远,才把区长从于世章身下救出来。

区长兼联庄会会长的大盖帽摔掉了,秀才头上牛屎摊似的盘辫也松开了,鼻子、脸皮被地面擦去好几块,血和泥涂了个遍;脖子后被咬破,肋骨条疼痛不堪。如此这般,现在的孔庆儒的形象,同刚进石匠的小家院时判若两人。

孔庆儒痛苦地捂着脸、跺着脚,哭咧咧地叫道:"打!打!你们这些死人⋯⋯"

桃子的身子再壮实,在这些如狼似虎的汉子面前,也保不住老人啊!她被敌人拉开,推倒地上,只能不迭声地呼喊老人⋯⋯

于世章被敌人拳打脚踢了一顿。接着,半死状态的老人,又被吊上半空。那鲜血,从他破碎的粗布衫上,一滴一滴往下淌!但是,当他一醒过来,有了使嘴张开的力量,那高亢粗犷的声音,又在半空疾呼:"乡亲们哪,穷哥们啊!咱穷人骨头硬,受得住罪!我不怕痛,我能和仇人作对,死了欢快啊!记住仇啊,跟共产党,闹革命,打江山啊⋯⋯"

孔庆儒抽搐着青一块紫一溜的伤脸,摸着包着手巾的脖子,恼怒又沮丧地盯着赤松树上的于世章:"这个穷瘫子!我算认识了你……"

"爹!"孔显掏出手枪,顶上子弹,"结果算啦!"

孔秀才使劲吞回一口气,摇摇头:"我费这么大功夫,为要这半个人一口气?这么便宜了他!哎哟……"他吸了口冷气,一招手,孔显、于之善、于令灰凑上跟前。他低声说:"我得回去找鬼见愁治伤。显二,你负责巡查各个通村的山口、路口、河道,伏兵没我的命令不准撤。令灰、之善,这里交给你俩管着,把瘫子吊一气放一气,给他水喝让他吃饭,晚上放火——当心,不要烧死他。招不来于震海和姓共的,我算输给他们啦!"

于世章在半空中,望见包着伤的孔庆儒骑上马,在管家的扶持下,带着几个兵,走了。老人禁不住破喉大笑起来:"哈哈哈哈!区长大人,联庄会会长老爷,秀才先生!你怎么狗一般夹着个尾巴跑啦!孔庆儒!有种的你留下,再较量几个回合,见见识识共产党员的老子是个什么样,掂量掂量穷人的骨头有多少分量……"

马上的孔庆儒,生怕赤松树上的于世章会飞扑到他背上似的,脊梁一阵透凉,头不敢回,催万戈子打马快跑。

然而,于世章不但根本飞扑不了,声音也发不出来了,他又昏迷过去了。但是,当阵阵松涛将他摇醒,他吸上第一口带松油香味的氧气,那悲怆凛冽的呼声,又震天撼地响起来:"亲人们哪!仇敌不死心,别中了诡计啊……穷哥们哪,记住仇啊!跟共产党,闹革命,打江山啊……"

两只雪亮的大眼睛,涌出粗大的泪珠,在黑暗中闪烁着火一样的光芒。

远处——黑暗笼罩的平原上空,窜跳着血红的火苗。那夏夜的南风，掠过平川，阵阵吹到离赤松坡五里路的北山上，高亢悲壮的呼喊声，断断续续地传来："……亲人们哪！别出来，孔秀才有伏兵，不要中奸计啊……"

"……穷哥们哪，记住仇啊！跟共产党，闹革命，打江山啊……"

伏在山岭上泪眼眺望的于震海，右手攥着发抖的匣子枪，左手抓进坚硬的黄沙地里。风声，喊声；喊声，风声。震海再听不下去，陡地跳起身，向山下斜刺地冲出几十步，身子撞到一株树干上。他手扶着树，忽然像发现了什么，抱着树，使劲地抚摸着，擦掉了树干上的残皮，头顶在那赭红色的赤松树身上，仿佛是自家院子里那棵赤松。他从小在赤松下，听着皮肤和赤松身色一样的父亲，严慈地管教他、告诉他，应当爱谁，应当恨谁；应当怎么爱，应当怎么恨；对谁要软，对谁要硬；应当怎么软，应当怎么硬……

震海轻轻松开抱赤松树身的手，无声地啜泣一霎，转回身，拖着铁打一般的双腿，一步千斤，向山上走。走着，走着，他呼吸短促，全身收紧，飞奔着，一气跑上顶峰，回头向南瞩望。

残月如钩、繁星密布的夜空，那赤红的火光，影影绰绰，混在天际的群星之中，像是一颗明星在燃烧。山顶上的风更强，那激越的呼声更高："……记住仇啊！跟共产党，闹革命，打江山啊……"

震海左拳猛击胸膛，咬咬牙，挥着手枪，飞奔下山。那乱石，在他脚前脚后，跟着滚动……他已冲过刚才抱过的赤松树几步远，骤然，像是有人猛拽住他的身子，他锥子扎地似的停住。他渐渐地回转身，端量着那株强劲地挺拔在群树中的青森森的赤松树。他面前又一次出现父亲的身影、父亲的脸色……父亲，现在的父亲，不光是他这个穷石匠的父亲，更是一个共产党员的父亲，他又在严慈地告诉他，应当怎么做，不应当怎么做……

风声,喊声;喊声,风声。

震海默默地站着,听着,良久,不曾动一动。

过了好一会儿,震海擦擦眼睛,向南紧望:只有星星没有火光!他焦急地侧耳细听:只有风声没有呼声!震海浑身寒栗,转身向山上跑,奔上峰顶,站到岩石上,紧张地向南天巡视:血红的火苗又在星斗中闪熠;悲壮的呼声又在风中传播:"穷哥们哪,记住仇啊!跟共产党,闹革命,打江山啊!"

于震海——石匠玉——共产党员,就是这样过了这一夜的!

拂晓前夕,火光敛迹,呼声消失。

震海颓然地坐到岩石上,耷拉着脑袋,如呆如痴。当天亮后,他哥于震兴寻找了他一天一夜,在这发现了他的时候,震海迷惘地望望哥哥,问:"你来做么?"

震兴抢上前,气急地说:"从桃花沟打听着寻到这,你还装傻!惹祸精,你还不快走!"

"到哪儿去?"

"快回家救爹啊⋯⋯"震兴泣不成声,扯起弟弟就拖,"孔秀才领兵到咱家,要害爹!你回去,他就饶过爹啦!"

震海挣脱哥哥的手:"我回去他真就饶爹吗?那他为么要害爹?"

"惹祸精,都是为的你啊!难道你为自个儿保命,就见爹死不救!"震兴哭着用头撞弟弟,"咱爹为你我受了多少苦哇,自古以来唱本上也少有的啊!到老又不得好死,你个狠心崽子!今儿你不回去,我就跟你拼命⋯⋯"

震海两手按住哥哥,心痛如焚地说:"哥,你好糊涂!要是我死能救爹的命,我眼毛不眨去替身。孔庆儒这老奸贼,是耍的鬼花招⋯⋯"

"你胡说!当了共产党的就不要家啦!孔秀才亲口答应,你回去,全家无事。你快跟我走,晚了,爹没命啦!"震兴揪住弟弟不放,拉着下山。

震海激怒地问:"是孔秀才叫你来找我?"

"是他。回家给他磕头……"震兴死拉住震海不放手。

震海把手猛地向外一抽,震兴撒开手,仰身跌到地上。震海又气愤地问:"我隐约听说你和小白菜沾上,当真?"

震兴爬起身,愤然道:"反正我问心无愧,比你当共产党连累一家人强!"

震海边说边逼近哥哥:"好啊,你这个孝顺儿子!口口声声你救爹,爹被仇人残害成瘫子,如今又大火烧身,你还和孔秀才族上的寡媳妇近乎……"

震兴急红了脸:"你不知道内情,你听我说……"

"我听你说什么!你不听爹的话,血泪大仇不记心,腿软得像面条,动不动就给害人的东西磕头下跪!你这不分黑白的软骨头,我替爹教训你!"震海步步紧逼哥哥。

震兴望着弟弟铁青的脸、冒火的眼睛,不由得步步后退,一边说:"我为爹为你为一家好,你翻脸咬人……"

腾地一重拳,打得震兴半个身子麻木。老实的雇工,身子往后趔趄着,那红肿的双眼,愠怒而悲哀地盯着他从小抱大、比他小九岁的弟弟:他那高壮的躯体,站在巨岩上,一手叉腰,一手攥拳,敞着怀,腰间的手枪乌亮,居高临下,威武凛然地对着哥哥。震兴退出去几步远,泪水盖满了脸。他双手抱着头,呜呜地哭着去了。

望着哥哥的背影,震海禁不住一阵酸楚掠过心头,他向前追赶了几步,想叫住哥哥,耐性地开导开导他……但是,他马上又刹住脚,打消了这个念头,向东北方更高的山峰攀去。

群峰重重的昆嵛山,在夏季早晨的晴朗的蓝天下,绿得透明,青得耀眼。那翠绿的青草,娇青的桲椤丛,苍葱的赤松林,铺盖得地皮影也不见。陡峭的山壁上，那丛丛的山里红花，长圆形的薄薄的粉红色花瓣，鲜润妍丽，一片一片的，宛如挂扯开来的一幅幅彩绸。所有的植物叶儿、茎子、瓣儿，都有露珠滚动，生命力显得格外的旺盛。

震海大步流星地跋涉在去丁家庵的山路上。当旭日的霞光刚涂上烟霞洞的山峰，从山口上迎面跑来三个人。那正是李绍先、丁赤杰和毕松林。最前面的绍先，抢上来拉住震海的手，急切地问："世章叔怎么样？我们知道晚啦！"

赤杰拉住震海另一只手："我和先子都去了牟平，才碰上老毕……世章叔怎么样？"

震海看看这个，望望那个，张开两臂抱住两个人，失声痛哭！他们三人，紧紧搂着，个个流热泪……

绍先吩咐毕松林下山，打探情况，回来报告。他和赤杰，劝住震海，问他夜里看到的情景。震海没有说几句，又哽住了。绍先看着震海被乱石碰破的鞋，树枝划破的衣裳，露水湿遍的全身，一下苍老许多的面容……他无限感慨地说："玉子！你熬过这一关，不容易啊！人，眼瞅着自己的老人活活火烧……你，我的好同志！"他又抱住了震海。

震海泣声道："若没在党，我怎么的也要拼了啊！"

赤杰抽出腰上手巾，给震海擦泪水："拼了，对不起世章叔！"

震海匆匆几把擦干泪水，愤懑地说："眼见敌人逞凶，今天这里抓，明天那里杀。先子，得想法子对付啊！"

绍先道："眼前，咱们的组织是在发动群众聚集力量的时候，还没有武装，不能公开打击敌人……"

"那我们成立个小武装！"震海迫切地要求，"暗里和敌人斗，也好啊！"

赤杰说："这倒是个办法，先子也一直在想这个事。"

绍先沉思了一会儿，说："等特委研究了再决定，咱们先商量商量……"

三个人坐到山泉旁的岩石上,边谈边等毕松林。

过了一会儿,飞毛腿毕松林奔回来了,他手里多了个篮子。三个人见了这熟悉的细柳条编的山菜篮,不约而同地站起来。绍先问:"她在哪儿?"

"她来啦!"老毕向山下指着。

她,头发凌乱,满面泪痕,满身血斑,正被江鸣雁老人搀着,穿过青纱帐,一步一步登上山来。后面跟着宝田,他抱着孩子——竹青。

绍先、赤杰、震海一齐迎下去。绍先和赤杰扶住桃子。桃子感激地朝他俩凄楚地微微地点点头,哽咽地说:"你们,都好……"

绍先和赤杰,都说不出话,只顾吞悲饮泣。

震海怔在媳妇面前,直直地看着她。

桃子转过头,望着丈夫!望着丈夫!望着丈夫!她,没有泪水,没有哭声。一天一夜,她泪已流干,嗓子已哭哑。

震海颤声说:"你来……"

"我来找你!"桃子沙哑地说。

"找我……"

"找你,和你说爹留下的话……"

青山是那样寂静,松林肃立不动,鸟儿不啼啭,蝈蝈无叫声,它们是忙着渴饮凉凉的露水去了。只有旁边涓涓的山泉,发出淙淙的如泣如诉的流水声。

六位共产党人,泪水沾襟,散坐在泉边岩石上,围着桃子,听她诉述。

桃子聚起目光,望着远处的平川。她那原本清亮的嗓子,现在发出沙哑的声音,听起来越发的悲切。

"孔秀才领兵,把俺爹吊在松树上。吊上去,放下来,生生折磨了整整一天！"桃子说，"俺爹死过去，活过来，有口气，就骂，就喊！到黑夜，放下爹，我给爹吃东西。俺爹就强吃、强喝！一口饭一口水，都是和着一口血吞下去的啊……我哭，俺爹说：'不哭，嫚子！我不死，他们成心作害我，我也成心作害他们，我能张开嘴，就饶不了对头！'

"天黑深了，他们又把俺爹绑到松树顶上。点上火，烧一阵，又灭掉火；又烧一阵，又灭掉火……俺爹死过去，活过来，有口气，还是喊……后半夜，坏地瓜、灰瘸狼回家睡觉；三个兵，也心疼得抹眼泪。我求他们，偷着把俺爹放下来，一看，俺爹身上的肉全烧黑啦，脸肿得厉害！我喂他水，都咽不下去啦！我一边哭，一边忙着给他整治伤身子……俺爹费力按住我的手，一点难受的样子也不露，说：'嫚子，别费事啦，我算劳累你够啦！看光景，我见不着仇人入土啦……别哭，闺女，我只先入一步，那些吃人的兽类也只晚我一步！你等着瞧吧，闺女！天一亮，你寻法去找震海，对他和咱那些亲人说，千万别为我于世章，上了孔庆儒的当！我到死能相识上共产党，心里喜欢着哪！嫚子，就是丢下你和孙女，我心里不忍……别哭，闺女！你也相识上共产党啦，这是咱穷人的救命星！你瞧着吧，闺女，有你笑的时候！等到咱受苦人打下江山那天，在我坟头说上一声，就行啦！我在地下也会哈哈大笑的……'

"天傍亮，坏地瓜、灰瘸狼又来了，重把俺爹绑上松树顶，点上火。那火越烧越旺，烧着了松树枝，烧着了房子，把天地照得透红！俺爹在那红火里，还不住声地喊：'穷哥们哪，记住仇啊！跟共产党，闹革命，打江山啊！'"

"一天一夜，喊声不断！"江鸣雁擦一把白胡须上的泪水，"声音响啊，能听到南海岸！赤松坡家家户户，男男女女，老老少少，除去坏地瓜那些坏蛋，没哭的没有！我把房子里的刀矛剑戟，拿过一件，放下一件！满村是兵，我要拼上老命，世章兄弟不依啊！"

宝田泣道："吊着世章叔，吊着俺们的心！烧着世章叔的肉，烧着俺们的皮啊！我为抱住宝川，他把我的手都咬破啦！我和俺爹好容易把他锁在门里头……"

赤杰问："敌人都撤走啦？"

宝田道："撤走啦。听坏地瓜回村嚷嚷，孔秀才在家连伤加气，躺倒啦！还说，他们丢了一个班长。"

"金牙三子那几个同志，有没有暴露？"赤杰又问。

江鸣雁道："都听着世章兄弟的招呼，没听说有谁惹祸。"

桃子转向丈夫："震兴哥找见你啦？"

震海没有回答。

桃子叹口气，说："哥今早上哭着回家，抱住烧焦了的爹昏死过去。我把他唤醒，他爬起身走啦！"

震海狠狠地说："他这辈子不回来才好……"

这时，竹青在母亲怀里鼓涌着找奶吃，桃子没先喂孩子，而是把山菜篮抡过来，放到大家面前，催促道："都饥困了吧，快吃点！"

毕松林打开盖山菜篮的蓝格布头巾，里面是玉米面粑粑和熟地瓜干。这还是前几天小菊跋山涉水送给姐姐的哪！老牛倌觉得，这篮子里哪里是粗食的干粮，分明是金子——比真金还重啊！

一直没说话的李绍先，这时看看山菜篮，又看看满脸憔悴、浑身血迹的桃子，激动地站起来，大声说："同志们！是咱们胜啦，敌人败啦！孔秀才和他的大群兵马，败在咱共产党员的两个亲人手里，多大的胜利啊！今夜里，就把世章老人的尸身搬出来，找块好地方，埋在山上！我去向特委报告……"

镰形的月牙，挂在峰巅之上。朦胧的月色，照着屹立挺拔的青山，照着茂盛的花草，照着峥嵘的峭壁，照着湍湍清流的涧溪，照着山半腰朝阳处的苍劲的赤松林，照着松林里新开掘的墓穴、它旁边的赭红色棺柩，照着站在那里默哀的人们。

程先生摘下深度的近视眼镜，在衣襟上揩干镜片上的泪水，戴上后，眼前又模糊不清了。他沉痛地说："同志们！珠子同志脱不开身，我代表中国共产党胶东特区委员会，代表胶东全体共产党员、八百万人民群众，向我们英雄的革命战友，于世章同志，致以最痛心的悼念！最崇高的敬意！世章同志的壮烈一生，是苦难的中国人民向敌人斗争精神的代表，是我们学习的榜样！我想了几句词，献给这位革命烈士——"

> 血泪苦度一生，
> 仗义敢怒敢争；
> 傲骨凛然仇恨盛，
> 残身不减威风！
> 热血涂染赤松，
> 壮志火烧更红；
> 浩荡正气震长空，
> 革命肝胆照汗青！

至此，程先生声泪俱下，泣声道："世章同志！你地下安息吧！"

绍先的声音不高，听着却分量沉重："大伙为世章老人的牺牲，哭得够多啦！这位穷苦老人，一生和财主、官府争斗，从不向坏蛋低头弯腰。他半截身子，还是风里雨里雪里泥里水里，不管黑天白日，为革命使尽力量，直到最后一口气！咱们要向他学习，为人类的解放，把共产主义革命进行到底！特委让我在这里向大家宣布，世章同志牺牲的这天，就是他参加中国共产党的日子！"

接着下葬。震海和抱着还不认识爷爷的婴孩的桃子，围着墓穴，每人向棺材上放了三把土。

鸣雁、宝田、宝川、赤杰、绍先、程先生，轮换着用锨铲土掩埋棺柩。新湿的黄土，很快将墓丘堆得高高的。二妞姑娘将一株小赤松苗植到墓脸处，抽泣着叫道："大叔，闺女没有好的孝敬你，让小赤松长大，给你遮风挡雨！"

赤杰的媳妇崔素香，用山里红花编了个精致的花圈，用土压在坟头上，流着泪道："老人家，你虽死，做了共产党员，又是新生！这是中国的山里红花，在我朝鲜女子手里，它就是金达莱，最好的人才能和它做伴！"

赤杰的老父丁老成，边烧着在家搜出的一炷香、两刀黄纸，边啜泣道："兄弟，你我生不相识，死才得见！我穷，备不起牲礼，用这点香、纸送你走……你在山里不孤单，孩子没工夫，逢你周年忌日，我来陪着你！"

才得平静一些的人们，被这二女一老的行动、言语一引，个个放出哭声。那走江湖卖艺为生、胡须霜白的江鸣雁，抛掉铁锨，拜倒坟上，打着滚地哭，悲声惨注人心："亲兄弟啊！昨儿咱俩还说笑骂仇敌，今日你就做了地下人！我给你入殓，连脸面都认不清……亲骨肉啊！你别走远，我就杀了仇人来祭你……"

宝川赶到震海身前，从他怀里一下抽走手枪，大吼道："震海哥！连个老爹保不住，还闹什么革命！枪借我使使，取孔秀才头来还你！"他疾步冲出去。

"宝川！"绍先严厉地喝道。

宝川站住，愤怒地说："有仇不报，我宁肯死！"

"这是英雄？"绍先赶到他跟前，严肃地教育青年新党员，"共产党是有纪律的，个人随便乱动是不允许的。你这样做，报不了仇，正好上敌人的当。世章叔叫你怎么做？震海是怎么做的？"

宝川低下了头。二妞上去夺下手枪，责备道："毛躁性子，何时能改？"

赤杰让他父亲、素香和二妞，扶着桃子母女去东山坡他庵里休息。

绍先招呼大家坐到近前,低声说:"同志们,我们就在烈士坟前开一个小会。近一个时期,我们的组织有了很大发展,反修路斗争取得胜利,提高了群众的革命热情。日本帝国主义侵占了东三省,割断了东北和胶东的经济来往,人民的生活更加困苦,反抗的要求更加热烈。可是反动派的搜捕、屠杀、压迫剥削也更厉害啦!斗争更苦、更复杂啦!为这,特委做出决定,成立小型的武装组织,以暴露了身份的同志为骨干。你们这一组,由玉子负责,宝田帮助他,以赤松坡的党员为主,中子也参加。"

"我呢?"宝川迫不及待。

宝田生气地说:"你不是赤松坡的?"

绍先继续说:"小武装是为了配合政治宣传,搞武器,准备武装暴动的力量。不能轻易打击敌人,损失了自己。"

程先生又谈了武装斗争的重大意义。只要大家努力奋斗,像其他红色地区一样,到时胶东也能学井冈山的榜样,成为工农大众的江山。大家情绪激烈,讨论小武装活动的种种办法、组织纪律、联络暗号等事项。正谈着,猛听一人气喘吁吁地说:"俺来迟啦!"

大家一看,是金牙三子。只见他把肩上扛的一个凸凸囊囊的麻袋向地上一抛,趴到坟头前:"大叔啊!侄儿来晚了,没赶上给你抓把土!今儿替你报仇……"他侧转身,提起麻袋口,嗖地从怀里抽出把短刀。

震海一把将他拦住:"你干么?"

宝田打开麻袋,里面装的一个人,吓了一跳。倒出来看时,是一个捆起来的警察。金牙三子又执刀奔上来:"大叔的魂走不远,扒这狗娘养的心……"

那警察使劲地蹬腿扭身子,喉咙呼呼噜噜直响,却说不出话。细心的丁赤杰划根火柴向他脸上一照,大吃一惊,忙将他身上的绳子解开,把塞进他嘴里的衣袖掏出来。警察大呼一声:"可憋死我啦！"

"松他做么？还不快宰了！"金牙三子又扑上来。

丁赤杰将他一推丈把远："不能随便杀俘虏！走，到那边我审审他。"接着，拉了绍先一把。

其实绍先已感到这里面有文章，就跟了过去。

三个人走出几十步远。赤杰小声介绍道："先子，这就是小雪同志。这是绍先。"

绍先紧握警察的手，道："感谢你，立冬同志！你做了不少工作，你怎么叫他抓住的？"

丁立冬道："敌人在害世章老人的时候，丢了一个班长，第二天早上才发现。孔庆儒查问了所有的人，证明是在赤松坡丢的。敌人准备明天拂晓突然包围赤松坡，挨家挨户搜查。我去找凤子报告，不想刚过冬春楼进了胡同口，被他套进麻袋。他劲真大，我又不能喊，怕坏了自己人。他一直背我到赤松坡村后，捆了个结实，撂到庄稼地里，一会儿又背我上山……"

绍先想了一想，说："赤子，你马上送小雪同志下山，回孔家庄，应付过去。"

等他二人走后，绍先向这边过来。金牙三子正在悲愤地说："世章叔受难，我要杀出去，病爹直哭，说我出去他就一头撞死……急得我快炸了肺！正巧，有人推门，我开了，是个满脸横肉的大兵。这小子斜着眼问家里有年轻的没有……我说有，我这不是吗？他刚要出去，我抓着他的领子，把他拖进门，一顿拳头砸出脑子，塞进炕洞里……早上见世章叔烧死在树上，真惨人！心想，你害俺们一个，得拿两个还账……江老师他们晚上收尸逃山，我回家揣上刀子，拿上麻袋绳子，去抓坏地瓜和灰瘸狼来祭坟……听说这两个坏蛋都进了孔家庄，我就追了去，等了半天也没见影子，倒撞上这个黄皮狗子……我把他掼在村后，回家领爹一块出来。谁知我爹怕也落个世章叔的遭际，上吊死啦！我哭了几声,把爹放到炕上,放把火,烧了那孤独独的破草房,给爹当坟,要不还得埋在别人地里!"

人们都怔怔地望着金牙三子,没有出声。唯有宝川搥他一拳:"伙计,你真行!"

金牙三子见绍先走过来,忙问:"那黄皮狗呢?"

绍先对程先生耳语几句,后者点点头。绍先对金牙三子说:"由赤子负责放了。"

"放了?"金牙三子、宝川同时叫道。

"对一般俘虏,教育一下就释放,这是咱们党的政策。"绍先转对江鸣雁、宝田、宝川说,"你们马上回村,敌人天亮前要搜查。"

金牙三子说:"我用不着回去,明打明地干啦!"

绍先痛心地说:"你要回去也不行了!三子同志,本来决定你参加武装小组活动,因为你这次的行动,暂时不要参加了。"

金牙三子急了:"我不是为报仇、为革命?"

程先生严肃地批评他:"同志,由于你的盲目行动,差点造成更大的损失!你要好好用用脑子。"

金牙三子呆呆地愣着。震海上去拉住他的大手,安慰他说:"三子兄弟,往后多上些心,你一准能参加上!"

金牙三子含着泪,嗫嚅道:"海哥,你顶知道我!我……"

震海十分激动地说:"党最知道咱,知道咱每个受苦人的心事!三子,跟着党走吧,一直走到底!"

月牙升到半空。那水洗般的月光,照得连绵的昆嵛山,更加巍峨庄严。

第十二章

"去你的革命吧!我家哪辈子烧了丧香,倒了血霉啦!大女婿是强盗——这个该死的小子!二女婿——这个穷石匠,原以为他学得正经老实了,谁知倒当了共产党,躲躲藏藏的见不得人,把个老爹都带到火里烧死啦!你个教书先生,又和我胡吹乱扯闹什么革命……说什么猴子变人……你成心糟蹋人!你是猴子变的,俺是祖宗养的。再骂人,别怨俺翻脸!"张老三怒睁着皱纹里的眼睛,大声地吼道。

那程先生,从眼镜里毫不介意地望着脸红脖子粗的四十四岁的庄稼汉,嘴角上挂着笑容,微微摇摇好久未剪的长头发的脑袋。

程先生做张老三的客人,已有半年多了。这是桃子来和母亲商量好的。三嫂怀念着亲家于世章,一口答应了女儿的请求。同时,她不让女儿再回婆家:"闺女,就你和竹青,住在家里,有我吃的,饿不着你娘儿俩。"

桃子道:"妈,俺还是得回去,他们饶不了震海,知道我在这,会来折腾咱家的。"

三嫂说:"难道闺女有难,做妈的推出不管?我就是怕事的人?你回去,我也对不起你公公……"

桃子道:"妈的心我明白,可不光这一层。妈你想,我在这里,招引了坏蛋来寻事,咱这里住着程先生,他还怎么容身?

妈，你把疼闺女的心，用在疼程先生这些人身上吧！妈，这么做，顶对得起竹青她爷爷啦！"

三嫂默然了。她那双精明的黑眼睛，在女儿身上巡视了几遍。她不是看出嫁两年的闺女模样变了，对做妈的来说，孩子到了多会还是她的孩子，不管他们多老了，满头白发了，或者已是儿孙满堂了，都一样。三嫂是第一次深深地感到，桃子比她妈身上多了一层光彩，比妈强，不是出嫁前的桃子，什么事都要问妈，听妈的，步步按妈的脚跟走了。这对三嫂做母亲的自尊心是一个刺激，但同时又带来一种骄傲感。她对女儿的担忧没有减轻，却又无法再阻拦了：含泪的眼睛，目送桃子抱着外孙女走了。

家里要住外人，张老三当然反对。但三嫂瞒住程先生是使张老三心惊肉跳的共产党，老三又觉得一个教书先生，住在自己穷佃户家，是看得起他，脸上也体面，就没有坚持反对的意见。

为了开展工作掩护程先生的身份，在桃花沟的狭窄破旧的两间家庙里，办了所小学，程先生教着深山沟里的十多个穷孩子。至于薪水，程先生自然没想到有，学生家里也出不起，只是每个学生家轮流管顿饭，住宿在张老三家的西厢房。

程先生一面教学，一面在桃花沟发展了三个党员，他们是：放蚕又贩茧的张福祥，从外地逃荒到此卖豆腐的杨玉清，桃花沟全村的代笔人、上过两年私塾的张甫礼。

眼下，正值春荒时节，学生们都忙薅山菜、外出讨饭，就自动放了老师的假，饭也就自动停管了。程先生也就自然吃在房东家里了。

这个时候，程先生正在厢房里，帮张老三向筐盖上拴蛾，积极准备放柞蚕。放柞蚕，去年要留好今年的茧种——挑那些结实成棒的大茧，到了开春，温度适当，茧里的蛹子就变成蛾钻了出来。母蛾将像小米粒大小的仔产到专用的筐盖上，仔再生出小小的蚕虫，先爬到从山上铰下来的鲜嫩的柞椤叶上养活，等稍大一点，它能经风雨了，再从家里移到山上蚕场的大片柞栎丛上去。因为家境贫寒，张老三留的茧种不够用，只得先出了一批，又向人家借了一批剩茧种。时令已晚了一些，老汉正在火头上，那些蛾也成心与老三找别扭，扑扑乱飞乱闯。而这位被学生放了假的程先生，又在一旁打开话匣子，滔滔不绝地给他讲革命的道理：从猿猴变人，讲到劳动创造世界；从原始社会，讲到劳动剩余；从私有制的起源，讲到阶级分化；从阶级压迫和剥削，讲到社会主义革命成功的集体大生产，他张老三再也用不着一个人这样繁重吃苦地放蚕，而是新式的大集体的成员，愉快地生产劳动……

张老三听着这位不速之客的唠叨，心里直冒火："哼，你在我家蹲着，白吃清饭，怕我不乐意，说这些淡话舒我的心。我张老三可不是糊涂蛋，一眼看透你的心思。哼，穷光光的先生，也学着耍花招……"又听程先生说出受苦人要联合起来，反抗官府、财主，一块闹革命的话，老三再压抑不住心头的火气，向这位他本来有些恭敬的教书先生发作起来了……

见房东动了肝火，程先生心里叹道："唉，可惜！一位辛苦劳动饱受剥削的人，不能明白他的不幸的根源，安然于命运的主宰，真正的悲剧！这也是反动社会的罪恶，使人民没有文化，受着欺骗的宣传，接触不到马克思主义，可恨！但是，劳动人民要觉悟，要革命，这是社会发展的必然规律。"

"老人家！"程先生亲切地笑道，"你的大女婿当过强盗，这也正是社会的罪恶之一。这黑暗的社会，当权者本身就是最大的强盗。你二女婿，正是要打倒这强盗的世界，才和官府、财主作对的。老人家，你错会了我的意思，我所说的猴子变人，是猿猴，不是……"

"管你是圆猴扁猴，兽类东西，怎么能和人连一块？胡说八道！"张老三竟教训起教书先生来了。

老三心烦意乱，本来挺熟练的活计，这会儿手却不灵敏，挣断了拴蛾的线。那只母蛾获得了自由，姗姗飞到屋空。

"快！"老三着急地捕捉宝贵的蛾。

"什么？"程先生的眼睛一时未对准滑到鼻梁上的眼镜，不知所云。

"蛾子！"老三喊着，异常担心母蛾从门处逃掉，"门，堵住门！"

程先生忙扶着眼镜赶到门口。但是蛾已从他手上飘然飞去。张老三大步跨过门槛，脚下刺溜滑出去，扑哧一声，摔倒在门外。

细雨正在洒落，院子里积水成滩。程先生忙着把房东拉起来，老三摔了一身泥巴。程先生抱歉地为老三揩泥水，张老三挡开他的手，痛心地望着高飞出墙外的母蛾，边气呼呼地向北屋走去，边骂道："妈妈的，真丧气！只知卖嘴皮子，什么也不是……"

程先生对着房东的背影，两手摊开，负疚地苦笑笑。他不是没听出老汉是骂的他，但他没有生气，因为他从小在城里读书，入党后也是在城里工作，来到胶东是第一次接触农民群众。他在想法做好群众工作，不怕失败，不怕碰钉子，总有一天，也能像李绍先那样的同志，用群众的语言和方法做工作，克服自己的书生气。所以，他对张老三的态度并不介意，而且理解到贫苦的放蚕人，对一只母蛾是那样看重，这是他的血汗哪！是和他一家大小的生活紧密相关的啊！如果不是身临其境，程先生是再也体会不到这一层的。

望着张老三进了北屋，程先生擦了一把淋湿的长头发，重新回到厢房。他感到浑身无力，肚子空空。早晨起来，三嫂熬了一锅菜稀粥，大家吃了。她照例给客人预备的掺点玉米面的菜团子、几片地瓜干，程先生也不吃。虽然下雨，三嫂仍是下地去了、小菊背着三岁多的狗剩，上山采野菜，也还未归。程先生此时思忖，三嫂和小菊不在家，这位被他惹怒了的张老三，是决想不到为放跑了他的蛾的人开午饭的。程先生紧了一下裤带,抖擞精神,找出本马克思著的《法兰西内战》,上炕依在窗台上,攻读起来。他翻动了十几页,那缺少营养的眼白特大的眼睛,逐渐地闭上了。

"先生,请你吃饭啦!"

这唤声,进入程先生的梦乡。他还在梦中说,多么希望这不是梦里的奢想,而是现实的福音啊……

"吃了饭再睡吧,先生。"

声音非常熟悉,像是房东张老三的。这不可能,纯粹是幻觉。程先生半睡半醒地想着,懒得睁开眼皮。

"你睡死了怎么的?"

程先生突然被吼醒。他睁开眼,张老三忧郁的脸正对着他,手指他面前的炕席上:"吃吧,凑热乎,还好些。"

程先生坐起来,看着那冒热气的菜团子、一叠地瓜干、两碗菜粥,心里一阵滚动,泪眼转向张老三。

老三却不看他,蹲在一旁,抽着烟,说:"吃你的。我添过啦。"

经验告诉程先生,推让是废话,为使房东也能吃上,他最好是早吃完。他端起菜粥碗,望着弯腰瘦骨的放蚕佃户,无限感慨地抒发胸怀:"穷苦人,心连着心,最有同情心!而地主、资本家他们……噢,老三叔,你还不知道,我家是地主,一二百亩地,残酷地剥削佃农……"

老三抽出烟袋,张大嘴巴,惊讶地上下端量着相处半年多的先生,他身上除了灰细布褂子多了粗布的新补丁,没有什么新的发现。于是,老三又把烟袋插进嘴里,心下说:"吹唬什么!一二百亩地的财主,你用得着蹲这荒山村,当这不挣钱、没了学生连饭都吃了的苦先生?笑话,又把我张老三当糊涂人哄哩,哼!"

"你不相信?"程先生吞下口菜粥,"一切的罪恶都来源于剥削阶级，而剥削阶级的产生是私有制度，私有制度的建立又是因为有了剩余劳动。我来解释一下……"

张老三的耳朵对这些他已听了多少遍的话，照例是一句装不进去。等对方说了好一会儿，他道："没事别磨牙受罪啦。你家富贵——要是真的，先生，这山菜比细米白面顺口些，是吧？"

程先生用筷子挑着菜粥，动情地说："世界上有多少人，桃花沟五十七户，有几家能吃上细米白面的？有正义感的人，谁能把压榨穷人的血汗吞到肚子里去！老三叔，你一年到头，汗水不干，冬天少棉，夏天无单，顶风冒雨，山里田里奔忙，还是没粮充饥。瞧瞧，你才四十几岁的人，倒像六十多了！同那些地主老爷比一比，你不生气吗？"

这番话，跟穷放蚕的人挨近了，他听进去了。老三感到了体贴的温暖，叹了口气，无可奈何地说："穷人不遭罪，哪里活得着？人家财主，大大小小，胖身油脸……咱，苦苦一年，连饥荒都打不上，糠菜塞满肚子，还不老得快！不瞒你先生说，我原指望靠租山峦放蚕，能像俺爹那阵子，老婆孩子混上吃穿，大儿子金贵再能熬出头挣点钱使……唉！不行啊，咱这种人家，天生累断筋吃苦的命，老辈没占着好风水，气有何用？"

见自己的话使对方动了感情，程先生大为振奋。他忘了饥肠待食的肚子，也忘了谈话的对象。

"不能这样想，老人家，你这是宿命论。一切罪戾灾难，都是反动派造成的。祸国殃民的国民党蒋介石，只知横征暴敛、鱼肉人民，把东北广大国土撒手让给日本侵略者。生活对穷苦人民是越来越不好过了！我们再不能忍受下去，要反抗！向你亲家于世章同志学习，团结起来，跟着共产党，闹革命，把江山从反动派手里夺过来，工农来个彻底大解放……"程先生越说越激动，慷慨激昂，右手的筷子在半空中挥来舞去，宛如他在城市集会上做报告一样。他那特大眼白的眼睛，虽有深度近视镜片的帮助，也没留意到，他的听众张老三早已惊得目瞪口呆，骇然地盯着他。

"……到那时，同志啊，我们实现了社会主义社会，集体大生产，人人是劳动者，人人是国家的主人，人人有饭吃，人人有衣穿。到那时——"程先生贫血的脸上光彩四射，将筷子在山菜粥碗里一抄，"瞧，这碗里是社会主义饺子！"

"你……你是共……共产党？"张老三骨碌下炕，惊怖地哆嗦着身子。

程先生处于热烈的感情冲动中，没有理会对方的变化，激动地说："是的，老人家！我是同你一起革命的战友……"

"啊！你……你快住嘴！你快……快走！"老三面如土色，又跺脚又踢腿，他分明是站在热锅上。

程先生愣了一会儿，才恍然记起他刚来与这个家庭接触时，三嫂就背地再三叮咛他，切不可在她丈夫面前提"共产党"三个字。其实，程先生平时对张老三的宣传讲话，在别人一听就会想到他的身份，只是一向自恃不糊涂的张老三，对与他没有切身利害关系的言谈，从不认真听取，更不考虑。这倒使三嫂比较放他的心。

话一出口，驷马难追。程先生见事已至此，就打算更直接的教育房东。他从容地说："老三叔，你不用着急……"

"我……我还不急！我……我有一家老小！我……我再不乐意进大牢！你……你放下俺的山菜粥，去吃你的社会饺子！"老三抢上去拉程先生的胳膊。那碗里的野菜粥泼了一炕。

"老人家……"程先生刚开口，禁不住张老三的又拖又拽，跟跟跄跄下了炕，鞋来不及穿，就被搡出了屋门。

张老三从脊背后一个劲地向外推他。程先生的眼镜掉到地上了，他叫道："等一等，等一等……"

"放心，你的东西，一点少不了，我打发小菊送家庙去……你快走，快走！"老三不容对方缓气，头和手一齐努力，直把客人顶出院门外，急将门插紧。

程先生一跤滑倒在大门外。他面前一片模糊，什么也看不清楚。他爬起来，摸索着找到门扇，敲着唤道："老人家，你开一下门，我……"

张老三在门里用肩膀顶着门板，不等对方说完，就带着哭腔央求道："求你好人哪，饶了俺一家吧！我大女婿做强盗，卖了驴才赎回我和大闺女的命啊！二女婿当共产党，他爹丧生……俺再经不得啦！好人哪，求求你，开开恩哪！"

程先生不敲门了，慢慢地摇摇头，赤着脚丫，走出几步；他又回到门前："老三叔，你放心，我走，我走啦。"

他顺着菜园的矮石墙形成的狭窄胡同，踏着泥泞，高一步，低一步，深一脚，浅一脚，蹒跚地走着。春雨淅淅沥沥，向他身上浇淋，雨水顺着长发流下来，那眼白大得出奇的深度近视眼睛，被雨水冲得发涩。

"张老三哪，这个被苦难的生活折磨得弯了腰的佃农！"程先生心里郁郁不快地想，"把你的革命战友共产党人，赶出门外！你好好想过没有，老人家？"

他来到村边石头河畔，举目回顾。眼睛虽然近视，但也依稀见到那近在咫尺的峻峭山峰，戳破云雾，正在披上春光的翠色。村里村外，沟岸河边，满是盛枝怒绽的桃花，被雨帘织成一片血红的海洋。

"不能责怪这个穷苦人！"程先生想，"反动派告诉他的共产党，就是屠刀和鲜血！在这白色恐怖和敌人的残酷统治下，要使人民都觉悟起来，跟党闹革命，需要做多么艰苦的工作啊！不能怕碰钉子，同志！在挫折中锻炼自己啊！像张老三这样的受苦人，一旦懂得了马列主义，他会觉醒起来，像他亲家于世章一样不屈，像他二女婿震海一样英勇。劳动人民都会走这条路。到那时，反动派的末日也就到了！"

满天春雨满山红，
桃花似血染苍穹；
男儿一身为真理，
何惧菜粥饥肠空！
苦难人民齐奋起，
山洪暴发待夏仲；
魑魅魍魉成败叶，
秋时江山色更浓！

程先生精神振作，触景生情，随口吟咏起来。

"哟，先生！你在跟谁说话？"

程先生平下头，仔细打量一会儿，认出是个女人，撑着黑布伞。他没看见，女人那布满皱纹的脸上，搽着厚粉，脑后卡起的头发向上撅着，头发上麻油乌亮。

"我在这闲看光景。"程先生亲切地回答。

"哎哟，还光着脚丫哪！哈哈，赤脚先生！"女人咯咯地笑着叫道。

"这脚……我来河边洗洗脚，真清凉啊！"程先生在水流里涮着泥脚，怕她再大惊小怪，转问道，"大嫂子，你上哪儿去了？"

"孔家庄，赶集啦。你看俺桃花沟的桃花美，是不是？"粉脸女人笑嘻嘻地说，随手在近处桃树上折下两枝，送给对方。

程先生忙说："这不好，不好！桃树能结果子，破坏不得。你是做什么的？家里穷吗？"

女人见他瞪着偌大的眼睛，紧对着她，不由得望着这三十出头的先生的苍白的面容，感性地说："我看你先生心满善的……嘻嘻，俺家还不穷，只是遭了事……没关系，再不行也比那些穷巴子好过。不信，到我家坐坐去。"

程先生正色道："你这话就说得不好……"

那女人一咧嘴,嗤着包黄铜的假金牙,嘻嘻地笑过一阵,突然问:"你有媳妇吗?"

"做什么?"

"夜里没做伴的,就不说我不好啦!嘻嘻……"女人扭歪着屁股,摇晃着布伞,笑哈哈地去了。

程先生气红了脸,啐了一口:"这——女人!真……呸!"

七八个男女孩子,提篓携篮,从村外走来。孩子们见了程先生,一齐拥上他,杂乱地叫道:"老师,你在这呀!"

"老师,你吃饭啦?"

"老师,你衣裳湿啦!"

"老师,你也赤着脚呀!"

小菊闺女身上背着弟弟狗剩,手里提着小篮子,惊讶地看着程先生,说:"程大哥,你怎么不在家,在这淋雨?呀,你的眼镜呢?你还没吃饭吧,俺这有好吃的……"

程先生拉着、摸着这伙落水鸡一般的、他的可爱的学生,兴高采烈,容光焕发,顾不得回小菊的话,忙着问:"我的学生们!你们上哪儿去啦,现在才回家?"

伍拾子的大妹小蓉,冲口说:"俺们去西山头村要……"

"小蓉!"小菊忙叫她一声,瞅她一眼,向程先生道,"俺们薅山菜,避雨,误了工夫。"

狗剩咿咿呀呀地朝程先生叫:"大哥哥……"

程先生从小菊背上抱过小狗剩。小菊瞅着老师的泥脚丫,问:"你的鞋呢?"

"放家里啦……"程先生支吾道,"你们也没穿鞋呀!"

小蓉道:"俺们暖天不穿鞋,从小惯啦。你是先生……"

程先生爽朗地说:"先生也能赤脚,锻炼锻炼也就习惯啦!"

小菊拉老师回家。程先生把狗剩还给她,说他已经吃过午饭了,要去家庙看书。小菊担心地问:"俺妈在家?"

"下地还没回来。"

小菊舒口气,又问:"程大哥,你眼镜呢?"

程先生笑道:"雨天,路滑,你爹怕我把眼镜摔坏,替我收藏起来了。"

三嫂进了院门,放下镢头,将篓子里栽剩下的一束地瓜芽,埋进墙根处的细沙里。她摘下遮雨的高粱秸编的草帽,进到北屋,洗把脸,揩了揩身上的雨水,一面叫道:"小菊,小菊!"不见回音,"家里没人?"她来到西厢,只见炕上摆着没动过的菜团子和地瓜干,菜粥洒了一炕席,炕边放着一个包裹。三嫂狐疑,打开包袱,里面是件棉长袍,三五本书,一双破布鞋,鞋子里放着副眼镜。

"怎么回事?"三嫂心里纳闷,"程先生要走?还没吃饭?家里的人哪?门也没有关……"

拖拖沓沓的脚步声。三嫂一听就知道是谁,边转身边说:"你上哪去啦?这是怎么回子事?"

张老三出现在房门口,脸上紫红,不答话,眼睛直直地瞪着妻子。三嫂鼻子一吸,生气地说:"你又犯酒啦,出去连门不关,家不想要啦!"

老三晃着身子闯进屋,甩腚坐到炕沿上,怨气冲天地回答道:"你还想到要家?早喝光了,比留给人家烧了强!我也赚个一醉再死……"

三嫂扬起细黑的眉毛,瞥着包程先生东西的包袱,压下火气,着急地问:"埋汰人,又出了什么事,你好好说呀!"

老三又自以为占了上风,粗着嗓门喊:"哼!听你的话,没好事上门,光鬼火来家!当初我不让你留他家住,你不听,做你的好人国人。做得好啊,留下个骗子先生,要害咱一家大小!你知道他是做么个的?"

三嫂心里已经了然,压低声说:"这怨不得程先生,原本我就知情。"

"你知情什么?"老三自负地挺直脖颈,声音更高了,"哼,欺瞒你们娘儿们家行,想哄过我张老三去,办得到吗?告诉你吧,他是个挨刀的……"

"你小点声!"三嫂急忙截住他的话,"嚷嚷出去你招祸?"

"我不怕!"老三嘴上这么说,嗓门一下关了一半,眼睛惶惶不安地向门外瞅瞅,下巴上凌乱的胡子颤动着,"这个骗子先生,存心太狠……"

"我给你说过,我原本就知情,他是共产党的人。"三嫂边说边把程先生的东西包好,放到炕里面去,"你不能咒人家。多好的人品,你看不出来?"

三嫂说得挺平和,张老三却震惊得两眼溜圆,张着大嘴,半天说不上话。过了一会儿,他怒冲冲地赶到妻子面前,抡起胳膊:"妈妈的!你知道他是那路人,还往家里接!你……"

三嫂脸对着丈夫,倒不像往常那样生气,坦然地说:"你打下来呀,打呀!不知好歹的人,你去告官吧,连共产党和我,一块抓走,你好拿赏金。打呀!去呀!"

老三举着胳膊,气喘了一阵,退回来,手拍着炕席,悲愤地说:"你是成心呀,还是发了疯?人家躲都躲不及,你还往上靠。你不怕险啊,你不要家啊!"

"你先坐稳当。"三嫂说着,把烟袋、烟荷包塞进丈夫手里,自己也坐到他身边。

等老三抽着了烟,三嫂理把鬓边,神情镇静,语气深沉,望着丈夫说:"世道逼着,不往上靠也得靠。共产党的章程好,多少人都为这个死的死,逃的逃,世章哥的事咱更清楚。难道人家都没家没业,没老没小?单单咱怕?话又说回来,怕有么用呢?今儿我把话挑明,不光咱二女婿是共产党,大女婿也是啦,咱不护他们,他们叫官府杀了,两个闺女都落得孤身。你说吧,怎么办?你把程先生报官领赏?"

"毒话伤我,你忍心!"张老三立时抗议,但脖子已软下来了,风向开始转了。

"我寻思你也不至于这么坏。"三嫂藏住欲露的微笑,"那你打算怎么样他?"

张老三闷声闷气地说:"夺他饭碗,赶他出门,是我一时怕得不行,昏了头啦!他一走,我又不忍心……我才去赊了桂元二两酒壮壮胆子,打算把东西送给他,赔几句不是,求他别再上门。"

三嫂激怒地指着炕上的饭食,气愤地斥责道:"你好个不忍心!你忍心连口山菜不让他吞下肚子,雨天水地赶他出门!你忍心见这样好的人,放着财主日子不过,冒着生死为穷人办事,连个安身地方没有!你忍心……"

像一阵比一阵强的劲风,吹得老三招架不住了。可张老三还是张老三,自知处在下风头了,心里认输了,在妻子面前,嘴上还是硬的。

"你还往下说呀!我知道了不行啊!"老三懊恼地偷偷地拧了一下自己的大腿,"哼,你明白的多,谁让你都瞒着我?共产党的章程好,为么不和我说?"

三嫂照例不理会丈夫那些为他自己遮羞的话,而拣着需要给他点明的地方往深里说:"怎么不和你说,程先生和你说得顶多,你俩一铺炕上睡,哪夜不跟你说半宿……"

老三皱皱眉头道:"他的那些话,多半不往我耳朵进……"

"可见,怨不得别人,是你自个儿不用心听,成天只顾忙穷日子……其实,在早我也一样,自从这两年……"三嫂不是给丈夫下台阶,而是发自肺腑、很动感情的话,她用她的切身感受,她的语言,把从震海、桃子、程先生那里听到的关于共产党的人和事,说给丈夫听。

这对性格大不相同，经常在冲突中、又是深切地联系在一起的夫妻，有生第一次交流了对共产党的认识，接触到了二十世纪三十年代中国社会的最重大事件，已经席卷到这场红色风暴里去了。诚然，他们自己还远没有意识到。

可以说这成了张家的事物发展规律：较量的结果，开始气势汹汹的张老三，总是败在妻子手下。虽说老三嘴上极少认输，三嫂也从来不争竞他这个，倒时常留给他这个胜券操着。

"你这么一细说，我也就明白啦！共产党的主张是不错，程先生人也不赖，让我推出门，还叫我老三叔，告诉我他走啦，让我放心！当时我……"老三眼睛有些潮湿，使劲眨了眨。他又忧心地叹道："唉！我就是悬着心，留下他，万一出了事，要家不要家？"

"客要留，家也要。"三嫂极力安慰丈夫，也是她真实的思想感情，"咱处处留心，不叫出事。万一……那就再说万一的！"

老三点点头，磕掉烟灰，动手收拾着饭食。三嫂一怔，有妻女在跟前，老三是不干家务的，这也是一般农家的规矩。没等她开口，老三就吩咐道："我去热饭，你快去找他回来！"

三嫂带笑道："这个差我不能顶；解铃还得系铃人，谁赶客出门，谁迎客进家。"

老三抓挠着头皮，作难道："我对人家那样无理，他又是先生，怕他记恨，不赏脸啦！"

"别把人看成和你一般见识啦！"三嫂推着丈夫走到房门口，"去吧，当成没有这回事，只说请他回家吃饭。啊！"

老三扯扯衣角，搓了几把脸，正要迈步，可忽然想起什么，转回身伏到炕上去拉那包袱。

三嫂一看，又气愤上来："你这个人，转眼又变卦了，又糊涂……"

"是我糊涂，还是你糊涂？"老三挺起身，一手拿着破布鞋，一手拿着眼镜，在妻子面前高举着，理直气壮地说，"多体面的先生，让人家赤着脚进门？摸着瞎进家？你才是精明半天，糊涂一阵子哪！"

三嫂没有答话，忙着收拾炕上的东西，往正屋里走，听着那拖拖沓沓出了门的脚步声，抿嘴一笑。

须臾，小菊背着弟弟提着篮子进了屋。三嫂忙着找干衣裳给两个孩子换上，又解开怀，给小儿喂奶。乡下一般人家，只要没有再小的顶上来，孩子断奶很晚，有的竟到七八岁了，还啃妈的奶头。小狗剩推着母亲的乳房，挺乖地说："不吃妈奶啦，俺吃了姐的东西。"

"上山薅菜，吃了么啦？"三嫂疑问，望着三女儿。

小菊正背着母亲，将篮子上面的野菜拿出来，欲将篮子塞到桌子底下。三嫂瞥见篮子里还有东西，便问："小菊，篮子里还有么呀？"

小菊红了脸，支吾道："没么，没……"

"拿我看看。"三嫂注意到小女儿的神态不自然。

小菊转了转黑亮的眼睛，噘起尖厚的嘴唇，无可奈何地将篮子送到母亲跟前。篮子里是一些各式各样的一块一片的玉米面粑粑、地瓜干。三嫂顿时震怒："说！"

"小蓉她们伴我，去外村要的。"小菊怯生生地说，"俺原不想去，又想……"

一阵刺痛，一阵酸楚，涌进三嫂胸间。她的牙根，针扎似的剧痛，脸色白得像纸。小菊双膝跪在母亲脚前，抱着妈的腿，哭道："妈！我再不敢啦！都是俺不听话，打我呀，妈！俺不是受不住苦，妈！俺是见全家净吃山菜，妈身子肿，狗剩老叫饿，才去要的啊！妈，你打我这个不听话的闺女吧，打吧，往后再不敢啦……"

"起来吧，妈不打……"三嫂仰着脸，努力使泪水流回去，拉小女儿一把，"唉，没记性的闺女！妈对你们姊妹全说过，你姥姥要了一辈子饭,临了叫财主放狗咬坏,得破伤风死的……她闭眼前,叫我当着面把她的要饭篓烧了,留下话,她的血脉,饿死冻死,再不能要饭去!可你……"

小菊抹着泪脸道:"俺对不住姥姥,赶明儿到姥姥坟上赔礼去!"

"哪里还有埋她的地方。破炕席卷着埋到荒山上,都是石拉子,埋不深,第二天,就叫狼扒扯的没影啦!"

"妈,你放心,俺再不要饭,惹人笑话。"

"不!"母亲理着小女的头发,"笑脏笑拙不笑补,笑馋笑懒不笑苦。穷苦人要饭不见笑。妈是说,为人活着一口气。为你姥姥,你该给她争口气!"

"好。妈像姥姥,俺学妈!"

"你妈没么好学的,只是给了你们姊妹一副能吃苦的身子骨。"三嫂感情深沉地说,"咱这家,你哥在几千里外面,你两个姐都出去了,你兄弟还小。小菊,你十四五岁的闺女啦,往后逢事该多上些心啦,啊!"

小菊一下变得严肃,挺起细细的腰杆,大人似的懂事地沉思起来……

张老三的声音在院子里响着:"咱桃花沟,除去她,谁家还有伞遮雨?大脚霜子,是这家大姑爷的亲姑姑。"

"哦,这个绰号。她的脚长得大?"程先生的声音。

"是为着她好当媒婆串门子,才叫大脚——不是脚真大。"老三进了屋。

"这种人,到了新中国,青年自由恋爱,她就失业了。"程先生跟着进门,朝三嫂笑着,"婶子回来啦!"

三嫂忙把孩子递给小菊,招呼程先生:"快到厢房去吧,一会儿饭就热啦……"

吃过饭,三嫂背地和程先生说:"你可别生那埋汰人的气。"

程先生诚挚地说："我哪里有气好生？一家人，吵架拌嘴，常有的事嘛。"

三嫂惬意地点点头。她又担心地说："震海他们几个，一直没见影子。"

程先生道："你放心，这几天内，他们就会来和我碰头。婶子，你二女婿负责的武装小组，活动得很有成绩，已经搞了敌人十多支枪……"

春野上，光平的大路，直通孔家庄。黄昏时分，五个背着长短枪的兵，摇摇晃晃地走着。为首的一个背短枪的，边走边骂："操灰瘌狼他奶奶！害得咱们围了于震海的房一宿一天，也没见有外人的影子出来。"

一个兵道："一个妇道人，一个没长牙的孩子，共产党还找她做啥？就是有谁再想去，那媳妇胆子再壮，还敢留他们？"

另一个兵接上说："我看都是坏地瓜出的主意，老小子的儿郎于守业，上次抓石匠玉，叫他从炕上赶出来；在院子里，又被从房顶上滚下的人砸伤啦，从此于守业一听共产党、于震海几个字，就尿一裤筒子。他爹坏地瓜几天来报一次匪情，好叫咱们给他们壮胆子。他妈的！"

"刘排副！"一个黄皮脸的兵对背短枪的说，"你怎么不学孔队长，在赤松坡相上个粉头，公事私事一起办？"

"哼！人家是秀才的种子，咱怎么能和人家相比！"刘排副愤愤地说，"那石匠媳妇，带着孩子，人也瘦，倒挺有姿色……他娘的，碰她一下，就像刀子剜肉一样恼你……家里穷光光的，啥油水也捞不着。唉，富差不来，穷差没财……哎，我说泥鳅子，上次集上抓赌，你落得多少进项？"

那叫泥鳅的黄皮兵赔笑道："排副，一个没得，都是穷赌……"

"扯八蛋！"刘排副一推大盖帽，眼睛瞪到额头上。

泥鳅指天起咒道："真的，排副，有了还能不先孝敬你！我要撒谎，立时碰上石匠玉！"

"狗臭屁！"刘排副骂道，"你小子在我面前想滑掉，你明知道光平大道，青天白日，离孔家庄三五里，姓于的他们不敢露头，才起这个咒。"

"哎，排副你可不能这么说！"有个兵谈虎色变，"上个月在离文登城七里的七里汤附近，也是大白天，也是大路上，三个人遇上他，被石匠玉空手缴了枪去。三个弟兄捣蒜般地磕头，才保住了性命……"

"一伙脓包！"刘排副气昂昂地说，"要碰上我，让石匠玉给我捣蒜，给你们见识见识！"

说话间，五个兵来到母猪河的木桥头。这时对面正有个戴草帽的人，低着头，背着钱褡裢，一步步走过桥来。

刘排副命令："赶集的，敲一下。"

一兵道："粗布旧衣的，没大油水。"

泥鳅道："说不准。坏地瓜穿的比他伙计还破烂。"

赶集的人已来到桥头。刘排副喝道："站住！"

敌兵们一齐端枪对准来人。那人草帽罩住上半个脸，老实地立住，说："俺是庄稼人，赶集的。"

泥鳅狡猾地说："共产党专门装成庄稼人。举起手来，搜查！"

那人顺从地举起双手，两个兵上去搜腰；刘排副眼明手快，抢过钱褡裢；泥鳅见钱眼红，争着去翻。钱褡裢沉甸甸的，里面哗哗啦啦地响，那上面的带子系的死扣，二人又心切手乱，一时解不开，另一个兵见状，也扑了上去……

还有两个兵，一个用枪抵住庄稼人，一个继续搜摸他的全身。那庄稼人的大眼睛在草帽底下向外扫了一扫，举起的两手逐渐地在头顶上靠拢……忽地，右手从左袖口里抽出手枪。那端枪的兵见势不妙，才要动手，庄稼人那有力的大手卡住搜身兵的脖子，将他向后一扭，往端枪的兵的怀里猛地撞去，二人一齐摔出好远。

"不准动！"

三个抢钱褡裢的兵，一听呵斥，都抬起头，望着那庄稼汉威严的大脸、乌亮的枪口，一屁股蹲在地上。那刘排副惊吓过后，就去摸手枪。庄稼汉用手枪点着他："老实点！都把手举起来，共产党不杀俘虏！"

五个兵连忙把手举起来。这时，从对岸的树林里，飞奔出两个人，正是金牙三子和孔居任。他俩跑到现场，将敌兵的枪、弹收拾干净。金牙三子提过钱褡裢，解开上面的带子，对刘排副他们说："喂，想要这里面的宝贝不是？都赏你们吧！"说着，他倒出里面的东西：一堆光滑的小鹅卵石，哗哗啦啦地滚到地上。

刘排副等人看着，都傻了眼，霜打黄瓜似的耷拉下脑袋。

金牙三子边向钱褡裢装手榴弹，边笑道："它是干这个用的，傻瓜！"

孔居任指着那刘排副，对于震海说："震海！这小子像是个头目，掼到河里摔死他！"

五个兵像是听到一声命令，一齐跪着，直向于震海叩头、求饶。那刘排副的头更是磕得快："于……于震海大人！饶命，饶我的狗命……我是朋友，不是冤家……"

震海道："共产党说到做到，缴枪不杀。你们往后少做歹事，不然的话，后会有期，下次见面，就不好说了！"

"是是是！"几个兵忙着答应。

金牙三子点刘排副一脚："回去通报狗秀才一声，就说我金牙三子的刀，给他身上记下七八十个窟窿的账！"

五个兵五张嘴说一个字："是……"

放走俘虏后，于震海三人带着缴获来的枪弹，迅速沿堤南下，插进母猪河的下游密林里。他们绕出五六里路的大弯,又在暮色中从西路折转北上,翻过一座座山岭,掌灯时分进了丁家庵。

崔素香严重地告诉他们,李绍先和丁赤杰临走留下话:高玉山和文登乡师的两个党内同志,今天在孔家庄被捕,敌人要在明天把他们押送文登县城。要于震海、金牙三子、孔居任,携带所有武器,连夜赶到桃花沟集合,谋划营救的办法。

三个人草草吃了素香为他们预备的晚饭,顶着浓重的乌云,踏上漆黑的山路,飞快地奔进桃花沟。

紧急会议在伍拾子家里举行。绍先脸色严肃,神情镇静地说:"文登乡村师范的党组织,由于一个学生党员,追求一个好看的女同学,人家不乐意,他要党组织给他支持、想办法……这当然是胡闹。这家伙根子不正,对党怀恨在心,流露出不满的言语,被特务察觉。国民党县党部主任鄢子正亲自瓦解,他终于叛变,乡师的党组织全遭破坏!高玉山带两个同志回家隐蔽,叫孔庆儒他们发觉了,昨天被抓。他们三人受了酷刑,同志们表现很坚强!山子的父亲高德宽老人,出多少钱也保释不出来。孔庆儒决定明天押送文登城,到了那里,同志们只有牺牲啦!"

震海道:"半路上救下来。"

赤杰道:"小雪的情报,孔秀才也防备咱这一手,明天要派二三十人押解!"

孔居任问:"小雪是谁?"

"咱们的同志。"绍先回答,又道,"我和程子、赤子商量,要在今夜偷袭孔家庄。飞毛腿已去向赤松坡的同志布置去了。听听你们的意见。"

孔居任兴奋地说:"最好!捎带着抓出孔秀才这条老狗,一万块大洋的身价,他也是要命的。"

金牙三子瞪他一眼:"这是去绑票?"

孔居任有些脸红,说:"解决咱的吃穿,也是为革命……"

"我赞成偷袭。"震海插断他的话,"咱们长长短短,也有二十来支枪啦,够用的。"

赤杰道:"人不能多了。"

程先生说:"敌众我寡,要以智取胜。大家都动动脑子,集思广益,订出切实可行的计划。"

行动计划很快确定。除了赤松坡的已另有安排,参加偷袭的人员,分头下山。情势危急,火燃眉毛。他们要抢到午夜三更,进入孔家庄。

第十三章

　　小白菜萃女看着他把肩上半口袋粮食蹾在地上，惆怅地说："唉，她又不收？"

　　于震兴坐到门槛上，从灶洞里引火抽着烟，闷了一会儿，拔出烟袋，说："家里她和孩子，净吃糠菜不说，于之善、于令灰弟兄，还三天两头去为难。昨夜里，孔显又领五个兵围房子，我来之前才撤走。唉，她真是她妈的强性子！"

　　萃女捧过一碗米汤给他。她那白皙的圆脸，比往昔丰腴些，浑身上下，没了绸缎的影子，穿着红格布夹袄、小碎花绿裤，倒更显出她天赋的美丽。

　　"她没拿话刺你？"她留心地问。

　　震兴道："桃子妹待我和从前一样，也不说你怎么的。可她越这么着，我心里越不踏实。村里宝川那一伙，眼像锥子似的盯我，像是冤家！"

　　萃女无声地叹口气，抚慰他说："他们恨你——是为我，咱心里有数就是啦！吃饭吧。"

　　于震兴没有动弹，浓烟从口里吐出来，一锅接着一锅地抽……

　　去年阴历正月，于震兴由极力地反抗，到终于被萃女所征服，与其说这老实穷苦的雇工是被小白菜那炽烈的爱情的罗网缠住,毋宁说是被她辛酸的身世所打动。受苦人的同情心是无止境的,如果不警觉,有时能达到不分是非的境地,结果会使自己吃尽苦头。震兴就是这样。但他和萃女的关系,他自己认为没有做缺德的事,说的是真情实况。那风雪的夜晚里,他没有离开萃女,就在黑屋子里,他和她达成了三条协议:

一、两人感情上互相疼爱,但男女上的事,谁也不准越轨;

二、萃女努力争取改嫁重婚的自由,只有到那时,他们才结成夫妻;

三、震兴不离开她家,工钱照旧,经济上分得清清楚楚。

震兴坚守着约法三章,因此,不论父亲如何怒骂,熟人如何挖苦嘲弄,这老实的雇工却主意不变,对萃女坚贞不渝。而萃女为了搬开压着她的沉重石头——孔秀才攥着的不让她改嫁的文契,曾到威海卫找她哥杨更新。杨更新刚从天津来到威海,给专员当秘书,这是他熬了多年,凭借他的一个同学的父亲和孙专员是旧交,才攀上了这个地位的。杨更新对胞妹的要求表示同情,但由他出面和孔秀才讲这个事不好办,一来当初是订了死约的,人家有把柄;二来孔秀才是地方一霸,和县里、市里交往深厚,有势力,威海特区的专员也管不了文登县的事。如果惹火了孔庆儒,对杨更新很不利,他还一心想向上爬,报那麻司令的杀父之仇。所以,他叫妹妹耐心等着,先报了父仇这个大事再说。

虽然不能早成眷属,但只要有情,终能晚就。萃女坚信这一条。感情有了寄托,又能朝夕和恋人相处,她精神好多了,旧的生活习惯也改多了,勤快多了,身子也健康多了。

然而,那生活的疾风却不容寂静的幼林不受吹打。到了夏天,震兴目睹父亲被孔秀才领兵折磨,他被弟弟震海拳打,回家见瘫残的老爹被活活烧死,震兴当时昏倒在父亲尸体上。醒转来,他直奔孔家庄,对着恋人萃女说:"往常的事,谁也别再提,咱俩一刀两断,从此不认识!"

萃女诧异地看着他满是泪水的痛苦的脸，慌了手脚。

"先别说绝话，有事好好商量！"萃女乞求地说。

"商量？还商量什么！"震兴狂吼一声，对着她走去。

萃女望着他握紧的拳头、充满杀气的面容、仇视的眼睛，吓得后退到炕沿上，手护住胸部："我怎么啦？我犯了哪一条，老实人……"

"我……我老实！"震兴狠狠打下去——打他自己的胸膛，悲恨地说，"我老实，你们都来欺负我！我老实，能见着孔秀才活活烧死亲爹，还和他族上的人你拉扯！我老实，我也是人，孔秀才骗我找亲兄弟回来，和亲生爹一块进土！我老实，可你们这些狼心狗肺的人，这么欺负我！我……"

"啊！你爹没啦！"萃女哇一声，大哭起来，"真痛心呀，爹死啦……"

她哭得是那样伤心，悲痛凄切，一会儿工夫，声音嘶哑，泪人一般了。震兴先是一惊，接着身子发软，蹲到地上，簌簌泪下。

萃女又边哭边诉："我是杀你爹的凶手，你打死我好啦！狠心的人，你恨谁，忘了我的身世啦！俺爹是怎么死的？我是孔秀才门族里的人，可他是我的什么人？不是他害得我呀！孔秀才这些吃人鬼、害人兽，我白日黑夜不咒他们死？老实人，我的人！我虽没花轿抬到你家，可我的心给了谁，给了谁，给了谁啊！"

"你别说啦！"震兴又号啕起来。

萃女趴到炕席上，哭得更欢了。沙哑的嗓子，高一声，低一声，声声唤着"爹啊！爹啊！"开始她是哭震兴的爹于世章，替恋人遭到的巨大不幸伤心；哭着哭着，想起她自己的亲爹，横遭毒手丧命的惨景，为她自身的不幸流泪。最后，她自己也分不出是哭的哪个爹，两种感情这次都汇合在一起来了。这钟情的女子，有生以来，哭得最伤心、最凄惨了！

直到外出买东西的姑妈回来，劝导了好一阵，才将二人的哭声制住。

"你的情分,俺记心里啦!"震兴说,"我收拾回家。"

萃女泪眼相望:"你回去?"

"爹死啦,兄弟逃在外面,家里剩下桃子妹和孩子,房子也叫烧啦,怎么过?"

萃女默想一会儿,哑着嗓子,一片诚意地说:"你要回去,这是正理,俺不能再留。只是我寻思,你回去也帮不上忙,你拿什么养活弟媳、幼侄女?依我之见,你买口寿材回去,把老人葬了,把房子收拾起来,仍旧在这做工,时常回去看着点,拿钱养家。你看好不好?"

姑妈接口道:"兴子,这法子挺好。你地无一垄、山无一尺,反正得出来做工,亲近人家不做,哪里去做?"

震兴听从了,当晚买了棺材找车拉回家,但父亲的尸体不见了。喜彬婶小声告诉他,是江鸣雁那些人收了尸走的。第二天,桃子告诉他,父亲埋在丁家庵前面山冈的赤松林里。震兴备办了牲礼、香纸,跑去祭奠,痛哭了一场。他又和邻居喜彬叔等人一起,把烧掉的房顶搭盖起来,就又回到萃女家里做工。然而,他每次回家送钱送粮给弟媳,桃子总是和气地说:"哥,你一人挣一人吃吧,俺母女俩对付着过得去。"

震兴急了,流泪道:"妹,你也不知我的为人?你对她恨着——我不替她张嘴,可这是俺出力挣的呀!"

"哥!"桃子心里很难受,话却说得镇静,"不是我不知好歹,是爹留下的话,不能屈了他老人家的意思。"

震兴再无言对答,像这次一样,只得噙着泪回到孔家庄……

掌上灯。萃女和姑妈把饭拾掇到灶间的桌子上。震兴仍坐着闷头抽烟。

"兴子,吃呀!"

震兴磕掉烟灰,凑到桌前,端起碗,筷子刚要向嘴里扒——

又怔住了。他望着白细的面条，面前浮现桃子的山菜篮子，鼻子一酸，放下碗筷，站起身，泣声说："兄弟不知下落，桃子娘儿俩受罪……我，还得走，和他们一块受罪，心里踏实些！"

姑妈要阻挡他，萃女示意不要管。震兴出门到南屋去了。萃女进了她的房间。这里面的摆设，已和萃女去年正月第一次请震兴吃酒的时候相比，有了重大改变：夹在小白菜的花木兰、杜十娘剧照中间的那些烟草公司的半裸体美人广告画没有了；粉盒、胭脂缸也不见了，也没有了呛人的香味；炕上的铺盖都用素气的布单遮着；窗台上多了盆粉月季和仙人掌。

萃女打开抽屉，找出一叠票子，踌躇了半晌，想拿什么，又不知拿什么好，结果什么也没拿，叹了口气，来到南屋。

震兴正在炕上收拾他的衣服、铺盖。萃女凑上前："我来吧。"

震兴没有拒绝，看着她一件一件地打点齐整，卷起行李卷。震兴跳下地，用绳子捆好。萃女把一卷票子塞进他口袋。

"什么？"

"工钱。"

"不多？"

"这长时间，我还不知你的体性？不信你数数。"

"信得着你。"

"这就好。"

两人对面站着。

沉默。

一阵春风吹进门来，很快就又出去了。

沉默。

震兴夹起行李卷。

"这就走？"

"走啦。"

震兴走到门口，萃女跟到门口。

震兴来到院子,萃女随到院子。

黑影中,震兴站住了,转身对她说:"你别怨我失信,走到哪里,我也记住你!"

"我记住你的话,你该走。只是你这一走,我像闪去一半身子!"萃女凑到他胸前,手摸着他的行李卷,"唉,你到底该把我的身世为人,对桃子妹说清楚。我见过她,她是明白人。"

"唉!"震兴深叹一口气,"人家不是我,再不向好处想。"

萃女一阵心酸,默然了一会儿,低声说:"我不知道共产党的章程里,对我这样人,到底怎么看?"

震兴摇摇头:"这不很清楚嘛,你就是和孔秀才是对头,可你哥在威海卫也当官,跟共产党还是冤家呀!"

"俺哥跟孔家可不是一路货。"萃女断然地说,"他没做那些坏事不说,他是为报仇才巴结孔秀才,把我陷了身,去寻官当的。再说,我哥是我哥,我萃女是我萃女!你走吧,早晚我要找到你家去,亲口对桃子妹说……"

"你千万别去,千万别去!"震兴万分紧张地说。

"这个,你就别管啦……"萃女摘下左耳朵上的图钉形的小耳坠,塞进他手里,"见到它,就像见到我!"

震兴唱过不少戏,知道是给他的信物,小心地装进口袋里。

"快走吧,我要插门啦!"萃女说着,使力推他,一直推出了院门,将瓦门楼下结实的门板紧紧地关上。她的身子也随着靠上门扇,听着那熟悉的脚步声,一步远似一步,她仝身像撤走了骨架,一下瘫倒在门里。

夜,阴沉沉的,无星无月。海上来的潮润的夜风,带着浓重的咸腥味。于震兴背负行李,走出孔家庄不远,只听有人啐骂道:"呸,孬种!黑夜出来,给孔秀才做眼哪!"

震兴吓了一跳。路边树林里闪出个人来,手中的东西寒光闪射。震兴才要撒腿,已来不及,被那人揪住后衣襟。

"宝川,不得冒失!"林子里又走出一个人。

震兴辨出后出来者齐胸的白胡子,着急地说:"江老师!俺是家去的,他……"

宝川仍抓住震兴不放,晃着手中的腰刀:"老实说,是不是做探子的?"

江鸣雁拨开宝川的手,问震兴:"震兴,这黑夜了,你回家做么?"

"俺回家,再不去孔家庄她那啦……"震兴表白了自己。

江鸣雁摸着他的行李卷,说:"浪子回头金不换,这就好!"

宝川转怒为喜,拉着震兴的手,说:"兴哥,我早知道你会这么做。你呀,都是好唱戏唱坏的。唱戏的没好货——再别学那玩意儿,也别沾戏子的边啦!"

"可不能一锅煮,干啥行当的也都有好人坏人。"震兴心里这么反驳,嘴上什么也没说,只是叹息了一声。

江鸣雁倒说出了震兴的心里话:"年轻轻的瞎哇啦些什么!唱戏的有几个是有钱有势的?我看你倒是学了孔秀才的腔调,还来训斥别人。"

宝川道:"说错了我改嘴,不管这些啦。"

江鸣雁又问震兴,孔家庄有什么动静没有。震兴说他没见什么异常动静。

"你们要干么?"震兴有些紧张。

鸣雁道:"在这有点事。你快家去吧。"

震兴离开不大工夫,宝田来到树林,对他二人道:"先子、赤子、玉子、三子、中子,已经从村北摸进孔家庄。咱们三个,任务是掩在冬春楼前面的胡同里,监视冬春楼里的敌人。他们不出来,没事;出来就放枪扔手榴弹,发喊,引着敌人往村南跑。"

宝川嘀咕道:"不杀几个,白受一宿罪。"

"为救人，谁让你杀来？"宝田教训弟弟，"不愿白受罪，回家睡觉去。"

宝川连忙改口："好，好，听你的还不行？"

"咱们听老毕来传话。"宝田道。

铁匠刘家兄弟，武术老师江鸣雁，从软湿的田地里来到孔家庄。凤子在村南接着，领他们进了冬春楼对面的胡同，隐在阴影里。她在宝田耳边说："那边正在动手。"

七八百户的孔家庄镇，漆黑一团，行人断迹。狗子偶尔在各处吠几声，打破深夜的静谧。唯有街中心的冬春楼，灯火照耀，传出阵阵喧嚷声、醉骂声、麻将声……

在这个罪恶的乐园的后街上，离区公所两条胡同，便是关押犯人的地方。石头围墙两丈多高，严实地围着五间低矮的草房子，这便是牢房。围墙只开一个门，厚铁门扇，上面带着自然的铁栓，加了大锁。本来，区里一般没有这样的关押设施，这是孔庆儒从他靠当官司店老板发家的父亲孔宪贵那里，继承下来的私设公堂的监牢。

三个门岗抽香烟的火头，在黑暗中闪烁。五个人影，顺墙轻轻摸到门边，最前面的于震海猛扑上去，低喝一声："谁动要谁命！"

三个敌兵正吃惊，跟着冲上来的四个人，早捂住他们的嘴，扭着胳膊，下了枪，一人一个，摁到地上，像捆草个子似的绑起来，嘴都塞进破布。

李绍先对俘虏说："我们是共产党，救人来的。你们交出钥匙，没有事。"

丁赤杰将一个兵嘴里塞的破布扯开："说！"

这兵牙碰牙地回答："我说……钥匙叫……叫孔队长，拿……拿去啦……"搜了一遍敌兵的腰，真没钥匙。

震海摸了摸牢固的铁门，走到围墙下，扫了几眼，回头对绍先道:"砸门不行,只有越墙。"

"就这么办!"绍先同意。

留赤杰和绍先在外面监视、接应,三个身有武功的青年翻墙进去。

金牙三子踏着孔居任的肩,于震海又踏着金牙三子的肩,三条汉子叠起来,震海的手刚扳住墙头的边沿。他用力向上一蹿,手臂抱住墙头,身子一收,来到墙上。震海骑坐墙头,解下腰间事先预备好的粗绳子,放下去,将金牙三子拉上来,又放下绳子,拖上孔居任。

金牙三子欲向院里跳,被震海挡住:"不能出声,跟我走。"

他们顺着墙头,来到屋顶附近。围墙和屋顶相距有一丈余宽。震海率先跃到草屋顶上,三子、居任随后跳过来。三人抓着房檐,下到院子。草屋上锁的门,经不住三个练武功出身的壮汉的冲击、拧扯,门搭钩断了。

牢房里一股呛人的湿臭气,刚进来,三个人都觉得脚面蹦上一些咬虫,伸手一摸,好多的跳蚤,简直一抓就是一把。三子禁不住狠骂一声:"他妈的! 狠毒的狗秀才……"

震海划着洋火,照亮角落里的湿地上,躺着两个血肉模糊的人。震海扔掉火柴,和金牙三子一人一个上去抱起来。震海直唤:"醒醒,醒醒! 同志……"

高玉山神志恍惚地说:"你……你们是谁?""我是玉子。同志们救你们来啦!"震海答着,又问:"三个——那位同志呢?"

"敌人提审去啦……我有错误……"高玉山挣扎着说,又昏了过去。

他们抱着身负重伤的同志回到院墙跟前。金牙三子又踏着孔居任的肩,为争取时间,震海抱着高玉山,踏上金牙三子的肩,立起后,他两手拼力将高玉山推上墙头,再一躬腿,奋力跃起来,飞身上了墙,扶住了就要滚下去的高玉山。那金牙三子和孔居任，被他蹬得都跌倒在院子里。

震海又骑在墙头上，用绳子将高玉山拦腰束住，顺了下去。绍先和赤杰接着。他又把绳子顺到墙里，将另一位受伤的同志拉上墙头，顺到墙外。然后，又把孔居任、金牙三子拉上墙头。

这时，冬春楼方向响起了狗吠声，前街有杂乱的脚步声。

"快！轻点。"震海小声命令。

于是，三人一齐飞跃下地，落地之声轻得如同摔棉花包。

"还有一个呢？"赤杰问。

三子说："押去审啦，俺们找去……""不行。"绍先道，"敌人一发觉，不但救不出同志，全要牺牲。再想办法吧！"

狗叫声，脚步声，阵阵传来。

震海说："你二人快背他俩走，我们三个断后。"

绍先道："好吧，估量我们出了村，你们马上撤走！"

于震海、金牙三子、孔居任埋伏在牢房侧面，等了一会儿，没有敌人来。估计绍先、赤杰他们也出村了，就撤到事先约好的胡同口，毕松林正等在那里。

"怎么样？"老牛倩问。

"救出两个。"震海道，"还有一位……"

"不行啦！"毕松林悲愤地说，"孔秀才抓了咱三个人，鄢子正赶来传令发赏，正在冬春楼设宴请客。前不久，孔秀才炫耀本领，着孔显把那个同志提到冬春楼，正在作践他，饮酒取乐！"

金牙三子抢着手枪说："好兔崽子！我叫你向阎王爷领赏去……"

老毕拉住他："小雪说，冬春楼有二三十人马，两挺机关枪，不能去。"

"管他小雪大雪的，他不能去俺们去！"金牙三子挣脱着要走，"不能见死不救！"

孔居任道:"这不是闹着玩的。咱们的任务是断后,没有情况,快撤吧!"

三子冲他火了:"你个熊包!孔秀才有枪,咱们是空着手的?要走你走……"

震海忙捂住三子的嘴,说:"走,看看去,见机行事。"

孔居任说:"要去你们去,这是违抗命令的事,我去报告组织。"

"你妈的……"

震海又把三子的嘴捂住了。天太黑,他看不清孔居任的面孔,便说:"也好,你先走吧。"

孔居任消失了。震海对毕松林说:"你去告诉宝田他们,暂且不要撤,再去追上先子、赤子,帮帮他们的忙。我和三子去看看动静。"

"多加小心!"飞毛腿去了。

震海和三子把手枪的保险机关打开,摸向冬春楼。

冬春楼仍是灯火通明,楼上楼下,一片狂笑喧闹。

二层大客厅里,汽灯惨白阴森的光,从玻璃窗子射出来。孔庆儒穿着黑料子上装,红亮的胖脸上,横肉笑得直抖动。围拢他的是两个弟弟、区上的军政头目、绅士阔佬。干瘦的白骨人鄢子正,正弯腰向秀才说什么,二人得意至极,互相碰杯。其他人跟着划拳行令,纵声狂笑。突然,响起瘆人的痛叫声:大厅对过的柱子上,绑着抓来的那位共产党员,已经血流胸膛,刽子手们还在毒施酷刑……

孔庆儒听着惨叫,微微一笑:"赏他杯酒喝!"

万戈子一怔,忙倒满一杯酒,要送过去。

"我来。"孔庆儒接杯在手,站了起来。

在座的人先是吃惊,接着纷纷起身,跟在秀才腚后,走到柱子面前。

万戈子上去扳起那共产党员的头——他根本不省人事了，喝道："快，区长大人亲自给你酒喝，快……"

"管家，闪开！"孔庆儒说着，将满满一大杯酒，狠狠地泼到那血糊糊的头上，"三弟，点火，看看你的酒力如何！"

三掌柜孔庆侔把划着的洋火丢到共产党员的血头上。呼啦一声，酒着了，烧着他的头发和脸面。

又是一声惨人的叫声！

孔秀才的客人们一片狂笑喊好声。

在群魔狂呼乱喊声中，孔庆儒恶狠狠地用只有他自己听得到的声音说："又是一个孔志红！又是一个于世章！又是一个……我碰上的共产党，都是钢筋铁骨！"他把手中的杯子，猛地摔到地上。

这种种情景，躲在街对面胡同口里的于震海和金牙三子，透过玻璃窗，看得明、听得清！仇恨的怒火在两个青年共产党员的胸间猛烈地燃烧！震海的匣子枪，正朝孔庆儒的胖头瞄准，不料，金牙三子忽地跳到街上，吼声如雷："打呀！震海哥……"

"干什么的？"突然背后一声大喊，随即射来手电光，"抓！"

猝不及防，三五个敌兵扑向金牙三子。震海从侧面冲上去，抓住一个已抱住三子腰的敌兵的后衣领，一手甩出一丈多远。与此同时，打手电筒的孔显惊呼："于震海……"

震海箭步抢上，一拳照他脸上砸去。可惜是夜黑人又乱，震海怕伤着三子，不敢开枪，没有结果了这个恶棍，使他还要继续作恶多年。孔显边跑边朝后开枪，大叫："于震海来啦！共产党来啦……"

四五个敌兵连滚带爬地乱呼喊："共产党！石匠玉！"

"石匠玉！共产党……"

金牙三子朝敌人开了几枪，又朝冬春楼的大门开枪。

冬春楼已经混乱了。楼上的往楼下跑，有的钻到桌底下，有的爬到窗台上；有的开枪射击；有的叫爹，有的喊娘。孔庆儒哆哆嗦嗦被万戈子背着，随着由两个护兵搀着的白骨人鄢子正，冲到楼下，跳窗逃命……

震海领着三子冲到大门口，正遇上往外惊慌逃跑的一群军政头目和恶霸地主，和他们带来的兵丁、保镖。二人二枪一齐猛射。这群敌人惊呼惨叫着又向楼里钻。震海、三子冲进楼里，二人抡起板凳，打灭几处灯火，又抢上楼梯。震海一枪打烂二楼的汽灯，跑进客厅，扑到柱子跟前，摸到那位落难的共产党员，但他的热血和肠子都流到外面了！

"他牺牲啦！三子，打出去！"震海狂怒地喊道。

他们仇恨填膺，见敌就打。远的枪击，近的脚踢，摸黑打下楼来。楼上楼下，里里外外，敌人一片惨叫声、呼喊声，夹杂着枪声……

"呃！他妈的……"三子骂了一声，扑倒在柜台上。

震海闻声抢上去，把三子夹在腋下，开着枪向外冲。然而，敌人在冬春楼对面的房上架起机枪，打得大门口的湿土扑扑响，封锁了出路。震海不得不停在门里。而楼上清醒过来的敌人，狂呼乱喊，开着枪冲下来了。

情势很危急。震海回身还击敌人，正想冒险冲出门，忽然，街东面响了一颗手榴弹，有人呐喊："冲进去啊！活捉孔秀才……"

又是一梭子。

对面的机枪掉转了方向。震海听出是宝田的喊声。他趁此时机，夹着三子，飞速地冲出门口，来到大街上……突然他感到胸口一热，脚下闪个踉跄，好容易支持到进了胡同口，身不由己地倚到墙上。

"在这！"凤子赶到跟前，认出了震海。

江鸣雁提着大枪，宝川抡着腰刀，接踵跑来。

震海道："快背三子走！"

鸣雁说:"一块走!"

震海急急地催促道:"敌人太多,没人顶不行。快救三子出村,快!"

凤子道:"你们背走三子,震海有我!"

鸣雁和宝川不知震海也受了伤,背着三子去了。

震海向冲上来的敌人连开数枪,然后跟着凤子转到向西的一条胡同,又朝后面的敌人开了两枪,把敌人吸引过来,好使鸣雁他们把三子从南面救出村去。果然,敌人顺着枪声,尾追上来。

夜色是这样的黑,凤子凭着对村子特别熟悉,领着震海一条一条胡同地转,她想把敌人向村西吸引,然后他们摆脱掉敌人,震海就可出村走了。但是,刚进了一条胡同,震海猛地倒下去。凤子以为他绊倒了,伸手拉他,没有拉动,急用手摸他身上:那胸前的热血,把她的手沾满了!震海的身体再壮,意志再坚,也经不住这样长时间的流血,他昏迷不醒了。凤子用全力才把震海的高大身躯依墙扶起来,她躬下身,驮着他,蹒跚地向前走。

敌人的枪声、喊声,在凤子身后响成一片。她想,自己家是没法去的,正在冬春楼附近,上哪儿去呢?如果不赶快把他藏起来,敌人很快会追上她的。情势是这样险恶,但这位爽朗泼辣的穷女工却没有慌张,她抬头一看,前面不远就是好儿的住地,好了,先去敲她的门,躲过这一阵,再打算下一步。

凤子上气不接下气,汗如流水,驮着震海来到好儿的院门口。她急打着门叫:"好儿!好儿!快开门,快开门!"

屋里似乎有了动响。很快又没有了。

"好儿,开门!我是凤子,快救人!"

枪声烈,喊声凶,狗声急,门——纹丝未动。

"好儿!好儿!你睡得这么死!你妹夫——震海伤啦!快开门!"

又等了一霎,仍是没有反应。凤子咬一下牙,扯着衣襟揩干

243

脸上的汗水,鼓起勇气,重新驮上震海,土路坎坷,夜色如墨;救死扶伤,心急如火。凤子为了摆脱追来的敌人,决定冒险冲过大街,插进北胡同,从那里出村,有不少打谷场上的草垛好藏身……

凤子抓紧背上的震海,影在胡同口,盯着大街上几个敌兵匆匆跑过。她使出最大力量,疾步冲过街去,扑进了北胡同———一块石头把她绊倒,膝盖痛得厉害,血顺着腿流下来。凤子顾不得这些,她只顾两手死死抓住背上的震海,步履艰难地向北走。

"抓共产党啊!"

"抓于震海呀!"

"活的一千,死的八百!"

"石匠玉跑不了啦!"

在纷乱的村庄里,这喊声最为尖利。

"你背的是谁?"忽然,响起女人的问声。

凤子一惊,仰头一看,一个黑影站在她身边,看不清她的脸。

"你是谁?"凤子警惕地反问。

那女子却不答话,上来抚摸一下凤子背上的人。

"是不是于震海?"她不等对方回话,抱住震海的腰,把他拉下凤子的背,"快,抬进家来!"

凤子又问:"你是谁家的?"

"看你这人,孔秀才的人马追上来啦,出不去啦,你还问个没完!要把他送死怎么的……快抬呀!"那看不清脸面的女人焦灼地说,抱住震海向门里拖。

急骤的马蹄声传来。凤子忙抬起震海的腿,和她一块进了门。

"快闩上门!"那女人吩咐道。

凤子插上门。两个女子抬着震海进了正屋,放到里间炕上。那女人要划火点灯,凤子忙说:"透不得亮!"

"没有灯怎么包伤?他伤得一定不轻……你放心,我家里,他们不会来。"

灯亮了。凤子望着这个女人,猛地愣在那里!

桃子踏着院里猪圈的矮墙,趴在西墙头上,紧张地朝孔家庄方向眺望——那里正传来阵阵枪声……

自从震海暴露了身份、于世章牺牲以后,为不使敌人怀疑,桃子几乎没有直接和村里的党员接触,江鸣雁和铁匠刘家兄弟他们暗里接济她,都是通过邻居喜彬婶的关系。她和丈夫更没有见面的机会,但是隔过十天半月的,能听到宝田托人转来"他挺好"的口信。行了,这就足够了,因为这比桃子原来准备应付的情况要好得多。

这时她在黑影里看不清楚,桃子可比早先瘦多了!她那精力充沛的健旺身子,变得高了,原来穿着紧的衣服,现在变宽松了。能不变吗?要不是从小吃苦劳动练出来的山村姑娘特有的壮实体格,这两年又注入了新的精神,她遭遇到这么多的苦痛不幸,还带着哺乳的孩子,几场病也要生的。可桃子不但没有躺下,倒把房后的小菜园,种满了各样蔬菜,院角墙根,见缝插针,种植上样样数数的庄稼和瓜类、向日葵。屋里屋外,她收拾整理得利利索索、干干净净,和她公爹生前时没有两样。其实,桃子在这样做的时候,于世章生前的音容笑貌,不顾受着伤的瘫身子还坚持清扫院子的种种举动,都在她眼前浮现着啊!

枪声阵阵传来,桃子的心忐忑不安。今下晚震兴回家来说,孔家庄村外树林边他遇上江鸣雁和宝川的情景,桃子很快猜想到他们是在干什么险事。她门口窗后地张望,最后夜很深了,怕被于之善、于令灰那些坏人发现,她就趴在墙头上……

看着看着,桃子发现有一簇黑影急急地来到村头,又奔向村后。桃子忙下了猪圈墙,跑出门外,溜着墙根,眼睛一直盯着他们走了一会儿。突然,她快步赶上去:"江大爷!这,背的是谁?"

"嫚子，你三子兄弟伤啦！"江鸣雁应道。

宝川背着金牙三子，没有停步。

"送哪儿去？"桃子问。

宝川道："藏俺家里。没你的事，快回家吧！"

村里响起狗叫。

桃子拉住宝川，着急地说："你家在村中间，惊动了坏蛋，可怎么好？"

鸣雁道："没法子，光荡荡的地里藏不住。三子的伤得赶快整治，经不住走远上山……"

狗吠已乱成一片。村里有了开门声……

"送俺家里。"桃子说，"村边独屋，惊动不了人。"

宝川忙道："你家一百只狗眼盯着，不行！去俺家里，有我就有他。"

桃子忽闪了一下长睫毛，说："险是险点，可比这时进村好些。先走这一步，再寻法子。快来吧，晚了出事！"

江鸣雁心里一亮："兔子不吃窝边草。嫚子机灵，走！"

桃子前面赶到后窗，轻拍着唤道："哥，哥，开开窗……"

后窗开了，于震兴探出头，刚想问，鸣雁和宝川已将伤员捧上窗台。震兴接了进去。桃子随后被江鸣雁撮上窗台，她回头说："你们快放心家去吧，全有我。"

桃子跳进屋，回身关紧后窗，对茫然无措的震兴说："放西炕上。"她先上了炕，从孩子身上拉起被子，捂在窗户上，划火点上灯。

震兴惊叫一声："三子！"

"哥，端盆干净水来。"

桃子跪在金牙三子身边，仔细检查，见他大腿根处的衣服血淋淋的。桃子拿过剪刀，铰开血裤子，鸡蛋大的伤口，血突突地冒。她忍住泪，从被头里掏出棉絮，蘸着清水，揩伤口边上的血……

人多一技有益，物裕一备有用。想不到，桃子为给丈夫和公爹治伤，去过两次鬼见愁冯子久的济仁堂，学会的一点粗浅的治伤方法，今儿又使上了；而她从小跟俭省的穷妈学来的疼惜东西的习惯，使她把剩下的一点点止血敷伤药物也细心地保存下来，这药也用上了。

桃子在震兴的协助下，给金牙三子止住血，包好伤，又喂了他几口水；金牙三子灰白的脸渐渐有了点血色，大叫一声："狗日的孔秀才！哪里跑……"

桃子忙说："三子兄弟，你在家里，你在家里啦！"

三子突然睁开眼，望着他二人："俺海哥呢？"

震兴急问："俺兄弟！他在哪儿？你说！"

三子想了想，说："俺俩打冬春楼来着！正痛快，妈的！我……"他痛苦地咬住牙。

桃子紧张地问："他呢？他出来没有？"

"嫂子别急，我去找……"金牙三子猛地坐起来，又疼痛欲倒。

桃子忙将他扶住躺下，说："老老实实躺着，再经不住折腾……"

"嫂子放心，俺海哥有胆量有武艺……"三子挣扎着说，"坏蛋对他没奈何……"

桃子和震兴商量，要把三子藏到正间屋半空的高粱秸编起的棚子里。这是这里的农户家家都有的冬天存放地瓜的所在。三子说："不用，歇息一会儿，天亮前……我就进山……"

桃子道："你是铁打的，修理起来也没那样快呀……"

藏好了伤员，桃子又伏在墙头上。孔家庄的枪声断断续续，时密时稀，直到天亮才停下来。

震兴问弟媳家里要不要他帮忙，桃子说不用。他就捆好了行李卷，要出去找工做。桃子嘱咐他，过几天回来时，带点细粮米回家。震兴答应着走了。

吃过早饭不久,桃子抱着竹青来到院门口——门扇早没了,它和桃子那陪嫁带来的织布机一块,都被坏地瓜拿了家去。桃子见十多个穿灰、黄军装的兵和警察,有的骑着自行车,有的坐在车后座上,吆吆喝喝冲进村。村里立时就乱哄哄的。村口放上岗,不让庄稼人出村,挨家逐户地搜查起来。

桃子观察了一阵,正要回身进去,有人粗声叫道:"共匪婆娘!你在等男人回家?"

坏地瓜于之善带着三个兵,从街里走来,冷沉沉地笑着。桃子没有吱声。

于之善他们进了院子,四下打量。坏地瓜用手中新换上的文明棍,指着桃子说:"逃犯石匠玉回来没有?你家窝藏外人没有?"

桃子心里一松一紧:松的是震海没有落进敌人手里;紧的是敌人来搜三子。她装作漫不经心的样子,坐到屋门口靠墙的石条上,说:"俺的话你信?你们来了这些人,进屋搜吧。"

坏地瓜犹豫了一下,领着三个兵进到屋里。桃子欲起身跟进去,一想又坐下来。她听着敌人在屋里把盆盆罐罐乱摔的声音,心咚咚地跳,把怀里的孩子使劲地抱着。几个兵在屋里骂:"穷家,没一样值钱的东西……"

忽然,坏地瓜说:"这棚子倒是新做的……"

桃子伸手把身边的铁水筲扒下地,咣当一声,竹青猛受惊吓,尖厉地哭喊起来。

三个兵跑出来,坏地瓜手抡着锅盖跟在后面。

"怎么回事?"一个兵问。

桃子站起来,不理睬敌人,哄着孩子说:"噢,噢,好乖,别哭!妈净吃糠菜,没奶饱你!噢噢,别哭!妈吃苦菜,奶汤也苦,你不愿吃!哎呀,别哭啦!谁让你生在穷家啦?妈没有好东西吃呀,就是有,也架不住老鼠多,好的要拉走,破破烂烂的也不放过……"

到这时，坏地瓜和三个兵才听出话音。

"你姥姥的，嘴干净点！我不是傻瓜，听得出你指鸡骂狗……我不稀罕这破玩意！"坏地瓜把锅盖摔了出去，照桃子腰上抽了一文明棍。

竹青哭得更甚。桃子大声地说："别哭，哭有么用！人家打你妈，你有力气护吗？你想一块遭殃吗？快老实待着，他们一会儿就走啦……"

三个兵不耐烦待下去。坏地瓜嗤了一声带着疤痕的朝天鼻，抖出威风说："你少拿孩子出气！石匠媳妇，我谅你吃了豹子胆、老虎心，也不敢在我于之善鼻子底下窝藏姓共的。实话告诉你，石匠玉做了刀下鬼啦！共产党害你当了寡妇，这下你该和他们结上仇了吧？"

"蠢东西，才还说来抓他，又说他这个！"桃子心里骂道，却装出悲痛的样子，抹着眼睛说："还求你开恩，让俺去把他的尸领家来。"

"这个……"坏地瓜一时没词了，"哼！想得倒好……走吧，弟兄们！"

三个兵边往外走边骂骂咧咧地说："倒是真够穷的。"

"白忙活一趟。"

"连根鸡毛也不见……"

坏地瓜走到院门口又转回来，拎起那只铁水筲，扬扬得意地向外走着说："哼，你穷，你苦，拿你东西，你活该！"

桃子见敌人去远，抱着竹青往屋走。她边走边亲着哄孩子："啊，妈的心，还怕不怕啦？啊，妈的肉，还哭不哭啦？啊，妈的好闺女！妈亲亲就好啦！好孩子，别恨妈吓着你啦，跟妈一块，恨那些不是人的人！妈的好闺女，妈的好孩子，妈的好心尖！听懂妈的话？知道妈的心？别哭啦，坏蛋败啦，咱胜啦！和妈一块笑吧！笑啊，你笑，笑一笑，笑啊……"

刚满周岁的娃娃，自然是听不懂这一切的。但在她妈妈的温暖的怀抱中，享受着热烈的亲吻，望着她已熟悉的慈爱的笑脸，咧着刚发出两颗小牙的小嘴，笑了。孩子笑了，桃子更笑了。母女俩欢快地咯咯地笑出声了！

屋空中却传来抽泣声。桃子一怔，忙把竹青放到炕上。她端着灯，上了炕，踏着半截的壁台，那半个身子就伏进棚子里。她见三子在抹泪水，一愣："怎么啦，伤痛？"

这强硬的汉子，唏嘘着说："我心疼！嫂子，你真……"

桃子明白了，宽慰他道："没么事。没听见，俺娘儿俩乐呢？你好好养伤吧。"

"我真想给坏地瓜一枪！"金牙三子咬着牙说，"这么待着，真受不了！"

"受不了也得受。不管谁来折磨我，你都不能出声！你有闪失，我对不起你们的人，也没脸见你震海哥！"桃子说，"喜彬婶来说，宝田他们正在寻法买药，可坏人盯得紧，得过两天才能到手，这家的一点不够用，你得忍着点。来，我看看伤，要不要换棉花？"

三子连忙说："你别看，伤的不是地方……夜里我不知道……"

桃子也禁不住脸发烧，微笑道："我是嫂子啊。"

"俺比你还大两岁哩……"

"听话吧，治伤要紧，顾不得这些。"桃子疼惜地说，动手解包伤的布带子。

桃子给三子换上新棉花，把伤口重新包扎一遍，说："你衣裳都是血，去年家里烧得光光的，连件给你换的也没有。夜里你脱下衣裳来，我给你洗洗，一会儿就烤干啦……"

第十四章

第二天上午。正是一九三四年,阴历三月二十四。
当地农谚曰:

> 云彩向东,要刮风。
> 云彩向南,准好天。
> 云彩向北,大雨泼。
> 云彩向西,看牛郎披蓑衣。

但是今天的风向不定,一会儿东,一会儿西;一会儿偏南,一会儿又倾北,那跟着风向走的云彩也就游动在空中,来来去去,使天气忽阴忽晴,真是风云难测啊!

桃子正在房后的小菜园里挖菠菜,见有个女人,蓝夹袄,黑裤子,头上披块白纱巾,胳肘上挽个花包袱,从西面一路观望着迤逦来到村边,站下来,向她端量一会儿,就走到菜园墙外,笑着,亲昵地说:"桃子妹妹,你在拔菜!"

桃子望着那白红的圆脸蛋,细苗苗的身材,有点熟悉,一时却又想不起在哪儿见过,她是谁,便站起身应道:"你认得我?"

来的青年女子更近一步,抿着红嘴唇,笑道:"你记不起我来啦?也难怪,一年半了,只照过一面。看你比早先清瘦多啦!不过,这么一来,身材倒更显出来啦!眼睛更大更传神啦!亏你天赋了一表人才,胖有胖样,瘦有瘦相,真俊俏呀!"

听着这番品评,桃子有些腻烦地问:"你是谁?"

她神秘地左右转动几下灵活的眼珠:"进了家,你自然知道。"

桃子迟疑片刻,手握着菠菜,领她进了院子,一直纳闷:"这人乡下穿戴,可白皮嫩肉的,不像穷人家,她找我干什么呢?"

青年女子进门就四下巡视着,叹息道:"唉,连街门都没有!看那墙黑的,还是头年烧的吧?这些狠心的人,你震兴哥说给我听,真痛心哪……"

桃子猛回身,黑眉毛扬起来,目光逼视着她,愤然地问:"小白菜!你来干么?"

萃女禁不住后退一步,满面绯红,道:"你别拿我当仇人,我来——"

"我知道你的来意,想把俺哥再拉回去,是不是?"桃子狠狠地说,"你是知趣的,自己走吧,你不要脸,俺还要皮!"

萃女的脸由红变白,又变得透红,红到耳根。她强作笑容道:"你想哪儿去啦,我不是为这来的;我是来送药的——你丈夫的伤重,我不放心……给你药,俺就走,收下吧!"

桃子把菠菜摔到地下,两只泥手握起紧紧的拳头,根本不理睬对方递上来的花包袱,激怒地申斥道:"你好个歹毒的人!孔秀才给了你多少钱,你来耍这花招?你这蛇心人,缠住俺哥,又想害他兄弟,再来欺负我呀!俺家里,昨儿于之善领兵来翻过,今儿你又来诓骗!坏地瓜说俺孩子她爹没啦,我正要去领尸!你来得正好,走,把俺的死人给我,走,领我去呀!"

萃女被对方轩昂的气质、铿锵的言语惊吓呆了。她急忙上前拉住桃子的胳膊,极力做出诚实的表示,说:"桃子妹呀,你全屈了我的一片心!前天黑夜,孔家庄枪声紧,人喊抓于震海。我跑到门口,遇上凤子背着昏过去的你丈夫,把他抬到家里,敷药裹伤,救活了他……今儿我跑来告诉你,叫你放心!可你……

你……"她拭开了眼泪。

桃子被她的话震住。不信吧,她说得真切,还知道凤子;信吧,像小白菜这样不干净的人,怎么能救共产党呢?

"你的心思我清楚,还是疑心我。"萃女擦干泪,继续说,"我这人,没好名声。可有一点,我敢作敢当,不说昧心的话。我救你丈夫,不是为他是共产党,是为他是震兴的兄弟,也为向你们表白,我是向着你们的,使你们乐意震兴和我好,别再难为他。这,你还不信吗?"

桃子觉得这女子好爽快,脸皮也够厚的,说得合情理。

"受伤的,还在你家?"她问。

"夜里来人搬走的。他们准是还没来得及和你说。"

"都是谁去搬他的?"

"你知道,人家不会告诉我名字。凤子领来两个人,其中有个脸上有浅麻子的高个,他还连连谢我呢!"

"丁赤杰!"桃子心里叫道。

"你还疑心我来诈你不?"

这下轮到桃子的脸唰地红了,她不好意思地笑笑,真情地说:"真对不住你……快进家歇会儿吧!"

桃子把萃女让进屋里炕上坐下。萃女羡慕地称赞一番竹青长得俊。桃子洗净了泥手,端一碗温开水给她,问:"他伤得重吗?"

"唉,够重的,在左胸上,直到离俺家,他还神志不清!"萃女说,"你放心,我找冯先生偷着给他瞧了,说没有关系,是失血过多。这药,你能转给他?"

"能。真感激你!方才……"桃子内疚地垂下头。

"嘿!"萃女拉着她的手,兴致勃勃地说,"你方才那威武劲,比我唱戏扮的花木兰还威风,我真怕你打身上哩!"

桃子抬起头,理着鬓发说:"这也是叫他们逼出来的!"

二人又说些闲话。萃女的眼睛老是向门外凝视。桃子明白她是在盼谁,却不愿挑开。出乎她意外,萃女直着问了:"你震兴哥,又做工去啦?"

桃子点点头。萃女一下紧握住桃子的双手,热切地说:"妹!今儿我来,一是送药,二是报信,三是——我想要你帮忙,支持我和你哥的事,让他回我那去!"

桃子连连摇头:"这事,俺可管不了。"

"你先不要忙,听我说完……"于是,萃女把她的身世遭遇,如泣如诉地对桃子说了,不过比对于震兴说得更细微,也只有女人对女人能开口的那些事,她都说了。

实在令桃子吃惊,这个外表上看起来轻飘飘、娇嫩嫩的女人,原来有这样一肚子苦水!她、她的父亲,也是被孔秀才一类坏蛋遮住天的黑咕隆咚的社会所残害的人!这个一直被人们提起来就吐唾沫的不正经的小白菜,原来是一个值得同情的不幸的女人。怪不得,她那心田忠厚的震兴哥,会如此热恋着她了。怪不得,别人怒责震兴,他感到委屈了。怪不得,震兴说他和她,说真也是假,说假也是真——说他们相爱是真,乱来是假的呀!

"俺真没想到,你也是个受苦人,好心人!"桃子深表同情地说,去端了盆水来,给她洗脸手巾;又红着脸,低声道,"你俩也真想得出,还弄三条管着……"

"这是他的主张,管着我的,不叫他呀,我顾不得羞……桃子妹,你哥呀,表面少言语,可那心——哦,对,燕京有种萝卜,叫心里美,震兴就是这个样,心里美着哪!"萃女顾不得洗泪脸,热烈地握紧桃子的手,"好妹妹,你心软和,为人厚道,我信着你,你会帮我的!"

"我怎么帮你?"

"震兴离开我,他不是变了心,是为你们的拉扯,把我和坏人一样看……"

"这会子,俺们把你和坏人分开了呀!"

"那你劝劝他，还到我那去。"

"这事——唉，再怎么说，也是丢人的呀！"

"那我怎么办？改嫁他们不答应，我又和震兴分不开——好妹妹，你不知道，他一走，我的心就跟他走了，光剩个空身壳子，一点打不起精神！我……"说着说着，萃女又哭了。

桃子感到她的确值得同情，但又觉得她是个没有骨气的女人。究竟该怎么解决，萃女应当怎么做，桃子找不出答案，只是怀着怜悯的又无可奈何的感情望着她。

萃女失望地松开桃子的手，扯下肩上的白纱巾，擦擦眼睛，站起来，说："好，妹，我该走啦！"

桃子诚挚地拉着她："天快晌啦，我做点吃的你走，家没好的……"

"不用啦，我是坐不下，可不是嫌你饭不好。"萃女笑一笑，笑里有苦味。

桃子默默地送客出来。淳朴、知情的农家女子，对不能满足救过自己丈夫的恩人的要求，很是不好受，实在过意不去。然而，如果是别的性质的要求，再难办的桃子也会尽力不惜。唯独这种事，按她现在的思想认识，使她进退维谷，左右为难。来到没有院门的门口，桃子拉住萃女的手，紧紧地握了一会儿，说："俺感激你，心里记着！只是你的事……"

"我知道你的好心意。"萃女感到自己的纤细的手在对方有力的手里暖烘烘的，"这种事，别人难开口，全看两人的情分……妹，我没白来一趟，冲着看看你，我也该来！"

桃子忽然想起来，说："倒忘了，你等等，把包袱皮给你……"

"不用啦，包着药送出去吧！"

"那好，用完了，叫俺哥赶集捎给你。"桃子顺口说道。

桃子哪里想得到，这句她随便出口的话，像杯甘露一样灌进了萃女的心田。她立时容光焕发，围上头巾，要迈步出去。

"等一等。"桃子说，"我看看外头有没有坏人……"

"不怕！我来找熟悉的人去做工，谁能说什么？谁乐意说就让他说去，反正我没好名声，勾搭你哥的风早刮出去了，说闲话谁也堵不住谁的嘴，少不了我一根头发丝去。孔秀才那帮孙子不敢在这上面找我的麻烦，他们还怕我捋他们的屎肠子哪！"

桃子见她一改刚才的忧伤表情，一脸满不在乎的样子，心里说："小白菜终究还是小白菜。"

傍晚，血红的残阳终于被乌云罩住，本来露出的一线蓝天，又不见了。那雨前的西风，却一阵紧似一阵地刮起来。

桃子吃过菠菜糠稀饭，乳房发胀了，她想到被邻居的小女孩抱出去玩的竹青，该喂奶了，便到门外巡视了一会儿，叫了几声，没有找到孩子。她就回家把萃女送来的治伤药、消毒棉和纱布等物拿出来，要交给喜彬婶，夜里，宝田他们就会转送出去了。

桃子刚走到院子里，于之善和于令灰就带着十几个兵，呼呼啦啦冲进没有门扇的院门……

昨天，来赤松坡搜索的兵警，和去周围各村抄捕的人马一样，除去趁火打劫抢了些钱财外，都空着手回去交差。区长兼联庄会会长孔庆儒，前天夜里在冬春楼受了一番惊吓，昨天上午奉召跟县党部主任鄢子正去文登城开会，商谈剿共急务。今天下午，孔庆儒赶回来，听了汇报，大骂了一顿，勒令区公安分局的兵警、各乡的乡丁、各村的联庄会，倾巢出动，再去搜捕。孔庆儒说，两个犯人重刑身伤，于震海等人血洒冬春楼街上，一定是掩藏起来了，跑不了多远。他特别指示，要仔细搜查于震海家，把他媳妇再次捉拿……

桃子见敌人来势汹汹，包袱已无法掩藏，就随手抓起石条上的山菜篮，把包袱放进去，转过身来，正要带上屋门。

坏地瓜冲上来冷笑道:"嘿,要出门!要饭去呀,走亲戚去呀?"

桃子镇静地回答:"反正不是去抢。"

"你……"坏地瓜被噎了一下,"想不到吧,俺们又来啦。"

桃子道:"俺家的院门你都搬家去了,你们来来往往还不方便?"

坏地瓜又碰了个软钉子。他弟弟灰瘸狼吼道:"说,石匠玉藏在哪儿?"

桃子对于之善说:"问你哥,他知道。"

"什么,我?"坏地瓜跳了起来。

"是啊,你昨儿不是说,他已不在人世了吗?"桃子瞅着他说。

"你这娘儿们!"坏地瓜又恼又羞,挥舞着文明棍,"你他妈的好滑头!"

"还是这三间茅草屋,你们搜吧。"桃子闪开门口。

于令灰一脚踢开门,领着兵进了屋。于之善守在桃子身边。桃子恨恨地盯着敌人用刺刀到处乱挑。

于之善冲门里说:"那棚子,昨儿没搜棚子……"

两个兵站到锅灶台上,用刺刀向棚子上乱捅。

桃子却很坦然地站着,毫不担心。她有什么不坦然的呢?还担心谁呀?昨天夜里,宝田、宝川他们,已奉组织之命,把金牙三子转移到丁家庵去了。

敌人在屋里翻腾了好一会儿。于令灰拖出床被子来,甩在桃子面前。桃子见被子上的块块血迹,心突突地跳。

"这是什么?"灰瘸狼喝问。

桃子没有出声。

"这小娘儿们,连我都叫你骗过眼去!"坏地瓜兴奋不止,"说实话吧,再滑不过去啦!"

桃子低声说:"自个儿闹脏的。"

"什么?"

桃子反问道:"你们家没女人吗?问她们去!"

坏地瓜和灰癞狼兄弟俩,一个直呼哧朝天鼻,一个跛腿溜达一圈,都气得说不上话。突然,于令灰发现山菜篮里的花包袱,上去抓过来打开一看,一包一卷的药物落在地上。

几个兵拾起来,惊叫道:"治伤用的……"

于之善哈哈大笑起来,得意扬扬地说:"到底是俺区长姐夫高明,你他妈的真的拿兔子不吃窝边草来欺负我,想不到吧,大胆的共匪娘儿们,我是兔子,俺秀才姐夫可是老虎添上尾巴的!怎么样,这下该老实了吧?"

"孔秀才是老虎,也架不住有打虎的能人!"桃子心里非常佩服绍先他们的预见,来搬三子时,她还想多留两天,让他好一好再走哪!

于令灰冲到桃子跟前:"是给谁的?说!"

桃子没有反应,垂着头,静静地站着。

灰癞狼一巴掌扇去,桃子半个脸火辣辣的,嘴角淌出鲜血来,一直流到衣领上。她仍是默默地站着。

坏地瓜狠狠地抽她一棍,呵斥道:"你哑巴啦!快说,你拿它干么用?"

桃子的左胳膊被打得剧痛欲折。她猛地昂起头,仇恨地大声说:"治伤用!这不是,嘴破啦,胳膊伤啦,用得上啦!成天有伤人的兽类守着,没药备着行吗?"

敌人被顶得面面相觑。于令灰揪着桃子的头发,狂怒地吼道:"你个石匠娘儿们,是于震海用石头做的你?伤号藏在哪儿?今天不说我要你的命!"

桃子的头叫他揪得发昏。她拼力地抓过灰癞狼的胳膊,一口咬去。于令灰痛叫着挣出身,连声喊着:"打!打!"

几个兵上来扭住桃子,拳头、枪托子乱打了一阵。桃子无法反抗，咬牙切齿不叫一声，努力护住头脸。最后，她扑倒在地上。那血，染透撕破的蓝粗布衣裳，一片又一片，一片又一片！

"说不说？不说和你公公一个下场！"于令灰指指那棵烧死的赤松树。

桃子没睁眼，不用看，从进这家门——不，从她大了知道自己的女婿在哪家起，就知道这院里有棵大赤松树。在桃子心目中，赤松树像他公爹于世章一样，仍是青葱葱、旺盛盛地屹立在那里，跟她做伴，给她生活的力量。听，这时那树上的干枯松枝，正在风中呼呼地叫着，不就是公爹跟敌人在愤怒地争斗的喊声吗？

于之善见桃子倒地不动，鲜血遍体，弯下腰，一脸和颜悦色，带着恳求的口吻说："我说侄媳妇，事到如今都败露啦，你是灵通人，早招了好。我姐夫来时嘱咐啦，于震海抓着了，不难为他，洗手不干共产党就行了。再说，有了他，可得一千大洋，半口袋哩！你见都没见过。我顶多要个……不，我一个大钱也不要啦，全给你家，买上好地，过上富贵日子，该有多好啊！"

"真的吗？"桃子抬起头盯着他。

"绝错不了！"坏地瓜慌忙答道，"整整一千！你是机灵人，一点就开。"

"那好，咱们一块抓住他，领了厚赏，你死的时候，好给你儿子、孙子买孝帽子戴！"桃子那带血迹的脸上挂着冰冷的笑容。

丁之善慌忙后退几步，惶悚地骂道："毒心的娘儿们！我儿子守业叫你男人吓出尿裤病，我外甥孔显又被打瞎一只眼，这笔账，都得往你身上算！"

桃子眼里燃烧着怒火，愤恨地说："你找我算账，我找谁算去？俺公公是谁害死的？俺男人是谁逼走的？俺家的东西是谁抢去的？你是明白人，你说，我该向谁要人、讨债去？"

兄弟俩又吸开了冷气。于之善凑到于令灰耳朵上说："押走她吧，这笔财咱是捞不到啦！就看姐夫的本事啦！"

敌兵要来拉桃子，被她挡开手，桃子自己奋力地站起来。

于令灰又下令敌兵把房子点上了火。

桃子趁敌人忙乱当中，把她从小就挎着的山菜篮，用力踢到大松树身后……

敌人押着桃子走出没有门扇的院墙，蓦然，桃子仿佛听到孩子的哭饿声，她又一聆听，没有孩子哭，是做妈妈的幻觉。竹青，周岁的孩子，已认得妈妈的脸孔，她会找妈，要奶吃，她会哭的……不，不能找孩子，敌人即使允许，也不能带她去，上次去她才一百天，已经受够了惊吓。这次敌人会更狠地折磨她，说不定要坐牢，再不能让孩子跟着遭殃了！至此，一直流着血的桃子，那泪才不成颗地流了下来！

今年的第一声春雷，在北面高入云霄的昆嵛山峰上响起来。那犹如万马驰骋的汹涌澎湃的云头，黑压压地盖上山巅。山雨欲来，凉风为前，路旁森林的绿油油的柔韧枝条，发出一片喧腾声响。在田里劳作的庄稼人，一面收拾工具回家，一面惊慌地望着大路上的行人，洒下悲愤的泪水。

桃子，像第一次被捕时一样，两个兵押着她，一大群敌人跟在后面。所不同的是，她挺起了丰满的胸脯，微昂着有力的颈项，黑亮的大眼睛向前沉静地望着，走惯山路的厚脚板，迈着均匀稳实的步伐。那一声响似一声的春雷，催促着一阵紧似一阵的疾风，拂扬着她凌乱的柔发，鼓胀着她血斑斑的粗布衣衫。

走着，桃子油然忆起两年前，她由十九岁的闺女变成媳妇，那新婚之夜的情景。思潮宛如面前母猪河的流水，后浪推着前浪。桃子从那一夜开始，重温起她的这一段生活，是怎么经受过来的……

二女儿在赤松坡被捕受刑的同一个风起云涌的傍晚，孔家庄卖草市上，张老三正守着一担柴火，抽着烟害愁。

目前是春蚕放山的紧要关口，张老三本来是离不开蚕场的，但是春荒的饥馑迫使他不得不来赶平川上的孔家庄大集，卖他去冬收集起来、家里舍不得烧的干松柴火。一大早，他就汗流浃背来到草市，一心想早脱手早回家。这草市，在孔家庄村后的广场上，卖柴草的担子一望无尽，黑乌乌黄燎燎的一大片。草价一开始就低得可怜，一角八分一百斤，只够籴十斤粗粮，买主还稀少。价钱越来越跌，最后到了给数就卖的程度也没人要了。现在，卖柴的人都散走干净，张老三眼见风送雨近，再也指望不到买主。他叹口气，磕掉烟灰，打算把柴担送到大女儿好儿家，他还得带黑赶回桃花沟，蚕场不能没人照看。

老三挑起柴担迈步不久，因为火气攻到眼上，视线模糊，担子被劲风吹着，脚下飘忽，身子侧歪，一跤横在扁担上。张老三火刺刺地爬起来，狠狠地抽出扁担，使力地砸那心爱的柴火捆。他越打越火，越火越恨，竟至撂下扁担，从怀里掏出火镰火石，打着火煤，点着了柴草。他看着那干松枝欢欢喜喜地窜起火苗，浑泪顺着鼻沟往下淌。老三不忍再看下去，擦着泪，掖着扁担，闷着头，向街里走。他要去跟好儿说一声，就回家去。走到十字街口，有个挑着两个大酒坛子的人，迎面叫道："这不是三哥吗？你还哭丧着脸做么，儿子回来该喜欢呀！"

老三一看，是桃花沟开小烧锅的张桂元，因问："哪个儿子？"
"你金贵呀！咦，听说他头晌从天津卫回来的，你还不知道？"
"真的？"老三喜出望外。
"你去钱庄找找嘛。"张桂元凑近一步，用酒坛子擦着张老三的身子说，"三哥，财神爷到了口袋，别忘了咱。摆接风席的酒，我可预备下啦……"

老三顾不得对方说完话，撒腿向洪源钱庄跑，路过一个胡同口，忽听有人道："那不是爹？爹，俺哥来家啦！"

站在好儿身边，有个胖墩墩的青年，戴着礼帽，穿一身深灰色呢制服，一双黄皮鞋。他的脸，长圆形，眼睛又黑又大，和桃子的极相像。这青年，见了张老三，上来拉住他的手："爹！"

　　老三拭了几下眼睛，端详一番大儿子，嘴嚅动了好一会儿，才说道："金贵！你真回家啦……"

　　老三带大儿子走进大闺女的家。他对好儿埋怨道："你哥回来大半天，你也不到草市找我一趟。"

　　好儿说："俺哥也是才到这家的。"

　　金贵掏出香烟，递给父亲一支，老三双手接着，却没有抽。金贵自己吸着烟说："回来就忙交点礼品，给二东家、三东家请安。大东家还没进见上，正等他有时间叫我去。听说我大妹嫁在这村，偷个空来看她一眼，顺便把东西放在这。"

　　老三道："你一走七八年，把我和你妈想的……唉，总算见着啦！咱爷俩吃点饭，上路回家！"

　　金贵说："饭，我在冬春楼用过啦。今晚我不能回去，要等见了正达老爷……"

　　"正达老爷？他是谁？"老三问道。

　　"咳，秀才的字号你都不知道。爹，我还带回点东西，天这么晚了，又要下雨，路不好走，明天再说吧。"

　　"这雨下来也是一阵工夫，咱还怕走不了夜路……"

　　正说着，孔秀才家的用人来叫金贵，说大老爷要他去。金贵不等父亲说完，慌忙跟着他走了。

　　老三有些气闷地说："回家不先看爹妈，倒是外人要紧，妈妈的！"把手里握着的儿子给的那支香烟丢到炕上。

　　好儿端上饭，说："爹，俺哥是给人家当差，端人家碗，看人家脸哪！"

　　老三一想也有些道理，就胡乱吃饭，一面道："蚕场要紧，我吃完饭带黑赶回去。好儿，明儿你跟你哥一块回家，你妈不放你的心,我看你的气色也不正。"

好儿低声道:"过几天,我再回家吧……爹,俺妹夫前天夜里,真在这瞳伤着啦?"

老三道:"可不是?重着哪!"

"他给抓着没有?"好儿紧张地问,手揪着衣角。

"没有。"

"这就好!"好儿舒了口气,"那夜里,这两天,好几帮兵来抄家。"

"他们知道居任回来啦?"

"怕这还不知道,是找俺妹夫的……"好儿迟疑着,"爹!"

"嗯。"

"爹……"她欲言又止。

"你有话就说嘛。"

"没什么……"好儿顺下眼皮,两只手搓弄着衣角。

老三没再细问,关照道:"好儿,你妈和我都叮嘱过你,在这庄上,除去进丝坊干活,回家关上门,哪儿也不准去。"

好儿悄声道:"俺是这么做的。"

饭罢,老三抽了袋烟,等那阵雨过后,用扁担撅着儿子的帆布箱子,踏上暗蒙蒙的路途。老三脑子里占据着儿子的不平常的穿戴,他那被这两年的生活波涛冲洗下去的使自己过好一些光景的欲念,又在他补丁叠补丁的粗布衣服下面的心坎里,滋滋地痒痒起来。

阔别七八年的大儿子回家了,做妈的喜悦的心境是说不出来的。三嫂脸上好长时间没有泛出这样的幸福笑容。她向丈夫问了又问,儿子高了?胖了?瘦了?脸形五官长破相没有,是不是还和他二妹桃子一样?她又盘算着在这春荒的窘困日子里,怎样为大儿子接风洗尘。已经睡着的小菊,也被父亲夜归带来的喜讯搅醒了。她兴致勃勃地打开帆布箱子,翻弄着一件件山村小闺女从未见过的新奇礼品……

被学生自动放了假的程先生,还是吃住在这个家里。他出门看于震海、高玉山他们的伤去了。震海是昨夜从萃女家搬到桃花沟,李绍先为预防万一,说服了执意要女婿在家里养伤的三嫂,把他掩护在伍拾子家里。玉山和另一个受刑伤的党员,也分别隐藏在本村其他党员家里养着。程先生深夜才回来。小菊脖子上搭着红毛线围巾,对他兴奋地说:"程大哥,你看美不美?"

程先生扯过围巾的一头仔细地看着,说:"洋货。哪来的?"

"你先说美不美吧?"小菊歪着头,挺着胸脯子。

程先生顺手将围巾耷拉下的两头,从她胸前交叉着向后一甩,赞叹道:"好威武的女英雄!"

小菊脸上笑得花一样,指着帆布箱子说:"瞧!爹的一双鞋,妈的冬天帽子,大姐的袜子,二姐的镯子,小狗剩的银锁……"

"别贫嘴啦,丫头,快让你程大哥坐下歇歇吧!"三嫂微笑着,从箱子里捧出玻璃纸糖果,放到程先生面前炕上,"吃,是她哥回来啦!"

程先生道:"这家里还有老大呀?"

老三乐呵呵地说:"出外七八年啦,信来得少……他在天津卫商号做事,叫金贵,明儿就家来。他也认得几个字,你俩一准搭得上腔。"

老三先到西厢房睡下,明天一早他还要去蚕场。小菊跑到西房间,对着镜子欣赏"女英雄"的威武。这时,三嫂问程先生:"震海换药啦?"

程先生点点头。

"三婶!"他已经像本村的晚辈人一样称呼她了,"我第一次见到这样硬骨头的人!胸上的伤使他昏迷了一天一夜,今早上才完全清醒过来,痛得满脸是汗,却一次喝下两碗稀饭!他说,过十天半月,就能走动。"

三嫂叹道:"和他爹一个体性!唉,我老是揪桃子她娘儿俩的心……"

"我正要告诉你:桃子藏住金牙三子,顶过坏地瓜他们的搜查,昨夜里,宝田、宝川他们把三子安全转移到赤杰庵里。这是我才得到的消息。三婶,你的二姑娘,也像你呀!"

三嫂腼腆地笑笑,道:"俺可么也不是。桃子比她妈强,可也强不了一大点。反正,俺娘儿俩,谁也没能耐……"

程先生哈哈地笑开了,笑得泪流到眼镜上。三嫂越发脸红了。

"你呀,三婶!"程先生在衣角上擦着镜片,快乐地说,"就是好强,又不愿让别人说你强,不但对自己,对儿女也这样管着。你越这样说呀,我就越说你强!你二姑娘跟你一个样!"

"我说不过你!"三嫂也笑起来,"认输啦,俺桃子比她妈强多啦!行了吧?"

两人对笑过一阵,程先生戴好眼镜,看着帆布箱子,问:"三婶,你儿子怎么出去的?"

"唉,他十五岁那年他爷死了,欠下孔秀才家的债,金贵去干活顶。在孔家庄干了两年,孔家见他勤快、听话,带到天津绸缎行里做学徒。三年后,他自个儿挣钱啦!"

"他像你、像三叔?"

"谁也不像。头生孙子,那时家境也稍好点,他爷他奶惯他,还上了几天书坊。这孩子从小性怪,欺负他妹妹,凡事都得依他。如今出息个么样子,还难说。"

程先生考虑了一会儿,说:"敌人和咱们的斗争,是无情的。孔庆儒很奸诈……三婶,我不是不相信你儿子,为防备万一,不要和他说起咱们的事情。"

三嫂皱了一霎眉头,道:"金贵变到向着财主的地步,还不至于……好,我留上心就是啦。哦,他带回的这些东西,能折变几个钱,你们手头正紧……"

"喔喔喔……"雄鸡开始了第一声报晓。

日近中午,金贵打量着他出生在这里的低狭的草门楼,躬着腰进去了。

三嫂正在厢房擦炕桌,听见动响,回头见了进来的人,不管他穿得多么阔气,做妈的首先看到的是那张她赋予他的脸,紧叫了声"我的儿",迎出院子。

金贵扶住母亲:"妈,我回家啦!"

三嫂噙着泪的眼睛跟着双手,从儿子高出她一头的脸,一直摸捏到他手上。尔后,她边拉着儿子进屋,同时撩起衣襟把泪蘸干净,笑道:"快脱鞋,上炕歇歇,我拾掇饭你吃!"

"妈,我在冬春楼用过饭来的,还不饿。"金贵坐在炕桌一边,掏出一包"哈德门"香烟,抽出一支,点上火,吸着。

三嫂疼爱地说:"来到家,还在外面吃饭,妈过意?"

金贵道:"我知道,家里日子艰难。"

"再艰难,多你一张嘴啦?哦,酒气,看你脸红的……贵子,别学你爹,贪酒,糊涂。"三嫂的话从字面上看是责备,听起来却没有一点不满的意味。

小菊和一群孩子,守在院子看稀罕。三嫂冲小女儿说:"小菊,你一早去接你哥,他真来了,你倒认起生来啦!"她又回头对大儿子道:"贵子,你走时她才七岁,看长得像谁?"不等儿子回答,她又奔向北屋去了。

小菊红着脸走近金贵跟前,羞怯而亲昵地问候道:"哥,你回家啦!"

金贵向她笑笑,说:"你长得很漂亮。我给你买的围巾,喜欢吗?"

"喜欢!"小菊想凑近亲热一番,见他已别过脸去,就退到一边。

孩子们看着陌生人,大胆地议论开了:"这是小菊姐的哥?

不像。"

"怎么不像？长得和桃子姐一样，是小菊她哥，洋哥哥。"

"光听说有洋人，哪有洋哥哥？"

"怎么没有，这不是一个？"

"呀，留着洋头，还流油哩！"

"跟大脚霜子的差不离……"

"有啥好看的！走吧，不要在这里耍。"金贵生气地扬扬手，却不自觉地把刚摘下的礼帽又按到头上。

孩子们扫兴地离去。小菊也感到索然无味，到正屋去干她主要的职业——哄小狗剩去了。

刚才三嫂是去拿大儿子带回来的纸糖招待来看稀罕的孩子们，见他们都走了，只得又送回正屋。她见小女儿噘着小嘴，脸上像蒙层霜。

"怎么啦，不和你哥亲热亲热？"三嫂一怔。

小菊不说话，抱起炕上的小兄弟。三嫂笑一笑，说："走，抱着你兄弟一块和你哥玩玩……"

"人家是洋哥哥，俺是土妹妹，小狗剩也是土疙瘩，俺不过去！"小菊赌气地说。

"你呀，牛脾气……"三嫂说，好像不拿小女儿的情绪当回事，那心里却有股不好受的滋味涌上来。

三嫂和大儿子，坐在炕沿上，娘儿两个隔着小炕桌，开始了正式的谈话。

"七八年啦，你不来家看看，把家忘了吧？"三嫂责备里饱含着母爱。

"头三年学徒，由不得自己。"金贵喝了一口家里的水，"多亏大少爷孔赫，见我嘴勤、腿快、心实，对我关照，当上记账员——正式职员啦！妈，请假回来一趟，来回一两个月，拿不到薪水，又耗旅费，我舍不得。这次是叫我回来送东西，一就来家看看。妈，我一心想积存些钱，到乡间自己开个小门面，这样孝敬父母，比零星寄点钱回来好。这次回家，也没多少钱给家里，爹妈不要生我的气。"

三嫂连连摇着头说："看你钱钱钱的，说哪里去啦！妈不是这个意思，你不在家七八年，俺们还不是一样过来啦？家从没指望你。这年月，你自个儿能养活自个儿，就是好的啦。孩子，发财开门面的打算，对咱不实在。你能省着积攒几个，早成个家，妈就省心啦！"

"成个穷家，我不干！"

"你还想富？"三嫂觉得他幼稚可笑。

金贵没有说下去。他又摘下礼帽，母亲接过来，放到炕上。金贵搔着油光的分头，问："我爹呢？"

"上山去啦，蚕场正上紧。晌午他回来。"

母子俩对坐着。金贵又点着一支烟。三嫂静静地看着儿子。

金贵猛吸了几口烟，脸色变得严重地说："妈！本想等我爹回来一块说，现在先和你说吧，反正是你当家。我回来才听说，咱家里不成个样子！我两个妹妹，一个嫁土匪，一个跟姓共的，这是怎么闹的？"

三嫂停了片刻，道："你大妹是债逼得没法，你爹答应的孔居任，他绑孔二先生的票，那是后来的事。"

"土匪还轻些，好说。我二妹呢？"

三嫂闪烁其词："你才来家，先不要问这些，往后，你该知道……"

"还往后！"金贵摔掉烟头，陡地站到地上，愤愤地说，"石匠于震海被官兵打伤，正在追捕。我二妹昨晚让人家捉进孔家庄区公所，你知道不知道？"

"啊，桃子被抓走啦？谁说的？"三嫂大惊失色。

"我夜里去看过她啦！"

"桃子怎么样？"三嫂心慌意乱。

"问她共产党和于震海的去向，她什么也不说。"

三嫂稍微松了口气："她真的不知道……"

"妈，你不清楚！"金贵又气又急地说，"人家在她家里搜出血被子，捉她时她正要出去送药品，赖不过去啦！"

三嫂倚靠到墙上，泪水开始涌现。金贵上前一步，对母亲说："妈，你先不要急。秀才大老爷找我去，叫我劝劝我二妹，说出共产党的去向来，就放了她，还赦免于震海无罪……我去劝了她半天，她半个字听不进去，反倒骂我没骨头。"

"这是真的？"

"一点不假。孔秀才亲口答应我的，他这样德高望重的大人物，决不会和咱说谎话。"

"我是问你，你真去劝过你二妹？"

金贵这才注意到母亲锐利的目光、悻然的脸色，不由得又退回炕桌这边坐下，掏出香烟，说："我是当哥的，能眼见着亲妹妹遭殃不管？"

三嫂怒视着大儿子，但他那和桃子相仿的端庄脸庞，使母亲的火气受到抑制。她探身炕桌上，离儿子更近些，感情满腹，言语深沉地说道："我的儿，妈就你这么个成了人的大儿子！你累苦的爹把你当成依靠，全家疼你。你出外多年，赚得一身好衣裳，积下几个钱。可是，孩子，你别忘了，你是为还债，进了财主家的门的。你二妹夫是个好人，一家受尽苦难。为这，他才干卜共产党，为穷人得救出力气。早先，你妈和你妹，都是认命的人，安安分分打发苦日子。这两年，才看透世道，苦水没个头，不是命，是孔秀才那些恶人心太狠。你听他的话，向着他们，要帮他们害为咱拼命流血的共产党，心眼歪到哪儿去啦？你二妹是他们一次次的逼害，才硬起了性子。她公公早年被作践瘫了身子，头年又叫孔家活活烧死！是穷人的，谁不疼他！谁不恨害他的人！

受害的哪只他一个！这血这泪，能白淌白流？这仇这冤，能不报不申？你个出外多年的孩子，不清楚这些底细，胡乱听了害咱亲人的坏人的指使，也情有可原。你从今起听妈的话，再别做那些傻事啦，啊，妈的儿！"

那金贵，一直闷着头吸香烟，等母亲说完，他道："妈，咱日子苦，得想别的办法，跟共产党一块闹，纯粹是找死。我在天津，报上天天登，净杀共产党的大人物。他们是胡闹，成不了大器。妈，你不要听信共产党的宣传。"

"共产党的话对，怎么不能听？"三嫂为儿子一点听不进她的话，又生气又伤心。

金贵却不理会母亲的教育，完全陶醉在他自己的美妙理想里。他得意地说："妈，有条财路在面前摆着，就看咱们走不走。"

"你说吧！"三嫂又把身子向后靠到墙上，心已凉了。

金贵却伸长脖颈，头隔着炕桌凑近母亲，低声道："秀才一口答应，我二妹说出共产党的窝藏地点，抓于震海免罪回家种地，还给咱三十亩山峦，许我在孔家庄丝坊有四分之一的股！"

"你怎么回他的？"三嫂浑身寒栗。

"我答应尽力办。可我二妹挺倔……妈，她最听你的话，你去劝劝她……"

"啪！"三嫂照那胖脸上狠狠一巴掌。金贵被打得缩回脖子，仰身倚到墙上。他捂着发木的脸腮，骇然地望着生母挑起的眉毛、瞪圆的眼睛、铁青的脸面。

"你这个黑心的东西！我怎么养下这样一个儿！"三嫂激怒地站起身，一把将炕桌掀翻，那上面的水碗、炒花生全泼到地下，"出去，你给我出去！"

金贵躲到房门外，威胁道："你打我……等着吧，你闺女有好罪遭！"

"闺女遭罪我疼她！你个坏儿子，我打都不解气！"三嫂抓起他的礼帽,狠狠地甩出去,抡手指着屋门,"你走,走!"

金贵躲闪着,趔趄地退到门口,愤恨地说:"有这么无情的妈,我没见过!"

"今儿就叫你这瞎眼的儿子,见识见识!"三嫂抓起扫炕笤帚,跟了上去。

金贵惊恐地跑到院子,拾起地下的礼帽,向外走。

"停下!"三嫂喝道。

金贵立时止步,心想他妈要缓和态度了。

"把他的箱子给他,他的东西都放里头!"三嫂冲正在北屋门口吃惊的小菊说。

小菊跑进屋,端着帆布箱子跑出来,放到"洋哥哥"的脚前。金贵丧气地说:"妈你无情,儿还有心,我不拿。"

"你敢不拿?"

在母亲的目光咄咄逼视下,金贵把礼帽捺在散乱的洋头上,提起帆布箱子,狠狠地说:"走就走!"

小菊又飞奔着从屋里拖出红毛线围巾,使力地搭在他肩上:"给,洋哥哥,你的洋货!"

正午日当头。三嫂在温暖的阳光下,怔怔地站着,站着。那门外渐远的脚步,好像是从她的心上踏过去的……登时,她觉得头晕目眩,身子歪歪倒倒地支持不住。小菊紧紧地搂住母亲的腰,连声呼唤:"妈!妈……"

第十五章

"……坚强的母亲!我们的革命事业,就是因为有这样觉醒了的革命群众,所以必然能取得胜利!"程先生在地上边徘徊,边激动地说。

这是在伍拾子家住的两间半茅草屋里。程先生向到会的人们介绍了桃花沟的工作开展情况,特别是三嫂赶大儿子金贵出门的行动后,这样结束了发言。除程先生外,参加会议的还有特委、县委的几个负责人,其中有李绍先、丁赤杰和高玉山。于震海坐在炕上的绍先的身边,一个月的时间,他的胸伤基本上好了,脸色由于少见阳光、不吹风雨,显得苍白,颧骨凸出来,胡楂楂毛茸茸的。

"事情越来越乱。"震海紧皱着眉头说,"我真弄不清,像小白菜那样的女人敢救咱的命,我婶一家为革命吃苦,独独儿子学得坏。"

丁赤杰抽着烟说:"穷人里面出些坏的不稀罕,近朱者赤、近墨者黑,好苗老叫污水沤着,也要烂根的。至于小白菜,还得进一步弄清楚。"

"一切事情都要用阶级分析的方法去对待。"程先生道,"我们是辩证唯物论者,不是唯成分论者,在复杂的阶级斗争中,人的阶级属性是有变化的。金贵是被敌人引向迷途,我们还要挽救他;对小白菜这样的人,不管她出于什么动机靠近革命,我们都要团结教育她，革命的人越多力量越大。"

"时刻也不能放松警惕性！"高玉山说。他的下颚留下一道刑伤的长疤痕，使他那长长的英俊的脸形，失去了许多美观。他继续说："这次对我的教训太深了！虽然特委没有给我处分，这次造成的牺牲，责任是我的。我们乡师的党组织警惕性不高，混进了坏学生；我又对孔庆儒的诡诈认识不足，没能掩护了同志，反倒造成很大损失……"

"还是我的错误大！"震海道，"我人没救出来，伤了金牙三子。这错处，我一辈子忘不掉！"

绍先坐在炕上，一直用膝头顶着那小红本子，使铅笔在上面费力地写着。这时候，他望望大家，说："这些日子的活动，有两条要时刻不忘：警惕性什么时候也不能松。敌人加强了地方武装，扩大了联庄会，利用地主、流氓暗里作眼当特务，加上我们的组织有了大扩展，工作进行得快，有个别不纯分子进入党内，也容易被敌人瓦解收买。文登乡师的党组织遭破坏，就是这么的。第二条，革命不能莽撞。为报仇、救同志，大胆拼命是好的，这点，三子、玉子挺突出；可是不思量能不能成功，白白损失自己，好心做糟事，反倒便宜了敌人，这点，玉子、三子是有错处的。要千万记住这两条！珠子同志去西海之前，再三嘱咐这两条，一定要向党员、咱们的同志和群众说清楚！"

赤杰感叹道："玉子眼见亲爹叫活活烧死，他能想着革命不轻动；这次见了同志受难，他就犯了冒失，这心境……"

"谁都明白！"绍先道。

震海又被仇恨塞满了胸腔，说："我的伤全好啦，今夜开始出去活动吧！"

程先生道："不行，需要再养一个时候……"

"再受不了啦！这家婶子，一窝孩子，有点东西都省给我吃……"震海激动地说，"可敌人，到处行凶作恶，杀咱们的人，抓咱们的群众,我怎么能老闷在家里?"

绍先望一眼震海脖子上凸起的青筋,和程先生交换一下眼色,说:"好吧,今夜你先到赤杰庵里,和三子把所有的枪支抠出来擦吧,他也早待不住啦!"

大家又议论程先生要不要离开桃花沟的问题。程先生道:"金贵还不是敌人,他又没见着我,这村的工作是重点,我以教书的身份掩护,没有问题。"

门外响起女人话声:"凤子妹,走娘家来啦!"

"是啊,嫂子!你在这等伍拾子回家呢……"

"进来串个门吧……"

赤杰迎出院子。凤子跟伍拾子妈拉拉手,会心地笑笑,跟赤杰进了屋。大家都把关切的目光投向她。凤子汗红着脸,风尘仆仆的,神色严峻,看看震海,轻轻叹口气。

高玉山问:"桃子没保出来?"

凤子道:"你多卖了三亩地,加上咱凑的钱,托冯先生送进去。孔秀才说,抓桃子是公安局的主意,和他无关。县里想提去,他没法做主,不过,为了乡邻,他还是想想办法看……"

"不能听信恶狼的话!"震海道。

赤杰问:"后来呢?"

凤子看看震海,口难张开。震海低下头去:"说你的,担心就没事啦!"

凤子看看大家,一屋人都等她开口。她的泪和话一起出来的:"今上午,汽车上押着桃子,送文登城去啦!"

大家都呆在那里。好一会儿,程先生才打破寂静,对凤子说:"桃子怎么被押走的,说详细点!"

凤子抹抹泪水说:"今儿不是孔家庄逢集吗?区公所大门口,停着辆六个轮子的大汽车,好多兵拿着上刺刀的枪守着,好多赶集人看着。我闻讯,赶忙跑了来……

"只见桃子手戴铐子，腰胸挺得直；脸上有伤，头发整理得利落；身上有血道，衣裳扯得平整。她走得又稳又快，把身后两个押她的兵落下一大截。

"当兵的刚要推桃子上汽车，孔秀才不知从哪里钻出来，大声说：'慢着！'他凑近桃子，一脸的慈悲相：'看你年轻轻的女人家，受这么大的难为，我真于心不忍……可是，是县里要你去，我实在没法子，唉！'

"桃子把头昂向一边，望着北山，不理他。我身边有人小声嘀咕，说秀才倒是软心肠……孔秀才又走近一步说：'孩子，我劝你还是想开点，我对人向来是仁至义尽的。'

"桃子慢慢转过头，声音不高，听起来却挺响：'多谢你的仁哪义啦，俺身上的血，脸上的伤，都记着哪！'

"'这……'孔秀才口吃起来，'这是你自讨苦吃，早说出伤号的下落……'

"'你看见俺家有伤号啦？俺还想着孩子她爹回家过日子，你做好人做到底，帮帮忙吧！'

"孔秀才气得脸成茄子色，憋了好一会儿，才又说：'你受共产党的骗太深啦，你太死心眼啦！我说侄媳妇，事到如今，还是回头吧，说了真话，我担保，放你回家。'

"桃子的眼睛雪亮地盯了他一眼：'家？'

"'啊，啊……'孔秀才又结巴了，'房子烧啦，没关系，我给你盖新的。'

"'盖了还能再烧呀？'

"'那，那……'

"'那就等没人烧了再盖吧！'

"看的人见一个乡下媳妇，一句一句的把秀才老爷顶得这么哑啦，脸上吃惊，心里喜欢：'原来秀才是黄鼠狼给鸡拜年——没安好心！'

"'这媳妇真够行的,语言不多,句句是锥子——扎透秀才的心。'

"'听说她是第二次挨抓啦,受难的次数就更多,上上心啦!'

"'石匠玉的媳妇孔秀才都对付不了,真要遇上他本人,那更不知会怎么个下场!'

"'共产党,孔秀才算真遇上硬对手啦……'

"我听着身边的人这些小声议论,对桃子更亲更疼了!我真想把眼光对上桃子的,可老对不上……

"桃子被兵推上汽车。孔秀才这条恶狼仍不死心,奔到汽车跟前,仰着横肉的老脸,冲桃子叫唤:'你再想想,县里可不比区上!你真乐意去坐牢?'

"桃子还是那个不高的听起来倒挺响的声音:'是人还有乐意坐牢的?俺不乐意去,你替我去吗?'

"孔秀才一面向后退,一面乱摆手:'你胡说!快押走……'

"桃子把头转向人堆,一脸沉静,真的。和平时的桃子没有两样。她嘴张了两张,像要说话,却又没出声,抿了一下干嘴唇,又闭紧了。我一直紧看她,巴望她能看见我,可到了也不知她看见我没有,她要说什么……"

"她要说的话,我们听见了!"程先生激动地说,"她心里在说:孔庆儒你们这些反动派,你们坐牢的那一天,一定会来到!"

赤杰说:"桃子妹又赢了孔秀才一回合!"

绍先走到门口,望望南山丘上正在纷纷凋零的桃花,偷着抹掉两眶热泪,又回到屋里,坚决地说:"再想法子,尽力营救她!"

"别再给敌人送钱啦!"震海咬着牙关,"为革命,该牺牲就得牺牲……"他的嗓子像堵上了火炭,哽住了。

绍先道:"尽量使我们的血少流。敌人是凶恶的,也是败坏的,互相有矛盾的……桃子是共产党员的家属,她始终和敌人周旋,没有承认任何事情……还是有希望救出来,我们再商量办法。还有,这事暂且瞒住她妈。凤子,好儿那夜没有开门的事,也别对三婶提起,她经受的事太多啦!"

"哎呀!"凤子懊恼地说,"方才我先去三嫂家找你们,桃子送县的事我倒想着没给她说,她问起好儿多少日子没有回家的情形,我把那事给她说了……真真该死,我这气人的快嘴!我得去看看,好儿比我先到的家……"

凤子慌忙走后,绍先对高玉山说:"孔居任那夜离开玉子、三子自个儿走了,受到大家的批评,他要求到海阳马石夼去执行任务,也该回来了。你去半路截着他,一块到丁家庵碰头,大白天,以后少在桃花沟出入。"

散会后,大家和程先生、于震海分手,从这紧对着北山的两间半茅草屋的小门,顺沟爬进北石屋。在这里,同志们分散各奔南北。其中,赤杰和绍先越岭东去,玉山顺着山林南下。

张老三吹胡子瞪眼睛,牛一般呼哧呼哧喘息一阵,悲悲愤愤地说:"打走了大儿子,又赶大闺女出门!这家还要不要啦?都是你对,都是你的理?"

三嫂站在丈夫对面,由于心火攻得牙疼,一口口吸冷气。她低声道:"我乐意这么做?我不是当妈的?"

老三歪着脖子靠近妻子的脸,异常痛切地说:"对金贵这小子,出外学得洋里洋气,听信孔秀才诳骗,想走邪路,图财害命,咱家容不得他,你骂他打他撵他,他活该。我心里不忍,也没话来护他。谁叫咱轮上了啊!可好儿她……"

"你还往下说,啊!"三嫂回身进了屋。

老三跟进屋里,停在灶间,站在妻子身后,躬着腰,对着她的背,指点着说:"你不要不乐意听,我说说,看我张老三认理正不正。你大闺女呢?自小甜嘴蜜舌,见人说话先带笑,从不和人拌嘴红脸,人人夸她心善和气。她压根是你的心尖儿,成天操心她热、操心她冷,她一病,你几天几夜不离怀地抱着,伺候。你打过小闺女,责过二闺女,可从不动大闺女一指头,说句重话她听!她出了门子,半个月不回家,你就心惊肉跳,今送鸡蛋,明送芋头、花生,打发人接她来家……如今就为她胆小怕事,夜里枪响狗咬,她不敢开门,你就火冒三丈高,这么狠斥她,顶她出门……你的心一下变得这么狠、这么怪,我不明白!难道又是我张老三糊涂不成?你倒是说话呀!"

三嫂猛然转过脸,嘴唇哆嗦了几下,又咬着牙,离开了丈夫。老三发现妻子苦皱眉结,泪流满面,愣了一霎,叹了口气,又跟她来到东房间,摇摇头道:"你别怨恨我。跟你说这些,为的是解开我心里的麻疙瘩。我再说一句就走:好儿心眼窄巴,她眼里也只盛着个妈,你不理她,她要是有个三长两短……"

三嫂突然身子一震,眼睛失神地大瞪着,紧盯着丈夫。老三不由得后退一步,茫然地说:"你先别火,我……"

三嫂一手扒开丈夫,疾步冲出屋门……

石头河的清泉被踏得溅起飞花;山路上的石子跟着脚步乱滚;艳丽的山里红花惊奇地注视不欣赏它的行人;路边的青松只能向走过的人背鞠躬;小巧的流星鸟急忙叫着追赶路人——三嫂一手压着被风吹乱的头发,用最快的速度,疾跑一阵,紧走一气;紧跑一气,疾走一阵,眼睛紧盯着前方。她不知不觉已离村五里多路,攀上一幢山脊梁,只听前面轰隆作响,山摇地动:一股水帘,酷似一幅巨大的白布带,从峭壁上腾过树梢,直泻山下。这瀑布进入三嫂眼帘的同时,她发现旁边的岩石上,红光闪动。

"是她!是她的红褂……可她站在石硼上做么个?那险地方……"三嫂思忖道,更加惊慌,更加快了步伐。她正要高声呼唤……但,她没有叫出声来,脚下也逐渐怠慢,终于,完全辍止了,目光也收了回来。三嫂长舒一口气,那腿脚的疼痛,使她不加选择地一下坐到路旁的青草上。

三嫂是又看到一个人出现在好儿身前,并认出是她的外甥高玉山。

高玉山诚笃地望着好儿,恳切地说:"无论如何,你寻短见是没有出息的!"

好儿侧身坐在岩石上,右手托腮,泪珠断断续续地掉落。

他二人左上方的半山腰,那陡峭嶙峋的峭壁上,有株罕见的奇形怪状的古松,庇着一块蘑菇形的偌大的青岩石,巨石底下压着一块苔藓斑斓的长圆石头。它上面有两个裂口,那旺盛急骤的山泉,就是从裂口里喷射出来,倾泻到下面的山沟里——这里,形成一个黑森森的渊潭。这股汹涌的山泉形成的瀑布,像昆嵛山中的许多景物一样,人们也有个神奇的传说:早先北海有条黑鳞蛟龙,在海中兴风作浪,吞噬翻船落海的客商和渔人。后来天老爷得知,在一场暴雷雨中将黑蛟抓取到这里,拔下天母娘娘一根头簪,把它钉住,要它永不休止地为受害者流泪。为此,这瀑布得名龙眼泉。它对面的山隘路口,称作龙泉口。岭口右方有幢庙,就叫龙泉庙。不过庙已颓废失修,早没人烟了。

好儿哽咽地说:"我这辈子,泪和山泉一样没有头!兴许也和黑蛟似的,前辈作下孽,今生拿泪还……"

高玉山站在她的面前,弯下细高的身躯,手扶住她身旁的岩石,真挚地说:"神哪命啊,这都是些瞎话,难道你会信它?好儿妹妹,咱们几年没照面,一见面我就责怪你:那夜你的作为是不对,再害怕,也不该不开门。同是一母生,你还大两岁,你比桃子妹差得太远……说实在的,我也没想到,你是这样的惜身!"

"我惜身?俺就不想活,你阻我做什么?"好儿委屈地哭出了声。

玉山直起身子,说:"这是两码事。救共产党人,要的是勇气;自己寻短见,要的是没有勇气。"

279

好儿泪眼望着他，好半天说不上话。柔懦的女子，她怎么表白自己呢？那天夜里，枪声、狗叫中，凤子打门，好儿怕是怕，她一听说难者求救，何况还是自己的妹夫，怎能不理？可是就在这之前，她丈夫孔居任偷着回家的。孔居任当了共产党，好儿依然是担惊，滋味却大不相同：他不是人人轻蔑的土匪了。她父母、妹妹，对她丈夫都变了态度。好儿自然比过去心宽了许多。这夜孔居住回来后，插好门睡觉，准备天亮前离开。凤子来叫门，好儿马上要起身去开，孔居任不让。好儿听呼救声切，又是她妹夫受伤，坚决要下炕开门。孔居任死死拉住她，闷在被窝里，不让她出声。凤子没有了动静后，孔居任才放开她。好儿气得浑身哆嗦，恼他没良心，忘恩负义，见危不救。孔居任分辩说，不是他不救，是救不了别人，反要一同遭殃。听着枪声紧了，孔居任忙着穿上衣服，提着手枪，对媳妇说："官兵会来这搜他，我也得走。于震海、金牙三子不听我的话，去惹了祸，活该倒霉。他妈的，害得老子连个觉也睡不成！我还要去报告组织，处罚他们。不过，我不让你开门的事，你谁都不能说，如说了，党里饶不了我，我只得再去作案……听到吗？"

好儿气恨地说："你这么做，心太狠，不是人家那些共产党的作为……"

"你知道什么！我要报孔秀才的仇，当土匪没出路，共产党得人心，革命成功了，咱就有出头之日啦！"孔居任连哄带唬、软的硬的一齐施展，"千万不能说出去！我这也是为咱夫妻平安，迫不得已才这么做。你说出去，可就遭啦！胳膊肘还有向外扭的？你是聪明人，听话，不然，我没处存身啦！有人问，你就说你害怕，犯了病，开不得门。咱夫妻相帮着，平平安安熬到暴动胜利，什么也有啦！我走啦……"

这件事，像块石头一样压在好儿的心上，使她感到沉重、不安，没有脸面见全家，对不起妹妹桃子。直到听说妹夫没被害，才略略放宽怀。可是她不敢回桃花沟家，不敢见母亲，良心上蒙受着巨大的谴责。前天小菊就奉母亲之命找她回家，直到今天下午，她才不得不回来。走进家门，迎接她的不是昔日那张慈祥的从小就看惯了的脸、那耳熟的疼爱的言语，而是不等她脚跟站稳，放下手里的包袱，母亲一脸冰霜，声色俱厉地责问她不开门救人之事。好儿只得承认自己胆小害怕，却没提丈夫一字。三嫂不容女儿缓气，激愤地斥道："哼！你胆小、怕事、惜命，真是妈的好闺女！我算没白疼你一场！你也成人有家啦，还来我这做什么？俺家再遭了事，别连累了闺女你呀！"

好儿见母亲头也不回地进了屋，她站在院子里，感到这家没有了她的位置。充满阳光的小院落，连那棵健壮的开始谢花结果的大桃树，对她都是冰冷的、嘲笑的、不认识的了。她耻辱地退出草门楼，哭着向村外走。她来到村头的石头河畔，哭一阵，回身望一阵，盼望母亲会吩咐小菊来找她……但，只见山雀空里飞，也有落花水中漂，就是等不着亲人的影子到。好儿绝望了！她感到莫大的冤枉，她要返回去向母亲诉出真情，是孔居任不让她开门的，可又一想，他也真是为了他们夫妻的。当夜大兵就来抄家，震海要是藏下，岂不更糟？而且，像孔居任说的，共产党为此治罪他，不要了他，他又会去做强盗……唉，毕竟是夫妻，天底下哪有媳妇睁着眼去害丈夫的！多大的羞辱她一身蒙受吧。就这样，好儿只得回孔家庄。

这贫农的女儿，一路哭哭啼啼，弱体劳顿，悲结坠心，来到龙眼泉，她再走不动。触景生情，想起几年前，她的表哥高玉山在这里和她私订终身，她闺女的心里又喜又忧，希望成功又担心失败……结果命运总是违背人的愿望，好事不成，坏事兑现。好儿身子发烧，烧得打寒战，她悲戚地想道："和玉山不成就，跟上孔居任，实指望屈心平安一辈子，放了妈的心。岂知苍天偏不行好，尘世这样难熬，临了叫我受辱受侮，妈也冰了心不认我……

我身子这样病恹恹的,这苦楚的生路,哪里有个头?不如早死干净……这龙眼泉积成的深水潭,就是为苦人脱苦海备下的,我也学她们的样,去了吧!"

正当好儿要投进深渊的关头,来接孔居任的高玉山,等在对面的龙泉口上。他发现有人要投渊,将她喊住,疾奔过来……好儿绝境逢生,见了她几年未见的钟爱过的人,心里满满的苦情,真想拉着他,痛痛快快地哭诉一番……不想,她这旧日的心上人,迄今也变得如此冰凉,无情地教训她。好儿是多么悲哀不幸啊!她站起身,一手扶着岩石,背对着他,哀怨道:"你,一个挺壮壮的男子汉,走南闯北,自然好说话。我,生就的软筋嫩骨,多少苦楚煎熬着,有谁想得到!"

玉山看着她细高的身材,说:"你是老闷在自己屋里,为自己的愁苦攒心,只感到自己不幸。你自然想不到,比你受苦更多的人,倒不觉着自己可怜!"

好儿不由得转过身。到这时,她才仔细地看清她过去的恋人,脸上有了细皱纹,胡楂楂黑乎乎的,下颚上一道新伤疤,损坏了他那长长的英俊的脸。她心里一阵酸楚,沉沉地说:"玉山哥,你忘了咱俩的情分,可我……怎么说好啊?"

玉山的目光从她身上挪开,投到飞腾的瀑布上,侃侃而谈道:"说忘了,也行。这两年,我有意不和你照面……好儿妹!前几年,我发誓为咱们的爱情斗争到底,甚至想到,我领着你逃到深山去,逃到东北去……好在我进了监狱,结识了共产党人,我才明白过来,在这残酷黑暗的社会里,是不允许自由存在的。好儿,我没有忘记咱俩的爱情,是为的它,促使我走上革命这条路的。你别吃惊,就是这样的。对这罪恶的社会,非进行革命不可,把它推翻,人民做了国家的主人,才谈得上吃穿、自由、爱情!到那时……"

"你我都成了家,再到不了一块啦!"好儿慌乱紧张地说,"那种事……咱干不得！"

玉山望着她笑笑，爽朗地说："咱们俩的事，自然是一去不复返了！我是说，为了世上像你我一样的兄弟姐妹，都能有美满的婚姻，不像咱俩的遭遇一样，我们要革命！"

好儿禁不住怀着敬重的感情，重新端详一番她所挚爱过的人。她觉得，他颚上的疤痕，不是丑的——不但不丑，倒给他增添了新的美记。

玉山上前一步，拉住好儿纤细的手，热烈地说："妹妹！你也该为千千万万的受苦人，参加我们的斗争。这比光为自己的事情活着，能得到更大的幸福！"

好儿的精神为之一振，觉得他的大手上的热气，直冲她的心田。她欣喜又胆怯地说："俺这样弱的人，能有多大作为？么事也不知……"

"你不能这么小看自己，谁也不是天生就认清革命这条路的。你看桃子妹，她一个字不识的山村闺女，把威风多年、自称圣人之后的秀才区长孔庆儒，斗得落花流水！这退回两年去，谁做梦也做不到的事啊！为什么？因为她心里装上了革命，在这条路子上，越练越强壮！你该向她学。这革命可和你绣花不一样，是火与血的战斗，是世上最壮丽的事业。有出息的人，都愿为它献身，也最能看出一个人的好坏、高低。像震海兄弟他们，为救同志脱险，奋不顾身，甘愿流血牺牲。可是，我那个俺妈娶来的媳妇，听说我当了共产党，就赶快断亲回娘家了。你看，革命同志生死与共，夫妻关系却薄如白纸，多么清亮的道理啊！好儿，你是聪慧人，一点就明白的。如今，居任也走上革命这条路，你更该和我们一起，参加斗争。吃苦受难不足惧，革命全凭血志气！好儿，你是个心地好的人，我相信你，会和你妈你妹一块走的。对不对？"

他那火热的眼睛，滚烫的大手，山泉般清澈的语言，使好儿感到从未有的胸怀充实、血液充沛。她那白皙的脸面桃花般地鲜润起来。

"你们在这!"有谁说话。

玉山侧首见到来人,立时迎上去:"我正来接应你。"

好儿回身一见来人,脸红到脖颈,羞涩地说:"你来啦……"

来的是孔居任。他敞着怀,裤腰带上插着三支手枪。他叉开腿站在那里,面色难看,冷笑道:"我来得不是时候!你俩待着,我先走啦……"

"等等!"高玉山叫住他,又吩咐好儿,"你先回家去,姨姨一准在焦心!"

好儿踌躇着:"俺妈她……"

"听话,自己妈的心思还不清楚?"玉山催促着,把好儿扶上山路,指着去桃花沟的方向,"快走吧!"

好儿不安地瞥丈夫一眼,悄悄走了。高玉山又拉孔居任坐到石头上,亲切地说:"中子,累了吧!枪拿回来啦?先子要我来龙泉口迎你,一块到丁家庵去。"

孔居任把腰里的手枪抽出一支,丢给高玉山;又抽出一支,掂了掂,然后用枪头把脑袋上的破礼帽向上一推,傲慢地说:"去拿人家现成的枪,算什么本事?我纠合起原来在一起作案的几个人,夜里截住孔秀才去天津办货的大车,缴下押车的两支手枪——德国造。断下的钱和土产由他们平分——咱是闹革命的,当然不能要这个啦!"

高玉山心里一沉,说:"没有组织的指示,你……"

"我也是为一口气。于震海、金牙三子能大胆救人,批评我放下他俩不管。哼!"孔居任揩了一把汗,"叫大伙瞧瞧,俺孔居任也不是胆小的孬种!"

高玉山严肃地说:"中子同志,你这想法很危险!上次玉子、三子也受了批评。他俩虽然不对,可是你阻止不了他们,就该想法帮助，争取少受损失；而你却走开不管，这是错误的。这次你为争个人的名声，纠合不可靠的人去活动，和玉子、三子为救同志完全不一样。你要好好做检讨，党是不允许我们这样做的。"

孔居任把手枪插进腰里，不以为然地说："搞武器不重要？那些当强盗的，是我的生死朋友，一块插香起过誓，有什么不可靠？我还在他们中间发展了两个党员……"

"你这是胡闹！"高玉山忽地站起身来，厉声说，"我们是共产党，不是三教九流的会道门！中子同志！你的纪律性太差……"

"嘿嘿！"孔居任冷刺刺地说，"好，算我粗心大意，有错误，可我倒还是为革命的。有的人逍遥自在，找个山静水清的美地方，拉同志的女人，倒是有纪律性的！"

"你……你这是什么话！"高玉山气愤地一把抓住对方的衣襟。

孔居任跳起来，翻手扳住对方的胳膊，狠狠地说："要动手吗？来吧！说到痛处，你吃不住啦！高玉山，你有妻不喜欢，来打我媳妇的主意。刚才你拉她的手，说得火热，以为我没看到吗？"

高玉山咬了咬牙，将他推出去："好吧，我和你组织上讲去！"他转身就走，正和赶来的女人撞个满怀。他忙扶住她："姨！你？"

三嫂看外甥一眼，又看女婿一眼，然后同时看着两个人，问："你弟兄俩吵什么，啊？"

"姨，没有事。"玉山怕她难受，极力掩饰。

孔居任却摆出得理不让人的架势，气哼哼地说："没事？哼，我若晚来一会儿，事情还不知闹到哪一步……"

三嫂一下就明白了。她朝孔居任，严正地说："居任！你不得胡伤人！我的闺女，我的外甥，和孔秀才窝里的人不一样！这个，你尽管放心。适才，好儿都给我说啦……"

"说了我的坏话？"孔居任有些心虚。

三嫂没有理会女婿的话意，说："有坏处也别怕人揭。好儿她不开门救人，回家我就呵斥起她来。她想不开，走在这儿寻短见，多亏她玉山哥救了她，开导了一番，省去了我的事。居任，咱都心里清楚，明话明说：自从好儿跟了你，你又犯事逃身在外，俺闺女住在妈家，你打听打听，有句风言在外没有？玉山因事来我家，都在厢房，不见好儿，办完事就走。他嘱咐我关照好她，盼你学好，夫妻团圆。做人做到这一步，不算歪心吧？他们表兄表妹，几年没见，今儿在这遇上，一起亲热几句话，拉拉手，犯了哪家子的忌讳？"

孔居任望望岳母，无言以对。他摸着后脑勺，转向高玉山，赔笑道："表哥，算我冒失，伤了你，请别记心上。我认错了，你就不要找组织说啦。"

高玉山直挺挺地站着，没有理他。三嫂道："就这样吧，山子！家事家了，闹出去，不知情的人笑话。"

高玉山出口粗气，向姨妈点点头。孔居任上前拉住玉山的手，感激地说："我向表哥赔礼！还有，我乱发展党员，真是大错误，多重的处罚也乐意挨。"

高玉山见他转变得很快，也就消了气，说："知过改过，这就好。你发展的人不合手续，不能算数。"

三嫂见他们的纠葛完了，便道："居任，好儿在那边，你去吧，我要问山子个话。"

孔居任去后，三嫂尽量放平声音，说："山子，桃子被抓进孔家庄一个月啦，情形怎么样？问旁人，人家会怕我心焦。你实话对姨说，保呈准没准？"

玉山忙安慰道："姨，你放心，桃子妹没大事……"

"你撒谎，山子！眼为么躲着我？啊！"三嫂一把扯住他的胳膊，猛力一拽。

高玉山不得不抬起头。他感到，这位四十一岁的姨妈，那双精明的眼睛里的锐利目光射透他的心。她那娇小结实的身躯,简直像旁边秀丽挺拔的青山,随时准备承受天塌下来的重压。在这样的人面前,是不能不实话实说的。

"姨,保桃子妹的呈子,打回来了!"玉山悲痛地说。

三嫂急问:"他们还要多少?我还有二亩半山地……"

"姨,不是钱的事啦!孔秀才恨她,要长期折磨她,今天把她押到文登城去啦!"

三嫂一下蹲在岩石上,眼睛痴痴地望着奔涌飞溅的巨大水帘。

玉山手抚着姨妈的背,弯过身对着她的脸,含泪道:"姨,姨!你别伤心,我们正寻法救桃子妹!一定要救她!姨,姨!你别伤心……"

三嫂抽搐着嘴角,颤声道:"山子,姨有了泪吗?"

玉山怀着剧烈的感情,流着泪说:"没有!姨!你没有泪!"

三嫂缓缓地站起来。她声调低沉,却字字珠玑般清亮:"山子,明儿我去赤松坡,把外孙女竹青接家来。你们别再阻拦我。把自个儿的骨肉,放在人家家里,我总不塌心。"

第十六章

　　警告你，罪大恶极孔庆儒！如果你再残害我党家属，有朝一日捉拿归案，定杀不饶！

　　　　　　　　　　　中共文登县委

　　警告你，恶贯满盈的孔庆儒！年关你区再逼捐逼债害死人命，血债当须血还！

　　　　　　　　　　　中共文登县委

　　孔庆儒看完这种内容的七八张传单，气得抖动着八字胡，三把两把将传单撕碎，狠狠地扔进炭火盆里。他满屋子里走，厚大的毡靴子，拖拖沓沓地响。他二儿子、区队长孔显，为遮盖被于震海打瞎的左眼的丑陋，戴着墨镜，守在一旁，气愤地说："又是石匠玉他们干的！"

　　孔庆儒颓丧地坐到太师椅上，深深地抽着水烟。他的烦恼不是为了这几张粗纸的传单。三年前，当他发现共产党闯进他的地盘的时候，他是那样的轻视它，不以为患，反倒踌躇满志，摆出英雄造时势的气概，要大显一番身手，施展一下他的权势，趁机更加发大他的家业，攀上更高的官位。然而，曾几何时，几经较量，他不但没有斗垮一个共产党人，就连个瘫子于世章都没有制伏；不但屈服不了共产党员，今年春天，他不得不把面上老实和顺、骨子铁石金刚的于震海媳妇送到县里。送走她时，他欺她毕竟是个山村妇女，专挑个集日，众目睽睽，即使动摇不了桃子的意志，也显露一下他秀才的善人面目。岂知适得其反，又使他陷于狼狈的境地……孔庆儒现在深深感到，共产党这个对手，同他过去的一切争斗对象不一样了，他的本事不够用了，他的手段不灵验了。

不过孔秀才毕竟是孔秀才，他没有灰心丧气，他甚至不愿意承认每一次遭受的失败。他，堂堂的文武双全、有权有势、有谋有略的大人物，怎么能败在穷石匠、穷佃户、穷瘫子、穷学生、穷媳妇手里呢？那简直是笑话！共产党是神仙，也没这么大的能耐，把这些草木之人变成大闹天宫的孙悟空吧？好，就是变成了孙大圣，也逃不出他如来佛的手心去。他现在把家业的经营管理都推到那两个兄弟身上，自己全身倾注，绞脑汁，费心机，运筹帷幄，拼命来扑灭这股危及他的统治的地下火……

孔庆儒抽完两袋水烟，吩咐孔显道："把那帮子脓包唤进来！"

七个兵警，惶悚地跑进客厅，齐向区长兼联庄会会长敬礼。那个曾在母猪河桥头被于震海、金牙三子、孔居任缴过械的刘排副，为首报告道："区长大人！小的实在失职，请你老人家重责。"

孔秀才摆着手，和颜悦色地说："你们先坐下，坐下。在我这里，用不着兵家礼数。"

兵警们受宠若惊，瞅瞅那朱漆的椅凳，没个敢坐的。那刘排副向站在门口的孔显让道："队长，你请吧！"

孔显喝道："叫你们坐下，就坐下！"

兵警们垂着手，直着脖子，偏着屁股坐下，不安地望着区长。孔庆儒和气地问："说说看，你们怎么遇上共匪的？"

刘排副腾地站起来，立正道："报告区长大人！我们正巡查到北面王格庄，弟兄们饿了，就在村公所喝——不不，没喝酒，光吃饭。吃过饭，弟兄们累了，放上岗，正睡觉……我在梦里，觉着有人来搜我的腰，推他一把，翻过身又睡……我猛觉着不对劲，是真有人在解我皮带，睁眼一看，妈呀，正是他！"

"谁？"秀才一惊。

"于震海！区长大人，错不了！他大脑瓜，戴个黄狗皮帽子，眼睛鸡蛋似的大、电棒似的亮。我这是第三次和他见面啦……错不了，就是他！"

"快说正经的！"孔显瞪他一眼。

"是，是！"刘排副忙点头道，"我一看，短枪已经到了他手里，正解我腰上的子弹袋哪！那五个弟兄的大枪和子弹，都叫另外三个人拿了，竟还在睡——是喝多……'阿嚏'——我伤风，老打喷嚏——'阿嚏'……区长大人，石匠玉交给几张传单，是指名送给你的……区长大人，小的失职，共匪也实在猖狂！求大人重责，求大人开脱！"

孔庆儒沉吟着，突然问："放岗的呢，哪儿去啦？"

刘排副忙回答："对啦，我忘向大人报告。等于震海他们去后，我们出来一看，站岗的被五花大绑，嘴里塞着棉花，躺在门口。对吧，丁立冬？"

警察丁立冬站起来回道："我正站岗，见过来个拾粪的老百姓，也没理会。不想他扑到我身后，死死抱住我，又来了三个人……我没命地喊，无奈弟兄们没有醒，嘴就叫他们堵上……"

"你们他妈的都是饭桶！"孔显骂道，"不是人揍的！"

那个绰号泥鳅的兵说："队长骂得好。俺们有过失，没来得及和他们交手，少尝石匠玉一拳头……"

"你放屁！"孔显上去踢他一脚。墨镜从脸上震落，他急忙拾起来捂在眼上。

"不得胡为！"孔秀才呵斥儿子一声，他一副亲善表情，对兵警们说，"弟兄们受惊受累啦，我孔某人深表慰问。这区区共产党，兴些小风浪，没有可怕处。可怕的是我们自己人不精心，缺乏胆量。你们想,一个穷石匠,几个庄稼汉,能有多大本领?弟兄们,你们要多出些力气,帮我孔某治好地方,有福咱们同享。抓住于震海,活的大洋一千,死的八百,其他共匪,比他大的加倍,比他小的减半,这是官价。我正达这里,还另有赏赐:要房的有房,要地的有地,要山的有山,要钱的有钱;没成家的,我出面保媒。好啦,你们回去吧,今晚上,我在冬春楼请客,各位届时都赏光。"

那些兵警,除去丁立冬外,个个吃惊,大受感动。他们大眼对小眼地交换了一下,都站起来,敬礼、鞠躬、作揖,七嘴八舌地说:"区长大人不治罪,俺就感恩啦!"

"大人待我恩重如山,再不卖命,真是没良心!"

"我们一定杀共匪,报答秀才老爷……"

七个兵警走后,孔显光火道:"爹,他们丢了枪,不整治一下军威,你反倒请客,下次……"

"这次再整治他们,下次连人也不回来了!"孔秀才习惯地捻着胡梢,指教儿子道,"你是只知其一不知其二。用兵者,用人心也!你看看,共产党每次都不难为他们,他们就接二连三地丢枪保命。前两次你责打处罚过他们,又有么用?这些兵,不给他们甜头吃,光靠棍棒,是不会死心卖命的。懂吗?这叫重赏之下必有勇夫……"

"哥呀!"于之善从外面来到门口,慌张地叫着,抬腿迈门槛——因为急,手提棉袍子襟慢了些,刺啦一声,下襟撑破了。他痛心地说:"完啦,完啦……"

孔庆儒对五十多岁的小舅子笑道:"你这件袍子,打上我家吃你姐的喜酒就穿它,到送你姐的殡还是它。你姐去了六七年,它也该寿终正寝了!"

于之善弯身抚弄着棉袍破处,悲哀地叹道:"真是福不双降,祸不单行,我算倒血霉啦!"

"有话坐下说。给你舅倒茶,显二。"孔庆儒说着,把一盒香烟丢过去。

于之善边坐下,边忙着抽烟,边着急地说:"茶饭先等等,显子!哥,不得了啦!昨天我在村收租,有三家穷小子叫唤交不起,我叫令灰和你守业去封了两家的门。这可好,今早我起来,我的门上也贴上了条子!你瞧……"于之善从怀里掏出一张传单。

孔显接过来看看,交给孔庆儒。孔秀才抬手推开:"大同小异的东西,不用看啦!"

孔显指着传单道:"准是本村有人,不然,谁知道坏地瓜这个外号?"

于之善说:"知道我这号的人倒多啦,十里八里村的人都叫得出……不过,赤松坡有带色的,这个一准。可是俺们一直留着心,不见苗头。"

孔庆儒道:"石匠玉露出来之后,他们都学得精了。"

"多亏这小子伤了,一直没再露头,说不定伤重死啦!"坏地瓜舒服地靠到沙发上,贪婪地吸着烟卷。

"死啦?"孔显道,"今天他还领人缴去七支枪!"

"啊,越来越凶啦!"坏地瓜骇然,"这小子,各地画图、绘影悬赏抓他,他也不怕。唉,我那守业,今早上一见传单,又吓一裤裆尿,真倒霉!"

孔庆儒道:"之善,赤松坡一定还有共匪的挂连,你村的联庄会却不成材料。你那个软包儿子,当自卫队长,怎么顶用?"

于之善着急地辩解道:"哥,你守业是懦,可我手里有了枪弹,胆子壮多啦,断断不可换别人当头目。我和令灰俩多用心思就是啦!"

管家万戈子匆匆进来,在孔庆儒耳边报告什么。坏地瓜趁机从烟盒里抽出一把烟卷,塞进怀里。孔庆儒命万戈子道:"领他进来。"

"谁呀?"于之善问。

"张金贵,桃花沟张老三的儿子。"孔秀才说,"你们先出去,我和他谈个事。"

于之善说:"这穷小子,理他做么?"

孔秀才向门外挥挥手:"你不懂,快吃饭去吧。"

"可真的,肚子饿瘪瘪啦。快走,显子!"于之善高高提起棉袍下襟,小心地迈出门,立刻小跑起来。

上次金贵奉孔秀才之命,回家动员母亲去说服桃子招供,被三嫂打了嘴巴赶出门。金贵回到孔家庄,没对孔庆儒讲这些,只说他妈有病,一时来不了。金贵是怕惹恼区长,作难他母亲。金贵自己又去说服妹妹几次,都被桃子顶回来。他感到事情棘手,吉凶难测,想早回天津商行,摆脱干系。但大东家孔庆儒却把他留下在洪源钱庄做事,照发在天津的薪水不算,还加一份津贴。孔秀才说,这是为了金贵好就近照顾家里。金贵自然知道这个糖豆不是好吃的,心虽不愿,嘴上还得连忙感激秀才老爷的恩典。他怀里像揣着兔子,惶惶不安地等待主人的差遣。但是出乎意外,孔秀才并没有吩咐他干什么,倒是时常嘱咐金贵,多回家孝敬父母,省下薪水,帮家过日子,别的事绝口不提。金贵回家,谁都不理他,拿他当外人,自己也很苦闷,就不愿回去。可是孔秀才别的不问,老是催他回家看看,为人忠孝是根本哪!金贵只好又回去,向父母告饶,承认自己一时糊涂,为救二妹,又有发财之心,听了别人指使,险些做出伤天害理的事,从今往后,他决心改过。这样一来,张老三逐渐对儿子表示亲热;三嫂却始终冷冰冰的,给他饭吃,有他地方睡,可很少和儿子搭腔。

这样过去了半年多。今天,金贵从桃花沟回到钱庄,听说孔庆儒唤他,急忙赶来了。

金贵刚进客厅,孔秀才就关心地问:"你爹妈都好吗?"

"费大老爷劳神,都还好。"

"我的问候话捎到啦?"

"全捎到啦,我爹妈和全家,都感激大老爷!祝大老爷体泰神安!"金贵撒谎已成习惯了。

"嗯。"孔秀才淡淡地笑笑,他也假话当真地听着。"家里村里有生人去吗?"孔庆儒随便一提。

"没有。"金贵等了半年了,终于等到了秀才的真谛。

孔庆儒的胖脸蛋子上掠过一抹阴影,马上又坦然了。他站起身,金贵跟着起立,秀才示意他坐下,自己拉过一把椅子,和金贵对膝坐着。金贵异常拘束,身子使劲向后倾着。

"孩子!"孔秀才慈祥地看着他,亲亲热热地说,"你来我家做事多年,听你孔赫哥说,你在外面挺会处事,是个有出息的青年。我这人,向来不以门第高低看人。自古以来,多少名流出自寒舍贱门!俺爹也是半路发的家。你离我远,关照得不周,我心里很过意不去。"

金贵慌忙起身鞠躬道:"大老爷折杀小人,对我的恩情,真是天高地厚!"

孔秀才拉着金贵的手,扯他坐下,说:"你真是个懂事的孩子,我打心眼里喜欢。有一些无头脑的人,比方你二妹夫于震海,就是一个!他们不安分过自己的日子,跟那些外来的共产党胡闹,使我真难过。早晚官府捉住杀了,枉活了一生。孩子,今天我和你掏出心来说话,为了你全家,把于震海找回来,我以区长的身份担保他没事,你妹也会马上出牢房。我资助他们田产,一家人过好光景。"

金贵非常感动地说:"你老一片疼爱之心,我早领啦!无奈那石匠玉从不去我家,见不着踪影。"

"这你得多上心!"孔庆儒说,"今天他又做下事。有车就有辙,有树就有影。他只要活着,就不能不着人边。共产党的做法,就是鼓动人造反,他们专找穷人。我担心,你爹妈会和你二妹一样,受了共匪的骗!"

"这不会,大老爷放心,他们都老实怕事。"金贵嘴上这么说,心里直打抖。

孔秀才道:"我可是一片心为了你,为你家啊!你放心,你帮了我的忙,我亏待不了你。我那些山峦、田产、买卖,都为你们这些人备下的。哦,你还没成家吧?我老二昨儿还和我说,想给三闺女招个养老女婿,他看你是个理财之人,有点意思,要我主张。金贵啊,那么一来,洪源钱庄,我孔家三分之一的财产,后继就有人啦!"

这个被纸醉金迷的资产阶级花花世界的污水沤坏了根子、一心想当掌柜的开门面的佃户的儿子,被孔秀才这一番流金喷银的言语,说得脑瓜膨胀,眼前一片玉光美色,身子如同腾云驾雾飘上了晴空——但,一声巴掌响,脸腮似乎还在作痛,母亲的教训回荡耳边,使他又回到地上,眼瞅着跟前横肉胖脸上的笑纹,心下狐疑:"孔秀才奸凶诡诈,为富不仁,怎么能给我这多好处?"

孔秀才又抽上水烟袋,道:"我的话,你不信吧?不错,应当不信,世上哪有这样的傻瓜,白白把财产让人?何况像我这样老谋深算的家伙,这不明明在欺哄你年轻人吗?"

"我……"金贵脸上红一阵白一阵,"我不敢不信大老爷……"

"别说瞎话啦,孩子!"孔秀才放下水烟袋,拍拍他的肩,哈哈一笑,"咱爷俩无话不说,人不为己,天诛地灭。我是圣人的宗脉,也不例外。我这么做,一半为你,一半也为我。你想,不灭除共党这个祸患,我能活得安稳吗?为了对付这个生死对头,我即使不情愿,也得忍痛舍财。你是做生意的人,这利害得失,还算不清楚吗?"

金贵怀着敬畏的感情,佩服地看着他。

"话又说回来!"孔秀才一脸自负神气,"小小共匪,迟早会根除。我之所以特地关照你，的确是念你在我家出力多年，不忍你家遭难，想栽培你成个人才。就看你贴心不贴心了！"

金贵单腿跪地，鼻泪涕零说："大老爷！我明白啦，全信啦！多蒙你培植小的，我再不听话，真是天地不容！"

孔庆儒双手把他扶起来，说："这是我分内该做的，为你，也为我，为咱们大家。孩子，听我的话，你会很快发财致富的。你也用不着担风险，常回你家去，好好孝敬爹妈，使他们对你信服，有什么话什么事，才会和你说，找你商量，求你拿主张。这样，他们就不会受共产党的骗，惹上是非。懂我的意思吗？"

"懂。"

"好。往后你有何难处，尽管和我说。"

金贵犹豫一霎，乞求道："大老爷能把我二妹开释出来，可怜她的吃奶孩子，我担保她再不会和姓共的来往。"

孔秀才脸又阴沉下来，作难道："县上押了她半年多，法子用尽，她还是不吐口……我管不了县上的事。不过，你既张了口，我尽力试试看吧。"

送走金贵后，孔显走进客厅，问："爹，他干？"

孔秀才思谋着说："这小子，发财心重。只是对他家里人，还有怜惜心……这也无妨，利能令他智昏。"

孔显又小声道："爹，万戈子告诉我，他见小白菜今天骑着驴，伙计于震兴牵着，说是去威海看她哥去。"

"恩，管她做什么？"孔秀才沉闷地说。

孔显嫉恨地说："这两年她越来越不像话，请她冬春楼陪陪酒、打打牌也不出来了。我舅舅说，春上她还去赤松坡找于震兴，我看说不定她和穷长工勾搭上啦，咱拿她败坏族规的罪名，好好教训教训，让她听话……"

孔秀才脸色难看，愤然道："你抓住她什么把柄啦？你是正经人？让她嚷嚷出去，我……嗯，丢谁的丑啊！显二，这事你以后少管,萃女她哥杨更新当上专员的秘书,很受器重,不可得罪。"

"杨更新当初还不是巴结咱的?"

"鸡毛上了天,身份也就重啦!"孔秀才又捻开胡子梢,"眼下最要紧的是对付共产党,保住地方。对女人的事……嗯,萃女的终身契在我手里攥着,飞不了她,到时候……现在,由她去吧!"

大黑叫驴的铁蹄,在冰冻的道路上发出清脆的响声。驴上的萃女,白毛线围巾被寒风吹起来,两颊紫红。她直着腰身,新奇地东张西望那灰白的原野,枯草干木中缀着青松的山峦。拉牲口的于震兴,回头望望她,说:"你伏下身,风小些,看脸冻的!隆冬光野的,你有么好看的?"

萃女笑道:"你老是山上地里干活,自然体谅不到老闷在屋的人的心境……呀呀,我这脚真冻酥酥啦!"

"你下来走一会儿,就暖和啦。"

"好。"

震兴喊住黑驴,将萃女抱下来。她脚发木,站不住,搂住他一只胳膊,挪着步,一张嘴,白气一股股向外喷,笑嘻嘻地说:"看我这脚,木头做的,一点知觉没有啦……你累不累?找背风的地方歇一歇,好不好?"

"快走吧,掌灯前赶到文登城;明儿擦黑可到威海……"震兴心情沉重,焦急地说。

于震兴怎么能不难过,怎么能不着急呢?他弟媳妇押在文登城,已经七个多月了。三个月前,震兴偕张老三,带着三嫂给闺女缝的棉袄棉裤、一床被子、震兴的五块钱、一些点心干粮,去文登城监牢里探视桃子。他们费了许多周折,才贿赂通管事的,和桃子见上一面。那情景,震兴多会儿想起来,多会儿心酸落泪。

桃子,连她父亲也几乎不认识闺女了啊!原是血旺旺的长圆脸,变得白煞煞的,只见两只大黑眼睛了。见了亲人,她挣扎着从烂草地上爬起来，面带着笑容，第一句问："爹，哥！咱那些亲人，都好啊？伤着的，好了没有？"

老三吞着泪水说："都好，好啦！只是孩子你……你……"

"妈呢？姐呢？妹呢？弟呢？"桃子抢着又问。

"都旺盛。闺女你……"

"哥，竹青离开妈，没病？"桃子再问。

震兴抹着泪说："先是喜彬婶养着，到各家找口奶吃。后来婶子接家去啦！"

老三道："你妈调理着喂她，不算胖，倒结实……孩子正学话，不叫妈，光唤姥姥……"

桃子把脸别过去。狭窄牢房里拥挤着的十多个女难友，都呜呜地哭起来。桃子再回过脸，那上面没有泪水，没有哀伤！她的细黑的眉毛微微扬起来，一脸的刚气，用清亮亮厚淳淳的声音，说："爹，哥，咱们见一面，我心里就敞亮啦！回去告诉亲人们，要放宽心，别再花钱保我，留着钱用到紧要的地方……我，他们乐意关多久就关多久，反正从小吃惯苦的身子骨，受得了，挺得住！爹，和俺妈说，一家大小的担子够她挑的啦，别再为她二闺女操心……"

看守推张老三和于震兴走开。这两个三四十岁的庄稼汉，不顾有多少女人面前，哭喊着，一步一回头，抢着说安慰桃子的话。

桃子手抓住铁窗棂，脸抵在它上面，微笑着看亲人离去。只有同牢房的女难友，才知道她是怎样伏在烂草上恸哭的……

由于监狱里的极端恶劣的条件，敌人的酷刑折磨，最近以来，桃子病得有生命危险。一直在设法营救她的党组织，这次想利用萃女的关系，来做一尝试。李绍先找到于震兴，教给他去跟萃女说的话。萃女的思想活动正吻合了党组织对她的分析。党组织是这样考虑的：萃女会答应这件事，有三方面的原因。主要的是像她掩护于震海的动机一样，为了她对震兴的爱情，会挺身救他的亲人；其次萃女是戏子出身，受过凌辱，父亲被害，孔秀才他们也想欺侮她，她对敌人有仇恨；再次是桃子的英勇行为，能唤起她的同情心。另外，据威海卫地下党的报告，萃女的胞兄杨更新，身为专员的秘书，很得专员的重用。此人不是顽固的反动分子，有些开明见识，可以争取利用。杨更新的唯一的亲妹妹去求他保释一个共产党员的垂危的家属，估计他有可能出面活动。当然，关键还在萃女的努力程度，怎样去说服她哥哥……

冬季夜长昼短，天渐渐昏暗下来。围着四里城墙的文登城，已朦胧地呈现在眼前。

黑叫驴打着喷嚏。萃女扶着震兴的胳膊，边走边道："走了这一程，脚可暖和过来了，出汗啦！原先唱戏练功，我身子可不是这样娇……瞧，文登城，多年没到啦！记得我十六岁那年，跟爹来唱戏，唱的是《杜十娘》。当时县太爷发了脾气，说戏太苦，他三姨太太心里难受……真是些混蛋羔子！咦，你怎么老是闷闷的，桃子妹眼看救出来，你还有什么解不开的？"

震兴叹道："人没到手，先别往美处想，唉！"

"看你，我不是说过，咱从威海回来，不接出桃子妹，我替她坐牢去。"萃女安慰着他，面前已近护城壕。她又叮咛他："你少搭言，一切由我支应。哎，那些当共产党的也真胆大，偏偏在城里等咱……三合饭店，进了西门大街，一直走……"

这古老的县城，土路坎坷不平。在这寒风彻骨的夜晚，街上几乎没有百姓走动，酩酊大醉的兵、警、公人，倒是屡见不鲜。

震兴牵着驴，和萃女来到三合饭店门口。有个店伙计迎出来，问道："住店的吧？店家店家，到了家啦！"

震兴问："有个李先生在这？"

店伙计打量着他二人，道："你是来送他表妹去威海的吗？"

萃女回答："我就是他表妹，请你带俺们去见他。"

店伙计小声对震兴道："你在这稍候，我领她进去，就来招待你。"

萃女跟着店伙计,通过门面柜房,穿过前院正厅,来到后院。伙计指那亮灯的东厢窗户,道:"李先生在屋专候。我去招呼你的伙计和牲口,一会儿来上饭。"

萃女推门进去,见一个二十八九岁的男子,清瘦脸面,穿着长棉袍,正从地上八仙桌子旁边对着她站起来,招呼道:"你是萃女吧?快请坐!我叫李绍先。"

萃女边点头,边走过来,拉下围巾,坐在绍先对面,说:"让你等急了,李先生!"

绍先给她倒一杯热茶,说:"我不急。路上的风硬,冻坏了吧?喝杯茶暖和暖和。"

萃女喝了茶,身上热起来,脱掉了外面的羊羔皮袄。听到大街上一阵碎乱的马蹄声,她有些紧张地说:"在你们对头的鼻子底下,你不害怕?出不了事?"

"你放心,这里挺保险。像你这样脸面打扮的人,在小村小店里和我会面,倒会引起怀疑。"绍先说着,口气变得严肃了,"首先,我代表我们的组织,对你见义勇为,救护我们的亲人,真诚感谢!你这次去找你哥帮助救人,不外乎两种结果:一是杨更新被你说服,答应你的要求,通过专员释放桃子;二是他拒绝你的要求,仇视我们共产党人,不放桃子。"

萃女马上说:"俺哥这人的来历你们都清楚。去年我去看他,他精神很苦闷,埋怨过蒋介石只剿共、不抗日,丢了东三省……我去和他说,勾起他想到俺爹死的仇,告诉他孔秀才父子的恶劣行径,求他救个女人,不会不出力气。只是怕威海的专员管不了文登县的事。"

绍先道:"这个我们也想到了。威海这个特区不管县份,可它有外国势力,兵多枪好,进口洋货,周围县里的头目,都去投靠钻营发财。只要你哥肯活动,向文登县保释个人,没有大的阻碍。只是要快办,防止孔庆儒从中使坏,说桃子是共产党的人,就会麻烦。你打算怎么和你哥讲?"

"按照你们要震兴传给我的路子,我是这么编排的。桃子一直没承认给你们办事,他们的把柄只是她的伤药和血被子。这好顶。就说是她丈夫受伤跑回家,藏一阵又跑了,那药品也是他早备在家里。桃子乡下女人,也不知道有什么利害,要拿出去变钱,正碰上来搜的人。你看行不行?"

绍先点点头,说:"这样说行。可你要记住,不管你哥的态度多么亲,也不要说是我们指导你来的,只说是你家伙计求你救他弟媳的。"

"我记下啦!"

绍先从怀里掏出一个钱袋,放到桌子上:"这是一百块大洋,请你收下。"

萃女脸红了:"这是怎么的?我是为了钱?"

"你别误会,不是给你的。你把钱交给你哥,说是伙计保弟媳的费用。这样做,对你的努力有好处。"

"你们想得真周到。可你们都是穷的……"

"你原先也不富啊!"绍先恳切地说,"想想看,当戏子的人,在财主眼里,都是玩物。你长得好看些,就有人来欺负……你爹为此丧了命!你哥想报仇,却是小鸡求救找到黄鼠狼子窝里,他不但报不了仇,当上官,弄得不好,会帮助仇人,祸害更多的受苦人!"

"俺哥要是助纣为虐,那真使我含冤九泉之下的爹,可不恨死他了!"萃女眼泪盈眶,痛苦不堪地说,"唉,这世界,做人,做个好的,真难呀!"

"是的,人要是不光想为自己活着,更为穷人谋解放活着,比方说当共产党干革命,的确是难,吃苦受罪不说,还有坐牢杀头的风险。不过像你说的这种难做的好人,哪怕是做一天,也比做坏人长命几百岁、几千年都要值得，都有意义！"

"你的话我都听在心里。你们这些人，确是好样的！可我没自由，守节文契在他们手里攥着，俺哥也没法子帮我……"

"你哥即使能把你的文契从孔秀才手里要过来，他能答应你嫁给一个穷伙计，一个共产党人的哥哥吗？"

萃女脸上一层乌云，接着抽泣起来，掏出手绢捂住眼睛，说："那我怎么办啊？我眼前一点光亮没有……"

绍先怀着深沉的同情，说："怎么办？你应当看清楚，你的不幸，不是一个人的事，是整个社会造成的，是这个制度害了你。为此，你应当像桃子那样，积极地参加革命斗争！"

萃女激动地说："等革命成功，我那终身守节文契就没效力啦，对不对？我跟震兴就能……"她猛地意识到对方是第一次接触的陌生男子，红着脸垂下头。

绍先却像没有看到她的羞赧似的，一面给她倒茶，一面说："推翻了孔秀才他们的这个社会，就是一个专为好人谋幸福的世界啦！"

萃女急速地揩干眼睛，抬起头，喜气盈盈地说："你……你……我早该认识你！我眼前有光亮啦！我……我真盼世界早翻个过！"可是，她脸上的喜色渐渐淡下去："只是，你们的人，死的死，伤的伤，抓的抓，这血腥的日子，多会儿是个头？"

绍先望了她一会儿，道："一个人，走上革命的道路，不是那么轻易。我盼你做事多想想别人，想想那些比你受苦多得多的人，为他们，为自己，做个难做的好人！这样吧，你和震兴住在这个店里，我已安排好了……我等你的信吧！"

"你今夜还走？吃了饭走吧，我请你……"

"我吃过干粮啦。"绍先把旧礼帽戴到头上，和她紧紧握手，再说一遍，"我们等你的信！"

腊月二十三，天降鹅毛大雪，纷纷扬扬。一天工夫，平地积雪半尺，昆嵛山一派素妆景象。

这天晚上，在丁家山庵，珠子正跟于震海和金牙三子谈话。珠子脸上又黄又瘦，胡髭杂芜。他激动、严肃地说："咱们的组织有了大发展，武装暴动的准备工作，正在加紧进行。这是同志们和革命群众的鲜血换来的成绩！玉子、三子同志勇敢的牺牲精神，威丧敌胆，是我党的光荣。革命势力的大发展，反革命也全力以赴加强镇压。敌人为捉你们两个，更想尽一切办法，登报、通缉、悬赏、画图、绘影，到处张贴，无所不至。鉴于情势严重，为避开敌人锋芒，保存革命力量，全力投入秘密发动群众的工作，现在决定，暂停你们武装小组的活动。玉子、三子同志，立即去东北，和早去的同志取得联系，隐蔽待命。何时回来，大约要一年，等通知吧。看看你们有什么意见？"

金牙三子立时说："正好端端地准备暴动，我俩可逃跑了，这是怎么回事？"

珠子道："是为了保存力量，有计划地隐蔽一时，怎么是逃跑？你们去东北，也有发动群众的任务。"

金牙三子气呼呼地说："反正，有枪不往敌人身上打，我不情愿！"

一旁的李绍先，这时说："这是斗争形势的需要，党为了你们的安全，为了以后的暴动胜利，有计划的安排。去年也有几个在本地太红的同志，去了辽东半岛。"

没有人说话了。只有金牙三子呼哧呼哧的喘气声。绍先望着震海紧板着的脸孔，走上前，一手搭在他的肩上，轻声问："玉子，你有话说？"

震海低沉地反问道："组织决定了？"

绍先道："决定了。你可以说说自己的想法。"

石匠玉将拳头猛砸在炕席上，震得炕桌上碗里的水都溅了出来。他愤然道:"最危险的时候让我离胶东,还没有叫我跳到海里好受!"

珠子严厉地说:"你这是什么话!我刚才说的,你一句没听进去?同志,你要想到大局,整体!"

震海揪心剖腹般地对珠子和绍先说:"领导同志!我是粗人,不识字,道理懂得少,你们的话,我知道对。可是……你们也清楚,俺们这两年,走的地方多,见的人经的事多!耳听的不算,眼见的说不完。走到哪里,哪里是哭声,血滩!一天天,一夜夜,一村村,敌人都在行凶作恶,逼债抽捐,奸淫抢夺,对咱们的同志和群众,更是惨无人性!群众哭,同志们恨;群众打听,同志们问:何时动手?哪天暴动?同志啊,领导同志!我爹死妻伤的仇不报还可,一个共产党员,能丢下人民的死活不管,自个儿躲安全地方去吗?我央求珠子同志,收回决定,组织的情我领,为这,我更该留在胶东,和同志们一起铤险!珠子,先子!留下俺俩吧,留下吧!留下吧!"震海的泪水簌簌流下来,最后竟发出颤抖的呜咽。

三子跺着脚哭叫道:"我随海哥,生死不分家!留下俺俩!留下俺俩……"

绍先望着这两条铁汉子,眼睛潮湿,悲结哽喉,说不出话。珠子皱着痛苦的脸,沉默了好一会儿,才激奋地说:"玉子、三子,二位同志!你们的革命志气旺,是共产党员的骨头!同志们,我再说一遍,革命有进有退,退是为了更快的前进。因为目前形势险恶,你们留下活动下去,实在是太危险。保存你们,不单是为你们个人的安危,也是为革命的整体利益。你们去了东北,主要任务是隐蔽,也做些群众工作。一年之后,估计我们武装暴动的力量会准备得差不多了,那时候,我们的军事猛将,你们再回来发挥更大的作用。这对革命有利有害?我的好同志,想一想吧!"

震海擦干了泪水，使了很大气力，声音还是很低："没说的，听组织的话。"

"我跟海哥走。"三子耷拉下脑袋。

珠子和他二人一一地紧紧地握手。绍先一手一个将他二人拉住，说："你们过海后，到大连港红房子，找一个叫李根生的搬运工人，他是我们去的同志，那里的工作由他负责。你们务必要在大年三十前赶到，因为那里有几个海阳的同志想回来，敌人正在等着抓他们，要他们千万不要回胶东。你们和先去那里的同志一样，任务是隐蔽，不要轻易活动。敌人已控制海外的来信，你们不要主动联系……"

"那家里暴动，千万别忘了叫我们啊！"三子插上说。

"放心，决丢不下你。"绍先喜爱地使劲拧了下三子的胳膊，"到时候，我们会设法通知你们回来。"

三子憨憨地笑了，说："这还差不离。反正孔秀才的狗头等着我给他搬家，谁也抢不去！"

屋里气氛变得松快些了。绍先又对震海说："玉子，你自从暴露后，有一年七个多月没和媳妇见面啦！桃子妹出狱一个来月，你一直在海阳那边活动，也没能看看她。临走了，赤杰先去了桃花沟看动静，尽量安排叫你们夫妻见一面！"

震海心里一阵热浪翻腾。他抬眼望着李绍先，这位他走上革命道路的领路人，在葱郁的树林里把他石匠玉的名字写上小红本子的入党介绍人，油灯光下，细瘦憔悴，可他的胸怀装着海一样深的情谊啊！绍先的媳妇孩子死在敌人刀下有几年了，他自个儿从不提及，而对别人，他震海自己都记不准的夫妻分离了多少个月，绍先却记得这么准！为救同志的妻子他费尽心机，冒险进城安排，现在又想得如此周到，这样仔细……

绍先却没有注意震海的表情，端起碗喝口清水，说："看看珠子还有什么话说，没有，你们就早上路吧。"

珠子再一次和他们握握手,说:"没有了。见着桃子,好好安慰安慰她,替我问候她!"

绍先送震海、三子出了山庵。路旁闪出个雪球样的人,正是赤杰的朝鲜妻子、中共党员崔素香。这使震海悠然想起他去威海接程先生的情景,也是这样的雪夜,崔素香也是这样出现的——已经整整两年了啊!素香把个手巾包塞给震海。

"不用干粮啦。"震海说。

素香热切地说:"这次不是干粮啦,是二斤白面,捎给桃子妹的。你把我的心也捎给她——盼她早早养好病!"

震海不收不行,把小包揣进怀里。

于震海和金牙三子,冒着飞雪,踏上崎岖的山路。雪夜并不黑,那一道道险山峻岭,白得耀眼,对这两个早就习惯了夜间活动的汉子,简直觉得是在白日行走,毫不费力。看,再过三个山口,就是桃花沟了。

第十七章

　　家、媳妇、幼女，对于震海陌生了。
　　一年又七个多月，他今天这、明天那，东奔、西走，工作、战斗。饿了，同志家吃一顿，到不了同志家，摘山果、拔野菜垫垫肚子；累了，同志家睡一觉，到不了同志家，谷场草垛、树林山坳，闭闭眼睛。披星戴月，风餐露宿，出生入死，过了一年半多。在这样的生活环境里，他很少想到家，想到妻子，想到他破开屋顶逃出敌人的围攻时才满百天的孩子。说实在的，媳妇长的模样，他都有些模模糊糊的感觉了。他离开她的时间，比和她在一起的时间长得多啊！
　　现在，他就要见到她。这个两次为他被捕、饱受风险苦难、重刑病危才得营救出狱的媳妇，见了丈夫，她会怎么表示？怨他？大概不至于。她会委屈？这个自然。当初他参加共产党，她哭过，求过他，怕得发抖。他早知道她变了，可是她究竟变到什么程度？此情此景，在她丈夫面前，会是怎么表现？不管怎样，他媳妇这样的女子，是对得起他的。这个时候，她对他委屈地哭一顿，诉诉苦楚，埋怨几句，他一点也不会发火，会感到还是很自然的人之常情，他只会感激地抚慰她……
　　震海有说不出的激动，那雪片触上他脸面，像触到热锅上，即刻融化了。他禁不住加快几步，赶上金牙三子，说："三子，你说，她见了我，会怎么着？"

三子笑道："怎么着？留下咱过年，吃饺子，喝'地瓜烧'！"

"说正经的，她会不会有怨言？"

"这个呀……"这个四肢异常发达有力、大脑袋瓜却很少动用的庄稼汉，这时少有地想了想才说话，"海哥，像嫂子那样美心田的女人少有！像嫂子那样硬朗的女人难找！虽说她的身子在党外头，可她那颗心早进了党里头！我这条铁汉子，几次被她打动得哇哇哭……她拉着孩子，三番两次遭毒手，咱可一身清闲跟敌人斗。嫂子见了你的面，诉诉委屈是自然，就是打——咱也得老实挨着，这，她有权！"

震海在黑暗中，深深地点着头，更加紧了步伐。

洁白的雪层，将环山中的桃花沟，里里外外遮盖得严严实实，五十多户人家，宛如住在碎琼堆起的世界里。雪花的轻柔的沙沙声，使山村雪夜更显得静谧、安宁。那叫夜的狗，都偎在暖和的草窝里酣睡，无心再去注意什么动响。

于震海和金牙三子，接踵来到村边的一幢住地。墙影中走出一人来，轻声唤道："玉子、三子。"

震海他们迎上去，正是丁赤杰。赤杰又道："进去吧，一家人在等。金贵明天回家过年，天亮前，你俩上路。我在这等你们。"

院门从里面拉开了。震海、三子刚过门槛，有人拉着他俩的手，叫道："孩子，先到厢房去！"

两人齐叫："婶！"

他们随三嫂进了厢房。屋里有灯，窗上堵着山草帘。三嫂忙着给他俩扫干净身上的雪。震海把崔素香给的二斤白面从怀里掏出来，递给岳母。三嫂感激地说："她家多少人去吃，还给咱省下！"

"海嫂呢？"三子问。

三嫂道："在北屋，才吃下药，睡着；咱一会儿过去。"

小菊抱了竹青来，对震海说："哥，给你闺女！"

竹青恬静地睡着。震海接过来捧着,看着,对岳母道:"婶!她长得这么重,多亏你老人家熬心!"

三嫂微笑道:"姥姥疼外孙,这还不该?"

三子接过竹青,高兴地说:"长相像海嫂,鼻子是海哥的。嚄,比俺金牙三子美气多啦!"

小菊凑到三子跟前,仰着脸,细细地瞅他的嘴,说:"在哪儿?在哪儿?"

三子懵怔地笑道:"你找么?看我俊,做媒来啦?"

小菊道:"做媒找大脚霜子。俺是说——你的金牙呢?"

三子抹一下大嘴:"我哪来的金牙?"

小菊疑惑道:"那为么叫金牙三子?"

震海也忍不住微笑道:"他这名的来历有趣,叫他说。"

三子道:"说就说。我七岁那年,俺村财主灰瘌狼的儿子比我大三岁,欺我小,逼我舔他的鼻涕。我一口咬掉他的鼻子……从此,就得了金牙这个名字。"

小菊惊讶不止:"呀,是这么回事!真有趣……"

三子见小菊好奇心重,话也多了,说:"我的名还不算有趣,我再给你说个顶有趣的。有的人是从长相上得名,比方有个叫花生皮子的同志……"

小菊忍住笑,用食指向脸上乱点。三子点头道:"你猜对啦。还有的人就不是外表的标记啦,你也不好猜。"

小菊道:"你快说,我保准猜得到。"

"俺们有个负责人叫老贴,你知道他这名的来历吗?"三子问。

"他也来俺家过。"小菊说,"不是姓铁吗?"

三子晃晃大脑瓜。

"他家是铁匠?"小菊皱起了细眉。

三子又笑着摇摇头。

"他家铁多?"小菊瞪大了眼睛。

"还钢多哪！怎么样，怪伶俐的闺女，这下傻眼了吧……"三子嘿嘿地开心地笑了。

小菊抓住他的大手，催促道："到底怎么回事，快说呀，三子哥？"

"是……"三子刚要说，忽听震海在旁边问："婶，叔呢？"

"在西路口守着。"

三子忙把孩子向小菊怀里一放，抽出手枪："我去替他回来。"不容阻拦，他急急出门去了。

小菊还要缠震海给她揭开"老贴"这个名的来历之谜，母亲却叫她快去正屋守着她二姐。小菊出了厢房，心里还在算计，等三子哥回来她一定要打听清楚。她哪里料得到，以后再没有这样的机会了……

厢房里只剩下岳母和女婿二人。一霎，谁也没说话，气氛却有些紧张起来。

"婶，她的病情怎么样？"震海等不到对方开口，终于主动问了。

三嫂强作笑容，道："调理这一个月，没大事啦！"

震海扶住岳母的胳膊，要求道："实话说给我，婶！我就要远走啦！"

"真没事啦，真……"三嫂笑着，泪却涌出来，终于有了泣声，"孩子，她再三叮嘱我，不得和你说！狠心的坏人哪，各种刑都使过，抬回家来，只剩一把骨头、一丝气啦……我和她爹她妹，抱着她，守着她，哭了三天三夜……请冯先生来看，都不敢下药啦……"

于震海头埋在双手里，剧烈地悲恸着。三嫂忙擦干泪水，抑制自己，说："孩子，如今她好啦，好多啦！也亏得桃子吃惯苦的身子骨，旺生生的精神头！她一清醒过来，就开导全家，说她挺自在，学你爹，撑住劲，活得旺盛！孩子，别难过，她真好多啦！"

震海奋力抬起头，喑哑地说："我不难过，婶……"

小菊跑来说："妈，俺姐醒啦，叫哥去。"

三嫂叮咛道："海子！你千万千万别在她面前伤心，啊！"

"我听话，婶！"

震海跟三嫂刚来到北屋门口，院门开了。张老三疾步冲过来，一面叫："震海来啦！海子来啦！"

震海迎着他说："叔，我来啦！"

"你来得好！"老三抢上抓住震海的胳膊，颤着声问，"三子说，你要远走？"

"是，叔……"

"不行，不成，不能！我不依，我不答应！"张老三又急又气又悲又疼地诉说道，"人是爹妈生养，都是有血有肉的啊！想当年，你家田无一垄、草屋三间、一个瘫爹、两个儿郎，大的卖汗水、二的啃石头。我张老三再穷，结结实实的大闺女，还不至于老死在家，非嫁给你不可。我有些不情愿，可也依从了你婶。我家没有多的，尽着自家空着半拉肠子，把闺女倒贴东西送过门。俺闺女一个人，伺候你老的少的，给你生养子女。你当共产党，是为穷人好；你出了事，逃出家门脱了身。可怜她，怀带孩子，抓进抓出；可怜她，长到这么大，没享一天福，受尽人间苦；可怜她，大牢里折磨半年多，抬回家来只剩一口气……你狠心，不等她脱病离身，命在危难中，就远走高飞去他乡！你……你再铁心，也得等媳妇缓过这口气啊！你……"

"你……你少说两句吧！"三嫂几次都没能制止住丈夫的话，听着这些泣诉，她也悲伤难忍，使劲拉开丈夫那抓住女婿的手。

震海流着泪道："叔！你听我说……"

"我不听！管你说什么，断断不能扔下媳妇孩子走！"张老三又要抓女婿，被三嫂从中间挡住。

"爹……妈……你……爹，妈，你……"屋里发出微弱沙哑的唤声。

小菊哭叫道:"还吵哩!俺姐叫老半天啦……"

三嫂领先,震海、老三随后,进了正屋,进了西房间。屋里没有点灯,外面的白雪,从窗纸上映进来灰白的淡光,能模糊地分辨出炕上躺着的桃子。

老三道:"点灯。"

"别点,有亮我发昏。"桃子说。她望着炕前最高那个人影,细声问:"你来啦!"

震海凑前一步,道:"我来看你……"

老三抢着说:"桃子,他要撂下你娘儿俩远走,别依他!"

"爹!"桃子柔弱的嗓音,缓缓地响着,"爹呀,你怎么又糊涂啦?他受的苦,遭的罪,只比你闺女多,不比你闺女少。他向谁诉苦?向谁委屈?我为他坐牢,他为谁受伤?世上受苦受难的人,比你闺女重的有多少?咱们照原样活下去,子子孙孙永世要受苦。你女婿在共产党,闹革命,为爹,为妈,为全家,为世上受苦人!你闺女做的,是像那家俺爹死时留下的话,跟共产党,闹革命,打江山,都是一回事啊!爹呀,咱没有怨,没有屈,有的是仇,有的是恨,这账全记在官府、财主身上!妈,你给我口水……"

喝下几羹匙温开水,桃子又继续道:"爹,他和三子兄弟走,是党里叫这么做,不会错的,是为咱们好,怎么是撂下我和孩子不管?人家李绍先,媳妇孩子早叫杀光,你见他哭来着?人家程先生,为革命,和财主家割断,来这过苦日子,怕我那哥坏事,这雪天,住在破家庙里……像这样一个个、一件件,党里的人、党里的事,多着哪!就单单咱是亲骨肉?"

老三蹲到房门槛外边,擦擦眼角上的泪水,闷头抽开了烟。

三嫂上去给桃子掖掖被头,说:"孩子,你歇会儿,你爹有妈说他,你经不住多话。"

桃子也感到有些晕眩,但母亲给她掖被头的手尚未离开,她又说:"妈呀,关东冷,多给他俩些铺盖。我身上这床被厚些,给他们拿去。在家里,多烧把火,过得去冬。"

三嫂道:"你宽心吧,我打点着哪……"

桃子说:"多烙些干粮,掺上地瓜,凉了也软和。他俩饭量都挺大。"

三嫂道:"妈知道……"

桃子说:"要过年,妈你提前弄饺子给他俩吃吧。"

三嫂道:"包好啦……"

桃子说:"妈,看他俩的衣裳破没破,该褃的褃,该补的补,你替我做吧。"

三嫂道:"你放心,全有妈!"

桃子说:"妈,俺姨父给竹青打的过生日的银锁,你给他们拿着,路上换几个钱使。"

一直被炽烈的感情火焰炙烤着的于震海,这时激动地说:"路费组织给了……"

桃子说:"党里钱艰贵,能省就省下。"

三嫂出房门,拉丈夫一把道:"走,到厢房帮我干点事去……"

无灯的屋里只剩下夫妻两个。桃子说:"你坐下,站着多累呀!"

震海坐到炕前凳子上。桃子又道:"坐这,炕上……"

震海侧身坐在媳妇枕头旁,面对着她。桃子将手放到他怀中,震海紧紧握着这只手。这手,变得又细又硬了!他颤声说:"我真想见到你!"

"俺也想你!"桃子泣声道。

震海说:"我想看看你这会儿的模样!"

"点不得灯,我见光头晕……"这是桃子早准备好的话。她怕丈夫见到她瘦得变了形的脸、满身的伤迹。现在，丈夫呼出的热气直扑她脸上，一年多没见面了，这苦难的生活，她想象得出丈夫也会变化的。变老了？变黑了？枪伤留下什么样的疤痕？会不会像她表哥高玉山那样，脸上也有了伤疤？她是多么想看看他啊！即使用手在他脸上抚摸抚摸也好啊！但是，桃子硬是克制住了这个巨大的蛊惑和欲望，因为这会引起丈夫同样的反应。让丈夫临别留下媳妇伤病得瘦弱枯槁的可怜形象，怀着难受的心情踏上征途，这是桃子最不情愿的。她努力使声音平静下来，说："我先前是么模样的，这会儿还是么模样。你忘了，我给你提提：长圆脸，红扑扑的；大眼睛，黑亮亮的；一副吃得苦的穷闺女长相……想起来了吧？"

震海本来要点破这是她宽慰他的话——一路上他净想怎么说宽慰她的话了啊——但，想到岳母西厢里的嘱咐，怕引起媳妇的伤怀，就强压下冲上来的情感，更紧地握住她的手，说："我走了，你还有话说？"

桃子停了一会儿，低低地问："多咱回来？"

"一年以后……那时候，就该咱们打起红旗，跟敌人公开干啦！"震海抖擞起精神来，"对啦，珠子、先子，还有崔素香，都问候你来！"

"谢谢人家！"桃子说，"在外面，你事事谨慎，粗心不得。我和孩子，你用不着悬心。再苦也不过坐牢受刑，遭这种罪罢了。眼前有光亮，心里有盼头，遇到多大的灾祸，咬紧牙，挺住身，也过得去。俺娘儿俩等你回来！"

这往后，夫妻无话，在黑暗温暖的茅草屋里，默默地感到时间的流逝……

张老三又去外面放哨，换回金牙三子和丁赤杰。三个人吃过热腾腾的饺子，背起行李，又一次来到正屋炕前。暗影中，震海和三子向桃子告了别，院门外又辞行三嫂和小菊，村口分别张老三,向西走去。

丁赤杰送行至西山口。震海和三子把各自的手枪交给他。赤杰搂着他俩的肩,说:"兄弟!这枪我好生保管,等你们回来使唤!"

与战友分手后,震海和三子登上前面的山峰。回头看时,那飞雪的东方天,已呈鱼肚色。

"三子,你再多吃点,就着咸菜,啊!"于震海卷起一张麦面地瓜饼,伸手送过去。

金牙三子接过来,大口地咬着饼,乐滋滋地说:"又软和又甜,比糖的还强!海哥,你也吃呀!"

"我饱啦。"震海抹了把嘴,目光投向前方。

这是他们离开桃花沟的第三天过午,坐在"孟良口"旁边的大松树下,休息着吃干粮。雪花还在飘落,原野一片白茫茫的。震海望着山下的平原,道:"三子,昆嵛山到边了,咱们要下山走通烟台的大道啦。你看,路上往东走的人不断。"

三子看了看,说:"今儿是腊月二十五,烟台、牟平城里的乡下人,都赶着回家过年啦!"

震海道:"要提防碰见熟人、遇上敌人……这样吧,咱俩减小目标,拉开距离,一前一后走。你先走,我掩后,好吗?"

"好。腰里掖惯了家伙,一下没了,好不实在。没关系,凭咱一身武艺,空着手,也对付得了几个找死的!"

"不能冒失。咱们是奉命隐身的,不到万不得已,不可动手。下山十多里是牟平城,别住脚,穿过城去,到了七里店,你在村头等我,聚齐找宿。第二天进烟台上船去大连。"

"知道啦。"

"你再吃点。"

"饱啦!"三子抓把雪唵进嘴里,拍拍手,背起行李卷,站起身来。

震海把干粮包好，打量他补丁满身的小棉袄，说："你冷不冷？"

三子笑道："冷，你有皮袄给我？"

"我的棉袄厚实些，咱俩换着穿……"

"我比你怕苦？"三子甩开腿，健步下了山。

烟（台）威（海）公路上，人迹依稀不断，大雪盖没旧的脚印，新的又接着出现。但脚印的方向绝多是朝东走的，唯有一个人，高壮的身子，黑粗布补丁的棉袄棉裤，腰间束着灰布带子，肩上背个铺盖卷，三开狗皮帽子压在眉毛上，埋着头，逆着携带年货还乡的行人，顶着风雪，向西北方向跋涉。

于震海已过了牟平县城，走出同金牙三子分手的孟良口子二十多里了。那东去的路人，脸带喜气，笑语不绝，回乡过年，全家团圆，即使贫苦的，也有个遮风雪的草屋的家啊！可他，石匠玉，对于这个情景，却无动于衷，感情上没有触动。这不仅是他已习惯了颠沛流离的生活，有多少和他同命运的上级、战友，不都是这样痛痛快快地过着的吗！这一层，黑屋中看不清脸面的媳妇，对她父亲说的那番话，再清楚不过了，说透了他的心。然而，这时候，他，于震海，心里却翻滚着另一种波涛：为了革命，老残的父亲烧死在赤松树上，媳妇坐牢受刑奄奄一息，多少乡亲饮恨而亡，这血海深仇不能报却背井离乡，年关之日，避难海外！雪路艰难，心情沉甸，外走一转，回乡一千哪！他一步步，离家乡，离熟悉的故土——亲切的昆嵛山、母猪河，更离血肉相连的同志们、亲人们，远了！远了！远了！

像有人从后面猛力拉他一把似的，于震海徒然转回身来：那高耸起伏的昆嵛山峰，弥蒙在茫茫雪天之外，他看不见了！粗大的泪珠，在这个硬壮的汉子脸上，无遮拦地往下滚。他垂下头，身上感到彻骨的寒冷，缓慢地转过身子，两腿沉重地向前挪动。

风骤然大起来了，卷起沙子和碎雪，无情地向震海身上袭击。他望着路北面覆雪的光平的海滩,情不自禁地站下来。

这地方,名唤白沙滩。这地方,就是震海他祖父丧生的所在。

那时,他父亲于世章为和于之善论理,被押在县大牢里。六十多岁的祖父于平广,为救儿子,养活孙子,领着小震海,给孔秀才的德源号丝坊挑脚。就是在腊月二十五日这天的黄昏,走到这风雪显威的白沙滩,于平广那病弱衰老的身子,肩负一百二十斤的重担,被雪滑倒,再也爬不起来。骨瘦如柴的小震海,拽着爷爷的手,又拉又拖,哭着叫:"爷爷,爷爷!起来啊,起来啊!爷爷……"

于平广老人借助小孙儿的力量,在雪地上挣扎着说:"我起来……起来……海儿,你使劲拽,爷起来……"

"爷爷!你手硬啦……爷爷,你起来!快起来……求求你,爷爷!快着点啊……"小孙儿拉不动老祖父。雪滑,风大,孩子一跤一跤地摔,爬起来,他又拼命地拽,拼命地喊:"爷爷!你起来,起来……我帮你挑担子,回家过年……爷爷,爷爷!求求爷爷……"

老人的躯体在迅速地僵硬着,他知道自己无济于事了。他老泪纵横,挺在雪层上,哆嗦着嘴唇说:"海儿,你别哭……爷爷是累啦,得歇歇……你去找人家,要碗热水我喝,爷爷就有劲起来啦……"

小震海跪在祖父身旁,小手在老人白胡子嘴上摸了摸,哭道:"爷爷,好爷爷!你的热气不多啦……爷爷啊!你等我回来,千万等着我啊!"

老人艰难地说:"爷等你,海儿……一块回家过年……去牢里给你爹送吃的……"

小震海跑出几步,又返回来脱下小破花头棉袄,盖在祖父胸前,这才没命地向附近的村落奔去……

等他捧着碗跑回来,只见一群野狗在吠着打着撕咬什么。小震海大惊，狂吼着扑上来……

路过这里的行人，好歹从狗嘴里夺下于平广老人的几块带着血肉的骨头，用包袱裹起来，叫醒那个恸昏过去的可怜孩子，把他带到赤松坡家里……

于震海的目光直直地停在白沙滩上。远处，那黑乌乌的海浪，翻卷着白花，层层叠叠，呼啸着，猛烈地朝沙滩冲击、扑打。他咬着牙，脚跺得冻雪的地层咚咚山响，赛过海潮声，泪珠被震得抛出好远。他迎风冒雪，大步向前奔去！

金牙三子站在七里店村口，等待震海到来，两个人好找个小客栈住下。冬季昼短，天已到落日时辰。雪霁云开，风却刮得更甚。正等着，三子听到街里人声吵叫得尖利，举目望过去，十字街口，有堆人围着，乱哄哄的。他又看看大路上不见震海的影子，就走进村中，凑上人堆后面，向里张望。

一个浑胖的背手枪的穿着黑制服的警察，用手里的文明棍指着墙上的一大张白纸黑字"通告"，尖着沙嗓子吼道："……我再说一遍，你们老实地听着：年关已到，县府有令，加强治安，捕拿共匪。家里来了亲戚的，都得上名登记；来了生人，马上报告；夜里不准上街走道。如果犯禁，格杀勿论；窝藏共匪者，刀灭满门！听到没有？"

看的人们都阴沉着脸，没有说话。金牙三子盯着那满脸横肉的警察，把手习惯地摸向怀里——空的，同时，想起自己的任务，震海的嘱咐，他咽一口唾沫，转身欲走。但，那警察的刺耳的沙嗓子又把他扯住了。

"你们再瞧！"警察又亮出一大张白纸挂在墙上，指点着说，"这就是共匪于震海长的样子，红毛大眼，血嘴獠牙，杀人放火，无恶不作一大害。他是文登县赤松坡人，到处窜扰……"

那纸上画的一个大头丑陋形象，手里拿个死孩子，撕劈着小腿往嘴里塞，血还在往下淌着。

"大家认仔细啦，谁抓住于震海，活的大洋一千，见尸大洋八百……"

金牙三子见状，气得鼻子要冒烟，肚里要着火，攥紧了大拳头，就要向上去——然而，他又一次吞了口唾沫，淹熄心头的怒火，回身向村外走。他刚走出十几步，忽听人群吵叫起来了，就折身一看，只见那胖头警察抓住一个衣衫褴褛的青年的胸襟，恶狠狠地问："你说什么？你再说一遍！"

那青年挣扎着，高叫起来："说就说！共产党怎么样我没见过，可他既是人，能像你画的那个样吗？"

"你……"警察语塞，恼羞成怒，将破衣青年推倒在地，抡起文明棍就打，"你小子好大胆！你没见过，就不信！我今儿让你开开眼……"

那警察正打着，猛地，肩头上挨了一重拍，顿时半个身子发麻。他吃惊地回过头，翻眼盯着身旁站的彪烈大汉，吸了口冷气："你干什么？"

金牙三子冷笑道："我让你也开开眼，见见于震海！"

"在哪儿？"胖头警察一哆嗦。

"在这儿！"三子伸手夺过他的文明棍，照白纸通告、绘图乱捅乱戳，几下全稀巴烂了。

听告示的百姓骇然。那被打的青年爬起来，怔在那里。胖头警察省悟过来，慌忙掏手枪，一面喊："你小子！又一个来找死的……"

文明棍劈头砸下来，警察和断棍一起倒在地上。三子将手里的半截棍子一摔，上去缴下敌人的手枪。人群哄乱地跑开。

"老乡们，别跑！"三子喊道，"都站住，我有话说！"

大胆些的百姓站在近处，小胆的站在远方，附近住家的人被惊动，趴在门缝、窗眼向这里瞅。

"这个王八蛋满嘴喷粪！共产党是为咱穷人打天下的，也是庄稼人，他……"三子说着，抓住被打蒙的胖头警察的后衣领，像提死狗似的立起来，喝道，"我就是共产党员于震海！你看看，是画的那个样子吗？"

警察抖瑟着说："于大老爷，饶命！小人是奉命当差……"

三子斥道："胡说，我不是你狗养的大老爷！你说，我长得什么样？说！"

警察望他一眼，说："你长得福相，善面，好看……"

"去你妈的！"三子将他一手扔出丈把远，又朝人们喊，"老乡们！瞧见了吧？我也是庄稼汉，和你们一样……"

这时那被救的破衣青年拾起三子扔在地上的行李卷，急急地送上前，说："好汉，多谢你！快走吧，后街上就是警察所……"

几乎是同时，于震海直冲到金牙三子跟前，拖着他的胳膊，一阵风似的向村外走……

看热闹的人群一哄逃散，关门堵窗。转瞬间，街成死街，村成死村。

胖头警察一半是被三子摔得发昏，一半是怕挨打装死躺着，直等到不见动静了，才睁眼一看，人全光了。于是他惊慌地爬起来，一面摸出口袋里的哨子紧吹，一面没命地向后街跑，跑着又歇斯底里地喊叫："抓共产党啊！于震海来啦……"

按照惯例，每逢年关，孔庆儒都要给上司县长、专员送乡间土产、山野鲜味、海里腥珍。不但奉送顶头上司，周围的县长、专员也尽量巴结。今年，孔秀才打发儿子孔显带着长工赶着大车，来烟台、牟平送礼。孔显从烟台转回来，碰上他舅于之善他爹的小老婆生的弟弟——赤松坡的村长于令灰。灰瘌狼是骑车子进烟台办年货回乡间贩卖发财的，因雪大受阻，骑不了自行车，只得跛着瘸腿推着走。于令灰异常喜欢，跟着孔显回家，满车的货物上了大车，自行车有长工推着，落得全身轻松；而一路吃住花销,又有人支付,真乃一举两得。这不是,今中午走在七里店,孔显媳妇的哥哥魏飞佐——七里店的警察所长,热情地挽留下他们,美酒佳肴,好不快活。

他们正在喝酒划拳,街上哨子响,接着那挨文明棍打的胖头警察慌慌张张跑进来,战战兢兢地报告道:"所长!所长!共产党!于震海……"

一席宾客大惊失色,纷纷落杯掉筷子。

"在哪儿?"魏飞佐急问。

警察摸着肿肩头道:"我听所长的吩咐,正在街上讲通缉令。忽然冲来一个人,撕烂了告示,打我……"

"快说于震海!"孔显喝道。

"就是他!"

灰癞狼问:"怎么个长相?"

"高个头,粗眉大眼,黑乎乎的……错不了,他自己也道了姓氏!"

"是这小子,跑这来啦!"灰癞狼叫道。

魏飞佐问:"他向哪里跑的?几个人?"

"就他一个,出村去了!"

魏飞佐笑道:"这小子,钻到我这里送死。前面四十多里是烟台,后面二十多里是牟平,沿公路的村庄,都有我们的人,一个电话,他向哪里跑?再快也跑不过烟台、牟平的汽车,我的八只大狼狗。我打电话去!"

孔显吊斜着墨镜里的独眼,道:"我爹常说,要用计谋……这小子心眼挺花,外面拉网,这村里也要搜查。"

"他怎么还敢在村子里?"警察所长摇摇头。

于令灰道:"你不知道,他媳妇就在我眼皮底下,藏他在家养伤……"

"事不宜迟!"孔显对大舅子道,"你快去打电话,要各处人马封村查路。我和令灰舅认得他,领人搜村子。"

于令灰马上踮着跛腿向外走,乐滋滋地说:"哈哈!怪不得我离家时有两只喜鹊,站在烧于世章的死松树上冲我直叫唤,原来喜兆应在这上头!石匠玉呀,这里可不是昆嵛山,任你横行,看你还有多大能耐……"

走着,于震海站住了。金牙三子催促道:"走啊,狗养的会来追!"

震海望着公路两旁的雪野,皱着眉头道:"你看,一马平川,白雪一片,天虽黑下来,雪地里却藏不住人,这不是在咱昆嵛山里!你听,各村都响起锣声,牟平方向有汽车响……"

三子惊道:"会这么快?"

"敌人有电话。听,村子都闹腾起来,狗叫——是敌人的狼狗……"

三子拍一下大脑瓜,懊悔地说:"我又闯了祸……那个狗警察,糟践咱的党,三番两次我压下火。可那狗养的越咬越凶,连那个年轻人都忍不住了,我真……"

"你的心性我知道,先别管这些,想法对付敌人要紧!"

"有枪啦!你走,我跟他们干上啦!"

震海将三子的手枪夺过来,掖进腰间。他观察着情势,紧张地思考着。光平的雪野里不能逃脱敌人和狼犬的追捕,而进村——别的村子离得远不说,敌人都封锁了,没法进去,进去也难藏住。只有——他拉着三子,离开公路,斜刺着向回走。"回七里店?"三子疑问。

"只有回去——七里店是大村,有客栈,来往客商多,这里没有认得咱的熟人,能想法隐蔽过去。"

"好吧。"

他们从覆雪的麦地里,来到七里店村后,顺着条小胡同,迅速地奔到前街上。见对面的门楼上,挑起个酒望子,里面有灯火。震海道:"冲到客栈里。你少说话。"

二人一个箭步冲到街南,进了兴升客栈。

柜台里正坐着个胡子掌柜的,见了他俩,起身让道:"二位住宿吃饭?房间干净,铺盖厚实;多年陈酒,便宜客饭。"

震海道:"住宿的。我这兄弟有病,有静僻点的单房间,最好。"

"有,有。"掌柜的把他二人送进最里院,一个阴暗的小房间里,划火点上小油灯,问,"老客贵姓?哪里来哪里去?官府的规矩,要上册子。"

震海道:"我叫张胜,他是我兄弟张力,在烟台卖力气,回海阳家过年。"

掌柜的心里记下,又问:"吃什么酒饭?"

震海道:"来两大碗热汤,干粮俺们自个儿带着。"

掌柜的怅然地去了。

震海打量这房间,一条小土炕,单薄脏旧的被子,一张白木桌,两条长凳,一盏小洋油灯。他又到院子里看了看,四周都是草房子,正屋、西厢是客房,东屋有女人孩子声,想是店家自己住的。他俩住的西厢,房后西风呼呼,碎雪烟似的扑到院子里来。震海回到屋,伙夫兼店小二端来两大碗白菜汤。震海道声谢,把门闩上,悄声道:"这里没有认识咱们的人,好应付。有来查夜的,忍着点,切不可火冲。要不,对不起组织,完不成过海的任务。吃点干粮吧。"

两人就着热汤,吃完面饼,和衣躺在炕上。忽听一阵急重脚步来到门前,拍着门叫道:"老客,老客!"

震海下炕开了门,见是掌柜的,因问:"么事?"

"这里有没有姓于的?"掌柜的惶惶地问。

震海道:"俺弟兄姓张,哪有第三个人?"

"老客，你不知道，大兵封了村子，警察挨着家搜，说有个共产党头目于震海来了……"掌柜的说着又急忙奔到正房，拍着门，"老客，这里有姓于的吗……"

接着，门外响起粗鲁的喝声："他妈的，掌柜的钻老鼠洞啦！快来人，查户口的！"

"来啦！来啦……"掌柜的连声答应，慌慌张张地向大门口跑。

震海将手枪藏在炕席底下，叫三子脱下蓝补丁棉袄，和他对换穿着，又撕开包干粮的白包袱皮，包住三子的上半部脸，让他头冲外脸朝里躺在炕上。

一会儿，掌柜的点头哈腰地引着三个警察走进来，边道："这两个姓张的，从烟台来。老客，快受检查！"

震海道："俺兄弟脸上害疖子，脓流得多，起不来。老总尽管检查，这是俺俩的铺盖。"

那个挨文明棍的胖头警察，用电筒照照于震海的脸，又照炕上躺着呻吟的汉子。一个警察呵斥金牙三子道："起来！"

三子哆嗦着欠起身，又趴下。震海上前扶着他坐起来，说："他病得厉害，先生搜身吧……"

三子恶心得要大口呕吐。警察们忙躲到门外。被三子教训过的胖头警察隔远用电筒在他身上晃了晃，说："走吧，都不是。"

掌柜的惊奇地望金牙三子一眼，急忙跟警察出了门，去到正屋检查……

三子扯下脸上的包布，低声笑道："海哥，那小子光瞅我的棉袄啦，真有趣……换过来吧。"

"穿着吧。"震海又插上门，"你这个愣脑瓜，也会装疯卖傻啦……当心，这是在狼窝里头！把灯吹灭，听着动静。"

这时，他们听到警察在正屋搜查完，来到院子。有个男人粗声问："都搜过啦？"

胖头警察道："搜过啦，没有。"

那人道:"我就不信,那祸精这回又逃啦?"

胖头警察道:"不信你再去搜,我亲眼打过交道的人,还能不认识?我眼瞅着他往村外走的……"

那人道:"所里接电话说,野外不见影,各村也没查着,兴许还在你们村上。大伙再辛苦辛苦。"

胖头警察道:"我们耐不得这烦,在前面喝茶等你。看你这人,一千块大洋迷住了心,谁哄你怎么的……"

那人道:"到嘴边的肥肉,能叫跑了不成?掌柜的,打灯笼,前面带路!"

于震海听着他们的对话,把手枪从炕席底下拿出来,压上子弹,藏进袖口里,站在炕前,让三子仍旧装病躺下。

又是叩门声。于震海拉开门闩。掌柜的打着纸灯笼进来,向后躬着身子让道:"老总,请吧。"

一拐一跛的黑影,右腿一抢,插进门槛里。于震海惊异地瞪圆双目:村长灰癞狼!与此同时,于令灰"啊啊"两声,癞腿一只门里一只门外,面如土色,他见到了生死对头于震海!于令灰一心想捉于震海,真遇上,却手足无措,心裂胆破。说实在的,刚才他在院里嘴上说不信警察的话,心里也料想于震海不会在这里,而想趁机向过往住店的客商敲诈一番,也发泄发泄对于震海的仇恨。不然的话,他决不敢孑身一人来虎嘴上拔毛的。

二人一照面,灰癞狼抽腿想逃。

"你跑!"于震海的枪口已经对准了他,"看你的癞腿快,还是我的枪子儿快!"

掌柜的灯笼落地,双腿一软,瘫在地上。金牙三子跳下炕,欲扑于令灰。震海挡住三子。

于令灰面对这两条威武的铁汉,战战兢兢地说:"算咱们没见着,井水不犯河水……我、我走……"

"你敢!"于震海怒目盯着他,"进来,我有话说。你要高声,我就开枪!"

灰瘸狼知道他此时身处险境,脸淌冷汗,硬壮起胆子,色厉内荏地说:"石匠玉,你要动一下,我就叫喊,门口就是我们的人!你们如今是虎落平原,插翅难逃啦!你饶了我,我也放了你!"

掌柜的向双方作揖,哀求道:"冤家宜解不宜结啊!打起来,我全家完啦,完啦!开开恩哪!开恩哪……"

于震海冷峻地对于令灰说:"于令灰!咱们是冤家路窄,彼此心明如镜!你进来,和我们一起待着,等你们的人撤了,我们走我们的,你走你的。共产党不杀投降的,这个你清楚。要是你不听话,死在眼前!"

于令灰骨碌几下眼珠子,说:"好吧,我听话。咱都是本村本姓的,好说。你把枪收了,我进去。"

掌柜的凑上于震海,乞求道:"你就收了吧,救我一家老小无事!你们共产党为穷人办事,我也不富啊……"

灰瘸狼贼眼一转,趁着掌柜的挡住敌手,猛一抽腿,嗖地跳到院子里,没命地跑着喊:"快来呀!于震海在这儿!于震海……"

于震海冲到门口,举枪两击。于令灰的瘸腿在雪地上转了一圈,一头栽倒了。这个当年在圣水宫山会上强奸尼姑被石匠玉几个打坏腿的地头蛇,今天总算结束了早该结束的肮脏的一生。对赤松坡的喜鹊来说,没白冲他叫唤了!

外面的警察,打枪,呐喊,却不敢向里院冲。

震海急回身对三子道:"我堵住敌人,你……"

"你快藏起来!"三子一把夺过手枪,"我去拼了!"

掌柜的哭着道:"你们都快走啊,救我全家……"

"三子,不行!"震海拽住三子,要把枪夺过来。

"你放手!"金牙三子火了,"只准孔家庄你救我,不准七里店我护你,天下哪有这种道理!祸是我闯下的。你比我要紧!你有老婆孩子，我是独个，牺牲了革命到头，没有牵挂！"

震海又上来夺枪，被三子一膀子撞倒桌上。灯笼被碰翻熄灭了。

掌柜的看不清是哪一个，把他拉出屋。这大汉回身将门扣上，严厉地对他说："他们是抓我于震海的！我出去和对头拼了，你赶快寻法把我兄弟藏起来，全家就没事啦！不然他们知道你窝藏共产党的弟兄，会全家遭殃的！你要是坏了事，共产党也饶不了你！听到没有，你也不是财主！"

掌柜的忙应道："好汉，我听命！我知道利害……"

强壮的大汉，不理会屋里的呼喊、撞门，挥着手枪向大门口冲来。只敢堵在门口放枪、喊叫的三个警察，转身向回跑，边跑边叫："出来啦！于震海出来啦……"

他一枪撂倒一个敌人，冲出了大门，顺着大街向村外跑，边跑边喊："于震海在这里，不怕死的小子们来吧！"

孔显指挥二十多名警察、乡丁，从后面紧紧地追赶。独眼龙不时大喊："抓住于震海，大洋一千！抓住于震海……"

烟台、牟平乘汽车来的敌兵，沿途的警察、乡丁，亮着手电，打起火把，雪野上火光交错，人喊狗吠，枪响马嘶，一齐向前面跑着的大汉进攻。

他身上已负了三处伤，肋骨打断了两根。那高壮的体魄，晃动着，向前跑着，血在雪层上洒下一条红路。他等敌人来近了，就准准地朝一个目标打去，敌人倒下了，他洪亮的喊声就响起来："来吧，不怕死的小子！于震海的子弹长着眼睛……"

敌人从四面八方包上来。这时，他肚子上又中一弹，脚在盖雪的麦地里踉跄了几下，倒了。他用手捂肚子，滚烫的肠子流了出来。他咬着牙，撕下块衣襟，将肠子塞回了肚子！他下半身麻木，爬不起来了。他等着敌人来近，一枪一个地射杀……很快，一梭子弹就光了。他将手枪抛了出去。

敌兵从四面向他开枪，子弹在他身边掀起阵阵雪烟，踌躇着不敢前进。孔显和魏飞佐在后面喊着："快上！抓住活的大洋一千……"

敌人弯着腰向他逼近。

他沙着嗓子喊道："不想活的来呀，小子们！于爷爷在等你们……"

敌兵急忙伏倒，打枪。不见回击，敌人又向前蠕动。他又喊起来，敌兵忙着趴倒，射击。这样反复多次，对峙良久，敌人只听对方喊话，不见有枪声，胆子才大起来，一起向前冲。可是，突然见他站了起来，都赶忙往回跑。然而，他只摇晃了几下身子，就又倒下了。许久不见声音，没有动静，敌人恐怖地小心地爬着向他靠近。当他们用电筒照着他确实是满身血迹地躺在那里，才站起来，端着枪，谨慎地来到他的周围。

他闭着眼，头部的血流到苍白的脸上，凝固了，一脸坦然，分明是躺在那里安静地休息。

后面的敌人打着火把，和孔显一块围上来。孔显举着火把，分开那一层层围着的兵警，边挤上来边说："哈哈！这个横天搅地的石匠玉，总算有了下场！我看看，这小子的死相……"

他的眼睛突然瞪圆，盯着被火把照亮的戴太阳镜的憎恶面孔，大吼道："孔显！秀才的孽种！给你留下右眼，就是叫你看清楚我于震海，是怎么教训你的！"他竟奋力站起来，颠踬了一下魁伟的身躯，又勇猛地挥拳砸了过去。

孔显猝不及防，下巴被打得歪向一边。他痛叫着慌乱地向后退着，朝他连开两枪。

他重重地跌下去，身子在迅速地僵硬，嘴上却辛辣地笑道："兔崽子！多打几枪，小心你于爷爷再起来……"

孔显又照他头上身上，一连打了五六枪。

他没动一下，没有叫一声。那旺盛的鲜血，急遽地将他被打烂了的宽阔脸盘遮住。他舒展开粗壮的体格,直挺挺地躺着,俨然是躺在白玉的大地上,酣畅地睡去。睡吧,不知疲倦的战斗了一生的人!

北去的雁队,迎着暴风雪,发出慷慨的啼鸣……

第十八章

公元一九三五年的清明节,是阴历乙亥年的三月四日。清明的前夕,也即三月三这天,阳光格外的明媚,照耀得那向阳坡上一簇簇的迎春花,黄灿灿的,金光闪闪。几只春鹊,蹬着含苞欲放的柔韧的桃枝,抖着彩色的翅膀,欢快地鸣啭。忽然,一阵脆铃铃的欢笑声,从山坡下的桃林中传来,把鸟儿惊得住了声,瞪圆碧蓝的眼睛悄悄地聆听。

桃树丛中,一位媳妇模样的女子,担着两篓细粪,晃着单蓝褂的身子,顺着斜径小路,向山坡上走着。她身后尾随着个十五六岁的少女,少女背上驮着个两岁多的女孩,手里领着个四岁许的男孩,三个人,笑着,叫着,直追担粪的青年媳妇,一直追到梯田里。那媳妇放下粪担,冲少女笑道:"赛输啦,认罚吧,小菊!"

小菊闺女脸颊殷红,气喘吁吁地说:"俺背上的你闺女,顶一篓粪;手里的狗剩,比篓粪还重哩!"

"小姐姐,你耍赖,俺自个儿跑到的。"小狗剩抡着小拳头,擂打小菊,"快受打,打……"

小菊一皱端庄的鼻子,呵斥小弟道:"我一巴掌打你满天星!"

狗剩跑着向地东头叫道:"妈妈,妈妈!小姐打俺啦……"

正在刨地的三嫂放下镢头,走过来,笑着说:"她打你做么个,你淘气啦?"

狗剩偎在母亲腿上,说:"二姐挑粪,小姐背孩子,从村里上山,看谁快;谁输啦,挨打三下。小姐她输啦,不听打,还要打我。"

"好,等妈倒出工夫,替你打她。"三嫂应了小儿子的状,眼瞅着满满的两篓粪,对青年媳妇疼惜地说,"桃子,叫你少挑点,就是不听话。病才好不多日子,身子受得住?"

桃子正在用锨平出一小块地方,将粪堆在一起,没抬头地回道:"下炕快一个月啦,再不上山,妈把闺女养成嫩肉脆骨的,连走道还担心闪了腰哪!"

三嫂望着她,轻轻叹口气。竹青见狗剩偎在他妈身上,就在小菊背上叫:"妈妈,妈妈……"

"小姨背着好好的,找妈做么个……"桃子担起空粪篓。

"桃子,哄哄孩子,歇息会子再挑吧。"三嫂吩咐着。

桃子放下担子,接过竹青。小菊在外甥女腚上轻拍一下,说:"去你的。瞧,两个妈,一个抱儿子,一个搂闺女,就剩下俺,没妈没儿没女一个人哩!"

"你咒你妈入土呀!"三嫂不由得笑道,"十五六岁的人啦,还是嘴没遮拦。你闲得慌,那不有镢头吗?"

桃子说:"罢啦,妹子,坐姐这歇一会儿。"

小菊扶起镢柄,故意使性地噘起尖厚的小嘴,说:"妈,你太偏心眼,对狗剩宝贝似的疼,对俺……"她忽然闪动着妩媚的黑眼睛,笑了:"嘻嘻,我想起个小故事。前儿俺听大脚霜子……"

"说过多少遍了,随你居任哥叫,就是不听。"三嫂矫正女儿。

"是啦。她说,孔家庄上,有家人,生了个小子,又胖又大,十斤四两三钱重。相面的先生来了七八个,都说这小子是星宿下凡托生的,能长命百岁,坐大官。好多人听说,送礼的挤破门,有三家为争着跟这星宿小子'下柬',都动起手来啦……谁想到,这个能活百岁的当大官的小子，活到三岁半，上个集日，一病死啦！妈，姐，这可笑不可笑？"

桃子道："死了孩子，该哭；那些胡诌瞎话的相面先生，那些财迷官心的人，倒可笑。"

小菊点点头，说："我就不信，咱狗剩撞了姓，就能好养……"

"丫头，转了个大圈，为的是和你兄弟撞姓的事上拉扯呀！"三嫂哭笑不得地说，"你还记着你爹的打呀……"

梯田上方，传来老鹰的犀利的叫声。一群鸽子，扑扑地从北石屋上面的鸽子堂飞过来，那只凶鹰在后面穷追。

"快跑呀，鸽子！跑村里去，跑我这儿来！"小菊高声叫着，仰着头，脸跟着鸽群转。

鸽子们翱翔了一个大圈，摆脱了敌人的追逐，飞回鸽子堂的窝里去了。

小菊舒口气，凑近桃子道："姐，那年我和震海哥去逛北石屋，看见鸽子堂里有只小不丁点的鸽子掉下来，急得它爹妈咕咕直叫。震海哥把小家伙捡起来，攀着石硼登上老高老高的，把它轻轻撂进鸽子堂窝里，感动得鸽子爹妈直点头掉泪哩！"

桃子笑道："你又说神啦！"

"真真的，俺亲眼瞅见的，不信等他回来——"小菊骤然变得正经地问，"二姐，震海哥走了三个多月啦，多咱回来啊？"

桃子的眉梢耸了一下，笑着说："快，像鸽子一样，转个大圈就回到窝里来啦！说不定鸽子堂又有掉出来的小鸽子，还等他回来送给它爹妈哪……"

三嫂锁紧细黑的眉毛，把脸别过去。两个女儿继续在对话欢笑，连狗剩和竹青，也在春天的松软土地上尽情玩耍。孩子们再也想不到，做老人的心如锥扎，泪往肚子里流！

首先是从孔家庄传出于震海牺牲的噩耗。三嫂严密封锁伤病中的桃子。同志们本来怀疑这是敌人的讹诈宣传，以此来打击革命者的斗志。人头挂在文登城东门的城楼上。张老三、于震兴跟毕松林去看过，但人头已不成形状，辨不清面目了。丁立冬从敌人内部探得孔显回来说的详细经过。不多几天，烟台的报纸出现了"共匪首领于震海七里店毙命"的头条新闻，并且大肆宣传区队长孔显的"英雄事迹"，村长于令灰"慷慨捐躯"。

特委根据线索，派丁赤杰去七里店，找到兴升客栈了解情况。这胡子掌柜余惊不息地叙述道："……不得了啊！那叫于震海的打着枪冲出门去以后，留下的关在门里的那人，把这门板都快挣垮啦……我知道一个人对付不住他，就对住店的客人——我这小店有钱的人没有光顾的——说，不把他弄老实藏好，闹出事大家粘包……我们七八个人才把他捆结实，藏到我家柜子里头……算幸运，官兵打死了于震海，乐得争功抢赏，没再来翻腾……第二天夜里，我才敢把那人放出来。他问明了情况，恨得摸起菜刀……谢天谢地，他又摔了刀，从腰里掏出三块钱，交给我，要我把死者想法埋了，他就连夜往去烟台的方向走啦！唉，老客，你是他的叔伯哥，我才敢对你说这些。"

赤杰问："人埋在何处？"

掌柜的道："海滩上。不瞒老客说，我是怕事之人，等了好几天，才敢约我兄弟去雪地里扒出来，头早让官府割走啦！棺材三块钱不够，我是穷店家，贴补不起。话又说回来，我有这份慈悲心也不敢施呀，叫他们知道了……他留下的三块钱，原封没动……不过他俩没付房钱，还要过两碗白菜汤……"

"这钱就留给你用吧。多谢你，操了不少心，受了惊吓……"

丁赤杰夜里去把无头尸首扒出来，扛着走到牟平城东崔家口的树林里，划火照着，被血凝结的黑棉袄，正是震海生前穿的。第三天夜里，赤杰约来崔家口的三个党员，用白被单裹起尸首，抬到丁家庵，成殓起来。十多位共产党人，加上张老三和于震兴，将震海的遗体埋在他父亲于世章的坟丘旁边。

三嫂和丈夫，这些日子不知在厢房里偷着哭过多少回。在桃子面前，极力克制，一瞒再瞒……

桃子病时躺在炕上，好一些也少出院门，消息好封锁。如今她全好了，今天坚持和母亲上山干活。震海的死，桃花沟的成年人没有不知道的，眼看瞒不住了啊！况且，桃子前些天就说，清明节要去给公公于世章上坟，她见新添了坟墓，能不打听，会不生疑？

做妈的也早有打算，等女儿好利索了，是要把消息告诉她的，并且三嫂上集已托张桂元捎口信给好儿，要她这两天回家带些香、纸来，她要陪伴桃子去给女婿上坟。清明节明天就是，也该对桃子挑明了啊！然而，春鹊唱，鸽子飞，孩子们的欢笑声，使三嫂怎么也开不得口——开不得也得开啊，谁让她是当妈的呢！

桃子安排小菊带着狗剩和竹青折迎春花去了，她又抬起扁担下山去挑粪，忽听母亲唤道："桃子！"

"唉！"桃子应着，脸对着母亲。

脸，久不见阳光，细腻得有些苍白，腮上显出红晕，青春的血液开始饱满起来。眼睛，黑灵灵水汪汪的，满山的春色，含在它里面。

三嫂想说的话到了嘴边，却又使劲忍住，又唤一声："桃子！"

"硬是叫我，做么呀，妈？"桃子奇怪地望着母亲转过去的头，想赶到她身前——这时，地头有人影，她转脸一看，就道："妈，那不是俺姐！"放下扁担迎了过去。

三嫂迅即蘸蘸眼睛，拍掉身上的土屑，等待大女儿。

好儿正上地堰，桃子跑过去伸出手，把她拉上地里，一齐向母亲跟前走。

三嫂迎着好儿问："上坟的香、纸买啦？"

好儿面色阴郁，疼惜地望着大妹，点一下头，叹口气，说：

"放家里啦……"

桃子道:"俺公公死时有话,不烧香纸……"

"他呢?"好儿带出了泣音,"虽说他活着不信这一套,可你头一回去,头一个清明,空着手……"

"好儿!"三嫂慌乱地紧迫地喊道。

桃子的心一紧,惊异地问:"说——他是谁?我头一回去?头一个清明?妈,姐!他……他是谁?"

好儿不安地看着母亲痛苦的脸:"妈,你还没和俺妹说……"

阴森的不祥的冷风,扫荡着年轻媳妇的全身。桃子圆了眼睛,惊呼一声:"妈!"

"孩子!"三嫂拉住桃子的手,呜咽起来,"闺女,你是硬朗的孩子!桃子,妈的闺女!你要受得住,经得起……"

桃子脸如白纸,没有了血色,眼睛无神,呆痴地发怔,发怔……突然,浑身一震,两手使力抓住母亲的胳膊,拼命地摇撼,连声痛叫道:"妈!这是真的?妈妈!这是真的?妈,妈妈!这是真的?"

好儿哭得更甚。

三嫂使力拽住桃子,哭着说:"好闺女,你是妈的心,妈的命……"

忽然,桃子手不动了,眼白翻起,嗓子里嘎嘎响。三嫂觉出桃子的手变得冰凉,搂住她坐到地上,火烧火燎,高一声,低一声地呼唤:"桃子!桃子!好孩子,好闺女……"

好儿慌了手脚,哭着喊:"大妹啊!大妹……"

"好儿,你别只管哭!快……"

好儿遵照母亲的吩咐,解开桃子的怀,用手揉妹妹的胸部。三嫂一会儿扒桃子的眼皮,一会儿扳桃子的嘴唇,连声叫道:"桃子!你醒醒,醒醒呀!桃子,桃子!可把妈吓坏了呀,快醒醒啊……"

桃子从昏厥状态，逐渐复苏过来，她急促地喘息一会儿，睁开眼睛，看看面前的姐姐，看看抱她的母亲，就一头扎进妈妈怀里，号啕大哭："妈啊！他死啦，再见不着他啦！我还活着做么个呀，妈啊……"

痛痛地哭了一顿，加上母亲和姐姐的苦苦劝导，桃子止住了哭泣。这巨大的惨重不幸，把刚刚病伤康复的青年女子，打击得太残酷了！她的面容一下变得憔悴了。桃子问完母亲所知道的震海牺牲的经过，就望着西山，默默地待着，待着。她像想了什么，又像什么也没想。

这时，程先生和李绍先走到地里来。三嫂和好儿起身迎接他们。桃子却走向地东头的沟流处，蹲在一小湾泉水边上，捧起清水洗脸。

绍先那疼惜的眼光目送着桃子的背影，低声道："告诉她啦？"

三嫂点一下头，扯起衣角揩眼睛。

程先生深深地叹息道："三婶，你有个好女儿！她遇到的不幸这么多，需要多大力气承担啊……"

桃子刚用衣袖把脸揩干净，众人都来到她跟前。绍先激动地看着她，说："妹子！没早告诉你，你别见怪……特委的同志，还有见过你的，没见过你的，凡是知道你的同志，都问候你，打听你！你别觉着孤单，有俺们大家在一起……震海他尽可在地下放心，你和孩子……"

好儿又抽泣了。

三嫂呜咽起来。

程先生唏嘘出声。

李绍先说不下去了。

此时此地，桃子却没有泪！

"妈，你别老难受，你哭的比我多几个月……"桃子的声音发沙，"自他干上革命那天起，就料到兴许有这一天啊！他常和我说，不流血掉头，穷人永辈抬不起头、直不起腰！"

"说得好！"程先生在破旧的灰大褂前胸擦着泪湿的眼镜，昂然地说，"没有牺牲，革命是句空话！我们要把泪水变成仇恨，向敌人讨还血债！"

伍拾子从村中跑来，把一封信交给李绍先，说："毕大叔送来的，他在俺家等回信。"

信是珠子来的。上面说，特委原定在三瓣石村召开党的各地负责人会议，昨天葛家区公所派警察在那里搜查，尚不明原因，为防意外，会址要改到桃花沟，时间仍为阴历三月九日，要绍先负责安排。

绍先和程先生商量，各地的反动派近来更加紧了搜捕活动，要提高警惕，会到北石屋里开。

桃子一旁插言道："石洞里夜晚挺凉，到俺家里开好。"

三嫂也说："人家大老远来，连口热水喝不上，咱心里过得去？"

"三婶！"程先生说，"吃点苦，算不了什么，干革命嘛！防备敌人要紧……"

"坏蛋们再凶，也没啥了不得的！"桃子理一把鬓边，话语还像往常那样淳厚清亮，却由于悲痛绞心，加重了硬朗的成分，"他们烧了俺赤松坡的家，作践死那家俺爹，可桃花沟的家还在，还有这家俺妈！震海没了，我还在呀！先子哥，你放心让同志们来吧！我和俺妈顶不上去了的那爷俩，他爷俩在地下，也帮俺们使劲啊！"

绍先把脸别过去，泪不断头地流。好一会儿，在他来说是少有的，口吃地说："婶，妹子！我不是不放心你们，是……好，会，就在家里开！"

三间小厢房，烟雾充塞，炕上地下，坐着、蹲着、站着二十多个人。一盏油灯，照不亮所有人的面孔。李绍先坐在炕前凳子的一头，翻着那更加破旧的小红皮本子，半截铅笔在舌尖上抿着，又在小本上画了一阵，才向大家说："今天这个会，各县和一些地区的党组织，都有人参加。咱们很少开这样大的会。因为要商量今后的活动大事，统一认识，才召开的。敌人内部的党组织，和没来得了的地区的代表，特委指定珠子和我负责传达这次会议的决定。现在由珠子同志说话。"

珠子由于缺眠害着眼病。他盘腿坐在炕上的正面，对大家说："同志们从各地来，一路上通过敌人的岗卡，跋山涉水，辛苦了。

"我们胶东的党有了很大发展，县委、区委、支部、小组，分布在乡村、城市、山里、海边，以至于敌人内部。这是在人民的支持下，同志们的奋斗成果。各地都有英勇牺牲的同志和群众，世章老人和震海同志，是当中突出的两位。我们向这些永垂千古的革命烈士致敬！"

大多数的人们还不知道起立默哀的动作，但是人人面容肃穆哀痛，那些朝夕相处过的长眠地下的战友、亲人，时刻伴随着他们的啊！

沉静了好一会儿，珠子又继续讲道："我们的中央红军在江西根据地反击白匪军取得很多大胜利之后，又受到很大损失，去年就撤离江西了。我们和省委失去了联系，已经派人去青岛寻找。对中央和上级的新指示不清楚。但是，我们是共产党人，搞革命是毕生职业，一天也不能停止的。同志们从不同的地方来，都知道，胶东人民生活太苦了，反动派太猖狂了，我们的革命要加劲进行啊！

"咱们胶东地方，人多地少，一般县份平均每人不到二亩，但有富饶的山林、丰富的海产，人民勤劳俭省，丰衣足食是不为难的。可是社会制度所决定，富豪占去好田好山，控制海源工商，特别是从民国十四年张宗昌督鲁三年，接着是刘珍年霸占胶东四年，军阀混战，民不聊生。蒋介石控制了韩复榘之后，为了反共，更加残酷地压迫剥削人民。广大群众真是处在水深火热之中。就拿一个中等农家来说，一般的有十四五亩，每亩每年收入不到十元钱，总得百十元，除去苛捐杂税，所剩也不够粗布淡饭。而长工、木瓦匠等每年的收入只有三四十元，至多五六十元。大家知道我是教小学多年的教员，年薪还不足二百元。而捐税呢？我把牟平县的情形背给大家听一听：每两银子征收①——

　　地丁国家税　二元二角
　　地丁地方税　一元八角
　　公安局经费　七角
　　民团队经费　六角三分
　　联庄会经费　八角
　　建设费　一角二分
　　建设局经费　八分
　　教育经费　二角
　　自治经费　八分
　　地方临时预备费　三角一分
　　地方特捐　五元

"总共十一元九角二分。每年征收两次，就是二十三元八角四分。这是田赋的。还有其他名目的捐税，如军事特捐、营房捐、讨赤特捐、河工特捐、河工附捐、赈济特捐、汽车路附捐，总共有十六种，征收额竟达每两银子二十五元九角七分又大钱

---

① 从明代沿袭下来的田赋制度。那时以银子论价，规定每亩地应缴多少银子。后来钱制变了，但仍以多少银子该纳多少现款来计算粮税。三十年代初期，胶东的地税，中等田地每亩约合四分左右的银子。十分为一钱，十钱为一两。

七百七十八文之多！此外，还有牲畜营业税、屠宰营业税、油类营业税、牙行营业税、商店营业税、烟酒营业税、印花税、契税……数不胜数，种花生的有花生税，打鱼的有鱼税，晒咸盐的有盐税……反正不管干什么的都得纳税出捐。这还不算，单牟平一县，每年还额外被榨取二十五万元以上的现银。广大劳动人民就是在捐税的苦海里挣扎。蒋介石丢掉了东三省之后，割断了自古以来胶东和东北的密切经济联系，使胶东的经济更进一步破产。而国民党反动派为维持黑暗统治，推行攘外必先安内的政策，扩大兵马，增设监狱、特务机关，疯狂镇压我党和群众的反抗。阶级斗争更进一步尖锐化了。这也有利于我们发动群众的工作，推动了革命时机的到来，加速我们武装暴动的日子。

"但是，同志们！什么时间进行武装暴动，这是个非常重大的事情。有的同志提出现在就动手。特委请大家一块来商量，决定下一步的行动。"

何时举行武装暴动的问题，会上争论得很激烈。最后做出一致的决议，大体是：

一、现在条件不成熟，不能暴动；工作重点仍是积极发动群众，发展党组织，扩大革命力量。

二、工作中心是准备力量，武装暴动；但不轻易暴露自己去夺敌人的枪弹，武器以托关系购买和土造为主要来源。

三、各地脱离家庭的同志，活动要严格听从组织的指挥，不能像孔居任那样，自己随便联合人去截枪。

四、特委想尽一切办法和省委恢复联系，取得指示，了解党中央的新近方针政策。

程先生最后说道："同志们！武装革命是我党的宗旨，大家要切切牢记！不可犯陈独秀的右倾错误，使革命遭受重大损失。刚才珠子讲了，国民党反动派是最残酷反动的统治者，饥寒交迫的劳动人民，随时在响应我党的革命枪声，起来为自身的解放做最后的斗争!"

一直站在院子里的三嫂,这时听到西厢里的人们说些闲话,有戏谑的笑声,知道他们会散了。她进了正屋,从锅里捧出一些炒熟了的柞蚕蛾,放到细柳条编的盘子里,端着走进厢房。

一屋子人中,有认识她的,有不认识她的,都一齐亲热地和她打招呼。高玉山笑道:"姨,你又拿么贵重东西招待客人?"

三嫂将盘子放到炕上,笑着说:"咱家里能有么好的呀?快尝尝,都吃呀!"

宝田像这家里的大儿子似的,端着盘子,一把一把地向散在各处的人手里送,一边说:"吃吧,吃吧。咱山里人家,这是好的。"

程先生拿起个剪掉翅膀的焦黄的蛾,放进嘴里嚼了几口,叫道:"又脆又香!三婶,你自家吃菜从不放油,倒油炸面泡给我们吃……"

人们哄哄地笑起来。程先生莫名其妙。绍先递给他一个蛾儿,说:"你放眼镜上细瞅瞅,看它是哪家的'面泡'。"

程先生接过来对着灯端量一会儿,突然惊讶道:"这不是放蚕的蛾吗?哎呀,这可是宝贝哪!老三叔为我放跑了一只,急得摔了跤……三婶,这万万使不得!"

三嫂笑道:"这是出过仔的蛾,没用啦。你就放宽心使劲吃吧!"

程先生这才宽怀,兴致盎然地讲他去春和张老三"扑蛾"一事,惹得满屋笑声不绝。

三嫂喜欢地看着程先生,又看看一个个笑脸泛光的人们,心下热乎乎地道:"看他们这些人,成年累月吃苦遭罪,没个胖点的,说不准回去的路上就碰上凶险,倒没有一点提心吊胆的样子!唉,多让人心疼的好人哪……"

三嫂忽然觉得有只热烘烘的手拉住她的手。回头一看,是这些人都敬重亲热地叫他"珠子"的人,朝她亲切地微笑,拉她来到院子里。

三嫂说:"你到正屋歇会子去吧。"

珠子道:"我不累,嫂子!我要对你说,你这一家,帮了我们的大忙……"

"快别见外!"三嫂不安地打断对方的话,"俺们帮你们的忙,你们为谁的?"

珠子把她的瘦硬的手握得更紧,问:"你二闺女呢?"

"她领她妹,在村头河里洗衣裳……"

"哦,你一家人都在为我们守备!"

"你又见外了不是?"

"对,是咱们自己的革命!"珠子说,"嫂子,震海的牺牲,桃子不但没吓住,而要参加党,这很好,很好!我一听说,马上赞成,赞成!桃子是好样的!"

和往常不一样,三嫂没有一听到称赞她的孩子,就和做妈的她联系在一起,第一反应就是谦逊,而只感到有一种强大的力量在她身上鼓动。她只是本能地感觉到,还没来得及清醒地意识到,她的闺女——桃子,不但比她做妈的强了,而已经不单纯属于妈妈的闺女了。

"嫂子,我要亲口告诉桃子入了党!"珠子道,"找人替换她……"

"我去!"三嫂敏捷地快步出了门。

春风从南来,带着浓郁的青草芽儿、绽瓣的花儿、翻耕起来的潮湿的新土的醉人的气息,笼罩着山村的农家院落。阴历三月上旬,迎春花开过几茬了,一般山上的桃、杏的蕾吐着红。唯独这向阳院中那株大桃树,因为石头院墙的护卫,肥水充足,见的阳光特别多,此时全盛开了。那繁茂旺盛的桃花枝子,高高地伸展出墙头。天是如此晴朗,月是如此银亮,风是如此和煦,花是如此艳丽,以至招引得那辛勤的蜜蜂,流连忘返,入夜了,还在桃花枝间喧闹。

银月下，花色中，看桃子的脸，血色鲜润，眼里泪光莹莹。她望了对面的人良久，才垂下头，拭着泪水，低声道："谢谢党，信得着俺！"

珠子激动地说："是你的行动，要党这样决定的。你，桃子同志，做个像你丈夫一样的共产党员！"

桃子抬起了头，提高了声音："你们也该像吩咐他一样，吩咐我！说吧，我该怎么做？"

珠子道："你就参加桃花沟的党组织生活，把这里变成咱们向敌人进攻的堡垒……"

珠子进屋后，桃子仍站在桃树下。她的手轻轻扶住桃枝，虽然伤病才愈，却感到身子有的是力气。她心里在说："这桃树，我生下地，正逢它头一年结小毛桃子，妈就给了我这个名……桃树一年年长，桃子越结越大、越多越甜，陈桃枝剪啦，新的又长出来……二十二年啦！如今，它开旺花的时节，我桃子进了党，真和重生下一次似的……震海，俺这会儿才明白，你入党那天的心境……你，亲人！要知道媳妇也有这天多好啊！可你，没法知道啦！永世没法……不，你会知道的，你生前就想得到的，你媳妇会有这一天的！亲人哪，我真恨我自己，帮你做事太少啦，倒惹你发急、生气……你放心吧，桃子不光是妈的闺女，也是党的人啦！我会给爹、给你，争气的……"

桃子又来到村南头把母亲换回家去招待开会的客人。她和妹妹小菊坐在河沟里的大石头上，那从北山上下来的溪涧，涓涓地回流在她们身下的石头中间，淙淙作响；清泉在月光下泛着涟漪，时不时有草屑、花瓣和泉流做伴。

小菊的身板挺累了，屁股调来偏去也坐痛了，捞水流中的迎春花瓣的兴趣也索然了。她小声说："姐，咱村在深山里，路陡石

343

头多，夜这么深啦，哪有生人来？"

"想回去不是？"桃子的眼一直盯着朦胧的山路。

"心里不想，可瞌睡虫钻眼里啦……"

"叫你回去你不回去，在这又瞎咕哝。"桃子笑道。

"我回去，来个狼叼走你，俺再到哪儿找个二姐去？"小菊嘻嘻地笑了。

"别出声。"桃子说，紧向远处望着。

山路上，有个人影向这里移动。

桃子推妹一把。小菊箭离弦似的向村里跑去……

桃子随手把身边铜盆里的衣裳放进水里，边洗边注意那走来的黑影。等他来到跟前，桃子才辨清楚，是她哥金贵。

那金贵留心地打量他二妹，问："深更半夜的，你还在这洗衣服？"

"白天和妈忙上山，哪里有你清闲？"桃子警惕地瞅着他，"你这黑夜来家做么呀？"

金贵点着香烟，边抽边说："我也是给人家当差，白天站柜台，上了板才回家——带夜啦。我说二妹，从前我为救你出来，费尽心机，说的话使你生气，回家妈打我赶我……这些，不去提啦。怎么说咱也是同胞手足，打断骨头还连着筋啊！如今你不听哥的话，于震海到底有这么一天。我看，你也不要死心眼，有个丫头也值不得守一辈子，不如……"

"你混说什么！"桃子又羞又恨，"不怕烂掉舌头！"

"哥我这是为你好……"

"俺好俺坏用不着你操心！看我不告妈去……"桃子把湿衣服放进盆里，"你快回你的孔家庄去吧，进了家，妈有你的好看！"

"赶我走？莫不是家里有怕见我的人？"金贵心里生疑，几步跨过石头河，皮鞋咯噔响着向村里走。

桃子端着铜盆，紧跟在他后面。来到院门口附近，她就大声嚷道:"妈,妈!你看俺哥,他说的话多脏!妈……"

金贵走进门,正遇见母亲在院子里。他又一惊:"妈,你还没睡?"

"等你哪!"三嫂生气地说,"金贵,你又欺负你妹呀!"

金贵忙软和地说:"妈,我哪里欺负她来?我是可怜她……"

"用不着你可怜!"三嫂呵斥一声,转对桃子,"你进屋看孩子睡吧。"

桃子先进厢房,见一个人没有了,也没留下来过多人的痕迹,心情才松弛下来。当她进了正房,黑影里小菊抱住姐的脖子,悄声告诉她,开会的人们都疏散走了,只是爹在西山口放哨尚未归来。

金贵背着母亲,眼珠子巡视着两个屋门。

三嫂没好气地说:"跟你说过,你少回来见我,你又来家做么?"

金贵赔着小心道:"妈,你还没消儿子的气啊?我知道就要春天大忙,我爹忙放蚕,你要下地,我来家看看,准备过些天告一段假,回来帮爹妈一把,这还不好?"

母亲总归是母亲。为儿子的不义,三嫂怒不可遏,打着他撵出门去。但,过后冷静起来,她对自己的行动虽然没有懊悔之意,对儿子却有恻隐之心。后来,金贵几次回家,极力表白他是一时迷误,听信了孔秀才的欺骗,他要坚决痛改,而且也确有行动。他称说共产党好,孔秀才一伙黑心,他不忘过去的苦,要和全家一条心。三嫂那恨儿子的火气,逐渐在小下去。然而,她谨记党里人的叮嘱,对自己的不贴心的儿子,也要防范。共产党的秘密是人命攸关的大事,金贵有过坏的表现,又仍在孔秀才钱庄当差,不管他说的是真是假,三嫂的戒心一刻也不放松。一个农村妇女,对亲儿子能做到这般地步,也实在不易。

这时候,听金贵这一说,三嫂就不再和他怄气,便道:"想必你又是吃过酒饭来的,你妈没好的伺候。时候不早,去厢房睡吧!"

"我爹呢?"

"你爹……"三嫂一哽,本待要搪塞"他在北屋睡下了",但怕金贵要找他,便没出口,可又一时想不出合适的答复。

果不出所料,金贵跟着说:"爹在北屋睡了吧?我要和他说句话。"说着就往前走。

"他不在家。"

"到哪儿去啦?"

"唉,和我又干了仗,谁知道钻哪儿去啦!"

"我找他去……"

"找我做么个?"门外一声粗气的回话。

三嫂闻声一喜,冲着进来的人,气狠狠地说:"有能耐你别回来,明儿接着和你算账!"一转身,进正屋去了。

张老三先是一愣,望着妻子那闪去的细瘦身影,品着她的话味,瞅着金贵,一切都明白了。

"难道我怕你不成?捅破天,扎破地,这个家,还姓张!赶我走,没有门!妈妈的!"张老三吹胡子瞪眼睛,边喊边跺脚。

金贵忙上前拉父亲进厢房,讨好地说:"爹,别生气啦!唉,都是为穷闹的,半夜三更,还不得安生。爹,你苦了半辈子,儿没尽孝心,对不住你二老双亲……"

"你少说这些个!"老三这回却是真正的火气,心下恨道:"不叫你这个歪心小子,那些个好人也用不着黑夜挪地方……"他边躺下边说:"你还是早享福去的好,留下苦俺们受,倒清静些。"

金贵忙道:"爹,别生我的气啦!不是为想多挣几个,发发家,我早就想回来帮你干活,孝敬爹妈……爹,过些天蚕上了山,我告假回来帮你……"

张老三根本没听进儿子的话,舒舒服服地躺在炕头上,发出均匀的响亮的鼾声。

第十九章

"爹,你头上怎么啦?"

"妈妈的,兔子,兔子啃的!夜来,我正睡得香,只觉着这窝铺忽闪忽闪,离开地皮,飘到半空里了。可把我吓慌啦!赶忙向土地老爷哀告:别摔死我呀,俺家里有老婆孩子……嘿嘿,灵验着哪!窝铺一下变成座大瓦房,嗬,有冬春楼那么高。我赶紧爬起来往外跑,这不是咱的,可不敢睡里头……你猜怎么着?土地老爷搡我一把,说是他见我为人厚道、精明,特意赏这座住处给我的。我给他磕了两个头,就躺下了……啊,只见一群人舞刀弄枪地冲进来,嘴里喊'穷小子大胆,占我的房子!'再一瞅,为头的正是孔秀才,眼睛瞪到头脑门子上。我急起身,怎么也动不得……就在这吃紧的当儿,一道白光闪进来,口称土地老爷派它来救我。怪,孔秀才那帮恶人就不见了。这时候,我只觉着头上发痛,像是有谁薅我的头毛。我想动弹,又听有声音叫我不得动,一动孔秀才就来。我咬着牙,一声不敢出,一动不敢动……可痛得越来越厉害,像有刀子割头皮……实在熬不住,我一骨碌爬起身。一只兔子嗖的一声,从我身上蹿出去了……妈妈的,叫这小子啃破一大块,血都流到脖颈子里啦!"张老三讲述到此,伸手按住用榆树皮扎着的上半个脑瓜。

金贵惊疑地说:"这究竟是怎么回事?"

"这还不清楚？前半是梦，后半是兔子啃我。"老三满脸沮丧，抓起身边石头上的烟袋。

金贵送上支烟卷，老三没理睬，只顾打火抽旱烟。金贵只好把香烟放回去，搭讪着说："爹，兔子啃人，我从没听说过。"

"哼，你出外这些年，全糊涂啦！"老三挥着烟袋杆，教训儿子道，"你看我这头上的疤，都是那浑小子作下的。有人说，挨兔子啃有福。这是胡吊扯。有钱人睡不到山上，兔子能跑他们家里？再说，兔子这小子，不吃大油水，财主肥头胖脑，它不稀罕。咱这号人的头，干棱棱硬糙糙的，它小子当成冻地瓜啃……"

张老三那人字形的茅草窝铺，搭在山梁旁边的斜坡上，靠着一条羊肠小道。这个时候，有个年近四十的汉子，挑着一担干柴棒子从窝铺前下山。此人就是开小烧锅的张桂元。他站下来，带笑招呼道："三哥，你又在和谁摆龙门阵？"

张老三道："桂元，抽袋烟再走。"

"啊，金贵大侄在这！"张桂元放下柴担，冲金贵说，一脸巴结的笑纹，"你多会儿又来家的？"

金贵道："昨日晚上！"

张桂元说："大侄有空到俺家坐坐，刚烧下一锅高粱酒，醇醇的！"

金贵道："我受不了那个，用惯冬春楼的啦。"

张桂元又对张老三说："三哥，你也越来越不登门啦，也嫌起我的来不成？"

"我哪来的钱！"老三没兴趣地说。

张桂元道："三哥你也存下心眼啦。跟前挺着个洋儿子，说话间就开起大门面，你就是柜台里坐着的啦，怎倒哭起穷来？放心，我不会向你开口，只求你到了那一天，别光贪冬春楼的细瓷杯，忘了咱家的粗泥碗。"

老三只顾抽烟，没有搭腔。

张桂元又转向金贵说："大侄子，你这身穿戴，跟你爹待在蚕场里，挺扎眼的……回家不好生歇歇，这个是你干的？"

金贵面有赧色，下意识地把手里的敲洋铁筒吓唬鸟的棒子放到身后去，支吾道："嗯……我干不得什么活，来看看，看看风景……瞧，这山真大呀，能修成都市里的公园就好啦……你们不知道，有钱有势的人物，都爱游山逛景。那真有味道……"

"那敢情！"张桂元忙着凑趣，"大侄多会儿领秀才弟兄到咱这儿来一趟，逛逛北石屋，看看鸽子堂，酒可不用带，我备下上好的……大侄，不是我卖啥吆喝啥，俺小本生意，你们拔棵毛，也比俺的腰粗呀……"

外人去后，一直在鼓气抽烟的张老三，怒斥儿子道："你洋气，跟你爹一块上山，嫌寒酸不是？妈妈的，雀用不着你吓唬，逛你的什么'公园''母园'去吧！"

金贵忙又把敲洋铁筒的棒子亮出来，说："爹，我不是这个意思，我是……"

"你是什么！"老三光火了，"哼，你把我当成傻子吗！兔崽子，出外这多年，好的没学着，回到家来，大头大脑，洋腔洋调，没个做人的样子。你不成心，是什么？"

"爹，我是在外待惯啦，喝哪儿的水，随哪儿的嘴，说话待人，忘了乡间的一套……"

"忘啦？都忘了吗？"老三站起来，用烟袋指着儿子，"'昨日晚上'，咱家怎么说的，啊？"

金贵恐惧地望着父亲那抖动着的稀疏的胡子，说："爹，我……"

老三逼上一步："说！咱家怎么说的？"

"昨下晚……"

"混账小子！你嫌老子寒酸，我还嫌你污脏！"老三的铜烟锅往前一敲，哪一声，落在大儿子头上。

金贵捺着洋分头，气恼地瞪着他父亲。

老三径直地离开窝铺，来到叶芽青嫩的柞栎丛中。平常弓背拖沓的张老三，一进蚕场，他耳灵目明、手快脚活、动作机灵、浑身精神，像是换了一个人。他抽出腰带上的偌大剪刀，巡视着蚕虫吃青的状况，将蚕虫稠密的枝子，或即将被蚕虫吃尽叶子的枝子，咔嚓铰下来，分布到没有蚕虫或蚕虫稀少的柞栎上去。时不时，他敏捷地扑到一簇高柞栎丛中，伸手捏下一个正偷袭蚕虫的螳螂。忽地，那破旧六角草帽下的双眼张大，瞅着另一枝叶上，蚕虫在一个个往下坠落。他疾身蹲下，搜寻地面，一只狡猾的癞皮蛤蟆，以和它身色相似的苔石做掩护，向上张着大扁嘴猛吸气，那可怜的豆绿色的小蚕虫像是自投罗网似的，直向它嘴里掉，蛤蟆开心地贪吃着。也就在这时，锋利的剪刀戳破它的肺腑。老三转悠着，一阵簌簌草响。他随即摸起一块有棱石头，悄悄守着，须臾，不见动静。放蚕人又抓起一把沙子扬进草丛，仍不见反应。他又把石头投了进去。霎时，一条三尺多长的花线白蛇——俗称白带子，猛然冲出草丛，向黄沙坡急窜。老三紧步追赶，一时摸不着石头，眼见白带子就要钻进岩石缝里去了，放蚕人却不慌忙，那柴硬的手指从后面捉住蛇的尾梢，白蛇弯转身子直起头伸出红舌头来咬。然而它已被倒提起来，一抖搂，骨节酥麻，动弹不得了。这时，一只老鹰叫着在空中盘旋。放蚕人将蛇使劲抡了几圈，一松手，白带子飞上了半空，老鹰呼叫着抢上捉住，猛扇着宽大的翅膀飞上山峰去了。

老三一面在草上搓着手，一面骂道："妈妈的，多会儿没了你们这些祸害，我能松松快快放好蚕，就舒心啦……"

接着，补丁加补丁的装着老皮皴裂的双脚的猪皮鞋，又在荆棘乱石中走动。那破旧的六角草帽，在层层簇簇的柞栎丛中闪现……

窝铺那里,金贵满肚子恼恨。他挨了父亲的烟袋锅子,越想越气,一脚踢翻吓唬鸟的破洋铁桶,就要下山。但是,他的主人孔秀才的赫然身影截住他的去路,那威严亲切的话声又响在他的耳边:"金贵,办大事就得花大工夫。你不要着忙,不要急嘛!夜里回家,没碰到什么,不要紧。这次回去,多住几天,跟你爹上山,帮他干活,跟他亲近……不受苦中苦,难为人上人哪……抓大的一个,一千块!我还另有赏赐……到那时,你一人成佛,全家升天……你是聪明人,会办事呀,有出息的孩子……"

金贵压下火气,重新抡起破洋铁桶,正欲敲打呼喊……忽听一片男女孩子吵叫。他向山下望去,是他三妹小菊和几个大孩子,提着山菜篮,拥着一个戴眼镜的陌生男子,向这边走来。金贵忙躲到柠椤丛后面,偷偷地观察着。

小菊冲着破草帽叫道:"爹,爹!俺老师来啦,跟俺们一块薅山菜来啦!"

老三寻声走出来,迎着程先生说:"嗬,你又跟学生一起上山!走,到窝铺那儿歇歇。"

程先生擦着汗水,笑道:"就在这,很好!"说着坐到乌青的石砌上。

老三也凑上去和他一起坐着,摘下草帽为他扇风,一面吩咐小菊:"快去窝铺把水罐拎来。"

"不用,在山沟里喝足啦。"程先生拉住小菊,让孩子们都散坐四周,又对老三说,"三叔,蚕情不坏吧?"

老三道:"不大好。今年像要大旱,柠椤不精神,要是茧价再不涨,又要打不上租子还不清债,唉!"

程先生跟着慨叹一声,放眼瞭望无际的山峦。

由于三面环海,胶东半岛的春天,比本省内陆总是姗姗来迟。但一来就非常浓烈,一天一个样,几天工夫,群山就换上绿装。这已是阴历四月中,正是青草芽嫩、树木叶翠、花卉织锦的

351

时令。在这青鲜黄娇的山野里,各种禽兽都在褪旧更新、交尾繁衍。尤其是鸟类们,大的、小的、花的、素的;有的筑巢、有的产卵,有的觅食、有的角逐,有的唱、有的叫,有的哭、有的笑,从早到晚,使这百里昆嵛山,千声百调,万姿千态,听不绝耳,看不穷目。而那一片片的柞蚕场,因为它们地处林茂草肥,更有蚕虫招引,最是各种飞禽走兽聚集的所在。为了不使它们伤害蚕虫,放蚕人想出种种办法,树上扎草人,敲打洋铁桶、葫芦瓢,人喊、物叫,来驱赶吓跑它们。常常是,这山赶,那山喊;那山轰,这山应……此起彼伏,时断时续,宛如大海的潮汐,没有终止的时候。

程先生把目光收回来,问:"这大片山峦都是孔庆儒的?"

老三道:"你眼见的才大点,后山三条夼,都是他家的。"

程先生愤然道:"天然的财富,都被他们霸占,残酷地剥削穷人!快啦,等到我们胜利的时候,在此……"

"你停停!"老三插断他的话,向窝铺那边大声叫道,"金贵!金贵!"

没有应声。

"他在这里?"程先生问。

"方才在这,跟我惹气……想是蹽啦,妈妈的!你往下说。"

"我们在这一带开一个大蚕场,桃花沟建成个丝绸工厂。三叔,你看好不好?"

老三咧开胡子嘴笑了:"那敢情好!干别的我埋汰,要说放蚕嘿,那可是个顶个!"

程先生说:"为咱自己的社会干,一个顶一个不够,要以一当十,还要带徒弟,教会青年人。"

"俺跟三大爷学放蚕。"一个男孩说。

小菊道:"我也学放蚕,俺从小喜欢山……"

"妇女们!"程先生说,"要进丝厂做工……"

"程大哥，快别让俺们进丝坊！"小菊抢着说，"那里面又闷又臭，透不过气来……"

"到那时候，是社会主义的丝厂，和孔庆儒的丝坊大不一样！"程先生兴致勃勃地说，"你当女工，穿着白色工作服，一揿电钮，机器隆隆地转，白丝流水般地往外抽。"

孩子们听迷了。伍拾子的妹小蓉真情地说："菊姐，那时候，我爬上尼姑顶，薅顶好的山菜送你，你可得给俺蛹吃呀！"

小菊闺女抿着鲜红的嘴唇笑了："你呀，老忘不掉吃山菜。到那个社会，用不着吃它，是不是，程大哥？"

程先生连连点头道："是，是！野菜糠皮，决不是社会主义社会的口粮。不过，同学们，走啊，现在这个社会，我们还离不开山菜呀！"

男女学生们拥着他们的老师走了。张老三目送着他们的后影，胡子嘴笑咧咧的，心里有说不出的美滋味。

"爹……"

老三吃惊地转过脸，问："你没走！我叫你为么不应声？"

金贵掩饰道："我进窝铺喝水来，没听见爹叫。"

老三警觉地问："适才俺们说话，你听见啦？"

"说什么来着？没有呀。爹，你说我听听。"

老三放了心，走到柞椤丛前，动手搬动蚕。金贵殷勤地帮着父亲挪枝子，漫不经心地问："爹，那人是谁呀？"

"家庙的先生。"

"咱村有学堂啦？"

"嗯。"老三忙着活计，不愿搭理儿子。

金贵边帮忙，边用心想主意，打开父亲的话匣子。他恳切地说："爹，实话和你说，看你黑白的忙活，儿真不忍心。我打定主意啦，把天津存下的钱提出来，给你置块山峦，帮你放蚕，不在外面干啦。你老说好吗？"

353

老三道:"依你妈的意思,早想要你回家,省得跟那些人,学得一身坏。"

"爹妈说得是!"金贵变得激奋起来,"上次我挨了妈的打,背下也哭过。正达大老爷——去他的,黑心的孔秀才!实在可恶,不能亲近。上次都是他,叫我去劝我二妹,叫我告共产党的密,好得重赏……爹,我是怕咱家里遭殃,为着有了钱养活爹妈,又不知道共产党是好是坏,才上了他的当的。如今,我才猛醒过来,共产党是对咱有好处的,可不能坏了人家。"

这一席话,启动了张老三的心扉,就想借此教导儿子几句。但想到妻子的再三叮咛,自己也知道话匣子一打开,容易冒出不该说的话来,为此就打消了念头,默默地瞅了儿子一霎,继续干活。

"他话最多,现在倒闭口不语,一定是成心提防我。"金贵想着,打量他父亲,灵机一动,抢到老三身前,惊叫道:"啊,爹!你头上又流血啦!"

老三摸着头上榆树皮裹着的伤处。金贵哧一声,撕下块新细布夹袄里子,痛心地说:"爹,我给你好好包包……"

儿子给包扎头伤,老三心里暖乎,禁不住叹道:"唉,这年月,连兔子都欺负人!"

"爹,等我发了财,接全家离开荒山沟。"金贵体贴地说。

老三道:"你怎么发财?除非像孔秀才一般,抢人夺人。咱饿死,也不能干这个!"

"爹说得对。我……"金贵急忙说,心下忖道:"非得我直问不可了……"他说:"爹呀,我从心里盼望,能像刚才那个人说的,穷人都过上好日子。"

张老三猛地转身,面对儿子,厉声问:"你听见这些话啦?"

金贵赶快分解道:"爹不要上火。我刚才撒谎,是怕爹不相信我。爹呀,我也是穷人家的血脉,能不盼穷人翻身,过上富日子?爹,你要不相信你儿子,就拿剪子捅死我好啦!儿子死了,也比对不起爹妈强……"他说不下去了，掏出手帕拭眼睛。

老三那怒视儿子的目光，逐渐变得柔和起来。他落地坐下，吩咐道："你也坐着，听我几句。"

金贵凑到父亲跟前坐下，递上支香烟。老三接了，等金贵给点上火，不习惯地抽着，语重心长地说："唉，贵子，你是爹妈心里一块病！从小爹就疼你，指靠你给一家立门户、接香火，过能吃饱的光景……不想，你回家来，心眼是歪的，你妈打你赶你……可你知道，你终归是她身上的肉，她背下哭过！"

金贵低下头，悄声道："儿知罪啦，都是我不好……"

"你要能改过，知道不是啦，以往就不提它啦！你爹也是糊涂过的人……打从你二妹嫁到赤松坡，你二妹夫闹上革命的事，我才慢慢看出苗头，他们的作为对头，共产党是些好样的汉子！"

金贵又慌又喜地说："你多说说，我也长长见识。这位教书先生，我看就是个挺了不起的好人……"

"敢情！人家程先生，他家里是财主，他可跑到咱山村里来，跟咱一样吃苦受罪，为么？是他看准财主不义，世道不公，穷人太苦了，不起来公平公平，心里不忍！"

"他是共产党的人？"金贵紧张地问。

老三却没忘他的警惕性，道："不是，他是个好心人。我说贵子，你不要怕共产党，他们对咱受苦人，从不叫吃亏。"

"爹，这样好的人，除了程先生，你还认识谁？"

"你问这个干么，给孔秀才报信？"

金贵全身发颤，忙道："爹，看你说的……我是想多认识几个好人，向他们学……"

老三是句无心的话，也没看出儿子的鬼胎。他顺着自己的思路说下去："人家程先生，肚子里的字比你多老鼻子啦，对人有亲有热。可你，才识几个大字，见人大模大样。人家丢掉富贵爱受苦人，你可丢掉受苦人爱富贵……你是得好好向他学学。"

"我学，我学。"

老三很满意儿子的反应，说："人学好，比爬山艰难；学坏，比走平路便当。我见程先生，有空就啃大本子书，他说，他学上好的，就是听了书上话办的。等我给你借几本，你也用心啃啃。"

"好，好！"金贵喜出望外，但又担心诡计被觉察而恐怖万分。他费尽心机想办法，做到目的达到又使所有的人都不会怀疑是他干的。他说："爹，你不要向人家借书，怕不借给……"

"胡诌。程先生心地再好不过。"

"我是说，怕他不相信我的为人……"

"你放心，程先生说过，只要向好处学，人人有出息。俺俩相处最厚，我的话，他没有不依的。他的书包袱，还是叫我给收在囤子底下的。"

"爹，我妈的性子急，对我还恨着哩。你先别和她说，你跟我说的话……"

"你怕么个？你学上好，回心转意，你妈不喜欢？我还想叫你认识认识程先生，受些指点。"老三又满意又自信地说着，他哪里想到，儿子的喜形于色，竟是别的原因！

天晌了。老三收拾一担碎柴草回家，留下金贵看蚕场。到了家，老三高兴地对妻子说："往后对金贵有口好气，今儿在山上，我好说他一顿，这小子，也认了不是。自个儿的孩子，别和他记恨存怨的。"

三嫂立时问："你跟他透党里的事啦？"

"没有。这——我还不懂得？"

三嫂忧心忡忡地说："金贵能皈正，做妈的比谁都喜欢。只是凡事小心些，免得生意外。"

"我全明白。"老三道，"孩子再心向外，他爹妈的话，总得听点进去。今儿个对我……唉，挺有父子情的……"

老三自己吃的山菜团子，把为金贵备的一个玉米、豆面粑粑省下包好，又吩咐煮了两个咸鸭蛋，急匆匆赶回蚕场给大儿子送饭……

天近黄昏，金贵突然喊肚子疼。老三问怎么回事，金贵说是吃了凉饭、喝了生水闹的。父亲要送他回家，金贵说不用，他自己能走。老三要夜宿蚕场，只得嘱咐儿子在家好生歇着，明天不要上山来了……

金贵等到夜阑更深，在厢房盛地瓜干的囤子底下，搜出一个旧包裹。他迅速翻看里面的一册册书籍，想拿走几本。又一想，重新包好，放回原处。他躺在炕上心突突地跳，瞪着两眼等天亮。

第二天一早，金贵推说肚子越痛越甚，要回孔家庄看病，走了。

区长孔庆儒和县党部主任郿子正，在卧房里正谈得起劲，外院传来不停的吼嚷声。秀才气得拍着巴掌叫道："来人！来人！"

管家万戈子飞步抢进来，拱手说："正要禀告大老爷，又不敢冒犯……"

"谁在胡闹？"孔庆儒怒问。

"别人谁敢？是赤松坡的舅老子，把他侄子于守堂扭扯来，要找大老爷评理。"

孔秀才狠狠地说："这些个土鳖东西！吃饱了撑得慌……吵的什么？"

万戈子道："于守堂说，他爹叫石匠玉打死后，舅老了卖给的棺材，小得他爹曲着腿硬塞进去的，棺材薄得用绳子捆着才抬到坟上。这还不算。区上发给的一百块钱的安葬抚恤费，舅老子说借用五十块，一直拖着不还，如今一口咬绝，压根没有借他的……"

"这，这……"孔秀才气得话不成句，脸上却有笑容，向郿子正道，"你看我这小舅子，够可笑的！"

"不见笑……"鄢子正在沙发里哆嗦着白骨架身子,笑道,"这种人,在我们党里并不短缺,我很感兴趣。"

孔秀才吩咐万戈子:"去告诉他们,不准吵,一会儿我腾出手来,每人揍顿棍子。"

万管家才要出门,吵闹声大作。一个二十多岁的没鼻子人,和于之善身对身、脸对脸、胳膊搭胳膊,死死地扭扯着打进月亮门里来。

那于令灰的没鼻子的大儿子于守堂,边哭边骂:"俺操你爹!欺负人没这个欺负法,今天我跟你拼啦!"

"我爹是你的谁?俺操你爷爷!"坏地瓜的朝天鼻上被抓破流血。他回骂着,脱手要打;但对方扭得紧,手没挣出来。

孔庆儒冲出门,掀动着整齐的八字胡,大叫道:"混账的东西!你们亲叔侄俩,骂一个老子。快放手!"

于守堂望着孔秀才的威风势派,腿有些抖,说:"俺放开,他打我……"

"有我在,他不敢。"孔秀才说,"放开!之善,这成何体统,啊!"

坏地瓜先松了手,擦那流到胡子上的血,边痛得吸冷气,边说:"哥呀!守堂这小子翻脸不认亲,我见他丧父可怜,也是兄弟情分,一手操办令灰的白事,一片好心……"

"你好心,你好黑的心!俺爹生前叫人祸害了腿,瘸了一辈子,死后你还叫他腿伸不直,弯着去见阎王爷……这就是你的兄弟情分啊!"没鼻子人又哭又叫,鼻涕眼泪都流到嘴里。

"守堂,你少说两句吧!成心 让人耻笑我家吗?"孔秀才喝道。

于守堂越发哭得伤心,呜呜着说:"俺知道,你们是近的,俺爹自个儿是小婆子养的,不会向着俺。俺拖他上县,他拉俺到这……爹呀,你算白死啦!早知道,你还没有不去抓共产党的好,让那石匠玉活着,搅闹得谁家也不得安生才称心……"

孔庆儒不耐烦地皱皱眉头，压下火气，说："守堂，少说些没轻重的话。不要说咱们都是亲戚，就是我的儿子和外人争竞，我也是秉公而断，决不徇私。孩子，你放心，我谁也不偏不袒。钱这东西好说，你用多少，只管向我这取……哦，听说你的鼻子，是小时叫金牙三子咬掉的？"

于守堂捂着脸，蹲下身，哭得更甚。孔秀才叹道："唉，你是够难受的。孩子，你爹没有白死，他为咱地方立下大功劳，上了烟台大报，也要修进县志里头。你想一想，于震海要了你爹的命，金牙三子害了你的体面，他们都是共产党！要向他们发狠、算账，切不可为钱财小事，伤了咱自己家的和气。万管家，领我大侄去客厅歇息，备上酒饭。"

万管家扶起灰瘸狼的儿子。于守堂走出两步，又问："那钱的事……"

"这有你姑父我处置，保你吃不了亏。"孔秀才挥了一下手，等他跟管家去了，转对于之善，生气地说，"看你年过半百的人，闹成个什么样子！"

坏地瓜像牛一样喘息几声，突然破嗓大哭大叫道："好个亲姐夫啊！胳膊肘向外扭呀，我不是你的小舅子啊！没鼻子他哭你可怜，我有鼻子的就不会哭啊，我不会哭啊……天哪！地哟！爹呀！妈哎！我那死去的一妈养的姐姐呀，留下亲兄弟受苦啊……"

孔秀才呵斥、跺脚甩手，怎么也制止不住胡子大嘴的号啕。本来不想过问的白骨人鄢子正，这时不得不走出屋门，劝解道："之善兄，你是知礼之人，不要过分了……"

"你！"坏地瓜一见鄢子正，冲他来了，"我正要找你！"

白骨人的石灰色脸裂了几道皱纹，矜持地说："之善兄有何见教？"

坏地瓜气呼呼地说："我花了十块大洋，入上你的国民党，至今没见好处,是怎么回事?那姓蒋的玩意儿,管屁用?俺不加入它啦,十块钱一亩好地一年的收入哩!我查了查账,交入党费是民国二十一年正月里,到今儿是三年零三个半月,按年利一分四算吧,利钱该是……"

"之善!你胡说什么!"孔秀才大喝道。

"哥,我有账本,不信拿你看看,错不了,不胡说……"

"还不闭嘴!"孔秀才气得脸发青。

"那好,不说啦,不要利息,光要本还不行……"

"你要死要活!"

于之善这才看清,他姐夫脸上一副凶相,不敢再开口了。

孔秀才怒斥道:"我是区长,在鄢主任面前,你竟敢对我党领袖不恭,公事公办,送你上县,追出你克扣于令灰的赏钱!"

坏地瓜身上凉了半截,哀求说:"我……我该打,打嘴巴,打……"自己抽自己两个响耳光。

鄢子正劝了几句淡话,看看手表,道:"晚上我再来。"

孔秀才送出月亮门,说:"冬春楼见吧。"

孔庆儒回到卧房,抽了一袋水烟,才向门外唤道:"之善,进来坐吧。"

坏地瓜毕恭毕敬地进了屋,诚惶诚恐地说:"哥,别生兄弟气啦!"

"我哪来那么多气好生!"孔秀才道,"之善,往后钱上的事,不要那么死心眼地掐。"

"说我哪。你不为钱,怎么发的家?于震海死发下八百块,牟平的分去四百。这四百下来,你扣下三百,骗说只一百,孔显不给,全给令灰……"于之善心里愤愤不平,地瓜脸上却是一副讨人怜悯相,说,"哥,我的日子比不得你,今春上才添了六亩地。再说,你守业为抓石匠玉,吓得尿病一直不好,听说他死了,这才好些个。我为拿他,最早用的心……赏钱,不该有我家的份?"

孔秀才道:"这是官府的明文,谁抓住、打死了才给谁。你和守堂争,让穷鬼们看哈哈,犯不上。"

"钱,我万万不退给他!"坏地瓜斩钉截铁地说。

孔秀才道:"事情闹出去啦,不退不行。要是我的话,还多掏几个,把令灰的坟重修修,打条青石碑立着……"

"哥啊,你拿刀割了我吧!"坏地瓜喊着跳了起来。

孔秀才笑道:"要是能把你的糊涂猪脑袋割下来换换,那倒是美了你。"

"我怎么是猪脑袋?"

"你想,你这么做,能费几个钱?倒是在守堂母子那里赚了好。你再小恩小惠地关顾他们些,守堂不是精细人,又不能遗待几年你再把守业的儿子过继给他,接过全部家产,就是光帮他家赶集买进卖出,当捎也有不小的数目,比那五十元少吗?"

于之善抽搐着朝天鼻乐了:"嗨!哥真是能人,我怎么没想到这一层?"

"说你猪脑袋,不是吗?"

坏地瓜拍着地瓜形脑袋瓜,说:"是,是,真是和猪的一个样,糊涂死啦!"

孔秀才严肃起来说:"当今这个世道,聪明一世,糊涂一时,也是要不得的。寻法弄几个钱好办,共产党这个心头之患不除,你我不唯再发不了财,原有的保住也难,连脑袋也得赔进去!"

孔庆儒的手有些颤抖,摸起水烟袋,不灵活地装着烟。于之善趋前帮忙,给点上火,等秀才抽了几口,他才说:"哥,你一提共产党就……南方的共军不是叫咱打零碎了吗?咱这于震海也做了鬼,姓共的都吓得不露头啦,还敢再闹腾?"

孔庆儒摇摇头道:"不那么简单。鄢子正刚才还和我说,这些日子各县都布置了搜查,可没有抓到一点影子。很可能是他们学得乖了,暗里使劲,不轻举妄动,一动就是狠的、大的,这最厉害!"

"啊，还有这一手！"坏地瓜紧张起来，"带色的不斩尽杀绝，真是祸害呀！哥，该把石匠玉的媳妇杀了，这烈娘儿们，蝎虎着哪！"

"她是萃女出面托她哥杨更新保出去的。鄢子正碍不过专员的面子，那石匠媳妇又死顶住没口供，咱证据又不力，才松口放了的。如今她男的死了，还有没断奶的娃娃，谅她没有胆量再为祸。"孔秀才道，"再说，她哥金贵已上了我的钩，有动静，会来告诉我。"

"萃女这棵小白菜，也为共产党干活？"

孔秀才狠吸了两口烟，沉吟着，说："她——只为她自己……"

万管家进来上茶。孔庆儒道："张金贵要是从桃花沟回来，马上领来见我。"

"是。"

实际上，今上午金贵就从桃花沟家里回来了。一路上，发财暴富的欲念占据着他的心头，恨不得一步跨过这三十多里的崎岖山路，跑到孔秀才面前，抱住一千块白花花的银洋……但是，他进了孔家庄，见到区公所门前荷枪背刀的兵警，禁不住心惊肉跳，似乎这才意识到，他的告密将引起何等的后果……金贵先回到钱庄里的住处，坐一阵，站一阵，心里激烈的矛盾着。告发吧，自己一辈子荣华富贵；可是害了人，丧天良，父母全家饶不了他。不告发吧，一辈子不能出人头地，错过了这个机会，再想发财致富，是比登天还难了，只有一世给人家当差使，闹不好还得和他父亲一样睡窝铺、吞山菜……

后院传来迷人的女子的说笑声。金贵隔窗望去，正是钱庄老板孔二先生的小女儿孔香兰，县城里上过学的识字闺女。有了她，就有了这里里外外的大片瓦房，聚宝盆似的取之不尽的洪源钱庄，孔家三分之一的产业，多么阔气显赫的张金贵啊！

金贵最后的决心是这样下的："哼，是人，没有元宝绊了跤还不拾的。程先生是个外乡人，来这当共产党，我不告他，早晚也会被抓着挨刀。我没啥对不起他的。这么做，全家不依，也不要紧，暂且瞒住他们，我不讲家里人跟共产党有牵连，对得起爹妈。等共产党都完蛋了，他们知道了，也就过去了，说不定还感恩有我这个儿子，没使全家跟共产党一块进地府……再说，我发财，还能不管家？全家富堂堂的，我也算大大孝顺了……嗨！我还傻着干啥，找孔秀才去！"

人要是脱离了道德的准绳，明明是为自己打算，偏偏说是为他人着想；明明是鸡偷狗盗，偏偏自诩为善男信女；明明是悍妇恶娘，偏偏以贤妻良母自擂；明明是杀人，偏偏说成救命……

孔庆儒听说张金贵有"共情"报告，忙把他唤进卧房，仔细地盘问起来。金贵说："千真万确！我听从大老爷的吩咐，回村后处处留心。我发现家庙有个先生挺外路的，一打听，他姓程，来桃花沟不少日子了。我装作老实人，向他打探时局。开始他信不着我，经不住我引逗，他给我讲了一大套，尽是些政府如何卖国求荣，穷人要起来闹革命、求翻身的话。末了，他又拿出些书给我看，书上面都印着马克思、恩格斯、列宁、斯大林的名字。我还听人说，这个程先生，他家还是有钱的，专为教穷人孩子上学出来的……"

孔秀才连着抽透了三锅水烟，才展开眉头，笑笑说："孩子，你费心啦！不过，你说的这个姓程的，也许就是个穷先生，到深山沟里混碗饭吃……这种人，也是有的。"

金贵急了，忙道："大老爷！他是共产党，错不了，也许还是个大的哪！"

孔秀才摇摇头说："还不能断定。我孔某人执法，向来要证据确凿……你歇息去吧。"

金贵迟疑地说："大老爷，这事……"

"嗯——你还有什么事？"

"我……"金贵胆怯地望了秀才的牛屎摊一样的辫子一眼,没再敢说下去,垂头丧气地转身往外走。

"等一等。"

金贵又转过身来。孔秀才一脸慈祥表情,说:"告诉你二老爷,我说的,先给你五百块,拿去使着。"

金贵不相信自己的耳朵,愣住了。

"去吧。"

金贵恍然,忙躬身在秀才脚前,感动地说:"大老爷!这叫我……我事没办成,这……"

"事成事败是小。"孔秀才亲切地说,拍着金贵的肩,"我是珍惜你对我这份真心,孩子!难为你这些日子操了不少的劳苦,这比什么都强!千金难买赤子心,你我之间的情谊,岂是几个臭钱能买得到的?"

金贵连忙应道:"那是,那是!大老爷是何等样人,我还不知道?大老爷,你放心,我今晚再回村,非把姓程的底细探清楚不可,偷他几本书来你看看……"

"不必啦!"孔庆儒挥挥手,"你这一段先不要回家,用着的时候,我忘不了你。金贵,我可是处处为你打算的……"

金贵走后,孔庆儒立即把鄢子正找来。两个人都被发现这一重大"共情"所激动,商量好缜密的决策:派最得力的亲信便衣密探去桃花沟监视程先生的行踪,以便找到和他联系的人;同时,安排牢靠的骨干兵、警,埋伏在山村的出入路口,防止程先生逃跑。这个行动,对一般的士兵和警察、官吏,严密地封锁了消息。

第二十章

孔秀才虽然老谋深算，但是偏僻的小山庄，出现了陌生人的踪迹，马上引起桃花沟的党组织的注意。大家的担心，都集中在程先生身上。因为，他是外来人，虽说以办学为掩护，一直没有暴露，但不祥的人，首先是在家庙后面的山上出现的。桃子更留心到，那一连来了两天的货郎担子，老是停在家庙对面，嘴喊着买卖，眼却睨视着家庙的门。同志们为防止程先生有意外，半夜里由伍拾子几个党员，悄悄将他送到张老三蚕场的窝铺住下。又过了两天，可疑人仍然照常出现。今天早上，接到特委要程先生马上去丁家庵开紧急会议的通知。大家分析，敌人如果真的是监视程先生，也是在村里，正好从山里把程先生转移出去，就没有危险了。桃子说服了其他党员，她要以上山薅野菜为名，到蚕场把程先生送上去丁家庵的路。

桃子抱着竹青挽着山菜篮，来到了蚕场，向程先生报告了情况。程先生决定马上出发。张老三指点桃子说，顺着这条山夼往东南插，遇到三岔口就向往东北去的小路拐弯。桃子记下了，领着程先生顺着没有路的山夼找路走。

走了一阵，程先生的喘气声就粗了。桃子停下来，从篮子里拿出四个熟鸡蛋，塞给他说："歇一会儿吧，给你垫垫肚子。"

程先生拭着脸上的汗水，推辞道："我不饿，刚和三叔吃干粮啦,给孩子……"

"俺不要,俺也吃得饱饱的啦!"小竹青说着,从妈妈怀里挣下地,"妈妈,俺要吃'醋溜溜'。"

"哎,真乖,和你小姨一样爱吃酸……快,这有的是鲜嫩的醋溜溜,自己薅。"桃子随手采着身前身后的山菜,"你快吃你的吧!"

程先生手握着鸡蛋,眼看着母女俩忙着薅山菜的动作,面前油然出现了那年他刚到胶东,于震海从威海卫接他出来走在雪野上的情景……

"这山菜,真好!"他把鸡蛋放回山菜篮里,帮着薅菜。

桃子不过意地说:"看你……"

"我也和竹青一样,想吃它!"他薅了一把嫩绿的山菜叶子,俺进嘴里,又苦又涩,不得不吐出来。

"嘻嘻嘻……"竹青咯咯地笑了,"你吃差啦,那不是醋溜溜,是'庄户乐',不能生吃。对吧,妈妈?"

"对……"

"两岁多的孩子,就知道山菜的名目!这个世界……"程先生把孩子抱起来,眼睛潮湿了。

竹青吃惊地看着他说:"程大爷,你怎么哭啊?妈妈说,不哭是乖孩子;俺姥姥说,妈妈从小就乖……"

程先生急忙眨着眼睛说:"没有啊!我高兴地笑,笑有你这个乖孩子!你呀,快快长大吧,长大像你妈妈,再大了像你姥姥,她们都是好样的!"

"是吗,妈妈?"

桃子绯红了脸,说:"不是,你程大爷才是好样的!"

"是吗,程大爷?"

程先生连连摇头说:"不是,我可不行。"

竹青转着眼珠喊起来:"哎呀,你俩谁说得对呀?俺该听谁的呀?"

"听妈的,快下来,让大爷歇一会儿。"桃子说,她篮子里的山菜快满了……

他们过了通母猪河的溪流,来到山坡上的三岔路口。一条山路伸向东南,是去赤松坡的方向;一条羊肠小道向东北的丛山拐去,是到无数山庵——包括丁家庵在内的途径。他们停下来,前后左右地巡视一番,没有人迹。

程先生说:"好啦,你回去吧,这里离桃花沟远了,敌人在村里监视我,再想不到我们早迁回出来了!"

桃子道:"我把你送到……"

"我去赤子那里无数次啦,走不错路。你快回家吧!"程先生说着走上东北方向的羊肠小道。

桃子不放心地跟上来,说:"还是我送你到了吧……"

"你带着孩子,很累了……"

"累倒不打紧,你能平顺地到了就好!"桃子执意地说,走到了他前面去。

程先生无奈,只得跟她走。走着,他说:"我怎么会暴露?桃花沟的人民太好啦,工作很顺利,我真不忍心离开我们暴动的根据地。"

桃子道:"等些天,没有事,你再回来。敌人的鼻子能伸到俺村来,真让人犯疑……"

几只名"纺棉婆"的鸟儿在绿枝梢上吱吱喂喂地欢唱。竹青在妈怀里偎不住了,伸着手叫:"好听!妈妈,俺要,要它……"

桃子道:"等跟你小姨上山,让她给你抓。"

"程大爷抓,抓!"

"嗬,自由的鸟,哪里捉得到?哦,有这个……"程先生说着,顺手在路边折了枝山里红花,塞进孩子手里。

竹青的小嫩手,握着红花摇晃起来。程先生兴奋不已,说:

"革命的后代,看,你手里举的是红旗!牢牢地握住它,使劲地摇吧!"

桃子由衷地笑出了声。这是知道丈夫牺牲的消息后,她第一次这样酣畅地笑着。她看着程先生,欣喜地说:"情势再凶险,也见不到你发急的样子!"

"革命者嘛!"程先生爽快地笑道,"没有险恶,没有牺牲,还怎么生活啊!"

桃子道:"可俺哪,一遇上事,心还免不了跳……"

突然,后面响起一阵山鸡的惊叫声。霎时,两只山鸡从他们头上飞速掠过。桃子即时说:"有人!"

他们俩停步,向后方看着,听着。果然,有石头滚动的声音。桃子那自小就习惯了山林景物的敏锐目光,很快发现后山坡的草木丛中,有几个忙着躲闪的人影。她惊叫道:"有敌人!"

不错,是敌人。在桃花沟监视程先生的密探,不见了目标的影子,回去报告孔庆儒,要求派兵来村搜捕。孔秀才想了一会儿,没有答应,而要密探们照常在桃花沟活动。他马上又下令,增派大批便衣特务,扩大监视范围,把远离桃花沟十几里的周围的山隘路口,都设上了暗哨……

程先生扶正眼镜,平静地说:"敌人是盯我来的,你快走,我……"

"一块向回走!"桃子不由他说下去。

程先生站立不动,说:"走你的。这是命令!"

桃子着急地说:"我受的令,是送你出去!你刚还说,革命者不怕凶险牺牲……"

"能少牺牲,最好!"

"敌人盯上咱们,你我分开有么用?我不能丢下你不管……"桃子决断地说,"快点,身上带开会用的东西没有?"

"为防备意外,我把要在会上讲的工作计划背下主要内容,稿子留在三叔窝铺里了……"

"这就好！你想得周到……"

"还有两本书。"程先生摸了一下大褂里面的口袋。

"书？"

"《共产党宣言》《国家与革命》，这不是秘密，不怕敌人，只是在咱胶东非常珍贵，我要想法刻印……"

"给我藏起来！"桃子接过书，想找藏的地方，但敌人已经近了，一进路边就会引起怀疑。她以把怀里的孩子挪个肩膀的机会，麻利地将书藏进篮子里的山菜底下。

桃子抱着竹青挽着山菜篮，带着程先生往回走。

四个带手枪的便衣敌人堵住去路。为首的刘排长喝道："哪里去？"

"走亲戚。"桃子答。

刘排长斜着眼说："走亲戚？一直走啊，拐回来干什么？"

"走岔路啦。"桃子道，"俺是去赤松坡的。这是俺村的教书先生，俺村养不起了，他想到大疃去找差使，顺路搭伴的。"

刘排长狎鄙地冷笑道："搭伴的？哈哈，石匠玉见鬼了，你要找新的啦……"

"你这兵痞，流氓！"程先生愤怒地骂道。

刘排长搗程先生一拳，狠狠地说："别发火，先生！走啊，我们弟兄陪着，一路保镖！"

桃子径直朝去赤松坡的方向走，被敌人拽回来。刘排长说："别想好事，照你们原先走的路，走！"

程先生斥道："你们凭什么管百姓走路？"

刘排长掂着手枪道："凭这个！不要装糊涂啦，共产党先生！我们为你受了几天几夜的苦啦！放老实点，领老子去抓你的同党，饶你的狗命，要不的话，哼，在这见你的鬼去！"

竹青紧伏在妈的肩上。桃子忙说："他是个老实先生，谁说他是共产党？"

"谁说的？"刘排长得意地说，"这个，你问孔区长去吧。嘿嘿，你们是孙大圣，也逃不出如来佛的手心去。实话说给你们听着，盯了这个眼镜先生两天不见影了，我们弟兄都要求搜村，孔区长说，一搜就打草惊蛇，捉不到来上钩的，姓程的走不出桃花沟周围的山去，哪条人能走的道都有我们的人守着……想不到吧，我们扩大了监视区……这次赖不过去啦，共产党娘儿们，快带路吧！"

程先生屹立不动，说："我是共产党人，向我开枪好啦！她是个老百姓，放她去。"

"哼哼，老百姓，我早认识，她是个铁打的老百姓！"刘排长说，"你们到底带不带路？"

程先生冷笑一声道："既然知道我是什么人，说这些废话有什么用！"

刘排长又指着桃子问："你呢？"

桃子硬朗朗地说："你认得俺不是泥捏的，能由别人胡摆弄？俺是和他顺路的，不是和你说过啦。"

刘排长气得鼓着牛蛋眼珠子，大吼道："他妈的！给我搜姓程的身！"

敌人把程先生的身搜了一遍，没找出任何东西。刘排长又指着桃子说："你，等一会儿收拾你……抓起来，押走！"

四个敌人押解着程先生和桃子母女，走上去赤松坡的路。这是吃过共产党不少苦头的刘排副熬到的刘排长，不敢从山路直着回区，才这样绕道回孔家庄的。他们一行从赤松坡村西走上去孔家庄的大道。在母猪河的桥头，发现独眼龙孔显领着一帮子兵丁守在那里。刘排长忙跑上前向孔显报告："队长，共匪抓回来啦！"

孔显迎着问："抓着几个？"

"仨……"

"好，到底不出我爹所料！"孔显满意地走上来。猛然，他停住了，太阳镜里的独眼大瞪着，惶惶地说："有她！她又干上啦……那一个呢？"

"她怀里的……"

"孩子？他妈的，闹了半天，还只是抓了个姓程的！"孔显生气地说，"叫你们暗里盯梢，怎么下手啦？"

刘排长道："是泥鳅那小子不当心，踩翻了石头惊动了野鸡……这娘儿们真他妈的机灵，发现了我们，硬是不直走啦！我见瞒不住，怕他们跑了，才……队长，总算把姓程的抓住啦！"

"废物！光为抓个姓程的，还要下这么大工夫……唉！"

孔显恼恨地盯着走近的程先生和桃子，阴冷地说："石匠媳妇！你好大胆子……"

"啊！你们又抓她做么呀？"

在敌人丛中，埋着头的桃子，听到一句女人的话声，抬头一看，大吃一惊：她！

萃女冲孔显质问："老欺负个女人家，你们安的什么心？"

孔显吊斜着独眼，贪婪地盯着小白菜白皙红晕的俊脸蛋，笑道："我的少奶奶，她和姓共的一块干事，能不抓？"

萃女这才发现被押着的戴眼镜的教书先生，脸色骤然煞白，手在不停地抖动。

孔显注视着小白菜的突然色变，警觉地问道："怎么，你也认识这个姓共的先生？"

萃女口吃地说："我……我……"

孔显越发怀疑，上前一步问："你这要上哪儿去？"

萃女的目光惊慌不定，光是嘴唇动，却出不来声音。

敌兵们都瞪着面前这个少嫩的青年女子，气氛异常紧张。桃子的心忐忑起来：莫不是凤子派她出来有任务？因为桃子知道，自从萃女营救她出狱之后,她一直表现不错。在敌人控制最严的孔家庄镇的党组织,遇上不得已的情况,曾通过萃女和于震兴送信出来……这次会不会也是……

是的,由于孔庆儒的狡诈,金贵告密程先生的消息,丁立冬今天早上才探查出来,报告了凤子。然而,凤子遭到不幸,德源号丝坊为不让职工拿蚕蛹回家度春荒,在蒸茧时放进大量卤碱。凤子不知情,昨天拿蛹回家熬野菜吃,全家发高烧,上吐下泻。她听了丁立冬的情报,挣扎着起身,走到院子里就摔倒了。她丈夫是常年在外当长工的,孩子小又病倒炕上,毕松林又在外山放青,怎么办?她想到于震兴和萃女,就扶着墙,好容易拖着腿挨进萃女的家门。震兴回赤松坡侍弄菜园子去了,她就对萃女说,快到赤松坡,找武术房的老师江鸣雁,告诉他,戴眼镜的先生让狼盯上了,得马上离开……萃女记下了,立刻上路……

刚上来,萃女见桃子被捕,她想从孔显手里把桃子救出来。却不料,敌人已捉住了戴眼镜的先生!别看小白菜闯过码头,经历的场面不少,山会上万人看她唱戏毫不怯场。可是在敌人堆里、枪刀丛中,突然遇上这样惊心的遭际,她又是和共产党连上关系的人,一时竟紧张不已,没法制约那又惊又急又疼又悲的感情!

孔显看着他日思夜想的少妇这种情态,心下暗喜:"这狂娘儿们,今儿个说不定有短处,让我抓住了,要是那样,嘿……"他又大声叱喝:"快说话!你上哪儿去?去干什么?"

"小白菜!你装傻啊,卖痴啊!"桃子那响亮的声音,使敌人、萃女都吃了一惊。她冲到萃女面前,气恨地说:"说,上哪儿去?哼,你不说,我替你说!你这不要脸的娘儿们家,又去勾引俺哥,你要成心害了俺们哪!要让他一辈子绑在你身上,为你白干活啊!你这个狠心的人,不愧是孔家门里出来的……"

萃女的心胸豁然开朗。她心里激动地说:"好妹妹,你真是个能人,救了我……"演戏是萃女的本行,聪颖的脑子一点就灵。

她哼哼地冷笑两声，绯红了脸，羞恼地对桃子说："你个厉害媳妇，当着这么多人出我的丑，掀我的尾巴……好吧，咱家也不是好惹的。告诉你，找你哥去，怎么样？我要吃光他的肉，喝干他的血，连骨头都不给你家留一块。没这点本领，还算小白菜的为人？你呀，这么抓我的脸，知道你是这号人，我当初真不该出力气救你出来……"

桃子愤愤地说："你哪是为救人啊？俺家的钱白花啦！谁不知道，你想拿这拢住俺哥的！早知你是这路货，我屈死在牢里也不出来……你再近一步，看我不撕烂你这脏嘴！"

"你敢！"萃女挺着胸扬着手来打桃子。

桃子一手抱住孩子，一手用山菜篮子抵挡——那篮子直向萃女怀里送。

小白菜的眼光瞟着桃子的动作，几下就发现"对手"是在给她山菜篮子。她那刀马花旦的手脚，敏捷地夺过山菜篮，嘴上说："我叫你厉害！要饭的家伙也给你夺了，把你们饿死……"

两个青年女子对口动手，敌兵们都看得呆了。这时孔显忙喊道："快把共匪娘儿们抓起来，快！"

刘排长上去扯拉桃子。桃子以打萃女为掩护，狠狠踢了这兵痞一脚，痛得他嗷嗷叫起来。

孔显趁机上去拉住萃女的手，使劲攥住不放。萃女一面挣脱，一面用胳肘向后一拐，顶在独眼龙心窝上。他吸着冷气松了手。

孔显命令敌兵们押着程先生和桃了母女前面走了，他落在后面，仍在纠缠着小白菜，气恼地说："你非去找那穷扛活的不可？"

萃女没有搭理他，走上去赤松坡的桥面。孔显望着她那活泼的背影，咽下一口涎水，赶上来，说："好嫂子，别生气呀！你这么实情对待他们，人家可把你当仇人。石匠媳妇和你动手，于震兴对你没情意……何苦呢？"

当然，萃女根本听不进孔显的话。自从她参与营救了桃子，震兴对她的感情更殷实一层。震海牺牲后，震兴去参加共产党开的追悼会，回来边哭边向萃女诉说人们怎样疼他弟弟的为人，怎样安慰他于震兴，希望他给父亲、兄弟报仇；震兴也答应，尽力帮共产党的忙。萃女听后，也答应震兴，帮他分担艰险……他和她，实在是比先前更贴心了啊！

刚才桃子的作为，更使萃女心里炽热："多好的一个人，多美的一颗心啊！人家在刀丛枪林里，不眨眼，不心慌，解了我的围，把篮子给了我……哦，这篮子里一定有东西……"她把手偷偷地插进山菜里，触到了那两本书，像触到红火炭上，马上把手缩回来，身上沁出一层细汗。

孔显见她不说话，认为打动了少妇的心，乐滋滋地说："我的话有道理吧，你想想……"他大胆地凑上她身边。

萃女瞪大眼睛，道："放规矩点，别动手动脚的！"

孔显讪笑着说："我看看……你拿的什么……哎，你要那讨饭篓子干么？还不快丢河里去，脏着！"

萃女道："那媳妇薅的山菜挺鲜嫩的，拿回家尝尝鲜。"

孔显觍着面皮说："菜吃鲜的，人也勤换着点……"

"放你娘的屁！"小白菜骂着走去。

"哎，嫂子，别生气。"孔显又追上来，堵住她的去路。

萃女回过身，望着渐远的押解桃子他们的队伍，沉沉地说："我倒不明白，你们和共产党冤家对头，可三番两次抓那桃子干么？一个女流，能有多大作为？"

孔显立时色变，狠狠地说："哼，刚才没和你说，她和姓共的一起干事……怎么，你又疼起她来啦？"

"我疼她做么？共产党对我有啥好的？桃子方才对我那么凶，你没见着？"

"那你……"

"我是想，要是再救了她，震兴会……"

"又为你那穷扛活的!"独眼龙妒火攻心。

"算啦!"萃女咬一下牙,快步下了木桥。

孔显也咬咬牙,眼睛一刻也不放过那漂亮的苗条身材,急赶上去说:"好嫂子,看你面上,我愿意为石匠媳妇求情;只是你也得答应我点事情。"

"你说吧。"

"你,夜里到冬春楼找我……"

"呸!"萃女啐了独眼孔显一脸唾沫,悻悻地朝赤松坡去了。

孔显擦着脸,恼恨地盯着一溜疾步远去的少妇,无可奈何地叹息一声,转回身往孔家庄走。出步没多久,身后响起自行车的铃铛声。他不让路,车铃更急。孔显回身大骂:"瞎眼的王八蛋!"

自行车上两个人,惊呼着滚进路边的泥沟里。孔显看清摔倒的人,过去拉他:"舅,我没看出是你……"

"奶奶个熊!"于之善从沟里爬出来,朝天鼻上净是土,他用手一擦,脸像花脸狼,忙着问:"守业,摔坏车子没有?"

于守业揉了一会儿磕痛的膝盖,把自行车搬上来,检查着说:"没有。"

"这就好。人的皮肉破了自个儿能长上,车子坏了,又得破费。好好把车子擦干净。"坏地瓜说着,接过外甥递来的香烟包,抽出两根,别到耳朵上一根,吸着一根。

孔显问:"这车子不是守堂家的吗?"

"嘿嘿!"坏地瓜开心地笑了,"说话就是我的啦!我听你爹的话,和守堂家拉得热火,嘻嘻……车子我借出来,叫守业骑着跑烟台,进项小不了。显子,你在这干么个?"

"抓共产党。"

"谁家?"

"一个姓程的外乡人。还有石匠玉……"

"哗啦扑通",自行车倒了,于守业一腚跌在地上。于之善奔过来，见儿子面如土色，连声呼唤："守业，守业……"

孔显问："怎么回事？"

坏地瓜焦急地说："老病又犯啦！一提于震海……"

于守业哇一声大哭，爬起来就跑，跑着喊："他活啦！妈哎，他活啦……"

于之善使劲拉住了儿子。孔显说："别怕。他的尸骨早烂啦，活个屁！我是说抓了石匠玉的媳妇。"

坏地瓜道："守业，听到吗？不是他，是他媳妇。"

于守业止住了哭，脸上逐渐缓上血色，那裤裆已经尿湿了一大片。他愁眉不展地说："爹，俺不上集了，家去啦。"

坏地瓜生气地说："走吧，不成器的东西！才把自行车得手，老子要坐着抖抖，你他奶奶的……推着回去吧。"

舅甥两个向孔家庄走着。于之善向后望着远处的白头巾，说："适才我见小白菜往俺村里去，是不是又去找于震兴的？"

"谁说不是！"

"这女人……"

"别提她啦，舅！"

坏地瓜瞅孔显垂头丧气的样子，想一想，说："显子，别着忙，咱寻个法子，叫她和于震兴闹翻脸，断了来往，你就好插上手啦。"

孔显灵机一动，说："嘿，这倒是条妙计！刚才萃女和石匠媳妇又动口又动手，你去告诉于震兴，就说是萃女告了桃子的密，抓他们来的……你编排着说吧，要叫于震兴信服……"

"这你就放心吧！"坏地瓜拍着巴掌道，"说谎造假，我用不着人教。这叫反间计，事成了可要好好谢我……嗯，我刚见于震兴在河南岸帮人锄地，这就去说他……"

于震兴猛步跨进院门，呼呼喘息一阵，低头走进正屋，对萃女说:"你,跟我到南屋一趟!"转身先去了。

萃女见他脸色难看,以为他是得悉弟媳被捕的消息了,没有介意,便叹了口气,跟着他走进南屋。

震兴的目光仍是藏在眼皮底下,问:"你知道不知道,她又叫抓啦?"

"知道。还有位戴眼镜的先生……我亲眼见的。"

"在哪里见的?"

"母猪河桥头。"

"和谁?"于震兴攥紧拳头。

"有孔显那帮子坏种在场。孔显说,桃子妹和那先生一起干事……"

"桃子骂你打你啦?"震兴咬紧了牙。

"可不是?桃子能当着坏种的面和我动口动手,我真没想到……"

"哈哈哈哈!哈哈哈哈!"于震兴突然爆发了大笑,神经质的发疯般的大笑。

萃女吃惊,不安地问:"你怎么啦?啊,疯了似的……"

于震兴,老实纯朴的穷雇工,是疯了,他气疯了!本来,他听了于之善的一套挺有根据的话,却不肯轻信,又急又气地来质问萃女。这可好,萃女自己的答词完全证实了坏地瓜告诉他的话。于之善说,萃女告发了桃子是共产党的人,孔秀才派人盯上她,一起抓了个程先生;小白菜还亲自和孔显在半路等着对质,结果叫桃子当场打了一顿……

于震兴停止狂笑,逼近她身前,悻然道:"你,挺好,实话实说!"

萃女瞪着他,惶惑地说:"你这是……我瞒过你什么事?你……"

"你这毒心人!"震兴扬臂打了去。

萃女闪身躲开。震兴又打，萃女架住他的胳膊，又气又急，又恼又悲地说："你这是干什么！打人要说清理，俺哪点对不起你啦？"

震兴怒骂道："你还装糊涂！黑心的人，害我兄弟留下的苦命人，共产党的人……"

"这是谁说的？啊！"萃女又惊又气。

"你自己认了，还废话！"

"我认什么啦？啊！"

"和孔显那帮坏蛋一起……"

"那是我去赤松坡碰上的。"

"去赤松坡干么？为么不找我？"

"不找你，是凤子叫我去给江老师送信，说戴眼镜的先生让狼盯上了，得马上离开……谁想得到，他和桃子先被抓了……"

"哦，这下更明白啦！凤子叫你报信，你把信先报到孔秀才那里啦，再去糊弄江老师……"

"你……你冤枉死人啊！"萃女的脸色苍白，眼泪涌了出来，"你把俺看成什么人啦！天长日久，你一点情分没有……"

"去你妈的情分吧！"震兴猛地一搡，萃女撞在磨盘上。

萃女气极了，哆嗦着发青的嘴唇说："你……你说说，我没大能耐，可也尽着力气救过桃子她两口子，为的什么，如今我又害她？"

于震兴悲愤地说："救人害人都为你自个儿！为了我，你救俺兄弟两口家，俺领你的情……如今，你威海卫当官的哥，在那里给你找下个白脸官，孔秀才应许你帮他抓着共产党，就让你改嫁，你就毒心全露……我算瞎了眼，你墙上挂着杜十娘的片子，实在比那李公子①还要坏几分！"

---

① 李公子：京戏《杜十娘》中的人物。李公子名李甲，同妓女杜十娘钟情相爱，后来负心，卖掉了杜十娘。

这一番话,像一串利箭射进萃女的心。她感到彻骨的寒凉。她恐惧地望着这个被她不惜一切爱着的人,变得如此刚烈、无情,简直要将她生吞活吃了下去。这使她想起那年冬天,她第一次向他进攻时,他的恼恨表示——不,这次比那次更可怕。她哭诉道:"我的好人,你变得这么狠心!想想我对你的好处,你怎么能轻信别人的恶语,屈我的心啊!我的话,你一句听不进去……天哪!这是哪个坏种使的坏啊……"

震兴见她哭得悲戚、诉得伤怀,心里热辣辣的。穷长工忘不了她对他的温存……但,一阵冷风吹得他发抖:"这女人,每次都用好话、眼泪打动我。如今她伤天害理,又来这一套对付我……"他蹲下身,呜呜地哭开了。

萃女靠近他的身,痛切地说:"你别难受,我不记恨你,你信得着我,我一辈子要么等你的花轿,要么等你的棺材……"

"你滚开!"震兴一手掀出她好远,猛跳起来,"我哭,是对不起死去的爹、舍命的兄弟、遭抓的程先生和桃子妹!恨我自个儿……"

"好吧,你是拉不回来的犟牛,话是没有用的。像从前一样,你走吧,明白过来我的为人,你再回来。最好你去打听一下江老师,我去把凤子请来。"萃女说着向门口走去。

震兴一把将她揪住。

"你休耍花招!要找孔家人去,要害更多的好人呀,办不到!"

萃女浑身颤抖,牙碰牙地说:"你……你要怎么样我?"

于震兴从北墙上摘下一把柴刀,冲她扑去:"这辈子,我连个蝈蝈舍不得碰!你逼得我……"

萃女惊怖地用手护住脸,哭叫起来:"你要杀人!天哪……"

于震兴怔住了,慌乱得手足无措。萃女抱住他的一只胳膊,痛哭着说:"好啊!我爱的人,杀我……杀吧!你忍心下手,用刀砍吧……我没有错,我没有害人!你全然不顾咱俩的情意啊……

379

杀吧,我等不着你的花轿,进你的棺材也喜欢!杀吧,你个狠心的老实人啊……"

于震兴那握刀的手脖子软了,举不起来了。他推开她,痛苦地说:"情意可从,天理难容!"把柴刀掷到她脚前地上,"你自个儿寻思吧!"他迅速地跑出门去。

震兴的头脑像木头一样麻木不仁了。他只有一个想法,离开她!快离开她!快快离开她!他目不侧、头不转,一直进到丛山里,来到掩埋他父亲、弟弟的山冈墓地,痴呆呆地坐到晚上。夜露打湿了他的衣服……他突然又想起什么,急奔到赤松坡,找江鸣雁没找到,村口碰上刘宝川。宝川刚从三瓣石他姥姥家来,背着半面袋在那里制好的土枪药。他见了于震兴,喜气地说:"震兴哥,这回俺们造的枪药,劲可大啦!五十步开外,能打秃一棵小树。到时动起手来,孔秀才、坏地瓜有几颗脑袋瓜!"

震兴问江鸣雁哪里去了,宝川当然也不知道,江鸣雁老人提着萃女送来的桃子的山菜篮,偕同闺女二妞,奔丁家庵找特委去了。宝川问震兴有什么事。于震兴悲哀地说:"快告诉江老师,萃女她……她不是好的,要党里人提防着点!"

"她怎么个不好法?"

"她……程先生和桃子叫抓走啦,是她走的风……"

"啊!这个臭娘儿们,黑心肝哪!什么'不是好的',分明是个大坏蛋!"炮仗性子的青年激怒地叫起来,"你呀,总算知道她的害处啦……"

"我……我走啦!你快找江老师报信去吧!"

"你上哪儿去?"

"我走啦……"于震兴埋着头,向远处黑暗的山里走去……

于震兴走后,萃女的目光,像钉子似的倾在脚前的柴刀上。她恨,恨,心和柴刀一样寒冷。她要反抗,要扭住于震兴,到凤子那里去分辩……然而,她一抬头,人没有了!她慌作一团,急抢到门口：天已黑了！怎么回事，刚才还是春光明媚，一下就浓云遮天了？啊，她盯着柴刀呆了多半天了呀！萃女愣了一霎，又冲进屋，扑到炕上，抱住长工的铺盖，放声大哭。

守了半辈子寡的老姑母，点上灯，陪着侄女哭。哭着，萃女下地拾起柴刀，向脖颈处抹。姑母好歹将她抱住，抢下柴刀。萃女的前襟已被泪水湿透，她亮着嗓子哭喊："你走啊，你怎么不杀了我再走啊！狠心的人，杀了我比这么扔下我强啊……"

多情的少妇神志有些模糊，哭一阵，睡一阵，梦里也哭，说胡话……直到半夜，她才清醒起来，洗了脸，喝几口水，托腮凝思。

姑母心疼地守着侄女，骂着于震兴："这个穷东西，狠上来像条狼！你再不要想他啦，没心肝的……"

"姑妈，你别骂他。"

"怎么着，他不好不该说他？你不也……"

"我骂他也不该哪！"萃女那泪迹的脸颊泛起红润，叹息着说，"唉，姑哇，这事不轻松啊！我想来想去，心里才透点光亮。这怨不得震兴。他听说害他的亲骨肉——共产党的人，才和我反目成仇的。他是穷人的根子，猛醒起来，仇气盛，对坏人无情，对自己人，也最有情！他是个好心人！"

"好？那他也该问明来龙去脉，不该这么胡为……"

"姑妈，这也怨不得他。"萃女蹙着眉头，用着心思说，"这是生死攸关的事啊！他怎能不急？哪里还沉得住气！他对我，原本就有过戒心的啊！姑妈，我刚才又想起共产党的那位李先生，在文登城客栈里对我说的话，句句是实情。这个世道，最坑害人不过。我猜想，一定是孔家门那些个坏种，又在打我身上的主意，想出这条恶计来。不然，谁会编排我哥在威海给我找下'白脸官'如何如何的一套瞎话？这些咬人的毒蛇，他们不死，我是得不到安生的。我和他们的仇，越结越深了！"

姑母还是为侄女鸣不平："再怎么说吧，震兴一点情不念，竟起了害你之心,也够歹的啦!"

萃女苦笑了一下,道:"他还是有情的,没忍心下手啊!"她打量着炕上的他的铺盖,细心地折叠起来,心里针刺般地说:"我的老实人,光着身子走了,有苦受的……你呀,多会儿能回来?"

入夏之后,昆嵛山区变成一望无际的葱茏的海洋。中了张老三的预见,今年少雨,然而野生的倔强的草木,拼死地吸取冬季渗进土层里的雪水,饥渴地滋吮着每夜的露汁,仍是茁壮地长了起来。那龙泉口的瀑布,比往常更加清冽,飞雪溅玉般地奔流不息。

李绍先坐在龙泉口子上。天上的白云在驰骋,阳光强烈地倾在青黛色的山野上;松林在喧腾,尺多高的青草在波动。绍先锁着眉头,心情显得很沉重。他这一阵子到海阳一带去检查工作,要各地的党组织,越是工作顺利、暴动的日子临近,越要加倍警惕,防止坏人告密,接受程子和桃子被捕的沉痛教训。他昨夜来到桃花沟,听到程先生已被解送文登城、桃子被强卖改嫁的事情。

桃子被卖改嫁发生在前五天。这是孔庆儒伙同金贵干的,将桃子改嫁给济仁堂冯子久的弟弟痴子冯开仁,而这冯痴子住在泰礴顶下的庵里。等把桃子母女抬走了,金贵才打发大妹好儿回桃花沟给爹妈报信。

对正为女儿再遭牢房折磨心疼如焚的三嫂,这消息真是雪上加霜、心上插针。她立时吩咐丈夫去寻金贵算账,去找孔秀才要人。金贵口口声声说她是为妹妹、外甥女着想,不这样就全完了。孔秀才斥责张老三不知好歹,不是他看亲戚面皮,为孤儿寡母着想,县上早就将屡教不改的共匪婆娘杀了,并警告张老三,如果桃子再沾联上共产党,要株连她的全家老小,一起遭殃……

怎么办啊?孔居任说他去把桃子从冯痴子山庵里抢出来,他带着桃子母女和好儿一块下关东。三嫂不答应,说桃子跑了,孔秀才肯定要拿男家是问,咱不能害人。她打发好儿去痴子山庵陪着桃子母女，伺候桃子养伤，再想法子——有什么法子好想啊！

李绍先了解了前后情形，和三嫂盘算了好一会儿，就让张老三借了条小毛驴，赶着去孔家庄了。

这时，龙泉口上的李绍先，抬头望望那似火的艳阳，移向正西。

小黑驴驮着三撮黑胡的老头，在山路上颠颠簸簸地走。赶驴的张老三，边走边向前后盼顾。

黑胡子老头穿一身干净的白黄色"山绸"①衣裤，在驴上说："老三叔，婶子到底是何症候，叫我这么急忙？"

老三支吾道："还不是疼闺女疼的，浑身不自在……"

"唉！这年头，怎么说？你们放心，桃子来到我家，不会受难为！一个好闺女，落到这个地步，可怜人的……"

松林里走出个细瘦青年，拦住去路，招呼道："鬼见愁先生来啦！"

冯子久——黑胡子老头，看这人气貌端庄，有些来历，就下了驴，应道："你贵姓？"

"免贵姓李。"李绍先回答，对张老三说，"三叔，你回家告诉三婶，一切照说的办吧。"

张老三撂下驴，疾步去了。冯先生有些着慌。绍先拉他在岩石上坐下，说："冯先生，劳你的驾，我托人找你，是有话和你说。我先要谢你，石匠玉那年受伤，你好心行过医；他媳妇的伤病，又是你治好的！"

冯子久惊了神，不安地问："你是谁？"

"我是石匠玉的朋友！"

冯先生急忙起身，诚恐地说："好人！我是行医吃饭的，不知何党何派！石匠玉的媳妇，是孔秀才强嫁给俺老二的，我不情

---

① 山绸：一种手工纺织成的粗糙的柞丝绸子。

愿，没有办法，不是我要害人……好人！切别找错债主！"

绍先抓住他颤抖的手，拽他坐下，恳切地说："冯先生别怕，你的为人我们清楚。咱们打开窗户说亮话，我是共产党的人，强卖俺们亲人的是孔庆儒一伙的罪恶，与你弟兄无关。你说说，孔秀才为么要把桃子强嫁给你兄弟？"

冯子久这才定下神，叹道："你知道，我的医术，在咱这一带，小有名气——唉，也是山中无老虎，猴子称霸王罢了。孔秀才家有病情，都找我去看，吃我铺子的药。看病我不收费，随唤随到，吃药能收个半本。不这样，惹不起他，天下是人家的啊！孔秀才一直说要答谢我，我心想，他容我铺子开张，就算恩典啦……谁想他前些天找我去，给俺老二提亲，就是石匠玉的遗妻，她哥金贵做主，只要二百块钱。我一口回说不敢要她。孔秀才脸色难看，说俺老二是个痴子，二十八九岁了，能找上这么个媳妇就不错了。他又让我把她娶回家，严加管制，她再和共产党有来往，累我全家，人要失踪了，拿我弟兄问罪。这哪里是谢我的恩，分明是叫我吃倒药！他赚了钱，又落了人情。我知道孔庆儒心毒手狠，翻脸不认人，又有媳妇她哥做主，就应承下来了。老弟，孔秀才这回没把石匠媳妇送县折磨死，给她条生路，还算是开了点人情的吧？"

"孔庆儒这么做，用意更加歹毒！"绍先愤愤地说，"坏蛋们知道，像桃子这样的人不怕死，改嫁对她比挨刀还痛。如果她自个儿寻了短见，孔秀才又摆脱了害共产党的家属引起的公愤，还让人们看看，跟共产党人当媳妇，下场是多么凄惨！"

中药先生叫起来："啊！真是借刀杀人，一箭双雕啊！"

"还不止这些！"绍先继续说，"孔庆儒把桃子强嫁到你家，原因不止为向你卖假人情，一般人家只有你能出二百大洋；更深一层，他还想把你拉进他们的圈子里，帮他们来对付共产党，至少不给共产党人看病。"

"孔秀才是派人来盘问过我给哪些人看过伤病,卖过什么伤药给什么人。自然,我是只管救人生,不管卖人命的,不会昧良心坏谁个。"冯子久说,"只是他如何通过这事来拉我,倒还要请教。"

"你想,你要是管住了桃子,我们会恨你、对付你,你还会给我们看病吗?你要是让桃子跑了或再和共产党来往,孔秀才便有了抓你的把柄,你还不得老老实实听他使唤吗?"

"这,这又是借刀杀人,一箭双雕!"冯先生气得胡子直抖,"老弟,你把人领去吧,还没合房……"他又害怕地说:"不过,孔庆儒知道了,我这一家子……"

"冯先生,这你放心。共产党为救受苦人,命都舍上去,难道能叫你这样人家遭殃?"

冯子久被对方的言语和磊落的气度所打动,连声道:"我信着,信着!"

绍先道:"桃子不离你老二家,不做连累你们的事,这个我担保。你们弟兄也得应下条件:她是明里嫁给你老二,暗里是假夫妻。如果往后她和你兄弟投合上,愿意真成就,咱们没话说;要是她没这个意思,决不准动强。你应允吗?"

冯子久忙着点头道:"你们这样为我家着想,我还有什么话说?这样也省去我一块心病……俺老二他痴是痴,心倒是明白的,你宽怀好啦……"

"好,天色不早,咱们赶到你东山庵去吧!"绍先把黑胡子冯先生扶上毛驴,赶着走了。

天色全黑下来了。蟋蟀和些无名的小虫,在青草丛中啼鸣。泉流中,绿色的蛙儿,发出生动的欢唱。东山坳间,推出一轮月亮,那正是十四五的圆月,一上树梢,便光耀盈溢。月色透过枝杈叶瓣,把那潺潺的涧溪,洒上一层银,光波斑斑斓斓,甚是好看。

他,是他,站在山泉边,身披月光,向她伸出手来。桃子脚下踉跄，跨过小溪，抓住伸过来的手。她那悲恸的身子急遽抽搐，难以站稳，晃了几晃，还是被羞帘挡住，没有扑上青年的肩，号啕那窒息胸腔的悲结。

由于冯先生的大力救治，好儿的悉心照料，桃子受了一个月酷刑的身体，好转得很快，恢复了神志，也能站起来走动了。她一明白自己的处境，马上要离开这灾难的痴子山庵……好儿苦苦地劝住妹妹，听妈妈的话，等待亲人的办法……终于，亲人是来了，可，能有什么办法啊！

李绍先扶桃子坐到泉边平坦的石头上，激动地说："桃子妹，你受苦啦！我们没能救出你和程子同志……"

这话在桃子听来，竟有这么大的力量。她瞬间变得从容地回答："我没受多少苦，叫同志们操心啦！先子哥，程先生遭了难，是我没尽到心，我的不是！"

"不，你尽到了你的所有心血！"

"我……快说，我该怎么办哪？"

"你怎么想的？"

"原先落到敌人手里，我心不慌，单等着和竹青她爹一块去！谁知，他们这么整治我……我……我想过死！"桃子悲愤地说。

绍先提高了声音："你想寻短见？"

桃子低头，饮泣着说："我……我得对得起他啊！"

绍先端详她好一会儿，说："你和震海俩，不用说，知情的人，都能体谅到你的心境！只是，桃子妹，你这样死了，能对得起你牺牲的丈夫吗？"

桃子擦了擦眼睛，说："你的话对！我不能死，得活着，报这个世世代代的仇！"

"这就好！你想怎么报法？"

"我是党员啦！我得干革命！"桃子站起来，理理鬓发，"我像竹青她爹生时一样，为革命奔波去。"

"你是说,离开家和敌人干?"

桃子热烈地说:"你别担心,我是女的,倒吃得苦,有力气使!"

"这不行。你仔细想想,你这样干,有难处能克服。可是孔秀才会把你们两家人害掉,损失有多大啊?"

"那你说怎么办?我听党的话。"桃子渴望地问他。

"你得留在这里……"

"啊!要我嫁人?这是你说的?"桃子大惊,向后退着,几乎跌进沟流里。

绍先一把拉住她,按她坐下。桃子呜咽着说:"叫我死不怕,改嫁,俺这辈子做不到……"

等她哭过一阵,绍先才说道:"桃子妹,你的心境我清楚。可是,你得明白,守节一辈子,是封建思想,对咱们共产党人来说,这不是要紧的。顶要紧的是,继承亲人的志气,把革命干到底……"

"话是对的,俺心里放不进去……"

"我没有要你这样改嫁的意思。是这么安排的:冯开仁和你,是外表上的夫妻,你不同意,他家决不强求。冯先生满口答应了,他弟兄都是老实人,这么做对他们也没坏处,我们信得过。这样,你可安心,暗里头继续做革命工作。"

桃子的心扉逐渐敞开了。她长舒一口气,道:"啊,是这样的!多亏你想得出来……先子哥!"

"这还是和你妈盘算出来的法子。"绍先站了起来,"这事要千万保住密,除了你爹妈、你姐和我们几个,对谁也不要说!你能把冯先生一家宣传好,也是革命工作。冯子久对革命有了认识,凭他的高超医术,能帮咱们很多忙。"

桃子很有信心地说:"我尽力去做。程先生常和我说,共产党员是火星,落到哪儿,烧到哪儿!"

李绍先瞩望着东方的茫茫原野,感情激荡地说:"他在敌人牢里,斗争得非常英勇!得想法救他啊!"

"要不,我去一趟,伏天的衣裳,他还没有。"桃子的眼睛又潮湿了。

"衣裳托别人去送。你这一阵子,哪里也不能去。"

桃子用泉水洗了几把脸。他们来到山庵下面的路口,好儿抱着竹青在那里望风。桃子在她耳朵上说了几句。好儿感激地望着李绍先,又有些不安地说:"好是好,只是冯开仁是个痴子……"

"他这几天怎么样?"绍先问。

好儿道:"把桃子抬来之后,他就要跟他哥回孔家庄,他哥不让,他就犯痴。白天不见影子,黑天瞎火回庵,也不知睡在哪儿,天一亮,又不见啦!"

桃子说:"俺一次也没见着他。"

绍先说:"他哥会教训他,他能听他哥的话。"

好儿仍是担心地说:"再怎么说,就两间草房、一铺炕,深山庵里,守着个痴子……"

"他痴我还痴吗!"桃子镇静地说,"先子哥,姐姐,你们放心走吧!事在人为。我谁都对得起。决不让孔秀才那伙坏种称了心!"

好儿又道:"你的伤还没好利索,明儿我把竹青带走吧。"

桃子说:"你又傻啦,有她在跟前,大小是三口人……明天你自己走吧,告诉爹妈,别惦记我。"

绍先对好儿说:"明上午我在丁家庵下面的山口等着你,我也去桃花沟。金贵的害处很大,要加倍提防!"

姐妹俩异口同声:"俺们家,不要他!"

第二十一章

告慰同志们，我很自在！在孔家庄区上，那个头上盘着封建余孽辫子的可怜虫，清朝的末第秀才孔庆儒，被一个共产党员质问得狂吠乱叫，用尽了只对软骨头起作用的刑罚，无可奈何，要把我押送到文登城里去。把我送到济南府，又有何用处呢？同志们，你们要想尽一切办法，营救桃子出狱。她是个令人崇敬的同志，我们中华民族劳动妇女的典型！诚然，她没有像我读过马克思主义书籍，受党的教育没有我多；但，在她面前，我确实感到自己矮小，要向她学习，永远铭记着她对革命事业的献身精神，对我们共产党人付出的一切！同志们，想办法啊，少牺牲一个这样的同志！她实在是中国革命的宝贵财产！

农历四月二十九日——孔家庄逢集

县上的反动派，自认为他们高明些。蒋介石的走狗鄢子正，竟拿金钱、美女来侮辱我。可笑，愚蠢、腐败的敌人，他们是理解不了共产党员是用特殊材料制成的。敌人被我的痛斥弄得恼羞成怒，又对我施以重刑。来吧，刽子手！既然干革命，就准备了这一天……我从昏死中醒过来，同牢的难友给我夏装……感谢同志们，为我送来你们的心！我的视力不强，加上牢房太暗，费了半天工夫，才辨认出来，这细白的单衫是谁的针线。你能猜到吧，三婶！我认得出你的手工来。我怎能忘记，你多少个不眠之夜，为我灯下缝补衣衫！亲爱的三婶，你再不要为我这个革命者操劳了！我躺在黑牢里，不出门，用不着好衣服；穿上好的，一场刑过，也烂了……不过，请你们宽怀，同志们！这件衣衫，反动派是打不烂、撕不碎的！

同牢难友说今天是芒种

非常兴奋！前天在国民党县党部的办公室，见到一张敌人报纸上的日期，知道今天是"七一"党的生日！我耳边响起《国际歌》声，面前是火红的党旗……几年前，我在中央苏区参加庆祝会的情景，鲜明地出现了！是的，全世界受苦人起来向吃人的毒蛇猛兽进行最后的斗争的日子到了！中国共产党领导的中国人民的大革命必胜，世界无产阶级革命的胜利也必将到来！然而，腐朽的敌人还在挖空心思、施展诡计，拾起地主家庭的血缘锁链，企图使一个共产党员背叛。他们找来我的父亲，这个吸饱农民血汗的财主老爷，竟大动父子之情，哭哭啼啼求我在自首书上签字，回家跟他过安乐生活。我问他，他的佃户、长工的骨肉之情、生死之忧，他是否同情过？他逼死佃农、打伤长工、侮辱女佣，慈悲心何在？所谓父子之情，在剥削阶级看来，不过是老老少少、子子孙孙，联合起来，一代传一代的，害人肥己，发不义之财。而我们劳动人民的骨肉之情，就是于世章老人做的，三婶行的……枪声响，同志们！又一批革命者在文登城西门外牺牲！同志们，快些战斗啊！

一九三五年党的生日

义旗满天红，
穷人骨头硬，
打倒仇敌，
起来闹革命。
暴动，暴动，暴动！
冤仇要雪净，
血债要算清，
跟着红旗，
主义定成功。
暴动，暴动，暴动！

亲爱的同志们！我的眼镜被敌人打烂了，一块碎镜片扎进右眼里，我用伤口流出的热血，写了上面几行小诗，多的话不能写了！待一会儿，我就要走上最前线了！战友们，切不要为我掉泪，瞧，我在笑呢！笑，敌人的淫威，在共产党人面前，一一破产了！他们是失败者，我们是胜利者！老三叔，听到我的死讯，你可不要伤心，我们是交往至深的朋友啊！三叔，我又分明看见，你端给我的碗里，盛的不是野菜粥，是社会主义的饺子！三婶，我就要穿上你做的白单褂，气宇轩昂地站在敌人面前。这雪白的衣衫，将染上共产党员的鲜血，和革命的红旗一样的颜色！

同志们！原谅我，没有眼镜，字写得潦草……听，秋风是这样疾劲地扫打监牢的铁窗，我感到，这罪恶的窟窿在摇摇欲坠！我听到了，胶东人民举旗暴动的战歌……

程子于天高气爽的秋色拂晓

程先生的狱中书简,是由县城里在敌人内部的地下共产党员转到特委来的。烈士的遗书,犹似劲吹的秋风,很快传遍半岛的共产党员和革命群众。正在加快准备暴动的革命者们,更添一股力量,仇恨的火焰更炽烈迅猛地燃烧起来。

是高玉山,把带血字的语言,读给张老三夫妻听的。老三疯了似的哭着打自己的脑瓜子,痛心切腹地喊道:"是我糊涂害了你呀,老程大伯!你生前我慢待过你啊,俺穷苦人的好先生!死了我见不着你的样啦,我的亲人哪……"

三嫂,她倒没有哭!那精悍瘦小的身子,僵直地挺立着;那墨黑铮亮的眼睛,愈瞪愈大,射出强烈的光芒;那整齐细密的牙齿,使劲咬着,头发都跟着颤巍起来了!她怀里抱着的害重伤寒症的小儿狗剩,被妈妈的骇然气色,吓得喃喃道:"妈妈!妈妈……"

小菊一阵风般地冲进院门:"妈!他来啦!"

"谁?"高玉山问。

"那黑心的——俺哥!"

"啊!"张老三愕然,晃了一下脑瓜,擦一把胡子上的泪水,吩咐一声,"小菊!打酒去!"

"干么?"三嫂瞪着丈夫,"要酒壮胆?你……"

"我请请宝贝儿子!"老三狠狠地说,"药山①剩下的'土信'②呢?"

三嫂低沉地说:"用得着吗?"

老三紧盯着妻子,疑惑地问:"你舍不得他?"

三嫂镇定地说:"舍不得二两酒钱!"

"好啦!妈妈的……"张老三抄起靠墙的铁锨,向门外奔去。

---

① 药山:将毒药拌上饵食散在蚕场毒杀禽兽。
② 土信:即砒霜,烈性毒药。

"回来!"三嫂喊住丈夫,问小女儿,"就他一个?"
"嗯!"
"山子!"三嫂对外甥说,"你到屋里,听着点。"

高玉山掏出手枪,掩进正屋门后。三嫂抱孩子坐到窗下墙根的石条上,叫小菊回到村头望风去。她冷静地对丈夫说:"我说你呀,先把家伙放下,啊!"

石砌的山村院落,一时沉寂下来,只有金风飒飒,大桃树上的败叶,一片一片地凋零。

金贵穿着黑皮夹克,新多了酒刺的紫脸上,流露出畏葸和不安。他怎么能不担心害怕?诚然,孔庆儒严格为他保密,而且对金贵本人也不承认发现程先生都是他的功劳,他只不过提供了一条线索罢了。况且,孔显和坏地瓜把程先生和桃子的被捕转嫁到小白菜身上,那于震兴也信以为真,去得无影无踪……同时,在孔家庄集上金贵找着卖柴的他父亲,请他喝了酒,也没探出共产党有星点知道是他干的。对金贵说来,是无后顾之忧的了。他本来的算盘,拿到雄厚的赏金,娶了钱庄的漂亮识字姑娘,开起门面,坐享安乐。然而,勉强得了大洋五百,抓了程先生以后,孔秀才又让他回桃花沟,再探共产党的踪影。金贵虽然知道没露马脚,但他做贼心虚,一想到家里人的脸色,桃花沟的险山峻岭,他就胆寒心冷,不想回去。不是推故装病,就是佯作回家,跑到北面龙泉汤躲避几天,回孔家庄谎报没见蛛丝马迹,欺骗主子。金贵觉察出,孔秀才对他有些怠慢,绝口不提他的那一半赏金,更不理会招赘他钱庄之事。

昨天,孔庆儒又把他召去,说共产党在南海边一带又有活动,那姓程的先生虽然至死没供词,可从他的态度和谈吐判断是个大头子。他在桃花沟住了那么长的时间,不会没有党羽。要金贵回去多住几天,找出可疑的分子来。这一回事成,又有奖金一千元,马上就和孔香兰结亲……金贵心想:"你只用我,到了

393

给钱就装糊涂，我才不冒这个险！"他正打算沿袭前辙，溜出去躲几天。不料，孔秀才派定三个便衣特务跟他一块去。为不使村人觉察，便衣窝在龙泉口等着，金贵发现了"共情"，迅速出来领他们进村捉人。金贵知道违抗不得，怀里揣上手枪，硬着头皮回家。他一路上思忖道："孔秀才一肚花肠子，翻脸不认人。这次能成事，给多给少拿着，拐着孔香兰，远走高飞，过富日子去……"

金贵来到院门口，逢上正向外走的小菊。他警觉地问："你上哪儿去？"

小菊大睁着眼翻他："上山干活去。"

"都谁在家？"

"爹和妈！"

"外人？"

"没。"

金贵壮起胆子，跨进门槛，见他父亲站在院门后面，呼呼直喘。他一惊，胆怯地说："爹，我回来啦！"

"回来的好！我正要去请你……"老三愤恨地说着，手伸向刚放下的铁锨。

"金贵，怎么这一阵子不来家看看？"三嫂以母亲的口吻说，又瞅着丈夫，"你跟小菊生的么气呀，她不上山去了吗？那闺女多会偷懒来着？儿子回家，你就先别上山啦！"

张老三取铁锨的手缩回来，蹲到一边，掏出烟袋。

金贵暗暗舒口气，想道："老是虚惊！我没出一点破绽，孔秀才满肚子计谋，谁会知道我的事！退一万步，就是家里知道一点风声，大不了像上次一样，赶我出门，对我这个大儿子，还能干什么？对付两个荒山沟的庄户爹妈，我有啥好怕的？真是庸人自扰，好笑！"他定了定神，给父亲递上一支香烟。老三没有接，金贵自己吸着，喷着浓烟，道："爹，我二妹嫁到东山庵里，过得好呀？"

三嫂接过话头，说："挺好的。还幸亏你向孔秀才求的情！"

"谁叫我是当哥的来！"金贵喜气洋洋地说，"妈，为我二妹，我花费大啦！孔秀才这老小子，光进不出，哪里会轻易松口救人！"

"叫你作难啦！"三嫂道，"回家来讨账的不是？"

"不不，爹妈放心，这都由我对付啦！"金贵凑到父亲跟前，"爹，我回家，是想问问你，程先生遭了难，他的那些书呢？有谁拿去没有？我想学那书上面的话，做好人。"

老三霍地跳起来，激怒地骂道："你这黑心鬼！又来套我啊……"

"爹！这是怎么啦？"金贵惶悚地后退，退到母亲身前，"妈，我爹他……"

"你着么急呀！"三嫂叫住丈夫，转对大儿子，"金贵，谁让你来的？"

金贵惴惴地说："我……我自己愿意来家呀……对，好儿妹告诉我，狗剩小弟病得厉害，我回来送钱给妈，救弟弟……妈，你看，他病得重啊……"

三嫂挡开大儿子要扳动她怀里的小儿子的手，慢慢站起来，咬着牙说："我小儿子病得重。大儿子，你，'病'得没药治啦！"

金贵惊怖地望着母亲冷峻的脸，慌乱地问："这，这是什么话？"

三嫂怒斥道："程先生的命丢在谁手里，你认得他吧？"

金贵语无伦次地说："谁？我怎么认得。哦，我听说，都这么说，是戏子娘儿们小白菜害的……爹，你清楚，我知道程先生是好人，我一心想学他……"

"呸！"张老三狠啐大儿子一口，"混蛋小子！还想欺我糊涂，嘿嘿！我糊涂，有人不糊涂！你集上拿酒灌我啊，嘴上有看门的

395

啦!你坏了程先生,俺们早知道啦,不给你露声色,就等你这一天!嘿嘿,这一招,你那秀才大老爷的灵脑瓜,也没掐算到吧?狗小子!"

金贵的脊梁上冷风嗖嗖,愣鸡似的呆着。

三嫂冷冷地说:"没委屈你吧,金贵!"

金贵头冒冷汗,转了几下眼珠子,陡地转身,夺门逃跑。

"哪儿去!"张老三吼着,一把拉住他,甩到墙根处,双手端着铁锨,步步逼上儿子。

金贵哆嗦着说:"爹!你要干什么,爹……"

"你不是我的儿!"张老三举起了铁锨。

金贵一脸恶相,从皮夹克里抽出手枪,哗啦一声顶上火,枪口对着他父亲,阴冷地说:"好吧,你不认儿,我也不认爹!姓程的是我告的,怎么样?要动手,咱们就较量吧!"

张老三有些慌,停止不前。三嫂却放下孩子,疾步抢上来,胸膛堵住儿子的枪口,异常硬朗地说:"好,金贵!到如今,你的凶相总算亮出来啦!你放枪,打死你爹妈,才算得上孔秀才喂出来的听话狗子!你放枪吧,放吧!"

金贵枪口对着双亲,向院门处横退着说:"你们这么着跟共产党走下去,活不多久,等别人来收拾你们吧,我没工夫……快让路,不让开,我真要下狠心……"

"奸贼!你的心还不狠吗?"一声响亮的断喝。

金贵抬眼一看,那细高个子的人出现在屋门口,怒目和枪口一齐对准了他。金贵掉过枪口,震惊道:"你是谁?"

"共产党员!"高玉山走上来,"把枪放下!"

金贵恐怖地哀求父母:"爹,妈!快放了我,叫他们抓住,我就没命啦……"

母亲,父亲,一左一右,紧紧堵住儿子的逃路。三嫂严峻地说:"叫你逃命,回去领赏?"

金贵挥着手枪，威胁道："我不是你们的儿啊，铁了肠子的爹妈……"

高玉山冲上来。金贵朝他开了一枪，推倒母亲，抢门逃跑。张老三一铁锨没打中他，因为用力过猛，自身摔倒地上。金贵的脚已迈过门槛一只，但另一只被张老三伸手抓住了。金贵拼力抽脚也没抽出来，他照父亲开了一枪。老三膀子一震，金贵拔腿冲出了院门。高玉山没有负伤，却怕误伤张老三，没能开枪……

金贵刚跑到村口，迎面遇上四个人。他未及看清，其中一个女的，一头撞上来，死死抓住他握枪的手。又是一个男的，使脚绊将他撂倒，夺过他的手枪。

这四个人中三个男的，除去缴金贵枪的丁赤杰，还有李绍先和抱着竹青的冯痴子。那女的，正是桃子。赤杰拉起地上的金贵，高玉山已经赶到。

这时候，五十七户的桃花沟，闹嚷嚷地纷乱起来。先是赶来了孩子、妇女；接着是从山上、田里跑来拿着柴刀、锨镢的青壮年，不少人手里拿着红缨枪、大刀、土枪……

不稀奇，现在，这个位于文登、牟平两县交界处的深山村子，有了二十三名共产党员和共青团员，农民会、妇女会、少年团，把全村男女老少，收进一多半。连孔居任的姑母大脚霜子，也参加了妇女会。革命的活动，在这里已司空见惯。外地的党员们称桃花沟为"小苏维埃"。

当下，李绍先严厉地审问金贵。金贵供出孔秀才派他和二个便衣特务来的阴谋诡计。丁赤杰、高玉山加上一直掩护在姑母家的孔居任，带领本村的伍拾子、张福祥等七个党团员，马上出发，到龙泉口去消灭那三个便衣特务。李绍先交代说："要把他们收拾干净！免得敌人来这里行凶……"

很多人喊道，杀死坏蛋金贵。金贵的洋头乱七八糟，弯腰躬在一边，像条丧家狗，吓得不敢正视人们一眼，心里打战道："村里这么多姓共的！孔秀才是聋子，我是瞎子……他妈的，知道这样，再不敢来啦……"他腿弯子发软，战战兢兢地跪到绍先面前，央求道："开开恩，饶了我吧！都是孔庆儒王八蛋使的坏，我也是穷人，再不听他的话，再不敢干坏事啦……"

李绍先指指人们说："你问大伙去！"

群众一片声浪："打死他！"

"为程先生报仇！"

"留不得恶狗！"

金贵哭着喊："看我妈的面上，饶我一死吧！"

人们立时静下来。你看我，我看他。有的说："三嫂为革命，费尽心血，金贵再坏，是她的骨肉，打狗看主人啊！"

有的道："小狗剩病得没大好头，张家就这么根香火，得掂量掂量哪！"

"那不，她来啦！"

三嫂在桃子的陪伴下，出现在人群后面。霎时，人们的目光一齐集中到她身上。她，没有踌躇，一直来到绍先面前，轻声问："把他，怎么处置法？"

金贵忙爬着跪到母亲脚下，痛哭着说："妈！儿子的命，就听你一句话，饶了我啊，妈……"

绍先信赖地对三嫂道："好，三婶！你说吧，杀他，放他，由你定吧！"

这四十二岁的农村妇女，看看绍先，看看桃子，看看乡亲，最后，视线注向大儿子。金贵充满希望地仰着泪脸，哀怜地说："妈，儿子不该做下坏事，可对爹对妈还是孝顺的啊！我一心想发财，为的爹妈！告的外人，为不使咱家受连累，我费尽心机哄骗孔秀才！为救二妹的命，我求过孔秀才！妈，儿对一家有情有义，没半点心害亲骨肉，你可不能害儿啊，妈！"

三嫂那娇小的身躯猛烈地搐动，眼里闪着泪光。桃子扶住她，忐忑地说："妈！你……你这是……"

"闺女，你别着急呀……"三嫂扯起衣袖，蘸蘸眼窝。

在场的人都屏住了呼吸。有的女人落下泪珠。

三嫂低沉地问："金贵，你知罪呀？"

金贵连连叩头，道："饶了我这次，再不敢啦，妈！"

三嫂摇摇头，说："你心里明明在想，赶快求得脱身，跑回孔家庄，再来作恶！"

"不，我……"金贵打个寒战，"妈，儿不敢……"

"你敢！儿子，这个时候，在你妈面前，还敢撒谎！你是个知过改过的人，也走不到这一步！"三嫂的声音提高了。

金贵看着母亲变得凛然的脸色，心里发冷，说不上话。

三嫂理一把鬓发，怒视着儿子，说："妈的好儿子，你口口声声孝顺，也许，你心里有爹妈，只害别人，不伤自家！我问你，那吃人的狼，只吃人，不吃自个儿的爹妈，就是好的？算得孝顺？可惜，你不是狼爹妈生的！你张嘴闭嘴发财是为爹妈——啊，多疼人的儿子！你出外多年，寄回几个钱？妈有半句怨言给你？可惜你妈不是孔秀才那路货，不领你卖别人命得来钱的情！你还有脸说骨肉，俺桃子有你这个好亲哥，劝她把女婿供出来，把为穷人拼命的人招出来，好给你换赏金！你和杀你妹夫的孔秀才一块分卖寡妹的大洋！多么有情意的骨肉啊！

"金贵！你一回来露出邪心歪意，你妈就说过你，打过你，要你记住，你是穷家孩子，为抵债进财主门去的……可你这东西，五脏六腑都叫财主家的臭水沤烂了，脑瓜只盛着个钱字，一句正理听不进去，昧着良心，认贼作父，伤害自己人！你……你这离开人伙入狼群的东西！不忠不孝，不仁不义，谁认你做儿？谁认你为亲？谁认你是人？世上有你容身的地场没有？早该自个儿碰死，还有脸叫爹唤妈，哭着饶命！"

群情激怒，好多人呼喊："三嫂的话实在！"

"杀了他！"

"容不得畜类！"

……

金贵张皇地爬起来，骇然地盯着母亲，仇恨地说："好个毒心妈！做了鬼，我也记恨你！"

三嫂正视着儿子道："没做鬼，你不就放枪打你爹了吗？"

金贵气势汹汹地说："好吧，我死，叫你张家断根！"

三嫂道："留下伤天害理的冤种，不如不留的好！"

金贵蹿着高大骂："你们这些穷小子！共产党得不了势，你们兴盛不了几天！"

桃子高声说："兴盛一天，俺们情愿！"

三嫂对绍先说："还留他做么？"说完，快步向家走去。

绍先一挥手，几个青年扭住金贵，押着向北山走。金贵骂不绝口，又嗷嗷地哭起来。

"桃子。"

"嗯。"

"没睡着？"

"妈，俺搂惯了竹青，身边没她，手没处放了，挺不舒心的。"

"那你去西炕上搂闺女去。"

"算啦，让她跟她小姨亲热一宿吧。我今夜得守着妈。妈你也睡不着？"

"合不上眼……"

"妈心里难过？"

"唉，有疮身上赘着，总是个病根；一刀割去，痛是痛点，一下就好啦！为好人遭难都哭不过来，金贵那坏东西去了，我老难过的什么劲！我是……你摸摸，你兄弟吃了开仁带来的药，是不是退点热啦？"

"……嗯，是好些啦！妈，点上灯吧？"

"不用，黑影里，咱娘儿俩躺在炕上，脸对脸地说个话。"

"唉。"

"难得你来家一趟，又碰上丧事……"

"妈，你才说的，去了坏根是好事！"

"哦，对……桃子，区里还派人去开仁庵上转？"

"比我刚到那会子少些了，孔秀才还是不闲着发话给开仁他哥，说我有个差处，拿他全家问罪……妈，眼下咱们正预备着起事，先子哥说暴动前再不让我到桃花沟来，防备孔秀才为丢了金贵几个，到这寻事，盯着像我这样的人。"

"哦，那你得留神！"

"妈你放心，我和开仁的相处，不是刚到山庵那会子啦。那会子，不说有多别扭，总共两间茅草屋，里间是炕，外间是灶。俺和竹青要在灶间打草铺，可他倒先把铺盖搬到地上了……不管天有多么热，俺都穿着衣裳睡，一身一身的汗出……可好，我在炕间，他从不进来，有事隔着墙说——往往是一天说不上一句话。他早上天不亮出门，带着和俺爹放蚕用的一样的大剪子，多的是一把小镢头，晚上黑得不见影才回来，一头是柴草，一头是药材……妈，他就是这么个老实人！"

"他到底痴不痴？"

"痴。"

"痴？"

"痴得邪乎！妈，他每到阴历初十，就拿着香、纸和野花什么的走一天，晚上回来也不吃饭，躺在草铺上唉声叹气；有时又躲到屋后，抱着头呜呜咽咽地哭……"

"唉，是个痴子！"

"比这痴的事还有哪。起初俺给他补补洗洗的他不让，我说你分得这么清，那好，往后俺也不烧你打的柴，不吃你种的粮……

他才松口了。开始我没在意,日子久了,我发现他褂子上的第三个纽扣——心口窝上的,都给撕下了,我挺纳闷,就给他都缝上了……妈呀!你再猜不着,他当时脸一下黄啦,眼一下直啦!嚓嚓嚓,他又把第三个纽扣都撕下来啦……"

"啊,真痴得怕人!"

"一点不怕人,妈,我挺喜欢他的!"

"喜欢他痴?"

"我知道他痴的底细以后,才明白,我提防他是多余的……妈,你想不想知道他怎么痴的?唉,他痴得让人疼……"

"唉呀,妈的闺女,我看你也痴啦!"

"是啦,妈,俺俩痴一块去啦……"

"先别说别的,说你俩如今的!"

"如今?咳,我才体会到先子哥的话对,守节殉情是封建,人活着,最要紧的是去做亲人留下的革命大事,去报仇雪恨,使世上的受苦人再别受欺压。开仁也懂了这个理,和咱一条心啦!往常,我最打怵当着别人面,听竹青叫开仁'爹'啦;如今听人背后叫我'痴子媳妇',俺也不气恨啦……反正,等咱们暴动成功了,什么也不用怕啦!"

"你们能和和气气一个心眼过日子,你爹妈和那么些疼你的人,就放心啦!"

"妈,我的事再用不着你们分神啦。你和先子哥他们也说说,俺和开仁跟大伙一样,使劲奔革命,出力闹暴动!"

"没睡着?"窗外有人说,"你出来一会子。"

"是你爹。"三嫂爬起身,"桃子你快睡吧,明早就要走。"

桃子随手把夹袄递给母亲:"妈你披上衣裳,深秋的夜,凉!"

三嫂刚出屋门,老三就拉着她向院门处走。三嫂悄声道:"老东西,拉拉扯扯的,让孩子见笑!"

"谁有夜明珠?你能看清我的脸?"老三直把妻子拉到院门后。

三嫂道:"么事急的你,不梦睡神爷爷去?"

老三说:"你不梦睡神奶奶去?"

三嫂打个寒战,说:"有话快说,俺冷得慌!"

"听了说这事,你身上准热乎啦!"老三凑近妻子,热气直向她脸上喷,"我问开仁,他和咱桃子的事啦!"

"你怎么问的?"

"我说,前几天我去他庵里,见灶间地上的铺没有啦,怎么回事?"

"老东西,你也学乖啦!他怎么答的?"

"他支支吾吾的。一会儿说天凉了,山里潮气大,地上得不断火,怕烧了地铺,着了房子;一会儿说咱闺女怎么怎么好,如何如何疼他。早先他从孔家庄背来粮食地瓜,一做一大锅,凉着啃几天。如今倒好,多会儿回家有热的,干的稀的全等着……他就是不说铺的事。"

"你还问下去呀?"

"不问个水落石出还成?"

"他又怎么答你的?"

"他又说咱闺女如何如何对他好,让他知道了该亲谁爱谁,恨谁仇谁,懂得了做人的道理。找媳妇,打着灯笼难找咱闺女这样的人品……唉,真气人,他就是不说他俩合炕的事,我又不好点明。原本我见他老实,并不痴,今番一交口,还真像个痴子!"

"可不,他就是个痴子。"

"痴子?那咱闺女……"

"人家喜欢的就是痴子!"

"桃子说的?"

"嗯。"

"这叫……"张老三拍着脑瓜子,"情人眼里出西施……"

"你呀,埋汰人,人家年轻轻的,怎么好和你说那么明的事?

他话里不都说清了吗?有嘴说人家痴,没眼瞅自己糊涂。"

老三乐了,说:"我糊涂、埋汰,这次还不是我去他庵里见合了炕,回来和你说的?"

"嗯,这次算你立了一功!"三嫂笑了。

"嘿嘿,你也专喜欢我这个糊涂人!这叫么个?叫老婆眼里出……"

"埋汰!"三嫂使力压抑着笑声,"你呀,看把你乐的,不知姓么了!"

"走到天边也是张老三!"老三正经起来说,"我怎么不喜欢?孔秀才那帮混蛋要害咱闺女死,让她活受罪,让咱当老的心疼,让多少人胆寒,不敢再亲近共产党。这不,叫那些王八蛋的坏水落空了,咱们还是兴冲冲地过咱们的,这怎么不叫我喜欢!"

三嫂禁不住使劲点点头,说:"跟你这么些年,今儿才知你不糊涂了,说到点上啦!要紧的是帮咱的亲人,把革命闹成,世上千家万户,都乐呵呵地过日子,啊!"

"对着哩!"张老三边向厢房走,边说,"有你那句话,我更美着哪!"

"哪句?"

"你说我不糊涂了!"

"我是说,你才说的那些话不糊涂……"

"没关系,反正你娘儿两个,闺女喜欢痴子,妈妈爱个糊涂……"

"你这个死人……"

晚秋的夜空,缀着稀疏的星星,显得高不可测,深邃无边。一幢幢大大小小、尖尖圆圆的青黑色的群峰,静静地伫立着,等待披挂翌晨的酷霜。

一九三五年的立冬比较晚,是阳历十一月八日,阴历的十月十三日。平常年头,胶东半岛的寒冷来得迟些,今年却不同,立冬以后,风向就改成东北的,冷飕飕的,直刮得紧。霜也一场比一场大,那连绵的昆嵛山,很快就改变了颜色,除去乌青的赤松,一片橙红枯黄。最后一批地瓜也刨干净了,田里除去寸把高的麦苗,光荡荡的。有经验的农人准确的预料到,今冬要大雪大寒。

> 义旗满天红,
> 穷人骨头硬,
> 打倒仇敌,
> 起来闹革命。
> 暴动,暴动,暴动……

小菊闺女轻声哼着歌子。这是高玉山根据程先生的血书谱成的《暴动歌》。油灯下,少女跪卧在炕上,一面哼歌,一面和她母亲一起,在密针细线地绣红旗。

身后斜背大刀的伍拾子,叫开门跑进来,说:"小菊妹,你得去教《暴动歌》。"

小菊道:"俺少年团,不都学会啦?"

伍拾子说:"是农民会的人,居任哥教走了调,像瞎子唱唱似的,大伙说没劲,不好听。我来请你去。"

三嫂道:"那就去吧。你爹伤没好利索,叫他早回家来歇着。"

小菊跳下炕穿上鞋,跟伍拾子出门去了。屋里只剩下三嫂,守着她唯一的病着的小儿子狗剩,挑亮了灯头,向红旗上绣金黄色的镰刀、锤子。

三年多,自从二女婿于震海参加共产党那天始,这个家庭,日日夜夜,都在危险的包围之中。得到的信息,不是今天这个被捕,就是明天那个遭刑;不是这个受伤,就是那个牺牲。有这一家的亲人,认识的面孔,更有不是他们的骨肉,不知道的模样,但是,都有一根血脉,通到一条生命线上,牵动着他们的心。胜利的欢笑也有过，却常常是为随之而来的不幸所湮没。只有在他们心胸深处，在信念中，期待着，鼓舞着，总有一天，这付出的沉重代价，将得到超过一切牺牲的胜利。

终于，人们盼望已久的，不惜流血流汗争斗的这一天，快要来到了！当三嫂得悉武装暴动就要动手，她亲自为暴动队伍绣红旗了，她竟感到来得突然，比她预期的还早，为之付出的艰辛还少……

三嫂已经绣好一面红旗，她又展开第二块红布……这时，她听到从西墙上，有个重物件落地的钝响声……有人敲了五下屋门——这是党里人叫门的暗号。两个多月来，没有必要了的这种进家的举动，使三嫂惊异地下了炕，问："谁呀？"

"是我，婶！"一个深沉的男人声。

三嫂拉开屋门。面前那人高大粗壮，背着外面的月光，她见不清他的脸。三嫂猛然想起，她听绍先他们说过，这几天去东北的同志就要回来参加暴动，这是他了："啊，你是三子！回来啦……"

"不是三子，我是你震海呀，婶……"

三嫂像被一声响雷震住，呆愣在那里，霎时，呼吸没有了。

来人跨进门槛，上去拉住她的胳膊，道："婶，你怎么啦？我从关东才回来，走到这……"

三嫂犹如死而复生，掉头冲进里间，端着油灯赶回来，将灯高高举到他身前：他，光大的脑瓜、大眼睛、高鼻梁、厚嘴唇，满脸似哭似笑地望着她。这不是她的二女婿，又是谁！油灯随着倾倒的身体摔到地上。于震海抢上扶住岳母，连声叫道："婶！婶……"

三嫂从昏厥中苏醒过来，还疑惑刚才这一幕是幻觉。但当她确切地感到黑暗中有人扶着她，不停地唤"婶"，她惶悚地挣开身子，扶着灶台惊吓地说："你，孩子！是人是鬼？别来吓唬你婶……好孩子……"

于震海这才觉悟到,十一个月前,在牟平县七里店的遭遇,金牙三子高呼着他的名字去牺牲,不但蒙骗了敌人,家乡的亲人也相信死了的是他于震海啊!他悲痛地说:"婶哪,我是你震海啊!那死的不是我,是三子兄弟为救我牺牲的!"

三嫂猛冲上前,扯住他,痛哭地叫道:"我的儿!你真还活着啊……"

三嫂很快就平静下来,又是悲又是喜,忙着为震海做饭。震海坐在灶前烧火,简要地回答岳母的关切询问。

于震海听从组织的指示,到东北去避险。开始他在大连港当搬运工人,因为海南常有人来,怕碰上认识他的,就转到营口,在一家木厂做工。由于日本工头行凶,打死了工人,于震海领着工人们反抗,打伤了一个日本工头,他被捉进监狱,一直关了五个多月。日本人将他和许多刑事犯,押运到抚顺煤矿打劳役,火车行至半路,于震海联合起同车厢的难友,砸死两个押车的日本兵,跳车跑了出来……他逃回大连港红房子,地下党员李根生告诉他,胶东的党组织来了信,暗示在此躲险的同志都回去。震海和另外九个同志乘船到烟台,为防止敌人搜查,大家都分散开走了……

三嫂向热锅里放面饼,边听他的叙述,边打量他的全身,叹道:"二十多岁的人,胡子糟糟的,浑身像讨饭的……唉!是三子丢啦,多好的人小伙子!都活着回来有多好啊!"

"我要替他报仇!"震海说,又急切地问,"婶,是不是要暴动啦?同志们都好啊?"

三嫂欣然道:"是啦,大伙都忙活着哪!昨儿先子和赤子来还说,你要活着,是把钢刀……他们再想不到……海子,你用不着跳墙啦,桃花沟是咱的地方,是暴动的什么地来着……"

"根据地。"

"是啦。坏人进不来，进来也出不去，严实着哪！"

"哦，我见西山口有两个人，像是放哨的，咱的人？"

"正是哩！你这一场虚惊……"三嫂见他兴奋得直点头，她也合不拢嘴了。

"婶，她娘儿俩好吗？"

"你指的是谁？"三嫂一时没明白。

"你闺女呀，还住在赤松坡？"

这位中年女人，一直被巨大的激动的热浪汹涌着，把来人认作和从前没有两样的二女婿，还没有余暇想及已经发生的重大变化……经震海这一提，她的心，一下凉了个透彻。

震海不见回音，抬头一看，岳母愣在那里，端生饼的手抖个不停，那饼碎裂了。他紧张地问："婶！她有意外？"

三嫂急忙说："桃子——挺好的……"

"那你……"震海疑惑地望着她。

三嫂再不忍心，这漂泊他乡的年轻人，刚回到家里，空着肚子，听到他媳妇已跟他人的无情打击。她强力掩饰自己的失神，把碎了的生饼往一起揉，做出平和的声音说："海子，我是……唉，听到你的死讯，桃子可哭碎心……如今，你没死，她……她会多……多宽怀啊！哎，吃饭吧，吃了饭你睡一觉，明儿，咱娘儿俩细细地叙叨，啊！"

夜风紧了，天上的星斗，似乎怕冷，一时没进天幕，一时出来眨眼；下弦月偏在西山顶上，也像怕风似的，急着坠下山去。

孔居任的教歌位置被小菊顶替后，和岳父张老三回到家里，他去和于震海睡在厢房炕上。正屋里，张老三对着流泪的妻子，跺着脚痛心地说："这怎么好啊！这怎么好啊！早知他没死有多好！早知他活着多好……"

三嫂抽泣着说："说这话有么用？事情一件比一件难，怎么和震海说啊！"

老三道:"怎么和桃子说?叫她和开仁破,重和震海圆?"

"你以为是倒腾件东西哪,这么便当?"三嫂越发伤心。

老三说:"那桃子就和开仁过下去,这孩子也挺厚道的……"

"这么轻快?桃子和震海,心拉得紧啊,又有竹青……"三嫂更加悲恻。

老三央求妻子道:"你精明,你拿主张啊!"

"唉,这事真难做呀,我也没了主意!等求求先子他们的话吧!这两天,千万瞒住震海,叫他在家待着好好歇息,哪儿也别去。你那嘴,封严实啊!还得嘱咐小菊,居任也在家……哎,忘说他啦,他可别和震海说啊……"

两口子的这番苦心已是白费。孔居任躺下不久,就把桃子改嫁一事,对震海说了。其实,从岳母听到他问到桃子开始的失常状态,于震海就预感到媳妇有什么不幸发生了。但他却万万没有料到,他媳妇的结局会是如此!

孔居任见震海躺在那里,呼吸加重,一直没说话。他担心地问:"兄弟,你不好受?"

于震海仍是没有反响。孔居任有些着慌,起来点上灯。震海大瞪着眼睛望着屋空,上牙深深地咬进下唇里。

孔居任劝慰道:"兄弟!你想开点,这怨不得我桃子妹,她可是对你有情的,是受了重刑发着昏给抬到东山庵的……兄弟,你想想,一个女的和个男的,跟前只个不懂事的孩子,孤山庵上,一个屋里住……桃子再不情愿,也架不住男的动强……这事也怨不得叔和婶,这一家最疼你,念叨你……"

于震海猛地坐了起来。孔居任见他苦皱着的脸,同情地说:"兄弟,别伤心!桃子妹是拔尖的媳妇,能叫别人占去?兄弟,你有恩于我,你有了难,我该挺身。这事交给我,明天,我给你把人搬回来。冯痴子不敢放个屁!"

震海看他一眼,跃身下了炕,开门走出去。孔居任边找鞋穿边说:"我跟你去,要不回人来,咱也要孔秀才的把戏,拿鬼见愁冯子久问罪!"

震海来到正屋。张老三望着他,怔住了。三嫂急揩泪水说:"海子,没睡着……"

"婶,叔!你二老用不着作难。"震海拼力使声音平静,"对我说实在的,婶!桃子她们过得可好?"

三嫂看着他,答不上话。老三哀伤地说:"震海啊!桃子的为人你知道,这可不是一起始她就情愿的,怨不得她。要怨,是我当爹的没能耐……"

"大叔,谁也不怨。男的死了,女的不能重嫁?要算账,咱找孔秀才那群坏蛋去!"

三嫂点头道:"海子说得在理,只是你……"

"放心吧,婶子,我挺好的!只求婶子,别把我的生还对桃子说……"

"这……"

"这是我的真心话!"于震海精神一抖擞,迫不及待地说,"叔,婶!我找组织去啦,找绍先、赤杰——我的枪在他们那里!我走啦!"

第二十二章

　　朝鲜女子崔素香，端着两碗热水走进房间，轻轻地放到炕席上，疼惜得望望人们，无声地退出房门外去了。

　　李绍先双手抱着头，蹲在炕角上，苦苦地思索。丁赤杰在一口一口地抽烟，烟锅发出"吱啦"的响声。于震海坐在炕前长凳上，一手掩着腰带上的手枪，望着绍先，欲言又止……

　　于震海从东北归来四五天，忙着暴动前的紧张准备工作。今天拂晓，中共胶东特区委员会，在文登县南汤村东山顶上的庙宇里，召开了三四十人的干部会议，最后确定了武装暴动的行动计划：阴历的十一月一日，文登、荣城、牟平、海阳四县，一齐行动。四个县份，成立四个武装大队，由特委主要干部分头负责。另外成立一个以于震海和高玉山为首的特委突击大队，下属三个中队，由勇猛的青年党员为骨干，是这次暴动的突击力量。这个特委突击大队，届时先偷袭东南海边的渔港石岛，那里的盐务局、保安队、商会、运输公司，总共有四百多支枪、一万多发子弹。得手后，撑起暴动大旗，号召群众参加暴动队伍，扫荡沿途的区公所、联庄会、盐务局，攻克孔家庄，会合文登大队，攻打文登城……开完会之后，于震海要去他负责的各个秘密联络点，布置行动计划、检查武器情况、成立特委突击大队。丁赤杰跟珠子等人负责暴动总指挥，兼管文登大队。李绍先的任务是去西南的海阳县参加暴动的领导工作。他们三人，离开会场，顺着山路，来到丁家庵，稍时就要在此分手。

在来丁家庵的路上，震海被即将来到的暴动所鼓舞，和赤杰兴奋地议论如何执行特委分给的任务。可是绍先却很少开口，那黄瘦的脸上，眉头紧紧地锁着。来到这里，他还是这个样子，使震海又着急又纳闷，他这是为的什么？

李绍先的苦思是有来由的。武装暴动，夺取政权，这是中国革命的必由之路，他是身体力行的。但是，从他看的程先生带来的马列主义著作上，和这几年实际斗争生活证明，这不是件轻而易举的事情。这需要成熟的条件。在他看来，胶东现在的情况是，党组织在东面这四个县中，有不小的力量，有一定的群众基础，敌人的统治越来越残暴，人民对敌的仇恨非常强烈，这是有利的条件；然而，从整个形势看，胶东党组织长期和省委失去联系，不了解党中央的新近指示，全国的革命形势，从敌人报纸上知道中央苏区丢了，红军受了重大损失，去向不明。在这个半岛上，四个县暴动，会遭到敌人全力以赴的镇压，取胜很困难；即使暂时成功，守住也不容易；而如果这次失败了，党组织和革命群众的灾难，将是不堪设想的。为此，绍先的意见，要继续发展党的组织，扩大力量，等有了充分把握再举行暴动。他感到痛心的是，没有能说服大多数同志，特委做出了即将暴动的行动决议。同志们被敌人的仇恨烧红了眼，渴求解放的人民的痛切呼声，使他们再也不能等待了。他们充满了革命的激情，誓死要在战场上打败顽敌，血战一场。党的决议一形成，绍先就服从了集体的意志，积极地进行暴动的准备工作。因此，于震海回来后并不知道绍先有过不同意见，更不知道他费尽心思想的什么，以致显得沉闷寡言起来……

"先子！"震海终于打破了沉默，"你老闷着，像有心事似的。"

"心事，是有啊……"绍先长吁一口气，"我在想，咱们要是失败了，怎么办？"

"失败？"震海惊异地看着他敬爱的李绍先，不相信这是他口里的话，"还没出师，就想到退兵！这是不是……"

"我说泄气话啦，是不是？"绍先下了炕，拉住震海的手。

震海感到他的手很热。绍先说："玉子，你为革命永不回头的志气，是大伙的榜样。可是，咱们处处要留心啊！种庄稼不能光想着好收成，也得防备坏年头……种庄稼都如此，何况革命的大业，是关乎着多少人的生死存亡的事啊！不想周全怎么能成？玉子、赤子，记住我在会上代表特委说的话，暴动起来，同志们会热劲冲天，只想公开起来干。千万别忘了，可以不暴露的同志，切不要他们露脸！这件事很要紧，很要紧！"

赤杰和震海深深地点着头。三个人又议论了一番暴动的准备工作，吃了崔素香做的面条，绍先和震海向赤杰夫妇辞别，二人出了山庵。

朔风、酷霜，给昆嵛山改换了装束，各种草木都已长成熟，更年加岁，播下各自的后代。那主峰泰礴顶，直峭峭地插在云雾中，挡住北来的寒风，使它的前怀，饱受着温暖的阳光的沐浴。

二人来到岔路口，绍先停下来，望一眼东去的朦胧的山路，说："玉子，你去看看桃子娘儿俩吧！"

震海一怔，跟着绍先的目光向东山望着。

"去吧，往东走，从无染寺翻过北山，第二道岙就是开仁庵，庵下有条沟流，泉水特别旺盛……好找！"

于震海转过头，走上南下的路，低沉地说："这会儿太忙，没工夫……"

绍先一把拉住他："咱们多会儿能闲着！"

"等暴动完了再说吧！"震海垂下头，别过身子去。

绍先端量他一会儿，把手搭在他的肩上，心里滚过一阵热浪。

震海回来后，同志们极为振奋，这位使敌人闻之丧胆的铁汉

413

子,敌人是抓不住、打不死的,他将在武装暴动的战场上大显神威。同志们又都为金牙三子的壮烈牺牲,深切地哀悼,更增一股向仇敌讨还血债的力量。关于桃子改嫁的事,绍先和震海深谈了一夜,把前后的情况都给他说了。震海最后说:"是敌人害的,账向他们去算!桃子为我、为革命,把心都操碎了,这个,我永生不忘!如今她也在党了,知道为么活着,能过得顺当,我……我心里没啥……"

由于暴动的准备工作非常紧张,绍先这几天又没机会见到桃子,现在就要分手了,他惦记着这两个患难几年的同志的不幸遭遇,嘱咐震海去看看桃子……

"玉子,你一定要去看看桃子!"绍先诚笃地说,"你和她,不光是过夫妻,更是同志!想想吧,你俩一块的那些日子!不光为你们自己过日子,是为革命呀!桃子是个硬朗的人,可是不叫为给你报仇,为挑你留下的担子,为革命出力,为破孔秀才逼她自杀的毒计,听说你死了,逼她改嫁,她是不会活着的……桃子早不是个只知跟女婿过苦日子的媳妇了,也不光是帮亲人分忧担险的一般革命群众了。她是一个共产党员——好样的党员了!她见到你活着,会为她已嫁人难受的——会很难受的!可是,更多的,她会喜欢,比谁都喜欢!不为别的,因为你俩曾是最贴心的夫妻、最知情的同志、最愿为革命多出力的共产党员!玉子,你想想,是不是这个理?你再倒个过想一想,你是她,她是你,你会怎么样?你该怎么做?"

于震海眼里游动着泪水,激动地望着绍先,说:"先子!你的言语有分量,桃子的作为对得起亲人、对得起党!对她,我……我看她去!只是,眼下实在事多……"

"好吧,反正桃子是特委指挥部和你们突击大队的秘密联络员,你们过不几天就能见面,你可不能躲开她!"

震海点点头,叹了一声:"唉,人活着,只革命一件事,该多利索！"

绍先爱怜地看着他，说："遇到费脑子的事，你偏不爱使唤脑子。咱们革命者，又不是天上掉下来的，能没有亲人？这大大小小的事，都和革命扯丝挂缕地连着啊！你说得对，把冤债仇账记在敌人身上。可对自己人，只有情分！"

李绍先要去西南的海阳。于震海的大手紧紧抓住他的手，注视着他细瘦的身子、又瘦又黄的脸，抽出腰间的手枪，道："你去海阳，那里咱们的力量最差，这枪，还有一颗顶用的子弹，给你。"

绍先挡住他的枪，微微笑道："你把手枪和子弹都让给了其他大队，而你们突击大队是暴动的主力，这支枪再不能送人了。"

震海说："俺们打石岛全靠内应偷袭，用不着动枪弹；拿下石岛，全都有了！"

"不能光想着顺手的事，多想想不顺手时怎么办。"绍先道，"你放心，我们也会向敌人手里要来枪的。"

"你还有话嘱咐？"

"坚决执行组织的指示。玉子，你肩上的担子重，和山子多商量，抓紧最后时刻做好准备。切莫忘了，胜利是咱们的目的，一次失败，下次再来！像桃子那样的同志，尽量别暴露。"

震海默默点头。绍先又提高了声音："盼你们旗开得胜！盼你把桃子当成亲人，一块革命！好，胜利那天见面！"

震海直瞪瞪地望着，望着李绍先那精瘦的身躯，迎着淡红的夕阳，消失在连绵起伏的山峦之中⋯⋯

媳妇改嫁与人，又是这样的一个媳妇，能理智地克制感情，谈何容易！是啊，他是个强硬如钢的汉子，可也是有血有肉的人啊！躲险东北，他的心，都在时刻想着家乡、想着斗争、想着亲人。自从被敌人发觉，越房逃出家门，过着地下生活，苦也受，罪也遭，险也遇，但他总是和昆嵛山在一起，和同志们在一起。虽然见不到媳妇的面，也是不断得到她的信息，感受到她和她的亲人的温暖。去了异地，离开了昆嵛山，他才真正感到，他和媳妇是离开了。有那么几个不眠之夜，他想到她，想她自从嫁给他，他不但没给她更添一件新衣、吃一餐细饭，就是连一般贫家媳妇能享受的一点温暖，她也没有啊！起初，他还看不起她，恼她懦弱、怕她扯腿、嫌她累赘……后来的一切的一切，说明了什么？她，做闺女，是个好闺女；当媳妇，是个好媳妇；参加共产党，是个好党员！她……她太好了，太好了！再要见着她，他一定多体贴她、敬重她、爱护她！唉，他这粗心人，过去可太不疼惜她了，多不该啊！为什么在一起没想到这一层，而分开了才痛悔不及？

抱着参加暴动的急切心情，怀着对亲人的浓重情意，石匠玉，从东北归来了。

可以想见，回到桃花沟岳母家当天夜里，迎头压来孔居任告知的桃子改嫁的消息，对于震海是个多么无情的打击。不叫暴动即将来临的浪涛在推动着他，不叫他是个强壮的石匠，他真会痛哭，甚至病倒……四五天来，在于震海心目中，敌人的形象更加憎恶。敌人，从他记事起就是罪恶，祖父冻死被狗吃，母亲和小妹粉身山崖，父亲壮烈殉身，妻子被强卖改嫁。社会上像他这样的家世遭遇，真是千千万万，每天每时都在发生。这就是为什么，他是那样迫不及待地希望暴动早一天爆发，早一天成功。仇恨，憋得他快要爆炸了！

于震海和李绍先分手之后，在崎岖的乱石小道上走了一会儿，就离开山路，向前面一片赤松林走去。他是要去看看金牙三子的墓地。

由于向阳，也由于多年积草树叶腐烂，使这块环山之中的黑土小谷岗，长起一簇参天的乌森森的赤松树。这就是掩埋于世章和替于震海牺牲的金牙三子的所在。

于震海来到墓地边沿，忽然发现有个浅蓝色的人影，守在他父亲旁边的坟丘处。他猛地站住，睁大了眼睛，心咚咚地跳：是她！洗得发白的蓝褂子、青裤子，浓黑的头发，脑后一个结实的发髻。是她！那圆浑的肩头在微微地搐动，这是他熟识的。他张开口，却出不了声音；他迈开脚步——却没有向前走，而顺着一株株赤松的身后，紧张地，急切地，眼睛紧盯着她，脚下快速地挪动，转到她的对面，影在大树干后头。

是她！单腿跪卧在坟头前，眼里饱含泪水，对着墓脸发怔。晚霞烧红天空，残阳透过松枝，洒满她的全身；霞光辉映着她那健美的脸面，更加红润、安详、坚毅。

风，将震海的手碰落的橙红的桴椤叶，吹到她跟前。飒飒的风声，却无法告诉桃子，她悼念的人，正在她对面十步开外的松树身后；同样地，风声也不能把桃子的心里话，送到他的耳朵里……

桃子奉组织指示，和痴子冯开仁抱着竹青去孔家庄，说服中药先生冯子久，在暴动中为革命者救死扶伤。经过几次努力，鬼见愁总算担着风险答应了。他们今天从孔家庄回山庵上去，桃子抱着竹青前行，冯痴子挑着粮食跟在后面。桃子是先来看看公爹和丈夫的墓的。

听说武装暴动的准确日子那天起，桃子的心一时也放不下震海的影子。他活着的时候，日夜盼望这一天的来到啊！越想他，桃子就越觉着有力气。本来，暴动时她分担的任务，就是说通冯先生，准备救护伤员。但她不满足，多次要求增加任务。组织上又决定让她参加秘密联络工作，和毕松林、崔素香等人一起，担任特委指挥部和突击大队、文登大队的联络员。

"你……你要能参加暴动多好啊！从小练成的武艺，就用上啦！憋了一肚子的仇气，有地方出啦！"桃子面对丈夫的墓，心里痛惜地说。此时此地，此情此景，她的悲绪把追忆的思潮掀了起来，一浪扑过一浪地奔涌开了！

"小时候,听说许俺给石匠,同伴戏弄我,叫石头媳妇,俺血就上脸……孔家庄集上,你为救伍拾子,打孔三掌柜的,俺和你挨得近,身上直冒汗……咳,十八九岁的闺女,还认不得女婿的长相!十九岁俺离妈家,花轿上,心里慌,倒不怕,认准你是个好汉子,做石匠媳妇,没难为情的……岂知成亲第一夜,俺还没见清你脸面,你跳窗跟人走,把俺扔在雷雨夜里,孤身孤灯,可恨你啦……后来才知道,俺恨你不该,你比俺强……最心疼,残疾的爹,他的一言一语、一举一动,直到死,不服输……爹和你,让不懂事的桃子,睁开眼,明白了如何做人!

"头一次抓我上区,俺心怕,怦怦跳,见了人,难为情;可为着你,我咬紧牙,低着头,挨过来啦!二回进监牢,俺就不羞、不怕,为你,更知道为革命啦……听到你遭了难,我身子全凉透啦,像块冰……桃子从小在妈跟前好强,也架不住山倒下来压啊!我还活着什么啊……是先子哥、程先生,是好人们,是共产党,给了我光亮,我活着有做的、有奔头,成了党的人!

"我三次进狼窝,比上两次更不一样啦!俺是共产党员,当着坏蛋的面欺负他们。我只求学你的样子,咱俩埋一块!不想,孔秀才生毒计,强卖我改嫁,借刀杀人……又是党,救我,使俺绝境逢生,为你报仇,为革命活着……

"好人,亲人!你在地下,听得到桃子的心话吗?咱俩夫妻一场,一块的时间没有分开的时间长!在你身上,俺没尽到媳妇的心。去冬年关,风雪寒夜,你和三子去关东。我伤病炕上,挣扎不起来,没亲手做饺子给你俩吃,没给你们衣裳上褴几针,没能送你们出门……算好,俺妈都替闺女做了。可妈不能替代闺女的眼睛,看看女婿的模样啊!我要知道你一去再不回还,再不顾怕你见媳妇病得变了形,也要掌灯看看你……对这,我一辈子,心里缺一块啊!

"亲人,我的亲人!你性子最烈,心最厚道。你见险挺身、遇难救难、有仇报仇，为革命不顾生死！你火气盛，血气刚！你苦了一辈子，旺盛一辈子！你恨人一辈子，爱人一辈子！你斗人一辈子，帮人一辈子！

"震海啊，你日夜向往地向敌人公开打仗，就要开始啦！大伙一条心，为你，为爹，为程先生，为世上数不尽的苦难人，起来拼啦！你的位子，我顶着，我和你一样了，咱闺女大了顶着！"

"震海啊！你真躺到地下不起来了吗？你是不是真不在啦？我老不信，你那强壮壮的身子骨，能让坏人制伏了？妈说我是没见你去了的样子，老想着你活着的举动，才傻痴痴地胡想……兴许是这么的，在桃子心目中，老是你旺盛盛的相貌……"

桃子扶着坟头上的石头，慢慢站起来。坟墓周围长着茁壮的山草、繁盛的迎春花枝蔓。当时掩埋于世章时，江鸣雁的女儿二妞植下的一棵小松苗，现在青森森地长起来，和桃子齐头高。

那肃穆的松涛声，虽然没能把桃子的心里话传给于震海，但他见她在坟前久久地跪着，又缓缓地立起，鬓发零乱，黑亮的双目眯眯着，颊上的泪珠在红霞中闪烁……够了，这一切征状，比语言还要强烈的把她的心绪，传给了他。

"先子说得对，我俩更是同志！她见我活着，比谁都欢喜！也该让她知道，是三子救了我，要感念三子兄弟……"于震海心里急促地想着，正要冲上前去，忽见一个两岁多的小女孩，张开两臂，从草丛中跑出来，奔到桃子跟前，叫道："妈，妈！蚂蚱，俺抓一个……"

桃子随着掠鬓发，一就拭去腮上的泪，拉住女孩的手，亲昵地说："好，乖闺女，回家烧烧吃。"

震海的目光射在女孩脸上。这小红脸，多像她妈，又多么像他！好像谁从后面猛推他一把，使他倾身扑上来……

"妈，俺爹，爹！"竹青欢呼着。

震海一愣：难道女儿认识他？他做了几年父亲，却从来没听到叫爹声啊！他张开嘴，刚要应声——就在这时，他分明看到，那母女已经把身子转了过去，背对着他，一齐向对面招手。而那里，一个挑担子的青年男子，正急切地，一步一步地赶了过来。虽然于震海不认识，却迅即悟及，那来者是谁。力量来得是如此之大之快，震海又感到有谁从背后猛拉一把，他踉跄着，向后退缩，退缩……他完全没意识到，竟这样迅速地躲到挺拔的松干身后了。他的头，像被千斤坠着，好一会儿，才抬起来，眼神茫然地望见，那三人，聚到一起，男的抱着女孩，桃子扯下他腰带上的手巾，叫他拿着揩脸上的汗水。一股冷森的风，透过震海的心窝，他急忙回身走去。走着，又有一股热炽的气流，回荡他的心身，他感到热得出汗。他冷，他热！他颤抖，他气喘！他在下山，却像上山那样艰难。他本来不想回头，却一步一回首，他像看到什么，又明明什么也没看到……

"我这是怎么啦，妈的！五尺汉子，没骨头架子啦？妈的！这是什么时候，我还为私事牵肠挂肚！我……我真该……"于震海心里恨骂自己，用力捣肩窝一拳。他下山的脚步，赛过耳旁的疾风……

暮色降临到山南的平川上。母猪河升起袅袅雾气，笼罩住岸边的柳树林。于震海沿着树林子边缘走着，走热了，他解开扣子，袒露着胸膛。猛然，林子里响起"啪啪"两下枪声。他拔出手枪，跳到一个土丘后头，盯着树林。柳林里一阵奔跑、喊叫：

"打上啦！"

"快追！跑河里去啦……"

四五个人，端着土枪，奔出树林，正撵一只灰兔子。那兔子跑上堤，见了河水，就拐头向北逃命。一个动作敏捷的人，卧下身，举着猎枪瞄了瞄，啪一枪，兔子栽了个跟头，再也不得动弹。那三个人跑上去拿猎物去了。

震海看清放枪的人，起身招呼道："宝川！"

刘宝川提枪跑过来，欢欣地说："是你呀，海哥！俺们正等你来……多会儿动手？"

震海没有回答他的话，问："枪药金贵，你们怎么打兔子玩？"

宝川道："放心吧，江老师和俺哥又做了一大堆，还造了两筐土炸弹。俺们这是来练枪法的，瞧，不赖吧？"

这时捡死兔子的三个年轻的党员也跑来了，围住震海，打听暴动的日期。震海说："回村再说。这当口，更得小心！于之善有动静没有？"

"那坏地瓜！"宝川道，"把你家当成猪场，喂了二十多口肥猪，预备年关发财，再没心思管顾咱们。俺们这几天，天天以打猎为名练枪法，坏地瓜还买咱的野味，让他儿子骑着骗的灰瘸狼家的自行车，跑烟台赚钱。这老小子哪里猜得着，咱不是为打兔子，是打他们一帮王八蛋的！"

"还是得多加提防！"震海边说边让大家分散开进村。

震海在宝川的掩护下，来到江鸣雁的武术房。这时间，江鸣雁正抖着齐胸的白胡须，跟他闺女二妞在争执。父女俩一见宝川领震海进了门，就顾不得吵了。饭食现成，二妞忙着收拾上桌给震海、宝川吃。震海吃着，见二妞蹙眉板脸，一脸不快，便问："二妞妹，有事不喜欢？"

二妞道："海哥，吃了饭再说给你听。"

"你说就是。"宝川喝着水，好像已知她的心事。

江鸣雁道："说吧，我顶不过闺女，震海是负责的，他的话可要听。"

二妞凑到震海身边，蹲下身来，委屈地诉道："海哥呀，你说说，平时望风、报信的有俺，可要暴动了，倒没俺的事啦！这公平吗？俺也是人，是少胳膊了，还是缺腿了？"

震海说："你们妇女会，负责缝鞋子、做干粮、闹宣传、救伤员，这也是参加暴动，怎么是没事了？"

二妞道："俺是说，去打仗的事呀！"

震海说："打仗的事，女的顶不下来。"

二妞直起身子，挺着胸脯道："别的女人顶不下，我呢？海哥，打五岁上跟俺爹学功夫，三两个大汉我打得倒。不信，你试试！"

宝川笑道："依我看，女的总归是女的，再练骨头也是嫩的……"

"你胡说！"二妞面色赤红，生气地对上宝川，"好小子，你敢和姑奶奶比比高低？"

宝川放下碗，跳起来："好丫头，不怕挨打你就来！拿件武器吧？"

"随你点！"二妞挽起袖口，收紧裤角带子。

宝川进到里间，从墙上摘下戳枪，抽出雌雄剑。他出来将剑向她怀里一扔，二妞扬手接住。二人就要奔院子较量。震海张臂把他们拦住，道："说归说，怎么动起真来啦！"

二妞说："俺得让你亲眼看看，女的怎么打倒男子汉的！"

宝川道："海哥，你放手，她这人，不实地教训，动嘴说不服。"

震海见阻挡不住，就说："那等白天。月黑头里，别伤着。"

二妞道："这才见真本领。"

"说得是！"宝川应和。

江鸣雁拉开震海，说："你多操那份心，咱们看热闹吧！"

黑乎乎的院落里，一男一女，飞身跃步，一来一往，枪舞剑飞，嚓嚓有声。打到第三回合，忽听宝川"哎哟"喊痛，一头扎进门来，连声叫道："好厉害！背上挨了一剑，看看，伤着没有？"

江鸣雁笑着拍他一掌："剑柄打的。"

二妞跑到震海跟前，微微气喘，胜利地说："海哥，怎么样？"

震海笑道:"行,咱们暴动成功以后,拉起支娘子军,让你带领。可眼下,二妞妹,你快和宝川去告诉宝田,把党员找来开会……你,还得在门外望风。"

二妞和宝川走后,震海说:"二妞的功夫是长进多啦,宝川倒荒疏了。"

江鸣雁乐呵呵地说:"你真是个实在人,人家做戏给你看,你倒认起真来了。"

震海这才想起宝川和二妞的一层关系,不由得嘿嘿笑了。

十三个共产党员,在支部书记刘宝田主持下开会。大家汇报各自准备工作的进行情况。赤松坡的党员们,以武术房为核心,为暴动备下了大批土枪、土药、土炸弹。刘铁匠为所有旧的枪刀剑戟淬火加了钢,又打了一批新刀、新枪矛。每个党员都联系了一些穷苦人,人人在摩拳擦掌,专心以待暴动命令。

于震海传达特委的指示,说:"十一月一日这一天,咱村十个年轻党员参加突击大队,去偷袭石岛,搞到枪支弹药,成立三个中队,收拾各区乡的敌人,最后打文登城。村里的其他同志,继续发动群众,宣传政策,等突击大队回来,配合攻打孔家庄。这几天……"

正说着,二妞进来报告,替代同父异母弟弟于令灰当村长的于之善,领着孔家庄区上来的七八个兵,查户口,收兵器。

宝川马上火起:"来得好!厨子门口送上肉来……"

几个青年欲去拿刀枪,震海制止住,说:"正是暴动前夕,出了乱子损害大局!谁都不要动,大伙藏起来……"

屋里炕席底下是个地洞口,下面洞挺大,并有路通到房后菜园的草垛里面。江鸣雁父女把众人藏好。不一会儿,于之善仰着朝天鼻,领着三个兵走进屋里,巡查了一遍,没有异常迹象。他指着墙上的兵器,说:"老江!上边有令,把你这些家伙,全送到我村公所去!"

江鸣雁道："我指靠这些玩意儿糊口，这你是知道的……"

"少多嘴！"坏地瓜吼了起来，"这两天有的地方，发现不轨分子——姓共的，懂吗？为防备出事，我姐夫——嗯，孔区长有令，收缴兵器，连打兔子、野鸡的土枪、土炮也得交上去。你要是抗令，把你绑上送区！"

江鸣雁道："咳，就为这个呀！那共产党被你们抓的抓、杀的杀，谁还敢作乱？"

于之善吸着朝天鼻孔乐了，说："你算说了句实在话。咱村里，我看再没人敢学石匠玉去送命……老江，随后就把兵器送去，少一件，事后查出来，够你受的！"

江鸣雁没有出声，送他们出门。坏地瓜等三个兵走过去，低声道："老江，这是公事，我当村长的还能不做个样？其实，你是个闯江湖的人，我还不知道？要是你肯机灵点……嘿嘿，我还不另眼相看？"

江鸣雁心里一动，说："你指条路。"

于之善得意地说："交不交，还不是我村长一句话！你先把家伙拿去，做个样，事过我就还你。只要你帮我个忙：你徒弟挺多，有谁藏着兵器不交，你留心告诉我，抓起来，送到区里，一个十块大洋，我跟你四六开……这便宜买卖，你做不做？"

江鸣雁道："我留上心好啦。"

坏地瓜拍着他的肩，嘻嘻笑道："这就对啦！实话和你说，俺那秀才姐夫，背地让我瞒你，怕你粘连上带色的……我实不相瞒，也留意过你……嘿嘿，我早知道，你是个江湖人，不会干那个……老江，往后咱弟兄多相帮着点。"

于之善摇摇摆摆地走去。二妞道："爹，你怎么跟他说软话？"

"快去望着风！"江鸣雁回到屋里，掀去炕席，揭开石板，向洞口拍了五下巴掌。

十几个党员相继爬出来。最后上来的是于震海。他听了情况后,说:"江老师,你快把兵器交出去,支应坏地瓜。别的同志也快回家,把明着的土枪、土炮交上去。"

宝川道:"这怎么行?"

"交出去放在村公所,咱们打回来,还不正用上?千万要稳住敌人,熬过这两天。"

"震海说得对。"宝田道,"咱们暗里藏的家伙,暂且够用的。"

飞毛腿毕松林,满头大汗进了屋。他向于震海报告说:"特委指示,暴动日子推到十一月四日动手。"

震海问:"怎么回事?"

毕松林一口气咕咚两碗水,抹着嘴说:"文登城内的党组织遭到破坏,敌人发觉了暴动计划。为麻痹敌人,推迟几天行动。"

江鸣雁问:"为么不提前行动?"

震海说:"有的地方没有准备就绪,提前不了。"

老毕又说:"特委指挥部要大伙沉住气,切勿露头!"

"老毕,你告诉指挥部,俺们突击大队,一准按命令行动!"震海说。

送走毕松林,震海和宝田、鸣雁商量一阵,一致决定,切实隐蔽等待十一月四日的到来,无论发生什么情况,都不去碰敌人。等到十一月三日拂晓,宝田率领赤松坡参加突击大队的十名党员,化装出发,当天黄昏,在石岛的西南方向槎山脚下,和别处来的人员会齐。

于震海当夜出村,来到桃花沟找到孔居仕等七位同志,布置他们十一月二日晚上出发,槎山聚齐的行动计划。

在三瓣石,于震海通知在那里待命的十四名同志,十一月一日中午上路,到槎山集中……

十一月二日夜里,于震海在底湾头的同志家里,和高玉山碰上头。高玉山说:"特委从青岛只买回了八十颗子弹,我让给其他大队了。咱们的任务,是靠偷袭,得手了,枪弹有的是。"

震海摸着腰间的手枪说:"凭它一颗子弹,照样打天下!人家贺龙一把菜刀,还拉起队伍来哩!"

高玉山道:"对,咱们的人,胆量、志气,超过敌人无数倍!不过各地的敌人都在增岗加哨,文登城的敌人前两天在搬沙袋子,加强城防……我们要提高警觉!我先进石岛,和里面的同志接上关系,内应你们……记住:三日晚上三更天,石岛南口子见!"

终于,那一九三五年阴历十一月四日,在胶东半岛的多少共产党员,以及男女老少、广大人民群众的热望中,来临了!

第二十三章

一九三五年阴历的十一月三日黄昏时分，中国共产党胶东特区委员会任命的武装暴动突击大队大队长于震海，进了槎山脚下的山西头村。其时，以走亲戚、去海上钓鱼虾为掩护的五十多名共产党员和先进青年，从各地集合在村边的打谷场上。于震海宣布突击大队成立，特委任命于震海为大队长，高玉山为政治委员，下属三个中队，刘宝田、孔居任等六名同志为中队长、指导员。暴动起来后，再吸收积极可靠的群众参加。他又讲明了部队的行动计划，最后说："咱们是人民的武装，学红军的样子，杀敌赛猛虎，爱民如父母，守纪律，听命令。同志们！拼命为人民打江山，翻身求解放！走啊，拿下石岛……"

开天辟地，在这胶东半岛上，土生土长在这里的健儿，三支手枪一颗子弹，加上各式各样的兵器，武装起来，成立一支革命的队伍，向强大的仇敌冲击。

队伍顺着槎山根行进。这槎山，山上巨石嵯峨，石质是坚固的粗花岗岩，断面似铁裂开，又名铁槎山[①]。山并不甚高，海拔四百多米，但因它崛起在黄海岸边，兀自独立，九峰连环，形状奇异，赤松苍劲，多有洞穴，常被云锁雾绕，颇有点"仙气"。

---

① 槎山：亦有叫茶山的，当地流传山上曾有株大茶叶树，因此得名。

当地歌谣曰：

八宝云光洞，
九顶铁槎山，
登上清凉顶，
两手摸青天。

黑影中，宝川望着山势说："这小山孤独独地立在这，像昆嵛山的小儿子。"

有个当地的队员道："你可别看不起俺这铁槎山，传说《封神榜》上留名的，当年姜太公封过神在上面。至今，这山上还有仙气。"

宝川说："好吧，等明天我把咱的红旗插山顶上，让那神仙给守着……"

"到海边啦！"宝田在前面叫道，"小心！"

海潮豪迈地哗哗响着，一次比一次有力地向岸边扑打。那岸边，峭石峥嵘，将海涛撞起激烈的浪花，飞溅到人们身上。刘宝川背着带红绸的大刀片，扛着根旗杆，揩一把脸上的水星，说："哥，再快点！没听到，海都等得不耐烦，擂催战鼓哩！"

刘宝田的戳枪矛在头上闪亮，笑笑说："又是你急，大队长知道时候，去早了也得等着。"

海风带着浓郁的咸腥味，饱和着寒冷，掀起于震海的黑夹袄襟。他大步登上一座高坡，回身望着前进的队伍。

弯月刚被浪潮涌出海面，月色朦胧。排成单行的五十三人队伍，在曲折的海岸路上，像一条黑色的龙。那刀的光、剑的影，时现时隐，时浓时淡。看着，震海身心振奋，他觉得，在这样的队伍面前，胜利在望，成功在手！

队员们一个个走过他的身旁。孔居任身后，有个细瘦的青年，背上的铜号闪着金亮。震海和他齐走着，手抚到他肩上，说：

"伍拾子兄弟！你心慌不慌？"

伍拾子擦把额上的汗水，兴奋地说："震海哥！一点不慌，盼几年啦！走时俺妈叮嘱到村头，打不死孔秀才，不让俺见她！"

孔居任接上说："你妈真少见识，只知报私仇，哪里晓得，再过几天，全胶东都是咱的天下啦！"

震海道："当地的穷人，最恨当地的仇人，这个挺自然。回头抓住孔秀才弟兄，叫全区的人都来看着他们挨刀。"

伍拾子又小声说："震海哥，你冷，我这有棉袄。"

"我不冷，你身上穿的也不多……"

"不是我的。走时，俺三婶把三叔的棉袄，叫我带上，给你备下的。"

震海这才留意到他背上的包裹，心里一热，没有说话。伍拾子拉住他的手，说："我听小菊妹说，你这次去桃花沟，没进她家，她爹难受，她妈偷着抹泪……"

震海强迫自己不进张家门，是怕他们触起桃子的事痛苦……这时，他无暇去受感情的纠缠，一挥手，说："伍拾子兄弟！等咱们打胜了，什么都好啦！为这一天，咱拼命干吧！"

队伍行至石岛山西南方向，发现前面有五个人影。于震海一面传下停止前进的口令，一面细细端量。那五个影子，穿着大衣，肩上扛着大枪，在昏朦的月光下，走得甚急。

"敌人！"于震海压低声说，"大伙原地稳住。中子、宝田、宝川，跟我上去……"

五个敌兵发现走来四个人，一齐端起枪，拉动枪栓，大声叱喝："干什么的？"

"赶海的。"于震海回答，继续走着。

来到敌人跟前，于震海他们的枪口、刀尖，一齐逼住敌兵："不要动！"

"缴枪不杀！"

"老实点！"

"听话！"

敌人吃了一惊。一个道："你们是劫道的呀！我们穷当兵的……"

"我们是共产党！"于震海夺过一支大枪。

孔居任和刘家兄弟都动了手，将三个敌人缴了枪。有个敌兵要撒腿，被震海飞脚踢翻。他趴在地上求饶："投降！投降……"

后面的队伍见这里得了手，呼呼啦啦地冲上来。看着五个俘虏、五支钢枪、一百多发子弹，大家欢声谈笑，热情高涨。孔居任拍着崭新的大枪，嗓门最响："这五个小子，是知道咱少枪弹，送礼来啦！他妈的，真顺手！同志们，打开石岛，坐上汽车，攻文登，破威海，打牟平，点烟台……嘿，革命成功，天下是咱的啦！"

"嘿！打仗也容易！"

"没打就胜啦！"

"出师就赢，好开场！"

宝川晃着手中的旗杆，叫道："这点胜利算个么，石岛的枪炮有的是！"

于震海审问了俘虏。刚才被他踢倒的敌兵班长说，石岛的敌人怕共产党暴动，加强了防备，他们是夜间的流动哨。

震海叫宝田押着俘虏，领队伍跟在后面，他和孔居任、刘宝川、伍拾子等七人，快步前进。

石岛，名副其实的石头岛，山是石头山，地是石头地，房是石头房，连土地老爷住的也是石头庙。震海他们来到石岛南口子，轻轻拍了三巴掌。石头土地庙后面应了三掌声，一个细高人影闪出来：高玉山。

"石岛里咱的组织遭到破坏！"高玉山紧张而又严峻地说，"我昨天来和里面的同志接上关系，布置好内应。今白天，敌人大搜捕，抓去不少同志。我和几个同志好不容易才脱了险……偷袭是不行了！情况万分紧急！玉子，你说怎么办？"

形势突然恶化，大家你看我，我看你，都愣住了！

宝川道："偷袭不成，强攻！"

玉山说："不行！敌人那样多，又有了准备，不成！"

有人议论着："是啊，咱们这几条枪对付四百多敌人，不行！"

"那是找死去……"

宝川焦急地说："那暴动怎么办？说呀，海哥！怎么办？"

"怎么办哪，大队长？"

"大队长，怎么办？"

震海望着黑蒙蒙的石岛，心想："进去硬拼行不通，难道就这样回去？同志们在等突击大队的枪弹，我送回去两只空手？流血争斗准备了几年的暴动，第一步就碰了壁，就叫人民丧气？这……"

石岛北口子，响起一阵枪声。石岛里面传来敌人的骚动：哨子声、跑步声、口令声……

孔居任着慌道："快撤吧！晚了，咱们要遭殃！"

宝川生气地说："见了敌人逃命，还暴什么动！"

刘宝田领着队伍上来了。人们一听突变的消息，都没了主意。政委高玉山说："同志们，我们是人民的武装，行动听命令！都不要心紧，听大队长的话。"

人们的目光都集中在于震海身上。于震海感到肩上压着千斤重担。他疾步冲到高丘上，向周围望了片刻，又跑到玉山身边，低声说了一会儿，问："……你看好不好？"

玉山说："我看行。干部开会，商量齐心……"

在小土地庙后面，中队长、指导员以上负责人开紧急会议。大队长于震海说："情况有变，得寻新法子，决不可空手回去！我和山子商量，马上回头向西去袭击人和集镇公所、鹊岛盐务局，再拿下黄山区公所。从五龙嘴上面抢过海汉子，收拾高村区公所……这样，咱们就有了相当多的枪弹，扩大队伍，打孔家庄，攻占文登城。大伙说说看，行不行？"

多数干部立即赞同。有个指导员说："咱们的真枪实弹太少，镇公所、盐务局的人马都挺多，打起来不容易！"

中队长刘宝田说："敌人没见咱的动静，还是可以偷袭！"

震海道："对！"

孔居任担心地说："即使偷袭别处成功，咱可是在敌人嘴底下活动，他们发觉了，把五龙嘴海汉子一卡，就休想出这巴掌大的地盘！这险太大啦！我看先撤回去，报告指挥部再说。"

于震海道："险是有的，该冒就得冒！太太平平，革的哪家子命！"

高玉山说："为着暴动胜利，我们不能不进攻。中子的话也有道理，大家动心计，把办法想周全。我们一边行动，一边派人报告特委指挥部。"

宝田道："这离人和集三四十里，到那里是白天，人多，没有人少好下手。"

于震海说："对，要分开行动。一路，由山子、中子带领，押着俘虏，由来路回走，到北卧龙向北上，经千军石到人和集；我和宝田、宝川、伍拾子、刘二柱、猛子、大生、李德有、孙德玉八人，从北路山道直插过去。两路都不要走村落，敌人怎么也料想不到，咱们明天早上会出现在人和集……"

人和集，有两百多户人家，东西一条大街。街面当然不及孔家庄热闹，除去集日，平时有几家小铺小店开张。十一月四日这天，不是人和集逢集的日子，但因为是农闲时节，临时来卖柴、卖菜、卖腥海的挑子、小推车，也是来来往往的。

镇公所在街西头，大门坐南朝北。两个镇丁，端着大枪站岗，边向嘴里填炒花生米，边望着买卖的人们。这时，街心处响起吵叫声。两个庄稼汉：一个揪着另一个的衣领，一个抓住对方的肩头，撕拉着，吵骂着，向街西走来。后面跟着一些看热闹的人。这二人扭扯着来到镇公所门前，只听那年嫩些的青年吼道："清平世界，没有这么欺负人的！你倒是赔不赔我的？"

那大些的青年回驳道："我赔你的？你不赔俺双倍才怪哩！好小子，这么不讲理……"

年嫩些的青年要动手打，被对方抓住手；年大些的青年想抢胳膊，被对方扳住肘。二人互不相让，谁也打不着谁，倒越吵越凶，越缠越紧。看的人也越围越多。这时，一个穿黑夹袄的高壮青年走出人群，上来拉架，劝道："二位老弟放手，好说好了，撕碎衣裳还得花钱买……"

"你说得倒好听！他偷了俺的地瓜，你替他赔？"年嫩些的青年说。

年大些的青年道："我偷你的？你还偷俺的哩！"

高壮的青年说："照这么说，非进衙门不可啦？"

年嫩些的说："拼上破家，官司也得打！"

年大些的道："哪个怕你不成？"

二人扭扯着，向镇公所里走。站岗的镇丁用枪托将打架的人挡住，呵斥道："穷庄稼汉，有几个钱，向这里送？滚开！"

打架的二人不听，吵嚷着往里撞。镇丁拦不住，说："好，我领你俩去，一会儿就得后悔，两个大傻瓜！"

那个镇丁领着两个打官司的向镇公所里走。只听背后这个镇丁惊叫一声："你要做什么……"

他回头一看，那个劝架的高壮青年，用手枪将他的同伴逼住，夺去了大枪。他才得回身，自己的大枪也嗖地被抽出了手。那年嫩些的青年用刚到手的大枪，给了他一枪托子。他一腚蹾到地上，连忙喊："饶命，饶命……"

这时候,那劝架的高壮青年——于震海,把两个俘虏交给从人群中冲出来的三个突击队员,对打架的二人——铁匠刘家兄弟说:"宝田,给你大枪。你弟兄一个西厢,一个东厢,我去正房……"

正房里,二十几个敌人,围着三张八仙桌子,埋头吃饭。猛听一声大喊:"不许动!"

敌人吃惊。抬头看时,那威风凛凛的大汉,浓眉圆眼,手执短枪,对了个准的。三桌敌人,含着大米饭的、咬着馒头的、啃着肉骨头的、嚼着菜的、端着碗筷的,都按原样的姿势,呆在那里。

"举起手来!"于震海又断喝一声,"把脸对着墙,快!"

敌人服从着命令。有几个人手乱哆嗦,碗筷掉到地上;有两三个望着墙上挂的枪干瞪眼。

"你们用不着看枪,谁动一下,我这匣子枪一梭子出去,可是二十个响!"震海严厉地说,"告诉你们,我们是共产党领导的人民自卫军,推翻旧政权,建立新社会。你们不再为财主卖命,一个不难为,全放回家……"

两个突击队员冲进屋,把墙上的枪、子弹带全搬了出去。一会儿,宝田、宝川押着七个镇公所人员来到。于震海命令把全部俘虏关进正屋,门外一把大锁套上。宝川把一支带皮套的驳壳枪和一串子弹递给大队长,说:"这是那个队长小子的。他不老实,让我一枪把子送回老家了!"

"这枪倒跟我的一样型号。"震海抽出一梭子弹,把手枪交给宝田,"这枪给政委用,你去看看他们上来没有。"

宝田去后,震海把那梭子弹压进自己的手枪里。七八个敌人隔着窗棂看着,又惊异又懊恼:这大汉的枪,空的呀!

街上响起嘀嘀嗒嗒的铜号声。

震海他们各自背着五六支大枪,满身挂满子弹带,走出镇公所大门。

街上一片欢腾景象。高高的草垛上，一树红旗，卷着西风，霍霍招展。旗上面的金黄的镰刀、锤子，和"胶东人民自卫军"的大字，在朝阳中闪射光辉。伍拾子站在旗帜下，昂首挺胸，起劲吹铜号，彩绸和红旗一起漫卷。高玉山和孔居任已率大队来到。队员抽出怀里的标语，向墙上、树身上贴。红绿的标语写着黑字："打倒吃人的旧政权，建立新社会！"

"打倒日本帝国主义，解放东三省！"

"打倒国民党反动卖国政府！"

"打倒苛捐杂税，打倒地主恶霸、土豪劣绅！"

"穷哥们一条心，跟共产党闹革命，打江山！"

"人民自卫军万岁！"

"革命万岁！"

"工农红军万岁！"

"共产党万岁！"

来买卖的人，人和集的群众，三五一堆，六七一伙，看标语，听宣传员讲话……他们惊喜，欢快，激动！他们恐惧，疑虑，担心……

高玉山站在碾台上，做宣传讲话："乡亲们！我们不是红胡子，不是强盗流寇，我们是共产党领导的人民自卫军！穷人要翻身，要解放，要活命，就得起来打倒不公平的黑暗世道！乡亲们！参加咱自己的队伍吧，咱们人多势众，一定能把官府、财主揍倒，自己当家做主人……"

面对这种景象，于震海直想笑——眼里却闪着泪光……他有千言万语想对这破衣烂衫的人群说说。然而，他没张口，攥紧了拳头，时间紧迫，要赶快消灭敌人，扩大暴动的胜利。

高玉山跑到震海面前说："玉子，你们一枪不发，收拾个干净！你们九个人在这里吃点饭，我领人先走，去打鹊岛盐务局。"

震海道:"还是我先去。你能说,宣传一气,就跟上来。这个地方不可久留!"

孔居任赶过来,说:"铺子里备好饭啦……"

"吃馆子?"宝川道。

孔居任兴奋异常地说:"是他们热心,犒劳咱们的!我看……"

"咱们是穷人,不能吃馆子!"于震海决然道,"时间紧,路上啃干粮!伍拾子,吹号,集合队伍,向鹊岛出发!"

孔居任碰了钉子,高声说:"我打头阵!"

留下七个队员随政委高玉山在人和集宣传,处理俘虏,作为后队。其余四十余人,一半队员有了大枪、子弹,跟大队长于震海向鹊岛盐务局出击。队伍离村不久,于震海边走边说:"同志们奔波了一夜,该停下来歇会儿,吃口、喝口;可咱们是在隔着海汊子打仗,要是不赶快消灭回路的敌人,文城、石岛的敌人闻讯包来,处境危险,暴动计划完不成。大伙说,这么做该不该?"

"该!"

"打了敌人夺了枪,一点不觉累!"

"这样的好买卖,越干越有精神!"

"再叫俺弟兄去打场官司,那才得劲哪!"宝川的嗓门最亮。他走在排头,手里的红旗高高地举着。

火红的太阳,驱散了寒霜水汽,照耀得丘陵的原野一派清新。红旗迎风前进,雄壮有力的《暴动歌》,向四方传播——

> 义旗满天红,
> 穷人骨头硬,
> 打倒仇敌,
> 起来闹革命。
> 暴动,暴动,暴动!

暴动的队伍赶到鹊岛盐务局,这里的敌人已经闻风逃遁。大家收拾了一些仓皇逃跑的敌人丢下的枪支弹药,还得了一匹枣红马。打开盐仓,叫群众来随便拿,老百姓感动异常,挑的挑,抬的抬……

事不宜迟,于震海率领队伍向黄山镇进发。离村时,部队扩大了十多人。

傍晚开进黄山镇。区公所的敌人也闻风丧胆,匆忙逃跑了。自卫军收拾敌人漏下的武器,进行革命宣传,派出侦探,准备稍作休息吃顿热饭,等待后队到来。饭还没做好,高玉山他们带着沿途要求参加暴动队伍的六十多人来了。

干部们开会,决定吃完饭立刻过海夜袭高村区公所,摆脱隔海作战的危机处境。就在这时,各地的党组织纷纷送来火急情报:东面,石岛盐务局的队伍追来了;北面,荣成的敌人向南压来;南面是大海,只有西面五龙嘴海汊子是唯一的出路。没多会儿,派出的侦探也带着地方党组织的情报回来了:五龙嘴海汊子对面高村区公所的敌人,伙同宋村区上的敌人,在海汊子对过布阵,阻击暴动队伍,等待文登、荣成、石岛的敌人来围歼。

很多人紧张起来,也确实是紧张,提出不吃饭,马上抢过海汊子。但大队长于震海却沉着地说:"不忙,让大伙使劲吃饭,吃得饱饱的,有了力气才能打胜仗!"

孔居任焦急地说:"还是命要紧……"

宝口也沉不住气了:"还是不吃饭吧……"

"没关系,照吃不误。"震海道,"咱们忍饥耐渴跑了一夜一天,没有白跑。文登、荣成、石岛的敌人再多,这里的路不能通汽车,就是骑马,也得半天赶到;宋村、高村的敌人联合起来,也过不了百把人,又是晚间,咱们冲得过去。"

高玉山接上说:"还有一层,敌人被咱吓破了胆,咱是老虎,它是兔子。"

"对！"震海继续说，"要是咱们今晚这顿饭不吃足，过了海要一直打到赤松坡才能喘口气，队伍受得了吗？"

干部们都连连咂嘴。宝田说："嘿，震海才当了一天一宿的指挥官，就这么有算计啦！"

震海道："我有啥算计？吃了多少年的苦头！这都是先子他们教的，顺手的时候要想到不顺手……五龙嘴这一仗要紧，务必让大伙吃饱，憋足劲头……"

这五龙嘴海汊子，像条大河一样深入到内地里，上起潮来，汪洋波涛，无船不渡；退下潮去，上游中间只剩浅浅的水道，露出两边的沙滩、泥沼。

一百多人的暴动队伍赶到海汊子上方嘴子村边，正值夜潮来临之前。海汊子水汽很重，迷迷茫茫的，视线不清。没有发现对岸有动静，队伍迅速向对岸奔去。

正走在沙滩上，砰砰几声枪响。震海喊道："趴倒！趴倒！"

宝川牵着的枣红马，对着彼岸，咴咴地叫起来。震海向周围的队员吩咐几句，接着大家发起喊来："不要怕！暴动的小子枪弹少，冲啊！"

"种庄稼的，打不准枪，快抓活的啊！"

"冲啊！抓住一个共产党，一百大洋呀！"

"冲啊！"

"快呀……"

人们呐喊着，零星打几枪，没有动身。对岸停止了射击，有人吆喝道："喂！你们是哪里的呀？"

宝田回答道："石岛盐务局！投降吧，小子们！"

对方又喊："石岛的？你们赶来啦……"

宝川回道："知死的投降！我们局长骑马亲自来啦！放下枪饶你们一条狗命！"

对岸又喊起来："喂！自己人，别误会啦！我们是宋村、高村区上的，来堵暴乱的……"

这期间，于震海命令大家快速向对岸逼近。那刘宝川骑着马，首先涉过水道，冲上对岸，抡起大刀片，刀闪头落，狂吼道："谁敢动，谁送命！"

敌人惊慌失措，全乱了阵，有的逃跑，有的开枪。震海用手枪射击，弹无虚发，忽然右臂一热，手握不住枪了。他即刻换用左手射击，冲上岸来。

伍拾子吹起铜号。自卫军喊杀连声，全过了海汉子，扑上对岸。

经过一场激战，六十多名敌人，死的死，伤的伤，剩下的举手投降，下跪求饶，虽是在夜间，也没跑掉一个。

连于震海在内，自卫军有八人受伤，两人牺牲。但是，节节的胜利，大量的缴获，没有为此挫折士气。相反，暴动队伍欢欣鼓舞，押着俘虏，高唱《暴动歌》，披星戴月，一路向前。

这势如破竹的暴动突击大队，白天举红旗，黑夜擎火把，浩浩荡荡，所向披靡。沿途的村落，一片欢腾。到一村，宣传一村，有党组织的村子，就抓起本村的恶霸地主，烧契约，分粮食……每出一村，队伍就增加一些人。有些自动参加者，见离家远了，就离开队伍向回转了；接着又有新的参加者涌进暴动的行列……从离石岛回头打人和集开始，他们一路作战，两天两夜，只在黄山镇吃过一顿热饭，再都是啃的冷干粮。

第三天中午，于震海带着部队，开进赤松坡。

赤松坡，于震海出生的村庄，自他越屋逃身，再没白天来过的村庄，现在，正在经受着革命的洗礼。

突击大队的政委高玉山，带着部分队伍先行到达这里。在暴动队伍到来的前一天，恶霸地主村长于之善就逃亡孔家庄。地下农民会转为公开，领着群众斗争三家地主，烧契约，分粮食。大街小巷，人来人往。

于震海的队伍进村时，松树底下茅草屋里的男女老幼，拥在大街两旁，纷纷地热烈地发着议论："咱们打胜啦！"

"咱们出头啦！"

"坏地瓜夹着尾巴滚啦！"

"如今是咱赶着抓他啦！"

"打到孔家庄，打死狗秀才、坏地瓜！"

"给世章哥报仇！"

"给全村报仇！"

"仇多着哪，报不完啊……"

部队累了，好多人，一停下来就打盹；部队饿了，好多人肚子咕咕叫唤。部队马上分散到群众家里吃饭、睡觉。只有那刘宝川，背着雪亮的大刀，挎着钢枪，骑着枣红马，满街跑着抖威风，嘴里直嚷："胜利喽！打到孔家庄，打到文登城，打到济南府……解放全中国！红遍全世界……"

干部们在江鸣雁的拳房里开会。高玉山说："指挥部来指示，要咱们在这里整顿一下，明天和文登大队一起围攻孔家庄。"

孔居任说："乘胜打下去。咱们这一队，今夜拿下孔家庄。"

高玉山道："珠子指示说，其他各路大队，由于敌人事先有了准备，进展不大。这周围各地方的敌人，都逃进孔家庄，我们自己攻打有困难。"

于震海点点头。他记起李绍先一再的关照，说："按原先计划，不公开身份的同志，一律不要暴露。大伙好好睡觉，养足精神，明天打孔家庄。"

散了会，高玉山叫震海休息，他去掌管队伍。于震海臂上受过伤，头晕目眩，也实在想躺一会儿……但他还是没有躺下，叫二妞倒了盆冷水，浸了浸脸，迈步来到街上。

街上热闹闹的分发地主粮食的人们，亲切地向于震海打招呼，拉他家里坐。震海应答着，继续向村西走。人们在他的背后，动情地议论着："原都说他不在世了，他就是没不了！王八蛋才盼好人死！"

"三子是好样的！咱赤松坡，有他俩，露脸啊！"

"铁匠刘家兄弟也不差呀！"

"还有世章叔哪！"

"唉！可惜桃子改了嫁……多好的媳妇啊！"

"都是孔秀才害的！"

"看这石匠玉，多壮实！烧死爹，逼走媳妇，也压不倒他的旺气！"

"这才叫人哪！"

震海没有听清人们的言语，他专心巡查着村庄的情况。他经过一临街的窗前，见里面有三四双恶狠狠的眼睛，隔着窗棂盯他。忽然，屋里扑腾一声，接着女人、孩子哭叫："守业，守业！我的儿，你醒醒！那不是石匠玉，不是于震海！他早做鬼啦……"

"妈呀！俺哥又尿裤裆啦……"

"狠心的公公呀！你自个儿脱清身，撂下一家人……我的天哪！你醒醒啊……于震海！你个打不死的石匠……"

"小声点！你不要命啦！"

于震海冷冷一笑，没有置理，信步走过去。

他来到村西口，站到高土丘上，向孔家庄方向瞭望，盘算着攻打孔家庄的路线……

这时，有个庄稼人走近他身边，已经走过几步，又转回来，打量着他，问："老乡，暴动的人马是在这村吗？"

"对。"于震海没有变姿势，仍向孔家庄望着。

来人又问："是于震海在这里头？"

"你打听他干么？"

"有要紧事找他！"

"你是谁?"

"我……"

震海这才看清楚,这个二十八九岁的男子,背有点驼,戴着旧毡帽头,眼角过早地爬上鱼尾纹,一副忠厚老成的样子。转忽间,震海感到对他有些眼熟,这人像他哥"百事找"于震兴,又分明不是他哥;像在哪里见过,却一时又想不起来……

"我是……俺见了他再说。"老实的庄稼人口吃起来,也许是走急了,也许是憋的,他抽下腰带上的手巾擦脸上的汗。

蓦地,震海面前出现了坟茔上桃子递手巾给男子擦汗的情景:是它,就是这条粗糙的土布手巾,她从他腰带上抽下来……

"对你和桃子,就当他死啦!别让你俩再……"震海心里这样说,嘴上支吾道:"他不在这里——于震海……"

于震海继续看地形,想打仗,没注意对方仍在端量他。

"你是谁?"庄稼人迟疑地问。

震海一惊:"我,你认得我?"

"俺不认得,看你的样,像是个管事的。你一准熟悉于震海吧?"

"嗯,他……他是我的朋友……"

"那你快找到他,告诉他,他的媳妇好好的,他的孩子好好的!"

于震海吃惊地说:"你……"

"你不认得我,我就是冯开仁——冯痴子!"冯痴子焦急地说,"你怎么这样看我?我这可不是痴话,是真话、实话、老实话!桃子是于震海的好媳妇,桃子好好的!"

震海急促地说:"你不要可怜于震海,他也好好的,你们能一块过好日子,就……"

"哎……"冯痴子急了,跺着脚说,"你们都这么认准了,我的天哪,今早上我才听老三叔说于震海活着回来啦,老两口正为桃子改了嫁作难……唉，都是他两口子闹差啦！让你们管事的人，也跟着信了，竹青她爹不准有多难受哪！这也怪不得三叔三婶，也得怪桃子妹和我，俺俩自己明白的事，就认为别人也这么明白了！"

于震海迷惘地看着他。冯痴子又道："你还不懂？你还认为我是犯痴？那，我得细细给你说，你乐意听不？"

震海迟疑了片刻，说："好吧，你说吧！来，看你挺累，坐下说吧！"

"要说明白这事，得从俺这'痴'说起，要不，你准认为俺又犯痴，说的是痴话。那是七年前的一天，我正在山庵的后山——卧狼岗上采药材，猛听有人喊'救命啊！救命啊……'我一看，天爷呀，一个闺女发疯地喊着跑，两只灰狼在后面追她。我抡着棍子抢过去，那闺女一头扎进我怀里，把我死死地扳住。狼上来了，我伸展不开手，真着急……狼瞪着我，我盯着狼，相对了好一会儿……算好，那两个东西胆小了，没奈何地扭头去了。

"再看这闺女，脸色蜡黄，吓昏过去啦！我把她弄到庵里，让她躺着歇息，熬了碗镇惊的草药她服下去，她的血色才上了脸。我问她家在哪儿，怎么到这个险地方来。她说，家在栗树乔，她妈眼瞎了，听说卧狼岗有灵芝仙草，她来寻，给妈治眼病……我说这没有仙草，贵重药材倒不少。我用谷精草、木则草、黄连、黄芩加上夜明砂①，配成几剂治眼病的药送给她。她说没钱给我，她不要，要自己去采；我说岗上有狼，闺女家去不得……她像想起刚刚的事，脸唰一下红了，也没抬头看我，赶紧跑下山去了。

"栗树乔离我的山庵三四十里路，我想她不会再来了。谁知道，过了一个多月，有天晌午，她竟又来了。她说她妈用了我的药，眼能看见点光亮了，妈叫她来答谢我，送来一篮鸡蛋……就

---

① 夜明砂：即蝙蝠屎。

这样，她常来取草药，送吃用东西给我，俺俩就觉着谁也离不开谁啦！

"她叫金子，爹早病死了，她妈薅山菜、要饭吃拉把她大的，十九岁啦，挺瘦的——还能胖了！她妈和俺哥就给俺们定了亲，可是好日子定不下来，为的是她妈的眼没全好，又有心疼病，她舍不得离开妈，非得等着妈全好了再嫁给我。这，我也乐意，反正她疼我，我疼她，心思都在各自身上，成不成亲的，早天晚天的没有么事。唉！我要知道会有事，怎么也不该叫她去了啊！不该叫她去了啊！

"那是五年前的伏天，赶南黄集的前一天，是初九，金子一大早就来了。她眼里笑闪闪的，脸也像胖了些，红鲜鲜的。她说，妈的眼全好啦，身子也硬实些啦，明天叫她到姥姥家，她姥姥答应送她个镜子做嫁妆哩！自然，我也乐嘻嘻的，说明天去孔家庄告诉哥……我送她出山庵——每次，我送她过了山口子，她就不让我送了，今儿不知为么，她让我送，一直送过三道山梁，才叫我住脚，从衣襟里掏出个小红布包塞到我手里，她说，人家定亲有聘礼，俺俩是狼赶到一块的，穷闺女，啥也没有，这是她的一缕头发，让我收着；人都说，骨头成灰了，头发也烂不了。我呢？摸了半天，啥也没有。她靠到我身前，摸着我的衣扣子，一直摸到心口那颗——第三个扣子，用牙咬下来，装进她兜里，说，除非是她，别人谁也不准给我钉这个扣子……我想金子是喜欢过头了，净说这些痴话，做这些痴事……唉，我要知道会出事，怎么也不让她走啊！

"就这样，金子初十这天去姥姥家拿出阁镜子，再没回来！再没回来！

"听人说她掉到黄垒河淹死了！正是发大水的当儿，可是她姥姥家在河北岸，用不着过河的呀！我打听着她落水的地方，在芦苇丛里找到她姥姥给她的嫁妆——镜子，一面破了的小圆镜，再啥也没有了！

"我去找算命先生，他听了我说的来龙去脉，卜了一卦，说两年前赶金子的两只狼，是索命鬼变的，因为我护住了她，鬼没敢动；这次又是索命鬼把她叫到河里走了。这是金子前世欠下的饥荒，要拿命去抵……

"金子的妈哭闺女眼又哭瞎了，什么药也不顶用了！我到金子落水的地方，捧了一包沙拿回来，和她那包头发、那个小镜子一起，在庵后面的向阳坡上埋了个坟堆。每月初十这天，我都去烧香烧纸，为金子还鬼钱，痛哭一番，一直四五年……我每件衣裳心窝上的扣子都撕下来——等俺金子回来给钉啊！我见了哪个女人都烦气，躲在山庵里不愿见人……都说我痴了，叫我冯痴子，我也不理……唉！想不到，我又碰上个犯痴的……"

"谁？"震海问。

"桃子……"

"她？"

"嗯。人家痴的和我不一样，她的痴治了我的痴。你是管事的，桃子怎么弄到我庵里，你也会清楚。这些个，你都会说给石匠玉听的。起初俺俩相互防着，她为她的'玉'生，我为俺的'金'活。可是，桃子恋着石匠玉，暗地里为革命使劲；我呢？只知哭金子，给她的冤魂烧香烧纸，留着心窝上的衣扣子……桃子知道了我痴的底细，告诉我，害金子的狼不是鬼变的，是孔秀才的王八儿子孔显！那年伍拾子他爹赶南黄集卖六月仙桃撞上孔显要抢的闺女，原来就是金子啊！金子是叫人变的狼害死的啊！我光对金子犯痴没有用，要给金子报仇雪恨！使世上的所有金子再不叫狼害了，这才最对得起金子！桃子妹她算把我心上的门打开了，让我觉着这日子有奔头啦，怎么做才是对金子最疼啦！

"你不知道，桃子的为人多么实在、厚道。找媳妇，世上再难找这样好的！我想不到，摊上这么个比亲妹妹还亲的人！她

445

见我老在地下灶间打铺,天凉了,非要我上炕睡不可。我开始不依,她说,我是她亲哥,她是我亲妹,泉水一样清楚啊!谁要有邪心,炕上地下也分不清啊!就这样,她炕西,我炕东,中间是竹青。她说她的'玉'怎么使她疼;我说我的'金'怎么让我怜……俺们一块说,害他俩的是一个对头,一个世道,他们死时俺们都没见影,心里至今都认为他们活着,没有死……最后桃子总是说,记着心上活着的人,咱一条心为革命使劲啊……

"俺们是假夫妻,俺们是真兄妹啊!为着革命,为着对付孔秀才这些狼,俺们人面前里不脸热,背地里心敞亮!叫敌人的狗眼挑不出毛病,让自个儿的亲人心里实落。你不知道,俺桃子妹的小围女每每对着我叫爹,我明明觉着叫的是她真爹——于震海啊!

"看我说了这一大堆,你不认为是痴话吧?我喜欢犯痴,一辈子是冯痴子,可我说的话,都是真话、实话、老实话!"冯痴子说完,这才忙着掏烟袋抽烟。

于震海的泪水早已涌了出来。他说不出是悲是喜,他只感到,对党、对亲人、对所有受苦人,更亲、更爱;对敌人、对孔秀才一伙、对这旧社会,更恨、更憎。他见冯痴子脸上有汗,很自然地抽出他腰带上的土布手巾,递给了他,激动地说:"你的话我都懂了,你不是痴子,你是个好男子!"

冯痴子忙说:"桃子妹才是个好样的,金子也不换的人!你快找于震海,告诉他去……"

"我会对他说的,你放心!"震海道,"桃子知道我……不,她知道于震海活着回来啦?"

"不知道。她这几天一直没到桃花沟,藏在三瓣石等着传情报……我今早上去三叔家送治伤的草药,一听这事,放下竹青,就跑来打听她爹……"

震海道:"于震海听说了,会不知怎么感激你才好……"

"不,俺得感激他媳妇,是她……"

"这些往后再说吧！你和桃子的事，还要像从前那样忍下去……"

"那干么？"

"防备敌人知道。"

"知道怕么？咱就要打胜啦，我帮他们收拾好赤松坡的家……"

"还不急，咱们还没有打胜。"震海转向孔家庄的方向，"等收拾完敌人，再来收拾家……"

"家，不成模样啦！狠心的坏地瓜，把院子当猪圈，屋里当猪窝……倒好，肥猪给受苦人喂啦！噢，猪，那年我嫁过来的头一集，他去抓猪，装在麻袋里，窝憋死啦！他倒不心疼，还乐呵呵地吃饭……事过才知道，那天他入了共产党！……看，门板，已经烂成么样啦！人穷，连草门楼都盖不起。爹那残疾身子，披着蓑衣，守在门槛后，给开会的同志把门……赤松树，那么粗、那么旺的大松树，遮得一院子阴影，孔秀才把它和爹一块烧死……歹心的兽类！你能烧死树，俺爹你烧不死！他躺在北山冈，坟前的松树，一天天长得壮起来！你们这些害人东西，就要死干净……屋子，什么东西也不见了，全是烂草……那不，后窗根安织布机的地场，我过门第一夜，他就从那跳出窗去的……心多坚实的人哪！为解放，为找党，新媳妇都顾不上看清脸面……哦，后窗，坏地瓜给堵死啦！做尽恶事的人，你们的能耐用尽啦，该是你们老实的时候啦！"

"家，不成个家了！不，还是家，不怕，暴动胜利后，我和他，用不上几天工夫，就把它收拾得像原先一样——不，比那时还有生气，还像个家……"

她，从院子里，走到屋里；从屋里，走到院子里……有多少次，她无心数。她，看着旧日的景物，想着重建的新生活。

她——桃子！她和三瓣石的联络员一起来送特委指挥部的通知。由于她不能暴露身份，来到赤松坡村边，桃子叫那个联络员进村找负责人去了，她在村边等他。她望着近在咫尺的生活过的房屋，不由得悄悄推门走进来，又把门掩上……

一进了这幢草房，虽然它已面目全非，但这是她经历过的那些日日夜夜的地方，印象太深，感情太厚，使她眷恋不已，千情万绪，涌上心头。她感到这还是她的家，于震海压根没有牺牲，像从前一样，她在等丈夫回家，焦急地等他回家……

这时，院门吱呀一声，有人走进来。桃子警觉地走出屋门，那黑亮的眼睛立时瞪圆，脸色煞白，身子一僵，重重地靠在屋门框上。

于震海呼吸紧迫，大步抢上来，扶着她，颤声说："你……你在这……我……我没死，是三子兄弟替我牺牲的！你，别惊着，我好好的……"

一股强有力的新鲜血液，回荡了桃子的全身。她的脸，霎时血红。她伸开臂，扑到他肩上，呜呜恸哭！

震海的热泪打在媳妇头发上。他啜泣着说："你清醒些，别伤心！我回来，参加暴动，打敌人，报仇！"

桃子哭喊道："你活着！"

"我活着……"

"你回来啦！"

"我回来啦……"

桃子仰起泪脸，紧看着丈夫的脸，吞着泪水，说："这不是做梦？"

震海握紧她的热手，悲哽着说："你不认得我啦？"

"认得，一百个认得，一千个认得！"桃子又更紧地把头埋到他肩上，"是你，是你！不是梦见的，是真的你……"

"你常梦我死啦？"

"梦你活着!在俺心里,压根你就没死!天哪!这可别是梦啊……"

"看你,和孩子似的!日头底下,你还看不清楚?"

他,还是那么高,那么壮实;唯有宽敞的脸盘,比从前粗糙一些,多了几条深深的抬头纹;那浓眉大眼,仍是亮铮铮的,更威武、更深沉了。几年来,第一次,阳光下,桃子把丈夫看清晰了,看仔细了!迅即,她发现他右臂上的衣服有了碎洞,心一紧,立时制止了巨大的激动,说:"又伤着啦!"

"不碍事……"

桃子将他的衣袖捋上去,见了旧布草草包着的伤口。她掀开自己的外衣,撕下内衫的小襟,给他重新包扎,一面说:"你这粗心人,对自个儿,还么粗心……唉,三子丢啦!多疼人啊,多壮实的大汉子。那年我给他腿上包伤,还害羞哪……小菊还等他回来说'老贴'名的来历,可他……"

"三子把身子骨都贴给革命啦!咱们党,有多少同志,像老贴一样,老为革命贴东西,直贴到最后一口气!咱俩,使劲向三子学啊!"

桃子默默地深深地点着头……

下午,根据特委指挥部的紧急指示,突击大队的骨干力量来到桃花沟。

一面鲜红的党旗,在桃花沟上空飘扬。蓝天白云下,北石屋鸽子堂里的大小鸽子,被这耀眼的红旗招引得倾巢而出,围着旗帜来回飞翔。素称小苏维埃的山村,满街红绿标语,东西两头,扎起高大的松门。全村空巷,夹道欢呼。在小菊姑娘的带领下,歌声响亮——

……

冤仇要雪净,

血债要算清,
跟着红旗,
主义定成功。
暴动,暴动,暴动……

  队伍一进村,群众就拥了上去。炒花生、熟鸡蛋、红枣……塞向队员们的手里。那大脚霜子来回跑,赶着孔居任欢叫:"居任哪! 你姑等你打开孔家庄,抓住孔秀才老王八,跟他算总账……"

  张老三家里,情形却有些两样,干部会的气氛紧张。珠子的消瘦的长方脸见不着腮了,显得很疲惫。他拉住于震海和高玉山的手,先说:"你们突击大队打得很好! 石岛内部发生了变化,你们当机立断,取得了这么大的胜利!"接着,这位特委书记兼暴动总指挥沉重地说:"可是其他四个大队,由于敌人有了准备,损失很大! 海阳先子他们,打得更苦……刚刚接到情报,烟台来了韩复榘的大部队——展书堂的八十一师,坐着汽车,要镇压我们的暴动。文登城是不能打了。我和赤子等同志商量,文登大队继续收拾各村的零星敌人,发动群众,扩大武装,目标在底湾头一带。突击大队的目标还是孔家庄,要动员起足够的力量再打。大家的意见呢?"

  大家一致同意。当下,突击大队分出一部分枪弹给文登大队。珠子和赤杰等人连夜走了。于震海和高玉山同突击大队的中队干部确定了活动计划:首先把孔家庄周围村子的群众动员起来、武装起来,组成一个大包围的形势,齐头攻打孔家庄。

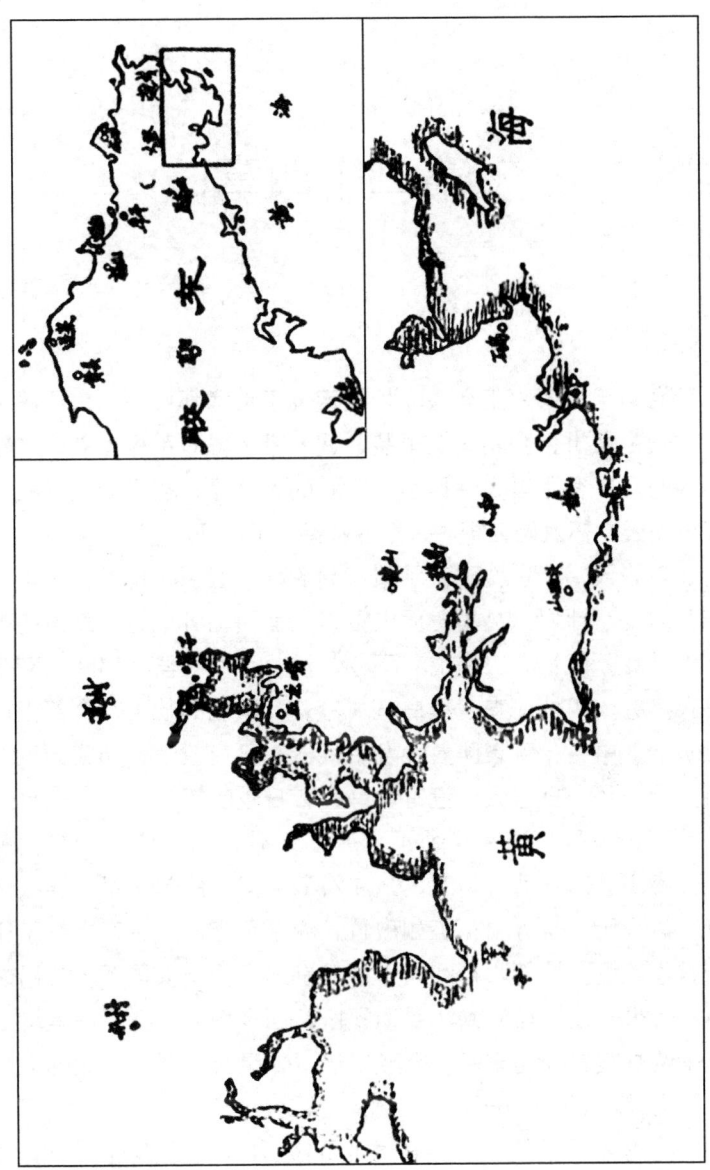

第二十四章

像两年前亲领士卒去赤松坡毒刑于世章那样，孔庆儒脱掉绅士的长袍马褂，全副灰呢军装，武装带上佩着手枪短剑，正在冬春楼的底层客厅里宴会群客。宽敞的大客厅，摆了十几张桌子，宾客如云，杯盘碗盏相碰，声音嘈杂，混乱不堪。

前些天，文登城破获了共产党的地下组织，得悉阴历十一月一日的暴动计划。县里一面上报，一面通知各地方，急做防范，扑灭反乱。区长孔庆儒忙着下令，没收乡间兵器，部队、警察、便衣特务，四处巡查，黑白查户口。孔家庄的壮丁，全部强征编成队伍，由兵、警裹胁着，发了武器，日夜放哨，如临大敌。然而，十一月一日这天，没有动静，二日也听不见风声，三日又平静无事……兵、警都松劲了。就在这时，四日传来了文、荣、牟、海四县闹暴动的消息，最属石岛方向一股起义军，连拔区公所、镇公所、盐务局，势如破竹，锐不可当，矛头直指孔家庄。孔秀才着慌，忙着收拾细软，欲偕眷逃亡……县里派公安局的副局长带来一连人马赶到，帮助孔区长固守地方。孔家庄是文登、牟平两县交界处的重镇，咽喉要道，如果它成了共产党的天下，将严重威胁县城的安全。

孔秀才得了援兵，加上本区的势力，周围不断逃来的地主豪绅，乡里、盐务局的武装，总共有四百多支枪，弹药充足，胆子壮大。如此一来，不仅能保住他在孔家庄的巨大财产，而且能抵住暴动队伍，为反共立下功劳，不像别处乡惨败逃命，孔庆儒的身份，非昔日可比矣！由于这样的形势，使孔秀才又野心勃勃，充满了胜利的欲望。

今中午，孔秀才宴请的客人，除去他这一桌的县公安局副局长、连长、区联庄会的副会长、其余三个军事头目和小舅子于之善外，都是四乡逃命来的区长、公安分局局长、乡长、队长、盐务局局长、有势力的地主等人物。孔庆儒的二弟、洪源钱庄老板孔庆侯，三弟、冬春楼掌柜的孔庆俦，都以主人身份，活跃在席面上。

"奶奶的，怪呀？眼下暴乱四乡起，他倒破费腰包，大请起客来啦？他又使的么招？"于之善瞅着孔秀才闪着油光的胖脸，心里猜摸不透，见端上来红烧海参，就顾不及想下去，忙把头伸到桌面上。他的身上，左面背一支手枪，右面是个凸凸囊囊的大布口袋。

新菜上桌。孔秀才端起酒杯，咳嗽一声，站了起来。他这一桌上的人，都忙着起身。联庄会的副会长朝客厅拍拍手，喊道："诸位请起，诸位请起！孔区长有话，孔区长有话！"

乱哄哄的客群静下来，都相跟着起身，转目对着孔秀才。

"各位贤兄贤弟、同人同友！"孔秀才一脸诚笃的表情，"当今共党乱，我们地方深受其害，各位到敝庄避难，孔某置杯水酒，给大家压惊接风。我为诸位蒙受乱难之苦痛心，也为大家聚集一堂庆幸。米，为县公安局副局长亲自帮我们灭除乱党，大家早日平安回乡，喝上一杯！"

全体人员碰杯喝干。公安局副局长沙哑着嗓子叫道："大家听我说！四五天啦，暴动的小子在周围村子乱哄哄，不敢来孔家庄碰碰。嘿，他们也知道，正达兄谋略过人，实力雄厚，真乃中流砥柱。来呀，为孔区长的安康，干杯！"

"孔区长名震乡里，所向无敌！"区公安分局局长吼叫。

"文武双全，有孔区长在，是我们的福分！"联庄会副会长喊道。

"孔家庄是铁打的，穷小子土枪土炮，来是送死！"那个刘排长高呼，他已升为区队副了。

于之善直着嗓子叫唤："俺姐夫是孔圣人的血脉，带兵走马，比得上关老爷……"

孔秀才加重口气说："多谢各位对正达的信赖。不过，乱徒们虽是乌合之众，却人心所向，为仇气，拼起命来也勇猛非常。前些年他们平推过牟平城，烧过这冬春楼，家父也遭……"

"唉！"于之善叹息道，"老太爷八十三还挺壮实，烧死的前一天，还去赤松坡收租子……"

"嗯——"孔秀才打断小舅子的话，"各位同人！如今的暴乱，非往昔可比，是共产党一手闹起来的。他们在周围村子活动，不来动孔家庄，不单单是力怯，而是在扩展势力。"

"正达兄高见，大家都要信服！"公安局副局长说，"小弟来时鄢主任也嘱咐不可轻敌。不过大家也放心，韩主席得知匪情，马上派展书堂司令一师大兵开来进剿，加上咱地方上的，统共四五万人马。胶东这个半岛子，有多少共匪不灭？"

"胜券操在我们手里，这是一定的！"孔秀才说，"要紧的是各位必须同心协力！诸位，孔家庄倘若被打破，孔某个人安危事小，大家前程事大啊！通县城的电话和道路，都叫他们掐断封死了。弟兄们！我们处在同舟共济之中，唯一的上策，是守住孔家庄，等待大兵到来，一举扑灭暴乱！"

管家万戈子捉来一只大公鸡，他用刀砍掉鸡头，血流进大海碗里。孔秀才庄重地将酒倒进血碗，端起来抿了一口，声泪俱下地说："我孔庆儒愿为反共大业，捐身献躯！"

人们都照着样子歃血盟誓。于之善觑着，心里说："嘀，老小子破费请客，原来落到这上头……"

"啊呀！啊呀！完啦！完啦……"灰瘌狼的儿子于守堂，哭叫着，慌慌张张撞进客厅。

于之善一见他，赶上前紧张地问："我家遭抢没有？我的东西丢了哪些……"

于守堂没鼻梁的鼻孔流着鼻涕，哭着只说："完啦！完啦……"

于之善气急地催问："快说！我家东西……"

区联庄会副会长指着他背的布袋子，说："你的地契房约、借据账本随背着，还瞎得了！"

于之善张着大嘴喊道："粮食啊！衣裳啊！家具啊！柴火啊！猪啊！驴啊！牛啊！鸡啊！鸭啊……"最后只听一串啊啊声。

食客们围拢过来，惶惶悚悚，七嘴八舌，犹如捅了马蜂窝。庄重的歃血盟誓仪式，一时大煞风景。

孔庆儒气得胡子直扇呼，对于守堂道："没骨头的东西，比你爹差远啦！好生说，怎么回事？"

于守堂边哭边诉道："共产党一直在村子里闹腾，大人小孩，男的女的，都编成什么会什么团的，成天地磨刀擦枪，说要拿下孔家庄，杀孔秀才老狗——这，是他们这么骂大老爷的。俺家、俺大爷家的粮食，都叫分光啦！俺家的地契账单，也全给烧啦！"

于之善摸了一下背的布袋子，问："守堂，他们杀人了吧？我家杀了谁？"

"人倒还没杀，也没难为咱们家的人。说要杀罪恶大的，拿着你再说！"

"我？"坏地瓜禁不住摸了一下脖子，又骂道，"我还要拿他们问罪！谁吞下我一粒粮食，也得给我吐出来！"

于守堂擦擦鼻涕说："别说大话，他们可凶唬着哪！你守业吓得死过好几回……石匠玉那小子，又回来啦！"

包括秀才孔庆儒在内，凡知道石匠玉的人，都惊得目瞪口

455

呆！孔庆儒脸色发灰，焦灼地问："于震海没死？"

"岂止没死，暴动是他领的头！他比往日更威风……可惜俺爹的命啦……"

哗啦、当啷一阵响。于之善像根木桩似的倒下去，砸得那满桌面的碗碗碟碟、杯杯盘盘，碎烂掉地，油渍菜汤溅了周围的客人一脸一身。

孔秀才还来不及发作，楼上跑下独眼龙孔显，慌慌张张地说："爹，爹！攻来啦！攻上来啦……"

孔庆儒立即向楼上跑，公安局副局长等一群人，尾随其后。

冬春楼的第二层，已经布置成作战指挥部。四周的窗户，都用沙袋堵住，只留枪眼和瞭望洞。孔秀才跑到东面窗前，接过孔显递上来的望远镜，对上眼看去。

东方，在天际接地处，有黑压压的人群，向此奔来。头前的红旗，异常醒目。

看着，孔庆儒惊悸地自语道："乱徒们，大白天，不怕死，冲来啦……"

分布在四周的军政头目连声惊呼："北面有！"

"南面有！"

"西面也有啦！"

"啊！四面八方都上来啦！"

用不着望远镜了。孔家庄四周冬季的平荡的原野上，成千上万的暴动人群，宛如汹涌澎湃的海啸，又似揭地而起的强劲台风，尘土冲天，气浪滚滚，蔽没了正午的冬阳，在数十面红旗前导下，铺天盖地，飞速地向前冲击。十里之外，都听得见喊声隆隆，惊得北面的昆嵛山发出共鸣，连起南面的海涛声的呼应。

冬春楼里的地主豪绅、区乡长们都蜂拥到楼上，隔窗望见排山倒海的人群，又惊恐地向楼下跑……很快，又返回楼上；旋即又往下逃……他们楼下闻声向楼上蹿，楼上见影又向楼下逃……

活像一群被打惊的野兔子，来回跑上跑下，往返不断。其中跑得最快最频的是于之善和于守堂。于守堂这个好容易逃出赤松坡的没鼻小子，边跟着伯父奔命边喊："啊爹呀！石匠玉活着，那金牙三子也不会死！他对我有仇，小时咬去我鼻子，这回非扭掉我的头不可啦……"

坏地瓜紧紧抱着盛地契、账本的布袋子，极力摆脱侄子的跟追，边跑边喊："滚开，没鼻子的东西！我一个大仇人石匠玉还不够啊，你又招引金牙三子……"

孔庆儒抓望远镜的手，不住劲地哆嗦，腿腕子也在打抖。这么多年来，他第一次丧了胆，一时没了主意。

冬春楼里更加混乱。有人在争着搬动桌椅，抢夺藏身避弹的地方。

孔显拉着孔秀才的衣角，惊惧地叫道："爹，爹！怎么办？快点呀，越来越近啦！"

孔秀才猛醒过来，转身一看，连公安局副局长等军事头目，都木鸡似的呆着，脸像泥塑的。他定定神，抖起劲头，朝一塌糊涂的人群喊道："镇静！镇静……"

他的呼喊没起作用。孔显向屋顶开了一枪，这才震住乱跑乱窜的人群。孔显喝道："谁再乱跑乱叫，枪崩了他！"

孔庆儒大声说："怕什么！大敌当前，正是我们除乱立功的时机。孔家庄村里村外，都有工事，重兵把守，他们来攻，死路一条。诸位马上分头去各处督战，死死守住，韩主席的人兵很快就到！"

公安局副局长也转过血色，叫道："听孔区长的命令！守住村子，去啊！"

有几个军事头目吆喝着去了，地主豪绅们没有动的。有个胖子说："这么多穷小子围上来，都是不怕死的，守不住啦！快打开一条路，冲出去吧！"

孔秀才冷笑道："贤弟，怎么守不住？你胆小怕事，逃到我这里来。我这里，不同你那里……"

"你把酒肉喂狗，哄着我们给你看家保财！"胖子恶狠狠地说，"同伙们！咱都是亡命之徒，扔下家，图个活命，不值得为他人送死……找条路，冲出去，冲不出去就投降……"

胖子刚下到楼梯中间，砰砰两声枪响，脑瓜开瓢，一头栽到楼底下。孔秀才挥着手枪高叫道："动摇人心者，军法无情！诸位，跟我孔庆儒，守庄督战，反共立功！走啊，快走！"

刀枪如林，红旗似火，暴动的人流，在四周平原上，直向孔家庄滚来。

这几天，于震海和高玉山的突击大队，按照特委指挥部的指示，在孔家庄周围的村子里，发动群众，宣传革命，公审恶霸地主，分粮食，烧契约，收缴枪支，扩大力量，攻克孔家庄。本来，他们打算夜间进攻，目标小，减少牺牲。但，接到毕松林送来的情报，展书堂的大批兵马，已经从烟台向这里袭来……情势危急，事不宜迟，不进攻就得马上撤退。群众的暴动烈火旺盛，有危险，要牺牲，他们也要进攻。广大暴动的战士和群众要走这条路……

突击大队的干部和队员分头率领各村一万多暴动的群众，从四面八方扑向孔家庄。于震海和刘宝川等人，负责东面这一路，这是孔家庄通县城的去路。

于震海的队伍冲到母猪河岸边。那木桥一时涌不过暴动的人流。宝川骑着枣红马，举着红旗，一马当先，涉过河水，高呼着向前："冲啊！别叫狗秀才跑啦……"

"冲啊！"

"活抓狗秀才！"

"烧掉冬春楼！"

群众顾不及脱鞋挽裤腿,争先恐后地跳下寒冷的水流,呼喊着漫过母猪河……

离孔家庄一里多路,枪声逐渐密集,不时有人倒下去。没有人畏葸,前面倒下去,后面的人流涌上来。接近了敌人的村头工事,枪声更紧。于震海一面指挥持枪的队员还击,一面向群众呼喊:"停住!找地方趴下,趴下!"

暴动队伍,穿着各色粗糙褴褛衣衫的贫苦群众,散乱开,卧倒在田垄、土堆、沟道处。一个个瞪着仇恨的眼睛,盯着在村头壕沟里的灰色敌人,恨不得一下夺过他们的枪支、自动火器。刘宝川仍在马上,擎着红旗,马直起身子,嘶嘶长啸。

于震海喊道:"没枪的原地趴着,有枪的跟我冲啊!"

他一挥手,身先士卒,向敌人的工事冲去。宝川和二十几个突击队员,紧随在大队长身后。

持大枪的敌人,见对方来势勇猛,离开堑壕,掉头向村里跑。有挺重机枪,在刘区队副的督战下,仍是疯狂地扫射。有两三个人负伤、牺牲……

刘宝川飞马从侧面向重机枪扑上去。刘区队副向他开枪。枣红马狂吼一声,中弹倒下。被马掀到地上的刘宝川,大刀砍断一个敌兵颈项,还入土尺多深。

于震海等人趁此机会,冲进了壕沟。刘区队副指挥着敌兵扛起机枪向村里跑。震海手枪连发,机枪手倒了,又一个敌兵上来扛着机枪跑。震海等人猛追,打倒了1多个敌人。后面的暴动队伍见情,又呼喊着冲上来。但,守在街中的孔显,指挥两排敌人,从工事和屋顶上,一齐射击。于震海他们,被迫撤回来,占据着敌人的村头工事。

村庄的四处,枪声激烈,喊杀、喊冲声时起时伏,一阵高过一阵。

于震海见敌人火力猛烈,他们枪少,敌人又凭借工事和房屋，这样下去不行。这时高玉山和孔居任、刘宝田从三个方向赶来，他们的进攻也都受挫，只占了村边的壕沟，并且伤亡不少。

这时太阳已经偏西。孔家庄上空硝烟弥漫。枪声、杀声，湮没了孩子的哭声、畜类的惊叫声。

带伤带血的突击队员和群众，都把眼睛盯在干部们身上。于震海聚起仇恨的目光，紧看着孔家庄。孔居任擦着脸上的汗水，懊丧地说："他妈的，这么不顺手！牺牲太大，敌人的援兵说不定啥时就到。我看，先撤吧，以后再说。"

高玉山道："老想一帆风顺不成！没牺牲革不了命。想想法子，非攻下来不可！"

宝川性急地说："咱一万多人，打不过他三四百个？把人都往上推，流的血，淹也淹死这些狗崽子！"

宝田说："这不是法子。咱死一个，得让敌人赔十个才行！"

"对！"于震海的拳头砸在堑壕沿上，泥土炸起一片花，"同志们！咱们的子弹不多啦！情势是危急，烟台的大兵快要到了，咱们决不放过孔家庄！我看这么办：把三个方向的钢枪都集中到这面来，我带着打头。挑选一批好的土枪、土炮手，宝田带着做第二队。余下的老乡们，守在村头叫唤助威，等俺们得手后，大伙再拥进村子，混在敌人堆里，十个对一个，咱的戳枪大刀，可就显出威风来啦！"

大家一齐赞成。队伍整理好后，七十多名突击队员，在大队长率领下，向街里冲杀。伍拾子的铜号，嘀嘀嗒嗒吹起来。村庄四周，万众呐喊，声威大震。

然而，有四百多枪好弹足的敌人，又筑有工事，加上拼死反抗的地主、官吏的督战，是有相当力量的。于震海的队伍突进大街两次，都被猛烈的火力压迫回来。第三次，他们一鼓作气，冲到冬春楼附近。孔显领着兵逃进楼里。楼上的两挺重机枪，下雨般地射下来。于震海他们隐蔽在胡同里，利用屋角地形，向楼里的敌人射击……

冬春楼上。孔显气喘吁吁地对孔庆儒说:"爹,真是于震海!领着队伍冲进来啦!他们都有枪,我不是跑得快,差点……"

"于震海来得好!我正要找他较量!弟兄们,使劲打吧,打死于震海,我分家产!"孔秀才冲着守窗的敌兵喊道。他又耳语万戈子:"便衣备好啦?"

万管家点点头。刘区队副上楼报告,村子里的壮丁,都跑光了。孔秀才说:"不要分人去抓他们啦,集中力量对付共产党!"

"是!"刘区队副下楼去了。

孔庆儒把儿子领到一间隔房,悄声说:"看样子等不到大兵,村子就要破了!准备下地洞……这事对公安局那个笨蛋也不能透,也不要告诉你舅——咦,一开仗就没见着他……"

孔秀才父子哪里知道,他们背后的大立柜里就藏着一个人。听到此话,地瓜脸一皱,把他趁混乱中偷来的公安局副局长的军呢大氅,赶紧从布口袋里掏出来,将里面的地契账本卷结实,牢牢地捆在腰间……

于震海他们正和冬春楼的守敌对峙着,宝田带着五十多人的土枪、土炮队跟上来了。于震海忙指挥他们上房的上房,影在墙后的影在墙后,点好香头,伏着待命。

一霎工夫,一百多敌兵从西街打着枪过来,公安局副局长和连长在后面督阵。于震海分出一批枪迎头射击。敌兵们光知向前打,没料到,房上、墙后的土枪、土炮从头顶身旁开了火,土炸弹直向敌人身上砸。只听"嗵""呛""崩""咚"一阵响,那土炮、土枪的铁砂子,像笤帚一样,一片一片地射出去,扫倒了几十个敌兵。公安局副局长的大盖帽也被个没响的土炸弹打飞了,头上淌血。他顾不得当兵的,扭头向后跑。敌兵们更炸了窝,爹呀妈呀的乱叫唤,争先恐后地逃命。

于震海命令宝川,带一批人追着打。宝田的土枪、土炮队,扔下土家伙,冲到街上抢躺倒的敌人的枪弹……于震海忙喊:快回来!楼上有枪……"

三个人已经应声倒在血泊里……

这时一个女人领着四个男子,从胡同里来到震海跟前。震海认出她:"凤子姑,你们来干么?"

凤子说:"俺们来烧冬春楼!"

震海见他们手里拎着洋油桶,说:"来得好!只是就一桶洋油,怕烧不起来。"

其中一个干瘦的中年人说:"楼底下那厨房旁边是柴火垛,不用油也能烧起来!"

凤子说:"他给冬春楼扛活——挑水的,一条胳膊伸不直啦,是孔庆俦给打的……"

他们要从小胡同摸到冬春楼后面的底层伙房,于震海他们加紧向楼上射击,吸引敌人的注意力。分手时,震海小声对凤子说:"小雪呢?他得注意安全……"

凤子说,丁立冬前三天病倒了,送回丁家洼老家去了。

不大工夫,冬春楼下冒起黑烟,火光闪闪,乘风而盛,越烧越大。

楼上的敌人待不住了,有几个家伙端着机枪向外冲。刚到大门,被于震海他们一阵排射打倒了。突击队员们大喊:

"缴枪不杀!"

"反抗完蛋!"

余下的敌人,哆嗦着举手投降了……

村周围的暴动群众,一见冬春楼烟火冲天,发声喊,从四面八方掩杀进来。像刘福那样的十几个穷铁匠打上新钢的枪刀剑戟,利刃在太阳下闪着锃亮的光芒。各处的敌人见冬春楼起火,村中大乱,无心抵抗,慌张地向后逃窜。这样,二百多残敌,全拥挤在北大街上。如果是些单一的兵卒,处在这样的境地,多数是要缴械的。但，有二十多个恶霸地主、军政官吏在里面，知道自身血债累累，难有活命，就胁迫部队进行顽抗。公安局副局长的长头发乱糟糟的，惊怖地吼道："孔区长在哪儿？在哪儿？操他老子！丢下我们不管啦……"

暴动群众上了周围的房顶，子弹、石头、瓦片、砖块，下雹子似的向敌群里打来。

公安局副局长抡着手枪喊道："向外冲！冲出条生路，逃命啊……"

敌群一轰散开，向西大街逃跑，迎头被暴动的群众堵住厮杀起来。那刘宝川，一手擎红旗，一手抡腰刀，喊着杀进敌人堆里，七八个敌人围住他拼刺刀。宝川的大刀片闪电般地舞动，刀光过处，人头削瓜似的落地。敌兵胆寒，回头逃跑。宝川赶上一个大哭大叫的家伙，一刀下去……那小子倒先扑在地上，宝川的刀砍到石头上，噌的一声，断成两截。那家伙爬起来又跑。宝川丢了断刀，挥着旗杆，照他头上砸去。这小子惨叫一声，瓜开花。宝川一看，唾骂道："呸，于守堂！跑这来送死，算为俺三子哥祭一次坟……"

逃过来的敌群，又被于震海的队伍截住肉搏起来。暴动的人们用上了锋利的兵器，和敌人撕扭在一起，占了不少的便宜。于震海的长矛，连挑了五个敌人。那公安局副局长躲在屋角处，照于震海连发数枪，可是打倒了自己三个兵，于震海还在左拼右杀。他恨得用双手握枪，向那高大的身胸仔细瞄准……"砰砰"，从房上飞来两枪，公安局副局长痛叫着倒下去。

房顶上，孔居任见打死了当官的，心里高兴，又要开枪，旁边的高玉山说："别伤了自己人！同志们！下去杀啊……"

人们跟高玉山跳下房子，参加了肉搏战。敌人死伤无数，东去不得，就顺着胡同向北逃窜。

但，很快又退回来了。刘宝田领着一群人从北面杀进来。

那白胡子武术老师江鸣雁,已杀得性起,脱掉外衣,穿着贴身背心,赤臂挺刀,专取敌首。手舞双剑的闺女正是二妞,不离老父左右。

敌人在肉搏战中,全部溃败了,完蛋了……

夕阳已近西山,孔家庄的枪声、杀声才平息下来。但是,村庄没有平静,一直闭门躲在家里的人们,都上了大街。一万多暴动群众,把孔家庄热闹得喧声尘上。

冬春楼的大火一直在烧着。有的人要去救,更多的人喊道:"烧啊!烧干净这罪窟窿!"

"痛快啊!我看孔秀才王八蛋你再盖吧!"

"真过瘾啊!"

"好啊……"

实际上,火势凶猛,连壁灰和砖瓦都着得透红,救也无济于事。人们将附近的房子浇上水,使火焰不得蔓延。

于震海和高玉山那些干部、突击大队的队员,忙着打扫战场。四百多敌兵,死九十二人,伤一百二十三人,其余投降俘虏,无一漏网。暴动的队伍,牺牲三十六人,重伤二十二人,轻伤来不及查清。

各地逃来的军政官吏、地主恶霸,被打死、打伤或活捉。孔庆儒的弟弟孔庆偯、孔庆俦被抓住,就是不见了孔秀才和他儿子孔显、管家万戈子、刘区队副、赤松坡的村长、恶霸地主于之善也不知去向。

于震海和一些干部带人分头搜索孔庆儒等人的踪迹,高玉山领群众殓起牺牲的人员遗体后,就在十字街口的戏台前,召开群众大会,公审孔庆偯、孔庆俦等一伙罪大恶极的恶霸地主和官吏。

罪犯们被捆绑着,跪在戏台上,面对台下。戏台下人山人海,群情激愤。高玉山站在台口上,向群众喊道:"乡亲们!这些欺压咱们多少年的大坏蛋,今天到了清算他们罪恶的时候啦!大家说,该怎么处置他们啊?"

"杀!"

"剁成肉泥!"

"活埋!"

怒吼声惊天动地。人们狂呼着,向戏台前拥挤,有些青年冲上了台子。

张老三也在人堆中,起劲地呐喊。攻打孔家庄的战斗中,他带着小女儿小菊,一直随在队伍后面,抢救伤员。现在伤员已经集中起来,由鬼见愁冯子久弟兄治疗。老三偷空离开凤子和他大闺女好儿、三女儿小菊等人,跑出来看看孔家财主,是怎么个下场……这时,老三跟着人群向前拥,一面朝在戏台上押犯人的伍拾子喊:"伍拾子!伍拾子!你替我捅孔二先生一刀!伍拾子!你替你爹捅孔三掌柜的一刀!伍拾子!让这兄弟俩替他侄子孔显挨一刀,给你痴子哥的金子报报仇……"

小菊手提个半斤小酒瓶,从人缝中挤到父亲跟前,拉着叫:"爹,爹……"

老三见是小女儿,便说:"你们先忙活,我一会儿就去……"他又向前拥挤,喊:"伍拾子!拿刀捅,乱刀捅,捅……"

"爹!"小菊又拉父亲,"俺不是叫你回去,是给你——这个!"

老三这才见到她手里的小酒瓶,问:"你哪来的这个?"

"是早上离家时,俺妈给放进干粮篮里的。妈说,等你胆子怯的时候,给你喝两口——每次只准两口……可你一直没胆小,俺也忘了酒啦……这会儿才想起来。爹呀,你喝呀——只准两口!"

老三的胡子嘴笑了,说:"嘀,还是你妈知情我!可她,这次白操心啦!埋汰人才用酒壮胆子,你爹我——张老三,还用得着那个?"

人们的愤怒喊声又高昂起来。张老三跟着呼喊:"打死他们,杀了坏蛋……"

小菊见父亲只顾向前的劲头，就提着酒瓶回伤员那里去了。

狂怒的群众不等高玉山宣判，很多人冲上戏台，把罪犯撕扯着，无情地拳打脚踢。刀棒下去，一个个流血丧命……

张老三跳着高叫喊："打！往死里打！替我打……"

"爹！"又有闺女声唤他，拉他的后衣襟。

老三没回头地说："小菊，不用酒，你爹有胆量……"

"爹，是我！"

老三一侧脸，见是二女儿桃子，忙道："孩子你来得正好！快看，今儿不是他们杀咱的孔志红，是咱杀他们啦！可怜志红他妈上个月没了，要不……桃子，你有力气，快挤上戏台去打……"

"爹！"桃子紧叫一声，"震海他们在哪儿？"

老三这才看清，女儿的头发散乱，脸色赤红，汗水浥浥，一身灰土，一脸紧张。他忙回答："震海他们在找孔秀才老狗……桃子，有急事？"

桃子点点头，急匆匆地挤出人群，在东大街扳倒的石狮子的黑大门前，找到于震海和刘宝田。她低声对他俩说："文登大队、珠子、赤子他们，和坐汽车来的省里大兵，在底湾头遭上啦！素香来告诉我，仗打得挺烈……她和毕大叔又联络去啦！"

于震海浓眉一扬，吩咐宝田去找高玉山，集合中队长、指导员在区公所开会。他和桃子，急急向孔庆儒的区公所走着，气恨地说："孔秀才父子和坏地瓜几个，没有找着！他家里没搜到，俘虏说他父子一直待在冬春楼，没有出来。"

桃子道："兴许烧死在里面啦！"

震海摇摇头说："孔庆儒诡计挺多，不会这么老实……说不定，趁乱逃了……"

忽然，背后有人惊呼道："啊！真的，你活着！兄弟！真的，你活着……"

桃子和震海回身一看，一个叫花子似的人，扛着锄头，流着泪对着他俩。他——于震兴，自从那天把柴刀摔在萃女脚前，一直跑到昆嵛山后，卖工度日。这几天，他听人传家乡暴动事起，领头的是他弟弟于震海。震兴半信半疑，扛着锄头，一路打听找来……

震兴摔掉锄头，拉住弟弟，哭诉道："好兄弟！我对不起爹，对不起桃子妹，对不起你！我轻信那娘儿们的胡言乱语……"

"哥！"震海心里火热，嘴上却生气地说，"你老实了一辈子，倒险些害了好人性命！"

"兄弟！"震兴痛心地说，"是我糊涂，识不破那娘儿们，害了程先生……天幸，桃子妹算活出来！你再打我吧……"

"哥！"桃子说，"你的事，他都知道啦……"

震兴道："兄弟！你知道了，还生哥的气啊？"

震海有急务在身，推他一把说："快去向萃女赔情！"甩开步走了。

震兴茫然道："这……和她好，你打我；不理她，你又……"

桃子拾起他的锄头，送给他说："哥，萃女是好人，不是她告的密……"桃子目光一瞟，那边的白头巾晃眼，接着发现一老一嫩两个女人影子。她手朝她们一指："去吧，哥！见了她，一切明白。"

站在胡同口向公审大会眺望的萃女和她姑妈，这时也发现于震兴和桃子。只见萃女的眉尖耸了几耸，黑白鲜明的眼睛直瞪了一会儿，嘴唇嚅动着，向这边迈出一步——又站住了。她扯着肩头上的白围巾，掩着脸转进胡同去了。

于震兴望萃女走了，低着头说："唉！我不去啦，俺伤了她，她恨我哩！"

桃子把锄头塞进他手里，说："她不恨你恨谁去？知道伤了人，就得去治好啊！"

得到新缴获的枪弹补充的暴动突击大队，总共二百多人，在大队长于震海的率领下，急匆匆地开赴底湾头，去解救与重敌苦战的文登大队的危难。宝川将那面被枪弹打穿的党旗，换上一根新旗杆，举着走在队伍前面。

政治委员高玉山，领着江鸣雁、凤子等当地的党员、积极分子，在孔家庄遣散俘虏，开仓分粮，发动群众。凤子、桃子商量，预防形势恶化，要把重伤员转送到桃花沟去。总共二十二名重伤员，其中七名家在近村，有亲属在眼前，愿意搬回家医治。桃子叫冯先生给他们分发了药品，派人护送走了。剩下的十五名伤员，全用门板抬着，张老三、小菊、桃子和好儿、冯子久，沿路照护着，当晚来到桃花沟……

是夜，潮润的东北风，掉转了风头，变成干寒酷冷的西北风。那天，乌云驰骋，子夜过后，满天的星星，全被浓云遮没了。

联络员崔素香逆着西北风奔到桃花沟。她带来了险恶的情报：今天——十一月八日，文登大队在底湾头，与敌人的重重包围血战了一上午，冲出去一部分。许多同志牺牲，特委书记珠子等负责人下落不明！

桃子急问："咱去救援的队伍呢？"

崔素香那消瘦光平的脸，紧绷着，说："不知道。毕大叔也受伤啦，躺在联络站里；信息是他托人送来的！"

桃花沟的党支部书记杨玉清说："得赶快去告诉孔家庄的同志。福祥，你去吧！"

张福祥连忙出门下山去了。桃子说："也得报告突击大队！"

素香道："对！展书堂的大兵，到处设埋伏，捕杀暴动队伍。我去找他们！"

桃子把她拉住，对党支部书记说："我去找他们……玉清叔！情势险哪，这些伤员，全在咱身上啦！"

杨玉清道："有桃花沟在，就有伤员在！"

桃子拉着崔素香离开杨玉清家，进了自己的家门。她吩咐母亲给素香做吃的，姐姐给她备干粮。她又将素香领进西房间，痛心地说："素香姐，你实话说，赤杰哥，他，是不是——"

崔素香背过脸去，低声道："他，我不清楚……"

桃子用力握住她的手，含着泪道："你一来的脸色，我就看出来——泪浸红的啊！你手里的枪，赤杰哥的啊！姐，对着亲人，你泪往肚子里咽，不该啊……"

崔素香搂住桃子，啜泣着说："好妹子！比起你来，我这不算啥……赤杰在时，常说我要向你看齐……"

桃子更紧地抱着她那朝鲜女子特有的苗条腰身，悲痛地说："赤杰哥和你，是一对革命的人！震海是他领上路的，我头一回知道女人能革命，就是震海说的你！"

三嫂端着荷包蛋碗停在房门外，泪珠不停地落。她强力抑制住感情，抹干泪水，走进房间。出乎三嫂的意外，那两个青年女子，已经分开坐在炕沿上，梳理着乱发，脸上有泪迹，也有笑影。三嫂放下碗筷，眼睛又湿了，拉着素香的手，抚摸着她的额头，疼爱地说："素香啊，你是朝鲜人，你是大婶的亲闺女！"

素香趴进三嫂怀里，激动地说："我是你的闺女！我是朝鲜人，我是中国共产党党员啊！"

桃子要出发了。妹妹小菊一定要和姐姐做伴去。桃子开始不答应，三嫂犯犹豫：让小菊去吧，她疼小闺女；不去吧，又担心二闺女。最后，她还是打点了两个闺女的干粮。桃子只好应承了，但她怎么也不让崔素香去，再不能让受到如此打击、精疲力竭的她奔波了。桃子接受了素香送上来的丁赤杰留下的驳壳枪，放在山菜篮里的干粮一起，上面盖着蓝花布头巾。桃子一再叮嘱父母、姐姐，不管情势多么凶险，也要保护好伤员……

张老三一直把两个女儿送到龙泉口，才怀着巨大的不安，回到桃花沟去。

桃子和小菊,站在山岭上。姐妹俩紧走急奔,翻山越岭,半夜工夫,跋涉了三十多里艰难的山路。天亮了,桃子见小菊脸冻得血紫,独根的发辫散开了,碎草枯叶挂了一头,紫格布袄上披着霜花。她边帮小妹编好辫子,边疼惜地问:"冷吧?"

"不冷,身上还出汗哪!"小菊说着,望着姐姐,"姐,看你满头的霜花,像戴着银首饰似的,脸腮像六月仙桃子、搽了胭脂似的,怪俊人的哩!"

桃子笑道:"这么冷,还没冻老实你那嘴。"

"姐,你冷吧?"

"和你一样,脸上冻得紧,身上累得冒汗水……妹,你要累,歇息会子吃口干粮。"

小菊摇摇头道:"见不着震海哥,俺腿不累、肚不饥。"

"那就走!"

姐妹俩顺着黄沙乱石的小道,急急下山。

山下的平川上,铅色的天空下,村子里响着枪声。男女老少,慌乱地向村外跑。敌兵在后面追赶,射击。一个村庄,一个村庄,这里那里,浓烟滚滚,火焰冲天……

小菊一把抱住桃子的胳膊,惊怖地说:"姐!下不得山,遍地是兵啊!"

桃子搂住她的头:"你怕啦?"

"怕!"小菊贴紧姐的怀。

桃子沉重地说:"不下山找不到亲人;那你,回家去,找妈吧!"

"那你呢?姐呀!"

桃子放开她,往山下走着说:"姐自己去找!"

小菊睁大黑亮的妩媚的眼睛,盯着姐姐一步步下山的背影,大滴泪珠往外滚……突然,她飞步追下去:"姐姐!我跟你去!"

桃子没回头地说:"你回家,我自个儿去。"

小菊哭着说:"二姐,你不要俺啦!我胆小,不革命,你恨我啦……"

桃子急忙转回身来,心疼地说:"好妹妹,姐没生气……姐是想,你才是个十六岁的闺女,经不住刀枪,原本就不该让你来啦!"

小菊哭得更欢了:"你小看俺,俺是少年团,一心想暴动……"

"唉,谁看不起你啦!"桃子给妹揩泪水,"别哭,浸了脸……你害怕,是自然。姐当初,比你还软嫩……好妹妹,往后你大啦,准比姐姐强!跟姐走,就别哭!"

小菊忙收住泪,拉着姐的手,边走边说:"俺怕,真怕!可不放心姐自个儿去,更不放心震海哥他们……"

冒着腥风血雨的屠杀,桃子领着小菊躲避着残暴的敌人,中午来到潘格庄一带。从当地的老乡嘴里,得悉来增援的突击大队,昨晚开到潘格庄附近,遭遇上六七百敌人的伏击。二百多人民自卫军战士,同敌人激战了大半夜。那鲜血染红河水二三里。最后,暴动队伍肉搏出一条血路,向西山且战且退。大批敌人随后紧追,枪声一直响到今天早晨。群众一面同声赞扬暴动队伍骁勇作战的壮烈事迹,特别提到为首的石匠玉,两手双枪,弹无虚发,倒下的敌人数不清;一面又悲叹地瞻望西山方向,惋惜他们人少枪少,怎么抵得住数倍的机枪大炮的官兵啊!很可能是全都遇难了……

桃子拉着妹妹往西山方向疾走。小菊边走边抹泪道:"姐姐,震海哥他们完了啊!"

桃子压抑着剧烈的悲恸,坚定不移地走着,说:"不会!咱们的人,一个顶敌人一百个!使劲走,小菊!"

姐妹二人,迎着西风,翻山越岭,来到母猪河上游。桃子顾不得绕路走桥,脱掉鞋袜,挽起裤腿。小菊刚要学姐的样子,桃

471

子已躬腰到她身前,说:"快,趴姐背上!"

小菊忙道:"不用!俺自己……"

"犟嘴!水凉风冷,你的脚受不了。"

"那你还不一样?"

"姐大,妹小,骨肉嫩……快!"桃子强把小菊拉背上,迈腿下了水。

她们上昆嵛山了。西北风更烈,山草树木,呼呼作响。阴沉的天空,飘舞着零星的雪花。特冷的一九三五年冬天,过早落下的第一场雪,跟狂风艰苦地搏斗着。

两姐妹一连攀登了六座山峰,仍是不见暴动队伍的影子。不用说小菊早两腿酸软,双脚打泡,连从小走惯山路身体壮实的桃子,也感到登山的困苦艰难了!桃子安顿妹妹坐在山坡背风处,给她干粮吃。小菊咬着牙说:"找不到咱的队伍,俺吃不下!"

"为找着咱的队伍,得往下吃!妹,你吃,姐也吃!"桃子从篮子里拿出玉米面粑粑,一掰两半,给妹一块,自己一块,啃了一口,哪里咽得下!她依在石硼旁,向一座高过一座的山峰望着,望着……

在草木的呼啸声中,桃子听到了人的声音。她立即站起来,声音又大些了。她迅速爬上石硼,不顾寒冷,高高地伫立着,迎着风,使出所有听力,捕捉声音的内容。逐渐地,她听清了,强劲的西北风,吹来的是歌声——

> 义旗满天红,
> 穷人骨头硬,
> 打倒仇敌,
> 起来闹革命。
> 暴动,暴动,暴动!

小菊猛冲到桃子身边,狂喜地叫道:"姐!歌!《暴动歌》……"

　　冤仇要雪净，
　　血债要算清，
　　跟着红旗，
　　主义定成功。
　　暴动，暴动，暴动！

　　姐姐和妹妹，又同时看见了，那昆嵛山主峰泰礴顶上，一点红旗，好像是挂在云头上，一队大雁，正从它旁边擦过。
　　小菊喜得浑身是劲，跑下来从山菜篮的干粮里掏出手枪，大声说："姐！快走啊，我要跟震海哥去打仗……咦，你怎么啦，姐？"
　　桃子那血色充沛的健美的脸上，挂着晶莹的泪珠。她没有理会妹妹的话，一手挽着山菜篮，一手拉着小菊，不管身披的是荆，还是脚履的是棘，只顾向红旗奔去！
　　阴历十一月上旬的昆嵛山，天上，雪花凌飞；地上，除去苍葱的赤松，尽是枯黄的荒草和桲椤丛。喜欢跟这姐妹俩做伴的，只有那茎叶上染着绛紫色霜迹的、一朵朵星形的小黄花。它，就是耐霜熬寒的山菊花。

　　　　　　　　　　　　　　　　（上集完）
　　　　　　　　　一九六三年十一月写于青岛、北京
　　　　　　　　　一九七八年十月改于北京、烟台

★ 红色记忆三部曲 ★

山菊花 下

冯德英 著

山东文艺出版社

主要人物表

张老三——贫农。
三　嫂——老三的妻子。
好　儿——老三的大女儿。
桃　子——老三的二女儿。
小　菊——老三的小女儿。
狗　剩——老三的小儿子。
竹　青——桃子的女儿。
于震兴——雇农。
于震海——游击队长，于震兴之弟。
伍拾子——游击队小队长。
凤　子——丝坊女工，共产党员。
刘　福——铁匠。
宝　田——刘福的大儿子，游击队的干部。
宝　川——刘福的小儿子，游击队小队长。
江鸣雁——武术老师。
二　妞——江鸣雁的女儿。
萃　女——戏号小白菜，于震兴的妻子。
杨更新——萃女的胞兄。
孔居任——好儿的丈夫，游击队小队长。
孔霜子——孔居任的姑妈。
冯子久——中医。
冯痴子——真名开仁，冯子久的弟弟。
高玉山——中共胶东特委负责人之一。
高玉水——玉山的弟弟。
张桂元——开烧锅的。
看山爷——张桂元的祖父。
理　琪——中共胶东特委书记。
崔素香——特委联络员。
毕松林——牛倌，共产党员。

丁立冬——伪警察,共产党的地下工作者。
黄　白——特委政治交通员。
胡子掌柜——兴升客栈的老板。
孙玺凤——威海卫特区专员。
孔庆儒——伪区长,大地主。
孔　显——孔庆儒的二儿子,伪区队长。
于之善——地主,孔庆儒的小舅子。
于守业——于之善的儿子。
万戈子——孔庆儒的管家。
刘区队副——伪区队的队副。
鄢子正——国民党县党部主任。

第一章

  他，蜷曲着身子，躺在舒适的轴子里。

  轴子，是这一地区的方言，指用牲口驮着的轿子，类似没有轱辘的大车，可以说是大车和轿子的变种，是这一带山区特有的一种交通工具。它用两根两丈多长的杉木做轴杆，搭成架子，架上面用苇席扎起圆形的篷，篷子里铺上垫子，人在里面可坐可卧。轴子的一前一后，由两头壮实的牲口（通常是骡子）才驾得起来。自然，除了有的中等人家婚娶或迎送高贵的远路客人——著名的医生、风水先生——偶尔用用这种工具外，通常只有财主家才能坐轴子，摆得起这份阔绰。

  今天，一九三五年阴历十一月二十三日，正走在威海通文登城路上的这乘轴子，它本身和一般的轴子大同小异：前后两头高大的青骡驮着，骡笼头上一串铜铃哗啦哗啦地响；轴篷上包着灰色的毛毡，毡上蒙一层紫色花台布，台布的穗子装饰着四周的边沿。可一看随着轴子的前前后后摆开的阵势，那就不一般了。

  原来，除了一前一后两个赶牲口的"把式"外，尚有不少人马护卫着轴子：三个骑马的警察走在前面开路，又有两个武装便衣人骑马紧随在后面，再后头是两辆包着铁的木轮大车，一车坐着六个兵，一车拉着裹着油布的枪支。

  天阴沉沉的，看样子要下雪。其实，远处昆嵛山主峰泰礴顶四周的山峦，已经盖上积雪。胶东半岛最冷的时候在阴历正月间，可是今年冷得太早。从十一月初八夜里倒了西北风，这冷酷的寒风不停地刮着，把山峦原野，刮得一片枯萎，光秃秃的。

这乘轿子在丘陵起伏的车道上迤逦地走着，护卫的人们，在马上一会儿上岗一会儿下坡；一会儿过河，一会儿爬山，颠颠簸簸很不自在。可是躺在轿篷里的人，身穿貂皮袄，头戴筒形的水獭帽子，依在被垛上，舒舒服服，闭着浮肿的眼皮——但，没有睡着，他怎么能睡着呢？

他，区长，秀才，大财主孔庆儒，字正达。半月前的阴历十一月初八那天，重兵守备、拼命顽抗的孔家庄，终于被暴动队伍攻垮。他和儿子孔显，带着管家万戈子，区队刘队副，还有早盯着姐夫的行踪不放的小舅子于之善，下到了冬春楼的地洞里。这个地洞，是民国十七年（一九二八年）秋天，牟平县段家村的段敬斋率领数万饥民暴动时，火焚了冬春楼，烧死孔庆儒他父亲之后，孔秀才来年重修冬春楼时，秘密挖下的。洞有一间房子大小，进口在厨房，出口挖到隔壁的磨坊里。这就是为什么暴动突击大队于震海、高玉山他们，搜遍了孔家庄死活不见孔庆儒父子几个人踪迹的缘故。

孔庆儒一伙在地洞里藏了一天一夜，因为狼狈中也没顾上带进去干粮和水，幸好洞里原有一大坛子烧酒，可以顶点饥渴……实在耐不下去，夜里孔秀才吩咐万戈子和刘队副摸出洞口，侦探一番。不见什么动静，他们架起孔秀才，孔显抢着手枪断后，连家眷的命运如何也没敢探听，急慌慌地逃出孔家庄，也不敢奔文登城，径直朝威海卫逃亡……那于之善呢？这个至今还背着装地契、房约、账簿的布袋子的地主、坏地瓜，因为饿急了，又是不用他花钱的酒，不喝白不喝，不加克制，一连灌下一斤多，醉烂如泥，昏睡不醒了。自然，没有人背着坏地瓜走，孔秀才还命孔显他们，把一盘磨豆腐的大石磨压在洞口上，防止小舅子酒醒之后，钻出来追赶他们，让暴动队拿住，他什么都会招出来的……

孔庆儒一伙逃到威海卫，住在公安局局长郑维屏家里。郑维屏是孔显的干爹，也是孔庆儒早就结识的人物。孔庆儒打算，如果威海卫不安全，他就从海路奔天津去，那里他有商号……住了几天，孔秀才就得到惊人的好消息，文、荣、牟、海四县的暴动队伍，被韩复榘派来的展书堂的八十一师，加上地方武装的配合，大部分镇压下去，土崩瓦解了，连胶东共产党的特委书记，这次暴动的总指挥也捉到文登城去了。孔显欢欣若狂，叫嚷着赶快回孔家庄，捉拿于震海一伙仇人雪恨……然而，孔庆儒说他身体欠安，等一等再回去。说实在的，跟共产党交手几年，被于世章咬过的孔秀才，落下个心痛的毛病。而这次暴动队伍攻打孔家庄、火烧冬春楼的威势，十几天来，时时出现在他面前。那揭竿而起，滚滚卷来的暴怒的人们的喊杀声，老是荡在他耳边，有几次夜里噩梦中惊醒，出一身虚汗，心痛症也就更加厉害了。不过他想晚点回家，倒不是因为身体欠安，而是想等展书堂的大兵把共产党剿清了，地方上全洗干净了，再太太平平地回去不更好吗？这种借外力达到己欲的机缘，为什么不坐享呢！他打发管家万戈子和刘队副先回孔家庄，通知一声家眷们，做些重整家业的准备事项，自己带着孔显，住在郑局长舒适的公馆里，吃着银耳、燕窝、鱼翅、海参之类高级滋补佳肴，睡睡窑子，听听京戏……前天，县党部主任鄢子正派人送来要函，并转达李县长的意思，要孔区长立即回到县城来，有要事相商，务必务必！于是，孔庆儒告别干亲家郑维屏，带着郑局长送他的一挺日本造歪把子轻机枪，十支三八大盖钢枪，两千多发子弹，由人马车辆护送，昨天早上离开威海卫，下午走到离文登城还有五十里的草庙子，被当地的区长留宿过夜，今天上午动身，这时已走了大半天了。

"叫我回去，这么急，会是什么事呢？"蜷缩着躺在轿篷里的孔庆儒心里想着，坐起身子，从口袋里掏出一盒英国制"555"牌香烟,拿出一支,放在嘴上。

"爹!爹!"

孔秀才听到儿子的叫声,应道:"嗯。"

孔显策马从后面赶到轴篷一旁,说:"爹,县城到了!"

"停一停。"孔庆儒喊着,将香烟收起来,掀开毡子的一角,外面强烈的光线,使他闭上了眼睛,一霎,又睁开,说,"显二,我骑骑马……"

"外头风硬……"

"我顶得住!"

轴子已经停下来了。孔显和随从们纷纷下马,众人把孔区长扶上孔队长的坐骑,孔庆儒禁不住打了个寒噤,接着就咳嗽起来。孔显道:"风大,你还是坐轴子吧!"

孔庆儒咳嗽完了,挥挥手。一个随从紧紧抓住马缰绳,孔显上了他的马,跟在父亲后面,于是,一行人来到文登县城西门外。

文登城东关有棵老槐树,不高,才一丈多,但它长得蹊跷,中枢已经老朽,可是周身又生出无数枝干,弯弯曲曲,错综交织,上面的枝条也长得出奇,犹似龙爪搅在一起,倒垂下来。当地人称它:攀龙槐。相传,先有此槐后有的此城。是否确切,难以考证。不过看这槐树的老相,不下一千年,而这文登城的来历也可追溯到汉朝以上。反正从那时以来,不管称"路""州",还是叫"县",文登都是个重要的地方。这大概是由它所处的地理位置决定的:它坐落在昆嵛山脉东麓南怀的河谷丘陵地带,地处胶东半岛东面几县的中心,离南、北、东三面的沿海都不足百里。

文登城有山有水。除了西面北面几十里外的昆嵛山群峰之外,离城二里的东北有一山林秀美的峰山,形成天然的屏障;一里许,又有一小峰文山。传说秦始皇当年东巡时路过此地,在这山上召集文人训话,论功颂德,因而得名。至今端阳节,还在山上演戏。城南有条沙河,源出西南起伏的山丘丛林,向西流入母猪河。常年流水，是女人们涤衣洗菜的所在，敲衣石上的棒槌声，四季不断。再往西七里路，是著名的温泉"七里汤"，越是冬天水温越高，热气升腾，是百里之内的人们向往的去处。这座方圆四里的老县城里的庙祠，也比其他县城的多些。通有的城隍庙在西门内；土地祠、马神祠、狱神祠均和县太爷做伴——在县署内；西大街上还有关帝庙、节烈祠；东门内有孔庙，当地人称圣人殿，除了孔圣人的塑像坐中位外，两边尚有其得意弟子——曾子、子思、孟子相陪。而和这些庙、祠错落相处的，是那些数不清牌号的官司店，它比庙、祠多多了。关于官司店是干什么的，上集书里介绍孔秀才他爹孔宪贵是官司店老板的身份时，已有交代。现在孔秀才带着他儿子孔显一行人已经来到文登城西门跟前，还是跟着他们的行踪走吧。

快到城门了，孔区长在马上挺直了身子，摆出一副威严的神气。其他人见状，也都伸起了脖子，勒紧了马缰，抖出随时要冲锋的阵势。然而，孔秀才叫马停住了，停在一个大水湾旁边。有个随从谄媚道："区长要看看西濠塔影吗？可今儿天气……"

西濠，就是城西门外这个大水湾。这是当年修城墙在此掘土留下的。如果不下雨，一池清水，宛如银镜，在天晴浪静的日子里，站在附近的石桥上，能见到映在水中的远处翠峰上的九层宝塔的倒影。不知哪个文人学士，给起了个"西濠塔影"的雅名，列为文登十八景之一。

孔庆儒现在看的可不是西濠雅景，其实他连想也没想到这一层。但他那浮肿的眼皮大大地张开了，眼睛露出异样的亮光，胖脸腮搐动着，血液涌到头上，浑身一阵阵哆嗦。

站在一边的孔显，开始不明白父亲看的什么，为什么那样激动，接着，透过遮盖着独眼的太阳镜片，他也看到了，在濠边的枯草中，躺着三具无头尸体。从那碗口大小伤口的窟窿流出的血，把粗布白褂子染成紫黑色，周围的野草也一样颜色，直到水边的黄土……

"这是杀的谁？"孔显问那个派来送信接他们的人。

那人看着无头尸体，摇摇头说："不知道。这些日子天天在杀，不是紧要的共匪，布告也不出。问问站岗的去……"

多年以来，西濠已成为杀人场的代名词。特别是三十年代开始，共产党闯进了胶东半岛，敌人在这里杀害共产党人和他们的同情者，更是家常便饭了。敌人把犯人押出西门外，在西濠边上杀害后，他们认为需要示众的，就将人头割下来，抹上石灰，挂在城楼上。

这时，因为是清乡时期，有一个班的兵在西城门守卫。带岗的班长见来的这些人马派头不小，主动从门洞的旁屋迎出来。孔秀才却没理会当兵的，眼睛一直盯在城墙上。

城门上面的城墙垛子豁口中间，竖着一排木杆，每根杆子上面挂着一颗人头，总共有三十多颗。大多数人头，干枯了，涂着石灰，像葫芦瓢一样在西北风中晃荡。只有几颗新鲜的，还能分出五官。

看了一遍，孔庆儒没有发现他熟悉的面目，这才发问道："今天杀的什么人？"

"大啦！"班长说。

"谁？"

"胶东共匪顶大的头子！"班长说，"那墙上有告示：他叫张连珠，他们党内叫他珠子……"

"不等他的口供吗？这么快就杀了？"孔庆儒有些惊异，多半是自问自说。

这个班长很愿意说话，又道："还等口供呢！连他是干什么的，真名实姓是什么，都不说。他是他们党内变了心的人供的。他坐了半个月的大牢，软硬不吃。今儿杀他的时候，咱们招来几百人看公审，人山人海的，张连珠出了牢门就对看他的人喊话，直到刑场，怎么打他，他也不停口。嘴流着血也说，直到把嗓子都喊哑了，临挨枪子，他还喊打倒这个、打倒那个的，这个万岁、那个万岁、胜利的……"

"哪颗人头是张连珠的？"孔庆儒怒冲冲地问。

班长指着城墙说："那三颗人头中间那颗，那两颗是陪他的。看看，四方形长脸，头发楂挺长。听说他才三十出头年纪，上过中学……"

这个国民党兵说得不错，张连珠是上过中学，是在牟平城上的，但没有多少日子，就被开除了。这所中学，创办于民国十九年（一九三〇年）秋天，开始叫牟平县立乡村师范，翌年改为县立初级中学。张连珠家为贫农，在亲友的资助下，于一九三二年考入中学后，很快就接受了革命思想，参加了进步组织"读书会"，同年五月加入中国共产党。因进行革命活动，被学校开除。后来他就以当小学教师，开小中药铺为职业，开展革命工作。这位中共胶东特委书记，生于一九〇四年，家在文登县南长岚村，离牟平县很近。牺牲的日子是一九三五年阴历十一月廿三日，活到三十一岁。

十一月四日，暴动的总指挥珠子和丁赤杰发现韩复榘要派大兵来镇压，在桃花沟布置于震海、高玉山率领突击大队发动、武装群众，攻打孔家庄；而他和丁赤杰领着文登大队，在底湾头一带发动群众，打土豪，烧契约，扩大力量……就在十一月八日这天上午，也正是于震海他们攻下孔家庄的这天，在底湾头村，展书堂八十一师的大部队，将文登大队包围了。这场战斗打得很苦，从早上打到中午。一百多名暴动队员的简陋武器，终于敌不过数倍于他们的拥有机枪洋炮的敌军。大队长丁赤杰牺牲了。珠子指挥队伍奋勇冲出去一部分，他在后面掩护，被敌人死死围在村里。珠子靠在一家门后，子弹已经打光了……这时，一个五十多岁的庄稼汉走来，要他到屋里去，递给他一把菜刀，叫他剁地瓜。敌人已经堵在大门口，没有别的办法，珠子照办了。

一会儿，三四个敌兵来搜查，看看珠子像是本家的人，没有生疑，就出去了。珠子正在心里感激这位掩护他的庄稼汉的时候，哪里想到，这人正在门外，向敌兵"努嘴"，示意屋里的人是该抓的……

就这样，领导半岛上革命活动几年，使敌人日夜不安的中共胶东特委书记，断送在一个富农分子的手里……

孔庆儒骑在马上，仇视地盯着珠子的头颅，好一阵子目不转睛。

孔显说："爹，天要下雪啦！快进城吧！"

孔庆儒像没听到似的，仍是紧盯着人头，咬着牙说："一个穷教书的，竟能搅翻了昆嵛山，闹乱了四个县，惊动省主席发大兵镇压，也算得本事……算得能耐……"

这时候，天已黄昏。西北方丛山上空一片黑云，被强劲的西北风飞速吹来，天更暗了。霎时，大片的雪花，在空中狂飞乱舞。是风雪来得太突然了，还是孔庆儒仇火攻上眼睛，看人头看得目昏缭乱了。这时间，他分明看到，那城墙上一排人头，犹如活了一样，每张嘴里都喷出大口大口的白气，像在高呼狂喊"杀啊！""冲啊！"和他在孔家庄被围攻时听到的一样。接着，啊！珠子的头不是挂在杆上，那是他的身子——瞧，每颗人头都长了身子，排成一队，从城墙上走下来，直扑孔庆儒，和当年于世章一样……

"啊哟！"孔秀才惨叫了一声，一头栽下马来。

孔显见老子面如土色，双眼发直，跌在地上，慌乱地上前叫道："爹！爹！你怎么啦？怎么啦？"

"昨晚实在失礼，让贤弟操心了！万望恕罪，海涵！"

"哎！哪里话！世翁饱受战乱之苦，一路风雪归来，小弟照顾不周，实在罪过。贵体好些了吗？"

"好多了。没什么大病，也是风烛残年之人，不中用了，唉！"

"过谦了。世翁这样满腹经纶，名震乡里，雄居一方的人杰，正是党国仰赖的支柱栋梁，偶感小虞，受些风波，不足为虑。"

"哈哈哈，正达相识上子正，真乃一见如故，莫逆之交啊！"

"子正飘零社会多年，唯遇上世翁，才得知己，情如手足也！"

孔庆儒和鄢子正四手相握，在院子里一面互相吹拍，一面往正房里走。昨天孔庆儒城门惊厥之后，抬到县署客房里，鄢子正请医生好一顿忙乎，加上一夜的休息，已经恢复了元气。

进屋之后，早有勤务摆好茶点。待下人退出门外之后，鄢子正和孔庆儒坐在八仙桌子旁边，谈起正经事情。

"子正和县长叫我速归，有何吩咐？"孔庆儒关切地问。

鄢子正为他点上香烟，说："世翁先听我禀报一下目前的形势。我知道，你在威海也会听到一些，恐怕不全面；要是你知道了，会自己跑回来的。"

"哦，我洗耳恭听！"

"月初共产党发动的这场大暴乱，波及了文、荣、牟、海四个县，使我们受到了一些损失……还好，他们的组织也不是铁板一块，让我们事先侦破了暴动计划，做了防范，及时报告省里，派下展书堂司令一师兵马来镇压。半个月来，各地起事的暴乱队伍都打垮了，战果卓著。"说到这里，鄢子正干瘦的白灰似的脸上，裂出得意的笑纹，痛快地呷口茶，继续道，"经过这半个多月的'清乡'，各地参加暴动、响应起事的共匪分子和老百姓，抓到不少。最了不得的是逮住了胶东共匪头子张连珠，打死了他们几个重要负责人丁赤杰等，在海阳抓到了一个叫李绍先的头子，前天已经铡了。这方面的成果，海阳、牟平比我们文登大些，那里有的村庄一抓就是六七个、十几个赤色分子。这是我们多年想做而没有做到的成功之举。"

孔秀才叹息地说："这是鱼浮上水面，鸟飞出树林，兽跑到平原，难有的得手时机。可是这次要叫他们成功了，后果也不堪设想啊！"

"嘿嘿！"鄢子正干笑了几声，来回走着，那骨架般的身子，不停地摇摆，"他们不会成功的，不会的。共党内部变节的分子也说，因为和他们的上级失掉了联系，不知道外部的形势。党内有些人不同意现在暴动，认为得不到外援，力量不足，在半岛的角上周转不开，很容易失败。要多聚积力量，等和上级取得联系以后再动手……"

"共产党里面，也有能人啊！"

"相对而言罢了！在中国，可不是俄罗斯，共产党想翻天，那是痴心妄想！"党部主任自负地说，又坐到孔庆儒对面，加重了口气，"浮上来的赤色分子抓到不少，可那些深藏的、打散的，还远远没有杀光。来清乡剿共的八十一师，现在分住在各个县、区里。他们官兵多是外埠人，不识地理，不熟人情，清剿有困难；有的为冒功请赏，乱抓乱杀，见了穿红的，甚至将卖小鸡的担子上挂红布条的，都当赤匪杀了！别县不算，光文登一县接到杀了于震海的报赏单，就达十三起之多！"

孔庆儒脸上的横肉猛地一抽："到底杀了他没有？"

"至今有伙人在昆嵛山里作乱，很可能是他领头干的。"

"这个混世魔王！"孔秀才去端茶盅的手，哆哆嗦嗦，水溅了出来。

"茶凉了，抽支烟吧！"鄢子正冷漠地笑笑，给他递上一支烟，心想："这个老朽木，被于震海吓破胆了。"

"好，啊，好……"孔庆儒接过香烟，使劲地抽着，装作平静的神态，说，"于震海，一个穷石匠，了不起是个武夫，生死无关大局。错杀一些不是共匪的穷鬼们，也是在所难免。"

"世翁高见。多杀一些人，也有好处，让百姓知道，当共匪、跟共产党的下场，使他们害怕。糟糕的是，展书堂的外来兵，跟本地人没粘连，为了刮钱，吃喝嫖赌，不分穷富都抢；展书堂为给自己捞美名，给'韩青天'①扬名声，在县城设有军中衙门，号召有冤申冤，有仇报仇，有些穷人去告富人的状，竟告准了；还有些人公报私仇，互咬仇家通匪、窝匪、是匪……这样一来，得罪了富户，妨害了剿共大业。老兄，张连珠等人是刀下鬼了，可是还有像于震海一些重要共匪没有下落；文登西山里，还有暴乱的人在放火、滚石头……有人传说，暴动队伍在练兵……"

"共匪使的调虎离山之计，虚张声势，吸引剿共的兵力。"

"世翁高见。开始上过他们的当……这也说明他们还要斗下去。另据共党变节分子说，暴动一开始就有布置，有的共党分子不'暴露'……世翁，攻打孔家庄就有上万之众，我们不能人人得而诛之。可我亲自去了一趟，也只抓得四十多人，大部分肯定还不是共匪。仗打得那样激烈，伤员呢？"

孔区长坐不住了，站起来，背剪着手，踱来踱去。鄢子正没理他，斟满茶盅，一气喝光，又点上一支烟。

"你是说——"孔庆儒突然停在白骨人的面前，"叫我回去，负责剿共的事？"

"责无旁贷啊！"鄢子正递上茶盅，对方没有接，"据这半个月的清乡经验，凡是能抓到真正赤匪分子的，全是得力于地方反共中坚分子的配合。世翁，只有你对本区了如指掌啊！"

孔庆儒对着县党部主任白煞煞的脸，这脸正对他笑纹满面。一刹那，一股冷气吹进秀才心间，他感到这张脸，也像抹上石灰挂在城墙上的人头中的一颗，使他感到可怖。"这个专卖党票的光棍！我差一点在孔家庄被剁成肉酱，今儿又叫我回去送死！我不上这个当，我……"但他什么也没说，想到这里，又开始徘徊着。

"这个老滑头，光想享福，让别人把他的窝搞太平了，再回

---

① 韩青天：即韩复榘。

来坐享其成。天下哪有这样的美事！哼！不过，这次也真把他吓坏了，他两个弟弟送命，冬春楼一片灰……"鄢子正暗自忖道。他站起来走到孔庆儒跟前，说："世翁的心情小弟也能体谅一二。唉，这次你受到的惊扰也确实很大，两位手足惨遭不幸……可是你想，共党不扫除干净，国家被他们赤化了，变成苏俄那样，还有我们立足之地吗？告诉世翁，南方的红军并没有被百万中央军消灭干净，他们剩下数万人，突破重重包围险境，流窜到西北黄土高原。"

孔秀才停住了，吃惊地说："啊！从江西到西北，一路千山万水，万里行程，蒋先生没有干掉他们？"

"所以说，共产党里能人还是有的呀。可是强中自有强中手。蒋先生正调兵遣将，势必围剿共军于黄土高原。胶东这次共产党暴乱，在京、津、沪引起反响，几大报上都有'胶东赤匪猖獗'的消息。中央复电党部，务必清剿干净。世翁这次坐镇孔家庄，临危不惧，与共匪血战到底，为此次抗暴的中流砥柱。而不像有些人逃之避险。现在共匪大势已去，主要头子也没有了，他们又失去了和上面的联系，是一群无头苍蝇，即使于震海也不过武夫草芥之辈，哪里是世翁这样文武双全、雄才大略的英杰之敌手！"

明明听出对方是阿谀恭维，不符实际情况的颂扬，孔秀才心里还是很舒服，好似是战场上的英雄，胆子又壮了。他习惯地捻开了八字胡的梢尖。鄢子正殷勤地递上烟卷，划着了火柴。

孔庆儒深深地吸着烟。

鄢子正又道："更有一层，如果让外来的官兵站住了地盘，到时候，共匪虽然干净了，那孔家庄的区长是不是姓孔，也就难说了！"

孔庆儒吐出一口浓烟，涨红了胖脸，狠狠地说："乱世出英雄，英雄治乱世。子正弟，我孔正达不把我地方上的赤匪除尽，我上对不起祖宗，下对不住丧命的兄弟！也对不起子正贤弟对我的一番苦心！"

　　白骨人的白脸皮又裂开笑纹，拉住对方的手，边进屋边说："我一个单身汉，到哪也是吃饭，我诚心为世翁着想，感恩你一向对小弟的厚待。刚好有人捎来的上好泡子，来，抽几口。"

　　两人躺在炕上，抽着大烟，孔庆儒打量着屋子里的陈设，问："你的宝眷还没有接来？"

　　骨架子人笑笑说："糟糠之妻，出不了远门。在山西老家，侍奉老母。"

　　"这怎么行，你公务缠身，长年累月，也没个照应的人，看看，头发也花白了。"

　　"我身体瘦些，倒还结实……"

　　"那么！"孔秀才眼睛一亮，"有合适的人选，我再给你保门媒如何？"

　　白脸少有地起了点红晕，说："多蒙世翁垂爱，只是……"

　　"一切费用包在我身上，你就舒心地等着做新郎吧，哈……"

　　尽管派管家万戈子提前几天回来整理，当孔庆儒一进家门，面前出现的一切，实实在在地说明一场浩劫之后的混乱景象。

　　大门口的石狮子，右边的仰面朝天躺着，左边的滚进污水沟里。那三间大客厅，虽然为迎接主人匆匆忙忙地做了布置，但墙上的中堂、条山、对子，长几上的一摞摞线装书，有的不见了，有的摔烂了，有的七歪八扭地吊在原处。原先的阔气摆设不见了，那考究的沙发被捣了几个大窟窿，没法坐了，临时凑合了几张粗糙的桌、椅摆在当间。

　　孔秀才刚刚坐下，摸着大儿媳妇为他保存下来的铜水烟袋，装上烟压压气恼。两个死鬼兄弟孔庆傧、孔庆俦的寡妇，拖儿拉女，人人孝服，哭天号地，涌进客厅。她们号啕不止，求孔庆儒做主，追归财物，为死鬼报仇，如何出大殡发丧……孔庆儒一一做了交代，打发这帮子人去了。他正心烦意乱，瞅着孤儿寡母留在地上的一摊鼻涕，刘区队副又跑来报告，区队的人马被暴动队伍打散之后，他回来五六天了，才召集起不到一半人来。

孔庆儒对刘区队副又做了布置，打发去了，他摇着头自语道："真是百废待兴，百事待理啊……先从哪里下手？"

孔显走进来，气呼呼地说："爹，姓仇的连长没找到，听说他到葛家区公所去了。"

孔庆儒从县上回家，就吩咐孔显去请驻在本区的仇连长，商讨剿共的事。听儿子一说，便问："他去有公务？"

"屁公务。听说姓仇的和葛家区长打得火热，几天就送一大驮子东西过去……这小子驻这儿哪里是剿共，分明是刮咱们的地皮。爹，听说葛区长的闺女，想跟姓仇的……"

"嗯，宋老八能干出这一手来，从前……"孔秀才强吞一口气，"还是鄢子正有见识，我再不回来，孔家庄不姓孔了！显二，去，你带上郑局长送我的上好的烟土——二斤，亲自去请仇连长。就说我请他，共商大事。"

独眼龙孔显急了，气愤地说："这不明明是拿孩子喂狼！"

孔秀才眯眯着浮肿的眼睛，阴沉地说："是狼不喂行吗？不管什么时候，都得记住，我们的心头刺是共产党，共匪！我要喂饱这条狼，去咬死姓共的，共匪！"他狠狠地将手中的水烟袋顿在桌子上，霍地起身，向外走着，说："叫万管家，陪我到冬春楼看看。"

"还是一片废土烂瓦，离清理完早哪，有么看头？"

孔庆儒站住脚，郑重地教训儿子道："我要重振孔家庄，就得从重盖冬春楼开始。多少年来，冬春楼是咱家的气候，楼在威风在。要赶紧把它重修起来，比往日的更加壮观，像座大山，镇住乡间，压倒庄稼汉！懂吗？"

按时令，现在该是农闲的当口儿。虽说山区里收获完了庄稼，还要忙着割草、打柴，但在四季里，冬天总还是闲散一些。

在往常年里，这个时候的孔家庄，就是不逢集日，卖柴，卖菜，卖海腥、花生之类土产，兔子、山鸡一类野味的也不少。更不消说那些常年营业的饭馆、大车店、小车行、日用百货、中西药铺的买卖了，那大街上，人来人往，有买有卖的，透日人旺。然而，现在却一反常态，也有些人来，却不多了，而且人人脸上惊恐不安。比以往多的是街两旁高房子的砖墙上，贴着一溜白纸黑字的布告，上面一串串名字被红笔打着勾，尽是杀的共产党人和粘连暴动的人，还有是勒令参加了共产党活动的人，窝藏了赤匪的人，赶快投案自首，供出犯人来；再就是通缉一些共党分子，悬赏金从十元到千元。这使显得清冷的大街，更添一层杀气，阴森森的。

　　孔庆儒在万戈子的陪同下，顺着大街，慢慢地走着。他很满意"清乡"时期的街面变化，特别是那些显赫的布告，像在宣扬他们的功劳，使他感到，他不是被暴动队伍打得狼狈逃命的败兵，而是得胜凯旋的英雄。这一切大大地冲淡了他回来后见到家破人亡沉重愤懑的心情。

　　孔庆儒察看了正在清理中的烧得一片瓦砾的冬春楼现场，为了加快清理的速度，他当众宣布给十多个雇工们除了每天每人一角五分的工钱外，中午再管大家一顿饭。果然，清理废墟的速度立刻加快了。他惬意地离开场地，边向区公所走，边盘算着如何同仇连长谈剿共的计划……

　　"姑父，你可来啦！"

　　孔庆儒闻声一转脸，见是小舅子于之善的儿子于守业，一边叫着，一边跳下自行车。这车还是从灰瘸狼家骗来的那辆。他问："守业，你怎么这么快，就知道我回来了？"

　　"那样阔气的轿子，光野上十里开外望得见。咱这一带，除了姑父，有谁能这样势派！"于守业巴结地说，扯扯衣襟。

　　"你这是给谁戴孝？"孔庆儒看到他衣服上镶着白边，全白

15

的鞋。

于守业的眼圈红了，说："俺那可怜的爹呗！"

孔庆儒一怔："你爹死啦？在哪儿？"

"还没见尸。不过半个多月不见影，不是死了他还能上哪儿去？姓共的真把他抓去了，还能叫他的头原样长着？真可怜，俺爹吃苦理财一辈子，死了连根骨头也没剩下，连块棺材板也捞不着，还没有俺二姑父、三姑父强，也赶不上俺瘸子令灰叔……"

孔庆儒没有说话，他能说什么呢？他这才记起小舅子的厄运：他没有钻出地洞，肯定是饿死在里面了。

正在这时，街那面一阵吚吚喝喝。一会儿，万戈子领着一个人向这面走来。这人上上下下，从头到脚，见不到衣服颜色，脸皮模样，全是黑灰泥土，活像个地老鼠。孔庆儒见状，甚是愕然，问："这是谁？怎么回事？"

万戈子笑道："清理冬春楼，清理出舅老爷来啦……"

"哥呀！"忽然，地老鼠样的人冲着孔秀才，哭叫起来，"不认得兄弟啦！我日夜担心，你不在人世了，兄弟再见不着哥了……"

当孔家庄被攻破的时候，细心的于之善紧跟着孔庆儒父子不放，终于逃进了地洞……那天，坏地瓜酒醒之后，不见孔庆儒父子一伙，他乱哭乱叫，也没有手电筒，在黑洞里乱摸，没找到出洞口，倒又摸到进洞口的地方。进洞口是用木盖盖的，上面是用水缸压着。因为他们挪开水缸钻进了地洞，上面没有人帮助，盖上没能压着水缸。当大火把整个冬春楼烧塌之后，掉下来的带火的木梁，打碎了水缸，又烧毁了地洞的木盖子。这于之善命不该绝，发现一丝光亮，摸出来在烧塌的厨房废堆里，有半麻袋花生米，残缸里还有不少的脏水，他都搬进洞里。他在里面又吃又喝，又拉又尿，不敢再爬出去，也不敢再往回爬——怕孔庆儒他们发现了他的吃喝，五张嘴一块干，几天就光了，他一个人吃着,能多活一天是一天……一直过了半个多月。

孔庆儒看着小舅子,似笑非笑,脸上不成模样,心里不是滋味,吞吞吐吐地说:"之善,你还活着……不是当哥的不带你走,实在是……"

"哥啊,哥!"坏地瓜急忙抢着开脱干系,"你千万别怨兄弟独吞水和花生米。我是寻思,大伙一块吃喝,几天就光了,谁也活不了,最末连个送信报仇的也没有……哥,我一顿只吃一小把花生米,喝两口凉水,舍不得多吃多喝,为的是你们死了,我活着出去,好,好……"

"还好哪!"于守业道,"全家人都以为你归天啦……"

"啊,你说么个?我死啦?"于之善冲儿子发火了,"兔崽子,盼我死啊……啊,连孝都戴上啦!你奶奶个熊,和姓共的一起咒我呀!要独吞我的房子、山峦、地呀!"他拍着背的大布口袋,"瞎想!房约、地契、账簿,全在这里哪!我死不了,贵人自有天相……"

"之善,不要说些糊涂话,孩子为你一片孝心,也是难得。咱们都活过来啦,共党的暴乱也完蛋啦!守业,快用车子把你爹推家去,将息好了身子,干大事!"

赤松坡的村长、地主于之善,舒服地坐上车后座,走出一段路,他又突然叫道:"快!快!往冬春楼那儿拐,到那儿去!"

"还干什么去?"于守业问。

坏地瓜迫不及待地吼道:"你傻啦!地洞里的花生米,我还没吃完,去拿回家,晚了,还有咱的份吗?快跑!"

孔庆儒继续向村公所走去,万戈子跟在后头。他们路过北大街的洪源钱庄门口,一簇人正看墙上新贴上的布告,有人还在小声念着……像是人们身后有眼睛,不等孔区长走近,人们悄悄地散开了。然而,还剩下两个人,一男一女。男的抱着孩子,女的挽着山菜篮,仍站在布告前,没有动弹。

孔庆儒本来已经走到他们身边,可是那个挽篮子的媳妇,他虽然看不清正脸,不知是她健壮的长身材,还是方圆形结实的发髻,散着鬓发的透着红晕的侧脸颊,使他脑海里陡然闪过一个熟人的影子。孔庆儒不由得停住了脚,两眼射出疑惑的光刺。

这时,那个男的发现了孔区长,慌忙扯一下媳妇的胳肘上的山菜篮,扭头就走。

"站住!"万戈子喝道,"他妈的,见了区长,跑个屁!你是什么人……"他上前堵住男的去路。

那个年轻媳妇,用手揉了下眼睛,转过身,平静地说:"他是谁?你没见过,也该知道,冯痴子不是他?"

"痴子?见区长跑什么?"万戈子恶狠狠地盯着冯开仁。

媳妇道:"他要是不反常,还是多年的痴人?"

孔秀才摆摆手,示意万戈子不要吵,又和气地对年轻女子说:"我想起来了,你是张老三的二闺女,你哥叫金贵,你叫桃子,是不是?"

桃子垂下头,把篮子倒了一下手。孔秀才接着说:"唉,你是个有性子的嫚子,当年叫共产党糊弄得跟着吃了不少苦,遭了不少罪……这下可好啦,看到了吧,共匪的头子都掉了脑袋瓜子,咱这地方就太平了,你也可以放心过安稳日子啦!嫚子,那布告上的几个死人,你都没见过?"

桃子仍没抬头,回答道:"俺怎么能见过人家!"

孔庆儒瞪她一眼说:"我是说,于震海没领他们到家里过?"

"唉,还提那些年月干什么。"桃子忧伤地说,"他自个儿都没了一年了,谁还能记住他生前的事?如今,俺是痴子媳妇,还多亏区长做的主,你不认得他,这不,俺孩子她爹!"桃子上去把篮子递给冯痴子,将竹青抱到自己怀里。

孔庆儒摇摇头,悲天悯人地说:"世道坎坷,得过且过吧!你幸亏早寻了新主,痴是痴点,人倒不用担心。要是还和于震海在一起,这次……"

"俺记住区长的恩德呀!"桃子的手臂使劲地搂着怀里的孩子。

孔庆儒打量他们几眼,说:"你们这是到子久家去吧?见了他替我问候。我刚到家,还要请冯先生看病,他真是个好人,医术比威海卫的高超多了!只是……好吧,你们忙吧,有空到我家坐坐……"

见冯痴子和桃子转进街南胡同了,万戈子说:"大老爷,看光景,这女人真不知于震海没死。可石匠玉丢了这么个利落媳妇,就不去找她?"

"你的女人嫁了人,你恨她还是再去亲她?你就是想去亲近她,她的后夫的刀子你怕不怕?"孔秀才说着,眉头皱了起来,手捻着胡梢梢自语道,"共产党再硬也是人骨人皮,伤了也得用药治,要医生看……'鬼见愁'的医术,他们不会不打主意,这是条线……"

万戈子拍着巴掌叫起来:"大老爷真是神仙一般人物,你一回来,共匪就要完蛋了!"

"不行啊!"孔秀才背剪着手,边走边说,"这次叫共产党吓跑了,差点……好,我总算回到了孔家庄,回到了我该回到的地方!"他迈上区公所的高台阶,眼里闪着挑衅的火焰,神气十足地望着阴霾的天空,"吃一堑,长一智,不把共党分子消灭得干干净净,叫庄稼汉们服服帖帖,哼!我孔正达把头装进裤裆里盛着!"

第二章

小菊进门就问:"爹,俺二姐怎么还没把先生请来?真急人!"

张老三蹲在东间灶旁,从一堆柞蚕茧中挑出成棒的,做来年放蚕的茧种用。他那粗硬的黑手,捏得茧子发出咯吧咯吧的响声,老茧农像作曲家听到美妙的音乐,耳悦心舒。听见三闺女在正间的问话,他嘴上含着早已灭了火的小烟袋,回道:"从桃花沟到孔家庄来回六七十里山道,哪有这么快的?这会儿日头才挨西山尖,掌灯时分能到家,就是顺溜的。"

小菊没听父亲的回答,也用不着听,这点普通常识,十六七岁的山村姑娘是明白的,何况小菊又是个出众的聪明机灵的少女。她一面把磨顶、磨盘上的杂物收拾出去,一面颦起细黑的眉毛,那双不大的,却黑白鲜明的秀气眼睛,含满了忧虑的神情,同她年龄不相称地叹息一声,说:"唉!俺也知道,二姐和开仁哥带着竹青,路上又不太平,冯先生年岁又大,不会这么快。可是,那伤员直发昏,晚了就没救了呀!怎么不叫人心里着火啊……"

这种焦急困扰的心情,不光张老三的小女儿有,它像周围山峰上锁绕得越来越浓的彤云,一天重似一天压迫着桃花沟的人们。号称"小苏区"的五十几户的桃花沟,在暴动的第五天,即攻克孔家庄的第三天,它上空飘扬的鲜红的党旗,就摘下来交回它的制作者——三嫂——收藏起来。接着，拆除了迎接于震海、高玉山突击大队的英雄们扎起的松门，洗刷墙上的革命标语口号，也只用了半天工夫。桃花沟又和暴动前的桃花沟一样，没有任何革命的痕迹露在外表，像它本身被四周的群山紧紧护蔽一样，"小苏区"又藏进每个亲近它的人心窝里去了。

实际上，直至今日，桃花沟的人们，还远远不知道外界的险恶形势，他们的艰危处境，等待山村的严峻考验。这不光是因为桃花沟地处两县交界的深山中——西山坡是牟平，东山口为文登——"山高皇帝远"的偏僻地理位置。更主要的原因，是桃花沟没有一家地富分子，就是地痞二流子也难找，唯独一个开绣花坊、不正经的粉脸女人大脚霜子，她的娘家亲侄子孔居任还是参加暴动的骨干人物。没有知道这个"小苏区"内情的坏人告密，所以"剿共清乡"的国民党的大部队，不会特别注意这样的荒山村，只把村长张甫礼唤到乡公所，让他听了一番"剿共清乡"的训话，领受了缴纳剿共特捐的任务。自然，这位共产党员村长是不会认真执行国民党的训令的。

可是，风声一天紧似一天，桃花沟的人们也一天比一天惴惴不安起来。先是，桃子和小菊冒着风险，只看见了泰礴顶上的红旗，听到风送来的暴动歌声，但她们无论怎样追踪，也没有找到于震海他们的暴动队伍。好些时光没有人来桃花沟通报消息，接关系了，桃花沟党组织派人出去联系，三处联络点都遭破坏，党员张福祥去三瓣石找关系，差点被埋伏的敌人抓住，他惊吓成病，至今躺在炕上……几天工夫，桃花沟和外面的组织、同志失去了联系，而听到的都是坏消息：敌人的抓、杀，骇人的行凶残暴……桃花沟的党组织和群众，把心思都集中在十五位重伤员身上。伤员住在孔霜子绣花房里。因为这是穷山村唯一的敞亮大屋，有两铺火炕，比一般家干净，好护理、伺候。从孔秀才家拿来一些麦子、大米、鸡蛋、肉类也有群众自动送来的，有用高玉山临走时留下来的钱买来的。三嫂、伍拾子他妈、小蓉、小菊一帮闺女在桃子的组织下，负责照顾。

　　十几天来，经过冯先生的精心治疗，虽然药物极端缺乏，倒有土方土药的配合，大部分伤员伤势好转，脱离了危险期。只有三个伤员，有的枪子打进肺里，有的头部严重受伤，有的截去腿失血过多，一直不见好转，昨天又处于昏迷状态。这些天一直守护着伤员的桃子，和桃花沟的党支书杨玉清等商量，无论如何要下山进孔家庄请"鬼见愁"冯子久来一趟。为了避免敌人盘查，有了意外情况好应付，三嫂坚持桃子先回东山庵，伴着冯痴子，一块到孔家庄。于是，桃子由小菊做伴，紧走慢跑，穿过三十多里崇山峻岭中的山路，来到痴子庵，和冯开仁连忙收拾一些药物拿着，三人又带黑折回桃花沟。今早天不亮，桃子娘儿俩同冯痴子，就奔孔家庄走亲戚去了……

　　听小菊说到伤员的危难处境，张老三皱了皱眉头，抽出嘴上的烟袋，往炕沿上磕掉烟锅的灰，说："伤么重，又缺医少药，还能不往坏处发展！唉，也不用着急。伤好，也得一段时间，冯先生人到病除……"他嘴上说不急，手已将柞蚕茧收拾进麻袋里，下了炕，找鞋子穿。

　　"爹，你上哪儿？"小菊问。

　　"看看伤号去。"

　　"不用你去啦。俺妈、伍拾子他妈、小蓉姐，不少人，都在哩。"

　　"都是些女人家，哪能行？"老三挺挺腰杆，走出屋门。当他来到院子当间，停住了，望着罩上一层雾气的南山，摇摇头，又返回屋里。

　　屋里的大磨发出呜呜的响声。小菊的胸抵在磨棍上，细瘦的身躯向前倾斜，把全身的力量都集中在磨棍上，推着青石磨迅速地转动，磨碎的麦子像浓色的奶汁一样，不停地从磨缝里流到磨盘上。

张老三走近磨道,说:"我来吧,你罗去。"

小菊理了把汗湿的额发,柔声道:"你歇息吧,爹。"

"挑茧子那种活,也能累着?"老三跟妻子、闺女说话,不管是什么内容,总爱用教训的语气。他接过女儿的磨棍,用力地推着。

"那俺和你俩推。"小菊道。

"叫你罗,你就罗。"

张家的小毛驴,是那年大女婿孔居任绑了孔秀才家的票,为赎被孔显抓走的张老三和好儿而卖掉的。打这以后,推磨、轧碾,都得人力。好在这一带平常人家都是以地瓜、地瓜干为主食,粮米、面食极少,这类活计不多。

小菊站在灶台前,一边罗面,一边望着父亲。张老三,瘦削的身体,补丁挨补丁的小棉袄,束着破旧的粗布腰带,杂芜的胡子,一脸疲惫的神态,弓着驼背的脊梁,围着磨道,拖拖沓沓地走着。一忽儿,一头从早到晚劳累不堪的毛驴的影子,浮在小菊的眼前,闺女心间涌上一股疼惜的酸楚感情,使她不忍心再看下去,垂头对着面罗发怔。

从小菊记事起,就知道依顺母亲,爱恋母亲,心里盛满了母亲,家里一时不见母亲,立刻觉得空闪闪的,失去了恋家感情的缰绳,到处喊着找妈。面对父亲,就大不一样了,对于他的经常骂人,偶尔打人,她也是不服多于害怕。每逢父母打架,她总是偏向母亲,有时还偷捶父亲的脊梁。然而,自从这个家庭卷进革命的风暴以来,家里和气多了,张老三的酒疯越来越少了,小菊也像疼母亲一样,时常体谅父亲,这也许是闺女大了,懂事了。

"麦子,添麦子。"

小菊猛听到父亲的叫声,见磨顶上的麦子快漏光了,忙端起簸箕,向磨顶倒麦子。张老三看了小女儿一眼,没有停止脚步,说："看你那嘴噘噘的,爹可没钱买毛驴往上拴。那脸蛋子,和天一样,老发阴。哼,干么都像你妈。这一阵子,娘儿几个赛着伴阴天给我看,多会儿下起雨来,才算有晴天!"

小菊倒完麦子,又回来罗面,道:"伤号好不了,谁不揪心!万一出差错……"

"有么差错?冯子久人来病除,这对他像拿根鸡毛一样轻省。你没听说,肠子断了,他能够用狗肠子接好;皮伤了,他能用鸡皮补结实……"

"不光说这,万一坏蛋来搜查怎么办?你没听说,有多少个好人遭殃了!"

"来搜?孔秀才那伙大恶人都完蛋了,咱桃花沟也没黑心肝的,谁知咱瞳有'红人'?"

"孔秀才几个没有下落,你怎么知道是死了?"

"死了就是死了,还要么下落!"张老三提高了嗓门,"那老坏种父子,作恶太多,死不见尸,还不是和他老子一样,跟冬春楼一块成灰了!你没见当时那火,别说是人,是块铁也化没影了!哼,我这话说一千遍了,你们这些人就是不放心。看看,连你,到今儿还不乐意听我的……"

"谁不巴望你说的是真的!"小菊明亮的黑眼睛闪出希望的光亮,但是,她又闭了一会儿稍厚的红嘴唇,担心地说,"不光是揪伤员的心,怕孔秀才他们不死。十多天了,不见咱的人照面,光听些遭殃的事。暴动怎么样了啊?暴动队伍呢?震海哥他们呢?那天俺和二姐,看见泰礴顶的红旗,听到大风送来的《暴动歌》……可是那红旗真像挂在云头上,随着雁队飞走了,歌儿跟着西风跑了,再没影没声了,怎么也找不着他们,他们也不来了……"感情丰富的小菊闺女,声音变得沙哑了,眼睛发涩了,说不下去了。为着掩饰激烈的感情,她使劲地拍罗圈。

"轻点拍打。"老三呵斥道,"罗够粗的啦,你要伤号连麸子吞下去?"他停下脚,装上一袋烟,"锅底下有火星没有?"

小菊从灶洞的草灰里扒出火星,点着了麻秆,送给了父亲。张老三点着烟,抽了几口,又边推磨边发开了议论:"这么大个闺女啦,你呀,尽跟你妈学,小心眼装不下针尖儿大小的事儿。那程先生——你程大哥在世的工夫,给我说得明明白白:闹革命,有进有退,有胜有败,就是有一条,只要咱不肯转脖子,总有个成功的日月。如今眼底下,咱人是折损了一些,共产党里能人有的是,没看见,你程大哥没了,还有珠子、绍先、震海、居任一大帮子!更别说多少起来造反的穷人啦,光打孔家庄,有上千上万:坏种们杀不干净?他妈妈的,那是做梦喝地瓜烧——想得美!"老三说到此,下意识地看了眼发黑的旧碗橱,舌头来回地舔着干燥的嘴唇。

小菊见情,体贴地说:"爹,你累了,想得慌,就喝口吧,俺妈早不管你啦。"

"什么!你妈管我?笨丫头,睁眼说瞎话,你妈多会管着我?她怎么能管我?她怎么敢⋯⋯"老三的脖颈伸得挺长,话倒越说越没有力量,最后全平心静气了,"是我自己不想那么喝了,男子汉大丈夫,靠酒力壮胆子,没志气,太埋汰⋯⋯"

小菊咯咯地笑了。

"你笑么?"

小菊咽了口唾沫,压住笑说:"俺笑爹好,不埋汰。爹,俺叫你喝口酒,解解乏,不是说爹,为别的⋯⋯"

"嗯。"老三满意地擦擦嘴,"那是,你就⋯⋯"

"我给你倒去。"小菊欢快地走向碗橱。

然而,老三的涎水刚刚流出嘴角,他马上吞了回去,说:"小菊,给爹舀瓢凉水,喝这个,一样解乏。那点酒,得留着,珠子临走那天我应许他,暴动胜利了,跟我一块喝。"

小菊畅快地点点头,舀半瓢凉水递给父亲。她看着父亲老筋突起的脖子，咕嘟咕嘟往下灌清水，禁不住有生第一次对父亲产生了信赖的感情，很少认真听取父亲发议论的女儿，渴求地请示起他来了。

"爹！"小菊那瘦长脸庞，连腮上的甜蜜的酒窝都显示真挚的渴求，"你说，咱们的那些带头人——珠子叔、先子哥，还有玉山哥、震海哥他们，要是像你说的，都好好的没事，怎么老听不到他们的动静，见不着他们的影子啊？他们能不能领着暴动了？会不会把咱们放下，带着队伍往西面走了？"

这些疑问，是桃花沟很多人共有的。但是自诩看事明白的张老三，却没有留神过，更没有认真地想一想。这时候，因为自己博得了三女儿真诚的信任，听她提出这些现实的同时，老三的确感到是要严肃地考虑一番。但，对他来说，也只是抽了三口烟，推了一圈磨，已经想出答案来了。

"这还不明白吗？"老三胸有成竹地说，"省里的大兵来了，漫山遍野，枪多炮大，咱为什么要冒出头来挨枪子呢？为什么不找个安稳地方蹲着，等大兵走了，再出来攻城夺县呢！这叫作'存兵一窝鸟，行兵如出兔'。想一想，清楚不清楚？"

"爹，这是你自个儿想出来的，还是谁和你说过的？"小菊认真地一想，觉着他说的话有理，又不大牢靠。

"是……"老三有些口吃起来，脸也憋红了。他不好意思对女儿说是他小时候听他爹说的，他爹是赶集时听瞎子唱大书唱的。"你管谁说的做么，反正有理就得信。'存兵一窝鸟，行兵如出兔'……"

"哈呀，三哥这是对谁说兵书上的词呀？"一个中年男子说笑着来到屋门口了。

小菊先招呼道："桂元叔，你来啦。"

老三也停了推磨，走过来递给他烟袋荷包，说："坐吧，桂元！你这忙人，怎舍得工夫串门子？"

张桂元接过烟袋荷包，装上烟，坐到灶前的小凳上，用麻秆点上火，贪婪地吸了两口，吐着浓烟，才说："三哥，你这烟里又多掺了芝麻叶，直辣嗓子，等你有工夫，尝尝我的去。"很快，这位开小烧锅的人就抽透了一袋，接着又装满烟锅，道："三哥，看你这一家，净为穷人的前程忙活，多大的磨，你自个儿推，看这一头汗！这么的，三哥，咱兄弟不说门外话，今儿我找你，就是为这伤号的事。"

"啊，你要干什么？"

张桂元很动感情地说："三哥，你别见笑，当初伤号搬到咱村，要放到我南屋几位，我说耽误做买卖……唉，怨俺对暴动不关心，白当了农会员，叫人家大脚霜子抢了功去——彩号住到绣花坊里。如今眼底下，暴动不顺溜啦，风声也不好，我寻思，该尽些心啦……这样吧，三哥，我找桃子侄女，商量把伤员分给我一半。我管保照护好他们，天冷了炕是热的，顿顿细米白面，这些都没说的。三哥，你说行不行？"

老三一听，先是张大皱纹包围着的眼睛，接着喜欢地说："桂元兄弟，你对暴动真有见识，有的人怕事了，孔霜子就透出胆小话来啦，你倒硬性起来啦！好……哎，不会是喝多了才……"

"看看，三哥你说的，你闻闻，有味没有？"张桂元把嘴对着张老三的脸，使劲哈气，"没有吧？实话对三哥说，我这人说怕事，也怕事，说不怕，也不怕。灰大兵①到处清乡，抓人，我的买卖也不敢做了。可是几张嘴不能喝西北风等着，今儿硬着头皮去文登县赶葛家集……嘿，咱没能耐，也不会像咱村那个带色的，让人家吓转了腿肚子，至今倒在炕上。"

小菊道："你说的福祥哥，他经的事也真险……"

"再险也不至于……要是三哥你碰上，我不是说……"

---

① 国民党韩复榘的八十一师的兵穿灰军装，当地群众称他们为"灰大兵"。

张老三自负地嗤一下鼻子,没有回答。张桂元接着兴冲冲地说:"三哥,咱暴动的大队人马,都窝在文登那昆嵛山里,夜里东面几十里山上,火堆一片连一片;白天大炮一声接一声地轰轰响,直到东海沿!"

"啊!"张老三张大胡子嘴。

"真有这事?!"小菊先是惊喜地瞪圆了眼睛,接着疑惑地问,"真有这事,怎么咱这里听不到炮响,看不见火堆?"

桂元笑笑说:"他们是在山东坡朝文登城那方向开炮,放火的,隔山如隔天——咱这西坡自然不得消息。三哥,听说石匠玉他们接着了几万红军人马,大炮、机关枪有的是,日夜里在大山里练兵,过不几天,就帮咱们拿下文登、牟平一干县城,再拾掇威海卫、烟台市……用不上半拉月,大功告成啦!三哥,这是我赶集半路上亲耳听说的。山里头的和尚、道士出来说,亲眼看见于震海,身上背两挺机关枪,身前身后一扫一大片,凭你上来多少不要命的,都是个死……"

"啊!是真的啊!"老三大喜过望,眼含泪花,"我说呀,这些天不见……小菊,听到吗?这就是一鸟一兔,一窝一行,明白了吧?啊!"

开烧锅的张桂元扔下被他带来的惊人喜讯震撼不已的张老三父女,赶紧回家打扫房舍,迎接暴动负伤的伤员。心里美美地想:"哈哈,有人认为暴动不成了,岂知成功就在目前,原先自己怕接待伤员,丢了人,现在这个时候,接到家中,挽回面子,又没危险。"更有一层,这十来天,他见伤号在大脚霜子绣花坊里,村里有人侍弄,烧柴有人送,吃饭有人给,房主人干赚个烧余柴吃剩饭的便宜。这种人情物益的好事,怎么不使昼夜为小生意操尽心血的烧锅人眼红呢!不过,他要知道他听到的消息已是七八天前的传说,再不会这么兴冲冲地找到张老三家来了。

走着走着,张桂元被什么东西绊了一跤。他边爬起来,摸着磕痛的膝盖,边骂道:"他妈的,这是谁眼瞎了,把么玩意儿放在这儿挡道?"他自己也糊涂了,他磕倒在自家门口旁的石枕上。

天黑了,西风又大了。

"爹,三姐!开门!快开门!"五岁的狗剩,推着屋门叫。

门开了。小菊正烧火做饭,见狗剩身后院子里,黑影中有人背着个人蹒跚地走来。她吃惊地问:"谁背的谁?"

"妈背的姐!"

"哪个姐?"

"二姐!"

没等小菊迎出来,三嫂已经艰难地迈进屋门槛,边向里间走,边气喘地说:"点灯,点上灯……"

三嫂在小菊的帮助下,把不省人事的桃子放到炕上躺好,盖上被子。她跪在二女儿身边,那双小巧坚硬的手,不停地在桃子脸上摸捏着,一会儿吩咐小菊赶快烧水,一会儿叫狗剩拿手巾来……

油灯光下,桃子的脸色煞白,紧闭着眼睛,头发从根到梢,像是从水里捞出来的,全被汗水浸透了。她的呼吸很均匀,有力,丰满的胸部一起一伏地鼓动着被头。

小菊带着哭音说:"妈,俺姐怎么啦?是不是病了?"

三嫂叹了口气,声音平和地说:"不是病,她是累的,睡过去啦!她从孔家庄回来,带来治伤的药,送到绣花坊,跟俺们一块给伤员用上……眼见三个重伤的缓过气来了,你二姐就有些站不住、坐不稳的光景,脸也没了血色……我忙着拉她回家,走在半路,她就倒在我的身上……"

"怎么回事,桃子?"张老三挑水进来,顾不得往水缸里倒水,放下水筲,忙着发问。

三嫂道:"没大事,去孔家庄请先生累的急的,看她篮子的干粮，一口也没动。铁打的身子骨，也架不住……"

"啧啧！先头依我，我去就好啦！"老三说，"冯先生还在忙伤号？"

"没请来。"三嫂说。

"啊！"张老三吼了起来，"这白胡子，他还是先生，见死不救！胆小怕事！还没人家张桂元强！我去找'鬼见愁'，看他给不给我个红脸……"

"你先别吵吵，让闺女静心睡会儿吧。"三嫂擦干桃子的湿头发，下了炕，压低声音说，"还不知是怎么回事，桃子单身回来的，开仁和竹青也没来，问她，她只说，先治伤，来不及说……倒也是，她把说话的劲都留在治伤上，等伤号用好了药，桃子连睁眼的力气也没有啦！可怜的闺女，凭着一口气回到桃花沟的……唉！"

张老三怜惜地看看睡着的二女儿，冲妻子乐呵呵地说："别唉声叹气啦，遇上事要沉住气，光害愁有么用！我早说过，这次暴动非成功不可，你们还老担心，嘿嘿！"

三嫂一愣，疑惑道："你乐和什么劲？哪儿也没去，你听到什么好信息啦？哎，你才说的冯先生不如张桂元，这桂元怎么啦？"

小菊道："桂元叔说昆嵛山里来了好几万红军，震海哥跟他们一起，机关枪大炮有的是，在那练兵……"

"有这等事儿？"三嫂一惊。

老三说："我早说过……"

"不会是真的。"三嫂摇摇头，"是人们盼的，不是真有的，要真有……"

"什么！你还不信服？"老三又喊起来，"人家张桂元亲眼瞅见的，红军的人跟他说过话……"

"爹，是他赶集半路听人说的，山里的和尚、道士传出来的。"小菊纠正父亲。

老三道:"反正都一样。就是不听说,我不早料到了吗?咱暴动那些人,珠子、绍先、震海那些领头的能耐人,还对付不了那些灰皮大兵!孔秀才兄弟咱不是亲眼见着当鬼的吗?冬春楼不是眼见着成灰的吗?咱们的红军,怎么不会来胶东打天下?想当年秦始皇还从昆嵛山里过,如今那老皇帝的车马留下的道,我还走过哩①……"

张老三越说越没边了,其实也早没有听众了:三嫂在忙收拾给伤号磨好的面粉,打点上继续磨的麦子;小菊在接着做晚饭,狗剩忙烧火。没有人去听一家之主的啰唆,但这对张老三的讲话兴趣丝毫没有影响,好在还有人在眼前,即便人已走了,他也要把想说的话说完,最后骂一句"妈妈的"就心满意足了。在他来说,说话是他的需要,习惯,并不都是为了别人听的。

三嫂的手在干活,脑子在想别的事情。这是繁忙的日夜不闲的活计逼迫出来的习惯,也是贫苦的农村妇女很难有专门用脑子的空隙所养成的习惯。三嫂对当前的事态,既没有张老三那样乐观,也不像小菊为真真假假的消息左右得忽喜忽忧,她心里已经断定,暴动的事情凶多吉少。多年的习性,她注重实在的事情。在当前的处境下,她最关心的是党里人的遭际,最数那几个关乎胶东穷人前程的负责人的生死存亡,再就是放在桃花沟这十五个伤员的命运。她自认为,有一大部分责任压在她身上,无论如何,不能叫他们出差错。至于别的事情,比如暴动的前途究竟如何,这不是她能决定得了的,想也不起作用,留着心计和力气,用在她能办到的事情上吧。

"妈,做么饭给俺姐吃?"小菊问。

老三的话已说完了,又担起洋铁水筲,准备继续挑水去。这时,他不等妻子发话,便道:"十六七岁的闺女,连这点事也不

---

① 昆嵛山中有座山名辇道,留有遗迹,相传秦始皇东巡时路过此地。

懂，给你姐擀碗面，打上个鸡蛋……"

"三姐，多放些汤，俺喝一点点。竹青在家就没俺的份啦！"狗剩像小狗似的，伸出小舌头乱抹拉嘴。

"你个狗剩，就知道馋嘴。"三嫂道，"用不着擀面，她醒来，一块喝地瓜面汤就行啦。"

老三急了，说："你个做妈的，今儿疼闺女，明儿亲闺女，闺女这些日子，东跑西奔，为了伤号，没白日黑夜地操心，如今累成一摊泥，你还舍不得动点白面给她吃。这面是咱得的孔秀才的，咱一家老小，也为打孔家庄出过力，就不能吃一口！珠子他们在跟前，也会跟你火的，你这么不疼闺女，这么……"

"你的牙还没磨完哪！就听你一个人吵吵啦！别人不堵你，你就以为耳朵都为你的嘴长的呀？"三嫂生硬地说，其实脸上并没有变色。

"妈，爹说的是疼俺姐的话，你别……"小菊看不清黑影中母亲的脸，担心父母又要打仗。

小狗剩也上去扑在母亲怀里，亲昵地叫道："妈妈，我馋嘴，打我嘴，爹不馋，爹懂事……"

三嫂心里冲进一股热辣辣的感情。她不由得走近丈夫跟前，放平了声音说："你呀，说十六七岁的闺女不懂事，你这四十多岁的老头子就懂事？用给伤号的面做给桃子吃，闺女吃得下去？成心招她生气！俺不懂事，不知道疼闺女，你来疼吧，你……"

张老三站着没动，嘴张了几下没出来声音。

小菊道："爹，你推了半天磨啦，我挑水去吧。"

张老三猛把身子转过去，边出门边气哼哼地说："推磨那叫活？哼，十六七岁的闺女，就是不懂事……"

小菊见爹出了院门，开心地笑了起来。

哭声，低低的呜咽的啜泣声，从西间里传出来。

年少人耳尖。最先是狗剩和小菊听到哭声，跑进西房间，见桃子躺在被窝里，抽抽搭搭地哭。小狗剩忙叫："妈，妈！俺二姐，你快来呀……"

小菊已经跳上炕，跪在桃子身边，掀开被头，说："二姐，你醒啦！二姐，你哪里不舒服……"

那不断头的泪水，像雨帘一般，流过桃子的面，头两边的枕头，湿了一大片。妹妹的唤声，桃子没有听见，及至她强睁开眼，发现身边有人，她一下坐了起来，扭身抱住了妹妹，哭声更大了！

小菊从没见过桃子这样悲泣过，又惊又疼加上怕，搂紧二姐的脖子，大声哭着喊道："二姐，姐呀！你怎么啦？你遭什么殃啦？啊……"

姐妹俩在炕上痛哭，小狗剩在地下哭着叫："妈妈呀！你快来呀……"

三嫂在厢房拿棵白菜过来，面对这种场面，她一时还弄不清发生了什么事。开始还以为是小菊引起的乱子，接着，母亲理出头绪，上前把桃子的手拉住，但不等她开口，桃子又一头扑进母亲怀里，哭声更大了，并发出沙哑的号啕："妈呀！妈呀！闺女怎么办哪？怎么好呀？妈呀！妈呀……"

"桃子，桃子！"三嫂边叫边扳弄桃子的头，叫她清醒些。但桃子却用力把头贴在母亲胸上，像儿时使劲儿找奶吃，又似脸上有什么见不得人的伤要藏起来，直管哭，哭！

三嫂有些发毛了。她这个从小硬性的二女儿，除去听到误传丈夫死的时候这样悲痛过之外，还没有这样过，难道这次她又听到了震海的不幸消息？三嫂心上针刺般地绞痛，泪水也开始出现……可是，小菊拉住桃子的手扯着嗓子喊姐姐；狗剩在炕前直拽母亲的裤脚，又叫妈又喊姐地哭。三嫂挺硬了腰身，严厉地对小菊说："你姐有哭的痛处，你为么事，也来凑份子！还不快去拿手巾，晾碗热水来。"

33

小菊跳下炕之后，桃子还是呜呜地哭，三嫂怎么说她也制止不住。终于，做妈的又急又气地说："桃子！你还听话不听话啦？你也是当妈的人啦，怎么还没原先硬朗啦？不管遇上什么事，也不能哭个没完啊！"

桃子仍没有停止哭泣，蓝粗布下的结实的肩膀，有规律地搐动着，边哭边说："妈呀！不喜欢闺女哭，你打我吧，赶我出门吧！可妈啊！闺女不愿哭，不想哭，又不哭不行，自个儿管不住自个儿啊！妈呀……"

沙哑的凄怆的声音，像利刃一般，凌割着母亲的心肝。三嫂流着泪，使劲搂住闺女的上身，重复地喏嚅道："桃子，妈的好闺女，妈的硬实闺女……"

"妈呀！你闺女再硬实，受得住吃苦，遭罪，穿一辈子破衣裳，吃一辈子山菜，过一辈子苦日子。可这回啊，妈妈，我挺受不住了啊！

"妈呀！你闺女再硬实，受得危难，担惊受怕，坐牢挨刑，流血杀头，我经得住。可这回啊，妈妈，我没了劲了啊！

"妈呀！你闺女再硬实，受得住搓搓，听说竹青她爸遭害，我哭来着；他们逼我改嫁，我活下来了，多难受的相处！一铺上，和个粗壮汉子，隔个三岁孩子，一宿一夜地煎熬……我……我熬过来了。可这一回啊，妈妈，叫我怎么支撑下去啊！"

三嫂揩着泪说："桃子，你的委屈妈知道。好闺女，震海不会是真死，像那年一样，不会是他，他不会……"

"妈妈！"桃子哭着说，"震海下落不清楚，可死的人比他要紧得多，对咱家，对全胶东……"

"啊！"三嫂紧叫一声。

"二姐，是谁？"小菊端碗的手直发抖。

桃子完全沉浸在自己的巨大悲痛中，仍是趴在母亲怀里，哭泣道："震海的领路人，我的领路人，咱全家的领路人，全胶东的领路人！珠子啊！先子啊……"

三嫂浑身一震，紧抓住桃子的手，颤声地问："这是真的？"

"俺亲眼见的，全杀啦……"

咣当一声，小菊的水碗落地。屋里一下静下来，西风吹进茅草房，摇晃着暗淡的油灯光。桃子仍伏在母亲怀里呜咽。

"二姐，你还哭哩！"狗剩尖声叫道，"你看妈，你看三姐……"

桃子挣扎着抬起头，拨开被泪水沾在脸上的乱发，泪眼望见母亲的头仰靠在墙壁上，闭着嘴，直着眼。她一摸母亲的手，那手冰凉。桃子爬起身，慌叫道："妈妈，妈！小菊……"

"三姐在这哪……"狗剩在炕前地下哭叫道。

小菊随着手里的水碗，一块瘫倒在地上。

三嫂没有昏厥，很快把桃子的手挪开，准备下地，但桃子却恢复了理智，跳到地下，抱起小菊，急促地叫道："小菊，妹，好妹子……"

小菊搂着桃子放开了悲声。

三嫂舒了口气，蘸干泪水，下了炕，吩咐狗剩找他上井挑水的爹去。她不管两个女儿如何痛心地抱头哭泣，而将锅里的饭，像平时一样，收拾到炕桌上，然后舀了瓢温水送到炕上，将手巾递上前，口气硬朗地说："桃子、小菊！洗脸，吃饭！"

姊妹顺从地洗了脸，可是无论如何也擦不干净面容，干手巾都湿了，那两双眼里的四行泪，还是没个断头……

"别等你爹，你们先吃！"三嫂把一碗地瓜面汤塞进桃子手里。

桃子端碗的手几次也没力量抬到嘴边，最后放在大腿上，哽咽着说："妈，你别逼我，这半个月，俺心里各种滋味早装满啦，吃不吃饭不碍事……十多天，不见咱的人面，没有上级的一句话，听来都是不好的信息……俺知道，暴动是不行了，可妈、妹、爹、邻居、熟人，对眼望望，把话憋在心里，劲用在伤员身

35

上。干革命要受难为,这我都清楚。这次暴动,先子哥早说过,要有成不了功的打算……这些我也懂。可妈、妹,这些年啊,我比别人更盼成功这一天啊!能成功,我就不再回那痴子山庵,过那难为情的日子,能当我的石匠媳妇,俺竹青能叫声真爹了啊……谁料到,暴动起来得这么快,败得又这么惨!妈妈、妹妹!今儿头晌,我和开仁哥在孔家庄墙上,见着珠子、先子被杀的告示……"

"二姐,告示上的话有时是假的。"小菊怀着希望,"也许又是敌人吓唬人……"

"唉,我何尝没有这样认为过啊……可杀了珠子、先子他们的告示不一样啊!那上面,都贴着他们的像……妈妈,珠子临离开桃花沟那天,你赶着给他膝头补的两块补丁,显眼的新啊!先子哥身上只穿粗布白小褂,血都淋成花花的啦!他们两个人,倒在地上,嘴还都是张着的……看着这惨景,我只觉得天塌下来啦!地陷下去啦!我掉进没底的冰井里去啦……不是有人来啦,我会头撞到墙上去哭他们……"

娘儿三个又一阵伤心地呜咽,抽泣。

小菊擤把鼻子,问:"姐,来的是咱的人啊,谁?"

"来的要是咱的人,无论是谁,不管男的女的,我也会抱着哭起来……来的是坏蛋、孔秀才!"

"他没死?!"三嫂和小菊同时惊叫道。

"他没死,连伤也没有,和他儿子孔显、管家从威海回来啦!这老不死的一回来,诡计又生出来啦,孔家庄上查得紧,搜得严。开药铺的卖出的药要上册子,出门看病要报告……冯先生更叫人看守得紧,一早一晚还要去给孔秀才看病试脉,没法子来给伤号治病,凑了几服药,打点我赶快回来救人,竹青跟开仁哥只得留在孔家庄了……我顾不得旁的,俺姐那儿我也没去,妈,我没有劲啦!只能咬着牙,把急救药送回来,连说句话的力气都省下来，一说我就得哭，哭开了头我就非瘫不可……妈、妹！早先受了多少难，遭了多少殃，我都没这样子。那时，有盼头，山再高再陡，总能爬上顶；河再长再深，总能走到头；这掉进冰井里，黑咕隆咚不知往哪儿去，可叫人怎么办哪！"

是啊，怎么办哪？

三双泪汪汪的眼睛，露着茫然的神色，你看看我，我看看她……

"妈、姐！爹回来啦！俺爹……"狗剩在院子里叫道。

张老三人没进门，随着拖拖沓沓的脚步声，嗓音先送到屋里："妈妈的，这还叫人！逼着伤号搬地方。好个张桂元，是你自个儿求告接伤员家里住，一转眼就变卦……等着吧，山里的红军大队过来，少不得喝几斤，就是不买你的地瓜烧！妈妈的，没出息，这还算人……哼！"

三嫂迎到水缸前，接下老三的水筲，向缸里倒水。小菊接过父亲手里的扁担，等母亲倒空水筲，一起拿上放到院子里去。

张老三进到西间，看到桃子，说："好些啦？"不等女儿回答，他又愤愤地骂道："居任有这么个姑姑，咱有这么门亲戚，丢他妈的老鼻子人啦！才在井台上，孔霜子说她要到牟平城治病，关闭绣坊，要伤号挪地方。我说正巧，桂元的烧锅房炕大，暖和，他自个儿找着要伤号往那挪……你猜怎么着？张桂元也来了，说他正要找我收回说好的话，接伤号家住，怕人家闲话说他占烧柴的便宜，让给别的家好啦！这些人，说话当屁放，妈妈的……"

桃子冷静多了，她端碗地瓜面汤给父亲，又从她的山菜篮里拿出离开孔家庄时冯先生家为她没顾上吃中饭，放进的两个火烧，一个给父亲，一个给小弟。她说："爹，这怨不得霜子姑和桂元叔，眼见得暴动是不行了，敌人搜查得会越来越紧，咱桃花沟也会遭殃，有些人胆小害怕了。咱得想法子。"

老三喝着面汤，摇头说："不用担心，咱这两县交界，山高皇帝远，村子没坏种，外来的大兵不知情，不会留意咱这里。"

"爹！"小菊没注意到母亲的手势，急切地说，"红军要来是假的。珠子叔、先子哥，都叫他们杀啦！震海哥他们也下落不明……"

"你瞎说！"老三咆哮地叫起来。

"真的，爹！孔秀才他们没烧死，又回孔家庄来啦！"

"我打你个毛丫头！"老三扬起巴掌。

"俺姐亲眼见的，爹！"

老三僵在那里，紧张地望着桃子。桃子没有正视父亲，把头扭向一边，老三又把惊惧的目光投向妻子，三嫂只顾喂小儿子吃饭，没有反应。老三的目光又回到三女儿脸上，恍惚的灯光，照在嫩脸上被泪水浸红的眼窝……他放下碗筷，颓唐地瘫坐在炕角落里。

三嫂和两个女儿，都一遍遍看着一家之主，又都互相看看，沉默了。还是小菊忍不住了，说："快说呀！伤号怎么办？向哪里搬哪！"

其实，小菊心里也明摆着答案，要谁来回答呢？

娘儿三个又把目光投向张老三。桃子装好一袋烟，给父亲送过去。他接过烟袋，又放下来，眼睛哀怜地茫然地看着屋壁、屋顶、老少一家人……

"爹！"小菊上前抓住父亲的手，这如同干柴一样粗糙的放蚕人的手，神经质地哆嗦着，"爹，你快做主，伤号……"

老三的目光转向妻子，嘴动了几下，没有说出话来。

三嫂谁也没再看，上前打开碗橱，把那个盛酒的小泥坛捧出来，放到老三面前的炕桌上。桃子去盛一小碟和大葱一起腌的柞蚕蛹，送到父亲面前的炕桌上。小菊倒出一茶盅酒，双手举到父亲怀前。狗剩也跟着举起两根筷子，往父亲手里捅……

张老三几乎是不自觉地、机械地接过酒盅，挨到胡子嘴边，仰了两下脖颈，盅子就见底了。于是，又这样下去一盅，又一盅……迅猛地，他的眼睛露出光彩，大声地说："尽给我喝这辣水干什么，不喝啦！留下等清明给珠子、先子他们喝吧！你们娘儿几个呆鸡似的愣着干么！还不拾掇厢房烧热炕，接伤号来家，等着让他们到大街上挨冻，叫孔秀才他们抓去不成？啊！"

桃花沟的党员中，伍拾子几个年轻的参加了暴动突击大队，至今不知去向，剩下的杨玉清、张甫礼、张福祥三个都是四五十岁的人了。福祥吓病在炕上。桃子和杨玉清、张甫礼谈论了眼下的形势，孔秀才回区后，一定会残酷地报复。肯定会寻找伤员，来搜查桃花沟，要他们提高警惕，想办法掩护好伤员。夜里，大家把伤员分成三批，四个在张老三的厢房，其余在玉清、甫礼家藏着。白天黑夜派可靠的人村外放哨，有了情况，就把伤员藏到草垛里……把这些事情做完以后，桃子回到家时，夜已经很深了。

但，三嫂和小菊还在推磨。不顾母亲、妹妹的阻拦，桃子也加入了。三嫂说，要多磨出些麦面，多烙出些干粮，万一情况有变，伤员好吃……

因为天阴得很沉，不见一点星光，也不知什么时辰了。大约是子时过后，为伤员向炕洞里添草的张老三，听到狗叫，跟着大门外响起牲口和人的走路声。一会儿，在他的院子门口停住。接着，传来咚咚咚的敲门声。老三身上出一层冷汗，急忙吹灭灯火，奔到院门后，用肩头顶住门，刚要向呜呜呜磨响的正屋呼喊，猛听到门外唤道："三叔，三叔！开门，是我，子久，冯先生！"

老三一听，急忙拉开门闩，打开门扇，说："哎呀，你不是来不了吗？你怎么来啦？正想你……咦！"老三见黑毛驴腚后跟着一个高大人影，吃惊地问："那是谁？"

第三章

　　冯先生深夜骑驴来桃花沟敲门，已叫张老三一家出乎意料，而这位"鬼见愁"中药先生身后出现的于震海，更叫他们惊喜若狂了！
　　来不及说更多的话，连口水也顾不上喝，冯先生急着给最重的伤员治伤。若不是他采取有效的手段，那位肺里有颗子弹头的名叫大胜的伤员，就要被痰堵死了。而于震海，看过伤员之后，就和杨玉清、张甫礼等桃花沟的党员，研究保护伤员的应急计划，告诉他们当前的严重局势，鼓励大家坚持斗争的信心和勇气……冯先生不能久留，治完伤，即刻上了黑毛驴，由张甫礼和杨玉清的儿子送走了。
　　"亏得冯先生赶来，要不，大胜没救啦！你怎么知道这事的？"桃子问。
　　"我昨夜傍亮进孔家庄凤子家……傍晚她去找冯先生看伤，听冯先生和开仁说你中午刚走……"
　　"冯先生走不开，孔秀才白天派岗盯着他，他早上回不去的话，那怎么办？"桃子问。
　　"明天上午的岗，有咱的人担当，都安排好啦。"
　　"哦，是那个叫小雪的好人吧，早先凤子姑跟俺提起过他……我光着急拿药回来，就没想到找凤子姑这一层……你这些天，怎么过来的？"桃子问。

攻克孔家庄的战斗刚结束,突击大队队长于震海得悉特委书记、暴动总指挥珠子和丁赤杰率领的文登大队,在底湾头陷入省主席韩复榘派来镇压暴动的八十一师大部队的重围,他和政委高玉山等人研究后,他即带领二百多名暴动战士,直奔底湾头解救领导和战友。傍晚,突击大队在潘格庄河西岸,遭遇敌人的重兵埋伏。敌兵越打越多,展书堂的八十一师部队、文登县大队、保安队、盐务局的武装,总共有六七百人。暴动队伍与敌人激战了大半夜,双方伤亡极为惨重。最后,人民自卫军的子弹也快打光了,于震海指挥部队,用刺刀、大刀片,肉搏出一条血路,向西北昆嵛山里冲去了。因为是黑夜,敌兵地形不熟,对暴动队伍摆脱敌人非常有利。但也使这支缺乏实战经验的新型队伍,不少人散失了,加上伤亡的,到天亮爬上泰礴顶的三皇庙前,清点人数,只剩下六十几个人了,而且不少人带着伤。好在突击大队的干部骨干,刘宝田、刘宝川兄弟、孔居任、伍拾子等人,大都还在。

昆嵛山主峰泰礴顶,当地人有叫它太婆顶的,也有说泰礴顶就是太婆顶的转音的。意思是它位居连绵百里的群山之首,周围起伏相连着无数峰巅,宛如老祖母携领着一群子子孙孙。站在泰礴顶上,如果是晴天好日,西看牟平,东见文登、荣城,北望威海卫,南眺海阳县境;赶上那秋高气爽的季节,那东、南、北三面的环海,碧蓝如天,海面浮动的点点白帆,也能历历在目。

可是在一九三五年阴历十一月初九这天上午,跟着于震海冲杀出来的六十几名人民自卫军战士,站在泰礴顶上,看到的情景是山外的村庄,白烟冲天,红光闪烁;一群群灰色的、黄色的、黑色的敌兵,追赶捕杀着一群群惶恐逃跑的老百姓……

这些衣裳染血、骨肉带伤的暴动战士,眼都急红了,嗓子都哭哑了。尽管枪里没有了子弹,刺刀尖捅秃了,大刀片砍镪刃了,旗杆也打断了,但都怒火填膺,叫喊着要冲下山去,救人民,报仇恨。他们在雪花飞舞、西北风狂吹的大山顶上,高举红旗，含着眼泪，唱《暴动歌》——这就是那天桃子和小菊姐妹看到的红旗，听到的歌声……

于震海和刘宝田、孔居任几个干部开会决定，不能出山拼命，拼的结果救不了老百姓，而突击大队还将要全部覆灭。干部说服了战士们，队伍拉到张皮口一带的山上，隐蔽在当地一些同志和可靠群众家里，弄清确实的消息后，再打算下一步的行动。

不幸的消息很快从秘密联络站传来：底湾头一场血战，暴动武装文登大队被敌人打垮，丁赤杰等人壮烈牺牲，特委书记珠子和几个同志，被敌人抓走了；海阳、牟平两个暴动大队，行动进展不大，连遭挫伤，李绍先等几个负责人下落不明。在孔家庄一带活动的突击大队政委高玉山带着几十名战士找来了。山子在敌人的大兵袭来之前，及时地疏散了参加暴动的党员和群众，赶来和于震海他们会合。

山子、玉子、中子、宝田研究决定，剩下的七十几人的队伍要保存住，不能到山外去碰拥有机枪大炮的强大敌人，伤员要隐藏在深山夼的小村、山庵、庙观里，用土方土药治伤，高玉山带几个人去寻找其他的特委负责人、县委负责人联系。于震海把队伍分成四个小组，白天分头爬到陡峭的山峰上，向下掀大石头，发出轰轰隆隆的响声，传出一二十里之外，犹如放大炮；夜晚在属官产的山林里放火，火焰烤红云天，几十里外望得见；又使道士、和尚、看庵人及进山割草、砍柴的庄稼汉，出山去传扬：暴动的大部队在山里练兵，有几千人马。以便吸引敌人的兵力进山里清剿，使同志们和群众少受损失。

果然，敌人不断派兵进山围剿，但他们不识地理山形，又不知暴动队伍的虚实，只能在外围转转，不深入到丛山大夼里来。

七八天就这样过去了，不见高玉山几个人回还，秘密联络站传来的消息越来越少了，外面的情况究竟如何不清楚，天越来越冷，在大山里坚持活动，困难越来越多。为此，于震海将部队交给孔居任、刘宝川和伍拾子等人带着,他和宝田几个人,分头摸出山夼,奔往各地打听消息。

于震海先进入牟平县境,到了上口、盘石、花家疃一带村子,从这往南,过了黄垒河,向西南深入海阳县夏村周围村落,又折向东面的上夼、垛崮山周围的白沙滩一些地方,从南黄集、浪暖口过了黄垒河,回到文登县内。昨夜傍晚,来到孔家庄。他每次进村,都是黑夜,找他曾到过的秘密联络点和地下党同志家,听到、看到的都是敌人的残酷暴行,同志和群众许多人被抓被杀,却没有找到一个负责人……

当他来到他熟悉的孔家庄时,这半个月前经历过一次革命的战斗洗礼的大集镇,又处在险恶的白色恐怖里。土皇帝孔庆儒父子威风凛凛地回来了,而满街的墙上,贴着刀铡共产党人的布告,悬赏捉拿赤匪的通缉令。一连大兵驻在镇上,冷枪时时起,惊狗慌慌吠。

于震海摸到丝坊女工、地下党员凤子的住地。他正在端量不高的院墙,观察周围的动静,门却无声地开了,有人一把拉住他,正是凤子。

凤子的出现并非巧遇,前天夜里她也是这样接刘宝田的。这几天,夜里她很少睡觉,老是在院里听动静,就是躺在炕上,也是和衣侧着耳朵……

孔家庄情况很快搞清楚了。原来被抓走三个党员,孔庆儒一回来,就抓走十六个人,其中有党员,有参加暴动的群众,有同志的亲属,好儿和玉山的父亲高德宽也在其中,都关在区上。凤子和几个没暴露的党员、可靠群众,正想法子保释他们。丁立冬早回到区公所里当兵,同凤子接上头,帮助营救被抓的人。于震海和凤子商量了好半天营救的办法,如何和孔秀才周旋的计策,也不知他心里装的事太多,没有听清楚,还是他顾不上这件事,当凤子说起他哥于震兴已和寡妇小白菜萃女成了亲,他一点反应也没有……

本来震海计划夜里去赤松坡找江鸣雁父女，但他胳膊上受的枪伤，虽然没有伤着骨头，可老用土药对付，他又时常活动，一直不见好转。凤子利用夜幕的掩护，带他到济仁堂找冯先生医治……这才得悉，桃子为救三名重伤员来请冯先生，因为孔庆儒已派岗哨监视，"鬼见愁"脱不开身，桃子只好带着药物，迅疾赶回桃花沟去了……

这就是于震海这些天经历的简略情形。但他对媳妇的回答，还要简单，说："突击大队没有救出珠子、赤杰他们，和敌人打了一宿，撤退深山里啦！我到各地走了一遭，都损失不小，暴动是失败啦！可咱们不能泄气，活着就要报仇，雪恨，积攒起力量，再把红旗打起来，暴动到底！"

桃子趁向针鼻换线的工夫，看了丈夫一眼，继续缝补着衣裳……

夫妻俩坐在西间炕上，桃子靠近炕里的窗台处，就着窗台上的油灯，做针线。震海坐在炕沿上，身子依泥坯墙壁，两只大手掌着炕席。慈祥的母亲为了儿女能把心分成几瓣使唤，何况又是三嫂这样精明细心的母亲呢！当女婿一进门，不管有多少纷杂忙乱的事情要他们做，时间、形势多么紧迫、困难，三嫂就开始紧张地计划，还是安排出地方和空间，让女儿和丈夫能在一起待待，哪怕是一会儿时间也好。

这时候，三嫂叫丈夫守住厢房的伤员，小菊搂着她兄弟狗剩在东房间炕上睡觉，而她自己，则坐在院门外的冰凉的石头门枕上，强睁着缺眠的网血丝的机警的眼睛，一会儿望望村外的幽暗的远山，一会儿看看寂静的左邻右舍。

"还有哪儿？"桃子轻声问道。

震海没回答，叹了口气。

"问你哪！"她的声音是那样柔和，充满了醉人肺腑的温情。

震海的头仰靠在墙壁上，闭上眼，嗓子沙哑地说："还用问？想象得到……"

他指的是碰到的同志和群众惨遭的损伤，而桃子也想听听丈夫本身的遭遇。其实，这也不用多说，就从她手中正缝补的这件灰棉袄上，她什么想不到啊！和亲临其境能差多少！

这件棉袄是暴动前夕三嫂为震海赶做的，交给伍拾子捎给他的。里表都是自制的结实的粗布。仅仅半个多月，袄里已经千疮百孔，破烂不堪。从上面大大小小长的、方的、圆的口子、窟窿，桃子想象得出，哪是刺刀挑的，哪是荆棘撕的，哪是子弹穿的，里面外表上的血渍血道，分得出哪是从别人身上溅的，哪是他自己身上浸的……桃子的心禁不住收紧，猛抬头看着丈夫，看着丈夫！

他，那方圆的大脑瓜，头发楂很长了，脸腮凹下去了，颧骨凸出来，面皮稀松，杂乱的胡楂随意地长着。最突出的是两个大眼窝，侧面的灯光都照不见闭着的眼皮了。

几年了，桃子也记不清了，自从她丈夫破房冲出敌人包围离家之后，他们夫妻在一个炕上待着，这是第二次。第一次，是去年年关，震海和金牙三子去东北躲险，先前李绍先和丁赤杰安排他来向媳妇辞行，也是在这西间的炕上。当时，桃子刚从文登城牢房保出来，一身刑伤，重病垂危，为不使丈夫见到自己的惨相，桃子连灯也没让点。夫妻俩在黑屋中，流着泪，把手放在一起……暴动开始后，桃子为送情报同原以为早死了的丈夫在赤松坡他们成亲的家院邂逅相会，军务紧急，很快就分开了。不过，对桃子来说，这就够了！非常满足了！很幸福了！虽然夫妻不能马上在一起，还要先收拾敌人，后收拾家，她还不能暴露，仍要回山庵去住，但她的丈夫活着，她的孩子的父亲活着！她为他和他的事业献出了一切，终于看到胜利的光亮了！她和假丈夫待的日子比真丈夫还长得多，她的女儿一直不认识真爹，会学话就叫

45

的假爹啊！这一切的难堪、不幸、不正常，就要过去了！暴动，解放，对桃子来说，比一般受苦人，切身的利害更大啊！当她今天见到珠子、先子等人被害，孔秀才又活着回来了，预感到暴动失败了，她的悲怆，是何等沉重，受的打击，是何等残酷啊！桃子再也想不到，她第二次和丈夫相会在母亲家的西炕上，竟又是此情此景！

　　桃子的全身像有烈火烧着，握针拿衣裳的手，抖个不停，热泪模糊了视线，她控制不住自己，就要和那年第一次发现丈夫身负枪伤一样，猛扑到他身上……然而，桃子跪坐着的腿，向前挪动了一下，一点动响没有，又落回去了，她悲泣地叫了声："震海！"

　　"嗯。"他仍没动身，没睁眼。

　　"震海，你……"

　　"怎么啦？"震海勉强地睁开眼睛，迷惘地看着媳妇。

　　这雪亮的目光，使桃子镇静了好多，她急忙垂下头，借咬针脚把泪水擦在他的棉袄上。

　　石匠玉的嘴动了动，激动地说："你不说，我也知道，这些日子，你够苦啦！"

　　桃子的心一热，不好意思地悄声说："俺累不着。谁对你说我来？"

　　"没有人说你。珠子、先子、赤杰他们，都夸过你。可他们，都不在啦……"震海背着灯光揩了把泪水，说不下去了。

　　桃子刚才上来的那股巨大的委屈和孤单情绪，全烟消云散了！抓紧时间飞针走线。唉，她多生出一双手该有多好啊！她的眼在针线上，唉，她能再有双眼睛，一直看在丈夫身上多好啊！她的心思要求她集中做活。唉，能多长颗心出来，想着丈夫的事多好啊！时间哪，多么珍贵的时间！

　　震海见媳妇不开口，便问："你刚才叫我干什么？"

　　"……"她迟疑了片刻，"叫你靠里面点。"

"我不冷。"

"离俺近点不好？"

"这有啥不好的。"震海向里凑了凑。

"俺当你把我当成盆火，怕烤化了你。"

"你就是火，我也不是雪人，就烤化了……"

"叫你离近点，是说话方便，别惊醒东炕上的小菊……哎，你不乐意说话就不说吧，盖上被，闭一会儿眼……"

"白天，凤子一家放着哨，我睡够了！你倒是该歇会儿……"

"叫你穿单褂子过冬啊！你又急着走……住一天走不行？"

"不行。大伙盼得心焦啊！我担心队伍出岔子。"

"那吃了夜饭走不成？天不黑就吃……"

"不行。"

"吃晌饭走吧？"

"不行。"

"……"

"你不乐意啦？"

"谁说的？"

"怎么不说话？"

"说话耽误做活。"

"那就歇息会子……"

"你不急着走啦？"

"急！"

"那就等能歇息的时候再歇吧！"桃子翻过破棉袄，开始补里子，"我做活，你快说往后俺怎么干吧。"

"孔秀才诡计多，又熟悉情况，比外来的大兵难对付。桃花沟他不会放过，眼下你们村的任务，想尽办法，保护好伤号，防备敌人来搜查。怎么做，多和杨玉清他们合计。"

"你放心，有桃花沟在，就有伤号在！你们的处境最艰难……"桃子还要说些关切的话,突然煞住话头,转向发白的窗纸,心慌地说,"怎么,天亮啦!冬天的夜长啊……唉,怎么鸡也不叫一声啊……"

桃子的怨恨天亮,倒不全是"欢愉嫌夜短"的缘故,因为无论三嫂如何周密谋划,能给这夫妻二人单独相处的时间也只有半个时辰啊!鸡也没失晓,已经叫过三遍了,本来山村养的鸡就有限,它们又常被禽兽伤害,加之这些天村里的多数雄鸡,也和张老三家的一样,给伤号吃了,打鸣的公鸡极为有限。即使有几声鸡叫,桃子和震海,还能分出听觉来管它吗!

桃子把刚刚补好的棉袄递给震海,小菊就来报告,母亲把早饭已经做好了。

震海穿着棉袄,低声问:"你还有话没有啦?"

桃子头垂在丈夫宽敞的胸怀前,两手摸扯着他棉袄上的一个挨一个的新补丁,说:"在孔家庄冯先生家里,你没瞅两眼你闺女?"

于震海愣了一下,说:"没顾得上她……"

"唉,顾不上瞅两眼,瞅一眼——也好啊!你呀,真是个粗人……"这话是桃子在心里说的,嘴上她一声没出!

然而,桃子她怎么也没想到,她这个粗心的丈夫,现在走上并不算陡的龙泉口的时候,两腿重得像坠上了铅,是那样吃力……

"胡说!暴动怎么会失败啦?你们都听信敌人造谣,怕死啦,不敢拼命啦!谁再说失败,他就是奸细、坏蛋!我跟他拼!"二十出头的红扑扑脸膛的结实青年,瞪着愤怒的眼睛,冲着人们,大喊大叫,手中的半截桑木旗杆,狠狠地向下乱戳着。他是铁匠刘福的小儿子,武术老师江鸣雁的女儿二妞的爱人刘宝川。

宝川的周围,站着蹲着几十个突击大队的战士。大家看看几个执行侦察任务回来的队员,又看看宝川,没有说话。

这是在丁家庵的小院里。队伍约定在这里和到各地打探消息的于震海、刘宝田几个人会合。刘宝田和于震海还没来，其余的都回来了。丁赤杰的遗妻、朝鲜人崔素香同公爹丁老成，正在屋里忙活给队伍凑够一顿晚饭……

天仍是阴着，铅色的浓云，死死地罩住周围的山峰，云雾是那样低，头上的雁队飞过，也只闻其声，不见其影。

过了一会儿，一个叫黄千的队员打破沉寂，上前分解道："宝川同志可不能诬赖人。联络点都叫敌人破坏了，我们到文登城下，亲眼看见的人头，带像的布告，珠子他们真的被杀了！真的，暴动队伍都垮了……"

"你浑蛋！"宝川冲到黄千跟前，照他头上一旗杆。

黄千眼疾手快，一闪身，旗杆打到腰上。他哭着喊道："就是真的呀！不信问他们……你们怎么都不说话，哑巴啦……"

"谁说失败谁是奸细，枪里没子弹，棍子照样够用的！"宝川怒不可遏又要打黄千，"你个坏蛋，安的么心！打死你再说……"

有上来拦宝川的，有上来替黄千说话的。

"宝川！你要干么？怎么能打人……"宝田冲进院门，抢到弟弟眼前，不由分说，将旗杆夺了下来。

宝川的眼血红，瞪着哥哥，气呼呼地直喘，说："黄千他是奸细，动摇军心……"

"我说珠子被敌人害啦！暴动队伍垮啦！"黄千申诉道，"他说我胡说，是坏蛋……"

"你怎么能这样诬赖自己的同志！"宝田火了。

宝川冲他哥哥叫道："你说，珠子真的叫杀了？咱的队伍真的垮了？暴动真的失败了？你说！你说！"

宝田摇摇头，又痛苦地点点头。

所有在场的人，都耷拉下脑袋，有人开始蹲下去擦眼泪。

"啊！你也这样说？"宝川瞪大了一会儿眼睛，突然吼道，"你也是软骨头，奸细！"

照他哥脸上就是一拳。接着抢过身边一个人手里的大刀，扑向宝田。

宝川挥刀的手，被一只强有力的手死死抓住了。他一回脸，看清来人，孩子似的，一头撞进来人的怀里，号啕起来："震海哥！你快说，咱们的领导人，咱们的大暴动，是真完了吗？啊！你快说，我哥他们得的消息是假的，是敌人造谣，他们轻信。是他们怕死怕苦，不想暴动了，不想为穷人打江山了；瞎编出来的，吓唬咱们……是吧，震海哥，震海哥！你说是，就是！"

于震海夺过宝川的大刀，把刀砍进冻土里，足足有半尺深。他的嗓口像堵上一块火炭，热辣辣的，什么话也说不出来。

几十名暴动队员，都在注视着他，等待他的回答。他说什么好啊！

他又拉住了宝川，艰难地说："宝川，你清醒点，不要伤自己人。宝田他们说的，都是真的，真的……"

"啊！"宝川的眼睛一下直了，紧盯着于震海。

震海对大家说："不光文登大队垮了，牟平、海阳、荣城的暴动队伍，也不行了……珠子、先子、赤子一些领导人，都……"

不知是谁起的头，有了哭声，接着，这群坚硬的汉子，都蹲在地上，呜咽起来。哭声越来越大了！

"哈哈哈哈！"宝川突然爆发了大笑，高呼着，"好哇！真好哇！几年哪，多少天哪！拼哪，打呀，喊哪，叫哇……几万人的暴动队伍，全垮啦！真有意思，我这旗杆当烧火棍吧……"他疯狂地将旗杆在石墙上磕成几截，"你们哭什么，哭！要当哭妈的队伍，在这干么呀！哈哈，我要走啦！走啦，走到没有哭声的地方……咦，天黑得这么快！这么黑呀！这么黑呀……"宝川神经质地乱叫着，向外走，撞到院墙上，他伸着两手，到处乱摸乱抓。

震海和宝田上去拉住他，惊慌地看着他，叫："宝川！宝川！

你怎么啦？你怎么了啊？"

宝川直着眼睛，里面红红的，一会儿又翻起眼白，狂乱地叫道："你们都在哪儿？还不快上，叫孔秀才老狗跑啦，你们这些软骨头！快放开我，捂住我的眼干吗？我的刀呢！我的旗呢！我要打文登城去……趁这么黑的天，我看不见他们，他们也见不着我！放开我！放开我……"

宝田抱住宝川，痛心地叫道："宝川！兄弟！兄弟……"

震海摸着他的眼睛，连声呼唤道："宝川！宝川！好兄弟，你消消火啊！消消火啊！你看见我吗？看见哥哥吗……"宝川的双眼失明了！

几个人好容易把乱叫乱喊的宝川弄进屋里，三个年轻人帮助宝田才把他安躺在炕上。他一会儿哭，一会儿笑，一时喊，一时闹……屋里屋外几十号战士，别说吃饭，连口水也咽不下去……

崔素香走近于震海，心疼地说："怎么办！谁也不吃……看看一张张脸，比讨饭人的还难看。你说说大伙吧……"

"我——"震海沉吟了片刻，"我这会儿能说什么啊！我……我到下面先清静一会儿……"

这位出生入死三四年，锤炼得如钢筋铁骨一样坚实的高壮汉子，这时候，像失去脚跟的衰弱老人。他扶着山坡小路两边的树干，踉跄地走进赤松林，像从前拥抱他残瘫的父亲于世章一样，张开两臂，全身扑到野草丛生的坟墓上。那怆戚的哭声，那悲愤的热泪，要把他这些天一忍再忍，一压再压，一憋再憋的感情，都爆发出来。他再也控制不住了！这是他唯一能倾诉感情的地方了啊！

这些天来，震海到他几年来进进出出非常熟悉的同志、革命群众家里，到联络站去……可是，迎接他的，不像暴动之前，到处是热烈的接待，亲切的问候，温暖的贴心话，而是联络站被破坏，同志和群众的被抓被杀！是血！是泪！在突击大队袭击石岛的出发点——槎山脚下的山西头树，七个共产党人被害，人和集、千军石，都有牺牲的党员和群众。在牟平县北面的盘石村五名党员人头落地，南面的岭上、峁上都有损失，黄垒河入口处的浪暖口村，八个同志惨遭杀害。海阳县方面，李绍先率领的暴动大队被敌人打垮了！先子负伤后被俘，敌人酷刑折磨三天，仍然得不到任何情况，最后只得用两个刽子手架着他上刑场。他牺牲前一直宣传共产党的主张，揭露国民党反动派的罪恶，直到肝脏被扒出来为止……敌人在夏村镇一带，抓捕了一百二十多人，凶残的敌人，对共产党人和革命群众，多数用铡刀铡死，有的一铡三截。即使用一般凶器打死了的，也要用铡刀重新铡过，把人头挂到集市上示众，并把重要人物的人头挂到县城墙头上……

在这血腥镇压的白色恐怖下，很多革命群众和共产党员，听到于震海他们敲门的暗号，还是把门打开，冒险接待他们。可是他们对敌人的血泪控诉，盼望报仇，询问暴动是成功还是失败了的炽热言语，使震海他们的回答难以平息群众的焦灼情绪。也有一些党员和群众害怕了，不敢为他们开门，担心被本村的坏人发觉，使全家遭到大祸。有的群众对革命失去信心，说服参加暴动活动的儿子、弟兄，逃到关东去躲难。更有两户群众，见本村暴动的青年，被敌人当街铡成三截，头还割下来挂在老槐树上喂乌鸦，一家老父亲吓疯了，冲大烟灰毒死了儿子；一家母亲饺子里使上砒霜，药杀了独生子，落个囫囵尸首……也有的动摇分子，逃跑了，经不住大刑，变节了……

石匠玉，从他成人以来，尤其参加了共产党以后，他没有这样伤心地痛苦过，凄切地号啕过。他怎能不哭呢？一层层的愁云苦雨，像一次次的刀绞斧砍，简直把他的五脏六腑都揉搓成泥酱，变成一个结实的悲疙瘩，窒息得他透不过气来了！

这几天，他离开了打胜又失败的队伍，带着发炎的伤口，到各地去寻找领导人,去找支持自己的亲人们。然而,见到的是失去亲骨肉的烈士家属的双双哭肿的眼睛,听到的是熟悉的好同志和群众惨遭杀戮的噩耗!一村又一村,一家又一家,从山里,到海边……一件件,一桩桩,都是血,都是泪啊!人们把于震海看成英雄,向他倾诉受到的灾难,要他拿主张,求他给报仇!可于震海只有六七十名缺枪少弹的队伍啊!然而,他不能向亲人们流泪,说丧气话,他把他的泪吞到肚子里去,悲愁压到心底下去,强装笑脸,拼命鼓起勇气,告诉同志和群众,仇要报,恨要消,暴动一定闹到底,不把世道翻个过,誓不罢休……只有他白天藏进哪个河沟或草垛里,等待晚上再进村的时候,他才无声地一把一把地揩眼泪……

　　他还能对谁哭呢?的确,在进张老三家门的一霎间,一阵暖流回荡了他的全身,特别是和媳妇待在一个热炕的宝贵时辰,他真想对着桃子,诉说一番衷肠。但是,他面对着她,想到她嫁给自己的那天起,受的苦,对他,对革命,担的惊,受的吓,出的力,流的血……日夜盼望能离开假丈夫,孩子能叫声真"爹爹",而今,这一切都遥遥无期,而大祸随时都会降到她身上……该哭诉该悲泣的应当是她,怎么是他于震海呢?他一直呆坐着,不敢挨近她,甚至不敢多看她……他希望她向自己诉苦,请他擦她的眼泪,怨恨他几声……然而,她连一点点这种表示也没有,这种话的一个字也没有,而是飞针走线为他缝补棉袄……当时,震海真觉得桃子是盆火,红艳艳的火,炽烈烈的火,他就是一个铁人,再待下去,也会被烤化的,于震海断然和妻子亲热地话别了……

　　震海浑身被亲人的炽烈的感情火焰炙烤着,被对敌人的仇恨怒火烘烧着,吃力地登上龙泉口,心里说:"桃子,别怨我没顾上看孩子一眼,那些叫敌人害死的同志,咱们再也看不到了啊!报仇!报仇!找到队伍,和敌人斗!和孔秀才斗!同志们哪,到了你们跟前,我可要痛痛快快哭一场啦……"

还没有等他哭出来,他的战士们的眼睛都哭红了。那宝川,听说暴动失败要杀他哥哥,已经发疯,眼睛失明了!

"爹呀!三子啊!活着的亲人跟前,没有我哭的地场啦!就能在你们这里,叫我哭个痛快吧!"震海边哭边喊。他两只能同时开枪百发百中的手,娴熟地使唤十八般兵器的强大有力的大手,一手抓住父亲于世章坟上的一簇茁壮的野草,一手扯着金牙三子坟上的一缕健旺的迎春花枝蔓,一身结实的骨架子,上下抽动着。"爹啊!三子呀!你们笑我熊了吗?我是熊啦!我没咒念啦!我气恨过媳妇泪水多,如今我比她还多啊!早先,受地主坏地瓜欺侮,爹叫我学武术,参加武术会,有出气的地场。这个不顶事。穷人得不了救,遇上赤杰、绍先他们,带着我加入了共产党,我找到了救命星,引路灯……为打天下,暴动胜利,我苦能受,罪能遭,伤身不怕痛,宁死往前冲。眼见火烧亲爹,我不上敌人当,媳妇改嫁,我心上挥着刀……这些,我都熬得过,有哭的地方,有程先生,有珠子,有先子,有赤杰……可如今,他们一个又一个,都没有了啊!就是留一个下来,我也有依靠啊!爹啊!你叫我跟共产党,为穷人打天下,可党没有了,党在哪里啊!三子啊,你白替我死啦!我没法子把暴动搞成功!没有了领路人,我和六七十个同志,怎么再打天下啊!我对不起你们啊,对不起啊……"

天已昏暗下来,没有风,赤松林肃穆地耸立着,连鸟啼也听不见。云层缓慢往下坠,白蒸气似的雾霭从山顶涌到山半腰,在松林间飘缭。

震海正哭诉着,忽听一个女子的声音说:"你谁都对得起!人人都在看着你的举动,听你的口令啊!"

他一惊,抬头一看,身前方有位细长的穿蓝褂妇女,双膝跪在那里,脸正对着他。因为他哭得视线模糊,天色已暗,看不清她是谁——倒很像桃子……他一翻身，站了起来。

女子也站了起来，双手递上一条手巾。震海这才认出，是崔素香。他接过手巾，有些难为情地说："我白白长成五尺的汉子，没你硬实……"

"流泪和硬实是两码事。"素香等他揩干净脸，又从怀里掏出一支驳壳枪，双手递上前，"你认得的，他留下的。里面还有三颗子弹，三颗！"

震海接过来，见物如见人，禁不住眼睛发热，悲愤地说："我这就走，不杀了孔秀才，给赤杰、先子、珠子报仇，我不活着……"

"等等。"素香说，"有人找你——哦，那不，他来啦！"

震海一抬头，细高的个子，长长的脸，大步向他走来。

震海惊叫一声："山子！"张臂将他搂在怀里。

两个人结结实实地搂抱了一会儿。

在于世章和金牙三子的坟头前，高玉山握着当年二妞栽下的已有人高的赤松树，和于震海分析了当前的处境，计划了今后的行动。

高玉山这些天冒着敌人搜捕、屠杀的危险，到荣城、文登一带联系各地的负责人，弄清敌人的情况。这次波及四县的暴动，已经失败了。还能不失败吗？由于叛徒、变节分子的出卖、口供，敌人事先就做了镇压的布置。韩复榘亲自指挥，八十一师和地方的各种部队，加起来有三四万人马，拥挤在胶东半岛的东面四县，进行空前的清剿。敌人扑灭暴动队伍的行动已经结束，目前分兵在各县区，依靠当地的官吏、地主恶霸、土豪劣绅、各种坏分子，带着兵警捕拿共产党人和暴动的群众。今后的一段斗争还会相当尖锐复杂，在这样形势之下，突击大队剩下的几十人武装，要保存起来。前几天在山里放火掀石头，起了一些作用，但敌人已知上当，不去理会了。而这样在山里待下去，吃住也很成问题。为此,他们决定,能本村掩护过去的,可以回去;身体不好的,可在亲朋家住下;太显眼的一些同志,要化整为零,到各地去秘密活动,组织群众防备敌人的阴谋,宣传革命失败一次不要紧,只要不灰心,胜利的一天总会到来。总之,要使所有暴动队员隐蔽好,不光是隐蔽好,还要使党员和革命群众鼓起斗争的信心,不被敌人的屠杀吓倒,努力恢复组织活动,度过这最困难的时刻。还决定:无论如何分散隐蔽,这支队伍不能失散,要约定好联系地点、方法、暗号,必要时能集中起来行动。

于震海听了,心里透亮多了,说:"你这一点拨,好办多啦!你找到上级没有?"

"上级?"高玉山沉重地说,"听说省委在青岛被敌人破坏了,现在的去向找不到。我找到了文登县委的负责人,他们还在。大家一块商量了上面我说的那些法子,叫我回来再和你说说……"

"我看都行!"

"玉子,能不能把暴动剩下的这支小队伍保存下来,是咱闹革命的本钱。这要看你的啦!"

震海拍一下脑袋,说:"我刚才还想出去拼!拼一个够本,拼俩赚一个!我错啦,这样想对不起珠子、先子、赤子他们……"

"我也一样!"高玉山拍着他的肩膀说,"到一个同志家,先抱头哭一场,才能说别的……玉子,你受的难为比我们哪个都多,都多……桃子妹好吗?"

"好,她挺结实的!"震海脱口而出,第一次对外人夸起媳妇来,一点没觉得不自然。他转头四下望望,结果只他们二人。崔素香无声地出现,不知何时又悄声地消失了。"她总是这样!素香这人,比桃子还强些!"

"都一样!"高玉山说,又迟疑道,"也不全一样……哦,走吧,去和大伙说说,事不宜迟,今夜就分头行动。中子的事你知道吗?"

震海道："他带的一个组，活动得挺起劲，今天约好来丁家庵会合。他还没来？"

高玉山说不出是气愤还是担忧，沉重地说："他那组回来的人说，中子听说好儿叫孔秀才抓了去，就跑回去救去啦！"

"孔居任，这个没骨头的！"震海怒气冲冲地说，"干革命，少他一个没关系。他要是变了心，对咱的祸害可就大啦！"

高玉山皱紧眉头，望着越来越黑的云雾中的重峦叠嶂，上牙深深咬进下唇里！

第四章

　　破礼帽下的一双狡黠机警的眼睛，在寒夜中闪光，对着偌大的村庄，来来回回地打量着。他影在打谷场的草垛边上，右手的大镜面①，大小机头都张着，左手里的匕首，向后侧握着。

　　七百多户人家的孔家庄，见不到灯火，也听不到脚步声。时不时村庄这边那头，传来谁家的驴叫、牛吼，一阵阵叫夜的狗吠。这一切过后，又是死一样的沉寂。

　　影在草垛后的这个人，良久不见异常情况，他将礼帽往眉毛上拉了拉，轻脚快步地离开打谷场，冲进一个胡同口……突然，街中心响起一片急骤的锣声。他吃一惊，疾步转身，但打谷场的附近跟着也响起了锣声，接着，各处的锣声呼应着响起来，还夹杂着喊声，跑步声……

　　戴礼帽人一个箭步跑到高墙中间的菜园边上，一个蹿跳翻进园内，趴在篱笆后面，那握枪持刀的手攥得更紧了。

　　四个端大枪的兵，从他面前跑着喊着冲向村外。一会儿，又有三个背枪的兵，从街里走来，站在菜园边上，避风抽烟。

　　一个莱阳口音的兵说："别抽吧，叫当官的看见，又得挨揍。"

　　"没有事。你们那仇连长，早在做亲孔香兰的梦哩，顾不上这

---

①大镜面：一种驳壳枪。

些事啦。"这是兵油子泥鳅，他边说边从莱阳兵口袋里掏出半包大婴孩香烟，黑暗中抽出四支，分给两个兵两支，自己别上耳朵一支，点着一支。

另一个兵说："那孔香兰是啥人？"

"啥人？极标致的大姑娘，面皮白得赛大葱白，还上过学堂。孔区长的亲侄女。"泥鳅贪婪地抽着烟，"伙计，眼馋啦？想美女就当连长，咱这地方山明水秀，净出美女……你们不知道，北山里有个桃花沟，桃花沟有家张老三，人穷得啃石头，家可净生俊闺女……"

"再俊也是遭罪的骨头。"莱阳兵说，"哎，仇连长和识字的闺女成了吗？"

泥鳅道："放心等着喝喜酒吧。她爹钱庄老板升了天，这事还不是孔区长的一句话。"

莱阳兵道："我的天哪！连长真在这恋上这个女人，咱的苦有得受了。这个秀才区长回来，花花肠子比哪个区长的都多，十多天啦，村村有巡夜的，有动静就敲锣，一敲就叫咱们去清乡……闹得没一宿睡好觉的。这多会是个头？"

另一个兵说："快啦。共匪的大头目杀得差不多了，光剩下几个砸石头、打铁的……有什么不好办的？"

泥鳅道："你们兄弟不知底细，这石匠玉虽不是共匪最大的头，实在难对付。前些日子在昆嵛山里放火滚石头，而咱们的大头，就是他领着人干的。我和这小子打过交道，谁都怕他，他就怕我。有一次，连咱刘队副……"

"泥鳅，你们在干什么？"

听到喊声，三个兵赶快将烟踏灭，端起大枪。泥鳅道："报告队副！俺们刚搜索到这……"

刘队副带着两个兵走过来，说："走吧，回去睡觉吧！他妈的，有烟吗？"

莱阳兵不及回答,泥鳅已经从他口袋将烟掏出来,递上前:"队副,烟不大好……刚刚是怎么回事?"

刘队副抽着烟,才说:"他妈的,谁家的叫驴闹槽,脱了缰绳跑到街上……放哨的说听到马队响,认为是石匠玉他们从山里下来了……"

等着这群兵骂骂嚷嚷消失之后,一直伏在菜园篱笆障子后的人,用手枪头将眉毛上的礼帽向上顶了顶,扫视了几下周围的黑影,将匕首掖进腰里,翻身出了菜园,敏捷地来到胡同中间的破败了的瓦门楼前,伸手摸,门上无锁,推推门扇,从里面闩着。他松了口气,又把手枪的保险机扳好,紧了紧勒着长袍子的腰带,离开大门。打量几眼院墙,向后退了五步,然后又飞速扑向墙根,猛地一蹿,两手攀住了墙头,身子一缩,右腿一跨,翻进了院子……

"谁?"

好儿被敲窗声惊醒,边问边掀开被子,穿着上衣。实际上她也是刚闭上眼要入睡的。这些日子,白天黑夜,时常有敌兵来搜查、盘问。前半月,就是孔秀才回村的当天下午,她被抓进区公所,关了五天,要她交代丈夫孔居任的下落。当然,她说不知道,一口咬定,自从他当了绑票的逃离家乡之后,她一直没见着他。要她交代丈夫是不是共产党,参加了暴动详情,她回答一概不清楚。这也是母亲事先向她交代好的供词。敌人抓不住什么把柄,只好让好儿和高玉山的父亲高德宽六个受牵连的老人和妇女,交钱取保释放。而好儿的保人,正是孔居任的亲姑孔霜子。

孔霜子在暴动热闹的时刻,也参加了妇女会,侄子孔居任是暴动队伍的一个小头头,她脸上却感到大大的光彩,跟着喊叫抓孔秀才报仇雪恨。她还把绣花房的大炕烧热——柴草是大家送来的——安顿伤员。岂知风云突变,暴动不成,共产党人头挂满城墙门楼上,孔庆儒一伙又威风凛凛地回到孔家庄来了……就在桃子一家为救治伤员拼死拼活的那天晚上，大脚霜子把伤员撵走了。当夜她急忙收拾一些钱钞、首饰，里外门都挂上两套锁，第二天起了个大早，走到西北头村，雇了辆独轮车，坐着到牟平城投奔绣花品贩子兼她的老相好去了。

侄子孔居任找到她的时候，大脚霜子好吃一惊，恐怖地问："居任！你怎么来啦？你怎么知道我在牟平？"

孔居任说："找个地方说话。"

姑侄俩来到城南关顺正里一个小酒馆里，吃足酒饭，孔居任才说："姑，你倒想脱清身，一走干净。可我……"

"姑给你盘缠，下关东去吧。"孔霜子说，从衣服襟里掏摸了半天，掏出五块钱，"居任，姑不是不割舍，实在是没多的。我寄身在人家这儿，一不沾亲，二不带故；我一不能担，二不能挑。你到海那边，凭力气能吃饭……"

"姑姑，你别忘了，我是干这个的。"孔居任阴沉下脸，扫一眼旁边饭桌的人，将她的一只手拿过来，使劲向他腰间处按了按。

大脚霜子像被刺了一刀似的，忙把手抽回来，那粉脸更白了，像萝卜腚颜色。她碰到的是他腰间的手枪。她压低声音说："你还想干这杀头的买卖？跟石匠玉一块遭殃？快把这东西丢了吧……"

"丢了它，脑袋就得搬家！"孔居任说，"姑，先不说别的，我求你件事，你回孔家，把好儿给我救出来。"

"好儿被抓走啦？"

"押在区上。"

"她参加暴动啦？"

"是我连累的她。听区上传出话，五十块钱就能保出人来。"

"我可没这许多钱。"孔霜子连连摇着油头，"居任，你可真傻，为个穷放蚕的闺女，病病歪歪的，也没给你生个一儿半女，值得这么用心，花这么大的费用？俗话说，媳妇好比鞋，穿破旧

61

的新的来。你爹抽大烟,卖了你三个妈,倒养出你这么个痴情种子来。快别操这份心,她活出来是她的造化,出不来棺材也用不着,如今的俊妞都绊脚,五十块?有口饭吃就能领个家来,比张老三那闺女还白嫩,等过一过这清乡风,姑就给你操办……"

当啷一声,孔居任一拍桌子,盘盘碗碗跳起来。他霍地站起身,大步向外走去。

"等等!"大脚霜子着了慌,边向柜台清账,边向外喊,等她上气不接下气地赶到了东门,才扯住了侄子的袍子襟。

孔居任转回头,血红的眼睛瞪着她,问:"你还干么?"

"居任!"孔霜子也火了,"你要干么!你个吃里爬外的浑小子,姑姑从小把你拉扯大,如今为赎个媳妇,就和我翻脸。俗话说,姨家亲,姑家亲,打断骨头连着筋。可你呀,把亲姑姑当作狗屁不值啦……"

孔居任火未消,愤愤地说:"姑姑,我做的好事坏事都有你的份。别的我依你,要是叫我丢开好儿,死我也不干。我媳妇要是活不出来,我去向孔秀才投案,到时候,你也好过不了!"

大脚孔霜子一把鼻涕一把泪地说:"那怎么办啊?"

"帮我把媳妇赎出来。"

"往后呢?"

"……"

"好吧,我保她出来。你带上她,逃到关东去吧。不逃走,好儿有她妈她妹那一家子人,早晚也得跟共产党完蛋!到那时,我就是舍得钱,孔秀才这个蝎子心的老货,也饶不了她啦!走吧,我给你保她去——唉,当初就不该费心机帮你谋夺这个山村闺女,像棵弱柳似的,怎么把你给迷住啦!……"

好儿来到屋门后,又问一声:"谁呀?"

"我。"男人压低的嗓音。

好儿拉开门闩,随着一股寒风,闯进一个人影,好儿打个寒嚓，忙问："你怎么进的院子？"

"翻墙过来的。"

"就你自个儿来的？"

"嗯。"

"快上炕暖和暖和。"好儿插紧屋门，去把灯点上，然后刷锅烧火，打了碗荷包鸡蛋，端给丈夫。

孔居任很快吃了，满足地笑着说："你这些日子还不赖，家有现成鸡蛋备着。"

"丝坊才开工五天，一个工钱没发。这鸡蛋，是攒着送桃花沟，给伤号的……"

"嘻嘻，慰劳了我，一个样。"孔居任容光焕发，眼睛跟紧媳妇的身。

好儿被他看得脸发烧，下意识地把没来得及扣的袄襟掖上，说："你也伤着啦？"

孔居任矜持地微笑道："伤我，嘿，伤我的子弹还没制造出来。别看震海武艺好，他块头也大，哪次都带伤。你瞧瞧！"他把破礼帽摘下来，甩给好儿，"要是再打下面一点点……嘿嘿！"

好儿接过礼帽一看，那筒子上，被子弹穿了个洞，她不禁身子一抖，惊悸地说："妈呀，只差一点……"

孔居任倚在被子上，抽着旱烟。

好儿从侧面，斜着多愁的双目，看着她丈夫。孔居任在了共产党之后，一向和党的人在一起生活，出生入死，干革命，闹暴动，还当上了暴动突击大队的中队长，听说还打死个县上的公安局副局长……这些天，敌人的大兵到处在镇压暴动，损伤的消息天天有，通告上也有孔居任的名字，敌人来好儿这搜过几次，好点东西也抢走了，把她抓到区公所，过了几次堂，押了五天，使她吃了苦，受了罪，担惊害怕……但是，为这样一个走正路的丈夫受这些连累，为干革命这样的好事遭难，比同一个破落的二流子、强盗毛贼的丈夫一起过吃好穿好的日子,不知好多少倍,是不能比拟的事。特别是好儿想到丈夫是和高玉山——她当闺女时的情怀敞给的第一个人,走在一条道路上,好儿简直分不出,她是在为自己的丈夫,还是在为自己的恋人付出应付的代价!在她的感情的天平上,很难量出哪头轻,哪头重来。不过这对山村女子来说,即使像好儿这样满腹情丝的弱女,也不会去分辨的。她能忘却丈夫的一切污点,只要他能和她所亲近爱怜的人——父亲、母亲、妹妹、恋人,一切好人,结合在一起,同甘共苦,生死患难,使做妻子的她,能和亲人们一块欢笑,一块痛苦,她就满足了!非常心悦诚服地满足了!

好儿怜悯地望着他,从桌上端过针线盒,说:"脱下衣裳,该连该补的……"

"不急,先睡吧,你也挺累的……"

"你睡吧,我听着动静。适才又打锣抓人,一宿好多回,你得小心点!"好儿给他打点好被子,转身要去。

"我有经验。那些草鸡兵,跑头叫驴还当成我们的马队来了……我真想你……"他粗鲁地抓住她白细的手腕,一口气吹灭了油灯。

风声又紧了,而且夹杂着雪片,击打得窗纸簌簌地响。北窗的里面是木扇,被强劲的北风鼓得咣当咣当响,好像随时有被冲开的危险。

好儿躺在他的一边,细声问:"咱的队伍,真打完啦?"

"剩不多少啦。"

"那几个领头的,珠子、先子、素香的女婿,全……"

"唉,你哭什么。闹革命,就得损伤人。"

"你们这些天,怎么过的?"

"在昆嵛山里,月黑杀人,风天放火。"

"啊,那不成土匪啦?"

"不不，我说顺了嘴。在山里坚持，放火滚石头……有时出去扰乱敌人一下。"

"你才说，俺妹夫又伤着啦？"

"还是过海汉子时伤的。再没伤着。"

"还有谁伤着啦？宝田、宝川弟兄呢？"

"没有。"

"桃花沟的伍拾子兄弟？"

"也没有。"

"那还有谁伤着啦？"

"你直问问行不行，你表哥高玉山伤了没有？"

"你……"好儿气得转过身去，但身上阵阵烘热，要是有光亮照着她的白皙的脸，便会看出她这时的脸如红布一样鲜。

孔居任把她扳过身来，打趣道："看看，革命好几年啦，你还这么封建脑瓜子。跟你亲热几句玩笑话，就受不了啦！等咱革命成功啦，咱也像大码头一样，男男女女，认识不认识的，都搭着膀子逛，这叫团结友爱……"

"你光瞎扯！"

"好啦，真的，假的，反正咱这革命也过去啦，就是这么回事了。"

"怎么，革命完啦！"

"不完也差不离啦！"

好儿身子一哆嗦，压抑地啜泣起来。

孔居任伸出光胳膊，从窗台上摸索烟袋。好儿给点上灯，用一个面瓢挡住朝窗方向的光。他抽着烟说："脑袋别在裤腰带上，使出吃奶的力气，拼命闹腾这几年，实指望拿下江山，学苏俄的样子，过享福的日月。岂知这才几天工夫，大势已去了。红军不知去向，省委断了联系，暴动队，还剩下几十个叫花子样的人，要枪没枪，要弹没弹，国民党的兵马倒越来越多……暴动队伍的领导人死了，光剩下于震海、高玉山他们这帮土疙瘩，你说怎么再革命法吧！"

好儿说："人家怎么的，你也怎么的，反正跟震海兄弟在一起，叫你走不了错道。"

"这哪叫烟，净他妈的秋树叶子！呸呸！"孔居任磕掉烟灰，擦擦苦涩的嘴唇，叹口气道，"跟他们在一起，错是错不了，可老是钻山夼，趴石洞，吃顿热地瓜就算过了个年……这日子，多会儿是个头？唉，老能守着媳妇睡炕头，是人生最美的差事了！我看革命搞成了，能过上这种日月，就是共产主义社会啦！"

好儿突然止住悲泣，披衣坐起来，瞪着惊慌的泪眼，紧盯着他说："你怎么回来的？"

孔居任一愣，说："想法救你呀。我一听说你叫孔秀才抓了，恨不得一枪崩了这老狗……我打听到我姑的下落，找她出钱出面保你出来的……"

"这俺知道，可你回家来，给你们组织上、震海他们说过了吗？"

"我托人捎了话给他们。回家来他们不知道……"

"啊，你像上回那样，偷着跑回来的……"好儿痛楚地说，"上次你扔下自己人回家，震海伤了你不让俺开门……回到妈家，没俺立脚的地方，羞得身上像没穿件衣裳，为你遮丑盖脏，差点跳进龙泉潭，幸亏玉山哥救了俺……如今你又做下这事儿，你还让不让俺再活了啊！有没有条路留给俺走了啊！给不给俺做人的样儿了啊！"

孔居任有些着慌，把她拉倒在枕头上，软声细语地说："小点动静，让坏人听去……这次和上回不一样了啊！我们那两百多人的队伍，死的死，伤的伤，散的散，逃的逃，剩下这五六十个，还不知往后怎么办哪！"

好儿哭着说："人家怎么办，你跟着怎么办。"

"都得散伙,各奔前程。"

"谁说的?"

"我说的。你想想,半拉岛尖上,呼啦堆着三四万大兵,我们几十个人,在昆嵛山里,不冻死也饿死,就是藏着活过来,有什么用场?"

"那别人呢?"

"别人?高玉山出去找上级没回来,震海又出去了,我来的时候还没影。"

好儿不说话了,也不知说什么好了,只是揩着不断头的泪水。

孔居任对妻子温存了一番,说:"实在对你说吧,我到哪儿去,干什么也是一辈子,杀头碗大小个疤瘌。就是恋着你,舍不得恩爱的妻……"

好儿觉着有几颗泪珠打在她脸上,一开始她异常惊讶,她第一次体会到丈夫的泪水触到肉体上的滋味。她尽着他摆弄,毫无自觉的动作。

"只有一条路,我带你走。"

"到哪儿去?"

"到青岛、济南,再到远点地方,到人们不认得咱们的地方去,过咱自己的日子。"

"你胡说……"

"不胡说,我能弄到钱。你放心,我不去抢、不去盗,我去向我姑要、她不给,我强要。我知道她有金条藏在牟平相好的那里,先借出来用用。"孔居任快活而激动,心咚咚地跳,"到大都市去,咱们做个小买卖,两口子过安稳日子,我待你一百个顺心……"

好儿的心全凉了。这哪里是丈夫的怀抱,分明是置身在乱石堆上的荆棘丛里。她挣脱他的手,离开他坐到炕沿上,一忽一闪的灯光,照着她苍白的病态的面容,一缕缕乱发散在上面,遮盖着羞怯。

"你这个人，狠心肠的人！就为你自个儿舒坦，哪管他人死活！你帮坏人打架，伤了俺妹夫，震海不记仇。你绑孔家的票事发之后，震海冒死救你出去。你当土匪回来，俺爹俺妈没两样待你……你在了共产党，可是不全干那些在党人的事，夜里不让我开门救亲人。原想这几年你跟好人学好了，谁知事到临头，好人们一个个被抓被杀，震海、玉山他们在为穷人受冻挨饿，出生入死，而你，离开救过你帮过你的恩人、亲人，跑回家来，图热炕头，钻媳妇被窝。你口口声声为的我，可我一点不领你的情，觉着不是好滋味啊！"这席话，是好儿心里说的。好半时，她垂着头，一句话也没有。

孔居任见媳妇木头人似的待着不动，知道她生自己的气，就跪在她面前，哀怜地说："夫妻这几年，你为我的就是少。你不满意我的为人，尽管骂吧，打吧，我可一百个为着你。我知道，这个时候，不该离开震海他们，生生死死为朋友，别说咱还是共产党，干革命的。只是我为革命死了，没有关系，就是舍不得你，真的，要是没有你，上刀山下火海，我也要留在这里，和孔庆儒这些仇人拼个你死我活！我不是吹牛，哪次打仗，孔居任也没含糊过，不信你问问他们去！"

好儿猛地抬起头，质问道："真的吗？"

"什么事？"

好儿道："你为我，才想逃走的？"

孔居任拍着胸脯向她发誓说："若有半句假话，我是大闺女养的……"

好儿的心一动，拢了拢乱发，硬朗地说："糟蹋老人干么呀，你说的是真心话就行啦！"

孔居任激动起来，随手从窗台上拿过匕首，按到胸口上，说："不是为你活着，我就死！"

好儿看着闪亮的匕首,眼睛闪着异样的光彩,苍白的两腮浮上两朵红晕。她伸出纤细的手,把冰凉的匕首拿过来。声音平和得出奇,说:"你为我这么活着,不值得;我死了,你跟好人们一起,为穷人活着,好多了!"

　　这柔弱的多难的女子,到这种地步,话说得也像轻风拂柳一样温顺,以致使孔居任一点也没料到,她像把绣花针向胸前衣襟上别一般,将锋利的匕首刺向胸窝……立时,雪白的乳房中间,出现一道血红的口子……

　　"啊!"孔居任简直不相信自己的眼睛,一把夺过滴血的匕首,忙着撕衣服为媳妇擦血、包伤,哭着说,"好儿,好儿!你不该,你不该……"

　　好儿痛苦地紧闭着眼睛,呻吟道:"别撕你的衣裳……你还得出门……帮帮我,加一刀……"

　　孔居任终于把她的伤口包住,悔恨道:"好儿,都怪我,是我不好……"

　　"不,是我命不济……当初,临出嫁那天,我就该这么着啦……妈呀!"好儿又哭了,"不是闺女轻生,我活着连累女婿走歪道,不如早去了好。你……你快走啊!你不要失信……"

　　孔居任痛心地说:"你别寻死,我找震海他们去……"

　　"那你这会儿就走!"

　　"我得帮你治伤……"

　　"你帮不上忙,快走你的。哦,把那东西留给我。"好儿指着匕首。

　　孔居任忙把匕首上的血在衣服上擦干净,说:"不给你,你还想……"

　　好儿摇摇头说:"我想死,没有它,照样能死。给我防身用用。记住,你多会儿叫我在亲人面前没地方站了,就别想见到我啦……"

一阵狗吠。接着传来急骤的锣声。街上响起杂乱的脚步声。

好儿挣扎起身,一口吹熄灯,说:"你快走,从后窗出去。"

孔居任抢到后窗跟前,拉开窗扇,临跳出去前,对好儿叮咛道:"我姑来问,你不要说我回家来过!"

"怕她?"

"你千万记住这句话,我走啦!"

不一会儿,砰砰砰的砸门声,响成了一片。

从县城回来十多天了,区长孔庆儒忙得不亦乐乎,至今还是昼夜不停地整治地方。

区队的人马上恢复起来了,各乡的武装、各村的自卫队,也成立就绪。区监牢里关满了犯人,区上、乡上,有的村上,梁头上吊的人不断。明察暗访,参加过暴动队的人,有共党嫌疑的,自然是杀头示众。一般跟着闹事的,轻则罚款,重则判刑。看起来,地面上太平多了。但最使孔秀才不安的,是暴动突击大队的一些骨干分子,诸如于震海、高玉山、孔居任一类人,至今没有捕获。还有,鄢子正指出过的,那些攻打孔家庄的伤员呢?孔区长回来之后,立即张贴布告,号召百姓报案,却没有一个来报的。于是,他和姓仇的驻区连长,反复计划,日夜加强岗哨,一村有匪情,敲锣报警,互相配合;夜里查户口,抓陌生人;监视药房、医生,寻找伤号的线索……到今天为止,还是没有抓到他想抓的那几个赤色分子。孔庆儒又把他们的家属抓来,他们都说这几个人几年前就离开家,高德宽早就和高玉山分了家,父子互不干涉。闹了几天,打骂、审问都无济于事,只有罚了钱,让他们取保放了他们。可是对他们的监视却一直不放松。还有件使孔庆儒伤脑筋的事,这个姓仇的连长是二流子出身,好色成性,一到地方就被毗连的葛家区区长用闺女勾引了过去,为那个区派兵出力,刮财送钱。孔秀才回来后,就想用曾经使张金贵迷心的钱庄老板孔庆傧的小女儿孔香兰，来把仇连长勾过来。钱庄老板的老婆有钱就行，无奈这十九岁的上过高级小学的孔香兰死活不干。上次把她暗许张金贵她不知就里——孔庆儒也根本没打算把侄女真给佃户张老三的儿子，她受了骗有经验。这次真要跟仇连长拜堂当小老婆，她竟剪了头发，要到烟霞洞庵里去当尼姑，若不答应，就要寻死……仇连长眼见这乡下罕见的白嫩的女学生到不了炕上，心灰意冷，对孔区长的指派也就怠慢多了。为此，孔秀才多次派密探化装成小贩到桃花沟一些深山村里侦察"匪情"，要求仇连长派兵进山包围村庄，突击搜查。仇连长就是不积极，强调桃花沟那地方属牟平县境，不能越俎代庖，迟迟没有发兵……

这天夜里，孔显、万戈子等人陪仇连长在客厅里打麻将。旁边的手摇留声机里正放着《苏三起解》的唱片……

仇连长洗着牌说："听起来好听，想起来不是滋味。梅兰芳再唱得好，扮相美，也是个……"接下去说了句下流话。

众人跟着笑起来，孔显说："仇连长，咱们这儿有个旦角，保你又爱听又爱看，是个真的女流……"

"哦！"仇连长的眼睛圆了，"比香兰小姐如何？"

万戈子道："戏名小白菜！比她只上不下，只白不黑！"

"嚄，好啊！这地方真有宝呀……哎！"仇连长贪婪地说，"快叫她来玩玩，唱几句吧。"

孔显道："说得倒轻巧。她来？不给你吃棒槌就是好的。"

"啥？"仇连长火了，"她娘的，那个娘儿们几颗脑袋，敢不依老子？孔香兰是尊府的小姐，不然，这是清乡剿共时期，老子想怎么就怎么！走……"

"你先慢着点，这娘儿们不一般，比我那堂妹骚几百倍！"孔显的独眼龙上的太阳镜，在灯光下像两颗黑驴屎蛋蛋，"仇连长，想见识见识小白菜，你得应个条件。"

"啥？"

"明天咱们搜一趟桃花沟。"

"这个……"

"不用你辛苦，兄弟代劳，你派一排兵……"

"回来请我听小白菜唱戏。"

"那个一定……"

在同一个时候，孔庆儒睡在大儿媳妇的里间炕上，枕着她的大腿抽大烟。孔赫媳妇对公爹说，攻打孔家庄的第二天，小白菜萃女雇了一乘红花轿，抬着她在村子前后转了三大圈，然后和于震兴拜了天地，结成了夫妻。

"有这等事！"孔秀才睁大了浮肿的眼睛。

大儿媳妇撒撒嘴，酸溜溜地说："喷喷！老爷子，多大岁数醋劲这么大！吃着碗里的还占着盆里的。她嫁给你，你敢要？"

"浑话！我是她公公……"

"你是我的么？小白菜还是叔伯的，我是……"

"不许胡说。"

"是啦，圣人之后，背着人怎么都行……"

孔庆儒已没闲心听女人的琐言猥语，他早在盘算从哪些人身上可以找到共产党人的线索：小白菜——于震兴——于震海；孔霜子——好儿——孔居任……

好儿捂着伤痛的胸口，一开屋门，满眼白光——已下了一夜雪了。没等她去开院门，门已被撞开了。

三个兵打着电筒冲进屋。他们到处照了一番，只听一个兵说："没有脚印来家，走吧。"

两个兵走到院子。这个兵落在后面，又听训斥她说："你男人要是来家，有生人来找他，马上到区报告。"接着，他走过好儿身前，手向后一伸，向她手里塞了个小纸团。

字条上这样写着：

明天狗咬桃花沟　　　　　　　　　　小雪

这小小的揉皱的纸条，在好儿手里，简直像是一把火炬，顿时把她全身烤热了。她也曾参加过斗争的生活，但那都是帮别人做的，这次，在这种紧急情势下，居然有这样的重任，落在她身上了！这次不是她二妹桃子，也不是三妹小菊，而是她。她一直是别人眼中的一棵弱柳、病秧身子！这叫妈知道，还有他——她心底深深埋藏的他知道，该是用怎样的眼光看她，怎样的热手握她啊！她庆幸，她没有死，是的，她不该死，出嫁时不该死，这次为绝女婿的邪道不该死，她有用处，这不，保护桃花沟伤员安全的重大责任，落在她身上了嘛！

好儿哭了，流着泪，冲出家门。她也不知道哪来的力量，竟没感到胸窝的伤痛，蹒跚地奔走在黎明前的雪路上。越近山前，风越大，雪越深，她那单薄的细高的身躯，摇摇扭扭，不时摔倒。而那一座座山冈上的千百簇松树、桲萝丛，在雪光的反衬下，随着狂风乱摆乱晃，宛如无数只饿狼，发出恐怖的号叫。这时，只有到这时，从没经历过这种境况的好儿，身带紧急情报，胸受刀伤，她才感到，面前三十多里山路，逆风冒雪的山路，敌人、坏人出没的山路，坡陡雪滑的山路，深山深夜的山路，她能奔过去吗？她能把人命攸关的紧急情报送到桃花沟吗？

好儿越走越慌，仿佛听到后面有人追来！她想跑，可胸口一阵剧痛，两腿发软，一头扑倒在雪地上……

第五章

　　萃女的结婚仪式，既独出心裁的新鲜，又热情洋溢的生动，这事如果不是发生在暴动的喧闹轰乱的日子里，定会作为一件奇异的传闻，震动乡里，远播四方……

　　花轿是在暴动队伍攻克孔家庄的第二天上午出现的，而紧张的婚前准备工作，在头一天晚上才开始……

　　那天傍晚，萃女正和姑妈站在胡同口，观看暴动的群众处死孔秀才的两个弟弟一干大恶人、火烧冬春楼的欢腾壮丽的场面，她突然发现了同桃子在一起的叫花子似的人——于震兴，霎时，甜、酸、苦、辣的感情涌进她的心间。使向来拿得起放得下的她，这时也失去了控制，竟失礼地没能上前向她崇敬的人——桃子招呼一声，便扯着肩上的白围巾的角，掩着滚滚而下的泪珠，像喝醉了酒一般，没脚跟似的闪进院门里，冲进房间，弯身扑到炕上。

　　尾随萃女进门的于震兴，迈过院门槛就站住了，把肩上的锄头放下，又拿起来，想向屋门处走，又向院门口退……

　　"你还愣着干么！看你这身露肉的衣裳！"萃女的姑妈，倒是跟着震兴进来的，说着，关上了街门。

　　震兴不安地看着她，负疚地说："俺冤屈了她……"

　　"你才知道啊！俺侄女为着你兄弟，你弟媳妇，费尽心血！为你……你自个儿明白，这不叫负心？"姑妈数落着，满面怒气。

"这些，桃子妹说俺啦！"震兴痛苦地叹口气，望着半开的风门，扛起锄头，"她不会理我了！你传个话给她，我对不起她！我……"

"这话我可没嘴传，得你自个儿去说。"姑妈上前夺下他的锄头，放到墙根处。

于震兴在破衣襟上擦了擦两手掌上的汗，怀着巨大的惶恐情绪，胆怯地悄悄地来到房门口。那花门帘半挂着，但他的眼睛只望着炕前的地面，她的一双不大不小的脚抵在那里。他痛心地说："好人，你是好心人！俺对不住你，伤了你……桃子妹说的，俺该向你赔情！"

伏在炕上的萃女，肩头抖动了几下，但是没有起身，也没有回声。

震兴絮絮叨叨地说："这几年，你为我使尽了心，俺老向坏处想你……人都是皮肉长的，你一回回的好处，对我，对震海，对桃子，对闹革命，你都使了劲，对俺家有恩情……可我，棉花做的耳朵，听信谗言，上了坏地瓜的当，险些做下伤天理的事，要害你，你……我……"老实的雇工，说不下去了，啜泣起来，身子退回锅灶前，装上袋烟，从灶洞里拨火点着……

有一只手，不等他将烟点着，把他的烟袋从嘴上抽走。震兴吃惊地抬头，见是她站在跟前，一脸的泪水，一脸的愠怒。震兴站起身，惭愧地垂下头。

萃女脸上的怒气被一阵春风刮跑了，哀怨的泪眼看着他，看着他，终于说："你总算回来啦！"

震兴慌乱地回答："回来啦……"

"俺知道你要回来的！"

"你……"

"你要做的还没做完嘛！"

75

"这……"

"在这!"萃女的手向前一伸。

"啊!"震兴这才看清楚,她手里握着一把柴刀,正是一年前他用它要杀她的那一把锋利的柴刀。

于震兴扑腾一声双膝跪在萃女脚前,哭着说:"我屈枉了你!我不是人,你砍我吧……"

"还瞎说!"

"我知道,你恨我……"

"恨……"

"蝎子尾后针,最毒负心人。我是李甲,害苦了你……你比杜十娘恨李甲还恨我……"

"我恨你,恨你当时没把我砍了,留下我受了一年的罪!"萃女说着,将柴刀摔到地上,那身子散了骨架似的,瘫在震兴的身上。

震兴两手托着她,流着泪,惊慌地说:"你怎么啦?病啦?"

萃女闭着眼,仰躺在他的胸怀里,任他双臂托着。除了那饱满的胸部在起伏,全身像面条,毫无力量。

震兴见她这个情景,又紧张地说:"你上炕躺着,我请冯先生去……"

不等他向炕间走,萃女猛然扭转身躯,两臂紧紧搂住恋人的脖子,那嫩脸蛋紧紧贴上他的颊,使劲地亲吻着,声态迷人地说:"我的人,老实人,好人!我是病,病了多少年啦!现今,好啦!全好啦!治病的医生是共产党,药方是他们开的!你,快亲我啊!使劲抱着我啊……"

于震兴放开不是,抱着不习惯。他惶悚地说:"别这么着。快分开,叫姑姑见着。快……"

"快,啊,是得快!"萃女真的离开了恋人的怀抱,双膝和他对跪着,急急地说,"咱俩的事,得快办呀,快办呀!"

"你忘了那三条,咱得正经来往呀!"老实人这么说,声音充满了柔情。

"你糊涂啦，装傻啦？"萃女两手搭上他的肩，摇晃着，激动地说，"你不知世道变啦，冬春楼烧成灰啦！你还巴望孔秀才转世不成？啊！还三条哪！多少年哪，有多少条手铐脚镣——不，是些毒蛇，缠着我啊！这下可好啦，都叫共产党给扯断了！我的胳膊腿能伸开啦，能在人眼前，愿怎么爱就怎么爱，愿怎么亲，就怎么亲！"她边说边流泪，一次比一次狠地搂着震兴亲嘴，"你个老实人、木头人，快活起来，跳起来，打我吧！杀我吧！像你捆柴火一样使劲搓揉我吧，啊……"

实际上，结实的于震兴被她搓揉得头晕目眩，骨头快散了架，拉她没力量，任凭两人跪在灶前这么哭、喜、闹、叫……

有人开门的声响。震兴急忙说："有人来啦，看见多羞人！"

岂知萃女毫不理会，反而更紧地偎到他肩上，说："有人来了最好，没强使全村的人都来！走，到大街上去，咱也这么的，让孔家庄都为咱眼热，欢喜……"

"你们发疯啦！"进来的是姑妈，望着这个场景，她随口说，"你俩是拜天地怎的？拜也没这个拜法……"

"哈哈哈，姑姑说得好！俺们就是拜天拜地，结成夫妻，百年偕老！"萃女说着，拉着震兴就要叩头。

震兴挣脱开，强力站起身，说："这哪成！得等……"

"等到日头从西出啊！"萃女也站起来，整理着散乱的柔发，说，"在早，我改不得嫁，如今，像共产党那李先生说的，孔秀才一帮恶人的世道完蛋了，我终身守节的文书也完蛋了！我全自由了！那么你还等什么劲？是不是嫌弃我是寡妇？我丑？我懒？我配不上你？"

"不是，不是！看你说哪去啦！"震兴急得直跺脚，"怕只怕我搭配不上你……"

"看看，说句激你的话，你就认真了。"萃女笑了，"那等什么?"

"得等震海他们仗打完了,把俺那破家整理整理,难道把你娶到坏地瓜的猪窝里去——他把俺那三间草房早当猪窝啦!等震海打完仗,打点石头,再盖两间厢房,咱住……"

"你想得太好——就是太慢腾啦。我有一言,你说行不行?咱们就在这家成亲……"

"招我当养老女婿?"

"谈不上招女婿还是嫁闺女的。咱俩的事,人家也都知道啦。这家,就我和姑姑,我嫁到哪儿,老人也跟着我。依我之见,这房子是我的,也是你的,咱就在这成了亲,你就是这儿的一家之主。往后,要是震海他乐意让你回赤松坡,我就过去,把这儿的房子、地卖了,到你那村再置。要是他乐意你在这,你就在这儿。我也听党里他们的人说过,共产党的主张是解放天下人,五里地之隔的村还不容你住下去?这么着,你说好不好?"

震兴没法回答。姑妈说:"这倒是法子,我去找阴阳先生,择个吉庆日子。"

萃女叫道:"还找么样的喜日子?今晚不正好?"

"今晚?"震兴和姑妈同时惊异地吐出两个字。

萃女欢快地说:"暴动打胜啦!冬春楼成灰啦!孔家一窝狼完蛋啦!这样的好日子,普天下还有地方找吗?"

震兴迟疑地说:"只是这兵荒马乱的……"

"这关乎咱的什么事?"萃女道,"好人打坏人,越乱越好!"

姑妈为难地说:"样样事也没预备。总得请请客,像个样子。就说兴子这身衣裳,出去要饭倒好,当新女婿怎么成?再说……"

萃女那黑白鲜明的灵活的眼睛,凝眸思忖了片刻,庄重地说:"是啦!我喜糊涂、急糊涂啦!要叫全村人都知道,俺们是正经夫妻,堂堂正正结成的。姑,咱要把震兴打扮得赛过晋朝有名的美男子潘安，让这'心里美'外表也美！让人们见识见识这'百事找'，找了个多么俊气的新媳妇！我要坐花轿，请客，热闹个够，喜欢个够！"

震兴惊叫道："坐轿？往哪儿抬？"

萃女春色满面，说："围着孔家庄转他三圈，转到这家里！"

姑妈说："这么办太新奇！招惹人……"

"我们就是这个劲。震兴，你也坐轿……"

"俺，可干不来。"

"那我自己坐。你在家等着接亲吧！"

姑妈问："好日是多会儿？最早下个集吧？"

"你可真是！"萃女叫起来，"你们要我白了头再成亲好不好？姑妈，你快去订花轿，要头等的。请人来坐席，办他八大桌！"

"到底多会儿成亲？"震兴又问。

萃女拉他向里间走，说："明天，行了吧？不逼你今晚上，饶了你，行了吧？不过这一宿咱也睡不了，我可不跟个'叫花子'拜天地……"

三个人通宵达旦，三双眼都熬红了。但是人人不觉疲劳，还挺精神，尤其是萃女，一直喜气盈盈，翻箱倒柜，又剪又裁，又缝又连，以她火一样旺盛的热情，机敏灵巧的动作，为震兴准备好了全新的穿戴。震兴把房间打扫得干干净净，窗户重新糊上白粉连纸，贴自剪的大红喜字……把当初萃女相好的房间，真正装饰一新，成为名副其实的新房了。

那姑妈是忙外勤的。请好厨子，买好鸡鸭鱼肉，又到轿行里订下花轿，找伴娘，请坐席的客人……

但等到天快晌午了，除了花轿早按时抬到院子，三个厨子忙着打点饭菜之外，其余的人一个不见，连伴娘也没有。

一开始，萃女和震兴、姑妈还不明白，焦急地等着。后来，萃女的脸上罩上了阴影，叹了口气，难过地说："不会有谁来了，咱的名声不好。孔家门上的自然不会来的,别的人怕咱家脏……有开通的——像凤子那样人想来,怕是忙不开身……"

"再等等吧。"震兴说。他头上的礼帽,身上的灰长袍、黑裤子,脚上的袜、鞋、扎带,全是崭新的。除去礼帽,这都是用萃女她父亲留下的戏装改制的。

姑妈说:"要么我再去找找,有的说好要来的……"

萃女道:"不去吧。"

震兴说:"那就算了?"

小白菜的脸涌上红晕,耸起眉尖说:"算了?怎么能算了?自己事,自己办,原本咱就没媒没正名,上轿!"

姑妈着急地说:"再怎么的也得有个伴娘啊!"

萃女快步抢到轿门口,抬手掀起花轿帘,爽利地说:"我自己还走不动!大叔大哥们,咱们走,从这家出去,从大街上穿过去,绕着村转三圈,工钱加倍!"

当时的孔家庄,除了党员之外,一般人还不知道几十里之外,展书堂的大兵在疯狂地镇压暴动的人们,群众还沉浸在杀死孔秀才两个兄弟等恶人、烧毁冬春楼的喜悦里。对这突然出现的新奇的花轿,先是感到莫大的兴趣,当知道里面坐的是戏子小白菜,有的人吐唾沫,有的人骂难听话,也有的人起哄喊几声凑热闹……

除了几个好闲的年轻人,轿后面还跟着一大群孩子,吵吵嚷嚷,拖着一条长长的尾巴,好像一群拥挤不堪的羊,将花轿一直送到院子里,他们堵在门口,谁也不进去。

落轿以后,萃女一个人走出来,和震兴两个走到当院的供桌面前,双双跪下。这时一个胖厨子,主动站到一旁,高声叫道:"一拜天——二拜地——三拜父母——"

"俺俩都没爹妈啦!"萃女说,"郑大叔,三拜共产党吧!"

郑厨子吃惊地说:"这个——没听说过。"

"喊吧,大叔!"

"三拜共产党——"郑厨子喊着,心下道:那年去戏台前看杀共产党孔志红,他被孔显问着,吓得往门里跑,一跤磕掉个门牙……如今倒有人拜共产党啦!

萃女和震兴拜共产党时,是那样庄重虔诚,以致两人站起来的时候,眼里都闪着泪花……

看热闹的一群孩子中议论——

"看她穿的,和戏台上的媳妇一个样!"

"男的也像!"

"他俩都唱过戏!"

"听说他们是自个儿弄的,不好……"

"嘿,比一般新媳妇都好看,怎么不好?"

"她能唱唱戏听听,才好哩!"

"真的……"

真的,萃女悲喜交集的感情,使她嗓子发痒,真想放声哭,高声笑,大声唱……听孩子们这么一说,她站到当院,走了个圆场,唱起了《拾玉镯》……

这一下很起作用,看热闹的孩子、青年,前拥后挤地跨过了寡妇的不正经的门槛,站满了半院子,咧着嘴笑,睁大喜眼,乐滋滋地看起戏来。

唱完后,人们还不想走。八桌酒席早摆下了,这些看热闹的孩子、青年,加上轿夫、厨子,成了吃喜酒的来宾,足足热闹了一中午……

也只有这一中午。到了下午,暴动队伍失利的消息就不断传来,甚至听到了大炮声。萃女他们不知道,高玉山、凤子和江鸣雁、二妞等党员、积极分子,早在做紧急的后退工作……

萃女和震兴的婚事,如同腊月中遇到反常的暖天气,向阳的墙根处突然盛开了的月季花,错会了时令,闪了一下光彩,很快被暴风雪冻僵，缩回去了。

　　暴动失败的噩讯不断传来。大兵驻到了孔家庄。萃女和震兴提心吊胆，他们倒不是为自己个人要遭到什么厄运而担心，因为他们没有直接参加暴动，也不是共产党人，唯一牵连的是于震兴的兄弟于震海死而复转，是暴动的领头人。但萃女的哥哥杨更新还是国民党的人，威海特区专员的卫队长，如果剿共队来找她的麻烦，她可以出面抵挡……他们担心的是那些帮他们打倒了孔秀才一伙，使他们能过上幸福的爱情生活的人的命运，共产党人于震海、李绍先、丁赤杰、凤子、桃子他们……

　　他们躲在瓦楼里的舒服的房间里，出去买东西由姑妈去办，除去担水、挑柴让震兴出去之外，他们昼夜插紧大门，力图和外面的风雨隔绝，使他们的爱情生活能不受干扰，悄悄地平静地过下去。

　　爱情，对它的当事者的意义是很不相同的。有的男女，得到它很顺利，也都感到甜蜜而幸福，甚至以为世界上唯有他们的爱情生活是最美满的。然而，这种容易得到的东西却也容易失去。只有饱受挫伤磨难，付出沉重代价获得爱情的人，才能享受到它的真正的意义，无穷的美好。这至少在一定意义上讲是这样的。诚然，千姿百态的生活海洋里，各有所求，自得其乐，知之为之，这是常情。可是，当生活那无情的现实落到人们的身上，让人们自己去抉择取舍的时候，什么是痛苦，什么是幸福，那可要看各自的态度了。

　　爱情的价值，只有为它付出巨大代价的人，才能真正知道。

　　萃女一下变得像个小羊羔依恋老母羊似的，寸步不能离开于震兴。他们常常彻夜不眠，说不完的知心话，道不尽的恩爱情。一时见不到他，她就心烦意乱，见了他，那灵活的眼睛，一时也不离他的身，仿佛他随时都有可能再离开她似的。她怕，怕得厉害！可是，当丈夫愁眉不展，抽着烟睡不着，吃不下，想他弟弟于震海他们时,她又变得硬朗起来,开导说:"震海他们都是有本事的。斗不过对头,他们也不会罢休。就是一时受难了,胜败也是兵家常事……再说,咱们能有什么法子帮他们呢?唉!老老实实在家藏着,过日子吧。总算老天有眼,共产党帮咱们打掉了孔秀才一帮恶人,咱们能过上正经夫妻日子。真的,震兴,这样过几年,一年,一天,就是我死了,也觉着值得,舒心……"

"少说不吉利的话吧!孔秀才爷儿俩是死是活,还不准呢!"

"你又来啦。不死到哪儿去啦?这些天没见影……"

可以想象得到,当孔庆儒从威海卫回到孔家庄的消息传到他们耳朵里,他们惊慌到什么程度了!

这和过去传说他们之间的乱伦不一样。那时,孔秀才他们捉不住真实把柄,治不住他们,再说孔庆儒自己留有求爱贪色的词句在她手里,张扬出去,对他不利。即使打官司,萃女的哥还是个后台。这下不行了,萃女已经正式自作主张嫁了人,而当初她嫁给孔门大烟鬼丈夫时立下的守节终身的文书,孔族是人人皆知的。孔庆儒可以名正言顺地来处置她,谁也无权干涉了。

怎么办?逃吧?萃女叫震兴逃,震兴舍不得她,没有她,他活着还有什么意义呢?他叫萃女逃,逃到她哥哥那里去。萃女不听,她宁肯守着他死,也比离开他活着强。他们一块逃吧?逃到哪里去?关东举目无亲,闹不好再碰上麻司令那帮人,岂不是猪羊一步步走进屠户的门里去!到威海找杨更新,你哥怎么能收留妹妹带个共产党员的哥哥、雇工丈夫在家?

两个人——有时加上姑妈,叹气,哭泣,谁也没有个办法。他们感到前途完了,过去还能盼望着共产党暴动成功,有个到头的日子,这下看来,孔庆儒的天下是铁打的,杀不死,烧不掉,冬春楼又要盖起来,遮住天,镇着地了!

就这样,他们更紧张地插上门,连挑水也是让姑妈半桶半桶地去担,三个人用半脸盆水洗脸,萃女和震兴不敢上街露面,企图躲在角落里，苟且偷生……日子就这么过着，已经过了阴历年了，他们竟还不知道，这也不全怪他们，在这剿杀成风的一九三六年春节，连孔家庄这样的大集市，也没有请灶王爷、放鞭炮的了。

这样过去了两个月，现在已是三六年的正月了。他们幻想着，可能因为他们再不出门，没有人告发他们成亲的事，就这样偏安一隅地过下去了。

当然，不是他们的门板能挡住向他们袭来的死神，也不是没有人告发——孔庆儒回来当天，在大儿媳妇炕上就知道了，而是因为被暴动搞得焦头烂额的孔庆儒，忙于剿共的急务，无暇过问伤风败俗的事，他虽然不是族长，可他不出面说话，谁还有闲心来管。年前，有一天晚上，孔显派人来叫萃女的门。他们认为大难临头了，夫妻抱头痛哭，准备迎受一切……然而是来请萃女去为仇连长唱戏助酒的。

在过去，萃女会严词回绝的。可是这次，她呆想了一会儿，就打扮了一番，乖乖地去了……

半夜里，萃女的脸被酒烧得通红，披散着长发，回到家里。震兴说不出是什么感情，怔愣愣地只管打量妻子。萃女梳好了头，洗干净脸，一头扎进他怀里，哭着说："我的人，老实人！放心吧，萃女打爱上你那天起，别人再休想怎么的……可是，好人儿，如今咱的脖颈卡在人家手里，不顺从着点不成，为了你，为了咱俩，还为咱的骨血——我身上有了啊……"

这天下午，飘着鹅毛大雪。萃女正在东炕上为震兴缝一件夹袄，震兴蹲在炕前的凳子上搓稻草绳。萃女缝了一阵子，停针翻着手掌，扳着纤细的白手指，皱着眉头计算着。

震兴望她一眼，说："累了，歇息会儿吧。你有了身子，咱也不知怎么好。"

萃女哧哧地笑起来，低着头，不好意思。

"笑么？"

她抬头理着鬓边，说："我笑，姑、你、我，咱家三个人，谁也没经历生孩子这桩事，你说倒霉不倒霉？"

"倒霉你还笑哩。"

"咱不要有孩子了吗？"她喜气盈盈地说，"我算啦，我有了两个月，再往前数八个月，正好是秋天，那时不冷不热，坐月子不受罪……"

"怕只怕……"

"他们不就是找我唱戏玩吗？放心，我应付得过去，我看，孔秀才也许怕我揭他的短，不来难为咱啦，要不，怎么从不提这事呢？"

震兴忧虑地说："能这么着敢情好！怕就怕秀才花肠子多，有别的算计，也难说。"

"是祸躲不过。不管它，对付着把宝贝生下来，就是咱俩入土了，还有人戴孝烧纸。你说，是不是？"萃女开心地说着，不想泪珠又滚下来。她放下针线，起身要去搂丈夫。

蓦地，传来砰砰的打门声。

夫妻二人像听到炸雷响，愣了片刻，萃女转身扑到炕里，扶着窗台从窗棂的小玻璃处向外看。震兴向屋门口走去。

这时，早和震兴调换了住处的姑妈，从南厅房出来，走到院门后，问："谁呀？"

"万管家！"粗硬的男子音。

姑妈一怔，抽开门闩，拉开门扇，万戈子却没进门，而是向后退了两步，让一个人走上台阶，跨进门里。

这个人拄着文明棍，从头到脚，皮帽、皮袄、皮毡靴子。姑妈大吃一惊，等他从身前走过去，才省悟过来，见跟着来人，向正屋走，也不知说什么好。

孔秀才的突如其来，别说姑妈惊慌失措，连没和他少打交道的小白菜，也愕然地僵在炕上，没有了主张，小白菜心里只有一个念头：夜猫子进宅了⋯⋯

于震兴殷勤地给来客抹凳子，眼睛却不敢看对方一眼，战战兢兢地说："大老爷，请坐，请坐⋯⋯"

万戈子上来为主子拂身上的雪片。孔庆儒没有坐，和气地说："于震兴，看看，你和于震海一母所生，不论是长相、作为，全不一样！好，算我侄媳妇有眼力，粪土堆里拣了颗珍珠⋯⋯怎么，侄媳妇不在家？"他背靠着花门帘，明明听到了里屋间内有动响。

震兴一阵紧张，口吃地说："她⋯⋯"

"她身子不大舒服，动弹不得。"姑妈插上来说，她认为孔秀才是来找便宜，或者拉萃女唱戏，想支他快离开。

孔秀才却放下文明棍，微笑着说："哪儿也用不着她去。我是来看看你们——一向穷忙，对你们照应不周。今天我来，是看看有什么用得着我的地方，关照侄媳妇几句留心的话⋯⋯"

"她病啦。"姑妈仍是心吊到半空。

出乎大家的意料，只听房门里萃女答道："我好啦！"门帘向上一挑，她站在门槛里，消瘦的脸上看不出异常的表示，没有直视孔秀才，说："有话请吩咐吧。"

孔庆儒的头一下摆向萃女，随即又慢慢转回来，对万戈子、姑妈、于震兴，说："这屋挺窄巴，你们都出去，我和侄媳妇讨论点家务事。"

震兴浑身一震，不由得看看威风凛凛的孔庆儒，又看看苍白娇瘦的妻子，暗暗地握紧拳头，说："俺不走。"

姑妈惊恐地说："我在跟前，不碍说你的事⋯⋯"

"放心吧！"孔秀才平和地说，"我不会难为她的。"

萃女用自己的目光对上震兴的目光，把他的视线引到北墙上挂的那把柴刀上,示意他放心去吧。而后,她说:"姑妈,你带万管家到南屋去吧,好好招待客人。这里的,有我伺候!"

那三个人出门之后,萃女随手将花门帘挂上铜钩,伸手向里让道:"您是稀客,请进去坐吧。里面干净些。"

孔庆儒踌躇片刻,这是他意想不到的礼遇,跨过门槛,进了萃女的房间。

这房间的摆设比他大儿媳妇的不知要简朴多少倍,也只是比一般庄户人家干净,讲究些,孔庆儒一生中还没进过这样的房间。他进来之后,像早晨进到树林子,感到一阵清新,不觉挺直了身子,重重吸了口气,身不由己地坐到炕前立柜处的杌子上。

萃女半立半倚在炕沿上,道:"有话请开尊口吧。"

孔庆儒浮肿的眼皮里聚起了目光,从黑色的绣着白水仙花的鞋,顺着豆绿色裤子往上挑,通过薄棉袄上罩着的深蓝色碎花褂子,停在那张顺着眼睫毛的白嫩的脸上。很快,他又向回看,那隆起的乳房像是两座山,把他的视线阻住了。他的眼睛逐渐睁大,雪亮雪亮的,要透过衣层,确切地,想变成刀,撕开她的衣服,露出她的裸体……他呼吸紧促了,臃肿的身躯笨拙地向上抬……

"你干么?"萃女生硬地说。她没有发现什么,她到现在还没有抬眼看他,她是凭她的感觉,凭对老色鬼的了解问的。

"我……"孔庆儒使劲吞了口唾液,压下升腾的欲火,又坐稳了,"我觉着你这屋里热,想把皮袄脱了。"他真的觉着全身烘热,热得胖脸发烧,"我觉着,这屋里像有盆火……嗯嗯……"

"没有火,脸盆都冻了冰,别脱衣裳,小心冻着!"萃女抬起头,看着外间,冷冷地说,"外面的门都不严实,我冷着哪!"

孔秀才完全恢复了平静,脸上出现了庄重的神色,手指捻着胡子梢,和蔼地说:"你不用存戒心,多年了,我对你有过意,你不顺从……这事要两人情愿才有意思,你的性子我也领教过。

今天我来看你,全没有这上面的用意。你心下一定在想,我这是'黄鼠狼给鸡拜年——不安好心',是不是?"

萃女的两臂,交叉地抱在胸部处,说:"是不是你自己明白。"

"我是无事不登三宝殿!"孔庆儒的声音,威严而又逼人。

明白了,萃女的脸越发煞白了。孔庆儒的登门,不是为着来找她的便宜,而是要向她算改嫁的账了。那就意味着……她不愿多想,她和震兴不知想了多少个昼夜的可怕的下场了!

当那可怕的威胁在预感阶段,人们往往惶悚难耐,简直想象不出如何承受,无法抗拒,这个时期是最不好过的,也是极端难熬的,然而也是最能锤炼坚韧性的时候。一旦那袭击终于降到头上,知道躲不过去了,反而冷静下来,什么也不怕了。

萃女把屁股向炕上一坐,冷漠的眼光对着梳妆桌上的彩色鸡毛掸子,说:"事到如今,也用不着拐弯抹角。你说吧,打算把俺们怎么办吧!"

"你指的哪一件?"

"你这样满肚子文章的秀才老爷,还装糊涂人?"

"你是说你和于震兴的事吧?"

"哼!"

孔秀才平静地说:"我打算成人之美。"

"什么?"萃女惊疑地看着他。

孔庆儒更加肯定地说:"成全你和于震兴,承认你们这对夫妻。"

"你……"萃女睁圆了眼睛,向前倾着身子,简直听到了惊雷。

"不信吗?"孔庆儒沉着地从皮袄里掏出一个纸包,向她伸出去,"这不,当初你立的终身守节文书,我都带来了。拿去吧!"

天哪!这是真的吗?这可能吗?这不是做梦吧?做梦也没做到这一步啊!然而,大白天里,对方嘴里说的,手里拿的,清清楚楚的呀!萃女全身像着了火,哆嗦着双手,去接过那个纸包,打开一看，正是毛笔楷书的文契，有图章、手印，有日期，有它应该有的一切。她，可怜的少妇，这张空纸像块大铁板，压得她透不过气来，使她像棵小草，在板缝里艰难地偷偷地伸出芽叶，忍辱蒙羞地攫取一点露水，使自己不致枯死……而现在，竟意想不到的，这块铁板被掀掉了，她要有公开的丈夫，宝贵的孩子了！萃女双手将文书捂到脸上，那泉水般的眼泪，很快把它洇湿了。

孔庆儒把身子倚到柜门上，感慨地说："人间沧桑，世道多变。我也不是那老脑筋了。这回的经历，也使我吃了不少教训。我遭这场大难，还不是得罪人太多了吗？生前多做点好事，为来世修福吧。人，谁也是七情齐全么。你，过去时乖运蹇，受了不少难为。你，是个有姿色有胆识的女子，往后会时来运转的。你不要信不过我，圣人有话，'人无信不立'。我是年过花甲的人，还会失信于你个下辈妇道？"

当然，萃女的情绪无论如何激动，她也不会轻信孔秀才嘴上说的，但现实情况是，这张要命的守节文契还给她了，这就说明了一切。她也听不进他说了什么，而孔庆儒的形象在她的泪水模糊的视线里起了变化。如果说他还是只狼，却变得不是恶狼，而是条比恶狼好一些，或者说是变好一些的恶狼了。因此，她第一次，带着感激的情绪对他说："不论过去怎么样——君子不念旧恶吧，俺多谢谢你啦！忘不了你的这份恩德。俺爹的在天之灵，也会……"她掏出手绢，拭开了眼泪。

孔庆儒道："过去的就让它过去吧，咱们从此就洗个干净；你该把我亲笔写的一些诗词，总共是十一张吧，也还给我啦！"

"这个自然！"萃女被巨大的喜悦浪头推涌着，从抽屉里找出钥匙，打开桌子上的大箱子，翻开一层层衣服，在最底下，找出一个皮包，递给了他。

孔秀才慌忙接过来，翻着他亲笔给她写的求爱讨情的诗词，一纸不少，赶快走到灶间，找着洋火，将纸一张一张地在灶洞里烧着，化成了烟灰。他顿时如释重负，松快地站起来，拍拍手，踱开了脚步。

萃女见他要走，跟出房间，说："外面雪大。你等等，我叫管家、震兴送你……"

可是孔庆儒走到屋门后又回过身来，脸色也变重了，说："我为你着想，成全你的终身大事，来而不往非礼也，你也得帮我办一件事。"

萃女一怔，问："你说吧——只要我能办到的。"

"从前也和你说过，你不理会。如今，你该知恩报恩了！"孔秀才眼里的光，像针一样刺向对方，"帮我对付共产党！"

萃女惊异地向后退了半步，说："共产党！他们不都叫你们杀完了吗？"

孔庆儒逼近她一步，狠狠地说："没全杀完！于震海那一帮子赤匪，各村没有露头的，还在暗里活动！"

萃女道："哦！还有……可我能帮上什么忙？"

孔庆儒急切地说："你劝说于震兴，去找于震海的踪迹。"

"他怎么找得到？"

"有车就有辙，有树就有影。于震海他们是人，得吃得穿，不能老在山里啃石头。只要于震兴到他从前常去的人家、村子打听，人们见是亲兄弟，不会瞒着他。再说，还有人想帮他。"

萃女转过身去，面对着北墙，手使劲地扯手绢。

"怎么样？"孔秀才走近她的身旁，"你们帮我这个忙，官家的公赏以外，我资助你们三十亩好地，不愿去乡下，到天津去过，我把那里买卖分一半给你。你看怎么样？"

萃女感到一种莫大的凌辱。别说是叫她祸害她丈夫的骨肉，她虔诚地跪拜过的共产党，就是素不相识的路人，她也是办不到的。这个瞎了眼的狗秀才，她真想扇他一巴掌，一脚踢他出门去……可是，毕竟，他开赦了她和于震兴，他有权势，得罪了他是不好过的。所以，她压熄冲心而起的怒火，赶快把这条缠身的死蛇摆脱掉，自己关门过自己的小日子好了。

"唉！"她说，"共产党不共产党的，和俺们无干系。这份财我也不想发。再说，叫震兴去干这种事，他也不会去。"

孔庆儒紧盯着她说："于震兴跟你情深义重，告诉他，找着他兄弟一块享福，他不会不听你的话，只要你肯劝他……"

"我要不肯劝呢？"萃女陡地转过身，雪亮的目光对着他。

孔庆儒禁不住后退一步，诧异地望着她，说："啊！你想……"

"我想什么！"萃女藏不住愤懑的情感了，"你好个圣人之后，叫人去伤天害理，唆使老婆劝丈夫去害他同胞兄弟，真够仁义道德的啦！"

孔庆儒极力劝说道："你听明白着，我说是抓共产党，他们是害人的……"

"他们怎么不害我？还是谁有对不起大家的地方，你要不和他们作对，我不信他们专门来欺负你。"

孔秀才气得八字胡直忽闪，说："好，你为共匪张目！"

萃女冷笑一声，道："我是赤色分子，孔区长抓起我来吧！送到威海卫，孙专员亲自过我的堂，好了吧！"

孔庆儒的脸色像猪肝，气急败坏地说："我知道，你哥是专员的红人……哼！最后再给你一个活路，这个忙你到底帮不帮？"

"帮不上。"萃女说完，疾步走到屋门后，拉开一扇门。

"下逐客令啊！好。"孔庆儒拾起文明棍，阴冷地笑几声，"都说你小白菜是个能人，今天看起来，连个小孩都不如。"

"你这是什么意思？"萃女警觉地注意他的神色。

孔秀才又捻开了胡子梢，说："自古道，万恶淫为首。你没见过，大约也听说过，孔家宗族一百多门，对不守节、犯奸情的寡妇，是怎么个处置法的：女的坠石磨，男的装麻袋，那滋味……哼！"

萃女的脸一下惨白了，但很快恢复了正常，掏出孔秀才还给她的守节文契，亮着说："你还想拿它吓唬我啊！晚啦！秀才老爷，我不是守节终身的寡妇，是个自由人啦！你管不着啦……"

"哈哈哈哈！"孔庆儒狂笑起来。

萃女像夜间听到房头的猫头鹰号，起一身鸡皮疙瘩。她紧张地望着满脸横肉、咧开的八字胡大嘴，惶惶地问："你……你笑么？"

孔秀才从怀里掏出张纸，高高地举着，说："文书，在这！"

"什么？"萃女急了，打开被她泪水浸过的那张纸。

"仔细看看吧，那上面的印章认得清吗？"

是的，立约人、中间人、保证人的图章，都分辨不出，明明是胡乱假盖的。萃女气得浑身发抖，几下撕破假文契，狠狠地摔到孔庆儒身上。骂道："你这骗子！你这老狼！你……你把我手里的把柄骗出去！你这不是人的东西……"

孔庆儒像没有听到一连串的咒骂，一边将文契揣进怀里，一边得意地说："你才知道我的为人了吧，侄媳妇！老实点吧，答应帮我的忙吧！"

"我跟你拼！"萃女怒吼着，要上前去抓他，但身上失去了冲击的力量，腿弯发软，反倒闪身倒在灶台上。

一阵狂风推开风门，卷着碎乱的雪花，在屋里肆虐地扫刮……

风雪呜呜地响。整个昆嵛山区，都在暴风雪中颤抖……

第六章

　　桃子挽起锅灶台上的篮子,刚要走,忽听厢房里一阵孩子的哭叫声。

　　"姥姥,俺不吃,俺不吃呀……俺吃不下呀……"女孩子边叫边哭。做妈的当然听得出,是她四岁的竹青。

　　"听话呀,竹青!今儿你干么不听话啦?咱俩赛伴吃,看谁吃得多,肚子就不饥困啦。咱俩堆雪人儿,有劲呀!"男孩子的声音,当姐的知道是不到六岁的狗剩。

　　竹青哭叫声更大了:"俺使劲吞下去,肚肚也不乐意,拉屎腚眼疼……"

　　"姥姥给你抠呀……"

　　"抠也痛,老臭的,不让姥姥抠……俺空着肚子躺炕上,不吃饭,光睡觉,死不了……俺爹说,豆虫就这么的,到冬天就躺在泥里睡……姥姥,你说话呀,别让俺舅逼俺吃,啊,姥姥,你怎么不说话!姥姥,向着俺哪……"

　　桃子是在正屋灶间。她不由得掀开盖篮子的几层包袱皮,将里面的一叠掺着地瓜的麦面饼,抽出一张,拉开锅盖——锅里是一小盆黑乎乎的干地瓜叶加了些麦麸熬的粥。桃子想要把面饼放到锅里去,可是,她眉头蹙起皱结,拿面饼的手又缩回来,瞅着篮子,不知向哪里放好。

"你怎么还没走?"

桃子一看:母亲进来了。她咬一下牙,把饼又放回篮子,重新盖好,说:"就走……"

三嫂倒用手按住了女儿胳膊上的篮子梁,同情地说:"心疼你闺女啦!唉,别说是几岁的孩子,就是大人光吃地瓜叶、地瓜蔓的,也受不住……留下一张饼给竹青吧!"

刚才还想这么做的桃子,这时反倒开导母亲说:"妈,咱们大人、孩子,总还都是好好的,那些伤号,细粮细米都咽不下,还架得住饿着?伺候不好他们,咱……"

"别说啦。"三嫂把篮子上的包袱再塞结实一些,"你不心疼你闺女啦?"

桃子道:"妈你呢,就不疼你独根儿子呀?"

"狗剩比竹青大。"

"才大两岁。"

"那我不疼他。"

"那俺学妈。"

娘儿俩对着微笑了。但送桃子出了院门之后,面对着盖雪的群山,三嫂的细眉又打上了结。

桃子是去后山北石屋给伤员送饭的。年前,一天黑夜,当带着伤扑进桃花沟家门的好儿,暖和了好半天才能说出话,送来孔家庄的敌兵第二天要来桃花沟搜索的情报,这里的人们没有惊慌。于震海早和党组织研究好了应付敌人、保护伤员的计划:伤员们很快转移进原先就堵严实、铺好干草的北石屋洞里。敌人来搜了一会儿人,抢走一些东西,没有找到伤员的影子。从这以后,伤员没再敢进村,而且村里一般的人也不知道他们的去向,只有桃子一家、伍拾子一家和杨玉清几个党员知情。桃子一直留在桃花沟照顾伤员,冯痴子从孔家庄冯先生处偷拿药来,十五名伤员都脱离了危险,又有七个基本好了,回到各自家里或亲戚家中。其中一个叫成义的伤员，回到赤松坡姨家，第三天被村长于之善查出破绽，捉了起来，酷刑折磨，直至用七寸的钉子把他的手脚钉在墙上，两天两夜，到咽气时，这位十九岁的暴动队员，也没回答敌人一句口供……

桃子他们得到消息，将剩下的八名伤员一直掩藏在北石屋，并把最险峻处的号称鸽子堂的岩洞打扫好，铺上干草，一有情况，就搭上高梯子，将伤员挪到那里面去。

然而，接踵而来的是新的困难。本来，在这山区，穷家小户，糠菜半年粮，所谓"粮"，还是以地瓜为主，真正的粮、米很少。打孔家庄拿来几百斤麦子，这些日子伤员吃得差不多了。暴动剩下的队伍，还有五六十个人，都在山区里活动，吃的也靠像三嫂这样的人家，再不能扩散，让敌人得了消息去。这样一来，三嫂他们一家，只有吃秋天收存下来的干菜维持。大人还可以坚持，竹青、狗剩那般大的孩子，脖颈拉长了，眼窝变大了，肋巴骨露出来了……这也能熬，饿不死，有把骨头，气还喘着，总能活下去，待到春天，漫山遍野的山菜就下来了；最难办的是那些伤员，本来就缺营养，吃饭艰难，断了他们的粮米吃食，和断了救命的药物一样呵！眼看着，手下的粮米只够他们吃两三天的了。怎么办？还不能张扬出去借，即使借，上谁家借去？这几天，张老三和杨玉清几个人，拣好点的柴火担到山外去卖。风雪大，都是塞了一冬干菜的无力身体，挑七八十斤的柴担，走不过两三道山梁，就腿弯发抖，两眼发黑……一天回来，一担柴籴不了七斤玉米……

怎么办呢？三嫂不是个临做饭才想到推磨的人，但这个难题，把她折磨得几宿睡不着，转来转去，想到一条路上，感到浑身烘热，不自主地摇摇头；可是想来想去，又想到这条路上，不走也得走了……

三嫂从旧柜子里找出一件补丁少些的粗布褂子，套在身上，对着破了一块角的方镜子梳了梳头发,将发髻紧了紧。然后,把吊在屋梁上的盛干粮的柳条篓子摘下来——那里面早空了,放进一个泥沙盆,用包袱皮盖好,挽着来到厢房,嘱咐狗剩,一会儿小菊回家,就说妈妈出门走亲戚,晚上才回来。狗剩缠着要去,竹青叫姥姥带着她,被三嫂哄住了,两个孩子都听话在家等着。

俗话说,上山擒虎易,开口求人难。在胶东半岛这一带地方,出门讨饭是很丢人的事。除去个别懒汉怠妇,一般人家,再穷再苦,他们宁肯成年肚子塞满树叶山菜,甚至饿躺在炕上,也不拉讨饭棍、要饭篓子。当然,那些丧失了起码的生计,为了养活幼小孩子的妇女,不得不走这条路,也是有的。但他们从不到熟悉的村、认得的人那里去乞讨,而避开他们,走得远远的。这是这里的特殊的风土人情的一个方面。

三嫂谨慎地出了院门,打量前后没有人迹想赶快走出村去……就在这时,她见从村内走出一个挑东西的人,啊,开烧锅的张桂元,这人最好打破砂锅问到底,嗤笑别人……三嫂情不自禁地退到门里,像是做了背人的事,脸上一阵热辣辣的。她放下篓子,来到厢房门口,从门缝里一看,不到六岁的狗剩,跪坐在四岁的外甥女竹青面前,小手里端一碗黑乎乎的地瓜叶粥,边用筷子向竹青嘴里喂,边大人似的哄她,道:"好乖乖,听舅舅的话,再吃一口,大口吃……好竹青,等姥姥回来,你妈妈回来,告诉她们,你真乖,大口吃饭,都得夸你哪!"

那竹青,闭眼龇牙地拼力吃地瓜叶粥,咕噜,吞下一大口,都流出泪来了,喃喃道:"俺听舅舅的话,使劲吃,长胖胖的,留着好吃的,给北石屋的叔叔大爷……"

"竹青,可不准乱说!"狗剩瞪着黑眼睛,绷着黑瘦的圆脸孔,严厉地教训道。

竹青咯咯地笑了,说:"俺知道,俺什么事都懂,俺和妈妈,还送过程大爷哪……咦,程大爷打坏蛋去了,不知多会儿来家……"

三嫂舒了口气,离开厢房门口,在南墙根处,拣了根松木棒子,拉着出了院门口。似乎是木棒子给了她力量,她不看村庄,低着头,一直向村外走……

她埋着头,怕人从后面追上来似的,在积雪的乱石路上,高一步,低一步,紧急地走着。当她听到一阵牲口蹄子响,抬起头来,那黑色的骡子,已经停在面前。她刚想闪身躲开,一个干嗓子女人声响了:"这不是好儿她妈吗?我当是谁哪。"

三嫂顺着骡子的高腿往上瞅,看到了骡子背上驮着一堆被子,女人的声音,就是从被堆里发出来的。她不禁一怔。

"嘻嘻,你那对亮眼珠,赛过年轻媳妇的,怎么,连我都认不出来啦?"骡背上的被堆张开一条缝,露出半张盖粉的皱纹脸,冲着三嫂,眉开眼笑地说。

当然,三嫂不会不认得粉脸大脚霜子,只是因她有生第一次出去讨饭心事重重,加上孔霜子用两床被没头盖脸地包着骑在骡子上,突然相遇,使她怔住片刻。

"哦,是她婶子。"三嫂平静地打着招呼,"这大冷天,你上哪儿去啦?快回家暖和吧。"她想早支应过去,好赶路。

但是孔霜子却没走开的意思,把头全伸出来了,美滋滋地说:"好儿她妈,你和三哥,真是……加上全桃花沟的人,都算上,都是些没见天地的吃苦虫。人家孔家庄,这些天,热闹翻翻啦,连我在牟平城都听说了,都赶着来啦!你们可好,我寻谋着,一个桃花沟的人也没有,连张桂元都没有去卖酒……"

"你说的是……"

"孔家庄大殡啊!谁去有谁的孝帽子,管顿饭,热闹死啦……我活这么大,还从没开这个眼、见这个场面……我拉你好儿去,她推说有病,没去。唉,都是在累死人的丝坊折磨的。她要去了,我敢说,多少闺女媳妇也得比下去。女要俏,戴身孝嘛,

97

咱好儿那身材,那脸蛋,一身白,啊呀呀,凤凰落到老鸦群里喽……"大脚霜子兴致勃勃,越说越上劲。

而三嫂早把脸转过去,锁紧了细眉,说:"俺那闺女,可架不住她婶子这么夸奖!俺得走啦。"

"等等。"孔霜子让赶脚的中年男子把她扶下牲口,三脚两步,赶到三嫂跟前,悄声说,"好儿她妈,生老妹子的气不是?"

"没有啊。"三嫂没有表情的脸对着她,"生你什么气?"

孔霜子笑笑说:"我知道,你是精细人,好强人,恨我给咱们的仇人吊孝,是不是?"

三嫂苦笑笑,说:"自个儿家的日子还忙活不过来,哪有心思管别人的事?"

孔霜子看一眼穿着单薄的补丁衣服的瘦女人,连连点头道:"唉,你家的处境,还不都在我心上,好强一辈子,吃苦一辈子,两个女婿,如今……哎,三嫂哪,那两个女婿,就一直没照面?"

三嫂摇摇头。孔霜子知己地把长嘴唇贴近三嫂的耳边,小声说:"居任到牟平城找的我,从孔秀才手里保出好儿的,俺花了五十多块大洋……"

"这我听好儿说过,亏了你……"

"一家子的事嘛……我嘱咐居任和好儿下关东,不知他去了没有……我问好儿,她说一直没见着他的影子。你要是见着居任,千万叫他去找我,我就这么个亲侄子啊——这世上!"

"那好。"三嫂应着,直把头向一边躲,从那黑黄的牙齿嘴里喷到她脸上的怪臭味,实在令人恶心,她也真急着赶路。可是孔霜子扯着她的衣襟,更贴近她说:"我怎么回村几次,都没见着伤号?"

"不是早叫人家搬走了吗?"

"搬到哪个地方去啦?"

"你打听这个干么?"

"唉,我是想,这大冷天,伤号为咱挨的枪,咱不疼谁疼?三嫂,你是明白人,当初我叫伤号搬出绣花坊,可不是为别的,为的怕连累着好儿和你一家,咱们是亲戚呀!这阵子看光景,狗秀才还不知道咱们都是闹暴动的妇女会,我也用不着担心啦。伤号要有准地方,你说一声,我再去接回家。"破鞋女人的三角眼,紧盯着对方的反应。

"咱哪知道呀?"

孔霜子失望地松开手,离开三嫂的身边,摇晃着头说:"那好,你忙你的,我回村收拾起绣花坊,为闺女媳妇们挣口饭吃,叫你好儿也来。咱为人,要的是个走直道,不学孔秀才黑心肝……哼,别看我去给他们吊孝,我这是猫哭老鼠——假慈悲哪,哈哈……"

时令已是阴历二月底了。往常年,胶东半岛的山区里,向阳坡的积雪都化了,冰河也开始解冻,白天化开,夜晚又冻上一层薄冰,第二天又化开了。然而,一九三五年的冬天,出奇的大寒,最低气温降到零下十三摄氏度,沿海港口都封冻了,船不得行,更加上这丙子年,又闰三月,节气大大地推迟了。整个昆嵛山区,还是白皑皑的,一片冰雪世界。

村头桃林下边的石头河,早冻枯了。那白色的冰块,围在大小不一的石头中间,呈现出各种各样的花纹,在两岸裹满冰凌的桃树林的互映下,简直是琼林、玉苑的仙境。

三嫂刚要走过对岸去,忽听后面叫声。

"妈——妈——"少女的呼唤。

"妈妈——妈妈——"男孩子的喊叫。

她转过身来,只见一个姑娘拉着个孩子,急匆匆地向这里跑。三嫂惊讶地朝前迎出几步,应道:"小菊!狗剩!"

姐弟俩奔跑着,呼叫着,冲到母亲身前。小菊放开弟弟的手,一把抓住母亲胳膊上的篓子,急切地说:"妈!你这是干么?你要干么?你……"

"妈看你大姐去……"

不等三嫂说完，狗剩伸开两臂，扑到母亲腿上，抱着腰，说："妈撒谎，妈哄过俺和竹青，哄不过三姐！妈你要饭去……"

"妈，妈！"小菊使劲夺过母亲的篓子，带着哭音说，"妈！你千不该，万不该，不该挖闺女的心……俺再没能耐，宁肯把自个儿卖了，把身上的肉割下来吃，也不能叫你拉要饭棍……"少女被悲哀堵住了嗓子，抽泣起来。

狗剩却没有哭，说："要卖，卖我，俺是男孩，比姐值钱！"

"不许瞎说！"三嫂紧紧抓住小儿子的肩膀，似乎真的有谁要把她唯一的儿子买去似的。她又腾出一只手，去给小女儿拭泪水："都好好的，没灾没难的，讨口吃的去，哭的哪一件？"

"妈……"小菊哭出了声，泪珠在面颊上乱滚，"俺知道，妈你走这一步，比俺哭还疼十分呢。妈你还能忘记，俺姥姥要饭叫财主的狗咬死，临死留下话，哪怕饿死冻死，也不让她的血脉再拉要饭棍……你那年为我跟小蓉去要饭，气得发昏……今儿妈你自个儿倒……妈啊！你的心思，闺女能不知道吗……"

三嫂感到一阵晕昏，身子向后颠踬了一下。她使劲闭上双眼，使眼泪不流出来。小菊拾起打狗棒，擦擦眼泪，说："妈，你为么要饭，俺都清楚。你回家，我去要。"

狗剩离开母亲，上去扯住小菊的衣襟，说："俺跟三姐去。上次俺要过，会。人家见俺小，可怜俺，给好吃的……"

三嫂看看小女儿，又看看小儿子，目光又落在闺女身上。

有话道，女大十八变。小菊姑娘今年虚岁才十七，可是最近几个月，她的变化异常迅猛：变得高了，鲜润了，俏丽了，俊了。

一头黑黄的柔发，扎着独根辫子，凌乱的发缕，不规整地抚弄着前额。瘦长脸上的眼睛，黑黑的，老是湿漉漉的，使那长长的睫毛，像是长在两池清水岸上的青草。周正的好看的小鼻子，稍厚的嘴唇增加了红色。最甜人的还是嘴角上方两个小酒窝，特别是笑起来，深得没了底似的。胸部开始饱满起来，只是由于本能的羞怯，在人眼前，她好塌下肩去，使乳房别太显眼了——因为全身其他地方，都是瘦瘦的。

吃的什么，穿的什么，全无关系，她倒出脱得这个模样，真和山上的菊花相仿佛：无论长在石头缝中，荒草堆里，都能扎下根须，长叶开花，经受多少风雨霜雪，照样自个儿长自个儿的。

三嫂打量了女儿片刻，伸手去接篓子，说："闺女疼妈妈的心，妈知道。只是，小菊，如今，你是大闺女啦，人多眼杂，显脸显眼的，妈不割舍。"

狗剩上前按住篓沿，说："那割舍我去，俺小……"

"你是咱张家的独根啊！"三嫂心里疼叫道，嘴上却说："你更小，走不动……"

"妈，俺走得动，我帮妈打狗去，俺是吃剩的，狗不咬我。"

三嫂叹了口气，心里犹豫不决。她简直没有勇气走过这条小小的冻枯了的石头河去。

这时，几只鸽子从北石屋上方飞过来，转了一圈，飞进鸽子堂里去了。

三嫂的眼睛跟着鸽子，紧盯着鸽子堂。小菊也注意到母亲的神色，越来越严肃，越来越庄重了。

"小菊！"三嫂没转眼睛，说，"竹青自个儿在家里？"

小菊道："小蓉看着她……妈，我一听兄弟说你怎么出门的，就想到你要饭去啦！小蓉也要来替你去……叫是，妈，昨黑夜伍拾子哥带三个队员来家，他妈把几个孩子的裤子都拆啦，给他补了烂衣裳……如今她家，只剩一条囫囵裤子，谁出来谁穿着……我没让她来。"

三嫂点一下头，从女儿手里拿过打狗棒，一手拉着小儿子，大声说："走，快走！咱娘儿仨，一块要去！要得多多的！你姥姥要活着，她也会帮咱们要去！"

娘儿三个踩得河冰咯吧咯吧响,一会儿就走到对岸,开始向龙泉口的方向攀登了。正走着,小菊忽然问道:"妈,适才俺碰到霜子婶,还骑着大骡子。"

"哦,我也碰见了。"

"这个人,真没骨头!"小菊说气话的声音也是甜甜的,"见风声紧了,把伤号撵出她家,真没有脸。"

"三姐,她不是抹着老厚老厚的粉末末,盖着脸皮的吗?"狗剩很认真地说。

小菊笑了,道:"她是老不要脸啦,那粉搽得再多,也盖不住丑……"

"小菊,你又在编排人家。"三嫂教训闺女,"人还能没有个做事不周的地场?只是心地得干净。"

"妈,她是干净人?"小菊皱一下好看的鼻子。

"这个……"三嫂的脚下打滑,带累的手扯得狗剩跟着闪个趔趄,娘儿俩差点摔倒在山坡上,"咱别说啦,尽着心思赶路,这雪盖着石头,又滑又绊脚,稍不在意,就出事啊!"

实在的,如何为伤员讨得细面吃食的重负,把这位精明干练的贫苦妇女的所有智慧和力量,全部占据了。她对旁的事物,就没有分神去考虑。刚才她所以没有如实回答孔霜子关于于震海、孔居任和伤员的问话,这不光是出于对这个不正经的女人的特别戒心,而是目前险恶的形势,使党组织的活动又进入极端秘密状态,除去直接接触的可靠人,对谁也不能透露情况。不过,庆幸的是这几年不平常的经历使三嫂有了这种本能的警觉,不然的话,孔霜子的阴谋就要得逞了。

这个坏女人的问话是居心不良的。

事情还得从她参加孔秀才出大殡说起。

孔家庄这些天非常热闹。孔庆儒家大办丧事。

出殡前,孔区长利用他的权势,做了广泛的宣传。并在四乡张出布告:凡愿来参加丧事者,不论有亲无亲,本姓别姓,近门远门,本地外埠,礼多礼少,有礼无礼,是官是民,是富是贫;不管昔日有什么嫌隙,都一视同仁,不分厚薄,以礼相揖,宾客相待,男辈一顶孝帽子,女流一斗方孝顶头。其他愿意来观光的,不但可看出殡盛况,还有三天大戏尽饱眼福。

那灵堂设置得也不寻常。从冻土的坑里,扒出的被暴动群众砸成肉酱的洪源号钱庄老板孔庆傧、冬春楼掌柜孔庆俦,裹上高贵的寿衣帽,装进四寸厚板的樟木棺材里,停在区政府的大厅上。棺柩两旁,直到大院子的墙上,挂满了县上、区上、乡上的官吏、头面人物——绅士、地主、商贾送来的挽联、幛子。大门前的临街上,搭起高大的吊孝席棚,能盛两百人,旁边支起四口大锅,日夜供应饭菜。

每天日出之前,在灵堂前烧纸。三声双筒土枪一响,那几十名披麻戴孝的女人,跪在棺材前,放声大哭——基本上是干号,进行激烈的比赛,号声越大越荣耀。这时候,守在吊孝棚里的一百多男人,就在提着砂罐的死者的儿子的前导下,排着队,通过孔家庄大街,浩浩荡荡地向村外一里多远的土地庙走去:"送水"。从队伍里,发出有节奏的嗡嗡声,前头的能辨出是在哭叫"我的爹爹呀","我的叔叔呀","我的大爷呀"……过不到队伍的四分之一,也就是没有死者的近亲在跟前了,吊孝的人大多是为得孝帽、享嘴福来的,对付着叫几声听不清是什么东西,只是一片嗡嗡声。再往后呢,有的人偷偷笑了,等走出村去,他们便互相交头接耳,无非是询问各自的境况,中午在孝棚能不能吃上猪下水、羊杂碎……

到了日落之后,又是照样的发纸,双筒枪响,女人干号比赛,男人排队"送水"……

这种一天两次到土地庙的"送水"活动,照规矩进行了三天。

同时,唱了三天大戏。

戏台搭在村东的麦地里。不搭在冬春楼是有道理的。那里正在重盖,况且那里又是处死孔家兄弟的所在,怕不吉利。还怕村道狭窄,盛不下观众。野地宽敞,可招引更多的乡下人,来看特意从烟台、威海请来的戏班子唱戏。不过观赏的人并不踊跃,连孔家庄本村的人也没上全,这使苦心谋划的孔庆儒大为扫兴。到第四日,孔庆儒率领大大小小、男男女女的亲眷,一大溜逢场作戏的来宾,把两个死鬼的棺椁送到西老茔。他看着那些巧工能匠用彩纸扎的金牛、金马、金麒麟、各式各样的童男童女在墓穴边上燃烧,心情坏到了极点,暗暗地发狠道:"要是这些殉葬的东西不是纸扎的,是震海那伙共产党,才解我的心头之恨!"

孔庆儒没等那些请来的道士、和尚、尼姑的经文诵完,甚至装着两个肉酱胞弟的棺木还没盖上土,他就感到浑身发虚,支撑不住。他吩咐儿子孔显在这里主持,自己被管家万戈子扶上牲口,护侍着回家来了。

主仆二人进了深宅大院内月亮门里的卧室,早有人端来了红旺的炭火盆、茶水、糕点。万戈子给他脱去孝袍,扶他躺到厚厚的温暖的狼皮褥子上。孔秀才闭着浮肿的眼皮,养息片刻,呷了两口茶,吩咐下人把点心端走,又对管家说:"一会儿送殡的人回来,叫显二对大伙说,我劳累过甚,见不了客,请他们自回好了。多谢谢人家。"

"大老爷放心好了。"万戈子体贴地说,"大老爷的心情该好些才是,二老爷、三老爷去得太惨,可大老爷为他们送的这份终,也够显眼的啦,算得上红白喜事,比八年前为老老爷出的大殡,差不了多少!"

孔秀才摇摇头,叹道:"差远啦。那时我没破费这么多,百十里内来看光景的人山人海,庄稼地踏平十多亩……可如今,来的人少,又多是为赚顶孝帽子的……"

"谁说不是？不用说别人，就是你至亲的小舅子于之善，只带来三个人。可是报名领孝帽子、顶头的，有他儿子、孙子、孙女、外甥女、外孙女、小舅子、小舅子的丈母娘、丈母娘的姐家……总共二十七口，弄了一大包孝帽去。"这是万管家心里的话，嘴上却开导说："民国十七年给老太爷出殡，正是深秋天气，这会子，虽说春分都到了，今年是奇冷，人不愿出门。"

"天时不济不是缘故，人心不顺是来由。你不要宽慰我，如今和那时不一样啦，那时段敬斋和穷鬼们瞎闹腾，这会有共产党这个带头羊啦！"孔秀才说着，把手向炕上一拍，坐了起来，"姓共的这股祸水不干，我活着不顺气呀，把人给我害了，办丧事也威风不起来，哼！给我口烟抽！"

其实，万管家早在把大烟灯点着烧烟泡了。这个跟随孔庆儒十多年的奴才，通过冬天的暴乱中的表现，更得到主子的器重，身份也更重要了。可是他在主人们面前，又很注意言语行为的分寸，恰到好处。

抽完一个大烟泡，孔秀才的精神打起来了。他刚下炕坐到太师椅上，县上的信差送来一份给他亲启的绝密信件。

信是县党部主任鄢子正写来的。上面说，因他公务繁杂，脱不开身来为两位死难兄长送葬，深表歉意。希望孔区长多施计谋，把暴动的伤员拿到，进而打尽于震海一伙漏网之鱼。信后还提醒在文登城中两人知心的谈话，孔庆儒要为他保媒一事有无进展……

当万戈子送走信差回来之后，见孔秀才的脸阴沉沉的，忙把水烟袋装上，送了上去。孔庆儒把手中的信，向桌子上一扔，接过烟袋，等管家送火煤，深深地吸了两口，烦恼地说："这个山西光棍，当面把我捧上天，净从我这儿得便宜，他妈的，我办这么大白事，他不来赏脸，倒忘不了给他讨小老婆……滚他妈的！"

万戈子赔着笑脸说："大老爷是何等样人，和那个骨架子石

105

灰人计较？也许鄢主任也真为剿共的事忙活，他想要个女人来求咱，也不是不相干的事。大老爷想拢住仇连长，还张罗过二老爷的香兰闺女，他哪比得上鄢主任一个指头？莫不再让宋老八一样的人，把闺女媳妇送给他去？这可……"

孔秀才站起来，慢慢地踱着步。万戈子知趣地闭嘴了。孔庆儒想了一想，脸色又逐渐开朗起来，说："这些事都在我心中装着，到时自有安排。为剿灭赤匪，维持住地面，别说是亲侄女，就是老婆孩子，搭上去也合算。宋老八这么做，也是常情。鄢子正和我情如手足，说他句气话，是我一时心绪不好。"

"那是，小的知情。"

"鄢子正总是个有识之士、能人，共产党的大敌。"孔秀才完全恢复了正常，"当今世界，要靠他们治理。不然，赤祸是除不了根的。唉，气人的是共产党不好收拾，咱们的人有本事的太少。前些天赤松坡抓到的那个伤号，本是个好活口，却叫之善生生拷问死了，死了他才来报告领赏。"

"舅老爷为剿共，可费心了，比遭这场大灾以前，心眼长多啦！"

"越长越邪啦！"孔秀才生气地说，"这东西想从伤号口里掏出口供，抓住更多的，他好领重赏——被窝里放屁，独吞！他哪里是共产党的对手……你告诉之善，下次他发现共产党分子不报告，私自处理，不但不给他发赏，还要倒罚他的钱。"

万戈子微笑笑，没有回答，去里间把茶杯倒满热茶，双手捧到八仙桌子上。孔秀才坐下，喝口茶，又捻着胡子梢，说："那个媒婆子一直在这里？"

"在这，按着你的吩咐，让她和别的姑奶奶一样，住在内院，一块吃饭，她挺得意，对白事很卖劲，哭的声音比谁都响……"

"给她的礼物预备下了？"

"照你的话备好的。大奶奶有点不痛快……"

"女人见识……今晚上，等人都睡下了，你带那媒婆子到这屋里来。"

万戈子一怔，讨好地说："大老爷，是不是午后送殡完了就叫她来，这些天忙乱的你一直没到大奶奶那里去了，晚上也该歇歇啦……"

"嗯……"孔秀才沉吟一声，肿眼皮向上掀了掀，脸上露出威严的神气，说，"那种事，多会儿都行，目下剿共为首。白天，不能叫媒婆子进我这里，要防备有人走漏风声……这可是我多少天想的一条大计，把孔居任这个小子弄到手，我的棋就活啦！我料定，孔居任这个姓共的，不难对付……"

大脚霜子听到孔秀才一声唤，吓了一大跳，进了屋，心里的"鼓"还在咚咚地响。

她在桃花沟村头对好儿她妈说来孔家吊孝，为的是不赚白不赚的一顶孝帽子，那不是真实的；说她哭孝是"猫哭老鼠假慈悲"，也不是老实话；当然，说她真的是为孔庆儒弟弟的死而悲痛去的，也不合事实。那么，孔霜子来吊孝的真实动机是什么呢？是为的她自己：怕孔秀才他们说她不上门给族兄送葬，是心向了共产党。若进一步查出她参加过妇女会，暴动时在桃花沟街上喊过口号，还把绣花坊让出来给伤员住了几天，再加上前几年姑侄勾结绑过钱庄老板的票，这新账旧债一起算，不问成死罪，也得蹲几年大牢，至少得倾家荡产……罢罢罢，是祸躲不过！孔霜子和牟平城相好的一商量，趁着孔家办丧事，她回来多哭几声，极力表示她是孔门的人，打消孔秀才对她的猜忌，她又能安安稳稳回桃花沟重操旧业——开绣花坊，当媒婆，岂不是一好百好！

孔霜子的计划进行得很顺利。刚进孝棚，她惴惴不安地送上"薄礼"五块大洋，岂知把她接进孔家的院里住下，这是当姑奶奶看待了。每天两次发纸送水，她都能陪着死者的至亲女眷放喉干号——她自然没有一点眼泪出现，假哭真死尸的表演，她早有很高的造诣。那压倒一切人的响亮嗓门、新鲜生动的哭叫词句，各种变化着的手势动作，使周围的人嫉妒不已。她还忙里偷闲，头发油没少抹，香粉没少搽，胭脂没少抹，两眼不时睃视来灵堂前上香烧纸的小白脸们……甚至和邻区来的一个地主大烟鬼儿子从眉目传情，到溜进茅厕里，动起手脚……

多么美的日子啊！孔霜子满心喜欢，这次来吊孝不但达到了原定的目的，而且还有格外的收获：人面前出尽了风头，又骚得一番风情。人要俏，戴身孝。她四十多岁的皱纹脸，还是大有可为的哪。下午送完殡，大脚霜子还不愿去下孝服，心想，这殡再出下去可多好哩，偏偏四天就完了！孔家的人接连遭杀，吊孝棚一直不拆，她身上老是一身白，那有多快活啊！她怀着满足又不满足的心情，在孔家庄街上转悠——可惜没有人侧目她的"俏"，大大地扫兴，若有所失地进了娘家门，打算明天回桃花沟……出乎意料，孔秀才叫她去，管家的神情又是那么诡秘……

煤油罩子灯，把古色古香的幽雅小客厅，照得明亮亮的。但是孔霜子迈进门槛里，什么也没看见，那惊慌不安的眼睛，直瞅着太师椅上坐着的人，那盘着发辫油光光的胖大脑袋。这屋里炭火盆熊熊，比外面暖和得多，大脚霜子却感到一阵阵寒栗，脑子像个朽木疙瘩，什么念头也想不到。她这张从乡间说到市镇的撮合山的嘴，此时竟张不开了。

孔庆儒在太师椅上没有动弹，也没有正眼看她，话声可是异常的亲切，说："四妹，坐，坐下。管家，看茶。"

孔霜子站着没动地方，口吃地说："大，大哥，你还记得俺，还认得俺，我……"

"笑话！"孔秀才真笑着说，"你我刚刚出五服，和这家姊妹排起岁数，你是老四。嗯嗯，我成天穷忙，几年没见四妹，不过咱这门里谁个怎么的，一向放在我这个老大身上……你坐下。"

孔霜子躬身弯腿,给大哥请了安。小心地走到八仙桌子的对面,偏着丰腴的腚片坐在椅子沿上。每答对方一句话,都先站起来。

孔庆儒边抽着水烟,边道:"四妹,这一向过得如何?"

"啊,还糊弄得过去。托大哥的福……"

"我知道四妹是个精明人、干练人,结识的人多,本领不小,不比一般乡下女流。"

大脚霜子的粉脸一红,双膝一软,扑通一声,跪在砖地上,带着哭腔道:"大哥饶罪,妹子一时糊涂,上了人家的钩子,那年坏过钱庄二哥……"

"你说的什么事?"

"绑票……"

"哈哈哈,这事我早忘了。"孔秀才爽朗地笑笑,说,"你不提,我都记不起来啦。那也得怨我,对你们姑侄照料不周,使你们的日子艰难,才干那冒风险的勾当……过了好些天,我才知道显二去抓你们,回来叫我打了两个响嘴巴,逼着去给你赔情。去了吧?"

万戈子送上一碟鸡蛋糕,说:"二爷脸都肿了,我陪着他去的。"

孔霜子连忙接上说:"去来,去来。他一口一声'姑',可亲人的……"她嘴上这么说着,一只手不自觉地摸着屁股蛋子,那里还结满被显二打的道道伤疤。

孔庆儒掉脸去拿桌子上的鸡蛋糕,对她的动作他像什么也没看见似的,继续说:"亲骨亲肉的,过去的事就过去了。四妹,你是孔门出去的,清楚自家的底细。这多年,有多少不轨之徒来暗算咱家,可怜你二哥、三哥……唉!"

孔霜子立时擦开了眼睛,抽抽搭搭地说:"多好的两个哥哟!他俩的心呀,都是金子做的,比圣水宫里的菩萨还慈悲啊!想当年，还不是二哥开大恩，借钱使居任弄上个标致媳妇？他开的丝坊，养活了多少人哪！三哥经管的冬春楼，打发过多少要饭的？唉，老天爷瞎了眼，好人不长寿，善人不得善终，真叫做妹的疼断肠子，哭裂肝哪……屈死的哥哥哎，怎么不叫我替你们去啊！可恶可恨的索命鬼呀，干么错套绳子，留着我这个无用的人呀……"

孔庆儒慢慢地咬着鸡蛋糕，等女人哭诉得差不多了，一块蛋糕也吞下去了，呷口茶水，捋了捋八字胡，威严地咳嗽一声，说："嗯哼！共产党害得我家破人亡，他们也没占了多少便宜，还是败啦！哼，有谁想弄垮我孔家这块天地，不那么容易！看看，我的人死了，死得威风！冬春楼烧了，又要盖起来，比往日还要阔气，八月中秋，我要坐在楼上对着月亮啃月饼！"

孔霜子脑门上出的虚汗珠子，把脸上的厚粉冲成了泥沟沟。她勾下头，两眼盯着绣花鞋上的白孝头。

孔庆儒轻蔑地瞅着她的头顶，口吻放平和了，说："我这人，四妹知道，该亲的亲，该恨的恨。对我孔家门里，只要不是不知趣的，是不念旧错的。这也是先圣的遗训。"

这间屋子分明是个冰窟窿，孔霜子恨不得马上逃出去。她哆嗦着站起身，两腿一弓，赔着笑脸说："大哥是金口玉言，句句话天经地义。你是僧牙佛心，普天底下谁还不知道？大哥是忙人，妹子就不敢耽搁你的时光啦！明天一早俺回桃花沟，收拾绣坊……"

"你再坐一坐。明天走用骡子送你。"

"不用啦……"

"来人。"

万戈子应声从里屋出来，把一个布包放到八仙桌子上。孔秀才道："我知道寡妹子这多年日子不宽绰，你这几天又来帮我尽心，骨肉之情深哪！这点用的，你先收下，往后有事，尽管来找我。"

孔霜子又受宠若惊了，大瞪着眼，看看包包，嘴上说："不用，不要。那是么东西……"

孔秀才进里间去了。万戈子朝她笑笑，悄声说："还不打开看看。"也跟进卧房去了。

孔霜子愣了一会儿，接着扑向桌子前，激动地打开布包：好厚的一沓票子，好亮的一堆大洋，好黄的金元宝！大脚霜子吓呆了，慌忙地后退两步：莫不是眼看花了？莫不是些坟上烧的纸做的"鬼钱"？她向前扑上去，用手去抓，大洋冰手，元宝沉甸甸的。她拿到嘴边，用舌头舔舔，咂咂，好甜哪！天呀，真的金子啊！老媒婆眼闪泪花，抖动着手，把布包重新系好，提着要走……一听脚步声，忙又放下了。

"四妹，拿呀，就是给你的嘛。"孔秀才走出里间，和蔼地说，"这里面不光是我送你的，也有你的钱。"

"我的？"

"嗯。上次为保居任媳妇，你出了五十元，那是交了公的。这钱，我还你……"

"那是为俺侄媳妇，怎好叫大哥破费？这……"

"你的侄媳妇，我的什么人？"孔庆儒徘徊着说，"那个元宝是给居任的，一百票子是你的。居任没来为他叔叔吊孝，他忘了家亲，我可忘不了他是我侄子。"

孔霜子把钱包抱在怀里，几天哭死人也没哭出一滴泪，这会儿倒真的泪出眼眶，感激涕零了，说："大哥，亲哥！你真是……唉，居任要知道你对他这么亲，会……"

"他去什么地方？"

"我不知道。"这是真话，孔居任到牟平索款逼姑保释好儿后，孔霜子再没有他的信息。

"孔居任是共产党了吧？"

"俺也不清楚。"孔霜子这是撒谎了。

"好吧，我不问你这个。居任就是在了共产党，也和于震海那帮子穷种不一样。我不光不问他的罪，还得照应他。你放心好了。"

到了这个时候，走南闯北的大脚霜子，才悟出孔秀才召见她，一阵软一阵硬的话语，给她这一包重金的用意。"这老小子，要我帮他找居任哪，用着我啦，重金收买……"孔霜子想着，身子骨一下子硬实了好多，稳稳当当地坐下了，话也说得流畅了："大哥，居任干的么样事，妹真的不清楚，我也见不着他，这钱，是不是……"

"你就留下用吧。你要真能见了居任，把我的话传给他：他乐意干共产党也行，只是别后悔，到了落个无头尸；他有为难之处，随时可来找我，我决不记他的仇；他要是不乐意跟石匠玉他们胡混下去，想过来带兵，我把显二的队长位子让给他；他要种地，我给他母猪河西上好的淤泥地五十亩；他要做买卖，给他个商号。居任是个能成器的人才，我成心想照料他。"

孔霜子对孔庆儒的话，本来是不会相信的，然而怀里的金银却比许愿的话有分量啊，还有什么怀疑的呢！她诚心诚意地说："大哥的话句句中听，我打听着居任，准劝他来投靠你。唉，这小子也是穷疯啦，又吃喝惯啦，才走上共产道的。如今共产党也完啦，有你给他这份前程摆着，他巴不得来归顺哪！嗯，我问问他媳妇，这小子最恋那弱柳似的女人，说不定……"

"他女人是——"孔庆儒眉头一皱，"是不是桃花沟张老三的闺女？"

"是哩，张家的大闺女……"

"不能直和他媳妇说。"孔庆儒摇摇头，加重口气说，"前些日子抓过她来，她没有招出什么，要是她和她妹——石匠媳妇一样的为人，还会坏大事！你切切不可和她说——要说，也得变着计谋套她的真话，不能交底。"

"啊，我知道。"孔霜子感到了事情的严重性，转开了眼珠子。

突然，孔庆儒站到她面前，生硬地问："桃花沟谁参加过暴动？那里藏了伤号没有？"

问得突兀，却架不住大脚霜子早有准备：跟她有牵连的人和事，她一概不讲真的。如果说这是她的聪明，毋宁讲是一种混迹人间的本能。

"这些个，我要知道，早对大哥说啦。"孔霜子没有回避对方逼视的目光，沉着地说，"暴动的前几天，俺就进了牟平城卖绣花成品……听说兵荒马乱，就一直没回家——中间回来一趟，碰上居任媳妇坐监，可怜侄子我才出钱出面保她的……完了，我又去了牟平城，这次为吊孝，才回来的……"

孔庆儒又捻着胡子梢，来回地踱步。孔霜子抱着钱包裹，站起来说："大哥你放心，你的心事也是妹的心事。这么的吧，你托付的事，妹用上心思，能办到的，定规帮你办到就是啦！"

"好，好！"孔秀才满怀信心地说，"四妹的话，我记下啦！你要有了这方面的消息，到钱庄找姓吴的账先生，他会告诉你该如何办。"

"哦！"

"这是为你着想。你要是不留神，出了差错，走漏风声，那可是人命关天的事啊！"

孔霜子一下想到张金贵的下场，脸色立时煞白。不过，很快，她就打起精神，气壮地说："我知道。我不怕，怕我还不这么干哪！"

孔霜子走后，孔显来了。孔秀才抽着烟，思虑着："桃花沟那样的地方，一色的穷光蛋，是共产党活动的目标。于震海他们不会不在那里出没，伤号不会不在那里躲藏，可是去人搜不出来，没有人透风……"

孔显吃着点心道："花这么大价钱，买这个女人，上算？"

孔庆儒老谋深算地说:"赔本的买卖咱们不做。这个女人,图财忘了命,什么亲不亲的,一分钱不值。买她当眼睛找伤员的去向,是其一;要紧的是通过她拉过孔居任来。据鄢子正得到的确证,孔居任是共产党的一个负责人,和于震海一起活动,把他挖出来,石匠玉一伙的下场,就由我们安排啦!昆嵛山这股赤匪,就断根啦!本钱再大,这个买卖也要做,拼上一半家当也值得!"

"想不到,孔居任这小子,当土匪,又当共产党。"

"他这个共产党,我算定和孔志红一类的大不一样。等着瞧吧!"

"对小白菜、于震兴这对通奸夫妻,怎么处置?"

孔秀才使劲抽了几口烟,说:"要不为着对付姓共的,那好办得很……眼下,还给他们留着这条路。显二,桃花沟咱们安上了钉子,你要把队伍随时准备停当,有了情报,马上动手。"

"对孔霜子就那么信得着?"

"我信得着我的钱!"

第七章

　　从昆嵛山西麓牟平县境发源的黄垒河,向南流到冯家集,汇合了三条比较大的山水河,河面变宽,直向东南流去,在接近文登县境的浪暖口入黄河。黄垒河下游,河床有一里多宽,每到仲夏初秋雨季,山洪下来,河水满槽,浪头排山倒海,行人阻断,平常日子,只是中流有水,人们涉水而过,一年四季,都是如此。这条百里长的大河,只有驻在冯家集的地方军阀张建勋,为了过河到汤家村洗温泉澡,抽丁纳绢在冯家集东南修了一条木头桥,河水大了也不得过。

　　南黄集地处黄垒河下游,这一带靠近海口,河谷地区,田质也好些,有些大村庄,可谓鱼米之乡。三嫂和小菊,除了到过赤松坡和孔家庄,极少离开桃花沟,四五十里之外的黄垒河,更是不知模样。但她们从赶过南黄集卖茧的张老三嘴里,知道这是个富庶的所在,又没有认识他们的人家,为此奔这里讨饭来了。

　　娘儿三个要了大半天,到残阳离西山不远的时辰,不光篮子要满了,还装了半面布袋。里面不光是一些地瓜干、玉米面粑粑,还有不少过年剩下的麦面干粮。三嫂、小菊、狗剩三人坐在一个村头的打谷场上的草垛跟前,看着这些吃食,有说不出的喜悦。三嫂叫小菊、狗剩吃饱饭,好赶路回家去。两个孩子都拣着地瓜干吃,谁也不动一下粑粑和麦面干粮,像没看到似的。三嫂自己却什么也不吃,也不感到饿,像是身边的乱草塞满了肚子,直堵得慌。她看着两个孩子,就着砂盆里的凉水,兴高采烈地吃着,把脸背过去,无声地叹口气……

刚开始进村乞讨,就把三嫂难住了。她见过讨饭的,也尽量打发过讨饭的。她母亲讨了一辈子饭,为养活两个闺女,老人自己去讨,从不叫她和姐姐去。姐姐嫁出去一年就早逝了,三嫂出嫁后,要把老妈接到桃花沟,老妈执意不肯,一来女婿家已够穷的,再多张嘴更难过了,二来老妈听不得女婿张老三跟女儿吵架干仗。老人宁肯自己要着吃,也不过来,谁想到,竟被财主的狗咬死了……想不到,这讨饭的活计,如今又轮到三嫂自己头上了!怎么进人家的门?进草门楼还是瓦房院?见了人怎么称呼?遇上狗怎么抵挡?呵,经历了各种事变,应付过种种场面,险的艰的,祸的灾的,活了四十三岁的三嫂,竟不知如何当个乞丐了!

饭是讨来了。可是,代价是多么大呀!好强的三嫂冲过这一关,她的宝贝儿子呢?恶狗并没有因他叫了狗剩饶过他,在第二个村子乞讨时,就被地主少爷放狗咬伤了右胳膊,幸而有个长工及时赶来,把狗打跑了,伤得不重。小菊姑娘呢?尽管她低着头,顺着睫毛,两肩向前塌着,但那些年轻人,还是很快发现了她的俊俏,跟着看,说赞许的臊人的话。有几个还主动跑回家拿干粮,不给三嫂和狗剩,非亲自交到她手里不可,听她说一声话……更有一家老婆婆,把小菊拉到院中间,两手捏她的肩,伸手搬她的下巴,拿手摸她的脸蛋,简直像相牲口一般。使姑娘的血都涌到头上,又羞臊又气恨……但是见人家拿出了可观的好吃食,小菊强忍下了。那家女人追出门,找到三嫂,要把闺女当儿媳妇……这样的事,竟碰上四回之多!

这时,小菊正哄着她弟弟吃地瓜干,喝凉水。三嫂瞅着小菊红晕的脸上,浮着喜色,心里说:"小菊又像好儿又像桃子,是个有心的闺女。受了这么多委屈,她一点事也没有?不,她都装到心里,用喜色蒙着。她为给伤号要到了好的吃食喜欢,她怕妈难受,不再让她出来干这个,故意不露委屈……唉!妈心尖上的灵通闺女!妈再不让你出来要饭啦!我自个儿出来,有多大难为,妈一个人受……"

天时不早了。空中的雁队传来阵阵啼叫声。三嫂忙招呼小菊和狗剩,收拾上路,赶快走,回到桃花沟也得很黑了。然而,她们没料到,刚过到河北,就遇上一桩极其意外的事。

"奶奶呀!别死啊……"

"奶奶呀!睁开眼哪……"

"奶奶呀!养活俺啊……"

一阵稚嫩的孩子的哭喊声,在黄昏的广袤的沙河畔,从呼啸的柳林中传来,令人心碎。

三嫂娘儿仨顺着哭声,寻觅着人迹。很快,在岸边光秃秃的树林里,荒芜的枯萎的芦苇丛中,发现一个白发苍苍的老太婆,倒在那里。而她的周身,偎着三个破棉絮团似的小孩子,如同三个猪崽拥在母猪身上找奶吃。

三嫂忙放下讨饭篓子,蹲下身,扶着老太婆坐起来,焦急地问:"大婶子,你怎么啦?你快睁睁眼,说说话呀!"

老太婆的脸色铁青,沾着不少沙土,勉强地睁开眼皮,呆滞地看着扶她的人,灰白的嘴唇哆嗦着,却出不来声音。

小菊抱起一个小孩,揩着他的鼻涕、眼泪,心疼地说:"小兄弟,别哭!你怎么啦?"

狗剩放下打狗棍子,学妈和姐姐的样子,搂着一个小孩哄道:"兄弟,你哭么呀?看脸冻肿啦……"

不知道是在三嫂怀里得到了温暖,还是见了来人,得到了同情,也许是两者的因素都有,使老太婆有了一点力量。她搐动着满是皱纹的干瘪嘴唇,边泣边诉述道:"好人哪,俺还是碰见好人了啊……俺的三个儿子,三房媳妇,这三个孩子的三对爹妈,都没了！都没了……好人儿，我得赶快说，晚了就没气啦——求求你，可怜可怜这三个孩子吧！俺那三个儿，是好人，不偷不摸，可官府说他们是共产党——他们是不是，俺不知情，谁也没和我说过呀！头年闹暴动没几天，大兵来了，村里的财主领着，一宿抓走俺三个儿。第三天，大街上，把俺儿每人铡了三骨节，头都拿着走啦……可怜俺那三房媳妇，一人去抱回男人的一截尸，就埋在这……"

这时，三嫂和小菊才发觉荒草里三个不足麻袋大的小沙丘，寒风扫刮着上面的沙粒，不停地旋转着。

"没有黄土埋啊……"老奶奶喑哑的声音，继续说，"俺那三个媳妇，三个孩子的妈，大的一个给抓到区上，说有人咬她也是'带色的'，和好几十个人，装进麻袋扔到海里去啦！小的一个，叫大兵拿去，糟践了好几天，听说卖到码头上去了！二的媳妇，怕遭她那俩妯娌的罪，昨黑家跳的井……"

三嫂流泪，小菊抽泣，狗剩呜咽开了。三个四五岁的孩子，也跟着号啕起来。老奶奶倒没哭，也许是泪早哭干了，也许是顾不得哭死人了。她冷冰冰地说："哭他们死鬼做么个？他们的罪遭到头啦！活长了有么好处？他们的爷爷奶奶活得比他们岁数大，罪也遭得多，早死了早好！"

小菊揩着泪问："奶奶，你这是要到哪儿去？"

老奶奶摇摇头，凄怆地说："到哪儿去？哪儿有好去的地场？哪儿也不去。俺是带着这三个死不了的小不点，和你们一样，讨口吃的。不想，过了河，我不行了，走不动啦。俺知道，自个儿要跟儿子、媳妇去了，挣扎着，领这三张嘴，到他们爹坟前……奶奶死啦，这三个，也得喂狗……"

三个孩子一齐哭叫："奶奶！俺不喂狗……"

"奶奶！不给狗吃，俺怕疼……"

"奶奶！把俺和爹埋一块，狗来了有爹……"

按照三嫂的吩咐，小菊和狗剩拿出篮子里的干粮，分给三个孩子吃。三个孩子像饥饿的小瘦猴，双手捧着冰凉的干粮，拼命地咬，啃嚼。

这个时候，老奶奶那干涩的眼眶里，却出现了浑浊的泪水，嗓子里咯咯地响了一阵，吃力地说："孙孙儿，你们不喂狗，奶奶顶你们喂……啊，你们遇上好人，三个小东西……"

三嫂只觉得老人的体温在下降，便更紧地把她干枯的身子搂住，说："大婶子，你放心吧，孩子，由我拉扯！"

老奶奶的眼睛一亮，可是看着对方的讨饭工具，难受地说："你自个儿都顾不上，再养活外人……"

"是自己人，不是外人！"三嫂大声地说。

"好人，好人……俺爬不起身，磕不了头……俺和孩子的爹妈，都在地下，感恩你……"老奶奶断断续续说着，倏地，白发的头，垂到三嫂腿上，眼睛闭紧了，挤出两股苦泪，流过枯槁的脸颊。

小菊见状，扑上来哭叫："老奶奶……"

"小菊！"三嫂严厉地叫着瞅女儿一眼，说，"不准哭。天快黑上来了，你和狗剩，带着三个小兄弟，前面先走，妈随后就来。"

小菊泪眼望望母亲，一切都明白了，说："那妈你，快点。俺不放心……"

三嫂将三个四五岁的男孩子叫过来，和蔼地说："孩子们，奶奶累啦，要躺到这歇息歇息……来，快过来，跪下，给奶奶磕个头，记着奶奶的长相，啊，跟小姐姐和小哥哥先到大妈家，等着奶奶……"

三个无知的男孩子，都很听话，也很兴奋，跟着这位大妈和两个哥姐，他们都有饭吃，奶奶歇息好了，就会跟他们在一起的。他们听话地跪在僵硬的奶奶身边，磕完头，被小菊、狗剩领着，慢慢地走了。

老人的身子蜷曲着僵硬了。三嫂仔细把她补丁摞补丁的衣裳扯平整，理好她的苍白乱发，拔下自己髻上的簪子为她插好，抚掉皱纹脸上的细沙，用衣襟，怕死者疼似的，小心地将眼角上的泪水凝固的沙土抹去。然后，三嫂在老奶奶的三个儿子的三截无头尸堆成的三个小沙丘前面，用有力的瘦削的手，扒着沙坑。天时毕竟是阴历二月底了，加上干燥的沙子冻不成块，扒开冻层，下面的沙子松软多了。不到一个时辰，这骨瘦如柴的小老太婆，被细白的沙子埋好了，坟丘和她身后的三个一样大小。

　　这时候，到了这个时候，三嫂瘫软地跪坐在新坟旁边，面前一切都模糊了，天在旋，地在转，满腔的悲愤，使她扑在坟丘上，放声痛哭！

　　这样的悲号，在这个贫农的妻子、多子女的母亲的一生是罕见的，确切地说，是二女儿桃子一岁的时候，也即她刚二十一那年，守着被恶狗咬死、讨了一辈子饭的孤苦老娘的乱石堆起的坟丘——也是没有黄土埋啊，她这样哭过。从那以后，她没有了长辈的亲人了，她是妻子、做妈的，有了委屈，碰到伤心事，遭到不幸都强忍着。不管是丈夫的无理打骂，好儿的痛苦婚事，桃子受到的九死一生的折磨，亲家于世章的冤难，程先生的牺牲，大儿子金贵的被处死，她都咬牙熬着。暴动的失败——珠子、先子、赤子一大群亲如骨肉的好人的丧生，还有那数不清的苦难日子的煎熬，这一切，对一个人，尤其是女人，该哭多少回啊！但，这个瘦弱的女人，她的哭，只能是流泪，多数还是向肚子里流，再是在背人处流，最少时候才是当着人流的。她脾性好强，虽生得娇小细瘦，身板却总是挺直的；又遇上那样一个丈夫，做了那些孩子的妈，碰到那么多艰危的遭际，不由得她不坚强。这种状态，是主客观的形势造成的。不然，桃子不谓不强硬，可是在妈面前，还是能放开悲声的。谁叫闺女有个能依靠的妈啊！那软嫩的好儿又不一样了，她不光在爹妈跟前能哭，在不如意的丈夫面前能哭，在倾心的恋人面前能哭，在小妹小弟面前，也能哭个痛快啊！而她的妈妈就不行了，是另外一种人。

这就是三嫂，二十多年没这样哭过的好胜的太强的女人。她自己没有想到这一层，她是在这荒凉的沙滩上，枯枝败叶的树林中，一心一意哭这位萍水邂逅、埋进沙坑还不知惨死的儿子们是不是真的共产党员的老女人。这个世界上，只有她这个过路人知道她是如何死去的，而她至死也没来得及知道埋她的是什么人，收养三个孙子的是什么人——她却放心地把泪眼紧紧地闭上了！唯有这一点，使三嫂感到做了使老人安慰的事，对得起三个孩子的父母的事。

天黑下来。灰蒙蒙的阴沉的天空，加速了夜幕的降临。风，呼啸的寒风，扫过黄垒河宽广的河道，把黄细的沙掀将起来，向两岸抛撒。那枯死的芦苇，那赤裸的树林，在朔风中挣扎着，发出悲切的号叫。

"老人家，你别走远了，听俺说几句。你那三个儿子，命不会白丢；三个媳妇，难不会白受。你信得过我吧，我知道你孩子是干共产党的事的，我吃糠咽菜，受罪要饭，也把你们的骨血拉扯大！大了，把你们的事说给他们听，他们会知道怎么做人的！放心吧，老人家，你走吧，我……我也该走啦！"三嫂先是心里想着，后来就说出了口。像是一阵痛苦把压住全身的沉重悲哀都发泄掉了，她感到有了站起来的力量。她毅然地站了起来，那有力的细瘦的手，顺理着在风沙中飞扬的乱发。

"站住！你们干么去？"正在厢房掇弄茧种的张老三，冲着院子吼道。

七个十四五、十六七岁的闺女，闻声吃一惊，齐齐地停在院子当中，把眼睛转向为首的一个细瘦的姑娘：怎么办呀？

怎么办？面对伙伴的注视，小菊没有踌躇，黑眼珠一转，冲着厢房说:"爹呀,今儿不是清明节吗?俺和小蓉姐、小根、小姗、小苦、小蝉、小喜这些妹子,上山去看看向阳坡的地场,有没有冒头的山菜呀!"

停了一霎,不见厢房里有反响,小菊得意地向同伴们皱皱端正的鼻子,点点头。少女们立时会意,紧跟着向院门处走去……

"回来!"

女孩子们又都停步,转回身,张老三怒悻悻地站在她们面前了。小菊赶到父亲的身边,说:"爹呀,你干么生气?俺说的是真话呀!"

"哼,真话!"老三胡子芜杂的脸,一层灰冷,疲惫的眼睛,发出哀怨的光亮,嘟囔着说,"黄毛丫头,也跟着糊弄老子……"

"哎,爹呀,今儿是清明啊……"

"大爷,俺菊妹说得对。"伍拾子的大妹子小蓉帮助挚友,"俺妈去跟俺爹上坟……"

"这个,我还要你们教训!我是干么的?放了这么多年蚕,还不记节气!"张老三说着,一股自豪感暖和了全身,气色淡下去了,"今儿是三月十四日,清明节。今年闰一个月,两个三月,可多月不多节气。你们也是十好几的闺女啦,这些种庄稼过日子的道道,都得一清二楚才行。"

小菊急忙接上道:"俺们记下啦。爹,你快忙放蚕的事去,俺们……"

"干么去?"老三的脸色又重了。

"薅山菜呀!"

"瞎话混说!咱这地方,清明能有青菜吃?看看,窗前的大桃树刚有返青的讯息,山上能长绿?"张老三叫着,靠近一个女孩子,夺她手中的棒子,"你们一人拿着篓子不说,还拎条棍子干么的……"

"打狼的。"女孩子急忙将棍子藏到身后。

"打狗的。"老三一把夺过一个闺女的讨饭棍,一折两截,摔到地上,"不能去,饿死在家躺着,再不许去丢人!"

少女们你看我,我看她,又都把目光集中到小菊身上。那个被折了棍的闺女,擦开了眼泪。小菊脸上倒出现笑意,凑近父亲的怀前,柔声道:"爹啊,你发这大火干么呀?不让去,俺们不去就是啦……爹哎,就让俺们再去这一遭吧……"

"又是这一遭!"张老三抹了一把胡子嘴上的唾沫,"半个多月了,你们天天去,哪次不说就这一遭,再不去了……看看,越来越装扮起来,衣裳洗干净啦,窟窿连补死啦……啊啊,头上还扎上红头绳啦……你们这是去走亲戚,赶山会……"

"这么的,有人打发呀!"最小的女孩说。

"哪里的红头绳?是菊姐的红带子,撕得一缕缕的……"又一个十四五岁的闺女道。

张老三冲着女儿吼道:"好,好,好!我的好闺女,你本事越来越大,要饭要上瘾来啦!你这要饭的头,当的顶好啊!我赶集,人家都指着说,'叫花子头的爹来啦'……你让我这老脸向哪儿搁啊……"

在张老三数落的同时,小蓉凑到小菊身边,悄声道:"菊妹,这回你就不去吧,我带大伙去。"

小菊的黑眼睛,盯着被父亲折断的要饭棍,细白的上牙,咬住下嘴唇……

可不,从母亲带她和狗剩第一次去讨饭,到今天半个月了。万事开头难,闯过了第一关,接下去就好多了。不好又有什么办法呢?八个伤员,伤势在好转,饭量也增加了,为了加强他们的营养,冯痴子想尽一切办法逮兔子,药野鸡……桃花沟除去孔霜子,再难找有粮米的人家了。每顿都让伤员吃地瓜、地瓜面做的饭食,那怎么行啊!自然,山村闺女们还不明白"进山打虎易,开口求人难"的世道炎凉,但每次进人家门乞讨是个什么滋味，羞臊的红晕，总是要盖住她们的少血的瘦脸皮。多少双带刺的甚至是贪婪的男人的目光，在她们身上扫荡……有好几回，三个娇憨的闺女，为人家要收她们当媳妇，跑到村头打谷场上坐着哭……几个同伴也都跟着抽泣……

唯独小菊，哄这个，逼那个，笑嘻嘻、甜丝丝地说："哎呀，好伙伴呀！这是好事，该喜庆，干么淌泪呀！"

众人泪眼汪汪地疑惑地瞅着她们的"头"。小菊笑道："还不明白呀？这不是明摆着的吗？头一件，你看，你们三个人，要来白饽饽，豆面粑粑；第二桩，更是美事，人家想给做媒，正是看中你们，你想，你们要长得歪鼻子邪眼睛，邋邋遢遢的，谁稀罕要你当媳妇？咱们桃花沟不是出名长俊闺女的吗？你们为咱们脸蛋抹粉啦！"

女伴们一想，是有道理，破涕为笑，擦干泪水，相互作镜子顺理好头发，又挺起身杆挨家乞讨去了。可是小菊——这时候，望着兴冲冲的乞丐伙伴的背影，禁不住鼻子发酸，流下两串泪珠……她心里坚决地说，只这一回，再不能出来讨饭，再忍受不了这种羞辱，能饿死家里，也不提这千斤重的讨饭棍了！去你的——把棍摔断了。

然而，面对着伤员苍白的脸色，感激地吃着她们要来的各种吃食——伤号们自然不会知道饭食的真实来历，看看母亲和姐姐她们又在为伤号的吃食发愁，小菊又准备好新的讨饭棍，叫齐同伴们，于是，桃花沟的要饭闺女队伍，又出发了！

张老三埋怨女儿小菊被人家称为"叫花子头"，给他丢了脸，实际上首先把这十几个讨饭闺女叫成"队伍"的，封亲闺女为要饭"头目"的，还是他本人。当小菊串联好小蓉几个女伴出去为伤号讨吃食时，老三就发话道："人家组合起来队伍打坏人，闹暴动，你倒纠合起来个要饭队伍，当要饭的头目啊……"

"这个'头'是俺妈的哩！"小菊说，"爹眼气，你来顶替吧。"

"哼,我……我八辈子不吃饭,也不干这个官!"老三火冲冲地说,"你妈,她为这个,整宿乱翻身,合不上眼睛……"

"那,爹,俺来顶替妈,当这叫花子头……"

小菊可是个说话认真,办事用心的姑娘。从此,她不要母亲扡要饭篓子,也不让小兄弟跟着去,而串联起十几个十四五、十六七的同心眼的闺女,成了名副其实的闺女讨饭队。这个闺女讨饭队的队员,每人都知道为什么去讨饭,但除了家里人,对谁也不讲讨饭给谁吃。她们每次出发,先到小菊家集中,检查一下讨饭的用具带齐了没有,商量好今天到哪几个村子乞讨,在哪里集中回家的行动路线,再互相看看头发乱不乱,辫子结实不结实,脸干净不干净,衣服破处补好没有——

"咱桃花沟的闺女,提要饭棍也要打起精神,为么要饭,咱心窝里装着,不丢羞!"每次出发,小菊都重复这样几句话,然后,才带领大家,哼哼着她们随口编的小调,连说带唱地上路:

  叫声姐,
  哎——
  唤声妹,
  哎——
  干么去呀,
  满山去要饭。
  爹不去?
  ——干活重;
  妈不去?
  ——心上疼;
  哥不去?
  ——人不给;
  弟不去?

——走不动。
谁个去呀?
俺们,俺们,俺们姐妹,
活不重,
心不疼,
人家给,
走得动。

她们大都奔波在母猪河、黄垒河一带粮米之乡,一天每个人能串上七八个、上十个村庄。到了夕阳西下的时分,少女们就集中起来,围在一起,把篮子伸到当间儿,显现要到的各种吃食。有的要得多,有的要得少,有的要得差,有的要得好。有的衣裳被狗撕破,有的腿肚被咬伤……那时节,有的哭,有的笑;有的说,有的叫;这个哄,那个闹……就着凉水,吃那凉地瓜干、糠粑粑……而把玉米豆面粑粑、麦面干粮、芋头豆腐、鱼虾之类的收获,全部保留着,谁也舍不得尝一口……

天黑了,她们拖着沉重的两腿,互相扯着打狗棒和讨饭篓,听着骇人的狼嗥、各种奇鸟的怪叫,大气也不敢出,使劲往一堆挤,前面最大的闺女十八岁的小蓉带路,末尾十七岁的小菊断后,艰难地跋涉在乱石的山路上……回到各自的家,连等待她们的是爹或是妈也无神分清,一头扎到炕上,不等爹妈把鞋子脱下,盖上褴褛不堪的薄棉被,就都死死地睡过去了。

最多隔上一天,这支闺女乞丐队伍,又都在小菊家集中、整装、出发……已经有半个月了。今天——

"爹呀,今天你怎么啦?"小菊抬起头,一脸的乞求相,"不叫俺们去要饭,那伤号怎么过啊?"

"怎么过,有我。反正,我再不让人戳脊梁吐唾沫!"张老三自己吐两口白沫子,力竭地吼道。

"爹，你能有粮米？"

"我去打兔子、药野鸡……我去要饭，要不来，把这浑身肉剔扒下来，也不能让你们再去丢丑！"老三激愤地说着，伸着干筋的脖颈，使劲挺挺驼背的枯瘦的身架子。

小蓉凑近他，疼惜地说："三大爷，可惜你长了四十多年，除去骨头筋，只剩皮了，还剔得下来肉……"

少女们瞅着干嶙嶙的小老头，都抿着嘴唇，嘻嘻地笑开了。张老三的皱纹、乱胡子脸，少有的泛红了，可还不服气地叫道："怎么没有肉？没肉也有油，干骨头也榨得出油来……不去，你们不能去，我还有法子想……"

"你有么法子！多会儿得来了聚宝盆？"三嫂扤着个大篓子，手里提个空水罐，进到院门，接着老三的话茬儿说。她是在北石屋，伺候了一宿伤员，显得很疲倦。

"妈……"小菊忙着分辩，被母亲打断了话头："快走吧，早去早回。闺女们，多留些神啊，爹妈在家巴望你们平顺地回来……"

张老三怔在那里，还没明白过来，一转眼，面前已空无一人，只有他自己站在院子当间儿。

三嫂进屋放下篓子、水罐，洗把脸，刷好锅，到院子去拿柴火，瞥丈夫一眼，说："呆鸡似的站着啊，莫非真得了聚宝盆，不用干活啦？"

老三突然大吼道："我没能耐，我没聚宝盆，叫闺女去四乡丢丑！我……"

三嫂在柴垛边扒拉着杂草，头没抬地说："唉，这也是没法子的事，咬一咬牙，等伤号养好啦……要不，还是我去要……"

"你去？上次去了一趟，要了三个孩子回家，再去，说不准要几个老子进门……"

"你不稀罕儿子吗？"三嫂抱起柴草，想把丈夫的气消一消。

老三倒悲哀地说:"我稀罕的东西多啦,能行吗?天爷呀,妈妈的!我张老三越过能耐越大,闺女当上要饭头,我还当爹啊!早晚小菊落到恶狗嘴里,像你妈那个下场……"他忽然卡住了,看着妻子抱柴草的身子颠踬了一下,步子不稳地回到屋去。老三无可奈何地摇摇头,叹息一声,跟到正间屋。

三嫂强抑着绞心的感情,咬着牙,挣扎着把柴草抱进屋,放到灶间。瘦小的手哆嗦着,把干草送进灶里……老三打着火煤,点燃草,就蹲在妻子面前,内疚地望着她,说:"你去炕上闭闭眼,我烧火做饭。"

妻子没理会他,顺着眼皮,瞅着闪烁的火苗。老三见状,更加心热,说:"唉,我不是有意刺你,是害愁急的,也真疼小菊那帮子闺女……我知情,你比谁都更好强,万不得已……算我糊涂,对革命不上心……"说着,他见她乱发上有几片杂草叶,竟忘情地靠上前去,伸手去拿。

对丈夫这个动作,三嫂一开始没有理解,当她终于知道他在干什么的时候,简直是惊慌失措地把头避开,随即浑身的血都涌上头了,瘦削的圆脸,一下子红到耳根。这是她做妻子二十多年的第一次啊!

"你……你走开……"三嫂惶惑地说。

"怕么……"老三拙笨地按住妻子头上的碎叶,比他在蚕场上捉拿白蛇和害虫时的手脚僵硬多了。

这个时候,正有一个四岁多的小女孩,长得倒像六岁多的身子骨,走近屋门口,见了面前的情景,立时惊圆了黑亮的眼睛,伸出小红舌头,转身往回跑,正和刚迈进院门槛的六岁的男孩撞到一起。男孩子说:"竹青……"

"嘘——"竹青忙扬起小手,捂住男孩子的嘴,把脸贴到他耳边,神色严重地告诉他悄悄话。

男孩子好吃一惊,跑到屋门口一看,脸上立时换了喜色,转回身来到竹青身边,说:"竹青,别怕,不是打架……"

"不,是打架。"竹青执拗地说,发现她母亲进了院门,上去拉住衣角,叫道,"妈……妈!快着点,俺姥爷薅姥姥的头发,俺姥姥受欺负啦,快点去呀……"

"不是打架,姐,妈和爹没打架。"男孩子抢着解释,"是竹青看得不对……"

"不是,是小舅你看错啦……"竹青不让人,推着狗剩,"你不疼俺姥姥,你向着你爹爹……"

"不许这么对舅舅说话,竹青。"桃子挽着沉甸甸的篮子,说着向屋里走。

老三和三嫂闻声已迎在屋门外。三嫂边上去接女儿的篮子,边巡视她的全身,说:"三十多里山路,还带着两个累赘,这么早就到啦!"

"爹、妈!"桃子理把鬓边,又把篮子从母亲手里接过来,进屋去了。

"快进家歇着。"老三说,"狗剩,想爹没有?"

狗剩偎在父亲怀里,撒着娇说:"不想,不想,姐家的山庵里可好啦,开仁哥还给俺捉了三只小雀鹰……俺都不想回桃花沟,不要爹妈啦!"

竹青冲他划脸腮,说:"真没羞,说瞎话哩。你拿俺爹的烟叶儿,不是给你爹的,给谁呀?姥姥,俺狗剩小舅对你不好,没拿好玩意儿给你……"

"那是你妈没东西。"三嫂笑着蹲在外孙女面前。

竹青固执地说:"不,他刚才还见姥爷欺负姥姥,不让俺告诉妈哪。"

三嫂将竹青抱起来,欢欣地说:"好,姥姥的大外孙女,和你妈一样,知道疼姥姥。"

老三那旁,早搂住独生儿子坐到窗前桃树下的石条上,笑咧

129

胡子嘴，乐呵呵地说："好，爹的大儿子，看你，一脸的富贵相，从小知道孝顺老子，我这辈子，算有了指靠，张家门有你这条根，会旺盛起来的……"

竹青瞪着黑眼睛，疑惑地问："姥姥，俺姥爷说的么话呀，俺怎么听不懂？"

三嫂抱着她，亲吻小嫩脸蛋，说："别管他，一兴头起来，尽说糊涂话。"

"哎，姥姥，轻点亲俺，脸腮疼，疼……"

"怎么啦？"

"告诉你！"竹青搂住她的脖子，嘴对着耳朵说，"别让俺妈听见，她不让俺说。昨儿黑夜，俺家庵里来了好多叔叔大爷，有个又高又大的人，把俺抱得生疼，胡子扎俺脸，像棘针一样……俺妈在一边，也不管，只管看他，妈像是还擦眼泪来……"

"这是震海，桃子……"三嫂心里说，转眼一看，桃子早在屋里收拾做饭了。她对丈夫道："别和儿子磨牙啦。狗剩，去家庙那里找三个'牛'兄弟来家，他们跟小七儿在那玩。"

"妈！"狗剩离开父亲，跑到母亲身边，悄声说，"俺也给你好东西，叫开仁哥，给妈做了个棒槌，上好的木头……"

"妈知道啦，孝顺儿子！"三嫂摸摸儿子的脸，让他走了。

"俺也跟小舅去找三个'牛'小舅。"竹青尾随着去了。

桃子坐在小板凳上烧火，三嫂在向锅里打点干粮、地瓜干，老三蹲在一边抽烟。

桃子藏不住脸上的喜色，是暴动失败以来父母见到的第一次喜色。

"玉山哥和他们五个人，相约好的，昨黑夜来庵里的。"桃子的嗓子有些发哑，听起来更加动情，"玉山哥瘦多啦，才几个月没见，像老了好几岁……"

"震海也去了，是不是？"三嫂问。

"那还用问!"老三道,"别打岔,桃子,快往下说,玉山说了些么个?"

"玉山哥说,他和文登县委的负责人,一块想法子,从上海找来个党的人,来咱这地方,领着干革命……"

"咳,这下可好啦,黑路见明灯啦!"老三磕着还没抽透的烟锅,"这个领头人在哪儿?你快接家来,我看看赶上赶不上俺程家兄弟……"

"那还用说!"三嫂说,"别打岔,听闺女说。"

"这个领头人还在威海城里,正安排人去接他……爹、妈,玉山哥说,敌人清乡的大部队,有的撤进城里,有的开往济南那边去了,咱们的活动要加紧了。各地的组织,都在暗地活动起来,震海他们的队伍,开始往一起回拢,他这些天,紧忙着找藏在各地处的人……"

"你姐夫前天打这走的。"老三道,"住在他姑家里。"

"他一直和震海他们有联系。爹、妈,玉山哥和震海他们商定,要把伤号转移出去。"

三嫂说:"转到哪儿去也是咱的心事。我看在这养下去吧,要是风声不那么紧了,把他们接到家来,在洞里,总不是个地方。"

"说得是。"老三附和道。

"震海他们也说,不能叫伤号老待在山洞里,要转到素香姐的丁家庵去,那里都安排下了。咱村早被孔秀才盯在眼里,不能大意。"

"没有事。"老三说,"咱村没有姓富的,连孔霜子的脸也叫孔家打烂过……她昨儿还打听伤号的去向……"

"你说啦?"三嫂细眉一耸。

"我傻啦?妈妈的,净来小看人……不过,人家问也是好意,说居任叫她多为革命尽力气,她想捐出些钱什么的……"

"爹,小心为好!"

131

"放心,我吃过教训。"老三胸有成竹地说,"多会儿搬伤号?也得备下抬的家伙,有三个不能动……妈妈的,头年攻打孔家庄那阵子,扎的担架,都毁了,我上山去挑好杆子……"

"今晚上就转出去。爹,快点,一会儿我就去找玉清叔合计。"

"这么急?"三嫂也感到突兀。

"说干就干。那边都谋计好了,天擦黑震海带着人,到北石屋后山坡等着……为防意外,尽量少叫人看见。"

三嫂麻利地把送饭篮子倒出来,把水罐刷干净,说:"那好,饭热好了,我就送到北石屋,和他们说说。"

老三道:"下晚我去等震海他们。我这就去找那堆孩子回家吃饭,顺脚上山去选扎担架的杆子,吃饭就别等我了。"

"带上块干粮吧。"三嫂欲打开锅。

老三一摸胡子,连连摇头。

桃子看着爹妈,不由得问:"哎,适才竹青说你二老打架了,狗剩说是没打,爹、妈,到底是怎么回事呀?"

"是这么的……"

"你还有脸说。"三嫂撑不住了,脸上泛起羞赧,转身进了里间。

桃子诧异地看着母亲闺女似的神态,脸上犹如一阵春风掠过……

就在这时候,村党支部书记杨玉清,心急似箭,脚快如风,突然闯进门。

几十名敌人,已经过了龙泉口。

桃子和大家分析,敌人又是例行的清乡活动,不会和过去有什么两样,因为伤员一直藏在北石屋,她们送饭都溜着河道山沟,村里一般人根本不知道,敌人不会得到消息。桃子把今晚转移伤员的事向杨玉清讲了,一起做了安排。很快,她就同母亲带着热干粮和开水到了北石屋。又很快,杨玉清和张老三、张甫礼带领一些可靠庄稼汉，把伤员用梯子送上了北石屋最上方的鸽子堂。留下三嫂、桃子母女守护伤员，他们下来撤去梯子，把它藏进一个暗洞里，就回村了。

这一切都进行得顺利，因为都是事先缜密地做了提防准备的。

不幸，这次敌人来桃花沟却超出了桃花沟人们的意料，是有预谋、有准备的凶险行动。

祸端起在粉脸媒婆孔霜子身上。这个出卖肉体出卖灵魂的女人，只要给她利图，什么样的坏人她也会同流合污。自从得到孔庆儒的元宝、大洋，她就想方设法打听共产党人的行踪，暴动队伍伤员的去处。她去套好儿的话，和张老三套近乎，但一无所获。不料，羊儿也有自个儿往狼窝里走的。前天夜里，孔居任从海阳地方来到桃花沟，敲了岳父家的门。三嫂一家人亲热地迎接大姑爷。孔居任怎么能不受欢迎呢？环境这么艰险，不少人离开了队伍，不见影了，他却没有动摇，一直是于震海突击队的一员——只有二十几个人了。好儿没有如实讲丈夫想脱离革命逃走他乡的行为，她只讲胸口的刺伤，是来桃花沟送信的路上被雪滑倒，手中自卫的匕首扎伤的，将真情瞒住了爹妈和妹妹。

伤已经偷偷地治好了，孔居任本人，那更不会揭自己的伤疤——盖还盖不迭哪。他嘴上从来是呱呱叫的，而这次张老三一家所见的大姑爷的行动，确实是不含糊的。只是，在这个茅草屋里，没有孔居任可口的东西，不用说粮米吃食，连岳父招待他的烟，也只能是芝麻叶加上点烟拐子面，抽一口能把嗓子划出血来……孔居任在张老三身边睡到鸡叫头一遍，晚饭吞下去的地瓜面、干萝卜缨子汤，早消化完了，肠子咕咕响，再也睡不着。他坐起身，摸着岳父的烟袋，抽开了芝麻叶子，看着蜷缩在一堆的干瘦的岳父，叹了口长气："唉——"他能对谁不满意呢？这一家大小，包括讨饭收养来的大牛、二牛、小牛三个烈士遗孤，都还捞不着吃他那样的饭食,在他们眼里,招待他,不是为姑爷,是为共产党人。为这个,他们要饭喂伤员,自己没吃的,还养活不知是谁家的孩子!这家人……孔居任磕掉烟灰,把被盖到张老三身上,悄悄地走了。

孔居任来到姑母孔霜子家。这里是另一番境况:宽屋富室,要吃有吃,要穿有穿。而且,孔霜子对侄子表现出从来没有的亲近,她擦了好几次泪水——心疼侄儿啊!孔居任酒足饭饱,盖着绸面被子,一直酣睡到掌灯时分。这时节,孔霜子亮底牌了:她把孔秀才的话传给了他,要他和她一起给孔秀才办事,发横财,当大官……

孔居任边吃边听,饭吃完,话听完,擦擦嘴,站起身,抬脚就走。

孔霜子追在屁股后问他的主张,孔居任低沉地说:"你走你的阳关道,我过我的独木桥。咱们井水不犯河水。"

侄儿走后,孔霜子望着残杯剩碗,在心里把侄儿"不知好歹""狼心狗肺"地狠骂了一顿,为白白管了他两餐酒饭而悔恨……但,忽地,孔霜子的眼睛瞪大了,发亮了,接着粉脸上的大嘴咧开了,露出黑黄的大门牙……今晨刚擦亮,大脚霜子就进了孔家庄,找到钱庄账先生,报告她在没露出劝孔居任叛变共产党的话之前,在喝酒中,从他嘴里掏出的伤员掩藏在桃花沟北石屋里的情报。孔庆儒去了县城,区队长孔显怕走漏风声,当即集合起两班人,一班骑马,一班骑自行车,一阵风冲向桃花沟。

由熟悉地形的刘队副领着,孔显的兵马直接扑向村后北山的石洞群——北石屋……自然,没有共产党伤员的影子。但是,那大小不一的洞里,散在旮旯的一些谷草叶、麦秸屑,烧过柴火的几堆灰烬,岩石留下的新鲜脚泥,却清清楚楚地证明,孔霜子的报告是准确的。于是,孔显指挥兵搜村……村子不但没有伤号,连可疑的痕迹也未发现。接着,把周围山口放上岗,逼着村长张甫礼安排吃喝。张桂元的烧锅又倒了霉，有两家养的几十斤的小猪崽也被逼着杀了……一直折腾到日头偏西，孔显和刘队副悄声嘀咕了一阵，撤下岗哨，带着人马往龙泉口走了……

巨岩堆积起来的北石屋，直削削地矗立着，俯瞰着小小的村落。

早春的胶东半岛的山区，天空多是晴朗的，碧蓝透明的，其他植物才开始复苏，还没有穿上绿衣裳，唯有那些赤松，不管是老的少的，大的小的，仍是青青的不改本色。因为他们的坚硬的顽劣的根须，所遇到的不论是沃土、乱石或悬崖石缝，它们都能深深地扎进去，牢牢地攀结住，吸取养分和地温，抵御住酷寒的袭击。经过这冬的霜摧雪压，风扫冰打，枝干越发红润刚劲，针叶更苍翠精神了。

这时，靠近西山的残阳，正把一抹血红的柔光涂在北石屋最顶端的鸽子堂上，使这个人、兽都难以上去的岩洞，护蔽在千姿百态的怪石和赤松中，像是一幅宏丽瑰美的画。

三嫂和桃子，守护着八个伤员在鸽子堂里。这个"堂"并不大，呈勺子形，里面宽些，有两丈许，但很矮，人要爬着进去，靠外面，人能站起来，可又很狭窄，两个人活动都挺困难。洞口怪石嵯峨，直的歪的，斜的侧的大小赤松，簇拥在四周，除了鸽子认识它们祖祖辈辈进出的家门，不知道名堂的人，远近都看不见它的洞口。

八个伤员躺在里面洞里，铺着厚厚的谷草秸。他们都是伤了腿脚或者胸腹部受伤的重伤人，如果是正常情况，病情早该好了，但一个多月以来，不得不住在潮湿寒凉的山洞里，更加上缺医少药，冯先生被孔秀才派人盯住，其他医药先生也是一样，又不敢去药铺拿药——敌人都派了坐探监视，只能靠土方土药，伤势怎么能好得快啊，不恶化就是大幸了！

那些成百上千的鹁鸽，被占去了天堂，开始似乎不高兴，躲在洞四周的小洞、石坎等角落里，瞪着发红的眼睛，愠视着不速之客。三嫂轻轻地把还走不灵便的小鸽子捧到平坦的石沟处，哄孩子似的温和地说："都挪挪地方，让这些受伤的亲人好好躺躺，你们也算为革命出了力气，等咱成功啦，俺给你们搭个好窝儿。听话，乖乖。"

鸽子们好像听懂了人类的言语，其实是发现了这些人们是友爱的。很快，它们就习惯了新的处境，该踩蛋的踩蛋，该孵卵的孵卵，该觅食的觅食，进进出出，忙忙活活，跟平时没有两样。

桃子和母亲也只顾忙她们的。给伤员喂饭、喂水，帮助他们翻身，大便小便……清明刚过，这里还是颇冷的，再加上又是在丛山的岩洞里，寒意甚浓，但她们母女，大半天里，额上的汗水一直不干。她们一面伺候伤员，一面不断挤到洞口边，观察外面的动静……

终于，太阳偏西了，靠山了，她们发现敌兵离开了村子，没有抓走什么人，朝东山方面开走了。母女俩一阵高兴，总算又躲过一次凶险。她们等待着来接应的亲人。今夜晚，伤员就安全转移了……当桃子发现父亲张老三和支书杨玉清带着挑柴的扁担绳子走出村，差点大声呼唤起来——毕竟，桃子不是小菊，她扭头向洞里叫道："妈！俺爹和玉清叔出村啦，咱们快打点下去吧。"

"哎。你在洞口看着，我自个儿行啦……"

看着看着，桃子的眼睛逐渐瞪大了，眼神惊异了，脸面绷紧了，脸色严肃了：张老三和杨玉清，没有走上来后山的路，甚至连向北石屋这边看一眼也没有，径直地向前走了，消失在山那面了。

"桃子，桃子！他们来了吗？"三嫂在里面问。良久，不见回音，她爬出来，见女儿朝山下一动不动地呆着，吃惊道："你怎么啦？"

"别出大声。"

三嫂身上一紧，挤到桃子身边，见她紧蹙着眉头，自己从女儿肩膀上方向山下望去，不见人的影子。悄声问："你爹呢，怎么回事？"

桃子思虑着说："他和玉清叔都不理会咱这，一直过东山去了。"

"哦！"

"我怕有意外！"

"嗯。孔秀才肚里的坏水多，咱得留神！"三嫂也警觉起来。

母女俩四只明亮的眼睛，紧巴巴地注视着洞外的动静。

沉寂，黄昏前的沉寂，连风声都绝迹了。倏地，一队雁，从北山头掠过来，咕呱咕呱，向南飞去。

就在大雁消失的方向，从村口出现了一个小小的人影，沿着石头河边的曲径小路，蹒跚地向北石屋这面走来。他走得艰难、缓慢，可是一步步离北石屋近了。鸽子堂上的母女，已经看清这个小人，上穿黑褂，下着黑裤，手里还拿着东西，噢，右手扤着篮子，左手提着小砂罐。

"狗剩！"三嫂和桃子的眼睛同时认出了这个小人。

桃子一怔，诧异地说："他来啦！来……"

"是来送饭的。你没见水罐还冒热气哪，真是好孩子！"三嫂被孩子的举动激起的热浪所簇拥，忘情地喃喃道。

桃子却在紧紧地思索：怎么他一个人来的？

张老三早热好了干粮，准备等孔显一伙撤走，马上把饭送到北石屋。不料，敌人前脚离村，杨玉清就找上门来对老三道，防备孔显的阴谋诡计，宁叫伤员饿一饿，也别出危险。他们两人以挑柴为名，打探情况去了。

那小狗剩听说坏蛋滚了，从厢房来到正屋，见父亲把送的饭、水都打点好了，人却不知去向。心想，爹准是犯糊涂，忙别的，耽误了送饭。伤员饿着、渴着，可是个大事，妈要埋怨，二姐会不高兴。他狗剩常随妈妈到北石屋送饭送水，看护伤员，路怎么走，哪个洞怎么进，他熟极了。他都六岁多了，还不能把饭送去！妈常说，二姐五岁就能上山挖野菜，她还是女的哩！嘿，妈和二姐见他干了这样大事，一定会夸他，那才美哪！就这样，他大人似的给大牛、二牛、小牛分配了吃食，吩咐竹青在家看管比她小一点的三个"牛"舅舅，自己上山送饭去。

无奈，他一只胳膊扛不动饭篮子，另一只手也提不来砂水罐。好，有办法，把饭从篮子里拿出一半放进锅里，水也从罐子里倒出一半，他盖好锅盖，严令外甥女竹青，过一会儿要把灶洞里的火吹着，使锅里的干粮不得凉了，一会儿回来，给她捎回好看的"松树楼"玩……

狗剩扛着半篮干粮，提着半罐热水，起始是兴冲冲的，一会儿就是喘吁吁的。但毕竟他是出门就爬山的环境中的孩子，总算登上北石屋跟前。他顾不得擦汗水，进了大洞口，沿着"猴爬道"，钻进"仙人乐"——两间房大小的洞，把饭篮放到"石桌上"，回顾一遍，不见人影，他顺着"天窗"向上看到鸽子堂，心扉豁亮，扒着岩石的缝子，爬上了"天窗"，那鸽子堂就在斜对过的刀削般的四丈多高的绝壁上。

"妈妈！姐姐！坏蛋都跑啦！我送饭来啦……"狗剩大声地向鸽子堂呼喊道。

鸽子堂上，站在桃子背后的三嫂，刚要开口，被桃子的手势捂住了嘴。山村女子那特有的敏锐的目光，发现狗剩身后的洞里，有个戴灰色礼帽的头在晃动……

桃子感到母亲的呼吸短促起来！

那狗剩不见母亲和姐姐的回话，好生奇怪，又大声叫道："妈、姐！快呀！晚了饭凉啦！快把绳子顺下来呀……"

身后有响动。狗剩一转身，见两个腰插短枪、头戴礼帽的人。他下到洞里，端量着他们，问："你们干么的？"

其中一个矮胖的一只眼的人，做出笑脸，说："我们是于震海暴动突击队的,听说有坏蛋来桃花沟找伤员,赶来救援的。"

狗剩道:"放心吧,坏蛋都滚啦!"

"嘿,好孩子,真乖!你是给伤员送饭的吧?"

"嗯。"

"还有谁在上面?"

"俺妈和俺姐。"

"好,好小子!"孔显斜着瞎掉的一只眼,心里乐开了花。他刚才是领兵佯装撤走,却从北山后迂回过来,以松林作掩护,从西口埋伏进北石屋……

"那上面怎么不应声呢?"孔显问。

"不知道。"

"平时怎么上去的?"

狗剩的黑亮的大眼睛,这时发现洞口有刺刀闪光,他跑过去一看,啊,"仙人乐"外面一堆穿军装的兵!孩子惊恐地喊道:"啊!你们是坏蛋,坏蛋!"

刘队副上前给狗剩一嘴巴,将孩子打倒在地,骂道:"小共匪崽子!我叫你送饭……"抬脚朝饭篮踢去。

狗剩顾不得擦脸上的血,扑过去抱住饭篮,哭着说:"把饭弄脏啦,怎么吃啊!"

孔显冷笑着,从衣兜里掏出太阳镜戴上,遮挡住独眼龙的丑陋,吩咐敌兵,搜寻上鸽子堂的工具……

桃子的眼睛紧盯着下方的小洞口,手使劲扳住洞壁上的石头。

"你兄弟哪?"三嫂被女儿挡住了视线,看不到下面的情景,紧张地问。

桃子异常担心地说:"狗剩回到仙人乐里,看不见了,那洞里有不少人,嗡嗡乱喊,听不清说的么话。"

"真的有坏人?"

"像是。"

"这傻孩子,惹下这大祸……"

"妈,这怪不得兄弟,他才六岁啊……"桃子的心热辣辣的,"妈,你到里面,把伤号守好,不管有么事,别惊动他们……这里有我看着,他们没梯子,上不来,奈何不得咱们。"桃子把母亲劝进洞之后,她定了定神,急忙把能活动下来的石头,搬到洞口处。她影在挡住洞口的从上面两侧长下来的赤松枝叶里,紧瞅着下面的动静,那心,咚咚咚地跳!

桃子的担心很快成为事实:刘队副和泥鳅几个兵油子,在北石屋里的一条深石缝里,搜出了五丈多高的梯子。孔显指挥七八个敌人利用高低不等的岩石做掩护,将梯子朝鸽子堂上搭。

桃子盯住敌人,特别是她认出了大石后面的孔显,立时抓起一块石头,双手举过头顶——然而,她把石头放下了,唉,可惜不是颗炸弹!

有三个敌兵,奉命向梯子上面爬。他们爬几磴,就停一停,恐惧地向上望望,但知道腚后有枪对着,又向上爬去。

桃子扑下身,胸脯抵在尖刻的石头上,两手抓住梯子杆的顶头,拼力向外推。梯子纹丝不动。下面,敌人用大石头压住了梯脚,这么高的梯子,又有三个兵在上面,桃子再用劲,也是枉然!

敌兵已爬到梯子中间了。桃子焦急,刚要叫妈求援,她的手又触到一边的石头,就立时跪起身,摸起石块,接二连三地向梯子上的敌兵砸去。

"啊——"

"妈——"

"呀——"

三个敌兵,前头的着了石块的痛击,痛叫着脱了手,身子仰倒在第二个身上,他们又一起把第三个同伴砸脱,三人同时发出惨厉的痛叫,摔到嶙峋的绝壁上。两个敌兵脑袋开花,红血和白脑浆迸得到处都是,当时就毙命了,另一个断了两条腿,挂在岩缝一株死树根上，哭号了好几声，又摔落下去，死了。

桃子趁这个空子，奋力将梯子推离了洞口，尔后，她看也没看对手的惨状，身子倚上洞壁，揩那红脸上的汗。

下面的敌人，慌乱地躲到高大的岩石后面，向鸽子堂开枪射击。

子弹不能拐弯，都打在鸽子堂洞口的石壁上，崩出一些碎石屑，碰掉几束松针松枝。只是惊扰了温驯的鸽子，它们成群地飞出了巢，在山峰间绕圈子，一圈又一圈匆忙地飞着，惊惶地飞着，急遽地飞着。

"桃子！"三嫂从里面爬出来。

"妈，放心，没有事。"桃子极力平静地说。

枪停了，敌兵喊道："上面洞里的人听着，老老实实让我们上去，一个不难为你们！"

"不老实，甩炸弹进去，一个别想活！"

"抓住一个零刀割！"

"不投降，把你们困住，饿也饿死，渴也渴死啦！"

"快点，老老实实投降，孔队长也讲宽大啦！"

"等调来大炮，一弹进去，连洞带人一块完蛋！"

那个叫大胜的伤员，从里面爬出来，说："大妈，桃子姐！同志们叫我来说，你们想法活着出去，不要管我们啦！你们为我们操的心，使的劲，够爹妈再生养我们一次啦！你们快想法活着出去吧……"

"快别这么说，孩子！"三嫂按住了大胜的肩，激动地说。

桃子道："大胜，快回去好好躺着。你和同志们说说，坏蛋没法上得来，天快黑了，孔显那几个人，不敢在深山里过夜；再说，咱的人今夜晚来接你们，玉清叔和俺爹，会去把这里的事告诉他们。"

把大胜送进去躺好，三嫂又爬回来，想到洞口看看。桃子把母亲拦住,说:"防备枪子……妈,你是不是揪俺兄弟的心?"

"一直没见到他?"母亲忧心忡忡。

"兴许他趁敌人忙这儿,从下面洞里跑了?俺兄弟机灵,这北石屋他也熟。"

三嫂闭紧嘴沉默一会儿,转身向里面去了。桃子道:"妈!你放宽心,守住伤号,还有冷饭冷水,该吃,吃!该喝,喝……"

孔显一伙撤回到"仙人乐"里。独眼龙边抽香烟边说:"怎么办,天快黑了?共匪真他妈的有办法,藏到这个奶奶地方。"

泥鳅道:"听说石匠玉能知道昆嵛山所有的大大小小数不清的山洞,从哪儿出,打哪儿入,这家伙一清二楚,我看这也是他的算计。"

"狗屁,你净替他吹!"刘队副说,"我看在这儿放上岗,咱们到村里过夜,第二天再来收拾。"

"啊,在这村过夜!"泥鳅把嘴咧成瓢了,"于震海他们都是夜游神,有伤号在这儿,他们能不来……"

几个兵都面色紧张,直伸舌头。孔显跳起来说:"你个兵油子!我看快成共产党的嘴子啦!石匠玉要来了,我正巴不得哪!今夜就住桃花沟,派两个人到文登城给我爹送信,搬兵来增援。"

刘队副倒有些后怕了,说:"孔队长,泥鳅的话……他妈的,我不信对付不了这几个伤残家伙。他们准没有枪,有枪早开火了。咱们只要上去,就大功告成了。他妈的,还有女人在上面,刚才送饭的小崽子,不是叫妈唤姐的吗?哎,他呢?"

孔显道:"早吓跑了。"

"搜搜看。"刘队副命令。

狗剩没有跑,他像个小甲虫,抱着饭篮子,缩在大洞拐弯处的小洞里。被敌兵拖出来,他还抱着篮子,五六个补丁的小黑夹袄,包在饭篮子上,身上只穿个带红格的粗布有襟小褂,显然当年妈妈织的布为小菊做的,他是接着穿的。

孔显问:"小孩,你怎么没逃走?"

狗剩道:"俺得送饭。"

"你不害怕放枪?"

"怕……"

"傻小子,脸冻得发青,脱了衣裳包饭篓子?"

"怕饭冻凉啦。"

敌人迷惘地看着他,几个兵抢上来拿干粮吃。狗剩紧紧护着饭篓。泥鳅狠劲地拧他的耳朵,孩子死不放手,哭着嚷:"不给!不给!就是不给!俺三姐为要饭,费多大事呀!给好人吃的,你们不能吃……"

孔显摆摆手,叫兵们放开狗剩,说:"我说小孩,你妈你姐在上面洞窝里?"

"俺妈……"狗剩瞅着这张恶煞的脸,摇摇头,改口道,"不知道。"

"方才你不是叫了吗?"

"兴许不在了,妈和姐没应声。"

"这样吧,给你放好梯子,让你上去送饭。"

"俺不上去。"

"为什么?"

"等你们走了,再说。"

"为什么?"

"你们坏,想害好人。"

"小崽子!你奶奶的也是共产党!"

"俺小,不够岁数当共产党!"

"他妈的,我打死你!"

"俺没做错事,凭么打死俺?"

"来呀,把这小共产党背在身上,爬梯子!"

见敌人又把梯子扶起来，搭在洞沿上，桃子沉着地挑选着带尖的石块。她心里说，来吧，来多少，下去多少……但是，当她估计敌人爬上梯子，正要寻找最好的机会，把石块砸下去的时候，她吓呆了：梯子上，前面一个敌兵，手握短枪，他身后一个高大敌兵，脊梁上背着——不，是绑着一个孩子，那孩子的红格白粗布单褂，异常耀眼！

"狗剩！兄弟！"桃子失声地叫道，身子向前一扑，恨不得跳下悬崖，救出小弟。

孔显在岩石后面，举着手枪呼喊道："上面的人听着：你们的孩子、兄弟在梯子上！谁要动一下，他可就一块粉身碎骨啦！"

"看明白点！伤了自个儿的亲骨肉，可别后悔啊！"刘队副跟着叫喊。

桃子握石块的手，哆嗦着，手脖子发软，石头坠在地上，崩起的石屑，溅出洞外。她急忙探出头向下看，可别碰到弟弟身上啊！

敌兵背上的狗剩，终于把手从捆绑中挣出来，抠出敌人塞进嘴里的破布，哭着叫道："妈呀！姐啊！俺不上去啊……爹呀！快来救俺哪……"

桃子那刚健的体格，这时却像一摊泥，倒在洞口，巨大的悲怆，哽住她的喉咙，哭不出声！泪帘挡住了她的眼睛，面前一片漆黑！

前后五个敌人一磴一磴地向上攀，那杉木杆子发出咯吱咯吱的响声，已经登到梯子的中间以上了！

猛然，桃子觉得一个人挤到身边，一霎，响起一声她从小就听惯的断喝："你停着干么！"

桃子一惊，擦擦眼睛，只见母亲跪在乱石上，那瘦削的脸铁青，两眼大瞪着，直望着洞下面，简直是一个铁打的人！

桃子扶住母亲的胳膊，哭道："妈，俺兄弟……你就这么个儿子啦……"

三嫂无情地将女儿的手甩出去,身子向洞口一扑,两手抓住梯子的顶头,眼睛紧紧闭着,使力推梯子,但梯子没有动——也许她用的力不够,也许……她只感到敌人那登梯子的脚步,是踏在她的心尖上,那梯子的咯吱声,是她的骨头的折裂声……

"桃子,没骨头的闺女,帮妈一把啊……"她无力地喊道。

桃子挤到了母亲身边,娘儿俩并肩跪着,那双干了一二十年活的比妈妈的大多了的手,抖动着,不敢往梯顶头上放。

三嫂双手挪到一个梯顶头上,另一个让给女儿。她哀求着自己的女儿:"好闺女,疼你妈,亲你兄弟,你就快帮妈一把,快……"陡然,她提高嗓门,向外喊道:"狗剩子!爹妈的独根苗,别喊痛啊!我的儿……"她低下头,紧紧地闭上眼,拼出全身力气,狠命地推梯子!

那高高的梯子,被两双有力的手,掀了起来!

三嫂的面前一黑,她明明看到是整座山峰都塌了下来,压到她娇小的细弱的身上!

荡起轻雾的深谷,久久地回响着母亲的悲怆的呼唤……

那大群的在山间盘旋的鸽子,越飞越急,它们再也忍受不住了,呼呼啦啦地向鸽子堂扑去……

第八章

他在雨夜中走着,手里握着张开机头的驳壳枪。

他来到赤松坡村西的土地庙附近,蹲下身,瞪大闪光的眼睛,向村庄,向四周,不停地巡视,只见茫茫的夜色,簌簌的细雨声中,村内偶尔响起几声狗吠。到这时,他才疾步赶到土地庙跟前,弓下腰,手伸进小小的庙门,摸到一块瓷碗的碎片,放到眼前一看,白色的。他放了心,如果是别的颜色,就是有了意外:这是事先约定的暗号中的一种。

过了一会儿,从村中飞步走出一个人来。他正是飞毛腿毕松林,职业放牛倌,地下共产党的交通员。他原本雇佣在孔家庄,草青之后放牛,冬季看山峦。上个月孔家庄的一户富农,说毕松林疏忽职守,他的山峦里丢了百十棵柞木——实际上是老毕看到有人偷刨,装作没看见,主家知道后把他解雇了。于震海在凤子向他报告党员的情况时,知道了老毕的事,他转告牛倌到赤松坡来干活。因为暴动时江鸣雁暴露了身份,跑到别乡当武术教师去了,赤松坡村里的年轻党员有的离开了家庭,有的牺牲了,只剩几个妇女和老人,工作需要加强,这儿离孔家庄又近,老毕又是和凤子、丁立冬一条线联系的……

老毕来到土地庙跟前,拉住那人的手,说:"玉子,快家去吧!"

石匠玉道:"一会儿要去见中子……俺们还有任务。大叔,你扎下身啦?"

"嗯。"毕松林摸一把对方的湿衣服,把身上的蓑衣解下来,要往震海身上披。

震海就靠到他身边,两人一块披着蓑衣,蹲到土地庙的后墙根。

"你先说村里的情况。"

"赤松坡正缺个放牛看山的,于之善听说我要的工钱少,又知我是老把式,挺痛快地答应下来。我就住在江老师住过的闲房子里。坏地瓜还叫我暗地监视可疑分子,报告了领赏……这个老坏种,如今也学精细啦!夜里有时叫自卫队听到动静敲锣,有时候叫不动声响,暗影里盯着。前两天又把刘铁匠抓到村公所,吊到梁上,逼问宝田、宝川兄弟的去向。我和喜彬叔串通几个老人,凑了两升苞米,才把人保释出来。"

"这个坏蛋,等着吧,有他的下场!"于震海咬着牙,狠狠地说。

"你从哪里过来的?"

"从海阳、牟平南面。老毕,我到每一个联络站,每一家群众,大伙还是那么热火,支持咱们,盼望革命早一天闹成功。我对他们说,这次暴动,咱们有失败,也有胜利,咱们的队伍没有垮,隔个十天半月我们就在昆嵛山里碰头;人少了,咱们再发动,敌人再凶再狂,共产党是不怕杀,也杀不完的。老毕,你和大伙说,沉住气,暗里联络人,不听反动派的瞎嚷嚷,咱们总有一天,要把江山夺过来。再告诉你,上级派来的领导人,就快到啦!"

"啊,好!"

"你也和凤子他们透透气,让同志们欢喜欢喜。"

"好!"

"我走啦。"

"给你蓑衣。"

"你留着自个儿用,看山、放牛都离不开它。"

"那你……"

"我是山上的石硼——淋惯啦!河里的石头——泡出来的!"

于震海顺着母猪河畔的小路,向北山大步地走着。头上的破旧的草帽,遮不住他宽阔的肩膀,更挡不住迈动的双腿,身上、裤子、鞋,已被雨水浸透了。阴历三月底的雨夜,很有些凉意。可是于震海并不感到冷,一来他身体壮实,二来他走得急,更加上多年来他习惯了这种生活,成了"石硼"。雨夜是这样黑,加上春天的头场雨使干燥的地面升起浓重的热气,一般人夜行是很困难的。但是,于震海却毫不费力,他甚至懒得完全睁开那双"夜猫眼",光凭那双大脚板,就听凭他意志的指挥,到达要去的目的地。这是多年的这种生活,使他太习惯夜路了。不用说这是在他的家乡,即便在昆嵛山的三十二宫、七十二崮之间,文、荣、牟、海四县的山区、河畔、海岸,他也不会走错路,迷失方向。

震海来到楚秦口下面,停住了。这个山口,是昆嵛山东半部山南山北来往的必经之路。他闪动着目光,扫视黑茫茫的山势,习惯地从怀里抽出驳壳枪,顶上子弹,侧耳听着簌簌的雨声,快步却是无声响地向山口接近。

就在这时,山口的左右亮起了电筒光,闪了两下,接着左右也亮了起来,呼应了两下。震海立刻闪进路旁的赤松树后,注意上方的动静。

不一会儿,四个人影摸过来,个个端着短枪,站在离震海只有五步开外的地方。一个说:"你真听清楚啦?"

一个道:"那还假得了?不信你也把耳朵贴在路面上试试,昨夜在青庄口,他们就是用这个方法,发现两个赤匪,可惜跑掉了一个。"

一个说:"今夜有雨声,还灵?"

一个道:"雨声是雨声,脚声是脚声,百步以内,清清楚楚。"

一个说:"想不到咱乡长还真有两下子。"

一个道:"听说是孔秀才区长传下的方子。"

一个说:"那这个来的人呢?"

于震海真想给他们一人一枪,可他没扣扳机,倒顺手捡起一块石头,朝下面的山坡扔去。树林里响起石滚声。四个敌兵急忙弓下身,向那里摸去。

震海跳上山道,飞跑着越过楚秦口……

在这一带地方,有钱人家好在大路旁边为死人竖石碑。碑有一两丈高,碑座碑身都是当地山上的青色或白色的大理石、汉白玉,碑头碑座往往雕龙刻凤,琢狮镌麟,更有的石乌龟做底,煞是气魄。那界石镇村外二里路处的一溜八条石碑,叫作吴家碑。

于震海来到吴家碑,到东数第三条白碑跟前,摸摸碑座后面放着三块拳头大的石头,知道约会的人还没有来,就坐在碑后座上,掏出晚上离开牟平县湾头村高叔彬家时,老人给他掖进腰里的一个玉米面粑粑,大口地啃着。

雨已经停了。东北风嗖嗖地吹,他身上的湿衣服,像是冰做的,凉得难受。震海把外面的夹袄脱了,把水拧干……

砰!一枪击中震海的右胳膊肘,顿时胳膊麻木了。他赶忙用左手抽出腰间的枪,扳开机头,只见一个黑影,扭转头向西跑。他喝一声:"站住!再跑开枪啦!"

那黑影闻声停下,接着跑过来,说:"玉子,是你!我是中子……"

震海听出是孔居任的声音,收起枪,道:"你这么蒙浑!"

"我当是敌人的埋伏……伤着没有?"孔居任凑上前,扶住他的胳膊。

"不怎么样……"震海疼得打了个哽,用左手一摸,右胳膊肘上一块骨头"刺"了出来,热血直往外流。他说:"给我扎一下。"

"伤在哪儿……"孔居任撕下自己衣服的里子,内疚地说,"昨夜里我和李茗过青庄口,叫敌人打了埋伏,我的裤腰带都叫狗日的拉断了,总算脱了身……可李茗牺牲啦!也是为了救我……"

震海想着和伍拾子差不多大,暴动时一块去打石岛的队员李茗,心里热火火的,眼里涌出泪水,悲愤地说:"孔家庄的敌人不打掉,祸害最大!"

"都是孔秀才这条老疯狗的罪过!"孔居任狠狠地骂道。他给震海扎好了伤,掀掉身上披的麻袋片,把自己的干长袍脱下来,搭在震海身上。

"我有衣裳,不用你的。"

"兄弟,我不小心伤了你,你再不让我表示点,我还有脸见好儿、桃子姊妹吗!"

震海没再反对,换上了孔居任的长袍。他不光是体谅对方的心境,也感到受伤的身子再穿着水湿的凉衣服,会很快躺倒的。

孔居任穿上了震海的湿衣服。震海道:"你马上到丁家庵,山子在那等你,有要紧的事!"

"么事?"孔居任一惊。

"我也不知情。哎,不要和他们说你误伤我的事。快走吧!这里响了枪,不可久留。"

果然,界石镇和东面的村庄,已响起狗吠和锣声……

震海刚伸手去摸门框上的秘密拉绳——一拉,屋内的小铃铛就响了——肩膀搭上一只手,压低的声音:"震海,我。"

二人才进屋门,还没落座,院门被敲得嘭嘭响。白须老人江鸣雁一愣,说:"藏到里间……"

"江老师!家里来了贵客,俺们凑酒喝来啦!"门外喊道。

"他们看见你来了!"江鸣雁低声道,"就说是同行……我去开门……"

于震海把手枪揿进大袍里,从墙上摘下一把三尺钢刀放到桌面上。他一活动,那受伤的右胳膊就疼得钻心。

三个乡丁背着枪走进屋。江鸣雁跟进来,说:"他姓林,跟我是多年的交情,也是吃这碗江湖饭的,在荣城槎山地方开拳房,一时混不下去,想托我找个地方,混碗饭吃。"

乡丁打量着这个五大三粗的汉子,看这身打扮,不是庄稼人,倒像闯江湖的。一个镶金牙的乡丁问:"你怎么这黑夜来?"

震海气闷地说:"从东过来好几天啦,直串到牟平地方,也没人雇,老着厚脸皮,来投奔江老师,哪里还顾得白天黑夜?"

那两个乡丁点点头,唯独有金牙的这小子露出怀疑的神色,突然问:"你是武术老师?"

震海道:"不怕笑话。"

金牙说:"我也喜欢武术,向老师请教一番,行吗?"

震海道:"不敢当。"

"你走的什么门?"

"会拳、地雷进、梅花、螳螂,还有罗汉门。"

"练的什么拳?"

"五手、小单打、联七手、六七拳……"

"拳打几字?"

"十二字。"

"什么字?"

"捻、沾、绑、帖、揽、绞、松、顺、提、拿、封、闭。"

金牙乡丁吞了口唾沫。江鸣雁见震海脸色越来越发白,忙道:"是不是坐下歇会?我烧水泡壶孬茶……"

金牙乡丁没有理会,其他两个也感兴趣地说:"吃这碗饭,倒还有不少名堂!"

"瘦金牙还有这一手!"

瘦金牙越发来了兴头,卖弄地说:"徒手的这套好学,兵器上的花样就多啦！"

"请教啦！"震海咬着牙说。

"你刺的什么枪？砍的什么刀？"

"刺的芦花枪，砍的偃青刀。"

"枪刺几字？"

"八字。"

"哪八字？"

"挑、扎、封、劈、闪、枪、拖、带。"

"刀砍几字？"

"四字。"

"哪四字？"

"挖、搂、踩、剐！"于震海眼冒金星，伤臂剧疼，手重重地拍上桌面，那上面的钢刀哗啦一响。

瘦金牙倒退一步，抓住枪柄，惊惧地问："干什么？"

"林同行。"江鸣雁担心地叫道。

震海使劲控制住自己，说："你要不要考考真功夫？"

瘦金牙讪笑道："好，我正要看你真功夫！"

震海走到当间，搬开桌子，腾出地方，练了一趟"六七拳"，刺了一趟枪，砍了一趟刀。那两个乡丁，禁不住叫起好来……

当江鸣雁送走查问的敌人回到屋子，只见震海躺倒在地上，脸色如土，头汗如注，呼吸急促，连说话的力气都没有了！

武术老师大吃一惊：刚刚还是舞刀使枪、踢腿拿拳的壮汉子，怎么一下变成一摊泥了？很快，老人就发现了根由：震海的右胳膊，那血把包扎着的破布凝结成血棍子，胳膊肿得足有两搯粗！

"震海！震海……"武术老师把震海抱到炕上，呜咽着说，"难为你啦，孩子！都怪我粗心，怎么没发现你的伤情？我知道你这样，拼上老命，我也饶不了狗日的……"

震海吞下两口温开水，艰难地说："师傅，我挺得住……他们再待一会儿，我就得杀人——那样，对咱们不利……"

"孩子，你等等，我一会儿就来……"

江鸣雁像旋风一样，出去一会儿，很快转回来。他的动作是那样迅速，把烧好的一碗麻灰，晾好的一铜盆开水拿来。又找出干净棉花，上炕蹲到震海身旁，用剪刀剪开包伤的血布……这时，有人走进屋，老人干着活说："刮来啦？"

"刮来啦。"

"麻灰烧好啦，和着砸在一起，快！"

进来的是位庄稼汉青年——本村的共产党员，名叫王同。他熟练地将刮来的榆树皮，去其外层，和着麻灰，在石头上砸成黏末。

"震海，咬紧牙！"江鸣雁吩咐一声，猛地将血布撕剥下来，那伤口的血旺泉眼般地直喷，断开的骨头渣，吓人的暴露出来。

震海禁不住痛吟一声，大手抓得炕席直响，豆大的汗珠，从煞白的脸上往下滚。

"一会儿就好。"江鸣雁手疾眼快，在王同的配合下，给震海洗干净伤口，将砸烂的榆树皮和麻灰混成的黏粥，流进伤口，血流很快给堵住了。

"怎么样？"

"痛轻多啦。"震海喘息着说。

"这个小土方，能治大伤，我这是从冯先生那儿听来的，我叫它榆树膏，用过几回啦。"江鸣雁说着，又将敷在伤口的榆树膏扒出来——那榆树的黏汁，将伤口里的脏物和碎骨渣一起带出来了。

这样反复地搞了三次，才把伤口重新扎好。

界石镇原有十一名地下党员和积极群众，暴动时牺牲了四人，跑出去躲难的三人，剩下的四人，这会都被王同叫到拳房来开会。于震海又和大家讲了各地的情况，鼓励大家向群众做宣传，相信革命必胜的道理，要向桃花沟人民的牺牲精神学习，宁舍去自己的亲生儿子，也要保住伤员，不向敌人投降。同志们齐口反映，界石镇的乡长商扒皮，是赤松坡村长于之善的亲家，很歹毒，从孔家庄区上买来十几条枪，在楚秦口、青庄口暗设埋伏，夜里派乡丁站在高山头，观察周围村庄的动静，听到乱狗叫，有冒烟的烟囱，第二天就派乡丁去搜捕……破坏性很大，大家要求于震海领队伍打掉商扒皮，能把孔秀才的区公所打了，更好。

震海叫大家沉住气，做好准备工作，注意保密，等新的领导人来了，商量好计划，集中起突击队，向敌人讨还血债。

开会的人散去后，江鸣雁问震海："桃花沟谁家为救伤号舍了儿子？"

震海低下头。老人一惊："是不是桃子家？"

震海点点头。

江鸣雁的齐胸白胡子抖动着，好一会儿，才说："这一家人哪，这一家！"

"不光这一家，好多家！"震海抬起头，眼里闪着激动的光芒。接着他问："师傅，二妞妹有消息？"

江鸣雁低下头。

"她是不是为宝川走的？"

江鸣雁点点头。

宝川那天听到暴动失败，心火攻得害了眼病，就失踪了，已有三个月了。

老人火冲冲地说："这个没出息的丫头，为个男人，不要爹还可，使我少个帮手，连个放风送信的人也得求外人！等着见了人，我不一刀斩了她！"

这个人，二十七八岁，浑直的身材，分头梳得油光，上面压着茶色礼帽，穿着士林布长袍，黑直贡呢帮猪皮底洋绱鞋，顺着通威海卫的大道，大摇大摆地走着，满脸是洋洋得意的神韵，多潇洒快活啊！是啊，孔居任怎么能不兴高采烈、心满意足呢！

大前天夜里，他在界石镇附近吴家碑误伤了于震海的右胳膊，当时队长没有怨他，可自己知道做错了事，心神不安，接着震海叫他去丁家庵，上级找他。一路上，他思绪不宁。会是什么事呢？连队长于震海都不知情。想来想去，他又想到一个惊慌的事件上：会不会是查问敌人去桃花沟搜捕伤员的事？

那天孔显一伙敌人直到夜晚，也没有能攻上鸽子堂，最后派了四个人在北石屋站岗，孔显、刘队副领着一班兵住在桃花沟村，等着天明县城援兵的到来。但是，还没到半夜，杨玉清就领着于震海、孔居任十多个突击队员，提前赶到北石屋，干掉敌人的岗哨。张老三和张甫礼等人，早预备下长梯，顺利地把伤员撤到丁家庵去了……第二天敌人的援兵来了，只能是收拾不成形的七具烂尸，在村里拷打了几个人，烧掉六间房子，离开时把村长张甫礼带到区上去了——过了两天，又被保释出来。

这事发生后，有人议论过是不是有坏人给敌人报了信，但没有发现疑点，也就放下了。但是孔居任猛地悟到，他在姑母家吃酒时，似乎对孔霜子说到伤员藏在北石屋的事。难道是霜子告的密？她真的做了孔秀才的奸细？他孔居任当时怎么忘记警告她，不准说出他讲的情况？要真是责任在他，这可是要命的事啊！他要找她问个清楚……但是，孔霜子的家门一直挂着把大锁，邻居说她进牟平城买绣花丝线去了。孔居任又想，可能是自己多虑了，也许孔霜子当时是随便打听的，不会真去报告敌人，她真的就这样坏吗？她也得想想是人命关天，万一叫共产党发现，她不留脑瓜吃饭了！咳！也许她根本没有打听，他也没有告诉她，是做了这样的梦吧，何必当真呢？不去管它了。

然而，做贼心虚，盗墓怕鬼。十多天来，这事像块石头，压在孔居任心上。在去丁家庵的路上，他想，万一查出是孔霜子告的密，他死活不承认是自己走漏的情况，反正两个人在场，没有证明。不然,即使如实承认了自己酒醉失言,并不知道她是奸细,那也说不清楚,会受到严厉的制裁,而且,他心爱的娇美的媳妇,再不会宽恕他,是他害死她的小弟——张家宝贵的接香火的独苗啊!

实在使孔居任大出意料,丁家庵等待他的不是祸,是福啊!高玉山和文登县委的负责人交给他一个重要的任务,进威海卫去接来胶东的领导人,并且还把他好称赞了一顿,勉励了一番。咳,不用多说话了,光是任务本身,就足以说明对他孔居任的器重、信任。他像喝足了烧酒,脑袋昏昏然,身子轻飘飘,组织上告诫的注意事项,他一一答应,却很少装进记忆里。他一下又感动了,想说一说自己刚才误伤队长的错误,可转念一想,一讲这事很可能不让他去执行这光荣的任务,还是等完成了任务回来再说吧。那时面对他这个英雄,没有人再批评他的错误;再说,于震海也吩咐他不要提这件事了……

"哈,于震海,老伙计,好连襟,打石头,你好手艺,落个石匠王的美称;带兵打仗,也不孬,冲在前,退在后;对待人,热肠子,自己吃亏,让人三分。只是像我这次得的差遣,你呀,老弟,靠边风凉喽!"孔居任的心里乐,乐得自言自语起来,"上回震海进威海卫接出程先生,吃了不少苦头,还受了伤,程先生宣扬过好多回;这次我会干得比他更漂亮,叫新来的领导人给传扬传扬,传到桃花沟丈人一家,使我那娇妻好儿听见,哎,真是喜煞人也——"他得意忘形,竟拖成了京戏的腔调,叫起板,唱开了——

> 昨夜晚
> 吃酒醉
> 好不……

唱着走着,孔居任来到港市海威南口子。他看看组织上为他准备的这身合体适足的穿戴，摸摸花钱修理的洋分头，那腰间沉甸甸的——不是手枪，是五十元大洋。几年了，还没有这样阔气过。因离城市近了，不时有人骑自行车从身左身右飞过。孔居任油然想到："娘的，我要有辆车该多好！又轻便又快当，叫领导人坐上自行车前进，见识一番俺胶东党员的气势……"

孔居任激动非常，眼睛向左右扫了一扫，此处正是个上坡，两边夹着土岗，岗上野坟乱丘，草木间杂，恰好做手脚。他挽起袍的下摆，一个箭步蹿上右面黄土岗，伏在乱坟丘里面。

不大一会儿工夫，见一辆自行车，远远地从岗下上来。孔居任看前后再无人影，决定拿它下手，心下道："算你该倒霉，落到我这个老行家手里……从前我当强盗为发财，如今作案为革命。"

车子来得近了，孔居任探头一看，后座上还有一个人。他一怔："是乡下人，多少个也一吓就跑……"他一挺身，便要冲上去。突然听到车后座上的老头惊呼："啊！不好，快下车，有、有断道的……"

自行车一侧，两个人滚下地。那老头趴在年轻人身后，从怀里摸出手枪，扬着叫喊："王八蛋！快出来……"

孔居任急忙蹲一下身，解着裤带，应声道："等等，我还没拉完哪……"使劲拉屎的声音。

骑车子的年轻人扶起车子，说："走吧，爹，拉屎的，你也害怕他。"

"我怕他？哼！"老头抹了把额头上的虚汗，扯着干哑嗓子说，"我说哪，断道的小子敢动到太岁爷的头上？按说这十里百里的，不会都认得我，可谁不知道你姑父秀才区长的大名字！我还想碰上个跟石匠玉一伙的小子，叫我这新王八盒子炮开开荤。"

"少说这种话吧，要真遇上他们……"年轻人打个尿战，脸色白了，"快走吧，爹……"

"他妈的，是孔秀才的小舅坏地瓜父子俩，幸亏他们没认出

157

我……咦，他们到威海干么？跑买卖？走亲戚——哦，对啦，听震海说过，赤松坡村长于之善有个什么亲戚，在威海公安局当差，曾给过于之善子弹……娘的，好险啊！"孔居任想到此，一阵紧张，还真的拉出屎来了。瞅着坏地瓜父子下坡走远了，孔居任才站起身，整理好衣服，上了路。他可比先前审慎了。

所谓威海卫，其实是个港口，南、西、北都是山，东面临海，市区成月牙形。北山的向阳坡，风景最好，有许多英国、法国、荷兰式的洋房小楼，说明它的殖民地的经历。东面临海十里之遥，便是刘公岛，像个屏障，挡住威海港，慈禧太后时期北洋水师的总督府，就在这个岛上。只因这里外国人多，向外通航，地扼渤、黄两海的出入，民国十八年威海卫回归中国时，在此设立特区，直辖中央政府，威海特区专员公署，就设在北山上过去的英国总督府内。

孔居任从前来威海逛荡过几次，路很熟悉。他进了南门，顺着海边的街道，过了商船码头，来到鲸园大街。这是全市最繁华的所在，一些大买卖都集中在这里。马路中央，还有个三角形的小花园，园中竖立一座三角石塔，有两丈多高，上面镌刻着一九二九年时中国的外交部部长沈鸿烈的手迹：还我威海卫。路南面有家广来客栈，而庆和楼客店在路北的胡同里面，再北面是"万字会"教堂，屋顶上立着巨大的十字架。

庆和楼的大门是朝东开的。一排木头结构的二层楼，带着通廊，一色红漆的栏杆、楼梯、地板。正是中午吃饭时分，人来人往，你进他出，男客女宾，一片踏楼板声、喝酒划拳声、打牌声、喊堂叫菜声、炒菜剁肉声。

孔居任进这样的高级客栈还是第一回，加上这几年进出的都是茅草屋舍，眼睛看的多半是昆嵛山的景象，现在突然踏进了这个世界，实在令他眼花缭乱，手脚无措。

"掌柜的，是吃席还是住宿？看牌还是抽烟？没事逛逛，请楼上看茶——"一位中年跑堂的,迎着他说。

孔居任定定神,正正礼帽,干咳一声,做出行家的样子,拖腔拉调地说:"我从烟台来,看一位朋友,住在贵处,叫王其的,可是有的?"

"有,在楼上。请!"跑堂的忙把孔居任引到楼梯口,向上喊道:"找王先生——楼上请——"

楼上的边廊出现一个年轻的堂倌,连忙应道:"来啦——"

孔居任刚上得楼来,就被堂倌接着,指着尽西头的房间道:"尽西头那间,就是王先生住的。请——"

孔居任随他来到房门口,一掀白门帘,露出一把铜锁。堂倌道:"哦,王先生又外出啦。"

"他常出去?"

"是的。"

"吃饭不回来?"

"多数不回来,常有人请他出去做客。晚上睡觉总回来。他挺忙,听说和西洋人谈生意哩。他是大商行的采办员,好几种外国话,满嘴说啊……俺有个做西菜的大师傅会几句英国话,他俩常叽里呱啦的……你是——"

"我是他的帮手!"孔居任沉着地说,这都是临走前,在丁家庵研究好了的,"刚从烟台来……"

"刚才从烟台来?"堂倌瞪起好奇的孩子神气的眼,"头午没有客船来呀?"

"我不会搭便船来吗?"

"这个……"

"你是干什么的?公安局的吗?"孔居任欺他年少,声色俱厉,遮盖自己失口的"刚才","你把我当成是姓共的,是强盗?怕我付不起店钱,赶我出门怎么的?"

堂倌吓得脸色发黄,赔情道:"掌柜的,快别上火,俺无心问问，没别的……"

"哼，简直岂有此理！"孔居任见小堂倌吓怕了，更来了精神，高声道，"走南闯北，还没见过这样的店家，北平、天津卫的饭店，不比你们小吧？人家就没有这样么。我搭外国货船，到不了威海卫？你替公安局出力，最好，我有个亲戚在那儿当科长，正等倒出手去看他，到时请你带路……"

"小的不敢，不敢……"

"去，去！"一个穿白制服的四十开外的男人跑过来，推开小堂倌，朝孔居任谄笑道，"——掌柜的，别和草木之人一般见识。"又向堂倌吼道："我陪客人坐坐，你快去上茶。"又谦卑地向客屋让孔居任："请，请。我是账先生，有事找我。"

两个人走进中间的屋，在一张方桌旁落了座。对面有三个客人在喝酒吃饭。

账先生递上一支香烟，问："请问贵姓？"

"免贵姓张！"孔居任老练地接过烟卷，任凭对方点上火，深深地抽着。

账先生用眼睛的余光觑他，客气地说："王先生留下话，有找他的人，叫等他。一直没见来人找……张先生用什么酒饭？酒，有……"

孔居任忙道："一路上有火，酒免了吧，来两碗面。"

账先生微笑道："这哪里使得。不要紧，我请客——其实，张先生这样身份，还稀罕吃我们的？刘桂生，上酒待客。"

那小堂倌连忙应声，去了。一会儿，一壶白酒，一壶黄酒，一盘冷拼，打上点卤面。孔居任怕不喝引起账先生的怀疑，无奈，把黄酒喝了，又吃了两碗面条。账先生一旁见他这么俭省，满脸瞧不起，准备道"失陪"了，忽然，眼皮眨得飞快，盯着孔居任付饭钱时掏出来的五十块大洋的钱袋子。瞬息之间，账先生的胳膊腿都像紧了发条，屁股上又似安上了发动机，欢蹦乱跳地在孔居任身前身后打转转，高声呼喊"熘肝尖"，低音吩咐"糖醋鱼"，又叫一瓶"杏花村"，非请"张先生"赏脸不可。

孔居任面上推辞，心里好笑：这个贪财的家伙，见钱眼开，要耍我的大头啊！嘿嘿，我孔居任可不是庄户孙，见过世面，心里有防备。好吧，这是你自己送上门的，不吃不喝白瞎了，吃饱喝足，省下晚上的饭钱，明天和领导人"王其"一走了事。哈，这个瞎眼的老鼠，今天可撞到猫嘴上来啦！

有好几年没享受如此丰盛的佳肴美酒的孔居任，大开了嘴福，喝得浑身热乎乎，轻飘飘的。

不知何时，临桌摆上了麻将牌。那三位客人吆喝账先生过去凑把手。账先生道："对不起三位，我在陪客呀！要么，我去请一位来。"

孔居任摆摆手，说："你忙你的，我自个儿等着。要不，我出去遛遛……"

"别别！"账先生忙道，"没有啥好遛的。要遛，到晚上，我给你指门子……这里的姐儿领教过洋人的，比济南府的另有一番滋味……"

孔居任跟着笑笑，往椅子上一依，说："这年头，赚几个钱也不是容易的。我养养神，心里算几笔账，你陪他们打牌去吧。"

孔居任刚上来不理会他们四个打牌的吵吵声。可是，那桌上越来越喊叫得热闹，使他想看看那久违的场面，也是酒力上了头，就走到牌桌跟前看光景。他很快发现，这四个人打麻将的水平太低，要是他上桌，不费吹灰之力，全都把他们赢了……一闪念刚萌发，他立即摇摇头，自己是共产党人，又有任务在身，哪能再干这个！他想出门去，又怕遇上坏地瓜一类家乡的坏人。在这饭店里，军官、政吏、士绅、商贾，间有洋人进进出出，很是保险，这个领导人也真会找地方住。这屋太小，闲得无聊，一桌麻将牌，你不看也得看，不听也得听……他又凑在他们身后，看

161

着看着，就专神了，每完一圈牌，他就发表开了评论。不过他们邀请他上桌，他急忙躲开了。

这样过去四五圈，当新的一局都摸齐牌以后，那账先生忽然惊叫道："哎呀，我忘了大事！"

"怎么啦？"

"经理交代，晚上孙专员约了两桌菜送到公署里去，有几样料还没备齐，这……"账先生为难地说，"张先生，求你帮帮忙，顶我一把。你看，这牌多好，我真舍不得。"

孔居任要躲，被他硬拉过来，按坐桌前，恳切地说："就这一盘，赢了是你的，输了算我的。张先生，帮帮忙，我转眼就回来。"说完他出门去了。

孔居任只好坐定，也是吃了人家的嘴，不好硬顶。他想，反正就替一盘。

真个的，一盘下来，孔居任赢了三块钱。账先生不见影，他想散伙，那三个牌友拽住不放。孔居任一想，凭自己的手段，对付这三个汉子绰绰有余。果然，又一盘下来，竟赢了五元。这时孔居任不说散伙了，倒很自然地洗起牌来。第三局打完，他又捞到六元！孔居任催促着快摸牌，心花怒放了。嘿！回去让组织和同志们看看，他的任务完成得多么出色，一个钱不花，接回了领导人，还赚下许多，解决经费的困难，真是一枪不打，舒舒服服，为革命做了大贡献。这样完美的事，只有他孔居任能办到，于震海那年来接程先生，饿得肚子叫，叫领导人啃冻粑粑，自个儿身上还挨了一枪……咳，他就能吃苦，不怕死，枪打得准，心眼也不错，别的——相比之下，孰高孰低？两个女婿，两样作为，张老三两口子，你们去评判吧……

心里美，身上轻，手头快。孔居任竟蹲到椅子上，伸颈瞪眼，两手紧捏着麻将牌……

据说王八产出卵之后，在旁边一动不动地盯着蛋，几天几夜,雷打不动,风刮不走,眼睛都盯出血来,直到小王八孵化出世,它才眨眼。名曰"鳖瞅蛋"。这情景是实是虚,没有见过;可是在赌场上赌红了眼的人们,忘了时间,忘了饥渴,脑壳里除了牌没有他物,八只充血的眼睛,死死盯着麻将牌上的各种点点,倒酷似那"鳖瞅蛋"。

不知从什么时候开始,牌桌上的风向转了,孔居任的牌运倒了,连输几盘。他不服气,赌注越压越大,最后把开始赢的钱全输了出去不算,连自己腰里的五十元也赔进去了。他情急,要继续往下赌,那三位却洗手了,孔居任不干,非赌不可。那三个要走,孔居任揪住不放。那三个强走,孔居任拽住索钱。那三个不给,孔居任动手夺……终于,四个赌友三对一,抄起板凳,抢起椅子,大打出手……

账先生出现了。其实他早来了几趟,红了眼睛光顾着盯"点点"的孔居任没留意罢了。这时见孔居任的钱袋空了,就示意叫他的三个赌棍散局。

"公平赌场,输赢自己,谁敢无理,咱们打官司去!"账先生严厉地对孔居任吼道。

孔居任大叫:"你们是合伙骗人!打官司就打官司,谁怕你不成?"

账先生冷笑道:"老弟,你要知道敝庆和楼和官场的来往,就不会这么鲁莽了!我劝你还是好自为之吧。"

"你别诈我,老子见得多啦!"孔居任嘴上喊叫,心下早虚了,酒劲已随冷汗跑了。他现在是干着急,真叫苦,没有钱完成接领导人的任务,这可怎么办哪!他恨死了这个白制服账先生,恨不得给他一枪——他真去腰上摸了——这才想到临来时高玉山把他的手枪要去了。他挣扎着说:"账先生,你要公平,把我的五十块还我,不然,官司打到底!"

"那好吧,上公署还是公安局?走……"

"慢着！"一位中等个细身材、三十岁上下的男人，穿着灰长袍，留着整齐的分头，堵在门口，稳重地说，"账先生，怎么回事？"

账先生对着来人，堆下笑脸，说："这位张先生，在这和人赌钱，手气不济，要赖账，和三位闲客动了手……"

"你们是合伙的。"

"张先生，当着王先生的面，你还不老实。咱明人不做暗事，输不起不输，丢了钱不丢和气。"账先生滔滔不绝地说着，"你看，你们王其先生多和善……"

灰长袍、留分头的男人——王先生，在账先生说话中间，审视着张先生——孔居任；那孔居任听说他是"王其"，吃惊地抬眼望去。两人交换了目光，孔居任脸上发烧，心里难受，低下头去。

王其走到孔居任跟前，平静地说："你多会儿来的？我等你好几天啦，经理是什么意思？外商正等着回话……老弟，别难为情了，既为之则安之。头回生，二回熟，下次大家都认识啦。"

"那是。"账先生讪笑着说。

孔居任痛心地说："那钱……"

"就算交朋友了。"王其说，"走吧，到我房间去，外商送的 tin of sor-dines，这是英文，就是高级的沙丁鱼罐头，还有法国'威士忌'。账先生，那三位朋友，一块来尝尝吧。"

"失陪，失陪！"账先生弓着腰。

王其让孔居任走过身去，又回头对账先生和三个赌棍说："幸亏我来得早，要晚到一步——我这朋友可是个会武功的，你们四个都得趴在地下……往后干这种事，还是加点小心为好！"

"听说你来找我？"

"家里人吩咐的。"

"你贵姓？"

"免贵姓李。"

"有什么事?"

"办点货。"

"什么货?"

"看着给吧。"

这是来到王其的房间里,王其的问话和孔居任的答话。接下去,孔居任问,王其答。

"你从哪儿来?"

"省城。"

"来干什么?"

"看朋友。"

"什么朋友?"

"老同学。"

"家住哪儿?"

"乡下。"

暗号对上了。孔居任递上一个字条,条子上写的买东西的清单。王其打开皮箱,拿出一小瓶药水,浸到字条上,字中间又显出用明矾水书写的蝇头小字:

> 理琪同志:密信收到。今派孔居任同志(代号中子)携款去接你,我们朝盼暮想你的到来,越快越好。
>
> 老贴敬上。

王其握住孔居任的手,热情地说:"中子同志,辛苦啦!你们胶东的同志,斗争得很苦啊!我叫理琪。"

孔居任难为情地说:"组织上给我的钱,五十元,文登县委的一个同志卖了一亩好地,让我输光啦……唉,我本想……不想……理琪同志,我犯下大错误!"

理琪把字条揉成团,放到嘴里嚼着,慢慢地说:"你的错误是不小。丢了钱是一方面，真要闹到去打官司，你暴露了身份，事情就糟糕了。有了错误认识了就好，这个以后再说。当下，最要紧的是钱，我得把房租付清才能走。本来钱够用，可我买了一台油印机，把钱花光了，身边带有文件，又不得不住高级饭店……你赶快回去报告给组织，想法再凑些钱来接我。"

孔居任瞅着他两只手上戴着四个黄澄澄的金戒指，心下不由得想：这么急，为什么还不卖了它？

理琪从怀里摸出三个烧饼，倒了两杯茶水，笑着说："来，吃咱的外国午餐肉，喝杯法国威士忌吧。"

孔居任说不出啥滋味，苦笑笑，说："那王八蛋账先生，请我吃足了，晚上也用不着啦。娘的……"

理琪瞪他一眼，说："不要骂人，这毛病不好。"

孔居任愣了片刻，问："他们说你认得外国洋人，还老请你客……"

理琪哈哈笑了几声，说："我会点英语，吓唬人的。这地方把洋人当成神仙，奴颜媚骨，鲁迅先生最恨不过了……扯远啦。中子同志，人民非常穷苦，我们也是穷革命，一切都要用在革命身上。"

孔居任的脸又开始发烧。他提出马上回去，并把油印机和文件箱子带走。

理琪沉思一会儿，看着这个精神旺盛的年轻人，同意他马上离开威海卫，但东西没让他带。他叮嘱孔居任，五天后不见来人送钱，他要离开威海，再待下去，要引起怀疑，敌人会注意上他……他也真想赶快踏进昆嵛山区，同那些素不相识的出生入死战斗的同志和群众在一起……

第九章

春天来了。

一九三六年胶东的春天姗姗来迟,但,毕竟还是来了。

这里说的春天,不是时间的概念,按阳历,已是五月份,阴历今年闰三月,已是第二个三月了,确切地说,是指的春光来了,春色来了,昆嵛山又被浓郁的春意陶醉了,露出它特有的千姿百态、黛眉雅妆。

苍葱的赤松树,不再孤单,它们身边的一簇簇村梓萝丛,枝杆上绽开一串串毛茸茸的黄绿的嫩叶,娇翠如滴。盘根错节的各种山草,旧杈上抽出茁壮的尖芽,一场露水一层肥,简直是看得见地往上长。更有山坡悬崖上,不论是朝阳或是背阴,一行行、一簇簇的山里红花,紫红似火,抖抖闪闪,远近好看。而散落其间的青黑色的各种形状的岩石,当地人俗称石硼,显得庄重威严,坚不可摧。这一切,使横亘百里的昆嵛山,宛如一望无垠的翠绿如茵、点缀着花案的巨大的绒毯组成的海洋。这个时候,谁亲临其境,都会心旷神怡,大口吸气,眼放神采。

此时,正有一男一女,沿着山中溪涧的朦胧小路,从东向西迤逦而行。那女的,是小菊姑娘,身上还是那件褪了色的大姐好儿出嫁时穿的红袄,冬天她穿着还大,这时掏出了里面的棉絮,成了夹袄,仍不显得宽松,真是闺女过了十五六岁,像遇上适时雨的蘑菇，眼见着往上冒。那男子，就是理琪。他却和在威海庆和楼判若两人：分头变成了光脑瓜，上面扣一顶当地庄稼人常戴的"西瓜皮"帽，一身半旧的黑粗布裤褂，完全是个庄稼人的模样。

　　他们是从丁家庵往冯痴子的山庵去的。昨天，小菊从家里到桃子处送她母亲、伍拾子妈等桃花沟的人，以及为突击队和伤员送缝补好的、新做的单衣去时，正赶上桃子在准备迎接新来的领导人，和要来开重要会议的人们。其实也不外乎预备一些地瓜干，泡点干菜，剜一些好吃的山菜……小菊马上要回桃花沟，拉起她的闺女讨饭队伍，桃子挡住了，说冯开仁已在孔家庄哥家里寻法背点玉米面回来，如今又有了山菜，再用不着作那个难去了。小菊想，自己还能做点什么呢？在这样大的事情上，无所作为，可怎么和小蓉那帮要饭的女友们说呀？一当她听说二姐要去丁家庵接领导人，叫她在山庵看竹青，小菊怎么也不干，以种种充分的理由，到底把桃子说得没话说了，终于让她跑上去丁家庵的小路。

　　小菊天一亮上路，二十多里山道，一溜紧走，离晌午还早，就到了丁家庵。她真想看看这个大凡她接触到的革命人没有不日日夜夜盼望的领导人，到底是个什么样的：像珠子？像程先生？还是像先子、赤子他们？但是，那领导人不在庵上。崔素香告诉她，他被高玉山伴着，昨天下午就下山去了，约好今儿中午回来。于是，小菊一边帮素香做饭，一边听这个朝鲜女子轻声慢语地叙说。她说，这个领导人来了十多天啦，先到天福山下一个叫沟于家的小村，在一位县委负责人家里住。一住下，他就找来各地的负责人打听情况，接着就有人陪着，没黑夜没白日地到咱各联络站、点去，和同志们见面说话，和可靠的群众拉家常……来丁家庵四五天，夜里高玉山和他出去活动，白天回来，挨炕没暖上两个时辰，到庵下泉水沟洗了头，要么找人来开会，要么就趴在炕里窗台上往本子上写字，再不就看书。那看书写字时，眼睛都快触到字上了。她问他怎么回事，他说眼睛近视，过去戴眼镜，现时在乡间做地下工作，戴着眼镜敌人会怀疑，同时戴着眼镜老百姓不习惯，不好和群众接触。这近视眼镜要么老戴，要么不戴，戴戴摘摘眼睛更坏，也会留下印子，让人看出来。就为这，他索性不戴了。他是外省人，讲话有的听不懂，他就慢慢地说，轻悠悠的声音，挺舒耳朵的。崔素香又说，这个领导人在上海党中央干过事，还会"打电台"，又能说外国人的话。这次来胶东为着保存好随身带的秘密重要文件和能印字的机器，住在威海大客店里，成天和敌人碰面，一点事没有……

小菊听着，觉得这位新来的领导人，有的地方像珠子，有的地方像程先生，又有时候和先子、赤子相仿佛，有时简直像于震海……嚙，他谁都像，又谁都不像。真是个神奇的人呀！姑娘真想早见到他，和他说说话……然而，中午见到了，可还没看仔细，他就和高玉山、刘宝田、伍拾子一干七八个人，挤在厢房小草屋边吃饭边议论事。接着众人分头出门，小菊扛着山菜篮——里面有两只丁老成捉来的兔子，领着他上路。他只向她点点头，大概看也没看清晰他的向导的脸孔，甚至连她是男是女也没分辨出来，因为小菊知道他是近视眼。他仅仅向她望了一眼，就跟她上路了。至于她想跟他说说话呢？瞧吧，走出丁家庵有二三里了，他还一直闷着头，一句话没有，像想心事，又像盯着路面上的石头，慢腾腾地走着……慢就慢吧，不怕慢，就怕站。哎呀呀，他索性不走了，坐在溪边石头上，从怀里掏出一个大本子，又抽出支黑杆子钢笔，抵在膝头上，写一阵字，又把钢笔顶到下巴上，出开神了。

走在他前面的女向导，本来是几步一回头，这时见他坐下了，只得停下脚，等吧，谁叫他是领导人，自己是向导了呢？看看，他走路也在忙哪！小菊爬上路旁的高岩石，向四周瞭望，净是高低不一样的山峰，除了蚕场上有零星的放蚕人之外，什么人影也不见。这个季节，除了放蚕人，谁还到深山来干什么呢？柴没得打，觅山菜的女人、孩子，用不着进深夼来，农人们都在靠外边的山地、平川上，忙着下种、栽地瓜哩。那些坏人们，不是大队人马，也没有胆量敢进来捣乱的。就为这个缘故吧，桃子才放心地让妹妹来顶替她，完成这个小菊完全能胜任的任务。小菊当时也是用这些理由来说服姐姐的。可是现在，她却不这样认为了，她感到自己的担子很重，不能出一点差错：她护送的不是一般的共产党人啊！是个顶重要的领导人哩！

少女机灵地把近山远峰审视了一番，见领导人还坐在那里，她就找活干了：瞧，这里的扫帚花，淡紫色的花瓣刚刚张开，又肥又嫩，一串串的，顺手捋了一会儿，篮子就盛不下了。于是，她把两只兔子用棉葛藤绑好，空出篮子，继续往里采好吃的扫帚花，不大工夫，又满了。她扭头一看，他还坐在那里，一动不动。小菊想叫一声，又怕惊扰他，也不知称呼什么好。她如今不是黄毛头上扎两鬏鬏的女孩子，脸对脸地对着金牙三子瞅他的大嘴了，而是背后有条柔黑的大辫子的大闺女了，不论走到哪里，都吸引青年男子的目光了，总不能喊他"领导人"吧？可除了这三个字，桃子和崔素香都没告诉她，这个人叫什么呀！怎么办？时候不早了，回去晚了姐姐他们要担心……有办法，小菊踩活了一块石头，脚向前一踢，石头咕咕咚咚滚到小沟里。

奇怪，他还是没反响，原样姿势坐着。不怕，机灵闺女还有办法，走到他面前，故意打个"阿嚏"。出乎小菊的意料，本想到他会立时抬起头望着她，她就装着不在意……但，偷偷一瞅，他仍是毫无反应。小菊的眼睛睁大了，黑黑的水灵灵的眼珠，专注地端详他。

他，这个领导人，原本方圆的脸形，因为两腮塌陷，成了瘦长的。嘴唇瘪瘪着，像老太太似的，眼窝向里凹着，闭上的眼睛却是向外凸出的。这眼球的突出，是长期戴近视镜子的结果，这个乡下闺女小菊当然不明白。

"妈呀,看瘦成这模样,脸色像蜡……"小菊心里叫道,抿着稍厚的红嘴唇,皱紧端庄的好看鼻子,瘦腮上的酒窝,一动一颤的,使眼泪没涌出来。"他睡着了!都是累的,熬心血熬的!让他睡吧,这不冷不热的天,青青绿绿的山,吸口气也是鲜的……俺放哨,让他睡吧,多苦的领导人!你睡吧……"

咣咣咣咣……突然,对面山上传来一阵高亢的响声。

理琪陡地站起来,右手伸进怀里摸出短枪,紧张地向四周观望。

小菊瞅着他,哧哧哧地笑,把刚才眼里的泪水都笑了出来。理琪茫然地看着向导。

"还不懂哩,不是响枪,是放蚕的,敲洋铁桶,吓唬雀的。"小菊边说边手指远处山坡的蚕场。

理琪少血的脸皮泛上血色,把枪收了,窘迫地摇摇头。

小菊忙去拾起他刚才起身掉落地上的钢笔和纸本子,揩去泥脏,双手递给他。

"谢谢。"

"你说么个?"

"谢谢你啦!"理琪把本子、钢笔收起来。

这回小菊的嫩脸蛋,腾一下飞红了,急忙低头跑到篮子跟前,挽起菜篮、抱起兔子。理琪赶了上来,说:"来,张小菊同志,给我一样东西。"

小菊一下愣住了。"张小菊",还有"同志",她长到十七岁多,第一次有人这么称呼她啊!咦,他这是第一次见她,刚开始说话,怎么知道她的名和姓了呢?还有——

山村少女红着脸,躲开他来拿兔子的手,鼓起勇气问:"哎,你怎么知道俺的名,还有姓?"

"怎么,还保密?"他笑容可掬,声音可亲。

"嗯,不,俺还不是'同志',俺是同志的妹妹哩!"

"那好,我就叫你'同志妹妹'吧!"

"嘻嘻,同志妹妹——还有把同志放前头的?"

"有。比如南方,就有叫'同志哥',而不叫'哥同志'的。"

"咳,也好听!"小菊咯咯笑起来,"哎,你说话的口音,和俺不一样。"

"咋啦?"

"么呀?"

"我们河南说'咋啦',和你们胶东说'么呀',是一个意思。"

"嗬!你是河南人,可老鼻子远啦!"小菊说,不知什么时候,她手里的两只兔子到了他手里,"哎,俺说……"

"你咋不叫我的名字?"

"俺不知道。"

"我叫理琪,是道理的理,不是李子树的李。"

"这个名?"

"原先我叫王其,我又把个'理'字分开,加到上去了,就成了这个名字。"

"嗯。俺明白,是党里化名。俺对你这样的人,不叫名。"

"都叫什么呀?"

"有的叫大哥,有的叫叔。"

"那你就叫我理大哥,中不中,同志妹妹?"

小菊高兴地笑道:"中,中,中!"她像个小山羊,灵巧地跑上了一座山岗。

"……你千万别瞅这小沟流不起眼,它的根长在九龙池上面——九龙池,嗬,俺见过,就在西山后,它可比俺龙泉口的黑龙泉景致多啦。一拉溜里多长的大白石条,挂在山夼里,石条上天生九个大水池,那水,像水晶石一样透明,一个劲儿流。对啦,听说从前有九条龙卧在这里,如今不见了。对啦,有三个池子是在最陡的山洞里,山羊也上不去的地方,是天上的龙女来洗澡的地场。一天,有个放羊倌少了一只羊,他找哇找的,一下找到那三个龙池边上,看见一群仙女在池子里洗得正欢……哎呀,羊倌一下变成石头的啦!至今,他还站在那,都叫他羊倌石……你笑了,笑俺瞎说,是不是?反正俺没见着,听人说的,学给人听,信不信由你,理大哥,对不对?"小菊活灵活现地说着,不拘谨了,旁边的领导人,已变成熟悉的亲人了。

理琪畅快地笑着,拭把额上的汗水,饶有兴味地说:"别的不可信,那九龙池的美景你可说对了,它是昆嵛山的二十四大景之一。每年古历四月初八赶庙会——噢,你们这儿叫赶山会,赶山。"

"你这么快就知道啦?"小菊惊讶地问,不等回答,她又说,"还说这条小不点的河。它呀,一直流进东南面的晒字河。理大哥,你猜为么叫晒字河?晒,是晒东西的晒,字,是你刚刚用笔写字的字。你猜吧!"

理琪摇摇头,道:"快说给我听啊。"

"那是唐僧取经,过这河的当儿,正碰上发大水,把经书冲湿啦!他就蹲在这河边,把那经书摊开放在石头上晒,晒字……你又好笑?是啊,唐僧和尚的三个徒弟,顶数那孙猴子的本领强,怎么连经书都保存不干净?再说,唐僧打没打这走?为么走咱这山沟里来了?我看,大伙是穷疯啦,想过好日子,才编排出唐僧取经的故事,又说到过这来啦。对不对?大哥?"

理琪聚精会神地听完,说:"你说得有道理。不过唐僧到外国去取经书倒是真事。但他取的那个经,救不了穷人的苦楚。只有咱们共产党取来的'经',才能使穷人过好日子,才是真正管用的'经',这就是马克思、列宁那些穷人的革命领袖写的书,合起来叫马克思主义。咱们就是要按这个主义去做。"

小菊用心地听着,没有说话,默默地向前赶路。

他们来到一座山跟前。这里有些特别,路挺陡,用各种石块铺着,弯弯曲曲,在赤松林里通过。涓涓的泉水,滋润着路旁的草地,那山草青嫩嫩的非常整齐,比别的地方长得又高又壮,无名的种种野花,竞相争艳,散发着幽香。

理琪本来走路不多,加上来后穿上当地特有的猪皮底鞋,十多天老是山上平原地奔波,脚上早打满泡,如果小菊知道了,再不会嫌他走得不爽快,而要劝他歇息,她要搀着他走才甘休。

"快点呀,大哥!上面多美呀!"小菊在前面叫道。

理琪一咬牙,紧步向山上迈。真的,进了这幽谷深川,林壑秀美,花香草青,使他有说不出的清爽惬意,宛如痛饮了一杯冰果子露。他赶上了小菊,小菊已停在山洼中石砌的一块平地跟前等他。她指着路边一块庞大的黑色岩石,岩石中下方有个洞,洞口上端深深地刻着四个大字:烟霞洞天。

理琪端量了一会儿石洞,又向右边的古老的银杏树下的几幢颓败的庙宇看了几眼,再朝山谷的四周巡视。

这烟霞洞的名声,不在洞的本身,而在地处的幽美,景色的迷人。或朝或暮,当那天空被旭日烤红、晚霞映满之际,这里的山林幽径升腾起的雾霭,袅袅绕绕,犹似轻烟薄纱,彩舞翩跹。身临其境,如同仙乡神地,真个烟霞洞天一般,可谓昆嵛山景中最佳处。这里修有神清观,唐仙姑庙。据元史载,金朝大定年间,关中真有王重阳游此滞留,使那丘处机、谭处端、刘处玄、王处一、郝大通和进士马钰铎带着老婆孙不二,跑到这里来求师王重阳,号称七真人。迄今七真人坟遗迹犹在。

这个时候是下午,无烟霞洞天的景色可观,不过此情此景,已使理琪的热汗消失,疲累减去许多,跟着小菊很快就翻过了山顶。

"大哥,看你挺喜欢俺们这山地方!"小菊边走边道,不知何时,她鬓边多了一朵无名的含苞欲放的小红花。

"北方南方,山区平原,我到过许多,咱们的祖国,好地方很多；可是胶东这么好，昆嵛山这么美，我可没有想到！我在来到这里之前，我只知道咱中国有昆仑山，若不是在济南、烟台查看了一些书，哪晓得还有座一字之差、相距万里的昆嵛山！"理琪感慨地说，激动使他眼里闪射着光彩，"怪不得，秦始皇东游要从这里走；从汉朝、唐朝开始，在这里修这么多庙、庵；有的皇帝老子亲自给和尚、尼姑送东西，加封号。昆嵛山的名字的来历也够美的。传说古代有个女子叫麻姑，是一个叫王方平的人的妹子。呵，她大概和我这位同志妹一样的美丽……"

"俺可是丑丫头。"小菊甜甜地笑道，听得迷了，"快说呀，大哥，麻姑闺女怎么啦？"

"麻姑在汉朝汉桓帝的时候——离现在有一千八百多年，她跑到这山上修道，成了仙升到天上去了，余下这山，就叫'姑余山'；人们好叫女的为'昆'，中间又改了个同音字，就叫成'昆嵛山'了。这个麻姑闺女成了仙，还帮助唐朝的皇帝李世民运军粮，唐太宗打了胜仗在京城请客，她还赶去参加。为这，好几个朝代给她修仙庙、盖殿堂，刻碑，造麻姑坟。"

小菊边听边乐，末了喜欢得叫起来："哎呀，这个麻姑真好，她怎么不来帮咱运粮给伤号、突击队吃，参加革命，一块打反动派，那有多好！"

"她怎么不来？早来了。"

"在哪儿？"

"远在天边，近在眼前。"

"又说俺？"小菊羞红了脸，"俺可是个又丑又拙的丫头，看看，人长得不算矮，可老长不胖乎。只是跟俺二姐一样，成天上山薅菜拾柴，把脚丫都走大啦。你猜怎么着？有人叫俺'大脚嫚'哪……"

"哦，你不满意啦？"

"不满意怎么的？丑女家中宝，脚大有三好：挑水、挖菜加拾草!"

理琪笑出了眼泪,边拭着边说:"古代的麻姑成仙我没见着,那是人们想象的神话,眼前我这个同志妹妹,却是为了革命,什么活都干得:当叫花子头,当交通员,又送饭,又送衣,站岗放哨做向导……依我看,比那麻姑仙女实在好多啦!"

小菊不好意思地说:"理大哥,你才来没几天,和俺刚相识上,你怎么知道得那么多?"

理琪很动感情地说:"长了眼睛不会看?有耳朵不会听?张开嘴巴不会问?迈开两腿不会走?和你说吧,我听到好多事情好多人家,其中有一家,三个姑娘,两个儿子。大女儿为革命出力,大女婿是共产党人;二女儿为革命干的事最多,二女婿身上负过四次伤;小女儿……"

"快别说了,大哥!"小菊一下收敛了笑容,沉重地说,"小女儿的哥,是个坏人,对不起革命……"

"坐下,咱们休息一会儿吧。"理琪看着变得严肃起来的少女,无声地舒了口气,"可是这个坏人的父母——你们的爹妈,是为革命尽了大力量的……小妹,你爹妈都好吗?失去了你小弟,他们……"

"大哥放心,还好。"小菊低头低声,手把背后的辫子扯到怀里,使劲地揪辫子梢,"俺狗剩兄弟'去'了十多天,俺妈人前没淌泪,可那牙床肿得成宿要含口凉水冰着……妈要我跟着她睡——往常她都是搂着俺兄弟睡啊……夜里,我时时让妈碰醒,见她点上灯,一遍遍擦眼睛,紧盯着我,有时悄声说自己的:'不是儿子,不是……去吧,狗剩,妈不心疼,妈还有闺女,你放妈的心去吧,别再来搅和妈的梦啊……'我就把嘴堵到枕头上,不叫自己哭出声。妈找出伤号的破衣裳,使劲地补,连那针把她的手扎出血,她也不管,要么,她去机上织布……天一亮,妈洗洗脸,没事人一样,照旧里外忙活……"

理琪感到眼窝处发痒,两股热泪正悄悄地往下淌。他没有去擦。

"爹呢?顶属俺爹可怜!他躺倒在厢房炕上的茧种堆旁,三天三夜,不说话,不吃饭,使劲扒开他的嘴,灌他点水。他那眼睛呆呆的,看着屋顶子,一动不动,就这么看,看。怎么求他,也不说,也不吃,俺拿酒引逗他,他也不张嘴,人都瘦变了形,相隔才五天,好儿姐回家,都认不出爹,她抱着爹直哭直叫,俺爹也不转脸……"

苦涩的泪水流进嘴里,理琪吞了下去。

小菊抬起头,那挂满脸颊的泪珠,好像瘦花瓣上滚动的露珠。她乞怜地望着领导人,哀痛地说:"理大哥,你别笑话,俺妈不硬实,俺爹对革命见识少,常犯糊涂,俺妈和他老干仗,可这一回,俺妈没和他干,还老求他……理大哥,俺爹最疼俺小兄弟,刚生下地就抱出去'撞姓',遇上了狗,叫狗剩的……俺那个坏哥该死以后,爹把狗剩看成命根子,张家的独根……理大哥,俺爹一个字也不识,比不得你,你是块宝,别笑话他,啊?"

理琪擦去泪水,双手卡在腰间,向远处眺望。他是近视眼,看不出十几步景物就模糊了。然而,此时此地,他似乎透过崇山峻岭,重峦叠嶂,被历代文人名士撰词赋诗歌颂的昆嵛山的美丽景色的后面,在那无数的茅草屋里,看到了更美更好的人,他们的破衣烂衫底下的崇尚高贵的心!

"不,他们不可笑,他们最可爱!"他没有改变姿势,是对小菊,又是对连绵的青山,更是对他自己,深切地说道,"和你们比,我不是块宝,是昆嵛山里的一块石头!"

正伏在炕里面窗台处埋头写着的理琪,听到响动,转回头一看,两只雪亮的大眼,对着他望,一张咧开的大嘴,对着他笑。理琪再一打量,那圆大的脑瓜,那占去半个小房间的魁梧身体,那被包袱皮吊起的右胳膊——他，就是他！理琪虽然从没见过他，可是已从多少张口的描绘知道了他，多么熟悉，和理琪想象中的他，一模一样！

"啊，玉子！石匠玉！于震海！老于……"理琪大声地喊道，撂下笔，着急地要站起来下炕。

"理琪同志！"于震海的声音更响亮，动作更快，一抬腿，身子扑到炕上，伸出左手，握住对方的手，一把拉过来。

这手，还是左手，那么大，那么有劲，使理琪身不由己，简直是偎在他宽阔的肩上。理琪的手在那热乎乎的大手里，像被摸到了一起，痛酥酥的，可是他不但没缩出来，还又把自己的另一只手，捂在那有力的大手上……

这是冯痴子的山庵里。

暴动失败后剩下的或能找到的特委和县委负责人，一些骨干党员干部，在理琪主持下，开了一宿一天的会，昨晚上散了会，人们都分头回去按照会议的决定，开展工作去了。理琪留在山庵里，把会议的精神整理成文件。

于震海没有参加会，这是高玉山和理琪几个人商量的，因为他胳膊上负伤不久，掩蔽在倪家疃一位同志家里，离这里远，路经界石镇近些，怕遇上意外，再说，活动对他的伤口也不好。会议结束以后，本来想早见到于震海的理琪，要去看于震海，为安全起见没让他去，而由高玉山连夜找到于震海，传达了开会的情况。不想于震海刚听说"理琪同志来了"几个字，忽地起身，冲开玉山和倪家的阻拦，一阵风般地向冯痴子庵猛跑……四十多里路，后半夜他才起步，天刚亮，他已经把理琪紧紧地拉住了……

特委的这次会议，在胶东人民革命斗争史上，占着里程碑式的重要位置。它做了两件事：一是决定理琪为中共胶东特委代理书记；二是总结了前一段斗争，尤其是"一一·四"暴动的经验教训，确定了今后斗争的方针和办法。

为什么理琪当书记，前面要加上个代理呢？这是他自己坚持的，大家最后也被他说服了。什么原因？原来这和他怎么来胶东的有关。

理琪，一九〇六年生，父母是小地主，家住河南省太康县游庄，他本名叫游建铎，从小读书，一九二七年在开封教会中学毕业。这个深受革命思想影响、常向家乡人民宣传反帝反封建、争民主争自由的热血青年，一九二八年考上冯玉祥的西北军无线电学校。在这里，他结识了一个同学叫邓汝训，两人成为莫逆之交。当时他怎么也不会想到，这个同窗邓汝训，八年之后竟成了他踏上胶东这块陌生土地的媒介，不是邓汝训，理琪的历史，还不知是怎么样的写法。

理琪毕业后被分配在冯玉祥所部的电台当报务员——难怪他会一些英语了，当时中国的电报是学美国的，用英文和阿拉伯数码通报。一九三一年十二月，理琪所在的国民党二十六军在江西举行了宁都暴动。嗣后，他到了红色苏区，又转到上海党中央机关，明的暗的，都是在电台工作。中央迁往江西苏区，有一部分人员留守上海，理琪是其中之一。在严重的白色恐怖中，留守机关被敌人破坏，理琪破坏了电台，销毁了密码、文件，逃出了罗网，但却与党的组织失掉了关系。

正在为寻找党的关系焦灼万分的理琪，一天，和他经常保持通信关系的好友邓汝训，突然来信，问他愿不愿意到胶东来开展革命斗争……

邓汝训的信是有来历的。

胶东的党组织，为寻找上级党的领导而苦费心机。自从省委在青岛被敌人破坏后，他们一次次写信，派人去寻找山东省委，一次次失败；去冬暴动失败之后，更需要上级来指示，派人来领导。怎么办？文登县委了解到，本县西子城村有个共产党员，现在河南省委工作，就写信请求他帮助和山东省委联系，如果联系不上,也请他要求河南省委派一个能干的同志,来领导胶东党的工作。这个共产党员就是邓汝训,他很快回了信。但开头就说,山东省委他联系不上,河南省委也不能派人。大伙眼巴巴地盼这盼那,又是一瓢冷水。不过,信尾巴上注了一行小字:

  又及:吾可举荐一人,此人乃吾之老同学,多年党员,其立场之坚韧,胆识之出众,理论之修养,品行之高尚,均在一般之上。如他肯往,定能胜任。不知你们意向,得允后再与他商量去否。

这行小字,可带来了大喜讯,县委如获至宝,报告了特委负责人,立即回信邓汝训,请这个能人快来……

"我不是组织正式派来的,是你们要我、我自己愿意来的。在上海,我看到报纸上登载着'胶东共匪猖獗'一类的消息,知道同志们的斗争有成绩,也很艰辛。我一接到老邓的信,就决定去参加战斗,却不是来当领导者……"理琪这样在会上说。但,实在说服不了大家,他最后妥协道,"我说不行,大家说能行,究竟行不行,就在实际行动中来评断吧。这是问题的一面。另一面,我即使能胜任这个职务,也得上级党组织正式任命,这是我们党的组织原则。当然,如同志们所说,现在是特别情况,非常时期,斗争很需要,那我接受下来,但这是个临时代理书记,一旦和上级党联系上,一切听从组织的重新安排。"

然而,于震海却没心思去打听领导人是怎么来的,过去是干什么的,只要是领导人来了就好,就能领着他们对付仇敌,战斗,暴动,打江山。他叫出一声"理琪同志"之后,再也说不上话,只是幸福地呆望着他少血的瘦脸,单薄的身体。震海忽然松开手,从怀里掏出七个熟鸡蛋——这是掩护他养伤的老倪一家给他的,让他一天吃一个,他却一个也没有吃,留着——

"快吃吧,不凉!"他说着将鸡蛋塞进理琪手里。

鸡蛋,还带着他赶四十里山路使出的热汗的温暖。理琪双手捧着它,看着他的伤胳膊,停顿了片刻,才说:"玉子同志,你的伤口,还疼不疼?用的什么药?对手有影响没有?"

震海道:"骨头快长死啦!不碍事……没关系,左手照样使唤枪,误不了打仗。"

两个人,四只眼睛,又互相注视着,良久地注视着。

桃子端着两碗热水,悄悄地走进屋。她的眼睛,痛楚地瞥着丈夫的伤胳膊。她说:"先喝口热水,饭也好啦。"

理琪看着她,打趣道:"大妹子,你看你震海,见了我简直像新婚夜里看新娘,把我都看得难为情了。你不嫉妒吗?"

震海憨厚地说:"不瞒你说,俺俩成亲那夜晚,我还没顾得上瞅她……"

"还说哪!"桃子羞涩地笑道,"你多会儿这么着瞅过我?俺不记得有一回。"

"这回非让他还这笔债不可。"理琪虽然近视,但桃子的目光老在丈夫伤胳膊上转,他一开始就觉察了,"这样吧,玉子同志,你和大妹到小厢屋去,我得把会议讨论的问题整理成文件。"

桃子很感激理琪对自己心情的体贴。这些天听说他又受了伤,她一颗心老悬着,虽然她知道可靠的群众会想办法为他治疗,就像她对待别的伤员一样,但究竟代替不了做妻的一片心啊!

"不,别。"于震海急不可耐,乞求地望着领导人,"理琪同志!你先和我说说,咱们党怎么样啦?红军在哪里?中央在哪里?眼下怎么干?我和突击队的战士,也有满肚子话和你说,你赶快领着我们,报仇,打仗,敌人欠咱的血债太多啦!骨堆成山,血流成河!你快说话吧,我也要和你说!"

理琪不得不深深地点点头,他又想去抚慰桃子几句,一侧脸,哪里还有她的身影!

桃子退到灶间,把已经端出锅的热饭菜又重新放了进去,将锅盖扣严，灶洞里又续进一把草，而后，她走出去，轻轻地带上了屋门。她的动作是那样轻，使相距三步远的土壁里面炕上的两个人，一点也没听到动静。

桃子来到东厢小屋。这小屋是冯痴子庵的新建筑。说是屋，还不如说是个小草棚名副其实，不过是用粗石头砌的墙，不高又十分简陋，可这毕竟是墙。墙上又有窗，窗框窗棂，都是稍加修削的柞木棒子，可这究竟是窗。用松木棍扎成的门，也到底有门。这是冯痴子的一番心血。暴动又失败了，当于震海生还了，桃子还要在他山庵里待下去，他们还要假夫妻真兄妹地在一起生活。痴子就建造了这间小厢房，他自己在里面栖身，而把两间茅草正屋，让给桃子母女，诚然，他是盼望震海能经常来住的。

然而，痴子的希望落空了，于震海一次也没有来住过。不是他不想来，而是他不能来，他没有空闲来。这半年来，他要去的地方，是革命需要的，人民需要的，他能见上自己的亲人，也是为的这个目的。今天他到山庵来，就是进了门，他也没想到能见到自己的妻子，不然，桃子就伏身在灶口烧火，他就从她旁边擦身而过，衣襟都扫乱了媳妇的头发，他也没理会，而是大步奔向里间炕上……

厢房搭着一个单人小土炕，竹青躺在上面酣睡。这本是冯痴子的住处，这几天理琪来了，桃子让出正屋的炕，叫痴子陪他住，她和孩子搬到了小厢房。

桃子摸一下小女儿的脸蛋，苦笑一下，心里说："傻闺女，只管睡你的，不知道你爹来啦！唉，那粗人又受了伤，你不管他疼不疼？"

不知是被摸疼了嫩腮，还是做梦，竹青抽搐着小鼻子，要哭了。桃子忙俯下头吻着她的脸，柔声地说："不哭，不哭，妈不对，妈委屈了俺闺女，这怎么能怨你呢？唉，闺女眼瞅着亲爹，也不能叫；能叫的，又不是真的……几年了，几年了！要等到哪一天？赤松坡的家还能住吗……"桃子打个寒噤，急忙站起来，找出一小包谷种，来到院子，在东南角茅厕处装满一篓灰粪，一手提着，另一手拿把镢头，走出院门，拐到旁边的山坡上。

这里是桃子来后偷空开垦出来的一块一溜的生荒地，旁边堆起的乱石头比地里的土集中起来还多。原先冯痴子自己生活时，并不种地，吃食从孔家庄哥家里拿来，他主要是采野生的中草药、打柴草，鬼见愁冯子久先生在这里有八亩荒瘠的山峦。桃子来后，房前屋后栽上果树，种土豆角、葫瓜和蓖麻，在荒山坡上开出点地，种些五谷杂粮。这还不能离房子远了，因为兔子、野鸡特多，就像山庵不能养猪喂鸡一样，狼、獾、狐狸一类东西，防不胜防。

桃子一小块地一小块地地种，身上不觉出汗了。她直起身拭额上的汗水，抬头望一眼院落，只见那里的桃、李、杏花，开得正欢，被刚从东山爬出来的红彤彤的太阳一照，烂烂灿灿的，煞是好看。她心中豁然一亮，适才那一层淡淡的惆怅，不见了。她嗅到花粉的芬芳，深深地吸了口气。

嘟喂——

嘟喂——嘟喂——

嘟喂——嘟喂——嘟喂——

一阵乱嚷嚷的老鹰叫声，从后山沟处传来。桃子放眼望去，黑压压的，数百只老鹰，从四面八方尖利地叫着飞来，围着一株大楸树盘旋。这是有名的楸树洼。那里，几棵大楸树，呈马蹄形长在绝壁下面，其中有株最大的，四五个人连起来才能围抱过它的树身，树枝是从来无人修理的，因此旧枝新杈，交错混杂，一层一层地往上重叠着，宛如一座木结构的高塔。就在这些"塔层"上，筑满了老鹰窝。老鹰窝的背后的峭壁上，有一个两间房大小的岩洞，洞口很小，又被楸树顶挡住，人走到跟前也难以发现。而谁要走近楸树洼，老鹰们为保护它们的窠和老的小的，一声报警尖叫，都从附近的山里飞回来，准备进行一场生死搏斗。

这时老鹰被惊动，是冯痴子惹的。他正从山洞里出来。这次会上决定要开个训练班，集中起党员干部和脱离家庭的突击队员学习。大家在讨论训练班的地点时，想及桃花沟的北石屋隐蔽过伤员的事，能不能找个类似的山洞呢？冯开仁早就发现老鹰挡住的山洞，当年他为采名贵的药材回生草救治垂危的老母，还攀上去过……他一向桃子提出老鹰窝的山洞，大家很快就同意了。这地方安全，离痴子庵近，喝水吃饭都方便。今天天一亮，冯痴子就背着大捆的干山草，送上洞里去……

桃子见那些大小不一的鹰，纷纷地向四外飞散，忙着觅食去了，叫声也逐渐消失了。不大工夫，冯痴子从那面山梁上向这里走来。他闷着头，盯着脚前，悄无声息地走着。相处两年，她就没见他改变过姿势。他很少笑，也很少发怒，脸色老是沉静的，像是老在想心事，又像是茫无所思地发呆。他的言语很吝啬，没有事难得开口，即使有事，能以手脚干了就说明了的，嘴也绝不张开。他和谁在一起，都是多听谁在讲，少有他的声音，和桃子是如此，和竹青也是如此。他逗竹青玩，不用嘴，都是用手在为她干这个，弄那个。即使对同村小孩子，他也不远处呼唤，宁肯跑到跟前小声嘱咐……然而，这两年来，冯痴子还是有变化的。从外表看，再不蓬头垢面了，一个月，去孔家庄剃次头；每早在沟流处洗脸，脸色红润多了；衣服上补丁很多，却没有口子窟窿，总是干净的。除去心窝上的纽扣总是少的，其他处没有缺针短线的地方。每月到阴历初十这天，冯痴子照旧要给金子上坟，但哭得轻些了，多的是坐在野草丛生、杂花繁盛的小坟头边抽烟，再就是往坟上培土，栽草，压花枝……

"妹，你家去歇着，伺候客……这点活……"冯痴子话没说完，把手中的几枝鲜丽的山里红花放到地边，又从口袋掏出六个野鸡蛋，小心地放到草皮上。

桃子吃一惊。她刚才出神地看他向这里走，倒忘了他已走到跟前来了。年轻女子不禁有些惶惑，赧色飞到脸上。但一定神，见他没有看她，心就平静了。

"哥，那洞行？"桃子问。

"行。上面还有个空，挺亮挺干的。只是上下不方便，到时我搭手就是了。"痴子说。他已操起镢头刨泥沟。

桃子向泥沟里撒着谷种，说："哥，你说怪不怪？俺记着是九块地，怎么少一块？点了几遍也是八块，难道地自己还能搬家跑啦？"

痴子抬起头，向周围看看，接着，他走到放粪篓的地方，把粪篓挪到乱石堆上。说："你再数。"

桃子恍然大悟，原来粪篓压住了一块地。她禁不住笑了，苦笑着说："叫不明情的人听说咱种着九块地，那还不够吃呀！唉，一个篓子就能盖住一块，真是的！"

"客吃饭了？"他没抬头问。

"竹青她爹来啦，他们正说话。"

"他的伤势好啦？"

"没有……看样子也差不离啦。"

痴子眼一亮，放下镢头，拾起花枝和野鸡蛋，朝院门走去。

"哥，那花挺艳的，今儿是初十，留给金子姐戴吧！"

"金子的还有，这给竹青的。"他进院里去了。

"这个人，媳妇、闺女，都是假的，人家的，他可处处为她们操心，到革命成功那天，人家都走了，回到自己家过太平日子去了，可他呢？有的只是相爱人的一个假坟，空着心窝上的扣子！他……"桃子心下想着，对他，他们相处两载的痴人，产生了一股说不清是疼是亲是爱还是敬的复杂感情。但山村女子没有想入非非的习性，共产党员的责任又使她无暇过多地愁思同革命斗争没有直接关系的人和事，环境是那样的艰险，任务是那样的众多,她精神上行动上的负担,早就达到饱和的程度,甚至超出了能力负荷的多少倍了啊!对她难得有的方才面对小女儿时产生的一丝忧伤,此时早已荡然无存,她甚至觉得自己是私心的,不坚强的,很对不住新来的众口称赞的领导人,也丢了丈夫的脸!

突然,从屋里传出一阵高喊声。

桃子惊得呆了。

"……什么,开训练班!住山洞!听书,学习!要十多天!我的同志,好个领导人!我们也不是伤员,能坐得住吗?我们突击队,早憋足了劲,一天也等不得了。从去年暴动失败,敌人杀我们,抓我们,我们只有躲、藏、跑……多少同志和群众牺牲啦!多少人家破人亡!这个仇不报行吗?对,革命不能光拼命,咱们失败的教训,你说得都对,我赞成,可咱不搞大的暴动,也得开始小的行动。文登城不能攻,对,孔家庄不打,我也算啦;连十几个敌人的界石镇这钉子,你也不同意拔,还要我们突击队干么?说一千,道一万,我就是不同意现在坐下来学习,眼下顶要紧的是和敌人干,搞掉一个少一个。理琪同志,我们盼的就是和敌人动枪刀,实打实地干!"震海站在炕前地上,脸涨得通红,大声地喊道。

理琪却含着笑意看着他,还是轻悠悠的河南腔:"还有呢?"

"要不你召集负责干部办训练班,俺们突击队,去打界石镇。"震海的声音低了些。

"还有呢?"

"反正,你说怎么干,俺们就怎么干,学不学,关系不大。"石匠玉几乎是嘟嘟囔囔的了。

"还有没有?"

震海看看他,没说话,掉屁股坐到炕沿上。理琪把水碗递给他。他接着,却没有喝。

"你不说，我替你说，'好个领导人，盼你来领着打仗，报仇雪恨，万想不到来了第一招，就叫我们坐下来学习，真是岂有此理，早知道来这么个熊家伙，还不如不来的好。'"

震海急忙老实说："前半边是我想的话，后两句，俺没这么想。"

"我替你们说到前头了，你的队伍里，一定有人会这么说。"

震海禁不住点点头，紧张的情绪随着缓和了。但，这个刚上任的代理特委书记，眉头倒皱紧了。

他来了才半个月，代理特委书记的职务昨天才定下来。但这十几天，他和高玉山、文登县委负责人等干部一直不断地谈话，到一些联络站、点接触了一些党员、革命群众。他对胶东社会的历史、经济、政治概况，已有了初步的认识。而对共产党开始在这个半岛上活动以来，特别是去冬发动的武装暴动，做了详细的调查，反复的思考。为此，他才决定开个干部会，听大家的意见，谈他的看法，决定下一步怎么行动。

对这次武装暴动的认识，党内存在着严重的分歧。有些同志认为，胶东地形狭窄，三面环海，敌人势力强大，暴动很难成功，即使成功了，也没有回旋的余地，难逃覆灭的命运，一定等着山东其他地区一起暴动，才有胜利的希望。结论是这次武装暴动根本不该搞。另一种意见认为，这次暴动本来能搞成功，因出了内奸，保密不严，军事上指挥有错误，才受了挫折，但也有胜利，革命难免失败，接着再干，成功会很快来到。这是大多数同志的看法，特别是于震海和他们突击队的人，持这种看法最坚决。

理琪在会上谈了他的看法。他指出，一个地区能不能搞武装斗争，地理形势是个因素，但决定的因素是党组织的正确领导，坚实的群众基础。有了这两条，就可以选择敌人统治的薄弱环节，比如农村、沿海和山区，对敌人实行突然打击，开展机动灵活的游击战。这样就能进一步发动群众，武装群众，破坏敌人的基层政权，为群众谋利益，扩大自己的力量，长期坚持下去，直到最后胜利。大的例子，井冈山的道路大体如此，小的例证如海南岛的党一直坚持着游击战。要说地理，海南岛是四面环海的孤岛，比三面靠海的胶东半岛，还少回旋余地，说来说去还是党的正确领导起决定作用。

　　理琪充分肯定了这次暴动的积极意义，它是我党在这个国民党军阀残酷统治的半岛上，领导人民打响了革命战争的第一枪。这第一枪，震动了敌人的统治，惊醒了被奴役的劳苦大众，扩大了共产党的影响。共产主义的种子，犹如昆嵛山的赤松树，在胶东半岛深深地扎下根。尤其可贵的是，留下一支于震海的突击队，它很小了，不足三十个人，缺弹少枪，几乎是人人受过伤，个个瘦骨干筋。然而，它是在数万暴动的群众的旋风中诞生的，经过血与火的战斗洗礼，在白色大屠杀中多少乡亲用自己的生命、血汗、羞辱保存下来的，它自己九死一生拼杀出来的。它对胶东人民革命斗争将起的作用，现在是无法估量的。它小，它是属于革命人民的，真正的共产党的队伍！

　　然而，这次暴动的失败，绝不是偶然的，可以说是不可避免的。整个革命形势处于低潮，国民党在山东的统治趋于巩固，统一在蒋介石的势力之下，力量强大，对共产党严厉镇压。我党的力量还薄弱，群众工作基础不牢，面还不广，武装力量很少，把希望全寄托在马到成功上，因此，暴动时机不成熟。再加上，暴动的目标是攻打县城，不切实际。有的部队组织混乱，缺乏纪律，指挥不当，准备时间过长，知道暴动计划的面太广，造成了保密不严，被敌人侦破，叛徒出卖……使暴动很快失败，党员和革命群众，遭到严重损失，党的组织受到惨重的破坏，损失牺牲太大了啊！

　　理琪在谈到这些时，他没有责备任何人，口气也是温和的，很动感情的，像在检讨自己的失误一样。这不是他有意这样做，他真的觉得，这里的革命党人，经过这么多年含辛茹苦的奋斗，付出了多么巨大的牺牲啊！他们地处偏远半岛，在强大的敌人势力下，长期失去上级党的领导的状态中，只有程伦同志带来几本马列书，别说中央文件，连红军长征离开南方、已到达陕北这样的消息，他们也不知道。而他们那样信仰党，对国家民族、劳苦大众是那样挚爱，百折不屈地领导人民和敌人斗争，发展壮大党的组织和革命的力量，面对强敌，有胆有识，敢发动一场大规模的武装暴动，这是何等大无畏的自我牺牲精神！可贵的高风亮节！这次暴动的主要负责人，多数饮弹于战场，抛头于刑场，没有一个畏葸退缩的，都是饿虎猛狮，铮铮铁骨，倒下去了！身体都被敌人铡成几段，没有一个囫囵的啊！对于这样的先烈，他们即使有失误，有错处，能不原谅吗？能忍心苛求吗？没有他们的捐躯，共产主义的大厦有基石、黄土吗？

对倒下去的是如此，活着的还要继续战斗啊！

"要赶快克服盲目性，最要紧的是学习，学习，学习！"他来胶东十几天，最迫切地感到，这是他要和大家做的第一件大事。

然而，想不到这个最使理琪喜爱又加崇敬的突击大队长于震海，竟这样反对进老鹰窝训练班，坐下来学习。斗争形势又恰恰因为他的身伤，他的作用，他是最需要学习的人物。

理琪舒展开眉头，微笑道："玉子，仗不能打，训练班得参加，这是组织决定，个人得坚决服从。"

震海焦急地说："那你再跟我说说……"

"以后有的说，你先想想，你打石头要不要先打好工具！什么叫磨刀不误砍柴工？现在，咱们要开饭了。"理琪摆摆手，边下炕边说，"你先憋一天好了，今天你的任务——养伤，叫桃子妹给你补一下衣服……"

"没破的。"

"破没破她可知道。"

"我……"

"你闲不住也有活,你能左手打枪,大概抡斧头也行,劈点木柴吧,帮帮这家的忙,你就忍心叫人家老为你养着妻子、女儿?你呀,同志!脑瓜不小,里面可要多装些东西啊!"理琪说着走出屋门,只见门外一个女子匆匆跑进小厢房去了。

那是桃子。

下午,高玉山来到痴子山庵,还有伍拾子。他们带来一个消息:孔居任有可能藏在孔霜子家里。

在威海卫庆和楼客栈,孔居任将接领导人的五十元大洋输光,理琪叫他回去报告,赶快取钱再来接他。但孔居任那天走后,再无信息。理琪等了五天,知有变故,怕生意外,他只好冒险挂了一个长途电话给在济南电信局当科长的老同学,假称他到胶东来访好友邓汝训,病在威海,欠下医药费用,羁留庆和楼,请他速借款五十元救急。这个旧友很讲义气,很快电告威海邮政局,给他如数送来款项。理琪马上付清了房租,雇一辆人力车,带着油印机、文件箱出了威海西口以后,打发了人力车,他进了树林子,脱去外面大袍,就是一身乡下人打扮……又拦住一辆过路大车,寻到西子城村邓汝训家……

孔居任哪里去了?首先想到他会不会畏罪变节?其次是他逃跑了?躲起来藏了?理琪又反复询问了孔居任的情况,想了一想,说:"各种可能性都有,要加强提防。但人是复杂的,情况也会是千变万化的。在没弄确实之前,对待孔居任同志,谁也不能乱说重罚他的话,要以自己人相待……"

十几天过去了,没有发现孔居任联系的党员和群众受损失,也许是敌人放长线钓大鱼?也许他没投敌?可是一直找不到他的下落。

"当初怎么让他去的?"于震海这时才知道孔居任的事,他一直养伤,怕他气恨,没有人跟他提及,"他那天刚打我一枪,这人遇事不稳重……"

"怎么,你的胳膊是他打的?"高玉山吃一惊。

"他是无意打的……"

"他没说出来!"山子恨得咬牙。

"是我没让他说。他当时挺难受的……"于震海说,"可谁派他去干这样大事的?"

"我……"玉山难过地说。

其实是文登县委一个负责人提出派孔居任的。因为孔居任过去常逛城市,对威海卫面熟悉,接理琪要上场面的,他能应付。别的老同志有的没进过城,有的太红,怕敌人认识。高玉山想到这些条件,又感到孔居任暴动以来表现不错,没动摇过,也就同意了……

"诸葛亮神机妙算,还有错用马谡失街亭的疏忽,这个已说过了,接受教训就行了。"理琪道,"玉子也不应当不叫中子汇报误伤你的事,这是对组织,不能用个人感情代替。"

"快把孔居任抓出来吧!"伍拾子说。

震海道:"这个熊人!走,我俩去……"

理琪伸出手,把他们挡住了。他悄声对高玉山吩咐着……

不料,当晚高玉山去桃花沟敲孔霜子的门时,孔居任跳出后窗,跑了。

第十章

习惯成自然。这对人类是如此,对动物界也是真理。看吧,老鹰窝里的老鹰们,对于走近它们的人,不再报警,因为这些人每早天刚亮爬进山洞,每天夜黑了从山洞爬下来,从不干扰它们,倒是两相安然的和睦邻居,几天之后老鹰们就习惯了,最后连看他们都懒得看了。

老鹰窝训练班,已经开学六天了。这一期十六个学员,夜间睡在痴子庵里。山洞的寒气太重,又少铺盖,是没法睡觉的。他们挤满了正屋的炕上地下。天不亮,桃子和冯开仁就把饭做好了,水烧开,学员们吃饱喝足,又带上一篓吃食,一桶热水,来到老鹰窝。第一个上去的总是冯痴子。他走平路老是不急不忙的,显得有些迟钝,可是一到登山攀崖,腰身灵活,手脚机敏,宛如换了一个人。他的粗壮的大手,抓着岩石的不平的部分,脚登着岩石的缝、爬到洞口,再回过身来,把踏着底下的人的肩头的同志,一个一个拉上来。等剩下最后一个了,痴子就爬下去,用自己的肩膀把他顶上去。而这最后的一个人,又总是于震海……天擦黑,冯痴子又到山洞跟前接他们回到山庵吃夜饭,休息……虽然是深山,也提高了警觉,白天不轻易出洞,夜间还有放哨的……

学习的材料是马克思、恩格斯的《共产党宣言》,列宁的

《国家与革命》，介绍俄罗斯革命经验和中国工农红军游击战术、坚持井冈山斗争的小册子，一九三五年中共中央《八一宣言》。前两本书是被桃子和小白菜保存下来的程先生的遗物，由理琪讲解上面的主要原理和观点、主张给学员听；后面这些材料是理琪带来的，由他和高玉山给大家念，给大家讲。学习的方法是听一会儿，就结合每个人的经历，胶东当前的敌我形势，进行讨论……最后由理琪做总结。第一期训练班，今天晚上就结业了。各地来学习的人，立刻奔赴各地去了。

满月镶在泰礴顶上。那正是十四五的月亮，水银般的光华，把春天的山峰，洗得一片湛蓝。

桃子怀抱着孩子，倚在院门外边的柴草垛上。孩子恬静地睡，身上搭一件棉袄。从院内传来脚步声，桃子的心一跳。尽管他们成亲以来分开的日子比在一起的时间不知长多少倍，但这脚步声一响，她就听出是谁来了。等脚步不响了，她扭过身，轻轻地问："这就走？"

震海一怔："你怎么知道我走？"

"革命的事忙完了，你还有心思待下去？"桃子仍是悄声地说，把手里的一个小布包塞给丈夫，"是开仁哥买的布，叫给你做的小褂。"

震海的手想推开布包，可又接住了。桃子就势摸着他的右手脖：骨头短了点，手向里面弯弯着。她心里热辣辣的，像是被那伤疤烫的，说："不碍事？"

"放心吧，枪照样打得准。"震海说，他想把手抽回去，比量一下给媳妇看看，但没有抽出去，那温暖的女人的手，抓得更紧了。他又把左手伸过去，"我抱抱孩子，你歇息一气儿。"

桃子把孩子送进丈夫怀里，她也贴在他的胸前，手还在他的伤手脖上抚摸。震海的嘴就在桃子的头顶上，他像是平生头一次嗅到妻子的特有的发香，使鼻子直痒痒，几乎打起喷嚏。

"你呀,再不来,俺都快认不出是自个儿的啦……"桃子柔和地说,到后来,软弱的细语,听不到了。

震海乐呵呵地说:"咱还不够好的!这些天,天天照面。这些天,把你和开仁忙坏啦,做那么多饭不吃,还夜夜放哨,不让同志们起来……"

"你们好有精神学啊,那是大事!"

"是啊!这次学得真得劲,我脑瓜子大,往常一大半空着,如今……"

"一开头,你还不乐意学哪。"

"怨我眼瞎,明灯照到跟前还看不见,哪还能不摔跤!"震海激动地说。

"这回可好了……"

"好啦!有了打灯笼照路的人领着,尽管往前干吧!"震海迫不及待地说,"我这就去找突击队那些失散的人——哦,改成游击队啦!"

"就改一个字呀!"

"这一个字学问可大啦,理琪真是个能人!"震海回头向正屋方向看着,那小窗户的白纸透出澄江的灯光,一个人影正伏在窗台上写着,"你能不能寻法弄张小炕桌?他的眼力不济,这样下去……"

"开仁哥就要去孔家庄想法子。"桃子说,"你放心去干你的吧,他在这庵上,黑夜放哨,白日吃饭,都在俺和开仁哥身上。这好人,他是咱们的指靠啊!"

震海热烈地说:"这正是我要和你说的!其实不用多说,你们也这么做的,我放心。他让我天亮再走,我等不得了,等我走后你再对他说,我走了。好吧?"

"俺这不在等着送你吗?"

明月已挂上中天。唉,多快的时间啊!也说不清是丈夫主动,还是媳妇领先,反正沉睡的小女儿已从父亲怀里挪到母亲怀抱。

"我走啦!"于震海果断地说,大步下了粗陋的石头台阶,她望着他的背影,忽然失口叫道:"你……你等等!"

他停下了,转过身,朝台阶上一步一步走来,直走到她跟前。

"还有事?"

桃子望着月光中那张大脸发愣。

"说呀。"

她低下头,看着怀里的竹青,细声道:"你不再看一眼你闺女?"

"月亮底下,哪里看得分明?"震海说,但还是俯下脸,看着孩子。

桃子把脸仰起来,她姊妹那共有的墨黑眼睛里,闪着泪光,深切地说:"冲着孩子能早一天叫你声爹,有劲你尽管使吧!只是,再见面,别老让俺见着你有伤……"

"受点伤碍么事?就是死了……"

"你……你这粗心人……"桃子顿了一下脚,"你快走吧!"

直望着那高大的身影,消失在茫茫的山色里,桃子感到站立不稳。这兴许是靠在丈夫胸前站得太久,人一走闪的,抑或是这些天日夜操劳累的,身子发虚,也许是别的什么缘故,她竟没能控制住自己,柔韧的身子依附到柴草垛上……

不知为什么,昆嵛山地区的庙会好在阴历四月初八这天,九龙池、圣水宫的庙会是,回龙山的庙会也是的。这里的大大小小庙、庵甚多,大大小小的庙会也多,当地人俗称"赶山",也叫山会。各个山会的内容大同小异。唱野台京戏,踩高跷,模拟戏曲、神话中的人物故事,耍武艺,看牌赌钱,各种买卖交易,上香许愿,游逛庙观山水风景……

位于荣城、文登两县交界处的回龙山庙会却又别开生面,另有一番安排。

这回龙山是个小小的山丘,坐落于母猪河下游东岸,山顶上有座庙叫回龙观,观边有一个莲花池,命名"龙食槽"。赶会的人山人海都拥挤在山下平地里,可是携篓背包的男男女女却川流不息地向山上涌,围在龙食槽四周,将篓子、包裹里的麦面大白饽饽,纷纷地向水池里扔。那水池中央,有个小木头亭子,老道士坐着个大"簸箩"渡到上面,盘腿打坐,闭眼念经。

原来,早就有个传说,有年天降暴雨,平地积水三尺,人们眼见要顺水冲进大海……蓦然,一声炸雷,天上掉下来一条赤色画龙,在这里转了一下身,腾空而起,那漫地的大水一点也没有了,都被赤龙含走了。于是,此山得名回龙山,山上有了回龙观。观里的道士就指说莲花池是龙食槽,人们要想风调雨顺,不遭厄运,就得将头遍麦面蒸的大饽饽——每个都在一斤重以上——在山会这天,扔进龙食槽,等待夜间赤龙来吃,名曰"喂龙"。就这样,远近的老百姓,不论穷富人家,都要尽这份义务。有的村间是按人丁、地亩均摊的,如同完粮纳税一般。因此,山会这天,二分地大小的"龙食槽",要下一天饽饽雨,常常是水池填满,还堆起个白花花的饽饽山来。

等到晚间赶山的人散净,道士们一齐动手,把饽饽搬进库房,连水里的也打捞一尽。好的边吃边切成片,烤成干,积存起来,一年的干粮。水泡的留着喂猪,猪吃不了的,偷着卖给他们的相好人家……"龙食槽"其实是"道士、猪食槽"。

出家人的嘴吃遍天下。他们不想法"龙口夺食",怎么能过这种清闲日子呢?

一个头戴破旧的礼帽,肩头扛条扁担——上面有两个空筐子的年轻汉子,样子像是挑鱼的小贩,四月初八这天上午出现在回龙山庙会上。他的破礼帽的檐拉得很低,盖住了额头,但那双亮闪闪的机警眼睛,不断地扫视左右前后,熟人仔细一看,还是会认出他：于震海。

于震海夜宿大洼村高传翰家，老人和大儿子都是党员。刚见面他们盯着震海直看，接着悲喜交集地说，反动派说十多天前在青庄口打死了石匠玉，头挂在文登城楼上了……没想到，敌人又是造谣。震海讲牺牲的那一个队员，是界石镇敌人害的。他又把领导人来了，今后如何行动的安排告诉他们，全家都很兴奋。他又通报了孔居任犯了错误逃离了队伍的情况，要他们注意，如果他来了，提高警惕，劝他去找组织联系，如果发现孔居任叛变了，要及时报告。布置好之后，震海在炕上打了两个时辰的呼噜，天就亮了。吃了早饭，他装成贩鱼的小贩，赶回龙山会来了。

自然，震海不是来瞧热闹的。他有他的任务：寻找刘宝川。宝川听到暴动失败，当时怒火攻心，冲瞎了双眼，被送到他姥姥家三瓣石村隐藏，没过几天，二妞来把他接走，两人一直不知去向。对这位情同手足的火气冲冲的年轻党员，震海老是挂在心上，走到哪里都打听，联络站上都没见过他。震海深知这个从小疾恶如仇、参加革命后事事抢在先、阵阵冲在前的热血青年，是决不会逃往他乡苟且偷生的。可是，他究竟哪里去了？还有相恋着他的江鸣雁的爱女二妞伴随着。他忽然想到，有的会武术的暴动队员，曾以走江湖耍武艺掩护身份，赚碗饭吃，慢慢寻找组织，等待时机，东山再起。宝川和二妞都有武功在身，会不会也这么做？为此，他到回龙山会来看看，有没有他们的踪影，这里卖武艺是有传统的。

震海无心去看那山顶上"喂龙"的把戏，径直来到耍武术的地方，戏台的右侧面。这里一字摆开十几个场地，有卖武艺的，有猴骑羊耍把戏的，吃吃喝喝，敲锣打鼓，和旁边野台上的京戏《火烧红莲寺》，乱哄哄地搅在了一起。

震海从一堆堆人圈后向场地上瞅，见耍武术的人功夫都平常，开场时人群围得不少，也有喝几声彩的，但到卖艺人停下来

197

收钱的时候,观众大半走散,要钱盘子里进不了几个铜子。他看不到熟悉的面孔:失望地望着混乱的人海,盘算着去向……

就在这时,只见前方起了一阵骚动,各式各样的后脑勺,晃动着,拥挤着,向西南角移动。只听有人道:"是她,前几天还在人和集上耍!"

"是不是二十出头的模样?"

"错不了,使的雌雄剑……快去看!"

于震海也随着走过去。很快,就形成了一个人圈。只见圈子里一个细身材女子,穿着一身带补丁的粗布黑裤褂,腰间扎根白布带,双手倒拿三尺银剑,正向群众鞠躬。当她抬起头,红扑扑的圆脸,细眉大眼,这不是江鸣雁的女儿二妞是谁!这时二妞已摆开了架势,在人们一片呐喊声中,舞开了雌雄剑……

震海高兴又难受地叹了口气,走到戏台附近,找到卖火烧的人,摸出高家放进他口袋里的三吊铜子,数出够买两个火烧的,余下的他正要装回口袋,大手被一只小黑手拉住了。他一看,是个十二三岁的男孩子,瘦得脸上只见两个大眼窝。孩子哀怜地说:"大叔,行行好,买对对虾吧!"

震海看着孩子胳膊上的小篓子里,有半篮煮熟的鲜红的对虾,犹豫不决。那孩子早拿出两对对虾,擎到他身前,说:"买吧,大叔!你给多少钱都成,俺爹出海回不来啦,俺妈病在炕上,等药吃……买吧,大叔,虾是鲜的,俺跟大爷昨夜下网挂的……"

震海情不自禁,手一抖,铜子都溜进孩子的篓子里。

"用不了这多的钱,大叔!哎,给你对虾呀!你忘拿对虾啦……"男孩子望着头也不回淹没在人海里的大叔,不知怎么办好……

二妞在一片喝彩声中结束了一回合。她把一块蓝包袱皮铺到地中间,那各式各样的铜钱,噼里啪啦地直朝上面落,一会儿就盖满了。同时一片呼喊声："再来一回！"

"大闺女！翻个跟头吧！"

"大劈叉更好！"

"拿个大顶，二爷赏你一块大洋！"

"哈哈哈……"

二妞充耳不闻，见没人丢钱了，上前收包袱。

"慢着！"三个盐务局的警察，侧背着大枪，喊着走进场地。

二妞瞅着他们，问："要干么？"

"见一面，分一半。"一个胖盐警道。

二妞把钱包好，说："俺这是自个儿出力气得的。"

"出力气？俊小嫚，你为么不给我们哥们出点力气！"一个大烟鬼盐警淫荡地说，伸手去摸姑娘的下巴。

二妞气恨地打开他的手，叫道："干么！"

"干么？"胖盐警横蛮地说，"收税的。这里的地皮归我们盐务局管。来，把钱交出来。"

群众都惊了。有的敢怒不敢言，有的小声说："这不是抢？"

"抢怎么着！"瘦烟鬼把枪一横，冲人群喊，"他妈的，有谁还敢出来打抱不平？哼……"

于震海见到此情，吞了口唾沫，压熄冲上嗓口的怒火，走到盐警跟前，说："老总，你们行个方便。俺妹年嫩不懂事，由我说她。"

盐警们拿眼觑他，问："你是她哥？"

二妞闻声抬眼一看，很吃一惊，道："海……"

"妞子，我叫你在家看门，等我赶海回来，谁叫你跑出来的？"震海眼光紧盯着她，不等她"哥"字出口，便截住说。

二妞立时接口道："谁让你不给俺扯衣裳的钱来？"

"拿钱来，分给老总一半。"震海夺过她的钱包，打开来，双手捧着，让那三个盐警自取。

199

三个家伙一人上去抓走一把,满足地笑着。那胖子盐警边走边大喊道:"百姓们听着!这不是白拿的,是收的剿共税。共匪头子石匠玉的葫芦瓢挂到城楼子上啦,还有他的同党在!谁见着了都要报告,不论死活的都有赏钱!"

那瘦子盐警猥亵地朝二妞瞧着说:"俊小嫚,别生气,想花戴,就到垒子盐务局找哥们儿。哈……"

二妞提着宝剑要跟上去,被于震海挡住了。他裤腰带上的手枪,早把小肚子垫得生痛,握扁担的手,都出汗了!

"你俩怎么想起藏到槎山上来的?"震海望望九峰连锁的槎山,问二妞。

在回龙山相会之后,震海听说刘宝川躲在槎山顶的"八宝云光洞"里,马上和二妞分开朝槎山方向走。大队的敌兵虽然撤进县城,有的离开了胶东,但这一带每个稍大一些的村庄,白天黑夜都有反共自卫队警戒,更有盐务局的武装出没,是要随时防备的。震海让二妞走在前面百步之外,一个女人不被人注意,自己拿着挑鱼的扁担筐子,往南海边走,也是合乎常规的,要是两人一块走,就容易引起怀疑,万一发生情况也没有分开好应付。他们很顺利地一前一后来到槎山脚下。两人一块上了山,震海才有机会问她来龙去脉……

"唉,海哥呀!说来话长啦……"自幼随父闯江湖的侠女,泪珠簌一下滚出了眼眶。

宝川掩蔽在姥姥家时,敌人三天两头来村里抓人、杀人,不是他双目失明,早冲出去拼了。就这样,还是舅舅们把他用被裹紧捆结实,藏在屋棚上。不久,二妞闻讯赶来看他。宝川跟她要求道:"藏到亲戚家,亲戚跟着遭殃;躲到爹妈家,爹妈一块掉头;投到朋友家,朋友受连累……只有到石头缝里去,才不连累别人。我革命不成自个儿倒霉,累着人家没我自个儿死痛快……

你要可怜我,把我领走吧,送我到没有人的地方……"

　　姑娘筋骨是坚实的,心肠倒是软嫩的。她依从他,两个人,两条麻袋皮,一床小被子,哄骗姥姥家是到二妞家——他们哪里知道这么出落的闺女会没有家啊!顶着冬天酷寒的风雪,他拄根棒子,她搀着他,走啊走,有人问便说是讨饭的,其实谁一看他们的状况,还用问吗,干别的有这样子的吗?宝川看不到路,二妞又不知道走向何方。他动嘴,二妞按照他指的路线,一直往南走,走到南海边,站到那独自兀立、峻峨峥嵘的槎山跟前了,宝川才告诉她,他俩走过的,就是他们暴动突击大队打得敌人屁滚尿流的路线。

　　上槎山了。雪层是这样的厚,海风是那样的猛,好几次,他们一块滚进山沟,埋进雪里。他们互相帮着爬出雪坑,又向上攀登。他告诉她,向最高的那座峰上登……终于,经过一天一夜,两个雪球一样的人,爬上了最高峰——清凉顶,进了那八宝云光洞……

　　"到了洞里,他第一件事,就叫我把红旗打起来!"
　　"旗?什么旗?哪来的旗?"
　　"就是你们突击大队暴动时打的那杆红旗。他拿出来,俺才知道,红旗一直揣在他怀里,他手一直拄着的木棒子,原来是半截旗杆!"
　　震海的眼前,立刻浮现出刘宝川高举红旗冲在前面的形象。是啊,战斗中他把旗杆打断过几次,可还是紧紧握在手里……
　　"我把旗杆插在洞口里面。他双手摸着那旗面——唉,上面有多少枪弹眼啊!又摸那旗杆,顺着跪在跟前,抱着红旗呜呜地哭,哭,哭!"二妞说着说着,哭出了声。
　　于震海也一把把抹着泪水,心疼地说:"你们这个苦,够受了哇!"
　　二妞呜咽了一会儿,擤一下鼻涕,说:"山洞里冷、湿,吃树皮、草根、橡子，洞里面还长有野葱山蒜，还发青哪……这些苦都好熬煎，只是我下山去打听一趟，都说是咱们的人死了，还听说你也死啦，一点儿见不着咱的人活动，俺爹也不知闯到哪儿去了……我和他，都觉得队伍散伙了，革命没指望了……这心里的苦楚啊，比身上的苦难受多啦！好多次，宝川不吃不喝，不想活了。他说：'当初暴动跟海哥打石岛，从楂山底下过，我听说这山上有神仙，就说，等革命胜利啦，我把红旗插这上面，让神仙给守着。如今咱失败了，我在这里做鬼，守着咱们的红旗，让它永辈子倒不了！'"

"你两个，就这么待着，半年了啊！"震海感叹地说，意思是真不容易啊！

然而，姑娘却敏感到别的一层上了。二妞觉着脸有些发烧，垂下头道："海哥，你没见俺哪儿变了？"

震海上下打量她，除去衣裳破旧、面庞清瘦，没发现什么两样。

"再仔细瞅瞅——头上……"

哦，她头上的独根辫子没有了，而是挽起来扎在脑后。震海一怔："你们俩……"

"是啦，海哥！"二妞抬起头诚挚地说，"俺没哥没弟没姐没妹，自从相识你，你就是我的亲哥啦！说给你，也不会见笑。俺俩成亲啦！这是我开的头。起先，宝川不干，还逼我下山走掉，不能跟他个瞎子受拖累，他的能耐，只能在这守红旗，等着新的领导人来……自然，他撵不走我，这他也知情……后来，他听我说：'你死了，领导人还来不了，红旗要谁守？我给你守，我死了呢？你我不能留下个替咱们接着把红旗守下去的人吗？'他才服帖了……海哥呀，你不知道，还幸亏俺俩那么的了，要不，两条麻袋皮，一床小被子，能熬过山洞的冬吗？你别见笑，也别对外人说，啊，亲哥哥，好哥哥！"

接下去，是震海把这几个月的形势，拣二妞最关心的讲了讲。说完，两个人爬上了清凉顶，八宝云光洞就在跟前了。

清凉顶上，云雾缭绕，那坚硬的粗质的花岗岩，呈淡紫色，直戳横立，斜躺侧卧，天然一洞，可不犹似在云天里一般！这时的槎山，除去苍松，绿色尚稀，它虽处在半岛最南端，然而由于海风的侵袭，春息来得却比昆嵛山晚几天。所以，云光洞口那杆破烂的红旗，虽然矮小，却异常醒目。于震海见了它，立时站住，感情的波涛，像山下的猛扑海岸的潮水，一阵比一阵强劲地冲击着……他肃立着，高大的身躯对着低矮的红旗，手把头上的破旧礼帽抓了下来，他跪倒爬向红旗……

二妞抢先奔进洞里。一会儿，一声嘶哑力竭的呼喊，从洞里传出来："真的？他来啦？海哥啊！队长啊！你真的还活着啊……"

洞口处，荒草中，岩石下，红旗旁，出现了一个人：他长头发，长胡子，苍白的脸，红肿的眼，褴褛的黑棉衣……他向前方张开两臂，挓挲着双手，倾着身体，呼天唤地似的大声喊道："海哥啊！队长！你真还活着啊！你在哪儿啊……"

于震海踉跄着冲上前去，两手接住他的手，那嗓子眼却哽住了，呼哧着，眼里的泪直淌，嘴上却说不出话……

"你……你真是海哥？"宝川大睁着眼，向前紧看。

震海使劲点着头。他嗓口像堵上块火炭，仍说不出话，也忘了宝川双目失明了！

宝川突然推开他，大叫道："不，你不是海哥……二妞，你干么哄我，让我空欢心……"

二妞从洞里赶出来，激动地说："唉！你这愣头青，到这会儿还愣……"

"我认得海哥的枪，枪……"

于震海急忙从怀里掏出手枪，递到他面前。二妞接过驳壳枪,把枪放到他手里。宝川双手抖动着,抚摸着,猛地向前扑去:"海哥啊……"倒了下去。

"宝川……好兄弟……"震海终于哭出声,把宝川紧紧地搂在怀里。

三个人哭作了一堆。

当宝川听说暴动队伍没有散,又来了特委书记,他猛然跳起来,扑到红旗跟前,用力将旗杆拔出来,又悲又喜的感情爆发了!他哭,他笑,他哭笑着高声喊叫:"好啦,好啦!这下可好啦!用不着我当鬼守红旗,用不着生儿子养闺女接着守啦!啊啊啊……我要自个儿打起红旗,打到底!打到孔秀才一伙完蛋,打到穷人江山得手,打到共产主义社会去……哈哈!哈哈!快走啊,二妞!快冲啊,海哥!快冲啊——同志们……"

宝川举着红旗,向山下跑。跑出几步,就撞到岩石上。二妞奔过去拉他,哭着说:"宝川!你等等,你眼看不见……"

宝川奋力爬起来,粗暴地推开二妞,大怒道:"胡说!我看得见,看得见敌人!队长!快冲啊……"他趔趄着,大步向前冲,狠狠地栽到松树干上。

于震海抢过去,把他紧紧抱住,连声唤道:"宝川!你清醒清醒,夜里我就背你下山,你先治好眼睛,再举红旗……"

"海哥,你看他……"二妞已发现丈夫的膝盖流血了,哭着撕衣襟给他包伤。

宝川已处在迷糊状态。可是顽强的青年人,双手还死死握住半截旗杆,嘴还在嘟囔着:"咱队伍没垮……有新来的领导人……有队长……我眼看见敌人啦……能打仗,扛红旗……"

震海的大手轻轻拭去宝川肿眼角上的泪水,忍住自己的眼泪,说:"宝川,好兄弟,你放心,仗有你打的,敌人有你杀的,咱们党中央打败了蒋介石围剿,到了大西北,订出许多革命、救国的新法子,理琪同志都知道,都会教给咱们。咱们游击队,比以往的突击队，会更有劲地打孔秀才，打日本帝国主义，打出个穷人的江山来……"

雨过天晴。蓝天白云，明媚春光，桃花沟村里村外，花红叶翠，清静极了。然而，张老三眼里，一片愁云；心上，像压了块铅，连喘气都很费劲。他无精打采地坐在院里条石上，六神无主地发呆。那脸，瘦得皮都皱在一起，稀疏的黄胡子，像生在乱石堆里缺乏养分的茅草，那身子，更加羸弱，背驼得越发厉害，四月天，人换单，院子桃树的花谢光了，他身上还脱不下棉袄。唉，可怜的张老三，一点精神也没有了。他指望传宗接代的儿子狗剩牺牲以后，他躺倒好几天，落下了头疼病。冯痴子找他哥冯先生开来中药，吃下去一点效不见，他也不吃了，还有气无力地说："我的寿数到了，么药不管用，活着受罪，还是叫我走了吧……"

急得妻子背处抹泪，女儿小菊哭着乞求……末了，老三心软了，泪流到胡子上，咕噜道："我吃！我吃！我吃还不行吗？妈妈的……"

日头在向正南移动，天快晌午了。一个汉子悄悄进了院门，叫道："叔，你好点了吗？"

老三慢慢侧过脸，说："开仁，从庵上来？没碰上小菊？"

"俺从孔家庄来。"痴子放下扁担，从包袱里拿出几个纸包，"叔，俺哥又给你开的药，你得吃……"

"告诉你们别费事了，就是不听。"张老三好话当气话说，"这药吞到我肚子，和泼到石头上一样没用处，鬼见愁这下不灵验啦，遇上我这个厉鬼啦！"

痴子没吭声，把中药包送进屋里，又出来站在老三跟前，小心地问："叔，给你装袋烟抽？"

老三闭上眼，摆摆手。

"你喝口水？"

老三摇摇头。

冯痴子无声地叹口气，说："叔，俺哥常说，人活七分靠精神头。多少人都这么活着的，你是心头病，想开点，慢慢就好啦。"

"我好了有么用？"

痴子张了张嘴，没答上话。

"我活了四十多岁，死了也算对得起爹妈生养一场。你那可怜的狗剩兄弟，才活了六年，就走了，连块囫囵骨头都没留下……我……我……"老三泣不成声了。

痴子找不出合适的话说，就陪着他擦了一会儿泪，见对方平静下来，痴子从口袋里摸出个小小的油纸包，道："叔，药山的'土信'①，俺给你带来啦，二两多，够用吗？"

老三接过土信包，随手装进上衣口袋里，答非所问，说："多会儿能把孔秀才那帮子坏种药死，我才能透过这口气！"

痴子道："谁说不是？那些东西，越活越胖实。好吃好穿不说，打个喷嚏，咳嗽几声，就得看病吃好药。"

张老三忽然眼睛一亮，伸着脖子说："子久不是常给秀才配药的吗？能不能……"他做了个喝药、白瞪眼的动作。

"这……"痴子寻思着。

老三的兴趣来了，说："要把秀才毒死，我给冯先生烧香磕头！这不光为俺狗剩，也为世章哥、金牙三子，为程先生、赤子、珠子……为你金子，一大堆人报了仇啦！这也帮了震海他们的忙——唉！就剩那几个可怜人，成天钻山洞，不敢碰人家……"

"不是不敢碰，是在学大本事。"冯痴子罕见地插断别人的话，也就是对张老三吧，"新来了个领导人，名字叫理琪……"

---

① 土信，即砒霜，烈性毒药。

"光名叫'力气'有么用，得看真本事。"老三随时都忘不了教训人，"哪样领导人没和我交往过，还有比珠子、程先生本事再大的？唉，可惜……开仁，叫你哥下药吧，毒死了孔秀才这条大虫，可给革命立头一功哪！"

痴子作难道："我怕俺哥不肯。有年一家的叫驴老咬人，卖没人要，杀又下不得手，求俺哥配个方药过去，俺哥都不肯，说他光管往活里救，不管往死里弄。对畜类他都这么个，何况对人？"

"孔秀才哪里赶上畜类！妈妈的，唉……"

"叔，你别上火，我透话给俺哥试试看，也许……"痴子明知不行，还是说个活话，宽宽病人的心。接着，他又说："昨儿在孔家庄街上，俺碰上于震兴啦。"

"理他干么，他不真和脏戏子'割舍'上啦？"

"人家是坐花轿成的亲。"

"那也是倒插门，没出息的货。"

"他向我打听他兄弟的准信，是死呀是活？还说他家里的给侄女竹青做的衣裳……叔，你说该怎么对付？"

有人请教自己，是张老三一生中最得意的事情。他嗓子发痒，忙说："开仁，给叔装袋烟抽。"

抽着冯痴子递上的烟袋，老三发话道："这事可干系大啦！震兴一准是听了女戏子的话，女戏子又准是听了孔秀才的指派，来探听咱震海的下落，好去领昧心的赏钱的。女戏子怎么靠得住？震兴原本是个老实人，就架不住女戏子放臊的本事……唉，自古英雄难过美人关嘛！再说，孔秀才怎么能容得自家寡妇招个穷汉女婿？还不是他们和他一个黑心眼啦！哎呀！"老三气得胡子直哆嗦，"这些狠心人哪，多么歹毒！开仁，亏得你问上我啦，要碰上别个，那不糟啦！咦，你告诉他震海的下落啦？"

冯痴子慢吞吞地说："没有说。"

"那……"

"这个当儿,有兵来到跟前,俺的痴病就犯啦……"

"好险哪!"张老三余惊不息。

"桃子妹,早嘱咐过俺啦……"

"跟我方才说的一个理吧?"

"她说,不是来山庵的党里人,我见谁都不说党里人的事。没说你才说的……"

"那意思都差不离。"

"只是给竹青做衣裳,要不要,桃子妹没说过,俺拿不准……"

张老三已失去兴趣,光抽烟去了。

冯痴子环顾着院子,问:"俺婶又上山去啦?"

"种地、放蚕都是她和闺女俩干啦……妈妈的,我想蚕不放了,可不放蚕卵人家收回去,连弄把柴烧都艰难啦!唉,自古哪有女人放蚕的?唉,都是我,成了活死人……"

"叔,我去干吧。"痴子起身要走。

"不用,求人家张福祥合伙的,她自个儿哪里会挪弄蚕?那可是个难活……你快回庵去吧,晚了,庵上的领导人,吃么?告诉小菊,事办完了,早回家……唉,那闺女也够累的,三十多里山道,早上刚走的,叫她跟她姐住一天吧,也是桃子个帮手。就说是我说的。哼,我就不信,那名倒蛮好的新领导人,能耐会比珠子、程先生大,光有'力气'有么用?震海的力气比谁不大?还不打输了!妈妈的……"

冯痴子在这里插不上手干活,就想立即回山庵。桃子有东西做今天的饭给理琪他们吃,但是夜里要放哨,两个人也是紧张的呀!无奈张老三的话像抽茧丝,简直没完没了,有的还使他听不明白,最后冯痴子又违反了他平时的习性,罕见地没等对方说完,而利用张老三换气的一刹那,快步离开了。

冯痴子走后,老三感到精神轻松一些,心上也不那么憋闷,多日来,第一次馋酒了。他慢慢走进屋,打开橱门,捧出酒坛,往小盅里倒……

本来,老三的病就是为丢了小儿子得的,惨痛的打击所致,而这些日子,跟前的妻子和小女儿,也都沉浸在悲痛里忙活日子,小菊还经常出去传信送东西给党里人和伤员,家里还养着三个四五岁的无名烈士的遗孤;桃子在山庵忙得不可开交;好儿路远又得顾她自己的生计——丝坊干活还拉夜纺棉花,接济爹妈个针线钱、盐钱也好啊。所以,谁有闲工夫老守着张老三,劝慰他呢?其实人家老三不用听人劝,有人能有时间听他絮叨就行了,就能减少他的精神负担。不幸,偏偏老三这个求之不得的良药,无人顾及……刚才冯开仁的到来,因家里无人,痴子很难得地和他说了这么多话,而且驯从地聆听了老三的教导,老三又下令冯先生去毒死仇家孔秀才……不管事实上他的教导和命令有没有作用,能不能执行,这对张老三不太重要。对这位大半生中只能指挥自己手中的放蚕大剪刀的张老三,这已经够了,心满意足了。

两盅酒下肚,张老三不但觉得更加爽快,而且也感到身上增加了力气。他不禁又想到妻子、女儿太忙了,自己这一家之主,病了这些天,啥活也干不成,今天能起来,不能闲待着了……对,北山的地瓜还没栽完,晚了就误了季节。

然而,当他走到院子,拿起镢头,两腿发软,眼冒金星,不得不扶到院墙上。喘息了一会儿,老三又进了北屋,重新打开橱门,拿出小酒坛,倒出一小盅酒,喝了下去,顿时又觉得增添了力量。他封好酒坛,欲将它放回原处,又一怔,咂咂嘴,把酒坛放进粪篓里。于是,他胳膊拐粪篓,肩上扛镢头,借着酒力,出了院门,回身刚要带上门扇,三个四五岁的男孩,满脸泥点,张开泥手,嘻嘻闹着扑来。

"大爷,你去哪儿?"小牛叫。

"三大爷，你上山干活？你病重哪！"二牛喊。

"好三大爷呀，俺大妈不让你出门，俺菊姐叫俺看着你哩！"小牛说。

三个"牛"一齐排在老三身前，六只小泥手推他进门，老三道："看看，你们都成地老鼠啦！快去洗干净，大妈见了要打啦。"

"大妈不打。"

"大妈光说……"

"大爷快回去呀，你有病……"

"我病好啦，看看，这不能干活去啦。我再不干活，累坏你们大妈，咱们都得喝风去啦。"

这话很灵。孩子们不阻挡了。但又吵叫着要跟大爷上山干活。老三锁好院门，带着三个孩子，好不容易爬上北山坡，来到他爹开垦出来的留给他的唯一糊口田——两亩半沙泥地。

地头上，有一个小坟丘，上面有几棵刚冒头的小草。老三看着它，巨大的悲怆又涌进心间，抽泣开了。

三个"牛"又围在他脚前，扯拉他，跟着哭叫。这时有只小白鸽，正在北石屋上空来回飞。大牛指着它说："大爷，你别哭，那小白鸽，就是俺狗剩小哥，一见着俺们，它就在眼前飞！"

"是俺菊姐说的。"二牛道。

"她说，好人死不了，俺爹俺妈也活着。"小牛说。

"好孩子，你们快到那边沟流洗脸去，找些醋溜溜吃去，大爷不难受，干活啦……"

但是，那三盅地瓜酒的力量有限，没刨几下，老三就身出虚汗，举不起镬头了。他就打开了酒坛，喝下三四口，又挣扎着刨地……没劲了，他就喝酒……但，刚吞下一口，停住了，他油然想起，小菊回家说，那位新来的领导人，几次说要来桃花沟看他……早晚要来的，拿什么招待他？留着酒吧。

老三又举起镬头，只刨了几下子，镬头就不听使唤。他头重脚轻，一头栽到地边子上，头被石头碰出一个大包，疼得眼睛都看不清了。

"我是个废人啦！我，妈妈的……"张老三悲哀地喊道，哭出了声。他望着小坟丘，那绝望的阴风，阵阵向他袭击："我还活着干么？就能连累受苦的老婆孩子！我还指望么个？闺女大的走了，小的也留不住，张家没姓张的了！那三个'牛'是好孩子，好是人家的，光叫大爷，不能叫爹！我……我还活着扯累人家干么呀，我……"

老三绝望地哭喊着，手伸进口袋，本是想摸烟袋荷包，一下摸着一个油纸包。他突然一震，拿出冯痴子送他药山的砒霜，看着看着，叹了口气，说："唉！生死由命啊，这也是天可怜我张老三……"他把毒药包放到狗剩坟上，抹把泪水，说，"狗剩，爹的命根子，我跟你做伴来啦！"

张老三在坟旁边比比量量的，而后索性躺下去，弯着本来就驼背的腰，弓着瘦腿，使劲在地上扭了扭身体。他爬起来后，那夜里刚落过一场细雨的沙土上，留下个清晰的身迹。老三捧起酒坛，仰着脖颈喝下四五口酒。急忙放下坛子，抢起镢头在身迹上刨着。一会儿，身上发软了，他又去喝几口酒，再刨。这样五六回地喝酒、刨坑，半小坛酒光了，他的坟坑也挖好了。老三醉了，坐到坑边，嘟嘟囔囔地自语道："那有'力气'的领导人，你别来了，留给你的酒，我替你喝了，就算你来交往过我了。好儿她妈，我去了，少你个累赘，你不用哭，也少个闹革命的牵挂，算我立下个小功吧……我去了，跟狗剩儿子做伴去了！我要吃下'土信'了……"

张老三边说边去摸土信包，油纸包从坟头滚下来。他迷迷懵懵见油纸包自己散开了，就用手抓起一把砒霜，俺进嘴里……唉，毒药原来像沙土，真难吞呀！糊涂，毒药还能和糖一样好吃？老三使出所有力量吞了下去……

这砒霜是烈性剧毒,很快,老三就感到肚子作疼。事不宜迟,他慌忙脱下黑棉袄,心里说:"留给三个'牛',带走可惜了。地老爷知道俺穷,不会生气的。"他爬进泥坑里,使劲把腿向肚子处弓,才勉强地把两只脚挤进去。

老三正昏昏沉沉地躺着死去,忽地听到哭叫声,又感到有谁在扯他的裤脚。他想自己是死了的人,怎么耳朵还灵着,那是狗来啃他的骨头了,怎么还有知觉?说不准眼睛还好使——他睁眼一看,三个"牛",好似三个小黑狗,拽着他的裤腿,拼命向上拖,边拖边哭喊:"三大爷啊……"

"你害冷,回家炕上躺,这坑小,你躺不下呀!"

"大爷呀,你累坏啦,老叫不醒,回家睡去啊……"

老三急了,火冲冲地说:"别拽,别拽!轻点,轻点,把衣裳撕啦……"

三嫂从山下急急地走上来,看着这个情景,脸如一张白纸,惊得呆了。她从蚕场回到家里,不见了丈夫和三个孩子,一问村里人,说见老三领着小孩往北山去了……

她跪下身子,两手抄着丈夫的腰,把他抱出了土坑。哭着叫:"他爹,你这是怎么啦?你……"

张老三闭着眼睛说:"好儿妈,我服了毒啦!"

"啊……埋汰人哪……"三嫂伏在丈夫胸上号啕起来。

老三不动弹,泣声道:"别哭吧。我这是自个儿乐意的,天命。我这个废人,再不忍心叫你和闺女受连累……我死也不占过多地方,弯着腰弓着腿进坑,反正一辈子也是这么的,惯啦,省地场给你多栽几棵地瓜和闺女糊口,养活那三个'牛'儿,长大了好给他们一家上上坟……等你'老'了,叫闺女把你挨着我埋,咱俩离得近些,到地府里相帮一把……"说完就向坑里爬。

三嫂死死抱住他,哭得更伤心,说:"你我二十多年啦,么样的苦没一块吃呀,哪样的罪没一块遭啊,你就狠心丢下我走啊!

他爹……"

三个"牛"一齐扑在老三身上,哭。

一个闺女挽着篮子急急赶来。她放下篮子,蹲下身抱着老三的头,问:"妈,俺爹怎么啦?"

三嫂一看,是小菊,哭得更甚了。

"小菊啊,你爹他服了毒啦……"

"啊!"小菊陡地站起来,流着泪说,"妈!快寻法子救啊,你光哭怎的……"

一句话惊醒了三嫂。她止住哭声,着急地说:"活羊血能解土信……"

小菊道:"我到村求人去……"

"回来。"老三睁开了眼睛,着急地说,"杀一个羊,咱拿么钱还人家?我死定啦,和酒一块吞的药,没有救啦……"

"杀羊也怕来不及啦!"三嫂焦灼万分,可是冷静起来,"用粪水灌吧,这个快当……"

"我去弄!"小菊又要走。

老三扯住女儿的裤腿,说:"要恶心死人哪!脏死我呀……"

他真的感到恶心,嘎嘎地想吐。

三嫂忽然注意到丈夫说话越来越清楚,声音也稳定,摸摸头,也不发烧,有些疑惑,这才想起来问道:"你是怎么服的毒药?"

"开仁送来的,油纸包的,都让我吞啦。"张老三觉着很奇怪,头越来越不昏了,肚子疼也没了,怎么回事?

小菊巡视着,发现坟堆边上有个小油纸包,拾起来,说:"这是么呀?"

正是土信包。老三惊诧不已:"啊!我吃的就是它,怎么还没开包?我明明吞下去的呀?"老三身上的酒气由于湿坑的吸收,时间的作用,下去了大半。这时他觉着嘴里面有泥沙似的难

213

受,恍然道:"是啦,我喝多啦,吃的是泥沙。呸,呸呸!妈妈的……"

三嫂和小菊,一个看着丈夫,一个瞅着父亲,笑不是,哭不是。小菊忙着扶父亲坐到地边石头上,拍掉他身上的泥沙,披上那件黑棉袄,又给他揉额头上的包。老三不言不语,任凭女儿摆弄。三嫂气恨地白了丈夫一眼,扭过身长长舒口气,把那三个"牛"领到地那头泉水边,挨着个儿洗干净脸,用自己的前襟给他们擦拭干净,而后自己也抹了两把脸,理着鬓边走回来。

小菊也没闲着,问了父亲服毒自杀的经过,说:"爹呀,俺那理琪大哥又问你啦,玉山哥去烟台,他托玉山哥捎的洋药给你治病,叫我带来啦!可你……"

"哦,咱用着那个……"

小菊道:"爹呀,理大哥真好,又有能耐,谁都夸奖他。你知道,他一来,教党里人上学,懂得革命道理,使大伙齐一条心……如今震海哥、宝田哥,领着二三十人的游击队,那些好了的伤号,又都拿上枪啦,正在设计谋打孔秀才他们……"

"啊,不是躲起来啦?"

"再和你说,震海哥费好大事,把宝川和二妞找到啦!他俩自个儿成了亲,宝川哥眼哭坏啦,还一直在山上守着暴动的红旗……谁听了谁哭……理大哥说,就凭这样的骨头,咱胶东的革命准能成功!"

"他这么说?"

"我一到山庵,理大哥那么忙,吃着饭还教俺识字,他教'新文字'给我学,认得风快……爹呀,他还说咱们家,都是革命的好同志,过些天就来看你啦!"

"看我?可我的酒——留给他的酒……"老三喃喃着,悲哀地低下头。

三嫂停在远处听到这里,走上来,说:"你呀,喝了酒,就犯糊涂……倒好,这次酒倒救了你。"

老三又挺起脖颈子,笑道:"你倒精细,光知道哭我,不叫闺女来,我真吞了毒药,也给耽误啦。"

三嫂嘴上也硬了:"下回你再这么的,看看还有人哭你。"

"妈,还说哪。"闺女打趣道,"俺爹临死光想你,挖个小坑,弓着腿进去,省地给你栽地瓜,还想着留地场把你埋他身边……"

"贫嘴丫头,没大没小的!"三嫂脸泛上红晕,笑着说,"倒好,如今你向着他,整治起妈来啦。他想死,还有理怎的。"

"我死个么?"张老三到底是张老三,什么时候他也有理,"你们当是我真个要死啦?啊?实话说吧,我是故意的,试试你们娘儿几个对我尽不尽心,等我闹着革命死的时节,就放心了。哼,我死,我死了领导人来啦,谁和他做伴睡觉,听他诉说革命理论?谁给他站岗,谁陪他喝盅地瓜烧?哼……"

小菊和母亲已经顾不上听他的话了,忙着收拾东西回家吃午饭。小菊对母亲讲,过几天她要去烟台,要母亲帮她准备衣服等事项……

老三耳朵可尖,嘴上正说着,一听到她们的话,马上煞住自己的话头,问:"有我的事干吗?"

三嫂把镢头塞进丈夫手里,指着泥坑说:"自个儿挖的,自个儿填上。"

第十一章

　　龙泉口的龙眼泉,即使在春天少雨季节,那水也激流涌溅,似抛玉撒银,远远望去,宛如一束白柞丝,悬挂在绿山巨岩中间,令人神往。

　　泉流旁边的龙泉庙,早就绝了香火,庙屋残垣断壁,破败不堪,倒是院里一株大栗子树,亭亭玉立,树顶像把大伞,罩着几个石座,有时招引路人来此歇脚。这时候,正有个细高挑的年轻媳妇,坐在石座上,身边有头大黑草驴①,拴在栗子树身上。媳妇坐了一会儿站起来,向龙泉口上眺望,不见人影,她又坐了下去。

　　她是好儿。今儿早上,高德宽按照儿子玉山经由凤子和好儿的通知,以送外甥女回娘家为名,赶着大草驴来到桃花沟外面的龙泉口。驮子上的麻袋里,装着二百斤花生米。这是党组织安排人去烟台,把通过烟台的地下党搞到的一批油印文件用的蜡纸、油墨和纸张接运回来的经费。理琪来后加强了和烟台、威海以及西面一些县份党组织的联系,烟台市由一个负责组织工作的特委委员在那里开展工作……

　　事先约好在龙泉庙等着去烟台的人来,究竟什么人去,好儿不知道。高德宽把外甥女送到此处,说地里活忙,就回孔家庄去了。

---

　　① 草驴:即母驴。

好儿等了一会儿,仍不见人来。黑草驴啃开了鲜嫩的带露水的草芽。她也感到肚子发空,早上的饭没吃,包裹里带了点干粮,但她不想吃,就下到龙潭边沿,蹲下身,双手掬那甘甜的泉水,连喝了两口……

龙潭的清澈的水,黑森森的不见有底,倒把那周围的翠峰、白云、蓝天,映得清晰,如同在镜子里一般。好儿见状,伸手去掐水里的一朵粉色月季花。岂知水中同时出现一张白皙多愁的脸,连脸上搽的一层薄粉都清清楚楚,也在盯着自己掐花……猛然间,她意识到那水中的花朵,正是插在她的发髻上的,禁不住好笑起来。忙用手将潭面荡起一阵涟漪,粉白的脸,跟着波动,接着,好儿的心也晃动起来。唉,龙泉潭,这深不见底的一池清泉,印着她这个多事的弱女的爱情、苦痛、哀怨、希冀的啊!唉,这个人,给了她许多,又什么也没给她;她很少想到他,而他却又老在面前似的……这是怎么了?这不,她的水中脸影旁边,又出现了他的脸!看,多鲜亮的脸,长长的两颊,直直的高鼻梁,下颚上一道枪伤疤……唉,想他做什么,烦人的幻觉。不对,不是想象的他,真是他来了,瞧,他正对着她笑哩!好儿浑身一紧,蓦地侧过脸,啊,不是他,又是谁!

"怎么,是你!真是你来啦!"好儿站起身,惊喜地叫道。

高玉山笑着说:"咦,你早猜着啦?"

好儿的脸绯红了,垂下头说:"也没有想到这么巧……"

高玉山已蹲下身,双手扶着岩石,探身将头伸到水面上,咕咚咕咚喝泉水。

"少喝点,山水硬,闹肚子。"好儿说,掏出手绢给他。

高玉山没有接,用袖子揩着带伤痕的嘴巴,说:"嘿,真解渴!一气儿跑了四十多里山路,可还是落你们后头啦!"

好儿不被注意地装回手绢,说:"俺是骑牲口来的。俺姨夫回去啦,他说活计忙,不到俺家去了,要俺和爹妈说说。"

高玉山坐到石头上,说:"我爹是怕叫桃花沟的颜色染红了,被孔秀才他们看见,掉了脑瓜子。"

好儿仍站着,说:"姨夫怕点事不假,可和早先不一样了,这回拿花生米,出牲口,他挺痛快的。连姨姨,也帮着收拾。"

高玉山道:"在咱革命最难的年月,参加进来帮助革命,哪怕干一点点,也是好的,难得的。大妹,你不也和从前大变样了吗?我听说,你连夜送情报,心窝都扎伤了……心里热乎乎的,真为你高兴!"

"俺那点事,不值得提……"好儿手不由得掩在心口上,衣底的刀伤疤,似乎有火在烤,眼睛没看他,怕对方发现什么似的。

高玉山望着顺山而下的激流,说:"对咱每个人来说,干多大的事也是小事,是沧海里的一滴水。你看,这股泉水不管春夏秋冬,地冻天寒,水灾天旱,都不断流,还这么有劲头,不就是它们根子深,一滴滴合在一块的吗?咱们的共产党所以消灭不了,就是因为有'泉根',拥护它的老百姓,多少人一点一滴地干,形成革命的激流,最后冲垮这个旧世界,为人民建立个新社会。"

好儿静静地听着,兴奋地听着,为自己能当革命激流中的一滴水珠,为能得到崇爱的心上人的褒奖,激动、喜悦地听着,心里的滋味比刚喝的清泉还甜,还美。她忘记了羞怯,竟大胆地把闪动热烈的光辉的眼睛,正视着他,想使他分享她的幸福,都是因为他的推动,她才有今天的一切啊!她想象她会得到一双同样闪动着兴奋光彩的眼睛,洋溢着激情的脸面……然而,好儿大吃一惊,那双目光的严峻,脸色的沉重,使她骤然色变,不安地问:"玉山哥,你有事和我说?"

高玉山倒平和地说:"有事,大妹,你别着急,是……"

"是不是他——他又出了事?"好儿焦急地说,两步走到他的身边,扯着他的衣袖,"快说呀,玉山哥!是不是……"

"是……"高玉山把孔居任去威海接理琪时犯的错误、躲着不见面，发现他在孔霜子家找他又逃走的事情经过，如实地告诉了好儿。末尾他说："开始我们商量不告诉你，怕你受不住，也还没搞清楚孔居任到底是什么打算，可是直到今天，找不到他的去向，不得不和你说了。好儿妹，你……"

好儿像被重棒打愣了的鸡，痴呆呆地直着两眼，瞬间，面前发黑，站立不稳，玉山忙起来扶她，好儿向前一倒，头扑在他的肩上。哭，开始是抽搐细弱的身子，无声地悲恸；接着嗓子眼打哽，胸脯猛烈地掀动，哽咽地抽泣；末了泪如泉涌，号啕声碎。她边哭边道："妈呀！妈呀！俺怎么这么命苦，这断肠裂肝的事，怎么都叫俺轮上了啊！俺把心都使碎了，他还是个他啊！这个坏种，他是改不了的，不管别人死活，只有他自个儿舒心就行啊！俺这苦命人……"

"好儿妹，清醒点！"玉山要把她的脸扶起来，他感到那炽热的泪脸，紧贴在他脖颈处，不知是什么滋味，使他的眼睛在发湿，"好儿，这样不好，不好……"

猛地，好儿直起身体，哭声也卡住了，盯着当年她曾想投进去的渊潭。玉山挡住她去潭边的路，苦心地说："好儿，你不能……"

"放心吧，这不是那年啦，为这么个人轻生，可惜了爹妈给俺的身子骨！"好儿咬着牙说。

高玉山钦佩地望着她，说："好，你真坚强多啦！我真为你高兴，好儿！"

"你这是心里的话？"

"是心里话。咱们活着，要好好活着，为革命事业活着。"

好儿突然紧望着他，说："那好吧，玉山哥！我离开家，跟着你革命。"

高玉山看着她挂着被泪沾湿的乱发的脸，那细长的眼睛里跳动着火一样的光，情不自禁地后退着，惶恐地说："你说的什么，好儿,你是……"

好儿向他逼近,异常热烈而又冷静地说:"你以为俺疯了,是不是?俺没疯,没痴,好好的,好好的。就算俺疯啦,也是被逼出来的,非疯不可啦,非痴不行啦!玉山哥,俺跟你们走,和你在一块,放心,俺吃得了苦,受得了罪。身子骨不如俺大妹,可咬着牙,受着伤,风天雪夜也熬过来啦!只要有你,不管怎么的,不管到哪儿,俺连问都不问,跟你走,跟你去,为你生,为你活,好儿没半句怨言,不皱一下眉头!玉山哥,你后退干么?你不是最喜欢俺,难道为俺嫁过人,你嫌弃俺了不成?俺身子不干净啦,俺这颗心可是对得起人的啊!"

"不是这些,好儿!你听我说……"他继续向后退着,说。

她仍是向前进逼着,说:"先听我说。那你还为么呀?为对不住孔居任?我对他仁至义尽,你对他也够费心的啦,这个天地可以作证。我为他使碎了心!玉山哥,那年震海兄弟受伤来敲门,不是俺不敢开,是孔居任先来的家,他不准俺开,还动了枪……回家妈骂俺赶俺,俺的苦楚往肚子里吞,也不连累他。要投这潭里,是你救了俺,还叫俺和他好好过,他可和你动了手……这次暴动失败,俺听妈她们夸他孔居任变好了,没有出事情,你们哪里知道,他逃回家去,要领俺下关东……俺心窝上的刀口,哪里是拿着刀防身在雪地滑倒自个儿伤的?那是俺当时骗爹妈呀!这是俺为逼他归队,自个儿刺的啊!"

"好儿妹!"高玉山大叫一声,双手捧住了她的纤细的手。

"这些话,俺对谁也没说过,也预备着烂在肚子里,对谁也不说的……不想,今天,俺不说不行啦,它们自个儿要往外冒,逼着俺的嘴向外吐……玉山哥,这样的人,俺还能和他过下去?是俺负他,还是他负俺?"好儿的脸绯红,显得从来没有过的妩媚,健美。

然而,高玉山又将她的手轻轻松开,垂下眼皮,摇摇头说:

"你说得都对，我今天才更……更认识了你……我错怪过你，把你看得……"

"俺不听你说这些，俺要听你说许俺跟你走的话。"

"不行，不能，不成。"

"那为么啊？"好儿委屈地叫起来，"俺说的你都信，又不让俺这么做，玉山哥，是你说的，人不是牲口，随便什么人都能一块过。夫妻得有情意，强不得，屈不得，你能地下睡，也不和不爱的媳妇在一块……这会儿怎么对俺也这么的了？咱俩是你有情俺有意的啊！共产党不也有个主张，不称心的婚事可以分开的吗？你说呀！"

"你坐下，好儿妹，坐下，听我说完话。"他和她一起坐到岩石上，但，他又站了起来，望望远处的山峰，停了一会儿，才说，"你说的那些理，不用说全对，有一条对，你也能和孔居任分开，你也能和自己爱的人在一起，这是问心无愧的。说我不爱你了，你自己也知道是假的，只能说我比过去爱得更深了，在今天之前，我还没这样认为，这时候，我才觉得你更值得爱，不论外表和心里，你最美了。我也不是铁心木骨做的，是个大活人！可是，好儿，咱们不能成夫妻，不为别的，为的革命……"

"革命也不反对相爱的成为夫妻呀——你说过的。"

"我说过。使人们能得到真正的爱情生活，是我们革命目的的一个方面。在这个意义上说，也可以说革命是为了爱情。但是有时为了革命，又得去掉爱情，这就跟革命为了幸福，但为了革命而失去幸福，革命是为了生，而为了革命去死都是一样的道理。如果说这是牺牲，我看比生命的代价不小些，甚至更大，更痛苦，因为是活着受折磨，又涉及两个人。真正的爱情，不是为个人去爱人，而是为别人而爱人的，牺牲的也就超出了个人的范围，不像生命只属于自己的。好儿妹，你是聪明人，一点就明。"

好儿悲伤地说："难道舍去咱俩的爱情，去跟个俺不喜欢的坏种孔居任，就是为革命啦？"

高玉山恳切地说："你先听我说明白，再说对不对。孔居任的过去咱不说了，根子不正的人，干坏事的人，变好了就好了，浪子回头金不换。我先问你，孔居任从参加革命以来，有过投敌的行为或想法没有？"

"这个……倒是没有。"

"至少，咱们还没有发现。在这样危险的环境中，一些人逃的逃，散的散，甚至投敌叛变，而孔居任，他有过逃跑的打算，但被你劝回了队伍——说逼也对，不过他硬是不听，你逼也逼不动。这说明这个人还是想革命的。"

"那他去威海的事……"

"他犯了错误，藏在孔霜子家，找他又跑了，究竟是怎么回事，还得继续查。但我们没发现他投敌，也许他是怕受处分……我们正在找他。你估计，他会离开胶东吗？"

好儿默想一会儿，说："不会，他要走，还得回来带着我，这家伙对我……"年轻媳妇脸发烧，低下头去。

"组织上的意见，如果孔居任找到你，你要告诉他，他回来，不会对他怎样，改正了错误就好。"

"对他还这么好？"

"为了多一个人革命，也为了救一个人不走上投敌的绝路。还有，你去找他姑孔霜子，摸摸他在她家的底细。我们去人，她净说假话。你说话也要小心，对她不能露咱们的一点事。这个人常去孔家庄、牟平城里串，交往的坏人多，要加倍提防。好儿，你说你该不该这么做？"

"该。"好儿的头埋得更深，啜泣起来，"俺知道，该牺牲它……玉山哥，你对俺不像从前那样……"

"像从前一样！"高玉山大声说，下颚的伤疤闪着红光，望着她白皙的后颈染上的红晕，"抬起头来，好儿！你羞什么？你做的都是好事、美事，咱从前是想做夫妻，如今，咱做同志，为了革命，咱能做牺牲一切的同志！多好啊，多好啊！"

好儿抬起头，右手理着被泪水沾在腮上的发绺，泪还在淌，却努力做出笑容，喃喃道："玉山哥，你说么俺听么，不羞就不羞……只是，只是，你把俺方才说的那些疯话，扔进龙泉潭里去，啊，好哥哥！俺求你啦！"

玉山没来得及回答，龙泉口上传来行人的声音，去烟台的人来了。

张老三穿着半新的黑夹袄，本色的山绸裤子，戴着羊毡帽，肩上背个钱褡裢，迈着轻快的步子，下了龙泉口，来到龙泉庙台栗子树下。跟在他的身后，是三嫂拉着一个少女，边走边嘱咐她什么话。这少女，腿长，腰细，脸瘦，显得伶俐顾修，上身紫格白底有襟小褂，下身月白裤子，一双蓝布面猪皮底鞋，脚面露出雪白的袜子，头上梳一根长辫，系着红头绳，两个耳垂一边戴一个假银的小坠儿。

好儿上前先迎着叫了声"爹""妈"，而后拉住少女的手，端量着说："菊妹，你这一扎古，像画上人似的。到了烟台，也不会显丑的。"

小菊道："大姐，咱这土疙瘩进城，浑身的地瓜味，城里人见了都捏鼻子躲着走，是吧，玉山哥？"

"谁捏鼻子躲你走，你不会迎着他吐唾沫？"高玉山笑着说，转向三嫂，"姨，你送这么远……"

"不让她来，非来凑份子不可。到了龙泉口，行了吧？"老三口粗气足地说。

三嫂说："俺来送你？你要出门，别说送，赶还赶不迭哪。"

"妈送我哩！"小菊得意地说，"妈，只是俺爹再试验你，你可别光顾着哭啊……"

223

"看你个毛丫头,逗弄起妈来啦,我不撕你的嘴。"三嫂脸红了。

高玉山和好儿不摸头脑。小菊贴着耳朵告诉他们"地瓜地里妈哭爹"的故事,他们也由衷地笑了。

张老三帮着去整理牲口的驮子。

好儿觑着他问:"妈,俺爹的病,怎么好得这么快?才两集的工夫①,就能出远门啦!"

"多亏人家理琪来家看他,第二天他俩就到蚕场睡窝棚啦!"三嫂慨叹地说。

"理琪同志,是咱新来的领导人。"高玉山给好儿解释。

好儿说:"他还是个高手药先生?比鬼见愁冯先生还能耐呀!"

高玉山说:"他这人专治'心病',治好了不少人。我才和你说的话,多一半也是听他说的。你……"

"说俺爹,怎么说起俺来啦?"好儿怕他漏出自己的"疯话",白他一眼。

三嫂和小菊,全然不知他们说的还有别层意思,也没在意。小菊说:"本来嘛,咱爹得的就是心病,疼狗剩兄弟疼的……理琪大哥可不是对了症了!玉山哥,大姐,你们还不知道,俺爹一直把'理琪'两字当成'力气',他一进门,爹打量着人家说,这么瘦,你还叫个'力气'名字……嘻嘻嘻!"

"你呀,糟蹋过妈,又作践你爹,等着吧,往后没人疼你啦!"三嫂喜滋滋地说,又扯扯小女儿的衣襟,道,"去干这么大的险事,比不得你出去要饭,多上些心,别光顾着耍贫嘴。千万……"

"妈,你也说够千万遍啦,俺都记牢靠啦。"小菊郑重地说。

"妈说的可是正经话。"好儿强调着。

---

① 两集的工夫:这里一般五天赶一集。

高玉山道:"你们身上没有怕暴露的东西,遇上敌人怎么盘问搜查,都不要慌。地址……"

"三大马路泰康里十八号,找姓宋的,高个子,双眼皮,三十出头。"小菊熟练地背诵道,又问,"玉山哥,不是还有个我认得的人吗?是谁?"

"是谁你见了面就知道了。这是地下工作的纪律……万一这个宋同志不在,或者出了事,就去找玉水,他在益文中学二年级,一打听就能找到。"

好儿说:"他,你是熟悉的了。"

小菊道:"那是早先,如今人家当了中学生,记不记得咱这草门楼,还难说哩。"

好儿说:"瞎说,人家没捎认字本给你?你……"

"菊!"三嫂说,"玉水比你可小十七天,你是姐姐,当姐的就得有当姐的样,你俩要闹了别扭,妈可先说你。"

高玉山笑道:"姨,这个你放心好了,小菊妹嘴上这么说,心里可是喜欢玉水的。"

谁知玉山无意的一句话,倒使小菊的心跳加快了……

大家把驮子抬上驴背,目送那父女俩上路。

高玉山说:"姨夫、小妹,大家正等着东西印文件,你们早点平顺回来啊!"

老三头也不回地赶着驴疾走,说:"放心,理琪大侄信得过我,有俺狗剩伴着我,出不了错……"

直望着那一老一少转过山谷,消失了,好儿担心地说:"有二百里远近,爹和妹俩,够受苦的。"

高玉山说:"活动太红的同志不能去,游击队正准备打界石镇不能抽人,理琪同志考虑很久,同意姨夫爷儿俩去,他们不受人注目,又认得那里的同志,最要紧的,还是他们都有过为革命能牺牲的表现。你放心吧!"

由于他们的谨慎、机智，也因为持续半年的大规模清乡剿共趋向缓和，路上盘查搜索得比较松弛了，这父女俩顺利地来到烟台市，找到泰康里十八号。

老宋叫小菊在屋里等着，他让张老三拉着牲口住到另一个院里。老三道："俺和闺女不分开，她妈说的。"

老宋笑着说："大叔你放心，在这和家里一样。你就住隔院。"

"爹！"小菊上前悄声说，"来这都听人家的，不是在家听俺妈的。不过，俺妈叫你别馋酒，少说话，倒是得听的。你放心，这里有同志，俺是同志妹妹，没有差池。"

"中，中啦。"老三点点头，跟着去了。

一会儿，老宋回来。小菊向他报告了经过，说怕路上敌人搜身，没带信来，该说的，都叫她心里记下，当面陈述。老宋说，印文件的东西都已备齐，只是这里有个姓黄的同志，是政治交通员①，第一次到昆嵛山区向特委报告工作，过两天才能动身。在这里负责的邹同志指示，帮他找个向导，正好同他们搭伴。

老宋最后说："再说，二百里路，你们俩赶来了，也够累的，歇一歇，逛逛烟台。"

小菊道："累倒不觉得，俺路上还骑驴来。俺爹成天爬山，走平道就是歇息……要等人一起走，那得等，山子哥说都听你的……只是住店要花钱，连喝口水也要……"

老宋笑道："在这里住不要你们付钱。走吧，找你爹，一块吃饭去……"

上灯时分。小菊坐在南屋炕上，生平第一次在电灯光下看一本画书……看着看着，瞌睡就上来了。两夜没好好睡，店里炕上虱子、臭虫成堆，干净惯了的闺女宁坐在地下冷板凳上熬一宿，也不能把虱子带回桃花沟家里，何况还提心吊胆，怕完不成任务呢！

---

① 政治交通员：口头传达指示和命令的人。

小菊正像个小花鸡，点着头打盹。一个青年女子走近她跟前，喜爱地看看她，伸手去抚摸她……小菊一惊，睁开眼，望着陌生女子发愣。

　　青年女子圆平的脸上甜然地笑着，说："小菊妹，不认识我啦？"

　　小菊突然扑到她身前，双手搭上她的肩，欢叫道："素香姐，大姐姐！你在这，你在这……你可变了样！"

　　崔素香拉她一起坐到炕沿上，握着她的双手，说："我样子改了，名也改了，往后叫我青山嫂。"

　　"哦，俺知道啦，你在这做地下工作。嗨呀，玉山哥说有个认得的同志，是你呀……俺说好一阵子，不见了你的影，问谁，都说不知道。"小菊真是他乡遇故人，一日也亲近。

　　夜里，小菊偎在崔素香的怀抱，听她讲她在工厂做工，向女工们宣传革命道理，听女工们诉说不幸的境况，她们向往男女平等，婚姻自由的心情……使这个从没离开山、说话离不开山、眼里看惯山的山村闺女，真正进到另外一个天地……当几天堆积起来的疲惫将少女青春的身体彻底征服，使她沉入梦乡的时刻，朝鲜女子、中共党员崔素香，不顾一天在工厂的劳累，一夜几次起身到院里，长时间站在街门后面，谛听四周的动静。

　　烟台，和威海一样，是个海口小城，也是个典型的殖民地商埠。因为它地处渤海湾出口，与大连市隔海相望，西上水路通天津塘沽港。海港水深，且有芝罘、崆峒岛、烟台山拦阻风袭浪击。渤海湾里的对虾、海参、贝类，黄海里的名贵鱼类，藏量丰富，取之不竭，捞捕容易。西面的蓬、黄、掖诸县，丘陵间有小平原，宜种小麦杂粮，风调雨顺，旱涝保收。烟台除去北靠大海，其他的东岗和南山，西面的淤沙滩地，直到福山县境，都有一片片果树林，盛产苹果、梨、樱桃、葡萄，驰名中外，以此做原料的张义葡萄酒公司出产的名酒白兰地、味美思，远销欧洲各国。这样一个天然良港，这样一个鱼米之乡，这样一个水果之城，这样一个避暑胜地，好似一个花容月貌的妙龄少女，自然是招引人的。好人羡，闲人馋，恶人奸。

从十九世纪末中日甲午海战以后，英、美、日、俄、荷等国的船舰不断出入烟台港口，有些阔洋人爬上岸来找胜景美地修洋房别墅。他们运走土特产，带来洋货上岸，随即出现了整条的妓女街，杨梅毒菌无情地腐烂着成人的健美的姑娘媳妇们的细皮嫩肉，海滩上时见潮水推上来的和海草混在一起的混血婴孩。

灾难不都是外来的。历代统治者和富有者总是一块嗜好刮吮同胞的膏脂。能争取在烟台当官，是他们的宏愿，时常以枪炮来见高低。张宗昌"督鲁"四年，巧立的捐税名目超过了有史以来的酷吏贪官，除去常例的不算，仅牟平一县，强刮去现银三十余万两。民国十八年（一九二九年）军阀刘珍年打跑了张宗昌，进驻烟台，号称"胶东二十一县王"，所作所为，和他的前任大同小异。到今年——一九三六年的春天，再看烟台，除了烟台山和后海崖外国人的幢幢红白别墅，仍是鳞次栉比，年年更新，市里有两三条做买卖的马路还像个城市之外，那大部分的居民区，已和乡村没有两样了。

当然，烟台的自然景色仍是美的，迷人的。劳动人民的双手是巧的，勤快的。尤其是每当阳春季节到来，漫山遍野的果林花上枝头，和那蔚蓝的海水相辉映，把港城装扮得花团锦簇。这个时候，市里各个学校的学生会组织，都要举行游春活动，到郊外果林区，观花赏景，唱歌做游戏，素称"梨花会"。

为什么叫梨花会？大概是因为这个时刻南山区的梨花开得最盛，招来的人最多的缘故吧？因为去冬今春那雪下得大，果树的根得到充足的水分，所以今年梨花开得尤其繁盛。阴历四月十八这天，梨花会达到高潮。特别热闹的场合，是真光女子中学和益文中学活动的市南果林区。

　　小菊跟个清瘦的男学生在一块走。她的山村闺女的装束和神态，在学生中间惹人注目。刚开始两个男学生和她开玩笑，她都有些恼了，突着嘴不理人家。幸好一伙女生拉她一起坐在草坪上，大家玩丢手巾，她才自在了一些。可是，很快又一些男生插进来，男女间杂坐在一起，碰手擦腿的，小菊好难为情，突然，有两只手从背后按到她肩上，大声叫起来："抓住啦！抓住啦……"

　　小菊回头，见是个大小伙子，手巾丢在她腔后，手抓住她的肩叫唤……闺女身上都吓麻了，猛地爬起身，向外跑去。玉水见状跟了上来。

　　他们沿着果林中的空地走着。两个人不是隔着一棵树，就是一前一后，小菊决不和他并肩齐走。她满脸的不高兴，埋怨道："都是你，俺不来，硬叫来。看看这些人风风火火的……"

　　"都是同学们，没坏人。"玉水说。

　　小菊生气地说："都老大不小了，男男女女的，坐在一块，擦腿碰手的……搂俺的脖子，原以为是女的……真吓死人！"

　　"这是做游戏……"

　　"干么非男女在一起游戏不可？你说！"

　　"那干么男女不能在一起玩？"玉水是想这样反问，但看看她的脸，那腮上的酒窝……他没有出口，而软和地说："这个，我回答不上来。你不要生气，等我想好了再告诉你。"

　　小菊瞥他一眼，微微笑了，说："俺哪里有气好生？来时妈还嘱咐，比你大，得让着你些。"

　　"不用让，你是客，小菊姐！我照料不好你，你应当生气的。"玉水诚挚地说。

　　头一次这么个青年男子叫自己是姐，小菊脸有些红热，见他一副老实神态，心里倒挺惬意。说："俺比你才大十七天。看看，你比我高出有半头吧?"

"我是男的呀!"

"干么男的就该比女的高些?"

"这个,天生长的嘛。"

"干么这么个长法呀?"

"这个,我答不上来。"

"俺以为,上了中学堂,就么事都懂得哪。"小菊见他难为情地低下头去,伸一下舌头,"你为么老驼着个背呀?也是天生长的?"

玉水使劲挺挺胸。

"俺爹是累得驼背,你年少少的就不该。送你个治的药方:走路挺着胸脯子,睡觉别枕枕头。"

玉水道:"那我治好了驼背,比你更高了呀?"

"咦,你高不高跟俺比干么呢?"小菊瞪着他。

"怕你不喜欢。"

"咦,俺喜不喜欢管么用?"

"你是表姐呀。我知道,俺妈和你妈不是亲姊妹,可是我对你妈,比亲姨还亲;对好儿姐,桃子姐,还有小菊姐你,像亲姐姐一样亲。你别见外呀!"玉水说完,窘困地望着她。

小菊被他的话语和表情所打动,禁不住走近他,说:"俺把玉山哥,早当亲哥叫了。你呀,玉水兄弟,尽管往高里长吧,人家喜欢着哪。"

"谁?"

"你小表姐呀!哈哈……"小菊笑着往前跑,碰到挡道的梨花枝上,立时,白皑皑的花瓣,像雪片似的,撒了她一头一身。她手扶住花枝,眯眯着妩媚的黑灵灵的眼睛,望着面前的景致。

那一株株大梨树,犹似雪压的青松,挨挤山坡,艳服素装的男女学生,错杂其间,谈笑风生,角逐戏谑,和蝴蝶、蜜蜂赛着伴儿,碰动得那花片纷纷扬扬,一似落雪,二像降霜。再看那北面的港湾，山水蓝成了一片，又接上了无际的天边。

玉水见小表姐看得陶醉了，等了好一会儿，才凑到她身边，说："这里好吗？比你们桃花沟？"

"比俺那山沟可大老鼻子啦！"小菊喜悦地说，"幸亏来一趟，不然老了还只知道个桃花沟、赤松坡、孔家庄、老母猪河……只是，在这样的地场，怎么闹革命呢？"

玉水道："在这，比不上咱昆嵛山，跟反动派真刀实枪地干；更比不上你家桃花沟——小苏区那么火红……"

"快说这里的。"小菊自豪地皱着端庄的鼻子，但还是不愿听表彰的话。

玉水向周围看了看，更凑近她，悄声道："我们中学生里，年龄大的不少，是'九一八'以后，从东北陆续来的流亡学生。他们净讲些抗日救国的道理，演抗日戏，办文化刊物，最属八中厉害，去年把一个国民党的狗腿子训导主任赶出了学校。"

"呀，闹得还挺厉害哪！"小菊说，心下想，怪不得理琪他们派负责人和崔素香来烟台，不光为了弄纸、墨这些用的，还要在这里领着工人、学生和敌人斗哩。小菊问："你都参加了这些事吧？"

"参加啦。只是没你能行，听素香姐说，你能干大事——干了不少大事啦！"

"净是瞎说，俺么事也没干。"小菊脸红了。

"你这次和姨夫来，还不是大事！"

小菊真挚地摇摇头，说："比俺妈俺姐她们，差远啦！比别人，那更不能比……俺才是个'同志的妹妹'。"

玉水发蒙，问："同志的妹妹？"

"是啊，你不也是'同志的弟弟'！"小菊见他还发愣，有些急了，"还不明白？多会儿你像你大哥那样，俺像俺二姐那样啦，他们能叫咱'弟弟同志'，'妹妹同志'啦，就好了，是不是？"

玉水一下恍悟了，拍着后脑勺道："明白啦，明白啦！我可真笨，我……"

小菊一脸严肃，说："笨不笨不要紧，多会儿为革命干了大事，那才要紧哪！"

"我向你学习。"

小菊又笑了，说："等俺是'姐姐同志'了，再学吧；但愿我先当上'同志的姐姐'……"

"高玉水！我们等你哪，你来不来？"花丛中露出一个细高个姑娘，那脸白得出众，冲着玉水叫道。

"你们先读吧，我就来。"玉水回答道。又对小菊说："走吧，去参加我们的课外学习。"

两人朝纵深处走着，小菊问："才唤你的那女的，是谁？"

"她叫孔香兰，也是孔家庄的。"玉水说，"对啦，她是孔秀才的侄女……"

"啊？"小菊停住了脚，"你和这样人也来往？"

玉水道："都是同学，一个村的，也认识。她也恨孔秀才，是孔秀才要把她嫁给县党部主任做姨太太，她不干，跑出来上学的。"

小菊蹙蹙眉头，说："俺不过去，她爹是暴动时咱们打死的，她万一打听俺是谁……"

"没有事。"玉水道，"孔香兰挺激进的，走吧，没有事。"

"不。"小菊固执地说，转回身向旁边的树林走去。

此刻，学生们分成小组，三个一簇，五个一堆，散布在果树林里。有的拿出当地出的《东海日报》《钟声报》，读文艺周刊《鸣铎》《草原》里的文章，内容多是抗日救国、争取民主自由、求个性解放、反封建婚姻一类的。有的朗诵鲁迅、柔石的小说，裴多菲和郭沫若的诗。有的讨论苏俄作家的作品，还有的传阅流亡学生自己写的文艺小品和诗作……

小菊惊讶地看着这种场面。

"这是学生的革命活动。"玉水在后面说。

小菊一转脸,看着他,问:"你还没去?"

玉水说:"我怕你迷了路……"

"你去活动你的。俺在这等着。"

"要么,你帮我的忙,我得把这个发出去。"玉水从怀里摸出一卷油印的传单,上面是中共中央的《八一宣言》。

小菊忙问道:"呀,你有这大事在身,怎么不早点办?"

"早了人没来齐,这是规定的时刻,一齐动手发。"玉水说。

"我来帮你。"

"你帮我看着点,有警察和不三不四的人出现,马上告诉我,好把传单藏起来。"

玉水在前向各小组的人分发传单,小菊紧跟在他身后,亮眼睛左右前后地闪动,她见左右前方,也正有人散发同样的粉红纸传单……忽然,后方有三个黑长人影,探头探脑地走来。小菊惊叫一声:"有狗!"这个词她才学会不久。

玉水闻声一转脸,欲将没发完的传单塞进怀里,但三个便衣人急匆匆地冲过来,传单眼见就要被发现……倏地,小菊轻巧地无声地扑进玉水怀里,用她的胸,将他的手和传单紧紧地压住。

特务们来到他们的跟前,贪婪的目光盯了拥抱一起的青年男女一会儿,吞口涎水,擦着他们的身边,扭头向别处走去。

玉水见敌人去远了,左手将小表姐的伏在他肩上的头摸了一下。小菊却更紧地把脸埋在他肩上。他直感到胸前有颗心咚咚地冲击着他的心扉。

这样过了有五六分钟。小菊惊恐未定地悄声问:"狗走了吗?"

"走了好一会儿了。"

小菊陡地离开他的怀抱,理理头发,生气地说:"那你为么不早说……"

玉水羞得脸通红,不敢正视她,怯生生地低着头不言语。

小菊一想到刚才的举动,赤红的嫩脸更加重了颜色。

天已正午了，游春的活动到了尾声，男女同学有的分散向回走，有的游兴未尽，几个相好的往更深处走去……

小菊和玉水向城里走着。她很兴奋，长了见识，帮玉水完成了任务，还听他读了一篇有趣的小说……

玉水见小表姐喜上眉梢，就说："小表姐，你刚才生起气来，真厉害！"

小菊道："那也叫生气？哼，你还没见我真动火，那可是……"她竟笑了，"好啦，兄弟，往后再不跟你生气啦。"

"生吧，没关系，你生气也好看，那脸腮上，不论生气还是喜欢，都有小酒窝，真稀罕人！"

"这有么稀罕的？天生长的呀！"小菊咯咯笑起来，"你又没出息啦，喜欢看生气的相。"

玉水低下头，痴憨憨地说："反正，你怎么的我都爱看。"

小菊见前面花枝稠处有人，忙掉转头红着脸道："方才见了敌人来，我那么的，是真急了。"

"那样对革命有好处。"

"快走吧，明儿还不上路回家，俺得领俺爹来逛逛景致……"

然而，张老三没这个眼福。就在小菊和玉水刚离开果树林，这里就发生了一桩惨案。

警察和便衣特务，在梨花会上出现，是公安局派来监视学生是否搞政治活动，寻找共产党人的蛛丝马迹。他们还趁机耍流氓，追逐、调戏女学生。

有三位稚嫩的女生，玩得兴浓，流连忘返，不知饥渴，顺着梨花丛，向纵深走去。她们没有察觉，正有四个警察尾随身后。其中一个叫孔树繁，是烟台专员公署专员、公安局局长张奎文的小舅子。此人是个恶棍，烟台街上一大虫，成天横行市面，喝酒不付钱，吃饭不交费，见了美色的姑娘、媳妇就上身。他领着三个狗腿子，来果林一是监视学生，二是调戏妇女。眼见着没抓住

"不法分子"，倒瞄上三个脸蛋白嫩、身材丰腴的女学生。但刚才她们在广众之中，不好下手。这时见三个女生解散走远，就追上不放。等她们来至南山根水沟处，孔树繁率先，四个流氓警察如饿虎扑食，扑向三个女生。

这三个十六七岁的姑娘，都是真光女中的学生，遇上流氓成性的四条大汉，简直是羊羔掉进虎口里。但三个大胆的女生奋起反抗，拼命挣扎，虽然衣服被撕烂，少女的最害羞的部分亦已暴露无遗，她们还是顽强地拼命地自卫，迫使野兽们不得不开枪，也没玷污了她们洁白的身子……

一个姑娘饮弹倒下了，子弹从她额头穿出去，血立时流满细白的脸，身子倒在水流里。她，是年十六岁，名叫徐成娥。

徐成娥惨死事件，在烟台市各界引起了极大的愤慨。广大群众早就对国民党的对外妥协投降、对人民残酷压榨的暴政深恶痛绝，女学生的被害是颗火星，把仇恨的怒火点燃了。中共烟台地下党组织，领导学校的学生、工厂的工人，带动市民各阶层群众，发动了声势浩大的抗议活动。反动当局软硬兼施，企图平息怒潮。但是，党组织通过进步学生领袖，及时向群众揭穿了敌人的阴谋。事情发生的第三天，召开了数万人的追悼遇害者徐成娥大会，会后，以徐成娥胞妹徐明娥化装成姐姐的尸体坐在人力车上为前导，举行了浩浩荡荡的送葬游行示威。那人海上面的挽联、幛条如林，万众齐呼"保人权，伸正义"的口号，震动着这个美丽富饶的重镇的统治者，连那些各种肤色长相的掠夺者，也龟缩在港口的船舰上，惴惴不安。

烟台专员公署不得不把凶手孔树繁逮捕归案，向死者家属发了两千元的安葬费和抚恤金。但徐成娥的尸骨刚刚入土，一些学生领袖和积极分子就被开除出校，一大批学生、教员上了赤色分子嫌疑的黑名单……

党组织派老宋和政治交通员黄白去向特委领导报告这次斗争

的过程,请示下一步工作的指示。

张老三父女来烟台后的第五天,也即四月二十二日,他们和老宋、黄白一行四人,分前后两批上路,拉着大黑草驴,把驮内的油印用品伪装得好好的,辞别了崔素香、高玉水等人,离开了烟台市,奔向昆嵛山。

小菊姑娘和来时到陌生的地方、见陌生的人的紧张心情不一样了,她对烟台这座城市,它的海,它的山,它的梨花会,特别是那里的人,留下了深刻的印象,大有依依惜别的感情……

瞧,看见昆嵛山了,快到桃花沟了!快见到妈了!闺女的心,很快被自己出生的山村,相依为命的亲人,占据了!

第十二章

"冤枉！冤枉！别杀我，我有话说……"孔居任面如土色，大喊大叫。

"你妈的！赌光了党的钱，不回来报告，差点把咱们千辛万苦请来的领导人弄丢了，找你又逃掉，几个月不照面，这么大罪过，你一条小命赔不上，你还有脸喊冤叫屈！"刘宝川怒不可遏地说着，把手枪顶上子弹，"押出去！"

两个游击队员把住孔居任的胳膊。这时，于震海和伍拾子来了。

这是在无染寺庙里。无染寺建在唐朝时期，昆嵛山主峰泰礴顶下的南夼深处，离山外极远，四周多是野山，鸟道羊路，罕有人迹。于震海几次来此隐蔽，同寺里的和尚沟通了感情。出家人不问他们的事，也不向山外敌人报告，偶尔还有地瓜咸菜招待。游击队这几天集结在这里待命，准备攻打界石镇。队伍有骨干队员二十七人，基本上是暴动突击大队剩下来的，也有新补充的几名，大胜等几个治好了的伤员都归队了，分成两个小队，由伍拾子和刘宝川当小队长。队长还是于震海，政委由刘宝田顶替了高玉山，山子主要在特委协助理琪的工作。还有一些不离家的半游击队员，分散在各地，需要时偷着出来活动，平时在村中干活，做发动群众、掩护离家同志的工作。

孔居任是傍天亮由二妞和界石镇的青年党员王同两人送到无染寺来的。孔居任昨天夜里拉响武术老师江鸣雁门上的暗号铃铛。他穿着警察的黄军装，背着大枪。他向吃惊的江鸣雁父女说自己犯了错误，现在要痛改前非，回到队伍里去，请江老师告诉他于震海他们的地址。孔居任前天在母猪河桥头，缴了一个警察的武器，扒下他的军装，把他丢进洪水里喂鱼去了。

江鸣雁知道孔居任失踪的事，和女儿商量，不告诉他游击队的住址，而是派两个人把他送到无染寺，这样不论孔居任是好的坏的，都万无一失。

于震海和伍拾子夜里出山到界石镇周围的几个村庄，布置不脱产的半游击队员如何配合打界石镇去了；宝田去丁家庵接理琪和高玉山来无染寺最后检查打界石镇的准备工作；队上的负责人只有刘宝川在这里。这个害了眼病爬上槎山云光洞守红旗的火暴青年，被于震海背下山掩护在山西头林殷同志家里，由媳妇二妞日夜伺候，土方治疗，一个多月，火去肿消，眼睛复明。夫妻二人，白天屋里练拳头，夜晚院中对枪刀，迄今又是一条精壮汉子。孔居任逢上刘宝川，分明是兔子撞到枪口上⋯⋯

孔居任刚来到无染寺，见别的负责人不在场，对刘宝川的问话爱理不理，心想，暴动的时候他是中队长，宝川是个扛旗的队员，如今才当上个小队长，比他还小一级。这一下更激怒了宝川和队员们，立时借和尚的正殿中厅，宝川在供桌后站好，队员们列队两旁，学着唱京戏审案的做法，把逃犯孔居任"带上堂来"了。

孔居任大模大样地斜视这些熟悉的面孔，说："你们干什么？过堂啊！哼，我有差错，可是为的革命。我躲起来是不对，可教训过坏地瓜，消灭了一个敌人，得了一支大枪，三十发子弹。将功补过，戴罪立了功⋯⋯"

"呸！"刘宝川用香炉砸得供桌嘣嘣响，"你这小子还不服罪。丢了革命的钱，要害领导人！如今明明是投靠了反动派⋯⋯"

"我是缴了警察的枪，找你们来的！"孔居任吼道，"二妞，你给说话！"

"他来找的，是真的。"二妞说，"宝川，还是等海哥回来再说吧。"

"先问明了省他的事。"宝川说，"你孔居任早就帮孔家打架伤人，不务正业，参加革命时冷时热，你自己找来的不假，我看你是奉了孔秀才的令，想打入内部来当奸细……"

"刘宝川！你伤人！"孔居任说着要向门外走，"我跟你说不清，我走……"

"站住！"

几个队员堵住孔居任。宝川冲上来就是一掌，骂道："狗小子，识破你的奸计，就想溜啊！没有门！快说，是不是敌人派你来的？"

众人齐喊道："快招！"

孔居任看看他们一个个枪刀在手，脸露杀气，心有些慌，左手去摸右肩上背的大枪，恐惧地说："你们……你们要干么……"

"押起来！拉出去！"宝川命令，拨动手枪。

孔居任要端枪，呼一声，大枪被一个队员抽走了。两个队员上前扭住他的胳膊。孔居任就大喊大叫起来："冤枉！冤枉啊……"

于震海和伍拾子一进门，宝川冲他说："队长来得正好，逃犯回来了，死不认罪。砍了这个败类！"

孔居任哭丧着脸，乞求地望着于震海说："兄弟，我错了！我不是有意的，我不是奸细！快来救我……"

于震海怒悻悻地盯了孔居任一眼，摆摆手，说："放开他，先叫他说明白来龙去脉。"

孔居任蹲到庙中间，哭咧咧地说："兄弟，同志们！我错了，对不起组织，可我还是想闹革命啊……"

原来，孔居任输光了接理琪的五十块大洋，只身出了威海卫之后，心里实在感到窝囊，和来时判若两人，如同抽去扯线的木偶人，无精打采。怎么办呢？怎么有脸见组织和同志的面？五十块大洋来之不易，又是这么给丢的，挨顿批评不说，这脸面向哪里搁啊！传到丈人张老三耳朵里，他会骂："妈妈的，到底是不争气，比二女婿差老鼻子啦！"要叫媳妇好儿知道，又会恨他这个不争气的丈夫，对他更没有个笑脸真心……思来想去，不能这样去见组织，太出丑丢人了。要寻法弥补自己的过失，弄到钱，把领导人顺利接回来，就什么都好了，不幸中就有幸了。用什么办法呢？钱，得想法弄到钱，有了五十块钱，就有了一切……当孔居任走到威海南岗的乱坟堆，想到来时要劫于之善父子的自行车的举动，他心里一亮，有了主意：坏地瓜说进威海办货，他急着回乡下发财，不会在威海待久，回来到赤松坡老家，石硼岭是必经之路……

　　孔居任翻山抄近路赶到石硼岭山口，在附近的背静处，烧了一些草灰，把脸抹了，折了一条松木棒子，埋伏在上坡的路旁，饿着肚子等了大半天。中午过后，果然于之善父子推着自行车，身上背着日用杂货，气喘吁吁向岭上爬……干这个营生是孔居任的老本行，一切很顺利，很快，孔居任骑上自行车，车后座带着一大包杂货，一溜风冲下山坡，坏地瓜父子还跪在地上叩头，求"黑脸大爷"饶条狗命哩。

　　孔居任夜里推着自行车敲开他界石镇舅家的门。他和表弟商量，自行车和杂货不能在本集出手，也不能在孔家庄，而派表弟赶到黄垒河南边的南黄集去卖。第二天就去，越快越好。

　　算盘打得如意，运气碰得不济。坏地瓜于之善丢了从异母同父弟弟灰瘸狼于令灰遗妻手里骗得的宝贝自行车，二十二块大洋的杂货——预计到乡间翻一番。他置炕上病危的老娘不顾，像发了疯，没进家门，就奔区跑县去告状，又得助姐夫区长孔庆儒的势力，周围的区、乡、镇、村，很快都得了通缉令。他又动员"三族"①的七大姑八大姨，各式各样的朋友、拜把磕头弟兄，到处打听风声，寻觅迹象。坏地瓜的这些招数，却是自诩聪明的孔居任始料不及的。

自然，他的表弟一在南黄集出现，就有人注意上了。几句盘问，就连人带车子抓到了孔家庄区上。孔居任的这个小表弟才十八岁，可是个硬小子，把他两手两脚四个五寸大钉子钉在墙上，挂了一宿，他始终没改口，认定是自己干的……最后判了三年徒刑，自行车、杂货归还于之善，还卖了二亩地，赔偿失主告状所花的费用。实际上坏地瓜分文没费，倒落得给老娘办了丧事还绰绰有余。真个的，塞翁失马，焉知非福？坏地瓜披麻戴孝哭"妈妈"那几天，心里乐得老偷着笑……

孔居任在舅舅家已无法存身，又向何处弄钱接出理琪赎回自己的大错呢？他打上了姑母的主意。自从上次拒绝了孔霜子要他投靠孔庆儒的劝降，接着发生了搜捕北石屋伤员的惨剧，孔居任一直躲着他姑母，再没登她的门。而孔霜子报告了伤员掩藏的地址后，怕侄子说出她来，跑到牟平城相好的汉子家，前两天打听到没有干系才回到桃花沟家的。孔居任想，唯一有钱的是她了，她见亲侄子有急不能袖手旁观，实在不肯出钱，他也有法子对付她，并且离岳父家也近，顺便探听一下党组织对他的态度……

大脚霜子心怀鬼胎，一见了孔居任，以为他是来查问她报告伤员的事，异常紧张。岂知孔居任为自己的吉凶忧心如焚，早把这事忘到脑后，开始向姑母借六十块大洋救急，却不讲借钱干什么。因为他还记得姑母劝他投降孔秀才当奸细的话。可是，孔霜子却是不见兔子不撒鹰的主，非问他要这么多钱排什么用场不

————
①三族：父族、母族、妻族。

可，不说明白了不借给，无奈只好对她讲了实话。但是，孔居任却把去威海接领导人，说成去烟台的，他怕走漏了消息，理琪出了意外，那他的生路就完了。

　　这个已经吃到出卖共产党人的甜头的流氓女人，听到这样的消息，激动得浑身发酥，恨不得立刻飞到孔家庄，一准是几个金元宝进怀，她再躲到牟平吃喝淫乐一阵，再回到桃花沟，再……最后就腰挎万贯，到牟平盖起洋房，弄几个风流青年陪着，美美地过日子，再不开这绣花坊，费尽心机刮那些山村闺女、媳妇的血汗，费神劳力的。又一想，上次报告了情报，孔显带兵来没抓住伤员，倒死了好几个兵，孔秀才又叫她留心共产党的行踪……这次拉上孔居任带领孔显他们去抓住这个大头目，功劳更大了，孔居任也会做上官……然而，她刚露出这种意思，孔居任和上次不一样，抽了一会子烟，说："姑，你再不要拿这话来劝我。人选贤主而事，鸟择良木而栖。孔秀才的为人，你比我清楚，我家怎么败的？那产业怎么转到他弟弟手里的？我爹怎么抽上大烟的？怎么把我姐卖的？孔秀才打共产党，不是为我为你，是为他自己，这个王八蛋，为他自己的财和利，六亲不认，心狠手黑，什么事都能做出来。我去投靠这样人，为他出力气，能有个好下场吗？他用着我了，给我钱；用不着我了，给我吗？共产党那些人，为的是别人，对自己的同志，受了多大委屈也能忍耐，有多大险情也能挺身，身上挨了枪弹，也不埋怨。就拿这个领导人，我把接他的钱输光了，他开脱了我，又把干粮匀给我吃……要换孔家那一帮子人，哪一件是他们能办得到的！我想前想后，能和好人做伴受苦，也不和坏人为伍享福。"

　　孔霜子见说不动侄子，就跟着改口，说她也脑瓜子清亮了，再不听信孔秀才的狗臭屁，不管他的事了，但她推说没有现钱，要钱她得去孔家庄钱庄取。孔居任对姑母也是清楚的，她能一掉腚做和嘴上说的截然相反的事。他不让她去孔家庄，不让她出村，除去担水，禁止她出院子，反正绣花坊还没开张，她的家无人来串门。大脚霜子脱不开身，没法去送情报，她知道自己在桃花沟一个亲信没有，而且即使有个别贪图她的针头线脑、有时来往的人，比如卖烧酒的张桂元，叫他赶集帮助捎点东西，给熟人带个口信可以，干祸害革命的勾当，也是绝对不成的。这是桃花沟，小苏区啊！媒婆子破鞋女人甚至想，有包蒙药下进饭菜里，或者酒里，把侄子放倒了，她跑到孔家庄报信来抓走他……姑母是如此着急，侄子何尝不焦心呢？孔居任离开威海已经是第四天了，再弄不到钱，接理琪的日期一过，他的错误就更大了。他趁孔霜子出门担水，赶紧翻箱倒柜找钱……无奈，孔霜子的大锁，把所有值钱的东西细软都锁得严严实实，不然她经常外出，怎么会放心她的家当？更不用说现钞了，掘地二尺也找不到——她放到三尺以下的小地窖的坛子里了。

孔霜子和孔居任，亲姑母和亲侄子，系一根绳拴的蚂蚱，谁都想离开谁，谁也离不开谁，干着急！

这天，孔居任想好一个主意，叫姑母到岳父家探听风声，组织上是否知道了他的错误，对他是个什么态度。当然，孔霜子不能暴露他窝在她家里。这一点两个人倒是一致的。

大脚霜子走出院门，带上门扣，就站定了，接着大屁股一蹲，坐到青石门枕上。她朝村头山坡张老三的小院落望了一望，就抹搭着黄白的单眼皮，似睡非睡，想着她怎么走到张老三家门口，怎么迈过门槛，老三怎么说，三嫂怎么道……她又怎么出的门，进的胡同，到的自己家……有了，孔霜子跳起来，拍拍腚片上的土，又放下门扣，开门回到院子，走进厢房。她对像热锅上的蚂蚁，在屋里打转转的侄子，惊慌失措地说，她刚露出孔居任三个字，一家人像听到恶煞神。张老三抢着铁锹，声言要像对付黑心肝的张金贵儿子那样，等着和孬种的女婿孔居任算账，三嫂咬着牙，骂孔居任不听她的话，害了她大闺女，狗改不了吃屎；

那小菊一遍遍说，不用爹妈动手，暴动队的人，于震海和高玉山，哪个不在到处抓叛徒孔居任，抓着非万刀碎割了不可。一家人齐声告诫孔霜子，见了孔居任，马上报告抓起来，不能徇私情，谁窝藏他，一块跟着入土。

"那领导人这么快就回来啦？"孔居任大惊失色。

孔霜子说，孔居任前脚走，那个人就来了，并说，他看着孔居任就不老实，不信他。孔居任呆了一霎，自语道："哦，怪不得他不给我东西捎……也是，真给了我，我把文件看了，错误更大了，可他为么说没钱付房租？还叫我回来再送钱去？他不像有钱的，吃那干火烧……对啦，那手上戴三四个金镏子，金光黄亮的，那不是钱？他是成心支开我……"

大脚霜子瞅着侄子那打愣鸡似的狼狈相，心里得意道："浑小子，和我耍手段，还差得远哪！旁的费事，编排瞎话糊弄人，正是老娘的看家本领。媒婆的口哄遍天下，你还想和我试试？老老实实跟我发财吧！"她嘴上又同情侄子说，他遭了事还一心想着改错，接共产党的人，人家早把他孔居任看成对头，拿他是问，这叫落花有意，流水无情。她孔霜子一心为侄子着想，快帮着孔秀才干一两件大事，抓住于震海、高玉山，或者那个领导人，赚一笔大赏钱，就离开孔秀才这个吃人精，带上好儿到烟台、青岛或者更远的天津、北平去快活，有了黄金大洋，到哪里都有人叫大爷。好儿没有了高玉山的扯挂，就死心塌地跟他姓孔了。

孔居任被吓住了，没了主意，成天长吁短叹，坐卧不安，听到鸡飞狗叫，就心惊肉跳。这样过去了一些天，没有来抓他的动静，紧张劲渐渐松弛下来，脑子又开始正常起来。那个理琪他接触过一次，并不像个虚伪的人，倒很诚恳，怎么会这么对待他？高玉山他们会不了解清楚，就定他为叛徒？为这事就要处死他？但又一想，理琪这样实在对待自己，自己却失信不去接他，他一直躲着不照面，人家找谁了解情况？他犯的错误实在不小，输钱是一方面，这么重的任务完不成，非同小可啊！当初回来马上去报告就好了，顶多受个处分就完事了，谁想越弄越糟，时至今日，尿罐子打了底，不好收拾了！又一想，姑母的嘴，真假乱说，会不会为了逼他当奸细发财，编出来哄骗他呢？可是，他盘问了几次，又叫她去打听几次，孔霜子都指天画地，山盟海誓，有时竟声泪俱下，说她句句实话，有半个字假，不烂舌头，就浑身生疔疮，头顶透窟窿，脚跟流脓水……

有什么办法？不信，又没勇气和胆量亲自去对证；实信又不甘心，又不愿意去走黑道，剩下的就是藏在黑屋子里，藏一天算一天，千万别叫人发现了。

小菊和小蓉她们几个当过乞丐的女伴，已经受命注意孔霜子家。而且三嫂也根据杨玉清的指示，在河边碰到孔霜子时，向她讲，如果居任来了，嘱咐他去向组织认错，观察孔霜子的反应……当她们终于发现孔居任躲在他姑母家，就及时报告了党组织。惊弓之鸟的孔居任，对从前门叫他的高玉山，连话都不答，跳出后窗跑了。

向哪里跑？孔居任在深山的夜路上跌跌撞撞地跑着，心问口，口问心，老是那四个字：向哪里跑？当他停在一片黑漆漆的村庄外面，才意识到，他来到了自己出生的村子孔家庄。他感到一阵恐怖：难道他真要去投靠孔秀才，帮助这个仇人，来杀害和自己同生死共患难几年的战友、同志？自己也是几年的共产党员，也当过干部，就这么着背叛革命？可是不去怎么办，党已经不要他了，恨死他了，他能这样不到三十岁就进土成灰吗？还去当土匪？不行，早晚又要叫官府拿住，就不是关牢房的罪过了，加上共产党这一条，双料货，非掉头不可了。看起来，后两条路是绝的，只有上孔庆儒的船——这可是条贼船，但总还是条船，总比等着沉没好些，跟贼人混一时，苟且偷生，再做下一步的打算吧！

孔居任在村后黑暗不平的泥路上,向东走一气,又向西走回来,蹲下身抱着头发闷,伸长脖颈无目的地张望回顾。最后,他站起身,手一下插进插惯短枪现在空空的腰间,抬脚向孔秀才的住宅走去。但是走出百十步远,村中响起一片狗吠,接着有警哨子响,再就是人的跑步声……孔居任急忙闪进谁家的门楼里,偎身在门框上。等一切沉寂下来,孔居任拭一下额头上的冷汗。心里说:"娘的,没了枪,胆子少了一半……唉,我都要投过去,还怕他们干吗?能不怕吗?那是一群狼啊,这……"孔居任打个寒噤,突然随着谁家的鸡啼,把他的目光引向西南方向,眼睛霎时闪出异常的光亮:那一片黑乎乎的屋顶中,他似乎觉着有一个人,瞪着一双哀愁的盼望的细眼看着他,她……她是好儿啊!每次偷着夜归孔家庄,都是为了她,今天夜里,他怎么把自己的妻子给忘了,不来看她了?

不,孔居任没有忘,不但没忘,一开始就想到她。想看她,然而,冷酷的现实,使他不敢再走近妻子的身边。既然张老三一家都要置他于死地,这个变得为使他不脱离革命就要自刎的妻子,还能容他存身吗?所以他一想到她,就急忙停下了。现在,他已来到她住的村子,他就要去走黑道,他知道,她宁死也不会再看这个反革命丈夫一眼了。他感到悲哀,他是处心积虑爱她的啊!自从娶了好儿,他再没和别的女人来往过,当土匪那些日子,腰里装着钱,从卖炕女人门口过,他也没进去,这对孔居任,已是不简单了。今天他就要和她绝情了,无论如何,夫妻一场,他要和她见上一面,看她几眼也好,反正她是个柔弱的女人。别看他空手攥拳,她也奈何不得他,他要亲口和她说明白,不是他要走反革命的黑道,是逼得无路可走,他可不是成心和她过不去的呀!他又嫉愤地想,到底叫高玉山这个情敌得胜了,她很快就是他的了,那弱柳似的细白身上的一切,都叫他尽情享受了,说不定他们已经睡过了,怪不得高玉山夜里亲自上门来捉他……想到此,孔居任的眼里又燃烧着贼光,亡命徒的血液在他身上沸腾。他很快地溜到自家院墙外,一个猛跳,双手扳住了墙头,腿向上一甩,翻到院里去了。

出乎孔居任的意外,好儿毫不惊异,动怒,几乎是平静地给他开了屋门,让他到里间炕上坐。她将夹被遮着窗户挡住灯光,深夜还在做针线。孔居任转着眼珠子,满屋巡视。好儿问:"你找谁?"

"谁……"孔居任忽然意识到,高玉山在桃花沟捉他,再快也不会跑到他前面找好儿相会,他感到自己多疑了,含糊地说,"谁也不找,这家还能有谁?我是……是成了习惯,到哪儿都防备有敌人……"

"你坐着,我出去。"好儿欲出屋门。

"你上哪儿去?"孔居任紧张地赶到她面前。

好儿疑虑地看着他,说:"我去看看,外面有没有动静……"

"不用,不用。"孔居任心里想,她是要去叫人来抓他的吧?

好儿咽下一口气,道:"你歇着,俺弄点吃的……"

"不用,我不饥困。"孔居任说,心想,她是稳住他,等着高玉山他们追来。

好儿进了里间,坐到炕沿,又拿起正纳的布鞋,狠狠地扎下锥子。孔居任望着她,心里打鼓地想:"她这么沉住气,不动声色,一副胸有成竹的样子!那心里,只等着人来抓我,高玉山来抓我,我……"他再也待不下去了,粗声问道:"到这个地步了,你就一句话没有?"

好儿像没有人在跟前,又狠狠扎一锥鞋底,使劲拽麻绳。

孔居任急了,说:"一日夫妻百日恩。我就是罪该一死,你我也是夫妻一场,也不该这么狠心,这多大的仇啊!"

好儿停住了针线,静静地停在那里,没有抬头,没有言语。

孔居任把脖子凑到她面前,激愤地说:"我就有千错万错,该杀头,也得叫我明白呀!这么的,你们都一条心,连听听我一句话都没有,就这么处置我啊!"

好儿猛地抬起头,又是惊又是气地说:"你怎么猪八戒开战,倒打一耙呀!谁不听你说呀?怎么处置你呀?"

孔居任冷笑一声,道:"怎么处置?你还装糊涂?你没听他们说?"

"听说了……"

"这不得啦!"孔居任疯狂地叫起来,"好啊,好啊!我革命半辈子的下场啊!我一心为革命着想,我总共打死八个敌人,还有个当官的!我救过石匠玉的命,他也救过我,想不到,要杀我,杀我这个共产党员!哈哈哈……"

"你小点声!"好儿紧张地盯着他。

"我……我怕什么!好啊,我死了,我得喊共产党万岁!我是共产党员,共产党杀共产党……"

好儿上前一把扯住他的胸襟,双手用力,使劲将他推倒在炕前地上。她是使出平生的力气,以致自己也扑在柜门前,喘息不止。

孔居任被她的这个猛烈的行动惊吓呆了,惊惧地看着她,惶悚地说:"你,我的事,你不知道?要杀我,你没听说?"

好儿喘息一会儿,缓过劲来,脸上还是红红的,说:"我知道,我全听说了!"

"那你就这么不动心,同意杀我?帮着抓我?"

"谁说的要杀你,抓你?"

"……"

"我听说,党组织找你,担心你,怕你想不开,上了坏人的当,再走黑道。"好儿气恨地说,"可你……"

孔居任急忙爬起来,仍坐在地上,说:"我没做坏事,我是想为革命,逗逗能,结果把钱输光啦!可我还想法捞回来,改正错误,接出领导人,不想事不顺手,一错再错,我可没干坏事啊……"

"谁说你干坏事啦？"

"那为么要除掉我？"

"你是听谁说的？"

"……我自己想的。"孔居任没忘瞒住姑母孔霜子的作为，"真的不杀我？你方才的话听谁说的？"

"玉山哥。"

"谁？"

"高玉山！"

孔居任呆了一霎，突然跳起来，冲到她跟前，说："是他骗你，还是你骗我？你们俩一起对付我……"他卡住了，说不下去了。

好儿闭上眼，咬紧嘴唇，一会儿泪水涌出来，冲到唇角处，那里正出现一道鲜红的血，和泪一起淌到胸前，染红了浅蓝的褂子。

"你……"孔居任上前，伸手去擦她的血。

好儿将他的手挡开，自己使劲揩干净，对他背着身，面对桌子上的油灯，沉沉地说："孔居任，你口口声声说俺骗你，谁个骗你？打俺和你成亲以来，俺知道的革命里的人，没有一个骗你的。俺，俺爹妈还没教给俺怎么个骗人法的，你自个儿骗没骗俺，骗没骗别人，你自个儿去问自个儿的心，俺从不说你。事情到了这个地步，俺本来不想和你说——可不是想骗你，好吧，俺不落这个罪名，就都说给你。"

"俺给你实说，你这次出了错，老长时间俺才知道，人家不愿告诉俺，怕俺难受……俺一听说你又犯这么大的差错，又不知去向，可恨死了你！你太不争气，太没出息，叫俺把心都使碎了，为你走正道，俺命都乐意搭给你……这次俺可不再这么傻，俺要自个儿走，不再跟你受这份罪！俺要离开你这个家，出去革命，和玉山哥在一起……"

"啊！你真这么的啦？"孔居任痛苦地叫道。

好儿仍没看他，继续说："你管得着吗？你有脸管吗？你先丢了俺……可是,有个人对俺说,孔居任犯了错,要帮他改正,他只要不去做坏事,革命就要他;为了革命,俺不能和你分开,要好好对待你,使你走正路;要是你回家,告诉你去找组织,认自个儿的错,千万不能上了坏人的当。这就是这个人跟俺说的你的事!"

"这个人是谁?"

"玉山哥。"

"他?"

"高玉山!"

孔居任极为震动,脑子里飞快地闪过:这是真的,高玉山能这么做。他真要带人捉我,后窗早埋伏上人,会让我逃走吗?他枪也是打得准的呀!看起来,姑姑是骗我的,吓唬我,给她去挣大洋,这个人的习性,她是干得出来的呀!妈的,我怎么就没想到这些明摆着的理,糊涂得听了她的骗,差点跪到仇人孔秀才脚前!娘啊,幸亏回家见好儿一面,又是她……

"好儿,我又错啦!我对不住你,对不起玉山……"他忏悔着,为的是得到许诺,"你对我,还……"

"天不早了!"好儿插断他的话,把纳好的布鞋上的麻绳剪断,将两只鞋捆在一起,丢到他身前的炕上,"带上走吧,路你都熟,怎么走,用不着别人再指了。俺给你去开门,看看外面的动静!"

孔居任一把鼻涕一把眼泪地叙说了自己犯错的经过。从他进威海赌钱输光,出威海劫了于之善父子,到藏在舅舅家,他都说的实话;可是一到藏到姑母孔霜子家那一段,他就胡说八道,完全隐瞒了他的政治面貌和他自己的动摇叛变打算。

于震海面色铁青,面对着这个气人的连襟,真想给他来一顿狠揍,可是孔居任又是个好事坏事都干的共产党员、干部,他无权这么做。他恨上加气,一时无话可说。不知怎么,他心里涌上一股酸楚的感情:先是替好儿痛心,多么使人怜惜的好女子、善良人,偏偏碰上这么一个倒霉丈夫，使她怎么经受这一而再、再而三的折磨啊！接着他替桃子一家难过，那对苦难重重的老夫妻，为革命吃苦遭罪，蒙羞受辱，以至把张家的独根苗都献了进去，把败类金贵除掉……现在，又有这个发浑的女婿，给他们丢脸！

伍拾子悄声说："震海哥，你怎么啦？是不是等一等……"

"还等么劲的！"一个队员说，"快下令吧，队长！怎么处置这个孬种？"

刘宝川腰带上是手枪，肩膀上是大片刀。他说："还用问？队长，用刀砍，还是子弹穿？"

孔居任跪到震海面前，哭着说："兄弟！救救我啊，我有错，我改，让我立功赎罪。兄弟，看你好儿姐面上，看咱丈人丈母面上，看桃子妹面上，饶过我这一回吧！"

于震海痛苦地说："早想到这一家，你还不这么干啦！"

孔居任大喊："我不是敌人哪！"

震海愤怒地说："可你帮了敌人的忙，差点出了大事，丢了领导人……"

"孔秀才的帮凶！"宝川叫道。

孔居任分辩道："我赌钱是想为革命多搂点钱，是好心……"

"是黑心！"宝川冷笑道，"这次为革命去赌钱，下次为革命逛窑子……"

"我没有……"

"会有这么一天！"刘宝川狂吼一声，"你犯下了死罪，还硬嘴……"

"我媳妇说，你们不杀我的呀！我才回来……"

"要惩处你，你就不回来啦？"震海严厉地看着他，"不回来你要干什么去？"

"我……"孔居任低下头。

"投孔秀才是不是？"刘宝川问。

"你血口喷人!"孔居任大声抗议,"我没想好……"

"还想什么!犯了该死的罪,也要回来向党认!"震海斩钉截铁地说。

孔居任头低到胸口上,泣声道:"我认……"

"拉出去!"宝川抽出大片刀。

"宝川!"震海说,"不能杀他,等待上级的决定。"

宝川急了,说:"还等什么?要叫这小子跑了……海哥,你怎么软啦?这个家伙干了多少错事,留着他总是个祸根,你不能拿亲戚讲私情……"

"私情?"震海眼迸火星,上前抓住孔居任的胸前衣服,向上一提,孔居任踮起脚跟,跟着他转了一圈,"他要只是我的亲哥,我早崩了他!他……"震海将他狠狠推了出去。

孔居任退到墙根,手捂着脸蹲下去。

震海叫上伍拾子,和几个队员到厢房议论打界石镇的事去了。刘宝川余怒未完,命令道:"同志们!把坏蛋孔居任吊上梁头,让他死前认认错。"

孔居任乞怜道:"我肚子疼,就让我躺一会儿再死吧!"

"哼,没这么便宜的事!"两个队员上去扯孔居任。

孔居任挣扎,说:"咱党里,不兴这一套。你们这么做犯法……"

"浑蛋!"宝川照孔居任脸上一拳,"你是哪家子党,还有脸胡说,我揍死你个小子……"宝川又挥起拳头,但被一只手握住了,他回头一看,叫道:"好,你们来得正好!理琪同志……"

"刘宝川同志!红军游击队小队长同志!"如果说理琪平常瘦脸上的表情像有一层春露,这时倒是一层秋霜,嘴唇直颤抖,严峻地说,"谁给你的权力,这么对待一个革命的同志!"然后,把他的手松开。

刘宝川一愣,望着理琪和他一块的高玉山、刘宝田,气呼呼地说:"你不知道,他的罪过有多大……"

"我知道了!"理琪说,"再大也不是敌人,是同志,即使是敌人,该杀该罚,也不能这么对待!我们是无产阶级的队伍,不是一般农民武装,更不是流寇!作为一个红军游击队的干部,你这样干,实在是大错误!"

不是他非常崇敬的理琪站在面前,亲口这样说的,如果是别人转述的,宝川怎么也不会相信,党的领导人会对他处置一个差点把领导人置于死地的有罪过的人,发这样大的火,似乎有罪的不是孔居任,而是他刘宝川!岂有此理,天下哪有这样的不公道!理琪是怎么了,他是孔居任的受害者,更应当痛恨孔居任呀?这个怪人,这么下去,怎么能领着他们打胜仗?宝川两眼气得发直,一句话说不出来,把大片刀狠狠地掷到地上,匆匆出门去了。

二妞第一次见到这位人人传颂的领导人,不想丈夫对他如此无理,羞得满面绯红,说:"领导人同志,他是愣头青,你别见怪,俺去责备他。"

理琪这才发现游击队还有个女的,问:"你是游击队的?"

"不是,是来送人的。"二妞说。

高玉山在理琪耳边说了二妞的情况,理琪上前握住她的手,极其和善地说:"二妞同志,我批评你丈夫该不该?"

"俺说不上。"

"那就是不该啦?"理琪看看屋里游击队员们,一个个都紧绷着脸,说,"刘宝川是个好同志,好得使胶东人民的革命史上,一定会留下他的美名!可是,同志们!再好的人身上,有了错误也不能原谅,这就和健康的人身上有了病,不治就要成大患一样要紧。这些道理,我相信同志们会很快明白过来,变得好上加好的!"

当下,高玉山去找刘宝川谈心,刘宝田、伍拾子和于震海,同游击队员进一步议论打界石镇的战斗计划和准备工作。

庙堂里，香案旁，理琪和孔居任在谈话。他详细了解了孔居任犯错误的过程。孔居任再次隐瞒了姑母孔霜子的真正面目，自己发生动摇的事实。他的用意，是怕组织上说他和孔秀才有勾结，对他不信任，保住姑母；实际上，他这时要能老老实实和盘托出，不但会使今后的斗争少受损害，对他自己也会少受许多的惩罚……这是这种人的性格决定的命运，是无法挽回的。真乃是，种瓜得瓜，种豆得豆；一切祸福，自作自受。

理琪对孔居任进行了一番耐心的严厉而又诚恳的批评教育。孔居任最后沉痛地哭了，甘愿受任何处罚，表示坚决改正，并不埋怨宝川和同志们的气恨，是自己的错误太大，对不起革命和同志……

在接着召开的党员干部会上，小队长刘宝川做了自我检讨，但他对只给孔居任撤销原来的中队长职务、党内严重警告处分想不通。他气愤地说："孔居任没有脱离革命，是媳妇逼的，他犯了罪能自己回来，没有投敌，是他和孔秀才有旧仇，没有出路。他都是为自己的。"

理琪道："你说得全对。是的，敌人不给他出路，我们为什么不给？为他自己，他参加革命，说明革命对他有利，这有什么不好？当然，作为一个无产阶级先锋战士来要求，孔居任差得太远。我们要加强对他的改造，也应有适当的警觉，但这是对自己同志的，不准歧视他。"

这时，太阳已经离开东山顶两竿子高了。和尚叫游击队去吃饭。只见灶间一口大锅，围上十几个人也不挤得慌，锅里煮的地瓜干，只占二分之一的地方，也足够三十个壮汉一顿的饭量。

吃光地瓜干，喝够了热水，全体游击队员，包括孔居任在内，兴致勃勃地研究打界石镇的行动方案。当孔居任接过高玉山递给他去威海时留下的手枪，对着众人，擦了把眼泪。理琪留心刘宝川的反应，见他无声地叹了口气。孔居任走到理琪面前，说：

"组织对我这么信任,看我今后的行动吧!这次打界石,凭着我这身警察皮,先混进去,打个头阵,将功补过!"

大家你一言我一语地讲开了。孔居任又凑到理琪身边,小声说:"我有个事老发闷,你在庆和楼的当儿,手上戴着三四个金镏子,为么不顶了店钱跟我出来?"

理琪不禁笑了,从衣兜里掏出几个金镏子,递给他,说:"你当时怎么不问我?"

"不好意思……"孔居任接过镏子,在嘴上一咬,"啊!原来都是假的……"

理琪接过铜戒指,说:"这和你身上的敌人军服一样,骗人的。我们没有钱,少枪缺弹,就要想办法欺骗敌人,出奇制胜……"

大家反复商量出一个奇袭界石镇敌人的作战方案,务必要做到:消灭敌人,保存自己,扩大党的政治影响,防止敌人的报复行为。

第十三章

大暑过后半个月前后的立秋,也就是阴历的六七月份。阳历八月间,是胶东半岛的盛夏时节,最炎热的日子。当然,最热也比内陆凉爽,海滨之地不说,就是腹心地区,早晚也是凉风习习,影响不了睡觉的。公元一九三六年的立秋,因为是闰三月,日子是阴历六月二十二,阳历的八月八日。这一天孔家庄的气氛像酷暑一样灼热,不为别的,庆贺冬春楼重新开张了。

经过半年的紧张施工,孔庆儒不惜耗费重金,把个冬春楼修盖得比往昔更加气派显赫:高出一般平房的两层楼的顶盖,镶着琉璃瓦,塑着麒麟、飞龙,金碧辉煌,七八里外看得眼花;黑漆大门也加宽了,门框两边增上两条红柱子,门上面"冬春楼"的匾额,比过去又大了一倍。

孔秀才亲自选了立秋这天为开张吉日,取其收获季节伊始的意思。从烟台请来的过路京戏班子,要连唱三天大戏,《花田错》《大劈棺》《纺棉花》《连升店》《十八摸》《群英会》,文的武的,素的粉的,好的坏的,应有尽有,招徕四乡的小贩、闲人。冬春楼侧壁的戏台前面的街道,从早到晚,人堆人群,擦肩搭背,水泄不通。

县上的一帮官吏来赶热闹,周围的区、乡长和有脸面的财主、绅士,争先恐后送礼祝贺。孔家的远近亲属更不消说,有这上好的机会巴结有权有势的孔区长，谁肯放过！冬春楼内楼上楼下，酒席几十桌，宾客如蚁，旧的离桌，新的上席。直吃到下午，县党部主任鄢子正和公安局丛局长驾到，热烈程度达到了高潮。孔庆儒分秒不离地陪伴这一文一武两个实权人物，喝酒、看戏，看戏、喝酒，痛快到三更天，来到二楼的高级小房间，还兴致不减，玩开了麻将牌。

和鄢子正那瘦麻秆的骨架身子、石灰人似的脸正相反，丛局长又胖又壮，胖脸和光脑袋油光光的，浑身上下，像个海豹子。名义上是打麻将，实际上是孔庆儒和钱庄账先生，故意送钱给上司。丛局长赢了二百多大洋了，伸了个懒腰，"哈欠"打得嘴能吞下个西瓜。

账先生马上吩咐万管家道："快把烟灯点上。"丛局长摇摇头道："把嘴都抽苦啦，正达兄，你是圣人君子，清苦惯啦，我这行伍之人可不能成宿的光棍对光棍啊，哈哈……"

"我倒疏忽了！"孔秀才道，"看看戏子有没上台的，叫两个旦角来，唱唱曲，给大家提提精神。"

鄢子正皮笑肉不笑地说："罢了，没有一个像样的。世翁，我听说过贵族有个梨园出身的媳妇，艺名小白菜，才艺出众，姿色不凡，能不能让小弟们开开眼界？"

丛局长立时精神大振，兴趣盎然，道："有这等事！老兄，你不该金屋藏娇，独吞啊……"

"这个玩笑开不得……"孔秀才作难道，"孔某人理家素来从严……好吧，万管家，你去一趟，就说请她来凑凑热闹，别的没有事，万一她不来……你对她说，我叫她回答我的事，我一直在等她的话……"

万管家去后，鄢子正道："世翁的这一条线，一直没钓上鱼？"

孔秀才摇摇头，说："也许他们找不到他，也许不肯上钩。"

鄢子正道："小白菜和杨更新是同胞兄妹？"

孔庆儒点点头。

鄢子正说:"孔专员和郑局长,有些不和。那个在法国留过洋的书呆子专员,喊叫什么御外侮、治内患,在威海禁烟抓人,同日本浪人、高丽烟馆,几经冲突,杨更新是他的卫队长,很得力。"

"哦!"孔秀才说,"他还不至于跟共产党合污吧?"

"那当然!"鄢子正轻快地笑了,"我看世翁有些草木皆兵了,嘿嘿!"

"你们一见面,除了说共匪,就没别的了。"丛局长大声道,"去冬那么些共匪暴乱,被大兵清剿一尽,你老兄高楼平地起,比从前更加阔气威风,可以平步青云,发财升官了!"

孔庆儒说:"这些全仰仗鄢主任和丛局长的文韬武威,使小弟才得偏安一隅。只是赤匪根子尚未挖净,于震海那帮祸害没有除掉,还是心患!"

"老兄是被共匪闹怕了!"丛局长说,"于震海几个亡命徒,在昆嵛山里滚石头,半年了,闹不了大乱子,几条泥鳅,翻不起大浪。"

鄢子正道:"丛兄的见解有理,世翁的忧虑有据。胶东的共党已基本完蛋,但也要防其死灰复燃,君不知,千里之堤,溃于蚁穴……"

"好啦,好啦!"丛局长抓起大烟枪,"动心计的买卖,你们弄去吧,用着动枪刀,找我……今夜晚,我看咱们还是抽大烟,打麻将,玩女人,庆贺太平世界,冬春楼开张!"

孔秀才和鄢子正连声应好,账先生忙着给他们烧烟泡。丛局长寻开心地说:"喂,鄢主任,听说秀才老兄为你保媒,多会儿吃喜酒啊?"

鄢子正道:"这要看世翁的了!"

孔秀才为难地说:"侄女能攀上鄢主任,真是我孔门的荣耀。无奈这孩子上了几天学,不肯就俯,跟她妈闹死闹活,上烟台念中学去了。贤弟放心,弟妹过些天就去烟台找她回来,我将亲自开导,美事定能玉成。"

"我自从看了香兰小姐的肖像,真是神魂颠倒,不能自已了。世翁,你可不能老叫我夜夜望梅止渴啊!嘿嘿……"骨架石灰人开心地笑了,很快又正经地说,"女孩子有了文化也是难得的,能上中学很好。只是烟台的学潮越闹越厉害,前些天为一女学生被警察伤命,罢课罢市,政府不得不让步,估计有共党操纵……"

"看看,说着美女又扯上共产党,你们这些人,真没办法。还是把你的女学生像叫我瞧瞧,也止止渴……哈哈哈哈……"丛局长白丝褂底下厚脂肪的大肚皮,不停地搐动,开心地笑,"老弟,别看你对付共匪是高手,对付女人,我可比你在行。喂,女学生上手,先不要急着上身,告诉你个简便法子,试验一下她是不是囫囵的……皇帝选妃子都这么试的,很灵,我那五姨太,差点滑过去……哈哈哈!"

鄢子正感兴趣地听着,少有的连肉带皮一起笑了。孔秀才装没听到,闭目抽大烟,其实在品着丛局长的话味,想着和大儿媳妇复述时的情景……

这三个酒囊、烟鬼、淫棍正在开心,这时有个跑堂敲敲门,报告说:"有位奶奶来了。"

孔秀才、鄢子正、丛局长,都面对门口,大瞪着眼睛,张大了嘴巴,似乎等她一进门,就一口把她吞进去。

账先生拉开门,女人胆怯地走进来。她的一身化绸穿戴,一股脂粉香,使屋里人眼花了,身子酥麻了。然而,没用多久,孔秀才先由喜转怒,鄢子正跟着一脸失望,丛局长大嘴咧成一条斜沟。他们先后发现,锃明的罩子灯光下,那张多少白粉也盖不住的黄皮皱纹脸,简直是在白灰墙上画出来的。

孔秀才怒问:"你来干什么?"

"我……大哥!"孔霜子怯生生地看看这个,瞅瞅那个,"到钱庄找账先生，他不在，听说在这……"

"走，咱到别的地方说去。"账先生忙要带她出去。

"等等。"孔秀才松下脸，"你有要紧的事？"

"有……也不是太要紧的，是……"

孔庆儒哭笑不得地对两位发愣的上司说："这位是舍妹。四妹，见过鄢主任、丛局长！"

孔霜子抱着两手，挨个儿地弓一下腿，忖道："适才进屋，他们那么热地对着我，怎么一下都变冷了……"

孔秀才道："账先生，你去门口挡着人。四妹，有事你说吧。"

孔霜子是来邀功请赏的。三天前夜里孔居任从后窗逃跑后，前门高玉山进来，很和气地询问孔居任到她家躲藏的情况。孔霜子自然是一套假话：她孔霜子如何劝他归队，侄子如何为犯错痛心，胆小不敢回去。她换来的是高玉山一片真情实意：孔居任只要回去，不会难为他。高玉山一走，孔霜子关上门，好一阵子乐：孔居任被她吓住，偏偏又碰上高玉山来找他，他这一惊，投奔孔秀才是无疑了。那白花花的是银，黄灿灿的是金，孔霜子再不用舍不得深山沟的绣花坊，过提心吊胆的日子。她还想到牟平城买下房子，开个铺面，专找个小白脸当伙计，外带着打野食，那荣华富贵，那淫娱恣乐，王母娘娘见了也流涎水哩！于是，粉脸霜子连夜收拾细软，准备明早雇头毛驴，高高兴兴去孔家庄。

可是，当刚闭上眼就被雄鸡叫明惊醒的孔霜子，头重脚轻地来到院里，面对被曙光照得景新物亮的桃花沟，她情不自禁地缩回屋。她忐忑不安地想："不行，居任前腿进去了，我后脚就上孔家庄，万一查问起来，我……"她摸了一下脑后的脖子，伸了一下舌头。

大凡破鞋女人都具有两种超出常人的要素：一是财欲，二是淫欲。两种欲望的蛊惑力往往使她们能冒一切艰难险阻，种种负担，置自己生命于不顾。

孔霜子就是这样的人。她在桃花沟畏葸了两天，黄白之物①的吸引，随之而有的对淫乐生活的想象，使她再也按捺不住，第三天就奔孔家庄来了。

正逢上冬春楼开张喜日。她见了做公的人、警察、大兵，就喜盈盈地迎上前打招呼，以为他们都会知道她，他们的新头目孔居任是她侄子，他来是她的大功，孔秀才早以区长身份宣布过了的……岂知那些人对这位四十多岁、花枝招展的女人的笑脸，毫无兴趣，有的还吐口水，骂"老不要脸的"……怎么回事？大脚霜子一下又醒悟了，这是个秘事，孔秀才为了保护她的安全，怎么能随便讲呢？一般人不会知道，她的联系人是钱庄账先生呀……

孔霜子打听到账先生在冬春楼陪客，心想孔居任一定也在那里……但她问谁，谁都吃惊，不知道，她又不敢擅自撞进客厅，直等到下半夜，人清静多了，才托她熟悉的跑堂，通报进去……

孔霜子对共产党说假话，对国民党也不全说真的。

"大哥呀！"孔霜子说，"居任听我的开导，早想着过来……他又说做过对不起你们的事。要瞅空子立个大功，才过来见你……叫他去接领导人，上烟台，他去了，领着那头目走到半路，那头目见不是味，趁夜里住店上茅厕，跑啦……居任来找我拿主张，我叫他来找你……怎么没有来？"

鄢子正思考着，孔秀才问："这是多会儿的事？"

"他三天前夜里从俺家走的。"孔霜子也纳闷，"他明明说的投靠你来呀，那边他不想回去，就是想回人家也饶不了他呀……"

鄢子正问："那个领导人姓啥名谁？"

"俺不知道，他没说起。"孔霜子这是真话。

鄢子正问："是怎样一个领导人？"

---

① 黄，指黄金；白，指白银。

"是个大头目，上面派来的。长得又高又大，腰里别着两杆枪，比石匠玉还虎实！"她的话半真半假了。

"就在前几天，出了事居任就来找我，我就叫他投奔这儿来了。"孔霜子全说的假话了。

"他妈的！人哪？"丛局长生气地瞪着她。

孔霜子看着那油脸上的横肉，凶光毕露的鸡蛋眼，惶怵地说："俺不知道。老总，我是一心叫他来的，兴许，他病了？他从小有拉血的病，一拉像鞭杆，直刺直喷的……"

"四妹，你说的可是真话？"孔庆儒严厉地问。

"是，是，有半个假字，我舌头连根烂。大哥你知情，我……"孔霜子这时真后悔，干么急急忙忙地来了，三个人像恶煞神！唉，真是狗咬尿泡——一场空。还想有重赏哩，别惹祸，快走吧。

但是，出乎大脚媒婆的意料，孔秀才和鄢子正交换一下郑重的眼神，吩咐孔霜子："四妹，你到我那儿住着——住内院，这几天不出门，不见外人，鄢主任有事随时问你……明天，账先生给你五十块大洋，先用着。"

孔霜子简直喜从天降，不敢相信自己的耳朵。但，她有自己的敏感和聪明，刚离开屋，她心里就明白了："哈，三个老色鬼，两个打我的主意哪！我说呀，我一进屋都眼巴巴地盯我，嘴张得能把我一口吞了，他们早听说我的人表，等着哪。我说呀，对居任来的事少了兴头，心都用在我身上哩！我说呀，叫我住内院，不见人，什么主任有事问我……嘻嘻，什么大人物，见了风情女人，也下跪的下跪，叫妈的叫妈……那骨架子人，一宿下来，不叫你散架子才怪……那胖丛局长倒有油水，好力气，等着吧，多少油水老娘也抽得干，不叫你们卖房子卖地才邪了。秀才这老骚货，对我从不热眼看，哼，他眼馋小白菜，吃着大媳妇……天哪！想不到我今年四十八啦，男人见了还流口水，嘻嘻，姜还是老的辣呀！这些个吃腻了嫩菜碟的老畜生，要换口味哩……咦，居任没到这儿来，上哪儿去了？"

大脚霜子的肥腚刚扭出屋门，丛局长就哈哈大笑，说："真他娘的好笑，一心等只花蝴蝶，倒飞来个屎壳郎！老兄，你要的什么鬼把戏？你的房子多，凤凰、野鸡都养啊！"

然而，此时的孔庆儒和鄢子正，酒意淫心早消失了。鄢子正坐在那里，手拍着前额，发出如敲干瓢的响声。孔秀才深深地抽水烟，一会儿就抽完了一烟锅。

丛局长见没人答声，看着他们，说："怎么着？扫兴啦？那个管家还没把少奶奶请来……"

鄢子正站起身，在屋内徘徊着，说："看起来，这个共产党领导人，很可能潜伏进来了！"

"来者不善，善者不来！"孔秀才吐出一口浓烟，思考着应道。

"他是干什么的？从哪里来？在烟台住了多久？和烟台这次闹学潮有无直接关系？这个人是本地人、外地人？是从上面派来的，还是这里找来的？胶东的共匪和上级接上了关系？怎么接上，在哪里接上的？"党部主任自语着。

丛局长道："看看你老弟，用了多少脑筋！来了一个共产党负责人，就吓成这个样子！不用担心，来多少个，也会像张连珠那几个一样下场。剩下石匠玉那几个人，成不了气候，不把他的脑袋搬家，割下我的挂在城门楼上。"

孔庆儒道："子正弟想的这些正是要害所在：这个人一来，使于震海这些断线风筝有了牵线，和共党的领导机关通上气儿，他们就有了领路的，有了打气的，就不好对付了。我们切不可大意！"

鄢子正说："可怕的是我们蒙在鼓里，以为共产党完了，其实他们是在积蓄力量。他们学得聪明了，请来领导人，我们还不知道。原来争取了一些动摇分子过来，也打入几个人进去，对粉碎这次暴乱起了很大作用。现在我们的人都在外围，伸不进他们的腹内，摸不清共党剩下多少队伍，还成不成形，特委负责人还存在几个……光知道他们有的人在山里藏着，却不知道准确情报。"

"那你快派几个人打进去，收买几个共党过来。"丛局长说。

"谈何容易！"鄢子正道，"我们正在抓紧这方面的工作，世翁亲自动手安排，才有了刚才这条线……"

"有多大作用还难定论。"孔秀才摇摇头，"还指靠鄢主任党部的高手。"

"共同协力。"鄢子正说，"局长兄，共党领导人既然来了，就得开展活动，不会不出昆嵛山，山外也会找他联系的。你们要加强防守出山的路口、要道才好。如果都像孔家庄区界石镇控制楚秦口、青庄口那样，就好了。这是孔区长治理有方。"

丛局长没有出声，脸色有些难看。孔秀才忙说："还是丛局长指挥有力，全县的兵警都靠他的训导。烟馆老板商尚文乡长也很用心。"孔庆儒见丛局长面色缓和了，又皱起眉头，说："我想起来了：两个月以来，楚秦口、青庄口、九龙池西口……进出山的路口，不断有人来往，我们也打死两个共党分子，是不是和这个领导人来有关？"

"他不是才来的吗？"丛局长问。

"对这样的情报，不可不信，也不可全信。"

"好，好！"鄢子正说，"世翁真是过世之才，饱学之士！这一个多月，不见于震海他们捣乱，只见出入昆嵛山的人增多，就大有文章，大有文章！好，我明天就去盘问族上的四姑奶奶……"

"哼，她是谁的姑奶奶？"孔秀才不屑地说，"你们现在就可以去……"

"老皮子，我抵挡不了！"丛局长又眉飞色舞起来。

孔庆儒叫来账先生，命他领客人去睡觉。丛局长边走边嘟囔："真没劲，好戏开不了台……等小白菜来了，务必请到我屋唱去……"

他们刚走，万戈子就来了。小白菜没有请到，并且也不听恫吓，她说和共产党没有来往，不知道他们的事情；于震兴从小和他兄弟于震海不对付，找不来于震海。

孔庆儒气狠狠地说："她不会来，我料定了。只是让你借机去看看她的动静……不识抬举！"

万戈子说："我看她的身子不灵便了！"

"什么？"

"看样子五六个月的肚子啦！"

"啊！"孔庆儒脸色似猪肝，将水烟袋顿到桌子上，"这个烂货，风流娘儿们！我……"他咬咬牙，把醋火压下去，"既和长工成了亲，大了肚子是顺理成章……好吧，按你的通共的罪名我没实证，杨更新处不好办；治你奸情罪，可是证据俱全了。我也替干亲家出口气，减减孙专员的威风！"

万管家问："什么时候动手拿她？"

"这个，不用我们出头，自有人来办。"孔秀才恼恨地说，"过了这两天好日子再说……这个女人好说，要是石匠玉他们有了个好领路人，那……孔霜子的嘴没有数，兴许是乱说？她上次报的伤员窝藏的地点倒是真的。叫孔居任去接上面来的人，可见这小子还挺受共党信任，装的？真的？要是把孔居任搞到手——这小子在哪里呢？"

孔居任用手枪指着商扒皮，厉声喝道："狗杂种！你动，你动就打死你！"

商扒皮身如筛糠，蜷缩在屋角落里。

商扒皮，这是乡人痛恨这个大烟馆老板，给他起的外号。其实，他有个相当文明的名字：商尚文。实际上他一个大字不识，却有一个出众的本领：扒皮。他扒人皮、物皮、地皮、山皮……反正见皮就扒，而世间几乎没有没有皮的东西。年轻时，他在孔庆儒的父亲孔宪贵在文登城开的官司店里当差，老板吸饱了打官司人的血，商尚文扒他们剩下的皮，回到界石镇开了个大烟馆。他从西面莱阳来讨饭的人里头，骗买了两个十多岁的好看女孩子，送到烟台窑门里学得本事，在烟馆里半妓半使。就这样，多少个本地人，被他扒了皮，倾家荡产。而一亩地没有，一块山峦不存的商尚文，十多年工夫，成了一乡的大财主。前年春天，原来的乡长死在他的烟馆炕上，死家告了状，指控是商扒皮毒害致死的。结果将商扒皮和当事的妓女抓到了县上，关了一个月，案子最后的判处：死者吸毒品过量，淫欲过度，自负其责。商扒皮回来不久，就代理上乡长，转过年，就正式荣任了。从此，那个跟他一块坐监的烟妓身价百倍，成了半个女主人，撒起野来，商太太也得礼让三分。赤松坡的于之善和商扒皮是儿女亲家，很看不过眼，要商扒皮把她拉出去卖了。商扒皮喝多了酒，说了几句："有尾巴在她手里攥着呀！"坏地瓜不明白，追着问；商乡长醒过酒，把话岔开了……

今天傍黑，商乡长才从孔家庄祝贺冬春楼开张回到镇上。三更过后，于震海率领游击队，在本镇地下党员王同、江鸣雁父女等人的内应配合下，撞开了乡公所的大门，没发一弹，没伤一人，迅速顺利地解除了二十三名敌人的武装，缴获了二十多支长短枪，一千多发子弹。将俘虏教育了一番，锁进他们的住屋里。游击队员们兴高采烈，带着武器弹药，离开了界石镇。于震海跟着一个队员，向乡长商扒皮的住宅走来。

原来，商扒皮都是住在自己家里。战斗一开始，由本村一个党员指路，小队长伍拾子和孔居任、一个队员来捉商扒皮。很顺利，就把他从蚊帐里拖出来，押到厢房，孔居任在这看守。队员去报告队长任务完成，伍拾子在对集中起来的商扒皮的家属进行教育……

孔居任见炕前的桌子上有包香烟，就拿过来，抽出一支，就着煤油灯火点烟……

"你是……是孔居任？居任大外甥……"商扒皮战战兢兢地说。

孔居任自负地冷笑道："是，怎么样？大乡长，罪犯到家啦！当初我爹的皮你也扒过，我来找他要饭钱，你还赏我两个耳光子吃，对不？"

商扒皮脸流冷汗，双膝跪下，哀求道："我知罪，知罪！求求大外甥，饶我一条狗命！要么有么，这地下有金条，我给你……"

"晚啦！"孔居任贪婪地吸口烟，"留给你买棺材吧！"

商扒皮突然换了一副凶恶的脸相，说："我劝你也不要高兴过早！你是什么人，你自己明白！"

"你说什么？"孔居任一惊，把烟丢掉，"你小子想找死怎么的？"

商扒皮色厉内荏地说："我死就死，你也活不了……我知道你有短在孔区长手里，当年你诬告高玉山是共匪，状子我见过，你饶了我，我不说……"

院子里传来脚步声。

"好吧，你快跑！从后窗……"孔居任急忙说。

商扒皮跳起来，扑向后窗，刚刚推开窗扇，背后砰砰两枪，灼热的弹头穿透了他的肺腑……

孔庆儒痛苦难耐地捣着自己的心窝，直挺挺地靠在躺椅上，吓得孔显和万戈子恭立两旁，看着他罕见的忧心如焚的表情，不知如何是好……

孔秀才的这番苦痛，一不是为乡长商尚文毙命，更不是游击队的枪弹已经射进自身的心窝，不，石匠玉他们还没动他一根毫毛。可是，他却明明觉得，他挨的枪比商扒皮还多，受的伤比谁都重。他苦心经营重修冬春楼，是要显示一下他孔家多年统治的威风，更加威风不倒啊！镇住四乡。岂知不等这座庞然大物显威，预计庆祝三天的落成典礼，第一天夜里，他手下最得力的乡长商尚文和全部武装被消灭殆尽，使参加庆典的客人省了用醒酒汤。孔庆儒压住人们的惊慌，坚持把活动搞下去。第二天来的百姓更多了，他们一面看戏，做买卖，一面在小声传闻着商扒皮"走了"的喜讯。而且还发现了几张贴在墙上的工农红军游击队处决商扒皮、借枪打日本侵略军的传单，这不仅使隆重的开张大典煞了风景，更是为共产党的活动提供了方便。无可奈何，只得把戏班子赶走……不收场也不行了。第二天夜里，又有一个乡的枪被游击队"借走"，接着县里来电话向丛局长报急：两个区里发生游击队袭击三个乡公所。党部主任和公安局局长，匆匆回县，来吃贺酒的头面人物，也都惶恐不安地回家看门去了。那鹤立鸡群的冬春楼，倒像一株老朽树，孤零零地遭风雨。

挨了好一会儿，见孔庆儒不捶胸了，眼睛张开了，孔显说："爹，你抽口烟吧？"

孔庆儒瞟了大烟枪一眼，摇摇头。万管家递上盅茶水，等他呷了两口，又装好水烟袋，双手送上去。孔秀才坐直身子，接过水烟袋慢吞吞地抽着，不知说他的身体，还是说地方的统治，抑或两者兼而有之，叹息道："今非昔比了！"

不光是从话里，还是从他的很少在别人面前露出的颓唐表情，使孔显和万戈子都有些吃惊，感到一阵沉痛。

孔秀才像是自言自语："咱们听不到一声枪响，见不到一个人影，好个热闹的开张大喜日子，就给搅弄得精光！我半年的心血，随水流了！他们学得精了，不打则已，一打就是个痛地方。平常他们人不多，叫你瞅不见摸不着，一打起来人就多了，他们有内应的人，在老百姓中间，叫你分辨不清，你总也不能把所有的人都抓起来，杀掉……孔霜子一口咬定孔居任接的人是才来的，也许她说的真话，孔居任没给她说，也许孔居任也不知真情……我断定,这个领导人不是才来的,光凭石匠玉这帮庄稼汉,没有这个计谋……我们刚说共党领导人来了就得活动,就得出山,要像界石镇的楚秦口、青庄口那样,把昆嵛山封闭起来……看看,共匪就拿界石镇开了刀,他们早看出了这步棋。好哇,来的这个人,还真是高人一筹,不同凡辈啊!"

"爹!"独眼龙急了,"你怎么说开泄气话啦?丢了那点人、枪,算不了什么!共匪闹暴动上万人都垮了,还怕来的这一个小子?他总不是三头六臂……"

"就是三个头六只胳膊,也不是大老爷的对手!"管家赔着笑脸说,"二爷,大老爷是盘算计谋,不是别的,你沉住气。"

孔秀才脸露自负的神色,冷笑一声,说:"哼!我不过是自怨自艾几句聊以开心。别说是丢了两个乡的枪,全区丢了又能奈何!县上要增加剿共特捐,我们加征三成,这就派人去威海买好枪回来,不把昆嵛山封住,捉住这个共匪头子,我誓不为人!还有,鄢子正叫我千万抓住孔霜子不放,能通过她拉来孔居任最好,出多大价也上算。再者,提防有人给共匪走消息,咱们吃过亏的……我要叫小白菜和于震兴听支使。"

孔显道:"小白菜很硬,没抓住她有通奸的事,又有她哥,查起她来,不好办。"

孔秀才说:"早先我光逼她本人……这两天我琢磨着,那是笨法子,她那么倾心于震兴,说明她离不开这个汉子,折磨于震兴,比折磨她本人还疼,于震兴是共匪的亲属,怎么对付都行。"

"这倒是法子!"万管家说。

"这女人,真不知中了什么邪,迷上个穷扛活的!"孔显的独眼龙脸又嫉恨地扭歪了,他一想她的身材、面色,就醋火高升,"爹,于震兴也不会知道共产党的事情。"

"这个我懂。"孔秀才说,"可是他是石匠玉的亲兄弟,他要去打听他,知道的人有会上当的。"

"那于震兴回来不说实话也是白费。"孔显说。

"我有人暗地跟着他,用不着他说话了!"

万管家立时说:"大老爷,你真是韩信再生,诸葛亮又出世了!"

孔庆儒捻着胡子梢,笑笑说:"我怎么能和古人相比?只是……"

"区长!区长!"刘队副叫着,和警察丁立冬惊慌地跑来。他进了门里,丁立冬站在门外。"不好啦,于震兴不在啦!跑啦!"

"怎么跑的?"孔显喝问。

刘队副指着丁立冬:"你报告!"

丁立冬说:"我去换泥鳅的岗……"

"什么泥鳅?"万戈子问。

"这是他的外号,是当兵的。"丁立冬道,"他坐在小白菜大门外,睡着了,一身的酒气……我不放心,跑进屋一检查,于震兴没有了,问那两个女人,都说不知道……"

"他妈的!"孔显火了,"把那小子押起来,大棍子伺候。"

刘队副说:"押起来了,还在嘟囔'好酒','喷香'……"

砰!

众人一惊。孔秀才将水烟袋狠狠地顿到桌上,站起了身,眼射凶光,脸露恶相,咬着牙说:"这娘儿们,欺人太甚!治你通共罪不行,办你奸妇罪绰绰有余!万管家,去吩咐族长,抓起门里的奸妇,明天,我要亲眼看她的下场!"

萃女怀孕虽已六个月,但是她练过功的腰身还是很细,要不是伏天单衣,肚子稍有显形就能看出来,还真瞧不出是个有身孕的人。这半年多,她极少出门,一是躲避孔秀才他们,二是畏惧人言讥嘲,使她本来就缺少风吹日晒的脸,更加细白。虽然不缺营养,却因精神紧张,日夜提心吊胆,休息不好,患了个贫血、神经衰弱症。她比早先清瘦了许多,眼窝发青,那双黑白分明的眼睛,显得更大,里面老是湿漉漉的。

怎么办呢?孔庆儒要她出卖共产党来换取合法的夫妻权利。诚然,她太需要这个权利了,太爱她的丈夫了,且又有了个叫爹妈的后代了!每当她展身在丈夫怀抱里,她忘记了一切,世界上只存在他,他是她生命的来源,有无穷无尽的精神和力量使她兴奋、激动、幸福。丈夫酣睡过去之后,她却倍加焕发了青春,那样热烈地深情地看着他,看着他,直到天亮……萃女简直无法想象,她没有了丈夫怎么办,她真切地感到,到老了,她和他,会一起得病,一起躺到棺材里,一起埋进土,一起烂成泥……根本没想他们还能有分手的一天。然而,这一天却无情地过早地到来了,要么,除非她和他,帮助孔秀才,去捉共产党——他们身边的凤子她们就是啊!

不,萃女连往这上面想都没有想,更不用说于震兴了。她自作主张坐上花轿的时刻,她流着泪欢笑,这是因为有了共产党,打开了铁板的天,使她能享受女人的起码权利——找个丈夫啊!婚仪上,她虔诚地拜了共产党!暴动失败了,她失望、痛苦、惊恐,可是还从心里发出呼喊:"成亲一天,我也喜欢!也没枉为一辈子人啦!"她怎么还能听信时刻想把她当成玩物蹂躏的那群人面兽心家伙的鬼话呢?在他们脚底下,能叫别人做个真正的人吗?那样即使她和震兴能结合在一起,也不是什么幸福夫妻,而是可恶的害人贼,活在世上还没有死了的好……

可是,有孔秀才这条毒蛇缠在身上,怎么办啊?姑妈叫她和震兴逃走。他们想逃到哪里去呢?她又有了身孕,出去怎么生活?到威海投奔她哥,她哥能收留她和姑妈,能容得下全胶东被通缉的共匪于震海的亲哥吗?他也不会同意这门亲事,况且又坐下了身子?萃女叫震兴躲出去,震兴哪里能放心丢下她?他叫萃女去威海,别管他,她怎能离开他一步,一切还不都为的他吗？三个人常常是愁容相对，互揩眼泪。他们现在多么想见上亲人——桃子和凤子她们啊！但是，震兴找上冯痴子，人家都不愿意和他说话，桃子、凤子他更不敢找：一是怕人家不理他们，更怕被敌人注意上，害了她们……

最后还是萃女拿出主张。她说："叫咱们干害人的事，咱们还没长出这个心——来世也长不出来了。坏种们来，和他们软磨蹭，拖时间，等把儿子生下来——我老觉着得有个儿子似的，也不知为么……不过就是个女孩，我也照样喜欢，再做打算。天无绝人之路。"

就这样，孔秀才派人来索回话，萃女就推三阻四，不是讲于震兴害怕不敢出门，就说他病了……一直拖到冬春楼开张这天，万戈子深夜叫她去陪客唱戏。一来她知道他们对她有邪心，二来她这几天乳房膨胀，腹部凸起，怕出意外，人前受辱。所以任凭万管家软硬兼施，她就是不去，最后不得不顶撞起来，她把万戈子逐出门外……

从第二天起，孔庆儒派兵守住萃女的大门，加强对她的威逼。这也是他和鄢子正研究的办法，要使出一切手段来找到游击队的地址，寻觅新来胶东的共产党领导人的踪迹……

丁立冬得知了孔秀才的阴谋，萃女和于震兴的表现，和凤子商量，要想办法使于震兴逃走，不然会有杀身之祸。凤子不能亲自出面，敌人监视得紧，丁立冬更不能暴露身份给他们。结果凤子找到"鬼见愁"冯子久，告诉他以上门看病为由，叫于震兴脱身，和如何脱身……

昨天傍晚，萃女和于震兴接待了上门的冯先生，当听说是凤子叫震兴快走的传话，他们紧张了，知道这是有来历的，非走不可的。他们这才感到自己真傻，糊涂死了，早该料到这一层，早走就好了，如今有兵守住大门，火烧到眉毛了……按照凤子的部署，夜里于震兴做好了逃走的准备，天亮前，用酒菜灌醉了那个站岗的油子兵,于震兴溜出了大门。他不知道,正有个警察在黑影的墙角处为他望风。丁立冬望着震兴跑出村外。有一个时辰了,才坐到门槛上,瞅一眼倚在门框上醉睡的泥鳅,慢慢地掏出小烟袋,不紧不慢地抽着,直到太阳上了房头,他才叫醒泥鳅,叫他进屋去看看动静,他是刚来换岗的……

但是,凤子和丁立冬却没料到,这时的孔秀才像头疯狂的困兽,他不但要害于震兴,连萃女也不放过了。

处治所谓奸夫奸妇的惨剧,按照传统,在孔家庄村头的大水坑上演。

这个大水坑,有一亩地大小,在村东头路南,村人称之"东湾"。它汇集村中流出的污水,附近田里下雨时的积水,终年不涸,平常也有一人多深,目下是仲夏,满满一坑浑水,足有两丈深。水坑岸边,散布着几十株垂柳,无人修理,加上臭水熏沤,长得歪七扭八,半生半死。多年以来,有在这里投水自杀的,有暗算人的,有抛进私生婴儿的,更是处刑奸夫奸妇的所在。人们互传:每当夜阑月昏之时,东湾里有鬼哭声。离村不足百步的一个水湾,竟如此恐怖!

像往常一样,听到要处死奸妇,东湾岸上照例塞满几百看热闹的人。其中多半是男人,也有少数女人偎在后面,一堆一簇的,焦急又耐心地等待着。围观的人们,有的兴奋,有的愤恨,有的痛惜,有的同情……心情种种,但脸上的表情,却是一样的阴沉和严肃。在这种场合,即使有人为遭害者不平,或有的也和他们同病相怜——正在和相好偷情热恋,也不能流露出来啊!能表示的是,要激愤,故作镇静,跟着别人一块发怒、啐唾沫,来掩饰内心的真实感情。这种惩戒奸情的残酷刑罚,从古至今,却威禁不住男女偷情、失节的事件发生,而这种事,比那些高高的节妇烈女牌坊,不知要多多少桩。

观众的视线都注视着北岸。那棵半死不活的歪脖子柳树下,放张八仙桌子，一把太师椅，椅子上坐着一个人，是这场戏的主持者。他是个九十出头、现在孔门族上的最长辈的老人，名为族长。这族长是那样干瘦，坐在椅子里，确确实实像死了多日的棺材瓤子。有些七八岁的孩子见了他，哇一声吓哭了，把头藏进大人的腔后面。这位现在如此显赫的老族长，平时却不被人们注目，他前几天还躺在戏台下面，伸出黑骨头爪子向行人乞食。可是一旦发生了这样的事件，他的时运就来了，几分钟之内被请上祠堂的正位，吃几天犯事男女家里送来的好酒好饭，发号施令，人人望而起敬……然而，一旦行刑过后，脱去他族长的礼服，他又像癞皮狗一般，畏缩在肮脏的角落里，人人见了躲开走……

老族长坐在太师椅里，闭着眼，像是睡了。实际上，他的手摸索着胸前滑溜溜的礼服——那里一片油渍，是这几天洒上的肉汁、卤汤，他感到异常舒服。心想，再多几天施刑多好！再抓住几起奸情多好！天天有这种事多好！

万戈子走到他身前，嘴凑到他耳朵上（他太聋了）说："大老爷吩咐，动手吧。"

族长一惊，睁开花眼，嚅动着没牙的扁嘴，颤着头问："他……他来啦？"

"来啦。"万戈子说了声，奔到旁边去了。

孔庆儒和孔显一伙，躲在旁边几棵大柳树后面。这里地势低，不被人注意。

噹！噹！噹！三声催命的铜锣响了。

四条赤膊大汉，从村中架着两个女犯，应声而出，很快地来到湾岸，停在八仙桌子前。这两个女人的头被黑布蒙着，看不出她们是谁。老族长抻着脖子上的瘦筋，嘶哑地叫道："头一个，开刑！"

前面的女犯头上的黑布被撕掉。她是个三十多岁的寡妇，浮肿的菜色的脸，垂到胸前。这女人已押在祠堂十二天，跪瓷碗碴儿，吊梁头，逼问她奸夫是谁，她一句话没有。她的隐情的败露，是半夜里大姑子发觉她屋里有男子说话……后来又发觉她失血过多，强剥她的裤子，检查出堕胎的遗迹……

最触目惊心的场面开始了：寡妇自己躺在一扇石磨上，大汉用麻绳将她的颈项捆在磨扇上，四个大汉将她和石磨一块抬着，晃了几晃，猛地扔向湾里。嘭咚一声响，污水激起几丈高的水柱，石磨带着人沉下去了。

人群一阵骚动，有暗泣声，好些人侧过脸去。不久，水面逐渐恢复了平静，人群也不动了。

"二一个，开刑！"那嘶哑的喊声，又颤巍巍地响了。

女犯的黑布一揭掉，响起一阵声浪："小白菜！"

"小白菜！"

"小白菜……"

是她，爹妈给的名——萃女，已被小白菜这个戏名替代了。她像一摊泥坐在青草地上。她哪还来得力量站起来呀！这些天担惊受怕，前天夜里打点丈夫逃命，痛苦如焚，昨天抓到祠堂，还没等用刑，她就小产了。她姑妈带着从冯先生那里抓来的药赶到阴暗的小屋里，守着稻草堆里的死外孙女，边哭边给侄女喂药、擦下身的血……

萃女苏醒过来之后，凄然地说："别哭呀，姑姑！落到这个地步，我自个儿找的，俺乐意……震兴走时我就和他说，别让他走远，别过海，把砍柴刀留给我，谁敢欺侮我，我就先死了，他好回来收尸……不想，他刚走我就遭了殃，用不着柴刀了！姑姑，这染血的裤子别扔了，别洗它，用它包着流出的东西——那是我和震兴的骨血啊！等她爹回家，埋了她，是俺娘儿俩的坟哪！我阳间不能有人叫妈，到了阴府鬼儿子喊声娘就行了！姑姑，不知怎的，我原以为俺有的是儿子！儿子……别哭呀！姑姑，快给我药吃，止住血，我要有力气，自个儿跳进水里，用不着坏人扔我……"

275

萃女的脸纸一样白,连嘴唇也失去了血色,发卡子滑到肩上,凌乱的长发,搭在脸上,嘴里还咬着一缕。

两个大汉上去拉她。萃女躲开他们的手,两手抓住青草,先把腿跪起来,使了几下劲,终于立直身子,晃了几晃,还是挺住了。她在强烈的阳光下,眯着眼眺望前方,一身蓝条白布裤褂和脸色一起闪着白光。

她用手拢了一下脸上的乱发,但嘴里的那一缕仍咬在牙缝里。

她抱着一死百了的决心,挣扎着向八仙桌子前的磨扇挪,拼力做出无所畏惧的表示。有几个大胆的年轻人,禁不住喝彩道:"好样的!"

"到底是小白菜!"

"唱几口戏吧,提提精神!"

人群一阵活动。

老族长也不由得上了火,要压一压这个万恶的失节妇人的威风,说:"你败坏我孔族的门风,知罪吗?"

萃女面对着一池污水,沙哑的声音却很清晰,道:"俺姓杨,不姓孔。"

族长哆嗦着干骨头身体,举着小拳头喊:"你嫁到孔门,活是孔家人,死是孔家鬼!"

萃女冷冷一笑,道:"我嫁到了于家,俺男人是于震兴!"

老族长语塞,憋得直咳嗽。孔显见状冲了过来,厉声叫道:"你这不要脸的奸妇!死到临头还逞狂……"

"我和于震兴,头年十一月初八,坐的花轿,拜的天地,请的客人,堂堂正正成了亲的。这怎么是奸妇?哪里不要脸?"萃女有些激动了,脸腮竟出现了红晕。

孔显大喊:"胡说!你是我门里哥的媳妇……"

"那我是你嫂子了,对不对?"萃女嘲弄地跟着冷笑,"好个小叔子,你干么几次三番来欺负我?想和我这个嫂子睡觉?请问族长,这个罪该不该治呀?"

人群里掀起了哗然的哄笑声。孔显羞恼地跳着高叫:"沉磨扇!快,把这个娘儿们沉下去……"

麻绳扣正要往萃女脖颈上套,有一只手上去抓住了。这使在场的人都愣住了,惊呆了,过了一霎,才都惊骇地看清抓绳子的这个人,更加愕然:啊!她……

第十四章

她，大兵押着，抱着孩子在孔家庄街上游过街；

她，从区里向县上迎送时，在孔家庄街上当众和区长孔庆儒对过阵；

她，被强迫改嫁时，在孔家庄街上示过众；

她，老是穿着浅蓝的自织的粗布褂子、黑裤子，又总是洗得褪了色，又常见几个贴切的补丁；

她，身板老是那么直挺着，头上总是没有惹眼的首饰，发髻结实地扎着，面色红润润的，眼睫毛常是顺着的，胳膊上老爱挽个山菜篮子；

她，孔家庄上的人们，不少人是认得出的。

她是那样悄没声儿，不被人们注意地出现了！出现在众目睽睽的地方，凶残的死神疯狂显威的地方，出现在屠刀口上！因此，几百双不同的眼睛，这时都是以震惊的目光，同时从小白菜身上移到她身上。连左侧柳树后的孔庆儒，都伸长了脖颈，张大了嘴巴，瞪圆了眼睛……

跟前的独眼龙孔显，简直不相信戴着墨镜的眼睛，上下左右、前前后后打量了她一遭，才惊讶地问："石匠媳妇，你来干么？"

桃子的手抓住麻绳扣，平静地说："俺早就是痴子媳妇了，走路碰上这个事，俺来说句话。"

"你他妈的……"孔显骂道,要上去推开桃子,可是,他又停住了,有个汉子,正站在她身后。

这是冯痴子。他怀里抱着的一根粗厚的桑木扁担,高出人头一大长截子,脸上毫无表情,眼睛呆痴地瞪着,贴在桃子身后,宛如庙里的二郎神。

孔显不由得离开他一步,冲几个凶手道:"把痴子媳妇拉开!"

桃子紧抓住绳扣不放,说:"俺有几句话说。"

那几个凶手大汉看看那号二郎神,他怀里的粗长扁担,欲前又止。

萃女已从惊惑中清醒,痛心地握住桃子的手,流着泪道:"好妹子,你快走!你救不了我,俺知情……"

"不,俺不是救你,俺是有话说。"桃子提高了声音,对着孔显,"看看,你身上有枪,那么多人,俺怎么救得了她?俺只求说几句话,当着众乡亲,俺要说得不在理,甘愿受处罚,和她一起沉湾,也行!"

人群中纷纷议论。有人大喊道:"叫她说,叫她说!"

"咱们听她说话,说呀!"

"有理说开,无理遭灾!好啊……"

萃女抓桃子的手直哆嗦。桃子松开抓绳扣的手,就势使劲握了她的手一下。她见孔显向柳树后面张望,是在向孔秀才讨示意,不等回答,桃子转身对着族长,脸却侧向黑压压的人堆,说:"谁该受这种刑,是你族上的规矩,俺们外人管不着。只是老人家,俺才听这个女人说,头年十一月初八,她坐的花轿,拜的天地,请的客,堂堂正正成的亲。这桩事,俺倒是亲眼见来,是真的。"

那族长勾着干脑瓜,缩在太师椅里,没有反应。孔显急了,喝道:"你胡说!她也胡说!"

桃子对着人群说:"算我是胡说,她也是胡说。这么惊村动邻的事,孔家庄这么多人在场,他们也胡说?"

279

"俺们见来着。"人堆里有个中年汉子小声说。

"我也看见了!"又有个青年声高些。

"花轿绕村转了三圈!"

"四大桌客!"

"我喝了喜酒!"

"小白菜还唱了戏!"

人群中的呼喊越来越多,越多越高,有老有少,有男有女,最后竟形成一片议论纷纭、争相叫喊的场面。这时候,有个浑厚的嗓子,压倒一切声音响起来:"比明媒正娶还正经。请我操办的席,唱的礼;拜了天,拜了地! 拜了……该拜的都拜了!"郑厨子在人群中炫耀地说,不过他还是把拜共产党隐去了。

孔显气得说不出别的,只是骂:"混蛋! 混蛋……"

"你先把骂留下等着,看看谁该骂再骂不迟误。"桃子一开口,人们很快静下来,"再问族长,这个女的,嫁了人,跟她自个儿的女婿在一堆,有了身子,怎么是偷人养汉,犯了奸情罪?"

老族长仍无表示。孔显恼怒地说:"改嫁就是不该! 我们孔家就是反对改嫁,改嫁就是奸,就是……"

"这话不对吧?"桃子的声音更响了,冲着柳树后躲着的人影,说,"你爹秀才老爷,就喜欢帮人改嫁的。要不,俺怎么当了痴子媳妇的? 俺一直在心里记着他的这份恩德,难道记错啦?"

孔显被质问得无法回答。这时管家万戈子快步赶过来,威胁地冲桃子说:"你前面的话还算有些理。只是孔家娶小白菜过门的时节,订下了文书:她的丈夫死活她都是孔家人,终身守节。这个你怎么说?"

"哦,有这等事呀!"桃子装作才知道内情,略一怔。

孔显和万戈子得意地笑了。有同情小白菜的人,都眼巴巴地失望地看着她。有些人悲痛地想:沉死一个就够惨的了,还来了个陪着的,这女人,胆太大,兴许是嫁个痴男人,自个儿也跟着痴了……

"还有话没有了？"孔显阴冷地笑着，扫视桃子清瘦、柔韧的健美身材，心里说："他妈的，又是一个有姿有色的刺儿头，一块喂鱼去……"

"有哇。"桃子理把鬓发，声音响得使在场的前前后后的人都能听到，"俺不懂，头年小白菜嫁人的时候，你们怎么不拦挡她？叫她这么翻天动地的办喜事？"

孔显骂道："妈的！那是暴乱的时节，我们人死的死，逃的逃，连冬春楼都成了灰，谁还顾上管这些个？你他妈的是痴子，不知道？"

"你这一说，俺也明白了。"桃子道，"你想，区长大老爷一家，遭那么大的事，主家人都没有了，这叫一个寡妇怎么过日子啊！她没有了做主的人，还怎么守节啊！你们不成天价说，共产党共产共妻吗？她由她姑做主，正正经经嫁个男人，省得叫'共'了，这么的，不光不是丢了孔门的人，犯了奸情，反倒是保住了你们家的名声，这有什么不好？就说是不该的吧，也是世道逼的，不叫共产党闹暴动，她哪能有这个事？要找根，往共产党那儿去找，怎么是她的罪过呢？"

群众中一片啧啧的佩服声。有几个大胆的男女，连声叫喊："说得在理！"

"这不是奸情！"

"世道赶的！"

"杀人冤枉……"

孔显和万戈子惊慌失措，大叫："族长！开刑！开刑……"

太师椅的老族长毫无反响。孔显自己扑向萃女和桃子。可是，冯痴子的粗长扁担从怀里横了下来，挡住他的去路。孔显狂呼："沉湾！沉湾！两个一块沉……"

众人也都一齐吼道："这事太不公平了！哪能无故害人呢？"

"……"

"慢!"孔秀才眼见要闹哄起来太丢脸,忙喊了一声,踱步过来,脸上露出复杂的笑容,对桃子说,"你,张老三的二闺女,好胆量,好见识!"

桃子把右胳膊上的山菜篮挪到左手上,两手紧攥住篮子梁,说:"区长老爷来啦!俺是寻思,小白菜是你家的亲侄媳妇,她出了丑,传扬出去,对你……再说,这事这么处置不公,她又保过俺出监牢……俺和孩子她爹来走亲戚,碰上的,本来不该管……"

"该管,管得好!"秀才大声说。

"俺知道,区长老爷不清楚这码事,要清楚了,才不会让这么做呢。"桃子道,"俺的话完啦,不对,甘愿和她一块沉湾。"

孔秀才立时和蔼地说:"你说得在理,我全赞成。闺女,你真为我操了这份苦心……"又转向族长的方向:"这是怎回事?也不问问我,就处罚我的侄亲?我的这位侄媳妇,开通一些,倒从不欺心瞒人……显二,万管家,放啦!把我侄媳妇放啦!她嫁个正经人,我喜欢!明儿倒出工夫,我还去冬春楼请客,庆贺庆贺!众位乡邻,多来赏光啊……"

戏就这样开始散场了。

孔秀才那伙人一走,人群就乱了。一些人围上瘫坐地上的小白菜,一些人围着一直站在那里的桃子和痴子。人们都不讲话,只是惊异地看着他们,感叹一件不吉利的事,得到美好的结局。但,更多的人从水坑岸边向村里走去,偶尔回首向这面瞟一眼儿,说不出是害怕还是嫌恶,反正,对小白菜这样的女人好也好,坏也好,躲远一些为好。

有个粗壮的衣服露体的女人,分开人堆,把萃女从腰后抱起来,一个男子弓下腰,把瘫软的萃女驮到背上,急匆匆地向村中走去。这样,看热闹的人又跟走了一批。剩下看桃子和痴子的人,像突然惊醒了,也跟着离开他们,走散了。

桃子还在站着,冯痴子的桑木扁担又竖了起来,抱在怀里,呆立在她身后。

"桃子,家去吧。"衣服露体的女人扳住她的肩。

桃子转过脸,转动身子,又转过脸,她这才发现,除了她、痴子和扶她的女人,人都没有了。她的极度紧张的精神,忽然松弛下来,一下搂住对方的脖子,身子依着她,说:"快,凤子姑,走啊……"

冯痴子见她们走了,隐没进黑森森的玉米地里,这才出声呼了口长气。他见旁边那扇拴着麻绳的石磨还在,便放下扁担,双手抓起,举过头顶,使劲抛进水坑里。水坑又嘭咚一声,溅起巨大的水柱。痴子"呸呸"唾了两口,手在衣襟上擦着,其实手上什么也没沾着,可他还是擦了一会儿,才去拾自己的扁担……他一弓腰,只见岸下接近水面的干污泥沟中,有个黑东西卧在那里,又像人又像狗,痴子拾起扁担,轻轻地走过去。蓦地,他大吃一惊,扭回头,撒腿跑了。

怨不得冯痴子惊骇,更不是他痴病发作,他看到是个人,不是别人,正是刚刚还在百人瞩目下,发出使人惨死命令的族长。只是痴子的惊吓是一场虚的,因为这个九十高龄的族长,已经动弹不得,不会喘气了。他不是才死的,桃子发问他的时候,他已开始向地府里走去,回答不出话,接着就过去了。原来是人上了年纪,这几天肉、酒吃得太多,平时的饥肠饿肚承受不了,又加上酷暑季节,烈日当头,就这样死在他族长的职守上。刚才那些帮闲的大汉在匆忙的混乱中,搬走族上的财产八仙桌子、太师椅的时候,死族长不惹人注意地滑溜到地上,又滚到了干污泥沟中,和平时他躺在戏台角落处乞讨没有两样。可悲的是,老族长活着时像个干棺材瓢子,真死了却又当不了棺材瓢子。不过他也不会陈尸露野,狗们就会来收拾他的尸体;要不然,这会儿的雷阵雨三天两头有,一阵急雨,周围下来的污水,也会很轻便地把他捎进湾里去的。

冯痴子扛着扁担,顺着庄稼地中的路,不紧不慢地走着。路两旁的玉米、高粱,都有一人多高了,附近树上的蝉,噪个不休。痴子低头走着,眼睛只管盯着路面,走到一块玉米地头,他停住了。他把扁担放到路边的新鲜脚印上,坐下来,擦擦脸上的汗,掏出旱烟袋,用火镰火石打火抽烟。他的眼睛,还是那样盯着脚前的地方发呆,可是行人不论从哪面路上来,离他几十步,他就发觉了,咳嗽两声;等人走过去,他就咳嗽一声。当然,谁见了这个跛脚的痴子,也是望而生畏,本能地加快步子,赶快走过去。

玉米地深处,桃子和凤子在说话。她们的声音很小,又有蝉声,痴子不守路,行人也听不见;即使有人发现了她们,两个女人走路闪进庄稼地行个方便,也是正常的呀。所以,凤子要拉她到家里去,桃子把她拉到这里。

"哎呀,见你冲出来,把我的头都吓大啦!你呀,桃子,胆子越练越大啦!"凤子疼惜地说,手把触到桃子头上的玉米叶挡开。

"俺也是真急啦,豁出去了……那孔秀才父子再发坏,我就一头撞他进水湾;俺开仁哥也这么说,他用扁担给金子报仇!"桃子说,"也亏得大伙呼应我……你们是不是使劲啦?"

"俺们使那点劲算个么……唉,原以为孔秀才不放过震兴,没想到这么快对萃女下手……眼见着人要死,俺们几个党员干着急没法子,亏得你……"

"我寻思,我这么说,能顶住孔秀才。咳,还真灵啦?凤子姑,你看我这身汗,衣裳都贴在肉上。"桃子喜气地说,拿起篮子里的手巾揩汗。

凤子扯过手巾,掀开桃子的前后衣裳,手巾捅进去擦她胸前脊后的汗水,说:"是天把你热的……"

"不,俺从小少汗,妈说是干活把肉练瓷实了……是吓的,凤子姑,想起来,这会儿俺还心跳!"桃子信口说,"下回再遇上这事,俺可不敢了!"

"下回你干得更欢!"凤子边仔细给她擦身,边说,"你呀,体性最像俺三嫂……看看,你这一身的又细又白又结实的肉,可惜留下几处伤疤!"

桃子笑道:"没这些伤疤在身上做伴,俺还敢和孔秀才争嘴?这得谢他的刑罚……哎,凤子姑,看你前胸破的,快遮不住丑啦!你纺丝赚的钱,都……"

"那点钱值得了么?还能让游击队赤身露体地去打仗?"凤子又笑了."遮不住丑就不遮,这么的,两个老爱动的东西倒凉快些……"

两个女子,哧哧地笑了一阵。

接着,桃子告诉凤子,她这次和冯开仁出来,是送特委"给各级党的同志的一封信"的。这封信是油印的,她放在冯先生家里,要凤子找机会去取。来这之前,他们已经送给了各个地方的党组织,包括赤松坡的毕松林他们。特委的这封信很要紧,是理琪写的,和高玉山一起刻的版,油印好的。各地方的党组织都要学好它,按照上面说的去做。

桃子还说,游击队打了界石镇等一些地方的敌人,印出传单,胜利消息在革命同志和群众中传播,振奋了大家的精神,坚定了胜利信心,各地组织都在恢复、发展。当然,敌人也加紧了镇压措施,特别是封锁了昆嵛山区。特委和理琪离开山村,转到母猪河沿岸,开展活动……

她们又商量,马上劝说萃女躲到威海她哥杨更新处去,防备孔庆儒进一步施阴谋。这事由凤子来办。凤子又嘱咐桃子要格外小心,少来孔家庄,她还要去告诉冯先生,对孔秀才进行一些抚慰。

事情说完了,桃子身上的汗消了,衣服也半干了,两位女共产党员亲热地分手了。凤子站到地头,目送着桃子走得不见影了,可桃子身后那尊扛着粗长桑木扁担的"二郎神",还闪现了好久,才消失了。

当陪伴桃子和凤子擦汗、说悄悄话的那些玉米成熟季节,也即中秋节前后,中共胶东特委迁到了烟台市。这是根据形势发展的需要,为了开辟西面县份的革命活动而采取的组织措施。

胶东这个地区,口音并不一样。东面的文登、荣成、牟平、海阳、栖霞、福山、蓬莱、黄县诸县及烟台、威海两市,互相有些差异,但基本上一致,不是有心的内行,分不出来。但是西面的县份——莱阳、掖县、平度、昌邑、即墨、高密……差别就显著了,一张口就能分辨出来。所以东面几个县的人一听与本地口音有异的人,便谓之曰:"老西子。"胶东特委在东面,对西面那些县来联系工作的人员不利,容易被敌察觉出来。在农村,交通不便,外地人来,路途又生疏,问路打听人,也容易暴露出身份。近来,种种迹象表明特委代理书记理琪已被敌人注意,使他开展工作有了困难。同志们又非常担心他的安全。而这些不利条件,在烟台这个海港城市里,却比较好一些。加上特委派的人员在烟台已有了一定工作基础,所以就决定先迁到那里,以后视形势发展需要再定去向。

所谓胶东特委,也就是理琪和高玉山几个负责人,几个工作人员和政治交通员,物品也只有一部油印机。

理琪来后就住在泰康里十八号。他的公开身份是英文补习学校的老师。他主要精力是指导各县农村的斗争,也抽时深入码头、工厂、学校,开展革命活动,做社会调查,除了夜里回来睡觉,白天很少见到他。

高玉山和其他负责人住在另外的地方。山子负责宣传工作。

到目前为止,胶东特委还没有找到山东省委。大家都为此焦心，理琪又派负责组织工作的同志去青岛、济南等地寻找……

深秋的一天傍晚，当夕阳染红了烟台山上的灯塔时，小菊姑娘偕同她爹张老三，牵着黑毛驴，再次进了烟台市。小菊是游击队和特委联系的联络员，她来，有汇报游击队活动和回去传达特委指示的任务。张老三的毛驴上驮着十几件粗布棉衣、棉裤，这是乡亲们为理琪这些特委领导人送来的冬装。因为他们的经费奇缺，革命的群众又没多少钱支援，只能像三嫂母女、伍拾子妈和凤子她们那样，熬夜纺棉花，织成布，做成衣服送来。而她们自己家的人，尽量对付，夏天穿露肉的破衣，冬天是灯笼单裤子……

这次小菊跟父亲住在一块，是个厢屋，一铺大炕占去半间地方。正屋闲着，小院很僻静。

老三一来被三天的跋涉累的，二来崔素香按照理琪的吩咐，晚饭时给他打了二两高粱酒，已经蜷曲在炕里头睡着了。小菊和崔素香，坐在炕外边，守着煤油灯说话儿。小菊一来到，崔素香圆平的脸上就断不了笑容，除了吃饭，一直拉着少女的手，不紧不松地握着。小菊觉得这只柔软的手，结上了老茧，摩擦着自己的手背，很舒服。

崔素香向："队上的人都好呀？"小菊道："都挺好的。"

"没伤了谁？"

"没。"

"宝川呢？"

"还那么性急，老想打垒子盐务局，叫俺多跟特委说说，批不准，就赖我，回去不依俺哩！"

"你怕啦？"

"俺才不怕他哪！他嘴上硬气，上级不下令，他不敢动弹……哎，素香姐！"小菊望一眼父亲，他仍打着呼噜，"听说宝川和二妞姐，是自个儿成的亲……真笑人！"

"这笑人？你没听说，有人还自个儿雇花轿，抬着绕村三圈……"

"那是小白菜，唱过戏的，又是寡妇……二妞是闺女家呀，真羞人，那怎么出得口呀？"小菊脸发烧，伸一下舌头。

"你呀，轮到自己头上，就不用打听怎么说了。"

"坏大姐，打死你！你臊人……"小菊跪起身子，抽出手扑向对方。

素香巴不得接住她窈窕的身子，搂在怀里。小菊就势躺在她的大腿上，不起来了。

"你居任哥好吗？"

"好些，比从前好些了……听他对俺妈说，他再不干出个人样来，对不起理琪同志……谁知道他还变不变？"

"好儿姐呢？"

"该叫好儿同志啦！"

"哦，太好了！你震海哥呢？"

"把他的小队伍，整理得一个人一样，说怎么的，就怎么的。他可不像从前，光想打、打、打，有空就和队员学特委的信……"

"桃子妹最苦最累啦！难得的一个人……她还那么奔忙？"

小菊点点头。

"你怎么不说话？"

"俺二姐呀，对别人的事，对革命的事，从来不顾死活！素香姐，我和你说她救小白菜的事，可不准你和别人说呀！俺二姐知道要生气的。"

崔素香马上点点头。

小菊把听好儿说的——她是听凤子说的，"沉湾"事件她没见——桃子救小白菜的经过，简略地叙述一遍。

感情丰富的朝鲜女子眼泪流到腮上。小菊立时掏出手绢——

其实是块布,举起手给她擦,素香也没有推让。小菊说:"素香姐,你别为俺二姐揪心,她呀,只要震海哥旺旺兴兴的,不受伤怎的,她就过得舒心,自个儿再怎么遭难为,也挡不住她。"

"是啊,连着心哪!"

"素香姐,那你和赤杰哥,也是这样的吧?"

崔素香身子一震,咬着下嘴唇侧过脸去。小菊自感失言,坐起来,扳着她的肩,心疼地说:"好姐姐!你别心疼,都怪我贫嘴……"

"不怪你,小菊妹!"素香忍回自己的泪水,回过头,手抚弄着她的刘海,深切地说,"你说得实在,就是你不说,我哪天不想着他啊!两个人,生生活活的过日子,一个要是没了,还是伤了,别说是人,就是鸟兽,也舍不得啊!"

小菊瞪着水汪汪的不大的黑眼睛,默默地想了一会儿,说:"是啦!我看哪,坏蛋们不打光,可别找个连着心的人,万一没了一个,那心……俺才不干心疼的事哩!"

"傻妮子,这个事,由不得你自己。你不找,他就不来了?"

门吱呀一声推开。一个细高挑的青年学生闯进来。小菊的脸不由得红了。崔素香下了炕,拢拢头发,说:"玉水,你来得正好,快来陪陪客人。理琪同志早晚都要来,他在那边开要紧的会。门外有人,你们就放宽心待着,我有事,先走啦。"她敏捷地出了门,随手把门带上了。

高玉水坐在炕前杌子卜,对面是坐在炕沿的小表姐,她两只长腿耷拉在炕前。他们旁边的桌上有盏带罩的煤油灯,把两人的脸映得通亮。相隔这么近,灯又这么亮,玉水又这么脸对脸地看她,少女不好意思了。她说:"不认得了,这么瞅人。"

"不,我——"玉水局促不安起来,"我是看你,比原来胖了,脸又白了……"

"你净瞎扯!"小菊笑起来,"来时俺妈夜里拧着俺身上说,

289

闺女累瘦了，成天跑东奔西……早上送俺出门，还逼俺脸上搽点粉，说都晒黑了……"小菊见他难堪得低下头，改口道："玉水兄弟，你是在灯下看人，花了眼啦。哎，你妈捎来衣裳和吃的给你……"

"太谢谢啦！"玉水挺直了上身。

小菊问："谢你妈，谢我？"

玉水诚笃地回答："当然是谢你，俺妈用不着谢。"

小菊抿着嘴笑了，说："俺是当姐的，也用不着谢。我给你拿东西……"

"不急。我在这里等理琪同志，向他汇报事情。"

"哦，原来你不是来看俺的。"小菊佯作不高兴。

玉水急了，站起来分辩道："听说你要来，我刚下课，就往这儿奔，不想又有事……"

"哎呀，你这人，送你根棒槌当成针（真），谁要你发急来？"小菊友善地瞥他一眼儿。

"那……"

"坐下。"

玉水像在课堂上遵从老师的口令，规矩地坐下。小菊又一笑，说："想一想，你该叫我什么啦？"

"姐呀！"

"再想！"

玉水突然醒悟，道："小表姐同志！"

小菊自豪又羞怯地点点头，说："哎，是不是也快叫你'兄弟同志'啦？"

"不是快啦，现在你就叫吧！"

"真的？"小菊顺溜下地，右手扶到他左肩上，"多会儿入上的？"

"上个月。"

"哪一天?"

"公元一九三六年九月三十日晚上八点钟,于烟台市泰康里十八号。"

"俺可比你早一点。"

"多会儿?"

"八月十五的晚上,圆盘大月亮,刚爬上东山顶的时候。"

"哎呀!"玉水猛地站起身,右手握住她的左手,激动地说,"这么巧,这么好!咱俩一天入的,一个时辰入的!这么巧,这么好……"

"那九月……"

"我说的是阳历,那天正是中秋节,圆月亮在东山顶上,你在桃花沟,我在烟台市,当了共产党员……"

"真是巧,真是好!想也想不到,想也想不到……"姑娘使劲抓他的肩膀,在他的胸前摇摆着身子,她的左手被对方攥出汗来了,也没有异样感觉。

两颗少嫩的心,完全浸泡在激动、幸福的甜水里。他们又促膝对坐着,两个身子向前倾着,两张脸很近地对着,热烈地交谈着。

高玉水说:"理琪同志来烟台一个多月,这里的工作可前进多啦!工厂、学校、码头,都有咱们的组织活动,威海卫也有了党组织,那些农村,更是不断有人来,和他谈话,报告工作,他一件一件研究,出好主意,打发同志们回去。他还说,过一段,冬天好掩护些,再下农村去……"

"那带路的差使属我的。"小菊道,"俺不是'同志'的时候,理大哥就叫俺'张小菊同志',他一见面头一句话,就这么叫俺的,俺打生下来,他是第一个这么叫俺的人!俺入党,他还是介绍人!"

"那我也这么叫你,好不好?"

"你!"小菊正经地说,"还得叫俺小表姐。"

高玉水又说:"这里的斗争也真复杂,什么样的人都有,表面上你可分不清楚。今儿头午,又有人要介绍我入党……"

"啊?"小菊诧异地叫起来,"这怎么还兴入两回?他是国民党吧?你可别入错了,俺的妈呀!"

玉水道:"这个人倒是个好人,是我们的国文老师,常和我谈抗日救国的革命道理,还给我马克思写的书看。春天徐成娥事件,他参加斗争很积极,叫学校开除了。"

小菊严重地说:"他兴许是装的,你可别上当。理大哥常说这上面的事!"

玉水道:"我没和他说实话。这不,我找理琪同志报告来了吗?哎,小菊姐,你的警惕性挺高,多重的担子,你都能挑了,我常听领导人夸你、你姐、你妈、你的一家……"

"你又瞎说了。"小菊真诚地说,"俺么大事也没做一件,俺家也不行……"

"你才瞎说了。都像你家,革命早成功啦!"

"瞎说……"

"这可不是我说的。"

"谁?"

"第一个叫你同志的那个人!"

小菊无词了,停了一霎,说:"理大哥从不瞎说,只是除了这个话,他不该说。"

"该说!"玉水道,"不说别人,就拿你家跟俺家比吧,你家三个闺女,三个党员,两个女婿,两个党员;俺家呢?就大哥和我是,还不知俺俩找么样的媳妇哪。"

小菊不假思索地说:"找两个在党的,你家的党员就多了。"

"俺哥不知道,我这不聪明的人,在党的闺女谁跟?再说俺爹和俺妈,更没法和你爹你妈比啦,特别是俺姨姨,听到大家夸她,我虽然不是她亲外甥,也脸上有光彩……"

"俺妈不让说咱们不是亲姨家,她对你和玉山哥,当成亲姐生的孩子。"

"这倒是……俺这姨,对人对革命,真没说的。哎,咱俩介绍你妈参加党好不好呀?"玉水严肃地说。

"俺妈说,她连个大名都没有,还能入党?她只够格当三个闺女党员的妈,三个女婿党员的丈母娘。"

玉水想一想,疑惑地问:"三个闺女党员有啦,三个女婿党员——少一个呀!小表姐,你自个儿也有啦?"

"真真的瞎说,俺有谁呀!"小菊急了,扭过身,面对着墙。

玉水站起来,靠上前,讨饶说:"小菊姐,别生气呀!我不该问啦,我……"

"什么不该问,脑瓜子就不该这么想。"

"那你说的三个……"

"啊!"小菊掉过身子,生气地说,"你就瞧不起人,俺丑是丑,埋汰归埋汰,你怎么就知道,俺往后就相不上一个在党的人?俺也和你一样装熊啊!你自个儿……"她突然卡住,因为想起自己刚才让人家找在党的闺女给家里多个党员的话,血往头上涌了。

"看看,多大的个丫头,就说话教训人家,打哪儿学来的?"老三发话了。他已醒了,偎坐在炕里头。

高玉水这才发现屋里还有第三者,忙立直身子,恭敬地说:"姨父!你来啦!我不知道你在这,把你吵醒啦。"

老三摸起烟袋荷包,说:"怎么,我这么个大人炕上躺着,你就没看见?那眼里光有俺闺女啦!"

"姨父,是……"玉水脸红了,不知如何是好。

"爹,看你说的。"小菊夺过父亲的烟袋、烟荷包,为他装好一锅烟,"是俺有意挡住灯亮,不让他瞅见,叫你多睡会儿,省得他叫你……兄弟同志,把灯端过来,快!"

玉水端灯给张老三烟袋点上火。老三满意地抽着烟,说:"玉水这小子,越长越出脱,站有站相,坐有坐样。看看你,小菊,比人家还大……"

"大一十七天。"小菊说。

"那也是大,还不知道个礼数,怎么好硬话教训亲戚?"

"姨父,俺小表姐没教训我,她说的好话……"

"我没长耳朵怎么的?方才我醒了听见了,你们说话我也没往耳眼子里装,听到议论起你妈来啦,我才留上神。"老三正色对着外甥,"怎么着,你小子好大胆,成心想叫你姨父当光棍怎么的?"

玉水一惊,道:"姨父,我没有啊!"

小菊也吃一惊,说:"爹,他怎么能安那样心?"

老三道:"你别护着他。他才要拉把上你,一块把你妈拽进党里,有没有?"

玉水道:"我说来。"

"不招也不行。"

"这怎么是叫你当光棍?"小菊睁大了眼。

玉水紧看着他。老三不慌不忙地咂着烟嘴,说:"这还不明白?那程家先生大侄跟我一炕上躺着那阵子,常和我说,往后革命大发啦,要出去好多人干,不分省份国界地跑,还要不少女的去。他这话,我放到那堆存着,没有用;暴动失败了,还有么大发的?如今这理琪大侄又来咱这,他跟我说的,都是地瓜话,可净是装的程先生一样的道道,眼看闹得又火红起来,闹到烟台来啦,我也能跟到这儿来开开眼……我一下想到存着的程先生那话,保不准要真行了。你姐妹三个在党,不用说都走了,家里剩下你妈俺俩喂那'三头牛'……你妈要是在上党,她那人又是死了都不闭眼的性子,还不跑到外面去闹腾?我不打光棍谁打?"

小菊扑哧一声笑了,笑出了泪水,笑弯了腰,两手卡住肚子,把头抵到炕里去了。玉水望着姨父坦然自若的神态,想笑又不敢笑,也不知说什么好。老三却用不着理会听众对自己的话有什么反响,继续说:"叫我说破了,这下都清楚了吧?其实嘛,要进党,得我进,你姨不能进。我抓去杀了头,家里的日子照样能过,她妈要是走了,那三个小牛得吃、得穿、得洗,谁管?唉,三个可怜人的孩子,没爹没妈没家,连姓都不知道……"

小菊听着,忽然不笑了,坐直腰,岔开父亲的话,道:"爹,你别说了,让俺玉水兄弟说说书上的故事,好吗?"姑娘怕父亲勾起对狗剩的哀思,每到这种场合,她总想法引开。

天已很晚了,理琪还没有来。一会儿,住在门道的老工人——地下党员来传信,说理琪叫他们不要等他,尽管睡觉;玉水不要走,明天一早和他谈。老工人让他们放心休息,一切都有他负责,这是他的任务。

怎么睡呢?小厢房就一铺炕。玉水抢先说:"姨父,小表姐,你们跑远路,快歇着,我到院里清凉。"

"外面冷……"小菊着急地说,"你和俺爹在炕上睡,我到外面去一下……"

"那你……"玉水拉开门要出去。

"回来。"老三不容反对地说,"都在炕上睡。"

"爹……"闺女瞅他。

"姨父……"外甥看他。

张老三却在炕上将布枕头放在左面,脱下身上的棉坎肩叠好放在右面,从窗台摸着个砖头放在中间,命令道:"玉水,你睡左面,小菊,你睡右面;我,躺中间。多大点儿人,懂得多大点儿事?妈妈的,快睡!"

玉水看小表姐的表示,小菊却一口气吹灭了灯。

三个人,和衣并头躺下了。玉水说:"姨父,给你枕头……"

"我放蚕睡窝铺睡得脑瓜像柞木疙瘩,兔子都啃不动,你年少骨头脆嫩,老实枕着睡吧!少废话!"老三道。

"不，姨父！"玉水执拗地把枕头推给他，"我不要枕头，我不睡枕头，我治病……"

"么个？治么病？从没听说过，不枕枕头能治病。谁说的？"

"俺小表姐……"

"嗯嗯！"小菊使劲抿住嘴，没喷出笑声，"爹呀，他让你枕，你就枕好啦……哎，玉水兄弟，接着说呀，达维尔的妈妈怎么的啦？"

玉水道："姨夫要睡啦。"

"没事，打多响的雷，也碍不着我睡觉。"老三说着，没有一分钟，就睡过去了。

"……达维尔的妈妈，从一个挨打受骂过苦日子的软弱人，逐渐懂得了革命道理，支持儿子闹革命，帮助革命干了好多事情，最后被敌人抓到牢房……"

小菊听着很感动，最后说："想不到，外国的好人这么能行，怪不得苏俄的受苦人得了解放，全是流血换来的呀！"

"咱们也在这么流血，革命也能成功！"

"你念的么书，上面有这好的故事？"

"这书是本小说，名叫《母亲》，一个叫高尔基的人写的？"

"嘀，和你一个姓。"

"外国人的名，和咱不一样，高尔基三个字都是姓，名有另外的。"

"哦……俺多会儿能看这样的书才好哪！"

"快，理琪同志说你顶聪明，一学就会。"

"他在俺那儿住时，教过我识拉丁文，学拼音，使俺学会了不少字……"

传来几声汽笛的长鸣。小菊一下想到在后海岸上看那些进出港口的外国船舰的情景，穿得怪里怪气的洋人，搂着中国女人走路，在街上发酒疯打拉车工人的情形……她不由得感到一阵寒栗，向父亲身边靠了靠。住了一会儿，她说："要是外国的穷人，都能和苏俄的一样，起来把坏蛋收拾干净，自个儿家过上好日子，那些外国坏蛋也来不到咱这里横行了。哎，你说俺爹是糊涂人还是清醒人？我说他又糊涂又清醒，真不爱听他胡叨叨，可那些领导人也怪，从程大哥到理大哥，都和俺爹睡一炕上，亲着哪……你说，怪不怪？你怎么不回俺的话……成心气我呀……哎，我真生气啦？"

她听到的是除了父亲的呼噜，还有均匀的酣睡声。小菊刚要闭上眼，忽然又坐起来，脱下自己的花夹袄，叠成一个软和的小包，从父亲的胸上探过身去，把小包塞进青年的头和硬炕席之间。这才安心睡下来。

深秋的夜空极为清澈、明净，月光透过玻璃窗，洒到炕上，使那一老两少三人盖着的两床小被子上，宛如披了一层银。

小菊一进入梦乡，就一会儿梦见随自己母亲去讨饭，兄弟狗剩叫狗咬了，她搂着他直掉泪；一会儿又梦见跟达维尔的母亲去送传单，怪模怪样的水兵要打她，有个青年一掌把那水兵打倒，这人像达维尔，又像高玉水……她着急地要看清到底是谁，可眼睛像胶粘住了，怎么也睁不开，使劲睁，好，终于睁开了。

咦，阳光太刺眼，还看不清是谁。她欠起点身子，全醒过来了：炕前桌上的灯亮着，一个人伏在桌上，执笔疾书。小菊再一看：理琪！他什么时候来的？她急忙坐起身，想叫他，但，见他埋头写东西的高度集中的样子，她把嘴又无声地闭上了。她一直看着他：一身的灰旧袍子，头发老长的，戴着眼镜，脸比先前长多了，灯光映得那脸色焦黄的。他飞速地在纸上写一气，翻开小笔记本看一气，又皱着眉头想一气……接着，又两手使劲按自己的太阳穴，拍拍前额，又写……写着，左手从口袋里掏出块东西，用嘴一咬，咯叭响……

"唉，这领导人，当得真苦啊！白天跑一天，夜里熬一宿……不这样，他怎么给革命指路啊！担子多重呀，整个大胶东的穷人，都眼巴巴地指望他啊……看他瘦的！吃的么呀？一块剩干饼，这就是晚上饭？还一面写一面吃……真赶不上住俺家，住山庵……理大哥，你睡下吧，跟俺和爹回桃花沟去吧！"小菊边看边想，嘴又张了两张，还是没出来声音，又悄悄地躺下去了。

窗外响起一阵风声。

理琪抬起头，向炕上看了看，马上走过来，先把老三和玉水合盖的一床被子检查了一下，然后将小菊露在外面的穿着单褂的胳膊，轻轻挪进被里去。等他又回到桌前坐下，小菊的热泪泉水般地涌了出来……

要发展高玉水入党的那个人，是中共中央北方局派来胶东工作的同志中的一个，他们也在想法了解胶东党组织的情况，一直没找着关系……

胶东特委的人，和上级党失去关系好几年，这下联系上了，实在是喜出望外。特委和北方局来的同志一起开了会，理琪讲他的代理书记到此终止，请北方局来的同志担任特委书记。北方局来的同志不干，要理琪继续担任，大家也都这样说。但理琪不同意。结果把情况如实汇报上去。北方局指示特委负责组织工作的领导人去当面报告，了解了情况，正式下来指示，北方局来的同志和原特委的领导人重新组成中共胶东特区工作委员会，由理琪任书记，北方局派来的一位同志任副书记，还任命了组织、宣传各部门的负责人。消息传到各地党组织，给了大家一股巨大的鼓舞力量。

特委按照上级党的指示，继续发动群众，宣传抗日救国，发展党的组织，积蓄力量，准备时机一到，条件成熟，领导人民武装起义，建立革命根据地。

特委在烟台设了一处地下印刷厂，有两台油印机，印制党的文件，不定期的小刊物《战斗》《火线》，宣传党的方针、政策，提高党员的政治斗争水平,克服各种不良的倾向和思想认识。

地下斗争的烽火,又在胶东大地蔓延开来。

为了斗争的需要,小菊留在了烟台特委机关。

第十五章

秋末的一天下午,一个高壮的庄稼汉,肩上扛着扁担,扁担的一头挑着两条麻袋,一看就是乡下进城倒腾小买卖的打扮,进了烟台的西南河,在一家熏猪皮的铺子跟前站住了,向人打听一个叫于二的人。一会儿,于二从里面出来了,招呼道:"二哥,你来啦!"

大个庄稼汉就是于震海,他说:"来办点货,你妈叫我捎个口信给你……"他压低声音:"我要在你这里住两天……你跟掌柜的说,我是你同村的,来这办点货……"

这个三年前就来到烟台当学徒的赤松坡村的党员,连连点头:"行啊,俺知道了。组织派人来过,明儿午后,你在西门里和他见面……"

第二天。于震海按照于二指的路线,还是那种装扮,来到西门里一个小杂货店。高玉山和一个头特别大的老汉已等在那里了。三个人打个照面,玉山低声道:"到南山丈八口北面公路桥底下聚齐。我先走,你和王大头后面跟着……"

他们三人来到桥洞底下,刚坐好,理琪就弓着腰走进来。

于震海站起来,头碰到桥顶上,又弯下腰。理琪忙握住他的手,说:"同志们从乡下来,一路辛苦,本来该找个好点地方……"

"这就挺好，是我长得太高啦！"震海笑笑说。

高玉山道："这是安全客店，等咱胜利了，在这里修座洋楼，乡下人进城，就能舒服地歇脚了！"

四个人惬意地笑了一会儿。

理琪一手拉着于震海，一手拉着王大头，听震海讲游击队的情况，听王大头汇报海阳县党的活动情况。谁讲话，他就把脸对着谁，那么专注地听，除了听不懂的方言土语，请对方解释一下，他从不打断别人的话。等别人说完了，他就再提问需要进一步弄清楚的问题。

把海阳的工作研究好，这个会就开完了。高玉山和王大头走了。于震海有些着急地说："俺们打垒子盐务局的事，特委怎么个意思？请示好几次啦……"

然而理琪却不正面回答，只管追问游击队的情况。从刘宝川、伍拾子这些干部问题，又问到孔居任，直到大胜一些他记得名，或见过面只记下长相的队员，又问游击队接触到的群众、党员的情绪……于震海性急，却没有办法，领导人是那样诚恳地问着，用心听着，他怎么能不实实在在地回答呢！

末了，理琪说："游击队还得加强学习，使大家进一步明白我们是人民的子弟兵，是党领导的部队，绝对服从党的指挥。这样，纪律性才能提高，团结才能搞好，打敌人有力量，保存自己有办法：我们的红军就是这样做的。在当前，咱们小、弱，敌人大、强，少打仗，多做群众工作，打仗也是为开展群众工作，增加武器，壮大自己，不是单纯为打掉几个敌人，更不是为出气。当然，对危害大的坏蛋，若是情况许可，可以除掉——像对付界石镇那样。"理琪转过头问："你怎么自己来了？不是宝田同志来吗？"

震海有些发窘地说："我是……是好长时间没见到你，想看看……"

"说对了一半，还是一小半。"理琪笑道，"多半是怕宝田第三趟来还请不下战来，你亲自出马，是不是？"

震海咧着大嘴，憨憨地笑了。

"特委同意你们打垒子盐务局。"

"好，我算没白跑一趟！"震海大手将腿一拍，兴奋地说。

"这可不是因为游击队长亲自来了才同意的。你早被敌人通缉，行动要格外小心。"理琪说，"特委开了两次会，研究你们的意见和计划，认为这个盐务局是按在人民脖子上的一把刀，打掉它，为群众解恨，扩大党的影响，给敌人一个警告。你们的计划可行，只是孔庆儒那些顽固敌人很狡诈，你们要处处小心！"理琪说着，又握住他的手，很动感情地说："玉子同志！不怕牺牲是很可贵的，没有这种精神，就革不了命。可是我们不是为了牺牲去革命，是为了革命不怕牺牲。你们这支游击队，是暴动的血海里洗出来的，沙里淘出的金子，哪个人身上都不止一处伤，哪个人也是多少条群众、党员的命换出来的……这些革命的骨干，要千万保存好，将来有大用处的！"

震海感到特委书记的手滚热，他的话更是烘烤着自己的心窝。震海激动得说不出话，头使劲地点着。

"桥上有人等你，我先走一步。"

震海紧紧握了他的手，说了句："放心吧！你多保重！"

桥头的石磴上，坐着一个女学生，"圆斗"①放在身边。看样子是从城里出门走亲戚，在这儿歇脚的。

震海向她扫了一眼，见桥面上再无别人，正迟疑，女学生提着圆斗站起身，笑容可掬地招呼道："大哥，进城啊？今儿星期日，俺上姥姥家去一趟，才回来走到这……"

直到她来到身边，震海才惊讶地说："小菊妹！原来是你，

---

① 圆斗：一种精致的小篮子。

你……"

"一块往前走吧。"小菊悄声说，先迈开了步。

两人并肩走着。震海不时侧脸看她。小菊红着脸，笑道："真羞人，震海哥，辫子没了，手老是摸空……瞧，像个剪了尾巴的鸡腚……可玉水兄弟还说比原来俊气……俺把剪下的辫子还留着，回家前就得扎上，要不，小蓉她们能把牙笑掉了……"

"怎么就你自个儿！没人和你做伴儿？"

"素香姐忙做工，下了班赶印刷厂。玉水兄弟放了学也去，印东西手都起了泡，今儿是星期日，他要和我来，俺不用，叫他去帮素香姐，我自个儿行了，还用人做伴儿？"小菊一面说，一面闪动着机灵的眼睛，前后左右地巡视。突然，她放低声音："有狗。"又大嗓叫道："大哥！俺姥姥最疼我，看给俺烙的火烧，都是头遍面的……"

两个骑自行车的警察，从后面冲过去，扭头横了他们一眼，直着走了。

震海这时不由得又仔细看了几眼身边走着的小姨妹，她现在不单单长高了，再不是当年逛北石屋他一手托着她过刀背石的时候，而是在敌人面前，她保护他走路了。他感慨地说："小菊妹，你长得真快……想家不想？"

小菊沉思着说："想，想爹，想妈，想姐，想同伴，想桃花沟，想昆嵛山……有时夜里都想哭了！可白天一清醒，想想你们游击队，都离家，回不了家，谁还没个家呀！想理大哥，外省的，离家更远；想先子哥、赤杰哥、于大爷、三子哥、程大叔、珠子叔……好多好多永辈子没了家的好人！想那些长征的红军，从南方到北方，离家几万里，想……震海哥，想了这些，就不想家了，没工夫想自个儿家了！你说怪不怪？"

"不怪，正对着理上！"震海道，"小菊妹，你在这，担子不轻，我看理琪同志，又瘦多啦！"

"那还胖得了？"小菊心疼地说，"特委这些人，凭着一些工人党员凑点钱过日子，一顿饭吃个火烧就点咸菜，一顿饭喝碗杂面汤。最属理大哥苦，他最忙最累，肚子又犯病，常吐酸水出来……叫他去看看病，他不肯……大家省下钱，买纸买油墨，印文件、报纸，给你们游击队买药品……"

来到拐弯处，一簇杨树挡住市区的视线。小菊的动作是那样迅疾、敏捷，流星一样的目光向四周闪了几闪，见没有行人，几乎是同时，手从圆斗里抽出一个黑布包，塞到震海怀里。

小菊随即离开于震海，快步向前走着，飞过来一句话："那点心，是理大哥给你路上吃的！"

于震海回去的路上，还是扁担挑着两条麻袋，但他感到肩上的担子十分的沉重，虽说麻袋里只有一沓传单和两斤点心！

心急腿快，二百多里路，于震海两天就走完了。天黑全了之后，他进了垛崮山北面齐上村一个叫"老黑手"的党员家。

老黑手当然不是他的本名，因他是开染房的，双手被染料浸泡得成青黑色，洗也洗不掉，得了这个诨名，时间一长，没有人知道他的本名了。

游击队自从打了界石镇等地之后，发现敌人封锁了进出昆嵛山区的道口，加强了搜索，便一直在母猪河下游和黄垒河南岸、垛崮山一带海边、山区活动，进行隐蔽发动群众的工作。

刘宝田正在这里等他。

两个小队，宝川一队在南面海边的垛崮山下，伍拾子小队是今夜进驻这个村的。震海把特委同意打垒子盐务局的指示告诉了宝田，两个人又研究了一番，宝田连夜找宝川小队布置去了。这里，于震海把伍拾子小队集合起来，布置了作战任务，十几个队员，马上分头准备去了。

于震海躺在老黑手家的西炕上，虽然奔波了几天，可是怎么也睡不着，两眼盯着发灰的窗纸出神。他一会儿想到理琪的黄瘦的脸，那两斤点心，点心里藏着的传单；一会儿想到战斗部署有什么不周全的没有……他恨不得马上打下盐务局，得到钱，送到烟台特委……天放亮了，他才迷糊过去，但很快，又被人声吵醒了。他一跃而起，跳下炕，见老黑手在灶间和一个本村党员谈话。只听那党员说："那个怪家伙，又在叫唤……怎么处置他？"

震海问："怎么样个人？抓他干么？"老黑手说："我还没来得及和你说。这两天，有个闯江湖耍把式的，在村中间大槐树下摆摊子，耍一阵，说一气。说他踏破东海四县，没碰到一个对手；说听传共产党里面有个叫石匠玉的，有武艺，他就想和他对阵；说他专门打不怕死的共产党，哪个有种的敢出来较量……"

"他叫什么名字？"

"谁还顾得问他。昨儿中午他在街上咋呼，俺们几个党员想夜里拉他出去'窖沙河'①，可一会儿他又不见了。今儿一大早，他又钻出来了，方才三四个有点功夫的年轻人，想和他试试。刚上手，就叫他打倒了两个，另外两个回家抢铡刀去了！"

震海思虑着问："这人多大年岁？长得么样子？"

"有把子年纪，老白的胡子……"

"就他一个人？"震海又忙问。

"还跟个细腰闺女……"

"是他俩！"震海又惊又喜，马上要出门——但想到这样露面不好，急对他们说，"伙家，这是咱的同志，我的师傅江鸣雁，快把他请来，快！"

老黑手他们走不一会儿，只听院子里响起洪亮的喊叫："外面比不过，到家里比？俺不怕暗算，就跟你来……"

"江老师！"

---

① 窖沙河：在沙河里挖坑，将人打死埋进去。

江鸣雁一怔,对着出现在面前的高个汉子,蹲下身,呜呜地哭了。六十一岁的老江湖,孩子般地哭了!

自从打了界石镇以后,于之善领兵来搜查,发觉了江鸣雁父女。幸亏在王同等本地党员掩护下,他们逃了出来。然而,他们和组织从此失去了联系。在本地谁都认识他们,也不敢找人接头;远离他乡谋生,江鸣雁不甘心,二妞爱恋着宝川。怎么办?江鸣雁想到,孔秀才他们加紧了对昆嵛山区的搜索,游击队会躲到南面的山区、沿海一带活动,他知道于震海早在这些地方有关系……于是,就带着女儿,摆摊耍武艺,打探游击队的行踪……但在槎山一带活动了几个月也没有发现,父女俩百般苦恼。那天夜里,二妞突然想起一件事:那还是于震海没有暴露离家的时候,在赤松坡拳房里,有一回打发宝川到西南面垛崮山北一个叫什么"夼"的村,找一个叫花生皮子的同志送信。当时二妞送他到村口,她对"花生皮子"这个名字,好一顿笑,宝川火了,说他要脸上长满麻子,她一定不会跟他了,没出息的闺女,看人单看光脸麻脸。二妞差点气哭了,等他走出好远,才把他又唤回来,将干粮往他怀里一丢,狠狠地盯一眼,急转身,一溜烟跑回家……

有了这个影子,江鸣雁父女就扑来了……

震海把江鸣雁扶到屋里,老人抹着白胡子上的泪,说:"想不到,你真在这……亏得闺女心眼实,记住这村的半个名……震海,那个叫花生皮子的同志,就住在这儿?"

震海说,他是这家老黑手的亲哥哥,去年暴动时牺牲了。

一会儿,老黑手去把二妞接来家。那几个受打的年轻党员也来了,齐声说:"老师傅!真对不住……"

"哪里话,是我罪过了,自家人……"

"哼,俺爹还没动真的,要不,你们早爬不起来啦!"二妞说,"爹嘱咐俺,'骂'党不能出脏话,来打的不能真打……"

"看这闺女,不知内外。"鸣雁道,"你们不出来打,怎打出自家人!我这是逼急了,大伙别见怪……"

听说要出发打仗,二妞要赖着去,震海不批准。说她要急着见宝川,就到垛崮山的山庵等着,游击队打完仗要撤到那里去。二妞嘴上说"不急",可是游击队刚出村,她就往那里走了。

海水浩瀚,胶东南海边,盛产海盐。应当说吃盐不成问题了。

然而,历代统治者,抓住人人离不开吃盐这个关节,进行盘剥,使吃穿艰难的穷人,守着盐滩,也吃不起咸盐。

一九〇一年,因为要筹措"庚子赔款",当时任山东巡抚的袁世凯,向朝廷奏准,以登、莱、青三州①十八县百姓"向食贱盐"为名,每票加征一两银子的税。所谓票,是买盐者先要打票,凭票取盐,一百斤一张票,不足百斤按百斤计算。到了民国七年——一九一八年以后,孙中山的辛亥革命早把皇帝赶跑了,但民国不为民,每一百零五斤盐,征税四角,每月加征外债税一角五分,空税六角,加征建宅费一角,加征中央附税一元,合计一担食盐征二元陆角的税,鱼盐每担三角税。这还不罢休,又改用一种新制市秤,比原来的盐秤——司马秤,每担少二十一斤四两,实际一百斤只有七十八斤十二两②。但减了斤两不减税,实则大大加了税。

垛子盐务局,好个所在。它位于文登县内母猪河入海处,两面相距十几里是牟平县的黄垒河入海的浪暖口,东面几十里是张家埠鱼盐港。一片河谷海滩,地势低洼,冲积的淤泥沃土,长得好庄稼;芦苇丛生,织得好席子、草帽、屋棚。当然,遇上洪水泛滥,台风海啸,灾害也不轻。但,总比山区好多了。这一带还

---

① 即蓬莱、掖县、益都。

② 当时的秤,一斤为十六两。

有比一般海岸优越处：海汊子多是泥底，当地人俗称"酱套子"，又是几条大河入海的地方，咸淡两合水的鱼虾煞是味鲜肉美；远近驰名的小汪子虾米、虾酱，姚山头的姚米，黄垒河的梭鱼，都产在这里。那些"酱套子"，每当退潮之后，各种螃蟹、贝类，如同戈壁滩上的鹅卵石，密密麻麻布满一层，使人没有下脚的空隙。但是，最有名的还是垒子盐场的食盐，又白又亮，咸而不苦，曾被选为贡品，进食皇宫。国民党政府不但承袭了利用人人必食的咸盐专利盘剥，重捐高税，还在各地大大小小的盐场，都成立了盐务局，并拥有相当规模的武装——盐警，使盐务局成了配合官府欺负人民、镇压革命运动的工具，在剿共中起着相当重要的作用。

垒子盐务局就在晒盐场旁边，一个大围墙，西面有四五幢平房，是盐务局盐警办公、住宿的地方，买盐在里面先打盐票，然后到旁边盐场取盐。大门口有盐警站岗。

游击队分成五个小组，化装成买盐的小贩，赶了四五十里路，中午时分，按时到达了盐务局门前，混在买盐的老百姓中间。因为盐务局周围都是盐场，夜间岗哨看盐，分散在各个盐堆，又有两条恶狗，游击队不好接近，而中午老百姓买盐的最多，敌人又都回屋来吃饭，利用这个机会，白天化装奇袭。当然也有缺点，容易暴露自己，周围的村镇都有敌人，所以要速战速决，尽量不响枪……

盐务局大门外的平地上，买盐的群众上百人，有推小车的，有牵毛驴的，有拿扁担麻袋的，还有三四辆大车，都等着打盐票。可是有个瘦鬼警察背着大枪站岗，一个人一个人往里放，谁想先进去，就得捅点钱给他。

于震海隐在大门东侧墙根处，眼睛来回扫视，见在外面放岗的敌人一个一个进了大门，各组队员又都手插进怀里——握住了手枪柄，他向已靠近门岗的刘宝川一歪头，宝川就上前一步，对门岗说:"老总!请行个方便,俺路远,让进去早打了票,早回家。"

瘦盐警横他一眼,吼道:"靠边点!他妈的,钱哪?"

刘宝川伸出拳头,盐警忙伸手来接。宝川一把将他拖到跟前,照他裤裆狠狠一脚,瘦盐警"哎呀"一声惨叫,向后倒下。震海没认出来,他就是回龙山会上刁难二妞的那个烟鬼警察,不想倒在宝川脚下了。

群众正吃惊,游击队已抽出手枪,冲进大院。他们有收拾院里的敌人的,有攻东房的、西厢的,有占正屋的,一片喊声——

"我们是共产党!举起手来!"

"缴枪不杀!"

"游击队优待俘虏!"

于震海发现有条电话线,直通西北角去了,这倒是事先没想到的地方,是不是也有敌人在那里?他疾步冲过去,见有幢小偏房,里面正要关门,被他一脚踹开,大喝一声:"举起手来!共产党不杀俘虏!"

这屋里四个敌人已吃完饭,有的躺在床上,有的发现院里的情况,急忙要去抓枪,有的抢着关门……听到这声断喝,看着彪形大汉,亮着大眼睛,乌黑的手枪口,都待在原处,举起了双手。

于震海刚迈出一步,想去收枪,突然,一个敌兵,从门后蹿上来,两手抓住于震海的驳壳枪,拼命地夺,口里大喊:"打电话!打电话……"

一个敌人扑到桌上的电话机,刚要摇,被于震海抬脚将桌子踢翻,电话机摔到了地上。

"我们的队伍包围了你们,谁动要谁的命!"于震海叫道。

盐警们真的不敢动了。

无奈这个夺枪的敌兵,是个队长,死扭住不放,叭嗒一声,枪机头被扳坏了。震海刚要给敌手一脚,就在这时,砰的一声,一颗子弹从后面打中他的腰位;但他还是把脚踢了出去,敌人痛得松开手;又砰的一声,震海的后背又中了一弹。但他的左拳,又打出去,敌人鼻口是血,叫声:"啊呀我的妈!"倒下去了。

屋里三个敌人呆瞪着他。震海打不响的手枪还对着敌人,但他感到腿直发颤,挪动不得了,左手向背上一摸,脊髓骨刺出皮来,有两个洞,直往外流血;又摸摸肚子,没有伤口,说明子弹还在里面……

门外打枪的是胖盐警,也是回龙山会和于震海照过面的,这家伙是个班长,刚才上茅厕,听到动静,藏在后窗外向屋里开的枪……他正要再开第三枪,打这个打不倒的大汉,脑袋瓜上挨了一重扁担,瘫在墙根的毛草丛里,和死狗做伴去了。

是伍拾子赶来结束了胖警察班长,冲到屋里,只见于震海用枪指着敌人,一动不动地站着。直等到伍拾子进来收了敌人的枪弹,押俘虏出门,震海的手枪才掉在地上,一头栽到敌人的炕上。他刚站脚的地方,满满两大摊血!

宝田闻讯赶来,一看队长伤很重,幸好有特委捎来的药品,找来一个会点治枪伤手艺的队员,给震海止住血,包扎好了伤口,腰里用好几条布带子裹了个结实。震海站起来,说:"好啦!不碍事。快去干正经的,这个地方不能久待……"

把二十一名俘虏分别关在三间房子里,宣传了红军游击队的主张,不收他们的私人钱财,教育他们不要替财主卖命,警告他们不能再欺负老百姓……最后都锁在屋子里。

同时,宝川带几个队员,在砸盛钱的保险柜。因为找不着钥匙,保险柜是铁的,又大又重,抬不走,拿不动,用石头、铁锤,费好大劲才砸烂了一个。时间不允许,另外两个只得放弃了。

负责宣传的小组,把一大堆盐票当众烧毁,向群众分发着粉红纸的油印传单。上面写着国民党政府卖国打内战的罪恶,苛捐杂税的祸害,人民受压迫剥削水深火热的苦难生活。号召穷苦人起来跟着共产党走闹革命求解放的道路……

孔居任爬上高高的白花花的盐堆上，亮着大嗓门呼喊："……乡亲们！同胞们！我们是昆嵛山工农红军游击队，队长就是威名四方的于震海！他领着我们打土豪，灭国贼，推翻吃人的旧社会！孔秀才那伙老王八蛋说石匠玉死啦，共产党完了！我们没完，于震海在院里烧盐票哪……"

宝田向老百姓大声说道："老乡们！我们是共产党领导的红军游击队，打反动派，除恶霸！救中国，打日本！大伙快拿盐吧，能拿多少拿多少，回去分给乡亲们吃！这是咱自己的血汗换来的呀……"

买盐的群众开始见出了事，想跑掉。一听是红军游击队，收拾了盐务局，解了他们心头之恨，无不高兴。又见烧了盐票，叫大家抢盐，一下炸了窝，群蜂一般，拥向一摊一摊的大盐摊，往各种工具里装……他们太兴奋，太紧张，太惊慌，太激动，有的拿了一点就走，有的又拿得多了；少的又回来抢，多了的小车胎压爆了，扁担压断了，麻袋撑破了……洁白的盐粒，撒满了路面。

游击队员们推着自行车，背着大枪子弹，等所有的群众都拿着盐上路了，走在老百姓中间，帮着他们推车、挑担，一面说："别慌，盐警都在屋里当泥胎，追不来了！"

"来了也不怕，有俺们保护着你们！"

老百姓和游击队打招呼："真想不到啊，共产党连俺们吃盐都来管，真好啊！"

"共产党要得了江山，穷人就不愁啦！"

"俺留一张传单，回家让儿子再念念……"

"嘿！今儿见得于震海，也是个庄稼人，不像官府糟践的那样……"

"有枪响，你们伤着没有？到俺村吃顿饭吧！"……

孔居任和几个队员唱起了歌——

中华民族危亡在眼前，
救国家救民族我们要当先！
……

游击队经过裴家岛，向槎山方向前进。

得来敌人十三辆自行车，会骑车的带着不会的，孔居任带着受伤的于震海，还有的跟着跑，打了胜仗，兴高腿快，顺着公路，一直冲到爬山口子上。这里已离开作战地点二十多里，最近的南黄集区公所也在二十里之外，是个空白点。大家坐下来休息，吃干粮，开个总结会。两面的山坡上，还放出监视哨。

先清点缴获品：长短枪二十三支，子弹一千一百多发，大刀片十三把，刺刀十四把，钱一百零九元，自行车十三辆。

武器先尽队员补充，剩下的送联络站藏起来；钱送给特委做经费；等议论到自行车怎么处理，意见不一致了。

孔居任说："留着藏起来，咱们需要的时候，跑起来也快当！"宝川道："你还没忘自行车，再害一家人！"

孔居任脸红了，支吾道："那是我表弟死心眼……"

"这东西不能留。"宝田说，"咱们用它目标大，送和卖都没敢要的，也连累人。全砸了！"

大家一致赞成。

接着大家你一言我一语，总结这次仗打得如何。最后队长综合大家的意见，说："咱们按着特委的指示，这次任务，同志们一齐努力，完成得不错。替人民出了一口气，减轻了一点负担，宣传了党的主张，扩大了革命的影响。咱没费一弹，得了武器，增加了力量。还为特委搞了点经费——可惜太少了！特委和理琪同志，那么困难，省出钱给咱印传单、文件，买药品，还送我二斤点心……大伙吃着，每人就吃上几口，这可是他们一口一口省出来的啊！还有，咱们的纪律性比前几次也好，对俘虏的态度也有长进。这次也有做得不好的地方:我事先没料到敌人后面还有个小屋,使自个儿受了伤……也没想到开保险柜找不到钥匙,预备下工具,结果那两个没打开。再一点,中子同志这一时期挺能干,样样抢在前面,只是今天那宣传不好,不该提我,说党的领导就行了。"

孔居任笑嘻嘻地说:"我是想,你的名字响,让老百姓见识见识……好,接受批评,下次不了。"

开始砸自行车。有的人惋惜。刘宝川道:"这算个么!等咱革命发展了,开着汽车打游击……"

公路旁有电话线,这是通几个区公所的。有的队员要爬上高杆子去掐,于震海摆摆手,用新缴获的驳壳枪,照电线杆上的瓷壶啕啕两枪,瓷壶炸了,电线嘣的一声,断了。

震海叫宝田带队伍转移到垛崮山去,他到烟台送钱给特委。宝田见震海失血过多,脸色苍白,说由他送去。震海坚持自己去,宝田松口了。其实宝田要知道他伤的真实情况,怎么也不会让他这么走的。而游击队长于震海,若料到他的队伍很快要遭到险恶的厄运,他怎么也不会离开的啊!

光天化日之下,在几个区公所和盐务局之间,游击队竟能如此神奇地打了垛子盐务局,击毙盐警队长,砸了钱柜,烧了盐票,散发传单,百多群众哄抢了食盐,爬山口又掐了电话线,使敌人大为震惊和惶恐。县上严令各区、乡、联庄会,各种武装一齐出动,四处搜查、追踪……

游击队在政委刘宝田的率领下,夜里来到垛崮山,住到山庵里,伍拾子和一个队员,到夼上村老黑手那里取得联系,由村里的党员送饭到山庵来吃。

这垛崮山,真是"垛"起来的,孤独地矗立在海边上。但它不像荣城县人和集南面的槎山,嵯峨峻险,九峰叠连,常年云罩雾笼；而只一座山峰，浑实壮丽，秀姿明体，一目了然。山上的植物，倒和昆嵛山一样，赤松、榉萝、青草、野花。最顶上有个小庙，南面大海，一望无垠，千帆万舟，尽收眼底。山庵在山脚上，三四间小房，无有人住，庵南有条河沟，直通海里；庵北是一片高粱玉米地，庄稼早收过了，田里只剩下一簇簇集中一起的秫秸，中间的一块茔地，也暴露出来。

游击队来后的第二天早上，二妞和一个十三岁的男孩来送饭。他们一送就是两篓玉米豆面饼子，咸萝卜头，足够游击队一天吃的。老黑手他们认为，夜里狗叫，村里的坏分子监视得不能出门，白天只有妇女小孩出门不被敌人注意。然而，没被本村的坏分子发觉，被临近老鸦庄一个坏蛋发现了，报告了乡政府。二妞留在了山庵，孩子回家走到半路，叫抓走了。

男孩子被香头烧腋窝，疼痛不过，说出送饭给一些他不认识的人吃……半死的孩子回到家，他父亲气昏了头，狠狠地打孩子……当他发觉十三岁的儿子已不喘气了，他一下傻了，接着就疯了，放火烧掉了自己的房子……

悲壮的戏还在继续演着，而且愈演愈烈！

太阳离地面一人多高的时辰，二三百敌人，从西、北两个方向，吹着铜号，向山庵包围过来。这是附近区、乡、村的区队、警察、乡丁、自卫队、联庄会的武装人员，加上恶霸地主以及他们的狗腿子、地痞流氓，组成的大杂烩，军装、便衣，穿什么样的都有，用什么枪支的都有。

游击队发现敌人这么多，孔居任主张撤到山上固守，天很快就黑了，再突围。不少人同意他的意见。但宝田考虑片刻，说："这是一座孤山，敌人在下面围着，再叫来县城的军队、车队来增援，天黑了也冲不出去，咱们弹尽粮绝，饿也得饿死。"

怎么办？东面是陡山峭岩，人无法走，沟流下去是海，死路一条……

"还想个么！不是鱼死，就是网破，冲出多少算多少！俺们小队打头阵，下令吧！"宝川朝政委哥哥吼道。

宝田看着来近的敌人，说："宝川小队先冲到茔盘，占住阵地，吸住敌人；张伍拾小队随后冲下去，等敌人近了，一齐开枪！"

队员们都伏在一堵半截墙后面。

敌人冲到山边，停了脚，开了几枪，不见反应。有人大叫道："喂——姓共的游击队听着！你们全叫包住啦！投降吧！"

"我们也优待俘房，缴枪不杀！"

"石匠玉在里面没有？你带头缴枪，给你官做……"

孔居任回喊道："我们是共产党，为救民族救人民出力，你们当兵的也有一份，别替地主、资本家卖命啦！放下枪是朋友……"

敌人开了枪。子弹从山庵上飞过。

"打！"政委下令。

队员们一排手枪射出去。这些神枪手名不虚传，七八个敌人应声倒下。有的敌人向后跑。

宝川开着枪，第一个跳出矮墙，扑下山去。他的小队紧跟着队长。那个穿蓝花褂抢把刺刀的，是二妞。

这些敌人毕竟是乌合之众，二三百人的包围，被十几个游击战士冲乱了阵，丢下尸首、伤者，向后逃跑。宝川他们一直抢到茔盘里，以坟丘和石碑做掩护，向敌人射击。伍拾子小队，随后打着枪冲出山庵，来到茔盘。

这时，敌人见游击队多是短枪，射程不远，都围在四周，开枪还击，但他们的枪法不准，只使两个队员腿上受了伤。

"敌人枪法稀松，咱们扶着伤员，朝西北方向冲！"宝田命令道，向敌人扫了一梭子弹。

伍拾子小队冲进树林去了。敌人要追他们，被后面的宝川小队吸住。当敌人被打死几个，转身逃跑的当儿，宝川叫队员们快冲。

等队员们都冲到前面的高粱秸堆时，他才跃起跟上去。突然，宝川感到肚子一热："他妈的！"他骂了一句，一下跪到地上。

宝田冲到他跟前："怎么啦？"

"肚子……"宝川拼力站起来要跑，猛地栽到地上。他气喘地说："哥，你快带队伍跑出去，我掩护你……"

宝田上去抱他，说："兄弟！我背着你走……"

宝川坐在地上，用胳膊顶开宝田的手，说："再晚了，西北面一路敌人再堵上来，谁都出不去……"

"兄弟！我不能丢下你……"

"你傻啦！"宝川猛地拨开哥哥的手，厉声说，"革命要紧，还是兄弟要紧！"

二妞从高粱秸堆冲过来，拉着他说："我背你走……"

宝川一把将她推出好远，说："滚开！我谁都不用……"

敌人一片呼叫声："抓活的呀！"

"游击队完蛋啦！"

……

刘宝川左手捂肚子，右手握短枪，奋力站起来，迎着后面赶来的敌群，猛开几枪，踉跄地迎上去。

那些队员大喊："宝川！"

宝川火了，扭回头瞪着眼愤怒地斥道："你们都想当俘虏啊！送死啊……"

"宝川！"二妞又从后面扑过来。

叭！叭！宝川一甩手，向媳妇头顶上空开了两枪，怒吼道："谁来我打死谁……"

宝田流着泪叫道："同志们！向西北面冲，冲出去……"

宝川利用散布在田里的秫秸堆，从这堆，冲到那堆，向敌人开枪，而且每逢开枪，总有敌人倒下。敌人始终不敢冲过坟茔地，无法派大兵力去追游击队，少数人也不敢去。

眼看自己人走远了，宝川那抹满硝尘的汗脸露出一丝微笑，立时又痛苦地"啊"了一声,左手又使劲顶着肚子,一看身上,子弹带已空了,枪膛里的一梭子子弹已打出好几发,子弹不多了。他望望大群的敌人趴在地上射击,又看看左右方的大海,轻蔑地说:"熊蛋包!我死了也不能叫你们得便宜……"他离开秫秸堆,向海的方向奔去,刚跑到海滩的芦苇丛,就栽倒了。

宝川流血过多,面色惨白,伤口疼得使他闭紧了双眼。忽然,觉着有人拉他,又听哭叫声:"宝川!宝川!宝川!"

他强力睁开眼,抬起头,吃一惊:"你!"

"俺!"

"你没走?"

"跟着你。"

"我要死的。"

"俺全知道。"

"那你……"

"跟着你。"

"二妞!"

"宝川!"

二妞紧紧地将丈夫抱在怀里。他那旺盛的血染透了自己的前襟、裤子,又浸红了她的皮肤。二妞要给丈夫包伤,宝川挡开妻子的手:他想象得出流出肠子的伤口会是个什么样子,不愿吓着她。二妞哭着亲他的嘴,把自己的口水吐给他——在槎山的云光洞里时,他发高烧,一时弄不到热水,她就这样喂过他……然而,这时的丈夫,不是吸吮她的温暖的口水,倒把嘴里的血流到妻子嘴里!他疼痛得早就咬破了嘴唇……

宝川坐在妻子怀里,一面应付她的亲吻,一面从芦苇丛中,盯着上来的敌人。等来得近了,抬手就是两枪……

一双敌人倒下去。

子弹下雨般从他们头上、耳边嗖嗖地飞过,削断的霜色浓重的茁壮的芦苇,纷纷落到他们头上、身上。但两人一点不在意,也不挪地方,如同一对在公园里热恋的情人,旁若无人,毫不害羞,尽情地偎在一起……只是这对夫妻,身上染着正在流着的热血,大敌当前,还得对付……

宝川一直是从从容容的,敌人一露头,子弹一定飞过去。他打得是那么准,一发子弹一定倒下一个敌人,发挥了他生平最佳的射击水平。但,子弹终于尽了。这时,太阳已近西山,残散的阳光,涂在芦苇丛、沙滩、海水上。

宝川痛惜地看一眼手枪,说:"你没用了,也够本啦!"

二妞接过手枪,将枪带套在他脖颈上,把他的手吊在胸前。她自己又从地上拾起一支大枪,还带着刺刀。他惊讶地问:"这哪儿来的?"

"我从坏蛋死尸上捡的。可惜没枪弹……"

"有用处!"宝川眼睛一亮,从怀里掏出一团红布。

二妞打开一看,褪了色、碎成条的红布,染上了一块块的新血。这还是那面起义时宝川举着、云光洞宝川守着的红旗!她从他的眼色里就明白了,将红旗穿到大枪的刺刀上。她将大枪背上肩,扶起宝川,低声道:"咱们走吧。"

"好。"

她紧紧地搀扶着他,走出芦苇丛,走到沙滩上。宝川说:"我走过多少海边,从没见过这么白的沙滩!"

二妞柔声道:"不就叫'白沙滩'啦。"

"那是西面村子的名。"

"村子就为它得的名,对不?"

"不知道。等咱打胜了,再来问问。"

"问谁?"

"问龙王爷呀!"

夫妻好像是一块走亲戚,似乎后面没有穷凶极恶的敌人,没有致命的枪声,只看到前面不言而喻、心领神会、你愿我意的归宿。他们一直向大海走去。

大潮来了,黑森森的海涛,澎湃的浪潮,奔腾着,呼啸着,排山倒海地向他们扑来。它带起强劲的冷风,吹起宝川的血衣裳,二妞的散发,和头顶上方刺刀上的血旗,一起飘着!

二妞的身子更紧地靠着他。宝川问:"你害怕?"

"你呢?"

"我等龙王爷派龙女来迎咱,迎咱们的红旗!"

"俺跟你一样!"

宝川说:"我最想两个人!"

"爹和妈?"

"理琪同志和震海哥!像这样的人,世上越来越多,穷人总会有出头的日子,爹妈死了会有地场埋的!震海哥,你早点把钱送到,特委急用呀!"

二妞说:"俺也最想两个人!"

"谁?"

"海嫂子,小菊妹!"

"哦!"

"海嫂子是世上数得着的好心人,人都像她一样,天下的泥就都变成糖啦!小菊妹,咱昆嵛山最俊的闺女,俺俩相约过,等咱胜利了,一块去爬菊花岭……"

"干什么?"

"唱歌,掐菊花!"

"知道不,小菊是共产党员了!"

"她比俺小,比俺强。"

"你也是……"

"我——"

"你是共产党员的媳妇,和党员也差不多少。当初海嫂她……"

"俺可没法和她比……宝川,方才你对俺那么凶,那两枪真打上俺呢?你不后悔?"

"不会打上的,我有把握。可你再不听话,我……我打给同志们看的,不让他们上来救我……"

"俺知道。你真打上俺,俺还是亲你,放心吧,坏小子……"

一阵枪响。

宝川身上一震。血从腋窝里流出来。二妞摘下大枪,向敌人瞄了瞄。敌人像追人的狗似的,急忙向后跑。二妞又背好大枪,扶着他,偎着他,一步一步地向海涛里走。

宝川身上流出的鲜血,一滴滴,一道道,洒在洁白明净的沙滩上。

大群的敌人为捉不到二十几个人的游击队,又被打死打伤这么些同伙,十分恼怒,恨透了这个百发百中,掩护他的同伴脱险的游击队员。现在又出现了一个自投网罗的女子。他们实指望逼在沙滩的这两个男女,无路可走而反身投降,捉住活的,也好回去交差,掏出共产党的情报,不想这一男一女竟从容不迫地向大海走去。这时,敌人惊慌了,也知道对手没有了子弹,就吼叫着扑上来。

"混蛋们!想叫我刘宝川的头挂上城墙头,做梦去吧!你们连老子一根头发丝也捞不到!"宝川大声叫道,使出所有力量,冲进海浪里。

一进海水,宝川就倒下了。二妞将丈夫横抱在怀里,挺着她那从小练功的坚韧的细条身子,迈着有力的碎步,急急地向海里走着。

巨涛号叫着,无情地把她向岸上推。年轻女子用更大的力量,迎击着巨浪,奋勇地向前走着,向深海里走着,似乎那里有新生活的大门,为她和心爱的人洞开,无数双热切的手,在迎接他们，拥抱他们……

　　当那晚霞烧红半个天空的时候，袅袅的烟霞蒙在染血的芦苇尖上，留在白沙滩两双深深的血的脚印上，映红了海天相连的边际飘动着的那面血浸的残缺的红旗……

第十六章

即使他的体魄超过常人,但总是人肉人骨,两颗子弹从背后射进腰间,脊髓骨断了一根。流出那么多血,一般人早躺下了,他却坚持战斗结束,开了总结会,布置了队伍的行动,怀揣一百零九元银洋和手枪,离开队伍,避开大道,沿着河畔树林、沟流土岗,蹒跚北上。天黑时走了五十多里,来到牟平中部的盘石村,几乎是倒在开门的老人怀里……

这个老人只老夫妻俩,儿子和本村另外六名共产党员,在去年冬天暴动失败后,被同村的坏分子告发,七颗人头挂在牟平城墙上,老伴哭儿子哭的,眼睛叫泪水沤得快瞎了。

震海被老人扶着进了屋,弓着身,趴在炕席上。他感到胸部剧痛,两腿发木,头上黄豆大的冷汗珠,吧嗒吧嗒往炕席上掉。

两位老人焦灼万分,不知如何是好。老妈妈哭着说:"这怎么好,这怎么好?别和俺那儿一样,儿啊……"

"看看,看看!你又……又来啦!"老人着急地说,"这活的还忙不过来,你还提死的。快烧水,弄饭!准是饿的,累的……"

休息了一会儿,喝了热水,震海好一些,能坐起来了。两位老人欢喜地守着他,老妈妈擦开了泪水。

震海说:"老人家别难受,保着身子要紧。俺兄弟的血不会白流,咱们新来的领导人,叫把所有为革命死的人名,都开成单子，他一一记在本上。他说，永远不忘他们，为他们报仇，为他们的亲人打下江山！"

"看看，看看，俺说孩子死得有福，你就不听，老哭……"老人说着，自己也用衣袖拭开了泪眼。

震海又把游击队几次打胜仗的消息，告诉了两个老人。老妈妈又撩起衣襟拭泪水。

老人说："看看，看看，你又……"

"看看么？俺喜欢也不成呀！"

于震海讲了他要去烟台执行任务，不用多说，老人已经明白。老妈妈摸索着烙地瓜面饼，贴玉米面粑粑……他们连一点麦面也没有啊！老人从旧柜子里找出个带补丁的钱褡裢，把干粮打点进去，一直忙了大半夜。但是，在午夜要叫醒于震海动身上路时，老人发现于震海是趴在炕上睡的，还不断发出忍痛的呻吟……

于震海本来想把受的伤瞒住，但瞒不住了。这位老人懂得点治伤常识，看了他的伤势，洗了伤口，上了些药，又用新粗布给他扎好，很担心地说："孩子，这伤上了药，止住了血，可子弹没抠出来，骨头碴没长到一块，伤筋动骨一百天，你得老老实实躺下养着，怎么能爬山越岭到一百开外的烟台去？这伤口要是活动了，化了脓，那可不得了啦！"

震海说他任务紧急，得赶快去。老人道："再急也得躺两天，伤口稳住了……"

怎么说，老人就是不放他走。老妈妈找出儿子原来的小褂、裤子，把他里面的血衣换了下来。他的棉袄、鞋袜，原来和宝田换过了。震海也感到头重脚轻，走路困难，只好又躺下了。他刚闭上眼，就听到西风吹得茅草屋呼呼地响，仿佛看到昆嵛山的泰礴顶上，白雪一层。是啊，已是初冬了，天冷了。但是烟台特委的人，理琪、高玉山他们，吃不饱饭，穿不暖衣，住最差的客店，缺铺盖少柴火，没钱买纸印传单……一会儿，他把一百零九元钱送到了，他们欢乐地咬大饼，喝热腾腾的面汤，围着火盆烤火，盖着厚被睡得香甜……咦，满天飞的是雪花？不是，雪是白的，这个是红的绿的紫的，啊！好家伙，是传单……

于震海蓦然惊醒，自己趴在枕头上，原来是一场梦。不，不是梦，如果把钱早点送到，这一切就变成实实在在的真事了。他爬起来，炕上空空的。他下炕穿上鞋，走到灶间，开开屋门，有个人坐在门外槛上。

"你放心睡吧，老头子在街门外头。"老妈妈说着站起来。

这时，院门无声地开了，老人进门又关好，他回到屋里，手里攥着一把镰刀。

于震海说："老大爷，我非走不可，不走就会急出病来，伤口坏得更快！"

老人怔了片刻，说："留不住，你走吧。本来我盘算，明儿去孔家庄，找鬼见愁求个方向来……"

老妈妈已把褡裢放在震海肩上，那干粮还有热气，暖着震海的心扉。老妈妈扶着他的胳膊说："能见着那领导人，替俺瞎老婆子捎句话：他给俺儿子上了宗谱，俺欢喜着哪……"

"看看，看看……"老人说着，一手拉震海，一手握镰刀，送出屋门，送出街门，送出村口。说："孩子，你路上小心！和咱们的人说，你们怎么不常来啦？别不放心儿子没了，他爹妈还在呀！"不等对方回答，老人摘下自己的"满头捋"，把震海的破礼帽换下来，转回身，走了。

过去一天多的路程，这次他走了整整四天。这是怎样走过的四天哪！第一天他还能咬着牙，走了六十里——这对多年黑白奔波，习惯大步流星的石匠玉，太可悲了！夜里他宿在牟平城东四十里的金山寨村外的打谷场上，找个玉米秸搭的人字形草窝铺（这是这一带谷场必有的），他还是向下趴在草堆上，睡到天亮前就上路。从这些地区直到烟台，于震海没有接头的联络站，这地方不属于他活动的范围，为防备出意外，只好在野地谷场上睡。当然，他也可以住乡村野店，花钱又不多。可是即使一个铜钱，那也是钱啊！留下交给党组织，总是有用场啊！

第二天过猛浪口子。那年他和金牙三子去东北躲险，迈开大步，一会儿就过去了。这次，他爬这山口子，尽管它的坡度不算陡，而且又是大路，他可一步一步向上挪，腿稍一迈大，带累得伤口搐动，痛得咬牙，歇息了十多次，足足小半个下午，才爬过去了。从牟平城到烟台，六十多里，他却艰难地走了两天。夜里不能走，公路常有敌人流动，小路他又不识，好在这里没有认识他的本地人。但也不能大意，万一碰上来烟台办事的认识他的坏人，像那年在七里店遭遇上村长于令灰……他把帽子向下拉——这才感到老人换给他的"满头挎"的好处，能御寒风，又能挡住脸，还自然。

第四天上午，他终于登上烟台东口，看到了港外的船舰，心里一喜，舒口气：到底还是到了，就要看到理琪和特委的同志，交出去同志们拼命得来的一百零九元，解决经费的困难……

背上的伤口也似乎疼得轻了些，他加紧向城里走。走着，他见一堆人停在前面，再一看，有三个警察，正在城门检查出入行人。他马上停下来：过去来没有敌人在此设卡的呀？他看敌人不搜身，只是检查携带的东西。就把钱袋从褡裢里掏出来，塞进怀里，这时正有一个挑了两笼公鸡的小贩从他身边走过，他上前搭讪说："大哥，你上哪儿？"

"到大世界。"

"俺正要去那儿，路不熟……"

"跟着走吧……"

顺利地通过岗卡。震海见有人在路边井台打水，就说："大哥你先走，俺喝口水，歇歇脚……"

他照旧来到西南河，找同乡熏皮子徒工于二。

铺面上有个工人正在炉子上熏猪皮，油烟呛得他直流眼泪。他说："于二不在，他……"

"哦，你找于二的……"胖胖的满脸满身油垢的小铺老板，从里屋招呼一声，走出来，不停地上下打量于震海，咧咧嘴，笑嘻嘻地说，"你是于二的同乡，上个月才来过，见过面……来吧，进里面坐，喝茶，抽烟。"

于震海随他走到里间，坐在面前板凳上，把钱褡裢扯下肩。老板忙接过来，放在炕上，又殷勤地拿烟，倒茶。于震海不会吸烟，倒是口干舌燥，一口一口地喝着淡而无味的二泡茶①，问："于二呢？"

"你等等。"老板出去一会儿，回来赔笑道，"我吩咐伙计叫饭去了……你问于二呀？他到福山收生皮子去啦，骑的车子，路平坦，过午定规回来……对，他给我留下话，说有位同乡来找他，叫等着……我猜，一准是你，果不然就是……喝茶，喝茶……这是江南来的叶子，平常舍不得，不是你来……贵客嘛……"

油老板边说边向门外窗外张望，有些心神不定。于震海开始没在意，一会儿就察觉了，便道："掌柜的，你有事就忙去，我自个儿等他就是了。"

油老板忙说："也好。我失陪一会儿，去去就来……你千万别走，于二人老实，给我出了大力，你们是同乡，也是我们近邻，你别客气……他说过午回来，也许一会儿就回来，说不准已走在半路上……你千万别离开，等着我，我去去就来……"油老板说着向外走，不料，被门槛绊了一个跟头，差点一头栽到街上。

带伤走了四天，夜夜趴草堆，这时有了热炕，被垛，疲劳又上来了，真想趴上去躺一会儿。但他没有这样做，怀里的钱包沉

---

① 即泡过一次的茶叶，晒干后又泡。

甸甸地压在他胸口上……他到门口转了一圈,工人没有了,也不见油老板的影子,就回到炕沿上坐着,头靠墙壁,闭眼打盹……

于震海有个多年的凶险紧张的生活环境养成的习性:每次睡觉之前,他脑子都要想一想,睡前做过的事,和醒后要干的事。这时刚合上眼皮,脑子就活动开了:刚才在门口,熏皮工人说话的神色有些不自然;油老板这个人他不知底细,上次来对他挺冷淡,不是碍着于二的面,收他住下都不情愿,这次倒格外亲热。怎么回事?而且言语错乱,虚虚伪伪,重重复复,像有什么心事压身……老板出门时,差点被门槛绊倒——啊,这是他自家的门槛,每天不知进出多少回,腿脚不残,为什么这次绊了个跟头?这只能说明他心慌意乱,腿软脚飘,紧张过度……

蓦地,游击队长睁开眼:莫不是共产党人于二有什么差池?不好,处境危险!于震海站起身,下了地,就要出门——但,晚了,油老板已经抬腿迈门槛了。他习惯地将右手插进怀里——再出来,就是顶上子弹,张开机头的驳壳枪了……

油老板一个人空着手进来,叹口气道:"唉,乡下送来一批生皮子,本来是咱订下的,半路上叫别家高价截了去。我去晚了一步……同行是冤家!老乡,做这呛死人的买卖,真苦哇,看看我这身脏油,夜晚老婆不让上炕,孩子叫我油猴爹……还没你们种地好……咦,看你的面色不正,不舒服?怎么不上炕躺一会儿?"

震海慢慢从怀里把手抽出来,说:"心口有点不自在。"

油老板倒水沏茶,体贴地说:"那准是路赶急了,冷风呛的。再喝杯热茶,压一压;中午吃碗打卤面,睡一觉,就熨帖了。"

震海坐下,喝着水,心里想:看对方不慌不忙的样子,可能刚才就是为买卖急的,才心神不安。他也是个小本生意人,属于穷人里面的,不会干坏事的,放心在这里等吧。然而,游击队长又不太放心:穷人里面也会出个把坏人,金贵不就是一个?于二真出了事,油老板要发坏,方才去报告过公安局,回来等着抓人领赏怎么办?

于震海放下茶盖,抱歉地说:"掌柜的,真麻烦你啦。我还给人家捎了个口信,得这个空送去。"

油老板说:"于二一会儿就回来……"

"回来你说给他,我今晚还得来打扰你。"

油老板焦躁道:"你不能走,你走于二回来,我落不是……"

"我不走,送了口信就回来。"震海站起身,心里已断定自己不是多虑,情势不妙,非脱身不可。他把抓起来的钱褡裢递给对方,说:"这个,先放你柜上存一存——给人家捎的还饥荒的钱,城里人杂,要让人算计了,咱可赔不上。"

油老板接过钱褡裢——好沉重哩!随即笑逐颜开,说:"行,行,放心吧,给你收着,连带也不会有人解的。老乡,你务必回来吃饭,交往上你,真顺心,你真实在,咱弟兄喝两盅,我做东……"

客人刚消失在房东头,油老板旋即回到屋里,关紧门扇,急急地解开钱褡裢上的扣子,伸进手去掏钱,掏出来的是干硬的地瓜面饼、玉米面粑粑,咸菜头。他又翻过来覆过去找,最后提着空褡裢向炕上倒:除了落了一炕席粑粑渣渣,一个铜钱也没有。他丧气地将钱褡裢狠狠地甩到地下,愤然地骂说:"穷庄稼人!做了鬼身上也不会有一滴油,还他娘的瘦驴拉硬屎——充样子!哼,干他的脑瓜别裤腰这一行的,有几个是富贵的?好大个,你耍弄老子,我的手段你还蒙在鼓里……等你回来,有地方管你饭;这些干粮,我回回锅,也够做工的两顿吃的……"

前几天,于二被捕了。公安局把油老板找去,警告他不准透露风声,来了找于二的可疑人,赶快报告,如果抓住了共产党人,有他一份赏钱,要是他瞒住不报或者放跑了,拿他是问……

这个里外流油的熏猪皮铺子老板,又惊又怕又有了发横财的欲望……他稳住了这个来找于二的同乡——管他是不是姓共的,抓走再说，是真的自己得笔赏钱，是假的自己也摆脱干系，两下都不吃亏。于是他赶快跑到公安局去报了案。局子里管他这趟线的人不在，吩咐他回去不露声色，晚上派人来捕拿。

晚上来了四个警察，一直等到半夜，没有抓着大个子陌生人，一人拿了一张熏好的熟猪皮，把油老板带回去了。这个油老板一直被关押了十多天，定了个窝藏共匪罪，判了三年徒刑，铺子被抄一空。

一九四五年烟台被八路军从日本侵略者手中解放，油老板杂在看热闹的人群中，见人们指着几个骑大马的八路军议论，那个最高的大头大眼的，是在昆嵛山和敌人打了多年，官府动过两千大洋重赏也没抓住的神枪手，如今是烟台警备区的司令。他仔细一看，舌头伸出好长时间回不去，想到九年前的那一段公案，连夜坐船跑到东北去了。其实，熏猪皮的油老板完全是虚惊一场，当时于震海一离开他的铺子，就把他忘得一干二净了。

于震海向西门里走着，那里的小杂货店，是第二个接头地点。他来到附近的街角处，放慢了脚，机警地打量着，同时将手伸进怀里，握着手枪柄……小杂货店上了板，对面的烟酒店，两个便衣人坐在里面，不时向这面巡视。

"侦探！"震海一下就识别出来，心里说着，掉转身，立即离开。怎么办？到哪里去？他再没有了接头的地址，就这样带着钱回去？特委等经费用啊！战友们都等他带回把钱送到的喜讯，他这当队长的，就是这样完成任务？情况有什么变化？特委能出什么事情？

他真急，忘记伤痛，无目的地走着，苦苦地思索着，想着上次来那么顺利，找着于二，见着王大头、高玉山，接着是理琪，最后是小菊坐在公路桥头……他心里猛地一亮：她会不会还能在那里？但又摇摇头：那是临时开会的地址，她还在那里干什么？

她怎么会知道他来了，还到那里找人？然而，反正没别的地方找了，有没有人去看看吧，再接不上关系，只有冒险回于二的铺子看看……

远远看去，那桥头上真的坐着一个人，就是上次小菊坐的那块石头。震海加快了脚步，喜欢道："我说呀，不会有事，改在这里等我……"

可是，越到近前，他越放慢了脚步，离有三十步远，他停下来了：那不是小菊，是个头戴学生帽，身穿学生服，上下一身蓝的男学生。震海失望地叹息一声，装作走路的人，直着从他身边走过。那歇脚的男学生也发现了过来的人，只扫了一眼，就把头转向一边，没有理会。

震海走过男学生几步远，一块小石头飞过来打在他脚边。他不由得回头一看，那学生也正看他……他没理会，转头又走。

"俺是小菊。"脆甜的女孩子的声音。

于震海一惊，扭身一看，男学生腋下挟个白包裹，站起身，机敏地下到桥洞去，同时又飞来一句女孩子声音："俺是小菊！"

震海明白了，迅速扫了周围几眼，不见行人，马上疾步下到桥洞，见男学生摘去头上的有檐帽子，散下头发，对他紧叫一声："哥！"

震海一下坐到石头上，腰靠上桥洞的壁，长长舒口气，道："我没认出是你……"

"俺也差点把你放过去……"小菊靠在他身旁坐下，"哥，这才几天，你怎么变得这样厉害？"

"我哪儿变啦？"

没有镜子，他自己怎么看到自己？失血过多，伤痛、心急、劳累、吃不下饭，四五天工夫，他的脸瘦下去一圈，胡子黑苍苍的，脸色白黄，只显两个大眼，又把"满头挬"帽子拉得压到眉毛上，不是小菊眼尖心细，怎么会认出他是谁？无怪乎油老板见了面就慌里慌张，语无伦次，这和于震海几天之内变成这个模样，像个害大病的人，也有关系。

"哥，你病啦？"

"没病……"

"是不是伤哪啦……"小菊巡视他的全身，伸手去摸他的胳膊。

震海从怀里掏出钱袋，双手捧着，说："先说正经的。小菊妹，咱们又打个胜仗，同志们叫我来给特委送经费，不多，可是游击队的心意。还幸亏你告诉我，理琪同志他们的苦处，他大老远冒生死来咱胶东，受这么多难为，真不该……"

小菊唏嘘着端庄的鼻子，低声地哭了！

震海一惊，急切地问："快说！他们怎么啦？"

"都叫敌人抓走啦……"她呜呜地哭着说。

"啊！"于震海捧钱的瘦骨嶙峋的大手，哆嗦着，哆嗦着，猛烈地哆嗦着……

事情发生得极其唐突和猝不及防……

那天特委负责分发宣传品的工作人员李侯升，很晚了从外面回来，兴奋地向特委书记报告："真巧啦，我在街上碰到彪子！"

这是在泰康里十八号，只有理琪和李侯升住在这里，高玉山和其他几个同志，分别住在毓璜顶、裕盛胡同等地。

理琪在桌前读书，听到这话，没有离开书，顺口问道："这是个什么人？"

"噢！你不知道——他是海阳县人，老党员了，我们一起活动过，彪子是他党内的化名。暴动以后他失掉了联系，到处打听，见了我，可高兴啦！我给了他几份《战斗》和《火线》……"

理琪听着抬起头来，严肃地问："你都跟他说了些什么？"

"我告诉他特委现在在烟台，新来了领导人。我和他约定，明天上午九点钟你去见他。"

理琪陡然站起身，使劲扣上书，生气地说："同志！你怎么忘掉我们秘密工作的纪律，怎么能轻易地把党的领导机关，告诉一个长期失掉联系、突然出现的人呢？"

李侯升分辩道："他原是个县的负责人，我挺了解他的，你放心……"

"我不是肯定这个党员就变成坏的了！"理琪口气异常认真，"可是你也没得到充分的证据，他还是个好的同志！现在是什么时候？残酷的环境对每个党员都在进行考验，经不住敌人的严刑拷打、金钱利诱的人，没有出现过吗？你……我个人有责任，我们的纪律太差，太差！"

"那怎么办？我都对他说了。"李侯升嘟囔着。

理琪在地上走了三圈，这在他是罕见的。然后，他冷静地说："我们想法了解一下再说，明天这个头，我不能去接，你也不能去。"

李侯升说："理琪同志，你是领导人，不去可以，我得去，他是好同志呢？错过了这个机会，他向哪里去找组织？这个人能力很强，咱也正缺人手。"

理琪默然了，让步了，说："好吧，既然你有十分把握，你可以去。但是，你要提高警惕，注意观察，详细了解他这一段的情况，见机行事，回来再研究下一步怎么办。明天我等你到中午十二点钟，你一定得赶回来。"

理琪是个对人忠诚坦白的人，对身边同志的话也就容易轻信。这大概是这种人的通病。虚荣心很强的人，通常还能做到老实，但遇到需要捍卫虚荣心的时候，就变得言过其实，不安于说老实话了。李侯升就是这种人。

这个彪子，并不是像李侯升说的他那么了解的人，过去他们只接触过两次，他也不是县委的负责人。只是李侯升在负责召集几个地方的党员开会时，彪子见了他很热情，把他颂扬过一番。

李侯升便在他面前夸下海口,叫特委书记亲自和他接头谈话。为了达到自己的这个目的,说服理琪,李侯升就不老实了,进行欺瞒了。诚然,他还是认定彪子是个党员,没有出事。所以,他见理琪平常和蔼可亲,这次竟毫不客气地批评了他,发了火,很不服气。第二天早上起来,李侯升溜到二大马路,在他熟悉的一个小饭铺里,赊了二两地瓜酒,一小碟腊耳朵,两个火烧,有滋有味地吃喝下去,暗自发愿道:"等把事情弄明白,到底看谁对……"

上午九点整,李侯升按和彪子约定的时间地点,来到大世界商场北门外面的阅报栏前。他刚要装作看报,两个躲在商场里的便衣特务冲上来,给他戴上了手铐。李侯升大惊失色,才要呼喊"冤枉"……看见一个人影迅速地从对面溜进商店里去了。他不是彪子是谁?!

驻烟台的国民党第三路军总部军法处的特务队,当天下午四点钟,按照共产党的自首变节分子李侯升的口供,先到泰康里十八号来逮捕理琪……结果扑了空。

原来,理琪等李侯升到十二点不见影子,为防意外,当机立断,装好文件,收拾好简单的行李,在胡同口的灰砖墙上用粉笔画了两个鸡蛋大的圆圈——此点已不能去,急赶到李侯升的家里,果然他没回来。理琪从李妻处取出所有油印的宣传品,装进个大网兜里,叫了一辆人力车,赶到裕盛胡同高玉山处,正好崔素香也在,告诉他们发生的情况,赶快转移。崔素香带着文件、宣传品走后,高玉山去通知其他同志,理琪坐着人力车,向特委副书记处奔……

那些老练的特务经过专门训练,却不是容易对付的。他们侦察出理琪是坐人力车走的,马上对所有人力车跟踪追击。这么个小城市,人力车也是有数的几十辆,很快就将理琪捉住了,但,这已是在他通知过特委副书记之后了……

叛徒一旦张口,像毒蜘蛛一样,不吐尽肚子里的货色是不罢休的。李侯升又是做分发宣传品工作的,知道的党员人数多,地址准确。敌人一连几天进行搜捕。

高玉山被捕了。

特委其他两个负责人被捕了。

工厂的八个党员被捕了。

学生、教员的党员七人,被捕了。

……

哗啦!一百零九元银洋的布袋滑出抖动的大手,落到乱石地上。他的头向后咚的一声,靠到石头桥壁上,两眼呆滞地瞪着,瞪着。

小菊急忙跪坐在他的腿前,抓住他的手,手脖上有一道深深的伤疤。小菊看着他的脸,急切地说:"哥,你难受,你就哭;哭出来了,就好啦!别憋着,憋着就得病……俺妈这么说。这回呀,素香姐、玉水兄弟和我,三个人,躲在一起,成宿哭,哭,哭,直哭到天亮!素香姐说,都把泪擦干,把脸洗净,再不准哭了,也没时候哭了……俺们三个,把理大哥留下的文件都藏起来,想法打听哪些同志遭难,哪些还在,想个法,告诉俺们知道的同志……哥,俺寻思起你那天见了理大哥,听我说他生活艰难,又有病,你当时的表情,说不准,你会来送经费……咱们乡下的各县的同志从这条路来烟台的也还有,碰上谁都有好处啊!素香姐改了玉水兄弟的衣裳,叫我这么出门的……我只知道丈八口公路桥这个地方,昨儿来等过一下午……真等上啦!哥,哥!俺刚才说你难受,就哭出声,哭一顿,这可不行!在这地方狗特多,得忍着点,想放声哭也不行啊!等找到隐蔽的地方再哭,你哭!让你哭出来呀!"

于震海没有哭,不但没哭,眼珠也转为正常,不停地端详小菊娇细的身材,稚嫩的容貌,咬咬牙说:"我没有泪水,小妹,别担心……我得赶快回去,和敌人干!"

小菊松下心，把白包裹提起来，说："哥，你气色不好，进城歇一歇，俺们住一个老工人家，一家人待素香姐最好，你也去——你病啦？"

　　于震海摇摇头，可又不得不说道："我受了点伤……没关系。"

　　小菊着急地说："哎呀，你真又受了伤……俺桃子姐知道，会心疼……她最怕你受伤，你偏老受伤，她和俺偷着说，你只要没病没伤，分开一辈子，她也乐意。走吧，哥，去歇息好再走，俺们掩护你，不会出事。"

　　"不，我不能去。"震海固执地说，"我得快回去……那你们，还在这，不危险？"

　　小菊理理头发，戴上帽子，说："危险也不怕。素香姐、玉水兄弟，俺们三个一条心，要打听着那些遭难同志的下落……理大哥的下落！打听着还剩下的同志……"

　　震海赞许地点点头，把钱袋从地上拾起来，拂掉上面的沙粒，递给小菊，说："这个留给你们用。"

　　"俺们有吃的……"

　　"打听人也要用钱，留着。"

　　"哥，给你干粮，里面还有两元钱，你路上宿店用——这都是素香姐的主张，她知道你的性子……那钱，是他卖了钢笔的。"

　　"谁？"

　　"玉水——俺表兄弟。"小菊说，"还有，哥，俺爹上次临回去说，要来送棉鞋。你要能捎个话，叫他别来了。哥，先别告诉俺爹这里遭的事，他对理大哥最上心了，俺怕爹又犯病……"

　　小菊又出了桥洞，向四周巡视一会儿。回身来，把干粮包帮助于震海斜背在肩上，看着他刚迈出两步，身子摇晃了一下，就又从钱袋里拿出五块银洋，偷偷地放进他上衣口袋里，说："哥，走不动了，你雇辆推脚的车吧，口袋里有钱。"小菊说完快步抢先走了。

震海望着她的背影，说："你……你放心，好小妹！我爬，也爬得回去！"

牟平是烟台东面第一个县城，从威海卫、石岛港和文登、荣城两县进烟台，牟平是必经之地。自古占烟台市者必占牟平城，作为屏障，成犄角之势。如果牟平城失守，烟台市就岌岌可危了。所以烟台和牟平联系紧密，两地之间的这条公路，是咽喉要道，行人车马，常是不断，沿途的客栈饭店，也就应运而生。

这天，初冬的夜半，西北风使劲地刮着，发出凄楚的呼号，浓云在空中驰骋布阵，遮住了星月。七里店村头的枯楸树上，挂着一盏风灯，玻璃罩上写着红字：兴升客栈。门过道的穿堂屋里，柜台后面，坐着个五十多岁、八字胡又密又黑的人，借着小煤油灯光，在打算盘算账……忽然，他停止拨算盘珠，竖起耳朵……陡地起身，走到里院，冲厢房叫道："孩他妈！快起来，生火，有客到了！"

他又奔进正屋，把油灯点上，又奔到牲口棚，把槽里的草料拌上。这才来到大门口，恰好一辆胶轮大车到了。

大车还没停稳，他就上前抓住骡子缰绳，欢呼道："店家，店家，到了家啦！老客，路上辛苦啊！"

赶车的跳下来说："掌柜的，这么晚还没歇呀！"

胡子掌柜笑眯眯地说："等你呀！到哪儿去，怎么这么晚才来？"

赶车的说："上威海拉货……倒霉，刚过了烟台东岗子，拉帮套的前掌掉了一只，钉子扎坏蹄子……那不，在车后拴着。"

胡子掌柜的更乐了，上午他弟弟家一口半大猪爬墙摔断了肠子，头和下水贱卖给他当哥的了，正愁来客少……他走过去解开拴在大车后帮上的拉帮套的骡子，一面乐呵呵地说："别犯愁，老客！这街上正有会'扎古'牲口的，也有上掌的，你就多住两天，也算你有嘴福，我刚煮好一副下水、猪头，饭前才杀的，好大一口肥猪……咦，这车上还躺着个人，睡着了？你们一块的？"

赶车的在前面卸着牲口，说："是半道遇上的，他病倒在路上……"

"啊，热得不轻！"胡子掌柜伸手摸一下车上人的前额，"那你是捎脚的？他住店……"

"放心，人家有钱。"赶车的说，"他掏给我一块大洋，咱没要，出门的人……"

"看你说的，我哪是那个意思，谁出门还能顶着房子走？"胡子掌柜喜不自禁，上前拉那人，亲切地叫道："老客，老客！你醒醒，醒醒，店家，店家，你到家啦！"

这个病客人艰难地爬起来，胡子掌柜掉过屁股要背他。客人用干沙的声音说："你背不动我……我自个儿能下去……"

胡子掌柜小心地扶客人下了大车。嘀，黑影里好一个大汉，弓着腰，也比胡子掌柜高出半截。他殷勤地把大汉客人的手抬起来，小脑袋钻进他的腋下，半背半搀地将他弄进大门，边吃力地走着边吃力地说："唉，你好壮的身躯，怎么就病了？老客放心，这村有妙手的药先生，人到病除……其实你用不着吃药，喝上碗姜汤，发发汗，就好了，我这店就喜欢帮客人除个疾病什么的，老客尽可放心……"

胡子掌柜的右手，正从客人的后腰伸到右面的口袋处，隔着一层单布，他感到了里面有几块大洋。这使他改变了把他的病客人送到大通炕房间的路线，向后院的单间走来。尽管他被压得呼哧直喘，还是挣扎着说："老客放心，我找个清静房子给你，一个人，安心养着……唉，这年月不太平，身上的钱哪东西的，可得留点神……"忙把靠口袋的手挪到上方去。

说实在的，如果店家这时要偷，手稍微动一动，钱就有了。但他没这样做，根本也没这样想。他能费尽心机，从一颗盐粒、一片菜叶、一把柴草上，冷酷地吝啬地赚取来往客人的钱，却决不行窃,别说你今天这种机会,即使孤客病死客栈,无主认尸的,他也要把死者的一切遗物陪葬而去,当然他要一丝不苟地扣除为此的费用,并且是决不白赔送任何东西,哪怕是一根绳头。这就是这一类店家的作为,也是他们能心安理得地喊个不停"店家,店家,到了家了"的道德基础。

把病客人安排到西厢屋,胡子掌柜点上小煤油灯,忙着打开被子,放枕头。病客人趴着身子躺下,痛苦地说:"多谢掌柜的,俺自个儿行啦……"

胡子掌柜抱歉地笑笑,说:"炕凉点,一会儿我就给烧。不怕你见笑,原来有个伙计帮忙,这一年来,日本人在关东管束得厉害,咱这地方跑买卖的少了,住店的人稀多啦,养不起伙计,打发了,只我和内人……不过你尽管住下,我自个儿伺候,更贴心些——吃点么?刚煮下的新鲜猪头肉、下水……"

客人说:"我自个儿有干粮,来碗汤就行了。"

"这……哦,有病不爱吃大油水,明天再吃……干粮拿去烩烩吧,大冷天……"

"好,多谢掌柜的。我包袱里有火烧,烩两个……"

掌柜的打开包袱,十多个白面火烧,还夹个小纸包,他斜客人一眼,对方脸压在枕头上,他用手摸摸纸包:那是两块大洋!这个人,看样像个庄稼佬,大洋倒有好几块。也许,是个土财主……胡子掌柜拿着火烧,颠着屁股,轻快地来到厨房,吩咐老婆做一大海碗白菜汤,多放葱花、姜末和花椒粉,把火烧烩好,里面还加了几片猪肉,用个木盘子端着送到客房里,放在白木桌上。

"老客,快凑热吃吧!"

胡子掌柜把客人扶到桌前坐好,双手递上筷子,又把小油灯从窗台拿到桌上。然后,他去抱来柴草,烧起炕来。他见客人不太爱动筷,就劝说要强吃饭呀,病才好得快;这汤如何味重,谁来都想喝……及至见客人使力地吃了起来,心里很是惬意,把炕洞的火挑得旺旺的，走过来，说："老客，一会儿炕就热啦，你心里也有了热食，好好睡一觉，明儿就轻快了！再养上几天……"

他突然卡口，眼睛紧盯着客人的脸，不相信自己的眼睛，使劲揉了揉，又看……惊大了眼，手里的烧火棍落到地上。

病客人回头看胡子掌柜，那脸正对着油灯光：天哪！这不是他是谁啊：事情虽然过去快两年了，可是那有生以来最严重的惊吓，胡子掌柜至今还余悸不息哩！胡子掌柜对他的印象太深刻了！胡子掌柜想跑，动不得腿；想叫，张不开嘴。胡子掌柜站在那里，看着客人，似笑像哭，似哭像笑，心里叫苦道："天哪！是他，准是他……"

胡子掌柜没有认错，的确是于震海。

于震海听到理琪他们遭敌人逮捕的消息，简直是烧红了的铁锅倒上冷水，心一下炸了！打击得他支持不住，他感到的沉重打击，远远超过了小菊，不是哭一顿就能轻一些的。从暴动失败，好不容易请来了领导人，又是这样好的一个领导人，使党组织重新恢复发展，特别是使游击队，迅速地成长发展……正在这个时候，理琪没有了，特委又陷入瘫痪，没有了指路的上级了！他感到面前一团黑暗。然而，于震海不是过去的于震海了，小菊这个女孩子身上的变化，使震海很快清醒过来。他想到理琪说过的话，任何时候，都要保存好游击队，按照党的指示去发展革命力量，特委书记原来就有过发生万一的考虑的啊！因此，震海立时想到自己作为游击队长的严重责任，要刻不容缓地回到队伍中去，防止在突然事变中，使部队遭到不测……

可是，他过了烟台东岗，再也走不动了，他不得不折了根树枝当拐棍，但还是挪不动步，真的跪下爬开了……最后连爬也爬不起来了……这一方面是腰伤发了炎，几天几夜劳累不堪的原因；但和来时不大一样的，是精神上受了莫大打击……

天已经傍晚了，有一辆空大车从他身边经过，赶车人主动停车招呼。震海了解他是个赶脚的长工,又这样富于同情心,就上了他的大车,和他说了会儿话,就昏睡了过去……

于震海怎么也没料到,半夜里他竟住进了七里店兴升客栈,而且就是当年他和金牙三子曾经住过的这间屋子,还是这位胡子掌柜的,又被他认出来了……

"掌柜的,你别怕!"震海放下碗筷,说,"我是……"

"我知道,你是于震海的兄弟……好汉,饶命!"掌柜的扑通一声双膝跪下,上牙打下牙,战战兢兢地说。

震海才想起,当时金牙三子喊自己的名字引走敌人时,曾这样交代过掌柜的,保护好他的"兄弟",掌柜的记得倒也真切。震海便道:"掌柜的,你既认出我是什么人,我怎么会难为你?快起来。"

掌柜的仍跪着,痛哭流涕地说:"我知道你们是好人,为穷人打算,那就行行好,快离开我店,要叫警察所知道了,要我的命啊!上次差一点啊……好人,行行好啊!"

震海站起来,要去收拾包袱,但站立不稳,两手撑着炕沿,才没有倒下去。他喘息了一会儿,说:"掌柜的,你看看我这个样子,怎么动弹哪!我身子叫坏蛋打伤了,你是穷人,我流血也有你一份,你就叫我住一宿,没有人知道,我天亮前,准离开你家,死,死在路上,决不连累你。你快起来吧,别这么的……"

掌柜的爬起身,抹去胡子上的鼻涕,恐怖地看看大汉,又到门口向漆黑的天空看看,畏畏缩缩地说:"那,那你天亮前不走,可怎么好啊?"

"你去报案领赏,还是把我抬出去,随你的便……"于震海火辣辣地说,无力地趴到炕上,但手还没忘记插进怀里……

胡子掌柜把门带上,在门外停一气,又跑到大门口看一气,进进出出,好不心惊肉跳。天快亮了,他进了东厢老婆屋,嘀嘀咕咕把情况向老婆述说……老婆嚷起来:"你办的好事啊!叫你夜里不接客,你不听,夜猫子进家,那还有好的……"

"你小点声啊!"掌柜的自己也没小了声,悲哀地说,"我还不都是为这一家子啊,多赚几个啊!谁知道运不济,事隔两年,偏偏和我过不去……听,鸡叫了,他倒是个好人,带色的,不和咱们过不去,答应我天亮前离店的……"他出门奔向西厢去了。

他没注意,窗外有个黑影,听他们讲话,见他出来,折进牲口棚去了。

"老客,老客,你不吩咐叫你早上路吗?拂晓了,天亮了!"掌柜的在门外叫道,不见反响,推门进来。

小油灯奄奄一息。他见这个共产党还趴在炕上,一动不动。他上前去拖,拖不动;推,推不动。仔细一看,这人紧闭着眼,脸色在恍惚的暗淡的灯光下,实在难看,和死人一般。

"他死了?"胡子掌柜心里涌上一句,接着撒腿往外跑,跑到隔壁厢,叫起他弟弟,如此这般说了几句。两个人悄悄找了个抬粪用的大筐,一条杠子,用一条麻袋铺在筐底,弟兄俩将于震海抬进筐里,上面又盖上一条麻袋。胡子掌柜又将震海的包袱收拾好,放进筐里,弟兄两个使劲抬起筐,轻轻出了房门,通过院子,出了大门。于是乎,好像身后有人追他们似的,四条腿使出平生力气,撒开了,顺着黑乎乎的公路,没命地紧走!

第十七章

"哥,就放到这儿吧!"
"再往前走一走……"
"离村六七里了,天也亮上来了……"
"那好,放下。"

七里店兴升客栈掌柜的弟兄两个,放下抬于震海的粪筐,揩着脖颈上的汗。弟弟说:"比百多斤的湿粪还难抬,又走得这么急,真把俺累熊啦!"

"回去哥白请你吃下水……好兄弟,千万别和人家说……"胡子掌柜气喘吁吁地说,"来,兄弟,把他搬到路边。老二,你拦他腰……"

掌柜的叫弟弟抱腰,他抬腿,从筐里搬出于震海,放到路边杂草上。弟弟说:"哥,这个人身上还有热气……"

掌柜的把手放在于震海的鼻子上,道:"嗯,还有气……嗯,气还粗着哪……"

"那……"

"他活着就好,死了拉倒。"掌柜的说,用手摸摸冰凉的杂草、沙子地面,迟疑片刻,将一条麻袋铺在地上,又把于震海倒腾到麻袋上躺着,把他的包袱放到身边。接着,掌柜的动情地对于震海说:"好汉,俺们盼你死里还阳,平安回老家……不是我心狠，是没法子啊，俺得保住小店，一家老婆孩子呀！你的东西，七块大洋，都放在你身上，俺不收你的店费，白搭一碗汤、烧炕柴火，不图你领情，也求你别见怪。你自己说的，天亮前走不出去，让我去报警察、抬你出门……我选后一条道，够朋友，天理良心，我不害人，别怪我呀！但愿再有个好心赶脚的，把你捎走……"

晨风大了，北面的海浪呼呼作响，一阵风沙揭地而起。

掌柜的和弟弟收起杠子、粪筐要走，可他浑身被风吹得发抖，禁不住瞅一眼卧在路边的人，看看筐里的那条麻袋，就拿出来，又走过去，给于震海盖在身上，叹了口气，说："总算对得起你，走吧……"

"哪里走！"一声粗哑的断喝。

掌柜的弟兄俩一惊，抬头一看，一条大黑驴，驴上骑着个人，手里端着个枪不枪、刀不刀的家伙，堵住他们的去路。掌柜的暗里叫苦：天哪！他是从天上掉下来的……掌柜的急忙弓身哀告道："好汉，别误会！俺们是好人，没有图财害命！这个人……"

"你们干的好事，我全清楚。"黑驴上的人训斥道，"你怎么和你老婆说话，你怎么和你兄弟合伙找来扁担筐子……哼！要想人不知，除非己莫为！不安好肠子，不得好报，懂不懂？"

"哎呀，你是神仙下凡啊！"掌柜的向驴上的人作揖，又怕又惊，真像是从天上掉下来的神仙，要么就是古时候的侠客转世，"你老人家知道得这么分明，我没害人之心，只是怕受连累……""快说，那个人是谁？"驴上人喝问道。

掌柜的说："是……"

"老实话，你不说我也知道，特意试试你，快说！"

"他是于震海的兄弟。"

"胡说！于震海就有个哥哥，哪来的兄弟？"

"那你是……"

"俺是他老子!"

"哎呀!于老大爷,饶命!"掌柜的跪下了,趴在地上直叩头。

他弟弟也跟着跪在一起,直哀告:"老大爷饶命!俺哥是刻薄鬼,怕事,可从不偷,不摸……"

驴上的人看见路边躺着的人坐了起来,忙滚下牲口,走到他身前,仔细一看,疼惜地叫道:"震海!真是你呀!我的孩子!"

于震海揩揩眼睛,看着面前头戴三开毡帽头,手拿把放蚕的大剪刀的他,惊讶地问:"叔,是你!你怎么来啦?"

张老三转身盯着掌柜的,说:"是他把我引来的。妈妈的,熊人……"

事有凑巧,张老三昨晚也住在七里店兴升客栈。像小菊说的,他来为特委的人送十双棉鞋,桃花沟的几个党员还自烧了百多斤柞木炭,打点成一驮子,让张老三送来。心里有事,总睡不安宁。老三住店之后,一会儿坐起来抽袋烟,听听外面动响;一会儿出门去给牲口加点草料,观察周围的动静。昨晚店里只接待了张老三和他连襟高德宽的黑草驴,半夜来的大车,把老三惊动了。如果不是胡子掌柜摸到于震海口袋里的五块洋钱,把他送到单间想多赚几个钱,于震海就会被送到正屋和岳父张老三一铺大通坑了,也就演不出上面这些故事。

老三见来了大车,趴在窗棂间向院子里瞅。只见掌柜的忙里忙外,喊叫个不停,心想来了什么大官?可别是孔秀才一伙人呀……就悄悄出门,影在牲口棚里观察,掌柜的把个病人扶到西厢。他就放了心,回正屋躺着。但老听到院里有脚步点,又趴在窗棂上瞅,只见掌柜的进进出出的,挨到天快亮了,还不停闲。老三就又摸到门口,见掌柜的冲到东屋里……一会儿听他女人叫喊:"夜猫子进宅!"掌柜的说:"他倒是个好人,带色的……"张老三一阵紧张,"带色的"是称共产党的代用词,这个他懂,难道这个病人是共产党？他是谁？不管是谁，他认识不认识，都是自己的亲人啊！怎么办？看样子掌柜的没有害他的意思，可他又想干什么呢？自己该怎么办？老三紧出一身汗：唉，能耐一辈子，这时偏倒心眼不够用了！往常都和小女儿一块来烟台，他嘴上不服，但每次遇上事，都是按着她的主意办的，每回都顺顺当当。想不到这次没她，遇上这为难的事，连个商量的人都没有……老三正在门后作难的时候，不觉天开始放亮，鸡叫了。他见掌柜的叫来个人，一起进西厢房抬出个大筐来。老三探头一看，麻袋下盖着个人："病人死啦？"他大吃一惊，急忙进屋背起包鞋的包袱，到棚里备好牲口，也不知劲从哪里来的，一个人扛起百多斤的炭驮子，放到驴背上，牵着毛驴追出村。他不敢近前，远远尾随着，苦恼地想：他们两个，自己一个，怎么对付得了？可眼见他们抬着的是个共产党的人，是死是活，他救不了，也得弄明白呀！又一想：看样子那两个也是胆小的，自己怕他干么？想想自己的三个闺女，连软性的好儿，也敢雪夜深山送险信救伤员，自己不如女儿？连两个胆小鬼都怕？老三没喝酒也来了胆子，但还是骑到驴腚上——对付不了好跑，抽出怀里的防身的放蚕用的大剪刀，骑着毛驴冲到跟前，大吼一声……

震海不仅没有死，而且这时感到轻松一些，只是腰部的伤势疼痛不止。几天来，昨夜他第一次睡上热炕，铺盖上被褥，加上极度的疲劳，伤口发炎，引起高烧，又吃了热饭，喝了姜汤，他昏沉地睡着了，可以说是睡死了。这被抬了八七里路，寒风一吹，他逐渐清醒，觉着被人抬着走，自己像在梦中。他迷迷糊糊地想：快醒来，醒来，站起身，站起身，天亮前出店门，走出店门，不要再使掌柜的担惊受怕……直到张老三训斥他们的当儿，他才完全苏醒过来。

掌柜的弟兄二人完全吓傻了：一个共产党人就够提心吊胆的，又招引出个共产党人的老子，而且那个又醒转过来。掌柜的

345

直向他们叩头,乞求道:"饶命!饶命!我没有害人心哪!我也是穷人……"

"妈妈的!你是穷人,干的事哪有穷人心肝!"张老三严厉地教训道,"俺们共产党为百姓过上好日月,豁上命地拼,那血流成河,骨头堆成山,你这胆小人,像个老鼠,埋汰货,还有脸活在世上,还……"

掌柜的和他弟弟跪趴在地上,连连叩头称是。老三越发来了劲,还是震海打断他的话:"掌柜的,你们起来,咱自己人对自己人,用不着这么的。"

"我对不起你,任凭处罚吧!"

"我也有对不住你的地方,给你说了气话。"震海疼得咬一下牙,"你们怕受连累,情有可原,这都是敌人祸害的,账记到他们头上。"

弟兄两个爬起来,又惊又感动地听着。

于震海要张老三搀他靠树站起来,望望全亮了的天,说:"你们快些回去吧,店里还有活计要忙……这麻袋都捎去吧,我用不着……"他从口袋里摸出一块银洋,给张老三:"叔,给他,这是我住店和吃饭的钱。"

掌柜的不敢相信自己的耳朵和眼睛,哆嗦着胡子嘴,结结巴巴地说:"不要,不能要,我不该要!你们不记仇就够仁义的啦,一碗清汤,还给钱……"

"都是受苦人,谁记谁的仇?"震海说,"你是小本生意,一碗汤也有本,快拿着吧!"

掌柜的眼睛发湿了,说:"也用不了这么多……"

张老三紧绷着胡子脸,把手向他面前一伸,庄重地说:"拿着!还有我住的一宿,一块算啦!俺共产党的作为,只给别人便宜,自个儿从不沾光!"

那胡子掌柜的弟弟呜呜地哭了,冲他哥说:"都是你!俺再不跟你干这丢人的事……"

胡子掌柜双手在大袍襟上擦了好几下，两手向上捧着，双膝跪在张老三面前，哭着说："好人！共产党的人！我五十多年白活了！娘啊，你们打死我吧，我该死啊……"

于震海艰难地走上前，两手把掌柜的扶起来，激动地说："朋友！我怀里有枪，要打你，等不到这会儿；共产党的枪，是专打咱们对头的！"

掌柜的拉拉他的胳膊，诚挚地说："好，朋友！看样你病得不轻，走，我把你抬回去，我不怕……"

"回去吧，回去吧！"他弟弟跟着叫道。

于震海眼里闪着泪花，说："不啦，我的事急，咱们后会有期！"

"你，老人家，跟我回去吧！"掌柜的又对张老三说。

老三自豪地说："下回我一准儿去；眼下，我顾不上啦，伙计！"

大家把震海扶到驴背上。于震海分手时又对掌柜的说："回去和捎我的那位赶车的大哥带个话，就说我有顺路的同乡，先走了，多谢他！"

东方的乌黑的云块裂开缝隙，露出强烈的曙光，天大亮了。那风也更加猛烈了。

胡子掌柜弟兄二人，守着空筐子、杠子、两条麻袋，望着东去的俩人一驴的背影，视线很快模糊了，热泪随西风飘到沙子路面上。

时令入冬了，但那酷寒的西伯利亚来的风，淫威还施展不到胶东半岛。而昆嵛山的野草和灌木，得天独厚地植根在黄泥黑土之中，频受雨雪的浇淋和滋润，三面的海洋又把储存了一夏天的阳光的热量放射出来，所以使秋色延长了生命，推迟了冬寒的莅临。这时候，泰礴顶之上已落下白茫茫的初雪，可桃花沟附近的龙泉口，除去成熟了的橙黄的榇萝丛、枯萎的茅草叶，赤松依然翠绿欲滴，各种染着淡紫的霜色的花茎、树叶，仍显出生机勃勃，精神矍铄的姿容。

破败的龙泉庙院内，潜伏着两男一女，他们时而谛听动静，时而窥视过往的行人。这时日头正偏西，有个年轻媳妇从山对面走来。她蓝棉袄，黑夹裤，右胳膊上扤个山菜篮，迈着利索的碎步，急急地走着。

庙院里的三个人，看着她，其中一个男的问那个女人："她是哪儿的？"

"娘家是桃花沟。石匠玉的媳妇……"

"啊……"另一个男的伸手摸腰里的短枪。

女人摆摆手，说："从前是……如今是痴子媳妇，俩人过得蛮亲热，形影不离身……怎么这次她是单身？身后不见扛扁担的冯痴子……"

"你去盘问她，跟她一块回村，我俩也该走啦，有情报明天一早到万家疃找我……"

桃子来到龙泉潭边，放下山菜篮，蹲下身，先洗净手，然后掬水喝了个够，接着站起来，用手背揩着嘴上的泉水、腮上的热汗，提起篮子，刚上路几步，忽听人唤："桃子，大侄女！"

桃子停步侧脸一看，是孔霜子从破庙方向走来，一面向她招手。等对方来到跟前，便道："霜子姑，是你！你这是……"

"到龙泉庙尿泡尿。"大脚霜子真的摸了摸裤腰带，粉脸诡秘地笑笑，"我上孔家庄，托人在烟台捎洋丝线回来——眼下冬闲快到啦，闺女媳妇谁不想抓使几个铜钱好过年花……桃子，你也来绣坊做几天吧，我保管你挣头份钱。"

桃子边向前走边道："俺那山庵里的活计，就够忙乎的。"

孔霜子轻视地瞅她背后一眼，心里说："死心眼子，守着痴子过苦日子，苦胆加黄连，她还觉着甜……我得使个心计，让她当个帮手，探得于震海的下落，那财发的……"

这位有奶便是娘的媒婆兼流氓的坏分子，此时的心情是有来历的。

她今天是从孔家庄那里来的，但并不是去托人买绣花用品，而是被孔家洪源钱庄账先生招去领受孔秀才的密令的。

共产党胶东特委领导机关在烟台被破坏的消息，鄢子正迅速地传达给了各个区上。孔庆儒看着手中的公文，搐动着胖脸上的松肉，激动地说："好啊，好啊！共匪的首脑抓住啦……"

"有石匠玉没有？"孔显关切地问。

孔秀才摇摇头，看完信，说："抓走的人，比石匠玉这一勇夫厉害百倍！于震海没有了带路的，他的那帮子游击队，便成了无头的苍蝇，乱撞乱飞，扑腾不了几天！鄢子正要咱们各区，加紧搜查，趁热打铁，把于震海这股祸水，赶快淘干！"

孔显说："光咱们拼命有么用？前些天在垛崮山下海边，二三百人围不住二十几个游击队，同一男一女对打了半天，末了还让他们举着红旗跳海了，连个尸首也捞不着。这么下去，还有打胜的时候？"

孔庆儒横了儿子一眼，边在屋子的砖地上徘徊边说："光说人家，我们怎么样？从发现石匠玉是共产党那天起，几十号兵马让他从屋顶跑了……直到万把人围打孔家庄，烧了冬春楼，你和他打胜几个回合啊？远的不说，他们暴动失败以来，又死灰复燃，先打界石镇，接连毁坏几个乡公所，不都在你的区上吗？"孔秀才越说越气恼，脚步沉重起来："看起来，这个石匠玉还真有两下子，他敢大白天带着队伍奔袭垛子盐务局，烧盐票，哄抢食盐，砸钱柜，缴走盐警二十多条枪，打死队长、班长！这个于震海，腰上中了两枪，脚下两摊血，不惟打不倒，还震住了屋里三个对手！这……"孔庆儒痰火攻胸，咳嗽不止。

万管家急上前扶他坐到太师椅上，递上热茶。等他喝了水，转过面色，又送上水烟袋。孔庆儒用力地抽着烟。

孔显望望父亲颓丧的神态，愤愤不平地说："单是于震海那伙穷庄稼人，有多少也见阎王了，他们就凭着有数不清的穷光蛋帮忙，叫咱打不着，杀不光，不然屁本事也没有。"

"这就是本事，天大的本事！"孔秀才放下水烟袋，慨然道，"唉！可惜，这种本事，我们是得不到的，只有望洋兴叹了！"

万戈子赔着小心，说："这几年大老爷费心费力，身子老是乏着，我们这些手下人，看着真着急，要是没有共匪这么折腾，日子再不会这么的。大老爷早进城干事去了。"

"也不尽然。"孔庆儒捻着胡子梢，又显出自负的神气，"乱世出英雄，英雄造时世，做太平官也没多大意思。我就不信，国民党能败在共产党手里，我一区之长会倒在一个石匠脚下。共党有共党的本事，我们有我们的招数。这几年，大凡咱们得便宜时，无不得力于可靠的情报。这次在烟台抓住匪首，也是从他们内部挖出叛变分子，掏出了准确的情报。咱们要想打尽石匠玉的游击队，得在这上面下功夫。"

孔显道："咱们也下过功夫，给过孔居任他姑那么多好处，她就报过两次消息，拉孔居任一直没见效……"

"下的功夫还不够，再下大功夫！据我所知，这股游击队里，除去孔居任还有拉过来的可能，其他都是些死不倒尸的铁汉子！孔霜子是个见利忘义的女人，只要她见上侄子，不会不费尽心机拉他下水，至少要掏他肚子里的货出来。"孔庆儒老谋深算地说，做出稳操胜券的手势，"依我看，眼下就是搞掉石匠玉游击队的大好时机：他们的上级没了，缺了指挥，又报仇心切，于震海不会不莽撞行事的，这是一；这二，打盐务局于震海负了重伤，垛崮山下一仗，游击队又有中枪的，有伤就得找人治，抓药医，又给我们多了找到他们的机会。有这两条，咱们区上加紧搜查、防备，各乡、村的武装、人丁都动员起来，进一步控制中西药店，盯住冯子久那些好心先生，有共产党活动嫌疑的重点村落，派便衣出没，秘密监视出入村子的人，有可疑者，立即采取行动。显二，你去赤松坡找你舅谋划，把他周围几个村的财主、村长叫在一块儿，好好布置一番，叫你舅他多上心剿共的事，别成天为争地边子，跑买卖，把头等大事耽误了。要不，叫他把村长让出去，别人当……"

万戈子搓着手，赞叹道："大老爷这番筹划，石匠玉准在网里啦！"

"算盘打得好，只是游击队跑到垛崮山海边去了，咱们区使劲，于震海不过来也是枉然。"独眼龙孔显说。

孔秀才摇摇头，道："你只知其一，不想其二。于震海这帮子亡命徒，走多远，也离不开昆嵛山他们的老窝。这不光是山险沟深对他们有利，更为有他们熟悉的人，有为他们能把骨头熬出油来的人！事不宜迟，显二快去赤松坡，万管家，去洪源，叫账先生，快把孔霜子找来……"

孔霜子和两个便衣特务潜伏在龙泉庙，监视进出桃花沟的行人，就是孔庆儒的通盘计划的一部分。当然，人家是不会把什么都告诉这个破鞋媒婆的，只叫她把两个便衣人带到龙泉庙埋伏好，她照常回村注意动静，有什么情况，及时到龙泉庙报告，便衣人早来晚去，一天不断。自然，孔霜子又得到五十块大洋和更多赏钱的许诺，她怎么能不使出全身本领，恨不得亲手把于震海他们捉住，送到孔家庄……

孔霜子跟在桃子身后，扭歪着大腔蛋，费劲地在山路上走着。她望桃子脑后的端庄的发髻，说："桃子，去孔家庄来？""俺子久哥病啦，去看看。"桃子没有回顾对方，埋头赶路。

"你那二郎神呢？"

"谁？"

"痴子呀——大伙都这么说,你走哪儿,他跟哪儿,横条粗扁担,护着你,像个二郎神。"

"……"

"今儿他怎么没跟你一块?"

"他庵里活计忙。"

"嘿嘿!"大脚霜子的长嘴唇活泼地翻动着,"我说桃子,你成天守着个痴男人过,看光景还挺舒心,你实话说,他比你先前的石匠女婿,哪个夜里有力气,滋味一样不一样?"

"你……"桃子猛地刹住脚,转回身,眼冒火星,牙咬得咯嘣响,气得说不出话。

孔霜子只顾倾身赶路,再想不到对她是很平常的话,能引起对方如此强烈的反应,脚下收步不及,身子撞到桃子怀前。她见桃子雪亮的眼睛,赤红的脸气,吓得急向后退,脚下被乱石头一绊,一腚跌到石头上。桃子真想上去撕那粉脸上的嘴几下,踢那裹着绸缎的胖屁股几脚,但,见她跌在地上,龇牙咧嘴的惊惧表情,便没有动步,而轻声地狠狠地说:"你这人,俺白叫你声姑,这么没正经,不知羞。"她扭转身子,重新走路。

孔霜子爬起来,搓了搓跌疼的腚蛋子——因为脂肪丰厚,石头硌不着骨头,边走边叫道:"桃子,大侄女,等等我呀!"

桃子放慢了脚步,听到对方喘吁地来到身后,便道:"你还有么说的?"

孔霜子恼恨地盯着她的健美的脊背,嘴上却讨好地说:"侄女别生气,我这人你还不知底细?大半辈子脏话把嘴沤得一下能抠出上两亩地的粪,一张口就满嘴喷蛆——你不瞧瞧,俺家从不养猪,庄稼倒不缺肥料……"

"嘻……"桃子禁不住低声笑了。

大脚霜子越发来了精神,又说了些拿自己的丑事寻对方开心的话,直到过了龙泉口,望见远远的桃花沟的影子了,她才转了话题，说："我每回去孔家庄，都去看看好儿。唉，俺只这么个可疼的亲人啊！看她如今苦日子过的，干那丝坊的累营生，居任从不见影，丢下媳妇一个人，官府动不动还来盘问她……我就怕，你居任哥老不照面，你好儿姐有别的想头……"

"这个你放心，俺姐她不会。"

"你姐她不会，可身不由己啊！万一孔秀才老狗发坏心，像对你一样……"

"哼！"桃子顿了一下，"俺姐也会和我一样……"

孔霜子好一会儿说不上话。当然，她只理解桃子的话是被强迫改嫁，好儿也会像她一样逆来顺受，根本想不到她说的是另一个含意。媒婆子叹口气，道："你们姊妹倒是过得去，只是居任他——我就这么一个亲人！桃子，你要是见上你居任哥，定规叫他来看看我，回孔家庄看看好儿，啊？"

桃子道："俺怎么能见上他？"

"居任就不上你家，不去你山庵？你们是亲戚啊，待他也不薄。"

"如今这个乱世道，谁不怕事？就算俺们不怕，居任哥也不敢来呀！咱这村，俺那庵，少了有人盯着？"

孔霜子的心紧了一下，但见对方照旧走路，又放松了，说："你说得都在理。只是……你要碰上在党的人，不管是谁，千万打听声你居任哥，有他个口信，我这当姑的也能吃顿安心饭。"

"就怕碰不上人家。"

"这个铁硬的媳妇，连句软话都不给我，哼……哎，方才我一提她和冯痴子睡被窝的事儿，她恼成那个样，恨不得撕我的嘴，踹我的腚……跟了两个男人的娘儿们，过来之人，么事还这么怕人说？嗯，莫不是桃子和冯痴子分开啦，又跟了石匠玉？她还和石匠玉暗里热火？嗯，兴许压根儿她就没跟痴子真睡过，面上装的？嗯，这倒能做出来，她妈就是断了不弯的性子，桃子比她妈还刚气些，怎么听凭个痴子换身？再说，石匠玉有枪有兵又有

353

武艺，怎么能眼睁睁把个要模样有模样，要人品有人品，百个里难挑一的标致媳妇，白白给了个冯痴子呀，说不定这里面有大文章，我要识破真假，报告了孔秀才，在桃子身上设下捉拿石匠玉的圈套，那可是天大的功劳哇！对，要赶快下手……瞧，她去看'鬼见愁'冯子久，说不定就是去请冯子久给于震海看伤，那篮子里，一准藏着药物，藏着……"孔霜子想到此处，全身热血沸腾，激动得两腿发麻，急抢几步，从旁边上去，猛地抓住桃子的菜篮沿。桃子猝不及防，篮子滑出胳膊翻到地上。她吃惊地瞪着孔霜子，问："你这是……"

"我……我……我想跟你平着走，说几句悄悄话，不想绊了脚，不叫抓住你的篮子，就……"大脚霜子随机应变，说着忙蹲下身去把篮子翻正，将撒出的东西向里面拾。

然而，使孔霜子失望的是，除去两斤包好的棉花和三斤麦面，其他一无所有。但，桃子却听信了对方的谎话，没有对她产生怀疑，仍是平静地和她走着。

没有发现可疑的东西证明自己的推断，孔霜子的兴头已经锐减，不过还不甘心全输。她打量着桃子修长匀称的腰身，做出关心的神气问："大侄女，你还没有啊？"

桃子感到突兀，说："有么呀？"

"有'喜'啊。"

一股热血冲到少妇的头皮上，她感到脸热得烤人，但这次她没有刚才那样冲动，而是低下头，说："没有。"

"唉，这可是个大事呀！你只有闺女，还是前头那个的，得赶快有个儿子啊！人生一世，无后为大。别像我……哎，你和竹青她爹，一成亲就有了她，你和痴子一两年啦，怎么还没怀上？是不是痴子不硬实，不能合炕？还是你嫌弃他，不和他来真的……"

"这个脏女人，真是只绿豆蝇，哪有腥味向哪伸嘴……不知羞臊，不穿裤子能上街……呸呸，吐她两口，赶快躲开她……不行，谁都知道俺嫁给了痴子，好心坏心，能不让人家问这种事？不能让这个长嘴媒婆看出破绽，她一知道点儿，一天就传扬出去了，那就坏了大事，俺受苦不怕，要害了冯先生一家，开仁哥为革命，为我和孩子、震海，掏出心来的啊！羞就羞吧，自个儿心里明白，什么也用不着怕。"桃子想到此处，血液恢复到正常的循环，脸色也镇静了，说："霜子姑，你对俺姊妹可真够操心的！你说的句句在理，俺也早想有个儿子啊！只是不知怎么回事，兴许是前几年俺受的苦太多，坐下病了，兴许是竹青缺吃的，至今老啃我的奶，俺一直有不上'喜'……你有么好药方，帮俺治治呀！"

"多着哪，灵着哪！十二根五寸钢针，围着心口窝扎进去……三炷香，两刀纸，到圣水宫许愿，用那干洞的泥，湿洞的水，冲起来喝……"大脚媒婆拍着巴掌数说治不生孩子的药方，那心里在乐滋滋地想："哈，这个从前的带色媳妇，如今真老实啦，甘心情愿和个痴子亲热，给他生儿育女啦！嘿嘿，方才我还怕她不是真愿和痴子好，暗地和于震海热火……哼，再好强的人，也是个人！就是她好强，架得住一个痴子大汉的力气！别说石匠玉上门，就是想看她一眼，那痴子的大扁担，是烧火用的？再说，石匠玉当游击队的头子，走哪宿哪，大闺女小媳妇有的是，早把旧媳妇忘得光光的啦……我呀，还是听凭孔秀才的指派，别让穷鬼们看出破绽，得了情报就报告，领大洋……嘻嘻，桃子呀桃子，傻乎乎的穷闺女，再想不到，你身边的老娘是十么的，一句真话没给你，你的真情实意，可叫我摸透啦……"

孔霜子兴高采烈地进了家门。

桃子进了自家院子，才发觉天已黑乎乎的了。

"怎么也不点灯？"三嫂进了西厢房，对着炕前地上的人说。

张老三坐在小板凳上，在磨石上用力磨割草的镰刀，炕洞里的火光,照亮他的脸和手。他闻声直起腰,用大拇指试试镰刀,说:"干这活还用费灯油?你没瞧见,理琪大侄在烟台,舍不得用大灯头,写字把眉毛都燎了,当是你过日子,粗手大脚的……省着点儿吧,我看哪,他们早晚还得回来,那码头地场乱哄哄的,每回去我脑袋都大。妈妈的,那些兵眼珠子瞪到脑门子上,动不动就抬脚踢人,仿佛谁不知道他们穿的皮鞋似的……"

三嫂已伏身炕上,给横七竖八睡在一起的三个"牛"儿顺理成一排,枕好枕头,盖好被子。她插断他的话,说:"说你多少回,把孩子顺理好,你就是不听,光顾你自个儿的……"

"嫌俺带不好,你都抱走啊!"老三口气没有不满的成分,倒充满自豪的味道,"哼,这是三个小子,不是三个闺女,由得着你摆弄他们?我放半辈子蚕,还不知它们体性?有的喜欢爬到柠萝梢上,有的乐意钻到枝子底下,有的愿咬嫩叶,有的专吃老芽子……管它哪,到了都结成棒棒的茧就行了。这三个'牛'东西,刚上来我也每夜几次起来调理他们,往一块儿顺,给他们枕枕头搭被子,可一会儿他们又一个滚到炕西头,一个翻到炕东头,一个横到炕里头。有的脚踹我的肚子,有的手抓我的胡子,有的臭脚丫伸进我嘴里,我梦里还以为在咂甜苞米秸哩……你猜怎么着?他们有的嫌炕头热,有的怕炕边凉,有的愿靠着我做伴……由他们的性子去,一宿到亮,别说闹病,哪个跟我睡的,第二天没精神来?倒是我不在家,你给看管的,二牛子发过一次热……"

张老三说的是实际情况。这三个三嫂娘儿仨讨饭拾来的烈士遗孤,自从春天老三自掘坟坑服毒自杀一事发生后,宛如三条小黑狗——他们的皮色黑亮黑亮的,形影不离老母狗一样偎在张老三周身。睡觉是如此,吃饭是如此,上山放蚕砍柴也是如此。在蚕场里,他们给张老三打下手,听他说不完的话,中午为他吓唬鸟,守窝铺门,让"三大爷"的呼噜声一直响到日头向西歪……

老三去几天烟台,他们睡觉挤在一起,把"三大爷"常睡的热炕头留出来。有一回盘算着"三大爷"晚上要回家,三个孩子守在门后等开门,都睡在门槛底下……吃饭的时候把"三大爷"的碗筷放好,每人叫一声:"三大爷,俺们先吃啦!"然后端起泥砂碗,喳喳吱吱吃起来……这,常使三嫂热泪盈眶,使劲地搂搂这个,抱抱那个,喃喃地说:"好儿子,好孩子!你们是大妈的亲儿子,你三大爷的狗剩儿……"

丈夫的这些话,三嫂的耳朵熟极了,但她却不感到腻烦,还是安静地听着,兴许是她有意拿话引逼他说的。而这种情况,是过去从来没有发生过的。这对二十多年在冲突中度过的贫穷夫妻,近几年来吵架越来越少,动手干仗的事已经绝迹了。这种巨大深刻的变化,在他们自己却没有意识到,似乎是自然而然的。张老三觉得是妻子变了,变得和善,能依顺他了,使他非常满足和得意;三嫂又觉得是丈夫变了,变得聪明、少做糊涂事了,使她放心和喜欢。就拿老三在烟台执行任务来说吧,一次比一次办得顺当,没有出任何岔子。前天张老三回到家里,向妻子叙说七里店的遭遇。三嫂听着听着沉不住气了,焦急地说:"震海呢?他伤势那么重,你怎么不把他驮来家,放到哪儿去啦?你又糊涂啦?你……"

"放到该放他的地方去了。"老三不慌不忙地顺着烟袋嘴,"给你闺女送去啦。"

三嫂扬起了细眉,板着脸说:"路那么远,山路那么陡,那山庵里缺这少那的,你往那里送,你真想得出,你……"

"路是比咱这儿远,路是比咱这儿难走,山庵里是没咱家方便,可我就是把他送去了,你说怪不怪?"老三仍是沉着地说,"好个埋汰怕事的人,是不是?"

三嫂倒被他的话说愣了,答不上来。老三摇晃一下头,说:"多灵通的人啊!你以为咱桃花沟都是好样的吗?那北石屋鸽子堂还保险吗？孔秀才的鼻子没伸进来过吗……"

果不然，第二天中午，一帮子区队的兵来村把北石屋搜索了一遍，三嫂禁不住后怕了好一阵，对丈夫轻声说："想不到，他们动得这么快，幸亏没把震海藏这里！这下，倒是我糊涂了……"

张老三庄重地揉搓一下脸，说："你是疼女婿急糊涂了，人，还能老精细？这也不是我多明白，难道叫咱狗剩儿的命白丢了不成……"

这时，望着被炕洞的火光照得通红又在磨那把不离身的放蚕大剪刀的丈夫，三嫂轻叹了口气，说："你早些歇着吧，看样子要变天，明早上别上山割草啦。"

"还不至于下大雪。"老三继续磨着剪刀，抬头望着妻子往外走的背影，忽然叫道，"好儿妈，你停停。"

三嫂转过身，见他仰着脖子紧瞅着她的脸，便问："有么事？"
老三关切地说："我看你不自在。"
"没灯没亮的，你看俺哪儿不自在？"
"我觉得出来。"老三道，"你是不是不放三闺女的心？"

桃子傍黑进的家，当着父亲的面，她没讲于震海告诉她的理琪、高玉山他们在烟台被敌人抓走的事；也没讲她昨天奉于震海的命令，去找游击队传达消息而得知宝川和二妞牺牲的情况。她担心父亲承受这巨大的打击精神上要付出的惨痛代价，等爹出去她才如实地对母亲讲了。三嫂是克制着剧烈的悲痛，来到西厢看看的，不想还是被丈夫看出异样来了。但老三却作了另一番估计，也不是完全没有道理。

"有她理琪大哥、玉山和素香那些高明人在一堆，孩子不光出不了错处，还越长越出脱，一次比一次懂事。比她大姐好儿不用说，比她二姐桃子，我看也另有一番灵光！"老三夸奖着小女儿，安慰着妻子。

"眼前的揪心事还顾不过来，我哪还有空去担小菊的心？"三嫂嘴上这么说,她原来的确没顾得去担百里之外的小女儿的心,被丈夫这一句问,现在倒增加了一份重压:那么多上面的人都被抓走了,她和几个下面的同志,能没有险情吗?

三嫂回到正屋,见桃子正趴在炕上,给三个烈士遗孤絮棉裤。三嫂心疼地说:"快睡下吧,跑了这两天,明早还得往山庵里赶。"

"躺下也睡不着。"桃子说,直起腰听听,"妈,外面的风这么大,是西风了?"

"西北风。"

"那要变天啦!"桃子望着被风吹得呼呼响的窗纸,紧张地说。

三嫂望着女儿,关切地问:"你牵挂着震海的伤势?他不是挺清醒的吗?"

桃子的脸仍对着窗户,耳听院里大桃树在狂风中的呼啸,说:"精神头倒挺有的,不是开仁哥和我拦他,他还想自个儿去找游击队哩!这个人,光看这,分不清他的伤轻伤重,不过,看那伤口,还不太当事。"

"那你不放心竹青了,还能冻着她?"

"这个倒不会,开仁哥侍弄她比我还仔细、耐烦……"桃子转过脸,又和母亲做棉裤,蹙着好看的眉头说,"妈,俺老是提心吊胆的,多少事,咱想不到可冒出来了……看光景,敌人也加紧了对付游击队:哪个村都有坏人盯梢,大小药铺有人守着,看病先生出去都得向村长报告……子久哥病了半个多月,站都站不起来,孔秀才那里还一天几趟来察看……他说震海的伤就怕有子弹没出来,烂得久了,把血弄脏了,发大烧就险啦……那家就剩一点点止血镇痛药,还是大嫂偷着藏下的,全给了我,我塞在里面褂子兜里,要是放在篮里,路上还差点叫孔霜子瞅见……"

"这个人,心能黑了?她嘴上可净说好听的。"

"嘴和心不一样的人,不少啊。对孔霜子这种人,即便心没黑,她那张嘴,也能坏事的。咱得提防着。妈,俺姐回家,你千万多叮嘱她几句,防着孔霜子。"

"好儿有心计啦,她也和我说过这码事。不是居任的粘连,她才不理睬她哪……哎,这次你没见着你姐夫?"

"没有。听宝田哥说,他这一阵子挺顺当的,打仗也不含糊,说他再出错,没脸见理琪同志……"

又一阵急狂的风袭来,把院子石条上扣着的水筲吹到地上,发出咣啷的响声。桃子蓦地抬头侧脸望着窗户,烦躁地说:"妈!俺真想这就走……"

"到哪儿?"

"山庵……"

"你疯啦!三十多里山路,黑天瞎火的,你就是不摔死摔伤,万一碰上兽类坏人……睡,睡!"

"俺睡不着。"

"睡不着也得躺下!"

冯痴子刚躺下又爬起来,坐在炕前的山草铺上,瞪着两只布满血丝的眼睛,向炕上呆呆地注视着。

半截泥壁墙上的花生油灯头,安详地亮着,照着狭窄的炕上,躺着的一大一小两个人:于震海和他的女儿竹青。

前天早上,当牵着黑草驴、疲惫不堪的张老三,站在山坡下左盼右顾的时候,像是从天上掉下来似的,冯痴子悄没声息地站在了他的跟前。老三简直难以置信,大喜过望地叫道:"你怎么得知俺们来?哎哎哎,你来得正是节骨眼……"

暴动失败之后,桃花沟那样的小苏区,开始不安全了,逐渐地,更深处的丛山中的山庵,成了共产党人和革命者的掩蔽地和集合的场所。桃子所在的痴子庵,便是其中的一个。虽然敌人已相信桃子不再和共产党的人和事沾边,她是实心的痴子媳妇了,痴子庵又在深奓丛山里,没有再派密探来监视和侦察,但桃子对敌人的警觉，一刻也不放松。多年来，已成了她的习惯了，她这种本能的警惕性，也把冯痴子感染了。庵上来了革命人，他们夜里轮班放哨，桃子是影在院门后，痴子蹲到山坡上的一座乌黑的大石硼旁，守住通往山庵的必经小道，怀里抱着那根粗扁担，一动不动，通宵达旦……天刚一放亮，他就上了山庵后面的山巅，一面采集草药，一面拾柴，他那如同山鹰般锐利的目光，还能瞭望到山庵下山夼的出口，足有三里之遥……

久来久去，这种生活习性已很难改，即便庵里没有来人，就是桃子、竹青和痴子三个，他睡觉时也常惊醒，一有风吹草动就立时睁眼翻身下炕……每天早上刚放亮，照例奔上山庵后的山巅干活、瞭望……

冯痴子没有回答张老三的发问，端详几眼驴背上驮着的受伤的于震海，接过老三背上的鞋包裹，扶着驴背上趴着的于震海，相跟着向山庵上走。

山坡的路很陡，毛驴不得不经常弓起背向上冲，这样，驴背上的震海的身体不停地受着剧烈的颠簸。冯痴子疾步赶到张老三跟前，把鞋包袱放到地上，接着，他躬下了身子，示意张老三，帮忙将震海从驴背上挪到他背上。

老三一愣，说："你要干么？驴能驮得动……"

"路陡，不好走，受伤人，怕颠。"痴子悄声道。

老三一惊，说："他一百好几十斤的身子，路又这么陡，驴都费劲，你怎么受得了？"

冯痴子没回话，而自己上去扳震海的胳膊。震海因为伤、累、饿，全身无力，迷迷糊糊地趴在驴背上。痴子没有拉动他，就拿眼乞求张老三的援助。

老三心里一热，说："你这小子！你可真是……谁把你压堆下……"

石匠玉的魁梧结实的躯体，的确压得冯痴子呼哧呼哧直喘。

但他没有堆下去,而是趴下来,两手抵着地,像牲口一样的走法,艰难地爬着,爬着,爬过陡峭的布满乱石、草屑、棘针的小路。终于爬了二百多步远,爬过他的山庵门,进了他们家,将震海放到炕上,由桃子接着忙活去了……这时,他才躲到小小的茅草搭的厢屋去,找出一根大针来,使劲地挑那扎进结满老茧的手掌里的数不清的棘针,包扎腿干上碰破擦伤的地方……

诚然,桃子是应该放心的。当她替代震海去寻找游击队送信走后,这两天两夜,冯痴子几次为震海用"榆树膏"治伤,用草药烧水洗伤口;给他做好吃的饭食,给他端屎端尿。于震海一直静静地趴在被叠上躺着,他伤口剧痛,身上发烧,但他不呻吟,说话极少,而留着力量,强吃强喝,做出没有痛苦的表情。痴子见状,非常满意,每当伺候震海吃过饭之后,他就把竹青领到小厢屋,把锅底剩下的面条盛一小碗,哄她吃饱,叫她在院子里晒太阳,弄木棍盖小房子,不去惊动睡觉的"叔叔"。他自己带上柴刀、扁担、筐子,上了附近的山……他不像过去一去大半天,而是不大一会儿工夫,就带着柴草、药材和鹊蛋回来。有一回捕住两只斑鸠,回到庵里,立时又忙开了洗伤,做饭,伺候好震海,又喂饱竹青……夜里,他挑选好烧的干柴,把炕烧得热热的,屋里暖暖的,将竹青打点在她真父亲身边的炕上,像平时她在她母亲身边一样。而痴子自己抱来几捆干燥的山草,铺在炕前地下,而把厢房他平时睡的铺盖拿来垫到震海的身下,他和衣睡在山草上。其实,他谈不到是睡,最多打一会儿盹,就起来伸手去摸摸震海的前额,问他喝不喝水……水,锅里一直有开水,痴子一会儿就去向灶洞续把草,使开水一直保持温热。一会儿,痴子又无声地出了屋门,抄起靠在墙上的大扁担,到庵外的大石硼处把守一阵……

这时,冯痴子呆望着炕上的一大一小。天放亮了,窗纸透进来白光,照亮了房间。屋外风声呼呼响,好多树叶、草茎,被风刮着逃进山庵院里躲避,在院子里嚣叫着旋转,仿佛是叫看庵人去解救它们似的。

痴子有些蒙怔:是天的亮光把他照醒的,还是风声把他吵醒的?不对,他头重脑涨,如果要睡,有人拿手扒也扒不开他的眼皮,即使耳边响炸雷,也惊不断他的鼾声……是什么东西使他刚躺下又爬起来的呢?只有那么一瞬间,发蒙的痴子突然跳起身,扑到炕沿处,两手捺住于震海的肩,紧张地摸索着……

痴子刚才听到的是于震海喉咙里发出来的咯咯声。这声音是那么轻微,那么短促,几乎和竹青的酣睡声相高低,而且又夹杂在大风的呼啸中,这倒把痴子惊动了,吵醒了!难道是于震海的生命安危和冯痴子的心有根线连着?一牵都动,一动都疼?

震海的生命确实垂危了。如果是没有意外,凭他的强健体魄,坚韧不拔的精神,虽然这些天几遭折磨,没有得到像样的治疗,但终于平安地来到庵上。痴子这两天用土方土药勤洗勤换,问题不会大了,只是多受些疼痛,好得慢些罢了,至少不会发生危险。然而,正像冯先生告诫桃子的,就怕伤口里有子弹没出来,时间长了,伤口里面溃烂,铜铅的子弹有毒,把血染上细菌,就不好办了……事情恰恰如此,震海的伤里有两粒子弹没出来,别人谁也不清楚,也想象不到,而他自己也没讲。他的心思早被理琪他们被捕,游击队怎么办占据了,哪里还管自身的伤痛?老实说,他也把有两粒子弹没从肚子前面穿出去的事,忘得一干二净了!

震海正在发高烧!已昏迷不醒——不是这几天的伤痛、疲累、饥饿所致的那种迷糊的昏睡状态,而是高烧得不省人事,呼吸急促,脉搏不规律地乱跳,生命垂危了!

冯痴子将手轻轻摇摇于震海,不见反应。他急忙去摸震海的脉搏……很快又缩回手;他蹿上炕,将额头抵到对方的前额上——像枕上热锅。他慌忙抬起头,咚一声跳下地。他疯了似的奔到外间，到放着装着各种药材的砂罐的粗糙的木架子跟前，急切地端起一个个药罐，看着，找着，没有合适的药物。他怔了一霎，又奔向院子，把挂在屋檐下的干的湿的草药材，一把把一捆捆摘下来，扒拉着，翻看着，仍是不能用。他又冲进小厢房，从筐里翻着，找着，最后把干草药都倒在地上……

痴子发愣，焦灼，又奔回正间，来到放药罐的木架前，又一罐一罐地找，找一罐没有，他随手将罐摔到地上。找一个罐失望，他摔一罐，末了他看也不看，暴怒地将他花费了多年心血的药罐子，统统拨拉到地上……

"天哪！天哪……"痴子站在院当间，望着满天急驰的大块浓云，流着泪，喃喃着，那双满带棘针伤的大手，摩挲着，向前伸开去……

嘟喂——

嘟喂——

后山响起老鹰的犀利的呼唤。兴许是它们起早去猎食，兴许是寒风袭来，要衔草加固窝巢，温暖老小。

冯痴子闻声，停止了流泪，很快跑出院门外，向后山楸树洼方向望去，鹰叫就是从那里发出来的。蓦然，痴子的眼里闪出喜悦的光彩……他迅猛地奔回小厢房，找出柴刀和指头粗细的一束麻绳子，又跑过去将正屋的门扣好，然后，他是那样快，那样迅疾，迎着西北风，简直比天上的山鹰还要快速，转眼的工夫，跑到楸树洼的老鹰窝下了。

这时候，入冬第一次西北风，卷刮着天上的乌云，直向东南方向驰骋，真是风起云涌，犹如排山倒海，也像万马腾空，把山和天连在了一起，一块儿滚动，齐声狂啸。

唯有这株数十围的古老的大楸树，宛如一座铁塔，稳如泰山，独立风中，它上面一层层枝杈上的老鹰窝，也就纹丝不动，老小鹰们，在家里该干什么干什么，悠然自得，不受干扰。

可是，现在，老鹰们吃惊了，好长时间没有人走近它们的跟前，这时有人来了。来就来吧，他会从旁边过去的……不好，这个人停在树根处，不走了，端量着，围着树转圈了……天哪！难道竟真的有人要上树吗？这可是祖祖辈辈生活在上面的鹰们，从来没有见过的啊！

冯痴子围着大树身转了一圈，又从上到下打量了一遍。接着，他将粗麻绳盘在腰间，把柴刀插在上面，脱下脚上的布鞋，"呸呸"唾了两口唾沫到手掌心，双手一搓，一下扑到树干上，向上爬着。

嘟嘟喂——

嘟喂，嘟喂——

……

老鹰们紧急的警报响了。大群大群的鹰，从巢里飞出来，从附近山上的各处飞回来，黑压压的一大片，围着树转。当它们发现有人在向它们的窝巢进逼，都急了，呼啸着，侧着翅膀，伸下尖利的爪子，勾着锥子一样的锋利的嘴，向爬树人扑去。

冯痴子像个啄木鸟，紧紧地贴在树身上。他的双脚蹬着古老树身上的疤坑，两手抓着粗皱的树皮，一下一下往上挪动。不是他多年练出的爬山上树的本领，这样粗的大树身，又无枝杈可攀，平常人是无法想象的，即使他，也相当吃力和困难。可是，更大的天敌是老鹰们的袭击。昆嵛山的鹰，不算大，俗称雀鹰，亦叫老雕，基本上以捕捉鸟、虫为食，也叼小鸡，但啄、抓起人来，也是相当厉害的，更何况是群鹰激怒，为保卫它们的爹娘、子女和栖身之所做一拼死的搏斗呢！痴子越住上爬，老鹰们的叫声愈烈，纷纷向他身上扑打。他腾出一只手推挡它们，很快头上被鹰的翅骨狠狠一击，接着旧毡帽被鹰叼走了，跟着脑后勾挨了一啄。他感到刺骨钻心的疼，湿乎乎的东西——血，流到脖颈里去了。痴子只得停下来，右手抽出腰间的柴刀，不停地挥舞着，阻挡着，鹰身上的黑的花的羽毛，被纷纷碰掉，随风飘去。

痴子利用老鹰躲避他的柴刀的当儿，抓紧向树上爬一会儿……突然，他的左脚背遭到狠狠一击，痛得他脚向下一滑，几乎滑下树去，亏得他将柴刀尖奋力地扎进树身，手握紧刀柄，使身子坠住了。痴子感到左脚已经麻木，低头一看，脚背撕去一块皮，白煞的骨头暴露出来，接着就红红的一片，鲜血淌到树皮上，顺着那深浅不一的沟纹向下流去。一只脚动弹不了，可是个大事啊！痴子的脚掌上长满的老茧连成了一片，成了厚厚一层老皮，不论是乱石堆，还是荆棘丛，或者草茬树根，他光着脚板过去，从未有不适的感觉。多少年了啊！除去冬天，他哪里穿过鞋啊！即使冬天，他也没有袜子。桃子来后，给他做鞋、缝袜子，逼他穿上。但他一离开山庵就脱下来提着，上山干活回来走到门外再穿上。如果是走亲戚和回哥家，他一路提着鞋，快到桃花沟或孔家庄村口了，他才穿上……

冯痴子缩了几下左脚，因疼痛难忍，都蹬不住树身了。他抬头看看，离有树杈的地方还有一丈多高，而那凶狠的老鹰，还在向他无情地冲来。他急了，不管有多疼，将左脚使劲蹬上一块树疤，拼力将柴刀拔出来，朝一只红着眼睛，张着两只大爪子扑来的花老鹰，无情地一挥。那鹰落下一片散毛，痛叫着向下掉去。一些鹰见状，惊恐地呼唤着，不敢像刚才那样放肆了，但仍围着他打转，寻找冲击的机会……

"欺负人么！熊东西，也不问一问，俺来干么的？谁惹你们啦？"痴子不知是伤痛，还是委屈，抽搐着哭着说。

终于，他爬到了有树枝的地方。这里，离地面有四五丈高，距离树身后的峭壁有五六尺远近，已经高出石洞的位置。巉岩上长出一个一丈来宽的怪石条，像把勺子伸在树杈的下面，经年累月，它接着鹰们的屎粪，形成一小块奇特的土壤。它上面生长着一丛茁壮的肥硕的山草和酸棘枣，又由于有老鹰窝为它遮霜挡风,那草木叶至今青色不败。痴子端量了一会儿,也是休息了一会儿,就一手攀住树杈,一手解下腰间的麻绳,拴到伸向峭壁的粗树枝上。然后,他将柴刀用牙咬着,双手握住绳子,身子悬在半空,被大风吹得来回悠荡。痴子顺着绳子往下溜,溜,溜到巉岩伸出来的勺形石条上,站稳了,把余绳束在腰间。

刚站稳,他就蹲下身,两眼急切地巡视着,双手在草丛中扒着,找着……不一会儿,他找着两棵紫茎的叶子像松针的小草,小心地从根部掐下来,装进衣襟上的口袋里。他又去寻觅,没有这种草了,就摘了一把紫红的肥大的酸棘枣,装好,把柴刀用牙咬着,解下腰间的这部分绳子,抬眼看着系在大楸树枝上的绳子扣,使劲拽了拽,身子就要蹬空——啊!就在这刹那间,是什么东西又刺到他受伤的左脚踝上,痴子禁不住惨叫一声……

"啊!妈呀……"柴刀掉了下去。他一脸跌到石条边上,不是有绳子扯着,他就跌下悬崖,粉身碎骨了!

这比老鹰啄还要痛心的一下,是怎么了?痴子觉得脚面上有小动物在跑。他一看,四五只有大拇指大小的蝎子,向上翘着一串骨节的毒尾针,正在寻找合适的地方向人身再次倾注毒汁。痴子一身凉汗,猛地跳起身,抓住绳子,身子悬了空,顺溜下地,拾起柴刀,提着树根处的布鞋,往家里拼命地跑,快跑……

不对,确切地说,冯痴子是踉跄着,趔趄着,有时是滚着,有时是爬着,最后是连滚带爬进了他的山庵门槛,只不过他的脑子是命令两脚跑,快跑的。

进了山庵之后,冯痴子直扑煎药的铫子,将两株小草掏出来,放进铫子里煎。这时,他感觉他的左腿已抬不起来,整个心肺也像有火在煎熬……他到底把小草煎的汤倒进砂碗里,两手哆嗦着掬着碗,左腿拖在地上,右腿跪着,一下一下地从灶洞前挪到炕前,把碗放到震海的枕边。两手吃力地扳过他的脸,这脸被烧得赤红,眼睛紧闭着,感觉不到有气了。但,痴子脸上倒不着急，反而开朗起来，悄声道："兄弟，哥没误事……你吃下去，就有救，有救……"

痴子又捧起砂碗，不停地吹着，吹着，可是穷得连个汤匙也没有的山庵，怎么使他喝下呢？这……痴子自己含一口汤水，嘴对上震海的嘴，将汤水送进他的口中……喂着喂着，痴子感到浑身发冷，抖个不停，嘴都对不准对方的嘴了，他只得停下来，喘息片刻，又坚持喂他，直到一滴汤水也没剩下。他手一抖，将砂泥碗摔碎了！他瘫倒在炕前地上。

痴子的头贴在潮湿冰冷的泥地上，待了好一会儿，他又抬起头来，感到左半个身子麻木了。他一看，左脚肿大了，捋起裤腿，左腿紫青，一条红线，像根红色的线蛇，在皮肤里从脚踝开始，已爬到大腿根处了，而且还在向上爬，这根毒线蛇如果爬到心窝，生命就被吞噬了。摆弄多年中草药的冯痴子，自然知道蝎子毒汁的厉害！有话道，九节蝎子①蜇死牛，蜇他的蝎子，当时没顾上看清是几节，从个头长短，至少在九节之上，他也早就觉出蝎毒的厉害来了，只是顾不得，连在嘴对嘴给于震海喂药汤，都没想着自己吞下一口……这时，痴子挣扎着扶着土墙站起来，拿下挂在墙上的一束细麻绳。他尽自己所能有的力气，把麻绳勒在大腿根处，以此来阻挡毒线蛇向上蔓延……

"竹青，竹青，睡醒了吗？起来吧，竹青！听听，雀唱了，这把棘枣，放你枕头旁，边吃边在家等我，我去挑柴，就回来……"痴子对着炕上的孩子呼唤几声，把枣放好，扶着灶台出了屋门，但手刚触到门旁的大粗扁担，他和它，一起倒下去了。

"竹青，竹青！这么大的风，你怎么坐在门口？"

"俺爹让俺坐在这，等你回来——妈妈，你可回来啦！"竹青

① 九节蝎子：指蝎子尾巴上的骨节数。

说,酸棘枣还没吃完。

桃子胳膊上扠着篮子,头发全被风吹乱了,上面沾着不少草屑。她顺手将小女儿身边的横躺在门后的粗扁担扶起来,依到篱笆院墙上,急切地问:"你爹呢?"

"俺爹睡啦……俺要守着他,他叫俺在这吃棘枣等妈妈……看,多大的枣啊,又脆又甜,真好吃!"

桃子没理会闺女,径直朝正屋走,心想:"他能说话,是清醒的,睡啦,没有事……"果然,她赶到炕前,见于震海趴在被子上,脊背一起一伏,呼吸是均匀的,有力的,睡得挺安静。一块石头落下地,她这才想到把胳膊上的篮子放下来,两腿酸痛得发重,随手坐到锅灶台上,扯下搭在半空细杆子上的手巾,擦着脸上、脖颈上的汗水……

整整一夜,桃子身躺在母亲炕上,心却搁在山庵里。直到天傍亮,她刚迷糊地闭上眼,但很快又睁开了,顾不得梳头、洗脸,听不清母亲说了些什么,扠上篮子,疾步出了门,上了山路……她是一路小跑,冲过这三十里山道,没有太阳的阴天,也只到半晌午的时分,她就赶回山庵……桃子真想在温热的灶台上多坐一会儿,头倚着半截土坯壁子,歇息片刻,哪怕几分钟也好啊!

但,一分钟也没有,竹青就来了,说:"妈妈,俺早上还没吃饭哩。俺爹不好啦,光顾自个儿睡觉去……"

"哦,妈就给你弄……"桃子站起来,拉开锅盖,热气升上来,"竹青,锅里这不有饭吗?你怎么不吃?不是爹不好,是他有病,起不来。"

"怎么起不来?俺爹还去挑柴火来,给俺摘棘枣来,他多会儿害病啦?俺怎么不知道?"竹青接过妈妈递上来的熟地瓜,边吃边说。

桃子一惊,看着炕上的震海,纳闷地说:"你爹病得这么重,还出去挑柴火啦?"

竹青瞪圆奇异的眼睛，说："妈妈，你怎么和俺姥爷一个样，犯糊涂啦？炕上躺的是俺大叔——外人问俺不都说是大叔，怎么成了俺爹啦？"

桃子猛地一怔，真是忙乱糊涂了，把她心里想着的丈夫，不假思索地和女儿叫的"爹"成了一个人，忘记亲生女儿从会张口学话所叫的"爹"是谁人了。接着，她才发现木架上的药罐子，东倒西歪，有的打碎在地，甚是惊异，忙问："竹青！你那爹在哪儿？"

竹青很不高兴地说："咦！妈妈，你一进门，俺不就告诉了，俺爹睡着了吗？在他自个儿炕上呀！"

桃子不安地出了屋门，向小厢房走去。院子里，不整齐的黑红的条条道道，吸住了她的目光，她弯下腰仔细一看，都是洒下的血迹啊！桃子大惊，疾步冲进小草屋。

墙角落处只能躺下一个人的小土炕上，冯痴子蜷曲着腰身，睡在那里。他的脸，土一样颜色；他的眼，紧紧闭着；他的牙，把嘴唇咬破了，还在使劲地咬着；他的手，一只抓着墙，一只抓在炕沿上，十个指甲，都深深挖进泥坯里……

桃子扑了上去，捺着他的肩，大声呼唤："哥，哥！你怎么啦？你怎么啦？哥，哥呀！你快睁开眼，你快张开嘴，妹回来了！你快说话啊！哥……"

呼叫了好一会儿，痴子才睁开肿胀的眼皮，眼珠无神地注视着，嘴动了动，没出来声音。

"哥啊，你说话啊！是你妹，桃子回来啦！你怎么啦，你？你怎成了这个样子了啊……"桃子边说边哭，去把他的两只手拿过来，心疼地揉搓着那上面的泥、血痕。

冯痴子的呆滞的眼神突然亮了一些，可嘴还是出不来声音。忽地，他把手使劲从她手里缩回来，重新去抓炕抓墙。但桃子又把他的双手抢过来，用力攥着，哭着说："哥啊！你怎么啦？你哪儿难受，你说话呀！哥啊……你的手冰凉，打战，你使劲攥着妹的手,使劲攥啊,哥……"

痴子眼淌泪了。日夜相处两年多,他们的手从来没碰上过,即使手上扎上了刺,他也是自个儿到一边挑出来的啊!如今……痴子的嘴发出声音来了:"妹,别着急,我好些啦,我能说话,能坐起来啦……"他真要坐起来。

桃子忙把他按住。她看他真好些了,自己用舌头抿着流到嘴边的泪水,心痛地问:"哥,哥!你快说,你这是怎么啦?我走时你还好好的……"

冯痴子答非所问,宽慰地说:"你见了竹青他爹了吧?嗯,别看他目下沉睡,不要紧的,他喝下回生草的汤,清了血里的毒,没事啦,放心吧。"

"啊!回生草?你去那'蝎子嘴'采回生草啦?"桃子一连串惊叫着,骇然地看着他。

痴子安详地将头侧到一边。桃子看着他,全身顿时寒栗起来……

回生草,冯痴子有一次告诉桃子,回生草能起死回生,是种"仙药",但是这种草极为罕见,一般地方见不着它;它生长在人们见不着的地方,人能见又上不去的地方,人能上去又有出乎意外凶险的地方……有一年,他哥冯先生来山庵察看药材,捎带着放兔鹰。那兔鹰抓住一只花白的兔子,但在飞过楸树洼时惊动了老鹰,为了自卫,兔鹰的爪子一松,花白兔子掉了下去,正掉在峭壁上凸出的一块勺形石条上。等到兔鹰战退敌手,再将兔子拾起来飞回庵,奇迹出现了:那花兔子被鹰爪抓破了头,又摔断了腿,肚子还爬着三只老蝎子;但,兔子却没有死,而且居然又活转了。冯先生仔细地检查,兔子嘴里含着吃剩下的草渣——正是回生草,而那勺形石条上长着这种草,并且是一个毒蝎聚居的地方。冯先生命名那勺形石条为"蝎子嘴"。那年冯子久的老母喉头长了东西,他给她开了刀也无济于事——那是食道癌,冯痴子要上蝎子嘴采回生草,被他哥坚决制止了……

一切都明白了。桃子又哭了,悲伤地哭着,要给他包扎被老鹰啄、抓的头上、脚上的伤,可这次是痴子紧握住她的手不放,说:"妹,别忙活,白费……俺中了蝎子毒,那毒已进心口窝,没救啦……"

"有救!我去采回生草……"桃子转身要跑。

痴子的大手却有力地把她拉住,说:"妹的情俺领,可这是白费事……"

"俺死了也豁上去……"

"你……你也干傻事!走吧……"痴子气恼地说,松开了她的手。

桃子呆了,望着他,嗫嚅地说:"哥,你生气……"

"俺生气!"痴子的脸上涌出红晕,粗气地说,"你还是党里人,不管顾游击队长的伤,要为个救不了的痴人去送命!这么傻!这么招人气!"

桃子垂头,饮泣吞声,她不知怎么办好了!她能怎么办,她该怎么办好啊?!

"妹,妹——"痴子的声音柔和下来,"听我这一回吧!听我说几句要紧的,俺就该走了……俺哥说,这毒进了心,顺着血转的,它离开了心,流到不要紧的地场,我才清醒,能说话,有力气,它再转回来,就……妹,一个痴人,换回一个贵重人,他对咱受苦人,用处大啊!多上算啊!"

"哥,好哥哥,亲哥哥!你也是贵重人,对受苦人的用处也大啊!"桃子哭道,坐到他的身边,理扯他的衣襟。

痴子抓起她的一只手,口吃地说:"妹,俺求你个事,你要不乐意,就……就骂我……"

"哥,有么事,快说!妹都乐意。"

冯痴子把脸掉过一边,不看她,颤着声道:"妹,能不能,把俺心窝上的扣子,钉上。"

"能,能……"

"在这,俺口袋里……俺预备下的,还是金子撕下扣子的那件衣裳……"

桃子这才发现,痴子穿的是那件他和金子分别时的带补丁的黑小褂。他,在她回来之前就找出来穿上的啊!口袋里还装着一个布扣子、一缕线。他,痴人,他,有心人啊!桃子拔下髻上的针,引上线,接过他手中的扣子,捺在他胸口上,擦了几把泪水,才开始一针一线地缝扣子。

这时,冯痴子的眼睛充满火一样的光焰,紧盯着她离得很近的脸,只有临死前,他才第一次这样近地正视她啊!他禁不住抬起手,大胆地去摘下她沾在乱发上的草屑碎叶!

桃子吞了一口泪水,说:"哥,俺替金子姐,给你把心上的扣子缝上!"

痴子脱口而出,清晰地说道:"不,是你自个儿缝的!你,比金子还贵重……"

桃子哽咽着,泣声道:"哥,你放心去吧,你和金子断不了香火,有竹青给你俩……"

"给我做干闺女……"

"不,是你的亲闺女!从今起,她姓冯,姓冯!"

"俺……俺这爹,光顾着再挑两担柴,没来得及哄孩子吃早饭,委屈了俺闺女……"痴子的话陡然卡断。

桃子钉好了扣子,垂下头用牙去咬断线,那脸伏在冯痴子的心口上,线怎么也咬不断,而泉水般的热泪,将他的胸襟浸湿了一大片……

第十八章

奇怪,清明节只是到野外坟地去给死去的亲人上坟——给坟丘上加土、种草,坟头上压毛白纸,烧香烧纸,也有摆供品祭奠的,却没有去家中请神主、供牌位的。张老三今天——一九三七年的清明节倒与往常不同,在正屋的中间,石磨旁的饭桌上,摆下四样菜:一碗地瓜粉条,一盘炒鸡蛋,一碟干带鱼,一碗白菜熬豆腐;又摆了四个碗口大小的白面饽饽;在它们的正中,放着一双白木筷子,一个小酒盅,一把小酒壶。而后,他点着三根粗糙的土香,向供桌作了深深的一揖,将香插进盛沙的碗里,又提起小酒壶,倒了一盅地瓜酒,端起来,庄重而虔诚地向桌前地面上洒着。他虔诚地说:"大侄啊,今儿个是你'走了'头一个鬼节,老叔陪着你啊……你吃啊,喝啊!别舍不得,用不着给我省,我有啊……这些吃食,是大闺女带回来,送给她兄弟吃的……我说,他小啊,狗剩吃不了,白糟蹋了,给你留下一大半。这酒,是我年下留着的,不是为你,我早就……你喝呀,大侄!上好的地瓜酒,比张桂元的强,那小子的,净往里面兑水……喝呀——怎么,你不会?唉,生前不会,死了就会啦,酒鬼酒鬼,没有鬼不馋酒的,听人说鬼喝起酒就像喝凉水那么多,对,水到了鬼嘴里,也就有酒的味道,变成真酒了……好,我不多话,耽误你的活计,我看着,你自个儿喝吧……"

张老三舍不得把酒洒到地上,最多也就洒下三五滴,就把酒盅放回桌上,不由自主地吞了口涎水,坐到灶台上,抽上了旱烟袋。他对着供桌发呆,其实那心里仍在不停地嘟囔着,终于又说出声来了:"……唉,快吃呀,大侄!你生前来俺这穷地方,多会儿也没捞着这么些好饭菜,快吃,吃!人都说鬼不用吃粮米,俺才不信,不吃怎么能动弹?大凡能动的,都得吃喝——倒不一定都得喝地瓜烧,水是断断少不了的。唉,大侄子,人家别人没了,总还留个土堆,每到这一天,家里人总去培把土……你可好,么也没有留……人家别人和你一样遭难了,家总还得个信息,到了这一天,念叨他,想想他……你可好,家在哪个地方?有谁知晓?知晓了谁能捎得信去?只是有个我,你这个老不死的大叔,陪着你,伴着你!你吃呀,喝呀……"老三伤心透了,泪往下淌,冲着清涕,流过胡子,吸进嘴里。他抽出烟袋,又去倒满酒盅,哭着说:"喝呀,大侄!别留给我……那好,我陪伴你喝……"老三找来一个酒盅,倒满了,喝下去;又倒满,又喝下去……一连喝了四盅,小酒壶干了,他把上供的一盅又喝光了。他本是以酒压抑自己的巨大悲痛,结果适得其反,地瓜酒刺激着他吃了大半辈子地瓜的肠子,无法控制情感,扑到供桌上大哭起来,哭着呼喊道:"大侄啊!你怎么就这么走了啊!俺张老三命苦啊,相识上一个大好人就掉了头啊!这王八蛋世道啊,光是好人死啊!好人的坟头啊,大的小的,老的少的,男的女的,一个接一个啊!耍摆遍山,挤满坡啊!还革命啊,暴动啊,成功啊,先是坟头堆满了天底下,都成鬼啦,好日月给鬼享福去吧!啊,张老三啊,儿子,大的小的,坏的好的,都没啦,只剩闺女啦,该轮到她们啦……妈妈的,心口疼啊!混蛋的地瓜烧,烧死我呀……我活着遭这份罪干么啊,还革妈妈的么命呀……"

一个姑娘推门进来,见状大惊,放下胳膊上的"圆斗",上去拉张老三,焦急地问:"爹!爹!你干么这么的?干么哭啊?"

老三闭着眼匀着头,挣扎着哭道:"好糊涂的闺女啊!我不哭他谁哭他啊……松开爹,桃子……"

"俺是小菊,爹……"

"噢,小菊!你还问哩,你大哥死不见影……"

"大哥?"小菊生气地将父亲一松,老三撞到桌子上,"爹,俺那孬种哥,你和妈亲口叫打死的,都容不得他埋在地头里,送到乱葬岗埋的,如今你倒给他上供……爹,你好糊涂,耍酒疯,你还……"

张老三一下清醒了,站起身,抹了几把鼻涕眼泪,见小女儿气狠狠地把"圆斗"拿到炕上,坐在那里气鼓鼓的。他就凑到女儿对面,在炕沿处坐下,装上烟袋,吩咐道:"给爹点个火。"

小菊将脸转向炕对面的窗户。那瘦长的脸颊,赤红的,汗津津的,闭紧稍厚的嘴唇,腮上的小酒窝仍那么诱人。

老三见女儿不理睬,长叹一声,道:"唉!当爹的糊涂不打紧,反正土埋了半截身子的人啦,就怕养了糊涂闺女,还得办一辈子糊涂事。"

"哼,说得中听,能管住了自个儿,就上天啦!"小菊耸了一下端庄的鼻子,声音倒是柔和的。

老三又叹道:"唉!可惜了他那么疼你,喜欢你一场!他要还在人世,再不会教你认字看书,反正是个傻闺女……"

"爹!你说谁?谁?"小菊猛地转过头,紧盯着父亲。

"谁?还有谁!"老三又抽泣了,"金贵那个孬种,还配你叫哥?你大哥!大哥……"

"啊!"小菊陡地站到父亲身前,惊慌地说,"爹,是,是俺理琪大哥——他……"

张老三唏嘘着鼻涕,只顾抽没点火的烟袋。小菊的脑子轰了一声,泪水立时淹没了眼珠。她向供桌走了两步,突然又刹住脚,泣声问:"爹,这消息是谁和你说的?"

等老三一回答,姑娘就会一头扎到供品上,悲号起来……可是他不耐烦地说:"还有脸问呢,你不是早和我说啦?"

"我?"小菊吃惊,掉过身看着父亲。

老三道:"说你糊涂你还觉着委屈——是不是?打你头年从烟台回来,哭不成声告诉你妈和我,理琪、玉山那伙人,叫坏蛋押往济南府了,打那会子起,我就断定,他们完了,没命了,死了!"

"这……"

"哼,没想到吧?你想,坏蛋们抓人,到村上,打嘴巴;送上乡,腚破皮烂;上了区,胳膊腿不瘸算是烧了高香;押到县里,有几个活着回来的?你二姐那年还是萃女寻法保的,回到家只剩一口气,她还是顶个帮当共产党的女婿干了事的罪名……像你理大哥、玉山他们,解到省了,又都是领导人,还能留得下?你说!"

小菊的泪水是忍了回去,身子也退回到炕沿上,湿漉漉的妩媚的黑眼睛,却盯着供桌发愣。

父亲讲的这些理,她不是没有想过。去冬理琪、高玉山他们被抓走,她跟崔素香、高玉水一直守在烟台,给来接头的同志报告情况,打听被捕的同志们的命运……使了不少的钱,托关系贿赂人,得悉敌人已将理琪、高玉山等人秘密押往济南去了。不久,玉水又为了保存油印机,被敌人抓走。叛徒还在烟台活动,特委剩下的其他人又不知去向,她和素香才回到家里来的……虽然知道革命者落到敌人手里,很难活着出来,但终究还没有被杀的确实消息,还存着他们能侥幸活着出来的希望,没顾得向死处去想……

"你们娘儿几个不去想,想不到,我可早料到啦!"老三仍唖着没点火的烟袋嘴,"只是不乐意你们难受,没捅破这层纸……唉!我这些日子,老在黑夜和你理大哥说话……我睡着了,他的轻悠悠的声音就把我弄醒……这是他走后头一个清明啊,我……"

小菊勤快地去把麻秆捅到灶洞里，点着后递给父亲。老三要用手接，她却径直把火头放到烟袋锅上。

"爹，俺妈呢？三个'牛'兄弟呢？"

"她领三牛到北山坡给你狗剩兄弟上坟去了，你大姐昨儿回家的，也去啦。菊，你一去五六天，威海卫比烟台怎么样？事办成就啦？"

小菊走到屋门口，向外面看了看，回来将胳膊肘抵在父亲的脊梁上——姐妹三个，只有她能和父亲这样亲昵，嘴对着他的耳朵，轻声道："爹呀，办成事啦！咱们的特委机关，转到威海啦，有好几个领导人……过几天，还要派人来见震海哥他们……叫游击队集合起来哩！"

"啊，要打个大仗？"

"俺不清楚，素香姐知道，她找俺二姐去，通信给震海哥他们，游击队都来咱村等着。"

"多会儿？"

"就在这一半天。"

老三拔出没吸完的烟袋，在炕沿上磕掉烟灰，将烟袋向怀里衣襟处一揣，说："那得快些预备。菊，爹能干么？"

小菊眼含着笑，那么亲地瞟着父亲，温情地说着责怪话："爹，俺听你方才说了，你不想再革命啦，都要变成坟堆，变成鬼啦……"

"这忙么个？变成鬼也是咱们的多，到阴曹地府，接着和坏蛋的鬼闹腾！只要有了领头的，叫咱干么，咱干么！"

"……看崔素香的气色，黄白说的指示，是真的了！"于震海心事重重地想着，下坡路上坎坷不平，他一脚踩到坑窝里，身子一闪，赶忙扑到旁边的小松树跟前，伸手抓住树干，才站稳了。左手卡在后腰上，禁不住咬了一下牙。

"海哥，怎么啦？"伍拾子从后面靠上他，关切地问，"你的腰……"

"没有事，踩空脚啦……"

"歇息一会儿吧？时候还早——"

震海没有回答，也没坐下，只是挺着身子，望着黑茫茫的山野……

这是阴历二月下旬，没有月亮，星星显得很精神，稀稀疏疏地散布在天幕上，注视着起伏不平的崇山峻岭。

去年刚入冬，冯痴子用生命换来回生草，救了震海一条命。他在山庵躺了半个月，那天桃子咬着牙，按照冯先生交给的方法，整治溃烂的伤口。她用筷子拨拉着，一块块烂肉随着脓血掉出来，忽然，拨拉出两个花生米大小的硬东西，一看，正是两粒子弹头……从此，土方草药地治疗，伤口一天天好转，当震海能动弹以后，就把他转移到倪家疃一个同志家里。村里有位能治伤骨的土医生，人挺好，夜里偷着过来为他治疗……到年关，震海的脊骨伤口已愈合，开始结疤了，但他还不得不绑着夹板去参加游击队的活动。

这几个月，从特委在烟台遭到破坏起，游击队按照震海的主意，把两个小队划分成三个小组，每组八九个人，由宝田掌握。一组在槎山到张家埠、浪暖口、垛崮山一带沿海活动；一组在母猪河、黄垒河沿岸活动；一组在昆嵛山里活动。主要是宣传群众，发展党的组织，保存自己的力量。各地的联络站、联络点，比暴动前少了，但更加严密，更有对付敌人的经验了。游击队很少集中打仗，只是个别地处掉罪大恶极的危险甚大的乡、村长和地头蛇，所以一直没有受损失。敌人的追踪和阴谋，一次次被甩掉和识破，和过去一样，找不到游击队，敌人拿群众出气，文登和牟平，又有三家群众因为掩护过游击队，受到敌人的祸害，牺牲了五个人，烧了三间房子……

前些天，特委的政治交通员黄白出现在丁家庵。他说，特委剩下的同志已转移到威海，派他来取得联系，找游击队长于震海，传达特委的指示。震海听说特委又有了，实在高兴。但听黄白讲在西安发生了事变，张学良、杨虎城逼着蒋介石答应了停止内战，联合抗日，中共中央提出和国民党搞统一战线的主张，形势起了变化，要游击队停止活动。特委正想办法和国民党上层谈判。他一时弄糊涂了。而一旁的伍拾子，气愤地吼道："反动派找还找不到咱们，你还想去谈判，那不是自个儿把脑瓜往铡刀口上送？"

"这小子净胡扯白咧！"孔居任把破礼帽一摔，骂道，"蒋光头能和咱结合？咱抓着这个吃人的老小子还留着他喘气？革命靠腰里的家伙，你娘的谈个么判去！"

黄白大怒道："你们这叫啥队伍？反党啊！成天东躲西窜，打不死几个敌人，连累了不少同志牺牲，怪不得有人说你们一半是土匪，昆嵛山帮……"

啪！伍拾子扬手一嘴巴。

黄白的右腮帮起了五个大指印。

"你娘的，反动派！"孔居任抬腿踢黄白一脚，抽出手枪。

黄白跌到墙根处，捂着腮，护着腚，大叫道："你们反啦，反啦！于队长，你管不管……"

"你……"于震海咬着牙根说，"你回去报告领导，咱们不清楚这个指示……"

政治交通员黄白走后，震海为了弄清楚上级的指示是不是确实——他第一次对传来的上级指示产生了疑问，他派联络员崔素香和小菊，赶到威海去了……

黄白回去的报告，只能火上浇油。当崔素香来到后，特委一位负责人，极为气愤。认为于震海的游击队是半土匪、流寇，公然反对党的抗日统一战线政策，不接受领导，活动下去有百害而无一利，决定没收枪支，予以解散。在黄白的参与下，指示崔素香回去传达特委的命令：游击队全体立即集合在小苏区桃花沟待命，由特委派负责人亲自去进行教育，然后没收枪弹，安排好各人的出路……

崔素香想解释几句，却被黄白推着送出了门。一路上她没对小菊讲这些，昨天见了于震海他们，也没多说，只是沉重地嘱咐他，见了上级领导，别发火，有事多和他说，好好说，说清楚。这已使于震海预感到事情的严重性了。

然而，他只预感到来自自己人那方面的严重性，却没料到从敌人那方面来的危险性，正在向他和他二十七人的游击队袭来。这不能怪重伤把他折磨的只剩下副大骨架子的游击队长，所有的当事的革命者，谁也没有预料到游击队如此神秘地来桃花沟集中，会有什么危险性。因为这个小山村，一直没有发现过坏人，北石屋鸽子堂发生的事件，找不出是本村人的告密，也许是敌人潜来的暗探发现了伤员藏身的疑点……从那时至今，已有一年了，游击队再没有在桃花沟出现过，个别的来往，也是极度秘密的，一直也没发生问题。这次上级指定在此地集中待命，他们又都是夜里潜来，并且谁家也不进，由桃花沟的党员接应到村东头果树林护蔽着的家庙里，白天也在庙院里活动，岂不是神不知鬼不觉吗？别说是有坏人，除去张老三一家和伍拾子一家——他们要负责夜里送水送饭，几个党员，一般群众也不知道啊！在此集中住个三五天，能有什么事呢？

不幸，没等到五天，连三天都不到，第二天晚上，就出事了，事情又出在孔居任身上。

游击队挤在家庙的三间正屋地上，铺着厚厚的干茅草，虽然被子没有几床；但冬天已是尾声，大伙挤着，也睡得舒服。同志们难得凑在一起，小声说着热乎话。他们还不知道为什么集中，议论着是不是打九龙池山会，扩大宣传……为不使村人察觉，游击队的人一律不出庙门放哨，村里的党员也是偶尔出来看看，不要惊动任何人。

这天晚上,趁村人都在家里吃饭的空子,张老三前面观察动静引着路,小菊挑两桶热开水,好儿担着两篓子干粮——地瓜干、玉米豆面粑粑、一盆咸萝卜,顺着上坡的村街,急匆匆地向家庙走来。小菊那担水比好儿的干粮更重,可她的细身子像钢条,挺拔柔韧,好儿就不行,两只手抱着肩前的担杖,柳条似的腰弯曲着,随时要倒的样子。但,她还是咬紧牙,没歇担,跟妹妹进了门。

家庙里点个大砂碗灯,窗户也有木板门扇,关上后外面不见一点亮。队员们都吃饭,孔居任却端着碗直盯着好儿发愣,夫妻俩一年多没见了,想多瞧几眼。这时灯光下的好儿,忙着给同志们盛水、递干粮,没心思,即使有,当着这么多人的面,她也不好意思去找自己的丈夫。好儿就是在盛水、送干粮到孔居任跟前眼也没抬,用动作表示一下罢了。好儿这一年来,由于精神有了寄托,生活就感到充实。无论在丝坊里纺丝,还是在家里带灯纺棉花,有力气多了,咳嗽也大大减少,腮上的肉厚了点,白中添了些红色。过去回一趟桃花沟,要歇息三回气,如今拿着一些东西,也只在龙家庙旁坐一会儿,就能一气爬上龙泉口,来到家……这会子,好儿刚挑过担子,脸更红了,两鬓的发缕乱在上面,显得年轻、娇润、健美多了。

孔居任忘了吃饭、喝水,直盯着他媳妇跟着她父亲、妹妹出门,也没使她和自己的目光对上……

"唉……"孔居任躺下好一会儿,怎么也睡不着,不是草窝难受,这种生活,他已习惯了,比这不如的地方,他照样闭眼就着;现在是他一闭上眼,那艳丽、粉嫩的媳妇就出现在跟前……那热炕头……孔居任陡地坐起来,嗓子痒得难受,想抽烟,一摸烟口袋,空空的。他看着一排排顶头抵脚酣睡如泥的同志们,灵机一动,站起身,轻脚来到院里。

院子大门后有两个人对坐着，低低地说话。他们是震海和宝田，昨夜他们也是这么度过的，只在白天睡一会儿。孔居任讲他睡不着，在这放岗，让他俩去睡，他白天再躺。但当震海和宝田进屋去后，没过多久，孔居任就悄悄溜出家庙，向村西头——张老三家的方向，疾步迈开了。

村街很黑，很静，山村的狗没有特别异常的声响和影子，是不轻易张口的。

走着，孔居任忽然停住了，愣了一霎，又向街南拐去，来到两扇黑漆门前，轻轻地敲着，不停地敲着。

可以想到，孔霜子见是他来了，那激动的劲儿不亚于得了聚宝盆，抓住孔居任的胳膊，生怕他跑了，使劲往屋里拽。孔居任却立住不动，低声说："姑，在院里说就行。我来找你算账！"

"算账？我该你欠你的，你……"

"你从我嘴里套出去北石屋藏了伤员，报告的孔秀才……"

"啊！冤枉！你多会儿给我说来？是哪个杂种干的，赖到我身上……"孔霜子事先早有准备，就是会随机应变，说谎扯皮的话她肚子里也现成。

孔居任说："好吧，你没干最好。今儿你帮侄子个忙，你去把好儿叫来，就说你请她帮着做个急要的针线活，我和她在你家待一会儿。"

孔霜子转着大眼珠子，紧看着看不清面孔的侄子，说："来这家……你干么不去找她？那家对你不坏呀？"

孔居任焦躁起来，说："我不能去，纪律规定……你找去。"

"怎么，谁不让？还有人跟着你？"孔霜子有些紧张。

"没有……"

"那你从哪儿来？"

"别地方……"

"还到哪儿去？夜里宿这？"

"不一定……"

"明儿还在不在？"

"……"孔居任望着面前黑暗中看不清表情的女人，好像现在才想起，她曾拉他去投靠孔秀才，难道她真是孔秀才的人了？他害怕了，转身向外走，说："不用啦，我有急务在身，就离开这村。"

"哎，等等，居任！"孔霜子扯住他的后衣角，"我给你叫好儿去呀！你进家喝口吃口呀！碗柜里啥都有，怎么能这么就走……"

孔居任更感到她不怀好意，将手向后一拨拉，挣出身，快步出门跑了。他这时更加清醒，虽然没发现有人追踪，但他还是没直接去家庙，转到村西石头河边，停了好一会儿，不见动静，才顺着北山脚，悄悄溜回了家庙。他成夜侧着耳朵在大门后听动响，一点没放松。天亮后，他向震海和宝田严肃地建议，要注意监视着像他姑孔霜子这样多嘴多舌的人，如果这几天她要离村去外地，得想法阻拦住她。他们对孔居任这样提高警惕，很受感动，和村党支书杨玉清说了，采纳了孔居任的意见，派好儿去守住孔霜子。

孔居任听说后，一头倒在铺草上，睡了个死。

他哪里晓得，他们这些做法，没有能够换回他惹下的祸患！

孔居任刚离开院门，孔霜子刚关上门扇，屋里冲出个男人，嘴对着孔霜子的耳朵嘀咕几句，她就又去拉开院门。那男人犹如一条立起后腿的黑狗，顺着墙根，溜走了。

这是孔庆儒的安排。他叫特务埋伏在孔霜子家里，不动声色，监视着曾发现过共产党的伤员的桃花沟。几个月来，这个在济南受过专门训练的特务，带着两只信鸽，"匪情"没有搜集到，倒做了孔霜子的炕上人。这个风流了大半辈子的孔霜子，有了这个比她小十几岁的逛窑子得过两次梅毒，不久前才在天津请日本人治好了的奸夫，这可真是烂脚穿破鞋——脏到一块去了。她好吃好喝伺候他，他百般调情她，俩人使出浑身邪劲。白天女的在街上观看动静、听话声；夜里男的爬上墙头，贼眼瞪着，长耳朵竖着……然而，几个月了，信鸽几天到孔家庙一个来回，空去空回，没有情报，就没有赏金的许诺……等，等到了今儿夜晚，到底算是等到了……

特务尾随孔居任侦察了家庙的情况，判断出游击队在这里驻防，跑回来用密字写好紧急情报，天一亮将信鸽放走后，孔霜子发疯似的将他搂住，长嘴唇在奸夫的胡子脸上使劲地摩擦着，喜叫道："好乖乖！亲爹爹！不到中午，兵马就发来啦……多少金，多少银我不爱，只求秀才老王八把你个风流种子赏给老娘……"

是的，敌人来得很快，刚过中午，骑马的，骑自行车的，步行的，一百多敌兵、警察，冲进了桃花沟，占满了街道、胡同，将家庙紧紧地包围了。

接近晚上，从牟平、文登两县和一些区乡，不断派来兵警，有二百多人。家庙周围的树上，没树的空场，竖起杆子，挂了三十多盏马蹄灯，照得一片明亮，有个猫、狗从家庙出来也清楚可见。

白天，突围是毫无希望了，入夜之后又是这种情况，游击队只有和敌人展开激战了。好在事先有令，队员们来集合的时候，都把枪支弹药带来了。这几个月又没进行战斗，子弹是充裕的，而这小山村的破家庙，虽然只有三间正屋，但院墙自下而上，一色用粗质坚硬的花岗岩砌的，又厚又牢固，只有一个院门，据守很有利。屋顶是瓦的，这是桃花沟唯一的，从外面也点不着火。敌人多次冲锋，游击队凭借院墙，和家庙地处高于周围的有利地形，他们准确的射击本领，一次次使敌人留下尸体。不幸的是，游击队都是短枪，身陷孤屋，众敌重围，没法冲出去。

第二天，文登、牟平县上公安局的头目都来了，他们带来了骡子驮着的四挺重机枪。区长孔庆儒坐着轿子来的，带来十多驮子犒军的东西：冬春楼备办的大批火烧、猪头肉、肉包子，当兵的俩人一包"红炮台"洋烟，排长以上的还有酒。他们观察一番形势，做了安排：不再轻易向家庙冲锋，而是里里外外死死包围住，游击队没有饭吃水喝，用不了两天，不投降也得饿昏倒下。这样，不但一网打尽于震海这股祸患，还能从有的人嘴里——比如说孔居任，搞出口供，找到共产党的地下组织。

孔秀才的喜悦心情比谁都强烈，他多年的心血今天总算要收账了。他望着这座孤院，心花怒放，对着那群大吃大喝的兵们，高声叫道："弟兄们辛苦啦！这荒山野村，没有可口的给大家吃……等把石匠玉他们收拾完了，再到冬春楼，孔某人请客！"

刘区队副应道："区长放心吧！石匠玉这几条进了死网的鱼，落井的虎，再也蹦腾不了啦！"

孔秀才点着头，说："这是他们自找的下场！不过困兽犹斗，弟兄们吃饱喝足，小心职守啊！你们向他们喊喊，只要他们老老实实缴枪，一个不难为，包括石匠玉在内，还有赏。这不光是我的主张，县长也这么下令的。"

孔显叫道："喊，向家庙里喊哪！"

兵油子泥鳅立即向家庙方向喊道："喂！为穷鬼卖命的小子们听着，我们吃冬春楼的火烧、猪头肉，香着哪！你们肚子饿瘪瘪了吧？快缴枪，管你们个够！"

兵们跟着叫唤——

"游击队！出来吧，我们也缴枪不杀头，还有重赏！"

"一人一百大洋！"

"两亩好地！"

"还有山峦！"

"给娶个大闺女……"

飞来四五粒枪弹。一个站在前面的敌兵倒下了。万管家忙将坐在土岗后长凳上的孔秀才按趴下。孔显躲在大石头后面，向家庙开了几枪,怒吼道:"听着:石匠玉在里面没有?有胆量的就答话!"

院内有人回答:"没有……"

"有!你有话说吧!"一个粗犷的声音插进来。

孔显又问:"你是谁?"

"于震海!"

孔显一愣,将身子更低地往下趴着,大喊道:"好,石匠玉,英雄!你老实点听着:你再有武艺,我们的兵里三层,外三层,铁桶一样严实地围着,你们插翅难飞啦!你放明白点,老老实实领着人投过来,过去的罪不算,还有重赏!"

"这话当真?"

"我爹的话你不一定信,这次是县上的兵马,县长亲口许下的,千真万确,把悬赏捉拿你的一千块大洋,全给你自己!别人也一样……"

砰!一枪。亏得孔显早有防备,脑袋缩得快,枪打在石头上,击碎的石片,划破了他的鼻梁。

独眼龙恼恨地大叫:"打!开枪打!全打死他们……"

一阵乱枪,家庙院墙上纷纷崩起石花……

家庙里的二十七名游击队员,分成两班,一班躺在屋里休息,一班守在院墙后对付敌人。同志们昨晚上就没吃上饭,水在夜里也喝光了,大家只好尽量少说话,少活动,少耗费体力。可是,肚子里的地瓜、粑粑,一天一夜,早消化掉了,饥肠还好忍些,没有水喝,作战上火,实在难耐。眼见着敌兵越来越多,冲出重围没有了希望,趁着还有几分体力,不少的子弹,开门冲进敌群,拼死算了。大家都这样要求,多次要求,都被于震海制止了。他说,有一丝希望,也要想法冲出重围……现在,宝田也沉不住气了,干裂着发白的嘴唇,说:"震海,再不拼,都没劲了,要等死!"

震海紧盯着院子,没有出声。孔居任看看队长作难的表情,出主意道:"这样行不行:咱们假装投降,出了门,见有空子,打它个措手不及,冲出去。"

伍拾子说:"敌人是傻子?你不把枪扔出去,能放咱们出门?"

孔居任道:"扔就扔出去,只要不杀,瞅机会脱身,再集合起来,照样革命!"

好几个队员火了。那个叫大胜的队员,冲孔居任吼道;"孔居任!你又安的么个心?没骨头的小子,怕死!"

孔居任也不示弱,冷笑道:"我这是为革命保存实力,理琪同志说的你懂不懂?哼,怕死?怕死姓什么,孔居任还不清楚,前年大暴动,攻打孔家庄……"

"别争啦!"震海说,"理琪同志说的保存自己,和你出的主意不一回事,为革命,得想正统法子,管用的法子。敌人说投降不杀咱们,为的什么?留着咱干么?是叫咱出卖组织和同志,干反革命!"

"啊!"孔居任羞愧满面,"兄弟,我可是好心,没有坏意……"

于震海的目光聚集起来,从院墙头上望出去,望着含苞待放的桃树林。

那树上,挂着的马蹄灯,随着微风晃荡……

她,三嫂,精明的双眼失神地盯着饭篓子,呼吸的速度在无声地加剧……

三个闺女的三只手,一齐抓住篓子的提梁,三张嘴异口同声,焦急地说:"妈!你倒是说话啊?"

三嫂禁不住将脸侧向一边,背过恍惚的灯光,面对着黑暗淌下热泪……

从昨天午后游击队遭到敌人的包围起,桃花沟的人们身上像着了火,焦灼万分,痛苦不堪!村里的七个党员和十几位男女积极分子，都自动集合在党支书杨玉清家里。大家守着一篓篓干粮，一桶桶热水，热了凉，凉了又热，送不进吃的喝的，游击队在饿着肚子苦战，他们也吃不下，喝不进啊！一阵枪声，一阵心疼！眼瞅着为了他们战斗几年的胶东人民唯一的一支队伍，就要断送，消失了啊！

怎么办好啊？

没有任何人能来拯救这二十七个人，而他们为了拯救天下的受苦人，哪个身上是一处伤，谁个不是九死一生的啊！至今落到了这样的绝境……天哪，号称"小苏区"的桃花沟，如今要亲手挖坑埋掉自己的亲人，这里成了埋葬革命者的坟墓，谁能拿起这张铁锨啊！

不知是谁，是张老三这样的群众，还是张甫礼这样的老党员，说不清是谁先喊出一句："拿咱们的命，换他们的命！"

立时，二十几张嘴随声附和，很快，"拿命换命"的行动方案就制订出来了：把全村的成年男人组织起来，拿着自己家能有的各种武器——猎枪、砍刀、矛、镰、镢头、斧、铖、钩、叉……在今夜午时，向围困家庙的敌人猛袭；同时，村里房屋放火，吸引住敌人的注意力，创造游击队突围的机会；而在此之前，将村里的老人、妇女、孩子，偷偷地转移出去，这是行动计划的一方面。而另一方面，要有人进到家庙里去，送信送饭水给游击队：要他们听到外面的喊声赶紧向外冲，要他们吃上饭，喝上水，饿了一天一夜的虚弱身体，怎么能和十几倍的敌人搏斗，冲出重围呢！谁去送饭送信？正在这个当儿，桃子出现了。

桃子今天上午去山庵里接崔素香护送特委的一位领导人和政治交通员黄白；伺候他们吃了午饭，休息了一会儿，就抱着竹青领着他们向桃花沟走。走到青石岗的菊花岭，小菊正等在那里，向他们报告了桃花沟的险情。

情况突变，黄白和领导人大吃一惊。黄白气愤地说："又是他们不守纪律，惹了祸，这个昆嵛山帮……"

"先不要下结论。"那领导人说，"等天黑下来了，再进去，想办法救出同志们……"

桃子和小菊不同意领导人进桃花沟，她要崔素香把领导人护送回山庵，她先到桃花沟看看。黄白同意这么做，领导人不情愿，崔素香不想走。桃子把竹青送到素香跟前，转身拉着小菊，急匆匆地朝桃花沟来了……

桃子对党支部书记杨玉清和大伙说，送饭送信的任务她去最合适。男人去，敌人容易发生怀疑，难以放行。她以震海的妻子的身份，假意进去劝他放下武器，留条活路，反正她是女的，进去也跑不掉，敌人是容易欺骗的。

杨玉清犹豫。大家望着桃子，不知说什么好。张甫礼激动地说："桃子，进去的危险顶大啊！"

"大伙还不是要以命换命的吗？"桃子道。

张甫礼说："你受的磨难顶多，桃子……"

"大伙都一样。玉清叔，你说话呀！"桃子乞求地看着党支部书记。

杨玉清站起来，坚定地说："就这么的吧！大伙快回去预备，该干么干么，午时三刻，还在我这大院聚齐……"

桃子一个人要去冒险送饭，已使三嫂浑身颤抖，不想大饭篓子刚打点满，好儿、小菊的手跟着伸过来。这三只手，三只三个亲生闺女的手，哪里是抓的饭篓子的提梁，分明是揪住了母亲的心啊！

见母亲不理会，好儿转对桃子，亲昵地说："大妹，你还是听俺的，让俺去好……你有竹青，俺没这个骨血。你姐夫在里面，俺当该进去。俺该受些难为，算我替你，替爹替妈！"

桃子看着她，深情地说："姐，你听俺的，俺该去！俺身子骨比你硬实，经的事也多些！竹青有妈照看，吃不了亏。俺要不进去，你妹夫知道，会骂我的，俺也对不住开仁哥……"

小菊望着好儿和桃子，柔声道："大姐二姐，你们都别去，俺去最妥当！俺没有谁带累，真死了，你们和爹妈哭几声，就完了。俺身子又好，敢保完成任务！俺要不去，最对不起理琪大哥，他对咱游击队，可上心啦……"

三嫂转过脸。

"妈！"三个闺女三张乞求的脸，三张启开的嘴。

三嫂欲言又止。她掉过身，抄起水瓢，拉开锅盖，热气立时腾满了屋子。三个闺女围着母亲的动作转。三嫂向铁桶里舀着开水，一瓢一瓢地舀着，不紧不慢地舀着。白色的热气中，三个闺女见不到母亲的真切表情，只听哗——哗——倒水的声音。

水声，滚热的清清的开水，一瓢瓢倒进铁桶的温柔的水声。

桃子上前拉住妈的手，夺过水瓢，心疼地说："妈！闺女知道妈的心……妈，有话你说呀！热水都满出筲啦，别舀啦，妈……"

好儿抓住妈的手，手是冰凉的，她流着泪道："妈，怨闺女不争气，没有好法子，逼着走这一步……妈……"

小菊扑到妈的肩上，顺理妈的凌乱鬓发，娇嗔地说："妈妈，妈！你平常日拿得起，放得下，说干么就干么，今儿你怎么啦，妈……你说话呀！"

"妈，你说话呀！"好儿和桃子也跟着叫。

三嫂随身坐上锅灶台，正视着面前的三个闺女。

大的说："妈，俺去合适！"

二的道："妈，俺合适！"

三的叫："妈！俺顶合适！"

三个闺女紧张地等待回答，心里是一句共同的话："妈，叫谁去，只等你一句话啦！"

三嫂微微地却是断然地摇了摇头。

三个闺女惊异地看着生母。三嫂握住了小菊的细手，颤声说："闺女们！妈一辈子生养下你们姊妹五个，你们那大哥金贵，自个儿走黑道，走到绝路去了；你们那狗剩小兄弟……你爹思念他，老是在蚕场哭，山风大，他那眼见风就落泪……妈知道，我身上也留下致命的病根……张家再不会有姓张的孩子出世啦！你们爹想到这一层，差点自个儿埋进土……他不是还凭着一口气，连拿放蚕剪子的劲也不会有的。如今，爹妈就剩下你们三个闺女，这一去，是凶多吉少啊！"

"妈，俺去，还有两个妹妹在！"

"妈，俺去，还有姐和妹在！"

"妈，俺去，两个姐都在！"

三嫂奋力地站了起来，说："照妈的心意，哪个也不放你们去……"

"妈！"三个闺女紧张地呼喊。

三嫂没有理睬她们的眼神，而是挨着个摸摸她们的脸，声音有些哽咽，却是很清晰地说："好儿，桃子，小菊！你们三个，做着伴都去！"也只有一眨眼的瞬间，好儿、桃子、小菊，一齐跪在了母亲的脚前。三嫂的声音硬朗又坚定："你们是妈的三个闺女，你们更是党的三个党员！妈不能当糊涂人啊！孩子，去哪一个也不成，狠心的敌人不好对付。姊妹三个一块去，去吧，救咱的亲人舍得上命。有一线指望，要想着爹妈，挣得命回家……"三嫂不等回答，她疾步冲出正屋，到西厢，背起个行李卷，拉起三个外姓的男孩子，匆匆出了院门。

那里有个人，腰插锋利的大剪刀，手里拿着把干草和火煤，冲三嫂说："快走，好儿她妈！我要放火烧房子……"

他，是张老三。

三嫂停下来，悄声说："俺们去蚕场等你……"

"别等我……天亮前没见我的影，你到北山地里狗剩身边找我的死尸,准躺在那等着!"老三悲壮地说。

三嫂吞下一声悲叹,说:"先别往那上想吧,兴许……"

"这是命换命!"老三慷慨地叫道,但见妻子要走,忙说,"好儿妈,你说怎么回事?自个儿放火烧自个儿的房子,我试验了五六回,就是抬不起胳膊,举不高这手……你给玉清兄弟捎个话,到时候,该两家换着放火,我烧他的,他烧我的……"

"唉,命都豁得出去,还可惜几间茅草房子?你这埋汰人!"这本是三嫂应当说的话,然而这会儿三嫂看着黑影里的驼背的孱弱的丈夫,怔了片刻,从包袱里摸出一个小瓶,塞进他怀里,几乎是用温柔的口吻说:"他爹,山草有的是,烧了旧的盖新的,只要人还在……你该怎么办,还用得着别人帮忙?"

不知是话的力量,还是酒瓶的作用,张老三回肠荡气,使劲吹着了火煤,举起了手中的干草……

"以命换命"的行动方案,顺利地进行着。

三百余名敌人,注意力全集中在家庙上,是啊,除了于震海的游击队,在广袤的胶东半岛,还有谁敢和他们作对,威胁着他们的安全吗?这小小的五十几户人家的山村,手无寸铁的穷百姓,谁还敢动官府一根汗毛?诚然,村中有可能存在着通共的分子,那也不要紧,等把游击队一网打尽,再来逐个搜查不迟。因此,两个县里的兵马,按照孔庆儒的谋划,把村东坡的孤独的家庙的周围,修筑起一层又一层的简易工事和掩体,敌兵们一圈又一圈地守在工事里,除去拉屎撒尿,不准离开岗位,吃饭也都在原地。一到入夜,敌兵们就有些懈怠,躲避着亮处,偷偷地睡觉。那当官的巡视阵地的喝骂声,向家庙零星的射击声,环山的回应声,村里不时响起的狗吠声,搅乱了山村素有的静谧深沉的夜。

今夜是阴天,黑得厉害,又有些声音的掩盖,那些该转移出去的老人、妇女、孩子,分开了四片,由指定的负责人率领,顺着他们熟悉的桃林,纵横交错的山沟,迅速地疏散了,这和桃花沟在前年暴动时成立的包罗全体男女老幼的革命群众组织大有关系。人们经验过的东西,重复起来就顺畅了。只是当时也参加了妇女会的孔霜子,昨天下午躲到孔家庄去了,另当别论……

但是,当成年男人组成的袭击敌人的战斗队伍,在离家庙最远的村西南边杨玉清的院里集合起来之后,却出现了麻烦。

子夜时分即刻就到,七十多人的队伍即将出发。突然,开小烧锅的汉子张桂元,愤怒地哑着嗓子喊道:"这是谁出的好章程,叫咱们房子烧光,人进土坑,全村遭殃?三哥,老三哥!嗯,张老三没来?哼,准是他家出的章程。他们家有人围在家庙里头,两个女婿,游击队的头目……要救,叫他们自个儿去救,犯不着拉上街坊邻居陪着。当初闹共产党的时候,咱就没想沾光,如今出了人命,咱也管不着闲事!谁惹下的祸,谁去招揽,咱们回家躺炕去!"

一片寂静。一双双满是硬茧的粗糙的大手,更紧地握着各式各样的武器,气恨的眼睛,朝发出叫喊声的地方盯着。因为太黑,人们看不清说话的人,但那声音,他们一听就分辨出是谁人来了。忽然,有说话声了:"这个张桂元!真,真坏,净说坏话……"

"是条狗,叫唤些么呀!"

"还是条孬狗,不咬狼,专咬人!"

"真气人……"

"想不到他会……"

众人纷纷地议论着,责骂着。识字的共产党员村长张甫礼,凑到张桂元跟前说:"桂元兄弟!眼下众人还是箭在弦上,刀在手中,没有工夫和你论理,你的嘴长在自己脸上,愿说么你说么吧!只是咱们大路朝天,各走一边,你不跟大伙一块干可以走开,可决不准你假话欺瞒乡亲,破坏革命!"

"呀！甫礼哥！你文绉绉个识字人，今儿个也弄起枪刀来啦！哼，有本领和孔家庙的大兵使去，听说孔秀才还在那督阵……"张桂元冷笑着说，"你欺负俺这个草木汉子干么？俺从小为人，吃了四十年咸盐，还不知假话怎么说，骗人事怎么做……"

"住嘴！兔崽子！"一声断喝。一个八十多岁的老人，腰里一把斧头，手拄一条辣木棍子①分开众人，冲向张桂元。

这是张桂元的祖父，自小看山，村人都称他看山爷，不知他有何名何姓。这看山爷，唯一的喜好是京戏，每年圣水宫山会，他要看山不能去看野台戏，就在附近山头上听，为了赶个下风头，听得清，他不惜爬上更高的山；有时风向不定，他追着锣鼓点儿翻山越岭地跑……看山爷身子又干又小，上上下下像是铁打的，颜色是如此，坚硬的程度也如此。至今，抡起他从不离身的光滑的辣木看山棍，能一下打断一棵碗口粗细的小树。

看山爷火冲冲地停在张桂元面前，说："适才甫礼说你太轻啦，混账小子！你个专舐财主腚、以水兑酒骗乡邻的东西！你老三哥一家的为人，青山绿水有证，你倒说这些没良心的狗屁话！今夜是救咱家人的指靠，为咱子孙后代打江山的人，他们的一条命，抵得上咱百条千条！咱桃花沟五十七户，加上我这个老不死的，大大小小二百零八口子，都搭上也值得！你这个孬种，吐出这么些伤天害理话，给我收回去！给！给你这把斧子，砍不死两个狗子，你爷我收拾你！"

张桂元没有接祖父的斧头，一转身，拨开众人，向外走，恼怒地说："俺犯不上为外人去送死！"

"回来！"看山爷怒吼道，"你这鼠辈小子，为你那酒罐子能去送命……"

"看山爷，这是自个儿乐意的事。"杨玉清说。

---

① 辣木棍子：一种坚韧优质的荆条。

"胡说!有军就有令!这是天大的事!多少个县份的乡亲,为着游击队死的死,伤的伤,难道为的叫他们埋在桃花沟?咱还对得起死的活着的穷人?还有脸叫小苏区?"看山爷激怒的声音轰响着,拨开众人,上去一把扯过嫡亲的孙子。

张桂元挣脱着,凶恶地叫喊道:"你老糊涂啦!你知道自个儿活不了几天,老命不值钱啦!俺要活,要命!放开俺!大伙快跑啊!晚了没命啦……"

看山爷猛地将他推倒,激怒地斥道:"你个奸臣小子听明白啦:你不养爹,不养娘,不管爷一粒粮,一棵草,我都饶你;眼下仁义之师出征,你散漫军心,捣乱革命,家情能恕,公法难容!"

张桂元大叫:"爷爷……"

几个人也没阻挡住,看山爷抡起看山棍,如同挥动宝剑,嗖的一声,张桂元的脑瓜劈成两瓣了……

张甫礼擎起手中的大片刀,吼道:"谁向后,张桂元的下场!"

七十多位庄稼汉,齐齐地举起各种各样的武器……

第十九章

　　这地方名叫菊花岭,其实菊花并不多,倒是一块巨型的青色的岩石,非常突出地稳坐在小山冈中央,那一簇簇山菊花,就凌乱错落地扎根在青岩石上的缝隙中。这些野花,有直挺挺地向上长的,有向横里伸出枝干的,有向下倒挂着枝头的,可谓悬崖菊吧。这菊花岭上的悬崖菊,弄不清何种原因,不论是老年的、中年的、青年的,那星形的小花一绽瓣,一色的金黄,黄得艳丽、鲜润,耀人眼睛,而且开的时间忒长。一到"重九"是盛期,一场秋霜好像给姑娘脸上抹一层胭脂,花瓣更妍,枝叶更俏,直至昆嵛山中第一场雪下来,它们又像媳妇脸上搽了粉,姿容越发婀娜端庄,还能使辛勤的蜜蜂流连忘巢。

　　今天是阴历九月初九,菊花岭上的悬崖菊开得正热火。但因它地处丛山幽谷之中,除去采蜜能飞百里的蜜蜂,很少有人来观赏它们的美容新颜。罕见了,现在有位姑娘坐在青石岗脚下,膝盖上顶着个山菜篮子,两手抱着它,脸皮赤红的,眼睫毛顺着,盯着跟前的一簇山菊花出神……

　　当然,小菊姑娘不会无缘无故地跑到菊花岭来看悬崖菊。这里离她家桃花沟三十多里山路呢,不是这里是个联络接头点,菊花再好,山村闺女也没有闲心来采。看看,这时她就置身在菊丛的包围中,套着小红袄的蓝色褂子襟,紧碰着几枝娇黄的菊花,她也没去采下一枝插到怀里的辫子上。虽说重阳节生下的闺女，父亲连理都没理，母亲看一眼皇历，随口叫了声"小菊"，她的名字和菊花结下不解之缘……

小菊受命来青石岗菊花岭接上级领导人。规定的时间是重阳节的正午在这里等着。她看看天，日头还在东面，就坐下来等吧，歇一歇一气跑了三十多里山路的双脚……然而，她的脑子却没有休息，这个机灵的姑娘除去睡觉总不让脑子闲着，即便睡觉，也时常在梦里动脑筋……

今年春天桃花沟的人们"以命换命"拯救游击队的战斗，付出了多么重大的代价啊！但，张老三的三个闺女却没有牺牲，她们完成了任务，保住了自己。

那天夜里，好儿、桃子、小菊带着饭箩、水桶给游击队送饭送信，和敌人一接触，才明白了母亲的决定是正确的：孔秀才一伙狡黠地研究了一番，放她们进去的理由和桃子她们预料的完全吻合，可是敌人还是将小菊扣了下来做人质。

桃子姐妹一出现，就被一个敌兵所注意。他就是地下共产党丁立冬——小雪。丁立冬今年年初被调防到文登县城当兵，这次他所在的部队都开来了，争取到看守小菊的任务。他寸步不离守护她，不使刘区队副的淫心邪意得逞，而流氓孔显心里正得意：于震海他们一投降，连这三个漂亮的姊妹，一起押到孔家庄，男的杀头领赏，女的随他开心玩弄。他们不投降，笼子里的鸟也跑不了，子弹光了，人饿昏了，男的女的一起捉……

小菊却不认识丁立冬，恨透了这个不离身的黑皮警察……

好儿和桃子进了家庙，游击队先是大惊，等她们说明来意，大家又非常气愤，向她们发火，甚至要动手打她们，赶她们出去……很快，这二十七条顶天立地、枪林弹雨不眨眼的壮汉，又都哭了，哭得呜呜的！

桃子和好儿迅速地向游击队员分发着干粮、开水，告诉他们：村里火光一起，乡亲们来打敌人，游击队趁乱向外冲，冲出去向山里跑，不准去救乡亲，救也救不了，白白凉了乡亲们的一片苦心，多流亲人的血……

游击队长于震海，下了从来没有下过的这样痛苦的命令！

大家和着泪水吞下干粮……

村中火光骤起。接着是枪声——土枪土炮，洋铁桶里放鞭炮，更多的是呐喊声，惊得四山响应，犹似千军万马奔向敌营……

偷摸上来的庄稼人已砍倒了四个外围的敌人……

敌人措手不及，惊恐万状，一片混乱。

游击队的子弹已不多了。为了打灭墙外高挂的三十几盏提灯，震海命令宝田、孔居任、伍拾子、大胜几个神枪手，要瞄得准，打得稳，一枪一盏将灯打灭。他自己弹无虚发，一连打灭六盏提灯。只剩门前一盏灯了，因为挂在树林中，树枝阻挡，打了几枪都被挡住，冲锋的主要出路还被照亮着……

小菊见敌人一乱，猛扑向丁立冬。丁立冬喊："你快跑！"

小菊不听，死死抓住他的大枪。丁立冬急了，使劲向前一推，挣出枪，朝树上的提灯，叭的一枪，灯灭了！

大地一片黑暗，只有桃花沟村内火光冲天。

敌人在慌乱中只顾向村中还击。游击队员从窗户、墙头、门口，纷纷突围，冲进黑暗的山野……

桃花沟的七十多位男子汉，一面虚张声势，一面向敌人砍杀，扔石头……时间一久，敌人见没有子弹打来，就大着胆子向村内扑来。

张老三影在胡同口，等一个敌兵端枪擦身而过，他两手端着大剪刀，狠狠地向敌人腰上插去……听着对方惨叫，他没敢拔出武器，一头趴到粪堆上……

那十字街口却出现了另一番景象：看山爷挥舞着看山棍，迎上七八个追赶乡亲的敌兵,敌兵掉转枪口向他射击,看山爷疾步跳到碾盘上,厉声高呼:"救于震海者,看山人也!狗杂种们,来吧!"

在滚滚的烈焰的红光照映下,看山爷浑身中弹,在他横身倒下之前,铁一样有力的手中,飞出一把锋利的斧头,砍倒一个敌兵。他的右脚,蹬动碾磙子,轧得碾盘上的血浆,哗哗地向地下淌!

疯狂的敌人,把桃花沟的人、畜,尽行杀戮,除了昆虫和飞鸟,桃花沟没有了生命的信息。有二十三名庄稼汉——张甫礼、张福祥等六名党员在内,陈尸村内村外,还有四名未跑出去的老人、病人亦遭杀害。那高低不平的石头街道上,桃树林里,石头河畔,都是尸体,血迹……牺牲了二十七名群众,救出二十七名游击队战士,二十七对二十七,实实在在的"以命换命"!

房屋都被焚烧了,东西所剩无几。

这是名副其实的血洗桃花沟。

小苏区,真正变成了红的颜色。

当第三天,逃出去的人们回到村里,没有发现一具游击队员的尸体,他们一面哭泣着掩埋亲骨肉的惨不忍睹的遗体,一面发狂地大叫道:"胜啦!胜啦!咱们打胜啦……"

是啊,是胜利啦,桃花沟的人们用血和生命,把这股不到三十人的红军游击队,又一次从危亡中拯救出来。震海和宝田他们,向特委负责人申诉了他们必须存在下去的理由,几个县委的老负责人也为他们讲情,加之桃花沟人们的强烈行动,使特委收回了解散游击队的命令,并批评了政治交通员黄白的个人偏见。就这样,游击队的活动仍然十分活跃,成了敌人的心腹大患。

这半年来,形势在急剧地变化。日本人侵占华北,很快发生了西安事变,全国的抗战浪潮不断高涨。特别是七七事变爆发,京津沦陷,日寇如洪水猛兽,向山东袭来,济南、青岛相继失守——国民党政府根本也没有守。省主席韩复榘率众逃跑了,地方军政官员一片惊慌,收拾细软准备逃亡,准备投降,也有个别准备抗日的……在此同时,中国共产党发布"抗日救国十大纲领",举国上下,热烈响应,群情激动,纷纷要求停止内战,枪口对外。从东北、京津、济南逃亡来胶东的学生们,他们有的家就在本地,有的是共产党员,加上当地的老共产党员,采取各种形式宣传抗日救国的道理,发动群众参加抗战工作……红军游击队这时更加活跃,不但恢复了被敌人破坏了的一些联络站、点,而且还发展了许多新的,搞到一部油印机,印抗日救国的传单,向有枪的人家借枪抗战……他们已经发展成六十多人的队伍了。

小菊和好儿、桃子两个姐姐,时常出入山村和海边,为游击队和党组织传送信息,递交传单,护送来往的人员……前几天,她们姐妹三人分头到各联络站去传达特委的指示,要游击队的干部和各县委的主要负责人立即到天福山下沟于家村开紧急重要会议。小菊由本地站上的同志陪伴,在浪暖海口上了条小渔船,顺着海岸线,向西驶去,到海阳县垛崮山北面的夼上村的联络站。于震海他们现在这一带活动。秋风送爽,海面如镜,小船在渔人娴熟的摆弄下,走得风快,从小走惯山路的姑娘,这会儿坐在轻舟上,如同腾云驾雾一般。过午上船,走了三四十里水路,日西时分,到了一个所在,只见一座青山,端端庄庄守着个月牙海湾,海湾边的沙滩雪一样的白,白得耀眼。

小船向湾内驶去,渔人说:"到了。"

"垛崮山下的月牙湾,白沙滩?"小菊问。

"是。"

"真是个美地方!"小菊惊叹着,站起身,赞美地望着这里的山海景色……

简直是突然从白沙滩上冒出来的,一大群人,也许有上百个,漫上了白沙滩。

小菊大惊,急忙坐到船里,没等她说话,小舟已快如离弦的箭,退向海里去了。小菊的眼睛紧盯着海滩。

白沙滩的人越来越多,岂止一百,三四百都有了!他们不是突然冒出来的,而是事先都坐在芦苇丛中沙坝那面,约好了一个时刻一齐上了沙滩的。

这数百名男女老幼,有提篓的,有背包裹的,还有几十个壮汉,用肩膀扛着八条小船向海里走。

"他们这是干么啊?"小菊远远地望着,"不像是坏人……"

"是招魂的。"老渔人打量着,说。

"招魂?"

"嗯。也有叫'叫魂'的……"

是招魂,叫魂。这是这一带的一种民俗,亲人被水淹死,或者死于非命不见尸,心疼他们的亲人,好采取这种办法。这几百男女老少,此时都面对着海面,跪在白沙滩上,将篓子、包裹里的纸钱、香、纸拿出来,香点着插在沙里,黄纸和鬼钱点上火,有的磕头,有的哭泣,那八条小船,每船三个汉子驾驶着,一男一女两个戴白孝的青年,向海水里扔饺子、饽饽等好吃的东西,洒着烧酒……

"这是招谁的魂?这么多人啊!"小菊的感情在激动。

老渔人手扶着橹,看得呆了:"活了六十多,没见过……你听,就要叫了,听叫的么?"

宛如是突然暴发的海啸,这数百张嘴里,发出连声的悲怆的叫唤——

"回来吧,亲人!"

"回家啊,好孩子!"

"海里冷啊,亲闺女!"

"亲小子!妈给你做好了新衣裳,回家穿啊!"

"回家啊,好孩子呀!"

"今儿是你俩的周年,记着啊,好孩子!吃饱啦,有力气打对头!"

"这些钱，你们花啊！每年这个时辰这个地场，有亲人给你们送，你们来拿啊！"

"别不舍得花钱啊，多请几桌阎王爷的客，让你俩干轻松活，你俩伤重啊！"

"回来啊，亲人！"

"回家啊，共产党的人！"

……

看看天上的残阳，看看山上的青草，看看地里的玉米秸垛，看看月牙湾里的白沙滩！小菊全明白了：去年的这一天的这个时辰的这个地方，他和她，共产党员和他的妻子——宝川和二妞死在这里——不，是活在这里，永远活在这里。活在这里的人民的心中！小菊姑娘先是泪下如雨，接着痛哭失声。

渔人吃惊地问："死的人你认得？"

"是俺的亲哥亲姐！"小菊把手脖上的银镯子捋下来——这是好儿刚给她的十八岁生日的礼物，闺女长这么大才戴上副镯子，又摘下头上的一朵山菊花，放到海面上。银镯很快沉下去了，山菊花随着波涛逐渐向远处漂去。

"二妞姐，你跟宝川哥雪山洞里成亲，没有一点嫁妆。如今妹妹给你补上，你不会嫌少吧？戴上，啊……"

啊，山菊花，二妞生前曾和小菊相约来菊花岭掐山菊花，她永远来不了了！唉，要是把这菊花岭上的花，都采下来，放进大海里，送给二姐戴，该有多好啊！

小菊脸上挂着泪珠，手从篮子梁挪到身边的花枝上，要掐花——却又住了手，叹了口气，随手将柔韧的绛紫色的枝叶编织起来。她做得那么认真，头伏在花丛上，动作轻轻的，使采蜜的蜂儿一点不回避她，在她手上爬，在她周身飞，有的落到她头上，蜜蜂把姑娘当成花了。

"怎么人还不来呢？"小菊看看正南的艳阳，又向东北山梁的小路望望,心里有些着急。跟着又想:"来的会是谁呢?还是黄白陪的领导人?"

这个黄白,能说会道的,前些时可受了批评。他和一个负责人,没经过特委的同意,私自去和文登县的县长谈判抗日救国的事,答应把红军游击队收编到县大队里去……唉,那个负责人真糊涂,黄白也够呛,两个有一个清楚的也不会这么办了,比如理琪和高玉山要在的话,就不会……

"唉,他们还会不会在呢?"小菊猛然一震,"来的领导人会不会是他们?"

小菊这样想不是凭空而来的。虽然张老三清明节为理琪摆下祭供,人们也认为捉到济南府的人难以生还。但近几个月以来,抗战的热浪高涨,人民齐声要求释放政治犯,释放共产党人,这里还没见有人放出来,可区县的官吏们仓皇不安,不敢轻易下毒手杀人。有些被捕的同志和群众趁混乱之机,执理抗争,逃出监狱还是有的……像理琪那样有本事的人,如果没被杀了,这个时候就不能跑出来吗?再者,领导也会指名要他们出来。

一只柔软的手搭在她肩上。小菊一侧脸,激动地叫道:"素香姐!你来啦!"

崔素香手挽个白包裹,汗脸上春风荡漾,微笑道:"好个交通员,成了和蜜蜂赛伴的花妮子——要来了坏蛋怎么得了?"

小菊撒娇地说:"除去咱的人,谁知道这是联络点?坏蛋来这儿干么?"

"那可说不定,处处得留神。"崔素香喜爱地摸一下少女的辫子,"你在这儿等急了吧?这弄的什么?嗬,怎么扎了个花圈,给谁的?"

"给二妞姐的……"

"哦……"崔素香仔细望着一簇繁茂的山菊花编起的花环。

"素香姐,像宝川哥和二妞姐那么死,把满山的花送给他们也不够！"小菊眼里又盈满泪水。

崔素香默默地点点头，异常肃穆。小菊忽然觉得这话会使她忆起牺牲的丈夫丁赤杰，忙笑着说："哎，素香姐！等俺要死了，顶好死在这儿，有现成的花做伴，省得你们这些姐姐和爹妈费事打点我了……"

"瞎说些什么，傻妮子，少嫩嫩的大姑娘，要想着活得像花一样美，像蜜蜂一样勤快——啧，你不和它们一样了吗？你呀，菊妹，往后会比它们更美更好，花和蜂都眼馋你哩！"

"哎呀，素香姐！今儿你这么兴致，净说动听的话语——敢情捡着宝贝啦！哎，接的领导人呢？"

"一会儿就到，我先到这儿和你碰头。"崔素香真的将脸贴到小菊的脸颊上，"菊妹，你猜来的领导人是谁？"

"谁？"小菊感到她的腮烘热，自己的心咚咚跳了。

"你猜！"

"是不是——"小菊紧张地望着她，不敢说下去，怕不是而失望。

"说出来呀！"

"理琪同志？"

"是！还有——"

"俺玉山哥？"

"是！还有——"

"特委被抓的同志？"

"是！他们都出来啦！"

"哎呀！妈呀，好啊……"小菊站起来，拉着她的手，"快接他们去呀！快呀……"

崔素香挽住她的胳膊，柔声道："不是叫你在这儿等吗？他们有人领，有桃子伴着，有游击队长保护，不比咱俩行？"

小菊一脸喜色，喜呆了，只顾笑。

"理琪同志和山子他们被抓去以后,一口咬定自己不是共产党人,是被仇人诬告,和敌人斗争……七七事变后,日本鬼子还没到,韩复榘就慌了神,准备着装兔子——跑。济南城人心惶惶。趁着乱劲,理琪同志领着政治犯在监狱里展开斗争,瞅准时机,大家一齐逃出了险境……"①

"回来了,又回来领着咱们了!"

"理琪同志找到了山东省委,报告了工作。省委指示他回来,组织武装起义。"

"起义?"

"咱的起义队伍名号都有了:山东人民抗日救国军第三军。"

"三军?"

"西面有两个地方,也起义,叫第一军,第二军。"②

"啊,不光咱胶东,全山东都动起来啦!"

"全国都动起来了:红军长征到陕北,改编成八路军;南方的红军游击队,编成新四军,都往前方开,打日本鬼子,铲除汉奸卖国贼。"

小菊笑着,还是那句话:"哎哟!妈呀!真好啊!"

崔素香瞅着她,问:"菊妹,你没有人再打听啦?"

"谁?"小菊一怔。

"被抓去的亲人啊!"

小菊的粉嫩的脸罩上暗影,摇摇头,咬住嘴唇。崔素香握住她的手,喜声道:"谁?你怎么不打听,你的'同志兄弟'呀!"

"他……"

"他也活着,活着出来啦!"

"玉水,兄弟……"小菊扎进崔素香怀里,头伏在她的肩上,

---

① 理琪从济南出狱,还有一说是通过斗争,敌人被迫释放的。
② 徂徕山区起义为第一军,昌潍地区起义为第二军。

啜泣起来。

今年春季,小菊又去烟台执行任务。那里的同志告诉她:高玉水和被捕的十几名同志、群众,被敌人装上一条船,秘密扔到崆峒岛东面的海里去了……又是梨花盛开的季节,又是男女学生游逛梨花会,闹学潮,只是她自己来了,待了一小会儿,跑到那位老工人同志的南屋里,扑在她和玉水曾跟父亲一起睡过的炕上,哭了好一会儿。可她对谁也没说这回事,也没去想这回事——把他埋到她心里的最深处了!想不到,他,高玉水,也活了!

"玉水在狱中表现得挺好,左胳膊受刑断了骨头,好了也弯弯着,额头上还留个伤疤……敌人把他们装船押到海里,从另一条船上开枪打……"素香告诉小菊玉水的情况,"一位老同志用身子挡住了玉水……岛上的渔民第二天早上在乱草里发现了他,都不喘气了……"小菊听着还一直伤心地哭,素香劝道:"别哭呀,如今他好好的个青年,在威海特委机关工作……他忙不过来,叫我捎件东西给你,给你过生日的礼品……"

小菊仍是不停地啜泣,她觉着手脖子上凉滑滑的,套上了一样东西,用手一摸,一副玉石镯子,情不自禁地把手背向身后,头还靠在素香肩上,但不抽泣了,悄声说:"真巧,今儿正是俺生日,十八整。"

"嚄,那你得谢谢大姐我啊!"崔素香扳起她的头,拭去她脸上的泪,在腮上吻了一下。

小菊不好意思地说:"到家去,俺妈擀面给姐你吃。"

"长寿面,好!"崔素香用手理她的头发,说,"三婶最疼你这个心尖闺女……哎,谁不疼你?理琪同志一见我,就打听他的'同志妹妹'!"

小菊羞怯地、却又是自豪地微笑着,说:"俺干不成大事,笨丫头,丢理大哥的丑……"

"你理大哥可把你到处人前夸奖……他还问,你学的拉丁拼音字母忘了没忘?"

"还学啊。"小菊说着,伸出食指在淡青的岩石上画着,"咱多会儿起义?在哪儿起义?"

虽然周围都是秋色的环山,崔素香还是压低了声音:"接受前年的教训,这次使劲保密。在……"

小菊雪亮的眼睛,朝东北方向的山梁上瞭望:山野上出现四个人,朝菊花岭走来…

一九三七年十二月十五日,在理琪的主持下,中共胶东特区委员会在文登县沟于家村,召开了扩大会议,最后完成了举行武装起义的准备工作,布置了具体的行动计划。时间:十二月二十四日;地点:天福山。

这天福山,是文登城东北五十多里的一座小山岗,被几座迭连的山峰环抱着。它地处文登、荣成、威海边沿,环境偏僻,交通闭塞,守有屏障,退有靠山,冲有出路。它周围的山村,早有党的组织活动,群众条件好,类似牟平、文登交界处的桃花沟。

一九三七年十二月二十四日天亮之前,理琪和特委其他负责人,踏破黎明前的黑暗,来到天福山顶上的玉皇庙中。这庙总共三间茅草屋,一个小四合院,没有和尚,只有一家姓王的看管。

天一亮,各地来参加起义的人们连夜赶到了。

太阳刚出山,于震海和刘宝田,率领红军游击队来了,这支诞生在"一一·四"暴动的游击队,最苦时只剩下二十七人,半年来,又逐渐壮大到六十多人,今天来参加起义的有三十多人。他们挎着长短枪,身上的棉衣虽然粗旧,但都打着桃花沟三嫂那样的群众仔细连缀的补丁,显得整洁、熨帖,一个个精神抖擞,容光焕发,等待着这庄严的时刻。

这个时刻终于来到了!

各地来的人有六十多，院子里站不开，有些堵在院门外。其中有三个年轻女子，很惹人注目。

特委书记理琪站在正屋门口，面朝南，向人们讲道："同志们！大家为着人民的自由解放，跟着党，出生入死，枪林弹雨，和反动派血战了这几年。现在，日本帝国主义已经发动了全面的侵华战争，济南、青岛都占领了，还正在向烟台等地下手，打到咱家门口来啦！国难当头，民族危亡，党中央号召国共合作，全民抗战救国。我们坚决照办。现在，我们就遵照党的抗战时期的政策，发动广大人民群众，建立抗日武装，创造抗日根据地；团结一切愿意抗日的人们，不分党派，穷人富人，有钱出钱，有力出力，收复失地，保卫家乡，把日本侵略者赶出去。让抗日救国的旗帜，在胶东大地高高飘扬……"

有人鼓掌，大家都跟着拍起手来。

这时候又赶来一些人，都想往院里挤，于是，把起义仪式改在庙旁边的小崮顶上举行。

游击队员排成三行，站在最前列。

理琪站在小山包上，继续大声说："同志们！现在，我代表中共胶东特委宣布：山东人民抗日救国军第三军第一大队成立！于震海，为第一大队队长；高玉山，为第一大队政治委员。大队下分三个中队，第一中队，队长刘宝田，政治指导员张伍拾；第二中队，队长孔居任，政治指导员……"

宣布完三个中队干部的任命后，理琪接过一杆红旗，将旗郑重地交给了于震海。震海紧紧握着旗杆，用力在空中一挥，将旗一下插进山崮的草丛中。那红旗，在西风中猎猎飘展，旗面上的"山东人民抗日救国军第三军"的黄字，闪射着金光！

游击队员们纷纷兴奋地议论开了——

"这下好啦，日头底下和敌人干啦！"

"有了正名号啦，咱也快穿军装啦！"

"三军发起,咱们第一队啊!"

"担子也沉啊,再不能和上次暴动那样……"

"哪样?也没叫敌人得了便宜!"

"咱人太少,枪更少,多有一些大队就好啦!"

理琪接上大家的话说:"对,光成立一个大队不行,再有几个大队也不行,咱们要大发展,发展成多少个团,多少个旅,多少个师……把昆嵛山建成抗日根据地,再向西面蓬、黄、掖那些县扩展,和鲁中、鲁南连成一片……下面,请你们的大队长和政委讲讲话。"

高玉山让于震海先讲话。于震海没动静,他异常激动严肃,那双炯炯闪光的大眼睛,看看红旗,看看队伍;又看看红旗,看看队伍……大颗的泪珠,淌过赤红的脸颊。刹那间,气氛肃穆起来。全场鸦雀无声,只听红旗霍霍地响,松涛呼呼地啸。游击队员们人人热血沸腾,握紧了手中的枪!

高玉山欲上前催促震海,被理琪的手势制止了。他感到,这种无言的场面,比千言万语还有力量,还能扣人心弦!

啊,他们满肚子里何止千言万语!震海没有开口,他的战友们没有出声,可是他们的粗旧的棉衣底下的心窝里,想的什么,嘴里要说的什么,都是一致的,都是清楚的啊!不知是谁开的头,队伍里有了抽泣声,很快,哭泣声愈来愈大,终于,蔓延开来,一片呜咽恸哭声!

这些强硬的男子汉,他们想起了什么?是赤松坡、桃花沟,还是孔家庄、人和集、白沙滩?是于世章、金牙三子、程先生、张连珠、李志先、丁赤杰,还是宝川、二妞和狗剩、冯痴子?还有……那些知名的和不知名的,认识的和不认识的亲人的血、泪,为他们淌,为他们流,太多了!太多了!而他们自己,虽然满身伤疤,九死一生,却感到面对死去的亲人,他们做得太少,干得不好,甚至有愧啊!

于震海觉着肩头搭来一只有力的手,他一转脸,理琪正深情地看着他。他揩了把泪,嗫嚅地说:"理琪同志!我这条命,是多少条换来的!没有群众这个海,我这条'鱼'早干死啦!"

理琪深深地点点头,说:"我们都一样……鱼得了海,才能欢蹦乱跳……哎,震海,我看你叫于得海最合适!"

高玉山道:"好,名改得好!'鱼'得了海,我们有了人民这个海,什么样的敌人也能战胜!"

震海大声说:"就这么的吧!"

理琪又冲着队伍和几个负责人说:"我这有个烈士登记本子,大家也要随时留心记着牺牲的同志!今天,公元一千九百三十七年十二月二十四日,咱们说好,等到我们掌了政权办的第一件事,就是给烈士们扫墓,给烈士的亲人安排好生活,不论哪位同志掌了权,都要这么做!大家说好不好?"

"好!"众口一齐回答。

群情大振。于震海把大旗拔出来,高高擎到空中,洪声高喊:"大家心里明白,这红旗是怎么红的,连昆嵛山的草木,东海的水,也灌饱了亲人的血泪!同志们!杀敌赛如猛虎,爱民如父母!跟着党给的红旗,为穷人打江山啊!"

特委负责宣传的人领着高呼口号——

"坚决响应党的号召!"

"武装起来,保卫祖国,保卫家乡!"

"团结起来,打倒日本鬼子!"

"停止内战,国共合作,一致对外!"

"打倒汉奸卖国贼!"

"三军万岁!"

"共产党万岁!"

激昂的口号声中,吹响了铜号。部队出发了。伍拾子扛着红旗走在前面。队伍顺着山径小路,雄赳赳地下山了。孔居任放开

411

嗓子起了头,大家跟着唱起来——

> 起来,不愿做奴隶的人们!
> 把我们的血肉筑成我们新的长城!
> 中华民族到了,
> 最危险的时候,
> 每个人被迫着发出最后的吼声!
> 起来!起来!!起来!!!
> 我们万众一心,
> 冒着敌人的炮火,前进!
> 冒着敌人的炮火,前进!前进!前进!进!

按照事先的行动路线,起义军从文登到牟平到海阳,进行抗日救国的武装宣传。每到一村,战士们贴标语,散发宣传品,开群众大会,宣传抗日救国道理。这一条路线,都是于震海和游击队经常活动的地方,不少村有党的组织和革命群众出来配合。有的汉奸地主恶霸逃跑了,有的地主被动员出枪支,拿出抗日经费,有的区、乡头子拒不合作,暗地还使坏,有个别的被争取拿出一些税款……各地都有许多积极抗日的青年群众,工、农、商、学、兵各业都有,不远几十里、上百里来投奔起义军。不单男的来,还有一些闺女媳妇。这些人出来投军,除了为抗战之外,不少人还为切身的利害:家穷没法活下去的;逃避债务的;有的妇女为逃脱不称心的丈夫,不堪受婆婆虐待的;有的闺女躲不如意的包办婚姻;还有的跟随情人来的。因此,在宣传抗日救国的内容中,很自然地加上了反抗压迫、剥削的疾呼……因为没有条件建立政权,吃饭、穿衣、住宿全靠群众自愿支援,起义军无法收留这么多人,只能留下少数男青年入伍。妇女们跟着做些宣传工作,算不上正式的。其实好多人也只是待上几天,就自动回家去了，不少人是图新鲜，躲难为。她们一见这样下去没个头，闹革命干抗战环境又苦，睡地铺，跳蚤咬，白皮嫩肉上大红包一片片的，吃地瓜粑粑就咸萝卜头，喝凉水……唉，家再不好，也有个热炕头啊！她们就悄悄地回家去了。

但，这抗日救国、闹革命的事，毕竟是破天荒的，神圣的，昔日被官府成天抓杀不着的，天不怕地不怕的共产党员于震海他们，原来都是些抗战英雄！能和这些神奇的英雄人物的事业沾沾边，也是光彩的啊！这种种的热流汇成一股澎湃的浪潮，向前汹涌着，奔腾着……一批旧人回家了，到了一个新地方，新的人群又涌来了。有一大些人，跟着人来找起义军，还没弄清楚怎么回事，又跟着回去了……

这种声势在壮大着，扩散着，激动着一九三七年冬天的胶东半岛。昆嵛山这股熊熊的地下火，如今转到地面上来燃烧了。

起义军在昆嵛山西部山后牟平县内活动了几天，枪、人都增加了一倍，还有不少自带武器——大刀、红缨枪、土枪……不在编的、来去自由的更多的群众，像条彗星的尾巴，长长地拖在后面。他们现在又转到昆嵛山前葛示集一带，这里离孔家庄、赤松坡都是十多里路。

这天下午，于震海和高玉山正在处理几个妇女的事儿。其中有个媳妇，十八九岁，高高的细细的个子，皮色挺白的，是文登城人，上过一年中学，很能说话，把来找她回家的丈夫说得一句答不上来，她坚决不回去……末了，她听说父亲病了，却忍不住，哭了。高玉山劝说她跟丈夫回去吧，这样不回去，对起义军影响也不好，这媳妇才揩着泪走了。一个动了，其他几个闺女、媳妇，也相随着家里人去了。

孔居任大步流星地闯进屋来，激动又兴奋地说："大队长！政委！抓到一个大坏蛋。你们下令吧，是刀砍，还是枪崩？"

"谁？"高玉山问。

"震海兄弟的仇家。"孔居任向门外大叫,"押进来!"

一个戴着破毡帽的老头子,畏畏缩缩,两个战士将他押进屋。他冲着于震海,扑腾一声跪下,呜呜哭叫道:"开恩哪!救命啊……大侄子,咱是邻居,你是我的救命恩人……我还有良心,坏事都是俺那黑心姐夫叫我干的……"

"坏地瓜!"于震海蔑视地说,"站起来,起义军不兴这一套。"

于之善躬在一边,一把鼻涕一把泪,只管哭着求饶。高玉山问:"你来这村干什么?"

坏地瓜嘟嘟囔囔地说:"我……我来收租子,本来不敢来,家里实在缺吃的……"

"死到临头你还哭穷!"孔居任美滋滋地抽着慰劳的廉价烟卷,嘴上呵斥道,心下想,这个老混蛋,头年春上我为接理琪在威海庆和楼输光了经费,回来路上劫下你的自行车……断送了我表弟,也差点要了我的命,现在——"坏地瓜!你这老小子压根就反对革命,如今又来破坏抗战……"

"长官!我来收租子!"坏地瓜急着分辩,吓哭了,"这村有三家不交我的租子,我揭他家的锅,不是真心不让他吃饭,是催他交租子。"

"这是一面。还有呢?"高玉山问。

"没有了!"于之善有些心慌,"就为收租子,也是为抗战,为交抗战捐……"

"胡说!"孔居任大吼一声,"你抗你娘的战!"

"是,是!"坏地瓜傻了眼,"我收租为自个儿,不为抗战。"

"你怕不怕死?"于震海问。

坏地瓜打个寒战:"怕!怕!"

"怕死就说老实话。"于震海严厉地说,"老实说吧,孔庆儒叫你来干么?"

"他也想抗战……"

"放屁!"孔居任骂道。

"我还没说全,他也想挂抗战的招牌,笼络人心,好对付你们。"坏地瓜边说边端量他们腰间的手枪,"他叫我来,一面收租子,一面探听你们的虚实。就这些,别的俺么也没干,不敢……俺再也不干啦!"

于震海哼了一声:"你这样人,能改过?"

坏地瓜拱手作揖,连忙说:"改,改。你们饶命,饶命!要多少钱,捎信给我家里来赎……只是别太多了,我可比不上孔家有钱……"

震海气恨地说:"你把我们当成绑票的啦!"

"牲口见料,公人见票,你们如今也是公人啦……"

"去你娘的!"孔居任给了坏地瓜一脚,"俺们这些'公人',怎么和你们比……"

"不准打骂人。"高玉山批评孔居任,"他该杀该罚,罪有应得,够死罪也不能乱打乱骂……"

"骂吧,打吧!我乐意挨啊!千万别杀我啊……"

"于之善!"高玉山说,"我们不杀你,你回去和孔庆儒说,我们起义军是共产党领导的抗日的队伍,只要他不破坏抗战,不当汉奸,我们也不和他作对,而要联合起来打日本鬼子。他用不着派人偷偷摸摸来探听,我们的活动都明摆着的。你这种人,对穷人太坏了,以后要改,租息太重,要减轻,租、债交不上的人家,你不能硬逼。现在国难当头,大家有力出力,有钱出钱,一块为自己的祖国。听到没有?"

"听到了!听到了!"于之善连连打拱,要走。

"等等!"于震海喝道。

坏地瓜吓黄了脸,哀求道:"大侄子!我从前有对不住你爹你媳妇和你的地方,我赎罪,给你家修房子,租给你地种……"

震海厌烦地挥了一下手,不屑听他的话,说:"我们政委说放你,就放你。我只是要你捎给孔庆儒一句话:他老实抗日有活路,再犯往日的罪恶决不轻饶!"

黑大门两边的青石狮子,威风凛凛地坐在那里,可是它们中间的台阶上,站着的主人,却是忐忑不安,满面的沮丧相。矮胖的独眼龙区队长,还在一个劲地着急地催问:"……快拿主张呀,爹!先把张老三的小闺女抓起来杀了,她就住在她大姐孔居任媳妇家里!"

孔秀才仍是眼望南街,没有出声。

七七事变以来,日军长驱直入,国民党兵溃如山倒,山东一片混乱。胶东地方的多如牛毛的土顽司令,犹如淫雨天的毒蘑菇,遍地出土,打着"抗战"的旗号,扩大势力,争霸地盘,赵保元、秦玉堂、苗占奎、郑维屏、蔡晋康、王兴仁、丛镜月……都各占一方。有的有国民党的正式头衔,有的坐地为王。

在这种情势下,孔家庄的孔庆儒一时陷入困惑窘境。他投靠谁好?文登县的鄢子正是个党棍,没有兵权;丛镜月有兵也只是个县公安局局长,两三百人;石岛的王兴仁掌握着鱼、盐海港,兵多枪也好,但是个外路货,根基浅;就近的势力最大的是威海的郑维屏,和日本人早有来往,洋枪洋炮,同他又是干亲家,是个靠山。但风传威海卫时局动乱,专员孙玺风一向以清白自居,不好巴结,与郑维屏素不合拍,万一乱起来,也不是存身之地。看样子只有投牟平……这时候,鄢子正来了,他告诉孔庆儒,国共两党貌合神离,水火不相容,蒋介石答应抗战是被迫的,是收买民心,不能让共产党借抗战这个风长起来,暗里是要剿共到底的。这些地方军阀互争地盘,但也还是一家人,而万万不能让共产党拉起队伍。他们要改换策略,口头上同意共产党抗日救国的主张,谈判抗日,不禁止抗战宣传,不公开剿共,但背地里要破坏共产党的组织,特别是搞掉昆嵛山的游击队……为此,县长亲自布置和共产党负责人交涉，把于震海的游击队收编由县里统一管束；一面在威海的小报《黄海潮》上放出消息，说于震海已经同意参加县大队；一方面调集三百多兵在共产党宣传活跃的文登大水泊设埋伏……岂知一声惊雷，共产党在天福山起义了，举着大旗浩浩荡荡下山了！而骨干又是这支几年剿不净的游击队！领头的又是多次打不死抓不着的石匠于震海！

天福山起义使孔秀才日夜心惊胆战。杀，杀不完，骗，骗不了，这共产党的兵啊，都是神仙吗？和"一一·四"暴动时的情景差不多，四乡的官吏、地主又都蜂拥到孔家庄区上，求孔区长拿主张。孔秀才连夜上了县城，和李县长、鄢主任密商对策，打起抗战的旗号，顺乎民心，伺机下手，消灭起义军和抗日势力。孔秀才回到区上，把区队改名为"抗日救国保安队"，各村都成立"抗日救国自卫团"，老百姓再不听话，不出工，不纳捐，犯治安，就以破坏抗战治罪。他们见共产党搞宣传救亡，自己也搞，并且在孔家庄村东麦地里搭起个戏台，拉一些学生上台演戏，兵警、官吏上台演讲……开始还有人来看热闹，但愈来愈少，因为他们宣传的在蒋委员长统一领导下抗日救国，净是空话，一不提减租，二不提减息，三不反压迫，四不说自由。反倒天天讲要多出抗战捐，多缴抗战税，多纳抗战粮，张口抗战，闭口抗战，一个劲地空叫唤，可老百姓饿着肚子，冻得打哆嗦，谁还有心思听宣传！最后，小学生的家长都不让孩子上台了，冬春楼给做宣传的人每天吃两顿包子，也只招来几个二流子讨饭的，倒是坏地瓜把全家领来上台抢包子……

与此相反，共产党的宣传队，走到哪里，哪里人群如堵。尤其是桃花沟的七八个闺女，以小菊、小蓉为首，从流亡学生那里学来演文明戏：《放下你的鞭子》《半斗米》；唱抗战歌曲：《流亡三部曲》《打回老家去》等。到一个村，也不上台子，就在村头街口，演戏唱歌，一面哭一面演，一面哭一面唱，好多观众也跟着哭跟着唱，宣传的抗日道理，她们说得实在，句句说到穷苦人的心上……不知是谁知道内情，说小菊她们是桃花沟的闺女，又有谁叫了一句："桃花女宣传队。"于是，"桃花女"一传十、十传百地出了名，好多人互相询问桃花女的足迹，追踪着去看她们演戏，听她们唱歌和宣传……不少青年，听完桃花女的宣传，马上打听天福山起义的三军在什么地方，他们都要去投奔……

真是此一时，彼一时，如今不光于震海领着队伍光天化日之下显威风，连什么桃花女一类黄毛丫头、吃不饱的庄稼汉、流亡学生，大白天的闹到孔家庄，闹到孔区长的家门口了。孔秀才怎么能容忍得下去！

"爹，快发话呀！非抓几个，杀几个不可啦！就先从张老三的闺女下手，这丫头嗓门最亮，加上长得俊，到哪儿就招一堆人。"孔显又一次催问区长老子。

孔庆儒没有收回望南街的目光，摇摇头，说："不能触犯众怒。"

"夜里偷偷抓，她就住在咱村她大姐家……"

"今非昔比，形势不同了。连老蒋都和共产党签字画押，口口声声喊抗战，还下令枪毙了几个大汉奸，我们能扭得过去？"

"那就认输不成？"

"认输？我还没到输光的时候！哼，要以其人之道还治其人之身。乡下人，爱热闹，喜看戏……显二，你叫万管家，即刻动身，去烟台请戏班子来，唱五天大戏！"

"这要多少钱？"

"卖房子地也值得！快去，要好的，行头要新，名角全请，文武齐全，包银随他们要。再派人到四乡散话，孔家庄请来大码头的名班子，戏白看，不分摊费用。要冬春楼准备饭食，以最低的价卖，日夜供应。"

"爹，为争个听宣传的，不值得这么大耗费……"

"你不懂。这是争民心，争抗战的招牌。有了这个，羊毛出在羊身上，还怕没人交捐纳税？要占住地盘，打败姓共的，这一招上输不得。我倒要看看，一帮庄稼汉，一群毛丫头，一伙逃荒学生，是他们厉害，还是我的梨园名角厉害！"

小菊闺女从孔家庄一气跑到岭上村，找到于震海、高玉山的住处，不想，意外地碰上了桃子。小菊吃惊地问："二姐，你怎么在这儿？"

"只兴你来？"

"嘻，想女婿啦……"

"丫头，看撕你的嘴。"桃子说着，把妹妹拉进怀里，摸着她冻红的腮，突出的额头，忽然又抓起她的手，指着手脖上的淡绿色玉镯子，问，"这哪儿来的？大姐送你的不是这样的……"

"俺正不乐意要它哩！"小菊生气地把玉镯子捋下来，放到桃子手中，"真气人……"

桃子一惊，问："这是怎么啦？姐不该多嘴……"

"不是姐你的不是，是——"小菊愤愤地说，"二姐，你说怪不怪？那天俺们宣传队在孔家庄募捐，响午俺几个闺女在咱姨家吃完饭，俺挽起袖子帮姨刷碗……你猜怎么着？咱姨抓住俺手上的镯子，翻来覆去地瞅，说像是她家的。我说，就是哩，是俺玉水兄弟托人给我过生日的礼品……你猜怎么着？姐，咱姨把我拉到一边，一面哭一面哀求，说咱家的闺女要不得，都是带色的，谁靠上谁着色，说咱三个闺女染红了四个男子汉，叫我别和玉水来往，给她留下颗传宗接代的种子……她真是喝黄鼠狼尿啦——满口喷臊气，俺举手给她个大耳刮子！"

"啊，你打人啦！你……"

"俺是想打，其实呀，连骂的话也没出……哼，谁让俺是革命的人啦，别说她是后姨，亲姨也不饶她，真气人！"

桃子看她气鼓鼓的嘴，笑笑道："那为什么还留着玉镯子？"

"咱姨不收，她叫俺亲手还给玉水，他就不和俺来往了；不然，她儿子会不依她。"

"那你就应一下了？"

"架不住她眼泪汪汪的。"

"软心的硬嘴丫头……"

"哼，等俺见到高玉水这小子，把镯子摔给他，谁叫他拿他妈的烂脏东西埋汰俺！"小菊悻悻地说，倒把玉镯又小心地戴上了。

桃子禁不住端量着愈来愈水灵的妹妹，说："菊，对姐实说，你对玉水真有意？"

"还差一大截哪！"小菊说，一脸的庄重和忧虑，"姐，如今俺不想找女婿，你们两个姐，为着两个女婿，担多大心，受多少苦啊！俺要是找个人，他真的牺牲啦，怎么办？也能像你，遇上个痴子哥吗？依俺看哪，革命不成就，还是一个人闹腾好，活着少累赘，死了不牵挂……二姐，你说对不对？"

桃子简直感到她从小抱大的妹妹变成陌生人了，对小菊的话一时想不出合适的答案。她岔开说："这事啊，由不得自个儿吧……菊妹，不说这个了。听说原先你们几个讨饭队的闺女，如今变成宣传队，闹得挺欢，都叫你们桃花女，是吗？"

"反正俺们走一村，宣传一村，演戏、唱歌、喊口号，说打日本鬼子的道理，为起义军募捐……不想，这两天完啦！"

"怎么啦？"

"平地冒出一台大戏来，在孔家庄村头搭起大戏台，天天唱，都是捧角，从早唱到半夜，把周围几十里的人都吸去听戏了，没有人再来看俺们的宣传啦！听说是孔秀才老混蛋出面弄的，他还指派人瞅着空子上台去叫唤：要跟着蒋委员长抗战，不准乱说乱动。不让乱听信宣传，要听政府的话。老百姓要安分守己，还要加强地方治安。"

"那你们怎么办?"

"俺这不是傻眼了,来找咱的队伍……"

"噢,桃花女的领导人来啦!"理琪从门外进来,笑着说。他身后跟着于震海、高玉山和宝田。

"理大哥!"小菊凑上前,拉住他的手。

理琪笑眯眯地说:"孔秀才的对台戏把你们的宣传队挤垮了,来找起义军搬兵救援是不是?"

小菊道:"你们都知道啦?那好,快去吧,把孔家庄一下打下来,烧掉冬春楼,杀了孔秀才!"

理琪说:"冬春楼不烧了,多少穷人的血汗盖的,要留给咱自己用。孔秀才也不杀,人家宣传抗日嘛,有什么不好?"

"他是假的,破坏抗战……"

"你有证据?"

"他……"

"他是坏蛋,反共,害人,是不是?"理琪说,眼睛看着于震海他们,"按罪过,孔秀才这一类人,死上几次也抵不上欠下人民的血债!蒋介石罪过大不大?不说他断送了大革命,害了多少老百姓,单单红军,他就损伤咱二十多万!他的罪恶比孔秀才大多了吧,可咱党中央不杀他,张学良要杀他,咱们还讲情,放了他。不管他是真心还是假意,我们可是一片诚意,和他团结抗日,他的话对,还服从他的指挥。记住,我们是共产党,一切为国家民族的安危着想,为了人民的根本利益打算。想想看,要是我们现在还和国民党打,日本人打进来了,咱们成了亡国奴,对谁有好处呢?自然啦,蒋介石一伙也好,孔庆儒之流也好,都不是好人,他们不会老实的,我们要时时提防他们。他们要反对抗日,动刀杀我们,我们就不客气,坚决回击。咱们决不打第一枪,第二枪可就不留情了!共产党说到做到,决不瞎话骗人。"

小菊诚服地点点头,说:"那没人听咱的宣传,怎么办呀?"

理琪道:"他孔秀才能把人拉过去,咱们能不能想法再拉过来?"

桃子说:"咱没那么多的钱,去城里请戏班子……"

理琪道:"咱们这一带,不是村村有农闲戏班子吗?"

震海道:"有是有,没能角,唱不过城里的。"

桃子的眼睛豁然一亮:"有个人,我看能行。"

"谁?"

"小白菜!"

第二十章

　　孔家庄村里村外，来来往往的人熙熙攘攘，络绎不绝。
　　时近年关，山区平原，除去打柴拾草，拣粪，没有农活了，听说有戏班子演戏，又是大码头来的名角，能动弹的人，谁不来一饱眼福呢！趁机卖柴草，贩点腥海也能多少赚几个过年的钱啊！而且日本人还在千里之外，国民党的兵也不像从前到处捉杀共产党了，少了恐怖气氛，相对之下，乱哄哄的抗战局面，倒使胶东半岛的乡下，出现了活泼一点的形势。
　　这几天，吃过早饭，当太阳从东山后升起来的时候，戏台上就响起招人的锣鼓点，催促人们走出家门，向戏台前面集中。那喝足吃饱的鼓师锣手，使好听的锣鼓声随着寒风，远播四方的村庄，不久，雪野上就出现了一伙一簇的行人……
　　当孔庆儒在一伙头面人物、护兵、区丁簇拥下来到戏台前，已是黑压压的一片人头。孔秀才今天长袍马褂，筒子形的水獭帽戴得端端正正，刚修剪了八字胡，胖脸上红光闪烁，眼睛里含满得意的神采。他怎么能不得意呀，由于他的韬略，把共产党的宣传挤垮了，这么多人来看戏，比他为两个弟弟出大殡唱戏来的人不知要多多少倍，这都是打了抗战招牌的效果……哈！看起来，抗战的牌子还真香，有如此魔力，怪不得共产党起义举旗，敢公开亮出牌子干了，他孔庆儒也要牢牢抓住这张金招牌，搞掉共产党,保住他的一切。

这伙显赫的阔气的人们刚坐到一排太师椅上,万戈子急匆匆地挤上去,报告道:"大老爷!那面又多出一个台子。"

"什么?"孔秀才没弄明白。

"看,对面,又搭起一个戏台!"

孔庆儒转身一看,对面三百步之外,也用木板搭起一座方方正正的大戏台,杉木杆上飘着彩带,周围用高粱席严实地包着。台子空空荡荡的,台前也没有观众。孔秀才皱皱眉头,问:"那是谁干的?"

万戈子道:"不清楚。昨晚散戏时还没有,准是散了戏后半夜搭的。"

孔显说:"兴许是外来的戏班子,见这些天咱这儿热闹,以为有山会,来揽生意的。"

孔庆儒摇摇头:"这么快?简直是鬼使神差!"

万戈子悄声道:"会不会是'他们'?"

嗞——几个头面人物,齐声倒吸口冷气,惊慌不安地盯着孔区长。

孔庆儒紧张地盯着对面的空台子,转瞬间,他显出满不在乎的神气,捻着胡子梢,说:"诸位尽管放心坐着看戏。如今是国难当头,抗战时期,你我宣传抗日救国,有人要是捣乱,汉奸的帽子可就戴上了,那时……好吧,谁有本事谁来唱对台。告诉戏班子,快开戏,到了一个当口停下戏来,我登台说上几句抗战的道理。今天,要杀杀他们的威风……"

又让孔秀才判断对了:搭起对台的是共产党领着人干的。

党组织决定在孔家庄和孔秀才唱对台戏,扩大抗日宣传,发动群众,十几个村子的农闲京戏班子的最好演员、琴师和鼓手,被集中到赤松坡。萃女真被桃子从威海请回来了……他们几天工夫,凑熟了十几个大小戏目,其中有《打渔杀家》《女起解》《抗金兵》《木兰从军》《钓金龟》《群英会》《挑滑车》《单刀会》。与此同时，赤松坡和孔家庄的党组织，备好了搭戏台的木料、板子、绳子、钉子、席子，为避免麻烦，他们头一天召集起十三个木匠，五个铁匠，几十号人工，后半夜动手，天一放亮，一座戏台，平地崛起。而做这一切的组织者，是牺牲了一双儿女的亲家铁匠刘福和武术教师江鸣雁。白胡子江鸣雁在起义军一发起时，他就回到赤松坡，照旧开起拳房，只是给他做伴打下手的不再是独生女二妞，而是老牛馆、地下交通员飞毛腿毕松林了。

孔庆儒的戏台上在演《打龙袍》，台下的人群，跷脚伸颈正看得起劲，蓦地，背后台子上响起紧锣密鼓。人们扭回头一看，随着急骤的锣鼓，戏台上一队队人马互相厮杀，兵器闪光，碰擦有声，江鸣雁武术会的高徒穿上戏装，大打出手，都是真枪真刀真功夫。观众轰动了，撂下《打龙袍》，一转身，不用动地场，争看对面台上的《挑滑车》了。

孔庆儒忙着吩咐戏班子，赶快换武戏。但今儿上午没有武的，文戏全化装好了。孔秀才火了，命令戏班子，不管哪出戏，开打就好，越热闹越好。于是乎，包公龙袍不打了，抄起戳枪捅开了李国太；李国太的头饰掉了，成了大秃瓢，像是关公和张飞扮相的对打起来，两个文官打扮的耍开了大刀……搞得满台子胡打，越打越乱。

果然，不少观众又掉过身来看稀罕，笑骂声四起不绝。

孔庆儒又坐稳了，捋着胡子梢笑道："本来嘛，草木之人，敢来唱对台戏？共匪依靠他们吃苦去吧！"

他身旁的头面人物，拍掌助威——

"好！好！"

"好啊！妙啊！"

……

好景不长。孔庆儒发觉，多数观众又都背过身向对面台上看去,四周的人群稀稀疏疏,不少人还在那儿向里挤去……再过一会儿,这面台上的演员,不卖劲打了,有的蹲到一边休息,有的喝茶,有的抽烟,有的向对台远远地望着……

对面台上并不像方才那么热闹,是什么东西吸引了观众?孔秀才一肚子气恼,向对面台子走来。人太多,一片的后脑勺,靠不上前,只能听到那旦角唱腔,委婉圆润,阵阵传来……

万戈子递过一条长凳,扶着孔秀才蹬上去。一看,戏台上的梁红玉一边唱,一边擂战鼓督兵冲阵……

观众中一阵阵喝彩声。

有几个人叫道——

"真是好嗓子!"

"演得真切!"

"好!好!"

"不好还称得上小白菜!"

孔秀才眼冒金星,头脑发昏,差点从凳子上倒下来。孔显帮万戈子扶住他,恶狠狠地骂道:"这个臊腚女人,胆敢帮共匪唱戏!爹,动武吧,砸了他们的戏台!"

孔庆儒恼怒地搐动着胖脸上的松肉,好一会儿,才咬着牙说:"他妈的!眼下是抗战时期,比不得往常……吩咐刘区队副,上台收捐要税,这也是为的抗战……只是没我的话,不能抓人、开枪……"

孔显传达了命令,刘区队副带领泥鳅等十多个兵、警,横着大枪,故意从观众群里冲撞着往台子上走,看戏的秩序紊乱了,演戏的也不知所措了。兵们爬上戏台,冲着饰梁红玉的小白菜,怪声怪气地叫喊:"快交抗战捐!"

"快拿抗战税!"

"梁红玉抗金兵有本领,小白菜慰劳抗战兵有力气……"

一串污秽的下流话。

"干么!"一声怒喝,一把十五斤三两重的大刀,横在兵痞们的面前。

　　泥鳅一伙有些怕,刘区队副用手枪点着持刀人,说:"你这白胡子老头,不要不识抬举。你他娘的专教共匪分子学武艺,和官府作对……这些账以后再算,今儿我们奉命收抗日的捐税,你胆敢阻拦,破坏抗战吗?"

　　江鸣雁气得抖着白胡子,呵斥道:"你放屁!破坏抗战的是你们,专门祸害老百姓的是你们!"

　　"嘿嘿!老小子,气还挺粗的!"刘区队副冷笑道,"你的刀没我的枪子腿长吧,别说是你,你那混世魔王徒弟石匠玉来,照样得老实。来呀,把抗缴抗战捐的捣乱分子,捆起来!"

　　一只手有力地拍着刘区队副的肩膀。他一侧脸,神色立时变了,腿腕子在抖。

　　"不认得啦?你不是找这老头的徒弟吗?"

　　刘区队副战兢兢地说:"认得,认得……不,我……"

　　于震海冷峻地说:"破坏宣传抗日救国,是汉奸卖国贼干的勾当,知道不?"

　　"知道。这是……"

　　"上面的命令,对不对?上面叫你们吃屎你们也去吃?实话实说,你们别以为他们在这儿唱戏闹宣传,没有人照管,有!我们起义军不少人在这儿看戏。"

　　刘区队副和兵警们,不由得向台下人群扫视。震海看在眼里,坦然地说:"自然啦,你们有政府发军装穿,咱们是穿自家衣裳出来抗战的,你们分辨不出来,也不见怪。"

　　兵们嘘了口冷气。

　　"今儿咱们把话明说了:谁想动宣传抗日的人一指头,那就……"于震海从身后伍拾子手里接过大枪,对着三百步开外的对面戏台瞄了瞄,叭!一枪。

孔秀才戏台上的一个扮演奸臣的大白脸，头上的带翅的戏帽应声飞了，人也倒下了。

泥鳅高叫道："起义军破坏统一啦！"

刘区队副又硬起脖子，说："你打死唱戏宣传抗日的，谁搞谁的乱？"

震海把大枪还给伍拾子，说："你们去看看，擦破他一点皮，我领罪……"

话音没落，只见演奸臣的人从地下爬起来，摸了摸秃脑瓜，高高地拍着巴掌，冲这面台子笑了。

兵们都惊呆了。震海边往台下走，边说："下台看戏吧。共产党的枪口长着眼睛，打错不了目标！"

忽然，观众群里有人喊道："孔秀才在这！"

"他想溜……"

孔庆儒的确想溜走，但被几个青年庄稼汉堵住了去路。伍拾子在台上大叫："把他押上台来！"

人群纷纷闪开一条路。但于震海已走下台，迎了过去。他走着，情不自禁地抽出手枪，眼睛一下变得红红的，盯着对面的孔庆儒，这时候，于震海也说不上想起谁。是他饿死的爷、摔死的妈和妹、烧死的爹、刑场上满身是血的妻，还是一个个流血牺牲的领导人、战友、群众，只是一片死的死、伤的伤的模糊惨景……而这个孔秀才，就是这一切的制造者，喝着人血、撕吃人肉的狼！于震海怒不可遏，冤家对头，狭路相逢，机缘难遇，他一举枪，这个十恶不赦的坏蛋，就消失了，他可以痛快地舒一口长气了！他举起枪——然而，没有扣扳机，而是把枪塞给了身边的伍拾子。

伍拾子一怔："海哥！崩了他……"

"不，把我的枪收好。"

"这……"

"这是政策!"震海嘴上说,但钢铁般有力的拳头,倒紧紧地攥起来。

　　孔秀才费尽心机捉拿了几年、从未见过面的仇敌,今天真的遇上了,倒吓得像一摊泥。于震海虽然不拿枪,可是那大拳头砸下来,也用不了第二下,他的脑瓜就开瓢了。

　　"孔区长!"震海压抑着火气,生硬地说,"我们托你小舅子于之善捎给你的话,他捎到了吧?"

　　孔庆儒强力挺住身子,恐惧地结结巴巴地说:"啊,啊……他和我说了,他说,他说……"

　　"他没说清楚,我再说一遍:老实抗战有活路,再犯往日的罪恶决不轻饶!那……"

　　"这是误会,全是误会!"孔秀才见无死的威胁,精神又来了,"贵党的章程,兄弟衷心拥护,过去的事,就过去了,如今国难当头,共同抗战吧。"

　　"哼!"于震海接过手枪,向腰里一插,"话算说对了。我也实话告诉你,不杀你,不是因为你的罪恶不该杀,是要留着子弹救中国!"

　　萃女进门一头扎到炕上。

　　姑妈跟进房间,看着她瘫痪地躺在那里,轻轻地叹了口气,给她脱了鞋,拉过一条被,搭在她身上。

　　萃女一动不动,任凭姑妈伺候。她是真累坏了。她从威海她哥处回来,自家门没进,跟着桃子来到赤松坡,投入了紧张的排练戏目工作中。这些戏,她是滚瓜烂熟,一温习就行,但乡间多是男的反串坤角儿,没个像样的,要弄就要弄好,又是和城里职业班子唱对台,可不能马虎。为此,萃女担任起所有戏目中的女主角。在演出中,她才感到和昔日的唱戏不同了,不单是和对家唱对台戏,而是两军真枪实刀地对垒,闹得不好,影响抗战的大事。演京戏的中间,穿插着的那些抗日救国的讲演,桃花女们演出的文明戏,唱的歌,使萃女和观众一起受到感动和教育,桃花女们愈演愈有劲。唱到第二天,萃女为保持身段灵活穿得少,高台子雪野里的寒风又硬,她就受了凉,发了烧。但她吞下冯先生配制的苦药汤,照样登台,嗓子发沙了,仍是卖力地唱、作,毫不逊色。直到第三天,胜利完成了预定的任务,她拖完最后一句唱腔,回到后台,只来得及脱掉戏装,脸上的油彩也顾不得擦,拖着双脚,简直是昏昏沉沉扶着街墙进了家门的……

姑妈一手端着煎好的中药,一手端一碗姜汤,放到炕前桌子上。推推炕上的侄女,说:"萃女,女,起来,起来呀,服下药,脱了衣裳,裹着厚被窝,发场汗,就好了。"

萃女没有动弹,呻吟地说:"俺起不来……哎呀,爹呀,俺的骨架全散啦!"

姑妈心疼地说:"散了架,还去唱戏……那野台子,雪地里……唉,你呀,不听你爹的,终究登了台……"

"你又说这话!"萃女强力坐起来了,不耐烦地说,"如今这戏唱得不一般,要是俺爹活着,也会亲自登台的!"

"那……"姑妈不出声了,去端过药杯,递给她。

"再不想吃它,苦死啦!"

"昨儿、今儿早上你还吃来……"

"那是为上台呀!"萃女说完,坐着发呆。

"吃呀,苦药治大病。"

"治不了俺的病!"

"这……"姑妈望望她,叹了口气,又去端来一铜盆温水,放在架子上,"快洗把脸吧。"

"洗脸?洗脸给谁看?"

姑妈一怔,说:"你自个儿照照镜子。"

萃女转脸对着柜门上的破了几道的穿衣镜,可不,脸上的油彩还原样带着，一副愁苦不堪的模样，从镜子里向她瞧着，怜悯地哀伤地向她瞧着，无精打采地向她瞧着。

姑妈边拿过手巾、肥皂，边端量着侄女，说："你这一走一年多，原先我寻思，再见着你的面，准是又嫩又白又胖，谁想前天一见你，姑妈吓了一跳。萃女呀，你看你的样，细条条的身子，快枯干了，衣裳都松了，脸腮让谁刮去了，只显眼、鼻子和嘴了……我得去找更新算账，他就你这么个亲妹，遭了事，在他家住些时候，吃他多少了？更新不大会是刻薄小子，哼，准是找了个刻薄媳妇，嫂子嫌弃小姑子……可他们家里也不是没有，老给你糠秕野菜吃，你也不该瘦成这样啊！俺侄女原本是白白嫩嫩、红红润润、鼓鼓饱饱的身子啊……"

"人又不是牲口，有了好料就长膘。"萃女慢声地说。

"那你……"

"我少精神头啊！"萃女仍对着穿衣镜，迟缓地说，"姑，他走了一年半啦，俺每天每夜想他……他到哪里去了？唉，老实人，好心人！你不知道俺叫桃子救了吗？你是把媳妇忘啦？你给俺留下点身上的东西多好！咱的孩子要能出世，会叫爹喊妈了……你不知道抗战了，有起义军，孔秀才不敢轻易害咱们了吗？唉，于震海的枪，怎么不崩了孔秀才这个大仇人！你快回来呀！回来啊……"她突然爆发了哭声，下地扑到穿衣镜上，抓自己镜子里的脸，哭着叫道："没有你看，没有你亲，俺还要脸好看干么呀！俺还吃药干么呀！俺还活着干么呀……当初你不该把镜子打碎，就该把俺撕零碎了，省得叫俺受这受不完的苦罪……天哪！俺病吧，病得愈重愈好，早死了早痛快！瘦吧，瘦得愈干愈好，像棵草，一阵风把俺刮没影了吧！脏吧，脏得愈丑愈好，世上的人见了俺都把眼闭上吧……"

急煞了姑妈。她颠蹼着小脚，里屋外屋跑，哄她，拉她，又和她一块哭……

过了好一会儿，萃女不哭了，但还坐在炕上发愣，头发蓬乱着，泪水把脸上的油彩冲得一道道的，样子实在可怜。她对姑妈说："别疼我啦，姑姑！俺不去威海啦，在家待着。"

"那哪行？"姑妈惊惧地说，"孔秀才心黑手辣，反复无常。他对拿枪的共产党不敢乱动，对咱这号人……"

"动也不怕，大不了一拼完事。"萃女坚硬地说，"我在家等，等他！"

"由我等他，一回来就叫他去找你。"

萃女摇摇头，说："你叫他去威海俺哥那里找俺，他不一定肯去，那里也容不得他……俺寻思，震兴只要在世，早晚他会回来……咦，说不定他能知道咱这儿有了起义军，震海又是领头的，敢回来了！呀，说不定他正走在回来的路上……啊，会的，他这几天就回来啦！姑，夜里别闩门……姑，你把俺们的铺盖拿出来，姑，快啊，俺要吃药，多苦药也吃……姑，俺要洗脸，俺要搽粉抹胭脂……"

"真是的，说着风就来了雨！"姑妈流着泪，又笑了。

有人敲门。姑妈开了门，进来的是桃子。她将客人让进院，桃子低声嘱咐几句，她就留在院门后了。

那早从窗棂间发现了来人是谁的萃女，动作是那样敏捷神速，当桃子出现在她面前，萃女一改适才的邋遢模样，梳理、擦洗得整整齐齐，洁洁净净。

桃子和萃女拉着手坐到炕沿上。她本来找萃女有急事，可是一触她的滚烫的手，再看她疲乏的脸上的病容，桌上的药杯，她就犹豫了，半晌才说："嫂子，听说你受了凉，再想不到病成这样……"

"不妨事。"萃女道，"看得出，你找俺有急事。"

"事是急，只是你有病……"

"嗨！冲你能冒死救俺……冲你叫俺声嫂，有么病也好啦！"

萃女欢欣地说着,伸手端过药杯,咕咚咕咚几口喝下去。

"那好吧,连夜进威海。俺跟你一块去。嫂子,快收拾吧,路上跟你说情况……"

威海特区管理公署的现任专员叫孙玺凤。此人今年三十多岁,曾留学法国,接受了一些资产阶级民主思想,对孙中山很敬仰。他上任之后,想干一番为国为民的事业,清廉政务,惩办污吏,兴修民事,搞国民教育,整顿民风,严法执刑,禁大烟,戒妓院,而对反共一事,不大热心。因此,公署内聚集了一批像萃女的胞兄杨更新一类的开明分子。"七七事变"发生后,孙玺凤有民族意识,想参加抗日,但自己力量单薄,公署只有几十个人的小卫队,军权不在专员手里,更加上他对蒋介石能抗战到底缺乏信心。共产党抗日,虽坚决,但力量又少得可怜,也没多大成功的希望。眼见着日本人快要打来了,汉奸他是不能当的,怎么办?平时就西服不离身,英法语不离嘴的专员,很自然地想到走:出洋。

威海卫的公安局局长郑维屏,是个当地的小军阀,从根上就反共反人民,他周围集中了许多地主、恶霸亲戚朋友,孔家庄孔庆儒就和他是干亲家,赤松坡的村长于之善的妹夫在他手下当警察队长。郑维屏掌握着兵权,势力最大,加之他和地方势力派商会的头子相勾结,排挤孙玺凤。抗战以来,郑维屏就做好了打算,搞掉孙专员,准备迎接日本人:投降。

还有一股势力,国民党海军驻威海教导队,这是职业军队,与当地联系少,反共、抗日,态度都不明朗,对孙、郑两派斗争也不介入。但他们的装备最精良,倒向哪一方,都是举足轻重的。

这可谓当今威海卫的三大势力。

再就是,也是最大的势力,是威海卫的广大人民群众。

这些群众,在悲惨壮烈的中日甲午海战中,为支援中国海军付出大量牺牲的港城人，对自己祖国的生死存亡，总是不惜鲜血的。英国殖民主义者强租威海以后，占土地，开洋行，设工厂，挖金矿，垄断了威海的经济命脉，把民族工商业摧残殆尽，使农业畸形发展，大量种花生，极少种粮食，迫使群众吃他们进口的洋米洋面，物价高，人民吃不起，生活痛苦不堪。不仅如此，英国人还搜刮大量捐税，一年的捐银竟高达六十万两银圆。以十五万人口算，每人平均四元，折合当时粮价一千五百斤粮食。此外，英国殖民者派的驻威钦差大臣，还想了一套严厉的保甲制度来统治压迫中国人民。

就在签署《中英议租威海卫专约》的第二年，亦即一八九九年，在甲午海战中就对英帝分子种下仇恨的威海人①，爆发了一次比一次英勇的反抗活动，狠狠地打击了英殖民者的统治。六十五岁的穷秀才崔寿山，发动群众办团练，召开反英誓师大会，被英帝捕捉到刘公岛监狱关押，酷刑受尽，奄奄一息，但他面无惧色，念诵文天祥的《正气歌》，当面把英国驻威大臣巴尔敦痛斥得理屈词穷。接着自幼练武的青年农民刘荆山，发动了反对英人划区埋界石、强占土地的群众起义，参加者有一百六十个村庄的群众。在英兵的残酷镇压面前，他身先士卒，率众冲上垛山顶，打死了英兵指挥官"少鬼子"，自己和他的同伴，在英兵的排枪下牺牲了！至今还有赞颂的歌谣在流传——

　　垛山顶，一片青，
　　英国巡察丧了生。
　　大鬼子，二鬼子，
　　休想再逞凶！

---

① 甲午海战中，英国远东舰队司令裴利曼特，替日本联合舰队司令伊东祐亨向丁汝昌转递过劝降书，并亲自进入威海港探路，与伊东共同策划对中国北洋舰队的偷袭。

在反占地战斗中,一位干瘦的小个农民,名叫周贞德,村人称他"二瘦子",勇敢无畏地冲上去,夺下英兵的枪,打死两个英兵,他自己也牺牲了。今天当地流行着的一句歇后语:"二瘦子打仗——敢打敢上",就是这么来的。

这些穷秀才,武农夫,二瘦子的后人们,继承了先辈的反帝抗暴精神。西安事变发生的消息一传到威海,群情就为之激动,共产党抗日救国的宣传口号在书店、学校、商店……传播开了。卢沟桥的炮声更使港城震动起来,《威海日报》上登出抗日的文章,中、小学的师生,东北流亡来的青年,走上街市,宣传抗战,口号声、演戏声、唱歌声,充满了大街小巷,码头海滩。工人、农民、小贩商人、一般市民,都在交谈抗日,都在议论救国……一片抗日救国的热潮。胶东特委不失时机地在威海进行抗战的发动工作,建立了"民先"①,作为党的外围组织。"民先"迅速扩大,不但有工、农、兵、学、商的分子加入,连孙玺凤的弟弟和海军教导队的一个中队长、军需官都吸收进来了。威海国民党政训处的干事和青年,大部分参加了"民先"。这政训处本来是韩复榘指令成立的,成员是知识青年,派到各县去搞军事训练,但韩复榘的真正用意,想以此抵制蒋介石派人来山东搞训练,占地盘。各县的政训处情况不一,不过大都有不少进步青年,威海的政训处更甚,它的负责人(干事)是个大学生,早就同情共产党,带头参加了"民先"。

最近一些日子,特委在宣传群众的同时,对孙玺凤进行统战工作,通过他的弟弟,政训处负责人对他做了大量宣传说服动员。理琪和特委其他负责人,又亲自几次和孙玺凤谈判,达成了如下协议:

一、孙玺凤把仓库的武器全部交给共产党;

---

①民先:全称"中华民族解放先锋队"。

二、孙玺凤手下的人愿参加抗战队伍的听其自便；

三、共产党保护孙玺凤携带家眷体面安全地登上英轮"太古"号出洋，并准许他带走专员公印和现有经费。

特委在布置实施协议的具体事宜时，遇到了困难。就是专员卫队长杨更新的问题。

本来，出身贫贱、为父报仇的杨更新，参加抗战是没有问题的，至少他不会起坏的作用。然而，事情起了变化，根子在他夫人身上。原来，杨更新娶的妻子是威海商会一个头子的小姐，其父是郑维屏的至交，数得着的资本家。杨更新贪图对方的金钱洋房和才貌出色的小姐，成了这门亲事。郑维屏通过商会的岳父对杨更新施加压力，保住武器仓库和金库，不准孙玺凤交给共产党，他的妻子自然站在了父亲的一边。这使杨更新非常为难，听郑维屏和岳父的话，明明是跟他们干汉奸的勾当，他的爱国心不允，跟随孙专员几年，受其恩泽提携又使他于心不忍。不听岳父的命令，就意味着要跟孙专员出洋漂泊，或者跟共产党去抗战，不管哪条路，美丽多才的妻子是不会跟他流亡异国，或者去农村受苦遭罪的……杨更新极度苦闷，举棋不定，而他的行动抉择，影响着威海这场起义能否顺利进行……

"……你听明白了吧？就为这，想到你身上，求你来帮个忙。"桃子对萃女说。

"你们把俺当成自己人，为着抗战，俺也该出把力啊！"

"我猜，你会这么做的……你想想，你哥能听你的话？"

"俺哥和俺最亲——这世界上，除了个姑，就是俺们是亲骨肉，这次在他家躲难一年多，他对俺挺好。只是那个嫂，你刚才也说了，人出众的俊气，心倒不见得正——俺在那儿，俺哥从不让我说共产党的事，革命的事。连俺和震兴的事，也得背着她，叫她不知道，光说有坏人算计俺，才住她这儿的……反正，俺使劲去劝说俺哥，再怎么费劲，也不能叫他碍着大事啊！"

"对，他反对也反不成，只是咱多费些难为罢了。他干了好事，对他也好，莫不眼见他跟着去当汉奸……"

夜路上，桃子和萃女说着话，替萃女挽着包袱，一手还扶着她。萃女的身子不断地打冷战，吃力地走着。

半夜里，她们来到大路旁一个小村庄，桃子上前敲开联络站的门……

第二天早上，桃子和站里的李大妈，刚打发李大爷赶着毛驴送萃女上威海去，飞毛腿毕松林就送来不幸的情报：

起义军第一大队通过这些天的活动，点燃了许多村庄的抗日烽火，部队已壮大到一百多人，前天上午，他们正在文登岭上村动员地主家献出枪支，宣传抗日，到吃早饭的时分，文登县县长和县大队长带领四五百武装，有的步行，有的乘汽车，向起义军进行包围。

于震海见情，急忙命令部队向村外撤离，准备战斗，但是孔居任的一个中队在前面已和县大队隔河相遇。高玉山赶上来，对孔居任说："快撤退……"

"我们是县大队，不要误会，咱们一起抗战！快过来谈判吧，共同驻防！"

孔居任说："我看先别撤，搞统一，谈判就谈判！"

高玉山扫视一下地形，说："怕他们有鬼，先撤出去……"

"怕它个鸟！如今孔秀才都老实了，他们还敢打抗战队伍不成？"孔居任把手枪向腰里一插，"你怕死，就别去，看我们的……"

高玉山下死命令，孔居任违抗，阻拦他又不听。孔居任和指导员还有十八名战士，都齐打忽地过了河，到了东岸。上河岸，对方的机枪、大枪一齐对准了孔居任他们的胸膛，县大队长一面骂，一面令把起义军缴了枪，捆绑起来。高玉山冲上去，大喊道："你们背信弃义，破坏抗战！我是政委，由我负责，把他们放了！"

结果连高玉山也被抓走了。

于震海带着两个中队,摆脱了敌人的包围,又回过头来袭击敌人,抢救被捕的同志……敌人当场把三个参加过"一一·四"暴动的同志杀害,带着高玉山和十七个起义军战士回县城了。

桃子痛苦地说:"这些披人皮的狼……大叔,杀害的同志都有谁?"

"有大胜、李石柱,还有孔居任!"

"啊!"

"听说孔居任没杀死,还有气,他一直要人抬他到桃花沟去了。"

"那为么?"

"他要见你姐,你姐在你妈家……"

孔居任当时没有死去,也是侥幸——毕竟是抗战时期,于震海的队伍又追来,县大队急着撤走,没有把枪杀在荒沟的三个起义军的人仔细检查。但孔居任,赶抬到桃花沟张老三家,已是气息奄奄了。他躺在抬他来的门板上,门板放在正间屋地下,三嫂叫人们往炕上搬他。他痛苦不堪地说:"不,不用了……我肋巴上挨了两刺刀,戳着心了……这家干净,别脏了炕席……"

三嫂悄悄地吩咐人快去孔家庄请冯先生来……她和张老三守着孔居任,暗暗地流泪。孔居任喑哑着声音,说:"叔、婶,我对不住你们……你们错疼我了……我如今起不来,给你们下不了跪……"

张老三抽搐着鼻子,悲痛地说:"你说这些干什么!妈妈的,你将息好,学你震海兄弟的样,和黑心肝的拼命!"

"晚啦,叔,晚啦……"

"别这么说,孩子!你们是打不倒的汉子,熬得过来……"三嫂哭着说,又要将他搬到炕上去,但孔居任仍是不让动,说:

"婶,你别费事,我自己知道,一动,我去得更快……她怎么还不来?她不愿见我了……"

"不是,孩子。"三嫂舀了一盆温水,端到居任身边,用湿手巾给他擦嘴角上的血,"小菊叫她去了,她就来……你等她……"

"我等她……我留着这口气,就是等她的……"孔居任闭上了眼睛,挤出两股浑浊的泪水。

好儿是在孔霜子绣坊里做活计。虽然侦察出游击队的准确集中地,孔霜子和她的特务"亲爹"得了五百大洋的重赏,她本想去牟平城享福,不再回来,但事过之后,孔庆儒仍要她在桃花沟住,继续当暗哨,到时还要派人来和她一起行动。大脚霜子刚来时提心吊胆,夜里不敢睡,多次做梦孔居任出首了她,她和张金贵一样——不,比张金贵还惨,头被割下来,几个狗争着啃,身子大卸了八块,她的每个野汉子抢去一块,在锅里煮……然而,人们只顾忙着割下新山草,砍下新树干,在被烧黑了的房墙上,搭起了新的屋顶,照旧过穷苦的日子,没有工夫去理会她。村里有她没她没有什么两样。孔霜子坦然了,睡得着吃得香了。可没几天她又不舒服了,心里骂道:"哼,看不起老娘,没把你们都烧光、杀干净啊……要叫你们知道是我使的手段,一个个都得伸舌头,不敢小看老娘了!"她不甘寂寞,希望特务快来,夜里炕上当她的"亲爹",可是没有盼来,倒闹起抗战来了。共产党从天福山下来队伍,公开地和孔秀才唱对台戏,连孔秀才都不敢硬碰,老老实实听石匠玉的教训,满口喊抗战了。这是怎么回事?大脚霜子不明白,不过她想,眼见着共产党要得势了,自己也要跟着喊抗战了。她一天几趟向张老三家跑,三哥长三嫂短地套近乎,在大街上遇上人就说:"闹抗战吧,参加抗战吧,那才是好事哩!俺亲侄子孔居任,和他连襟石匠玉,一样的起义军的大官,到哪儿都是他俩举的旗!抗战吧,到俺绣坊里做活去吧,咱是抗战家属,出了人力还得出钱财:绣坊赚的钱,买飞机大炮,轰跑东洋

439

兵……"

　　自然，她对好儿又空前的热情。去年三姐妹一块进家庙救游击队，向外冲的时候，好儿摔进山沟里，不是桃子和一个叫大胜的队员奋力把她救出去，好儿就落到追兵的手里了，但她扭伤了左脚，一直在妈家躲藏着。抗战开始，环境松一些之后，她才回到孔家庄，去绣坊干活，参加宣传和募捐活动，帮助小菊、小蓉这些桃花女的工作。前几天左脚又肿了，张老三把她接回桃花沟，好儿闲不住，挣扎着去绣坊做活，帮妈赚几个零用钱。对孔霜子的为人，好儿心里有数，从不要她额外的赏赐，是做工的和雇主的关系。当然，孔霜子嘴大方，手是滴水不漏的，这倒省去本分女子好多麻烦。不过，刚才——就是小菊来找她的时候，孔霜子将好儿叫出南院的绣花坊，一面向外走，一面向怀里掏着，说："难为你，好儿，脚还不好，天这么冷，还来干活……那——"她终于摸出一卷票子，向好儿手里塞。

　　好儿忙说："俺不要。"

　　"给你过年扯件褂子，等抗战成功了，叫居任加双倍还我好了……"

　　"姐！大姐！"小菊急跑到跟前，沉重地叫道，"俺哥，俺大哥！伤啦……等你回家，快回家！"

　　村街坎坷，积雪很厚，脚又不利落，好儿几乎是依在小菊肩上走的。多愁善感的女子，听小菊猛然一说，她一时有些迷惑：是谁伤啦？这个哥是谁？她们家只有一个哥，几年前就不存在了，还有谁使妹妹叫哥？那些共产党人，她叫哥，但前面都要加姓的。称姐夫，她叫哥，那也得加名的，别人才能分清楚。怎么，是不是高玉山？他是大表哥，是他伤了，来找她的？好儿一阵紧张，一下停在雪窝里，拔不动脚了。她刚想问，但小菊已经开口了："大姐，你先别着急，他伤势重不重，俺还不清楚。俺领着抬他的人去找玉清叔，听他们说，文登县的四五百敌人包围咱起义军，居任哥不听玉山哥的话，去和敌人谈判，结果上了人家的当。玉山哥和一些同志，都叫抓走了，居任哥和两个同志遭了害——他没死，救出来……"

哦，伤的是孔居任，她的丈夫。刚才她怎么没想到这个"大哥"是他？当然，小菊很少这样称大姐夫是个原因，更主要的，是好儿的心没有放到孔居任身上，自从他答应她不脱离革命队伍，他也真这么做了。她就很少想到他，有时想到他，也是出于担心，不是亲人对亲人那种担心他的冷暖伤病，而是担心他别再出什么差错，做出对革命——好人们的事业不利的勾当。她对她真正的丈夫如此，但对另一个男人高玉山，却截然相反，自从那次龙泉潭边他教训了她一番之后，她再没有追求他，没有再怀恋往日的旧情。也只是偶尔担心他，不过，担心的不是他出什么差错、干不好的事，是担心他在狱中受苦，在战斗中会不会伤亡。唉！生活的现实偏偏来严酷地折磨柔弱的人，好儿再也想不到，丈夫的受伤，恋人的被捕，又一齐来向她袭击：前者的伤是自作自受，后者的不幸又是前者的过错，她到底是疼，还是怨？是恨，还是怜？是悲，还是酸？她自己也说不出，从头到脚，浑身上下，全麻木了，像冻在了雪地上，直到小菊拼力把她拉回家门。

她轻轻地在门板边蹲下身。一只腿单跪着，两眼注视着他身上盖的粗布被。她眼里没有泪水，也没有光亮。孔居任却睁大了眼睛，眼里含着泪，闪着光，温和地说："……我……我知道，你恨我，我又给你丢了人，犯了大错误……"

"这不怪你，孩子，是坏人太坏！"三嫂说，把手巾塞给好儿，示意要她给他擦擦嘴角淌出的血。

好儿拿着手巾，没有动。小菊给她小板凳，她没坐。

孔居任一切看在眼里，眼里流下泪水，呜咽着说："坏人太坏，可我，也不是好的……好儿，我知道，你恨我，是，该恨我……你为我，把心都使碎了，刀都插到心窝上……我不配你啊，好儿！叔、婶、小妹！你们别打岔，听我说，说不出，我咽不了气……叔、婶、好儿，我对你们一家有罪，我害了你们，当初我为着娶好儿，去向洪源钱庄孔二先生求情，逼叔年关还债，我再做好人，叫他宽叔的债期，使叔感恩我；我为着要好儿，诬赖高玉山是共产党，把他抓进牢房里，差点害了他性命……我不是人啊……"

他大哭，嘴里流出大股的血。好儿的手哆嗦着，手巾举到他胸前，又缩回去了。三嫂见状，上前夺过手巾，为他揩血。

小菊流着泪说："这么坏，又这么哭！"

"啊！是居任遭难了啊……"孔霜子一步跨进来，张着胳膊扑向门板，被张老三拦住了："孩子伤重，你别碰了他。"

孔霜子哭叫道："我来晚一步啊！亲侄子啊！你好苦啊……"

"你……你住口！"孔居任愤怒地对着她，要唾她，艰难地喷出一口血，"你来得不晚，我正要找你！"

孔霜子一怔，怯怯地说："找姑有事吩咐？"

"找你算账！你这条老狼，我叫你咬得好苦，你出主张叫我干害人的事……你说，北石屋藏伤员的事，是谁报告的？你说，家庙住着游击队，是谁报告的？"

屋里的人都大吃一惊，怒视着孔霜子。孔霜子叫道："居任，你叫伤疼糊涂啦！你怎么血口喷自个儿的姑啊？"

孔居任咬着牙说："你包不住啦！县城里我们的同志查出来，敌人用鸽子通消息，上次就是有人用信鸽报告的游击队在家庙，不是你，还有谁？我本想有空碰上你，问个明白，你要认了错，不再干了，我还包着你——我怕你咬出我干的坏事，你我还是亲姑侄啊……这回，我又上了坏人的当，自个儿把自个儿害死了……我再不能饶你这个比我还坏的坏人……"

"你疯啦！你……"孔霜子吓坏了，转身想跑。

小菊早堵在门口。孔霜子要夺门。孔居任叫："叔！你的大剪刀留着干么用啊……"

张老三冲到厢房,吩咐三个"牛"孩子快去找人,他抄起墙上的放蚕剪刀,跑回来对着孔霜子,喝道:"快说,坏蛋女人!俺这剪子可进过坏蛋的心窝的!"

孔霜子跪下了,哭着求饶:"我说!我说!孔秀才害了我啊!孔秀才……"

杨玉清领着几个党员赶来。孔霜子交代出了昨夜那个特务奉孔秀才之命又潜来她家,在这里监视共产党的活动。特务没给孔霜子全说,县上已下了密令,加紧对共产党和抗日群众的镇压,特别要注意共产党领导机关的行踪,捕捉特委的领导人……杨玉清带着人押着孔霜子回她家抓特务。不料老练的特务在屋里窗眼上就发现出了毛病,开枪射击,把孔霜子打死了。最后他知道逃不出去,照自己头上打了一枪……

孔居任已昏了好长时间,吐血不止。好儿在母亲的帮助下,找出她哥金贵留下的新衣服——家里再没有件他能穿的衣服了啊!她们把孔居任的血衣换了下来。孔居任苏醒过后,要了几口水喝,声音已很弱了,但说得挺清晰:"好儿,我对不住你一辈子,临死了,还害了好人……我心里清楚,咱俩成亲几年了,我只得到你的身,没有得到你的心。你的心,向着那个好人……他真好,为了救我和同志们,他被抓走了,他值得你配,我不配……往后,你跟他去吧,天哪,但愿他能活着出来,但愿……"

他孔居任,破落户、浪当子、土匪、动摇分子、共产党员,嘴角上的鲜血,凝固了。

好儿全身像火烧,欲扑上他的渐凉的遗体,却又回首望望父亲、母亲、妹妹——他们都背过了脸去。她,好儿,结婚七年了,却是第一次,大胆地,挚诚地,将烘热的嘴唇主动地吻上丈夫的嘴,她那带着伤痕的激烈跳动的胸脯,紧紧地挤压在那颗受着致命伤的心上。弱女的热泪,灌进男子汉发凉的嘴里……

第二十一章

"岭上村事件"不是孤立的。国民党顽固派口头喊抗战,实际上是欺骗群众,笼络人心,暗地里准备迎接日本人的到来,想方设法消灭他们多年就想消灭的共产党组织,特别是它的起义军,以及它领导的抗日救亡群众团体。在发生岭上村伏击起义军的惨案前后,国民党地方政府和军队,在海阳、牟平、荣城几个县,抓走和杀害了二十多个共产党员和抗日积极分子。胶东特委感到形势的严重性,采取两项措施:一方面,起义军分散成小队活动,宣传抗日,发动群众,发展和壮大抗日队伍;一定要提高警惕性,防止汉奸、特务和顽军对我方的破坏活动;公开的宣传和秘密的活动分开进行。另一方面,加速威海的起义,这对壮大武装力量,扩大政治影响,打击顽固派的气焰,都有重大的意义……

萃女向她哥哥讲了她几年来的亲身遭遇:共产党人如何救她出死坑,他们为了人民,如何英勇奋斗,舍生忘死,吃苦受难;而孔庆儒一伙官僚、财主,怎样害她侮辱她,怎样残害好人、穷人,为非作歹,惨无人道。这些生动的事实,血泪的生活,使杨更新感动了,唤醒了他为父报仇的旧恨,刺激了他的为国为民的民族意识和爱国热情。加上专员已经答应出走,不少同行朋友愿意参加抗战,至少不在这里等着当汉奸,又经过共产党人的几次教育、引导,杨更新终于加入了"民先",决心听从起义的布置,并且参加起义军。杨更新跟他的妻子谈了几次,妻子坚决反对,两人已经处于决裂的边缘。但萃女仍好言好语地想法劝说嫂子,争取她同哥哥不要分开……

起义的其他各方面的准备工作都在紧张缜密地进行。

理琪住在威海东门外昌盛客栈,和特委几个负责人,日夜紧张地工作,对每一个具体细节都做了仔细的安排,严格的检查。特委负责人不畏艰险和辛苦,冒着风雪,不时把起义布置的情况,去向市外农村的党组织传达,沟通联络,密切配合。

一九三八年一月九日,在陶市巷一个党员家里召开特委会,最后一次安排了起义部署,检查了各方面的准备工作。决定:一月十五日,举行威海武装起义。

一九三八年一月十五日。

这天威海卫逢集。上午,在熙熙攘攘的赶集的人群中,一些学校的抗日宣传队,在演抗战戏,教唱流亡歌曲。这是有意吸引路人的注意力,使三三两两的打扮成学生、工人、商人的指挥起义的参加者,到管理公署内的政训处集中。

郑维屏的公安局有所察觉,大街、小巷增加了警察巡逻,市面上突然紧张起来。郑维屏一连三次打电话对海军教导队施加压力:"共党的人在市面活动,要闹事啦!要求贵军赶快协助我们搜查。"

然而,海军教导队敷衍他,拖着不动弹。那两个"民先"成员的中队长和军需官,又及时把情况报告给起义负责人……

上午九时多,政训处里集合了五十人左右的起义者;上午十时,政训处的干事带领其他"民先"成员,传达了卫队长杨更新的命令,缴了管理公署周围警卫的六支马拐子大枪,由"民先"成员在大院内外布置了岗哨,关上了南大门。从这时起,进入管理公署大门的人,必须回答出口令——

"口令——革命!"

中午。商会头子带领一伙地痞、流氓，气势汹汹地来公署找专员，说他们要抗日救国，叫专员把枪发给他们；发抗战经费给他们。被"民先"岗哨阻止在大门外，他们在那里胡叫乱喊，寻衅闹事。

理琪在政训处办公室，指挥着一切。他叫杨更新以卫队长身份出面，把商会的人赶跑了。

商会一伙流氓刚走，郑维屏又拉着警察队伍，将公署南门围住，威胁道：孙玺凤快把枪支弹药交出来。否则他们就要将孙扣押起来。

气氛大有一触即发之势。而一打起来，杨更新小小的卫队人心还不齐，来参加起义的五十几人，多数还赤手空拳，根本不是警察队的对手。并且对方还会把共产党破坏抗战治安的罪名栽到自己身上，起义将成泡影。最好的办法是孙玺凤以专员身份出面打发走郑维屏。但，平时洋服洋头的特区专员，只能对大烟鬼一类人王法从事：初犯十四大板，重犯关押五十天，三犯杀头。而这也无济于事，就在他公署西侧门外有个朝鲜人开的大烟馆，他的王法不惟管不着人家，即使中国人在馆里抽大烟，他的警察也只有望着嗅烟味罢了。这时候，听说公安局的兵马来了，他缩在公署院内的住屋里，脸都黄了，哪还敢抛头露面？

理琪和特委其他负责人一商量，立即打电话给海军教导队"民先"成员的中队长。

很快，他就带着一中队精良武装的兵马赶来了，围在了公安局的队伍外面，形成了反包围……中队长客气地对郑维屏说："听说公署有人闹事，为了地方的安全，我们特来协助警方维持治安……"

郑维屏扬言公署里有共产党可疑分子。政训处的干事讲是他们聚商抗战大事，和共产党无关。杨更新卫队长又出来传达专员的话："大家不要误会，精诚团结，共赴国难，这是蒋委员长的训导,谁都得遵从……"

郑维屏不甘心,但面对兵精枪好的海军教导队,只得顺势下台,海军教导队中队长领着自己队伍走了……

中午过后,政训处"民先"成员和来参加起义的总共七十多人,在政训处办公室里待命。大家看看墙上的挂钟,下午二点四十分,离三时正式起义的时刻,只有二十分钟了。

人们在焦急地等待着。他们不是等起义的时刻,是等起义的人:三军的一大队,于震海领导的队伍,他们是起义的骨干力量。

时间一分钟一分钟地过去,于震海的影子还没有出现!

杨更新来向理琪报告,孙玺凤已将公署的全体人员招集在大楼会议室,准备发表辞职出洋演说,交出仓库钥匙,可是听说参加起义、保护他体面安全出走的队伍没有来,他又犹豫起来,不肯张口。理琪还没有回答,参加起义人中,一个戴着大眼镜的教员,大声哭喊起来:"同志们!不行了啊!我们的队伍来不了,只咱们一些人,多半不会放枪的,怎么起义啊!郑维屏的公安局枪好人多,加上商会的人,控制着市区,他们扣住孙玺凤,我们哪里还有出路啊……"

有的负责人开导他,说服他,其他的人都把忧虑的目光集中到一个人身上。他——理琪,特委书记,少血的瘦黄的脸绷得很紧,近视眼镜后面的缺眠的眼睛闪着光。他扫了一遍在场的学生、教师、工人们,忽地,掀开大袍前襟,将里面的带套的驳壳枪——丁赤杰的遗物——拿出来,斜背在大袍外面。立时,人们一阵激情地骚动,握紧了手中的拳头。

理琪对杨更新说:"告诉孙专员,起义计划按时进行。我们的队伍会来的。万一来不了,我们也保证他的绝对安全。共产党人说到做到……"

他话音未了,就传来口令声:"口令?"

"革命!"

随着,一个高大、魁梧的庄稼汉,踏得地板咚咚山响,大步跨进门,冲着理琪报告道:"理琪同志!一大队五十三名同志,化装进城,全部来到啦!"

众人一片欢呼声。那哭叫的教员顾不得揩泪水,笑着跳起高来……

理琪紧紧握住于震海的大手。

时针已指三时字上。

三时整。

起义的时刻来到了。

专员孙玺凤向起义军交出了军需仓库的钥匙,接着向他的部属发表了慷慨激昂的训辞,义愤填膺地高呼:"共赴国难,打倒日寇!"他的亲信在匆忙地做出洋的最后准备……

在另一个院内,从库房里搬出八十二支大枪,一大批弹药,一部分军装被服,所有参加起义的人员,全部穿上崭新的灰军装,束上子弹带,握起枪杆子。大家感情激动,气氛热烈,有的互教怎么打枪,有的相互试行军礼,有的说,有的笑,不少人压抑不住,小声唱起《义勇军进行曲》……

入夜了。起义的人们分散在大会议室的地板上、沙发上、桌子上睡觉。但很少有人能合上眼,过度兴奋,忘记了疲劳和紧张。互相倾吐内心的喜悦,诉说各自的心境,墙上一座外国货大挂钟,过一刻就奏出一种动听的音乐,增加了美好的胜利气氛。几个参加起义的学生,不约而同地哼着抗战歌曲:"走出工厂田庄课堂,杀敌救国赴疆场……"

理琪和特委负责人,在一起研究明天和今后的行动……

于震海率领三军一大队的一些老战士,在公署内外层层设岗放哨,将北山上这座昔日的英国殖民者统治威海卫的总督府,国民党压榨人民的管理公署的巍然堂皇的大院,变成了今日的抗战营垒。

寒星冷月的夜，市区不时响起零星的枪声，郊外狗吠不断，海面上时有汽笛响……几伙鬼祟的人影，溜到公署附近……

不平静的威海卫的夜啊！

就在这个不安宁的夜晚，威海特区管理公署的西面，北山上的一层多是达官贵人、富户商人的住宅区里，一座乳黄色的二层小洋楼门前，出现了一个三十多岁的庄稼汉。他戴着顶三开狗皮帽子，细瘦的身躯过早地开始驼背了，如果不近前仔细端量，即便是很熟悉的人也很难一下认出，他就是离开孔家庄小白菜家一年半多的于震兴。

震兴在凤子他们的怂恿帮助下，为逃避孔庆儒的加害，只身出了孔家庄。到哪里安身？前辈人走熟了的一条路：下关东。但细致的于震兴，一边奔命一边盘算：到了关东隔海隔山，家乡的信息难以知道，妻子萃女身怀着孕，嘶哑地哭喊着不要他走远，听到没事了就回到她身边的音容；一时也离不开他的眼睛和耳朵……为此，震兴没有到烟台登船去大连，而是一直往西走，走到黄县地方。这地方比较富庶，产麦子，经商的多，震兴来时，正赶上收麦子大忙季节，他给人家当雇工，下死力气干，又是巧手好活，人品又是"百事找"，一季麦子收下来，东家就执意把他留住，当了长工。震兴白天干活，夜里想萃女，他拼命地干，拼命地想……每天夜里数萃女给他的路费钱，一个也不花，工钱也一点一滴攒着，连一次集也不赶。他记着萃女的话，自己也梦想着，有朝一日，他能回家夫妻团圆，用他的血汗钱，在赤松坡老家再盖起新房，养活他俩的孩子，永远离开孔家的天地。这一天能不能来到，何时来到，他不知道，也不去多想。就这些假设，成为他生活的精神支柱，力量的源泉。他省吃俭用，拼命苦干，把脊梁骨累弯了，白净的唱小生的脸布满了皱纹，变得粗糙了。这些，他自己没有察觉，也从来不照镜子。他唯一的思想，是想她，想早点和她在一起。

抗日的热潮同样在蓬、黄、掖几个县蓬勃发展。抗战使反动势力比过去畏缩了，最使震兴惊喜的，当地有些类似他一样逃出去躲灾难的人，陆续敢回来了。为此，当这里的人们纷纷传扬东面有天福山起义的三军，领头的又有于震海的时候，震兴立时告别东家，奔向家乡。

震兴愈离家乡近，愈感到人们的传说是可靠的，在牟平南面的一个村子，他还挤到人群后面看了宣传三军起义的戏哩。他心情大振：这下可好了，他和萃女能过正式夫妻的生活了！这都是共产党领导的抗战，给带来的希望啊！对，自己对抗战也应当尽些力气，不能只享福不出力……一天，他来到文登县境的龙泉汤，遇上好几个当兵的用子弹换烟卷抽。震兴心里一动，摸摸怀里一年来攒下的工钱，还有萃女临走时给的路费，试探地向兵们询问，他给他们钱，他们换给他子弹行不行……好一桩买卖，当兵的争先恐后，价钱越来越贱，震兴买了三百发大枪子弹，有个当官的，把他拉到茅厕里，竟卖给他一支小手枪……

于震兴背着沉甸甸的包袱，一路小跑，直奔孔家庄。然而，面前的风雪中的迷茫茫的孔家庄，使他放慢了脚步，停下来了。威森森的区公所，孔庆儒的严酷的脸，如狼似虎的兵，他们的罪恶行径……震兴浑身打战，包袱里的枪弹使劲往下坠，他快背不动了。犹豫了片刻，有了上次听说暴动成功他和萃女成亲酿成大祸的教训，这次再不能造次了，还是慎重些好。他决定先到赤松坡，找街坊打听一下情形……

震兴站在小洋楼门前，踌躇着，刚要叫门，突然听到里面有人声，他又迅即闪进黑影里，看着那门，又气又悲地喘粗气……

他为什么要这样呢？事情发生在昨天中午。震兴在来赤松坡的半道上，碰上了坏地瓜于之善。震兴跟在铁皮轱辘的大车后面，有个人在前面赶着骡子，看样要出远门拉货。震兴感到晦气，闷着头要从车旁走过去,倒叫坏地瓜认出来了:"咦!这不是于家老大吗?你不是为和小白菜私自'割伙'①犯了罪,逃走的吗?"

于震兴红了脸,胆怯地说:"是……是俺们不明事理……"他指的是不知道暴动失败了,不是说自己成婚不对。

坏地瓜可不论其详,嗤嗤冻红的朝天鼻,得意扬扬地说:"我说大侄子,别颤颤了,如今世道不同啦,闹抗战啦!俺姐夫当的抗战区长,心思光顾着打东洋狗子啦,谁还去管寡妇招野汉、光棍弄女人?"

"俺们不是这……"

"是不是一个样,放心,没有人管啦!孔家那族长,头年伏天从湾里漂上来,还没条死狗大,喂棵葫芦也不肥……"坏地瓜忽然盯着他问,"你回来过年,抗战?发了财吧?"

"不是,俺是回来……"

"嘿嘿,接小白菜,你那相好的,对吧?哈!"坏地瓜来了兴趣,心想,他正要去威海办年货回乡下发大财,本来应当雇两个人去,不然一大车货,雪路上坡,一条骡子拉不上去,得人从后面推,可他怕花工钱,只叫上一个外甥,儿子守业家里离不开……嗬,半道碰上了个于震兴,难得的干活能手,真是走路被元宝绊了跤——想不到的好事。

"震兴,你回乡下干什么?你那美美的小白菜,早到威海卫享福去了,你不知道?"

震兴一惊,接着问:"她多会去的?"

"一年多之前就去啦,在她哥家待着。前个月,还回来唱大戏来!哈,那个真叫风流……"

"她唱大戏?"震兴狠吃一惊。

"是啊,在孔家庄疃头,和俺姐夫请来的班子一块唱的,真叫

---

① 割伙:指男女重新结婚。

棒……"

"和孔秀才一块唱的!"

"啊!震兴,你还傻愣着干什么,快去找她吧。正好,我去威海卫办货,咱们一路,回来你帮我一把,推推车……只是咱没工钱,饭也各吃自个儿的,反正你也是顺路的。去的时候,别坐大车,骡子少料,经不住,咱们都拿脚走,反正……"

"这是真的?真的……"震兴惊呆了,听不清坏地瓜还在嘟囔什么。他抬抬头,想:这不可能,是谎话,那年坏地瓜就骗过他,这次可不能上他的当,他是孔秀才一伙的坏人。

"走啊,到了威海卫,你也美了,抖起来啦!当上阔气男人啦!哎,震兴,到时可别忘了,是我最早捎的信给你……你待着干什么?走啊!"

于震兴不想走,他要跑到赤松坡,找到亲近的老实人问个明白。这时,有个人推着小车子走过来,是赤松坡的铁匠刘福。因为风雪很大,刘福只顾低着头推着打铁的工具赶路,没有认出同坏地瓜一起说话的人是谁。等刘福迎面走出十几步,震兴才赶了上去,回头扫坏地瓜一眼,才说:"大叔,你去做活吧。"

刘福见是他,便停下车,惊奇地说:"震兴,你回家来啦!"

"嗯。大叔,俺兄弟是又在领着暴动?"

"是,眼下叫'起义'……"

"我问你——她,叫萃女——也叫小白菜,是在威海?"

"早就去了……"

"她回来唱过戏?"

"唱得挺欢实……震兴,你回村吧,到家里去住,先别到孔家庄……"

"为么?"

"孔秀才不安稳……你回村吧。"刘福看看那面的坏地瓜,没有多说。

"我……"于震兴迟疑了片刻,将包袱交给了刘铁匠,低声说道,"大叔,把这交给俺兄弟,这里面的东西,他能用得着。"

"你到哪儿去?"

"俺有地方去……"

一路上,于震兴恨不得飞到萃女跟前,问个明白,可是真的打听到她哥的住宅,从傍晚就来到门前,直到掌灯很久了,他还没敢叫门。他怕,他怕什么呢?他怕他的胜似生命的妻子真的变了,变成另一个人了!他怕,他更怕她原来就是那样一个人,对他的一切都是假的,如今又恢复原形了!然而,比他怕的更冷酷的现实,无情地出现了。

于震兴终于敲开了门。

萃女不在家,接待老实雇工的是一位又细高又丰满又白润又红嫩的年轻女子,萃女的嫂子,杨更新的夫人,商会头子的大小姐,人叫大青蜓……

萃女回到哥哥的家门,已经小半夜了。她去公署找到杨更新,告诉他,她费了两天两夜的口舌,什么话都说了,包括她自己和她全家的一切不幸遭际,始终打不动嫂子的心,她坚持如果杨更新参加抗日走了,夫妻就反目成仇。杨更新咬得牙嘣嘣响,要回去跟大青蜓干一场硬仗,教训她一顿,一刀两断,被妹妹劝住了。她说,看嫂子的态度还和善,不过是说说气话,你先走,她再慢慢劝劝,也许嫂子能转变态度。杨更新摇摇头,实际上他说回家开仗倒是气话,公署里现在一点松懈不得,哪里还走得开!萃女怀着难受的心情,疲惫不堪地回到家里。洋楼里很沉静,楼上楼下只有她住的楼上东北角一间小房和楼下女佣人的房间有光,其余一片黑暗。她问女佣人,嫂子哪儿去了。十八九岁的女佣人说,刚走不久,说是回娘家了。萃女一听说她屋里有人等着,没有注意女佣人的迷惑吃惊的神色,很快上了楼,推开房间的门……

一个男人，蹲在小沙发旁边，闷着头，一口一口地抽旱烟。屋里被发臭的浓烟灌满了。萃女一进去，简直睁不开眼睛。她惊奇地问："你——你是谁？你……"她没有再说下去，那因为瘦显得大了的眼睛，一睁再睁，眼白全暴露出来了。她疯狂地奔到他跟前，双臂搭到他肩上，激动地叫道："震兴！是你，是你，震兴。"

"你想不到吧？"

她听不出对方冷落的口气，欢叫着说："想不到！想不到你到这里来！想不到你这么快……"

猛地，于震兴霍地站起身，将她一下推了出去。萃女仰跌到床上，开始清醒了。她骇然地看着他，看着他那暴怒的铁青的脸色，惊恐地问：

"你……你这是怎么啦？你……"

"问你自个儿好啦！"于震兴突然变得出奇的冷静，甚至是微笑着，"我，俺不该找上这个门，更不该进这个屋，最不该见你这个人。好啦，俺算亲耳听了，亲眼见了，没白来一遭……对不住你啦，俺脏了你的阔气房子！"

他转身向门口走。萃女的身子像掉到冰窟里，急忙上前，扯住他的衣角，哭叫道："天哪！你这是怎么的啦？分开一年半哪，你就变成了生人，是鬼使把你变的，还是神差把你换的啊！你是谁？不是俺的人，俺的男人了啊！这一年多，俺怎么过的日子啊……"

于震兴的身子震了一下，伸手拨开她的手，冷冷地说："都叫你说对啦！变成生人啦！是有鬼有神叫一个人变啦！可不是俺，是你！"

萃女跺着脚叫道："你说明白呀！俺怎么变了？就是要杀人，也得叫人明白啊！你是不是像那年一样，又上了坏地瓜、孔显他们的当……"

"唉——"震兴长叹一声,苦楚地摇摇头,"俺倒想,这次又是上他们的当,只可惜——"

"你说呀!是怎么回事?你说呀!"萃女充满自信,催促着,她想,只要一说出是怎么回事,她一点拨,就烟消云散,夫妻和好了。

萃女,聪慧过人的女子,这次失算了。她万万没想到,事情发展到如此地步。

"俺问你,你回孔家庄唱戏没有?"

"唱啦!这是……"

"好,招得好!"

"你听我说……"

"俺先问完——你这家嫂子,是好人坏人?"

"好人呀!"萃女不假思索。

"她会诬赖你不会?"

"自然不会。"萃女回答得痛快。

"她和你有冤?"

"没有。"

"有仇?"

"没有……"

"好吧。俺问你:你为什么把咱的孩子半路打下来?"

"啊,孩子,是让孔家整掉的……"

"是你自个儿愿意打的胎,不然,人家不要你!"

"你胡说什么?"萃女狂怒地吼道。

震兴冷笑一声:"你嫂子会胡说?"

"啊!她……"

"她要胡说,你再看看这个——"

萃女这才看见,沙发上一张大照片,那上面两个人,一个戴太阳镜的洋头青年,一个是萃女,俩人穿着游泳衣,在海滩上半躺半坐着。她忙解释道:"震兴,你别见怪。那是俺嫂子的大兄弟……"

"那是你的男人!"

"谁说的?"

"你嫂!"

萃女像一下落进千丈深的山沟,脸没有血色,发乌的嘴唇哆嗦着,颤声问:"你全信哪?我的亲人……"

"哼!"震兴一咬牙,向外就走。

萃女扑上去,抱住他的腿,哭着说:"好人!亲人!老实人!你不能走,不能走啊!这些话都是假话、坏话、害俺的话,我想不到,一片真心对人,她面上和善,心生毒计杀我啊……震兴啊!你不能这么无情无义,俺对你怎么样,你该有心肠啊……"

"放屁!"于震兴一脚把她踢倒,流着泪怒斥道,"是我没心肠还是你没心肝?看看你身穿绫罗,住洋房,光着身子靠男人……你为着荣华富贵,住到你当官的哥家,忘了情,忘了义,忘了仇,登台唱戏给孔秀才取乐……你这样人,真个是'最毒蛇蝎心,最狠妇心人',还有脸活在世上!早死早干净!"

萃女发狠地说:"于震兴!你全不顾咱多年恩爱,听信黑话绝情义。你是好汉子,不能走,等到明天,有人给你算账,你再给俺下跪,俺也不饶你啦!"

"好啊!毒娘儿们总算亮出原相来啦!"于震兴怒吼着,"有了白脸官,害俺穷扛活的,叫你哥抓起俺,再和孔秀才一块逼问俺兄弟……"

"你血口喷人……"

"恨死你啦!我……"于震兴宛如一头猛狮,扑向萃女,将她摁到床上,两手掐她的脖子。说实在的,他们相爱几年,即使做了夫妻,震兴的手也从来没有这样用力抚摸过她的肌肤……只可惜,现在他不是在爱,而是在置她于死地。

萃女开始挣扎，但随即老实了，她流着痛苦的眼泪，脱出压在他身底下的右手去到枕头下摸出那把他用过的、她随身带着防身的砍柴刀，把柄使力向他身上碰……

于震兴认为她要砍他，随手抄起来，向她那白白的瘦瘦的喉咙一划，鲜红的血立时流了出来！震兴一哆嗦，柴刀落到地板上，他也一阵昏晕，堆到地上，傻了！

萃女躺着没有动，她也无力动弹了。大动脉里的旺盛的鲜血，顺着她的脖颈向身下流，粉红色的棉袄，全浸红了。她那黑白鲜明的戏曲演员特有的灵活的眼睛，在逐渐失去光泽，但她还以生命最后的力量，顽强地注视她不惜一切爱恋的人！

于震兴好像是从噩梦中，听到遥远的柔弱的女子的声音："好人……老实人……亲人……俺不怨你，俺当初就说过……俺要么等你的花轿……要么等你的棺材……两样我都喜欢……两样我都等到了……你快走……这是个狼窝……你快走啊……"

不，这不是梦幻，是她的声音，不远，就在身边。于震兴猛地跪起来，爬到她的身边，摇撼着她的身体，哭天抢地，悲怆地叫道："亲人哪！俺干了么事啊！俺的心叫狼吃了啊！这世上，俺再找谁做伴啊……"

下半夜，海面起风了，刮得那天上的星月，更加明亮。

一个汉子怀抱着一个女人，顺着冷清的街道，快步地走到海边，转过北面的海岸，沿着嶙峋的岩石，来到一个僻静的角落。

他坐到冰冷、阴湿的石头上，怀里紧紧地搂抱着她，他们贴得那样紧，男子还打开棉袄的襟，使劲往她身上盖，使劲往自己身上贴她。的的确确，于震兴从来还没有这样主动抱过萃女。萃女也似乎感到了这一点，是那样驯服地由他拥抱，一动也不动地由他搂抱着。只是他再有多少情爱，用多少炽热的体温，也不能使她渐渐冰硬的躯体感到丝毫的温暖了！

晨前的潮汐有节奏地向海岸扑打、浸吞，一下一下非常均匀,海水柔和地围着峭石旋转,轻轻地向岸上升涨…

当那血红的旭日露出海平线,这对异常的夫妻,已经消失在博大的海洋中,一丝痕迹也没留下。

不平静的夜迎来了晴朗的早晨。
十六日。
天气异常晴朗,风和日丽。蓝晶晶的天空,蔚蓝色平静的大海,三面的环山,东面的白雪皑皑的刘公岛,银闪金映,天上地下,一切空间,是那样的洁净、透明,宛如是一幢无边无际的巨大水晶宫。

早饭刚过,起义的人们集中在公署大楼前院子中央的旗杆处,一百多人,除了崔素香几个女同志,全部是灰色的军装,手中、身上是长、短枪,子弹袋。

曾经在天福山升起过的山东人民抗日救国军第三军的红旗,又在威海卫升起来了。大家肃静地注视着冉冉上升的红旗。一直看它升到旗杆的顶端,在曙光中闪耀。

主持大会的"民先"成员指挥大家唱《义勇军进行曲》。

主持人请理琪讲话。理琪已脱去长袍,穿上了灰军装,他身上除了背着手枪,比别人多了一件东西:左肩背着一个旧的牛皮文件包。这是孙玺凤送他的礼品,给他别的他什么也不要,为了尊重对方,最后他拣了这样一件礼物收下来。理琪走上大楼门前的高台阶,他那温和的声音,发沙地响着,他热烈欢迎参加起义的公署人员。他又大声说:"……我们是一支抗日的队伍,人民的队伍!我们联合一切力量,打鬼子,保家乡。我们要到农村去,发动民众,组织民众,保卫家乡,保卫胶东!我们和全国人民齐心努力,一定能把侵略者打败,建设一个新中国!"

然后,队伍分散准备下一步行动,擦枪上刺刀,整装待发……

下午三时。

起义队伍由特委负责人，临时指挥员打头，五步一人，子弹上膛，刺刀上枪，持枪向前，出了公署南正门，向码头挺进。

队伍中间，于震海率领二十名老红军游击战士，人人双手握双枪，大小机头张开，护卫着专员孙玺凤，坚定地向前走去。他们身后，有两辆大车，装着起义队伍的辎重，理琪就夹杂在赶大车的人中间。

市区的主要店铺，上板闭门。有些大胆的热情群众，簇拥在角角落落，观看稀罕。

右面的市区，公安局的黑制服部队，实弹荷枪，三步一双，五步一伍，虎视眈眈；屋顶，楼台，架着重机枪，如临大敌。

左边靠海港码头的一面，蓝军装的海军教导队，一字散开，排了一百多人，那位"民先"成员中队长在队前指挥。孙玺凤来到近前，码头上的几支小艇拉响汽笛，教导队的兵举枪向他行军礼。

孙玺凤的惊慌的眼睛老在公安局的队伍上转，顾不得还礼。于震海响亮地说："专员放心，谁也不敢动你一根汗毛！"

孙专员掉过脸，望着周身的武装大汉，雄姿虎步，威武强壮，犹如大树围起的墙，把他护卫得严实。他不自觉地挺起了胸，抬起了头，把手举到水獭皮帽檐上，向海军教导队还礼。

临街的一座小楼上，郑维屏隔窗望着街上的情况。他狠狠地拨动了手枪。副官忙说："局长！姓孙的身边为首的大汉就是昆嵛山游击队的于震海，他和他身边那帮起义军，都是百发百中的神枪手！他们要是拼起命来，那……"

郑维屏不甘心地吞了口涎水，把手枪插进套子里……

起义队伍一直把孙玺凤送到码头上。因为码头水浅，大船靠不上来，英轮"太古"号停泊在港外，派来小舢板在码头上等待。孙玺凤的东西和家眷是提前送走的。他上了舢板，杨更新陪他上船。

孙玺凤站在小船上,开船之前,和我党特委负责人一一握别,最后紧握着理琪的手,他慨叹道:"多谢贵党的精心安排,迫使郑维屏不敢逞凶,我能从容出走,没受损失,还保住了面子!"

理琪诚笃地说:"你也为抗日救国做了好事。我们共产党人,对为国为人民做了好事的人,永远纪念。你什么时候回来抗战,我们都欢迎!"

孙玺凤说:"贵党取信于人,大有前途,我将铭刻肺腑!但愿后会有期。"

理琪和岸上的其他人,一齐说:"祝鸣岗①一路顺风!"

> 脚踏眼看昆嵛山,
> 青枝绿叶花丹丹。
> 财主官府逞凶恶,
> 穷人喊痛又叫冤。
> 一一·四暴动似火焰,
> 百姓欢乐敌胆寒。
> 敌强我弱遭灾难,
> 革命火种到处散。
> 鸽子堂前生死别,
> 惊哭鬼神动翻天。
> 今天重到老鹰窝,
> 亲人荒坟伴山庵。
> 月牙海湾垜崮山,
> 招魂声声白沙滩。

---

① 孙玺凤,字鸣岗,山东惠民人,曾留学法国学法律,国民党威海特区及长山八岛专员。一九三八年一月十六日离威海去香港,后又辗转回惠民地区拉起几百人的抗日队伍。一九四六年由陈毅同志介绍加入中国共产党。中华人民共和国成立后,在中央法制委员会工作。已病故。

家庙内外血同流,
茅屋烧光草重苦。
干!干!干!
红旗又飘昆嵛山,
抗日烽火遍地燃。
全国民众齐奋斗,
胜利到来在明天!
起义队伍来俺疃,
桃花沟里过个年!

桃花女们刚落声,起义战士鼓起掌来,可是有的老战士,倒拭开了泪水。观众中一片互相交头接耳,打听着原因……于是,老的告诉新的,鸽子堂是怎么回事,老鹰窝是怎么回事,白沙滩是怎么回事,家庙是怎么回事……一直说到桃花沟小苏区的来历,人群中的气氛一下变得凝重:有的嗟叹,有的流泪,有的抽泣,有的擤鼻涕。

这是在桃花沟的家庙里,屋里地上铺着干茅草,起义队伍几十号人,济济一堂,门口有个空地方,小菊带着五六个桃花女,应战士们的要求,在进行宣传演出。

威海起义后,特委即把部队进行了合编。一面继续派人到西面几个县份开展工作,一面在文、荣、牟、海四县活动,部队发展很快,每天来投奔起义队伍的人不少,像桃花沟一类党组织活动强的所谓小苏区,人来人往,有时和赶山会一般热闹。特委经过研究,对参加人员进行了政治训练,教育,有些人不坚定,吃不了苦的,特别是从威海公署、政训处来的人员,不愿干下去,就打发走了。经过整编和扩军,以原来天福山起义的一大队为骨干,编成了三个大队,每个大队八十多人,下设三个中队;还有一个特务队,这样,山东人民抗日救国军第三军,就有三百多人,和少量的机关人员。特委成立了军政委员会,由特委书记理琪任主席,并兼任三军的司令。于震海现在是第二大队长。

这时在桃花沟家庙里的队伍,属于第一大队。今天是旧历年三十,桃花沟家家户户,一片剁菜声。他们再穷,也要让战士们到家里来,半夜坐在热炕上,吃过年饺子。队伍上的同志,听说桃花女就在桃花沟,非要看她们的宣传节目不可。为亲人们演唱,还有什么不乐意的?就在战士们在住宿的家庙等着半夜吃饺子的时间,小菊和女伴们来演唱了……这第一个节目,是特委的一个管宣传的大学生,特意为她们写的,叫她们记下词,齐声背诵。谁知道,她们已经习以为常的事,引起了起义战士的悲伤,多不好啊!

桃花女们你看我,我看她,都没了主意。这时有战士道:"再唱一个!"

"唱个《打回老家去》!"

"唱个'工农兵学商,一齐来救亡'……"

"演个戏吧!"

"演《放下你的鞭子》!"

"演《打渔杀家》!"

忽然,三个黑油油的六七岁的男孩子,拽着闺女们的辫子,大声叫道:"菊姐姐!你唱个《讨饭歌》吧!"

"唱个吧,小姐姐!"

"使劲唱吧,讨饭歌真好听!"

姑娘们一下愣住了,接着脸发烧,低下头去,避开两盏油灯的光照。她们结队为伤员去讨饭,唱自编的歌,那是两年前的事,当时十五六七的姑娘,现在都十八九了,身子比从前厚实了,脸皮倒薄多了。观众又在交头接耳,询问、回答《讨饭歌》是怎么回事。她们,小菊和讨饭队的闺女们,此时是想起遭到白眼、讥笑的话,还是想起那要穿透她们衣服的刀子似的目光?她们面对着其中就有她们付出羞辱换来的吃食养好伤的亲人,倒感到不自在,害臊了。这恐怕不能以姑娘大了来解释,如果历史的进程再需要她们去讨饭,她们还会这么做的。不是吗?三嫂不是违背生母的遗言,首先提起讨饭棍的吗?她都是母亲了啊!

看样子像快十岁了,其实才六岁多的竹青,挤到小菊身前,说:"小姨,叫你回家去。理大爷叫俺来送信的,你快去呀!"

小菊向队伍鞠一躬,说:"俺对不起,明天再给大家唱吧!"

"小姨姨!"竹青说,"俺和三个'牛'小舅给叔叔们唱宣传,好吗?"

起义战士齐声叫道:"好啊!"

"欢迎……"

想不到,竹青和三个小牛儿给桃花女解了窘境,她们退出门口,只听小竹青大声叫道:"俺叫冯竹青!俺爹叫冯开仁,俺是俺爹的亲闺女!俺和三个小牛小舅舅,顶俺小姨她们唱宣传。俺不会唱《讨饭歌》,俺小姨她们会。她们排着队去要饭,路上怕累怕狼,走不动,就唱歌。唱歌去要饭,要饭为伤员,伤员好了打坏蛋!牛小舅舅,咱们唱么歌呀!叔叔听么歌好听呀?"

"……喝,喝呀!尝尝,这酒还不大离,里面一粒粮米没有,还能品出点味来……吃,吃呀!尝尝,这野鸡汤,鲜着哪!也该你有口福,药了一年多,没见一根野鸡毛,前下晌刚撒上食,就药死了一只,肥着哪!这东西积雪天下药最好,它没处找到食,肉也顶嫩……哈,我看禽兽这东西,也为抗战尽力——牺牲牺牲啦!"张老三盘腿坐在炕上,守着上炕桌,一会儿端起小酒盅,一会儿抓起筷子,一个劲向对面坐着的客人让酒让菜。

这客不是别人,是理琪。他微笑着,一会儿跟着端起盅,一会儿随着抓起筷子,嘴上说道:"好,好,我喝,我吃……"但酒一沾唇就放下了盅,来一点菜又放下筷子。

张老三也很少动筷吃菜，做着样子只顾让客人，那酒却是一口接一口地吱、吱往肚子里吞。

理琪道："三叔，我见你这个年过得挺痛快，眼睛还痛不痛啦？"

"痛……不大紧！"张老三说，"反正放蚕误不了活。实话说，多年啦，也没像今儿个这么喜欢，还是穷过，可穷有个穷喜欢……"

"爹呀，看么事把你喜欢的？该不是今年的酒好，俺妈管你够喝了吧？"小菊推门进了厢房，冲父亲说。

"你……"张老三一时对答不上来。

小菊已转向理琪，亲昵地说："理大哥，你开完会啦？有么任务给俺办？"

理琪笑道："有啊！"

"去哪儿？"

"在家，过年！"理琪喜欢地说。

老三趁此又斟上酒，想出了要说的话："菊，你也老大不小的啦，当着你理大哥，说话也不咂摸咂摸滋味。你爹多会儿为喝几口地瓜烧就喜欢来着？你那脑瓜子就不寻思点旁的，咱们闹腾了这么多年革命，暴动，有多会儿像眼下这个势派？几十号穿洋军装的自家兵，大模大样在咱桃花沟过年！这才几天，你震海哥领着些讨饭花子样队员，东藏西躲，还能过年？连命……"

"爹，俺知道啦，你说么都对！咱该喜欢，使劲喜欢！"小菊怕父亲再说出难受的话，说着给他斟酒，"你喝吧，爹！"

"给你理大哥也满上。"老三满意地端起盅，重重地喝下一半，"嗨！她大哥，俺给你留了两年酒，今年你才算喝上啦！头年春上清明那天，我当你早不在人世了，请下你们魂来家喝一盅……真没想到，今年你真的到家来了！不光你自个儿，领一大帮自家兵回家过年……你可真是个神仙人！"

理琪哈哈笑过一阵，说："三叔，我要是神仙，你得先是神仙。"

"我……"

"俺爹是酒里的神仙……"小菊嘻嘻地笑了，见父亲要冲她火，忙说，"理大哥，竹青说你叫我，除了过年没有别事啦？俺到北屋帮妈和姐包饺子去。"

"还有。"理琪说着打开身上背的旧皮包，掏出一个叠起的白字条递给她，"有人给你一封信。"

"信？谁给俺信？"小菊一惊。

"你不是识不少字了吗？自己看吧。"

小菊展开字条，只见开头写道："张小菊同志，小表姐鉴：你一定想不到我会给你写这封信……"

小菊好多字不认识，急往下看信尾："弟同志高玉水敬上。"

她为难地冲理琪道："理大哥，俺好多字不认得，你给俺念念吧。"

理琪笑道："你信是夹在他给我们的信中间，我们可谁也没看——不好随便看人家的信呀。对不对，三叔？"

老三只顾自斟自酌，随口道："多大个小人儿，管他们哪！咱不管……"

理琪接过信，拔出钢笔，就着炕桌，把估计她不能认识的字，很快注上拉丁文拼音字母。小菊捧着信，嘴动着，却没有声音，细细地看着：

张小菊同志，小表姐鉴：

你一定想不到我会给你写这封信，然而我非给你说明一个问题不可。由于我的疏忽，我出狱之后，听说你进步很快，一时激动，就托素香姐把一对玉镯子送给你。当时我实在是出于对你的想念和友谊，绝没有其他邪念。但是后来我才回忆起,这玉镯是我父亲专门给儿子订婚用的,可是我已来不及改正了。我深知你是聪明绝顶之人,一点也不允许别人玷污,万一为此使你生气,我的罪实在不可饶恕。今有良机给你带一小信,特作说明:我送你玉镯纯属一片友谊,你如果不信,就将它狠狠砸碎,如果相信我是真心,切望保留为感!

祝你胜利再胜利!

弟同志高玉水敬上

看完信,小菊的右手不由得摸着左手脖上的玉镯,自己觉出脸一定绯红了。可是斜眼瞅瞅,理琪正在看文件,父亲闷头喝酒,就轻轻舒了口气,把信小心折叠起来,揣进内衣小襟的口袋里。

"玉水和别的同志一直在黄县,工作开展得很快很好,是个有为的青年!"理琪像是无心地自言自语地说。

老三接口道:"听到没有?人家还比你小好多天……"

"十七天。"小菊道。

"那也是小……"

"姥爷!理大爷!"

"三大爷!大哥哥……"

竹青和三个小牛儿跑进屋。理琪急忙下炕,顾不及穿鞋,一个一个把四个孩子抱上了炕。他握着竹青的小手,问:"竹青,还认得我不?"

竹青笑着道:"认得,认得!俺不进门就叫理大爷啦?你戴上眼镜俺也认得,俺原来有个程大爷,也戴这个……"

"嘀,竹青,你好聪明!"理琪激动地说。他怎能不激动,老程是他来这前,这里的领导人,虽没见过,却不断听同志们怀念他。他又怎能在今天胜利的形势下,不感念这位先驱呢?

竹青认起真来了,说:"理大爷,你往后别总叫俺竹青,还应加上个'冯'字,俺姓冯,叫冯竹青,俺爹姓冯……"

于震海大步跨进门,后面跟进端着饺子的桃子。不等到人开口,竹青就指着震海叫:"于大叔,你知道俺爹姓冯,俺叫冯竹青,理大爷不知道,总叫俺竹青。妈妈,你为什么不告诉他呢?俺叫冯竹青……理大爷,你也像教俺小姨那样,教俺认字,俺先学会名字,冯竹青!"

"好,等咱有了政权,都叫你们上学,念书,识字!"理琪嘴这么说,眼里看着竹青、桃子、震海,心里激烈地翻腾着:"桃子和冯痴子、于震海,能这样的相处,相处得如此神圣、纯洁、热情,除了这样的人在这样的环境,是不可能的啊!平常的生活平常的人,是难以相信的啊!"

于震海报告一个胜利的消息:他的二大队今天上午,按照特委的命令,将文登县大队在顶子村残害抗日群众的三十几个敌人,全部消灭掉了。

理琪高兴地说:"干得好!有理、有利、有节,对不顾国家民族存亡、反人民到底的铁心坏蛋,必须打击。你们辛苦了!"

"多亏小雪的情报准确。"震海道,"下午,文登县政府就把山子他们十八个同志放出来了,他们和部队在沟于家村休息过年。同志们都说,你把国民党的计谋算透了!"

"适才俺还说他是神人嘛!"张老三道。

"爹!"小菊怕他啰唆,打断他的话,把胳膊依到他脊梁上,等他一失言,就按他一下,又少话,又给爹保住了面子。

理琪望望屋里的大人、孩子,停了一霎儿,认真地说:"三叔,人不能成神仙。我才说,要说'神仙',也是你,你一家,桃花沟一村,咱全胶东,全山东省,全中国,全世界的所有劳苦大众,大家是神仙!敌人,他们不怕哪一个人,他们怕咱们团结的力量,武装起来的力量。蒋介石之所以不得不答应抗战,是怕全国的老百姓,怕咱有几万红军的队伍。大的如此,咱小地方也一样。没有咱的起义成功,群众的抗战热潮,咱们别说抗日,连站脚的地方也没有。咱们力量大了,谁捣乱,就给他眼色看看……这不,抓去的同志他们不得不放出来了。这些理,三叔,你们大家,比我还懂啊!这些年来,你们为着自己的队伍能生存,能扩大,使出多大的劲儿啊……"

"这没怎么的。"张老三眼里含着泪花,"在早先,我这人埋汰着哩……"

小菊紧用胳膊按他。他说:"你这丫头,按我干么!你理大哥懂事理,说错也会担待我。他理大哥,你先听我说……那年,就在这个厢屋,也是喝酒,尝野鸡汤,我听说女婿兴许是姓共的,吓得惊天叫地……也是在这间房,我听说程先生是带色的,连山菜也没等他吃饱,把他顶出门去……就,我就怕焚了这几间茅草屋,一家全完……"

"爹,你早不这么做了呀!"桃子说。

三嫂又端着直冒热气的饺子走进来,说:"快吃饭,他大哥、海子,快吃你们的。你呀,好儿他爹,喝上几盅,又翻腾往事干么呀,说两句往前的吧!"

小菊却使力推父亲的背,敬爱地说:"爹,说呀,你快说呀!俺理大哥愿听,我也愿听!"

"说吧,三叔!"理琪道,"放大声说吧!"

"叔,说吧!"震海说。

三个"牛"儿也叫:"三大爷说话,俺爱听!"

"三大爷,你说!"

"说啊,好三大爷!"

竹青看看姥爷,又看看姥姥,然后才叫:"姥爷,你先说,俺姥姥要不叫你说了,你就把嘴闭上,啊!"

张老三一仰脖子,干了一盅,拍拍胸脯,指着屋室,有力地说:"就这么一句话:用得着命,我豁出去,用得着房子,尽管烧!"

除夕夜的饺子尚未进口,联络站送来火急情报:侵占烟台的日军企图向牟平县城进逼。法西斯的铁蹄,要踏到家门口来了!

三军的领导者,连夜召开紧急会议……

第二十二章

　　姊妹二人，执行两个不同的任务，能不约而同地相会在一个地方，实在是个巧事，是个喜事。
　　小菊扑到桃子胸前，抱着她的脖子，跳着脚说："二姐啊！你怎么也在这儿呀？这么好，这么巧！你怎么来的？"
　　桃子顺理着小菊的乱头发，欢喜道："先说自个儿，你怎么来的？"
　　一个细高个、圆平脸的女子，端进饭菜，边向炕桌上放，边笑着说："先别说，吃着饭，一边吃一边说。"
　　小菊放开桃子，帮着她摆筷子，说："素香姐，你做么好吃的招待客呀？"
　　崔素香笑道："客？你还是客？你姐是客，你呀……菊妹，今儿我做了两样我们朝鲜菜，你可别怕辣；桃子，你也别嫌甜哪！"
　　"咦，有谁还怕甜的？"小菊道。
　　"她呀，吃惯苦啦，对吧，桃子？"
　　"对不对，不都叫你说啦？素香姐——"桃子微笑着说，"看你又瘦啦，快坐下，俺们自个儿动手……"
　　素香住在城隍庙附近的一个四合院的东厢房，院内都是些工人、店员，特委随起义队伍撤走后，她留下来在这工作，隐蔽在一个同志的大姐家里，这大姐白天在外帮人洗衣，做饭，是个苦命的寡妇。

三个女子吃着朝鲜味道的饭菜。桃子告诉小菊,她是奉组织的指示,来威海取这里党组织买的和收到捐献的一批治伤药品的;还有个任务,一直挂念着萃女,为什么还没从威海出来,组织上要她来打听一下。

"打听到没有?"小菊问。

"没有。俺在她嫂家洋楼门前,敲了半天才出来个看门闺女,说那个女的早不在这里了。再问她,她就摇头,把门关上了。"

"起义军往外开那阵子,萃女怎么不和她哥一块出去?"小菊问。

素香回答道:"这个我知情。起义的当天晚上,萃女还来找她哥了。她说,她嫂还是不转换心意,丈夫要抗日,她就和他分离。杨更新叫萃女不要再理会他媳妇,回乡下去。萃女说她嫂一直和颜悦色地待她,她不忍心这么闪开她嫂,再劝一劝,兴许她嫂能想得开,过几天她再陪她嫂来找他——多数女人的心软啊,又是对自己的丈夫。"

姊妹俩都默然了。住一会儿,小菊问:"那萃女能到哪里去呢?她是个能耐人,还会丢了不成?"

桃子神色黯然地说:"不会丢吧?我吃了饭再去打听,非打听个水落石出不可。"

素香说:"小菊,快说,你怎么来的?"

小菊说:"俺跟起义军在崔家口一带闹宣传……唉,素香姐、桃姐!听说日本兵这几天要占牟平城,咱们起义军正在那练兵,想计策,理琪同志说,要去打哩!这不,得赶紧印传单,宣传胜利消息啊!"

"说你干么来的呀!"桃子催问道。

"俺不是说了吗?"

"说么来?"

"来买油印用的纸、墨呀,好印传单哪!两个姐,俺昨儿叫菊花岭联络员去交换情报,县委负责人告诉俺到素香姐这来,交给她三十元经费,再托她帮着买这些东西回去……"

饭吃完了,三个女子也谈好了时间安排。午后桃子继续去寻找萃女的下落,崔素香和小菊去买好油印用品,再去帮助桃子找人。明早姊妹俩离开威海卫。

当然,寻找萃女是毫无结果。萃女和于震兴的去向,只有大海知道了,它那容量宽宏的怀抱,没有把他们推上岸来,遂了他们的意愿,把他们带进无边无底的太平洋里去了。对于这对夫妻的命运的结局,事实真相,连死者本人,也不完全明白,更不用说局外人了。唯有一个人,杨更新的妻子最明白,然而她是会把谜底带进泥土也不会吐出一个字的。

这位姿色、才干出众的商会头子的大小姐,内涵的本领也是超群的。她不露声色,温良雅静地对待萃女,实际上,她把这个小姑子恨得咬牙切齿。是这个风韵俏丽的女人,来她家几天工夫,把大青蜓和她开洋行的父亲几年笼络住的年轻有为的丈夫,拉到抗日阵营。她丈夫和她父亲要把财产发得更大,成为威海卫的最显赫的家族的指靠,成为泡影了,她丈夫跟共产党走了。如果再和这样的丈夫保持关系,不但日本人来了靠不上,生命财产也不保了。大青蜓极度的仇恨,恨共产党,恨抗战,恨孙玺凤,恨杨更新……最后,把一切仇恨集中到一个女人身上:这个戏子出身,她那对女人百般挑剔的大弟弟都着了迷的小白菜,祸端都起在她身上。

公署里起义的当晚,好心的萃女去找她哥,没有听从杨更新的劝告,怜悯心使她决定留下来,规劝、陪伴嫂子。可是,萃女哪里知道,她离开住宅的时候,大青蜓已经下了决心,她要在她身上进行报复,痛快地报仇。本来,她想等杨更新跟起义队伍一走;她和大弟弟设下圈套,叫大弟弟占有萃女,玩弄够了,卖到大连当妓女去……就在此时,于震兴出现了。

大青蜓这几天才知道萃女苦恋着个共产党员的长工哥哥。这是萃女这次从乡下回来,为了打动大青蜓,才把自己和震兴的关系的来龙去脉,全都告诉了她,当时大青蜓听了还落了泪……可是,鬼精的大青蜓,从于震兴一来就向她试探萃女的近况,几句话就发现他对她怀着深刻的猜忌……

心里美的"百事找",哪里是口蜜腹剑之人的对手!一切假话根据需要,现编现说就行了,从未见过男女一块如此洗海澡的佃工,哪里还分辨出照片是从合影上剪下来的……

当时全楼只有萃女和用人俩人房里有灯光,实际上没灯的房间还有人。大青蜓巧妙地使震兴相信了她泼到萃女身上的污秽,然后哄骗幼稚的女佣回娘家了。其实她躲在萃女房间的隔壁,听着他们的动静,如果于震兴被萃女软化下来,她马上把放进毒药的茶水、点心送进去;此计再不成,明天起义队伍一离开,威海卫的天下她父亲就能说话算一半,通共窝匪的小白菜和于震海的哥哥一起活动,罪名也够了……

聪慧一世的小白菜,临死前只知道自己身在狼窝;老实一生的于震兴,在静等着海潮将他和她的遗体卷走,还认为自己的妻子是有过错的,只是她还是爱他的,即便不爱他,他也不该害人啊……

当事的死者如此,害人的凶手不露痕迹,别人怎么能了解内情呢!

桃子那习惯警觉生活的眼睛,一下发现上午来过的小洋楼的门口,有两个男人在徘徊。她立时停下脚步,正好有位老太太挽着篮子从坡路上下来,她装作熟人似的凑上前,和她说着悄悄话,相伴着通过了洋楼门口……

夜里,四个女子结结实实挤在一铺小炕上。有个同志来告诉崔素香,日本兵昨天开到牟平城,威海的公安局、商会,加紧了亲日反共活动,要她提高警惕。她们商定,明天一早姊妹俩就启程。

出乎意外,早饭后,桃子和小菊带着两个结实的大包袱,桃子手里还提个山菜篮,走到离西岗区口不远,只见出市的人被岗哨堵了回来。再一看,平时两个警察站岗,今天增加了四个,还有个小头目在带班。被赶回来的人说,出去要公安局的通行证,还要搜身检查,有可疑物品,连人带东西押走。

姊妹二人倒吸一口冷气,她们不但没有通行证,有通行证也不行,就这些东西也会被马上识破的。两个人只好往回走。桃子边走边寻思着说:"来时叫女的来,为的使敌人少起疑心,不想,城里变得这么快……"

小菊道:"怎么办?要么回到素香姐那里,再想法子?"

桃子说:"实在不行,只有找她……找她也是个为难的事。再说,咱起义军要和日本兵打,准打得苦,还不急着用药?打胜了,也得快把消息传出去,用纸也急啊!"

她们回到市区边上的一条河道处。这里没有人家,是一个打谷场,一块葡萄园。天阴得沉沉的,雾气灰蒙蒙的,下起雪花来了。路上没有什么行人,大冷天,这么早,没有急事,谁上路啊!被岗哨堵回来的,也是几个出去做买卖的人。

这时候,从市区出来一辆大车。大骡子驾辕,赶车人跟着牲口走着。车上坐着一个人,袖着手,低着头。

桃子、小菊和大车相逢了。桃子立时认出赶车人是赤松坡的铁匠、宝田、宝川的父亲刘福。她"嗯"了一声,刘福一侧脸,也认出了桃子。桃子刚要张嘴,刘福"嗯"了一声,向车上示意。桃子一看,车上坐的是赤松坡村长、地主坏地瓜于之善。她急忙闷下头,和车擦边而过。

小菊问:"二姐,车上是谁?"

"坏蛋坏地瓜!"

小菊道:"那快躲开他……"

"桃子。"有人从后面叫。

她们一回脸,见刘福跟过来了。那大车停在河道里。桃子问:"大爷,你别顾俺们……"

"没事。"刘福说,"坏地瓜喝醉酒,睡着了。这老小子,前天雇人赶来威海办货,我为打刺刀缺钢使,和江老师商量,跟他来了。昨儿到的,装了半车布匹,我买了三百斤钢。他妹夫是警察队长,听他说日本人来了,郑维屏升市长,他妹夫升局长。他妹夫请了一宿客,老小子也喝醉了,可他急着明天赶回去过正月十五,卖布发财,一早就叫我上路……你们是不是想出去?"

"俺们出不去。岗卡得紧了,大车能出去?"小菊问。

刘福说:"这个还用愁?他妹夫要不是醉倒了,还要来送他哪,早给了他出去进来的通行证,谁还敢挡他的车?"

刘福诉说的同时,小菊的细眉黑眼皱了皱,眨了眨,向桃子做了个上车出去的动作,桃子点点头。她们和刘福一起来到大车跟前。

坏地瓜安坐车上打呼噜流口水。刘福把她们的两包袱东西绑到车后部。小菊灵活地蹿上车辕。坏地瓜的手枪斜背着,皮套压在大腿底下。小菊伸手去扒开他的腿,打开皮套,将枪掏了出来。不想,她身子一扭歪,左手抓住了坏地瓜的三开棉帽子,把他拉了个趔趄,坏地瓜忽然醒了,瞪着眼,吃惊地问:"干什么的?"

"你说呢?"小菊用手枪指着他。

坏地瓜的酒劲睡意全飞了,举起了手:"断道的!女的也干这个……"

"胡说些么?老邻居啦,你不认得?"刘福道。

桃子来到面前,坏地瓜一见,忙道:"你,是你在这!你先前的男人教训过我……我抗战,抗战到底!"

桃子说:"那顶好。你就方便方便,俺们搭你这个顺路车吧。"

坏地瓜连声道:"这个——行,少要点车钱——不要也行。"

475

桃子也上了大车，坐在坏地瓜身后。小菊坐在他旁边，右手握着枪，从她的袄襟底下伸出去，枪头正顶着坏地瓜的右腰眼，他老老实实，一动不敢动，生怕枪响了。其实姊妹俩谁也没打过枪。桃子拿过丁赤杰的手枪壮过胆，这支德国造的马牌手枪还没见过。刘铁匠能把铁轨打成针。可对这巴掌大的小玩意儿毫无办法。况且，枪膛里还没有上子弹呢。

大车起劲地向岗卡上滚动。桃子在坏地瓜的背后说："到了岗上，就说俺们跟你一块的。出来走亲戚的，你要是使坏……"

"不敢，不敢！"坏地瓜忙说，"你们尽管坐稳当，连车都不用下，带岗的都是俺妹夫手下的，谁也不敢多说咱一句话……"

过了威海西岗，是海滩边上的平坦大道，车走得很快，一会儿就出去十多里。两姊妹都舒了口气。于之善唏嘘着朝天鼻，哭唧唧地诉说他过去对乡亲们干了许多坏事，对不起刘铁匠和桃子两家，都是他姐夫孔秀才出主意叫他干的，他现在愿意为抗战出力，求她们别打死他，打伤他。

刘福道："你想出力抗战？你昨儿还和我说，眼见着是日本人的天下啦，石匠玉闹抗战欢不了几天。孔秀才要当文登县长，和日本大官平起平坐。来时说好俺白给你赶车，你帮俺捎钢回去，你昨儿就赖了，说我是给你抗战村长出的官差，捎的钢要三七分。这会儿你又变啦？"

坏地瓜急忙说："唉唉，大兄弟！我那是——喝醉啦，满嘴放臭屁的话，你也信？咱如今要说讲统一抗战的话……"

"统一战线不能光说，得老老实实地干。"小菊教训道，"只要你现在参加抗战，从前的罪可以不算账；要不，还留你活到这时候？"

"是，是！老实，我老实……你把枪头远着点……"

敌人离得远了，只坏地瓜一个人，他不老实也不行。小菊把手枪递给了桃子，跳下车，跟着车小跑，她的脚冻麻了。

车走着,她们和刘福说着闲话。刘福一下想起件事,说:"桃子,我还忘说了,前些时震兴来威海交给我一个包袱,叫我当面给他兄弟,我一直没有碰上震海。你见着震兴没有?"

"震兴哥哥回来啦?"桃子惊异地问,"他多会儿来威海的?"

坏地瓜抢言道:"年前,就是闹起义的那天……"

"你胡说什么?"小菊呵斥他,"你又不老实啦!"

刘福恍然道:"对,对,他不是胡说,他也见来着,震兴跟他搭伴走的。"

桃子对着于之善问:"你说实话呀!"

"他说他要到威海市找女人——嗯,小白菜,我正好去威海办年货,路上碰上,一块来的。他原说好回来还一块走,帮我推大车……等了两天没见他找我,害得俺和外甥回来路上好受罪,那小子身子不孬,回家病了,他妈还找上门要药钱,真不像话,这哪叫亲戚?真气人……"

"俺震兴哥的信息你再一点没有啦?"桃子追问道。

"没有啦,没有啦。"坏地瓜低下头闭住嘴,心想可别因为他为了拉个白干活的人推大车,编排萃女几句无关紧要的话出了岔子,惹火烧身。

桃子又增加了对于震兴的命运的担心。

大车来到威海和文登交界的三岔口,地名三家夼。这里有三家开小饭店的,远处来往过路的,邻近打柴拾粪的,好在这里歇脚吃饭,喝水,聊天听传闻。时间已经过午了,她们和刘福商量在这儿吃口干粮。于之善老实了一路,桃子和小菊在上茅厕时商议,吃了饭把她们的东西拿下大车,再教育、警告一番坏地瓜,把手枪也还给他,放他和大车回家去,刘福暂且到桃花沟躲几天,看形势再说。

坏地瓜讲了半天价钱,多要了饭店半碗白菜汤,和刘福蹲在大车跟前吃粑粑。

两姊妹正围在饭店灶间烤火,喝热水,吃崔素香送的火烧,忽听对街房间里,有个粗壮的男声,在述说起义军攻打牟平城的故事,门里门外拥着十多个人,她们立时把注意力集中过去了。

只听那男人说:"……日本兵简直不把国民党兵当活人看。前天他们坐着汽车开到牟平城,随身带着他们委派的汉奸县长宋健吾,还有公安局局长、秘书一堆大小汉奸。日本兵在县政府大门口,把两挺机关枪一架,那原先的县长蒋健章,平常对老百姓吆五喝六的劲头,一下吓没了,腿肚子转了筋,恭恭敬敬让了位,住到旁边,等日本兵吩咐新'差事'。东洋鬼子帮着伪县长收拾起一批伪军和商团,就开着汽车,耀武扬威,回烟台去了。

"小鬼子喜欢得太早了。咱中国不只有国民党,还有共产党;不只国民党有兵,共产党也有枪。咱们三军为的是抗日救国才打起旗号的,趁鬼子和汉奸卖国贼脚跟没有站牢靠,狠狠揍它一顿,鼓鼓老百姓的抗战劲头,杀杀日本人、舐它腚眼的人的威风。

"打牟平是咱三军一大队,加上特务队的人马干的。三军司令理琪自个儿领的头。这可是打日本、汉奸头一仗,只能胜,不许败。为着打它个冷不防,咱的八十多人马,昨傍黑从崔家口动身,避开大路走小道,曲曲弯弯,像条大白龙!为么像白龙?每人左胳膊都戴白袖箍。为么?夜里识别是自己人嘛!就这样,和风刮得一样快,一直跑了九十多里,天一亮,就来到牟平城下了。

"你们谁去过牟平城?有去过的。它在咱西面,一百多里地,从南面昆嵛山往西瞅,山的尽西头,隔着条大沙河,就是牟平城了。这个城池有来历着啊,明朝时候叫宁海州,再早汉朝称车牟,三国时候……古东西,咱不去管它了。城北几里有养马岛,靠着海,西北六十里是烟台,顺着海边的大道,从烟台往东去威海、文登、荣城、石岛,到咱东面这块地场,非得路过牟平城不可。为这个,自来谁占烟台,必得牟平,烟台下雨,牟平必刮风。它是个老城,倒不算大,衙门坐北朝南,占着大街中央,县政府就在这里头。城墙老厚老厚的,围得结实,早就有铁打宁海州的名气。

"兴许那汉奸县长、一伙大小头目,以为城是铁打的,又有东洋爹在烟台有兵舰、汽车、飞机大炮撑着腰,城里有一百多伪军、商团和警察,还有谁敢来搅闹他们的黄金梦不成?他们晚上张灯结彩,喝酒吃菜,庆贺完当官发财以后,都上炕美美地睡大觉了。直到咱们的队伍,跟着侦察员从三个城门攻进来,消灭了一百多名商团和伪军,把这些日本人养的肥猪、走狗从被窝里拉出来,他们还在梦里,以为那打仗的枪响,是放鞭炮哪!

"县城可热闹翻翻啦!牢房里放出好些抗日的好人,住家的都上了大街,又唾又骂那些还只穿着贴肉小衣裳的汉奸、走狗,他们跪在冻地上,直打哆嗦,又冷又害怕哪!咱起义军的特务队长,领着头喊口号……有人满街贴标语,都是抗日救国的意思的。

"接着就召开公审大会,把宋健吾几个汉奸卖国贼,啪啪几枪送回老家去了……

"哈哈!就半个头午工夫,打了这么个大胜仗。往后啊,日子长啦,那胜仗啊,就老鼻子多啦!"

听众响起一片欢笑声,兴奋地议论着,随着他们各奔自己的地方,起义军攻克牟平城的胜利消息,也就不胫而走了。

人们散开了,小菊眼尖,说:"那不是毕大叔?呀,才说胜利消息的人,是他啊!"

桃子说:"他非参加起义军不可,当了侦察员……毕大叔,毕大叔!"

毕松林放下水碗,走出小店,冲着桃子和小菊,笑着说:"你们也在这儿。"

"俺们去威海来……"桃子说她们的情况,又道,"毕大叔,咱起义军打得这么好,真喜人!你来得这么快……"

"傻二姐，大叔不是飞毛腿嘛，比汽车还快哩！"小菊说。

毕松林摸摸黑胡茬茬，笑道："我的腿再快当，也飞不起来……我是坐着自行车'飞'来的——咱得了好几辆自行车，理琪司令叫会骑的侦察员分头传告胜利消息，我顺便让人带到这。"

小菊问："你也来传消息？"

毕松林见没有人在跟前，便小声说："我到南面找震海的二大队，告诉他们一大队打胜的消息，转告上级的话，要他们准备集中西上。你们歇着，我得赶路了。"

桃子把火烧塞进他背的小包袱里。转眼间，毕松林就消失在山那面了。

小菊看着他的后影，说："多好的老人！真是飞毛腿……二姐，理大哥应许俺，队伍要西上，俺就参加走了。你说先对不对爹妈说呀？"

桃子一怔，沉吟道："先说有先说的好处，不先说有不先说的道理……"

小菊急了："看你，和大姐差不离了，没个痛快劲。到底怎么着好呀？"

"让姐姐想想再说吧……咦！"桃子忽然扬起头，巡视着，"大车呢？"

"啊！"小菊也一惊。

刘福从店里出来，也不见了大车和于之善，气恼地说："这个老小子，方才他叫我进店给牲口提点水喝，怎么……"

"听，没跑远，骡子铃鎓响！"小菊从桃子的山菜篮内抽出手枪，撒腿朝西南去的大道追。

桃子和刘福也跟着跑上来。

坏地瓜于之善趴在大车上，用鞭子打着骡子，顺着丘陵中的大路猛跑。

如果于之善得悉桃子和小菊在三家疙茅厕里商议马上就要放

他的决定,他就不会逃命了。实在说,坏地瓜并不为自己的生命担忧,如今是抗战时代,于震海就没把他杀了,孔秀才也好好躲着的。无奈,做贼心虚,偷人胆怯,他心里有病,他的大车上布匹底下,藏着一麻袋子弹,这是郑维屏捎给干亲家孔庆儒的,还有一封密信藏在他怀里,不用问,是谋划如何投靠日本人,对付共产党老百姓的。于之善本不愿捎子弹捎信,怕路上出了差错,可又一想不会有差错,他身上没有贴汉奸两字,谁会对他怎么样?大白天,走大路,身上有枪,劫道的也不敢下手;起决定作用的,还是孔秀才会给他重重路费,白得一支崭新的德国造的马牌手枪,卖出去也得十几块大洋……不想,上路就不吉利,碰上了两个带色的闺女。坏地瓜愈想愈怕,叫她们查出底细,当汉奸办了……逃,只有一条路,逃命吧!

坏地瓜的隐情两姊妹当然不知道,他要是单身或者不赶着他自己的大车跑了,她们也不追了。恰恰是,她们的宝贵的油印用品和药物在车上包袱里,不索回来怎么行呢?追,拼命地追!

小菊顺着弯曲的山间大道,撒开丫子跑。

恐怕姑娘长这么大,还没有这样飞速地奔跑过。泥沙路上一层薄雪,打着滑,她不管;拐急弯碰到路边石头上,碰得脚疼,她不顾;飘着的雪花,迎着快速的脸击打,她不觉。她只听耳旁的风呼呼响,周身的雪山在打旋,向身后躲闪……

大车声响越来越大。小菊跑着转出一座岗,看见前面死命奔着的大车。她使劲地尖利地叫道:"站住!你站住!不杀你人,不要你东西!你站住……"

坏地瓜在大车上,扭头一看,带色的闺女追来了,耳里只听她喊的"站住""杀你""东西"……更慌了,向死里打骡子。一来是由于车上有上千斤东西,二来积雪路滑,又是山中弯道,再加上平时坏地瓜不舍得给骡子喂细料,到时候却逼它拉着木轱辘包着铁皮、又不是轴承滚珠的大车飞跑,谈何容易!眼见得后面的人追近了，坏地瓜发疯地语无伦次地喊起来："来人哪！财主人家出来啊！抗日救国自卫团出来呀！共匪闺女是汉奸，要害我抗战村长啦！我姐夫是区长啊！谁救我赏一匹洋布啊……"

小菊带着不会使唤的手枪，追着喊："快停下！停下！再不听话，我放枪啦……"

坏地瓜一听，更慌了，正遇上爬坡，他使劲打骡子，鞭杆打断了，他用脚朝骡子屁股狠踹……万幸，大车总算爬上了岭口，这里下去是个半里长大斜坡，大车下去一溜风……

小菊也气喘吁吁费力地跑上岭口，她上气不接下气，刚要冲下去，面前的景象使她愣住了。

木轮大车顺着盖着薄雪的冰冻路面的大下坡，疯狂地颠簸着，飞也似的奔腾着，黑骡子跳跃着往前冲，坏地瓜跪在车上惨叫："啊！啊！救命啊……我没命啦……"

哗啦啦一声响，大车、牲口、人一齐翻进了路边的沟壑。

小菊的双手，忙捂上了眼睛……

当桃子和刘福赶上来时，小菊还坐在岭口上，没有缓过气来。他们看着下面翻着的大车，一切明白了，刘福奔了过去。桃子蹲到小菊身前，从篮子里拿出一只猪皮底、黑粗布帮鞋，心疼地说："看把你累的，脸和雪一样白……"

"歇一会儿，就上来血色啦……咦，你拿的不是俺的鞋？"

桃子已把妹的左脚扳过来，白粗线袜子成了泥团团，给她擦着泥沙，穿着鞋，说："自个儿跑掉的，都没觉着？看看，你这头发、汗水加雪水，从水里捞出来似的，身里面也湿透了吧……快让姐搂搂，别凉着啦！"

"哪能？俺也不是泥塑的，见水就瘫了。二姐，你快去看看，坏地瓜摔成么样了。"

"那好，你在这儿歇着。"

"歇么？俺猜那坏地瓜一准摔得不成形了，怕见了脏样恶心。

把他盖好，就叫我……"

的确，坏地瓜和他的大车、骡子一样，都摔得七零八落了。刘福和桃子用块盖货旧布，把坏地瓜的尸体盖好。

小菊走上来，蹙着秀气的细黑眉毛，沉思良久说："坏地瓜明明知道咱不害他，俺又赶着喊了，他为什么不顾死活地跑呢？"

桃子道："我也这么寻思，莫非他有怕咱们的东西？这样的人总是明里一套，暗里一套……"

"你们看，这是么？"刘福在整理翻车的东西，"一麻袋货，子弹！"

"这老坏种，敢情运子弹打咱们的！"小菊气愤地说。

桃子道："只有子弹？他妹夫是郑维屏的人，郑维屏和孔秀才是干亲家，会不会有别的鬼花肠子？"

小菊突然走到坏地瓜的遗体旁边，动手要掀盖他的布。刘福说："我来吧，闺女，怪脏的……"

小菊别过脸去，说："大爷，仔细搜搜，里外的口袋都搜搜……"

没等她说完，刘福就把郑维屏捎给孔庆儒的信，摸出来了。

信用牛皮纸信封装着，封得很结实，写着孔庆儒亲启。里面就一张纸，钢笔写了几行问候的话，下面署名是郑维屏的字号。小菊认不全上面的字，但内容能看明白，这用不着像对待玉水的信那样，每个字都想认识，理琪还主动给她标上拼音字母哪！

桃子听说信上没写什么，也就放了心。可小菊拿着信，眉头不舒展，眯眯着黑眼睛，望着西面的雪山，耳边响着路旁河沟冰下山泉叮咚的潺流声……陡地，说："二姐，来。"她先奔到河沟："来呀，把冰砸开，砸开……"

桃子砸开冰，小菊将信纸在清水中润湿了，明矾密写的字迹出现了。小菊一面看一面琢磨，反复看，反复考虑，总算把意思弄懂了："这是郑维屏告诉孔秀才，叫他别跑到威海来，这几天文登县的丛镜月和石岛的王兴仁，集合起四百多人的队伍，预备在孔家庄北山的秦楚口南夼，打起义军二大队的埋伏。要他使劲配合，事成之后，日本兵来了，保举他当文登县长。"

"啊！"刘福一惊。

桃子说："这些坏人，不干坏事一天活不成！"

小菊说："信上还说，情报很可靠，三军要往西上，于震海的二大队在山南活动，这几天就会往西调，非走这条山路不可。"

"敌人知道得这么清楚！"桃子惊异地说，"准有人泄了密……"

"孔霜子死了，奸细不会绝。"小菊把信收起来，整理着乱头发。

桃子说："得赶快想法告诉起义军……咱不知道他的准地方，到处找怕误了时间，可惜毕大叔刚刚过去了……"

"走了飞毛腿，还有大脚嫚哪！"小菊说着，立时变得严肃起来，"放心，这一路的联络站俺都熟，俺赶紧找，出不了明天早上，管保让起义军得到消息，叫孔秀才当县长的美梦，菜篮子打水一场空！大爷、二姐，你俩在这儿守着，山那面就有个联络点，我去找李大叔，他一会儿就会带着人来帮你们收拾。这个老坏地瓜，活没好活，死没好死。大爷，你买的这钢打出的刺刀，一准风快，看，钢还没成刀，就把坏地瓜的脑瓜砸成烂泥，俺宝川哥、二妞姐听到，准喜欢！坏地瓜当了汉奸，死了白死，东西没收抗战。你俩等着，一会儿就来人！"

桃子看着一面说一面扯衣襟、理乱发的妹妹，心里热辣辣的，她几次想说自己替她去，但感到好像没有商量的余地。她把篮子给小菊说："妹，带上干粮，那枪也在里头……"

"不用枪，俺也不会放它。"小菊接过山菜篮子。

"壮壮胆子，也好啊！"桃子眼圈有些红了。

小菊把着姐姐的胳膊，笑出两个酒窝，说："看你，还是当姐姐的呢，三年前，你怎么对俺来的？放心，俺山里来山里去，现成大脚嫚子，还怕翻山越岭！回去告诉爹妈，俺耽误不了到家过十五！"

小菊快步走了，挎着姐姐的菜篮，披着一身雪花走了。桃子看着她的背影，听着她的话，也禁不住联想到三年前她的这个小菊妹妹，同她做伴找暴动队伍时，一步也离不开姐姐，每句话都得听姐姐的；而现在，桃子觉得她和小菊换了位置，姐姐是妹妹，妹妹是姐姐了！

在三家夼，毕松林宣传起义军攻克牟平城的胜利的时候，是公元一九三八年二月十三日下午一点多钟，即阴历正月十四日的午饭过后，张家两姊妹和围听的人群兴高采烈的同一时刻，百里之外的牟平城南雷神庙，正发生一场悲壮的战斗……

这是牟平战斗的延续。

上午十时许，起义军在枪决了宋健吾几个民族败类之后，派走毕松林几个侦察员分赴各地向其余部队和党组织传达命令和战斗情况，教育释放了大部分俘虏，指定一个中队在城外通烟台的公路桥处警戒，其余人员，押着几个知情的俘虏，带着缴获的枪支、弹药等战利品，开到城南的雷神庙休息、吃饭。

这个雷神庙，离城三里，挺大的一个四合院，正殿、东西厢、南大厅，一色砖石墙，不过只有正殿有雷神的塑像，南大厅、东西厢早做了小学校。现在老师、学生全放了假。队伍之所以要开到这个地方，估计是要避开情况复杂的县城，也免得烦扰群众。起义军还没有自己的政权和根据地，吃穿靠向群众摊派和募集，人民的自愿支援。在此也便于审问俘虏和开会研究问题。

队伍一到雷神庙，派上门岗，战士们一宿急行军，半天战斗，都又累又饿，分头进到各间屋子，找地方休息。干部们有的开会，有的审问俘虏，有的去联系饭吃……还没有等他们走到半里外的村里去，一伙一伙的老百姓，挑的，抬的，扛的，提的，陆陆续续送饭来了。许多老乡送来的是过年留下的麦面大饽饽，还有粉条炖猪肉。战士们一边吃，一边和欢欣若狂的群众讲打仗的经过，欢声笑语，此起彼伏……

理琪在南大厅，用一把刺刀，在课桌上裁白粉连纸，裁成三十二开大小，他又一沓一沓整齐地放好。桌上放着一碗菜，三片饽饽。伍拾子端着碗进来，边吃边说："你怎么还没吃？都凉啦！"

"吃，吃，不吃饭还行？"理琪随手抓起一片饽饽，咬了一口，放到桌上，又用刺刀把纸裁成一条条。

伍拾子怜惜地看着他，说："看你越来越瘦，你累垮了，谁来领导俺们革命？"

理琪白他一眼，把纸条捻成细绳，说："谁领导革命？党啊！你、我，咱们所有革命的人，都是党领导的。不要说咱们这样平常人，就是伟大人物，马克思死了，恩格斯领导；恩格斯死了，列宁领导；列宁死了，斯大林领导……这是不会断头的，因为他们都是属于人民的，党的。要不的话，我一个陌生人，跑到你们胶东来，别说听我领导，认识我是老几？同样，我不来，照样会有人领导胶东的革命斗争。你说对不对？"

"你的话，没错。"伍拾子诚实地说，"那你不吃饭，只干工作，也不好吧？"

"那就吃。"他又抓起饽饽片咬着，忽然把眼镜对上饽饽片，"这是麦面的！怎么来的？"

"老百姓送来的，过年吃的……"

"大家都吃这个？"

"都差不离……"

"你手里怎么不是白的？"

"我吃那细干粮不抗饥，乐意吃粑粑。"

"你呀……告诉宝田同志，请政治部主任，中队以上干部，吃完了饭来开会。还有，请帮我找个锥子用用，钉子也行。"理琪等伍拾子一走，随即端着碗，拿着饽饽片，挤到战士们吃饭的圈子里去了。

起义军饭还没全吃完，阴霾的天空响起嗡嗡声。一架双翅膀的飞机，先在县城上空转了一圈，接着从雷神庙头上飞过，向烟台方向去了。这不祥之兆，当时却没有引起人们的注意，仍是继续吃饭，谈笑。干部们在南大厅开会，研究部队如何开到蓬、黄、掖去，谁留下在东面昆嵛山坚持开展抗日游击战争……

不到一小时，飞机又回来了，这次在雷神庙上空不断地低空盘旋，翅膀下的太阳旗，清清楚楚。大家都躲进庙内隐蔽着。飞机一走，理琪马上叫一个中队干部领着大多数队伍，带着战利品，押着俘虏，向东南山上转移。但他们主要领导干部，和特务队的战士，总共二十余人，仍在这里，因为会议没开完。他们认为烟台的敌人不会这么快就知道牟平的情况，还有一个中队挡住通烟台的路，步枪声也不会传到六十里之外。他们没有想到，县城里的坏蛋们会用电话向日本军报告，而且，警戒烟台方向的那个中队，见雷神庙有部队向外转移，自以为是地认为全都转走了，就自动撤离了岗位……多么幼稚的起义军啊！没法子，他们多数是第一次打仗的，即使有宝田、伍拾子少数"一一·四"暴动时的老红军战士，同现代化日本侵略军打交道，也是第一次啊！

午后一点多钟，日寇飞机第三次飞到雷神庙上空，不断地盘旋着。

站岗的起义军战士竟为躲避敌机退到门后。所以，当四周都是平地一片的雷神庙，被乘汽车来的日军用飞机吸引去战士们的注意力而包围了，还是一位老百姓慌张地跑来报告："日本兵来了！"

起义军岗哨这才发现穿蓝呢军装、戴钢盔、提着带刺刀的步枪的日本海军士兵，出现在大门口了。哨兵立即向日军开枪……

理琪指挥二十几个干部、战士，从墙头、窗口、门缝，向包围上来的敌人射击。

敌人的火力很猛，打得庙瓦、砖石乱飞，南大厅起火了。

起义军干部有几个负了伤。理琪掂着匣子枪，在院内跑来跑去，指挥同志们战斗。

日伪军不断地增兵，有三百多日军和伪军，但由于庙外是雪地平原，他们没有障碍利用，庙里的反抗激烈，宝田、伍拾子几个老战士，百发百中的神弹，不断使日本兵倒毙，因此敌人很难冲近庙墙，即使几次冲到跟前，都被打退了。

一颗烧夷弹飞来，南大厅全着了，火势汹汹，不一会儿，屋梁烧断，哗的一声，全塌了。这样，南面成了大豁口，日伪军叫喊着冲上来。起义军一阵排枪，敌人死伤一片，退回去了。

三军特务队长牺牲了！

又有几个同志负伤了！

理琪大喊道："同志们！节省子弹，准准地打！坚持到天黑，我们就能冲出去……"他的话突然卡住了，他站立不稳，一头扑在院墙上。

几个干部围上来。伍拾子急叫："理琪同志！你……"

理琪用力扶着墙挺起身来，费力地说："同志们……"嘴里吐出一口玉米、豆面粑粑，倒下了。

宝田上来抱住他。理琪的腰部直流血，肠子打断了，那憔悴的脸上，眼睛紧闭着，断断续续地说："突围时把别的同志遗体带走……别管我的，把我身上的皮包拿走就行了……那里面有……"

那旧皮包——特委书记、三军司令的唯一遗物，有什么呢？一本厚厚的账簿，记的是烈士们和他们的亲属的地址、姓名，再就是他刚刚钉好的四个白纸本，三本皮上写着大牛、二牛、小牛，一本皮上写的冯竹青，看样子那"冯"字是写好竹青之后又加上的……

　　理琪的牺牲，使雷神庙的战斗更加激烈。三军战士吞着苦泪，狠狠地准准地向日寇射击。墙头、窗口、屋顶，都向仇敌喷出讨还血债的灼热的子弹。这二十几人的小小的起义军，凭借弹丸之地的雷神庙，竟使日军海军倒下四五十名士兵，丧失一架飞机[①]，直到天发黑了，也没攻进去。日本天皇的武士道们可能认为这是座窝藏千军万马的神庙，又怕黑夜东面山区有救援的兵马来，指挥官无可奈何地下令抬着死伤的部下，边射击边向后撤退。

　　二十几名起义军，抓紧时机，背着领导者和战友的遗体，搀着受伤的同志，打着冲出去了。

　　这就是打响胶东人民抗日战争第一枪的牟平雷神庙战斗！

　　就是这支部队，在牟平崔家口掩埋他们的司令理琪的时候，举行了誓师大会，随后，组成了"山东人民抗日救国军第三军"。一路纵队，高举着从"一一·四"暴动、天福山起义、威海起义直至牟平雷神庙战斗中竖起的血染的红旗，跟随中共胶东特区委员会，西上到蓬莱县、黄县、掖县，建立起根据地，领导胶东人民的抗日战争。不久，三军的二路、三路、四路纵队，又在蓬莱、文登、牟平、荣成、威海、黄县发展起来，同时，掖县、即墨县等地的人民抗日武装先后建立。到一九三八年九月十八日，这些部队统一编成胶东八路军部队，在党中央的领导下，不断成长壮大，成为抗日战争、解放战争的一支重要力量。胶东解放区在中国人民革命史上，占有光荣的位置。

　　昆嵛山的革命烽火，终成燎原之势。

　　这些都是以后的事了。

---

　　① 雷神庙战斗中日寇的一架飞机坠毁到附近山上，有说是被起义军击落的，有说敌机飞得太低，能见度不好——当时飘雪花，自己撞山的。依据当时各种情况判断，后种说法可能性大。

历史还得回溯到一九三八年二月十四日，也就是阴历正月十五这一天。

几年了，小菊山里山外，城市乡下，平川海边，风里来雨里去，雪天走霜天归，她身子长高了，她脸形变俊了，她脚板走大了。只是她只爱干净不爱装扮，不喜露面老怕羞，瞧，即便在无人的深山行走，她也把瘦窄的双肩向前塌着，生怕饱满的乳房显出形来，她多次向母亲发脾气："都是你这妈，生俺哪儿都瘦，偏偏两个这，鼓突突的，比别人都显……"

她从小拾大姐的衣裳穿，因为妈最疼老大，大姐自个儿也好打扮，总是最先给大姐做衣裳，二姐从不管穿好穿坏，一件褂子两三年。她是老三，改巴改巴就一年。就是现在，她都是十八九岁的大闺女了，还穿着大姐出嫁时的红棉袄，褪了色不说，袖子短得连手镯子也盖不住呀！不过现在她身上套着一件紫色的碎花褂子，倒是新的，这是过年了，大姐帮她做的，过了年就脱下来了，这次出远门，才又套上的，显得挺新气。

小菊顺着山间小河畔的朦胧小路，慢慢地走着，其实，不是常走的人根本看不出这是路来。她走得慢，因为那东面的日头说明，时间还挺宽裕，离晌午还早呢，要接的人，正午才到地点的。再是，她实在也是累乏了，不管怎么练出的大脚嫚吧，脚总还是骨头肉长的，不是铁打、木头做的呀！昨天和桃子、刘福在三家夼南岭分手后，小菊一溜小跑，从昆嵛山北坡，通过青庄口来到南怀，到了八个联络站，挨个儿地交代，起义军的人来了，通知他们重要的情报。当她沿着母猪河往南走，天亮前叫开赤松坡武术房的门，一头扎进江鸣雁的怀里……

江鸣雁看着枕着双手侧躺在炕上睡去的姑娘，从锅里盛了碗疙瘩汤，耍十五斤三两重的大刀犹如拿一根木棒的武术教师的大手，这时抖动得连一碗面汤也端不住了！老人白胡子上滴着泪珠，心下道："冰天雪地，一个闺女，穿沟越岭，一夜上百里啊……唉，她比她姐桃子，一个赛一个，又像又不像……累坏了，让她睡一天吧！"

然而，刚吃过早饭，孔家庄凤子派人送来口头指示，联络站上接到通知，特委机关有人来，今天正午到菊花岭接头。小菊马上说她对那里最熟悉，任务由她来完成。江鸣雁本不答应，可是想到他要把重要情报及早转给起义军，准备对起义军的支援工作，小菊干这个是老差使了，也没有什么危难，就同意了。小菊临出门帮他把锅、碗刷得干干净净，翘着脚跟，嘴贴着老人的耳边柔声说："大爷，你别难受……咱三军打的胜仗，都有宝川哥、二妞姐的一份力气在里面，理琪同志的皮包里面，记着他俩的名哩！大爷，你要想闺女，就想俺好了，俺跟二妞姐一个心眼待你……"

"穷脚，那么不经使，要偷懒怎的？再不使劲走，看我不拿大石头揍你……哦，腿也替脚说情了，腰也为脚说话了，埋怨小菊太不爱惜你们啦，都愿歇息歇息啦……好吧，咱就慢一点走，可不走不行，不怕慢，就怕站，能早不能晚，能等人不叫人等。走吧，走吧，过了晒字河，再过五条小不丁点的沟流子，再翻过系马山，再爬一、二、三、四……七道坡，六道岗，可不就到了！到了青石岗菊花岭了！接上咱的同志，送到他要到的联络站，把他安顿好了，就一溜跑，跑回家过十五，你脚、腿、腰，咱们一齐歇着了，妈管么不会叫咱动了，躺在热炕头，舒舒服服，给爹述说牟平城大胜利的消息，爹一准会'妈妈的'，真痛快，喝一盅又一盅，不担心妈夺他的酒盅啦……可先不能告诉爹妈我要跟上三军走了，那样，他俩会……咦，来的这位同志是谁？是特委机关来的。呀，会不会是理琪大哥？要是他才好哪，前年俺接他，也从这条路走的……当时看他累的，坐着写着字就睡过去了……如今他是三军大司令，担子更重，事更忙了，一准又瘦了……要是他来了，不论多大事，俺先拉他回家去，过十五，好好歇歇，爹又多个口实要喝酒了……真笑人，那年清明节，爹还请他的'鬼'喝酒。真是的，理大哥那样的好人，有大本领的人，多会儿也活得好好的，领咱闹革命，怎么会死呢？俺胶东怎么能没他呢！是他来吧，来家过十五吧……唉，傻丫头，糊涂啦！要是他来，还不带着大队人马吗？还用得着我来接吗？那会是谁呀？啊，该不是他吧？"

"他在西面黄县地方，是不是回来了？他回来干吗？有么事呀！怎么，没有么事就不兴回来看看啊？看看爹，看看妈，也看看表姐同志……是啊，一年多没见他啦，他坐监狱，受刑罚，一只胳膊弯弯啦，额头上落下疤，会不会难看啦？不会的，像玉山哥，下巴上落个伤疤照样不丑啊！若是难免受伤，顶好还是别伤了脸，要是我，先把脸捂起来……又傻啦，你是你，人家也和你一样？你管人家脸上有疤没疤哪，有疤也能入党，干革命呀！那个叫花生皮子的同志，老党员，牺牲得多英勇！你呀，真是，脸上好看不好看，跟好人坏人没么关联，也不叫你相女婿……妈呀，真个的，那年在烟台，跟他不逛梨花会，为藏传单，俺扑到他怀里……他真坏，特务走了他还不把俺分开，还那么一起挨着……那夜去烟台，俺还和他一炕上睡——有爹在中间，那也……那时小，眼下可大了，他一准又粗又壮了，不再驼背了。见了他，可不能再和那时一样，我得有个小表姐的样，把他的玉镯还给他……哎，人家难为情干么？表弟送表姐点东西，还不是常情？再说，这么大个闺女，手脖老长老长的，没个镯子戴着，光秃秃的，多不顺眼？大姐送的银镯我'给了'二妞姐，再叫妈和姐为难不成……好吧，留着戴吧，见了面，就说：'玉水兄弟同志，谢你啦，送俺的镯子，等表姐有了合适的物件，也送给你。'对，这么说挺好……挺好么呀？怎么会是玉水来呢？他来不会直着到桃花沟,还是到别的联络站,用得着找人接吗?呆丫头,真是乱想一气……那,那来的人是谁?管他呢,反正是自个儿的同志,只要他不紧急,就把他领家去过十五。三十里,用不了擦黑,就到家了……啊,看到青石岗啦,到了菊花岭啦!"小菊右胳膊上挽山菜篮,边在心里数叨着,边在山中路上穿行,太阳离正南还有一竿子远,她就来到了。

是她当交通员罕见的情况,被接的人先到了。自然,不是理琪——这时候,在文、牟交界的崔家口,一位老人捐出自己的寿材,三军司令的遗体正在入殓;也不是高玉水——他在黄县西北二十里的村子,写欢迎三军西上的标语传单;不过来的这个同志小菊也是认识的,他曾经当过特委的政治交通员。

"黄同志,是你!"小菊迎上前去,热情地说,"真对不住,让你挨冻啦!"

黄白坐在青岩石的边边上,脚下揉搓了一堆烂雪,丢了四五个烟头,对小菊不耐烦地说:"你怎么才来?"

"我……不是说好晌午到的吗?"小菊解释着,站在他对面,看着他戴着的大皮帽子,"冷吧,你到哪儿去?就快走吧!"

"不忙,把我冻得够呛!"黄白又掏出一支烟卷,点着抽着。

小菊退到他旁边,没有坐,脚踏在积雪里,把山菜篮挪到身前,怕对方生气,也为自己刚才的解释后悔:自己没来到前面,叫同志等了,不管有多少理由,也是内疚的。

"都是这懒脚!"小菊心里说,嘴上道:"黄同志,是俺走慢了……你吃干粮吗?俺篮子里有。"

"不不,不吃。你是好同志,没有错误,是我急了!"黄白露出笑容,看看她,"张小菊同志,特委这次叫我来,是了解一下这一带联络站的分布情况,随着形势的发展,要重新安排一下。你来接我正好,你是老交通,情况熟,又能干,你先说说你知道的各站的村名、负责人,然后再去检查。"

"好……"小菊刚要汇报,忽然又改口说,"黄同志,我才去了这一溜的站,都说敌人这几天监视得挺紧,是不是过些天再去检查?"

"哦……"

"我看是和敌人设下的诡计有关联。"

"什么诡计?"

"哦,你还不知道。俺们得了份郑维屏给孔秀才的密信……"

黄白霍地站起来,脸上惊慌,紧张地问:"什么密件?写的什么?"

小菊放下篮子,手伸进棉袄襟里面的口袋里,摸出密信,竟给了黄白。黄白迫不及待地抽出信纸看着,看着……

小菊一开始并没特意留心,但她习惯地向周围警觉地环视一遭,把目光转过来的时候,她见黄白双手直抖,小菊和桃子一样尖利的目光,又一下发觉,黄白皮帽底下向外流汗。

"适才他嚷冷,一看信就出汗,这是怎么回事?"小菊生了疑心,"兴许是他气坏了,恨敌人,有这个毛病。"她自圆其说地想。那么,她告诉他放心好了:"黄同志,你别气,也别急,这信没用了。俺把这一带的联络站都跑到了,咱二大队这会儿也会知道啦,敌人打埋伏的算盘落了空,你放心好了!"

"啊,啊!好,好!你很能干,能干……"黄白偷着擦把汗,把信装进口袋,转回身,坐下,掏出钢笔、本子,"那你先说说,各站的村名,负责人,我记下来。"

"嗯,让俺想一想。"小菊皱紧了细眉黑眼睛。

"你常去的还用想?"

"不瞒你说,俺熟路、熟门、熟人,可那村名、人名,俺不清楚。"

"那你怎么找到的?"

"只知道哪个村哪条路,村里哪条街上哪个门,有的叫李大叔,有的叫张大伯,还有的叫大妈大婶,大哥大姐。"

黄白无可奈何地说:"好吧,你要想好了,准确了,这个可不能搞错。目前斗争十分复杂,不能给敌人可乘之隙。要特别提高革命警惕性……"

黄白滔滔不绝地说着的同时,小菊在认真地想,但她想的不是联络站的村名、人名,这个用不着想,她想的是这面前的黄白,会不会是个叛徒和内奸?刚才他那么紧张、惊慌干什么?有生气出汗的人吗?他会不会就是透情报给敌人的坏蛋?不会吧,他是个老同志,当过政治交通员,在特委工作。不行,在烟台,还不是在特委工作的人叛变自首了吗?有的地方负责人还当了叛徒哪!理琪同志不是教育过她,看人不能看说得好听,负的责任大小,要看他做的事怎么样吗?他这么着急追问联络站,是不是不怀好意?也许,是上级派他来的,也许是他有生气出汗的毛病,也许……是这样更好,反正不能告诉他联络站的地点、人名,他不是坏人,事后知道,他不会生气的。而万一他坏了,那……小菊慢吞吞地说:"黄同志,俺想好了一些,你听着……"

黄白高兴地记着,总共十一个地方,这时,小菊从篮子里拿出坏地瓜那支手枪,黄白一惊:"你要……"

"俺不会放它——"小菊笑道,"黄同志,你教教俺吧。"

"好,这是马牌手枪,很好使。"黄白接过手枪,里面有一梭子弹,摆弄着给她看,"多打死几个敌人。"

小菊看会了,试了一遍,放进篮子里,说:"谢你啦。咱们走吧。"

黄白收起笔和本子,问:"上哪儿去?"

"你不要去检查联络站吗?"

"你不是说敌人搜查紧吗?"

"那先到俺家!"

"干什么?"

"过正月十五。"

黄白连连摇头,说:"不麻烦你们了,我得赶快走。"

"你到哪儿去?"

"到特委……"

"你到汉奸卖国贼那儿去!"小菊突然大叫一声,"你是个叛变分子!"

黄白一惊,脸又流下汗来,惊慌地说:"你开什么玩笑!小小姑娘,敢对上级胡说话……"

"呸!你是向汉奸透情报的坏蛋,你套去联络站的地名,好去报告!"小菊怒眉仇目,狠狠地说。

"你胡说八道!我没工夫理你,等通知你们组织,好好教育你。"黄白撒腿要走。

小菊哈哈笑了,胜利地说:"你去报告假情报,主子要杀你的头呀!"

"什么?"黄白站住了,回头盯住她。

小菊笑得更开心,说:"那些人名、地名都是瞎编的,五家坏地主的名,三家汉奸的地址,三家流氓的大号……"

黄白面红耳赤,冲到小菊身前,拔出手枪,恶狠狠地说:"你个胆大的女共产,胆敢欺负我。快说老实话,我不打死你!"

小菊不笑了,可是更加得意地说:"真好,原来拿不准,试试你,总算你自个儿招了!"

黄白在六天前单独出去执行任务,回来时过威海岗卡被敌人抓走。只一天的时间,这个开书店出身的人,就投降了郑维屏,又回到特委机关,成了敌人的内奸……

他见小菊不说真话,又逼着她跟他到山外孔家庄区公所去。小菊轻蔑地说:"俺要不去呢?"

"我就打死你!"黄白亮着手枪对着她。

"你要打不准呢?"

"我打得准!"

"俺要打不死呢?"小菊说,"俺二姐就来啦!"

黄白凶恶地朝她连开两枪。

小菊一下倒在身后的青岩石上,山菜篮子滑落到她脚边。

枪声在雪山里激起巨大的连续的回声,一群老鹰和山鸡,从附近山上惊起,急叫着,呼呼地飞着。

黄白过来用手在小菊嘴上捂了一下,见她没有气了,就慌慌张张地向山下跑去,但因心慌和雪滑,刚跑出几步就摔倒了……

小菊没有死,打进心脏的子弹从前面穿了出去,血液泄出一些之后,她缓过气来,疼痛地睁开眼,面前的黑影在雪地上爬。她伸出手摸着山菜篮,摸着了冰凉的东西——手枪,两只手推上了子弹,朝黑影开了一枪,又开了一枪,见黑影倒下了,不动了,她的手枪掉到雪地上。

青岩石的朝阳面,雪层被阳光融化了,温和的雪水,灌润进它的缝隙,那里生长着一簇簇的山菊花,噢,怪不得它们能健旺地生长呢!现在,它们都枯萎了,根须在积蓄着养分,等待春风,等待秋霜,等待九月九,等待重阳菊花盛。

小菊就靠在石缝的一簇菊花枝上,细看才发现,这就是去年重阳节她在这儿等着接领导人时挽起的菊花圈。现在,姑娘的胸正抵在它上面,不知是为伤口疼——子弹从她的左乳房底下出去的——还是为害羞怕人看到那结实饱满的乳峰。

血在不停地流,从青岩石流到菊花根上,小菊的手,还在动,在动,她蘸着石头上的血,想在石头上面写字,可怎么写,也不成形。是闺女不会她想写的字,还是手发僵,没法写复杂的字画,还是她知道生命不多了,得赶快写完?也许三种原因都有吧,她的凉手指,蘸着热血,在青石岗上山菊花根边的雪水涤净的石面上,写下了歪歪扭扭两行汉文和拉丁文拼音字母间杂的血字:

　　　　　小　ju sha di
　　　die ma 不 ku

　　它们是：小菊杀敌，爹妈不哭。

　　血字刚写完，她就扑身趴在青岩上，一动不动了，宛如睡在妈的身边热炕上，又似伏在爹的驼背脊梁上，姿态是那样温驯，神韵是那么嫣然，连瘦脸颊上那对浅酒窝也没有改模样。

　　　　　一九七九年五月——一九八一年十一月
　　　　　　写于乳山、蓬莱、青岛、济南、北京